ROBIN COOK

Toxin
Schock

Buch

Die zehnjährige Becky isst in einem Fastfood-Restaurant einen Hamburger – und zeigt kaum 48 Stunden später die Symptome einer gefährlichen Lebensmittelvergiftung. Ohnmächtig muss ihr Vater, der Herzchirurg Dr. Kim Reggis, mit ansehen, wie es seiner Tochter von Tag zu Tag schlechter geht. Und niemand will ihn bei der Suche nach dem Ursprung der verheerenden Kolibakterien unterstützen. Nur die junge Marsha Baldwin, Lebensmittelkontrolleurin im zuständigen Ministerium, steht ihm widerstrebend bei. Denn Sie weiß, mit welchem Feind sie sich anlegen: Die Lebensmittelbranche ist mächtig, gierig und völlig skrupellos ...

Deborah und Joanna, zwei junge Havard-Absolventinnen, entdecken eine Anzeige der Bostoner Wingate-Klinik. Darin wird nach Eizellen-Spenderinnen gesucht – es winkt eine lukrative Prämie. Als sie später von ihrem Gewissen geplagt werden und in Erfahrung bringen wollen, was aus den Eizellen geworden ist, besorgen Deborah und Joanna sich Jobs in dem Krankenhaus. Und schon bald gelingt es den findigen jungen Frauen, geheime Computerdaten zu knacken und einer fürchterlichen Wahrheit auf die Spur zu kommen. Viel zu spät jedoch erkennen die beiden, dass sie wegen ihrer Nachforschungen ins Visier eines skrupellosen Gynäkologenpaares geraten sind ...

Autor

Robin Cook hat lange Jahre in der medizinischen Forschung und als HNO-Arzt gearbeitet. Inzwischen widmet er sich ganz dem Schreiben seiner Bestseller, von denen mehrere für das Fernsehen verfilmt wurden. Robin Cook sagt von sich, dass er die Leser mit seinen Medizin-Thrillern einerseits unterhalten will, andererseits möchte er auf die Gefahren aufmerksam machen, welche die medizinische Forschung, aber auch die Praxis täglich mit sich bringen. Er lebt heute als freier Schriftsteller mit seiner Frau in Florida.

Von Robin Cook sind bei Blanvalet bereits erschienen:

Tauchstation. Roman (35681), Grünes Gift. Roman (35559), Das Experiment. Roman (35509), Der Experte. Roman (35324), Chromosom 6. Roman (35220), Todesengel. Roman (35885), Das Experiment/Das Labor. Zwei Romane in einem Band (36094)

Robin Cook

Toxin
Schock

Zwei Romane in einem Band

Deutsch
von Bärbel Arnold

blanvalet

Die Originalausgabe von Toxin erschien unter dem Titel „Toxin“,
die Originalausgabe von Schock erschien unter dem Titel „Shock“, beide
bei G.P. Putnam's Sons, Pengiun Putnam, Inc., New York.

Umwelthinweis:
Alle bedruckten Materialien des Taschenbuches
sind chlorfrei und umweltschonend.

1. Auflage
Deutsche Erstveröffentlichung April 2006
bei Blanvalet, einem Unternehmen der Verlagsgruppe
Random House GmbH, München.

Umschlaggestaltung: Design Team München
Umschlagfoto: Photonica/Song
UH • Herstellung: HN
Druck und Einband: GGP Media GmbH, Pößneck
Printed in Germany
ISBN-10: 3-442-36400-0
ISBN-13: 978-3-442-36400-8

www.blanvalet-verlag.de

Toxin

Dieses Buch ist all denen gewidmet,
die unter der Geißel von E. coli O157:H7 oder
anderen Lebensmittelvergiftungen gelitten haben.

Mein Dank gilt:

Bruce Berman für seine Vorschläge zu Beginn dieses Projekts sowie für seine verständnisvolle Kritik an der TOXIN zugrunde liegenden Idee;
Nikki Fox, die mich an ihren umfangreichen Untersuchungen über Lebensmittelvergiftungen teilhaben ließ;
Ron Savenor, der mir bei meinen eigenen Recherchen an einer entscheidenden Stelle weitergeholfen hat;
und Jean Reeds, die mir bei der Arbeit an diesem Roman stets mit wertvollen Kommentaren und Vorschlägen zur Seite gestanden hat.

Prolog

9. Januar

Graue Wolken bedeckten wie eine riesige Kuppel den Himmel. Es war ein Himmel, wie er über dem Mittleren Westen Amerikas oft anzutreffen ist. Im Sommer glich die Landschaft einem Meer aus Korn und Sojabohnen, doch jetzt, im tiefen Winter, war sie nur ein gefrorenes Stoppelfeld, das hier und da mit schmutzigen Schneeflecken gesprenkelt war und aus dem ein paar einsame, kahle Bäume skelettartig emporragten.

Aus den bleiernen Wolken hatte es den ganzen Tag leicht genieselt – eigentlich war es eher feiner Nebel als Regen gewesen. Doch gegen zwei Uhr hatte der Nieselregen nachgelassen, so daß der eine funktionierende Scheibenwischer des betagten, umgebauten UPS-Transporters nicht mehr gebraucht wurde. Der Wagen holperte über einen ausgefahrenen, nicht asphaltierten Weg.

»Was hat der alte Oakly denn gesagt?« fragte Bart Winslow. Bart war der Fahrer des Transporters. Wie sein Kollege Willy Brown, der auf dem Beifahrersitz saß, war er in den Fünfzigern; die beiden hätten als Brüder durchgehen können. Ihre faltigen, lederhäutigen Gesichter zeugten von lebenslanger Plackerei als Farmarbeiter. Sie trugen verschmutzte und zerschlissene Overalls, darunter mehrere Sweatshirts, und sie kauten beide Tabak.

»Benton Oakly hat nicht viel gesagt«, erwiderte Willy, nachdem er sich mit dem Handrücken ein bißchen Spucke vom Kinn gewischt hatte. »Nur, daß eine von seinen Kühen krank aufgewacht ist.«

»Wie krank?« fragte Bart.

»Ich schätze, sie ist kurz vorm Krepieren«, erwiderte Willy. »Hat Dünnschiß – und zwar ziemlich schlimm.«

Bart und Willy hatten sich im Lauf der Jahre von einfachen Malochern zu sogenannten 4-T-Männern hochgearbeitet, wie die ortsansässigen Farmer ihren Job bezeichneten. Sie fuhren herum, holten tote, todkranke und todgeweihte Tiere, vor allem Kühe, von den Farmen ab und brachten sie zu einer Abdeckerei. Es war kein besonders begehrter Job, aber für Bart und Willy war er genau richtig.

An einem verrosteten Briefkasten bogen sie ab und folgten einem schlammigen, zwischen Stacheldrähten verlaufenden Weg, der nach etwa einer Meile auf dem Hof einer kleinen Farm endete. Bart steuerte den Wagen auf den Stall zu, machte eine Kehrtwende und setzte so zurück, daß er mit der Rückseite des Transporters vor der offenstehenden Stalltür zum Stehen kam. Als er und Willy aus dem Wagen sprangen, wartete Benton Oakly bereits auf sie.

»Tag«, sagte Benton. Er war genauso mundfaul wie Bart und Willy. Es mußte wohl an der Landschaft liegen, daß die Leute hier kein überflüssiges Wort verloren. Benton war groß und dürr und hatte schlechte Zähne. Er und sein Hund Shep hielten Abstand von Bart und Willy. Bevor die beiden ausgestiegen waren, hatte Shep gebellt, doch als ihm der Aasgeruch in die Nase gestiegen war, war er zurückgezuckt und hatte sich schnell hinter seinem Herrchen verkrochen.

»Im Stall«, sagte Benton und wies mit der Hand den Weg. Dann führte er seine Besucher in das dunkle Innere, blieb vor einer Box stehen und zeigte über das Gatter.

Bart und Willy traten näher, lugten über das Gatter und rümpften die Nasen. Es stank nach frischer Jauche.

In der Box lag eine eindeutig kranke Kuh in ihren eigenen Exkrementen. Sie hob ihren zitternden Kopf und starrte Bart und Willy an. Eine ihrer Pupillen hatte die Farbe von grauem Marmor.

»Was ist denn mit ihrem Auge los?« fragte Willy.

»Das hat sie schon als Kalb gehabt«, erwiderte Benton. »Hat wohl einen Stoß oder irgendwas abgekriegt.«

»Ist sie erst seit heute morgen krank?« hakte Bart nach.

»Ja«, antwortete Benton. »Aber sie gibt schon seit fast einem Monat kaum noch Milch. Ich will sie raushaben, bevor sie die anderen Kühe ansteckt.«

»Wir nehmen sie mit, ist ja schon gut«, entgegnete Bart.

»Kostet der Transport immer noch fünfundzwanzig Dollar?« fragte Benton.

»Exakt«, erwiderte Willy. »Aber können wir sie vielleicht erstmal abspritzen, bevor wir sie aufladen?«

»Nur zu!« entgegnete Benton. »Da drüben an der Wand hängt ein Schlauch.«

Während Bart das Tor zur Box öffnete, holte Willy den Schlauch. Bart schaute genau, wohin er trat, und verpaßte der Kuh ein paar Klapse auf ihr Hinterteil. Zögernd erhob sie sich und taumelte ein wenig hin und her.

Willy kam mit dem Schlauch zurück und spritzte das Tier so lange ab, bis es einigermaßen sauber war. Dann gingen er und Bart hinter der Kuh in Position und brachten sie dazu, die Box zu verlassen. Von Benton unterstützt schafften sie es schließlich, das Tier in den Transporter zu befördern. Willy schloß die Hecktür des Wagens.

»Was habt ihr denn da drin?« fragte Benton. »Vier Kadaver?«

»Ja«, erwiderte Willy. »Waren alle vier heute morgen tot. Auf der Silverton Farm grassiert irgendeine Krankheit.«

»Ach du Scheiße!« rief Benton beunruhigt und drückte Bart ein paar zerknitterte Dollarscheine in die Hand. »Macht bloß, daß ihr wegkommt mit dem Zeug!«

Bart und Willy spuckten noch einmal aus und schlenderten zu ihrer jeweiligen Wagentür. Der altersschwache Motor stieß eine schwarze Rauchwolke aus, dann brachte er den Wagen in Gang, und sie verließen die Farm.

Wie gewöhnlich sprachen sie erst wieder, als sie die asphaltierte Bezirksstraße erreicht hatten. Bart beschleunigte und schaltete schließlich in den vierten Gang.

»Denkst du auch, was ich gerade denke?« beendete er das Schweigen.

»Ich glaube ja«, erwiderte Willy. »Nach der Dusche sah die Kuh gar nicht mehr so schlecht aus. Sie sieht sogar eine Spur besser aus als die, die wir letzte Woche ans Schlachthaus verkauft haben.«

»Und sie kann stehen und sogar ein bißchen gehen«, fügte Bart hinzu.

Willy sah auf die Uhr. »Zu spät ist es auch noch nicht.«

Die 4-T-Männer sprachen erst wieder, als sie die Bezirksstraße verließen und in einen Weg einbogen, der um ein langgezogenes, beinahe fensterloses, großes Firmengebäude herumführte. Auf einem tafelgroßen Schild stand: HIGGINS UND HANCOCK. Auf der Rückseite des Gebäudes war ein leerer Viehhof, ein See aus platt getrampeltem Schlamm.

»Du wartest hier«, sagte Bart und hielt in der Nähe des Förderbandes an, das vom Viehhof ins Innere des Schlachthauses führte.

Bart stieg aus und verschwand über das Förderband in dem Gebäude. Willy verließ ebenfalls den Wagen und lehnte sich gegen die Hecktür des Transporters. Nach fünf Minuten kam Bart mit zwei stämmigen Burschen zurück. Sie trugen lange weiße, blutverschmierte Kittel, gelbe Schutzhelme aus Plastik und gelbe Gummistiefel. An ihren Kitteln waren Namensschilder befestigt. Auf dem Schild des kräftigeren Mannes stand: *Jed Street, Aufseher.*

Auf dem des anderen Mannes: *Salvatore Morano, Qualitätskontrolle.* Jed hatte ein Klemmbrett bei sich.

Bart gab Willy ein Zeichen, woraufhin dieser die Hecktür öffnete. Salvatore Morano und Jed Street hielten sich die Nase zu und warfen einen Blick ins Innere des Wagens. Die kranke Kuh hob ihren Kopf.

»Kann das Tier stehen?« wandte sich Street an Bart.

»Klar. Sie kann sogar ein bißchen gehen.«

Street sah seinen Kollegen fragend an. »Was meinst du, Sal?«

»Wo ist der Amtstierarzt?« fragte Morano.

»Was glaubst du wohl, wo er ist?« entgegnete Street. »Im Umkleideraum natürlich. Dahin verschwindet er doch immer, wenn er glaubt, daß das letzte Tier abgefertigt ist.«

Salvatore Morano griff unter seinen Kittel hindurch zu dem Funkgerät, das an seinem Gürtel befestigt war. Er schaltete es ein und hielt es sich dicht vor den Mund. »Hallo, Gary. Ist der letzte für Mercer Meats bestimmte Kombi-Behälter schon voll?«

»Fast«, schnarrte es von Störungsgeräuschen begleitet zurück. »Okay«, sagte Morano in das Gerät. »Wir schikken euch noch ein Tier. Das dürfte dann wohl mehr als genug sein.«

Er schaltete das Funkgerät aus und sah Street an. »Packen wir's.« Street nickte und wandte sich an Bart. »Sieht so aus, als hättet ihr den Deal in der Tasche. Aber wie ich schon sagte – wir zahlen nur fünfzig Dollar.«

Bart nickte. »Fünfzig ist okay.«

Während Bart und Willy in den Wagen kletterten, ging Salvatore Morano über das Band zurück. Er zog ein Paar Stöpsel aus seiner Kitteltasche und stopfte sie sich in die Ohren. Als er das Schlachthaus betrat, dachte er schon nicht mehr an die kranke Kuh. Vielmehr plagte ihn der

Gedanke an die unendlich vielen Formulare, die er noch ausfüllen mußte, bevor er nach Hause gehen konnte.

Mit den Stöpseln im Ohr durchquerte Morano den Schlachtbereich unbehelligt von dem dort herrschenden Lärm. Er steuerte auf Mark Watson, einen Vorarbeiter, zu, der sich ihm zuwandte.

»Es kommt noch ein Tier!« brüllte Morano ihm über den Behälter hinweg zu. »Aber es ist nur für knochenloses Fleisch! Es gibt keinen Rumpf! Hast du verstanden?«

Watson formte seinen Daumen und seinen Zeigefinger zu einem Kreis, als Zeichen, daß er verstanden hatte.

Morano passierte die schalldichte Tür, die in den Verwaltungstrakt des Gebäudes führte. Er betrat sein Büro, hängte den blutigen Kittel und den Helm an einen Haken und ließ sich an seinem Schreibtisch nieder, um sich wieder dem täglichen Schreibkram zu widmen.

Da er sehr konzentriert arbeitete, hatte er keine Ahnung, wieviel Zeit verstrichen war, als Jed Street plötzlich in der Tür stand. »Wir haben ein kleines Problem«, sagte er.

»Was denn?« fragte Morano.

»Der Kopf von dieser beschissenen Kuh ist von der Schiene gefallen.«

»Hat das einer der Kontrolleure gesehen?« fragte Morano.

»Nein«, erwiderte Street. »Sie sind alle mit dem Tierarzt im Umkleideraum und halten ihren täglichen Nachmittagsplausch.«

»Dann häng den Kopf wieder an die Schiene und spritz in ab.«

»Okay«, sagte Street. »Ich dachte nur, du solltest es wissen.«

»Klar«, entgegnete Morano. »Und damit alles seine Ordnung hat, schreibe ich auch noch einen Mängelbericht. Zu welcher Lieferung gehört das Tier, und welche Nummer hat der Kopf?« Street warf einen Blick auf sein Klemmbrett. »Lieferung Nummer sechsunddreißig, Kopf Nummer siebenundfünfzig.«

»Alles klar«, versicherte Morano.

Street verließ Moranos Büro und ging zurück in den Schlachtbereich, wo er Jose auf die Schulter klopfte. Jose gehörte zum Reinigungsdienst. Er hatte die undankbare Aufgabe, den Dreck, der sich auf dem Boden ansammelte, in die zahlreichen Einlaufgitter zu wischen. Er arbeitete noch nicht lange im Schlachthof. Die schmutzige Arbeit brachte es mit sich, daß die Reinigungskräfte nie lange zu halten waren.

Jose sprach nicht viel Englisch, und Streets Spanisch war auch nicht viel besser, so daß sich die Kommunikation zwischen den beiden auf grobe Gesten beschränkte. Street gab Jose zu verstehen, daß er Manuel, einem der Enthäuter, helfen solle, den Kopf aufzuheben und ihn auf einen der an der beweglichen Hängeschiene vorbeifahrenden Haken zu hieven.

Schließlich kapierte Jose, was er tun sollte. Glücklicherweise konnten sich Jose und Manuel problemlos verständigen, denn die Aufgabe war mühsam. Zunächst mußten sie den über hundert Pfund schweren Kopf auf das Laufband heben. Und dann mußten sie selbst auf das Laufband klettern, um den Kopf auf einen der vorbeifahrenden Haken hängen zu können.

Street streckte den beiden keuchenden Männern seinen hochgereckten Daumen entgegen. Um ein Haar hätten sie ihre glitschige Last wieder fallen lassen. Während der schmutzige, gehäutete Kopf an der Hängeschiene weiterlief, spritzte Street ihn mit einem gezielten Wasserstrahl ab.

1

Freitag, 16. Januar

Die Sterling Place Mall war ein einziges Schimmern von Marmor, glänzendem Metall und poliertem Holz. Tiffany konkurrierte mit Cartier, Neiman-Marcus mit Saks. Aus versteckten Lautsprechern erklang Mozarts Klavierkonzert Nummer 23. Herausgeputzte Menschen liefen an diesem späten Freitagnachmittag in ihren Gucci-Schuhen und Armani-Mänteln umher und begutachteten die nachweihnachtlichen Angebote.

Unter normalen Umständen hätte Kelly Anderson nichts dagegen gehabt, ihren Nachmittag im Einkaufszentrum zu verbringen. Als Fernsehjournalistin mußte sie gewöhnlich kreuz und quer durch die Stadt jagen, um nach nervenaufreibenden Recherchen pünktlich ihre fundierten Beiträge für die Achtzehn- oder Dreiundzwanzig-Uhr-Nachrichten zusammenzubekommen. Doch an diesem Freitag hatte die Mall ihr nicht das geliefert, was sie haben wollte.

»Das ist doch wohl ein Witz«, schimpfte sie und ließ ihren Blick nach einem geeigneten Interviewkandidaten über den breiten Gang schweifen. Doch weit und breit war keiner zu entdecken.

»Ich denke, wir haben genug«, sagte Brian. Brian Washington, ein schlaksiger, lässiger Afro-Amerikaner, war Kellys Lieblings-Kameramann. Ihrer Meinung nach war er der beste, den WENE zu bieten hatte. Damit der Disponent des Senders ihr Brian zuteilte, hatte sie all ihre Überredungskünste aufgewandt und war selbst vor Drohungen nicht zurückgeschreckt. Kelly holte tief Luft und seufzte verzweifelt. »Von wegen«, widersprach sie. »Wir haben rein gar nichts.«

Kelly Anderson war eine vierunddreißigjährige, sachliche, intelligente und kämpferische Frau, die darauf hoffte, bald den Sprung zu einem großen Nachrichtensender zu schaffen. Die meisten ihrer Kollegen glaubten, daß sie gute Karten hatte, wenn sie nur eine Story auftat, mit der sie sich ins Rampenlicht katapultieren konnte. Mit ihren scharfen Gesichtszügen, ihren lebendigen Augen und ihren dichten, blonden Locken sah sie genauso aus, wie man sich eine Nachrichtenreporterin vorstellte. Darüber hinaus unterstrich sie ihr berufliches Image mit modischer und geschmackvoller Kleidung und einem tadellos gepflegten Aussehen.

Sie nahm das Mikrophon in die rechte Hand und warf einen Blick auf die Uhr. »Und was noch schlimmer ist – wir haben nicht mehr viel Zeit. Ich muß meine Tochter abholen. Ihr Eiskunstlaufunterricht ist gleich zu Ende.«

»Cool«, entgegnete Brian. Er nahm die Kamera von der Schulter und schaltete sie aus. »Ich muß meine Tochter aus der Tagesstätte abholen.«

Kelly beugte sich hinunter und verstaute das Mikrophon in ihrer geräumigen Schultertasche. Dann half sie Brian, die Ausrüstung zusammenzupacken. Als ob sie nie etwas anderes getan hätten, wuchteten sie sich das gesamte Equipment auf die Schultern und marschierten los in Richtung Zentrum der Mall.

»Eins ist jedenfalls klar«, stellte Kelly fest. »Es ist den Leuten scheißegal, daß AmeriCare das Samaritan Hospital mit dem University Med Center zusammengelegt hat – es sei denn, sie sind in den letzten sechs Monaten selbst einmal im Krankenhaus gewesen.«

»Ist aber auch nicht gerade ein Thema, das die Leute vom Hocker reißen könnte«, bemerkte Brian. »Es geht nicht um Sex und Crime, und es gab keinen Skandal, in den irgendwelche Stars oder Prominente verwickelt sind.«

»Es sollte die Leute aber interessieren«, empörte sich Kelly.

»Was die Leute tun sollten und was sie tatsächlich tun, waren eben immer schon zwei verschiedene Paar Schuhe«, erklärte Brian. »Das ist dir doch wohl klar.«

»Im Augenblick ist mir nur klar, daß es ein Fehler war, das Thema für die Dreiundzwanzig-Uhr-Nachrichten anzubieten«, sagte Kelly. »Ich bin am Ende! Bitte sag mir, wie ich irgendeinen Zuschauer mit dieser Geschichte fesseln soll!«

»Wenn ich das wüßte«, entgegnete Brian und lachte, »dann wäre ich der Starreporter und nicht der Kameramann.«

Schließlich erreichten sie über eine der leuchtenden Passagen das großzügige Zentrum der Sterling Place Mall. In der Mitte dieses weitläufigen Bereichs wölbte sich in drei Stockwerken Höhe eine Glaskuppel über eine ovale Eisfläche, die sich im Scheinwerferlicht spiegelte.

Auf dem Eis tummelten sich etwa ein Dutzend Kinder und einige Erwachsene, die scheinbar ziellos durcheinanderliefen. Das offenkundige Chaos rührte daher, daß der Kurs für Fortgeschrittene gerade zu Ende gegangen war und der Kurs für Anfänger gleich beginnen sollte.

Als Kelly die knallrote Jacke ihrer Tochter erblickte, winkte sie und rief ihren Namen. Caroline Anderson winkte zurück, doch sie ließ sich Zeit. Caroline war ganz ihre Mutter: Sie war aufgeweckt, sportlich und hatte einen ausgeprägten Willen.

»Beeil dich, Schatz!« drängte Kelly ihre Tochter, als sie endlich an den Rand der Eisbahn kam. »Ich muß bis Redaktionsschluß noch ein größeres Problem lösen.«

Caroline verließ die Eisbahn, stakte auf den Kufen zur

Bank und setzte sich. »Ich möchte noch zum Onion Ring und einen Burger essen. Ich sterbe vor Hunger.«

»Da kannst du mit deinem Vater hingehen, mein Schatz«, entgegnete Kelly. »Komm jetzt, beeil dich ein bißchen!«

Kelly bückte sich, holte Carolines Schuhe aus dem Rucksack und stellte sie neben ihre Tochter auf die Bank.

»Na, die kann ja vielleicht toll laufen!« staunte Brian.

Kelly richtete sich auf und hielt sich die Hand über die Augen, um das grelle Scheinwerferlicht abzuschirmen. »Wo?«

»In der Mitte«, entgegnete Brian und zeigte mit dem Finger auf ein Mädchen. »In dem rosafarbenen Anzug.«

Kelly folgte Brians Zeigefinger und wußte sofort, wen er meinte. Ein Mädchen in Carolines Alter machte gerade ein paar Aufwärmübungen, was einige Einkaufende zum Stehenbleiben und Zuschauen animiert hatte.

»Super!« rief Kelly. »Sie ist wirklich gut. Sieht fast professionell aus.«

»So gut ist sie nun auch wieder nicht«, widersprach Caroline, während sie mit zusammengebissenen Zähnen versuchte, sich ihren rechten Schlittschuh vom Fuß zu zerren.

»Also, ich finde sie gut«, sagte Kelly. »Kennst du sie?«

»Sie heißt Becky Reggis.« Caroline hatte inzwischen eingesehen, daß es leichter war, die Schuhe auszuziehen, wenn man zuvor die Schnürsenkel geöffnet hatte. »Sie war letztes Jahr unsere Juniormeisterin.«

Als ob das Mädchen spürte, daß sie beobachtet wurde, vollführte sie im nächsten Augenblick zwei Doppelaxel in Folge und beschrieb dann einen eleganten Bogen am Ende der Bahn. Etliche Zuschauer applaudierten spontan.

»Sie ist phantastisch«, staunte Kelly.

»Na ja, sie wurde schließlich auch eingeladen, dieses Jahr an der Nationalmeisterschaft teilzunehmen«, fügte Caroline zögernd hinzu.

»Aha«, murmelte Kelly und sah Brian an. »Das könnte eine Geschichte für uns sein.«

Brian zuckte mit den Achseln. »Vielleicht für die Sechs-Uhr-Nachrichten. Sicher nicht für die Spätnachrichten.«

Kelly richtete ihre Aufmerksamkeit erneut auf die Eisläuferin. »Und ihr Name ist Reggis, hast du gesagt?«

»Ja«, erwiderte Caroline. Sie hatte endlich beide Schlittschuhe ausgezogen und durchwühlte ihren Rucksack nach ihren Schuhen.

»Ist sie vielleicht zufällig die Tochter von Dr. Kim Reggis?« fragte Kelly.

»Ich weiß, daß ihr Vater Arzt ist«, erwiderte Caroline.

»Woher weißt du das?« wollte Kelly wissen.

»Weil sie auf meine Schule geht«, antwortete Caroline. »Sie ist eine Klasse über mir.«

»Bingo!« murmelte Kelly. »Sieht aus, als hätten wir mehr Glück als Verstand.«

»Diesen Blick kenne ich doch!« stellte Brian fest. »Du erinnerst mich an eine Katze, die kurz davor ist, sich auf ihr Opfer zu stürzen. Irgendwas hast du vor, das steht fest.«

»Ich kann meine Schuhe nicht finden«, jammerte Caroline.

»Ich hatte gerade einen Geistesblitz«, erklärte Kelly, während sie Carolines Schuhe von der Bank nahm und sie ihrer Tochter in den Schoß legte. »Dr. Kim Reggis wäre der perfekte Interviewpartner für diese Fusionsgeschichte. Vor der Zusammenlegung war er im Samaritan Hospital Leiter der Herzchirurgie und dann, peng, hat man ihn zu einem ganz normalen Indianer degradiert. Ich wette, er hat irgend etwas Prickelndes und Spannendes zu erzählen.«

»Mit Sicherheit«, entgegnete Brian. »Aber glaubst du im Ernst, der redet mit dir? In deinem Beitrag über die ›armen reichen Fachärzte‹ ist er nicht gerade gut weggekommen.«

»Ach, das ist doch Schnee von gestern«, winkte Kelly ab.

»Das glaubst du vielleicht«, gab Brian zu bedenken. »Aber ich bezweifle, daß Dr. Reggis das auch so sieht.«

»Ich habe doch nichts Neues erzählt«, entgegnete Kelly. »Das hat er sicher kapiert. Ich kann beim besten Willen nicht verstehen, warum Leute wie er nicht begreifen, daß das Gejammer über die angeblich zu niedrigen Erstattungssätze von Medicare in der Öffentlichkeit falsch ankommt, wenn sie gleichzeitig immer noch sechsstellige Jahresgehälter einstreichen. Eigentlich würde man sie für etwas schlauer halten.«

»Ob berechtigt oder unberechtigt«, wandte Brian ein, »er war mit Sicherheit sauer. Ich glaube nicht, daß er mit dir spricht.«

»Du vergißt, daß Chirurgen wie Kim Reggis gerne im Rampenlicht stehen«, widersprach Kelly. »Auf jeden Fall ist es einen Versuch wert. Was haben wir schon zu verlieren?«

»Zeit«, erwiderte Brian.

»Zeit haben wir in der Tat nicht viel«, gab Kelly zu und beugte sich zu Caroline hinab. »Sag mal, Schatz, weißt du zufällig, ob Beckys Mutter auch hier ist?«

»Klar«, erwiderte Caroline und zeigte auf eine Frau. »Da drüben, die mit dem roten Pullover.«

»Das trifft sich ja gut«, bemerkte Kelly, richtete sich wieder auf und warf einen Blick auf die andere Seite der Eisfläche. »Ich glaube, ich habe wirklich mehr Glück als Verstand. Hör mal, Schatz, du ziehst dir jetzt schnell deine Schuhe an. Ich bin sofort zurück.« An Brian gewandt fügte sie hinzu: »Und du hältst die Stellung.«

»Lauf nur!« ermunterte Brian sie mit einem Grinsen.

Kelly umrundete die Eisbahn und steuerte auf Beckys Mutter zu. Die Frau schien in ihrem Alter zu sein. Sie machte einen attraktiven und gepflegten Eindruck, war allerdings ziemlich konservativ gekleidet. Seit ihrer College-zeit hatte Kelly keine Frau mehr gesehen, die einen Pullover mit rundem Halsausschnitt trug, aus dem ein weißer Blusenkragen herausguckte. Beckys Mutter war in ein Buch vertieft, und es handelte sich ganz offensichtlich nicht um einen Bestseller. Sie unterstrich gerade einige Passagen mit einem gelben Filzstift.

»Entschuldigen Sie bitte«, sagte Kelly. »Ich hoffe, ich störe Sie nicht zu sehr.«

Beckys Mutter blickte auf. Sie hatte dunkelbraunes Haar mit kastanienbraunen Strähnen. Obwohl sie leicht die Stirn runzelte, war sie freundlich und bereit, auf Kelly einzugehen.

»Ist schon okay«, sagte sie. »Kann ich Ihnen helfen?«

»Sind Sie Mrs. Reggis?« fragte Kelly.

»Ja, Sie können ruhig Tracy sagen.«

»Danke«, erwiderte Kelly. »Sieht für die Eisbahn nach ganz schön schwieriger Lektüre aus.«

»Ich muß jede Minute nutzen«, entgegnete Tracy.

»Ist das ein Lehrbuch?« fragte Kelly.

»Ja«, erwiderte Tracy. »Obwohl ich schon ein bißchen älter bin, hat es mich noch einmal auf die Schulbank gezogen.«

»Das ist lobenswert«, entgegnete Kelly.

»Es ist eine Herausforderung«, erklärte Tracy.

»Worum geht es?«

Tracy klappte das Buch zu, um Kelly den Titel zu zeigen. *»Die Beurteilung der kindlichen und jugendlichen Persönlichkeit.«*

»Oh je«, bemerkte Kelly. »Das klingt schwierig.«

»Es ist nicht schlecht«, erklärte Tracy. »Eigentlich ist es sogar ziemlich interessant.«

»Ich habe eine neunjährige Tochter«, sagte Kelly. »Wahrscheinlich sollte ich auch mal etwas über das Verhalten von Teenagern lesen, bevor der Terror losgeht.«

»Schaden kann es bestimmt nicht«, stimmte Tracy zu.

»Eltern sollten für jede Hilfe dankbar sein, die sie kriegen können. Die Jugend kann eine harte Zeit sein, und ich weiß aus Erfahrung, daß die Schwierigkeiten, die man vorausahnt, meistens auch eintreten.«

»Klingt so, als würden Sie was davon verstehen«, entgegnete Kelly.

»Ein bißchen«, gestand Tracy. »Aber man ist nie mit sich selbst zufrieden. Bevor ich wieder zu lernen angefangen habe, habe ich im therapeutischen Bereich gearbeitet. Ich hatte vor allem mit Kindern und Jugendlichen zu tun.«

»Sind Sie Psychologin?« fragte Kelly.

»Nein«, erwiderte Tracy. »Sozialarbeiterin.«

»Interessant«, murmelte Kelly und wechselte das Thema. »Eigentlich wollte ich mich nur vorstellen. Ich bin Kelly Anderson von den WENE-Nachrichten.«

»Ich weiß, wer Sie sind«, entgegnete Tracy mit einem Hauch von Verachtung in der Stimme.

»Oje!« stöhnte Kelly. »Ich habe das unangenehme Gefühl, daß mein Ruf mir vorauseilt. Hoffentlich nehmen Sie mir meinen Bericht über Herzchirurgen und Medicare nicht übel.«

»Ich fand ihn hinterhältig«, sagte Tracy. »Dabei hatte Kim während des Interviews mit Ihnen den Eindruck, daß Sie seinem Anliegen wohlwollend gegenüberstanden.«

»Das war bis zu einem gewissen Grad auch so«, gestand Kelly. »Immerhin habe ich beide Seiten dargestellt.«

»Nur im Hinblick auf die sinkenden Einkünfte der Fachärzte«, entgegnete Tracy. »Den Aspekt haben Sie ja in den Mittelpunkt gestellt. In Wahrheit ist das nur einer von vielen Punkten, die den Herzchirurgen Sorgen bereiten.«

Eine rosa gekleidete Gestalt raste an Kelly und Tracy vorbei und lenkte ihre Aufmerksamkeit wieder auf die Eisbahn.

Becky hatte ihr Tempo beschleunigt und spannte gerade die Muskeln, um nach einer blitzschnellen Drehung rückwärts weiterzuflitzen. Zur Freude des stehengebliebenen Publikums sprang sie einen perfekten dreifachen Axel, der mit tosendem Beifall belohnt wurde.

Kelly stieß einen leisen Pfiff aus. »Ihre Tochter ist eine phänomenale Eisläuferin.«

»Danke«, sagte Tracy. »Wir halten sie für eine phänomenale Person.«

Kelly musterte Tracy, um herauszufinden, was sie mit ihrer Bemerkung gemeint haben mochte. Kelly war sich nicht sicher, ob Geringschätzung mitschwang oder ob es sich lediglich um eine Information handelte. Doch Tracy war nichts anzusehen. Sie fixierte Kelly mit ihrem seelenvollen, aber schwer zu erschließenden Blick.

»Hat sie dieses Talent von Ihnen?« fragte Kelly.

Tracy lachte und warf den Kopf zurück, so sehr schien sie die Frage zu amüsieren. »Wohl kaum«, brachte sie schließlich hervor »Ich habe meine tolpatschigen Füße noch nie in ein Paar Schlittschuhe gezwängt. Wir haben keine Ahnung, woher sie das Talent hat. Sie hat irgendwann einmal gesagt, daß sie gerne Schlittschuh laufen würde, und so fing es an.«

»Wie mir meine Tochter erzählt hat, trainiert Becky dieses Jahr für die Nationalmeisterschaft«, fuhr Kelly fort. »Das wäre doch eine gute Geschichte für WENE.«

»Das glaube ich kaum«, entgegnete Tracy. »Becky wurde zwar eingeladen, aber sie hat beschlossen, nicht teilzunehmen.«

»Oh, das tut mir leid«, sagte Kelly. »Da waren Sie und der Doc bestimmt ziemlich traurig.«

»Ihr Vater ist nicht besonders glücklich darüber«, gestand Tracy. »Aber um ehrlich zu sein – ich bin erleichtert.«

»Warum?« fragte Kelly.

»Die große Konkurrenz verlangt jedem Teilnehmer einen hohen Preis ab, und erst recht einem vorpubertären Kind. Leistungssport ist für die geistige Entwicklung nicht immer gesund. Man muß ein großes Risiko eingehen, ohne viel zurückzubekommen.«

»Hmmm«, grummelte Kelly. »Darüber muß ich erst mal nachdenken. Aber vorerst drückt mich ein ganz anderes Problem. Ich arbeite gerade an einem Beitrag für die Dreiundzwanzig-Uhr-Nachrichten heute abend. Auf den Tag genau vor sechs Monaten hat AmeriCare das Samaritan Hospital mit dem University Med Center zusammengelegt. Eigentlich wollte ich über die Reaktion der Öffentlichkeit berichten, aber den meisten Leuten ist das Thema anscheinend völlig egal. Deshalb würde ich gerne mit Ihrem Mann sprechen, denn ich bin sicher, daß er eine Meinung zu der Zusammenlegung der Kliniken hat. Kommt er zufällig heute auch zur Eisbahn?«

»Nein«, kicherte Tracy, als ob Kelly etwas völlig Absurdes gefragt hätte. »Er verläßt das Krankenhaus unter der Woche nie vor sechs oder sieben Uhr. Niemals!«

»Schade«, entgegnete Kelly, während sie im Geiste schnell verschiedene Möglichkeiten durchging. »Glauben Sie, Ihr Mann würde mit mir sprechen?«

»Keine Ahnung«, entgegnete Tracy. »Wir sind seit ein paar Monaten geschieden. Daher weiß ich wirklich nicht, wie er im Augenblick über Sie denkt.«

»Oh, das tut mir leid«, erklärte Kelly aufrichtig. »Davon wußte ich nichts.«

»Es muß Ihnen nicht leid tun. Es war für alle das beste. Wir sind der Zeit zum Opfer gefallen und haben im Grunde einfach nicht zueinander gepaßt.«

»Na ja, ich kann mir schon vorstellen, daß es kein Honigschlecken ist, mit einem Chirurgen verheiratet zu sein, und mit einem Herzchirurgen schon gar nicht. Die glauben doch, daß im Vergleich zu ihrer Arbeit alles andere völlig bedeutungslos ist.«

»Hmmm«, entgegnete Tracy unverbindlich.

»Ich würde es nicht aushalten, das weiß ich«, fuhr Kelly fort. »Ihr Ex-Mann ist derart egoistisch und ichbezogen – mit so einer Persönlichkeit käme ich nie klar.«

»Das wiederum sagt vielleicht etwas über Sie aus«, stellte Tracy fest.

»Meinen Sie?« fragte Kelly und hielt einen Augenblick inne. Die Frau war nett, aber auch ganz schön schlagfertig. »Vielleicht haben Sie recht. Aber lassen Sie mich noch eins fragen: Haben Sie eine Ahnung, wo ich Ihren Ex-Mann in diesem Moment antreffen kann? Ich würde wirklich gerne mit ihm reden.«

»Ich kann mir denken, wo er ist«, erwiderte Tracy. »Im OP. Der ständige Kampf um OP-Zeiten im Krankenhaus hat dazu geführt, daß er seine drei wöchentlichen Fälle neuerdings alle am Freitag operieren muß.«

»Danke. Ich fahre gleich rüber und versuche ihn zu erwischen.«

»Nur zu!« sagte Tracy. Sie winkte Kelly hinterher, die zügigen Schrittes um die Eisbahn herum zurückging. »Viel Glück!« murmelte sie vor sich hin.

2

Freitag, 16. Januar

Alle fünfundzwanzig Operationssäle des University Medical Centers sahen gleich aus. Sie waren erst vor kurzem renoviert und neu eingerichtet worden und in jeder Hinsicht auf dem neuesten Stand. Die Böden waren mit einem weißen Verbundmaterial ausgelegt, das wie Granit aussah. Die Wände waren grau gefliest. Die Lampen und Armaturen waren entweder aus rostfreiem Stahl oder matt schimmerndem Nickel.

OP Nummer zwanzig war einer von zwei OPs, in denen Operationen am offenen Herzen durchgeführt wurden. Um Viertel nach vier herrschte hier Hochbetrieb. Mit den Perfusionsexperten, den Anästhesiologen, den zahlreichen OP-Schwestern, den Chirurgen und all der notwendigen High-Tech-Ausrüstung war es in dem Raum ziemlich eng. Im Moment lag das von einer Unmenge blutiger Klebestreifen, Nahtmaterial, metallenen Wundspreizern und grünen Operationsdecktüchern umgebene stillstehende Herz des Patienten völlig frei.

»Okay, das war's«, sagte Dr. Kim Reggis. Er reichte der OP-Schwester seinen Nadelhalter und richtete sich auf, um seinem steifen Rücken ein wenig Erleichterung zu verschaffen. Er stand seit halb acht am Operationstisch. Dies war sein dritter und letzter Fall. »Stoppen wir die Kardioplegielösung, und bringen wir die Pumpe wieder in Gang!«

Kims Aufforderung löste am Bedienungspult der Herz-Lungen-Maschine hektische Betriebsamkeit aus. Schalter wurden umgestellt. »Aufwärmung in Gang«, rief der Perfusionsspezialist in den Raum.

Die Anästhesiologin sah konzentriert auf die Ätheranzeige. »Wie lange brauchen Sie schätzungsweise noch?« fragte sie.

»In fünf Minuten nähen wir ihn wieder zu«, erwiderte Kim. »Vorausgesetzt, das Herz spielt mit. Aber es sieht gut aus.«

Nach ein paar sprunghaften Schlägen hatte das Herz seinen normalen Rhythmus wiedergefunden.

»Okay«, sagte Kim. »Herz-Lungen-Maschine ausstellen.«

In den nächsten zwanzig Minuten war es mucksmäuschenstill. Jeder im Team wußte, was er zu tun hatte, so daß kein Wort gesprochen werden mußte. Nachdem das gebrochene Brustbein mit Drähten wieder zusammengefügt war, traten Dr. Kim Reggis und Dr. Tom Bridges von dem rundum zugedeckten Patienten zurück und begannen, sich ihrer sterilen Kittel, Handschuhe und Plastik-OP-Masken zu entledigen. Im selben Augenblick nahmen die Thorax-Spezialisten die freigewordenen Plätze ein.

»Ich möchte, daß Sie diesen Schnitt plastisch wiederherstellen«, rief Kim den Thorax-Spezialisten zu. »Haben Sie verstanden?«

»Alles klar, Dr. Reggis«, erwiderte Tom Harkly. Tom war der leitende Thorax-Spezialist.

»Aber machen Sie's nicht zu Ihrem Lebenswerk!« zog Kim den Mann auf. »Der Patient war schon lange genug in Narkose.«

Kim und Tom verließen den OP und traten hinaus auf den Flur. Sie gingen zum Waschbecken und schrubbten sich den Talk von den Händen. Dr. Tom Bridges war genau wie Kim Herzchirurg. Sie hatten sich seit Jahren gegenseitig assistiert und waren Freunde geworden, auch wenn ihre

Beziehung zueinander in erster Linie beruflicher Natur geblieben war. Vor allem an Wochenenden sprangen sie häufig füreinander ein.

»Das hat du wirklich gut hingekriegt«, sagte Tom. »Ich weiß beim besten Willen nicht, wie du es schaffst, die Klappen so perfekt einzusetzen und es dazu auch noch so einfach aussehen zu lassen.«

Kim hatte sich im Lauf der Jahre vor allem auf den Ersatz von Herzklappen spezialisiert. Tom hatte sich mehr für Bypassoperationen interessiert.

»Dafür wird es mir immer ein Rätsel bleiben, wie du diese winzigen Koronararterien so perfekt vernähen kannst«, entgegnete Kim.

Er trat vom Waschbecken zurück, hakte seine Finger ineinander und streckte die Arme hoch über den Kopf. Er maß knapp einsneunzig. Dann bückte er sich und legte bei durchgedrückten Knien die Handflächen auf den Boden, um seine untere Rückenpartie zu dehnen. Kim war ein sportlicher, drahtiger und durchtrainierter Typ, der schon als Student Football, Basketball und Baseball für Dartmouth gespielt hatte. Da sein Job ihn zeitlich so stark in Anspruch nahm, mußte er sein Training zur Zeit auf ein gelegentliches Tennismatch und viele Stunden auf seinem Hometrainer reduzieren.

Tom hingegen hatte aufgegeben. Im College hatte er ebenfalls Football gespielt, doch nachdem er jahrelang nichts mehr gemacht hatte, hatte sich seine keineswegs verlorene Muskelmasse größtenteils in Fett verwandelt. Obwohl er kaum Bier trank, hatte er einen Bierbauch.

Die beiden Männer gingen den gefliesten Flur entlang, auf dem zu dieser Tageszeit wenig Betrieb herrschte. Nur in neun OPs wurde operiert, zwei weitere standen für Notfälle zur Verfügung. Für die Schicht von elf bis dreiundzwanzig Uhr war das normal.

Kim strich sich über sein stoppeliges, kantiges Kinn. Wie immer hatte er sich morgens um halb sechs rasiert, doch jetzt, zwölf Stunden später, sprossen schon wieder die ersten Bartstoppeln. Er fuhr sich mit der Hand durch sein relativ langes, dunkelbraunes Haar. Als Teenager hatte er sich die Haare in den frühen Siebzigern bis über die Schultern wachsen lassen. Heute hatte er längst nicht mehr so eine Matte wie damals, doch mit seinen dreiundvierzig Jahren trug er das Haar für einen Mann in seiner Position noch immer ziemlich lang.

Er warf einen Blick auf die Uhr, die er an seiner OP-Hose befestigt hatte. »Verdammt!« schimpfte er. »Es ist schon halb sechs, und ich habe noch nicht einmal bei meinen Patienten vorbeigeschaut. Ich wünschte, ich müßte nicht immer freitags operieren. Das bringt immer sämtliche Wochenendpläne durcheinander.«

»Wenigstens zwingt es dich dazu, deine Fälle alle nacheinander zu operieren«, wandte Tom ein. »Als du noch im Samaritan warst, war das wohl etwas anders.«

»Erinnere mich lieber nicht daran«, entgegnete Kim. »Nachdem AmeriCare jetzt das Sagen hat und das Niveau sowieso ständig sinkt, frage ich mich, ob ich noch einmal Medizin studieren würde, wenn ich neu anfangen könnte.«

»Geht mir genauso«, erklärte Tom. »Vor allem, wenn ich an die neuen Erstattungssätze von Medicare denke. Gestern habe ich bis spät in die Nacht herumgerechnet. Ich fürchte, nach Abzug meiner Praxiskosten wird nichts mehr übrig sein. Wohin soll das nur führen? Unsere Lage ist so prekär, daß Nancy und ich schon überlegen, das Haus zu verkaufen.«

»Viel Glück!« wünschte Kim. »Meins steht schon seit fünf Monaten zum Verkauf, und ich habe noch nicht ein vernünftiges Angebot bekommen.«

»Ich mußte sogar schon meine Kinder von der Privatschule nehmen«, fuhr Tom fort. »Aber was soll's? Ich bin ja selber auf eine staatliche Schule gegangen.«

»Wie steht's denn überhaupt mit dir und Nancy?« fragte Kim. »Um ehrlich zu sein – nicht gerade gut«, erwiderte Tom. »In der letzten Zeit hat es bei uns ziemlich viel böses Blut gegeben.«

»Das tut mir leid«, sagte Kim. »Nachdem ich dieses Drama am eigenen Leib erlebt habe, kann ich gut nachempfinden, wie es dir geht. Es ist eine verdammt stressige Zeit.«

»Ich hätte nie gedacht, daß ich mich in diesem Stadium meines Lebens plötzlich in so einer Lage wiederfinden würde«, entgegnete Tom und seufzte.

»Geht mir genauso«, bekannte Kim.

Kurz hinter der OP-Rezeption blieben die beiden Männer im Eingangsbereich zur Aufwachstation stehen.

»Sag mal, bist du am Wochenende da?« fragte Tom.

»Klar«, erwiderte Kim. »Warum? Was gibt's?«

»Vielleicht muß ich noch mal nach dem Patienten sehen, den wir am Dienstag operiert haben«, erwiderte Tom. »Bei ihm ist eine Residualblutung aufgetreten, und wenn sie nicht aufhört, muß ich ihn wohl oder übel noch einmal öffnen. Falls es wirklich dazu kommt, könnte ich deine Hilfe gebrauchen.«

»Du kannst mich jederzeit über den Pager erreichen«, entgegnete Kim. »Ich bin auf alle Fälle da. Meine Ex-Frau will nämlich das ganze Wochenende weg. Ich glaube, sie hat einen Neuen. Becky verbringt das Wochenende bei mir.«

»Wie hat Becky die Scheidung eigentlich überstanden?« fragte Tom.

»Ihr geht es prima«, erwiderte Kim. »Jedenfalls erheblich besser als mir. Im Augenblick ist sie der einzige Lichtblick in meinem Leben.«

»Wahrscheinlich sind Kinder doch nicht so leicht unterzukriegen, wie wir immer glauben«, stellte Tom fest.

»Sieht jedenfalls ganz so aus«, stimmte Kim ihm zu. »Nochmals vielen Dank für deine Hilfe heute. Tut mir leid, daß der zweite Fall so lange gedauert hat.«

»Schon gut«, entgegnete Tom. »Du hast ein Meisterwerk vollbracht. War eine echte Lehrstunde für mich. Bis später im Umkleideraum.«

Kim betrat die Aufwachstation. Auf der Schwelle zögerte er kurz und überlegte. Er würde zuerst nach Sheila Donlon sehen. Er hatte sie erst heute nachmittag operiert. Die Operation war äußerst schwierig gewesen. Statt wie vorgesehen nur eine, hatte er ihr zwei neue Herzklappen einsetzen müssen.

Er ging an ihr Bett, wo eine der Schwestern gerade dabei war, eine fast leere Infusionsflasche auszutauschen. Mit seinem Expertenblick checkte er zunächst die Gesichtsfarbe der Patientin, dann nahm er die Monitore ins Visier. Der Herzrhythmus war normal, ebenso der Blutdruck und die arterielle Sauerstoffzufuhr.

»Alles okay?« fragte Kim und nahm die Aufzeichnungen der Schwestern in die Hand, um sich das Kurvenblatt anzusehen.

»Bisher sind keine Probleme aufgetreten«, erwiderte die Schwester, ohne von ihrer Arbeit aufzusehen. »Alle Werte sind stabil. Die Patientin scheint okay zu sein.«

Kim legte die Aufzeichnungen zurück und ging neben das Bett. Vorsichtig hob er die Bettdecke und warf einen Blick auf den Verband. Er wies die Assistenzärzte immer an, so wenig Verbandmaterial wie möglich zu verwenden. Falls eine unerwartete Blutung auftrat, war diese schneller zu entdecken.

Zufrieden legte er die Decke zurück, richtete sich auf und sah sich nach seinem anderen Patienten um. Da nur etwa die Hälfte der Betten belegt war, hatte er den Raum schnell überblickt.

»Wo ist Mr. Glick?« fragte er. Ralph Glick war Kims erster Fall heute gewesen.

»Fragen Sie Mrs. Benson an der Rezeption«, erwiderte die Schwester, während sie sich die Enden des Stethoskops in die Ohren steckte und die Blutdruckmanschette an Sheila Donlons Arm aufpumpte.

Wegen der etwas unwirschen Antwort leicht verärgert, marschierte Kim zum zentralen Tresen, mußte dort jedoch feststellen, daß Mrs. Benson ebenfalls beschäftigt war. Die Stationsschwester erteilte gerade diversen Kräften des Reinigungsdienstes Anweisungen, welche Betten weggeräumt, wo saubergemacht und welches Bett bezogen werden sollte.

»Entschuldigen Sie bitte«, begann Kim. »Ich suche ...«

Mrs. Benson gab ihm durch ein Zeichen zu verstehen, daß sie nicht gestört werden wollte. Kim überlegte, ob er sie darauf hinweisen sollte, daß seine Zeit wertvoller war als die des Reinigungspersonals, doch er hielt den Mund. Statt dessen stellte er sich auf die Zehenspitzen und sah sich nochmals nach seinem Patienten um.

»Was kann ich für Sie tun, Dr. Reggis?« fragte Mrs. Benson, als sie mit den Reinigungskräften fertig war und diese auf ein gerade frei gewordenes Bett zusteuerten.

»Ich kann Mr. Glick nirgends entdecken«, erklärte Kim. In der Annahme, den Mann übersehen zu haben, ließ er seinen Blick noch immer durch den Raum schweifen.

»Mr. Glick ist auf seine Station gebracht worden«, erwiderte Mrs. Benson kurz angebunden und holte ein Buch hervor, in das der Verbrauch an Betäubungsmitteln eingetragen wurde. Unbeirrt schlug sie die aktuelle Seite auf.

Kim sah die Schwester verdutzt an. »Aber ich habe doch

ausdrücklich darum gebeten, den Patienten hierzubehalten, bis ich mit meinem letzten Fall fertig bin.«

»Die Werte des Patienten waren stabil«, entgegnete Mrs. Benson. »Es bestand keine Veranlassung, ihn hierzubehalten und damit ein Bett zu belegen.«

Kim seufzte. »Aber Sie haben doch jede Menge leerstehende Betten. Es ging darum …«

»Entschuldigen Sie, Dr. Reggis«, fiel Mrs. Benson ihm ins Wort. »Mr. Glick war in klinischer Hinsicht soweit, daß er die Aufwachstation verlassen konnte.«

»Aber ich hatte doch darum gebeten, ihn hierzubehalten«, beharrte Kim. »Das hätte mir eine Menge Zeit erspart.«

»Bei allem Respekt, Dr. Reggis«, entgegnete Mrs. Benson. »Das Personal auf der Aufwachstation arbeitet nicht für Sie persönlich. Wir haben unsere Vorschriften. Wir arbeiten für AmeriCare. Falls Sie ein Problem damit haben, schlage ich Ihnen vor, sich an die Krankenhausverwaltung zu wenden.«

Kim spürte, daß er rot anlief. Er setzte zu einem Vortrag über die Vorteile von Teamwork an, doch er gab schnell auf, als er sah, daß Mrs. Benson sich bereits auf die vor ihr liegende Loseblattsammlung konzentrierte.

Ein paar derbe Schimpfworte vor sich hinmurmelnd verließ Kim die Aufwachstation und sehnte sich nach der guten alten Zeit im Samaritan Hospital zurück. Er überquerte den Flur und stoppte an der OP-Rezeption, um sich über die Gegensprechanlage nach dem aktuellen Zustand seines letzten Falles zu erkundigen. Tom Harklys Stimme versicherte ihm, daß die Schließung des Brustkorbs planmäßig verlief.

Darauf hin verließ Kim den OP-Trakt und ging den Flur entlang auf die neu errichtete Familien-Lounge zu. Sie war eine der wenigen von AmeriCare installierten Neuerungen, die er für eine gute Idee hielt. AmeriCare legte Wert drauf, im Krankenhaus für Annehmlichkeit zu sorgen. Der Raum war insbesondere für Angehörige von Patienten eingerichtet worden, die sich im OP oder im Kreißsaal befanden. Bevor AmeriCare das University Medical Center gekauft hatte, hatte es für Familienangehörige keinen Raum zum Warten gegeben.

Bis auf die allgegenwärtigen werdenden Väter, die nervös wartend hin- und herliefen oder Magazine durchblätterten, während bei ihren Frauen Kaiserschnittoperationen durchgeführt wurden, war in dem Raum zu dieser Tageszeit nicht viel los. Ganz hinten in der Ecke saß ein Priester, der einem trauernden Paar seelischen Beistand leistete.

Kim hielt nach Mrs. Gertrude Arnold Ausschau, der Frau seines letzten Patienten. Er war nicht gerade erpicht darauf, mit ihr zu reden, denn er konnte ihre hitzige und trotzige Art nur schwer ertragen, aber er wußte, daß es seine Pflicht war. Er entdeckte die ältere Dame in der Ecke gegenüber dem trauernden Paar. Sie las eine Zeitschrift.

»Mrs. Arnold«, begrüßte Kim die Frau und bemühte sich zu lächeln.

Erschrocken hob Gertrude Arnold den Kopf. Für den Bruchteil einer Sekunde schien sie freudig überrascht, doch als sie Kim erkannte, wurde sie mit einem Schlag sichtbar wütend.

»Das wurde ja auch höchste Zeit«, fuhr sie ihn an. »Was ist passiert? Gibt es ein Problem?«

»Nein, überhaupt nicht«, versicherte Kim. »Ganz im Gegenteil. Ihr Mann hat die Operation gut überstanden. Er ist ...«

»Aber es ist fast sechs Uhr!« fiel sie ihm ins Wort. »Sie haben doch gesagt, Sie seien um drei Uhr fertig.«

»Das war nur eine Schätzung, Mrs. Arnold«, entgegnete

Kim, mit aller Kraft darum bemüht, seine Stimme nicht zu heben und nicht aufgebracht zu klingen. Daß die Frau ungehalten sein würde, hatte er schon befürchtet, aber auf eine derartige Attacke war er nicht gefaßt gewesen. »Der Patient, der vor Ihrem Mann an der Reihe war, hat mich etwas länger in Anspruch genommen als erwartet.«

»Dann hätten Sie eben meinen Mann zuerst operieren sollen«, giftete Mrs. Arnold. »Sie haben mich hier den ganzen Tag warten lassen, ohne mir zu sagen, was los ist. Ich bin mit den Nerven am Ende.«

Nachdem er sich bis jetzt wacker beherrscht hatte, verlor Kim nun endgültig die Fassung. Er verzog sein Gesicht zu einem ungläubigen Grinsen.

»Grinsen Sie mich nicht so an, junger Mann!« fuhr Mrs. Arnold ihn prompt an. »Die Ärzte sitzen heutzutage auf einem viel zu hohen Roß. Sonst würden Sie nicht davon ausgehen, daß wir normalen Leute nichts Besseres zu tun haben, als den ganzen Tag hier herumzusitzen und zu warten!«

»Tut mir leid, daß mein OP-Zeitplan Ihnen nicht in den Kram gepaßt hat«, entgegnete Kim. »Wir tun unser Bestes.«

»Soll ich Ihnen mal erzählen, was außerdem noch passiert ist?« ereiferte sich Mrs. Arnold weiter. »Irgend so ein Verwaltungsmensch von AmeriCare ist hier aufgekreuzt und hat mir mitgeteilt, daß die Krankenversicherung für den ersten Krankenhaustag meines Mannes nicht aufkommen wird. Er hat behauptet, mein Mann hätte erst heute morgen eingewiesen werden sollen, am Operationstag, und nicht schon einen Tag vorher. Was sagen Sie nun?«

»Es ist immer das gleiche mit der Verwaltung«, entgegnete Kim. »Wenn jemand so krank ist wie Ihr Mann, kann ich ihn nicht guten Gewissens erst am Operationstag einweisen.«

»Jedenfalls will AmeriCare nicht zahlen«, beklagte sich Mrs. Arnold. »Und wir können nicht zahlen.«

»Wenn es so ist, übernehme ich die Kosten«, versprach Kim.

Gertrude fiel die Kinnlade herunter. »Wirklich?«

»So etwas ist schon öfter passiert, und ich übernehme die Kosten nicht zum ersten Mal«, erklärte Kim. »Und nun zu Ihrem Mann. Er wird gleich auf die Aufwachstation gebracht. Dort bleibt er, bis sich sein Zustand stabilisiert hat, und anschließend wird er auf die Herzchirurgie-Station gebracht, wo Sie ihn dann auch besuchen können.«

Er wandte sich um, ging in Richtung Tür und tat so, als würde er nicht hören, daß Mrs. Arnold seinen Namen rief.

Er ging über den gleichen Flur zurück und betrat den OP-Aufenthaltsraum, in dem ein paar OP-Schwestern und Anästhesisten ihre Pause verbrachten. Kim nickte den ihm bekannten Gesichtern freundlich zu. Da er erst seit der Zusammenlegung vor sechs Monaten im University Medical Center arbeitete, kannte er noch lange nicht die gesamte Belegschaft, und erst recht nicht die der Abend- und Nachtschicht.

Er stürmte durch die Tür, die in den Männerumkleideraum führte, zog sich die OP-Jacke aus und schleuderte sie wütend in den Wäschekorb. Dann setzte er sich auf die Bank vor den Schließfächern und entfernte die Uhr vom Bund seiner OP-Hose. Tom hatte gerade geduscht und war dabei, sich sein Hemd anzuziehen.

»Früher hatte ich immer eine gewisse Euphorie verspürt, wenn ich gerade eine Operation beendet hatte«, sagte Kim. »Heute plagt mich eher so ein komisches, unterschwellig mulmiges Gefühl.«

»Kommt mir bekannt vor«, pflichtete Tom ihm bei.

»Korrigier mich, wenn ich falsch liege«, fuhr Kim fort. »Unser Job hat doch wirklich mal mehr Spaß gemacht.«

Tom wandte sich vom Spiegel ab und lachte. »Entschuldige, daß ich lachen muß. Aber du redest, als hätte man dir gerade die Augen geöffnet.«

»Ich rede nicht von Geld«, erklärte Kim. »Ich denke an all die anderen kleinen Dinge. Zum Beispiel, daß man von den Schwestern und Pflegern respektiert und von den Patienten geschätzt wird. Heutzutage kann man nicht mal mehr das erwarten.«

»Die Zeiten ändern sich«, stimmte Tom ihm zu. »Das liegt vor allem am gewinnorientierten System der Krankenversorgung. Und die Regierung bläst ins gleiche Horn, um uns Fachärzten das Leben schwerzumachen. Manchmal stelle ich mir vor, daß einer von den verantwortlichen Bürokraten wegen einer Bypassoperation zu mir kommt und ich den Eingriff von einem praktischen Arzt durchführen lasse.«

Kim stand auf und zog seine OP-Hose aus. »Das Traurige und Aberwitzige ist, daß all das ausgerechnet jetzt passieren muß, wo die Herzchirurgie den Menschen mehr zu bieten hat denn je.«

Er wollte gerade seine Hose in den Wäschekorb neben der Tür werfen, als die Tür aufging und Dr. Jane Flanagan, eine der Anästhesiologinnen, ihren Kopf durch den Spalt steckte. Als sie Kim in der Unterhose sah, stieß sie einen Pfiff aus.

»Um ein Haar hätten Sie meine durchgeschwitzte Hose an den Kopf gekriegt«, rief Kim ihr zu.

»Dieser Anblick wär' mir das glatt wert gewesen«, witzelte Jane. »Ich wollte Ihnen nur sagen, daß Ihr Publikum im Aufenthaltsraum auf Sie wartet.«

Die Tür ging zu und Janes kesses Gesicht war verschwunden.

Kim sah Tom verdutzt an. »Publikum? Was, zum Teufel, meint sie damit?«

»Ich schätze, du hast Besuch«, vermutete Tom. »Und da niemand hier reingekommen ist, dürfte es sich wohl um Damenbesuch handeln.«

Kim ging an das Regal mit den frischen OP-Hosen und -Oberteilen und nahm sich eine neue Garnitur. »Und nun?« fragte er gereizt.

An der Tür hielt er inne. »Wenn da draußen Mrs. Arnold auf mich wartet, die Frau meines letzten Patienten, kriege ich einen Schreikrampf.«

Kim öffnete die Tür zum Aufenthaltsraum und sah sofort, daß es nicht Gertrude Arnold war, die ihn sprechen wollte. Statt dessen fiel sein Blick auf Kelly Anderson, die sich gerade am Kaffeeautomaten bediente. Ein paar Schritte hinter ihr stand ein Kameramann, die Kamera drehbereit auf der rechten Schulter balancierend.

»Ah, Dr. Reggis«, rief Kelly, als sie den überraschten und nicht gerade begeistert wirkenden Kim erblickte. »Wie nett, daß Sie bereit sind, mit mir zu reden.«

»Wie sind Sie hier reingekommen?« fragte Kim empört. »Und woher wissen Sie überhaupt, daß ich hier bin?« Der OP-Aufenthaltsraum galt fast als eine heilige Stätte, die selbst von nicht operierenden Ärzten nur äußerst selten betreten wurde. Kim fand es unerträglich, daß er nun sogar hier belästigt wurde, und zu allem Überfluß auch noch von Kelly Anderson.

»Brian und ich haben von Ihrer Ex-Frau erfahren, daß wir Sie hier finden können«, erklärte Kelly. »Und reingekommen sind wir hier, weil wir eingeladen – oder besser gesagt – eskortiert wurden, und zwar von einem gewissen Mr. Lindsey Noyes.« Kelly zeigte auf einen Herrn im grauen Anzug, der sich selbst nur bis zur Türschwelle gewagt hatte. »Er arbeitet in der PR-Abteilung von AmeriCare.«

»Guten Abend, Dr. Reggis«, sagte Lindsey nervös. »Wir

wollen Sie nur ganz kurz stören. Miss Anderson plant netterweise einen Beitrag zur Erinnerung an unsere Krankenhauszusammenlegung vor sechs Monaten. Wir wollen sie dabei natürlich so gut wir können unterstützen.«

Kims dunkle Augen schossen zwischen Kelly und Lindsey hin und her. Für einen Augenblick war er nicht sicher, über wen er sich mehr ärgern sollte, über die sensationslüsterne Journalistin oder über den Verwaltungsangestellten, der sich in alles einmischte. Schließlich beschloß er, sich nicht aus der Fassung bringen zu lassen. »Wenn Sie ihr helfen wollen, dann reden Sie doch mit ihr«, sagte er und drehte sich um, um zu gehen.

»Dr. Reggis, warten Sie!« platzte Kelly heraus. »Das Statement von AmeriCare haben wir schon aufgenommen. Was wir gerne hören würden, ist Ihre persönliche Meinung, ein Bericht von der Front sozusagen.«

Die Türklinke in der Hand, hielt Kim inne und überlegte. Dann wandte er sich noch einmal Kelly Anderson zu. »Nachdem ich Ihren Beitrag über Herzchirurgie gesehen habe, habe ich mir geschworen, nie wieder mit Ihnen zu reden.«

»Und warum?« fragte Kelly. »Ich habe Sie interviewt. Die Worte kamen aus Ihrem eigenen Mund.«

»Aber Sie haben mich in einem anderen Kontext zitiert, indem Sie Ihre Fragen herausgeschnitten haben«, fuhr Kim sie an. »Außerdem haben Sie wesentliche Aspekte weggelassen, obwohl ich Sie ausdrücklich auf deren Wichtigkeit hingewiesen hatte.«

»Wir schneiden unsere Interviews immer«, entgegnete Kelly. Kim stieß die Tür auf und setzte gerade einen Fuß über die Schwelle, als Kelly ihm noch einmal hinterherrief: »Dr. Reggis! Bitte beantworten Sie mir nur eine einzige Frage! Ist die Krankenhauszusammenlegung für die Bevölkerung wirklich so gut, wie AmeriCare behauptet? Sie sagen, sie hätten die Zusammenlegung aus uneigennützigen Gründen durchgeführt. Angeblich ist sie das Beste, was der medizinischen Versorgung dieser Stadt seit der Entdeckung des Penicillins passieren konnte.«

Kim zögerte. Der Kommentar war so absurd, daß er darauf etwas erwidern mußte. Also drehte er sich noch einmal zu Kelly um. »Es ist mir unbegreiflich, wie jemand etwas derart Haarsträubendes von sich geben und trotzdem noch ruhig schlafen kann. Die Wahrheit ist, daß die Krankenhäuser einzig und allein deshalb zusammengelegt wurden, weil AmeriCare mehr Profit machen will. Alles, was man Ihnen sonst erzählt hat, sind Ausflüchte und reiner Blödsinn.«

Im nächsten Moment fiel die Tür hinter Kim ins Schloß. Kelly sah Brian an. Der grinste und streckte ihr seinen hochgereckten Daumen entgegen. »Ich hab's«, freute er sich.

Kelly grinste ebenfalls. »Super. Das war genau das, was ich hören wollte.«

Lindsey hüstelte wohlerzogen in seine vor den Mund gehaltene Hand. »Das war offenbar Dr. Reggis' persönliche Meinung. Ich versichere Ihnen, daß die anderen Ärzte diese Meinung nicht teilen.«

»Ach nein?« fragte Kelly und ließ ihren Blick durch den Raum schweifen. »Möchte sich vielleicht jemand zu Dr. Reggis' Behauptung äußern?«

Es herrschte absolute Stille.

»Hat er recht oder nicht?« versuchte Kelly die Ärzte und Schwestern zu einer Stellungnahme zu ermuntern.

Doch niemand gab einen Ton von sich. In der plötzlich eingetretenen Stille wirkte die Krankenhaussprechanlage wie der Hintergrund zu einem TV-Melodram.

»Okay«, beendete Kelly strahlend das Schweigen. »Vielen Dank, daß Sie uns Ihre Zeit geschenkt haben.«

Tom schlüpfte in seinen langen weißen Krankenhauskittel und verstaute Füller, Bleistifte und sein Untersuchungslämpchen in der oberen Brusttasche. Kim war zurückgekommen, hatte seine Sachen ausgezogen, sie in den Wäschekorb geschleudert und war dann unter die Dusche gegangen. Er hatte kein Wort gesagt.

»Willst du mir nicht erzählen, wer da draußen auf dich gewartet hat?« fragte Tom.

»Kelly Anderson von den WENE-Nachrichten!« rief Kim aus der Dusche.

»Im OP-Aufenthaltsraum?« fragte Tom.

»Kaum zu glauben, nicht wahr?« entgegnete Kim. »Einer von diesen Verwaltungsheinis von AmeriCare hat sie begleitet. Offenbar hat meine Ex ihr erzählt, wo sie mich finden kann.«

»Hoffentlich hast du ihr gehörig die Meinung gesagt, was du von ihrem Beitrag über Herzchirurgie gehalten hast«, sagte Tom. »Nachdem mein Automechaniker den Beitrag gesehen hat, hat er prompt seine Preise erhöht – ich schwöre es dir. Ich hab's dir ja vorhin schon gesagt – es geht bergab. Während sämtliche Dienstleistungen immer teurer werden, rutschen unsere Einkünfte in den Keller.«

»Ich habe so wenig gesagt wie möglich«, entgegnete Kim.

»Wann solltest du eigentlich Becky abholen?« fragte Tom.

»Um sechs«, erwiderte Kim. »Wie spät ist es denn?«

»Beeil dich lieber!« riet Tom. »Es ist schon fast halb sieben.«

»Verdammt!« fluchte Kim. »Ich hab' noch nicht einmal meine Patientenrunde beendet. Was für ein Leben!«

3

Freitag, 16. Januar

Als Kim seine Visite beendet und noch einmal im Aufwachraum nach Mr. Arnold gesehen hatte, war eine weitere Stunde vergangen. Auf dem Weg zum Haus seiner Ex-Frau, die im Universitätsviertel der Stadt wohnte, holte er das Letzte aus seinem zehn Jahre alten Mercedes heraus und schaffte den Weg in Rekordzeit. Trotzdem war es schon fast acht, als er den Wagen vor Tracys Haus hinter einem gelben Lamborghini parkte.

Er sprang aus dem Auto und rannte den Gartenweg entlang. Das Haus war um die Jahrhundertwende gebaut worden, wirkte aber keineswegs pompös. Die spitzbogigen Schlafzimmerfenster im ersten Stock ließen viktorianisch-gotischen Einfluß erkennen. Zwei Stufen auf einmal nehmend, stürmte er die Treppe zu der mit Säulen verzierten Veranda hinauf und klingelte. Sein Atem dampfte in der kalten Winterluft. Während er wartete, rieb er sich die Arme, um sich ein wenig aufzuwärmen; er hatte keinen Mantel an.

Tracy öffnete die Tür und stemmte die Hände in die Hüften. Man sah ihr an, daß sie besorgt und zugleich verärgert war. »Also, Kim, es ist fast acht Uhr!« schimpfte sie los. »Dabei wolltest du spätestens um sechs hier sein.«

»Tut mir leid«, entgegnete Kim. »Ich kann wirklich nichts dafür. Meine zweite Operation hat länger gedauert, als ich erwartet hatte. Wir hatten plötzlich ein unvorhergesehenes Problem.«

»Eigentlich sollte ich mich ja längst daran gewöhnt haben«, seufzte Tracy. Dann ging sie zur Seite, bedeutete Kim einzutreten und schloß die Tür.

Kim warf einen Blick ins Wohnzimmer und sah dort einen leger gekleideten Mittvierziger auf dem Sofa sitzen. Er trug eine Wildlederjacke und Cowboystiefel; in der einen Hand hielt er einen Drink, in der anderen einen Cowboyhut.

»Wenn ich gewußt hätte, daß du so spät kommst, hätte ich Becky längst etwas zu essen gemacht«, sagte Tracy. »Sie hat einen Riesenhunger.«

»Da können wir schnell Abhilfe schaffen«, entgegnete Kim. »Wir hatten sowieso vor, essen zu gehen.«

»Du hättest ja wenigstens anrufen können«, bemerkte Tracy.

»Ich bin erst um halb sechs aus dem OP gekommen«, sagte Kim. »Du brauchst nicht glauben, ich käme gerade vom Golfplatz.«

»Ich weiß«, gab Tracy sich geschlagen. »Ist ja alles wunderbar, was du machst. Das Problem ist nur – du hast sechs Uhr gesagt, nicht ich. Vielleicht solltest du zukünftig lieber zweimal überlegen, bevor du dich verabredest. Ich habe auf heißen Kohlen gesessen und jede Sekunde mit dir gerechnet. Zum Glück fliegen wir nicht Linie.«

»Fliegen?« fragte Kim. »Wo willst du denn hin?«

»Nach Aspen«, erwiderte Tracy. »Ich habe Becky die Nummer gegeben, unter der ich zu erreichen bin.«

»Für zwei Tage nach Aspen?«

»Ich glaube, ich sollte mir auch mal ein bißchen Spaß im Leben gönnen«, sagte Tracy. »Du hast natürlich keinen Schimmer, wovon ich rede. Für dich gibt es ja nur den Operationssaal.«

»Wo wir schon mal dabei sind, Nettigkeiten auszutauschen«, entgegnete Kim. »Besten Dank, daß du mir Kelly Anderson in den OP-Aufenthaltsraum geschickt hast. Das war wirklich eine schöne Überraschung!«

»Ich habe sie nicht geschickt«, widersprach Tracy.

»Hat sie aber behauptet.«

»Ich habe ihr lediglich gesagt, daß du heute operierst«, stellte Tracy klar.

»Als ob das nicht das gleiche wäre«, sagte Kim.

Über Kims Schulter hinweg sah Tracy, wie ihr Besucher sich vom Sofa erhob. Es war ihm sichtlich unangenehm, den Streit zwischen ihr und ihrem Ex-Mann mit anhören zu müssen, weshalb sie Kim bedeutete, ihr ins Wohnzimmer zu folgen.

»Hören wir auf zu streiten!« schlug sie vor. »Komm, ich möchte dir meinen Freund Carl Stahl vorstellen.«

Die beiden Männer begrüßten sich per Handschlag und beäugten sich argwöhnisch.

»Macht's euch gemütlich!« forderte Tracy die beiden auf. »Ich gehe schnell nach oben und sehe nach, ob Becky ihre Siebensachen zusammengepackt hat. Dann können wir endlich aufbrechen.«

Kim sah ihr hinterher, bis sie über die Treppe nach oben verschwand. Dann wandte er sich wieder ihrem Gast zu, der offenbar ihr neuer Partner war. Es war eine unangenehme Situation, und Kim spürte etwas wie Eifersucht in sich aufsteigen. Wenigstens war Carl ein ganzes Stück kleiner als er, und die ersten Haare gingen ihm auch schon aus. Andererseits war er braun gebrannt, obwohl tiefster Winter war. Außerdem schien er körperlich gut in Form zu sein.

»Darf ich Ihnen einen Drink anbieten?« fragte Carl und deutete auf die Bourbon-Flasche auf der Anrichte.

»Warum nicht?« erwiderte Kim. Normalerweise trank er nicht viel Alkohol, aber in den letzten sechs Monaten hatte er sich angewöhnt, jeden Abend einen kleinen Drink zu nehmen.

Carl legte seinen Cowboyhut zur Seite und ging zur Anrichte. Kim registrierte, daß er sich offenbar wie zu Hause fühlte.

»Ich habe das Interview gesehen, daß Kelly Anderson vor einem Monat oder so mit Ihnen geführt hat«, sagte Carl, während er ein paar Eiswürfel in ein Glas gab.

»Oje«, entgegnete Kim. »Dabei hatte ich gehofft, daß es keiner gesehen hat.«

Carl goß großzügig Whiskey auf die Eiswürfel und reichte Kim den Drink. Dann setzte er sich wieder auf das Sofa. Kim nahm auf einem Clubsessel gegenüber Platz.

»Kein Wunder, daß der Beitrag Sie verärgert hat«, sagte Carl und ließ seine Mißbilligung durchklingen. »Er war wirklich nicht fair. Es ist kaum zu fassen, wie die Fakten in Fernsehbeiträgen verdreht werden.«

»Traurig, aber wahr«, stimmte Kim ihm zu und nippte an seinem Getränk. Bevor er schluckte, atmete er einmal tief durch. Er spürte, wie eine angenehme Wärme seinen Körper durchströmte.

»Ich habe ihr die Geschichte sowieso nicht abgekauft«, fuhr Carl fort. »Jeden Penny, den ihr Ärzte verdient, bekommt ihr völlig zu Recht. Ich jedenfalls weiß eure Arbeit zu schätzen.«

»Vielen Dank«, sagte Kim. »Das ist beruhigend.«

»Ganz im Ernst«, bekräftigte Carl. »Ich habe auch mal ein paar Semester Medizin studiert.«

»Tatsächlich? Warum haben Sie denn aufgehört? Hat es Ihnen nicht gefallen?«

»Kann man nicht so sagen. Es war wohl eher so, daß ich der Medizin nicht gefallen habe«, erwiderte Carl und lachte seltsam grunzend über seinen eigenen Witz. »Es wurde mir zu anstrengend und ließ sich irgendwann nicht mehr mit meinen gesellschaftlichen Aktivitäten vereinbaren.« Er lachte erneut, als ob er schon wieder etwas wahnsinnig Witziges erzählt hätte.

Kim begann sich zu fragen, was Tracy an diesem Typen fand.

»Was machen Sie eigentlich beruflich?« fragte Kim, um irgend etwas zu sagen. Allerdings interessierte es ihn tatsächlich. Da Tracy in einem eher bescheidenen Mittelschichtviertel lebte, mußte der gelbe Lamborghini draußen Carl gehören. Außerdem hatte Tracy gesagt, daß sie nicht Linie flogen, und das gab ihm noch mehr zu denken.

»Ich bin Geschäftsführer von Foodsmart«, erwiderte Carl. »Ich bin sicher, Sie haben schon von der Firma gehört.«

»Kann ich nicht behaupten«, erwiderte Kim.

»Unsere Firma ist riesig«, erklärte Carl. »Wir handeln mit landwirtschaftlichen Produkten. Eigentlich ist es eher eine Holdinggesellschaft. Sogar eine der größten in unserem Bundesstaat.«

»Großhandel oder Einzelhandel?« fragte Kim, obwohl er so gut wie nichts von der Geschäftswelt verstand.

»Sowohl als auch«, erwiderte Carl. »Aber vor allem Großhandel. Wir exportieren Getreide und Rindfleisch. Außerdem halten wir die Mehrheit bei Onion Ring.«

»Die kenne ich natürlich«, entgegnete Kim. »Ich habe sogar selber ein paar Onion-Ring-Aktien.«

»Gute Wahl«, sagte Carl. Dann beugte er sich vor, sah sich verstohlen im Zimmer um, als ob er ein paar versteckte Lauscher befürchtete, und flüsterte: »Kaufen Sie weitere Onion-Ring-Aktien! Die Firma steht kurz davor, den nationalen Markt zu erobern. Betrachten Sie es als Insidertip, und erzählen Sie niemandem, woher Sie diese Information haben!«

»Danke für den Tip«, entgegnete Kim und fügte dann mit sarkastischem Unterton hinzu: »Ich habe mich sowieso schon gefragt, wie ich mein bombastisches Einkommen anlegen soll.«

»Sie werden mir noch ewig dankbar sein«, fuhr Carl fort, der Kims Bemerkung offenbar für bare Münze nahm. »Die Aktie wird steigen wie eine Rakete. In einem Jahr wird Onion Ring McDonald's, Burger King und Wendy's das Fürchten lehren!«

»Wie Tracy eben erwähnt hat, fliegen Sie mit einem Privatflugzeug nach Aspen«, sagte Kim, um das Thema zu wechseln. »Was fliegen Sie denn?«

»Ich persönlich?« fragte Carl zurück. »Ich fliege nicht. Um Gottes willen! Ich wäre der letzte, der sich ins Cockpit eines Flugzeugs setzen würde.«

Carl lachte erneut auf seine seltsam grunzende Art, und Kim fragte sich, ob er nachts wohl schnarchte.

»Ich habe einen neuen Lear Jet«, erklärte Carl. »Offiziell gehört er Foodsmart. Jedenfalls für das Finanzamt. Aber wie dem auch sei – wie Sie sicher wissen, schreibt die nationale Luftfahrtbehörde sowieso Piloten für solche Flüge vor.«

»Natürlich«, erwiderte Kim, als würde er die Vorschrift bestens kennen. Auf keinen Fall wollte er durchblicken lassen, daß er von diesen Dingen keine Ahnung hatte. Und genausowenig wollte er durchschimmern lassen, wie wütend es ihn machte, daß ein Geschäftsmann, der nur Papiere hin- und herschob, derartige Vergünstigungen genoß, während er selber zwölf Stunden am Tag die Herzen anderer Menschen operierte und Probleme hatte, die Reparaturrechnungen für seinen alten Mercedes zu bezahlen.

Plötzlich war auf der nicht mit Teppich ausgelegten Treppe lautes Fußgetrappel zu hören; Becky war im Anmarsch. Sie hatte sich eine Reisetasche und Schlittschuhe über die Schulter gehängt. Bevor sie ins Wohnzimmer stürmte, lud sie beides auf einem Stuhl in der Diele ab.

Kim hatte Becky seit dem vergangenen Sonntag nicht mehr gesehen, als sie im nahe gelegenen Skigebiet einen gemeinsamen, herrlichen Tag verbracht hatten. Becky freute sich riesig, ihren Vater wiederzusehen. Sie warf sich in seine Arme und drückte ihn so heftig, daß er für einen Augenblick das Gleichgewicht verlor. Sein Gesicht dicht an ihren Kopf gepreßt, spürte er, daß ihr brünettes Haar noch feucht vom Duschen war. Sie hatte Apfelshampoo benutzt und duftete wie ein blühender Obstgarten.

Ohne ihn loszulassen, beugte Becky sich zurück und setzte ein Gesicht auf, als sei sie böse auf ihn. »Du hast dich aber ganz schön verspätet, Daddy.«

Als er seine geliebte, manchmal etwas altkluge zehnjährige Tochter betrachtete, löste sich der gesamte Ärger des Tages im Nu auf. In seinen Augen strotzte sie nur so vor Anmut, Jugend und Energie. Ihre Haut war makellos, ihre Augen groß und ausdrucksvoll.

»Tut mir leid, mein Schatz«, sagte Kim. »Wie ich gehört habe, hast du Hunger.«

»Ich sterbe fast vor Hunger«, rief Becky. »Sieh mal!«

Sie drehte stolz ihren Kopf hin und her. »Ich habe neue Diamantohrringe. Sind sie nicht super? Carl hat sie mir geschenkt.«

»War nur eine Kleinigkeit«, wiegelte Carl ab. »Eine Art verspätetes Weihnachtsgeschenk und eine kleine Belohnung dafür, daß sie ihre Mom das ganze Wochenende an mich abtritt.« Kim schluckte. Er war völlig perplex. »Sie sind sehr hübsch«, brachte er schließlich hervor.

Becky ließ ihren Vater los und lief in die Diele, wo sie ihre Sachen zusammensuchte und ihren Mantel aus dem Garderobenschrank holte. Kim folgte ihr und ging zur Tür.

»Eins noch, junge Dame«, ermahnte Tracy ihre Tochter. »Ich möchte, daß du zur gleichen Zeit schlafen gehst wie immer. Hast du mich verstanden? Im Moment geht nämlich die Grippe um.«

»Oh Mom!« stöhnte Becky.

»Ich meine es ernst«, sagte Tracy. »Ich möchte auf keinen Fall, daß du die Schule verpaßt.«

»Keine Panik, Mom«, versuchte Becky sie zu beruhigen. »Unterhalt dich gut, und mach dir nicht so viele Gedanken wegen ...«

»Ich werde mich großartig unterhalten«, unterbrach Tracy ihre Tochter, bevor sie etwas Peinliches sagen konnte, »aber ich werde mich noch großartiger unterhalten, wenn ich mir um dich keine Sorgen machen muß. Hast du den Zettel mit meiner Telefonnummer eingesteckt?«

»Ja«, erwiderte Becky genervt und fügte dann keß hinzu: »Denk an mich, wenn du den Big Burn runterfällst!«

»Okay, ich verspreche es«, erklärte Tracy und nahm Becky den Mantel ab, den sie sich über den Arm gelegt hatte. »Ich möchte, daß du ihn anziehst!«

»Aber wir fahren doch im Auto!« beklagte sich Becky.

»Das ist egal«, entgegnete Tracy und half ihr in den Mantel.

Becky lief zu Carl, der in der Wohnzimmertür stehengeblieben war. Sie umarmte ihn zum Abschied und flüsterte ihm ins Ohr: »Sie ist total nervös, aber sie wird sich schon wieder einkriegen. Und danke nochmals für die Ohrringe. Sie sind echt toll.«

»Ist schon gut, Becky«, sagte Carl verblüfft.

Dann lief sie zu Tracy, umarmte sie ebenfalls kurz und hastete zur Tür, die Kim ihr bereits aufhielt.

Sie stürmte die Treppe hinunter und gab Kim wild gestikulierend zu verstehen, daß er sich beeilen solle. Kim legte einen Schritt zu.

»Ruft mich an, wenn irgend etwas ist!« rief Tracy ihnen von der Veranda hinterher.

Kim und Becky winkten nur und stiegen ins Auto.

»Sie macht sich noch vor Sorgen in die Hose«, sagte Becky, während Kim den Motor anließ. Dann zeigte sie nach vorn. »Das ist ein Lamborghini. Er gehört Carl. Ist er nicht super?«

»Kann schon sein«, erwiderte Kim und bemühte sich, so zu tun, als ließe ihn der Wagen kalt.

»Du solltest dir auch einen Lamborghini kaufen, Dad«, riet Becky und drehte sich im Vorbeifahren noch einmal bewundernd nach dem Flitzer um.

»Apropos essen«, sagte Kim. »Ich wollte noch Ginger abholen. Dann können wir drei zusammen ins Chez Jean fahren.«

»Ich will aber nicht mit Ginger essen!« schmollte Becky. Kim trommelte mit den Fingern auf dem Lenkrad herum. Sein stressiger Arbeitstag und das Treffen mit Carl hatten seine Nerven stark strapaziert. Er wünschte, er hätte endlich mal wieder Zeit, Tennis zu spielen. Dann könnte er sich körperlich verausgaben und hätte ein Ventil für all seinen Ärger. Das letzte, was er wollte, war, daß Becky und Ginger nicht miteinander auskamen.

»Becky«, begann Kim, »wir haben schon zigmal darüber gesprochen. Ginger ist gerne mit dir zusammen.«

»Aber ich will mit dir ausgehen, und nicht mit deiner Rezeptionsdame«, quengelte Becky.

»Aber du gehst doch mit mir aus«, entgegnete Kim. »Wir gehen alle zusammen aus. Im übrigen ist Ginger für mich mehr als meine Rezeptionsdame.«

»Außerdem will ich nicht in diesem stickigen alten Restaurant essen«, ereiferte Becky sich weiter. »Ich hasse es.«

»Okay, okay«, sagte Kim und bemühte sich, nicht die Beherrschung zu verlieren. »wir können ja ins Onion Ring am Prairie Highway gehen. Nur du und ich. Wir sind schon fast da.«

»Super!« freute sich Becky. Obwohl sie angeschnallt

war, schaffte sie es, sich zu ihrem Vater hinüberzubeugen und ihm einen Kuß auf die Wange zu drücken.

Kim staunte, wie geschickt seine Tochter ihn zu manipulieren vermochte. Für einen Augenblick war er erleichtert, daß sie wieder so normal und fröhlich war wie vorher, doch nach ein paar Kilometern mußte er doch noch einmal auf das Thema zurückkommen: »Eins würde mich schon interessieren«, sagte er. »Was hast du eigentlich gegen Ginger?«

»Sie ist schuld, daß du nicht mehr mit Mom zusammen bist«, erwiderte Becky.

»Das darf ja wohl nicht wahr sein«, ereiferte sich Kim. »Hat deine Mutter das behauptet?«

»Nein«, erwiderte Becky. »Sie sagt, daß Ginger nur einer von vielen Gründen war, aber ich glaube trotzdem, daß sie schuld ist. Ihr habt erst angefangen, euch zu streiten, als Ginger aufgekreuzt ist.«

Kim trommelte erneut mit den Fingern auf dem Lenkrad herum. Auch wenn Becky es bestritt – er war sicher, daß Tracy ihr diese Version in den Kopf gesetzt hatte.

Als er auf den Onion-Ring-Parkplatz einbog, blickte er kurz zur Seite. Becky war von der riesigen Leuchtreklame angestrahlt. Die Vorfreude auf ihr gemeinsames Fast-food-Dinner stand ihr ins Gesicht geschrieben.

»Daß deine Mutter und ich uns haben scheiden lassen, hat sehr komplizierte Gründe«, begann er. »Und Ginger hat damit so gut wie gar nichts zu tun …«

»Paß auf!« schrie Becky plötzlich.

Kim blickte wieder nach vorne und sah direkt vor seinem rechten Kotflügel einen etwa zwölfjährigen Jungen auf einem Skateboard. Er trat auf die Bremse und riß das Steuer nach links. Mit einem Ruck kam der Wagen zum Stehen, krachte jedoch gegen das Heck eines parkenden Autos. Glasscherben klirrten zu Boden.

»Du bist auf den Wagen geknallt!« rief Becky, als ob das nicht eindeutig klar war.

»Ich weiß, daß ich auf den Wagen geknallt bin!« brüllte Kim zurück.

»Aber das ist doch nicht meine Schuld!« entrüstete sich Becky. »Also brüll mich gefälligst nicht so an!«

Der Junge mit dem Skateboard, der kurz gestoppt hatte, rollte nun vor dem Wagen her. Kim sah ihn an, woraufhin der Junge respektlos »Arschloch!« zischte. Um nicht die Beherrschung zu verlieren, schloß Kim kurz die Augen.

»Tut mir leid«, wandte er sich dann an Becky. »Natürlich war es nicht deine Schuld. Ich hätte besser aufpassen müssen. Und ich hätte dich natürlich nicht anschreien dürfen.«

»Was sollen wir jetzt tun?« fragte Becky und ließ ihren Blick besorgt über den Parkplatz schweifen. Um nichts in der Welt wollte sie jetzt einen ihrer Schulkameraden treffen.

»Mal sehen, was wir angerichtet haben«, sagte Kim, öffnete die Tür und stieg aus. Nach ein paar Sekunden war er zurück und bat Becky, ihm aus dem Handschuhfach die Mappe mit den Fahrzeugpapieren zu reichen.

»Was ist denn kaputtgegangen?« fragte Becky und gab ihm die Papiere.

»Unsere Frontscheinwerfer und von dem anderen Auto das Rücklicht«, erwiderte Kim. »Ich klemme einen Zettel an die Windschutzscheibe.«

Als sie das Restaurant betraten, hatte Becky das Mißgeschick bereits vergessen. Da Freitagabend war, herrschte im Onion Ring Hochbetrieb. Die meisten der Gäste waren Teenager mit Punkfrisuren, die ihre aberwitzige Kollektion an übergroßen Klamotten zur Schau stellten. Aber auch etliche Familien mit Kindern und sogar Babys hatten es sich in dem Restaurant gemütlich gemacht. Jauchzende Kleinkinder und mehrere, voll aufgedrehte Ghettoblaster sorgten für einen erheblichen Geräuschpegel.

Die Restaurants der Onion-Ring-Kette waren vor allem bei Kindern sehr beliebt, da sie sich aus einer Vielzahl verschiedenster Soßen und Zutaten ihren eigenen »Gourmetburger« zusammenstellen konnten. Außerdem konnten sie mit Frucht- und Schokoüberzügen ihren eigenen Eisbecher kreieren.

»Ist es nicht supercool hier?« bemerkte Becky, während sie sich mit ihrem Vater an der Theke anstellte.

»Eine wirkliche Oase«, erwiderte Kim scherzhaft. »Vor allem mit der ruhigen Klassikmusik im Hintergrund.«

»Oh Dad!« stöhnte Becky und verdrehte die Augen.

»Warst du mit Carl auch schon mal hier?« fragte Kim, obwohl er nicht wußte, ob er die Antwort wirklich hören wollte. Er ahnte schon, wie sie ausfallen würde.

»Natürlich«, erwiderte Becky. »Er hat Mom und mich schon ein paarmal hier zum Essen eingeladen. Es war echt cool. Ihm gehört das Restaurant.«

»Das stimmt nicht ganz«, erwiderte Kim mit einer gewissen Genugtuung. »Onion Ring ist eine Aktiengesellschaft. Weißt du, was das bedeutet?«

»So ungefähr«, erwiderte Becky.

»Es bedeutet, daß einer Menge Leute Anteile an der Firma gehören«, erklärte Kim. »Sogar ich besitze ein paar Aktien. Deshalb gehört mir auch ein Stück von dem Restaurant.«

»Aber als ich mit Carl hier war, mußten wir uns nicht anstellen«, wandte Becky ein.

Kim holte tief Luft und seufzte. »Reden wir von etwas anderem. Wie sieht es mit deiner Teilnahme bei der nationalen Eiskunstlaufmeisterschaft aus? Soweit ich weiß, läuft die Anmeldefrist bald ab.«

»Ich werde nicht teilnehmen«, erwiderte Becky, ohne zu zögern.

»Nein?« fragte Kim entgeistert. »Warum denn nicht, mein Schatz? Du bist doch ein Naturtalent. Die Juniormeisterschaft hast du doch letztes Jahr mit links gewonnen.«

»Ich laufe ja auch gerne Schlittschuh«, entgegnete Becky. »Aber ich möchte mir nicht den Spaß daran verderben.«

»Aber du könntest gewinnen.«

»Bei einem solchen Wettkampf will ich gar nicht gewinnen«, erklärte Becky.

»Oh Becky«, sagte Kim. »Jetzt bin ich aber wirklich ein bißchen enttäuscht. Ich wäre so stolz auf dich gewesen.«

»Mom hat vorausgesehen, daß du so reagieren würdest«, erklärte Becky.

»Ist ja großartig«, entfuhr es Kim. »Deine Therapeuten-Mutter, die immer alles besser weiß.«

»Außerdem hat sie gesagt, ich muß selber entscheiden, was ich für richtig halte.«

Inzwischen hatten sie sich zum Tresen vorgearbeitet. Ein gelangweilter Kassierer im Teenageralter starrte sie mit glasigen Augen an und fragte, was sie essen wollten.

Becky warf einen Blick auf die große Speisetafel. Sie verzog den Mund und bohrte sich einen Finger in die Wange. »Hmmm«, grummelte sie. »Keine Ahnung, was ich bestellen soll.«

»Nimm doch einen Hamburger«, schlug Kim vor. »Ich dachte, den ißt du am liebsten.«

»Okay«, stimmte Becky zu. »Ich nehme einen Hamburger mit Pommes und einen Vanilleshake.«

»Normal oder Jumbo?« fragte der Kassierer gelangweilt.

»Normal«, erwiderte Becky.

»Und Sie, Sir?« wollte der Kassierer wissen.

»Ach du meine Güte, mal sehen«, entgegnete Kim und warf nun ebenfalls einen Blick auf die Speisekarte. »Einmal die Tagessuppe und einen Salat, würde ich sagen. Und einen Eistee.«

»Macht sieben Dollar neunzig«, erklärte der Kassierer.

Kim zahlte, und der Kassierer reichte ihm die Quittung. »Sie haben die Nummer siebenundzwanzig.«

Kim und Becky mußten ein bißchen suchen, doch schließlich fanden sie in der Nähe des Fensters zwei freie Plätze. Becky quetschte sich an den Tisch, während Kim stehenblieb. Er reichte ihr die Quittung und sagte, daß er mal kurz zur Toilette müsse. Becky nickte abwesend. Sie hatte einen tollen Jungen von ihrer Schule entdeckt, der zufällig am Nachbartisch saß.

Kim mußte eine Art Hindernislauf durch das Restaurant hinter sich bringen, bevor er endlich in den Toilettenvorraum gelangte. Dort gab es zwei Telefone, die jedoch beide besetzt waren. Vor jedem Telefon hatte sich eine Schlange gebildet. Kim griff in seine Jackentasche und holte sein Handy heraus. Er wählte, lehnte sich gegen die Wand und preßte sich das Telefon ans Ohr.

»Ginger, ich bin's«, versuchte er den Lärm zu übertönen.

»Wo, zum Teufel, steckst du?« entgegnete Ginger. »Hast du vergessen, daß wir für halb acht im Chez Jean reserviert hatten?«

»Wir gehen nicht ins Chez Jean«, erklärte Kim. »Ich mußte kurzfristig umdisponieren. Becky und ich essen schnell etwas im Onion Ring am Prairie Highway.«

Ginger antwortete nicht.

»Hallo?« rief Kim in den Hörer. »Bist du noch da?«

»Ja, ich bin noch da«, erwiderte Ginger.

»Hast du verstanden, was ich gesagt habe?«

»Natürlich habe ich verstanden«, erwiderte Ginger. »Ich habe übrigens auch noch nicht gegessen und die ganze Zeit gewartet. Du hättest ja wenigstens mal anrufen können! Außerdem hast du mir versprochen, daß wir heute abend im Chez Jean essen würden.«

»Jetzt fang du nicht auch noch an!« jammerte Kim. »Ich kann es nun mal nicht jedem recht machen. Ich habe Becky viel zu spät abgeholt, und sie hatte einen Bärenhunger.«

»Ist ja wunderbar«, entgegnete Ginger. »Dann mach dir doch einen schönen Abend mit deiner Tochter!«

»Jetzt gehst du mir wirklich auf die Nerven, Ginger!«

»Was glaubst du eigentlich, wie ich mich fühle?« fauchte Ginger. »Ein Jahr lang mußte deine Frau als Entschuldigung herhalten, und nun scheint deine Tochter diesen Platz einzunehmen.«

»Jetzt reicht's, Ginger!« fuhr Kim sie an. »Ich habe wirklich keine Lust, mit dir zu streiten. Becky und ich essen hier, und dann fahren wir zu dir und holen dich ab.«

»Keine Ahnung, ob ich dann noch hier bin«, entgegnete Ginger. »Ich habe es langsam satt, immer wieder vertröstet zu werden.«

»Okay«, resignierte Kim. »Du entscheidest, was du tun willst.« Er beendete das Gespräch und steckte das Telefon zurück in seine Jackentasche. Mit zusammengebissenen Zähnen fluchte er leise vor sich hin. Der Abend entwickelte sich nicht gerade so, wie er es sich gewünscht hätte. Unbeabsichtigt streifte er mit seinem Blick eine etwa Vierzehnjährige, die in der Warteschlange vor den Telefonen stand. Ihr Lippenstift war so dunkelrot, daß er schon fast braun wirkte. Sie hatte ihn so dick aufgetragen, als wolle sie die Nordwand des Mount Everest besteigen und müsse sich vor der sengenden Sonne schützen.

Das Mädchen merkte, daß er sie anstarrte. Sie unterbrach für einen Moment ihr kuhartiges Kaugummikauen und streckte ihm die Zunge heraus. Er stieß sich von der Wand ab und flüchtete auf die Männertoilette, wo er sich ein wenig Wasser ins Gesicht spritzte und sich die Hände wusch.

In der Küche und im Servicebereich bei Onion Ring herrschte die gleiche Hektik und Geschäftigkeit wie in einem gut besuchten Restaurant. Es war eine Art kontrolliertes Chaos. Freitags und samstags war bei Onion Ring immer Hochbetrieb. An diesen Tagen arbeitete Roger Polo, der Manager des Restaurants, immer zwei Schichten hintereinander. Er war ein nervöser Mann Ende Dreißig und verlangte seinen Untergebenen genausoviel ab wie sich selbst.

Wenn im Restaurant soviel los war wie jetzt, als Kim und Becky auf ihr Essen warteten, kümmerte Roger sich um die Weiterleitung der Bestellungen. Er orderte bei Paul, dem Schnellkoch, Burger und Pommes und gab Suppen- und Salatbestellungen an Julia weiter, die an der Warmhalteplatte und an der Salattheke arbeitete; für Getränke war Claudia verantwortlich. Seit einer Woche gab es noch den Laufburschen Skip, der die Vorräte wieder auffüllte und für anfallende Routinearbeiten wie Saubermachen oder Aufräumen zuständig war.

»Nummer siebenundzwanzig!« brüllte Roger. »Eine Suppe und einen Salat!«

»Dazu Eistee und Vanilleshake!« fügte er hinzu.

»Kommt sofort!« rief Claudia zurück.

»Außerdem einen normalen Burger und eine mittlere Portion Pommes«, orderte Roger weiter.

»Verstanden!« rief Paul.

Paul war erheblich älter als Roger. Er hatte ein tief zerfurchtes Gesicht, das einen eher an einen Farmer als einen Koch denken ließ. Er hatte zwanzig Jahre als Schnellkoch auf einer Ölbohrinsel im Golf gearbeitet. Auf seinem rechten Unterarm prangten eine tätowierte Ölquelle und der Schriftzug: *Eureka!*

Paul stand am Grill, der sich mitten im Raum hinter der Kassenreihe befand. Er hatte ständig eine größere Menge von Hamburgern auf dem Rost; jeder gehörte zu einer Bestellung. Er grillte die Hamburger nach einem Rotationsprinzip, damit alle gleich lang auf dem Rost blieben. Als Roger ihm die neuesten Bestellungen zurief, drehte er sich um und öffnete den brusthohen Kühlschrank hinter sich.

»Skip!« brüllte er, als er sah, daß die Fleischbox leer war. »Hol mir mal schnell eine Hamburger-Box aus dem Gefrierraum.«

Skip stellte seinen Schrubber beiseite. »Schon unterwegs.«

Der Gefrierraum befand sich am hinteren Ende der Küche, direkt neben dem Kühlraum und gegenüber dem Vorratslager. Skip öffnete die schwere Tür zum Gefrierraum und ging hinein. An der Tür war eine starke Sprungfeder befestigt, so daß sie von allein hinter ihm zufiel. Der Raum war etwa drei mal sieben Meter groß und wurde von einer einzigen Glühbirne erhellt. Die Wände waren mit einem Material beschichtet, das wie Alufolie aussah. Der Fußboden war aus Holz.

Bis auf den Mittelgang war der Raum von oben bis unten mit Pappkartons vollgestopft. Auf der linken Seite lagerten die großen Kartons mit gefrorenen Fleischbällchen. Auf der rechten Seite befanden sich Kisten mit gefrorenen Pommes frites, Fischfilets und Hähnchenteilen.

Skip rieb sich die Arme, um sich aufzuwärmen. Da die Temperatur im Gefrierraum unter null Grad lag, erzeugte sein Atem kleine Dampfwolken. Er wollte so schnell wie möglich zurück in die warme Küche. Um sicherzugehen, daß es sich auch wirklich um Gehacktes handelte, kratzte er den Frost von dem ersten Karton auf der linken Seite. Auf dem Etikett stand:

MERCER MEATS, REGULÄRE HAMBURGER À 50 GRAMM,
EXTRA MAGER, PARTIE NUMMER 6, SENDUNG 9–14,
HERSTELLUNG AM 12. JANUAR,
VERWENDBAR BIS ZUM 12. APRIL

Zufrieden riß er den Karton auf und nahm eine der Boxen mit fünfzehn Dutzend Fleischbällchen heraus. Dann ging er zurück und legte sie in den Kühlschrank hinter Pauls Arbeitsfläche.

»Du kannst weiterbrutzeln«, erklärte Skip.

Paul sagte nichts. Er war viel zu sehr damit beschäftigt, die gebratenen Hamburger zwischen die Brötchenhälften zu legen und die neuen Bestellungen, die Roger ihm gerade zugerufen hatte, im Kopf zu behalten. Als er soweit war, drehte er sich zum Kühlschrank um, öffnete die Fleischbox und nahm die georderte Anzahl an Hamburgern heraus. Als er die Tür gerade wieder schließen wollte, fiel sein Blick auf das Etikett.

»Skip!« rief er. »Los, beweg deinen Hintern hier rüber!«

»Was ist denn los?« fragte Skip. Er hatte sich gerade gebückt, um die Abfalltüte in dem Mülleimer unter der mittleren Arbeitsfläche zu wechseln.

»Du hast mir die Falschen gebracht«, sagte Paul. »Die sind doch heute erst reingekommen.«

»Macht das einen Unterschied?« fragte Skip.

»Und was für einen«, erwiderte Paul. »Ich zeig's dir gleich.« Dann rief er Roger zu: »Wie viele Hamburger brauchst du nach Bestellung sechsundzwanzig?«

Roger warf einen Blick auf die Bestellzettel. »Einen für Nummer siebenundzwanzig, vier für achtundzwanzig und drei für neunundzwanzig. Insgesamt acht.«

»Hatte ich's mir doch richtig gemerkt«, entgegnete Paul und warf die acht Hamburger, die er in der Hand hielt, auf den Grill. Dann drehte er sich um und nahm die Box, die Skip gerade gebracht hatte, aus dem Kühlschrank. In der Hektik merkte er nicht, daß der erste Hamburger, den er auf den Grill geknallt hatte, einen anderen, der schon länger auf dem Rost lag, zum Teil bedeckte.

Er gab Skip einen Wink, ihm zu folgen. »Wir bekommen alle paar Wochen eine neue Lieferung«, erklärte er im Gehen, »und wir müssen die älteren natürlich zuerst verbrauchen.«

Er öffnete die Tür zum Gefrierraum und entdeckte sofort den Karton, den Skip geöffnet hatte. Er quetschte die Box, die er in der Hand hielt, wieder in den Karton und schloß den Deckel.

»Siehst du das Datum?« fragte Paul und zeigte auf das Etikett. »Na klar«, erwiderte Skip.

»Die älteren Kartons stehen da hinten«, fuhr Paul fort. »Die müssen zuerst verbraucht werden.«

»Hätte mir ja mal einer sagen können«, beklagte sich Skip.

»Ich sag's dir doch«, entgegnete Paul. »Komm, hilf mir mal, die neuen Kartons nach hinten und die alten nach vorne zu schaffen!«

Kim war von der Toilette zurückgekehrt und hatte es geschafft, seine langen Beine unter den Tisch zu quetschen und neben Becky Platz zu nehmen. Mit am Tisch saßen noch sechs andere Gäste, unter anderem ein zweijähriger Junge, der den ganzen Mund mit Ketchup verschmiert hatte. Er trommelte gerade mit einem Plastik-Suppenlöffel auf seinem halb aufgegessenen Hamburger herum.

»Hör mal zu, Becky«, begann Kim und bemühte sich, den Zweijährigen zu ignorieren. »Ich habe Ginger gesagt, daß wir sie nach dem Essen abholen.«

Becky holte einmal tief Luft, seufzte und ließ die Schultern hängen. Sie spielte offenkundig die Eingeschnappte, was eigentlich gar nicht zu ihr paßte.

»Schließlich hast du deinen Willen bekommen«, fuhr Kim fort. »Wir essen zusammen – und zwar nur wir beide und nicht bei Chez Jean.«

»Du hast mich aber nicht gefragt, ob wir sie abholen sollen«, klagte Becky. »Als du vorgeschlagen hast, im Onion Ring zu essen, dachte ich, wir würden sie heute abend gar nicht mehr treffen.«

Kim starrte vor sich hin und spannte seine Kiefermuskeln. Er liebte seine Tochter über alles, aber manchmal machte ihre Eigenwilligkeit ihn fertig. Als Herzchirurg war er es gewohnt, daß die Leute in seinem Team seinen Anweisungen widerspruchslos folgten.

Als Paul aus dem Gefrierraum zurückkam, war Roger der Verzweiflung nahe.

»Wo warst du denn?« fragte er. »Wir sind total im Rückstand.«

»Keine Panik«, entgegnete Paul. »Ich habe alles unter Kontrolle.« Er nahm seinen Wender und begann, die Hamburger in die jeweiligen Brötchen zu befördern. Den, der halb auf dem anderen gelegen hatte, schob er beiseite, damit er den darunter liegenden vom Grill nehmen konnte.

»Bestellung Nummer dreißig!« brüllte Roger. »Zwei normale Hamburger und ein Jumbo.«

»Wird erledigt!« rief Paul zurück, griff hinter sich in den Kühlschrank und nahm das Fleisch heraus. Dann wandte er sich wieder um, warf die Fleischbällchen schwungvoll auf den Grill und nahm erneut den Wender zur Hand, um den Hamburger umzudrehen, der zuvor auf einem anderen gelegen hatte. Doch als er ihn zurück auf den Grill beförderte, landete er so gegen einen anderen gelehnt, daß er wieder nicht flach auf dem Grill lag. Paul wollte ihn gerade zurechtrücken, als er von Roger unterbrochen wurde.

»Was ist denn heute los mit dir?« fuhr sein Vorgesetzter ihn an. »Du bringst ja alles durcheinander.«

Den Wender in der Hand und über den Grill gebeugt, sah Paul verdutzt auf.

»Nummer fünfundzwanzig waren zwei Jumbos, nicht zwei normale«, beschwerte sich Roger.

»Scheiße, tut mir leid«, entgegnete Paul. Er drehte sich zum Kühlschrank um, nahm zwei Jumbos heraus und legte sie auf den Grill. Dann drückte er sie mit dem Wender ein wenig platt. Jumbos wurden doppelt so lange wie normale Hamburger gebraten.

»Und zu Nummer fünfundzwanzig gehört eine normale Portion Pommes«, fauchte Roger und fuchtelte Paul drohend mit dem Bestellzettel vor der Nase herum.

»Schon fertig«, entgegnete Paul und füllte schnell eine Ladung Pommes in eine Papiertüte.

Roger nahm die Tüte, legte sie auf das für Nummer fünfundzwanzig vorgesehene Tablett und schob es weiter auf den Ausgabetresen. »Okay«, wandte sich Roger an Paul. »Als nächstes ist Nummer siebenundzwanzig dran. Wo ist der Hamburger, und wo sind die Pommes? Los Paul! Sieh zu, daß wir unseren Rückstand aufholen!«

»Ist ja schon gut«, entgegnete Paul. Er schob den Hamburger, der nie richtig auf dem Grill gelegen hatte, zwischen zwei Brötchenhälften, fügte noch ein paar gebratene Zwiebeln hinzu und füllte Pommes in eine Tüte.

Wenige Sekunden später beugte sich der Teenager am Ausgabetresen über das Mikrophon und verkündete: »Nummer fünfundzwanzig und Nummer siebenundzwanzig abholbereit.«

Kim erhob sich. »Das sind wir. Ich hole das Essen. Und wenn wir fertig sind, holen wir Ginger ab. Das ist mein letztes Wort. Und ich erwarte von dir, daß du nett zu ihr bist. Okay?«

»Okay«, erwiderte Becky zögernd und stand auf.

»Ich hole das Essen schon«, sagte Kim. »Bleib sitzen!«

»Aber ich möchte mir meinen Hamburger selber zurechtmachen«, sagte Becky.

»Natürlich«, entgegnete Kim. »Das hatte ich ganz vergessen.« Während Becky eine beeindruckende Menge verschiedener Soßen in ihren Hamburger quetschte, wählte Kim ein Salatdressing, das in seinen Augen noch am erträglichsten aussah. Dann kehrten Vater und Tochter auf ihre Plätze zurück. Erfreut registrierte Kim, daß der mit Ketchup bekleckerte kleine Junge inzwischen weg war.

Beckys Laune besserte sich sichtlich, als der Junge von ihrer Schule sie um ein paar Pommes bat. Kim wollte gerade von seiner Suppe kosten, als sein Handy klingelte. Er nahm das Gespräch entgegen und preßte sich das Telefon ans Ohr.

»Reggis«, meldete er sich.

»Hier ist Nancy Warren«, meldete sich eine der Krankenschwestern. »Ich muß Sie leider stören. Mrs. Arnold besteht darauf, daß Sie ins Krankenhaus kommen und sich um ihren Mann kümmern.«

»Warum denn?« fragte Kim.

Becky nahm ihren Hamburger in beide Hände, führte sich das monströse Gebilde an den Mund und biß hinein. Dann kaute sie ein paarmal und musterte die angebissene Stelle.

»Mr. Arnold ist sehr ängstlich«, erklärte Nancy. »Er meint, daß die Schmerzmittel nicht wirken. Außerdem hatte er verfrühte Vertikalkontraktionen gehabt.«

Becky zog Kim am Arm, um ihm die angebissene Stelle ihres Hamburgers zu zeigen. Er gab ihr durch ein Handzeichen zu verstehen, daß sie warten solle, bis er sein Telefongespräch beendet hatte. »Sind die Vertikalkontraktionen mehrmals aufgetreten?«

»Hält sich in Grenzen«, erwiderte Nancy. »Aber immerhin hat er sie bemerkt.«

»Bestimmen Sie seine Kaliumwerte!« ordnete Kim an. »Und verdoppeln Sie seine Schmerzmittelration! Ist der Intensivarzt da?«

»Ja«, erwiderte Nancy. »Dr. Silber ist hier. Aber ich glaube, es wäre besser, wenn Sie kurz vorbeischauen würden. Mrs. Arnold ist ziemlich hartnäckig.«

»Das glaube ich Ihnen aufs Wort«, entgegnete Kim. »Aber warten wir erst mal auf die Kaliumwerte. Achten Sie bitte auch darauf, daß er keine übermäßige Bauchauftreibung bekommt.«

Kim beendete das Gespräch. Mrs. Arnold war eine noch schlimmere Nervensäge, als er befürchtet hatte.

»Sieh dir mal meinen Hamburger an«, sagte Becky.

Kim warf einen Blick auf den Hamburger und sah, daß das Fleisch in der Mitte noch rosa war. »Hmm. Genauso habe ich meine Hamburger auch gegessen, als ich so alt war wie du.«

»Echt?« fragte Becky. »Ich finde es ekelig.«

Kim überlegte, daß er wohl am besten selbst mit der zuständigen Ärztin sprach und wählte die Nummer des Krankenhauses. »Ich habe meine Hamburger immer so gegessen«, sagte er zu Becky, während sich die Verbindung aufbaute. »Halb roh und mit einer rohen Zwiebelscheibe, nicht mit diesem gegrillten Zeug, und schon gar nicht mit all diesem Schlabber obendrauf.«

Das Krankenhaus meldete sich, und Kim bat darum, Dr. Alice Silber anzupiepen und ihr auszurichten, daß sie ihn anrufen möge.

Becky musterte noch einmal skeptisch ihren Hamburger, zuckte mit den Schultern und biß wieder hinein, diesmal allerdings etwas vorsichtiger. Sie mußte zugeben, daß er verdammt gut schmeckte.

4

Samstag, 17. Januar

Kim bog um die Kurve in seiner Straße und fuhr langsam auf sein Haus zu. Es war ein großes, im Tudorstil errichtetes Gebäude, das sich auf einem großzügigen Grundstück mit altem Baumbestand befand und in einem angenehmen Vorortviertel lag. Das Haus war einmal eine prachtvolle Villa gewesen, doch im Moment machte es einen ziemlich vernachlässigten Eindruck. Im vergangenen Herbst hatte niemand die Blätter zusammengeharkt, deshalb bedeckten sie den Rasen jetzt wie eine nasse braune Schmutzschicht. An der Fassade blätterte stellenweise der Putz ab, ein neuer Anstrich war überfällig. Ein paar Fensterläden hingen schief, und vom Dach hatten sich einzelne Schieferplatten gelöst, die nun in der Dachrinne steckten.

Es war ein bewölkter und winterlich kalter Samstagmorgen. Obwohl es schon neun Uhr war, wirkte die Umgebung wie ausgestorben. Als Kim in seine Einfahrt bog und das Garagentor hochzog, konnte er weit und breit kein Lebenszeichen entdecken. Sein Nachbar hatte noch nicht einmal die Zeitung hereingeholt.

Innen wirkte das Haus ähnlich vernachlässigt. Da Tracy bei ihrem Auszug alles mitgenommen hatte, was ihr irgendwie am Herzen lag, waren nur noch wenige Teppiche, Bilder und Möbel zurückgeblieben. Außerdem war das Haus seit Monaten nicht mehr richtig saubergemacht worden. Das Wohnzimmer, in dem es außer einem Stuhl, einer kleinen Brücke, einem Beistelltisch, auf dem das Telefon stand, und einer Stehlampe keine weiteren Möbel gab, wirkte wie ein Tanzsaal.

In der Diele warf Kim seine Schlüssel auf eine eingebaute Ablage, durchquerte das Eßzimmer und ging in die Wohnküche. Im Gehen rief er nach Becky, doch sie antwortete nicht. Ein Blick auf die Spüle, auf der keinerlei schmutziges Geschirr stand, verriet ihm, daß seine Tochter offenbar noch schlief.

Er war wie jeden Morgen um kurz nach fünf aufgewacht und gleich aufgestanden, um ins Krankenhaus zu fahren und nach den Patienten zu sehen. Er hatte damit gerechnet, daß Becky inzwischen aufgestanden war und ihn startbereit erwartete.

»Becky, du Langschläferin, wo steckst du denn?« rief er, während er die Treppe hinaufging. Oben angelangt hörte er die Tür zum Zimmer seiner Tochter aufgehen. Einen Augenblick später erschien sie auf der Türschwelle; sie trug noch immer ihr Flanellnachthemd. Ihre dunklen Locken waren vom Schlaf zerzaust, und sie blinzelte ihn mit kleinen Augen an.

»Was ist los mit dir?« fragte Kim. »Ich dachte, du könntest es kaum erwarten, wieder auf die Eisbahn zu kommen. Na los, zieh dich an!«

»Ich fühle mich nicht gut«, sagte Becky und rieb sich die Augen.

»Wieso?« fragte Kim. »Was hast du denn?«

»Ich habe Bauchschmerzen.«

»Ach, das wird schon nichts Ernstes sein«, sagte Kim. »Sind die Schmerzen immer da, oder kommen sie in Schüben?«

»Manchmal sind sie da, und manchmal sind sie weg«, erwiderte Becky.

»Wo genau tut es dir denn weh?« fragte Kim.

Becky fuhr sich mit der Hand über die Magengegend.

»Hast du Schüttelfrost?« wollte Kim wissen und legte ihr die Hand auf die Stirn.

Becky schüttelte den Kopf.

»Dann sind es wohl nur ein paar harmlose Krämpfe«, vermutete Kim. »Wahrscheinlich hast du dir mit dem Junk food gestern abend den Magen verdorben. Am besten duschst du dich jetzt und ziehst dich an. Ich mache währenddessen das Frühstück. Aber beeil dich ein bißchen! Ich möchte nicht, daß deine Mutter mir Vorwürfe macht, weil ich dich zu spät zum Training gebracht habe.«

»Ich habe keinen Hunger«, sagte Becky.

»Nach dem Duschen hast du bestimmt Appetit, da bin ich sicher«, entgegnete Kim. »Bis gleich in der Küche.«

Wieder unten, stellte er Müsli, Milch und Saft auf den Tisch. Dann kehrte er noch einmal zum Treppenabsatz zurück, um Becky etwas zu fragen, doch er hörte bereits das Wasser rauschen. Er ging wieder in die Küche, nahm den Hörer vom Wandtelefon und wählte Gingers Nummer.

»Im Krankenhaus ist alles okay«, sagte er, als Ginger sich meldete. »Die drei frisch operierten Patienten sind auf dem Wege der Besserung. Allerdings treiben die Arnolds mich allmählich zum Wahnsinn, vor allem natürlich Mrs. Arnold.«

»Freut mich«, entgegnete Ginger spitz.

»Was ist denn jetzt schon wieder los?« fragte Kim. Während seiner morgendlichen Visite war er mit einer der Schwestern angeeckt, und er wollte doch endlich mal einen streßfreien Tag verbringen.

»Eigentlich hatte ich bei dir übernachten wollen«, erwiderte Ginger. »Ich finde es wirklich nicht fair, daß …«

»Hör auf damit!« fuhr Kim sie an. »Nicht schon wieder dieses Thema! Ich kann den Unsinn nicht mehr hören. Zu allem Übel fühlt sich auch noch Becky heute morgen etwas angeschlagen.«

»Was hat sie denn?« Ginger klang ehrlich besorgt.

»Nichts Schlimmes«, erwiderte Kim. »Sie hat Magenschmerzen.« Weiter kam er nicht, denn er hörte Becky die Treppe herunterpoltern. »Oh, sie kommt«, sagte er. »Paß auf, Ginger. Wir treffen uns nachher auf der Eisbahn im Einkaufszentrum, Tschüs!«

Als er auflegte, erschien Becky schon in der Küche. Sie hatte sich seinen Bademantel angezogen. Er war ihr viel zu groß und schleifte über den Boden; die Ärmel reichten ihr bis zur Wade. »Auf dem Tisch stehen Müsli, Milch und Saft«, sagte Kim. »Geht es dir ein bißchen besser?«

Becky schüttelte den Kopf.

»Was möchtest du essen?«

»Nichts«, erwiderte Becky.

»Aber irgend etwas mußt du zu dir nehmen«, insistierte Kim. »Soll ich dir ein bißchen Pepto-Bismol geben?«

Becky verzog angewidert das Gesicht. »Dann trinke ich lieber einen Schluck Saft.«

In den Geschäften im Einkaufszentrum wurden gerade die ersten Rollgitter hochgezogen, als Kim und Becky durch die Passage gingen, die zur Eisbahn führte. Zwar hatte Kim nicht mehr nachgehakt, doch er war ziemlich sicher, daß es Becky schon wieder besserging. Sie hatte schließlich doch noch ein wenig Müsli gegessen, und im Auto hatten sie sich munter unterhalten.

»Siehst du mir beim Training zu?« fragte sie.

»Das hatte ich eigentlich vor«, erwiderte Kim. »Ich bin schon ganz gespannt auf deinen dreifachen Axel.«

Als sie die Eisbahn fast erreicht hatten, gab er seiner Tochter die Schlittschuhe. Ein Pfiff verkündete das Ende des gerade stattgefundenen Kurses.

»Das nenne ich perfektes Timing«, stellte Kim fest.

Während Becky sich auf eine Bank setzte und ihre

Schnürsenkel löste, sah Kim sich nach den anderen Eltern um; es waren vorwiegend Mütter da. Plötzlich traf sich sein Blick mit dem von Kelly Anderson. Obwohl es noch früh am Morgen war, hatte sie sich in Schale geworfen, als wäre sie unterwegs zu einer Modenschau. Ihre Haare lagen so perfekt, als käme sie gerade vom Friseur. Sie lächelte ihn an. Kim sah weg.

Ein Mädchen in Beckys Alter kam zu ihnen herübergelaufen, verließ die Eisbahn und ließ sich mit einem kurzen »Hi!« neben Becky auf die Bank plumpsen. Becky grüßte zurück.

»Da ist ja mein Lieblings-Herzchirurg.«

Kim drehte sich um und stellte zu seinem Entsetzen fest, daß Kelly vor ihm stand.

»Haben Sie schon meine Tochter kennengelernt?« fragte Kelly.

Kim schüttelte den Kopf.

»Caroline, sag Dr. Reggis doch guten Tag!« forderte sie ihre Tochter auf.

Obwohl Kim auf eine Unterhaltung mit Kelly keinerlei Wert legte, begrüßte er Caroline freundlich und machte Kelly dann mit Becky bekannt.

»Was für eine schöne Überraschung, Sie schon wieder zu treffen!« sagte sie, nachdem sie Becky begrüßt und sich wieder aufgerichtet hatte. »Haben Sie gestern abend meinen Beitrag über die Krankenhauszusammenlegung gesehen? Er kam in den Elf-Uhr-Nachrichten.«

»Nein«, erwiderte Kim.

»Schade!« sagte Kelly. »Er lief zu einer Top-Sendezeit. Und wie ich gehört habe, soll ihr vernichtendes Urteil über die Zusammenlegung allen anderen die Schau gestohlen haben. Die Telefonleitungen sind fast zusammengebrochen, und genau das liebt unser Sendechef.«

»Erinnern Sie mich bitte beim nächsten Mal daran, daß ich kein Wort mehr mit Ihnen spreche«, entgegnete Kim.

»Vorsichtig, Dr. Reggis«, sagte Kelly entzückt, »sonst beleidigen Sie mich noch.«

»Kim!« rief plötzlich jemand von der anderen Seite der Eisbahn. »Hier bin ich!«

Ginger war im Anmarsch und winkte wild gestikulierend, während sie die Bahn umrundete und auf Kim und Kelly zukam. Sie war Anfang Zwanzig und wirkte mit ihrem blonden Haar und ihren spinnenhaften Beinen wie eine Elfe. Wenn sie nicht arbeitete, legte sie Wert darauf, sich locker und sexy zu kleiden. An diesem Morgen trug sie eine enge Jeans und ein knappes Top, das ihre schmale Taille voll zur Geltung brachte. Dazu hatte sie ein Stirnband um und Schweißbänder an den Handgelenken, die erkennen ließen, daß sie ein begeisterter Aerobic-Fan war. Sie war in Turnschuhen, und obwohl es Winter war, ohne Mantel.

»Ach du liebe Güte!« murmelte Kelly, als sie Ginger erblickte. »Wer kommt denn da? Ich glaube, das riecht nach Stoff für unsere Klatschrubrik. Der berühmte Herzchirurg und die Aerobic-Trainerin.«

»Sie ist meine Rezeptionistin«, sagte Kim, um Kelly den Wind aus den Segeln zu nehmen.

»Das würde ich natürlich niemals bezweifeln«, entgegnete Kelly. »Aber sehen Sie sich mal ihren Körper an! Und dieser jugendliche Enthusiasmus! Irgendwie habe ich das Gefühl, daß sie Sie für den tollsten Hecht auf Erden hält.«

»Ich sagte Ihnen doch bereits – sie arbeitet für mich«, fuhr Kim sie an.

»Ich glaube Ihnen ja«, entgegnete Kelly. »Das ist es doch gerade, was mich interessiert. Mein Internist und mein Augenarzt haben sich nämlich auch scheiden lassen, um ihre Empfangsdamen zu heiraten. Das ist Stoff für eine hübsche Geschichte. Könnte es vielleicht sein, daß auch Sie der typisch männlichen Mediziner-Midlife-Crisis zum Opfer gefallen sind?«

»Lassen Sie mich in Ruhe!« fuhr Kim sie an. »Jetzt und für alle Zeiten.«

»Regen Sie sich doch nicht so auf, Dr. Reggis!« versuchte Kelly ihn zu beruhigen. »Herzchirurgen halten sich nun einmal für Stars. Und wer ein Star sein will, muß mit der Neugier der Reporter und der Öffentlichkeit rechnen, vor allem wenn er mit Frauen anbändelt, die nur halb so alt sind wie er selbst.«

Becky beugte sich zu Caroline hinüber und flüsterte ihr ins Ohr: »Bis später. Da drüben kommt die beknackte Freundin von meinem Vater.« Dann erhob sie sich, betrat die Eisbahn und flitzte davon.

Ginger steuerte auf Kim zu, und bevor er sich's versah, drückte sie ihm einen dicken Kuß auf die Wange. »Tut mir leid, Darling«, begrüßte sie ihn. »Ich war heute morgen am Telefon wirklich unmöglich. Muß wohl daran liegen, daß ich dich so vermißt habe.«

»Hmm«, bemerkte Kelly. »Klingt ja nicht gerade sehr geschäftsmäßig. Schon mal was von Lippenstift als Beweismittel gehört?«

Kim wischte sich mit dem Handrücken über die Wange.

»Oje!« rief Ginger, als sie den roten Abdruck ihrer Lippen auf seinem Gesicht sah. »Warte, ich mache das schnell weg.«

Sie befeuchtete zwei Finger mit Spucke, und bevor Kim reagieren konnte, hatte sie ihm den Lippenstift über die ganze Wange verschmiert.

»Jetzt ist es perfekt«, kommentierte Kelly.

Ginger drehte sich um und erkannte Kelly sofort, schließlich war sie eine lokale Berühmtheit. »Kelly Anderson!« platzte sie heraus. »Wie schön, Sie zu sehen! Ich finde, Sie sind eine wirklich tolle Nachrichtenreporterin.«

»Vielen Dank«, entgegnete Kelly. »Und Sie sind ...«

»Ginger Powers.«

»Nett, Sie kennenzulernen«, sagte Kelly. »Ich gebe Ihnen meine Karte. Vielleicht können wir uns irgendwann einmal unterhalten.«

»Oh, danke«, brachte Ginger hervor. Sie nahm die Karte und strahlte über das ganze Gesicht. »Ich würde mich wahnsinnig gerne mit Ihnen unterhalten.«

»Gut«, sagte Kelly. »Ich mache demnächst ein paar Berichte zum Thema Gesundheit. Da bin ich immer auf der Suche nach Meinungen von Leuten aus der Branche.«

»Sie wollen mich interviewen?« fragte Ginger. Sie war überrascht und fühlte sich geschmeichelt.

»Ja, warum nicht?« entgegnete Kelly.

»Eigentlich sollten Sie lieber ihn interviewen«, erklärte Ginger und zeigte auf Kim. »Er ist derjenige, der fast alles über Medizin weiß.«

»Sie scheinen eine hohe Meinung von Dr. Reggis zu haben«, sagte Kelly. »So könnte man es doch ausdrücken, nicht wahr?«

»Als ob das eine Frage wäre!« entgegnete Ginger ein wenig entrüstet. »Er ist der beste Herzchirurg der Welt. Und der bestaussehende ebenfalls.« Sie versuchte Kim neckisch in die Wange zu kneifen, doch diesmal entkam er ihr.

»Ich denke, das reicht mir fürs erste«, erklärte Kelly. »Komm, Caroline, wir müssen los. Ach, Ginger – rufen Sie mich doch mal an! Ich würde wirklich gerne mit Ihnen reden.« An Kim gewandt fügte sie hinzu: »Ich kann gut verstehen, warum Ginger Ihre Rezeptionistin und Freundin ist.«

Dann zog sie mit Caroline von dannen. Sie hatte sich die Schlittschuhe und den Rucksack ihrer Tochter über die Schulter gehängt, da Caroline noch mit ihrem langen, gefütterten Mantel kämpfte.

»Eine tolle Frau«, sagte Ginger, während sie Kelly hinterhersah.

»Sie ist ein Hai«, widersprach Kim. »Ich möchte nicht, daß du mit ihr sprichst.«

»Warum denn nicht?« fragte Ginger.

»Weil sie mir nur Ärger macht«, erwiderte Kim.

»Aber ich würde wirklich gerne von ihr interviewt werden«, jammerte Ginger.

»Eins kann ich dir versprechen«, fuhr Kim sie an. »Wenn du mit ihr sprichst, bist du deinen Job los. Und mich auch! Hast du verstanden?«

»Ist ja schon gut«, entgegnete Ginger. »Was bist du bloß für ein Miesepeter heute! Was ist denn los mit dir?«

Becky, die ein paar Aufwärmrunden gedreht hatte, kam auf sie zugefahren.

»Ich muß den Unterricht heute ausfallen lassen!« rief sie Kim und Ginger zu. Sie verließ die Eisbahn, setzte sich und versuchte hastig, sich die Schlittschuhe von den Füßen zu zerren. »Was ist denn los?« fragte Kim.

»Ich habe solche Bauchschmerzen«, sagte sie. »Und ich muß dringend auf die Toilette.«

5

Sonntag, 18. Januar

Kim nahm die Krankenakte von Harvey Arnold aus dem Fach und klappte sie auf. Es war noch nicht einmal acht Uhr morgens, und die Krankenschwestern von der Tagesschicht ließen sich gerade von ihren Kolleginnen der Nachtschicht auf den neuesten Stand bringen. Daher hatten Kim und die Schreibkraft der Station das Schwesternzimmer für sich allein. Er schlug die Seite mit den Vermerken der Schwestern auf und überflog, was sich am Vortag und in der vergangenen Nacht ereignet hatte. Dabei verkniff er sich mühsam ein Schmunzeln. Wie den Einträgen deutlich zu entnehmen war, hatte Mrs. Arnold die Schwestern genauso traktiert wie ihn. Darüber hinaus entnahm er dem Krankenblatt, daß es Mr. Arnold recht gutging, was sowohl die graphische Darstellung seiner Vitalzeichen wie auch das In- und Output-Blatt sowie die Laborwerte des Vortages bestätigten. Zufrieden schob er die Aufzeichnungen zurück in den dafür vorgesehenen Schlitz und steuerte das Zimmer des Patienten an.

Mr. Arnold saß aufrecht im Bett, frühstückte und sah dabei fern. Kim war wieder einmal überrascht, welche Fortschritte die Herzchirurgie in den letzten Jahrzehnten gemacht hatte. Mr. Arnold war dafür das beste Beispiel. Noch vor achtundvierzig Stunden war der siebzigjährige Mann schwer krank gewesen und hatte eine Operation am offenen Herzen über sich ergehen lassen müssen. Sein Herz war buchstäblich angehalten, geöffnet und repariert worden, und trotzdem war er schon wieder recht guter Dinge, fast schmerzfrei und genoß sichtlich die gewaltige

Verbesserung seiner Lebensqualität. Kim konnte nicht umhin, ein tiefes Gefühl der Enttäuschung darüber zu empfinden, daß ein derartiges Wunder in der gegenwärtigen Situation, in der nur noch Geld und Profit zählten, nicht entsprechend gewürdigt wurde.

»Wie geht es Ihnen, Mr. Arnold?« fragte Kim.

»Ganz gut«, erwiderte Mr. Arnold, während er sich mit der Serviette über das Kinn wischte. Wenn er allein war, war er immer nett und zuvorkommend. Aber wehe seine Frau kam hinzu – dann wurde er genauso unausstehlich wie sie.

Kim unterbrach ihn kurz bei seinem Frühstück und überprüfte den Verband und die Wundflüssigkeit. Alles war, wie es sein sollte.

»Glauben Sie wirklich, ich kann wieder Golf spielen?« fragte Mr. Arnold.

»Auf jeden Fall«, erwiderte Kim. »Sie können tun und lassen, wozu Sie Lust haben.«

Nachdem sie sich noch ein paar Minuten unterhalten hatten, verabschiedete sich Kim. Doch er hatte Pech; an der Tür lief er Mrs. Arnold in die Arme.

»Da sind Sie ja«, platzte sie heraus. »Gut, daß ich Sie erwische. Ich möchte, daß mein Mann rund um die Uhr von einer Privatschwester betreut wird.«

»Warum?« fragte Kim. »Wo liegt das Problem?«

»Wo das Problem liegt, kann ich Ihnen erklären«, ereiferte sich Mrs. Arnold. »Die Stationsschwestern lassen sich so gut wie nie hier blicken. Manchmal vergehen Stunden, bevor mal eine reinkommt. Und wenn Harvey klingelt, beenden sie immer erst noch in aller Ruhe ihr Pläuschchen.«

»Ich denke, das liegt daran, daß sie sehen, wie gut es Ihrem Mann schon wieder geht«, erklärte Kim. »Sie widmen ihre Zeit vor allem den Patienten, denen es schlechter geht.«

»Sparen Sie sich Ihre Ausreden«, entgegnete Mrs. Arnold. »Ich bestehe darauf, daß eine Schwester abgestellt wird, die die ganze Zeit hier im Zimmer zu sein hat.«

»Ich schicke Ihnen jemanden vorbei, mit dem Sie darüber sprechen können«, schlug Kim vor.

Vorübergehend besänftigt nickte Mrs. Arnold. »Aber lassen Sie mich nicht zu lange warten!«

»Ich werde sehen, was ich tun kann«, versprach Kim.

Zurück im Schwesternzimmer bat er die Stationssekretärin, den AmeriCare-Verwalter anzupiepen und ihn herzubitten, damit er sich mit Mrs. Arnold auseinandersetzen konnte. Während Kim auf den Fahrstuhl wartete, mußte er grinsen. Die Unterhaltung zwischen den beiden hätte er zu gerne mit angehört. Es erfüllte ihn mit Genugtuung, daß er dem AmeriCare-Verwalter ein bißchen Ärger bereiten konnte.

Als der Fahrstuhl kam, stieg er ein. Für einen Sonntagmorgen herrschte ziemlich viel Betrieb. Kim stand eng gequetscht vor einem großen, hageren Arzt, der den typischen weißen Kittel trug. Auf dem Namensschild stand: DR. JOHN MARKHAM, KINDERARZT.

»Entschuldigen Sie bitte«, sprach Kim den Kinderarzt an. »Wissen Sie zufällig, ob unter Schulkindern zur Zeit Enteroviren grassieren?«

»Nicht daß ich wüßte«, erwiderte Dr. Markham. »Wir hatten es kürzlich mit einem üblen Grippestamm zu tun, aber der hat nur die oberen Atemwege beeinträchtigt. Warum fragen Sie?«

»Meine Tochter hat Magen-Darm-Probleme«, erklärte Kim.

»Welche Symptome?« wollte Dr. Markham wissen.

»Gestern morgen hatte sie Magenkrämpfe«, erwiderte Kim. »Und dann hat sie Durchfall bekommen. Ich habe ihr ein rezeptfreies Antidiarroikum gegeben.«

»Hat es geholfen?« fragte Dr. Markham.

»Zuerst sah es so aus«, erwiderte Kim. »Aber dann sind die Symptome gestern nacht wieder aufgetreten.«

»Ist ihr übel, oder muß sie sich übergeben?«

»Übel ist ihr schon, aber übergeben mußte sie sich nicht. Jedenfalls noch nicht. Aber sie ißt ja auch so gut wie nichts.«

»Fieber?«

»Nein.«

»Bei welchem Kinderarzt ist sie denn?«

»Früher war sie bei George Turner. Aber nach der Krankenhauszusammenlegung war er gezwungen umzuziehen.«

»Ich erinnere mich an ihn«, entgegnete Dr. Markham. »Ich bin manchmal für ihn eingesprungen. Er ist wirklich gut.«

»Allerdings«, stimmte Kim ihm zu. »Er arbeitet jetzt im Kinderkrankenhaus in Boston.«

»Ein großer Verlust für unser Krankenhaus«, stellte Dr. Markham fest. »Aber zurück zu Ihrer Tochter. Was Sie da schildern, klingt mir eher nach einer leichten Lebensmittelvergiftung – und nicht nach einem Virus.«

»Meinen Sie wirklich?« fragte Kim. »Ich dachte immer, eine Lebensmittelvergiftung haut einen mit einem Schlag um.«

»Nicht unbedingt«, entgegnete Dr. Markham. »Eine Lebensmittelvergiftung kann sich ganz unterschiedlich äußern. Aber was für Symptome auch immer bei Ihrer Tochter aufgetreten sind – wenn sie unter akutem Durchfall leidet, hat sie sich sehr wahrscheinlich eine Lebensmittelvergiftung zugezogen. Rein statistisch betrachtet ist das übrigens auch am wahrscheinlichsten. Falls es Sie interessiert, wie oft so etwas auftritt: Das Gesundheitsamt geht von zwei- bis dreihundert Millionen Fällen im Jahr aus.«

Der Fahrstuhl hielt an, und Dr. Markham stieg aus.

»Hoffentlich geht es Ihrer Tochter bald besser«, wünschte er Kim zum Abschied, als die Tür zuging.

Kim schüttelte ungläubig den Kopf und wandte sich an einen anderen Krankenhausarzt. »Haben Sie das gehört? Zweihundert bis dreihundert Millionen Fälle von Lebensmittelvergiftung im Jahr? Das ist doch der Wahnsinn!«

»Das hieße, daß etwa jeder amerikanische Bürger einmal pro Jahr davon betroffen wäre«, erwiderte der Angesprochene.

»Die Zahl kann nicht stimmen«, vermutete eine Krankenschwester, die gerade ihren Dienst beendet hatte.

»Ich glaube, sie stimmt«, sagte ein anderer Arzt. »Die meisten Leute werden ohne weiteres mit den Symptomen fertig und glauben, sie hätten eine ›Magengrippe‹. Wobei es die sogenannte Magengrippe natürlich gar nicht gibt.«

»Es ist jedenfalls unglaublich«, meldete sich Kim wieder zu Wort. »Man sollte sich wohl lieber zweimal überlegen, wo man essen geht.«

»Zu Hause kann man genauso schnell eine Lebensmittelvergiftung kriegen«, sagte eine Frau aus dem hinteren Teil des Fahrstuhls. »Vor allem, wenn man aufgewärmte Reste ißt. Außerdem ist der falsche Umgang mit rohem Hähnchen eine ernstzunehmende Gefahrenquelle.«

Kim nickte. Er hatte das unangenehme Gefühl, daß alle anderen im Fahrstuhl mehr über das Thema wußten als er.

Im Erdgeschoß stieg er aus und verließ das Krankenhaus. Auf der Fahrt nach Hause mußte er die ganze Zeit über das Thema Lebensmittelvergiftung nachdenken. Er konnte es einfach nicht fassen, daß es in den Vereinigten Staaten zweihundert bis dreihundert Millionen Fälle im Jahr geben sollte. Wenn diese Zahl wirklich stimmte, erschien es ihm unbegreiflich, daß er bei seiner regelmäßigen Lektüre medizinischer Fachzeitschriften nie darauf gestoßen war.

Gedankenversunken öffnete er die Haustür und warf seine Schlüssel auf die Ablage in der Diele. Er wollte gleich im Internet nachsehen, ob die Zahl über die Häufigkeit von Lebensmittelvergiftungen sich dort verifizieren ließ. Als er aus der Küche den eingeschalteten Fernseher hörte, öffnete er die Tür.

Ginger stand an der Küchentheke und kämpfte mit dem in die Arbeitsfläche integrierten Dosenöffner. Sie trug einen enganliegenden Body, durch den fast alles zu sehen war. An Samstagen und Sonntagen zog sie konsequent ihr Aerobic-Programm durch. Becky lag auf dem Sofa und hatte sich bis zu den Ohren unter eine Decke gekuschelt. Sie sah sich Zeichentrickfilme an. Unter der grünen Wolldecke wirkte sie ziemlich blaß.

Da es Becky nicht gutging, hatten sie den vergangenen Abend zu Hause verbracht. Ginger hatte zum Abendessen Hähnchen zubereitet, doch Becky hatte nur sehr wenig davon probiert und war früh ins Bett gegangen. Ginger war über Nacht geblieben. Kim hoffte, daß die beiden in seiner Abwesenheit gut miteinander ausgekommen waren. Eigentlich hatte er sie noch im Bett vermutet.

»Hallo, ihr beiden!« rief er. »Ich bin wieder da!«

Weder Becky noch Ginger antworteten.

»Verdammt!« fluchte Ginger. »Dieser Dosenöffner ist absoluter Schrott!«

»Wo ist das Problem?« fragte Kim und eilte ihr zu Hilfe. Ginger hatte es inzwischen aufgegeben, sich mit der Dose abzumühen. Sie stemmte ihre Hände in die Hüften und sah verzweifelt aus.

»Ich kriege diese blöde Dose nicht auf«, schimpfte sie.

»Gib her, ich mache sie auf«, bot Kim an und nahm die Dose. Doch bevor er sie öffnete, musterte er skeptisch das Etikett. »Was ist das?«

»Hühnerbrühe«, erwiderte Ginger. »Steht doch drauf.«

»Und was willst du morgens um neun mit Hühnerbrühe?« fragte Kim.

»Sie ist für Becky«, erwiderte Ginger. »Meine Mutter hat mir früher immer Hühnerbrühe gegeben, wenn ich Durchfall hatte.«

»Ich habe ihr gesagt, daß ich keinen Hunger habe«, rief Becky vom Sofa herüber.

»Meine Mutter wußte ganz genau, was sie tat«, sagte Ginger. Kim stellte die Dose auf die Arbeitsfläche, umrundete die Küchentheke und ging ans Sofa, wo er Becky die Hand auf die Stirn legte. Sie drehte ihren Kopf, um den Bildschirm im Auge zu behalten.

»Geht es dir etwas besser?« fragte Kim. Die Stirn fühlte sich heiß an. »Ungefähr genauso wie gestern«, erwiderte Becky. »Ich möchte nichts essen. Davon werden die Krämpfe nur noch schlimmer.«

»Sie muß etwas essen«, insistierte Ginger. »Sie hat schon gestern abend so gut wie nichts angerührt.«

»Wenn ihr Körper ihr zu verstehen gibt, daß er nichts haben will, sollte sie auch nichts essen«, sagte Kim.

»Aber sie mußte sich übergeben«, fügte Ginger hinzu.

»Stimmt das, Becky?« fragte Kim. Erbrechen war ein neues Symptom.

»Ein bißchen«, gestand sie.

»Vielleicht sollten wir sie zu einem Arzt bringen«, schlug Ginger vor.

»Was glaubst du denn, was ich bin?« fuhr Kim sie an.

»Du weißt genau, was ich meine«, entgegnete Ginger. »Du bist der beste Herzchirurg der Welt, aber von Kinderbäuchen verstehst du nicht besonders viel.«

»Wie wär's, wenn du mal nach oben gehst und das Fieberthermometer holst?« schlug Kim vor.

»Wenn du mir sagst, wo ich es finden kann«, erwiderte Ginger bereitwillig.

»Im großen Badezimmer«, erklärte Kim. »In der obersten Schublade rechts.«

»Hast du immer noch Krämpfe?« wandte er sich dann wieder an seine Tochter.

»Ja, manchmal«, gestand Becky.

»Sind sie schlimmer als gestern?«

»Ungefähr gleich«, erwiderte sie. »Manchmal sind sie weg, und dann kommen sie plötzlich wieder.«

»Und der Durchfall?« fragte Kim weiter.

»Müssen wir unbedingt über so etwas Peinliches reden?« fragte Becky zurück.

»Schon gut, mein Schatz«, gab Kim sich zufrieden. »In ein paar Stunden wirst du dich wieder besser fühlen, da bin ich ganz sicher. Aber willst du wirklich nichts essen?«

»Ich habe keinen Hunger«, erwiderte Becky.

»Na gut«, sagte Kim. »Aber sag mir Bescheid, wenn du Appetit bekommst.«

Als Kim in die Straße einbog, in der Tracy wohnte, und vor ihrem Haus anhielt, war es bereits dunkel. Er stieg aus, ging um den Wagen herum und öffnete die Beifahrertür. Becky hatte sich in eine Decke gehüllt und sie so weit hochgezogen, daß sie über ihrem Kopf eine Art Kapuze bildete.

Kim half ihr aus dem Auto und legte auf dem Weg zur Haustür den Arm um ihre Schulter. Sie hatte den ganzen Tag auf dem Sofa gelegen und ferngesehen. Kim klingelte und wartete. Tracy öffnete und wollte gerade überschwenglich ihre Tochter begrüßen, als sie plötzlich innehielt und die Stirn runzelte.

»Wieso brauchst du diese Decke?« fragte sie, während sie in Erwartung einer Antwort zuerst Kim und dann Becky ansah. »Kommt rein!«

Becky trat ein, Kim folgte ihr. Tracy schloß die Tür.

»Was ist los?« wollte Tracy wissen und zog Becky einen Zipfel der Decke aus dem Gesicht. »Du siehst blaß aus. Bist du krank?«

Becky traten Tränen in die Augen. Als Tracy sie sah, schloß sie ihre Tochter sofort beschützend in die Arme. Gleichzeitig warf sie Kim einen finsteren Blick zu.

»Sie fühlt sich nicht gut«, gab Kim zerknirscht zu.

Tracy hielt Becky auf Armeslänge von sich weg und musterte nochmals ihr Gesicht. Becky wischte sich die Tränen aus den Augen. »Du bist ja kreidebleich«, stellte Tracy fest. »Was hast du denn?«

»Nur eine leichte Magen-Darm-Verstimmung«, antwortete Kim für seine Tochter. »Wahrscheinlich hat sie eine leichte Lebensmittelvergiftung. Das glaubt zumindest der Krankenhaus-Kinderarzt, mit dem ich gesprochen habe.«

»Und warum ist sie kreideweiß, wenn sie nur eine leichte Verstimmung hat?« wollte Tracy wissen und fühlte Beckys Stirn. »Sie hat kein Fieber«, erklärte Kim. »Nur Durchfall und hin und wieder ein paar Krämpfe.«

»Hast du ihr irgendein Mittel gegeben?« fragte Tracy.

»Natürlich«, erwiderte Kim. »Zuerst habe ich es mit Pepto-Bismol versucht, und als das nicht wirkte, habe ich ihr Imodium gegeben.«

»Hat es geholfen?« fragte Tracy.

»Ein bißchen«, erwiderte Kim.

»Ich muß auf die Toilette«, jammerte Becky.

»Okay, mein Schatz«, sagte Tracy. »Geh nach oben. Ich bin in einer Minute bei dir.«

Becky hob die Decke ein wenig an und lief die Treppe hinauf.

»Mein Gott, Kim!« wandte Tracy sich mit vor Wut gerötetem Gesicht an ihren Ex-Mann. »Du hast sie keine achtundvierzig Stunden bei dir gehabt, und schon ist sie krank. Was hast du bloß mit ihr angestellt?«

»Nichts Ungewöhnliches«, erwiderte Kim.

»Ich hätte eben doch nicht wegfahren dürfen«, nörgelte Tracy weiter.

»Jetzt mach aber mal einen Punkt!« entgegnete Kim, der nun ebenfalls wütend wurde. »Sie hätte genausogut krank werden können, wenn du hiergeblieben wärst. Wenn sie sich einen Virus eingefangen hat, kann sie sich lange vor deinem Wochenendtrip angesteckt haben.«

»Hast du nicht gerade noch von einer Lebensmittelvergiftung gesprochen?« fragte Tracy.

»Das hat der Kinderarzt nur vermutet«, erklärte Kim, »weil sich jedes Jahr unzählige Menschen so eine Vergiftung zuziehen.«

»Hat Ginger am Wochenende gekocht?« wollte Tracy wissen.

»Natürlich hat sie gekocht«, erwiderte Kim. »Gestern abend hat sie uns Hähnchen gemacht.«

»Hähnchen!« rief Tracy entsetzt. »Das hätte ich mir ja denken können. Dann wissen wir ja, warum es Becky so schlechtgeht.«

»Ist ja auch die einfachste Lösung, Ginger die Schuld in die Schuhe zu schieben«, ereiferte sich Kim. »Du hast einen richtigen Haß auf sie, nicht wahr?«

»Überhaupt nicht«, erwiderte Tracy. »Jedenfalls nicht mehr. Inzwischen ist sie mir vollkommen egal. Aber du mußt ja wohl zugeben, daß sie noch sehr jung ist und nicht gerade viel Erfahrung in der Küche hat. Erfahrene Mütter wie ich wissen nämlich, daß man mit Hühnerfleisch äußerst vorsichtig sein muß.«

»Klar«, entgegnete Kim verächtlich. »Du weißt ja alles besser. Aber zu deiner Information – Becky hat von dem Essen fast nichts angerührt. Außerdem fühlt sie sich schon seit Samstag morgen nicht gut. Wenn sie also tatsächlich eine Lebensmittelvergiftung hat, hat sie sich die im Onion

Ring auf dem Prairie Highway geholt, diesem Schuppen, mit dem dein neuer Freund vor Becky herumprotzt, daß er angeblich ihm gehört.« Tracy griff nach der Türklinke und riß die Haustür auf. »Gute Nacht, Kim!« sagte sie in einem scharfen Ton.

»Ich bin noch nicht fertig«, fauchte Kim. »Ich finde es ziemlich mies, daß du mich Becky gegenüber als eine Art Unmensch hinstellst, weil ich sie ermutige, an der Eiskunstlaufmeisterschaft teilzunehmen.«

»Ich habe hinsichtlich deiner Wünsche für unsere Tochter nie irgendein Werturteil geäußert«, sagte Tracy. »Ich habe Becky lediglich unterstützt, als sie mir erzählt hat, daß sie nicht sicher sei, ob sie an so einem Wettbewerb überhaupt teilnehmen solle. Allerdings habe ich ihr prophezeit, daß du vermutlich auf sie einreden wirst, damit sie ihre Meinung ändert. Mehr habe ich nicht gesagt.«

Kim durchbohrte seine Ex-Frau mit einem finsteren Blick. Wie jedesmal, wenn es im Streit um irgendwelche psychologischen Aspekte ging, machte ihr überlegenes Gehabe ihn rasend. Daß sie sich berufen fühlte, ihre Tochter vor seiner möglichen Reaktion zu warnen, brachte ihn schier auf die Palme.

»Gute Nacht!« wiederholte Tracy. Sie hielt noch immer die Tür auf.

Kim drehte sich um und ging.

6

Montag, 19. Januar

Obwohl er ihn nur selten brauchte, stellte Kim seinen Wekker immer auf Viertel nach fünf. Normalerweise wurde er kurz vor dem Klingeln wach und stellte den Wecker aus, bevor er seine Morgenruhe stören konnte. Seit seinem ersten Jahr als Assistenzarzt stand er allmorgendlich vor der Dämmerung auf, und auch an diesem Morgen machte er keine Ausnahme. Er sprang aus dem Bett und eilte nackt durch den stockdunklen Raum ins Bad.

Das dann folgende morgendliche Ritual spulte er ab wie ein programmierter Roboter. Er öffnete die schwere Glastür der Dusche und drehte den Wasserstrahl voll auf. Da Tracy und er immer lieber geduscht als gebadet hatten, war das Bad der einzige Raum gewesen, den sie nach dem Kauf ihres Hauses vor zehn Jahren umgebaut hatten. Sie hatten die Badewanne und die mit ihr verbundene, winzige Duschkabine herausreißen und statt dessen eine einssiebzig mal drei Meter große Dusche einbauen lassen. Sie war an drei Seiten mit Marmorkacheln ausgekleidet, die vierte bestand aus dickem Glas, genauso wie die Tür, deren vertikal ausgerichtete, U-förmige Handgriffe aus glänzendem Messing aussahen, als ob sie das dicke Hartglas durchbohrten. Kim liebte sein extravagantes Bad und hätte es sich durchaus als Motiv für ein doppelseitiges Foto in einer Design-Fachzeitschrift vorstellen können.

Sein Frühstück nahm er wie immer auf dem Weg zur Arbeit ein. Er hielt an einem Dunkin'-Donuts-Imbiß in der Nähe seines Hauses, bestellte sich einen Donut und einen

Milchkaffee und frühstückte, während er durch die Dunkelheit fuhr. Zudem nutzte er die Zeit, indem er sich Kassetten über medizinische Themen anhörte. Um sechs war er bereits in seiner Praxis und diktierte Briefe oder füllte Schecks aus, um die unzähligen Rechnungen zu begleichen. Pünktlich um Viertel vor sieben war er im Krankenhaus und machte seine Lehrrunde mit den Ärzten, die eine Fachausbildung als Thoraxchirurg absolvierten. Er legte großen Wert darauf, bei diesen Rundgängen seine eigenen Patienten zu besuchen. Um halb acht mußte er sich zu der täglich stattfindenden Krankenhausbesprechung im Konferenzraum einfinden. An diesem Morgen ging es um Referenzen und Einweisungsprivilegien.

Anschließend traf er sich mit Kollegen aus der Herzchirurgie, deren Forschungsarbeiten er überwachte oder an denen er selber mitarbeitete. Als er auch diese Besprechung hinter sich gebracht hatte, kam er ein paar Minuten zu spät zur sogenannten großen Chirurgenrunde, wo er an diesem Morgen den Fall eines dreifachen Herzklappenersatzes präsentierte.

Um zehn war er endlich wieder in seiner Praxis und mit seinem Zeitplan bereits in Verzug, denn Ginger hatte die Termine für die ersten Notfall-Patienten schon für halb zehn und Viertel vor zehn vergeben. Seine Arzthelferin, Cheryl Constantine, hatte die Patienten bereits in die beiden Untersuchungsräume geführt.

Der Morgen verging, und Kim untersuchte einen Patienten nach dem anderen. Sein Mittagessen bestand aus einem Sandwich, das Ginger ihm bestellt hatte. Während er aß, studierte er Katheter- und Röntgen-Ergebnisse. Anschließend fand er sogar noch Zeit, einen Kardiologen aus Salt Lake City zurückzurufen, der ihn wegen einer bevorstehenden dreifachen Herzklappenersatz-Operation um Rat gebeten hatte.

Der Nachmittag war genauso stressig wie der Vormittag. Der Strom der Patienten riß nicht ab, und zudem mußte Ginger auch noch ein paar Notfälle in den ohnehin schon engen Terminplan einschieben. Um vier unterbrach Kim seinen Praxisbetrieb und eilte zum Krankenhaus hinüber, wo er sich um einen seiner stationären Patienten kümmern mußte, bei dem ein kleineres Problem aufgetreten war. Da er schon einmal dort war, machte er auch gleich seine Nachmittagsvisite.

Zurück in der Praxis versuchte er vergeblich, den Rückstand wieder aufzuholen. Etliche Stunden später, in denen er zahlreiche Patienten untersucht hatte, gönnte er sich eine kurze Verschnaufpause, bevor er den sogenannten Untersuchungsraum A betrat. Er warf einen Blick auf die Krankenakte und war erleichtert, daß bei seinem nächsten Patienten lediglich die nach jeder Operation anfallende Routineuntersuchung anstand. Damit standen die Chancen gut, daß er schnell mit ihm fertig sein würde. Bei dem Patienten handelte es sich um Phil Norton, und als Kim den Untersuchungsraum betrat, saß er bereits mit nacktem Oberkörper auf der Untersuchungsliege.

»Glückwunsch, Mr. Norton«, begrüßte Kim seinen Patienten und blickte von der Krankenakte auf. »Der letzte Belastungstest hat ganz normale Werte ergeben.«

»Gott sei Dank!« entgegnete Phil.

Danken Sie lieber der modernen Herzchirurgie, dachte Kim, ohne den Gedanken jedoch laut zu äußern. Er bückte sich ein wenig und untersuchte die längs über Phils Brustkorb verlaufende Narbe. Dann palpierte er vorsichtig mit den Fingerspitzen die durch den Heilungsprozeß entstandene Schwellung. Diese Art der Beobachtung und Abtastung erlaubte es ihm, Rückschlüsse auf den inneren Zustand der Wunde zu ziehen.

»Die Narbe sieht hervorragend aus«, stellte Kim fest

und richtete sich wieder auf. »Von mir aus können Sie für den Boston Marathon trainieren.«

»Das muß wohl nicht gerade sein«, entgegnete Phil und lachte. »Aber auf dem Golfplatz würde ich mich im nächsten Frühjahr schon gerne wieder blicken lassen.«

Kim klopfte seinem Patienten auf die Schulter und schüttelte ihm die Hand. »Machen Sie's gut! Aber vergessen Sie nicht, auch weiterhin gesund zu leben und die kleinen Regeln einzuhalten, die ich Ihnen mit auf den Weg gegeben habe.«

»Keine Angst«, versprach Phil. »Ich habe alles gelesen, was Sie mir mitgegeben haben. Und ich habe mir die Ratschläge wirklich zu Herzen genommen. Ich werde bestimmt nie wieder eine Zigarette anfassen.«

»Denken Sie auch daran, Diät zu halten und sich ausreichend zu bewegen!« riet Kim.

»Das tue ich ganz gewiß«, versicherte Phil. »Schließlich will ich nicht ein zweites Mal bei Ihnen auf dem OP-Tisch landen.«

»So schlimm war es ja nun auch wieder nicht«, entgegnete Kim.

»Nein«, stimmte Phil ihm zu. »Aber mir war trotzdem ziemlich mulmig zumute.«

Kim klopfte ihm noch einmal aufmunternd auf den Rükken, kritzelte schnell ein paar Notizen in die Akte und verließ den Untersuchungsraum. Er überquerte den Flur und steuerte auf Untersuchungsraum B zu, doch zu seiner Überraschung steckte keine Patientenakte in der Halterung an der Tür.

»Mr. Norton war Ihr letzter Patient«, erklärte Cheryl, die plötzlich hinter ihm stand.

Kim drehte sich um und lächelte seine Arzthelferin an. »Gut«, sagte er und fuhr sich müde mit der Hand durch sein zerwühltes Haar. »Wie spät ist es eigentlich?«

»Schon nach sieben«, erwiderte Cheryl.

»Danke, daß Sie so lange geblieben sind«, sagte Kim.

»Nichts zu danken«, entgegnete Cheryl.

»Ich hoffe, Sie bekommen wegen Ihrer ständigen Überstunden keinen Ärger mit Ihrer Familie.«

»Das ist kein Problem«, erklärte Cheryl. »Ich habe mich schon daran gewöhnt, und mein Mann auch. Wenn ich länger arbeite, holt er unseren Sohn aus der Kindertagesstätte ab.«

Kim drehte sich um, ging in sein Privatbüro und ließ sich in den Schreibtischsessel fallen. Vor ihm türmten sich unzählige Telefonanfragen, die er alle noch beantworten mußte, bevor er nach Hause gehen konnte. Er rieb sich die Augen. Obwohl er erschöpft war, fühlte er sich innerlich aufgedreht. Wie immer hatte sich der Streß des Tages in ihm aufgestaut. Am liebsten hätte er mal wieder Tennis gespielt. Vielleicht sollte er auf dem Nachhauseweg am Fitneßcenter anhalten und sich ein bißchen auf dem Stairmaster austoben.

Die Tür ging auf, und Ginger steckte ihren Kopf durch den Spalt.

»Tracy hat gerade angerufen«, verkündete sie leicht gereizt. »Was wollte sie denn?« fragte Kim.

»Das hat sie mir nicht verraten«, erwiderte Ginger. »Sie hat nur gesagt, daß sie zurückgerufen werden möchte.«

»Und warum bist du sauer?«

Ginger seufzte und verlagerte ihr Gewicht. »Sie ist immer so unhöflich. Dabei gebe ich mir wirklich Mühe, freundlich zu ihr zu sein. Ich habe sie sogar nach Becky gefragt.«

»Und was hat sie gesagt?«

»Nur, daß du sie zurückrufen sollst.«

»Okay, danke«, murmelte Kim. Er griff zum Hörer und wählte Tracys Nummer.

»Ich gehe jetzt zu meinem Aerobic-Kurs«, sagte Ginger.

Kim bedeutete ihr durch ein Handzeichen, daß er verstanden hatte.

»Du kannst mich ja später anrufen«, fügte Ginger hinzu.

Kim nickte, und Ginger schloß die Tür. Am anderen Ende der Leitung meldete sich Tracy.

»Was ist los?« fragte Kim ohne Einleitung.

»Beckys Zustand hat sich verschlechtert«, erwiderte Tracy.

»Wieso? Was ist mit ihr?«

»Die Krämpfe sind so schlimm geworden, daß sie vor Schmerzen weint. Außerdem hat sie Blut im Stuhl.«

»Welche Farbe?« wollte Kim wissen.

»Wie, zum Teufel, soll ich das denn verstehen?« fragte Tracy zurück.

»Hellrot oder dunkelrot?« konkretisierte Kim seine Frage.

»Gelbgrün«, erwiderte Tracy ungehalten.

»Ich meine es ernst«, sagte Kim. »Ist das Blut hellrot oder eher dunkel, beinahe braun?«

»Hellrot«, erwiderte Tracy.

»Wieviel?«

»Woher soll ich das wissen?« Tracy war genervt. »Sie hat eben Blut im Stuhl, und es ist rot und macht mir angst. Reicht das nicht?«

»Bei Durchfall kann das schon mal vorkommen«, versuchte Kim sie zu beruhigen.

»Es gefällt mir aber nicht«, erklärte Tracy.

»Okay, was willst du tun?«

»Das fragst du mich?« fuhr Tracy ihn ungläubig an. »Ich dachte, du bist der Arzt!«

»Vielleicht sollte ich George Turner in Boston anrufen«, schlug Kim vor.

»Und wie soll der ihr aus fast zweitausend Kilometern Entfernung helfen?« wandte Tracy ein. »Ich möchte, daß sie untersucht wird! Und zwar noch heute abend.«

»Ist ja schon gut«, entgegnete Kim. »Reg dich nicht auf!«

Er zögerte einen Augenblick und dachte nach. Seitdem George Turner nach Boston gegangen war, hatte er in der näheren Umgebung keinen Kontakt mehr zu irgendeinem Kinderarzt. Er überlegte kurz, ob er einen der flüchtig mit ihm befreundeten Internisten bitten sollte, sich Becky einmal anzusehen, doch dann verwarf er die Idee wieder. Irgendwie erschien es ihm übertrieben, wegen eines leichten, ein paar Tage anhaltenden Durchfalls abends einen Kollegen zu stören, selbst wenn der Durchfall mit einer Spur von hellrotem Blut durchsetzt war.

»Wie wär's, wenn wir uns im University Medical Center in der Notaufnahme treffen?« schlug Kim vor.

»Wann?«

»Wann kannst du denn da sein?« fragte Kim.

»In einer halben Stunde, schätze ich«, erwiderte Tracy.

»Okay, dann bis gleich«, sagte Kim.

Da die Rush-hour schon vorbei war und er für den Weg zum Krankenhaus nur zehn Minuten brauchte, nutzte er die verbleibenden zwanzig Minuten, um möglichst viele seiner noch anstehenden Telefonate zu führen. In der Notaufnahme angekommen, stellte er fest, daß Tracy noch nicht da war. Er ging zur Aufnahmerampe und wartete. Während er dort stand, fuhren etliche Krankenwagen mit heulenden Sirenen vor. Die Sanitäter brachten eilig Patienten ins Krankenhaus, die dringend ärztlich versorgt werden mußten. Einer der Patienten mußte während des Transportes wiederbelebt werden. Kim sah den Helfern hinterher und wurde ein wenig nostalgisch; die Szene erinnerte ihn an seine Assistenzarztzeit, in der er sehr hart gearbeitet hatte. Damals hatte er jede Menge Lob eingeheimst. Viele hatten ihn für einen der besten jungen Ärzte gehalten, die je die Chirurgenausbildung durchlaufen hatten.

Er wollte gerade sein Handy hervorholen und Tracy anrufen, als er ihren Volvo Kombi um die Ecke biegen und anhalten sah. Mit einem Satz war er auf dem Bürgersteig und eilte zu dem Wagen. Als die Türen sich öffneten, ging er zur Beifahrerseite und half Becky beim Aussteigen. Sie begrüßte ihn mit einem schwachen Lächeln.

»Wie geht's dir, mein Schatz?« fragte Kim.

»Mein Bauch tut so weh«, erwiderte sie.

»Darum kümmern wir uns jetzt«, versprach Kim und sah Tracy an, die gerade das Auto umrundete. Sie wirkte noch genauso wütend wie am Abend zuvor.

Kim führte die beiden zur Aufnahmerampe und die sechs Stufen hinauf. Dann öffnete er die Schwingtür, und sie betraten das Krankenhaus.

In der im Mittleren Westen gelegenen, ständig wachsenden Großstadt war die Notaufnahme des University Medical Centers weit und breit die größte. Sie war völlig überfüllt und wirkte wie ein zentraler Busbahnhof. Wegen des Rückstaus vom Wochenende herrschte an Montagabenden besonders viel Hektik.

Den Arm um sie gelegt, führte Kim Becky an der Hauptaufnahme vorbei durch die Menschenmenge im Vorraum und weiter durch den überfüllten Warteraum. Als sie fast den Tresen passiert hatten, hinter dem die Schwestern ihre Schreibarbeit erledigten, versperrte ihnen eine der Schwestern den Weg. Sie sah aus wie Brunhilde aus dem Nibelungenlied. Kim und Becky konnten unmöglich an ihr vorbei. Auf ihrem Namensschild stand: MOLLY MCFADDEN. Sie war so groß wie Kim und sah ihm direkt in die Augen.

»Tut mir leid«, sagte Molly. »Sie können hier nicht allein weitergehen. Sie müssen sich erst anmelden.«

Kim wollte sie einfach ignorieren, doch Molly wich nicht von der Stelle.

»Entschuldigen Sie bitte«, sagte Kim. »Ich bin Dr. Reggis. Ich arbeite hier im Krankenhaus, und ich muß meine Tochter untersuchen lassen.«

Molly lachte kurz auf. »Und wenn Sie der Papst persönlich wären«, entgegnete sie patzig. »Jeder, und damit meine ich ausnahmslos jeder, hat sich bei der Aufnahme anzumelden, es sei denn, er wird von den Sanitätern auf einer Bahre reingerollt.«

Kim war so perplex, daß es ihm für einen Moment die Sprache verschlug. Er konnte es einfach nicht fassen, daß die Schwester sich nicht nur seinem Wunsch widersetzte, sondern ihn auch noch offen herausforderte. Entgeistert starrte er in ihre angriffslustig funkelnden blauen Augen. Trotz ihres weißen Kittels wirkte sie so bedrohlich wie ein Sumo-Ringer. Falls sie mitbekommen haben sollte, daß er zur Ärzteschaft gehörte, gab sie das jedenfalls durch nichts zu verstehen.

»Je schneller Sie sich anmelden, Doktor«, fügte Molly hinzu, »desto früher wird man Ihre Tochter untersuchen.«

»Sie haben mich also offenbar doch verstanden«, stellte Kim fest. »Ich bin leitender Arzt in diesem Krankenhaus. Ich arbeite in der Herzchirurgie.«

»Natürlich habe ich Sie verstanden«, entgegnete Molly. »Aber offenbar haben Sie mich nicht richtig verstanden.«

Kim starrte die Frau an, doch sie ließ sich nicht beirren.

Tracy merkte, daß es nichts brachte, weiter mit der Schwester zu verhandeln. Da sie zudem das Temperament ihres Ex-Mannes kannte, nahm sie es selbst in die Hand, die Situation zu entschärfen.

»Komm, mein Schatz«, wandte sie sich an Becky und führte sie zurück in Richtung Eingang. »Wir tun, was die Schwester sagt und melden uns an.«

Kim warf Molly einen weiteren finsteren Blick zu. Dann drehte er sich um, folgte Tracy und Becky und reihte sich mit ihnen in die Schlange der Otto-Normal-Patienten ein, die sich vor der Anmeldung gebildet hatte. Innerlich war er kurz vorm Überkochen.

»Ich werde mich über diese Frau beschweren«, wütete er. »So eine Unverschämtheit lasse ich mir nicht bieten! Was für eine Frechheit! Ich kann es nicht glauben!«

»Sie macht nur ihren Job«, entgegnete Tracy. Sie wollte den Zwischenfall am liebsten auf sich beruhen lassen und war erleichtert, daß Kim keine Szene gemacht hatte.

»Ach, so siehst du das?« fuhr Kim sie an. »Willst du sie etwa auch noch in Schutz nehmen?«

»Nun beruhige dich doch!« entgegnete Tracy. »Sie befolgt wahrscheinlich nur die Vorschriften. Du glaubst doch nicht, daß sie sich das gerade aus den Fingern gesogen hat, oder?«

Kim schüttelte den Kopf. Sie rückten ein paar Zentimeter vor. Im Moment war der Aufnahmeschalter nur mit einer Angestellten besetzt. Sie war dafür zuständig, sämtliche relevanten Informationen in das Aufnahmeformular einzutragen; unter anderem mußte sie klären, wie und ob die Patienten versichert waren, wenn sie nicht bei AmeriCare versorgungsberechtigt waren.

Plötzlich verzog Becky vor Schmerz das Gesicht und preßte sich leise wimmernd die Hände auf den Bauch.

»Was ist los?« fragte Kim.

»Was soll schon los sein?« entgegnete Tracy. »Sie hat wieder einen Krampf.«

Auf Beckys Stirn bildeten sich große Schweißperlen, und sie wurde kreidebleich. Anstatt etwas zu sagen, sah sie ihre Mutter nur flehend an.

»Es ist gleich wieder vorbei«, versuchte Tracy sie zu beruhigen und strich ihr übers Haar. Mit der anderen Hand wischte sie ihr den Schweiß aus dem Gesicht. »Möchtest du dich hinsetzen?«

Becky nickte.

»Halt du die Stellung!« forderte Tracy Kim auf.

Kim sah den beiden nach. Sie steuerten einen der Plastikstühle an der Wand an, wo Becky sich hinsetzte. Da sie hin und wieder nickte, ging er davon aus, daß Tracy mit ihr sprach. Als wieder etwas Farbe in Beckys Gesicht war, gesellte Tracy sich wieder zu Kim.

»Wie geht es ihr jetzt?« fragte Kim.

»Im Augenblick wieder etwas besser«, erwiderte Tracy, der jetzt erst auffiel, wie wenig sie vorangekommen waren, seitdem sie sich angestellt hatten. »Gibt es denn keine andere Möglichkeit, als hier stundenlang Schlange zu stehen?«

»Es ist Montag abend«, entgegnete Kim. »Ich fürchte, da sieht es überall so aus.«

»Schade, daß Dr. Turner nicht mehr hier ist«, seufzte Tracy laut.

Kim nickte und stellte sich auf die Zehenspitzen, um zu sehen, warum es nicht voranging. Doch er konnte den Grund nicht erkennen.

»So geht das nicht weiter!« schimpfte er. »Ich bin gleich zurück.«

Mit grimmiger Miene schlängelte er sich durch die wartende Menschenmenge und erreichte schließlich den Schalter, wo er sofort sah, warum es nicht mehr weiterging. Ein betrunkener Mann in einem verschmutzten Anzug kämpfte sich durch die Aufnahmeformalitäten. Sämtliche Kreditkarten waren ihm aus der Brieftasche gefallen. Er hatte eine üble Kopfverletzung. »Hallo!« rief Kim und versuchte die Aufmerksamkeit der Angestellten auf sich zu lenken. Sie war eine junge Afro-Amerikanerin. »Ich bin Dr. Reggis. Ich gehöre zum Personal und arbeite in der Abteilung für Herzchirurgie. Meine ...«

»Entschuldigen Sie bitte«, unterbrach sie Kim. »Ich kann mich nicht mit mehreren Personen gleichzeitig unterhalten.«

»Jetzt hören Sie mir gefälligst eine Sekunde zu!« befahl Kim. »Ich gehöre zum Personal ...«

»Das ist mir vollkommen egal«, fuhr die Frau ihm dazwischen. »Wir behandeln hier alle Patienten gleich. Wer zuerst kommt, mahlt zuerst. Das gilt für alle Routine-Notfälle.«

»Routine-Notfälle?« fragte Kim entgeistert. Diese Wortzusammenstellung war einfach lächerlich. Plötzlich erinnerte ihn das Gespräch mit dieser Angestellten an seine frustrierenden Telefonate mit all den Sachbearbeitern von Versicherungsgesellschaften oder Gesundheitsversorgungsprogrammen, die allesamt nichts von medizinischen Behandlungen verstanden und die er trotzdem immer einschalten mußte, um für seine Patienten grünes Licht zu bekommen. Diese lästige Pflicht war im modernen Praxisgeschäft zu einem wirklich leidigen Problem ausgeufert.

»Bitte stellen Sie sich am Ende der Reihe an!« forderte die Frau ihn auf. »Wenn ich mich auf die Aufnahme der Leute konzentrieren kann, die vor Ihnen da waren, kommen Sie auch selber schneller dran.« Mit diesen Worten richtete sie ihre Aufmerksamkeit wieder auf den Betrunkenen, der es in der Zwischenzeit geschafft hatte, den Inhalt seiner Brieftasche aufzusammeln.

Kim war drauf und dran, sich mit der Frau anzulegen, doch es war offensichtlich, daß jede Unterhaltung mit ihr reine Zeitverschwendung war. Vielleicht hatte sie auch gar nicht verstanden, daß er zum Personal gehörte. Noch frustrierter und wütender als vor seinem kleinen Disput kehrte er zu Tracy zurück.

»Keine Ahnung, wo sie solche Idioten auflesen«, schimpfte Kim. »Sie funktionieren wie Automaten.«

»Ich bin wirklich beeindruckt, wieviel uns deine hohe Stellung hier im Krankenhaus nützt.«

»Dein Sarkasmus hilft uns jedenfalls auch nicht weiter«, raunzte Kim zurück. »Das liegt nur an dieser schwachsinnigen Krankenhauszusammenlegung. Man kennt mich hier unten eben nicht. Allerdings kann ich mich auch beim besten Willen nicht daran erinnern, jemals in dieser Notaufnahme gewesen zu sein.«

»Wenn du Beckys Beschwerden am Wochenende ernst genommen hättest, wären wir jetzt wahrscheinlich gar nicht hier«, entgegnete Tracy.

»Ich habe sie ernst genommen«, verteidigte sich Kim.

»Daß ich nicht lache«, gab Tracy zurück. »Weil du ihr ein harmloses Durchfallmittelchen verabreicht hast? Das war wirklich eine tolle Idee. Soll ich dir mal was sagen? Es wundert mich nicht im geringsten, daß du nicht mehr unternommen hast. Du hast es ja nie ernst genommen, wenn es Becky schlechtging. Und was mich betrifft, hast du dich genauso verhalten.«

»Das ist nicht wahr«, widersprach Kim wütend.

»Oh doch!« schimpfte Tracy weiter. »Wahrscheinlich kann das aber sowieso nur jemand nachvollziehen, der mit einem Chirurgen verheiratet ist. Aus deiner Sicht ist doch jeder ein Simulant, der über Krankheitssymptome klagt, die nicht eine sofortige Operation am offenen Herzen erfordern.«

»Hör auf!« entgegnete Kim. »Mir reicht's jetzt.«

»Mir reicht es schon lange!«

»Okay, Mrs. Besserwisser«, fauchte Kim. »Was hätte ich denn deiner Meinung nach am Wochenende mit Becky tun sollen?«

»Sie untersuchen lassen. Zum Beispiel von irgendeinem deiner Kollegen. Du kennst doch lauter Ärzte. Oder wäre das zuviel verlangt gewesen?«

»Jetzt mach mal einen Punkt!« Kim bemühte sich, nicht die Beherrschung zu verlieren. »Becky hatte nichts weiter als ein bißchen Durchfall und leichte Bauchkrämpfe, und das erst seit kurzer Zeit. Und außerdem war Wochenende. Ich habe mich einfach gescheut, wegen so einer harmlos erscheinenden Geschichte einen Kollegen zu belästigen.«

»Mommy!« rief Becky, die plötzlich hinter ihnen stand. »Ich muß zur Toilette.«

Tracy drehte sich um. Beim Anblick ihrer leidenden Tochter war ihr Zorn sofort verraucht. Sie legte ihr einen Arm um die Schulter und sagte: »Tut mir leid, Schatz. Komm, wir suchen schnell eine Toilette.«

»Wartet!« rief Kim. »Wir brauchen eine Stuhlprobe. Die könnte unter Umständen sehr nützlich sein. Ich hole schnell einen Behälter.«

»Du machst wohl Witze!« empörte sich Tracy. »Sie muß dringend. Siehst du das denn nicht?«

»Kannst du es noch einen Augenblick aushalten, Becky!« drängte Kim seine Tochter. »Ich bin sofort zurück.« Mit diesen Worten marschierte er eiligen Schrittes zielstrebig in die Tiefen der Notaufnahme. Ohne Becky und Tracy konnte er den Tresen, hinter dem die Schwestern saßen, unbehelligt passieren. Zudem war die robuste Molly McFadden nicht in Sicht.

Die Notaufnahme bestand aus etlichen großen Räumen, die durch an Deckenschienen aufgehängte Vorhänge in viele einzelne Untersuchungskabinen unterteilt waren. Zusätzlich gab es einige Traumaräume, die mit der modernsten Technik ausgestattet waren, sowie ein paar Behandlungszimmer, die vorwiegend für Psychofälle genutzt wurden.

Im Inneren der Notaufnahme ging es genauso turbulent und chaotisch zu wie im Wartebereich. Sämtliche Traumaräume waren belegt; Ärzte, Spezialisten, Krankenschwestern und Pfleger eilten hektisch zwischen den Zimmern hin und her.

Im Gehen hielt Kim nach einem bekannten Gesicht Ausschau, doch leider kannte er niemanden. Schließlich wandte er sich an einen Pfleger.

»Entschuldigen Sie«, sagte er. »Ich brauche dringend einen Stuhlprobe-Behälter.«

Der Pfleger musterte ihn flüchtig. »Wer sind Sie denn?«

»Dr. Reggis«, erwiderte Kim.

»Haben Sie Ihre Kennkarte dabei?«

Kim zückte seine Karte, die ihn als Krankenhausangestellten auswies.

»Okay«, gab der Pfleger sich zufrieden. »Bin sofort zurück.«

Kim sah dem Mann hinterher, der durch eine nicht gekennzeichnete, offenbar in einen Vorratsraum führende Tür verschwand.

»Achtung!« hörte er plötzlich jemanden rufen.

Er drehte sich um und sah ein fahrbares Röntgengerät auf sich zukommen. Hastig sprang er zur Seite. Das schwere Gerät, das von einem Röntgenassistenten geschoben wurde, rumpelte vorbei. Einen Augenblick später kam der Pfleger zurück und reichte ihm zwei durchsichtige Plastiktüten, in denen sich jeweils ein Plastikbehälter befand.

»Danke«, sagte Kim.

»Gern geschehen«, entgegnete der Pfleger.

Kim eilte zurück in den Empfangsbereich. Tracy und Becky standen immer noch an, aber sie hatten sich inzwischen ein gutes Stück vorgearbeitet. Becky hatte die Augen geschlossen; über ihre Wangen kullerten Tränen.

Kim reichte Tracy eine der Plastiktüten. »Ein Krampf?« fragte er.

»Natürlich«, fauchte sie ihn an. »Wie kannst du nur so blöd fragen!« Dann nahm sie Becky bei der Hand und führte sie zur Toilette.

Kim nahm ihren Platz in der Schlange ein. Da gerade jemand abgefertigt worden war, ging es ein paar Zentimeter voran. Am Schalter saßen jetzt zwei Angestellte. Offenbar hatte die eine ihre Pause beendet.

Gegen Viertel nach neun war die Notaufnahme so überfüllt, daß kaum noch jemand hineinpaßte. Alle Plastikstühle waren besetzt. Diejenigen, die keinen Sitzplatz gefunden hatten, lehnten an den Wänden oder hockten auf dem Boden. Kaum jemand sagte etwas. In einer Ecke des Wartebereichs hing unter der Decke ein Fernseher, in dem CNN lief. Doch ein paar zeternde Kleinkinder übertönten den Nachrichtensprecher mit ihrem herzzerreißenden Geschrei. Draußen hatte es angefangen zu regnen. In der Luft hing der Geruch von feuchter Wolle.

Tracy, Kim und Becky hatten schließlich nebeneinander Sitzplätze gefunden und sich bis auf Becky, die noch ein paarmal die Toilette aufsuchen mußte, nicht mehr vom Fleck gerührt. Kim hatte den Behälter mit der Stuhlprobe in der Hand. Anfangs waren nur ein paar vereinzelte hellrote Blutflecken zu sehen gewesen, doch inzwischen hatte der gesamte Inhalt eine durchgängig hellbraune Farbe angenommen. Becky schämte sich und fühlte sich hundeelend. Tracy war der Verzweiflung nahe. Kim schäumte noch immer vor Wut.

»Ich kann es einfach nicht glauben«, brauste er plötzlich auf. »Das gibt es doch gar nicht! Jeden Augenblick denke ich, daß wir endlich aufgerufen werden, aber nichts passiert!« Er warf einen Blick auf die Uhr. »Wir warten jetzt schon eineinhalb Stunden.«

»Da siehst du mal, wie es im wirklichen Leben zugeht«, kommentierte Tracy.

»Darüber hätte Kelly Anderson in ihrem Beitrag über die Krankenhauszusammenlegung berichten sollen«, ereiferte sich Kim. »Es ist doch absurd, daß AmeriCare die Notaufnahme im Samaritan Hospital geschlossen hat, um Kosten zu sparen, und jetzt alle hierherkommen müssen. Denen geht es doch nur darum, noch mehr Geld zu verdienen.«

»Und den Patienten noch mehr Unannehmlichkeiten zu bereiten«, fügte Tracy hinzu.

»Stimmt«, bestätigte Kim. »AmeriCare will die Leute offenbar davon abhalten, in die Notaufnahme zu kommen.«

»Das hätte ihnen kaum besser gelingen können«, stellte Tracy fest.

»Ich kann es einfach nicht fassen, daß mich von all den Angestellten hier nicht einer kennt«, klagte Kim. »Das gibt es doch gar nicht! Ich bin doch, zum Teufel noch mal, der bekannteste Herzchirurg in dieser Riesenklinik.«

»Kannst du nicht irgend etwas tun?« drängte Tracy. »Becky fühlt sich so elend.«

»Okay«, erwiderte Kim und stand auf. »Ich versuche es noch einmal.«

»Aber verlier nicht gleich wieder die Beherrschung!« ermahnte sie ihn. »Dadurch wird alles nur noch schlimmer.«

»Kann es denn noch schlimmer werden?« entgegnete Kim.

Er verließ den Wartebereich und steuerte auf den Schwesterntresen zu. Nach ein paar Schritten hörte er die heulende Sirene eines Krankenwagens. Einen Augenblick später sah er hinter der Glastür des Haupteingangs ein blinkendes rotes Licht. Die Sirene verstummte, und die Tür wurde aufgestoßen. Notarzthelfer rollten mehrere blutende, auf Bahren liegende Menschen herein. Vermutlich waren sie Opfer eines Verkehrsunfalls.

Kim fragte sich, ob die Einlieferung dieser Patienten wohl für Becky bedeutete, daß sie noch länger warten mußte.

Er ging auf den Tresen zu und hielt nach Molly McFadden Ausschau, doch zum Glück konnte er sie nirgends entdecken. Im Moment waren nur zwei Angestellte am Platz: eine Sekretärin, die telefonierte und dabei emsig Laborwerte notierte, und eine Schwester, die gerade Schreibarbeiten erledigte und dabei Kaffee trank. Auf ihrem Namensschild stand: MONICA HOSKINS, KRANKENSCHWESTER NOTAUFNAHME.

Er riß sich zusammen und zwang sich ruhig zu bleiben. Dann klopfte er auf den Tresen, um jemanden auf sich aufmerksam zu machen.

»Guten Abend«, begrüßte er die Schwester, als sie aufsah. »Kennen Sie mich vielleicht?«

Monica kniff die Augen ein wenig zusammen und musterte ihn.

»Nein, ich glaube nicht«, erwiderte sie. »Sollte ich?«

»Ich bin Chirurg und arbeite auch in diesem Krankenhaus«, erklärte Kim. »Aber im Moment bin ich mit meiner Tochter hier, und wir warten schon seit mehr als eineinhalb Stunden. Könnten Sie mir vielleicht sagen, wann sie dran ist?«

»Heute abend herrscht bei uns Hochbetrieb«, entgegnete Monica. »Liegt vor allem an den Autounfällen. Wie heißt Ihre Tochter denn?«

»Rebecca Reggis«, erwiderte Kim.

Monica zog einen Stapel Aufnahmeformulare zu sich heran, benetzte mit der Zunge die Spitze ihres Zeigefingers und blätterte flink die Seiten durch.

»Da ist sie ja«, sagte sie und zog ein Blatt heraus. Sie überflog, unter welchen Beschwerden Becky litt, und sah dann mit hochgezogenen Brauen zu Kim auf.

»Zwei Tage anhaltender Durchfall«, stellte sie fest. »Klingt nicht gerade nach einem dringenden Notfall.«

Kim hob den Behälter mit der Stuhlprobe hoch, damit die Schwester ihn sehen konnte. »Sie hat Blut im Stuhl.«

Monica beugte sich vor. »Sieht nicht wie Blut aus.«

»Als die Probe frisch war, war es deutlich zu sehen«, entgegnete Kim. »Außerdem macht sich Beckys Mutter große Sorgen.«

»Wir rufen Ihre Tochter so schnell wie möglich auf«, erklärte Monica unverbindlich und schob Beckys Aufnahmeformular wieder in den Stapel zurück. »Mehr kann ich Ihnen nicht versprechen.«

»Jetzt passen Sie mal auf«, entgegnete Kim mit bemüht kontrollierter Stimme. »Als Angehöriger der Krankenhausbelegschaft erwarte ich, daß man mir ein kleines bißchen entgegenkommt. Und da wir jetzt schon ziemlich lange warten, möchte ich, daß meine Tochter umgehend untersucht wird. Ich hoffe, ich habe mich klar genug ausgedrückt. Es geht ihr nämlich ziemlich schlecht.«

Monica bedachte ihn mit einem falschen Lächeln. »Wir rufen Ihre Tochter so schnell wie möglich auf. Das sagte ich Ihnen doch bereits. Unsere Kapazitäten sind nun einmal begrenzt. Wenn Sie wirklich seit eineinhalb Stunden hier sind, haben Sie ja sicher mitbekommen, daß etliche Verkehrsopfer eingeliefert wurden. Und gerade hat uns die Polizei angekündigt, daß ein Schußverletzter unterwegs ist.«

Monica hatte kaum zu Ende gesprochen, als wieder das Sirenengeheul eines näher kommenden Krankenwagens zu hören war.

»Das wird er wohl sein«, stellte sie fest und stand auf. Sie ging an die Sprechanlage, drückte auf einen Knopf und forderte das Team in einem der Traumaräume auf, sich für den nächsten Einsatz bereitzuhalten. Dann verschwand sie ebenfalls in den hinteren Bereich der Notaufnahme.

Unzufrieden, weil er wieder nichts erreicht hatte, wandte Kim sich ab. Durch den Haupteingang kamen die Sanitäter mit dem auf einer Bahre liegenden Schußverletzten. Der Mann hatte eine Sauerstoffmaske vor dem Gesicht und war an eine Infusionsflasche angeschlossen. Er war kreidebleich.

»Und?« fragte Tracy, als Kim neben ihr Platz nahm.

»Sie wollen uns so schnell wie möglich aufrufen«, erklärte Kim. Den Rest der Unterhaltung behielt er beschämt für sich. Becky hatte sich so gut es ging auf ihrem Stuhl zusammengerollt und die Augen geschlossen.

»Klingt ziemlich vage«, stellte Tracy fest. »Was soll das heißen? In fünfzehn Minuten, in einer Stunde oder morgen früh?«

»Es heißt, so schnell wie möglich – wie ich gesagt habe«, fuhr Kim sie an. »Wie du vielleicht gesehen hast, wurde eben ein Schwerverletzter eingeliefert und ein paar Minuten zuvor mehrere Unfallopfer. Das Personal ist völlig überlastet.«

Tracy seufzte und schüttelte frustriert den Kopf.

»Wie geht es Becky?« fragte Kim.

»Sie hatte gerade wieder einen Krampf«, erwiderte Tracy. »Da kannst du dir sicher denken, wie es ihr geht. Du bist doch Arzt.«

Kim sah weg und biß die Zähne zusammen. Er konnte sich kaum noch zusammenreißen. Außerdem bekam er allmählich einen Riesenhunger.

In der folgenden Stunde blieb er stumm und grübelte mißmutig über seine unglaubliche Erfahrung in der Notaufnahme nach. Er brannte darauf, seinen Kollegen davon zu berichten, denn die würden ihn mit Sicherheit verstehen. Becky und Tracy hatten sich offenbar mit der Warterei abgefunden.

Jedesmal wenn eine der Schwestern einen Patienten aufrief, hoffte Kim, den Namen seiner Tochter zu hören. Doch nichts dergleichen passierte. Schließlich sah er erneut auf die Uhr.

»Jetzt warten wir schon seit zweieinhalb Stunden!« rief er und sprang auf. »Das kann einfach nicht wahr sein! Wenn ich auch nur ein kleines bißchen paranoid wäre, würde ich annehmen, hier hätten sich alle gegen uns verschworen. Aber jetzt reicht's! Ich werde etwas unternehmen. Ich bin gleich zurück.«

Tracy sah ihren Ex-Mann an. Unter normalen Umständen hätte sie sich wegen seiner leicht aufbrausenden Art Sorgen gemacht, doch nachdem sie nun schon eine Ewigkeit warteten, war ihr alles egal. Sie wollte nur noch, daß man Becky so schnell wie möglich half. Deshalb sagte sie nichts, als er davonstürmte.

Kim marschierte schnurstracks auf den Schwesterntresen zu, hinter dem einige Pfleger standen und sich unterhielten; hin und wieder lachten sie.

Am Tresen angekommen, nahm Kim die Mitarbeiter ins Visier. Er hoffte immer noch, vielleicht ein vertrautes Gesicht zu entdecken, doch er kannte niemanden, und niemand erkannte ihn. Der einzige, der ihn überhaupt auch nur wahrnahm, war ein junger Mann im Collegealter, vermutlich eine studentische Aushilfskraft.

»Ich bin Dr. Reggis. Was ist hier los?« fragte Kim und deutete auf die untätigen Krankenhausmitarbeiter.

»Sie machen eine kurze Pause«, erwiderte der Gehilfe. »Der Schußverletzte und die letzten Unfallopfer sind gerade in den OP gebracht worden.«

»Wer leitet heute die Spätschicht in der Notaufnahme?« wollte Kim wissen.

»Dr. David Washington.«

»Ist er hier?« fragte Kim.

Der junge Mann sah sich kurz um. Offenbar war er sich nicht sicher. »Nein«, sagte er schließlich. »Ich glaube, er kümmert sich gerade um einen Fall in der Orthopädie.«

»Und wo ist die Oberschwester?« fragte Kim.

»Mrs. Labat ist gerade mit einem psychisch Kranken beschäftigt.«

»Aha«, murmelte Kim. »Vielen Dank.«

Er ging ein Stück am Tresen entlang, bis er genau in der

Mitte stand. Dann hob er die Hand und rief: »Entschuldigen Sie bitte! Hallo!«

Niemand kümmerte sich um ihn.

Er sah sich noch ein paar Sekunden hilfesuchend um und versuchte mit einem der Pfleger Augenkontakt aufzunehmen. Doch keiner von ihnen schenkte ihm Beachtung. Daraufhin schnappte er sich ein metallenes Ablagekörbchen, hielt es einen Augenblick über seinen Kopf und wartete, ob ihn jetzt vielleicht jemand wahrnahm. Doch er wurde auch weiterhin ignoriert.

Völlig außer sich schmetterte er das Metallkörbchen erst einmal und dann noch zwei weitere Male mit voller Wucht auf den Tresen. Bei jedem Mal haute er kräftiger zu, bis das Körbchen so verbogen war, daß es einem dreidimensionalen Parallelogramm glich.

Mit seinem Wutanfall zog er die Aufmerksamkeit aller Versammelten schlagartig auf sich. Gespräche brachen mitten im Satz ab, die Ärzte, Schwestern und Pfleger starrten ihn fassungslos an. Ein Mann vom Sicherheitsdienst, der in der Nähe der Fahrstühle gestanden hatte, kam angelaufen. Während er rannte, preßte er eine Hand gegen den dicken, an seinem Gürtel befestigten Schlüsselbund.

Da Kim vor Wut außer sich war, zitterte seine Stimme ein wenig. »Ich weiß, daß Sie alle viel zu tun haben«, rief er. »Auch wenn Sie im Augenblick nicht gerade einen besonders gestreßten Eindruck machen. Ich bin mit meiner kranken Tochter hier und warte jetzt seit zweieinhalb Stunden. Dabei könnte ich meine Zeit durchaus sinnvoller nutzen. Ich bin nämlich selber Facharzt.«

»Entschuldigen Sie bitte«, sagte der Mann vom Sicherheitsdienst und packte ihn am Arm.

Kim riß sich los und drehte sich zu ihm um. »Wagen Sie es nicht, mich noch einmal anzufassen!« fuhr er ihn an. Der Mann wich klugerweise einen Schritt zurück und griff nach seinem Funkgerät. Kim war nicht nur fast einen Kopf größer als er, er war auch deutlich kräftiger.

»Sparen Sie sich die Mühe, Unterstützung herbeizuholen!« Kim zog seine Krankenhauskennkarte aus der Tasche und hielt sie dem Mann vors Gesicht. »Ich arbeite hier, obwohl das in der Notaufnahme offenbar niemand wahrhaben will.«

Blinzelnd entzifferte der Uniformierte die Kennkarte. »Tut mir leid, Doktor«, entschuldigte er sich dann.

»Ist schon gut«, entgegnete Kim mit beherrschter Stimme. Inzwischen war Monica Hoskins wieder hinter dem Tresen aufgetaucht.

»Ich möchte mit Dr. Washington sprechen«, sagte Kim.

»Es tut mir leid, daß Sie warten mußten«, versuchte Monica ihn zu beschwichtigen. »Wir tun alle unser Bestes.«

»Ich möchte trotzdem mit dem diensthabenden Arzt sprechen«, insistierte Kim.

»Dr. Washington kümmert sich gerade um einen Pneumothorax«, erklärte Molly.

»Ich möchte ihn jetzt sprechen!« wiederholte Kim gelassen. »Es wird ja wohl irgendeinen Assistenzarzt geben, der einen Pneumothorax behandeln kann.«

»Einen Augenblick bitte«, sagte Monica und trat ein paar Schritte zurück, um sich außerhalb von Kims Hörweite mit Molly zu beraten. Nach einer knappen Minute kam sie zurück zu Kim. Gleichzeitig griff eine der Schwestern im Hintergrund zum Telefon.

»Es wird sofort jemand da sein, mit dem Sie sich unterhalten können«, erklärte Monica.

»Das wurde auch langsam Zeit«, entgegnete Kim.

Sein kleiner Ausbruch hatte die plaudernden Angestellten soweit aus der Ruhe gebracht, daß die meisten von ihnen den Arbeitsplatz der Schwestern verließen und in die eigentliche Notaufnahme verschwanden. Monica nahm das Ablagekörbchen und versuchte es vergeblich wieder in seine ursprüngliche Form zu bringen.

Kims Herz jagte vor Aufregung, als hinter ihm plötzlich ein kleiner Tumult ausbrach. Er drehte sich um und sah ein schluchzendes Mädchen, das von einigen Sanitätern durch den Raum geleitet wurde. Ihre Handgelenke waren mit blutigen Geschirrtüchern umwickelt – ein eindeutiger Selbstmordversuch. Für Kim war klar, daß es sich um einen verzweifelten Hilfeschrei der jungen Frau handelte.

Nachdem die Verletzte hinter einer Tür verschwunden war, starrte er erneut erwartungsvoll ins Innere der Notaufnahme. Er ging davon aus, daß der leitende Arzt jeden Augenblick aufkreuzen mußte. Statt dessen tippte ihm jemand von hinten auf die Schulter.

Er drehte sich um und war überrascht, Tracy zu sehen.

»Wo ist Becky?« fragte er.

»Auf der Toilette«, erwiderte Tracy. »Ich muß gleich wieder zu ihr zurück. Ich wollte dich nur bitten, nicht wieder einen deiner narzißtischen Wutanfälle zu bekommen. Als du eben aufgesprungen bist, dachte ich, es sei mir egal, ob du die Beherrschung verlierst, aber es ist mir nicht egal. Unsere Situation bessert sich keinen Deut, wenn du hier ausrastest und die Leute gegen dich aufbringst. Am Ende muß Becky dann noch länger warten.«

»Verschon mich bitte mit deinem Psychogesabbel!« fuhr Kim sie an. »Ich habe nichts weiter vor, als mit dem Leiter dieser Station ein paar unmißverständliche Worte zu wechseln. Wie man hier mit uns umspringt, ist schlicht und einfach ein Skandal.«

»Versuch dich wenigstens zusammenzureißen!« entgegnete Tracy frostig. »Wenn du fertig bist, weißt du ja, wo du uns findest.« Sie drehte sich um und ging zurück in den Wartebereich.

Kim trommelte ungeduldig mit den Fingern auf dem

Tresen herum. Nach einer Weile sah er erneut auf die Uhr. Es waren schon wieder fünf Minuten verstrichen. Er beugte sich noch einmal vor und starrte in den Gang, der zu den einzelnen Behandlungszimmern führte. Er sah jede Menge Ärzte, Schwestern und Pfleger hin- und herlaufen, aber niemand kam in seine Richtung. Als er kurz dem Studenten in die Augen sah, wandte dieser sofort seinen Blick ab. Die übrigen Mitarbeiter mieden es ebenfalls, ihn anzusehen und beschäftigten sich mit ihrem Papierkram.

Eine gedämpfte Klingel kündigte die Ankunft eines Fahrstuhls an. Kim wandte sich um und sah einen kräftigen Mann in einem altmodischen grauen Anzug aussteigen. Zu seiner Überraschung steuerte er direkt auf ihn zu.

»Dr. Reggis?« fragte der Mann. Er hatte eine kräftige Kommandostimme.

»Ja, der bin ich«, erwiderte Kim.

»Mein Name ist Barclay Bradford«, erklärte der Mann steif. »Ich bin der stellvertretende Krankenhausdirektor und der diensthabende Verwaltungsleiter für die Spätschicht.«

»Wie nett«, entgegnete Kim. »Dann gebe ich Ihnen einen guten Rat: Gehen Sie sofort da hinten rein, und holen Sie den Kerl her, der diese verdammte Station leitet! Ich habe nämlich ein Hühnchen mit ihm zu rupfen. Falls Sie es noch nicht wissen – ich warte seit zweieinhalb Stunden darauf, daß sich jemand meine Tochter ansieht.«

»Dr. Reggis«, begann Barclay Bradford, als ob er Kims Worte gar nicht gehört hätte. »Als Angehöriger der Ärzteschaft, und erst recht als Herzchirurg, sollten Sie doch wohl am besten wissen, daß die Patienten im hektischen Betrieb einer Notaufnahme nicht stur der Reihe nach behandelt werden können. Menschen mit lebensbedrohlichen Verletzungen müssen Vorrang haben vor einem simplen Fall von Durchfall.«

»Natürlich müssen Schwerstverletzte bevorzugt behandelt werden«, schoß Kim zurück. »Das versteht sich von selbst. Ich habe während meiner gesamten Assistenzarztzeit in der Notaufnahme gearbeitet. Aber vielleicht interessiert es Sie, wie es hier in Wirklichkeit zugeht. Als ich vor zehn Minuten hier herkam, stand ein gutes Dutzend Mitarbeiter der Notaufnahme hinter dem Tresen und hielt ein Kaffeekränzchen.«

»Momentane Eindrücke spiegeln nie die wirkliche Lage wider«, entgegnete Barclay Bradford von oben herab und fügte besänftigend hinzu: »Wahrscheinlich haben sie über einen schwierigen Fall gesprochen. Aber was auch immer vorgefallen ist – Ihr kindisches Benehmen kann ich auf keinen Fall dulden. Sie können doch nicht einfach einen Ablagekorb auf dem Tresen zerschmettern! Außerdem ist Ihr Verlangen nach einer Vorzugsbehandlung gänzlich unangebracht.«

»Habe ich richtig gehört!« Kim explodierte. »Vorzugsbehandlung! Kindisches Benehmen!« Er wurde knallrot, und vor Zorn traten seine Augen hervor. Der Verwalter verkörperte auf einmal all seine Frustrationen, ob es nun die jüngste Erfahrung in der Notaufnahme, die Krankenhauszusammenlegung, AmeriCare oder die moderne Medizin im allgemeinen war. Seine Wut steigerte sich plötzlich derart, daß er vollkommen die Kontrolle über sich verlor und dem Mann einen kräftigen Kinnhaken verpaßte.

Er hatte so heftig zugeschlagen, daß ihm die Knöchel wehtaten und er seine Hand schütteln mußte. Gleichzeitig wich Barclay Bradford zurück, schwankte einmal und fiel dann zu Boden. Schlagartig wurde Kim bewußt, was er getan hatte. Betroffen tat er einen Schritt nach vorn und spürte einen heftigen Impuls, dem am Boden liegenden Mann hochzuhelfen.

Er hörte, wie die Mitarbeiter hinter dem Tresen die Luft anhielten. Der Mann vom Sicherheitsdienst eilte herbei. Über die Sprechanlage rief der Student: »Alarm am Empfang!«

Im nächsten Augenblick strömten jede Menge Ärzte, Schwestern und Pfleger aus allen Räumen. Sogar Tracy eilte herbei, nachdem sie den Notruf gehört hatte. Um Kim und Barclay Bradford bildete sich eine Menschentraube. Der stellvertretende Krankenhausdirektor hatte sich inzwischen aufgerichtet und betastete mit dem Handrücken seine blutende Lippe.

»Mein Gott, Kim!« rief Tracy. »Ich habe dich doch extra um Beherrschung gebeten!«

»Ihr Benehmen ist völlig inakzeptabel«, sagte Monica und fügte an den Studenten gewandt hinzu: »Rufen Sie die Polizei!«

»Stop! Rufen Sie niemanden!« rief eine tiefe, sonore Stimme. Die Menschentraube machte einem kräftig gebauten, gutaussehenden Afro-Amerikaner Platz, der in die Mitte trat und sich seine Latex-Handschuhe von den Händen streifte. Auf seinem Namensschild stand: DR. DAVID WASHINGTON, DIENSTHABENDER LEITER DER NOTAUFNAHME. Er ließ seinen Blick zwischen Kim und dem am Boden hockenden Mr. Bradford hin- und herschweifen. »Was geht hier vor?«

»Dieser Mann hat Mr. Bradford niedergeschlagen«, erklärte Monica und zeigte auf Kim. »Und vorher hat er einen Ablagekorb so auf den Tresen gedonnert, daß er nicht mehr zu gebrauchen ist!«

»Und ob Sie's glauben oder nicht – er ist Arzt und arbeitet in unserem Krankenhaus«, fügte Molly hinzu.

Dr. Washington reichte Mr. Bradford die Hand und zog ihn auf die Füße. Dann begutachtete er die gespaltene Lippe und tastete den Kiefer des Verletzten ab.

»Geht's wieder?« fragte er den Mann von der Verwaltung.

»Ich denke, ja«, erwiderte Mr. Bradford. Er zog ein Taschentuch aus der Hosentasche und betupfte seine blutende Lippe.

An Monica gewandt ordnete Dr. Washington an: »Nehmen Sie Mr. Bradford mit nach hinten, und säubern Sie die Wunde. Und bitten Sie Dr. Krugger hinzu. Er soll entscheiden, ob eine Röntgenaufnahme nötig ist.«

»Okay«, entgegnete Monica. Sie nahm Mr. Bradford am Oberarm und manövrierte ihn aus dem Gedränge, doch bevor er sich wegführen ließ, warf er Kim einen finsteren Blick zu.

»Bitte gehen Sie jetzt alle wieder an Ihre Arbeit«, rief Dr. Washington und unterstrich seine Worte mit einer Handbewegung. Dann wandte er sich an Kim, der sich inzwischen etwas beruhigt zu haben schien.

»Wie heißen Sie?« fragte er.

»Dr. Kim Reggis.«

»Haben Sie Mr. Bradford wirklich geschlagen?« fragte Dr. Washington ungläubig.

»Ich fürchte ja«, erwiderte Kim.

»Was hat Sie denn dazu gebracht?« wollte Dr. Washington wissen.

Kim holte tief Luft. »Dieser Schnösel hat mich von oben herab belehrt, ich hätte kein Recht auf eine Vorzugsbehandlung – und das, nachdem ich bereits seit zweieinhalb Stunden mit meiner kranken Tochter darauf warte, daß sie endlich untersucht wird.«

Dr. Washington starrte Kim an. Es war ihm völlig schleierhaft, wie ein Kollege derart ausrasten konnte. »Wie heißt Ihre Tochter?« fragte er schließlich.

»Rebecca Reggis«, erwiderte Kim.

Dr. Washington wandte sich an den Studenten und bat

um Beckys Aufnahmeformular. Der junge Mann suchte den Stapel durch.

»Gehören Sie wirklich zur Belegschaft des University Medical Centers?« fragte Dr. Washington, während er auf das Formular wartete.

»Erst seit der Zusammenlegung«, erklärte Kim. »Ich bin Herzchirurg, aber hier in der Notaufnahme hat man mich eher wie einen Aussätzigen behandelt.«

»Wir tun unser Bestes«, entgegnete Dr. Washington.

»Ja, den Spruch habe ich heute abend schon mehrmals gehört.

Dr. Washington sah Kim in die Augen. »Wissen Sie eigentlich, daß Sie sich schämen sollten? Erst zerschmettern Sie einen Ablagekorb, dann schlagen Sie einen Mann nieder! Sie benehmen sich wie ein aufsässiger Teenager.«

»Lecken Sie mich doch!« entgegnete Kim.

»Diese Bemerkung will ich Ihnen im Augenblick ausnahmsweise durchgehen lassen«, sagte Dr. Washington. »Schließlich stehen Sie unter Streß.«

»Werden Sie bloß nicht überheblich!« fuhr Kim ihn an.

»Hier ist es«, unterbrach der Student ihre kleine Auseinandersetzung und reichte Dr. Washington das gesuchte Formular.

Dr. Washington warf einen Blick auf das Blatt und sah dann auf seine Uhr. »Wenigstens stimmt Ihre Zeitangabe. Sie warten jetzt seit fast drei Stunden. Das rechtfertigt zwar noch lange nicht Ihr Verhalten, aber die Wartezeit ist in der Tat zu lang.«

Dann wandte er sich anTracy. »Sind Sie Mrs. Reggis?«

»Ich bin Rebeccas Mutter«, erwiderte Tracy.

»Würden Sie bitte Ihre Tochter holen? Dann sehe ich sie mir gleich mal an.«

»Vielen Dank«, entgegnete Tracy und eilte in den Wartebereich.

Dr. Washington ging hinter den Tresen und nahm sich ein Klemmbrett, auf dem er das Aufnahmeformular befestigte. Dann rief er über die Sprechanlage eine Schwester aus. Als er zurückkehrte, war auch Tracy mit Becky im Schlepptau wieder da. Kurz darauf erschien die Krankenschwester. Laut ihres Namensschildes hieß sie Nicole Michaels.

»Wie geht es dir denn, junge Dame?« wandte sich Dr. Washington an Becky.

»Nicht so gut«, gestand Becky. »Ich möchte nach Hause.«

»Das glaube ich dir«, entgegnete Dr. Washington. »Aber zuerst sollten wir dich untersuchen. Wie wär's, wenn du schon mal mit Schwester Nicole vorgehst? Sie bringt dich in eine Untersuchungskabine.«

Tracy, Becky und Kim setzten sich in Bewegung. Doch Dr. Washington hielt Kim am Ärmel fest.

»Es wäre mir lieber, wenn Sie hierbleiben«, erklärte Dr. Washington.

»Ich bleibe bei meiner Tochter«, beharrte Kim.

»Das tun Sie nicht!« entgegnete Dr. Washington bestimmt. »Sie haben bereits bewiesen, daß Sie ziemlich genervt sind. Sie gehen ja bei der kleinsten Kleinigkeit an die Decke!«

Kim zögerte. Dr. Washington hatte nicht ganz unrecht, das mußte er zugeben. Er war wütend und fühlte sich erniedrigt.

»Geben Sie sich einen Ruck«, sagte Dr. Washington. »Ich bin sicher, Sie verstehen mich.«

Kim warf einen Blick in die Richtung, in die Becky und Tracy verschwanden. Dann sah er erneut Dr. Washington an, der sich weder durch Worte noch Taten einschüchtern ließ.

»Aber …«, begann Kim.

»Kein Aber«, fiel der Leiter der Notaufnahme ihm ins

Wort. »Wenn Sie sich nicht fügen, muß ich die Polizei rufen.«

Zögernd drehte Kim sich um und ging zurück in den Wartebereich. Da die Stühle alle besetzt waren, lehnte er sich in der Nähe des Eingangs an die Wand und versuchte fernzusehen. Doch er konnte sich nicht auf den Bildschirm konzentrieren. Statt dessen hob er seine Hand und betrachtete sie; sie zitterte.

Nach einer halben Stunde kamen Tracy und Becky aus dem Untersuchungsbereich zurück. Kim hatte Glück, daß er sie überhaupt sah, als sie die Station verließen. Sie gingen hinaus, ohne sich nach ihm umzusehen.

Er schnappte sich eilig seinen Mantel und seine Handschuhe und lief ihnen hinterher. Erst am Auto holte er sie ein. Tracy half Becky gerade beim Einsteigen.

»Was soll das?« fragte Kim. »Wieso ignorierst du mich?«

Tracy antwortete nicht. Sie schloß die Beifahrertür und ging um den Wagen.

Kim folgte ihr und legte seine Hand auf die Tür, damit Tracy sie nicht öffnen konnte.

»Mach uns bitte nicht noch mehr Ärger«, sagte Tracy. »Du hast uns schon zur Genüge in Verlegenheit gebracht.«

Völlig perplex, daß er schon wieder gemaßregelt wurde, zog Kim seine Hand weg und ließ Tracy einsteigen. Bevor sie die Tür schloß, zögerte sie und sah ihrem Ex-Mann in die Augen. Er wirkte überrascht und verletzt. »Geh nach Hause und schlaf dich aus!« riet sie ihm. »Das tun wir jetzt auch.«

»Was haben sie da drinnen mit Becky gemacht?« fragte er. »Was haben sie gesagt?«

»Nicht viel«, erwiderte Tracy. »Offenbar sind ihre Blutwerte und der Elektrolythaushalt normal. Ich soll ihr Brühe und viel zu trinken geben und Milchprodukte von ihrem Speiseplan streichen.«

»Das ist alles?« fragte Kim.

»Ja«, erwiderte Tracy. »Und daß es ihr so schlechtgeht, kann sehr wohl an Gingers Hähnchen liegen. Angeblich kommen ständig Leute mit einer Lebensmittelvergiftung in die Notaufnahme, die zuvor Hühnerfleisch gegessen haben.«

»Das ist unmöglich!« fuhr Kim sie an. »Frag doch Becky! Ihr ging es schon am Samstag morgen schlecht, und das Hähnchen gab es erst am Samstag abend.« Er beugte sich in den Wagen, damit Becky ihm Recht geben konnte. »Das stimmt doch, mein Schatz, nicht wahr?«

»Ich möchte nach Hause«, jammerte Becky, die geradeaus durch die Windschutzscheibe starrte.

»Gute Nacht, Kim«, sagte Tracy. Sie knallte die Tür zu, ließ den Motor an und fuhr davon.

Kim sah dem Auto hinterher, bis es hinter der Ecke des Krankenhauses verschwand. Dann ging er langsam zum Ärzteparkplatz. Er fühlte sich so einsam wie noch nie zuvor.

7

Dienstag, 20. Januar

Die OP-Tür flog auf, und Kim und Tom betraten den Vorraum von OP Nummer zwanzig. Im Gehen lösten sie ihre Gesichtsmasken, die ihnen daraufhin auf die Brust hinabrutschten. Dann wuschen sie sich das Talkpuder von den Händen.

»Danke, daß du mir so kurzfristig helfen konntest«, sagte Tom. »Das mache ich doch gern«, entgegnete Kim und meinte es ehrlich.

Die beiden Männer gingen den Flur entlang in Richtung Aufenthaltsraum.

»Du wirkst so deprimiert«, stellte Tom fest. »Was ist los? Hat dich gerade dein Buchhalter angerufen und dir deine Einnahmen unter Berücksichtigung der neuen Medicare-Erstattungssätze durchgegeben?«

Kim lachte nicht. Er reagierte überhaupt nicht.

»Ist alles okay mit dir?« fragte Tom, der sich nun wirklich Sorgen machte.

»Ich denke schon«, erwiderte Kim völlig emotionslos. »Ich habe nur jede Menge Ärger am Hals.« Dann erzählte er Tom, was er am Abend zuvor in der Notaufnahme erlebt hatte.

»O mein Gott!« staunte Tom, als Kim fertig war. »Was für ein Horror! Aber mach dir bloß keine Vorwürfe, weil du diesem Bradford einen Haken verpaßt hast. Ich hatte auch schon mal einen kleinen Zusammenstoß mit ihm. Diese dämlichen Verwaltungsheinis! Wie ich gestern abend in einer Zeitschrift gelesen habe, gibt es in den Vereinigten Staaten derzeit pro eineinhalb Ärzte und Schwestern einen Verwaltungsangestellten. Kannst du dir das vorstellen?«

»Nur zu gut«, erwiderte Kim. »Sie kosten ein Heidengeld und sind der Hauptgrund für unser schier unbezahlbares Gesundheitssystem.«

»Genau das stand auch in dem Artikel«, sagte Tom. »Ich kann jedenfalls gut nachvollziehen, warum dir die Hand ausgerutscht ist. An deiner Stelle wäre ich auch auf hundertachtzig gewesen. Drei Stunden! Da hätte ich ihm auch einen Haken verpaßt!«

»Danke«, entgegnete Kim. »Ein bißchen seelischen Beistand kann ich gut gebrauchen. Aber das Schlimmste an der Sache ist, daß ich nach der ganzen Warterei und nach all dem Ärger nicht einmal mit dem Arzt sprechen durfte, der Becky untersucht hat.«

»Wie geht es ihr denn heute?«

»Ich weiß es nicht«, erwiderte Kim. »Als ich aufgestanden bin, war es noch zu früh zum Anrufen, und Tracy hat sich auch nicht bei mir gemeldet. Aber es wird ihr schon wieder bessergehen. Schließlich waren ihre Blutwerte gut, und Fieber hatte sie auch nicht.«

»Dr. Reggis!« rief eine Stimme.

Kim drehte sich um und sah, daß Deborah Silverman, die Oberschwester im OP-Bereich, ihn zu sich heranwinkte.

»Als Sie im OP waren, hat Dr. Biddle angerufen«, sagte Deborah. »Er läßt Ihnen ausrichten, Sie möchten sich umgehend in seinem Büro einfinden.«

Kim nahm den Notizzettel. Die Nachricht war mit etlichen Ausrufezeichen versehen. Offenbar ging es um etwas Ernstes. »Oje«, bemerkte Tom, der Kim über die Schulter sah. »Klingt ganz so, als wollte der Chef dir auch noch Ärger machen.«

Die beiden trennten sich vor der Tür zum Aufenthaltsraum. Kim ging in den Umkleideraum. Obwohl Forrester

Biddle ihn offenbar dringend zu sprechen wünschte, ließ er sich Zeit. Es war unschwer zu erraten, warum sein Chef ihn zu sich bestellt hatte. Das Problem war nur, daß Kim selber nicht so genau wußte, wie er derart die Beherrschung hatte verlieren können. Er duschte und ließ die Ereignisse des vergangenen Abends noch einmal Revue passieren. Dabei fiel ihm jedoch auch keine bessere Erklärung für sein Verhalten ein, als daß er ziemlich unter Streß gestanden hatte. Nachdem er sich frische OP-Kleidung angezogen hatte, rief er bei Ginger in der Praxis an, um mit ihr seinen Nachmittags-Terminplan zu besprechen. Erst danach machte er sich auf den Weg zum Chefbüro im Verwaltungstrakt.

Dr. Forrester Biddle war der Inbegriff eines konservativen Neuengländers. Er war hager wie ein puritanischer Priester, was seine strenge, gebieterische Art noch unterstrich. Das einzig Positive an ihm war, daß er ein hervorragender Chirurg war.

»Kommen Sie rein, und schließen Sie die Tür!« forderte er Kim auf, als dieser das enge, mit Fachzeitschriften vollgestopfte Büro betrat. »Setzen Sie sich!«

Kim nahm Platz. Dr. Biddle ließ ihn eine Weile warten und erledigte zunächst seine angefangene Schreibarbeit. Kim ließ seinen Blick durch den Raum schweifen. Er selber hatte zu seiner Chefzeit im Samaritan Hospital ein weitaus luxuriöseres Büro gehabt.

Nachdem er seine Unterschrift mit einem schwungvollen Schnörkel versehen hatte, legte Dr. Biddle seinen Füller zur Seite. »Ich komme gleich zur Sache«, sagte er und setzte eine noch strengere Miene auf als sonst. »Mit Ihrem Benehmen gestern abend in der Notaufnahme haben Sie unsere Abteilung und die gesamte Ärzteschaft blamiert.«

»Meine Tochter hatte Schmerzen«, entgegnete Kim ohne

Umschweife. Es war eine Erklärung, keine Entschuldigung. Er war nicht geneigt, Reue zu zeigen.

»Für Gewalttätigkeiten gibt es keine Entschuldigung«, bemerkte Dr. Biddle. »Mr. Bradford überlegt, ob er Sie verklagen soll. Ich könnte es ihm nicht verdenken.«

»Wenn jemand verklagt werden sollte, dann ja wohl AmeriCare«, entgegnete Kim. »Ich habe mehr als drei Stunden gewartet, und zwar in erster Linie deswegen, weil AmeriCare vor allem an Profit denkt.«

»Über einen Verwalter herzufallen ist keine geeignete Art, Gesellschaftskritik zu üben«, stellte Dr. Biddle klar. »Und genauso unangebracht ist es, sich direkt an die Medien zu wenden wenn ich das hinzufügen darf. Eigentlich hatte ich vor, nichts zu Ihrem Fernsehkommentar zu sagen, der Freitag abend ausgestrahlt wurde. Aber das war vor diesem unentschuldbaren Zwischenfall. Öffentlich zu behaupten, das University Medical Center und das Samaritan Hospital seien einzig und allein deshalb zusammengelegt worden, weil AmeriCare mehr Gewinn machen will, schadet dem Ruf dieser Klinik.«

Kim stand auf. Offenbar war nicht vorgesehen, daß auch er zu Wort kam, und er hatte keine Lust, noch länger sitzen zu bleiben und sich wie ein ungezogener Schuljunge maßregeln zu lassen. »Wenn das alles war, gehe ich jetzt. Meine Patienten warten auf mich.«

Dr. Biddle schob seinen Stuhl zurück und erhob sich ebenfalls. »Eins sollten Sie nicht vergessen, Dr. Reggis«, sagte er zum Abschied. »Vor der Zusammenlegung hat man in dieser Abteilung darüber nachgedacht, für den Bereich Herzklappenersatz einen Vollzeitchirurgen anzustellen, anstatt Ihre Dienste in Anspruch zu nehmen. Aufgrund Ihres jüngsten Verhaltens werden wir diese Alternative vermutlich noch einmal in Erwägung ziehen.«

Kim drehte sich um und verließ wortlos das Büro. Es

war sinnlos, auf eine derartige Drohung einzugehen, zumal sie bei ihm kaum die beabsichtigte Wirkung erzielte. Er erhielt ständig Angebote von angesehenen Kliniken aus dem ganzen Land. Der einzige Grund, warum er immer noch im University Medical Center arbeitete, war, daß Tracy und er sich das Sorgerecht für Becky teilten und Tracy wegen ihres Studienplatzes nicht umziehen konnte.

Kim war wieder einmal wütend. In letzter Zeit schien das sein Dauergemütszustand zu sein. Beim Verlassen des Verwaltungstraktes lief er direkt Kelly Anderson und ihrem Kameramann Brian in die Arme.

»Dr. Reggis!« rief Kelly begeistert. »Auf Sie hatte ich gewartet.«

Kim warf der Fernsehjournalistin einen finsteren Blick zu und ging schnellen Schrittes weiter den Flur entlang. Kelly rannte hinter ihm her. Brian blieb ihr trotz seiner schweren Ausrüstung dicht auf den Fersen.

»Mein Gott, Dr. Reggis«, keuchte Kelly. »Trainieren Sie für einen Marathonlauf? Nun warten Sie doch mal! Ich muß mit Ihnen reden.«

»Ich habe keine Veranlassung, mit Ihnen zu reden«, entgegnete Kim.

»Aber ich möchte gerne hören, was Sie zu dem Zwischenfall gestern abend in der Notaufnahme zu sagen haben«, insistierte Kelly.

Kim blieb so abrupt stehen, daß Brian in ihn hineinrannte. Brian entschuldigte sich überschwenglich, doch Kim ignorierte ihn; er starrte Kelly entgeistert an. »Wie, zum Teufel, haben Sie das denn schon wieder spitzgekriegt?«

»Da staunen Sie, stimmt's?« entgegnete Kelly mit einem verschmitzten, selbstbewußten Grinsen. »Aber Sie verstehen sicher, daß ich meine Quellen nicht bekanntgeben darf. Ich mache so oft Medizin-Stories, daß ich hier inzwischen über meine eigene fünfte Kolonne verfüge, die mich mit Informationen versorgt. Sie würden sich wundern, was für Geschichten mir manchmal zugetragen werden. Leider sind sie meistens belanglos – wer es gerade mit wem treibt und so. Aber manchmal gibt mir auch jemand einen wirklich guten Tip – zum Beispiel über den Zwischenfall in der Notaufnahme gestern abend: Herzchirurg schlägt Krankenhausverwalter k. o. Wenn das keine Nachricht ist!«

»Ich habe Ihnen nichts zu sagen!« Kim marschierte wieder los. »Da bin ich aber anderer Meinung«, erklärte Kelly, als sie ihn eingeholt hatte. »Drei Stunden mit einem kranken Kind in der Notaufnahme warten zu müssen – das war bestimmt kein Zuckerschlecken. Und genau darüber würde ich gerne mit Ihnen reden.«

»Schade für Sie«, entgegnete Kim. »Für mein Statement über die Profitgier von AmeriCare habe ich mir nämlich eben erst einen Rüffel eingefangen. Ich werde mir auf keinen Fall noch mal den Mund verbrennen.«

»Dann will die Verwaltung also vor der Wahrheit die Augen verschließen«, fuhr Kelly unbeirrt fort. »Das an sich ist schon ein interessanter Aspekt.«

»Ich rede nicht mit Ihnen«, wiederholte Kim. »Sparen Sie sich die Mühe.«

»Nun kommen Sie schon, Dr. Reggis«, insistierte Kelly. »Die Warterei in der Notaufnahme dürfte unseren Zuschauern nur allzu bekannt vorkommen, und daß es mit Ihnen ausgerechnet einen Arzt getroffen hat, verleiht der Geschichte eine ganz besondere Note. Über die Handgreiflichkeit müssen wir ja nicht sprechen, wenn Sie nicht wollen.«

»Und das soll ich Ihnen abnehmen«, entgegnete Kim.

»Können Sie«, versprach Kelly. »Ich glaube, die langen Wartezeiten haben auch etwas mit der Krankenhauszusammenlegung zu tun. Bestimmt hängt es damit zusammen, daß AmeriCare so stark gewinnorientiert ist. Oder? Was meinen Sie?«

Kim sah Kelly im Gehen an. Ihre klaren blaugrünen Augen funkelten. Er mußte zugeben, daß sie ganz schön clever und gewitzt war, auch wenn sie ihn nervte.

»Das haben Sie gesagt, nicht ich. Von mir kriegen Sie keinen O-Ton mehr. Ich habe im Augenblick wirklich genug Ärger am Hals. Machen Sie mir das Leben nicht noch schwerer! Auf Wiedersehen, Miss Anderson.«

Mit diesen Worten verschwand er durch eine Schwingtür in den OP-Trakt. Zu Brians Erleichterung blieb Kelly endlich stehen. Sie waren beide außer Atem.

»Immerhin haben wir es versucht«, sagte Kelly. »Dabei kann ich seine Wut diesmal voll und ganz verstehen. Vor einem Monat haben sie mich mit meiner Tochter genauso lange warten lassen.«

Kim betrat seine Praxis durch die Hintertür. So gelangte er in sein Privatbüro, ohne den Wartebereich durchqueren zu müssen. Noch während er sich sein Jackett auszog, griff er zum Telefon und wählte Gingers Nummer am Empfang.

»Ich bin zurück«, informierte er sie. Den Hörer zwischen Ohr und Schulter geklemmt, ging er zur Garderobe. Die Schnur war gerade lang genug.

»Das Wartezimmer ist gerammelt voll«, sagte Ginger. »Dank Toms Notoperation hinkst du zwei Stunden hinter dem Zeitplan her.«

»Gab es irgendwelche wichtigen Anrufe?« fragte Kim, während er sein Jackett aufhängte und seinen kurzen, weißen Arztkittel vom Haken nahm.

»Nichts, das nicht warten könnte«, erwiderte Ginger.

»Kein Anruf von Tracy?«

»Nein«, erwiderte Ginger.

»Okay«, sagte Kim. »Dann kann Cheryl jetzt die Patienten in die Untersuchungsräume bringen.«

Nachdem er sich den Kittel übergezogen und ein paar Stifte sowie seine sonstigen Utensilien zusammengesucht hatte, wählte er Tracys Nummer.

Tracy nahm beim ersten Klingeln ab.

»Na, wie geht's unserer kleinen Patientin?« fragte Kim und bemühte sich, möglichst aufmunternd zu klingen.

»Weder besser noch schlechter«, erwiderte Tracy.

»Hat sie Fieber?«

»Nein.«

»Und die Bauchkrämpfe?« fragte Kim.

»Hin und wieder«, erwiderte Tracy. »Immerhin konnte ich ihr ein bißchen Hühnerbrühe einflößen.«

Kim war drauf und dran, ihr unter die Nase zu reiben, daß Ginger am Sonntag ebenfalls versucht hatte, Becky etwas Hühnerbrühe zu geben, doch dann überlegte er es sich anders. Statt dessen sagte er: »Klingt so, als ob es bergauf ginge. Jede Wette, daß Becky in Null Komma nichts wieder auf dem Damm ist.«

»Hoffentlich hast du recht«, entgegnete Tracy.

»Es sieht doch ganz danach aus«, bekräftigte Kim. »Da sie kein Fieber hat und die Anzahl ihrer weißen Blutkörperchen normal ist, scheint ihr Körper die Infektion in den Griff bekommen zu haben. Aber halt mich auf dem laufenden, okay?«

»Mache ich«, versprach Tracy und fügte hinzu. »Tut mir leid, daß ich gestern so fies zu dir war.«

»Du mußt dich nicht entschuldigen«, entgegnete Kim.

»Ich glaube, ich habe dir ein paar ziemlich gemeine Sachen an den Kopf geworfen«, fuhr Tracy fort. »Ich war auch etwas ungehalten.«

»Ich bitte dich«, entgegnete Kim. »Wenn jemand aus der Rolle gefallen ist, dann ja wohl ich.«

»Wenn es etwas Neues gibt, rufe ich dich an«, versprach Tracy. »Du erreichst mich entweder hier oder zu Hause«, beendete Kim das Gespräch.

Er legte auf und war zum ersten Mal an diesem Tag zufrieden. Er trat auf den Flur hinaus, lächelte Cheryl freundlich zu und nahm sich die erste Patientenkarte.

Vor dem Garagentor schaltete Kim die Scheinwerfer aus. Mit einem Schlag war es stockdunkel. Es war zwar erst acht Uhr, doch es hätte genausogut schon Mitternacht sein können. Die Nacht war mondlos, nur am östlichen Horizont, wo die Lichter der Stadt von der tiefhängenden Wolkendecke reflektiert wurden, schimmerte ein schwacher Lichtstreif. Das Haus war absolut dunkel und türmte sich wie ein großer Fels vor ihm auf.

Kim öffnete die Wagentür. Die angehende Innenbeleuchtung erlaubte ihm, die Pappschachteln mit dem chinesischen Fast food zusammenzusuchen, das er sich auf dem Nachhauseweg geholt hatte. Sein letzter Patient war Viertel nach sieben gegangen.

Beladen mit dem Essen und der Schreibarbeit, die er an diesem Abend zu erledigen hoffte, ging er Richtung Haustür. So dunkel, wie es war, konnte man sich kaum vorstellen, daß im Sommer um diese Uhrzeit noch nicht einmal die Sonne untergegangen war.

Er hörte das Telefon, noch bevor er die Tür erreicht hatte. Es bimmelte aufdringlich durch die Dunkelheit. Ohne zu wissen warum, verspürte er einen Anfall von Panik. Er ließ den Papierstapel fallen und suchte hektisch nach seinem Schlüsselbund. Als er ihn hatte, fand er den richtigen Schlüssel nicht und mußte auch noch die Essensschachteln abstellen, um beide Hände frei zu haben. Schließlich bekam er die Tür auf und stürmte hinein.

Er knipste das Licht in der Diele an und stürzte zum Telefon. Irgendwie war er von der irrationalen Angst geplagt, daß der Anrufer, wer auch immer es sein mochte, wieder auflegte, bevor er den Hörer abnahm. Doch er hatte Glück. Es war Tracy.

»Becky geht es schlechter!« Sie klang verzweifelt und war den Tränen nahe.

»Was ist passiert?« fragte Kim, während ihm vor Schreck beinahe das Herz stehenblieb.

»Sie hat starke Blutungen!« schrie Tracy hysterisch. »Die ganze Toilette ist voller Blut.«

»Ist sie bei klarem Verstand?« fragte Kim schnell.

»Ja«, erwiderte Tracy. »Sie ist sogar ruhiger als ich. Im Moment liegt sie auf der Couch.«

»Kann sie sich auf den Beinen halten?« wollte Kim wissen. »Oder ist ihr schwindelig?«

»Gehen kann sie«, erwiderte Tracy. Allmählich wirkte sie wieder etwas gefaßter. »Ein Glück, daß ich dich erreicht habe. Ich wollte schon den Notarzt anrufen.«

»Dann setz sie ins Auto, und fahr mit ihr zur Notaufnahme! Vorausgesetzt natürlich, du fühlst dich in der Lage zu fahren. Sonst kann ich euch auch einen Krankenwagen schicken.«

»Ich kann selber fahren«, sagte Tracy.

»Dann treffen wir uns gleich in der Notaufnahme«, sagte Kim und legte auf. Er stürzte ins Arbeitszimmer und riß die mittlere Schublade seines Schreibtisches auf. Hastig durchwühlte er den Inhalt nach seinem Adreßbuch. Als er es gefunden hatte, klappte er die Seite mit dem Buchstaben T auf und fuhr mit dem Finger über die Einträge, bis er den Namen George Turner gefunden hatte. Er holte sein Handy hervor, tippte die Nummer ein und drückte auf »Wählen«.

Das Telefon ans Ohr gepreßt, rannte er zurück zum Auto. Als er in den Wagen stieg, meldete sich Mrs. Turner.

Ohne irgendwelche einleitenden Höflichkeitsfloskeln fragte er, ob er mit George reden könne. Als dieser an den Apparat kam, schoß Kim bereits rückwärts aus der Einfahrt.

»Tut mir leid, daß ich Sie stören muß«, begann Kim.

»Sie stören mich nicht«, entgegnete Dr. Turner. »Was gibt's? Nichts Ernstes, hoffe ich.«

»Ich fürchte doch«, erwiderte Kim und schränkte dann schnell ein: »Na ja, es steht nicht gerade der Weltuntergang bevor. Becky ist krank. Sie hat Dysenterie-Symptome: Krämpfe, Durchfall und seit neuestem auch Darmblutungen. Allerdings hat sie kein Fieber.«

»Oh!« entgegnete Dr. Turner. »Tut mir leid, das zu hören.«

»Wir haben uns nie um einen neuen Kinderarzt gekümmert, nachdem Sie weggezogen sind«, erklärte Kim schuldbewußt. »Und die wenigen, die ich sonst noch kannte, haben die Stadt verlassen, genauso wie Sie. Deshalb mußten wir Becky gestern abend in die Notaufnahme des University Med Centers bringen, was ziemlich furchtbar war: Wir mußten geschlagene drei Stunden warten.«

»Mein Gott!« entgegnete Dr. Turner. »Das ist ja der reine Horror.«

»Es ist mir zwar peinlich, aber ich muß gestehen, daß ich dem AmeriCare-Verwalter im Eifer des Gefechts einen Kinnhaken verpaßt habe«, fuhr Kim fort. »Jedenfalls haben sie Becky nach Hause geschickt, ohne sie irgendwie behandelt zu haben. Medikamente haben sie ihr auch nicht verschrieben. Und gerade hat meine Ex-Frau mich angerufen und mir mitgeteilt, daß Becky Blutungen hat. Wie stark sie sind, weiß ich noch nicht. Tracy war nämlich ein bißchen hysterisch. Ich treffe die beiden gleich in der Notaufnahme. Aber nun zu meiner eigentlichen Frage: Was für einen Arzt sollte ich Ihrer Meinung nach hinzuziehen?«

»Hmm«, grummelte Dr. Turner. »Wie sich das anhört, ist ein Kinderarzt in diesem Fall nicht mal unbedingt die beste Wahl. Vielleicht sollten Sie sich lieber an einen Spezialisten für Infektionskrankheiten oder an einen Magen-Darm-Experten wenden.«

»Okay«, entgegnete Kim. »Aber an wen? Können Sie mir einen empfehlen? Die Fachärzte, mit denen ich zu tun habe, behandeln normalerweise nie Kinder.«

»Es gibt bei Ihnen jede Menge hervorragender Ärzte«, erwiderte Dr. Turner. »Fürs erste würde ich Ihnen zu einem Spezialisten für Infektionskrankheiten raten. Versuchen Sie's mal bei Dr. Claude Faraday. Auf seinem Gebiet ist er der Beste.«

»Vielen Dank«, seufzte Kim erleichtert.

»Keine Ursache«, entgegnete Dr. Turner. »Schade, daß ich so weit weg bin.«

»Das finde ich auch«, bestätigte Kim.

»Halten Sie mich auf dem laufenden«, bat Dr. Turner.

»Mache ich«, beendete Kim das Gespräch.

Er wählte über die Schnellwahltaste das Krankenhaus an. Als er eine Verbindung hatte, bat er darum, mit Dr. Faraday verbunden zu werden.

Er erklärte ihm sein Anliegen mit ähnlichen Worten wie zuvor Dr. Turner. Dr. Faraday hörte zu, stellte ein paar Fragen und bot dann netterweise an, sofort in die Notaufnahme zu kommen.

Kim bog zum Krankenhaus ab und fuhr diesmal direkt auf den Parkplatz der Notaufnahme. Er hielt kurz nach Tracys Kombi Ausschau. Als er ihn nicht sah, rannte er die Treppe zur Aufnahmerampe hinauf und stürmte durch die Tür.

In der Notaufnahme war es beinahe genauso hektisch und betriebsam wie am Abend zuvor; allerdings gab es heute im Wartebereich ein paar leere Stühle. Er steuerte direkt auf den Schwesterntresen zu, hinter dem ausgerechnet Monica und Molly saßen. Die beiden tauschten nervöse Blicke aus.

»Ist meine Tochter eben hier reingebracht worden?« fragte Kim.

»Nicht daß ich wüßte«, erwiderte Molly. Sie wirkte desinteressiert, schien aber auf der Hut zu sein.

»Ich habe sie auch nicht gesehen«, bestätigte Monica.

»Kommt sie denn noch einmal zu uns?« fragte Molly.

Kim sparte sich die Antwort, er war schon im Flur zu den Behandlungsräumen.

»He, wo wollen Sie denn hin?« rief Molly und sprang auf. Sie wollte Kim wie am Abend zuvor den Weg versperren, doch er war ihr längst entwischt. Ohne zu zögern, eilte sie hinter ihm her.

Monica schnipste mit den Fingern, um den Mann vom Sicherheitsdienst zu alarmieren. Der Mann nickte und setzte sich ebenfalls in Bewegung. Im Laufen zog er sein Funkgerät aus der Halterung.

Kim marschierte durch den ersten der großen Räume und stecke im Gehen seine Nase in jede einzelne Kabine. Schließlich holte Molly ihn ein. »Was bilden Sie sich eigentlich ein?« fuhr sie ihn an.

Kim ignorierte sie, obwohl sie inzwischen Verstärkung durch den Mann vom Sicherheitsdienst bekommen hatte. »Was soll ich tun?« fragte der Sicherheitsbeauftragte. »Immerhin ist er Arzt.«

»Keine Ahnung«, erwiderte Molly.

In einer Untersuchungskabine stieß Kim auf Dr. Washington, der gerade die verletzte Hand eines Kindes nähte. Eine Schwester assistierte ihm. Dr. Washington schaute Kim über den Rand seiner Brille hinweg an.

»Meine Tochter ist auf dem Weg hierher«, verkündete Kim. »Offenbar hat sie jede Menge Blut im Stuhl.«

»Oh, das tut mir leid«, entgegnete Dr. Washington. »Haben Sie ihren Blutdruck gemessen?«

»Nein«, gestand Kim. »Meine Ex-Frau ist mit ihr unterwegs. Ich habe sie noch gar nicht gesehen.«

Seine in sterilen Handschuhen steckenden Hände hochhaltend, drehte Dr. Washington sich zu Molly um und bat sie, eine Kabine vorzubereiten und für alle Fälle auch eine Rollbahre und Plasmaexpander bereitzustellen. Molly nickte und verschwand. »Ich möchte, daß meine Tochter diesmal sofort untersucht wird«, sagte Kim. »Außerdem bestehe ich darauf, daß ein Spezialist für Infektionskrankheiten hinzugezogen wird.«

»Dr. Reggis«, setzte Dr. Washington an. »Versuchen wir's doch mal auf die freundliche Art. Es wäre hilfreich, wenn Sie zur Kenntnis nehmen würden, daß ich der Leiter dieser Station bin.«

»Ich habe schon mit Dr. Faraday gesprochen«, fuhr Kim fort, als hätte er Dr. Washington gar nicht gehört. »Er ist unterwegs. Ich nehme an, Sie kennen ihn?«

»Natürlich kenne ich ihn«, entgegnete Dr. Washington. »Aber das ist nicht der springende Punkt. Wie Sie eigentlich wissen sollten, dürfen wir laut Vorschrift nur dann einen Facharzt von außen hinzuziehen, wenn kein geeigneter AmeriCare-Vertragsarzt zur Verfügung steht. Diese Bestimmung nimmt man bei AmeriCare sehr genau.«

»Ich will, daß sie von Dr. Faraday untersucht wird«, sagte Kim mit Nachdruck.

»Ist ja schon gut«, entgegnete Dr. Washington. »Aber nehmen Sie wenigstens zur Kenntnis, daß wir Ihnen damit einen Gefallen tun. So läuft das hier normalerweise nicht.«

»Danke«, murmelte Kim und drehte sich um. Er ging durch den langen Raum zurück und suchte den Empfangsbereich nach Tracy und Becky ab. Als er sie nirgends entdecken konnte, ging er hinaus und wartete wie am Abend zuvor an der Aufnahmerampe.

Wenige Minuten später sah er Tracys Kombi um die Ecke biegen. Sie fuhr direkt vor die Rampe. Kim sprang hinunter und stand bereits neben dem Wagen, als Tracy noch die Handbremse zog.

Er öffnete die Tür und beugte sich in den Wagen. Becky lag auf der Rückbank. Sie sah blaß aus, aber sie lächelte ihn an. Eine Welle der Erleichterung überkam ihn.

»Wie geht es dir, mein Schatz?« fragte er.

»Schon besser«, erwiderte Becky. »Der Krampf ist vorbei.«

»Schön«, entgegnete Kim. »Komm, ich trage dich.«

»Ich kann gehen«, erklärte Becky.

»Egal«, sagte Kim. »Ich trage dich.«

Er schob ihr den rechten Arm unter die Knie und zog sie behutsam heraus, so daß er mit dem linken Arm ihren Oberkörper stützen konnte. Dann hob er sie hoch. Sie legte ihre Arme um seinen Nacken und vergrub ihr Gesicht unter seinem Kinn.

»Okay«, versuchte Kim sie zu beruhigen. »Daddy hat dich.«

»Ist sie nicht zu schwer?« fragte Tracy.

»Überhaupt nicht«, erwiderte Kim.

Er ging voraus; erst die Treppe hinauf und dann durch die Schwingtür. Als er, gefolgt von Tracy, den Aufnahmeschalter passierte, rief ihm eine der Angestellten hinterher, daß er sich anmelden müsse. Kim ignorierte sie. Tracy war die Situation unangenehm, doch sie sagte nichts.

Hinter dem Schwesterntresen saß Monica. Als sie ihre Kollegin vom Aufnahmeschalter rufen hörte, blickte sie hoch und sah Kim. Sie sprang auf und versuchte ihm den Weg zu versperren. Doch sie war nicht Molly.

»So nicht!« fuhr sie Kim an. »Sie bringen das Kind nicht

dort hinein, ohne ein Aufnahmeformular ausgefüllt zu haben!«

Kim ging unbeirrt weiter. Monica wich ein paar Schritte zurück. »Das geht nicht«, protestierte sie.

Tracy zog Kim am Ärmel. »Mach bitte keine Szene!«

Unerschütterlich wie eine Dampfwalze setzte Kim seinen Weg fort. Da Monica nicht Mollys Statur hatte, drängte er sie einfach beiseite.

»Alle notwendigen Informationen stehen auf dem Aufnahmeblatt von gestern abend«, rief Kim ihr über die Schulter hinweg zu.

Monica ging hinter den Tresen und piepste Dr. Washington an. Kim trug Becky in die erste freie Kabine und legte sie auf eine Rollbahre. Tracy stellte sich auf die andere Seite der Bahre und hielt ihr die Hand. Kim legte ihr eine Blutdruckmanschette um den Arm. Nachdem Monica Dr. Washington alarmiert hatte, erschien sie in der Kabine und wollte Kims Platz einnehmen, doch er dachte gar nicht daran, sich vertreiben zu lassen. Er stöpselte sich ein Stethoskop in die Ohren und begann die Manschette aufzublasen.

Währenddessen betraten Dr. Washington und Molly McFadden die Kabine. Dr. Washington nickte Tracy zur Begrüßung zu und wartete, bis Kim den Blutdruck gemessen hatte. Monica bedeutete er, die Kabine zu verlassen.

»Sie scheinen Vorschriften generell zu mißachten«, stellte Dr. Washington fest, während Kim sich von dem Stethoskop befreite.

»Ihr Blutdruck ist neunzig zu fünfzig«, erklärte Kim. »Sie braucht sofort eine Infusion. Außerdem sollten wir vorsichtshalber ihre Blutgruppe bestimmen und die Kreuzprobe durchführen. Und …«

»Schluß jetzt!« fiel Dr. Washington ihm ins Wort und hob gebieterisch die Hand. Dann fügte er mit ruhiger

Stimme hinzu: »Bei allem Respekt, Dr. Reggis, Sie haben schon wieder vergessen, daß Sie hier nicht das Sagen haben.«

»Ich kümmere mich nur um das Wesentliche«, erklärte Kim. »Miss McFadden, würden Sie mir bitte eine Kanüle, einen Stauschlauch und etwas Klebeband besorgen?«

Dr. Washington gab Molly zu verstehen, daß sie die Aufforderung ignorieren solle. Dann ging er auf Kim zu und packte ihn mit seinen riesigen Händen am Unterarm.

»Ich fordere Sie nur ein einziges Mal auf«, sagte er in seinem ruhigen, aber bestimmten Tonfall. »Sie verlassen sofort die Kabine und warten draußen! Damit helfen Sie vor allem Ihrer Tochter. Wenn Sie auch nur einen Augenblick nachdenken würden, müßten Sie mich eigentlich verstehen.«

Kims Augen verengten sich. Er starrte Dr. Washington finster an. Dann sah er auf seinen Arm hinab, den der Mann fest umklammert hielt. Für ein paar Sekunden sagte niemand ein Wort. Aus der Kabine nebenan piepte ein Herzmonitor, ansonsten war es absolut still.

Tracy spürte die in der Luft liegende Spannung. Es kam ihr vor, wie die Ruhe vor dem Sturm. Um eine weitere unangenehme Szene zu verhindern, eilte sie um das Fußende der Bahre und legte Kim einen Arm auf die Schulter. »Bitte Kim!« flehte sie ihn an und versuchte ihn wegzuziehen. »Laß Dr. Washington tun, was er für richtig hält.«

Tracys Bitte zeitigte Wirkung – Kim beruhigte sich sichtlich. Dr. Washington löste seine Hand.

»Okay.« Kim gab sich geschlagen und nickte Tracy zu. Dann drehte er sich zu Becky um und griff nach ihrem schmalen Arm. »Ich warte draußen, mein Schatz.«

»Ich möchte nicht, daß sie mich mit einer Nadel stechen«, bettelte sie.

»Sie müssen dir ein wenig Flüssigkeit zuführen«, erklärte er ihr, »aber es pikst nur ein kleines bißchen. Und nach einer Sekunde ist es schon vorbei. Ich weiß, daß das nicht angenehm ist, doch du mußt jetzt tapfer sein, damit du bald wieder gesund bist, okay?«

»Okay«, entgegnete Becky zögernd.

Tracy drückte ihr ebenfalls die Hand und teilte ihr mit, daß sie mit ihrem Vater draußen warte. Sie versprach, in ein paar Minuten wieder bei ihr zu sein. Becky nickte, doch sie wirkte alles andere als glücklich. Sie schien wirklich Angst zu haben.

Tracy folgte ihrem Ex-Mann durch den Vorhang nach draußen. Sie hörte, wie schnell er atmete, sagte aber nichts, bis sie den Schwesterntresen passiert hatten.

»Du mußt dich beruhigen, Kim«, sagte sie und legte ihm sanft eine Hand auf den Arm. »Du bist total verkrampft.«

»Dieser Dr. Washington bringt mich auf die Palme«, ereiferte er sich.

»Er macht nur seinen Job«, versuchte Tracy ihn zu besänftigen. »Wenn die Situation umgekehrt wäre und du dich um sein Kind zu kümmern hättest, würdest du dich genauso verhalten wie er. Du würdest auch keine Anweisungen von ihm ausführen.«

Während er die Schwingtür aufstieß, um nach draußen zu gehen, überdachte er Tracys Argumentation. Der frische, kalte Wind, der ihm ins Gesicht blies, tat ihm gut. Auf der Rampe blieb er stehen und atmete einmal tief durch. Dann ließ er die Luft langsam entweichen. Tracy hatte immer noch die Hand auf seinem Arm.

»Wahrscheinlich hast du recht«, sagte er schließlich. »Ich kann es einfach nicht ertragen, Becky so hilflos daliegen zu sehen.«

»Kann ich mir vorstellen«, entgegnete Tracy. »Das muß ja auch wirklich schwer für dich sein.«

Ihre Blicke begegneten sich. »Du verstehst mich?« fragte er entgeistert. »Im Ernst?«

»Ja, im Ernst«, erwiderte Tracy. »Schließlich bist du Chirurg. Du bist darauf getrimmt zu handeln. Und um wen will man sich wohl dringlicher kümmern als um sein eigenes Kind? Für dich muß es das Schlimmste auf der Welt sein, Becky leiden zu sehen und nichts tun zu können.«

»Da hast du vollkommen recht«, stimmte Kim ihr zu.

»Natürlich habe ich recht«, entgegnete Tracy. »Das habe ich doch immer.«

Kim mußte lächeln. »Nun übertreibst du aber ein bißchen. Oft vielleicht, aber nicht immer.«

»Wenn wir jetzt wieder reingehen, gebe ich mich damit zufrieden«, erklärte Tracy und lächelte ebenfalls. »Ich friere.«

»Natürlich, tut mir leid«, entgegnete Kim. »Ich mußte nur mal kurz frische Luft tanken.«

»Stört dich die Infusionskanüle?« fragte Kim seine Tochter.

Becky hob die linke Hand, an der ein flaches Brettchen festgeklebt war. Ein langer, durchsichtiger Plastikschlauch führte in den Verband auf ihrem Handrücken. »Ich spüre gar nichts«, erwiderte sie.

»So muß es auch sein«, erklärte Kim.

»Fühlt es sich kalt an?« fragte Tracy. »Ich erinnere mich, daß es mir kalt vorkam, als ich bei deiner Geburt im Krankenhaus war.«

»Ja, stimmt!« erwiderte Becky überrascht. »Das hatte ich noch gar nicht gemerkt. Mein ganzer Arm fühlt sich kühl an.«

Dr. Washington hatte Becky gründlich durchgecheckt, ihr eine Infusion verabreicht und eine allgemeine Blut-

und Urinuntersuchung angeordnet. Außerdem hatte er ihren Bauch geröntgt, einmal im Liegen und einmal im Stehen. Die Aufnahmen hatte er noch nicht gesehen, da sie noch nicht entwickelt waren, aber die Blut- und Urinwerte waren normal, woraus er schloß, daß der Blutverlust minimal gewesen sein mußte. Als ihm soviel klar war, hatte er Kim und Tracy gebeten, Becky Gesellschaft zu leisten und gemeinsam auf Dr. Faraday zu warten.

Der Spezialist war ein paar Minuten später bei ihnen. Er stellte sich zuerst Kim und Tracy vor, dann begrüßte er Becky. Er war schlank, hatte einen dunklen Teint und wirkte sehr ernsthaft. Zunächst hörte er sich aufmerksam an, worüber Becky klagte. Er ließ sich vom ersten Symptom am Samstag morgen bis zu der Blutung den gesamten Krankheitsverlauf genau berichten. Dabei nickte er hin und wieder, vor allem wenn Becky selbst einige Details hinzufügte.

»Okay, Miss Reggis«, wandte er sich dann an Becky. »Dürfte ich dich jetzt vielleicht ein bißchen näher betrachten?«

Becky sah Tracy an, als müßte sie sie erst um Erlaubnis bitten. »Dr. Faraday fragt dich, ob er dich untersuchen darf?« übersetzte Kim für seine Tochter.

»Ja«, erwiderte Becky. »Aber nur, wenn Sie mich nicht piksen.«

»Versprochen«, versicherte Dr. Faraday.

Er untersuchte Becky schnell und gründlich, indem er zunächst ihren Puls fühlte und dann die Spannung ihrer Haut prüfte. Er sah ihr in den Mund und in die Ohren und betrachtete mit Hilfe eines Augenspiegels ihren Augenhintergrund. Dann hörte er ihre Brust ab und untersuchte ihre Haut auf Ausschlag. Außerdem tastete er ihren ziemlich empfindlichen Unterleib nach vergrößerten Lymphknoten ab.

»Bis auf deinen schlimmen Bauch scheinst du gesund zu

sein«, stellte er schließlich fest. »Ich gehe jetzt mal kurz raus und unterhalte mich mit deinen Eltern. Okay?«

Becky nickte.

Tracy beugte sich zu ihrer Tochter hinab und küßte sie auf die Stirn. Dann folgte sie Dr. Faraday und Kim auf den Flur. Da dort zuviel Betrieb herrschte, suchten sie sich eine Nische, in der sie von dem hektischen Treiben nicht viel mitbekamen. Dr. Washington, der die drei zusammenstehen sah, gesellte sich zu ihnen und begrüßte Dr. Faraday.

»Ich wollte den Eltern gerade erzählen, wie ich die Lage einschätze«, sagte Dr. Faraday an Dr. Washington gewandt.

»Darf ich zuhören?« fragte Dr. Washington.

Dr. Faraday sah Kim und Tracy an.

»Natürlich«, erwiderte Tracy.

»Alles in allem macht sie einen gesunden Eindruck«, begann Dr. Faraday. »Sie ist natürlich ein bißchen blaß und leidet unter dem Flüssigkeitsverlust. Außerdem habe ich festgestellt, daß ihr gesamter Unterbauchbereich empfindlich reagiert. Ansonsten ist mir bei der körperlichen Untersuchung nichts Anormales aufgefallen.«

»Aber wo kommt dann das ganze Blut her?« fragte Tracy. Sie hatte Angst, daß Dr. Faraday ihre Tochter nicht weiter behandeln würde.

»Ich bin noch nicht ganz fertig«, entgegnete Dr. Faraday. »Ich habe mir auch ihre Laborwerte angesehen. Verglichen mit gestern abend ist der Hämoglobingehalt im Blut leicht gesunken. Eigentlich ist der Abfall noch nicht besorgniserregend, aber wenn man bedenkt, daß sie zur Zeit unter einer leichten Dehydration leidet, könnte er doch von Bedeutung sein, vor allem wenn man berücksichtigt, was der Blutung vorangegangen ist. Außerdem ist die Anzahl ihrer Thrombozyten leicht verringert. Alle anderen Werte liegen im Normbereich.«

»Und wie lautet Ihre vorläufige Diagnose?« fragte Kim.

»Bakterielle Lebensmittelvergiftung«, erwiderte Dr. Faraday.

»Kein Virus?« fragte Kim.

»Nein, ich denke, wir haben es mit Bakterien zu tun«, erklärte Dr. Faraday und sah Dr. Washington an. »Diese Vermutung hatten Sie doch gestern abend auch, nicht wahr?«

»Ja«, erwiderte Dr. Washington.

»Aufgrund der Tatsache, daß Ihre Tochter kein Fieber hat, gehe ich davon aus, daß die Symptome durch bakterielle Toxine ausgelöst wurden und nicht durch eine Infektion«, führte Dr. Faraday weiter aus. »Dafür spricht auch ihre normale Anzahl weißer Blutkörperchen.«

»Was ist mit der Kultur von gestern abend?« fragte Kim. »Haben Sie schon die vorläufige Vierundzwanzig-Stunden-Auswertung?«

»Ich weiß nichts von einer Kultur«, erwiderte Dr. Faraday und sah Dr. Washington fragend an.

»Wir haben gestern keine Kultur angelegt«, erklärte Dr. Washington.

Kim schüttelte ungläubig den Kopf. »Was, zum Teufel, soll das heißen? Ich habe Ihnen doch extra eine Stuhlprobe gegeben.«

»Bei Durchfall legen wir in der Notaufnahme keine Kulturen an«, entgegnete Dr. Washington.

Kim schlug sich entsetzt mit der Hand vor die Stirn. »Moment mal! Sie haben doch gerade bestätigt, daß auch Ihre vorläufige Diagnose bakterielle Lebensmittelvergiftung war. Warum haben Sie dann keine Kultur angelegt? Das ist doch der erste Schritt. Wie wollen Sie denn sonst eine vernünftige Behandlung einleiten?«

»Die Vorschriften von AmeriCare verbieten in einem solchen Fall das routinemäßige Anlegen von Kulturen«, erklärte Dr. Washington. »Es ist nicht rentabel.«

Kim wurde rot vor Wut, doch nur Tracy fiel die Veränderung auf. Sie griff nach seinem Arm, doch er riß sich los. »Rentabel? So eine hirnverbrannte Entschuldigung habe ich noch nie gehört! Was für einen katastrophalen Laden leiten Sie hier eigentlich? Sie wollen mir wirklich erzählen, daß Sie keine Kultur angelegt haben, um ein paar beschissene Dollars zu sparen?«

»Jetzt hören Sie mir mal zu, Sie Wichtigtuer!« ereiferte sich nun auch Dr. Washington. »Wie ich Ihnen gerade erklärt habe, werden Kulturen bei uns nicht routinemäßig angelegt. Nicht für Sie, und auch nicht für sonst irgend jemanden.«

Wie am Abend zuvor verlor Kim jetzt endgültig die Beherrschung. Er packte Dr. Washington am Kragen seines weißen Kittels. »Einen Wichtigtuer nennen Sie mich? Durch Ihr idiotisches Festhalten an einer Vorschrift haben wir einen ganzen Tag verloren!«

Tracy stürzte sich auf Kim und zerrte an seinem Arm. »Nein, Kim! Nicht schon wieder!«

»Lassen Sie mich sofort los, Sie arroganter Fatzke!« fuhr Dr. Washington ihn an.

»Beruhigen Sie sich doch!« schaltete sich Dr. Faraday ein und drängte sich zwischen die beiden erheblich größeren Kollegen. »Ist doch kein Problem. Wir legen die Kultur jetzt an. So viel Zeit haben wir auch nicht verloren. Ich rate ohnehin davon ab, ihr Medikamente zu geben.«

Kim ließ Dr. Washington los, der sich als erstes seinen Kittel glattstrich. Die beiden Männer warfen sich finstere Blicke zu.

»Was glauben Sie denn in der Kultur zu entdecken?« fragte Tracy in der Hoffnung, die Situation durch ihre Frage ein wenig zu entspannen und die Unterhaltung wieder in die geordnete Bahn zu lenken. »Was für Bakterien könnten die Vergiftung Ihrer Meinung nach hervorgerufen haben?«

»Salmonellen, Shigellen oder auch neuere Stämme von E. coli«, erwiderte Dr. Faraday. »Aber es könnten auch jede Menge andere Bakterien in Frage kommen.«

»Das Blut hat mir einen riesigen Schrecken eingejagt«, erklärte Tracy. »Wahrscheinlich sah es nach mehr aus, als es in Wirklichkeit war. Soll Becky im Krankenhaus bleiben?«

Dr. Faraday sah Dr. Washington an. »Keine schlechte Idee. Aber das kann ich nicht entscheiden.«

»Ich glaube, wir sollten sie hierbehalten«, sagte Dr. Washington. »Sie braucht Flüssigkeit. Außerdem können wir so die Möglichkeit einer Anämie im Auge behalten und sicherstellen, daß sie keine weiteren Blutungen hat.«

»Wie sieht es mit Antibiotika aus?« fragte Tracy.

»Ich würde sagen, wir geben ihr nichts«, erwiderte Dr. Faraday. »Jedenfalls nicht zum jetzigen Zeitpunkt. Wir sollten unbedingt erst die definitive Diagnose abwarten.«

»Genau deshalb hätte die verdammte Kultur schon gestern abend angelegt werden müssen!« ereiferte sich Kim erneut.

»Bitte, Kim«, drängte Tracy. »Es ist nun mal so, wie es ist. Damit müssen wir uns für den Augenblick abfinden. Ich fände es schön, wenn du dich bemühen würdest, ein bißchen kooperativer zu sein.«

»Ist ja schon gut«, resignierte Kim. »Wäre es denn nicht trotzdem sinnvoll, ihr ein Breitband-Antibiotikum zu geben – da wir nun schon keine Kultur haben. Wenn wir den bakteriellen Organismus und seine Sensitivitäten kennen, können wir doch immer noch zu einem anderen Mittel wechseln.«

»Ich würde davon abraten«, wiederholte Dr. Faraday. »Falls es sich bei dem Erreger nämlich um einen der aberrierenden Stämme von E. coli handelt, können Antibiotika die Situation noch verschlimmern.«

»Wieso das denn?« fragte Kim. »Das ist doch absurd.«

»Nein, ganz und gar nicht«, erwiderte Dr. Faraday. »Antibiotika können die gesunde Darmflora dezimieren und den renitenten Kolibakterien dadurch zusätzlichen Raum zum Gedeihen verschaffen.«

»Sind Sie persönlich für Becky zuständig, wenn sie eingewiesen wird?« wandte sich Tracy an Dr. Faraday.

»Nein«, erwiderte er. »Das ist leider nicht möglich. AmeriCare läßt nur Vertragsärzte zu. Aber ich bin gerne bereit, nach Ihrer Tochter zu sehen, insbesondere, wenn der behandelnde Arzt die Hinzuziehung eines Spezialisten für Infektionskrankheiten veranlaßt.«

»Da Becky bei keinem speziellen Kinderarzt in Behandlung ist, ist Dr. Claire Stevens für sie zuständig«, erklärte Dr. Washington. »Sie ist zur Zeit im Dienst. Ich kann sie gleich anrufen.«

»Dr. Stevens ist gut«, bemerkte Dr. Faraday.

»Kennen Sie sie?« fragte Tracy.

»Sehr gut sogar«, erwiderte er. »Sie haben Glück, daß sie sich um Ihre Tochter kümmern wird. Meine Kinder sind auch bei ihr in Behandlung.«

»Endlich mal was Positives«, seufzte Kim.

8

Mittwoch, 21. Januar

Als Kim auf den Krankenhausparkplatz einbog, war es erst kurz nach sechs. Entgegen seinem normalen morgendlichen Rhythmus hatte er diesmal keinen Zwischenstop in seiner Praxis eingelegt. Er wollte so schnell wie möglich nach Becky sehen und sich vergewissern, daß alles in Ordnung war.

Nach dem unangenehmen Zwischenfall mit Dr. Washington war am vergangenen Abend alles Weitere glatt gelaufen. Über den Pager war Dr. Claire Stevens herbeigerufen worden und innerhalb einer halben Stunde in der Notaufnahme erschienen. In der Zwischenzeit hatte Kim noch einmal bei Dr. Turner angerufen und ihn gefragt, was er von der Kinderärztin halte. Zu Kims und Tracys Erleichterung hatte Dr. Turner Dr. Faradays Meinung bestätigt.

Dr. Claire Stevens war schlank und fast so groß wie Kim. Sie hatte scharfe Gesichtszüge, die jedoch durch ihre freundliche, Sicherheit ausstrahlende Art etwas gemildert wurden. Kims persönlicher Eindruck fiel zu seiner vollen Zufriedenheit aus. Sie war etwa so alt wie er, was bedeutete, daß sie bereits etliche Jahre Klinikerfahrung hatte. Und was noch wichtiger war – sie stellte ihre Kompetenz vom ersten Augenblick an sichtbar unter Beweis. Zudem war ermutigend, daß sie sich sofort um ein gutes Verhältnis zu Becky bemühte.

Kim öffnete behutsam die Tür zu Beckys Zimmer. An der Seite zum Flur befand sich ein Nachtlicht unter der

Decke, das den ganzen Raum in ein angenehmes Schummerlicht hüllte. Er schlich leise ans Bett und betrachtete seine schlafende Tochter. Ihr von dunklen Haaren gerahmtes Gesicht wirkte beinahe elfenbeinfarben. Ihre blaß schimmernde Haut ließ sie so verletzlich erscheinen, als wäre sie aus Porzellan.

Natürlich war Kim klar, daß Becky unter den gegebenen Umständen im Krankenhaus am besten aufgehoben war, doch gleichzeitig plagte ihn genau deswegen ein mulmiges Gefühl. Aus langjähriger Klinikerfahrung wußte er, daß Krankenhäuser auch der Ort waren, an dem Katastrophen lauerten.

Becky atmete tief und regelmäßig. Durch die Infusionskanüle tropfte langsam Flüssigkeit in ihren Körper. Kim war froh, sie so tief schlafen zu sehen und zog sich leise zurück. Er wollte sie nicht wecken.

Im Schwesternzimmer zog er Beckys Krankenblatt aus dem Fach. Er überflog zunächst die Einweisungsbemerkungen von Dr. Stevens und nahm sich dann die Notizen der Schwestern vor. Becky war in der Nacht zweimal aufgestanden und hatte jedesmal Durchfall gehabt. Ihren eigenen Angaben zufolge hatte sie angeblich wieder Blut im Stuhl gehabt, doch keine der Schwestern hatte es gesehen.

Ein Blick auf das Anforderungsformular stimmte ihn zufrieden: Dr. Stevens hatte Wort gehalten und einen Kinder-Gastroenterologen angefordert, der sich Becky noch heute ansehen sollte.

»Ist sie nicht ein süßes Mädchen?« hörte er hinter sich eine fröhliche Frauenstimme.

Kim sah auf. Über seine Schulter lugte eine pummelige Schwester mit einem vor Erschöpfung geröteten Gesicht. Ihr blondes Haar kringelte sich in unzähligen, dauergewellten Löckchen. Außerdem hatte sie kleine Grübchen. Ihrem Namensschild zufolge hieß sie Janet Emery.

»Haben Sie heute nacht nach ihr gesehen?« fragte Kim.

»Ja«, erwiderte Janet. »Ihr Zimmer gehört zu meinem Bereich. Ein ganz schön cleverer kleiner Fratz.«

»Wie ging es ihr denn während der Nacht?« fragte Kim.

»Einigermaßen okay«, erwiderte Janet wenig überzeugend.

»Das klingt ja nicht gerade gut.« Kim spürte, wie es ihm heiß und kalt den Rücken herunterlief.

»Als sie das letzte Mal auf war, erschien sie mir etwas wacklig auf den Beinen«, erklärte Janet. »Vielleicht lag es aber auch daran, daß sie im Halbschlaf war. Sie hat geklingelt und mich gebeten, sie zurück zum Bett zu begleiten.«

»Wie ich den Aufzeichnungen entnehme, haben Sie nicht gesehen, wieviel Blut sie verloren hat«, stellte Kim fest.

»Richtig«, bestätigte Janet. »Sie schämt sich so. Sie sagt mir nicht Bescheid. Dabei habe ich ihr ausdrücklich erklärt, daß sie nicht die Spülung ziehen soll, wenn sie auf der Toilette war. Aber sie tut es trotzdem. Was soll man da machen?«

Kim beschloß, später mit Dr. Stevens und auch mit Becky über dieses Problem zu sprechen. Es war wichtig zu wissen, ob sie nur ein paar Tropfen Blut ausschied oder ob es mehr war.

»Sind Sie der Spezialist, der Becky heute untersuchen soll?« fragte Janet.

»Nein«, erwiderte Kim. »Ich bin Dr. Reggis, Beckys Vater.«

»Ach, du meine Güte!« rief Janet. »Und ich dachte, Sie wären der Facharzt. Ich hoffe, ich habe nichts Falsches gesagt.«

»Nein, ganz und gar nicht«, entgegnete Kim. »Ich habe den Eindruck, daß Sie sich sehr um meine Tochter bemühen.«

»Tue ich auch«, erklärte Janet. »Ich liebe Kinder. Deshalb arbeite ich ja auf dieser Station.«

Kim verabschiedete sich und machte sich auf den Weg zu seinen stationären Patienten. Danach nahm er an verschiedenen Krankenhauskonferenzen teil. Genau wie montags mußte er auch mittwochs immer allen möglichen Verwaltungsverpflichtungen nachkommen. So war es bereits kurz vor zehn, als er erneut Beckys Station aufsuchte. Dort angelangt informierte ihn die Stationssekretärin, daß Becky gerade zum Röntgen gebracht worden war. Außerdem erfuhr er, daß Tracy bereits da war und Becky begleitete.

»Wissen Sie etwas über den Gastroenterologen, der hinzugezogen werden soll?« fragte Kim.

»Er ist bestellt«, erwiderte die Sekretärin. »Falls Sie das meinen.«

»Wissen Sie auch, wann er kommt?« hakte Kim nach.

»Irgendwann heute nachmittag, glaube ich«, erwiderte die Sekretärin.

»Könnten Sie mir vielleicht Bescheid geben, wenn er da ist?« bat Kim und reichte der Sekretärin eine seiner Visitenkarten.

»Gerne«, entgegnete sie.

Kim bedankte sich und eilte in seine Praxis. Lieber hätte er Becky besucht und wenigstens kurz mit ihr gesprochen, doch er hatte keine Zeit mehr, denn er war schon wieder mit seinem Terminplan in Verzug. Da ihm das dauernd passierte, ließ er sich dadurch jedoch nicht aus der Ruhe bringen.

»Gut, Mr. Amendola«, sagte Kim. »Haben Sie noch irgendwelche Fragen?«

Mr. Amendola war ein sechzigjähriger Klempner. Er war ziemlich dick, und die moderne Medizin flößte ihm Angst ein. Deshalb traf ihn Kims Urteil ins Mark: Eine seiner Herzklappen mußte ersetzt werden. Vor ein paar Wochen war er noch herrlich ahnungslos gewesen und hatte nicht einmal gewußt, daß er überhaupt Herzklappen besaß. Nachdem er dann ein paar beängstigende Symptome gespürt hatte, wußte er jetzt, daß eine der Klappen so schlecht funktionierte, daß sie ihn das Leben kosten konnte.

Während Mr. Amendola nachdachte, fuhr Kim sich nervös mit der Hand durchs Haar und ließ seinen Blick durch das Fenster in die Ferne schweifen. Der Himmel war winterlich trüb. Seit Tracys Anruf vor einer Stunde machte er sich große Sorgen. Sie hatte ihm erzählt, daß Becky ihrer Meinung nach überhaupt nicht gut aussehe; sie habe glasige Augen und wirke völlig apathisch.

Da sein Wartezimmer überfüllt gewesen war, hatte er Tracy geraten, Dr. Stevens rufen zu lassen und sie über Beckys Veränderung zu informieren. Außerdem hatte er Tracy gebeten, die Stationssekretärin daran zu erinnern, ihn bei Eintreffen des Gastroenterologen sofort anzurufen.

»Vielleicht sollte ich erst einmal mit meinen Kindern darüber reden«, sagte Mr. Amendola.

»Wie bitte?« entgegnete Kim. Er hatte vergessen, was er den Mann gefragt hatte.

»Ich sagte, daß ich vielleicht meine Kinder fragen sollte, was sie ihrem alten Dad raten«, wiederholte Mr. Amendola.

»Eine gute Idee«, entgegnete Kim und stand auf. »Reden Sie erst mit Ihrer Familie. Und wenn Sie noch Fragen haben, rufen Sie mich an.«

Er führte seinen Patienten zur Tür.

»Und Sie glauben wirklich, daß das Untersuchungsergebnis stimmt?« fragte Mr. Amendola. »Vielleicht ist meine Herzklappe ja doch nicht so schlecht.«

»Sie ist schlecht. Wir haben sogar ein Gegengutachten eingeholt, erinnern Sie sich?«

»Ja«, erwiderte Mr. Amendola resigniert. »Okay, ich melde mich dann.«

Kim wartete auf dem Flur, bis er sicher war, daß Mr. Amendola zur Rezeption ging. Dann nahm er die schwere Akte des nächsten Patienten aus der an der Tür zum zweiten Untersuchungsraum angebrachten Halterung.

Noch bevor er den Namen gelesen hatte, erschien Ginger am Ende des Flurs. Sie trat zur Seite, damit Mr. Amendola an ihr vorbei konnte.

»Ich habe gerade einen Anruf von Beckys Station bekommen«, rief sie Kim zu. »Ich soll dir ausrichten, daß der Gastro-irgendwas-Arzt jetzt da ist und Becky gerade untersucht.«

»Dann muß ich sofort los«, erklärte Kim. Er schob die Akte zurück und ging in sein Privatbüro. Als er sein Jakkett von der Garderobe nahm, kam Ginger herein.

»Wo willst du denn hin?« fragte sie.

»Ins Krankenhaus«, erwiderte Kim.

»Und wann bist du wieder hier?« fragte Ginger.

»Keine Ahnung«, erklärte Kim und zog sich seinen Wintermantel über. »Sag bitte Cheryl Bescheid, damit der Patient nicht ewig im Untersuchungszimmer sitzt und wartet.«

»Und was ist mit den anderen Patienten?« wollte Ginger wissen.

»Sag ihnen, daß ich mich um einen Notfall kümmern muß. Wahrscheinlich bin ich erst in einer oder eineinhalb Stunden zurück.«

Er schnappte sich seine Autoschlüssel und eilte zum Hinterausgang.

Ginger schüttelte den Kopf. Schließlich blieb es an ihr hängen, den Patienten die Verzögerung zu erklären, und sie wußte, daß sich einige mit Sicherheit aufregen würden, vor allem die, die von außerhalb angereist waren.

»Versuch, sie so gut es geht zu besänftigen«, riet Kim ihr, als hätte er ihre Gedanken gelesen.

Er stürmte zu seinem Auto, sprang hinein und ließ den

Motor an. Dann bog er in die verstopfte Straße ein und riskierte pausenlos auf die Hupe drückend ein Überholmanöver nach dem anderen. Er war der Verzweiflung nahe. Nach Tracys beunruhigenden Beobachtungen wollte er unbedingt selbst mit dem Gastroenterologen sprechen.

Im Foyer des Krankenhauses drückte er mehrmals nervös auf den Fahrstuhlknopf, als könne er den Aufzug dadurch beschleunigen. Die mit ihm wartenden Besucher sahen ihn verstohlen von der Seite an.

Als er Beckys Station endlich erreicht hatte, rannte er den Flur entlang. Keuchend öffnete er die Tür zu ihrem Zimmer. Tracy stand an der Seite und sprach mit einer Frau, die einen langen weißen Arztkittel trug. Ein kurzer Blick verriet ihm, daß Tracy niedergeschlagen war.

Becky lag flach auf dem Rücken im Bett. Ihr Kopf ruhte auf dem Kissen, ihre dunklen Augen starrten ins Leere. Außer der kontinuierlich aus der Infusionsflasche sickernden Flüssigkeit schien sich momentan nichts zu bewegen.

Kim trat ans Bett. »Wie geht es dir, mein Schatz?« fragte er seine Tochter und hob ihre Hand. Sie fühlte sich schlaff an.

»Ich bin so müde«, seufzte Becky.

»Das kann ich mir vorstellen, mein Liebling«, entgegnete Kim und maß instinktiv ihren Puls. Er war hoch, aber noch im normalen Bereich. Dann zog er vorsichtig eines ihrer Augenlider herunter und prüfte ihre Bindehaut. Sie war fahl, aber nicht fahler als am Abend zuvor. Er befühlte auch ihre Wangen und ihre Stirn. Sie war weder besonders heiß noch feucht, und der Flüssigkeitsmangel schien einigermaßen behoben zu sein.

Plötzlich begann sein eigenes Herz zu rasen. Er sah, was Tracy am Telefon gemeint hatte. Becky hatte sich tatsächlich verändert; sie hatte einen glasigen Blick und wirkte apathisch. Ihre unerschöpfliche Lebenskraft schien mit einem Schlag wie weggeblasen. Sie war völlig lethargisch.

»Ich unterhalte mich mal kurz mit Mom«, erklärte Kim.

»Okay«, entgegnete Becky.

Kim ging zu Tracy. Er sah, daß sie leicht zitterte.

»Darf ich vorstellen«, sagte sie, »Dr. Kathleen Morgan.«

»Sind Sie die Gastroenterologin?« fragte Kim.

»So ist es«, erwiderte Dr. Morgan.

Kim musterte sie. Obwohl sie etwa so alt war wie Dr. Stevens, war sie in vielerlei Hinsicht das genaue Gegenteil von der Kinderärztin. Sie maß nicht einmal einssechzig und hatte ein rundes, weich und freundlich wirkendes Gesicht. Ihre Drahtgestell-Brille verlieh ihr die Aura einer Schulmeisterin. In ihrem dunklen Haar waren bereits erste graue Strähnen zu sehen.

»Dr. Morgan meint, daß es ernst um Becky bestellt ist«, brachte Tracy hervor.

»Das ist ja eine großartige Aussage«, stellte Kim spöttisch fest. »Sie meinen also, daß es ernst ist? Das müssen Sie mir nicht erzählen. Wenn sie nicht ernstlich krank wäre, wäre sie wohl kaum in diesem verdammten Krankenhaus. Ich will wissen, was sie hat und wie man sie behandeln und heilen kann.«

»Sobald man etwas Genaues sagen kann, gibt das Labor mir Bescheid«, entgegnete Dr. Morgan ruhig und besonnen. Mit so einer heftigen Reaktion hatte sie nicht gerechnet. »Bis dahin können wir nicht viel machen.«

»Haben Sie meine Tochter untersucht?« wollte Kim wissen.

»Ja«, erwiderte Dr. Morgan. »Außerdem liegen mir bereits einige Laborwerte vor.«

»Und?« fragte Kim ungeduldig.

»Ich komme zu dem gleichen Schluß wie Dr. Faraday«, erklärte Dr. Morgan. »Ihre Tochter hat eine bakterielle Lebensmittelvergiftung.«

»Es scheint ihr schlechter zu gehen«, stellte Kim fest.

»Das sehe ich genauso«, fügte Tracy hinzu. »Die Veränderung zwischen gestern abend und jetzt ist ganz eindeutig. Sie scheint gar nicht mehr sie selbst zu sein. Sonst ist sie immer so lebendig und aufgeweckt.«

Dr. Morgan sah voller Unbehagen in Beckys Richtung. Erleichtert stellte sie fest, daß das Mädchen die Unterhaltung nicht mitverfolgte. Trotzdem schlug sie vor, das Gespräch im Flur weiterzuführen.

»Da ich sie zum ersten Mal sehe, kann ich dazu nichts sagen«, erklärte sie dann. »In den Aufzeichnungen der Schwestern steht nichts von einer Verschlechterung ihres Zustands.«

»Ich möchte, daß sie intensiver überwacht wird«, erklärte Kim. »Wie wär's, wenn Sie sie in eines der Isolierzimmer auf der Intensivstation verlegen?«

»Ich bin nur als externe Spezialistin hinzugezogen worden«, wandte Dr. Morgan ein. »Offiziell ist Dr. Stevens, die von AmeriCare bestellte Kinderärztin, für Becky zuständig.«

»Und wie wär's, wenn Sie Dr. Stevens davon überzeugen würden, daß meine Tochter auf der Intensivstation besser aufgehoben ist?« schlug Kim vor. »Als ich ihr das gestern abend vorgeschlagen habe, hatte ich den Eindruck, sie richtet sich vor allem nach AmeriCare und scheut die Extrakosten.«

»Das paßt eigentlich nicht zu Dr. Stevens«, entgegnete Dr. Morgan. »Aber um ehrlich zu sein – ich finde auch nicht, daß Ihre Tochter auf die Intensivstation gehört. Zumindest noch nicht.«

»Eine äußerst ermutigende Aussage«, fuhr Kim sie an. »Mit anderen Worten gehen Sie also davon aus, daß sich ihr Zustand noch weiter verschlechtern wird, und trotzdem sitzen Sie alle nur herum und tun nichts.«

»Das ist sehr unfair, Dr. Reggis«, entgegnete Dr. Morgan beleidigt.

»Ist es nicht, Dr. Morgan«, raunzte Kim. Er betonte ihren Namen abfälliger, als er es eigentlich meinte. »Nicht aus meiner Sicht. Als Chirurg stelle ich eine Diagnose, dann schneide ich meinen Patienten auf und behebe den Schaden. Mit anderen Worten: Ich tue etwas, wohingegen ich im Augenblick das unerträgliche Gefühl habe, daß es meiner Tochter zusehends schlechter geht und niemand etwas unternimmt.«

»Hör auf, Kim!« flehte Tracy. Sie war den Tränen nahe. Die Sorge um Becky machte ihr schon genug zu schaffen. Auf Kims Streitsucht konnte sie in dieser Situation gut verzichten. »Womit soll ich aufhören?« giftete Kim.

»Mit der Zankerei«, brachte Tracy hervor. »Deine ständige Streiterei mit den Ärzten und Schwestern bringt uns doch nicht weiter. Und mir raubst du damit noch den letzten Nerv.« Er starrte Tracy an. Daß sie ihn so schonungslos attackierte, wo es doch um Becky ging, konnte er kaum fassen.

»Kommen Sie bitte mit mir mit, Dr. Reggis!« forderte Dr. Morgan ihn plötzlich auf und bedeutete ihm durch ein Handzeichen, ihr ins Schwesternzimmer zu folgen.

»Geh schon!« ermutigte ihn Tracy. »Gib dir einen Ruck!«

Während Tracy zurück in Beckys Zimmer ging, lief er hinter der davonstürmenden Ärztin her und holte sie ein. Sie hatte die Lippen zusammengepreßt und legte mit ihren relativ kurzen Beinen ein erstaunliches Tempo vor.

»Wohin gehen wir?« fragte Kim.

»In den Sichtraum hinter dem Schwesternzimmer«, erwiderte Dr. Morgan. »Ich will Ihnen etwas zeigen. Außerdem denke ich, daß wir ein Gespräch unter vier Augen führen sollten – unter Kollegen sozusagen.«

Im Schwesternzimmer herrschte hektische Betriebsamkeit. Während die Frühschicht sich auf den Feierabend vorbereitete, traten die Schwestern und Pfleger der Spätschicht ihren Dienst an. Dr. Morgan schlängelte sich behende durch die Menschenansammlung, hielt Kim die Tür zum Sichtraum auf und gab ihm durch einen Wink zu verstehen, daß er eintreten solle.

Nachdem sie die Tür geschlossen hatte, war von dem Stimmengewirr fast nichts mehr zu hören. Der Sichtraum war eine fensterlose Kammer mit mehreren Arbeitsflächen und einer Sichtwand für Röntgenaufnahmen. In einer Ecke stand die Kaffeemaschine.

Wortlos zog Dr. Morgan einige Röntgenaufnahmen aus den Hüllen und klemmte sie an der Sichtwand fest. Dann knipste sie das Licht an. Der Bauch eines Kindes wurde sichtbar.

»Sind das die Aufnahmen von Becky?« fragte Kim.

Dr. Morgan nickte.

Kim beugte sich ein wenig vor und nahm die Bilder genau ins Visier. Mit Brustaufnahmen kannte er sich zwar besser aus, aber das Wesentliche erkannte er trotzdem.

»Der Darm sieht gleichförmig ödematös aus«, sagte er nach ein paar Sekunden.

»Genau«, entgegnete Dr. Morgan beeindruckt. Sie hatte geglaubt, ihn auf die krankhaften Veränderungen hinweisen zu müssen. »Die Schleimhaut ist fast auf der gesamten Länge des Darms angeschwollen.«

Kim richtete sich wieder auf. »Und was sagt Ihnen das?« fragte er. Was er auf den Bildern sah, gefiel ihm ganz und gar nicht, aber er wußte nicht, welchem klinischen Symptom er das krankhafte Erscheinungsbild zuordnen sollte.

»Ich befürchte, daß wir es mit E. coli O157:H7 zu tun haben«, erklärte Dr. Morgan. »Ähnliche Aufnahmen findet man auch bei durch Shigellen hervorgerufener Dysenterie, aber die Patientin hätte wahrscheinlich Fieber. Und wie Sie ja wissen, ist Becky fieberfrei.«

»Wie sieht es mit Antibiotika aus?« fragte Kim. »Dr. Faraday hat davon abgeraten. Er fürchtet, daß sie die gesunde Darmflora zerstören. Sind Sie der gleichen Meinung?«

»Ja«, erwiderte Dr. Morgan. »Und zwar nicht nur, um die gesunde Flora nicht zu zerstören. Antibiotika wären vermutlich unwirksam. Da Becky kein Fieber hat, stehen die Chancen gar nicht schlecht, daß die Erreger ihren Darm bereits verlassen haben.«

»Gesetzt den Fall, wir haben es mit einer Toxämie zu tun«, überlegte Kim weiter, »wie stellen Sie dann die Diagnose?«

»Man könnte direkt auf das Toxin untersuchen«, erwiderte Dr. Morgan. »Leider hat AmeriCare unser Labor nicht autorisiert, den Test durchzuführen.«

»Erzählen Sie mir nicht, um Kosten zu sparen«, erboste sich Kim.

»Doch, ich fürchte, das ist der Grund«, entgegnete Dr. Morgan. »Der Test ist in den Augen der Verwaltung nicht rentabel.«

»Das darf doch wohl nicht wahr sein!« explodierte Kim und schlug mit der Faust auf die Arbeitsfläche. »Wenn ich das Wort ›rentabel‹ noch einmal höre, kriege ich einen Tobsuchtsanfall. Seitdem es Becky so schlechtgeht, scheint mich die Profitgier von AmeriCare auf Schritt und Tritt zu verfolgen.«

»Wir müssen uns leider alle mit den Realitäten des gewinnorientierten Gesundheitswesen arrangieren«, entgegnete Dr. Morgan. »Aber zu Ihrer Beruhigung: Ich habe entschieden, den Test trotzdem zu machen. Die Probe wird im Sherring-Labor untersucht. In vierundzwanzig bis achtundvierzig Stunden haben wir das Ergebnis.«

»Gut«, sagte Kim. »Vielen Dank. Entschuldigen Sie, daß

ich eben behauptet habe, Sie würden nichts tun. Geld sollte wirklich keine Rolle spielen, wenn es um Beckys Gesundheit geht.«

»Was wissen Sie über diesen speziellen E.-coli-Stamm und das Toxin, das er bildet?« fragte Dr. Morgan. »Wobei ich Sie nochmals darauf hinweisen möchte, daß die Diagnose noch nicht endgültig feststeht.«

»Nicht viel«, gestand Kim. »Ich wußte nicht einmal, daß Antibiotika dagegen nichts ausrichten können. Mit E. coli bin ich in meiner Praxis noch nie konfrontiert worden. Allerdings hatte ich schon des öfteren mit vancomycinresistenten Enterlocken zu tun. Herzchirurgen haben einen Horror vor den Dingern.«

»Ich verstehe, was Sie meinen«, entgegnete Dr. Morgan. »Zu dem Enterokokkenproblem kann ich wiederum nicht viel sagen, zu dem Kolibakeriennstamm. E. coli O157:H7 jedoch schon. Vielleicht weiß ich sogar ein bißchen zu viel darüber. Ich glaube, Sie und Ihre Frau sollten wissen, daß der Erreger sehr gefährlich sein kann.«

»Inwiefern?« fragte Kim nervös. Der Ton von Dr. Morgan gefiel ihm gar nicht und ebensowenig, was sie gerade gesagt hatte. Er machte sich nicht einmal die Mühe, sie zu korrigieren und klarzustellen, daß Tracy und er nicht mehr verheiratet waren.

»Vielleicht sollten wir uns erst mal hinsetzen«, schlug Dr. Morgan vor. Sie wußte noch nicht recht, wie sie Kim ihre Befürchtungen darlegen sollte, ohne ihn übermäßig zu beunruhigen. Offensichtlich war er sowieso schon kurz davor, die Beherrschung zu verlieren.

Kim folgte der Aufforderung und ließ sich auf einen Stuhl fallen. Er wagte nicht, der Ärztin zu widersprechen.

»Falls wir es bei Beckys derzeitigen Beschwerden tatsächlich mit E. coli zu tun haben, macht mir der Abfall ihrer Thrombozyten Sorgen«, begann Dr. Morgan. »Gestern abend war die Anzahl ihrer Thrombozyten nur leicht verringert, aber nachdem wir ihren Flüssigkeitshaushalt reguliert haben, ist der Abbau noch deutlicher zu erkennen. Er ist nicht gerade unerheblich. Deshalb fürchte ich, daß im schlimmsten Fall ein HUS eintreten könnte.«

»HUS?« fragte Kim. »Was, zum Teufel, soll ich denn darunter verstehen?«

»HUS steht für hämolytisch-urämisches Syndrom«, erwiderte Dr. Morgan. »Es wird mit den shigella-ähnlichen Toxinen assoziiert, die E. coli O157:H7 zu bilden imstande sind. Sie müssen sich das so vorstellen: Diese Art Toxin kann eine intravaskuläre Thrombozytengerinnung und eine Zerstörung der roten Blutkörperchen hervorrufen. Und das wiederum kann zu multiplem Organversagen fügen. Am häufigsten sind die Nieren betroffen, daher die Bezeichnung urämisches Syndrom.«

Kim fiel vor Entsetzen die Kinnlade herunter. Für einen Augenblick starrte er die Fachärztin sprachlos an und hoffte, daß sie ihn plötzlich anlächeln und sagen würde, sie habe nur einen schlechten Witz gemacht. Doch sein Wunsch ging nicht in Erfüllung.

»Glauben Sie, Becky hat dieses Syndrom?« fragte er ruhig, obwohl er völlig durcheinander war.

»Sagen wir so«, begann Dr. Morgan ausweichend und überlegte, wie sie ihre Worte abmildern konnte. »Ich befürchte es. Aber ich habe noch keinen Beweis. Im Augenblick sagt mir nur meine klinische Intuition, daß wir es mit dem HUS zu tun haben.«

Kim mußte schlucken. Sein Mund war auf einmal vollkommen ausgetrocknet. »Und was können wir jetzt tun?« brachte er hervor.

»Leider nicht viel«, erwiderte Dr. Morgan. »Das Labor ist dabei, die Probe auf das Toxin zu untersuchen. Währenddessen schlage ich vor, einen Hämatologen und einen

Nephrologen hinzuzuziehen. Ich halte es nicht für verfrüht, schon jetzt ihre Meinungen einzuholen.«

»Ja, am besten sofort!« platzte Kim heraus.

»Nicht so voreilig, Dr. Reggis«, mahnte Dr. Morgan. »Vergessen Sie nicht, daß ich nur eine Fachärztin von außerhalb bin. Die Hinzuziehung weiterer Spezialisten muß von Dr. Stevens beantragt werden. AmeriCare schreibt ganz klar vor, daß nur sie entscheidet, ob ein solcher Antrag gestellt wird oder nicht.«

»Dann rufen wir sie eben an«, ereiferte sich Kim. »Wir müssen doch etwas tun.«

»Sie wollen, daß ich sie jetzt auf der Stelle anrufe?« fragte Dr. Morgan.

»Unbedingt«, erwiderte Kim und schob ihr das Telefon hin.

Während Dr. Morgan telefonierte, legte er den Kopf in seine aufgestützten Hände. Er hatte plötzlich solche Angst, daß alle Kraft aus seinem Körper wich. Der anfangs lästige, aber harmlos erscheinende Durchfall entpuppte sich zusehends als ein Drama. Aus Patientensicht einem schweren medizinischen Problem gegenüberzustehen, war für ihn eine gänzlich neue Erfahrung, und er wußte nicht recht, wie er damit umgehen sollte. Doch das mußte er lernen, und zwar schnell. Sein Hirn arbeitete auf Hochtouren. Was konnte er tun?

»Dr. Stevens ist einverstanden«, verkündete Dr. Morgan und legte den Hörer auf. »Sie können von Glück sagen, daß sie Ihre Tochter betreut. Wir haben nämlich schon bei früheren HUS-Fällen zusammengearbeitet.«

»Wann wird Becky von den Fachärzten untersucht?« drängte Kim.

»Dr. Stevens kümmert sich bestimmt so schnell wie möglich um die Termine«, erwiderte Dr. Morgan.

»Ich will, daß sie sofort untersucht wird!« verlangte Kim. »Noch heute nachmittag.«

»Beruhigen Sie sich, Dr. Reggis! Ich habe Sie in diesen Raum mitgenommen, damit wir uns in Ruhe unterhalten können, von Kollege zu Kollege.«

»Ich kann mich aber nicht beruhigen«, gestand Kim und seufzte laut. »Wie oft haben Sie mit diesem Syndrom zu tun?«

»In letzter Zeit immer häufiger«, erwiderte Dr. Morgan. »Normalerweise wird es durch E. coli O157:H7 verursacht, und davon gibt es im Jahr etwa zwanzigtausend Fälle. Immerhin tritt das Syndrom so oft auf, daß es zur Zeit die häufigste Ursache von Nierenversagen bei Kindern ist.«

»Ach du meine Güte!« stöhnte Kim und kratzte sich nervös am Kopf. »Zwanzigtausend Fälle im Jahr!«

»Das ist jedenfalls die Schätzung des Gesundheitsamts für Erkrankungen durch E. coli O157:H7«, erklärte Dr. Morgan. »HUS tritt aber nur bei einem kleinen Prozentsatz dieser Fälle ein.«

»Kann das Syndrom auch tödlich sein?« zwang Kim sich zu fragen.

»Glauben Sie wirklich, darüber sollten wir jetzt reden?« erwiderte Dr. Morgan. »Vergessen Sie nicht – wir haben E. coli noch gar nicht definitiv diagnostiziert. Ich wollte Sie nur darauf vorbereiten, daß wir es eventuell mit diesem Erregerstamm zu tun haben.«

»Beantworten Sie verdammt noch mal meine Frage!« fuhr Kim sie an.

Dr. Morgan seufzte resigniert. Sie hatte gehofft, Kim hätte die beunruhigenden Einzelheiten von sich aus lieber nicht hören wollen. Da er aber unbedingt Bescheid wissen wollte, blieb ihr keine Wahl. Sie räusperte sich. »Pro Jahr sterben etwa zweihundert bis fünfhundert Menschen an E. coli O157:H7. Vor allem trifft es Kinder, und normalerweise ist das hämolytisch-urämische Syndrom die Todesursache.«

Kim brach der Schweiß aus. Er war sprachlos vor Entsetzen. »Zweihundert bis fünfhundert Todesfälle pro Jahr«, stammelte er schließlich. »Das ist ja unglaublich. Und ich habe noch nie etwas von diesem Syndrom gehört.«

»Wie ich schon sagte«, entgegnete Dr. Morgan. »Die Zahlen beruhen auf Schätzungen des Gesundheitsamtes.«

»Aber warum ist die Krankheit so wenig bekannt, wenn die Mortalitätsrate so hoch ist?« fragte Kim. Er hatte die seelischen Belastungen medizinischer Probleme schon immer am besten durch eine Intellektualisierung verarbeiten können.

»Das kann ich Ihnen nicht beantworten«, erwiderte Dr. Morgan. »Ein paar der an diesem speziellen Bakterienstamm erkrankten Fälle haben hohe Wellen geschlagen. Denken Sie nur an den Skandal um die verseuchten Jack-in-the-Box-Hamburger 1992 und den Fleischrückruf bei Hudson Meat im Sommer 1997. Warum gerade diese Fälle für Aufsehen gesorgt haben, ist mir allerdings ziemlich schleierhaft.«

»An die Geschichten erinnere ich mich auch«, sagte Kim. »Ich bin wohl einfach davon ausgegangen, daß die Regierung und das Landwirtschaftsministerium sich um die Sache kümmern würden.«

Dr. Morgan lachte einmal zynisch auf. »Genau darauf haben das Landwirtschaftsministerium und die Fleischindustrie gesetzt, da können Sie Gift drauf nehmen.«

»Befallen die Erreger vor allem Rindfleisch?« fragte Kim.

»In erster Linie Gehacktes«, erwiderte Dr. Morgan. »Gehacktes, das nicht ausreichend durchgebraten wird. Aber in ein paar wenigen Fällen waren auch andere Lebensmittel schuld, wie etwa Apfelsaft und Cidre oder nicht pasteurisierte Milch. Hauptursache einer Verseuchung ist der Kontakt mit den Fäkalien infizierter Kühe.«

»In meiner Kindheit hat es das Problem offenbar noch nicht gegeben«, bemerkte Kim. »Ich habe ständig Hamburger mit rohem Gehackten gegessen.«

»Die Erreger gibt es in der Tat noch nicht sehr lange«, bestätigte Dr. Morgan. »Man geht davon aus, daß sie zum ersten Mal in den späten Siebzigern in Erscheinung getreten sind, vielleicht in Argentinien. Angeblich hat ein Shigella-Bakterium einem Escherichia-coli-Bakterium die notwendige DNA zur Bildung eines shigella-ähnlichen Toxins übertragen.«

»Genau. Die sexuelle Reproduktion findet bei Bakterien durch Konjugation statt, ein Mechanismus zur Übertragung von genetischem Material. In diesem Fall war die Sache allerdings etwas merkwürdig gelagert, denn normalerweise gibt es so eine Konjugation nur innerhalb einer Spezies. Am überraschendsten aber war, daß sich dieser neue Stamm von E. coli sofort nach seiner Entstehung in einem Wahnsinnstempo auf dem gesamten Globus ausgebreitet hat. Heute ist er in etwa drei Prozent der Rindergedärme vorhanden.«

»Erkranken die infizierten Rinder?« fragte Kim.

»Nicht unbedingt«, erwiderte Dr. Morgan. »Sie können eine Art Rinderdiarrhoe bekommen, aber im allgemeinen scheinen sie, zumindest was ihr Organsystem angeht, gegen das Toxin weitgehend immun zu sein.«

»Seltsam!« staunte Kim. »Und aberwitzig! Als die Molekularbiologie noch in den Kinderschuhen steckte, hat man, wie ich mich erinnere, den Teufel an die Wand gemalt, was alles passieren könnte: zum Beispiel daß ein Forscher das Kolibakterium in die Lage versetzen könnte, das Botulismus-Toxin zu bilden, und daß diese manipulierten Bakterien dann womöglich unbeabsichtigt in die Natur gelangen würden.«

»Ein guter Vergleich«, entgegnete Dr. Morgan. »Vor allem wenn man bedenkt, daß E. coli O157:H7 wahrscheinlich nicht von selbst, sondern durch Zutun des Menschen entstanden ist.«

»Inwiefern?« fragte Kim.

»Ich bin davon überzeugt, daß die heutzutage üblichen, intensiven Ackerbau- und Viehzuchtmethoden für die Entstehung von E. coli O157:H7 verantwortlich sind«, erklärte Dr. Morgan. »Die ständig wachsende Nachfrage nach billigem Protein zur Verfütterung an die Tiere hat den Weg für kreative, aber auch ekelerregende Lösungen freigemacht. Kühe bekommen verendete Tiere zu fressen, sie fressen sogar ihresgleichen. Auch die Verfütterung von Hühnerdung ist gang und gäbe.«

»Das soll wohl ein Witz sein!« staunte Kim.

»Schön wär's«, entgegnete Dr. Morgan. »Aber es kommt noch schlimmer. Zusätzlich stopft man die Tiere nämlich auch noch mit Antibiotika voll. Und genau dieser Mischmasch ist es, der in den Gedärmen der Tiere die Entstehung neuer Erregerstämme fördert. Tatsache ist jedenfalls, daß E. coli O157:H7 durch die gemeinsame Übertragung der DNA des Shigella-Toxins und einer weiteren, für eine spezielle Antibiotikaresistenz verantwortlichen DNA entstanden ist.«

Kim schüttelte ungläubig den Kopf. Was er gerade erfahren hatte, interessierte ihn ungemein, doch plötzlich erinnerte er sich wieder daran, warum sie über das Thema sprachen: Es ging um Becky. Er war auf der Stelle ernüchtert.

»Verursacher der ganzen Problematik sind also Rückstände von Rinderfäkalien in Gehacktem«, stellte Kim fest. Er klang wieder ängstlich und angespannt.

»Das könnte man wohl so sagen«, stimmte Dr. Morgan ihm zu. »Dann weiß ich, wie Becky sich infiziert hat«, erklärte Kim wütend. »Sie hat am Freitag abend bei Onion Ring einen halbrohen Hamburger gegessen.«

»Das könnte es gewesen sein«, bestätigte Dr. Morgan. »Obwohl E. coli O157:H7 normalerweise eine längere Inkubationszeit hat, manchmal bis zu einer Woche.«

Plötzlich riß jemand die Tür zum Sichtraum auf. Kim und Dr. Morgan fuhren vor Schreck zusammen. Eine Schwester mit geröteten Wangen erschien auf der Schwelle.

»Dr. Morgan!« rief sie panisch. »Wir haben einen Notfall! Es ist Ihre Patientin Rebecca Reggis!«

Kim und Dr. Morgan stürmten hinaus und rannten über den Flur zu Beckys Zimmer.

9

Mittwoch nachmittag, 21. Januar

Kim stürmte in das Zimmer seiner Tochter. An jeder Seite des Bettes hantierte eine Krankenschwester und kümmerte sich um Becky. Eine maß ihren Blutdruck, die andere ihre Temperatur. Becky atmete schwer und stöhnte. Sie war kreidebleich. Tracy stand ein wenig abseits an die Wand gelehnt und preßte sich eine Hand vor den Mund. Sie war beinahe so bleich wie Becky.

»Was ist passiert?« schrie Kim.

Dr. Morgan war ihm dicht auf den Fersen.

»Ich weiß es nicht«, schluchzte Tracy. »Wir haben uns ein bißchen unterhalten, und auf einmal hat sie geweint und gesagt, daß ihr der Magen und die linke Schulter entsetzlich weh täten. Und dann hat sie einen Schüttelanfall bekommen.«

Die eine Schwester rief, Becky habe einen Blutdruck von fünfundneunzig zu sechzig.

Dr. Morgan trat an die linke Bettkante und fühlte Beckys Puls. »Haben Sie Dr. Stevens schon gerufen?«

»Ja«, erwiderte eine der Schwestern.

»Sie hat über vierzig Grad Fieber«, stellte die andere Schwester besorgt fest. Sie hieß Lorraine Phillips, ihre Kollegin Stephanie Gragoudos.

Kim stieß Lorraine zur Seite. Er war völlig außer sich. Seine Tochter derart leiden zu sehen, zerriß ihm das Herz.

»Was ist los mit dir, mein Schatz?« fragte Kim.

»Mein Bauch«, brachte Becky stöhnend hervor. »Er tut furchtbar weh, Daddy. Hilf mir!«

Kim zog die Bettdecke zurück. Schockiert stellte er fest, daß sich auf Beckys Brust ein schwach lilafarbener Streifen gebildet hatte – ein Hinweis auf subkutane Blutungen. Er sah zu Dr. Morgan auf. »Haben Sie diese Purpura schon gesehen?«

Dr. Morgan nickte. »Ja, als ich Ihre Tochter untersucht habe.«

»Gestern nacht hatte sie die noch nicht.« Kim wandte sich wieder Becky zu. »Zeig mir, wo es dir weh tut.«

Becky deutete auf die rechte Seite ihres Bauchs. Dabei achtete sie tunlichst darauf, den Bereich nicht zu berühren.

Kim legte vorsichtig Zeige-, Mittel- und Ringfinger auf die Stelle, auf die sie gezeigt hatte. Selbst bei dieser leichten Berührung krümmte Becky sich vor Schmerz.

»Bitte hör auf, Daddy!« flehte sie ihn an.

Kim zog sofort seine Hand zurück. Becky riß die Augen auf; ihren ausgetrockneten Lippen entwich ein leiser Schrei. Dies war genau die Reaktion, die Kim nicht sehen wollte. Man bezeichnete sie als abdominelle Abwehrspannung – ein deutliches Anzeichen für Peritonitis, eine Entzündung des Bauchfells. Und es konnte nur eine Ursache dafür geben.

Er richtete sich auf. »Ein akutes Abdomen!« schrie er. »Sie hat eine Perforation!«

Ohne zu zögern, stürzte er ans Kopfende des Bettes und löste den Stopper an den Rädern. »Beeilung! Jemand muß sich ans Fußende stellen!« kommandierte er. »Wir transportieren sie in diesem Bett. Sie muß sofort in den OP!«

»Ich glaube, wir sollten erst auf Dr. Stevens warten«, schlug Dr. Morgan mit ruhiger Stimme vor und bedeutete Stephanie, Kims Anweisung nicht zu folgen. Dann steuerte sie auf Kim zu.

»Zum Teufel mit Dr. Stevens!« ereiferte sich Kim. »Becky

ist ein Notfall für die Chirurgie. Das Däumchendrehen hat jetzt ein Ende. Wir müssen etwas tun!«

Dr. Morgan legte Kim die Hand auf den Arm und ignorierte seinen panischen Blick. »Das liegt nicht in Ihrem Zuständigkeitsbereich, Dr. Reggis. Sie müssen sich beruhigen.«

In seiner aufgewühlten Verfassung nahm er Dr. Morgan nur noch als Hindernis wahr und nicht als Kollegin. Entschlossener denn je, Becky so schnell wie möglich in den OP zu bringen, fegte er die Ärztin buchstäblich zur Seite.

Um nicht hinzufallen versuchte Dr. Morgan sich am Nachttisch festzuhalten, und dabei riß sie sämtliche Gegenstände hinunter. Eine Wasserkaraffe, ein Glas, eine Blumenvase und ein Thermometer krachten neben ihr zu Boden.

Während Lorraine versuchte, das Bett festzuhalten, rannte Stephanie auf den Flur und schrie um Hilfe. Obwohl die Hinterräder nicht gelöst waren, schaffte Kim es, das Bett einen guten Meter in Richtung Tür zu bugsieren.

Tracy stürzte sich auf ihren Ex-Mann. Sie zerrte an seinem Arm und bedrängte ihn, das Bett loszulassen. »Hör auf, Kim!« schluchzte sie. »Bitte!«

Weitere Schwestern eilten herbei, unter anderem die Oberschwester und ein kräftiger Pfleger. Gemeinschaftlich versuchten sie Kim aufzuhalten, doch der war wild entschlossen, das Bett hinauszuschieben. Sogar Dr. Morgan stand auf und ging ihren Kollegen zur Hand. Schließlich hatten sie ihn überwältigt, und Kim ließ von dem Bett ab. Doch er war alles andere als glücklich. Er brüllte, daß sie alle unfähig seien, wenn sie nicht sähen, daß Becky ein Notfall für den OP war.

»Was machen sie denn mit mir, damit ich einschlafe?« fragte Becky. Ihre Stimme verriet, daß sie bereits kurz vorm Wegnicken war.

»Sie geben ein wenig Medizin in die Infusionskanüle«, erwiderte Kim. »Keine Angst, du spürst nichts. Wenn du wieder aufwachst, geht es dir besser.«

Becky lag auf einer Rollbahre im Anästhesie-Wartebereich des Operationssaals. Ihr Haar war unter einer OP-Haube verschwunden. Da sie starke Medikamente bekommen hatte, hatten ihre Schmerzen nachgelassen, aber sie hatte Angst vor der Operation.

Kim stand neben der Bahre. Um ihn herum warteten weitere auf Rollbahren liegende Patienten darauf, in einen der OPs gebracht zu werden. Kim trug OP-Kleidung, eine Haube auf dem Kopf und Plastiküberzüge über den Schuhen. Die Szene in Beckys Zimmer lag eineinhalb Stunden zurück, und er hatte sich inzwischen wieder gefangen. Er hatte sich bei Dr. Morgan entschuldigt, und sie hatte ihm versichert, daß sie ihn verstehen könne. Dr. Stevens war kurz nach dem Tumult erschienen und hatte umgehend einen Chirurgen hinzugezogen.

»Werde ich wieder gesund, Daddy?« fragte Becky.

»Ja, was meinst du denn?« fragte Kim zurück. Er bemühte sich, so zu klingen, als stünde das außer Zweifel. »Natürlich wirst du wieder gesund. Sie öffnen dir nur den Bauch – ungefähr so, wie man einen Reißverschluß aufzieht – dann flicken sie das kleine Loch, und das war's.«

»Vielleicht werde ich bestraft, weil ich mich nicht für die Nationalmeisterschaft habe aufstellen lassen«, sagte Becky. »Es tut mir so leid, daß ich es nicht getan habe. Ich weiß genau, wie sehr du dich gefreut hättest.«

Kim spürte, wie ihm Tränen in die Augen traten. Er mußte einen Augenblick wegsehen, um seine Fassung wiederzugewinnen und sich eine passende Antwort zu überlegen. Seiner Tochter in dieser Situation etwas über Schicksal und Bestimmung zu erzählen, war nicht gerade einfach; schließlich suchte er selber verzweifelt nach einer Erklärung. Noch vor ein paar Tagen hatte sie vor jugendlicher Energie nur so gestrotzt, und jetzt schwebte sie am Rande des Abgrunds. Warum? fragte er sich verzweifelt.

»Ich bitte Mom, daß sie mir das Anmeldeformular ins Krankenhaus mitbringt«, fügte Becky hinzu.

»Über die Nationalmeisterschaft brauchst du dir wirklich keine Sorgen zu machen«, entgegnete Kim. »Die ist mir völlig egal. Das einzige, was mich interessiert, bist du.«

»Okay, Becky«, rief eine fröhliche Stimme aus dem Hintergrund. »Es geht los.«

Kim hob den Kopf. Dr. Jane Flanagan, die Anästhesiologin, und Dr. James O'Donnel, der Gastrointestinal-Chirurg, waren aus dem OP gekommen, um Becky zu holen. Dr. Flanagan ging ans Kopfende der Bahre und löste den Stopper.

Becky griff nach Kims Hand. Wenn man berücksichtigte, wie viele Medikamente sie schon bekommen hatte, hatte sie noch erstaunlich viel Kraft. »Tut es weh?« fragte sie ihren Vater.

»Wenn Jane sich um dich kümmert, kannst du absolut beruhigt sein«, erwiderte Dr. O'Donnel, der die Frage mitbekommen hatte. »Sie ist das beste Sandmännchen, das du dir wünschen kannst.«

»Wir haben dir sogar einen schönen Traum bestellt«, witzelte die Anästhesiologin.

Kim kannte und schätzte die beiden. Er hatte selbst schon häufig mit Jane Flanagan zusammengearbeitet, und James O'Donnel kannte er aus verschiedenen Krankenhaus-Ausschüssen. Er kam ebenfalls aus dem Samaritan Hospital und hatte den Ruf, der beste Magen-Darm-Chirurg der Stadt zu sein. Kim war sehr erleichtert gewesen, als Dr. O'Donnel sich bereit erklärt hatte, sofort alles stehen- und liegenzulassen, um Becky zu operieren.

Dr. O'Donnel trat ans Fußende der Bahre und übernahm das Lenken. Seine Kollegin ging rückwärts, und so manövrierten sie Becky durch die Schwingtür in den OP-Flur.

Kim ging neben dem Bett und hielt Beckys Hand. Dr. Flanagan versetzte der Schwingtür mit dem Hintern einen Stoß. Als sie die Rollbahre durch die Tür schoben, griff Dr. O'Donnel nach Kims Arm und hielt ihn zurück. Die Tür fiel zu, und Becky und die Anästhesiologin waren nicht mehr zu sehen.

Kim musterte entgeistert die Hand, die seinen Arm umklammerte, dann sah er seinen Kollegen an. Dr. O'Donnels Nase war übersät mit Sommersprossen. Er war nicht ganz so groß wie Kim, aber kräftiger gebaut.

»Was soll das?« fragte Kim. »Lassen Sie meinen Arm los!«

»Ich habe gehört, was eben in Beckys Zimmer passiert ist«, erklärte Dr. O'Donnel. »Ich halte es für besser, wenn Sie nicht mit in den OP kommen.«

»Ich will aber mitkommen«, beharrte Kim.

»Mag sein«, entgegnete Dr. O'Donnel. »Aber Sie bleiben draußen.«

»Kommt gar nicht in Frage«, widersprach Kim. »Becky ist meine Tochter, meine einzige Tochter.«

»Genau das ist der Punkt«, erklärte Dr. O'Donnel. »Entweder Sie warten draußen, oder ich operiere Ihre Tochter nicht. So einfach ist das.«

Kim lief vor Wut rot an. Er fühlte sich in die Ecke gedrängt und wußte nicht, wie er reagieren sollte. Er wollte unbedingt, daß Dr. O'Donnel die Operation durchführte, aber gleichzeitig wollte er sich auf keinen Fall von Becky trennen.

»Entscheiden Sie sich!« forderte Dr. O'Donnel ihn auf. »Je länger Sie überlegen, desto mehr muß Becky leiden.«

Kim befreite wütend seinen Arm und wandte den Blick ab. Wortlos stürmte er in Richtung Umkleideraum davon.

Auf seinem Weg durch den OP-Aufenthaltsraum würdigte er die Anwesenden keines Blickes. Er war total verzweifelt. Doch sein Erscheinen blieb nicht unbemerkt.

Im Umkleideraum ging er als erstes ans Waschbecken. Er drehte das kalte Wasser auf und klatschte sich etliche Male eine Ladung ins Gesicht, bevor er sich schließlich aufrichtete und sich im Spiegel betrachtete. In diesem Moment sah er hinter seiner Schulter das verhärmte Gesicht von Forrester Biddle auftauchen.

»Ich will mit Ihnen reden«, sagte Biddle in scharfem Ton.

»Reden Sie!« forderte Kim ihn auf, während er sich das Gesicht abtrocknete. Er drehte sich nicht um.

»Hatte ich Sie nicht ausdrücklich gebeten, Ihre Meinung nicht in den Medien kundzutun? Ich bin empört, daß diese Kelly Anderson Sie gestern abend schon wieder in den Elf-Uhr-Nachrichten zitiert hat.«

Kim lachte einmal kurz und freudlos auf. »Seltsam. Dabei habe ich mich geweigert, mit ihr zu sprechen.«

»Sie hat behauptet, Sie hätten das Gefühl, AmeriCare habe die Notaufnahme des Samaritan Hospital geschlossen, um Kosten zu sparen, und zwinge die Leute aus purer Gewinnsucht, die überlastete Notaufnahme im University Medical Center aufzusuchen.«

»Das habe nicht ich gesagt, sondern Kelly Anderson«, stellte Kim klar.

»Aber sie hat Sie zitiert«, widersprach Dr. Biddle.

»Komisch«, entgegnete Kim beiläufig. Er war so aufgewühlt, daß es ihm eine perverse Freude bereitete, die Wut und Selbstgefälligkeit seines Vorgesetzten noch anzustacheln. Allerdings war er entschlossener denn je, nie wieder mit der Fernsehjournalistin zu reden.

»Ich warne Sie zum letzten Mal«, verkündete Dr. Biddle. »Die Verwaltung und auch ich haben Sie lange genug mit Nachsicht behandelt.«

»Okay«, entgegnete Kim. »Betrachten Sie mich als gewarnt.« Dr. Biddles Mund verzerrte sich zu einer grimmigen, lippenlosen Linie. »Sie können wirklich unausstehlich sein!« fuhr er Kim an. »Glauben Sie bloß nicht, daß Sie ein Anrecht auf Sonderbehandlung genießen, weil Sie im Samaritan die Herzchirurgie geleitet haben.«

»Das ist offensichtlich«, entgegnete Kim. Er warf das Papierhandtuch in den Mülleimer und verließ den Raum, ohne Dr. Biddle eines weiteren Blickes zu würdigen.

Um seinem Vorgesetzten nicht noch einmal in die Arme zu laufen, telefonierte er aus einer der Diktierkabinen. Er teilte Ginger mit, daß er nicht mehr in die Praxis kommen werde. Sie hatte schon damit gerechnet und bereits alle Patienten nach Hause geschickt.

»Hat sich jemand aufgeregt?« fragte Kim.

»Was für eine Frage«, entgegnete Ginger. »Natürlich haben sie sich aufgeregt. Aber nachdem ich ihnen erklärt habe, daß du dich um einen Notfall kümmern mußt, waren sie besänftigt. Du hast doch hoffentlich nichts dagegen, daß ich ihnen von deiner Tochter erzählt habe? Damit habe ich ihnen sofort den Wind aus den Segeln genommen.«

»Ist schon in Ordnung«, erwiderte Kim, obwohl er sein Privat- und Berufsleben eigentlich gern voneinander trennte.

»Wie geht es Becky?« fragte Ginger.

Kim erzählte ihr, was passiert war, und daß Becky gerade operiert wurde.

»Sie tut mir so leid«, entgegnete Ginger. »Kann ich irgend etwas tun?«

»Mir fällt nichts ein«, seufzte Kim.

»Ruf mich später an!« bat sie ihn. »Nach meinem Aerobic-Kurs bin ich zu Hause.«

»Okay«, versprach Kim und legte auf.

Wie er sich kannte, wußte er nur zu gut, daß er nicht untätig herumsitzen und warten konnte, während Becky operiert wurde. Deshalb ging er in die Krankenhausbibliothek. Er wollte soviel wie möglich über den gefährlichen Erreger E. coli O157:H7 und über das HUS erfahren.

Kim warf einen Blick auf die Uhr. Es war beinahe Mitternacht. Dann sah er wieder Becky an und bekam eine Gänsehaut. Ihr Gesicht war von einem durchsichtigen Plastikschlauch verunstaltet, der sich aus einem ihrer Nasenlöcher schlängelte und den Schleim absaugte. Ihr dunkles Haar umrahmte in weichen Locken ihr engelhaftes, blasses Gesicht. Tracy hatte ihr beinahe eine Stunde lang die Haare gekämmt. Becky hatte das wie immer genossen und war dabei schließlich tief und fest eingeschlafen. Im Augenblick wirkte sie wie die Ruhe selbst.

Kim stand neben ihrem Bett. Genau wie am frühen Morgen tauchte das Nachtlicht unter der Decke den Raum in ein angenehmes Schummerlicht. Er fühlte sich körperlich und seelisch ausgelaugt.

Tracy hatte sich auf der anderen Seite des Bettes auf einem der beiden mit Vinyl bezogenen Stühle zurückgelehnt und die Augen geschlossen, doch Kim wußte, daß sie nicht schlief.

Die Tür ging leise auf, und Janet Emery, die korpulente Nachtschwester, schlich in den Raum. Ihr dauergewelltes, blondes Haar glänzte in dem gedämpften Licht. Sie sagte kein Wort und stellte sich gegenüber von Kim neben das Bett. Ihre Schuhe hatten weiche Kreppsohlen, so daß ihre Schritte keinerlei Geräusch verursachten. Mit Hilfe einer kleinen Taschenlampe maß sie Beckys Blutdruck und Temperatur und fühlte ihren Puls. Becky bewegte sich einmal kurz, schlief aber weiter.

»Es ist alles okay«, flüsterte Janet.

Kim nickte.

»Vielleicht sollten Sie besser nach Hause gehen«, schlug Janet vor. »Ich passe schon gut auf Ihren kleinen Engel auf.«

»Danke«, erwiderte Kim. »Aber ich bleibe lieber hier.«

»Ich glaube, ein bißchen Schlaf könnte Ihnen nicht schaden«, fügte Janet hinzu. »Sie hatten einen langen Tag.«

»Kümmern Sie sich um Ihre eigenen Angelegenheiten!« grummelte Kim.

»Das tue ich ohne Zweifel«, entgegnete Janet freundlich. Sie ging zur Tür und verschwand so leise, wie sie gekommen war. Tracy öffnete die Augen und sah Kim an. Der Streß hatte ihm deutlich zugesetzt. Sein Haar war zerwühlt, auf seinen Wangen sprießten Bartstoppeln. Das Dämmerlicht ließ seine Augenhöhlen wie dunkle Krater erscheinen.

»Kim!« wandte sie sich an ihren Ex-Mann. »Kannst du dich nicht mal ein bißchen beherrschen? Du hilfst doch niemandem, wenn du jetzt auch noch die Schwester anpöbelst.«

Sie wartete auf eine Reaktion, doch es kam keine. Kim stand da wie eine moderne Skulptur, die Angst und Schrekken verkörpern sollte.

Tracy seufzte und streckte sich. »Was macht Becky?«

»Im Moment ist ihr Zustand stabil«, erwiderte Kim. »Durch die Operation hat sie die unmittelbare Krise wohl erst einmal überstanden.«

Die Operation hatte nicht lange gedauert. Dr. O'Donnel hatte Kim berichtet, daß eine sorgfältige Dickdarmspülung die meiste Zeit in Anspruch genommen hatte. Sie sollte die Wahrscheinlichkeit einer Infektion verringern. Nach der Operation hatte Becky eine Weile im Aufwachraum gelegen und war dann auf ihre Station zurückgebracht worden. Kim hatte versucht, auf die Intensivstation zu gelangen, doch man hatte ihm erneut den Zutritt verwehrt.

»Wie war das noch mal mit dieser Kolostomie?« fragte Tracy. »Hast du gesagt, der künstliche Darmausgang kann in ein paar Wochen wieder geschlossen werden?«

»So ähnlich«, erwiderte Kim müde. »Wenn alles gutgeht.«

»Becky war total geschockt«, erklärte Tracy. »Über den Schlauch in ihrer Nase natürlich auch. Und sie fühlt sich hintergangen, weil ihr vorher niemand etwas davon erzählt hat.«

»Es ging nun mal nicht anders«, raunzte Kim.

Er ging einen Schritt zurück und ließ sich auf einen Stuhl fallen. Die Ellbogen auf die harten Holzlehnen gestützt, vergrub er sein Gesicht in den Händen.

Tracy starrte zu ihm hinüber und versuchte, die Situation einmal aus seiner Sicht zu betrachten. Aufgrund ihrer Erfahrung als Therapeutin konnte sie sich vorstellen, wie schwer es für ihn sein mußte, mit Beckys Krankheit fertig zu werden, und zwar nicht nur wegen seiner chirurgischen Ausbildung, sondern vor allem weil er so egozentrisch war. Auf einmal schmolz ihre Wut auf ihn dahin.

»Kim«, rief sie leise. »Vielleicht solltest du wirklich besser nach Hause fahren. Ich glaube, du brauchst ein bißchen Abstand und Ruhe. Außerdem mußt du dich morgen um deine Patienten kümmern. Ich bleibe hier. Ich lasse meine Vorlesungen morgen ausfallen.«

»Ich könnte sowieso nicht schlafen«, entgegnete Kim, ohne den Kopf zu heben. »Selbst wenn ich nach Hause führe. Ich weiß einfach zuviel.«

Während Becky operiert worden war, hatte er in der Krankenhausbibliothek recherchiert, was sich hinter dem HUS verbarg, dem ominösen hämolytisch-urämischen Syndrom. Er hatte alles bestätigt gefunden, was Dr. Morgan ihm erzählt hatte. HUS konnte furchtbar enden. Er konnte nur noch hoffen, daß Becky an etwas anderem erkrankt war. Das Problem war aber, daß alle Symptome, unter denen sie litt, auf das furchtbare Syndrom hindeuteten.

»So langsam beginne ich dich zu verstehen«, sagte Tracy mitleidig. »Es muß schlimm für dich sein, daß du Becky nicht helfen kannst.«

Kim hob den Kopf und sah Tracy an. »Bitte verschon mich mit deinem Psycho-Gesabbel! Das kann ich jetzt am allerwenigsten ertragen!«

»Nenn es, wie du willst«, entgegnete Tracy. »Mir ist jedenfalls gerade klar geworden, daß du wahrscheinlich zum ersten Mal im Leben vor einem Problem stehst, das du nicht durch deine Willenskraft oder dein Fachwissen lösen kannst. Und ich glaube, daß du deshalb besonders schwer unter Beckys Krankheit leidest.«

»Leidest du etwa nicht?«

»Doch, sehr sogar«, erwiderte Tracy. »Aber bei dir ist es anders. Ich glaube, du mußt im Augenblick zu Beckys Krankheit noch etwas anderes verarbeiten. Du siehst auf einmal neue Grenzen und Barrieren, die dich daran hindern, Becky zu helfen. Und dir das einzugestehen, fällt dir schwer.«

Kim blinzelte. Er hatte das Psychologisieren seiner Ex-Frau schon immer gehaßt, aber er mußte zugeben, daß sie nicht ganz unrecht hatte.

10

Donnerstag, 22. Januar

Kim war schließlich doch noch nach Hause gefahren, aber seine Befürchtungen hatten sich bewahrheitet: Er hatte kaum ein Auge zugetan. Als er dann endlich eingedöst war, hatten ihn schreckliche Träume geplagt. Mit den meisten konnte er nicht viel anfangen; unter anderem hatte er geträumt, daß man ihn im College wegen seiner schlechten Prüfungsergebnisse aufgezogen hatte. In dem furchtbarsten Alptraum aber war es um Becky gegangen, und dieser Traum war für ihn nicht schwer zu deuten. Becky war von einer Mole ins Meer gestürzt, und obwohl er selbst auf der Mole stand, bekam er sie einfach nicht zu fassen, sosehr er sich auch bemühte. Er war schweißgebadet aufgewacht.

Auch wenn er nur wenig Schlaf bekommen hatte, hatte er die Zeit zu Hause wenigstens zum Rasieren und Duschen genutzt und zumindest sein äußeres Erscheinungsbild verbessert. Kurz nach fünf hatte er sich ins Auto gesetzt. Auf den ausgestorbenen Straßen lag eine dicke, matschige Schneeschicht.

Im Krankenhaus angekommen, fand er Becky unverändert vor. Im Schlaf wirkte sie täuschend friedlich. Tracy hatte sich mit einer Krankenhausdecke zugedeckt und es sich auf ihrem Stuhl so bequem wie möglich gemacht; sie schlief ebenfalls tief und fest.

Im Schwesternzimmer stieß Kim auf Janet Emery, die gerade dabei war, die Patientenakten auf den neuesten Stand zu bringen.

»Tut mir leid, daß ich Sie gestern nacht so angefahren

habe«, entschuldigte sich Kim. Er ließ sich schwerfällig auf dem Stuhl neben Janet nieder und zog Beckys Akte aus dem Fach.

»Ich hab' es nicht persönlich genommen«, entgegnete Janet. »Ich weiß, wie stressig es für Eltern ist, wenn ihr Kind im Krankenhaus liegt. Mein Sohn lag auch schon mal in der Klinik, deshalb weiß ich, wovon ich spreche.«

»Wie ist es Becky heute nacht ergangen?« fragte Kim. »Gibt es irgend etwas, das ich wissen sollte?«

»Ihr Zustand ist stabil«, erwiderte Janet. »Vor allem ist ihre Temperatur normal.«

»Gott sei Dank«, seufzte Kim. Beim Durchforsten von Beckys Akte stieß er auf den Operationsbericht, den Dr. O'Donnel am Vorabend diktiert hatte. Er las ihn aufmerksam, erfuhr allerdings nichts, was er nicht bereits wußte.

Da er nichts weiter tun konnte, fuhr er in seine Praxis und machte sich daran, den Berg von Papierkram abzuarbeiten, der sich inzwischen angesammelt hatte. Dabei behielt er ständig die Uhr im Auge. Als er meinte, daß es auch unter Berücksichtigung des Zeitunterschieds an der Ostküste spät genug war, rief er George Turner an.

Dr. Turner zeigte viel Mitgefühl, als Kim ihm von der Perforation und der darauffolgenden Operation erzählte. Kim bedankte sich und kam schnell auf sein eigentliches Anliegen zu sprechen: Er wollte den Kinderarzt fragen, was seiner Meinung nach zu tun war, wenn die Diagnose definitiv HUS als Folge einer Infektion mit E. coli O157:H7 lauten würde. Außerdem wollte er von Dr. Turner wissen, ob Becky in diesem Fall nicht besser in ein anderes Krankenhaus verlegt werden sollte.

»Davon würde ich abraten«, erklärte Dr. Turner. »Dr. Stevens und Dr. Morgan bilden zusammen ein exzellentes Team. Die beiden haben viel Erfahrung mit diesem Syndrom. Jedenfalls mindestens genausoviel wie sonst irgend jemand.«

»Haben Sie auch schon HUS-Fälle gehabt?« fragte Kim.

»Nur einen einzigen«, erwiderte Dr. Turner.

»Ist das Syndrom wirklich so schlimm, wie es beschrieben wird?« wollte Kim wissen. »Ich habe alles gelesen, was ich finden konnte. Sogar im Internet habe ich recherchiert. Aber viel habe ich nicht entdeckt.«

»Der Fall, mit dem ich zu tun hatte, ist mir ganz schön an die Nieren gegangen«, gestand Dr. Turner.

»Könnten Sie mir vielleicht ein bißchen mehr darüber erzählen?« bat Kim.

»Dieses Syndrom ist erbarmungslos und unberechenbar«, erklärte Dr. Turner. »Hoffentlich kommt bei der Untersuchung heraus, daß Becky etwas anderes hat.«

»Könnten Sie nicht ein bißchen konkreter werden«, bat Kim.

»Lieber nicht«, erwiderte Dr. Turner. »Es ist ein proteisches Syndrom. Selbst wenn es bei Becky diagnostiziert würde, würde die Krankheit bei ihr vermutlich ganz anders verlaufen als in dem Fall, mit dem ich es zu tun hatte. Es war jedenfalls ziemlich deprimierend.«

Nach ein paar Minuten beendete Kim das Gespräch. Bevor er auflegte, mußte er Dr. Turner versprechen, ihn über Beckys Zustand auf dem laufenden zu halten.

Danach rief er im Schwesternzimmer der Station an, auf der Becky lag. Er hatte Janet am Apparat und fragte, ob Tracy noch da sei.

»Ja«, erwiderte Janet. »Inzwischen ist sie auch aufgewacht. Ich habe sie zum letzten Mal gesehen, als ich Beckys Temperatur und Blutdruck gemessen habe.«

»Könnten Sie sie vielleicht ans Telefon holen?« bat Kim.

»Kein Problem«, entgegnete Janet bereitwillig.

Während er wartete, grübelte Kim über Dr. Turners

Worte nach. Seine Erklärung, das Syndrom sei »erbarmungslos und unberechenbar«, gefiel ihm gar nicht, und ebensowenig, daß sein Fall »deprimierend« gewesen sei. Kim mußte an seinen Alptraum denken und spürte, wie ihm der Schweiß ausbrach.

»Bist du's, Kim?« fragte Tracy.

Sie unterhielten sich kurz darüber, wie sie die vergangenen fünf Stunden verbracht hatten. Tracy hatte ebenfalls schlecht geschlafen. Dann kamen sie auf Becky zu sprechen.

»Offenbar geht es ihr ein bißchen besser als gestern abend«, sagte Tracy. »Sie kommt mir klarer vor. Ich glaube, sie hat die Restwirkung der Narkose jetzt ausgeschlafen. Allerdings scheint sie ziemlich unter der transnasalen Magensonde zu leiden. Weißt du, wann sie entfernt werden kann?«

»Sobald ihr Magen-Darm-System wieder normal funktioniert«, erwiderte Kim.

»Hoffentlich ist das bald«, seufzte Tracy.

»Ich habe heute morgen mit Dr. Turner telefoniert«, berichtete Kim.

»Und?« wollte Tracy wissen.

»Er meint, daß sie bei Dr. Stevens und Dr. Morgan in guten Händen sei«, erwiderte Kim. »Vor allem wenn tatsächlich HUS diagnostiziert werden sollte. Seiner Meinung nach wäre Becky in einer anderen Klinik auch nicht besser aufgehoben.«

»Das ist beruhigend zu wissen.«

»Ich bleibe jetzt erst mal hier«, schlug Kim vor. »Ich muß mich dringend um einige Patienten kümmern; vor allem um die, die morgen für die OP vorgesehen sind. Ich hoffe, du hast nichts dagegen.«

»Nicht im geringsten«, entgegnete Tracy. »Ich finde, das ist eine gute Idee.«

»Es ist mir einfach unmöglich, rumzusitzen und nichts zu tun«, erklärte Kim.

»Kann ich gut verstehen«, versicherte Tracy. »Tu, was du zu tun hast. Ich bin ja hier, du brauchst dir keine Sorgen zu machen.

»Ruf mich an, wenn sich irgend etwas verändert«, bat Kim.

»Versprochen«, entgegnete Tracy. »Du erfährst es als erster.«

Kurz vor neun traf Ginger ein. Kim bat sie, so viele Patienten wie möglich abzubestellen, da er vorhatte, am Nachmittag noch einmal ins Krankenhaus zu fahren.

Ginger erkundigte sich nach Becky und meckerte ein bißchen, weil er sich am Abend nicht mehr bei ihr gemeldet hatte. Sie war enttäuscht gewesen und hatte sich die ganze Nacht Sorgen gemacht, sich aber nicht getraut anzurufen.

Kim berichtete ihr, daß sich Beckys Zustand nach der Operation ein wenig gebessert habe. Außerdem erklärte er ihr, daß er erst nach Mitternacht nach Hause gekommen sei, zu spät also, um noch anzurufen.

Anfangs fiel es ihm schwer, sich auf seine Patienten zu konzentrieren, doch er riß sich zusammen. Schließlich zahlte sich seine Anstrengung aus, und gegen Mittag fühlte er sich schon ein wenig entspannter. Doch jedesmal wenn das Telefon klingelte, begann sein Herz zu jagen.

Da er keinen Hunger hatte, lag das Sandwich, das Ginger in der Mittagspause mitgebracht hatte, unangetastet auf seinem Schreibtisch. Statt zu essen, vertiefte er sich lieber in die Probleme seiner Patienten. Auf diese Weise konnte er sich von seinen eigenen ablenken.

Irgendwann am Nachmittag, als er mit einem Kardiologen aus Chicago telefonierte, steckte Ginger den Kopf durch die Tür. Ihr Gesichtsausdruck verriet ihm, daß etwas nicht stimmte. Er legte die Hand auf die Muschel.

»Tracy hat gerade angerufen«, flüsterte Ginger. »Sie war ziemlich aufgelöst. Beckys Zustand hat sich verschlechtert. Sie ist auf die Intensivstation verlegt worden.«

Kims Herz begann zu rasen. Er beendete auf der Stelle sein Telefonat und legte auf. Dann streifte er sich sein Jakkett über, nahm die Autoschlüssel und rannte zur Tür.

»Was soll ich mit den restlichen Patienten machen?« fragte Ginger.

»Schick sie nach Hause«, erwiderte Kim kurz angebunden.

Er fuhr konzentriert, überholte, wo immer er konnte, und versuchte so schnell wie möglich durch das nachmittägliche Verkehrschaos zu kommen. Zwar hatte er vor kurzem selber dafür plädiert, Becky auf die Intensivstation zu verlegen, doch nachdem es jetzt tatsächlich geschehen war, machte er sich furchtbare Sorgen. So hautnah, wie er die Sparpläne von AmeriCare in letzter Zeit zu spüren bekommen hatte, war ihm eins völlig klar: Becky war nicht aus prophylaktischen Gründen verlegt worden. Ihr Zustand mußte bedenklich sein.

Um keine Zeit zu verlieren, fuhr er nicht auf den Ärzteparkplatz, sondern hielt direkt unterhalb der Krankenhausauffahrt. Er sprang aus dem Auto und warf dem überraschten Mann vom Sicherheitsdienst seine Autoschlüssel zu.

Während der Fahrstuhl entsetzlich langsam zur Intensivstation hinauffuhr, trat er nervös von einem Bein aufs andere. Auf dem von Besuchern überfüllten Flur bahnte er sich zielstrebig seinen Weg. Schließlich erreichte er den Warteraum für Familienangehörige, wo er Tracy entdeckte. Als sie ihn sah, sprang sie auf und lief ihm entgegen.

Voller Verzweiflung umklammerte sie ihn. Sie erdrückte ihn fast und ließ ihn eine ganze Weile nicht mehr los. Schließlich schob er sie vorsichtig einen Schritt zurück und sah ihr in die Augen. Sie weinte.

»Was ist passiert?« fragte er. Er hatte Angst vor der Antwort.

»Es geht ihr schlechter«, brachte Tracy hervor. »Viel schlechter. Es ist ganz schnell gegangen, genau wie bei der Perforation.«

»Was hat sie denn?« fragte Kim bestürzt.

»Ihre Atmung«, stammelte Tracy. »Sie hat plötzlich keine Luft mehr bekommen.«

Kim versuchte, sich von ihr loszureißen, aber sie hielt ihn am Jackett fest. »Versprich mir, daß du nicht wieder die Beherrschung verlierst! Das bist du Becky schuldig.«

Kim riß sich los und stürmte aus dem Raum.

»Kim, warte!« rief Tracy und rannte hinter ihm her, doch er ignorierte sie.

Er rannte den Flur entlang und betrat die Intensivstation. In der Tür hielt er einen Augenblick inne und ließ seinen Blick durch den Raum schweifen. Die meisten Betten waren belegt. Die Patienten schienen alle ernsthaft krank zu sein. An fast jedem Bett kümmerten sich Schwestern um die Kranken. Überall piepten elektronische Überwachungsinstrumente.

Am turbulentesten ging es in einem kleinen, etwas abseits gelegenen Raum zu. Eine ganze Schar von Ärzten und Schwestern versuchte offenbar, eine akute Situation in den Griff zu bekommen.

Kim steuerte den Raum an und blieb in der Tür stehen. Er sah ein Beatmungsgerät und hörte das kontinuierliche Geräusch, das das Einblasen des Atemgases verursachte.

Judy Carlson, eine der Schwestern, erblickte Kim und rief ihn beim Namen. Die um Beckys Bett versammelten

Ärzte und Schwestern traten schweigend einen Schritt zurück, um Kim einen Blick auf seine Tochter zu ermöglichen. Becky war intubiert worden. Aus ihrem Mund ragte ein langer Schlauch, den man an ihrer Wange festgeklebt hatte. Sie wurde von einem Respirator beatmet!

Kim eilte an ihr Bett. Becky starrte ihn mit ängstlich aufgerissenen Augen an. Sie hatte zwar Beruhigungsmittel bekommen, aber sie war bei vollem Bewußtsein. Um sie daran zu hindern, sich den Endotrachealtubus herauszuziehen, hatten die Schwestern ihre Arme festgeschnallt.

Kim spürte, wie sich sein Herz zusammenkrampfte. Er durchlebte noch einmal den Alptraum, der ihn während der vergangenen Nacht geplagt hatte; doch diesmal war es kein Traum, sondern Realität.

»Es ist alles okay, mein Schatz, Daddy ist bei dir«, brachte er hervor und kämpfte gegen die Tränen an. Er nahm ihre Hand und verspürte ein inniges Verlangen, ihr etwas Beruhigendes zu sagen. Becky versuchte etwas herauszubringen, doch mit dem Schlauch im Rachen gelang ihr das nicht.

Kim sah die versammelten Helfer fragend an und richtete seinen Blick auf Dr. Stevens.

»Was ist mit Becky passiert?« fragte er und bemühte sich, leise zu sprechen.

»Vielleicht sollten wir nach draußen gehen«, schlug Dr. Stevens vor.

Kim nickte. Er drückte kurz Beckys Hand und versprach ihr, in ein paar Minuten wieder bei ihr zu sein. Becky versuchte zu antworten, doch sie brachte keinen Ton heraus.

Die Ärzte verließen das kleine Zimmer und bildeten am Rande des großen Behandlungsraumes der Intensivstation einen Kreis. Kim verschränkte die Arme, damit niemand sah, wie er zitterte.

»Sagen Sie doch etwas!« forderte Kim seine Kollegen auf.

»Ich möchte Ihnen zuerst die Spezialisten vorstellen, die ich hinzugezogen habe«, begann Dr. Stevens. »Dr. Morgan kennen Sie ja schon. Dr. Arthur Horowitz ist Nephrologe, Dr. Walter Ohanesian ist Hämatologe, und Kevin Blanchard ist Respirationsexperte.«

Während sie die Namen nannte, zeigte sie auf den jeweiligen Arzt. Sie nickten Kim zu, und Kim nickte zurück.

»Was ist denn nun los?« fragte Kim ungeduldig.

»Zunächst muß ich Ihnen sagen, daß wir es definitiv mit E. coli O157:H7 zu tun haben. Mit welchem speziellen Stamm, werden wir morgen nach der Elektrophorese wissen.«

»Warum ist sie intubiert?« fragte Kim.

»Die Toxämie hat die Lungenfunktion beeinträchtigt«, erwiderte Dr. Stevens. »Ihre Blutgase haben sich plötzlich verschlechtert.«

»Außerdem haben ihre Nieren versagt«, fügte Dr. Horowitz, der kahlköpfige, vollbärtige Nierenspezialist hinzu. »Wir haben mit einer Peritonealdialyse begonnen.«

»Warum ist sie nicht am Dialysegerät?« wollte Kim wissen. »Wäre das nicht effektiver?«

»Sie müßte eigentlich ganz gut mit der Peritonealdialyse zurechtkommen«, erwiderte Dr. Horowitz.

»Aber sie ist gerade erst operiert worden«, wandte Kim ein. »Sie hatte einen Durchbruch.«

»Das haben wir berücksichtigt«, versicherte Dr. Horowitz. »Das Problem ist, daß AmeriCare nur im Suburban Hospital Dialysegeräte zur Verfügung stellt. Wir hätten Ihre Tochter also verlegen müssen, und davon können wir im Augenblick nur abraten.«

»Das andere große Problem sind ihre Thrombozyten«, meldete sich Dr. Ohanesian zu Wort. Der Blutexperte war ein grauhaariger, älterer Mann, den Kim auf über siebzig schätzte. »Die Anzahl ihrer Blutplättchen ist so stark gesunken, daß wir beschlossen haben, sie zu ersetzen – trotz des damit verbundenen Risikos. Ansonsten könnte sie bald schwere Blutungen bekommen.«

»Ihre Leber ist auch nicht in Ordnung«, erklärte Dr. Stevens. »Die Leberenzyme sind stark angestiegen, woraus wir schließen ...«

Kim schaltete ab. Er war so entsetzt, daß er nicht mehr imstande war, die Informationen aufzunehmen. Er sah die Ärzte sprechen, hörte sie aber nicht mehr. Wieder durchlebte er den schrecklichen Alptraum und sah Becky in der gefährlichen, tosenden See um ihr Leben kämpfen.

Eine halbe Stunde später verließ Kim benommen die Intensivstation und steuerte den Warteraum an. Tracy stand auf, als sie ihn erblickte. Er sah aus wie ein gebrochener Mann.

Für einen Augenblick sahen sie sich in die Augen. Diesmal war Kim derjenige, der seine Tränen nicht mehr zurückhalten konnte. Tracy ging zu ihm, und sie fielen sich vor Angst und Kummer in die Arme.

11

Freitag, 23. Januar

Kim gönnte sich eine kurze Verschnaufpause und warf einen Blick auf die Uhr. Es war kurz vor zwei. Er kam gut voran. Dies war der letzte seiner drei Fälle.

Er wandte sich wieder der tiefen Wunde zu. Das Herz war vollkommen freigelegt. Er traf die notwendigen Vorbereitungen, um den Patienten an die Herz-Lungen-Maschine anschließen zu können. Sobald er damit fertig war, konnte das Herz angehalten und geöffnet werden; dann würde er die beschädigte Herzklappe ersetzen.

Der nächste Schritt war besonders kritisch: Um die Koronararterien zu versorgen, mußte er eine arterielle Infusionskanüle in die Aorta legen. Durch diese Kanüle würde dann die Kardioplegielösung eingeführt werden, die das Herz mit ihrem hohen Kaliumgehalt zum Stillstand bringen, kühlen und während der Operation versorgen würde. Der arterielle Druck stellte dabei das größte Problem dar.

»Skalpell«, sagte Kim.

Die OP-Schwester gab ihm das Skalpell in die Hand.

Kim ließ das scharfe Instrument in die Wunde hinabgleiten und richtete es auf die Aorta. Seine Hand zitterte, und er fragte sich, ob Tom es gemerkt hatte.

Blitzschnell ließ er das Skalpell in die Aorta fahren und bedeckte den Einschnitt sofort mit der Spitze seines linken Zeigefingers, damit die Wunde so wenig wie möglich blutete. Das bißchen Blut, das hervortrat, wischte Tom weg.

»Arterielle Infusionkanüle«, forderte Kim.

Die Schwester reichte ihm die Kanüle. Er führte sie in die Wunde und positionierte sie neben seinem Finger, wobei er den Einschnitt weiterhin zudrückte. Dann ließ er die Spitze der Kanüle unter seinen Finger gleiten und versuchte, sie in das pulsierende Gefäß zu schieben. Doch aus irgendeinem Grund wollte die Kanüle die Gefäßwand nicht durchdringen. Auf einmal spritzte Blut aus der Wunde.

Kim geriet in Panik, was ihm eigentlich nie passierte. Immer mehr Blut ergoß sich in die Wunde. In seiner Hektik schob er die Kanüle zu kräftig und verletzte die Aorta, wodurch sich die Öffnung vergrößerte. Jetzt war der Einschnitt zu groß, um die knollige Spitze der Kanüle zu umschließen. Das Blut spritzte in sein Gesicht und lief an seiner Plastikmaske ab.

Plötzlich galt es, eine chirurgische Notsituation zu meistern. Zum Glück bekam Kim seine Panik wieder unter Kontrolle; jetzt machte sich seine langjährige Erfahrung bemerkbar. Er griff mit der linken Hand in die Wunde, und sein Finger fand das Loch in dem pulsierenden Gefäß blind. Er drückte es zu und brachte die Blutung teilweise zum Stillstand. Tom saugte schnell so viel Blut ab, daß Kim die Wunde einsehen konnte.

»Nahtmaterial!« brüllte Kim.

Die Schwester drückte ihm einen Nadelhalter mit einem schwarzen Seidenfaden in die Hand. Geschickt zog er die Spitze der Nadel durch die Gefäßwand. Nach ein paar weiteren Stichen war das Loch geschlossen.

Kim und Tom sahen sich an. Die Notsituation war erfolgreich bewältigt. Tom schaute ihn fragend an, und Kim nickte. Zur Überraschung des Teams verließen die beiden Chirurgen den Operationstisch.

»Was hältst du davon, wenn ich die Operation zu Ende bringe?« flüsterte Tom. Der Vorschlag war nur für Kims Ohren bestimmt. »Jetzt hätte ich Gelegenheit, mich für deine Hilfe vor ein paar Wochen zu revanchieren, als bei mir eine Grippe im Anmarsch war. Erinnerst du dich?«

»Klar erinnere ich mich«, erwiderte Kim.

»Du bist völlig am Ende«, fügte Tom hinzu. »Verständlicherweise.«

Kim mußte zugeben, daß Tom recht hatte: Er war total erschöpft. Er hatte fast die ganze Nacht mit Tracy im Warteraum der Intensivstation verbracht. Als Beckys Zustand sich unzweifelhaft stabilisiert hatte, hatte Tracy ihn überredet, sich in einem der Bereitschaftsräume für Assistenzärzte ein bißchen hinzulegen. Sie war es auch gewesen, die ihn davon überzeugt hatte, seine geplanten Operationen durchzuführen. Sie hatte gesagt, daß seine Patienten ihn brauchten. Da er für Becky sowieso nichts tun könne, solle er lieber seiner normalen Arbeit nachgehen, hatte sie gemeint. Schließlich hatte sie ihn damit überzeugt, daß er ja im Krankenhaus sein würde und im Notfall erreichbar wäre.

»Wie haben wir das nur damals während unserer Ausbildung durchgestanden?« fragte Kim. »Da haben wir fast nie geschlafen.«

»Wenn man jung ist, geht das«, entgegnete Tom. »Nur leider sind wir nicht mehr jung.«

»Wie wahr«, bemerkte Kim und zögerte einen Moment. Einen Fall abzugeben, fiel ihm nicht leicht, selbst wenn er ihn an einen so qualifizierten Chirurgen wie Tom abtrat. »Okay«, sagte er schließlich. »Mach du weiter. Aber ich passe auf wie ein Luchs.«

»Etwas anderes hätte ich auch nicht erwartet.« Tom kannte Kim schon so lange, daß er wußte, wann er etwas im Scherz meinte.

Die beiden Chirurgen kehrten an den Operationstisch zurück. Diesmal stellte Tom sich auf die rechte Seite des Patienten.

»Okay, weiter geht's«, sagte Tom. »Schieben wir also diese Kanüle rein. Skalpell bitte!«

Unter Toms Leitung lief die Operation glatt weiter. Obwohl Kim links neben dem Patienten stand, war er derjenige, der die Herzklappe plazierte und die ersten Nähte anlegte. Tom erledigte den Rest. Als das Brustbein geschlossen war, sagte Tom, daß er den Rest allein erledigen könne.

»Wirklich?« hakte Kim nach.

»Klar«, entgegnete Tom. »Sieh zu, daß du auf die Intensivstation kommst und nach Becky schaust!«

»Danke«, sagte Kim. Er verließ den OP-Tisch und zog sich Kittel und Handschuhe aus.

Als er die schwere OP-Tür öffnete, rief Tom ihm hinterher: »Die Anweisungen für die OP-Nachsorge diktieren Jane und ich. Wenn ich sonst noch etwas für dich tun kann, ruf mich an!«

»Danke, das ist wirklich nett von dir«, entgegnete Kim und eilte in den OP-Umkleideraum. Er zog sich nicht um, sondern streifte nur einen langen, weißen Kittel über seine OP-Sachen. Vor und zwischen den Operationen war er jedesmal kurz zur Intensivstation hinübergelaufen und hatte nach Becky gesehen. Ihr Zustand hatte sich ein wenig gebessert, und die Ärzte überlegten bereits, ob sie das Beatmungsgerät abschalten konnten. Kim hatte sich keine allzu großen Hoffnungen gemacht; schließlich wurde sie noch keine vierundzwanzig Stunden beatmet.

Vor seiner ersten Operation hatte er sogar noch Zeit gehabt, ein weiteres Mal bei Dr. Turner anzurufen und ihn zu fragen, ob man seiner Meinung nach noch etwas für Becky tun könne. Leider war ihm außer einer Plasmapherese, von der er jedoch abriet, auch nichts eingefallen.

Bei einer Plasmapherese ersetzte man das Plasma des Patienten durch gepooltes, frischgefrorenes Plasma. Leider galt die Behandlung als umstritten und experimentell, da das Begleitrisiko einer HIV-Infektion enorm hoch war, denn das neue Plasma stammte von Hunderten verschiedener Spender.

Die Fahrstuhltüren glitten auf, und Kim war geschockt, als er sich einer Gruppe lachender Pfleger und Schwestern gegenübersah, die ihre Schicht beendet hatten und sich auf den Feierabend freuten. Obwohl er wußte, daß es absurd war, ärgerte er sich über das fröhliche Geplapper.

Er verließ den Fahrstuhl und ging den Flur entlang in Richtung Intensivstation. Je mehr er sich seinem Ziel näherte, desto nervöser wurde er. Irgendwie hatte er eine ungute Vorahnung. An der Tür zum Warteraum blieb er stehen und sah nach Tracy. Sie hatte kurz nach Hause gehen wollen, um sich frisch zu machen und neue Sachen anzuziehen.

Er entdeckte sie auf einem Stuhl in der Nähe des Fensters. Beinahe im gleichen Augenblick erblickte sie ihn und stand auf. Sie kam auf ihn zu, und er sah, daß sie weinte. Tränen liefen ihr über die Wangen.

»Was ist los?« fragte er bestürzt. »Ist etwas passiert?«

Einen Augenblick brachte Tracy kein Wort heraus. Kims Frage löste einen neuen Weinkrampf aus, den sie mit Mühe zu unterdrücken versuchte. »Es geht ihr schlechter«, brachte sie schließlich hervor. »Dr. Stevens hat von einem rapide fortschreitenden Versagen der wichtigsten Organe gesprochen. Das meiste war mir unverständlich, aber sie hat mir geraten, mich auf das Schlimmste gefaßt zu machen. Ich glaube, sie meint, daß Becky sterben könnte.«

»Becky stirbt nicht!« widersprach Kim so entschieden, daß es beinahe wütend klang. »Wie kommt sie dazu, so etwas auch nur anzunehmen?«

»Becky hatte einen Schlaganfall«, erklärte Tracy. »Sie glauben, daß sie blind ist.«

Kim schloß die Augen. Daß seine zehnjährige Tochter einen Schlaganfall gehabt haben sollte, war für ihn schier undenkbar. Andererseits war ihm klar, daß sich ihr Zustand seit dem Ausbruch der ersten Krankeitssymptome stetig verschlechtert hatte.

Er ließ Tracy im Warteraum stehen und stürmte zum Eingang der Intensivstation. Genau wie am Nachmittag zuvor, befand sich eine ganze Schar von Ärzten in Beckys winzigem Zimmer. Kim drängte sich hinein und erblickte ein neues Gesicht: Dr. Sidney Hampton. Sie war Neurologin.

»Dr. Reggis«, rief Dr. Stevens.

Kim beachtete die Kinderärztin nicht. Umgeben von Drähten, Schläuchen und High-Tech war Becky nur noch ein Schatten ihrer selbst. Flüssigkristall-Sichtanzeigen und Kontrollbildschirme zeugten in Form von digitalen Meßwerten und Cursorlinien davon, daß sie lebte.

Ihre Augen waren geschlossen. Ihre Haut hatte eine durchsichtige, bläulichweiße Farbe.

»Becky, ich bin's, Dad«, flüsterte er ihr ins Ohr und musterte ihr erstarrtes Gesicht. Es gab keine Anzeichen, daß sie ihn gehört hatte.

»Sie ist leider nicht ansprechbar«, erklärte Dr. Stevens.

Kim richtete sich auf. Er atmete flach und schnell. »Sie glauben, Becky hatte einen Schlaganfall?«

»Alle Anzeichen sprechen dafür«, erwiderte Dr. Hampton.

Kim mußte sich ermahnen, seine Verzweiflung nicht dem Überbringer der schlechten Nachricht zuzuschreiben.

»Das Hauptproblem ist, daß das Toxin die Thrombozyten so schnell zu zerstören scheint, wie wir sie ihr zuführen«, erklärte Dr. Ohanesian.

»Richtig«, bestätigte Dr. Hampton. »Wir haben keine

Möglichkeit festzustellen, ob eine intrakranielle Blutung oder ein Thrombozytenembolus die Ursache war.«

»Oder sogar beides«, fügte Dr. Ohanesian hinzu.

»Auch das könnte möglich sein«, stimmte Dr. Hampton ihm zu.

»Ob so oder so«, fuhr Dr. Ohanesian fort. »Die schnelle Zerstörung der Thrombozyten muß ihren Mikrokreislauf völlig zum Erliegen bringen. Wir haben jetzt eine Situation, die wir ganz und gar nicht mögen: Ihre wichtigsten Organe versagen eines nach dem anderen, und zwar rasend schnell.«

»Die Nieren- und Leberfunktion läßt definitiv nach«, bestätigte Dr. Horowitz. »Die Peritonealdialyse reicht nicht mehr aus.«

Kim mußte sich zusammenreißen, um bei all dem Gerede seiner Kollegen nicht auszurasten. Seiner Tochter halfen sie damit jedenfalls nicht. Er zwang sich nachzudenken und einen kühlen Kopf zu bewahren.

»Wenn die Peritonealdialyse nicht ausreicht«, begann Kim mit bemüht ruhiger Stimme, »sollten wir Becky vielleicht ins Suburban Hospital verlegen. Da kann sie zumindest an ein richtiges Dialysegerät angeschlossen werden.«

»Völlig ausgeschlossen«, sagte Dr. Stevens. »Ihr Zustand ist zu kritisch. Sie kann unmöglich transportiert werden.«

»Irgend etwas sollte aber vielleicht getan werden!« fauchte Kim. Er konnte seine Wut nun doch nicht mehr ganz unterdrücken.

»Ich denke, wir tun schon alles, was wir können«, stellte Dr. Stevens klar. »Wir unterstützen aktiv ihre Atem- und Nierenfunktionen, und wir ersetzen ihre Thrombozyten.«

»Wie sieht es mit einer Plasmapherese aus?« fragte Kim.

Dr. Stevens sah Dr. Ohanesian an.

»AmeriCare genehmigt Plasmapherese nur widerwillig«, erklärte Dr. Ohanesian.

»Zum Teufel mit AmeriCare!« ereiferte sich Kim. »Wenn es auch nur einen Funken Hoffnung gibt, daß der Plasmaaustausch Becky helfen könnte, dann fangen Sie sofort damit an!«

»Mäßigen Sie sich, Dr. Reggis!« entgegnete Dr. Ohanesian. Der grauhaarige Mann verlagerte sein Gewicht auf das andere Bein. Das Thema war ihm offenbar unangenehm. »AmeriCare ist immerhin Eigentümerin dieses Krankenhauses. Wir können nicht einfach auf ihre Vorschriften pfeifen. Plasmapherese ist teuer und experimentell. Bei Familien ohne medizinischen Background soll ich diese Behandlungsmöglichkeit nicht einmal erwähnen.«

»Was muß man tun, um von AmeriCare grünes Licht zu bekommen?« fragte Kim. »Am Geld soll es nicht liegen. Ich bezahle die Behandlung selbst.«

»Ich müßte mit Dr. Shapiro sprechen«, erwiderte Dr. Ohanesian. »Er ist der Vorsitzende der AmeriCare-Prüfungskommission.«

»Okay, rufen Sie ihn an!« forderte Kim den älteren Herrn auf. »Sofort!«

Dr. Ohanesian sah Dr. Stevens an. »Ein Anruf kann ja nicht schaden«, stellte sie mit einem Schulterzucken fest.

»Von mir aus«, gab Dr. Ohanesian sich geschlagen. Er verließ den Raum und ging zur Rezeption der Intensivstation, um zu telefonieren.

»Sie klammern sich an einen Strohhalm, Dr. Reggis!« sagte Dr. Stevens. »Plasmapherese ist nicht das Allheilmittel. Ich glaube, Sie und Ihre Ex-Frau sollten sich auf das Schlimmste gefaßt machen.«

Kim sah rot. Er war absolut nicht bereit, »sich auf das Schlimmste gefaßt zu machen«, wie die Kinderärztin es euphemistisch umschrieb. Statt dessen wollte er lieber auf die losgehen, die für Beckys tragischen Zustand verantwortlich waren, und das schienen die im Raum versammelten Ärzte zu sein.

»Verstehen Sie, was ich meine?« fragte Dr. Stevens vorsichtig. Kim antwortete nicht. Mit einem Mal wurde ihm klar, wie absurd es war, den Ärzten die Schuld an Beckys Elend zu geben, wo er doch wußte, wer die wirklich Verantwortlichen waren.

Ohne ein weiteres Wort stürmte er aus der Intensivstation. Wut, Frust und das erniedrigende Gefühl der Machtlosigkeit trieben ihn zum Wahnsinn. Blind vor Zorn hastete er über den Flur.

Tracy saß noch immer im Warteraum. Als sie Kim sah, wußte sie sofort, daß er auf hundertachtzig war. Da er sie nicht eines Blickes würdigte, rannte sie hinter ihm her und holte ihn ein. Sie hatte Angst, daß er etwas Unüberlegtes tun würde.

»Kim, bleib stehen!« rief sie und zog ihn am Ärmel. »Wo willst du denn hin?«

»Weg«, erwiderte er und riß sich los.

»Wohin?«

Tracy mußte rennen, um mit ihm Schritt zu halten. Sein Gesichtsausdruck erschreckte sie so sehr, daß sie für einen Augenblick ihren eigenen Kummer vergaß.

»Ich habe etwas zu erledigen«, erklärte er. »Ich kann nicht hier rumsitzen und Däumchen drehen. Wenn ich Becky schon nicht gesund machen kann, werde ich wenigstens herausfinden, wie sie krank geworden ist.«

»Wie willst du das denn herausfinden?« fragte Tracy. »Warte, Kim! Du mußt dich erst mal beruhigen.«

»Dr. Morgan hat mir erzählt, daß E. coli vor allem durch Hackfleisch übertragen werden«, entgegnete Kim.

»Das weiß doch jeder«, erwiderte Tracy.

»Mag sein, aber ich wußte es nicht. Erinnerst du dich,

daß ich vor einer Woche mit Becky im Onion Ring am Prairie Highway gegessen habe? Sie hatte sich einen Hamburger bestellt, und das Fleisch war innen noch roh. Sie kann nur davon krank geworden sein, eine andere Möglichkeit gibt es nicht.«

»Soll das heißen, daß du zum Onion Ring willst?« fragte Tracy ungläubig.

»Ja«, erwiderte Kim. »Da Becky sich in diesem Schuppen infiziert hat, fahre ich genau dort hin.«

»Es ist doch im Augenblick ganz egal, wo Becky sich infiziert hat«, widersprach Tracy. »Sie ist krank – und nur das zählt jetzt. Darum, wie und warum sie krank geworden ist, können wir uns später kümmern.«

»Dir mag es egal sein«, entgegnete Kim. »Mir aber nicht.«

»Kim, du bist völlig außer dir«, warnte Tracy ihn verzweifelt. »Kannst du nicht ein einziges Mal auch an andere denken – und nicht nur an dich selbst?«

»Was soll das heißen?« raunzte Kim. Er wurde immer wütender.

»Es geht wieder mal um dich, und nicht um Becky. Um dich und dein Doktor-Ego.«

»Schwachsinn!« widersprach er fuchsteufelswild. »Laß mich mit diesem entsetzlichen Psychoscheiß in Ruhe. Den kann ich im Moment am allerwenigsten ertragen.«

»Du hilfst niemandem, wenn du in diesem Zustand losrennst«, redete Tracy weiter auf ihn ein. »Du gefährdest nur andere und dich selbst. Wenn du unbedingt in dieses Restaurant willst, dann warte wenigstens, bis du dich beruhigt hast.«

»Ich fahre ja in der Hoffnung, mich dadurch zu beruhigen«, entgegnete Kim. »Und vielleicht, um mir ein Fünkchen Genugtuung zu verschaffen.«

Der Fahrstuhl kam, und er stieg ein.

»Aber du hast doch noch deine OP-Sachen an!« rief

Tracy. Sie hoffte immer noch, ihn irgendwie zurückhalten zu können.

»Ich fahre jetzt und so wie ich bin. Niemand hält mich davon ab.«

Kim bog so rasant in die Zufahrt zum Parkplatz ein, daß der Wagen am Randstein entlangschlitterte. Ein gedämpftes Krachen und ein Ruck erschütterten das Auto, doch Kim ließ sich davon nicht beeindrucken. Er steuerte die erste freie Parklücke an.

Nachdem er die Handbremse gezogen und den Motor abgestellt hatte, blieb er noch einen Augenblick sitzen und betrachtete das Restaurant durch die Windschutzscheibe. Es herrschte genausoviel Betrieb wie eine Woche zuvor.

Während der Fahrt hatte sich seine Wut ein wenig gelegt, nicht aber seine Entschlossenheit, dem Onion Ring einen Besuch abzustatten. Er überlegte kurz, wie er sich im Restaurant verhalten sollte und stieg aus. Als er den Haupteingang passiert hatte, sah er, daß die Schlangen vor den Kassen beinahe bis zur Tür reichten. Da er nicht bereit war, sich anzustellen, drängte er sich an den Wartenden vorbei. Einige der Gäste beschwerten sich. Kim ignorierte sie.

Am Tresen wandte er sich an eine der Kassiererinnen. Auf ihrem Namensschild stand: HI ICH BIN DEBBIE. Sie war eine unscheinbare Jugendliche mit gebleichtem Haar und leichter Akne. Ihre Gesichtszüge verrieten, daß sie sich zu Tode langweilte.

»Entschuldigen Sie bitte«, sprach Kim die junge Frau an. Er bemühte sich, ruhig zu klingen. »Ich möchte mit dem Geschäftsführer sprechen.«

»Wenn Sie etwas bestellen wollen, müssen Sie sich hinten anstellen«, entgegnete Debbie. Sie warf Kim nur einen kurzen Blick zu.

»Ich möchte nichts bestellen«, erklärte Kim langsam und bestimmt. »Ich möchte mit dem Geschäftsführer sprechen.«

»Er hat im Augenblick zu tun«, sagte Debbie und wandte sich wieder dem Gast zu, der gerade an der Reihe war. Sie bat ihn, seine Bestellung zu wiederholen.

Im selben Augenblick schlug Kim mit einer solchen Wucht auf den Tresen, daß ein paar Serviettenhalter zunächst vibrierten und dann mit lautem Getöse zu Boden fielen. Es klang wie eine Schrotgewehrsalve. Wie bei einer spannenden Szene im Kino war das ganze Restaurant mit einem Schlag mucksmäuschenstill. Debbie wurde kreidebleich.

»Ich will Sie nicht noch einmal bitten müssen«, erklärte Kim. »Ich möchte den Geschäftsführer sprechen.«

Ein Mann, der in der Nähe gestanden hatte, kam herbeigeeilt. Er trug eine zweifarbige Onion-Ring-Uniform. Auf seinem Namensschild stand: HI, ICH BIN ROGER.

»Ich bin der Geschäftsführer«, stellte er sich mit einem nervösen Kopfzucken vor. »Was haben Sie für ein Problem?«

»Das Problem ist meine Tochter«, erklärte Kim. »Sie liegt im Koma und schwebt zwischen Leben und Tod. Und wissen Sie, warum? Weil sie vor einer Woche einen Hamburger bei Ihnen gegessen hat.«

Kim sprach so laut, daß man ihn im ganzen Restaurant verstand. Die Gäste, die Hamburger vor sich hatten, musterten diese argwöhnisch.

»Tut mir leid, daß es Ihrer Tochter schlechtgeht«, entgegnete Roger. »Aber sie kann sich ihre Krankheit unmöglich in unserem Restaurant zugezogen haben – und am allerwenigsten durch einen unserer Hamburger.«

»Dies ist der einzige Ort, an dem sie Gehacktes gegessen hat«, sagte Kim. »Sie hat sich mit Kolibakterien infiziert, und die Erreger werden durch Hackfleisch übertragen.«

»Hören Sie, das mit Ihrer Tochter tut mir wirklich leid«, wiederholte Roger. »Aber unsere Hamburger sind alle gut durchgebraten, und wir haben, was Sauberkeit angeht, sehr strenge Vorschriften. Dieses Restaurant wird regelmäßig vom Gesundheitsamt überprüft.«

Genauso abrupt, wie es im Restaurant still geworden war, setzten die Geräusche wieder ein. Die Gäste unterhielten sich, als wären sie gerade kollektiv zu dem Urteil gekommen, daß Kims Problem, was auch immer es sein mochte, sie nicht betraf.

»Der Hamburger, den meine Tochter hier gegessen hat, war nicht gut durchgebraten«, erklärte Kim. »Das Fleisch war roh.«

»Unmöglich«, behauptete Roger und verdrehte die Augen.

»Ich habe es mit eigenen Augen gesehen. Das Fleisch war in der Mitte rosa. Ich wollte Sie fragen ...«

»Es kann nicht rosa gewesen sein«, fiel Roger ihm mit einer abwinkenden Handbewegung ins Wort. »Absolut unmöglich. Und wenn Sie mich jetzt bitte entschuldigen würden. Ich habe zu tun.«

Mit diesen Worten wandte er sich ab, doch er hatte nicht mit Kim gerechnet, der blitzschnell reagierte. Mit seinen kräftigen Armen zog er den verdutzten Geschäftsführer mühelos über den Tresen zu sich heran, bis dessen Gesicht nur noch ein paar Zentimeter von seinem entfernt war. Der Mann lief knallrot an. Kims eiserner Griff blockierte die Blutzirkulation in seinem Nacken.

»Ein bißchen Reue hätte ich schon erwartet«, fuhr Kim ihn an. »Ihr pauschales Ableugnen empfinde ich als Affront.«

Roger gluckste irgend etwas Unverständliches, während

er sich vergeblich aus Kims Umklammerung zu befreien versuchte.

Im nächsten Augenblick stieß Kim den Geschäftsführer unsanft zurück und ließ von ihm ab. Roger fiel auf den Boden. Die Kassierer, das Küchenpersonal und die in den Schlangen wartenden Gäste hielten die Luft an. Keiner rührte sich vom Fleck. Kim umrundete den Tresen. Er wollte den Koch zur Rede stellen.

Roger richtete sich auf. Als er Kim in den Küchenbereich eindringen sah, versuchte er ihn zurückzuhalten. »Sie haben hier keinen Zutritt«, brachte er lahm hervor. »Nur Mitarbeiter dürfen …«

Kim ließ ihn seinen Satz nicht zu Ende bringen, er stieß ihn einfach aus dem Weg. Der Geschäftsführer krachte gegen den Tresen. Durch den Aufprall fiel eine Saftmaschine mit lautem Geschepper auf die Fliesen. Saft schwappte in einer großen Fontäne über den Boden. Einige Gäste sprangen zur Seite. Im Restaurant wurde es erneut mucksmäuschenstill. Ein paar Kunden schnappten sich ihr Essen und stürmten aus dem Restaurant.

»Rufen Sie die Polizei!« befahl Roger einem Kassierer und richtete sich wieder auf.

Kim ging um den Grill herum und steuerte auf den verhutzelten Paul zu. Er musterte das gegerbte Gesicht und den tätowierten Arm des Mannes und fragte sich, wie es wohl um die persönliche Hygiene des Kochs bestellt sein mochte.

Wie alle anderen in der Küche hatte auch Paul sich nicht vom Fleck gerührt, seitdem Kim auf den Tresen gehauen hatte. Einige der auf dem Grill vor sich brutzelnden Hamburger qualmten bereits.

»Sie haben meiner Tochter vor einer Woche etwa um die gleiche Zeit einen Hamburger mit halbrohem Fleisch serviert«, fuhr Kim den Mann an. »Sagen Sie mir, wie das passieren konnte!«

Roger näherte sich von hinten und klopfte Kim auf die Schulter. »Verlassen Sie jetzt bitte das Restaurant!«

Kim drehte sich um. Er hatte allmählich genug von dem lästigen Geschäftsführer.

Roger ging sicherheitshalber einen Schritt zurück und hob die Hände. »Okay, okay«, murmelte er.

Kim wandte sich wieder Paul zu. »Antworten Sie mir! Haben Sie eine Ahnung?«

»Nein«, erwiderte Paul. Auf den Ölbohrinseln hatte er schon öfter Bekanntschaft mit Verrückten gemacht, und Kims Blick erinnerte ihn an diese Männer.

»Raus mit der Sprache!« fuhr Kim ihn an. »Sie haben doch bestimmt auch am letzten Freitag hier gearbeitet. Also müssen Sie wissen, wie so etwas passieren kann.«

»Was Roger Ihnen gesagt hat, stimmt«, sagte Paul. »Der Hamburger kann nicht roh gewesen sein. Ich brate das Fleisch immer gut durch. Genau nach Vorschrift.«

»Ihr Gequatsche kotzt mich langsam an«, geiferte Kim. »Wenn ich Ihnen sage, das Fleisch war roh, dann war es auch roh! Ich weiß es – ich war mit meiner Tochter hier! Ich habe es mit eigenen Augen gesehen!«

»Aber ich lasse alle gleich lange auf dem Grill.« Paul zeigte mit seinem Wender auf das qualmende Fleisch.

Kim schnappte sich einen der sechs fertigen Hamburger, die Paul auf einer Ablage bereitgestellt hatte, damit Roger sie auf die einzelnen Tabletts verteilte. Er brach den Hamburger auseinander und inspizierte das Fleisch. Es war gut durchgebraten. Das gleiche galt für drei weitere Hamburger. Genervt klatschte er die auseinandergerissenen Hamburger wieder auf die Teller.

»Sehen Sie?« triumphierte Roger. »Sie sind alle gut durchgebraten. Würden Sie den Küchenbereich jetzt bitte verlassen? Dann können wir uns in Ruhe unterhalten.«

»Wir erhitzen sie sogar auf eine höhere Innentemperatur als die Lebensmittelbehörde empfiehlt«, fügte Paul hinzu.

»Woher wollen Sie denn wissen, welche Innentemperatur das Fleisch hat?« fragte Kim.

»Wir messen sie«, erwiderte Roger. »Wir führen mehrmals am Tag Stichproben durch und die Temperatur ist immer konstant: knapp über sechsundsiebzig Grad.«

Paul legte den Wender zur Seite und kramte in einer Schublade. Nach ein paar Sekunden zog er ein Thermometer hervor und hielt es Kim hin.

Kim ignorierte es. Er nahm einen weiteren Hamburger von der Ablage und riß ihn auseinander. Das Fleisch war in Ordnung. »Wo lagern Sie das rohe Hackfleisch?«

Paul drehte sich um und öffnete den Kühlschrank. Kim beugte sich ein wenig vor und sah sofort, daß dort nur ein kleiner Teil des Fleischvorrats von Onion Ring aufbewahrt werden konnte. »Und wo lagert der Rest?« fragte er deshalb.

»Im Gefrierraum«, erwiderte Paul.

»Zeigen Sie ihn mir!«

Paul sah Roger an.

»Kommt nicht in Frage«, sagte Roger. »Der Zutritt zum Gefrierraum ist nur unserem Personal gestattet.«

Kim ignorierte ihn und stieß Paul mit beiden Händen gegen die Brust. Der Koch stolperte ein paar Schritte rückwärts, dann drehte er sich um und marschierte los. Kim folgte ihm.

»Ich verbiete Ihnen, den Gefrierraum zu betreten!« rief Roger. Er hatte Kim eingeholt und zerrte an seinem Arm. »Sie haben da nichts zu suchen!«

Kim versuchte ihn abzuschütteln, doch Roger war hartnäckig. Entnervt verpaßte Kim dem Geschäftsführer einen Schlag ins Gesicht. Rogers Kopf flog zur Seit, seine Lippe platzte auf, und der Geschäftsführer landete zum zweiten Mal hart auf dem Boden.

Ohne den schachmatt gesetzten Restaurant-Manager eines weiteren Blickes zu würdigen, eilte Kim hinter Paul her, der die Tür zum Gefrierraum bereits geöffnet hatte, und ging hinein. Paul war derart eingeschüchtert, daß er einen großen Bogen um Kim machte. Unsicher, was er tun sollte, sah er sich nach seinem Vorgesetzten um. Roger hockte in der Küche auf einer Gummimatte und betastete seine blutende Lippe. Schließlich betrat Paul ebenfalls den Gefrierraum.

Kim inspizierte die an der linken Seite des Gefrierraums gestapelten Kartons. Nur der erste war geöffnet. Auf dem Etikett stand.

MERCER MEATS: REGULÄRE HAMBURGER À 50 GRAMM,
EXTRA MAGER, PARTIE NUMMER 2,
SENDUNG 1–5, HERGESTELLT
AM 29. DEZ., VERWENDBAR BIS ZUM 29. MÄRZ.

»Könnte ein Hamburger, den Sie am vergangenen Freitag zubereitet haben, aus diesem Karton stammen?« fragte Kim.

Paul zuckte mit den Achseln. »Möglich. Vielleicht aber auch aus einem anderen.«

Kim ging weiter. Hinten, zwischen den verschlossenen Kartons, entdeckte er einen, der aufgerissen war. Er klappte den Pappdeckel auf und sah hinein. Die Verpackung einer der in dem Karton gestapelten Boxen war ebenfalls aufgerissen. »Wieso ist dieser Karton hier geöffnet?« fragte er.

»Das war ein Versehen«, erwiderte Paul. »Wir nehmen immer zuerst die älteren, damit es keine Probleme mit dem Verfallsdatum gibt.«

Kim sah sich das Etikett näher an. Bis auf das Herstellungsdatum war die Aufschrift mit der vorherigen identisch. Statt »29. Dezember« stand auf dem Etikett »12. Januar«. »Könnte der Hamburger, den meine Tochter am vergangenen Freitag gegessen hat, auch aus diesem Karton gewesen sein?«

»Möglich«, erwiderte Paul. »Ich weiß nicht mehr, wann wir den Karton versehentlich geöffnet haben.«

Kim zog etwas zu schreiben aus seiner Kitteltasche und notierte sich die Etikettaufschriften der beiden geöffneten Kartons. Dann entnahm er jedem Karton ein einzelnes Fleischbällchen, was nicht einfach war, da sie gefroren waren und trotz der zwischengelegten Wachspapier-Blättchen aneinanderklebten. Er verstaute sie mit den Notizen in seiner Kitteltasche.

Als er den Gefrierraum verließ, hörte er das gedämpfte Heulen einer Sirene, doch er interessierte sich nicht weiter dafür. »Was verbirgt sich hinter Mercer Meats?« fragte er Paul.

Paul schloß die Tür. »Mercer Meats ist eine Firma, die Fleisch verarbeitet. Sie liefert uns das Hackfleisch. Sie beliefert alle Onion-Ring-Restaurants.«

»Hat die Firma ihren Sitz in unserem Bundesstaat?« wollte Kim wissen.

»Klar«, erwiderte Paul. »Gleich hinter der Stadtgrenze in Bartonville.«

»Wie praktisch«, bemerkte Kim.

Er war gerade wieder im Küchenbereich angelangt, als die Restauranttüren aufflogen und zwei uniformierte Polizisten hereinstürmten, die Hände schußbereit an den Revolvern. Sie verzogen keine Miene. Roger deutete wütend mit der rechten Hand auf Kim; mit der linken preßte er sich eine blutige Serviette an die Lippe.

12

Samstag, 24. Januar

Schwache, frühmorgendliche Sonnenstrahlen durchfluteten die staubige Luft des Gerichtssaals und bildeten Lichtschwaden über dem Boden. Kim wurde von den grellen Strahlen geblendet und blinzelte. Er stand vor Judge Harlowe, dem mit einer schwarzen Robe bekleideten Richter, dessen Lesebrille gefährlich weit nach vorn auf die Spitze seiner schmalen Nase gerutscht war. Auf Kim wirkte der Mann wie ein riesiger schwarzer Vogel.

»Ich sitze jetzt seit mehr als zwanzig Jahren auf diesem Richterstuhl«, sagte Judge Harlowe und sah Kim über die Ränder seiner Brillengläser an. »Da sollte ich mich eigentlich über nichts mehr wundern. Aber so eine seltsame Geschichte ist mir noch nie untergekommen.«

»Es ist alles nur passiert, weil meine Tochter so krank ist«, erklärte Kim. Er trug immer noch den langen weißen Kittel und darunter OP-Hose und -Oberteil. Sogar die Gesichtsmaske hing noch vor seiner Brust. Allerdings sah sein Kittel inzwischen alles andere als frisch und sauber aus. Die Nacht im Gefängnis hatte ihre Spuren hinterlassen. Unter der linken Tasche hatte sich ein rötlich-brauner Fleck gebildet.

»Es tut mir wirklich leid, daß Ihre Tochter so krank ist«, sagte der Richter. »Allerdings kann ich nicht recht verstehen, warum Sie dann nicht im Krankenhaus an ihrem Bett geblieben sind.«

»Ja, ich hätte bei ihr bleiben sollen«, stimmte Kim dem Richter zu. »Aber ihr Zustand ist so ernst, daß ich nichts für sie tun kann. Außerdem wollte ich nur eine Stunde wegbleiben.«

»Okay«, entgegnete Richter Harlowe. »Werturteile zu fällen, steht mir nicht zu. Was mir aber sehr wohl zusteht, ist, Sie auf Ihr sonderbares Benehmen hinzuweisen. Man wirft Ihnen vor, sich unbefugten Zutritt zu einem Kühlraum verschafft und den Geschäftsführer eines Restaurants tätlich angegriffen zu haben. Was aber noch ungeheuerlicher ist – Sie haben sich der Verhaftung widersetzt und einen Polizeibeamten attackiert. Ich muß sagen, Dr. Reggis, ein solches Verhalten ist völlig inakzeptabel, egal welche Gründe Sie auch dafür anführen.«

»Aber, Euer Ehren, ich ...«, begann Kim.

Richter Harlowe hob die Hand und bedeutete ihm zu schweigen. »Es spielt keine Rolle, daß Sie den Verdacht hegen, Ihre Tochter könnte sich in dem Restaurant mit der Krankheit infiziert haben. Gerade Sie sollten doch wissen, daß es bei uns ein Gesundheitsamt gibt, das sich um solche Angelegenheiten kümmert und daß wir darüber hinaus ordentliche Gerichte haben. Haben Sie mich verstanden?«

»Ja, Euer Ehren«, erwiderte Kim kleinlaut.

»Ich hoffe, Sie begeben sich in Behandlung, Doktor«, fuhr der Richter fort. »Wenn ich mir vor Augen halte, daß Sie ein bekannter Herzchirurg sind, kann ich kaum glauben, was Sie getan haben. Dabei haben Sie sogar meinen Schwiegervater operiert, und er lobt Sie immer noch täglich über den grünen Klee. Aber wie dem auch sei – ich setze Sie ohne Kaution auf freien Fuß. In vier Wochen haben Sie zur Verhandlung zu erscheinen. Gehen Sie jetzt zum Geschäftsstellenleiter!«

Richter Harlowe schlug mit dem Hammer auf den Tisch und bat, den nächsten Angeklagten hereinzuführen.

Beim Verlassen des Gerichtsgebäudes sah Kim ein öffentliches Telefon. Er zögerte einen Augenblick, denn er wußte nicht, ob er im Krankenhaus anrufen sollte oder nicht. Am Abend zuvor hatte er mehrmals vergeblich versucht, Tracy zu erreichen, bis man ihm schließlich keine weiteren Telefonate mehr gestattet hatte. Jetzt konnte er telefonieren, doch er zögerte. Er schämte sich und er hatte ein schlechtes Gewissen, weil er so lange weggeblieben war. Außerdem hatte er Angst zu erfahren, wie es Becky ging. Schließlich beschloß er, nicht anzurufen, sondern persönlich nach ihr zu sehen.

Am Taxistand vor dem Gerichtsgebäude winkte er sich ein Taxi heran und ließ sich zum Onion Ring bringen. Am frühen Morgen sah das Restaurant vollkommen anders aus. Es war noch geschlossen und wirkte verlassen. Sein Wagen war der einzige auf dem ganzen Parkplatz; weit und breit war keine Menschenseele in Sicht.

Er stieg ein und fuhr zum Krankenhaus. Allerdings machte er einen kleinen Umweg. Er mußte noch zu den Sherring Labs.

Er betrat das Gebäude, steuerte auf den Empfangstresen zu und klingelte. Innerhalb weniger Sekunden erschien eine Frau im Laborkittel.

Kim zog die beiden inzwischen aufgetauten Hamburger aus seiner linken Kitteltasche und reichte sie der Frau. »Ich möchte Sie bitten, diese beiden Fleischbällchen auf E. coli O157:H7 zu testen«, erklärte er. »Und ebenfalls auf das Toxin.«

Die Laborassistentin musterte das verfärbte Fleisch argwöhnisch. »Ich glaube, es wäre besser gewesen, wenn Sie die Proben eingefroren hätten. Wenn Fleisch länger als ein paar Stunden bei Raumtemperatur aufbewahrt wird, gedeihen jede Menge Bakterien.«

»Das weiß ich«, entgegnete Kim. »Aber die anderen Bakterien interessieren mich nicht. Ich möchte nur wissen, ob in dem Fleisch E. coli O157:H7 sind.«

Die Frau verschwand für einen Augenblick. Als sie zurückkam, trug sie Latexhandschuhe. Sie nahm das Fleisch und legte jede Probe in einen Behälter. Dann notierte sie die Daten für die Rechnungsstellung. Kim gab seine Praxis-Kontonummer an.

»Wann haben Sie das Ergebnis?« fragte er.

»In achtundvierzig Stunden«, erwiderte die Frau.

Kim bedankte sich, wusch sich auf der Toilette die Hände und ging zurück zum Auto.

Je näher er dem Krankenhaus kam, desto nervöser wurde er. Als er den Wagen parkte, begannen seine Hände zu zittern, und während der Fahrstuhlfahrt nach oben bebte sein ganzer Körper. Da er Tracy lieber erst gegenübertreten wollte, nachdem er Becky gesehen hatte, nahm er einen Weg, der nicht am Warteraum der Intensivstation vorbeiführte. Die Menschen, denen er auf den Gängen begegnete, sahen ihm neugierig hinterher, was er gut verstand. Er sah furchtbar aus; nicht nur sein Kittel war schmutzig, er brauchte dringend eine Dusche und mußte sich kämmen und rasieren.

Auf der Intensivstation nickte er der Stationssekretärin zu. Während er sich dem kleinen Raum näherte, in dem Becky lag, schloß er in Gedanken einen Pakt mit Gott: *Wenn Becky überlebt …*

Leise schlich er sich an Beckys Bett. Eine Schwester war gerade dabei, die Infusionsflasche zu wechseln und kehrte ihm den Rücken zu. Er betrachtete seine Tochter. Der kleine Funke Hoffnung, daß ihr Zustand sich vielleicht gebessert hatte, erstarb. Sie lag noch immer im Koma. Man hatte ihr die Augenlider mit Klebestreifen zugeklebt, und sie war intubiert und mußte beatmet werden. Außerdem hatten sich unter ihrer Gesichtshaut große, violette Flecken gebildet – ein Hinweis auf subkutane Blutungen. Sie sah aus wie eine lebendige Leiche.

»Mein Gott, haben Sie mich erschreckt«, sagte die Schwester, als sie Kim erblickte. Sie preßte sich eine Hand auf die Brust. »Ich habe Sie gar nicht gehört.«

»Becky sieht nicht gut aus.« Kim bemühte sich, mit beherrschter Stimme zu sprechen, um seinen Kummer, seine Wut und das erniedrigende Gefühl der Machtlosigkeit, das ihn quälte, zu verbergen.

»Da haben Sie leider recht«, bestätigte die Schwester und musterte Kim mißbilligend. »Der arme kleine Engel hat eine schlimme Zeit durchgemacht.«

Kim warf einen Blick auf den Herzmonitor. Der Piepton war unregelmäßig, die Cursorlinien ebenfalls.

»Sie hat Herzrhythmusstörungen! Wie lange hat sie die schon?«

»Noch nicht lange«, erwiderte die Schwester. »Es hat gestern nacht angefangen. Zuerst mit einem Perikarderguß, aber der hat ziemlich schnell zu Anzeichen einer Herzbeuteltamponade geführt. Sie mußte punktiert werden.«

»Wann?« fragte Kim. Jetzt plagten ihn noch schlimmere Schuldgefühle, daß er nicht da gewesen war. Mit Perikardergüssen hatte er einige Erfahrung.

»Heute morgen, kurz nach vier«, erwiderte die Schwester.

»Ist noch jemand von den Ärzten da?« fragte Kim.

»Ich glaube, ja«, erwiderte die Schwester. »Soweit ich weiß, sind sie im Warteraum und sprechen mit Beckys Mutter.«

Kim verließ fluchtartig das Zimmer. Er konnte es nicht länger ertragen, seine Tochter in einem so elenden Zustand zu stehen. Auf dem Flur blieb er kurz stehen, um Luft zu holen und sich halbwegs zu fassen. Dann steuerte er den Warteraum an. Tracy unterhielt sich mit Dr. Stevens und Dr. Morgan. Als sie Kim erblickten, unterbrachen sie ihr Gespräch.

Für einen Augenblick sagte niemand ein Wort.

Tracy wirkte völlig verzweifelt. Sie hatte die Lippen zu einer schmalen Linie zusammengepreßt, ihre Knie aneinandergedrückt und die Hände im Schoß gefaltet. In ihrem traurigen, verwirrten Blick lagen Besorgnis und Verachtung. Sie schüttelte den Kopf. »Wie siehst du denn aus? Wo bist du gewesen?«

»Mein Besuch im Onion Ring hat länger gedauert als erwartet«, erklärte Kim und sah Dr. Stevens an. »Jetzt hat Becky also zu allem Übel auch noch eine Perikarditis.«

»Ich fürchte, so ist es«, bestätigte Dr. Stevens.

»Mein Gott!« stöhnte Kim. »Und was kommt als nächstes?«

»In diesem Stadium müssen wir mit allem rechnen«, erwiderte Dr. Morgan. »Das Labor hat uns inzwischen bestätigt, daß wir es mit einem äußerst pathogenen Stamm von E. coli zu tun haben, der nicht nur ein außerordentlich wirksames Toxin bildet, sondern gleich zwei. Wir haben also genau das, was wir befürchtet hatten: ein voll ausgeprägtes HUS.«

»Was ist mit Plasmapherese?« fragte Kim.

»Dr. Ohanesian hat den Vorsitzenden der Prüfungskommission bekniet«, erwiderte Dr. Stevens. »Aber wir hatten Sie ja gewarnt – wahrscheinlich wird die Kommission nicht zustimmen.«

»Warum nicht?« wollte Kim wissen. »Wir müssen etwas tun! Ich habe doch gesagt, daß ich die Kosten selbst übernehme.«

»Daß Sie zahlen wollen, spielt in dem Fall keine Rolle«, entgegnete Dr. Stevens. »Aus Sicht der Kommission würde ein gefährlicher Präzedenzfall geschaffen, der AmeriCare bei künftigen Fällen zwingen könnte, Plasmapherese auch Familien anzubieten, die nicht zahlen wollen oder können.«

»Dann bringen wir Becky eben in eine andere Klinik«, fuhr Kim die Ärztin an. »Eine Klinik, in der eine Plasmapherese ohne dieses ganze Theater durchgeführt werden kann.«

»Bitte, Dr. Reggis«, redete Dr. Stevens mitfühlend auf ihn ein. »Beckys Zustand hat sich seit gestern noch einmal verschlechtert, und sie war schon gestern transportunfähig. Außerdem ist die Plasmaaustauschtherapie ja noch nicht definitiv abgelehnt worden. Wir können immer noch auf grünes Licht hoffen. Wir müssen uns nur gedulden.«

»Uns gedulden und Däumchen drehen«, schimpfte Kim.

»Das ist nicht wahr«, brauste Dr. Stevens auf. Doch sie fing sich sofort wieder und seufzte. Mit Kim zu sprechen, war wahrlich kein Vergnügen. »Wir helfen Ihrer Tochter auf jede nur erdenkliche Weise.«

»Was mit anderen Worten bedeutet, daß Sie hin und wieder ein paar Komplikationen behandeln«, geiferte Kim.

Dr. Stevens stand auf und sah Tracy und Dr. Morgan an. »Ich muß mich jetzt um meine anderen Patienten kümmern. Wenn irgend etwas sein sollte, können Sie mich jederzeit erreichen. Lassen Sie mich über den Pager ausrufen.«

Tracy nickte. Dr. Morgan erklärte, daß sie ebenfalls nach ihren Patienten sehen müsse. Dr. Stevens eilte davon.

Kim ließ sich auf den Stuhl fallen, den Dr. Stevens gerade freigemacht hatte, und vergrub sein Gesicht in den Händen. Seine Gefühle spielten vollkommen verrückt: Mal war er wütend, dann traurig und niedergeschlagen und dann wieder wütend. Im Augenblick war er so verzweifelt, daß er nur mit Mühe die Tränen zurückhalten konnte. Eigentlich mußte er sich auch um seine stationären Patienten kümmern, aber er fühlte sich nicht dazu imstande.

»Warum hat dein Besuch beim Onion Ring denn länger

gedauert, als du erwartet hattest?« fragte Tracy. Sie war zwar einerseits sauer auf ihn, weil er sich so unmöglich benahm doch andererseits machte sie sich auch Sorgen. Er sah einfach jämmerlich aus.

»Ich habe die Nacht im Gefängnis verbracht«, gestand Kim.

»Im Gefängnis!«

»Wenn du mir jetzt vorhalten willst, daß ich auf dich hätte hören sollen«, entgegnete Kim, »ja, du hast recht. Ich hätte auf dich hören sollen. Ich hätte mich beruhigen und dann erst losfahren sollen.«

»Warum warst du im Gefängnis?« fragte Tracy.

»Weil ich die Beherrschung verloren habe«, erwiderte Kim. »Ich wollte herausfinden, ob im Onion Ring verdorbenes Fleisch verarbeitet wird. Und dabei ist mir der arrogante Geschäftsführer in die Quere gekommen und hat mich auf die Palme gebracht.«

»Ich glaube nicht, daß die Fast-food-Industrie schuld an dem Dilemma ist«, schaltete Dr. Morgan sich ein. »Bei dem Problem mit E. coli sind die Fast-food-Restaurants genauso Opfer wie die Gäste, die sich infizieren. Sie bekommen verseuchtes Fleisch geliefert.«

»Darauf war ich auch schon gekommen«, sagte Kim, das Gesicht immer noch in den Händen vergraben. »Als nächstes statte ich Mercer Meats einen Besuch ab.«

»Ich kann zwar kaum noch einen klaren Gedanken fassen, seitdem es Becky so schlechtgeht«, sagte Tracy, »aber wie kann es passieren, daß verseuchtes Fleisch in Umlauf kommt? Werden die fleischverarbeitenden Firmen denn nicht ständig kontrolliert? Ich dachte, das Landwirtschaftsministerium stellt sogar offizielle Bescheinigungen für das Fleisch aus.«

»Stimmt, es stellt Bescheinigungen aus«, entgegnete Dr. Morgan. »Aber wenn Sie glauben, daß das Fleisch deshalb nicht verseucht ist, liegen Sie leider falsch. So ist das heutzutage.«

»Aber wie ist das möglich?« fragte Tracy.

»Dafür gibt es verschiedene Gründe«, erwiderte Dr. Morgan. »Der wichtigste ist wohl, daß sich das Landwirtschaftsministerium in einem Interessenkonflikt befindet.«

Kim hob den Kopf. »Inwiefern?«

»Sie müssen sich nur mal ansehen, welche Aufgaben man unserem Landwirtschaftsministerium übertragen hat«, erklärte Dr. Morgan. »Auf der einen Seite fungiert es als der offizielle Vertreter der gesamten Landwirtschaft in den USA, die mächtige Rindfleischindustrie eingeschlossen. Darin liegt sogar in Wirklichkeit die Hauptaufgabe des Landwirtschaftsministeriums. Auf der anderen Seite obliegen ihm aber auch Kontrollpflichten. Diese beiden Funktionen können ganz offensichtlich nicht von einer Stelle ausgeübt werden. Wer fragt schon den Fuchs, ob er den Hühnerstall auch gut genug bewacht?«

»Klingt geradezu unglaublich«, stimmte Kim ihr zu. »Ist das tatsächlich so, oder haben Sie nur irgendwo davon gehört und geben diese Vermutung jetzt weiter?«

»Alles, was ich sage, weiß ich leider aus erster Hand. Ich beschäftige mich seit mehr als einem Jahr mit Lebensmittelvergiftungen. Seitdem bin ich in mehreren Verbrauchergruppen aktiv, die dafür kämpfen, daß endlich etwas gegen diesen Mißstand unternommen wird.«

»Darf ich fragen, wieso Sie sich gerade dafür stark machen?« fragte Tracy.

»Ich mußte einfach aktiv werden«, erwiderte Dr. Morgan. »Die meisten meiner Patienten kommen mit Lebensmittelvergiftungen oder dadurch hervorgerufenen Krankheiten zu mir. Viele Leute scheinen aber lieber den Kopf in den Sand zu stecken. Sie wollen nichts von dem Thema hören. Dabei wird die Gefahr von Tag zu Tag größer.«

»Ich finde das einfach unfaßbar!« ereiferte sich Kim. Inzwischen war seine Niedergeschlagenheit in Wut umgeschlagen.

»Es kommt noch schlimmer«, fuhr Dr. Morgan fort. »Das Landwirtschaftsministerium befindet sich nicht nur in einem Interessenkonflikt – wie ich festgestellt habe, pflegen das Ministerium und die Rindfleischindustrie sogar ein ausgesprochen inniges Verhältnis.«

»Was wollen Sie damit sagen?« fragte Kim.

»Genau das, was ich gesagt habe«, erwiderte Dr. Morgan. »Insbesondere im mittleren Management kann man im Ministerium so eine Art ›Reise nach Jerusalem‹ beobachten. Um sicherzustellen, daß der Industrie so wenig wie möglich ins Handwerk gepfuscht wird, werden die Mitarbeiter dort ständig hin- und hergeschoben.«

»Dahinter steckt ohne Zweifel blanke Profitgier!« Kim war empört.

»Mit Sicherheit«, stimmte Dr. Morgan ihm zu. »Die Rindfleischindustrie bewegt viele Milliarden Dollar. Ihr Ziel ist natürlich Gewinnmaximierung und nicht das Wohl der Öffentlichkeit.«

»Aber wie ist das möglich?« fragte Tracy erneut. »Das Landwirtschaftsministerium hat doch in der Vergangenheit sogar Fälle aufgedeckt und etwas gegen die Verseuchung unternommen. Vor gar nicht allzulanger Zeit mußte Hudson Meat ...«

»Entschuldigung, daß ich Sie unterbreche«, fiel Dr. Morgan ihr ins Wort. »Daß die Verseuchung von Lebensmitteln der Firma Hudson Meat mit E. coli publik wurde, haben wir am allerwenigsten dem Landwirtschaftsministerium zu verdanken. Ein aufmerksamer Kontrolleur des Gesundheitsamtes hat den Skandal entdeckt. Normalerweise läuft es dann so ab, daß das Landwirtschaftsministerium vor den Medien eine große Show abzieht und den

Eindruck zu erwecken versucht, daß es am Ball bleibt, um die Öffentlichkeit zu schützen. Aber leider passiert nie etwas wirklich Entscheidendes. Aberwitzigerweise hat das Landwirtschaftsministerium nicht einmal das Recht, Fleisch zurückzurufen, das es selbst für verseucht befunden hat. Es kann nur eine Empfehlung aussprechen, jedoch nie eine Anweisung mit bindender Wirkung erlassen.«

»Jetzt verstehe ich, was Sie meinen«, sagte Tracy. »Bei Hudson Foods sollten nach der ersten Empfehlung nur fünfundzwanzigtausend Pfund Fleisch zurückgerufen werden.«

»So ist es«, stimmte Dr. Morgan ihr zu. »Und dann haben Verbrauchergruppen das Ministerium dazu gezwungen, die Rückrufempfehlung auf mehr als eine Million Pfund zu erhöhen. Aber das Landwirtschaftsministerium war nie die treibende Kraft.«

»Das war mir überhaupt noch nicht bewußt«, erklärte Tracy. »Dabei halte ich mich eigentlich für einen recht gutinformierten Menschen.«

»Das Schlimmste ist vielleicht noch«, fuhr Dr. Morgan fort, »daß das Landwirtschaftsministerium im allgemeinen nur dann von einer Verseuchung spricht, wenn es sich um eine Verseuchung enormen Ausmaßes mit sichtbaren Fäkalienrückständen handelt. Die Fleischindustrie hat sich jahrelang gegen mikroskopische oder bakteriologische Untersuchungen gewehrt. Angeblich sollen jetzt hier und da ein paar Kulturen angelegt werden, aber das ist nur ein Tropfen auf den heißen Stein.«

»Es ist kaum zu glauben«, sagte Tracy. »Ich bin immer davon ausgegangen, daß man Fleisch bedenkenlos essen kann.«

»Die Situation ist ziemlich traurig«, entgegnete Dr. Morgan. »Vor allem wenn man an die tragischen Folgen denkt.«

Für ein paar Sekunden sagte niemand ein Wort.

»Davon können wir wohl ein Lied singen«, seufzte Tracy schließlich, als ihr plötzlich klar wurde, daß es sich nicht nur um Worte handelte. Ihre Tochter war keine Abstraktion. Eine Träne lief ihr die Wange hinunter.

»Na, dann ist ja alles klar«, erklärte Kim und stand abrupt auf. »Was ist klar?« wollte Tracy wissen. »Wo willst du denn nun schon wieder hin?«

»Nach Bartonville«, erwiderte Kim. »Ich sehe mich mal bei Mercer Meats um.«

»Ich glaube wirklich, du solltest lieber hierbleiben«, versuchte Tracy ihn umzustimmen. »Du weißt doch besser als ich, wie ernst Beckys Zustand ist. Dr. Stevens und Dr. Morgan haben mir eben erklärt, daß vielleicht wichtige Entscheidungen zu treffen sind.«

»Du mußt mich nicht daran erinnern, wie ernst Beckys Zustand ist«, fuhr Kim sie an. »Genau deshalb fällt es mir ja so schwer, hier tatenlos rumzusitzen. Es macht mich wahnsinnig. Ich halte es ja kaum aus, Becky nur anzusehen, weil ich weiß, daß ich ihr nicht helfen kann. Außerdem habe ich jetzt eine Wahnsinnswut auf die Fleischindustrie und das Landwirtschaftsministerium. Was ich gestern gesagt habe, meine ich ernst: Ich werde herausfinden, wie Becky sich infiziert hat. Ich werde diese Spur verfolgen, wohin auch immer sie mich führt. Das ist das mindeste, was ich für Becky tun kann.«

»Und was ist, wenn wir dich brauchen?« fragte Tracy.

»Ich habe mein Handy im Auto«, erwiderte Kim. »Du kannst mich jederzeit anrufen. Außerdem bleibe ich nicht lange weg.«

»Ja«, bemerkte Tracy. »Wie gestern.«

»Ich habe meine Lektion gelernt. Diesmal werde ich nicht die Beherrschung verlieren.«

Tracy schien nicht überzeugt. »Wenn du meinst«, sagte sie wütend.

Kim stürmte aus dem Warteraum. Daß es mit Becky kontinuierlich bergab ging, machte ihm schon genug zu schaffen, doch Tracys Feindseligkeit gab ihm den Rest. Gestern hatte sie noch behauptet, ihn zu verstehen, doch das schien sie inzwischen wieder vergessen zu haben.

Als er die Autobahn erreicht hatte, versuchte er per Handy Tom zu erreichen. Er mußte etliche Nummern anwählen, bis er ihn schließlich im Krankenhauslabor erwischte.

»Ich muß dich noch einmal um einen Gefallen bitten«, begann Kim.

»Wie geht's Becky?« fragte Tom.

»Um ehrlich zu sein – sehr schlecht«, erwiderte Kim. »Bisher habe ich verdrängt, wie schlimm ihr Zustand wirklich ist, aber inzwischen gibt es nichts mehr schönzureden. Es sieht nicht gut aus. Ich hatte bisher keinen Schimmer, daß dieser Kolibakerienstamm so gefährlich und kaum behandelbar ist, wenn das Toxin erst einmal in den Organismus gelangt ist. Ich sehe schwarz für Becky.« Er hielt inne und kämpfte gegen die Tränen an.

»Wie schrecklich«, entgegnete Tom. »Es tut mir so leid. Wie kann ich dir helfen?«

»Kannst du dich für ein paar Tage um meine stationären Patienten kümmern?« brachte Kim hervor. »Ich kann nicht mehr.«

»Kein Problem«, versprach Tom ohne zu zögern. »Ich sehe sowieso nach meinen Patienten, wenn ich hier fertig bin. Ein paar mehr oder weniger machen den Kohl auch nicht fett. Ich sage den Schwestern Bescheid, daß sie mich anrufen sollen, wenn es irgendwelche Probleme gibt.«

»Danke, Tom«, seufzte Kim. »Das ist wirklich nett von dir.«

»Ich wünschte, ich könnte mehr für dich tun«, entgegnete Tom.

»Ich auch«, beendete Kim das Gespräch.

Bartonville war keine vierzig Minuten von der Stadt entfernt. Kim fuhr die Hauptstraße entlang und folgte dann der Wegbeschreibung. Er hatte an einer Tankstelle an der Autobahnabfahrt angehalten und sich erkundigt, wie er zu Mercer Meats kam. Er fand die Fabrik ohne Probleme.

Die Anlage war viel größer, als er erwartet hatte. Das Gebäude war weiß gestrichen und wirkte modern, ansonsten war es unauffällig. Die Außenanlagen waren gepflegt, mit Granitplatten ausgelegte Wege führten vom Parkplatz zum Haupteingang.

Der Empfangsbereich erinnerte eher an den Eingang einer Versicherungsgesellschaft als an einen Fleischverarbeitungskonzern. Der Boden war mit einem Plüschteppich ausgelegt, Polstermöbel und gerahmte Bilder sorgten für Gemütlichkeit. Lediglich die Bildmotive deuteten auf das Geschäft der Firma hin: Sie zeigten verschiedene Rinderzüchtungen.

Eine ältere Dame, die einen schnurlosen Kopfhörer trug, saß an einem runden Tresen in der Mitte des Raums.

»Kann ich Ihnen helfen?« fragte sie.

»Ich hoffe ja«, erwiderte Kim. »Wie heißt der Direktor von Mercer Meats?«

»Mr. Everett Sorenson«, erklärte die Frau.

»Würden Sie Mr. Sorenson bitte anrufen und ihm mitteilen, daß Dr. Kim Reggis ihn zu sprechen wünscht?«

»Könnten Sie mir bitte sagen, worum es geht?« bat die Frau und nahm Kim ein wenig skeptisch ins Visier. Sein Äußeres glich dem eines Obdachlosen.

»Ist das unbedingt nötig?« fragte Kim zurück.

»Mr. Sorenson ist sehr beschäftigt.«

»Wenn das so ist«, entgegnete Kim, »sagen Sie ihm, es geht darum, daß Mercer Meats verseuchtes Fleisch an Onion Ring verkauft.«

»Wie bitte?« fragte die Frau. Sie hatte Kim zwar verstanden, traute aber ihren Ohren nicht.

»Und fügen Sie gleich noch etwas hinzu«, fuhr Kim fort. Er war auf bestem Wege, seinen Vorsatz zu vergessen und wieder aus der Haut zu fahren. »Sagen Sie ihm, ich möchte mit ihm über meine Tochter sprechen, die zwischen Leben und Tod schwebt, seitdem sie Fleisch von Mercer Meats gegessen hat.«

»Nehmen Sie doch Platz«, schlug die Empfangsdame vor und schluckte nervös. Kim hatte sich über den Tresen gebeugt und stützte sich auf den Fingerknöcheln ab. »Ich leite Ihre Nachricht sofort an den Direktor weiter.«

»Danke«, entgegnete Kim. Er lächelte gezwungen und ließ sich auf einem der Sofas nieder.

Die Frau sprach in das Mikrophon ihres Kopfhörers und sah immer wieder nervös in Kims Richtung. Er lächelte gequält zurück. Obwohl er nicht verstand, was sie sagte, konnte er an ihrem Gesichtsausdruck ablesen, daß es um ihn ging.

Er hatte die Beine übereinandergeschlagen und wippte nervös mit dem Fuß. Fünf Minuten vergingen. Je länger er wartete, desto mehr steigerte er sich in seine Wut hinein. Als er gerade aufspringen wollte, weil er die Warterei nicht länger ertragen konnte, erschien ein Mann, der beinahe genauso gekleidet war wie er, außer daß sein langer, weißer Kittel frisch und sauber war. Er trug eine blaue Baseballkappe mit der Aufschrift MERCER MEATS über dem Schirm. In der Hand hielt er ein Klemmbrett.

Er kam auf Kim zu und streckte ihm die Hand entgegen. Kim stand auf und schüttelte dem Mann die Hand, was er eigentlich nicht beabsichtigt hatte.

»Nett, Sie kennenzulernen, Dr. Reggis. Ich bin Jack Cartwright.«

»Wo ist der Direktor?« fragte Kim.

»Er ist im Augenblick beschäftigt«, erwiderte Mr. Cartwright. »Er hat mich gebeten, mit Ihnen zu sprechen. Ich bin einer seiner Stellvertreter. Außerdem bin ich unter anderem für die Öffentlichkeitsarbeit unserer Firma zuständig.«

Mr. Cartwright war ein stämmiger Mann mit einem aufgedunsenen Gesicht und einer aufwärts gebogenen Nase. Er lächelte verbindlich.

»Ich möchte mit dem Direktor sprechen«, insistierte Kim.

»Es tut mir wirklich leid, daß Ihre Tochter krank ist«, erklärte Mr. Cartwright, ohne auf Kims Bemerkung einzugehen.

»Sie ist nicht nur krank«, sagte Kim, »sie kämpft mit dem Tod, weil sie sich mit Bakterien infiziert hat, die unter der Bezeichnung E. coli O157:H7 bekannt sind. Ich nehme an, der Erreger ist Ihnen bekannt.«

»Leider ja«, entgegnete Mr. Cartwright. Sein Lächeln erstarrte. »Jeder in der Fleischbranche kennt ihn. Erst recht nach dem Hudson-Meat-Rückruf. Wir haben so eine panische Angst vor dem Erreger, daß wir bei weitem mehr gegen ihn unternehmen, als wir nach den Vorschriften oder Empfehlungen des Landwirtschaftsministeriums tun müßten. Aber unsere Bemühungen haben sich ausgezahlt: Noch nie mußten wir Fleisch zurückrufen.«

»Ich möchte, daß Sie mich dorthin führen, wo die Hamburger hergestellt werden!« Kim hatte keine Lust, sich Mr. Cartwrights einstudiertes Geschwätz noch länger anzuhören.

»Das ist leider nicht möglich«, entgegnete Mr. Cartwright. »Um eine Verunreinigung zu vermeiden, müssen wir den Zugang zu unserer Anlage beschränken. Das werden Sie sicher verstehen. Aber …«

»Ich bin Arzt«, fiel Kim dem Mann ins Wort. Sein Gesicht rötete sich schon wieder vor Wut. »Deshalb verstehe ich Ihre Sorge vor einer Verunreinigung. Geben Sie mir einen Schutzanzug, oder was auch immer in dem Bereich getragen werden muß! Ich bin bereit, alles zu tun, was laut Ihren Vorschriften getan werden muß. Aber ein Nein werde ich nicht akzeptieren.«

»Regen Sie sich doch nicht so auf!« entgegnete Mr. Cartwright gutmütig. »Sie haben mich nicht zu Ende reden lassen. Sie dürfen einen Blick in den Produktionsbereich werfen – aber nur von einem gläsernen Besichtigungsgang aus. Von dort können Sie sich einen Überblick über den gesamten Verarbeitungsvorgang verschaffen, und Sie müssen sich nicht einmal umziehen.«

»Für den Anfang wird das wohl genügen«, gab Kim sich zufrieden.

»Na wunderbar«, entgegnete Mr. Cartwright. »Wenn Sie mir dann bitte folgen würden.«

Mr. Cartwright führte Kim über einen Flur.

»Interessieren Sie sich nur für die Hamburger-Produktion?« fragte er Kim. »Oder soll ich Ihnen auch andere Bereiche zeigen? Zum Beispiel die Würstchenherstellung.«

»Nur Hamburger«, erwiderte Kim.

»Gerne«, erklärte Mr. Cartwright gut gelaunt.

Sie erreichten eine Treppe und gingen nach oben.

»Sauberkeit wird bei Mercer Meats so großgeschrieben wie sonst nirgends«, betonte Mr. Cartwright. »Der gesamte Bereich der Fleischproduktion wird jeden Tag gründlich gereinigt, zuerst mit Hochdruckdampf und dann mit einem quartären Ammoniumgemisch. Bei uns ist es so sauber, daß Sie vom Fußboden essen können.«

»Aha«, bemerkte Kim.

»Der gesamte Produktionsbereich wird auf einer Temperatur von knapp zwei Grad Celsius gehalten«, fuhr Mr. Cartwright fort, als sie den oberen Treppenabsatz erreicht hatten. Er öffnete eine Feuertür. »Das ist ganz schön hart für die Arbeiter, aber für die Bakterien auch. Sie verstehen, was ich meine?« Er lachte. Kim verzog keine Miene.

Sie schlossen die Tür hinter sich und betraten einen verglasten Gang, der sich über die ganze Länge des Gebäudes erstreckte.

»Beeindruckend, nicht wahr?« fragte Mr. Cartwright stolz.

»Wo werden die Hamburger hergestellt?« fragte Kim zurück. »Dahin kommen wir gleich«, erwiderte Mr. Cartwright. »Ich erkläre Ihnen erst, was all diese Maschinen erledigen.«

Unter sich sah Kim emsig beschäftigte Arbeiter. Sie trugen alle weiße Uniformen und weiße Hauben, die wie Bademützen aussahen, außerdem Handschuhe und Schuhüberzüge. Die Anlage machte einen sauberen und neuen Eindruck, was ihn ziemlich überraschte. Er hatte eine wesentlich schäbigere Fabrik erwartet.

Mr. Cartwright mußte beinahe schreien, um den Lärm der Maschinen zu übertönen. Die Scheiben zu beiden Seiten des Gangs waren aus einfachem Glas.

»Wußten Sie schon, daß sich in einem Hamburger normalerweise eine Mischung aus frischem und gefrorenem Fleisch befindet?« begann Mr. Cartwright. »Da drüben wird das Fleisch grob gemahlen. Das gefrorene Fleisch muß natürlich zunächst aufgetaut werden.«

Kim nickte.

»Wenn es grob gemahlen ist, kommen das frische und das gefrorene Fleisch in die Mischmaschine. Miteinander vermischt bildet es eine sogenannte Sendung. Danach wird die Sendung in diesen riesigen Mühlen dort drüben fein gemahlen.«

Mr. Cartwright zeigte auf die Maschinen. Kim nickte.

»Wir verarbeiten fünf Sendungen pro Stunde«, erklärte

Mr. Cartwright. »Die Sendungen bilden dann zusammen eine Partie.«

Kim deutete auf einen großen Gummi- oder Kunststoffbehälter auf Rädern. »Wird das Frischfleisch in diesen Containern in die Anlage gebracht?«

»Ja«, erwiderte Mr. Cartwright. »Wir nennen sie ›Kombi-Behälter‹. Sie fassen zweitausend Pfund. Mit dem Frischfleisch nehmen wir es sehr genau. Es muß binnen fünf Tagen verbraucht und unter zwei Grad Celsius aufbewahrt werden. Sie wissen ja sicher, daß die Temperatur in einem normalen Kühlschrank höher ist als zwei Grad.«

»Was passiert dann mit der Partie?« fragte Kim.

»Sobald das Fleisch aus der Feinmahlmaschine herauskommt, wird es über dieses Förderband unter uns zu der Maschine da hinten befördert, die aus der Fleischmasse die einzelnen Fleischbällchen formt.«

Kim nickte. Die Maschine befand sich in einem separaten Raum, der vom eigentlichen Produktionsbereich abgetrennt war. Sie gingen weiter den Glasgang entlang, bis sie direkt über dieser Maschine standen.

»Beeindruckend, finden Sie nicht?« fragte Mr. Cartwright.

»Wieso steht sie in einem separaten Raum?« wollte Kim wissen.

»Um sie besonders sauberzuhalten und sie zu schützen«, erwiderte Mr. Cartwright. »Die Maschine ist das teuerste Stück im gesamten Produktionsbereich und außerdem das Arbeitstier unserer Anlage. Das kleine Ding spuckt Fünfzig-Gramm-Bällchen oder viertelpfündige Jumbos aus – je nachdem was wir gerade haben wollen.«

»Und was geschieht dann?« fragte Kim.

»Ein weiteres Band befördert sie in den Stickstoff-Gefriertunnel«, erwiderte Mr. Cartwright. »Danach werden sie per Hand in Boxen verpackt und die Boxen in einem Karton gestapelt.«

»Können Sie die Herkunft des Fleisches zurückverfolgen?« fragte Kim. »Vorausgesetzt natürlich, Sie kennen die Nummer der Sendung und der Partie und das Herstellungsdatum?«

»Selbstverständlich«, erwiderte Mr. Cartwright. »Diese Daten werden alle in einem Kontrollbuch festgehalten.«

Kim griff in seine Kitteltasche und holte den Zettel hervor, auf dem er sich im Onion-Ring-Gefrierraum die Etikettaufschriften der beiden geöffneten Kartons notiert hatte. Er faltete den Zettel auseinander und zeigte ihn Mr. Cartwright.

»Ich möchte wissen, woher das Fleisch stammt, das an diesen beiden Tagen für diese beiden Sendungen verarbeitet wurde.«

Mr. Cartwright warf einen Blick auf den Zettel und schüttelte den Kopf. »Tut mir leid, aber das kann ich Ihnen nicht sagen.«

»Warum nicht?« entgegnete Kim.

»Es geht eben nicht«, erwiderte Mr. Cartwright. »Solche Informationen sind vertraulich. Sie sind nicht für die Öffentlichkeit bestimmt.«

»Wieso wird ein Geheimnis daraus gemacht?« fragte Kim.

»Es wird kein Geheimnis daraus gemacht«, stellte Mr. Cartwright klar. »Es ist lediglich die Politik unseres Hauses, derartige Daten nicht herauszugeben.«

»Und warum führen Sie dann Kontrollbücher?« fragte Kim.

»Weil das Landwirtschaftsministerium es verlangt«, erwiderte Mr. Cartwright.

»Klingt verdächtig«, stellte Kim fest. Er mußte daran denken, was Dr. Morgan ihm am Vormittag erzählt hatte. »Eine öffentliche Stelle verlangt also die Führung von Büchern, deren Inhalt der Öffentlichkeit vorenthalten wird.«

»Ich habe die Vorschriften nicht erfunden«, entgegnete Mr. Cartwright lahm.

Kim ließ seinen Blick durch den Raum schweifen. Mit der Anlage aus poliertem rostfreiem Stahl und den glänzenden Fliesen wirkte er ziemlich imposant. Neben der Maschine standen drei Männer und eine Frau.

Die Frau hatte ein Klemmbrett in der Hand und machte sich fortwährend Notizen. Im Gegensatz zu den Männern gehörte sie offenbar nicht zur Bedienungsmannschaft der Anlage.

»Wer ist die Frau?« fragte er.

»Das ist Marsha Baldwin«, erwiderte Mr. Cartwright. »Sieht klasse aus, nicht wahr?«

»Was macht sie da?« bohrte Kim weiter.

»Sie inspiziert die Maschine«, erwiderte Mr. Cartwright. »Sie ist Lebensmittelkontrolleurin beim Landwirtschaftsministerium und für unsere Anlage zuständig. Sie platzt dreimal oder viermal die Woche bei uns rein, manchmal kommt sie sogar jeden Tag. Diese Frau ist eine echte Nervensäge. Sie steckt ihre Nase überall rein.«

»Dann könnte sie vermutlich auch herausfinden, wo das Fleisch herkommt«, stellte Kim fest.

»Selbstverständlich«, entgegnete Mr. Cartwright.

»Und was macht sie da gerade?« fragte Kim. Marsha Baldwin beugte sich nach vorn und warf einen Blick in den aufgerissenen Schlund der Maschine.

»Ich habe nicht die geringste Ahnung«, erwiderte Mr. Cartwright. »Wahrscheinlich will sie sich vergewissern, daß die Maschine ordnungsgemäß saubergemacht wurde, was ohne jeden Zweifel geschehen ist. Sie nimmt ihren Job peinlich genau, mehr kann ich Ihnen auch nicht sagen. Jedenfalls hält sie uns ganz schön auf Trab.«

»Drei- bis fünfmal die Woche«, wiederholte Kim. »Das ist ziemlich oft.«

»Kommen Sie!« Mr. Cartwright bedeutete Kim durch ein Handzeichen, ihm zu folgen. »Ich habe Ihnen noch nicht gezeigt, wo die Boxen in Kartons verpackt und wie die Kartons in den Kühlraum befördert werden.«

Kim war klar, daß er mehr ohnehin nicht zu sehen bekäme. Und Mr. Sorenson würde mit Sicherheit nicht mit ihm reden. »Wenn Sie noch weitere Fragen haben, können Sie mich gerne anrufen«, bot Mr. Cartwright an, als sie wieder an der Rezeption angekommen waren. Er reichte Kim eine Visitenkarte und grinste. Dann schüttelte er ihm die Hand, klopfte ihm auf den Rücken und bedankte sich für den Besuch.

Kim verließ das Gebäude und stieg in sein Auto. Doch anstatt den Motor zu starten, schaltete er das Radio ein. Nachdem er auch sein Handy eingeschaltet hatte, lehnte er sich zurück und versuchte sich zu entspannen. Nach ein paar Minuten kurbelte er das Fenster ein wenig herunter. Er wollte auf keinen Fall einschlafen.

Die Zeit verging langsam. Ein paarmal war er drauf und dran, sein Vorhaben aufzugeben und wegzufahren. Er fühlte sich immer schlechter, weil er Tracy allein im Warteraum der Intensivstation zurückgelassen hatte. Doch nachdem er etwa eine Stunde gewartet hatte, zahlte seine Geduld sich aus: Marsha Baldwin verließ die Mercer-Meats-Anlage. Sie hatte einen khakifarbenen Mantel an und trug eine Art Diplomatenköfferchen unter dem Arm.

Kim geriet leicht in Panik, als die Autotür sich nicht sofort öffnen ließ. Er mußte unbedingt mit der Frau sprechen, bevor sie in ihren Wagen stieg. Seit einem lange zurückliegenden Unfall klemmte die Tür seines Autos hin und wieder. Er stieß ein paarmal mit der flachen Hand dagegen, bis sie endlich aufsprang. Hastig stürmte er auf die Kontrolleurin zu, die gerade die hintere Tür ihrer gelben Ford-Limousine geöffnet hatte und dabei war, den Aktenkoffer auf dem Boden vor der Rückbank zu verstauen. Er staunte, wie groß sie war; er schätzte sie auf mindestens einsachtundsiebzig.

»Marsha Baldwin?« sprach er sie an.

Überrascht auf dem Parkplatz mit ihrem Namen angesprochen zu werden, drehte Marsha sich um und nahm ihn mit ihren smaragdgrünen Augen ins Visier. Gleichzeitig strich sie sich eine ihrer dunkelblonden Locken aus dem Gesicht und klemmte sie hinters Ohr. Kims Äußeres irritierte sie, und sein gereizter Tonfall versetzte sie sofort in Alarmbereitschaft.

»Ja, ich bin Marsha Baldwin«, erwiderte sie zögernd.

Erst jetzt nahm Kim die Szenerie vor seinen Augen etwas genauer wahr. Auf der Stoßstange des Wagens, der offenbar Mrs. Baldwins Dienstwagen war, klebte ein Aufkleber mit der Aufschrift: »Rettet die Manatis!« Dann nahm er die Frau näher in Augenschein, von deren Äußerem Mr. Cartwright so begeistert gewesen war. Er schätzte sie auf etwa fünfundzwanzig. Ihre Haut erinnerte an die Farbe von Korallen, sie hatte ein feingeschnittenes Gesicht und eine auffallende, aristokratische Nase. Die Konturen ihrer Lippen waren scharf umrissen.

»Wir müssen uns unterhalten«, beteuerte Kim.

»Tatsächlich?« entgegnete Marsha. »Und wer sind Sie? Ein arbeitsloser Chirurg? Oder ein Überbleibsel des gestrigen Kostümballs.?«

»Unter anderen Umständen hätten Sie mich mit Ihrer Schlagfertigkeit wahrscheinlich beeindruckt«, erklärte Kim. »Ich habe gehört, daß Sie Lebensmittelkontrolleurin sind und für das Landwirtschaftsministerium arbeiten.«

»Und wer hat Ihnen das erzählt?« hakte Marsha mißtrauisch nach. Man hatte sie während ihrer Ausbildung darauf vorbereitet, daß sie gelegentlich mit Verrückten in Berührung kommen könnte.

Kim zeigte auf den Eingang von Mercer Meats. »Ein salbungsvoller Mercer-Meats-Angestellter. Genauer gesagt ein gewisser Mr. Cartwright. Er ist für die Öffentlichkeitsarbeit der Firma zuständig.«

»Und was wollen Sie von mir, wenn ich denn tatsächlich Kontrolleurin für das Landwirtschaftsministerium wäre?« fragte Marsha, während sie die hintere Tür ihres Wagens schloß und die vordere öffnete. Sie wollte diesen seltsamen Kerl so schnell wie möglich loswerden.

Kim zog den Zettel mit den Angaben der Etiketten aus seiner Kitteltasche und hielt ihn ihr auf Schulterhöhe hin. »Ich möchte, daß Sie herausfinden, woher das Fleisch stammt, das in diesen beiden Partien verarbeitet wurde.«

Marsha starrte auf den Zettel. »Wozu, um Himmels willen, sollte ich das tun?«

»Meine Tochter ist schwer krank«, erwiderte Kim. »Ich glaube, daß sie sich durch den Verzehr von Fleisch aus einer dieser Partien mit einem äußerst gefährlichen Stamm von E. coli infiziert hat. Außerdem will ich nicht nur wissen, woher dieses Fleisch kommt – ich will auch wissen, wohin es geliefert wurde.«

»Woher wollen Sie denn wissen, daß das Fleisch aus einer dieser beiden Partien stammt?« fragte Marsha.

»Ich weiß es nicht mit hundertprozentiger Sicherheit«, gestand Kim. »Zumindest noch nicht.«

»Ach tatsächlich?« fragte Marsha von oben herab.

»Ja, tatsächlich«, schoß Kim zurück. Ihr Tonfall brachte ihn auf die Palme.

»Tut mir leid«, sagte Marsha. »Diese Information kann ich Ihnen nicht beschaffen.«

»Warum nicht?« wollte Kim wissen.

»Ich darf derartige Informationen nicht preisgeben«, erwiderte Marsha. »Damit würde ich gegen die Vorschriften verstoßen.« Sie machte Anstalten, in ihr Auto zu steigen.

Plötzlich hatte Kim wieder das Bild seiner todkranken Tochter vor Augen. Er packte Marsha grob am Arm und hinderte sie daran, sich hinters Steuer zu setzen. »Vergessen Sie doch einmal die dämlichen Vorschriften, Sie verdammte Bürokratin!« fuhr er sie an. »Es ist wichtig! Ist es nicht Ihre Aufgabe, die Öffentlichkeit zu schützen? Jetzt hätten Sie endlich mal die Gelegenheit, genau das zu tun.«

Marsha blieb ruhig. Sie sah hinunter auf die Hand, die ihren Arm umklammerte, dann blickte sie in Kims erzürntes Gesicht. »Lassen Sie mich sofort los, Sie Irrer, oder ich schreie!«

Kim ließ sofort los. Die Frau meinte, was sie sagte, soviel war klar. Er war überrascht, wie energisch sie plötzlich war.

»Könnten Sie jetzt vielleicht ein bißchen freundlicher sein?« schlug Marsha vor, als ob sie mit einem Teenager spräche. »Ich habe Ihnen doch nichts getan.«

»Und ob Sie mir etwas getan haben!« empörte sich Kim. »Wenn Sie und Ihre Kollegen aus dem Landwirtschaftsministerium diesen Fleischverarbeitungsbetrieb wirklich kontrolliert hätten und nicht immer nur so tun würden als ob, dann wäre jetzt weder meine Tochter krank noch würden pro Jahr fünfhundert Kinder an Lebensmittelvergiftung sterben.«

»Jetzt machen Sie aber mal einen Punkt!« entgegnete Marsha. »Ich habe einen anstrengenden Job, und ich erledige meine Arbeit sehr gewissenhaft.«

»Daß ich nicht lache!« widersprach Kim. »Ich habe gehört, daß Sie und Ihre Leute vor allem eins sehr gewissenhaft bewerkstelligen: Sie tun so, als würden Sie die Fleischindustrie kontrollieren, und in Wirklichkeit machen Sie gar nichts. Ich habe sogar gehört, daß Sie auf Schmusekurs mit der Industrie sind, die Sie eigentlich kontrollieren sollten.«

Marsha fiel die Kinnlade herunter. »Dazu habe ich nichts zu sagen«, entgegnete sie wütend. Sie setzte sich hinters Steuer, knallte die Tür zu und steckte den Schlüssel ins Zündschloß.

»Warten Sie!« rief Kim und klopfte gegen die Fensterscheibe. »Bitte! Es tut mir leid, daß ich Sie so angefahren habe.« Er fuhr sich verzweifelt mit der Hand durch sein zerzaustes Haar. »Ich brauche dringend Ihre Hilfe. Ich wollte Sie nicht persönlich angreifen. Ich kenne Sie ja gar nicht.«

Marsha zögerte einen Augenblick und musterte Kim. Schließlich kurbelte sie das Fenster herunter. Vor ein paar Sekunden hatte er sie noch an einen exzentrischen Irren erinnert, doch jetzt wirkte er eher wie ein gequälter Mann.

»Sind Sie wirklich Arzt?« fragte sie.

»Ja«, erwiderte Kim. »Ich bin Herzchirurg.«

»Und Ihre Tochter ist tatsächlich krank?«

»Sehr krank sogar«, brachte Kim mit gebrochener Stimme hervor. »Sie hat sich mit einem extrem gefährlichen Kolibakterienstamm infiziert. Ich bin mir beinahe hundertprozentig sicher, daß rohes Hamburgerfleisch die Ursache des Übels ist.«

»Das tut mir wirklich leid«, erklärte Marsha. »Aber ich bin für Sie der falsche Ansprechpartner. Ich arbeite noch nicht lange im Landwirtschaftsministerium. Außerdem stehe ich in der Hierarchie des Kontrolldienstes ganz unten.«

»An wen soll ich mich denn wenden?« fragte Kim.

»An den Bezirksleiter«, erwiderte Marsha. »Er heißt Sterling Henderson. Ich kann Ihnen seine Telefonnummer geben.«

»Gehört der Mann zum sogenannten mittleren Management?« fragte Kim. Er hatte Dr. Morgans Worte noch deutlich im Ohr.

»Das könnte man wohl so sagen«, erwiderte Marsha.

»Dann habe ich kein Interesse, mit ihm zu sprechen. Man hat mir erzählt, daß im Landwirtschaftsministerium einiges im argen liegt, weil es einen Interessenkonflikt gibt. Angeblich soll sich das im mittleren Management am deutlichsten auswirken. Wissen Sie irgend etwas darüber?«

»Es gibt wirklich Probleme«, gestand Marsha. »Ein ziemlich heißes Eisen, was Sie da ansprechen.«

»Mit anderen Worten – eine Multimilliarden-Dollar-Industrie wie die Rindfleischindustrie hat leichtes Spiel, ihren Einfluß geltend zu machen.«

»So ähnlich ist es wohl«, gab Marsha zu.

»Würden Sie mir bitte helfen?« fragte Kim. »Tun Sie es meiner Tochter zuliebe. Medizinisch kann ich ihr nicht helfen. Aber ich habe mir geschworen, herauszufinden, wie und warum sie krank geworden ist. Ich will unbedingt etwas gegen diese furchtbaren Zustände unternehmen. Es muß doch einen Weg geben, anderen Kindern ein solches Schicksal zu ersparen. Eine der beiden Partien Fleisch, die ich mir notiert habe, ist höchstwahrscheinlich mit einem extrem gefährlichen Kolibakterienstamm verseucht.«

»Mein Gott, ich weiß wirklich nicht, was ich sagen soll«, entgegnete Marsha. Sie trommelte mit den Fingern auf dem Lenkrad und rang mit sich. Natürlich wollte sie Kinder vor einer schlimmen Krankheit bewahren. Aber sie mußte auch die Risiken einkalkulieren.

»Ich habe keine Chance, ohne Ihre Hilfe an die Informationen zu kommen«, versuchte Kim sie zu überzeugen. »Zumindest nicht schnell genug, um noch irgend etwas zu bewirken.«

»Warum schalten Sie nicht das Gesundheitsamt ein?« schlug Marsha vor.

»Eine gute Idee«, erwiderte Kim. »Das werde ich am Montag auf jeden Fall tun. Aber ich habe, ehrlich gesagt, keine große Hoffnung, auf diesem Weg weiterzukommen. Wahrscheinlich müßte ich mich lediglich mit einem anderen bürokratischen Apparat herumschlagen, und bestimmt würde alles viel zu lange dauern. Außerdem würde ich die Sache lieber selbst in die Hand nehmen. Auf diese Weise könnte ich wenigstens irgend etwas für meine Tochter tun – wo ich ihr schon medizinisch nicht helfen kann.«

»Ich riskiere meinen Job, wenn ich Ihnen die Informationen beschaffe«, sagte Marsha. »Ich könnte natürlich auch meinen Vorgesetzten ansprechen. Das Problem ist nur, daß wir nicht gerade ein gutes Arbeitsverhältnis haben.«

»Meinen Sie den Bezirksleiter, von dem Sie eben gesprochen haben?« fragte Kim.

»Ja«, erwiderte Marsha. »Sterling Henderson.«

»Mir wäre es lieber, wenn wir beide die Sache regeln könnten.« Kim war ganz offen.

»Sie haben gut reden«, entgegnete Marsha. »Schließlich setze ich meinen Job aufs Spiel – und nicht Sie.«

»Haben Sie schon mal ein Kind gesehen, das sich mit diesem Kolibakterienstamm infiziert hat?« fragte Kim. Er hatte plötzlich eine Idee. »Ich frage Sie, weil ich vorher auch noch nie mit dieser Krankheit in Berührung gekommen bin, obwohl ich Arzt bin. Ich hatte zwar schon mal etwas darüber gelesen, aber die Krankheit selbst war immer etwas Abstraktes für mich, nicht mehr als eine Art statistische Angabe.«

»Nein«, gestand Marsha. »Ich habe noch nie mit eigenen Augen so ein infiziertes Kind gesehen.«

»Dann begleiten Sie mich!« schlug Kim vor. »Sehen Sie sich meine Tochter an! Danach entscheiden Sie, was Sie tun, und ich verspreche Ihnen, daß ich Ihre Entscheidung akzeptiere, egal wie sie ausfällt. Selbst wenn Sie beschließen sollten, nichts zu unternehmen, wissen Sie dann wenigstens ein bißchen besser, wie wichtig Ihre Arbeit ist.«

»Wo ist Ihre Tochter denn jetzt?« fragte Marsha.

»Im University Medical Center«, erwiderte Kim. »In dem Krankenhaus, in dem ich arbeite.« Er zeigte auf ihr Handy, das in einer Ablage zwischen den beiden Vordersitzen lag. »Rufen Sie im Krankenhaus an, wenn Sie mir nicht glauben. Mein Name ist Reggis. Dr. Kim Reggis. Und meine Tochter heißt Becky Reggis.«

»Ich glaube Ihnen«, erklärte Marsha. Sie war hin- und hergerissen. »Wann wollen Sie hinfahren?«

»Sofort«, erwiderte Kim. »Kommen Sie. Mein Auto steht da drüben.« Er zeigte über seine Schulter nach hinten. »Ich kann Sie mitnehmen. Später bringe ich Sie wieder zu Ihrem Wagen.«

»Auf keinen Fall! Ich kenne Sie doch gar nicht.«

»Okay«, entgegnete Kim. Die Idee, Marsha mit zu Becky ins Krankenhaus zunehmen, gefiel ihm immer besser. »Dann fahren Sie hinter mir her. Ich wollte Ihnen nur die Suche nach einem Parkplatz ersparen. Aber egal. Sie folgen mir einfach auf den Ärzteparkplatz. Was halten Sie davon?«

»Ich würde sagen, Sie können ganz schön hartnäckig sein, wenn Sie jemanden überzeugen wollen«, erwiderte Marsha.

»Auf geht's!« rief Kim und reckte zur Betonung die geballte Faust. »Ich fahre eine Schleife, und dann folgen Sie mir.«

»Okay«, willigte Marsha ein wenig skeptisch ein. Auf was hatte sie sich da nur eingelassen?

Jack Cartwright hatte seine Nase gegen die Fensterscheibe gepreßt. Er hatte Kim nicht aus den Augen gelassen und die Unterhaltung zwischen ihm und Marsha Baldwin von

Anfang bis Ende verfolgt. Natürlich hatte er kein Wort verstanden, aber ihm war nicht entgangen, daß Marsha Kims Auto gefolgt war, nachdem die beiden sich offenbar über irgend etwas einig geworden waren.

Er verließ den Empfangsbereich und eilte den Hauptflur entlang, über den er auch Kim geführt hatte. Doch diesmal stieg er nicht die Treppe zum Besichtigungsgang hinauf, sondern ging weiter bis zum Ende des Flurs. Dort befanden sich die Büros von Mercer Meats.

»Ist der Chef da?« fragte er eine der Sekretärinnen.

»Natürlich«, erwiderte sie, ohne ihr Tippen zu unterbrechen. Cartwright klopfte an die geschlossene Tür seines Chefs.

»Kommen Sie doch rein, zum Teufel!« forderte ihn eine dröhnende Stimme auf.

Everett Sorenson leitete die Firma Mercer Meats seit beinahe zwanzig Jahren mit großem Erfolg. Unter seiner Führung war das Unternehmen von Foodsmart aufgekauft und die nagelneue Anlage errichtet worden. Sorenson war groß und noch stämmiger als Jack Cartwright. Sein Gesicht war immer leicht gerötet, und er hatte eine Glatze und für seine Größe zu kleine Ohren.

»Warum sind Sie denn so angespannt?« wollte Sorenson wissen, als Cartwright den Raum betrat. Sorenson hatte eine Art sechsten Sinn. Er merkte sofort, wenn seinen Günstling etwas beunruhigte. Er hatte Cartwright persönlich aus der Produktion geholt und ihn innerhalb der Firmenhierarchie nach oben katapultiert.

»Wir haben ein Problem.«

»Oh!« entgegnete Sorenson. Er rutschte in seinem Schreibtischsessel nach vorn und stützte das Gewicht seines massigen Oberkörpers auf den Ellbogen ab. »Was ist los?«

Cartwright nahm auf einem der beiden Stühle vor Sorensons Schreibtisch Platz. »Erinnern Sie sich an den Zeitungsartikel, auf den Sie mich heute morgen hingewiesen haben? Ich meine den über den verrückten Arzt, der wegen Kolibakterien Theater gemacht hat und im Onion Ring am Prairie Highway festgenommen wurde.«

»Natürlich erinnere ich mich. Was ist mit ihm?«

»Er war gerade hier.«

»Der Arzt war hier?« fragte Sorenson ungläubig.

»Genau dieser Arzt, um den es in dem Artikel ging«, bestätigte Cartwright. »Ein gewisser Dr. Reggis. Und eins sage ich Ihnen – der Typ ist reif für die Klapse. Er ist völlig außer Rand und Band, und er ist davon überzeugt, daß seine Tochter sich durch einen unserer Hamburger mit E. coli infiziert hat.«

»Verdammt!« fluchte Sorenson. »So etwas können wir nicht gebrauchen!«

»Es kommt noch schlimmer«, fuhr Cartwright fort. »Ich habe gerade beobachtet, wie er sich auf dem Parkplatz mit Marsha Baldwin unterhalten hat. Und dann sind die beiden gleichzeitig weggefahren.«

»Sie meinen, sie sind hintereinander hergefahren?« fragte Sorenson.

Cartwright nickte. »So sah es zumindest aus. Bevor sie zusammen weggefahren sind, haben sie sich eine ganze Weile auf dem Parkplatz unterhalten.«

»Ach du meine Güte!« stöhnte Sorenson und haute mit einer seiner schaufelartigen Hände auf den Schreibtisch. Dann schob er seinen Sessel zurück, erhob sich und begann auf und ab zu laufen. »So etwas können wir nicht gebrauchen! Auf gar keinen Fall! Diese verdammte Baldwin-Ziege ist mir vom ersten Tag an ein Dorn im Auge gewesen. Sie reicht ja auch ständig diese dämlichen Mängelberichte ein. Gott sei Dank hat Sterling Henderson es bisher immer geschafft, sie verschwinden zu lassen.«

»Vielleicht kann Sterling uns helfen«, schlug Cartwright vor. »Kann er sie nicht einfach feuern?«

»Ich wünschte, er täte es«, erwiderte Sorenson. »Ich habe mich schon zigmal bei ihm über diese Frau beschwert.«

»Bei dem, was wir ihm zahlen«, sagte Cartwright, »kann er ja wohl wenigstens dafür sorgen, daß sie versetzt wird.«

»Er behauptet, das ginge nicht so einfach«, entgegnete Sorenson. »Offenbar hat ihr Vater gute Verbindungen nach Washington.«

»Dann sitzen wir wohl ganz schön in der Tinte«, stöhnte Cartwright. »Wir haben nicht nur eine übereifrige Kontrolleurin am Hals, sondern auch noch einen wild gewordenen Arzt. Ich fürchte, der Kerl könnte sich zu einer Kamikazeaktion hinreißen lassen. Auf mich hat er den Eindruck gemacht, als wäre er ohne weiteres bereit, sich selbst zu opfern – jedenfalls wenn er uns mit reinreißen kann.«

»Das gefällt mir gar nicht«, stellte Sorenson nervös fest. »Ein weiteres Kolibakterien-Fiasko wäre unser Untergang. Das Management von Hudson Meat hat den Skandal nicht überlebt. Aber was können wir tun?«

»Wir müssen den Schaden begrenzen«, erwiderte Cartwright. »Und zwar so schnell wie möglich. Ich denke, es ist an der Zeit, das neu gegründete Schadensverhütungs-Komitee ins Spiel zu bringen. Wir haben doch jetzt genau die Situation, für die das Komitee ins Leben gerufen wurde.«

»Mein Gott, Sie haben ja recht«, stellte Sorenson erleichtert fest. »Einfach perfekt. Dann wären wir nicht einmal involviert.«

»Was halten Sie davon, Bobby Mo Mason anzurufen?« schlug Cartwright vor.

»Genau das werde ich tun.« Sorenson erwärmte sich immer mehr für diese Idee. Cartwright zu seinem Stellvertreter zu machen, war wirklich ein guter Schachzug gewesen. Der Mann konnte taktisch denken und Entscheidungen treffen.

»Wir müssen jetzt vor allem schnell handeln«, fügte Cartwright hinzu.

»Ich rufe sofort an«, versprach Sorenson.

»Vielleicht können wir das Meeting gleich heute abend während der Dinnerparty bei Bo abhalten«, schlug Cartwright vor. »Dadurch könnten wir die Sache beschleunigen, und es sind ja sowieso alle da.«

»Eine hervorragende Idee!« rief Sorenson und griff zum Hörer.

Kim parkte ein und sprang aus dem Wagen. Er wollte Marsha in eine Lücke lotsen, die für einen Arzt reserviert war, der am Samstag wahrscheinlich nicht zum Dienst gerufen werden würde. Sie hatte ihr Auto kaum zum Stehen gebracht, als er schon die Tür aufriß.

»Halten Sie Ihre Idee immer noch für klug?« fragte Marsha. Sie stieg aus und warf einen Blick auf die imposante Fassade des Krankenhauses. Während der Fahrt in die Stadt hatte sie über Kims Vorhaben nachgedacht und hätte am liebsten einen Rückzieher gemacht.

»Die Idee ist hervorragend«, antwortete Kim. »Ich weiß gar nicht, warum ich nicht gleich darauf gekommen bin. Kommen Sie!«

Er nahm Marshas Arm und führte sie zum Eingang. Zuerst sträubte sie sich ein wenig, doch dann gab sie nach. Sie war noch nicht oft in Krankenhäusern gewesen und hatte keine Ahnung, wie sie reagieren würde. Vielleicht würde der Anblick des kranken Mädchens sie stärker beeindrucken, als sie sich noch vor einer Stunde auf dem Parkplatz von Mercer Meats vorgestellt hatte. Während sie im Foyer auf den Fahrstuhl warteten, stellte sie zu ihrer Überraschung fest, daß nicht sie, sondern Kim am ganzen Leibe zitterte.

»Ist alles okay mit Ihnen?« fragte sie ihn.

»Um ehrlich zu sein, nein«, gestand Kim. »Ich bin seit Beginn meiner Ausbildung sozusagen täglich in Krankenhäusern ein- und ausgegangen, und es hat mir nie etwas ausgemacht. Aber seitdem es Becky so schlechtgeht, beschleicht mich jedesmal eine furchtbare Angst, wenn ich die Klinik betrete. Wahrscheinlich kann ich es deshalb auch nicht rund um die Uhr an ihrem Bett aushalten. Wenn ich ihr hätte helfen können, wäre das natürlich etwas anderes. Aber ich kann ihr nicht helfen.«

»Das muß schrecklich für Sie sein«, stellte Marsha fest.

»Sie können sich nicht vorstellen, wie fertig es mich macht«, gestand Kim.

Sie stiegen in den überfüllten Fahrstuhl und schwiegen, bis sie den Flur erreichten, der zur Intensivstation führte.

»Ich will ja nicht neugierig sein«, begann Marsha, »aber wie kommt denn Ihre Frau mit dieser furchtbaren Situation klar?«

»Wir sind geschieden«, erwiderte Kim. »Aber natürlich machen wir uns beide schreckliche Sorgen um Becky. Tracy, so heißt meine Ex-Frau, ist auch total am Ende, aber ich glaube, sie kommt mit dem Nervenstreß besser zurecht als ich. Sie ist bestimmt hier. Ich stelle Sie Ihnen gleich vor.«

Marsha lief ein kalter Schauer über den Rücken. Die Sorge einer Mutter um ihr Kind würde ihr mit Sicherheit noch mehr an die Nieren gehen. Warum hatte sie sich bloß von diesem unbekannten Arzt einwickeln lassen?

Noch nervöser wurde sie, als sie das Hinweisschild zur Intensivstation sah. Es zeigte in die Richtung, in die sie gingen.

»Liegt Ihre Tochter auf der Intensivstation?« fragte sie und hoffte, daß Kim verneinen würde.

»Ja«, erwiderte Kim.

Marsha seufzte. Der Krankenhausbesuch würde ihr viel schlimmer zusetzen, als sie befürchtet hatte.

Auf der Schwelle zum Warteraum der Intensivstation blieb Kim stehen. Er hatte Tracy gesehen und bedeutete Marsha, ihm zu folgen. Tracy erhob sich von ihrem Stuhl.

»Tracy, ich möchte dir Marsha Baldwin vorstellen. Marsha arbeitet als Kontrolleurin für das Landwirtschaftsministerium, und ich hoffe, daß sie mir hilft herauszufinden, woher das Fleisch stammt, das Becky gegessen hat.«

Tracy antwortete nicht sofort. Als Kim sie aufmerksamer ansah, spürte er, daß irgend etwas passiert sein mußte. Offenbar hatte sich Beckys Zustand weiter verschlechtert.

»Was ist denn jetzt schon wieder passiert?« fragte Kim grimmig.

»Warum bist du nicht ans Telefon gegangen?« fragte Tracy zurück. Sie war sichtlich verzweifelt.

»Es hat nicht geklingelt«, erwiderte Kim.

»Ich habe mehrmals versucht, dich zu erreichen.«

Kim fiel ein, daß er das Telefon im Auto gelassen hatte, als er die Mercer-Meats-Anlage besichtigt und mit Marsha geredet hatte.

»Jetzt bin ich ja hier«, brachte Kim betrübt hervor. »Was ist passiert?«

»Ihr Herz ist stehengeblieben«, erwiderte Tracy. »Aber sie haben es wieder zum Schlagen gebracht. Ich war dabei, als es passiert ist.«

»Vielleicht sollte ich lieber gehen«, flüsterte Marsha.

»Nein!« widersprach Kim mit Nachdruck. »Bitte bleiben Sie hier! Ich sehe nach, was los ist.«

Er drehte sich um und eilte davon.

Tracy und Marsha sahen sich unsicher an.

»Es tut mir furchtbar leid«, bekundete Marsha.

»Danke«, flüsterte Tracy und wischte sich mit dem Taschentuch die Augenwinkel trocken. Sie hatte in den vergangenen achtundvierzig Stunden so viel geweint, daß ihre Tränen beinahe versiegt waren. »Becky ist so ein wundervolles Mädchen.«

»Ich wußte nicht, daß Ihre Tochter so schwer krank ist«, gestand Marsha. »Kaum vorstellbar, wie schrecklich Sie leiden müssen.«

»Da haben Sie wohl recht«, entgegnete Tracy.

»Es tut mir leid, daß ich hier so hereingeplatzt bin. Bitte entschuldigen Sie. Ich sollte jetzt wirklich gehen.«

»Meinetwegen müssen Sie nicht gehen. Kim klang so, als wollte er sie unbedingt hierbehalten. Es geht mir allerdings beim besten Willen nicht in den Kopf, wie er sich in dieser Situation mit der Herkunft von Fleisch beschäftigen kann. Ich habe schon Schwierigkeiten, normal zu atmen.«

»Das muß wohl daran liegen, daß er Arzt ist«, sagte Marsha. »Wie er mir erzählt hat, will er unbedingt verhindern, daß sich auch noch andere Kinder mit dem Erreger infizieren.«

»Von der Seite habe ich seinen Tatendrang noch gar nicht gesehen«, gestand Tracy. »Vielleicht sollte ich künftig nicht so vorschnell über ihn urteilen.«

»Er befürchtet, daß eine ganze Partie mit verseuchtem Fleisch in Umlauf gekommen ist«, erklärte Marsha.

»Das ist natürlich möglich«, entgegnete Tracy. »Doch warum er Sie jetzt hierhergeschleppt hat, ist mir allerdings ein Rätsel. Aber bitte verstehen Sie mich nicht falsch.«

»Ich weiß schon, was Sie meinen. Er hat mich gefragt, ob ich ihm helfe herauszufinden, wo das Fleisch ursprünglich hergekommen ist, das Becky gegessen hat. Aber ich habe gezögert. Die Herkunft von Fleisch zurückzuverfolgen, gehört nicht zu meinem Job. Es könnte mich sogar meine Stelle kosten, wenn mein Chef herausfände, daß ich derartige Informationen weitergegeben habe. Ihr Ex-Mann glaubt, daß er mich umstimmen kann, wenn ich Ihre kranke Tochter sehe, weil ich dann wüßte, wie gefährlich diese Kolibakterien wirklich sind.«

»Ich wette, wenn Sie Becky gesehen haben, werden Sie die gewissenhafteste Kontrolleurin der Welt. Wollen Sie sie wirklich sehen? Ich führe Sie zu ihr.«

»Ich weiß nicht«, erwiderte Marsha ehrlich. »Ich möchte mich nicht aufdrängen.«

»Sie drängen sich nicht auf«, sagte Tracy nachdrücklich. »Kommen Sie! Wir gehen zu Becky.«

Die beiden Frauen verließen den Warteraum und gingen hinaus auf den Flur. Am Eingang zur Intensivstation blieb Tracy stehen.

»Bleiben Sie hinter mir«, riet Tracy. »Man darf eigentlich nur in Begleitung einer Schwester oder eines Arztes auf die Station.«

Marsha nickte. Ihr Herz jagte, und ihr war furchtbar heiß.

Tracy öffnete die Tür, und die beiden Frauen betraten die Intensivstation. Mit Marsha im Schlepptau steuerte Tracy zügig das kleine Zimmer an, in dem Becky lag. Ein paar Schwestern sahen die beiden, sagten aber nichts. Tracy gehörte seit achtundvierzig Stunden quasi zum Inventar der Station.

»Ich fürchte, wir können jetzt nicht zu ihr«, stellte Tracy fest und blieb auf der Türschwelle stehen. Außer Kim waren sechs weitere Ärzte und zwei Schwestern in dem winzigen Raum. Doch zu hören war im Augenblick nur Kim.

»Ich habe verstanden, daß sie mehrmals einen Herzstillstand hatte«, brüllte er. Er war panisch und verzweifelt und konnte sich nur durch einen weiteren Wutanfall Luft verschaffen. Aufgrund seiner langjährigen Erfahrung als Arzt wußte er, daß seine Tochter dem Tod nahe war, doch niemand gab ihm eine klare Antwort und niemand tat irgend etwas. In seinen Augen standen sie alle nur herum und kraulten sich das Kinn. »Ich will wissen, warum das passiert!«

Er starrte Jason Zimmerman, den Kinderkardiologen, an, dem er gerade vorgestellt worden war. Der Mann sah weg und tat so, als würde er den Herzmonitor beobachten, der einen ungleichmäßigen Rhythmus aufzeichnete. Irgend etwas war nicht in Ordnung.

Kim drehte sich um und sah die Kinderärztin an. Über ihre Schulter hinweg entdeckte er Tracy und Marsha.

»Wir wissen nicht, was mit ihr los ist«, gestand Dr. Stevens. »Wir konnten keine Perikardflüssigkeit entdecken, mit einer Herzbeuteltamponade haben wir es also nicht zu tun.«

»Wie mir scheint, ist etwas mit dem Myokard selbst nicht in Ordnung«, sagte Dr. Zimmerman. »Ich brauche ein EKG.«

Der Kardiologe hatte kaum zu Ende gesprochen, als der Monitor plötzlich Alarm schlug. Der Cursor zeichnete eine flache Linie. Beckys Herz war wieder stehengeblieben.

»Herzstillstand!« alarmierte eine der Schwestern ihre Kolleginnen, die mit anderen Patienten beschäftigt waren.

Dr. Zimmerman stieß Kim zur Seite und begann sofort mit der externen Herzmassage. Er legte seine Hände auf Beckys zerbrechliche Brust und begann zu pumpen. Die Anästhesiologin Jane Flanagan, die bei dem ersten Stillstand herbeigeeilt und noch immer im Raum war, paßte auf, daß der Endotrachealtubus an Ort und Stelle blieb. Außerdem erhöhte sie den Sauerstoffanteil, der Becky über den Respirator zugeführt wurde. Eine Schwester brachte den Karren mit den Utensilien, die bei einem Herzstillstand benötigt werden.

In dem kleinen Raum herrschte ein einziges Tohuwabohu. Die Ärzte taten ihr Bestes. Doch schon bald war klar, daß das Herz nicht nur aufgehört hatte zu schlagen, sondern daß die gesamte elektrische Aktivität des Herzens zum Stillstand gekommen war.

Tracy legte entsetzt eine Hand auf ihre Wange. Sie wollte weglaufen, konnte sich gar nicht vom Fleck rühren. Dazu verdammt, jedes schmerzliche Detail mit ansehen zu müssen, blieb sie wie angewurzelt stehen.

Marsha blieb nichts anderes übrig, als sich hinter Tracys Rücken zu verkriechen. Sie hatte Angst, den Ärzten und Schwestern im Weg zu stehen.

Kim war zunächst entsetzt zurückgewichen. Sein Blick schweifte nervös zwischen dem Herzmonitor und seiner Tochter hin und her, deren reglosen Körper der Kinderkardiologe ziemlich unsanft bearbeitete.

»Epinephrin!« schrie Dr. Zimmermann, ohne die Herzmassage zu unterbrechen.

Die Schwester an dem Handwagen zog sofort eine Spritze mit dem gewünschten Mittel auf und reichte sie weiter. Die Spritze wanderte durch etliche Hände, bis sie schließlich bei dem Kardiologen ankam, der für einen Augenblick die Reanimation unterbrach und die Nadel direkt in Beckys Herz stach.

Tracy hielt sich die Hand vor die Augen und stöhnte. Marsha legte instinktiv den Arm um sie, konnte ihren Blick aber nicht von der dramatischen Szene abwenden, die sich vor ihren Augen abspielte.

Dr. Zimmerman begann erneut mit der Herzmassage und ließ den Monitor nicht aus den Augen. Die Linie hatte sich nicht verändert. Sie verlief schnurgerade.

»Die Elektroden!« rief Dr. Zimmerman. »Vielleicht bringen wir das Herz durch Elektrostimulation wieder in Gang. Wenn das auch nicht funktioniert, müssen wir es mit einem Herzschrittmacher versuchen. Bereiten Sie alles Nötige vor.«

Eine Schwester hatte die Defibrillatoren bereits geladen und reichte sie umgehend weiter. Dr. Zimmerman unterbrach die Herzmassage und nahm sie entgegen.

»Alle zurücktreten!« brüllte er, während er die Elektroden plazierte. Als niemand mehr zu nah am Bett stand und die Elektroden dort saßen, wo er sie haben wollte, drückte er auf den Entladungsknopf.

Beckys farbloser Körper zuckte und ihre weißen Arme schlugen aus. Alle starrten gebannt auf den Monitor und hofften, daß die Linie sich verändert. Doch der Cursor spielte nicht mit. Er zog weiterhin einen schnurgeraden Strich.

Kim drängte sich nach vorn. Es gefiel ihm nicht, wie der Kinderkardiologe die Herzmassage durchführte. »Sie üben nicht genug Druck aus. Lassen Sie mich weitermachen!«

»Nein!« schaltete Dr. Stevens sich ein und zog Kim zurück. »Lassen Sie das, Dr. Reggis! Wir kümmern uns um Ihre Tochter. Ich glaube, Sie sollten besser draußen warten.«

Kim riß sich los. Seine Pupillen waren erweitert, sein Gesicht rot angelaufen. Er würde sich auf keinen Fall ein weiteres Mal abschieben lassen.

Dr. Zimmerman beherzigte Kims Hinweis. Da er relativ klein war, fiel es ihm schwer, im Stehen große Kraft anzuwenden. Um sich die Arbeit zu erleichtern, kletterte er auf das Bett und kniete sich über seine Patientin. So konnte er größeren Druck auf die Brust ausüben – sogar so viel mehr Druck, daß alle Anwesenden hörten, wie einige von Beckys Rippen brachen.

»Mehr Epinephrin!« brüllte Kim.

»Nein!« keuchte Dr. Zimmerman. »Geben Sie mir Kalzium!«

»Epinephrin!« wiederholte Kim. Seine Augen klebten am Bildschirm, wo der Cursor weiter eine gerade Linie zog. Als keine Spritze gereicht wurde, brüllte er die Schwestern neben dem Wagen an: »Wo bleibt das Epinephrin?«

»Kalzium!« schrie Dr. Zimmerman erneut. »Wir müssen die elektrische Aktivität in Gang bringen. Die Ionen müssen aus dem Gleichgewicht geraten sein.«

»Kalzium kommt!« rief Dr. Stevens.

»Nein!« brüllte Kim. Er drängte sich zwischen den Ärzten und Pflegern hindurch zu dem Wagen mit den Notfallutensilien. Außer sich vor Wut starrte er die Schwester an.

Kim war es nicht gewohnt, daß man sich seinen Anordnungen widersetzte. Er schnappte sich eine Spritze und riß die Verpackung auf. Dann griff er nach einem Röhrchen Epinephrin und brach die Spitze ab. Doch seine Hände zitterten so heftig, daß er die Spritze fallenließ und sich eine neue nehmen mußte. »Hören Sie auf!« fuhr Dr. Stevens ihn an und packte ihn am Arm. Dr. Ohanesian, der Hämatologe, half ihr und umklammerte Kims anderen Arm.

Kim schüttelte die beiden ab und zog die Spritze auf. Als er sich seinen Weg zum Bett bahnen wollte, brach Chaos aus. Dr. Morgan und der Nephrologe eilten ihren beiden Kollegen zu Hilfe. Alle brüllten durcheinander und schubsten und bedrohten sich. »Oh mein Gott!« stöhnte Tracy. »Das kann doch nicht wahr sein!«

»Schluß jetzt!« schrie die Anästhesiologin, so laut sie konnte. Schlagartig kehrte Ruhe ein. Dann erklärte sie in normaler Lautstärke: »Hier passiert etwas total Seltenes. Die ausgetriebene Blutmenge ist okay, und ich bin auf hundert Prozent Oxygenierung. Trotzdem erweitern sich ihre Pupillen! Aus irgendeinem Grund kommt keine Zirkulation in Gang.«

Kim befreite sich von den Händen, die ihn umklammerten. Außer Dr. Zimmerman, der die Elektrostimulation fortsetzte, rührte sich niemand. Keiner sagte ein Wort. Die Ärzte waren paralysiert und wußten nicht, was sie als nächstes tun sollten. Kim war als erster zu einer Reaktion fähig. Als erfahrener Chirurg ertrug er es nicht, auch nur einen Augenblick länger zu zögern. Er wußte, was zu tun war. Wenn trotz ausreichenden Drucks auf das Herz keine Blutzirkulation in Gang kam, gab es nur eine Möglichkeit. »Skalpell!« brüllte er den Schwestern am Handwagen zu.

»Nein!« schrie Dr. Stevens.

»Skalpell!« brüllte Kim mit noch mehr Nachdruck.

»Das dürfen Sie nicht tun!« schrie Dr. Stevens.

»Skalpell!« dröhnte Kim und schleuderte die mit Epinephrin aufgezogene Spritze beiseite. Rücksichtslos drängte er sich zwischen den Umstehenden hindurch und stürzte zu dem Wagen mit den Notfallutensilien.

Er schnappte sich die Glasröhre, in der das Skalpell steckte, schraubte mit zitternden Händen den Verschluß ab und zog das sterile Instrument heraus. Die Glasröhre schleuderte er zur Seite; sie zersplitterte auf dem gefliesten Boden. Dann nahm er einen Alkoholtupfer und riß mit den Zähnen die Verpackung auf.

Inzwischen versuchte nur noch Dr. Stevens, ihm den Weg zum Bett seiner Tochter zu versperren. Doch sie konnte nichts gegen ihn ausrichten. Er schob sie einfach zur Seite.

»Nein!« schluchzte Tracy. Sie war zwar keine Ärztin, doch sie wußte intuitiv, was Kim vorhatte. Sie wollte zu Becky. Marsha ließ sie los.

Kim war als erster bei Becky. Er stieß Dr. Zimmerman kurzerhand vom Bett. Dann tupfte er die Brust seiner Tochter mit Alkohol ab. Bevor Tracy die Bettkante erreichte, schlitzte er Beckys Brustkorb mit einem entschlossenen, nicht blutenden Schnitt der Länge nach auf.

Die Ärzte und Schwestern schnappten nach Luft. Tracy schluchzte laut auf und taumelte zurück. Der entsetzliche Anblick gab ihr den Rest. Hätte der Nephrologe sie nicht aufgefangen, wäre sie umgekippt.

Auf der anderen Seite des Bettes richtete Dr. Zimmerman sich wieder auf. Als er sah, was los war, taumelte auch er ein paar Schritte zurück.

Kim verlor keine Zeit. Ohne die anderen in dem winzigen Raum auch nur wahrzunehmen, brach der erfahrene Chirurg in ihm durch. Er nahm beide Hände zu Hilfe und zog Beckys zarte Rippen entschlossen auseinander. Es knackte laut. Dann schob er seine nackte Hand in den offenen Brustkorb seiner Tochter und begann mit dem rhythmischen Ausdrücken ihres Herzens.

Doch seine übermenschlichen Bemühungen waren nur kurz. Nachdem er ein paarmal gedrückt hatte, fühlte er, daß Beckys Herz perforiert war. Es war in seiner Konsistenz alles andere als normal. Anstelle eines relativ festen Muskels spürte er eine viel weichere Substanz, die ihm durch die Finger zu glitschen schien. Er war plötzlich zu geschockt, daß er seine Hand zurückzog. Dabei zog er auch einen Teil des sich so seltsam anfühlenden Gewebes mit heraus. Er wußte nicht, was er tun sollte. Völlig verwirrt hob er die Hand vor sein Gesicht und inspizierte die blutigen Fetzen aus der Nähe.

Plötzlich stieß er einen schrillen, herzzerreißenden Schrei aus. Was er in der Hand hatte, war nekrotisches Gewebe aus Beckys Herzen und aus ihrem Herzbeutel. Das Toxin hatte sich erbarmungslos ausgebreitet. Es sah so aus, als ob es seine Tochter von innen aufgefressen hätte.

Die Tür zur Intensivstation wurde aufgerissen. Zwei uniformierte Männer des Krankenhaussicherheitsdienstes stürmten ins Zimmer. Die Oberschwester hatte sie alarmiert, als Kim das Epinephrin verlangt hatte und das Chaos ausgebrochen war.

Als die Männer registrierten, was hier vor sich ging, blieben sie wie angewurzelt stehen. Becky wurde immer noch über den Respirator beatmet; ihre rosafarbenen Lungen füllten sich immer wieder und ließen den geöffneten Brustraum auseinanderklaffen. Kim stand neben ihrem Bett, die Hände voller Blut, die Augen vor Kummer und Entsetzen weit aufgerissen. Dann legte er das krankhafte Gewebe vorsichtig zurück in Beckys Brustkorb. Als er diese letzte nutzlose Geste ausgeführt hatte, legte er seinen Kopf zurück und brach in qualvolles Wehklagen aus. Noch nie zuvor hatte jemand auf der Intensivstation so entsetzliche Klagelaute gehört.

Tracy war wieder soweit zu sich gekommen, daß sie einen Schritt nach vorn gehen konnte. Kims furchtbarer Schrei hatte sie bis ins Mark getroffen. Sie wollte ihn trösten und gleichzeitig selber getröstet werden.

Doch Kim nahm nichts und niemanden mehr wahr. Er bahnte sich seinen Weg nach draußen und verließ fluchtartig die Intensivstation. Bevor jemand reagieren konnte, war er weg.

Wie ein Irrer raste er den Flur entlang. Wer ihn rechtzeitig sah, sprang aus dem Weg. Ein Pfleger war nicht schnell genug. Kim rannte den Mann mitsamt seinem mit Wasserflaschen gefüllten Handwagen über den Haufen.

Draußen stürmte er zu seinem Auto und startete den Motor. Er schoß mit quietschenden Reifen davon.

Wie wahnsinnig fuhr er in Richtung Prairie Highway. Zum Glück kam ihm kein Polizeiwagen in die Quere. Als er auf den Onion-Ring-Parkplatz bog, donnerte er genau wie bei seinem letzten Besuch mit einem heftigen Krachen über den Randstein. Schließlich kam er mit quietschenden

Reifen vor dem gutbesuchten Restaurant zum Stehen. Er zog die Handbremse und wollte schon aus dem Auto springen, als er plötzlich zögerte. Ein Hauch seines sonst immer einwandfrei funktionierenden, klaren Verstands kehrte in sein gefühlsmäßig völlig durchgedrehtes Hirn zurück. Die samstagnachmittägliche Schar von Gästen, die sich an ihren Hamburgern, Milchshakes und Pommes erfreute und nichts von seinem Unglück ahnte, brachte ihn mit einem Mal jäh zurück auf den Boden der Tatsachen.

Er war zum Onion Ring gejagt, um sich irgend jemanden zu greifen, dem er die Schuld geben konnte. Doch er stieg nicht aus.

Statt dessen hob er seine rechte Hand und starrte sie an. Als er das dunkle, getrocknete Blut seiner Tochter sah, begann er die schreckliche Realität allmählich zu erfassen: Becky war tot. Und er hatte nichts tun können, um ihr Leben zu retten. Er warf sich hilflos über das Lenkrad und schluchzte hemmungslos.

Tracy schüttelte den Kopf und fuhr sich mit der Hand durchs Haar. Sie konnte einfach nicht glauben, was passiert war. Marsha klopfte ihr beruhigend auf die Schulter. Daß sie von einer Fremden getröstet wurde, machte die Sache nicht gerade leichter.

Sie hatte völlig anders reagiert als Kim. Anstatt blindwütig davonzustürmen, war sie wie gelähmt stehengeblieben. Sie hatte nicht einmal weinen können.

Nach Kims überstürztem Abgang hatten Dr. Stevens und Dr. Morgan sie in den Warteraum der Intensivstation begleitet. Marsha war ihnen gefolgt, doch das hatte sie in dem Moment gar nicht wahrgenommen. Die beiden Ärztinnen waren eine Weile bei ihr geblieben, hatten ihr ihr Mitgefühl ausgedrückt und ihr erklärt, was passiert war. Sie hatten ihre Fragen bis ins Detail beantwortet; sie hatten ihr erklärt, wie das von den Kolibakterien gebildete Toxin offenbar Beckys Herzmuskel und das Perikardium, die Umhüllung des Herzens, zerstört hatte.

Dr. Stevens hatte angeboten, ihr ein Taxi zu bestellen, doch sie hatte dankend abgelehnt und erklärt, sie sei mit dem Auto da und könne allein nach Hause fahren. Erst als die beiden Ärztinnen gegangen waren, hatte sie registriert, daß Marsha noch da war, und die beiden hatten sich lange unterhalten.

»Danke, daß Sie die ganze Zeit bei mir geblieben sind«, sagte Tracy. »Sie haben mir sehr geholfen. Ich hoffe, die vielen Geschichten über Becky haben Sie nicht gelangweilt.«

»Ganz im Gegenteil«, entgegnete Marsha. »Becky muß ein wunderbares Kind gewesen sein.«

»Ein besseres hätte man sich nicht wünschen können«, bestätigte Tracy traurig. Dann holte sie tief Luft und richtete sich etwas auf. Sie saß mit Marsha in der Nähe des Fensters; die Schatten in Richtung Osten wurden in der spätnachmittäglichen Wintersonne immer länger.

»Jetzt haben wir uns so lange unterhalten und nicht ein einziges Mal meinen Ex-Mann erwähnt. Dabei ist es doch seine Schuld, daß Sie überhaupt hier sind.«

Marsha nickte.

»Das Leben ist voller Überraschungen«, seufzte Tracy. »Da verliere ich meine geliebte Tochter, die der Mittelpunkt meines Lebens war, und auf einmal mache ich mir Sorgen um Kim. Ich hoffe nur, daß er jetzt nach Beckys Tod nicht komplett durchdreht.«

»Wie meinen Sie das?« fragte Marsha.

»Ich weiß es selbst nicht so richtig«, gestand Tracy. »Ich habe Angst, daß er irgendeine Dummheit macht. Er hat bereits eine Nacht im Gefängnis verbracht, weil er den Geschäftsführer des Restaurants niedergeschlagen hat, in dem

Becky sich seiner Meinung nach infiziert hat. Ich hoffe nur, er macht nichts völlig Durchgeknalltes und tut sich oder anderen etwas an.«

»Er hat wirklich einen ziemlich aufgebrachten Eindruck gemacht«, stimmte Marsha ihr zu.

»Das ist noch stark untertrieben«, entgegnete Tracy. »Er war immer ein Perfektionist. Aber früher hat er seine Wut nur an sich selbst ausgelassen. Sie hat ihn sozusagen zu Höchstleistungen angespornt. Aber das hat sich im Laufe der letzten Jahre leider geändert. Unter anderem deshalb haben wir uns scheiden lassen.«

»Tut mir leid«, erklärte Marsha.

»Im Grunde ist er ein guter Mann«, fuhr Tracy fort. »Er ist zwar extrem ichbezogen, aber er ist auf jeden Fall ein sehr guter Arzt. Ohne Zweifel ist er einer der besten Herzchirurgen.«

»Das glaube ich Ihnen gerne«, entgegnete Marsha. »Wissen Sie, was mich an ihm am meisten beeindruckt? Daß er in einer so furchtbaren Situation noch an das Schicksal anderer Kinder denken kann.«

»Wären Sie denn nach dem, was Sie eben miterlebt haben, immer noch bereit, ihm zu helfen?« fragte Tracy. »Dann könnte er seine Wut über Beckys Schicksal wenigstens in eine sinnvolle Richtung lenken.«

»Ich würde ihm ja gerne helfen«, erwiderte Marsha. »Aber ich muß gestehen, er hat mir ein wenig Angst eingejagt. Schließlich kenne ich ihn nicht so gut wie Sie, da ist es schwierig, seine Aktionen richtig einzuordnen.«

»Das verstehe ich gut«, entgegnete Tracy. »Aber vielleicht wollen Sie ja doch noch einmal Kontakt zu ihm aufnehmen. Ich gebe Ihnen auf alle Fälle seine Adresse. Wie ich ihn kenne, wird er sich so lange einigeln, bis ihn seine Wut und sein Ungerechtigkeitsempfinden aus dem Haus treiben und ihn zu einem weiteren Feldzug verleiten. Ich kann nur hoffen, daß seine Energie mit Ihrer Unterstützung in die richtigen Bahnen gelenkt wird.«

Marsha stieg in ihren Wagen. Doch anstatt gleich loszufahren, ließ sie noch einmal die Ereignisse dieses seltsamen Tages Revue passieren. Alles hatte damit angefangen, daß sie sich spontan entschlossen hatte, ein paar Überstunden zu machen und Mercer Meats einen Inspektionsbesuch abzustatten.

Sie fragte sich, wie sie an die Informationen kommen sollte, die Kim von ihr haben wollte. Die Herkunft des Fleisches wurde in den Kontrollbüchern festgehalten, doch es gehörte nicht zu ihren Aufgaben, die Eintragungen zu prüfen. Sie mußte lediglich sicherstellen, daß die Bücher ordnungsgemäß geführt wurden. Da ihr bei ihren Inspektionen ständig jemand über die Schulter sah, hatte sie keine Ahnung, wie sie die Eintragungen unauffällig checken sollte. Am schwierigsten aber würde es sein, das Vorhaben vor ihrem eigenen Chef zu verheimlichen. Da man bei Mercer Meats all ihre Aktionen mit Argusaugen beobachtete und engen Kontakt zu ihrem Vorgesetzten hatte, war das nicht gerade einfach zu bewerkstelligen.

Die Antwort lag auf der Hand. Sie mußte die Bücher nach der normalen Arbeitszeit prüfen, wenn nur noch die Reinigungskräfte ihren Dienst taten. Heute war Samstag, ein idealer Tag für einen Versuch. Am Wochenende war es erheblich ruhiger als wochentags.

Marsha zog den Zettel mit der Adresse hervor, den Tracy ihr gegeben hatte, und warf einen Blick auf den Stadtplan, den sie immer im Auto hatte. Kim wohnte nicht weit entfernt. Sie beschloß, bei ihm vorbeizufahren und ihn zu fragen, ob er noch an ihrer Hilfe interessiert war.

Sie fand das Haus ziemlich schnell, doch sie sah sofort, daß trotz der inzwischen eingetretenen Dämmerung kein einziges Licht brannte. Vor der Silhouette der Bäume erhob sich das Haus wie ein großer schwarzer Klotz.

Als sie gerade wieder wegfahren wollte, sah sie Kims Auto, das im dunklen Schatten vor der Garage geparkt war. Sie beschloß auszusteigen und zu klingeln. Vielleicht war er ja doch da.

Sie drückte auf die Klingel und fuhr zusammen. Das Klingelgeräusch war ungewöhnlich laut und klar zu hören. Im nächsten Augenblick registrierte sie, daß die Tür nur angelehnt war. Da sich nichts rührte, klingelte sie noch einmal. Wieder kam niemand zur Tür.

Marsha war irritiert und besorgt. Wieso stand die Tür mitten im Winter offen? Sie wagte sich einen Schritt vor und schob die Tür etwas weiter auf. Dann lugte sie durch den Spalt in die Diele und rief nach Kim. Doch er antwortete nicht.

Sie blieb stehen, bis sich ihre Augen soweit an die Dunkelheit gewöhnt hatten, daß sie die Treppe erkennen und durch das Eßzimmer hindurch bis zur Küche sehen konnte. Sie rief noch einmal Kims Namen, doch er meldete sich auch diesmal nicht. Sie war ratlos. Sollte sie wegfahren? Plötzlich fiel ihr Tracys Bemerkung ein; sie fürchtete, daß ihr Ex-Mann sich etwas antun könnte. Marsha überlegte, ob sie die Polizei rufen sollte, doch in Anbetracht dessen, daß eigentlich nur die Tür offenstand, erschien ihr das dann doch ein wenig übertrieben.

Sie nahm all ihren Mut zusammen und betrat die Diele. Sie wollte bis zum Treppenabsatz gehen, doch soweit kam sie nicht. Auf halbem Weg blieb sie wie angewurzelt stehen. Keine drei Meter entfernt saß Kim in einem Klubsessel in einem ansonsten leeren Raum. In der Dunkelheit sah er aus wie ein Gespenst. Sein weißer Arztkittel schien zu schimmern wie das Radiumzifferblatt einer alten Armbanduhr.

»O mein Gott!« rief Marsha. »Haben Sie mich erschreckt.«

Kim antwortete nicht und rührte sich nicht.

»Dr. Reggis?« sprach Marsha ihn nochmals an. Für einen Augenblick befürchtete sie, daß er tot war.

»Was wollen Sie?« fragte Kim mit müder, monotoner Stimme.

»Vielleicht hätte ich besser nicht kommen sollen. Ich wollte Ihnen nur meine Hilfe anbieten.«

»Und wie wollen Sie mir helfen?«

»Indem ich das tue, worum Sie mich vor ein paar Stunden gebeten haben«, erwiderte Marsha. »Ihre Tochter kann ich Ihnen dadurch zwar nicht zurückgeben, aber ich würde Ihnen gerne helfen herauszufinden, woher das verdorbene Fleisch stammt. Vielleicht ist die Mühe auch vergebens, denn in einem einzigen Hamburger kann heutzutage Fleisch von hundert verschiedenen Rindern sein. Aber wie dem auch sei – wenn Sie immer noch interessiert sind, würde ich Ihnen gerne helfen.«

»Warum haben Sie Ihre Meinung geändert?« fragte Kim.

»Weil ich gesehen habe, was E. coli bei Kindern anrichten kann. Auch mit Ihrer Bemerkung über das Landwirtschaftsministerium haben Sie zu einem gewissen Grad ins Schwarze getroffen. Ich wollte es zwar anfangs nicht zugeben, aber Sie haben recht: Es gibt zwischen dem Ministerium und der Rindfleischindustrie viel zuviel Kumpanei. Jeder von mir vorgelegte Bericht über Mängel und Verstöße ist von meinem Bezirksleiter aus dem Verkehr gezogen worden. Er hat mir sogar gesagt, ich solle einfach wegsehen, wenn es ein Problem gebe.«

»Warum haben Sie das nicht schon früher zugegeben?«

»Keine Ahnung«, erwiderte Marsha. »Vielleicht aus Loyalität gegenüber meinem Arbeitgeber. Außerdem glaube ich, das bestehende System könnte durchaus funktionieren. Dazu bräuchte man allerdings mehr Leute wie mich, die Mißstände auch aufdecken wollen.«

»Und in der Zwischenzeit gibt es weiter verdorbenes Fleisch, und die Leute werden krank«, fügte Kim hinzu. »Und noch mehr Kinder müssen wie Becky daran sterben.«

»Da haben Sie wohl leider recht«, stimmte Marsha ihm zu. »Jeder in der Fleischbranche weiß, daß das eigentliche Problem die Schlachthöfe sind. Denen ist Profit wichtiger als sauberes Fleisch.«

»Wann hätten Sie Zeit?« fragte Kim.

»Wann Sie wollen«, erwiderte Marsha. »Von mir aus können wir sofort los. Wir würden kein großes Risiko eingehen, denn jetzt sind höchstens noch Reinigungskräfte bei Mercer Meats. Ich kann mir nicht vorstellen, daß sie sich etwas dabei denken, wenn ich die Kontrollbücher durchgehe.«

»Okay, das ist ein Wort«, sagte Kim. »Auf geht's.«

13

Samstag abend, 24. Januar

Tracy war am Boden zerstört. Die Scheidung war ihr sehr nahegegangen; vor allem der Kampf um das Sorgerecht hatte schwer an ihren Nerven gezehrt, doch verglichen mit ihrer derzeitigen Stimmungslage war das nichts gewesen. Dank ihrer Erfahrung als Therapeutin vermochte sie die Symptome, unter denen sie litt, klar zu deuten: Sie war kurz davor, in eine schwere Depression zu verfallen. Da sie selber schon einigen Menschen geholfen hatte, denen ein ähnliches Schicksal widerfahren war, wußte sie, wie schwer es war, gegen die Depression anzukämpfen. Sie wollte es unbedingt schaffen, doch gleichzeitig war ihr klar, daß sie ihren Kummer nicht verdrängen durfte. Als sie sich ihrem Haus näherte, sah sie am Straßenrand Carls gelben Lamborghini stehen. Sie war sich nicht sicher, ob sie sich freute, ihn zu sehen oder eher nicht.

Sie bog in die Einfahrt und stellte den Motor ab. Im selben Augenblick kam Carl die Treppe herunter und eilte ihr entgegen. Er hielt einen Blumenstrauß in den Händen.

Tracy stieg aus und warf sich ihm in die Arme. Eine Weile sagten sie beide kein Wort. Er hielt sie einfach nur fest, und so verharrten sie schweigend in der spätnachmittäglichen Dunkelheit.

»Woher weißt du es?« brachte Tracy schließlich hervor, den Kopf immer noch gegen Carls Brust gepreßt.

»Wenn man Mitglied des Krankenhauskomitees ist, erfährt man alles«, erwiderte Carl. »Es tut mir schrecklich leid.«

»Danke«, flüsterte Tracy. »Ich fühle mich total leer.«

»Kann ich mir vorstellen«, entgegnete Carl. »Komm, laß uns reingehen.«

Sie gingen zur Haustür.

»Wie ich gehört habe, ist Kim komplett ausgerastet. Dadurch muß für dich ja alles noch furchtbarer gewesen ein.«

Tracy nickte.

»Der Mann ist wohl völlig durchgeknallt. Für wen hält er sich eigentlich – für Gott? Das ganze Krankenhaus ist wegen ihm in Aufruhr.«

Tracy öffnete die Tür, ohne zu antworten. Sie gingen hinein. »Kim hat es nicht leicht«, sagte sie schließlich.

»Wie bitte?« entgegnete Carl verächtlich, während er Tracy den Mantel abnahm und an der Garderobe aufhängte. »Deine Toleranz kennt wirklich keine Grenzen. Für seinen Auftritt im Onion Ring gestern abend hätte ich ihn am liebsten geohrfeigt. Wie konnte er nur so eine Szene machen und behaupten, Becky habe sich dort infiziert? Hast du den Artikel in der Zeitung gesehen? Seitdem ist der Kurs der Onion-Ring-Aktie in den Keller gegangen. Was meinst du, wieviel Geld ich durch diesen Wahnsinnigen verloren habe?«

Tracy ging ins Wohnzimmer und ließ sich aufs Sofa fallen. Sie war total erschöpft, gleichzeitig aber auch angespannt und ängstlich. Carl folgte ihr.

»Kann ich dir irgend etwas bringen?« fragte er. »Vielleicht einen Drink oder etwas zu essen?«

Tracy schüttelte den Kopf. Carl nahm gegenüber von ihr Platz. »Ich habe schon mit ein paar Vorstandsmitgliedern von Foodsmart gesprochen. Wir denken ernsthaft darüber nach, ihn zu verklagen, wenn die Aktien weiter fallen.«

»Kim hatte seine Gründe, warum er den Mann zur Rede gestellt hat«, erklärte Tracy. »Am Abend bevor Becky krank wurde, hat sie im Onion Ring einen Hamburger gegessen, der nicht ganz durchgebraten war.«

»Du glaubst doch nicht im Ernst, daß sie sich dort infiziert hat«, entgegnete Carl mit einer abwinkenden Handbewegung. »Wir verkaufen jeden Tag Hunderttausende von Hamburgern. Niemand wird davon krank. Und wenn im Fleisch tatsächlich ein paar Bakterien sein sollten – wir braten förmlich alles zu Tode.«

Tracy antwortete nicht. Carl merkte plötzlich, was er gesagt hatte.

»Tut mir leid. Das ist mir einfach so rausgerutscht.«

»Ist schon gut, Carl«, brachte Tracy müde hervor.

»Weißt du, was mir wirklich auf die Nerven geht?« fuhr Carl fort. »Durch dieses ganze Geschwätz über Kolibakterien sind Hamburger total in Verruf geraten. Inzwischen denken die Leute schon automatisch an Hamburger, wenn sie das Wort Kolibakterien hören. Dabei ist hinlänglich bekannt, daß man sich auch mit Apfelsaft, Salat oder Milch infizieren kann – selbst durch ein Bad in einem verseuchten See. Findest du es etwa richtig, daß man alles auf Hamburger schiebt?«

»Ich weiß nicht«, erwiderte Tracy. »Tut mir leid, Carl. Ich fühle mich wie betäubt. Ich kann jetzt nicht denken und auch nicht mit dir diskutieren.«

»Ist doch verständlich, mein Schatz«, entgegnete Carl. »Ich sollte lieber nicht soviel reden. Und du solltest irgend etwas essen. Wann hast du zum letzten Mal eine richtige Mahlzeit zu dir genommen?«

»Keine Ahnung«, erwiderte Tracy.

»Hab' ich's mir doch gedacht! Was hältst du davon, in ein ruhiges Restaurant zu gehen?«

Tracy sah ihn entgeistert an. »Meine Tochter ist gerade gestorben. Wie kannst du da ernsthaft fragen, ob ich jetzt mit dir ausgehe?«

»Ist ja schon gut«, entgegnete Carl und hob die Hände, um sie zu beschwichtigen. »War ja nur ein Vorschlag. Aber ich finde, du solltest etwas essen. Ich könnte dir auch etwas holen. Wäre dir das lieber?«

Tracy beugte sich nach vorn und legte ihr Gesicht in die Hände. Carl war ihr keine Hilfe. »Ich habe keinen Hunger. Vielleicht läßt du mich heute abend einfach allein. Ich bin nicht in der Verfassung, dir Gesellschaft zu leisten.«

»Meinst du das im Ernst?« fragte Carl. Er klang ein wenig beleidigt.

»Ja.« Tracy hob den Kopf. »Du kannst doch sicher etwas anderes unternehmen.«

»Bobby Bo Mason hat mich für heute abend zum Dinner eingeladen«, fiel Carl ein. »Ich habe dir doch davon erzählt. Erinnerst du dich?«

»Nein«, erwiderte Tracy müde. »Wer ist denn Bobby Bo Mason?«

»Einer der großen Rindfleischbarone in unserer Gegend«, erklärte Carl. »Er feiert heute abend sein neues Amt. Er ist der neue Präsident des amerikanischen Rindfleischverbandes.«

»Klingt wirklich wichtig«, bemerkte Tracy, obwohl sie eigentlich anderer Meinung war.

»Ist es auch. Der amerikanische Rindfleischverband ist die mächtigste nationale Organisation der Fleischindustrie.«

»Dann solltest du dich auf keinen Fall durch mich von dem Dinner abhalten lassen.«

»Meinst du wirklich?« fragte Carl. »Ich habe mein Handy dabei. Du kannst mich jederzeit anrufen. In zwanzig Minuten wäre ich bei dir.«

»Bitte geh zu dem Dinner«, sagte Tracy. »Ich möchte nicht, daß du meinetwegen darauf verzichtest.«

Vom beleuchteten Armaturenbrett fiel ein schwacher Lichtstrahl auf Kims Gesicht. Marsha fuhr hoch und wagte einen verstohlenen Blick zur Seite. Nachdem sie ihn etwas näher ins Visier genommen hatte, mußte sie zugeben, daß er selbst mit seinem Zweitagebart noch ein gutaussehender Mann war.

Sie fuhren eine ganze Weile, ohne daß jemand etwas sagte. Doch irgendwann brachte Marsha Kim dazu, über Becky zu reden. Sie hatte das Gefühl, daß es ihm guttun würde, und sie hatte recht. Kim redete sich allmählich warm und erzählte ihr über Beckys große Erfolge im Eiskunstlauf. Tracy hatte davon nichts erwähnt.

Als Kim fertig war, hatte Marsha ihm ein wenig über sich erzählt. Sie hatte Tiermedizin studiert und sich anschließend mit einer Freundin beim Landwirtschaftsministerium beworben. Zum Einstieg hatte man ihnen lediglich Stellen im Kontrolldienst angeboten. Schließlich hatte nur Marsha die Stelle angetreten. Ihre Freundin fand es uninteressant, ein Jahr oder länger als Kontrolleurin zu arbeiten und sich statt dessen für eine private Tierarztpraxis entschieden.

»Sie haben Tiermedizin studiert?« fragte Kim. »Das hätte ich nicht gedacht.«

»Warum nicht?« fragte Marsha zurück.

»Ich weiß nicht«, erwiderte Kim. »Vielleicht weil Sie mir ein bißchen zu ...« Er hielt inne und suchte nach den richtigen Worten. »Weil Sie mir zu elegant vorkommen, glaube ich. Wahrscheinlich ist das völliger Quatsch, aber unter einer Tiermedizinerin hätte ich mir eher jemanden vorgestellt, der ...«

»Was denn?« forderte Marsha ihn auf, den Satz zu beenden. Sie fand es lustig, wie er um die passenden Worte rang.

»Ich glaube, ich habe mir einen grobschlächtigeren Typ

vorgestellt«, erklärte er und mußte grinsen. »Wahrscheinlich rede ich totalen Unsinn.«

Marsha lachte. Immerhin merkte Kim, wie abwegig seine Vorstellungen waren.

»Darf ich Sie fragen, wie alt Sie sind?« fragte Kim. »Ich weiß, daß man eine Frau so etwas eigentlich nicht fragt. Aber ich hatte Sie auf Anfang Zwanzig geschätzt, und das kann wohl nicht stimmen – es sei denn, Sie waren ein Wunderkind.«

»Um Himmels willen, nein«, erwiderte Marsha. »Ich bin neunundzwanzig und werde bald dreißig.«

Marsha beugte sich nach vorn und schaltete die Scheibenwischer ein. Es hatte angefangen zu regnen und war schon stockdunkel, obwohl es erst kurz nach sechs war.

»Wie wollen wir vorgehen?« fragte Kim.

»Wie meinen Sie das?« fragte Marsha.

»Na, wie wollen wir bei Mercer Meats reinkommen?« wollte Kim wissen.

»Einfacher, als Sie denken«, erwiderte Marsha. »Das sagte ich Ihnen doch bereits. Die Tagesschicht und die Aufseher haben längst Feierabend gemacht. Außer ein paar Reinigungskräften, die Überstunden machen müssen, und einem Mann vom Sicherheitsdienst wird niemand da sein.«

»Der Mann vom Sicherheitsdienst ist bestimmt nicht begeistert, wenn er mich sieht«, gab Kim zu bedenken. »Vielleicht sollte ich besser im Auto warten.«

»Er wird schon keinen Ärger machen«, versicherte Marsha. »Ich habe meine Kennkarte vom Landwirtschaftsministerium und die von Mercer Meats dabei.«

»Das ist schön für Sie«, entgegnete Kim. »Aber was ist mit mir?«

»Keine Sorge«, erklärte Marsha. »Die Leute kennen mich. Sie wollten meine Kennkarte noch nie sehen. Und wenn der Mann fragt, sage ich, Sie seien mein Vorgesetzter. Oder ich erzähle ihm, daß ich Sie anlerne.« Sie lachte.

»Ich bin aber nicht gerade so angezogen, wie man sich jemanden vom Ministerium vorstellt«, stellte Kim fest.

Marsha sah kurz zur Seite und kicherte. »Meinen Sie, einem Nachtwächter fällt das auf? Außerdem sehen Sie so ausgeflippt aus, daß Sie für nahezu alles durchgehen würden.«

»Sie scheinen sich Ihrer Sache ja ziemlich sicher zu sein.«

»Was kann uns denn schon passieren?« entgegnete Marsha.

»Im schlimmsten Fall läßt er uns nicht rein.«

»Sie könnten Ärger kriegen«, gab Kim zu bedenken.

»Daran habe ich auch schon gedacht«, gestand Marsha. »Aber das muß ich eben in Kauf nehmen.«

Sie verließ die Schnellstraße und bog nach Bartonville ab. An der Kreuzung Mercer Street/Main Street befand sich die einzige Ampel der Ortschaft. Sie war rot.

»Ich kann überhaupt nicht nachvollziehen, wieso irgend jemand Hamburger ißt«, erklärte Marsha. »Bevor ich meinen Job angetreten habe, war ich noch eine etwas halbherzige Vegetarierin. Inzwischen rühre ich kein Fleisch mehr an.«

»Klingt aus dem Munde einer Fleischkontrolleurin, die für das Ministerium arbeitet, nicht gerade beruhigend«, entgegnete Kim.

»Wenn ich daran denke, was in einem Hamburger alles verarbeitet wird, dreht sich mir der Magen um«, erklärte Marsha.

»Wie meinen Sie das?« fragte Kim. »Ich dachte, Hamburger sind aus Muskelfleisch.«

»Aus Muskelfleisch und allem möglichen anderen Zeug«, er widerte Marsha. »Haben Sie schon mal etwas von dem sogenannten ›modernen Fleischverwertungssystem‹ gehört?«

»Nein«, gestand Kim.

»In der Fleischverarbeitung werden Hochdruckanlagen eingesetzt, mit denen jeder noch so kleine Fetzen Fleisch von den Rinderknochen gelöst werden kann«, erklärte Marsha. »Dabei entsteht ein grauer Brei, den sie rot färben und unter das Hamburgerfleisch mischen.«

»Klingt ja ekelerregend«, entgegnete Kim.

»Außerdem wird Hamburgern immer auch Gewebe aus dem Zentralnervensystem beigefügt«, fuhr Marsha fort. »Zum Beispiel Rückenmark.«

»Wirklich?« fragte Kim entsetzt.

»Ich lege meine Hand dafür ins Feuer«, versicherte Marsha. »Das ist nicht nur ekelerregend – es ist dramatisch. Haben Sie schon mal vom Rinderwahnsinn gehört?«

»Wer hat das nicht?« entgegnete Kim. »Ich habe einen Horror vor dieser Krankheit. Etwas Schlimmeres als ein wärmeresistentes Protein, das man über die Nahrung aufnimmt und das tödlich ist, kann ich mir kaum vorstellen. Gott sei Dank ist der Erreger bei uns noch nicht vorgekommen.«

»Noch nicht«, schränkte Marsha ein. »Beziehungsweise er ist uns noch nicht aufgefallen. Aber wenn Sie mich fragen, ist das nur noch eine Frage der Zeit. Wissen Sie, was den Rinderwahnsinn in England wahrscheinlich verursacht hat?«

»Man nimmt an, daß verendete Schafe, die an Rinder verfüttert wurden, die Ursache sind«, erwiderte Kim. »Schafe, die an der Traberkrankheit litten, also dem Pendant zum Rinderwahnsinn.«

»Ganz genau«, bestätigte Marsha. »Bei uns ist es verboten, verendete Schafe an Rinder zu verfüttern. Aber niemand kontrolliert, ob die Industrie sich auch daran hält.

Wie ich von Insidern erfahren habe, gibt etwa ein Viertel der Abdecker inoffiziell zu, daß sie sich einen Dreck um das Verbot scheren.«

»Das heißt, Sie gehen davon aus, daß bei uns die gleiche Praxis gang und gäbe ist, die in England zum Ausbruch des Rinderwahnsinns geführt hat.«

»Genau«, bestätigte Marsha. »Und da ständig Rückenmark und ähnliches Gewebe zu Hamburgerfleisch verarbeitet wird, ist die Kette geschlossen. Das meinte ich vorhin damit, daß es nur noch eine Frage der Zeit ist, bis wir auch bei uns die ersten Fälle haben.«

»Ach du meine Güte!« rief Kim entsetzt. »Je mehr Sie mir über die Schlampereien in diesem Geschäft erzählen, desto mehr schockieren Sie mich. Ich hatte von alldem keine Ahnung.«

»Die gesamte Öffentlichkeit hat keine Ahnung davon«, fügte Marsha hinzu.

Vor ihnen tauchte der weiße Klotz des Mercer-Meats-Komplexes auf. Marsha fuhr auf den Parkplatz, auf dem jetzt nur noch wenige Wagen standen. Sie parkte auf demselben Platz wie am Vormittag.

»Sind Sie bereit?« fragte sie.

»Meinen Sie wirklich, daß ich mitkommen soll?« fragte Kim zurück.

»Natürlich!« Marsha öffnete die Tür und stieg aus.

Der Haupteingang war verschlossen. Marsha klopfte. Drinnen sahen sie einen Wächter, der es sich hinter dem runden Empfangstresen mit einer Zeitschrift gemütlich gemacht hatte. Er erhob sich und schlurfte zur Tür. Als er näher kam, sahen sie, daß er schon etwas älter war. Er hatte einen spärlichen Schnäuzer, seine Uniform schien ihm mehrere Nummern zu groß zu sein.

»Mercer Meats ist geschlossen«, rief er durch die Glasscheibe. Marsha hielt ihre Mercer-Meats-Kennkarte hoch.

Der Wächter blinzelte kurz, dann entriegelte er das Schloß und öffnete die Tür. Marsha ging hinein und sagte kurz »danke«.

Kim folgte ihr. Er spürte, daß der Wächter ihn argwöhnisch ins Visier nahm, aber der Mann sagte nichts. Er schloß lediglich die Tür wieder ab.

Kim mußte laufen, um Marsha einzuholen, die den Empfangstresen bereits hinter sich gelassen hatte und den Flur entlangstürmte.

»Hab' ich's Ihnen nicht gesagt?« fragte sie. »Es war kinderleicht.«

Der Nachtwächter durchquerte den Empfangsbereich und inspizierte den Flur. Er sah, wie Marsha und Kim in den Umkleideraum gingen, der in den Produktionsbereich führte. Dann drehte er sich um, ging zurück zu seinem Tresen und nahm den Hörer ab. Die Nummer, die er wählte, stand auf einem am Rand des Tresens klebenden Post-it-Zettel.

»Guten Abend, Mr. Cartwright«, meldete sich der Wächter, als am anderen Ende abgenommen wurde. »Diese Miss Baldwin vom Landwirtschaftsministerium, auf die ich ein Auge werfen sollte, ist gerade zusammen mit einem Mann hier reinmarschiert.«

»Trug ihr Begleiter einen langen, weißen Kittel, der wie ein Arztkittel aussieht?« fragte Mr. Cartwright.

»Ja«, erwiderte der Wächter.

»Lassen Sie die beiden unterschreiben, bevor Sie sie rauslassen«, bat Mr. Cartwright. »Wir brauchen einen Beweis, daß sie da waren.«

»Verstanden, Sir«, entgegnete der Wächter.

Cartwright legte gar nicht erst auf, sondern drückte gleich auf eine der Schnellwahltasten und wartete. Einen Augenblick später dröhnte die Stimme von Everett Sorenson durch die Leitung.

»Marsha Baldwin und der Arzt sind wieder in der Firma«, platzte Cartwright heraus.

»Auch das noch!« stöhnte Sorenson. »Das höre ich gar nicht gerne. Wie haben Sie es herausgefunden?«

»Ich habe den Nachtwächter angewiesen, mich sofort anzurufen, falls die beiden aufkreuzen sollten«, erwiderte Cartwright.

»Als Vorsichtsmaßnahme sozusagen.«

»Gut gemacht«, stellte Sorenson fest. »Ich frage mich, was sie vorhaben.«

»Ich schätze, sie interessieren sich für unsere Lieferanten«, entgegnete Cartwright. »Danach hat er mich nämlich schon heute morgen gefragt.«

»Stellen Sie fest, ob Sie richtigliegen«, wies Sorenson seinen Protegé an. »Fahren Sie sofort hin, und sehen Sie nach, was die beiden machen! Und dann rufen Sie mich zurück. Ich will mir durch diese Geschichte nicht den Abend ruinieren lassen.«

Cartwright legte auf. Er wollte sich genausowenig den Abend ruinieren lassen. Auf das Dinner bei Bobby Bo freute er sich schließlich schon seit einem Monat, und er hatte wenig Lust, noch einmal in die Firma zu fahren. Finster gelaunt zog er seinen Mantel an und ging in die Garage.

Kim stampfte mit den Füßen und rieb sich die Arme. Er verstand zwar nicht, warum, aber aus irgendeinem Grund kamen ihm die zwei Grad Celsius eher vor wie minus fünf oder minus zehn Grad. Er hatte sich einen weißen Mercer-Meats-Kittel über seinen Krankenhauskittel gezogen, aber beide Kittel waren aus Baumwolle, und darunter trug er nur seine OP-Sachen. Die drei Schichten reichten bei weitem nicht aus, ihn vor der Kälte zu schützen. Außerdem stand er die meiste Zeit nur herum, und die weiße Kappe, die wie eine Duschhaube aussah, wärmte auch kein bißchen.

Marsha blätterte seit mehr als einer Viertelstunde die Kontrollbücher durch. Die einzelnen Daten, Partien und Sendungen zu verifizieren, dauerte länger, als sie gedacht hatte. Anfangs hatte Kim ihr über die Schulter gesehen, doch je mehr er fror, desto mehr ließ seine Aufmerksamkeit nach.

Außer ihnen waren noch zwei Männer im Raum, die eifrig mit Schläuchen hantierten. Als Marsha und Kim den Raum betreten hatten, hatten sie kein Wort gesagt.

»Ich hab's«, rief Marsha triumphierend. »Hier ist der neunundzwanzigste Dezember.« Sie fuhr mit dem Finger die Spalte entlang, bis sie Partie Nummer zwei entdeckte. Dann ließ sie den Finger in horizontaler Richtung weitergleiten, bis sie die entsprechenden Sendungen gefunden hatte: eins bis fünf.

»Oje!« stöhnte sie.

»Was ist los?« fragte Kim und stellte sich wieder hinter sie.

»Genau, was ich befürchtet hatte«, erwiderte Marsha. »Die Sendungen eins bis fünf waren eine Mischung aus frischem, knochenlosem Fleisch von Higgins und Hancock und importiertem, gefrorenem Hackfleisch. Die genaue Herkunft des importierten Fleisches können wir unmöglich herausfinden, bestenfalls das Herkunftsland. Aber das würde uns nicht viel helfen.«

»Was ist Higgins und Hancock?« fragte Kim.

»Ein Schlachthof«, erwiderte Marsha. »Einer der größten hier in der Umgebung.«

»Was ist mit der anderen Partie?« fragte Kim.

»Sehen wir mal nach«, entgegnete Marsha und blätterte weiter. »Hier ist das Datum. Sagen Sie mir noch mal die Partie- und Sendungsnummer?«

»Partie Nummer sechs, Sendungen neun bis vierzehn«, las Kim von seinem Zettel ab.

»Hier«, sagte Marsha. »Wenn die Produktion vom zwölften Januar die verseuchte sein sollte, haben wir Glück. Die Sendungen stammen alle von Higgins und Hancock. Sehen Sie!«

Kim warf einen Blick auf die Eintragung. Wie dort zu lesen war, bestand die gesamte Partie aus frischem, am neunten Januar bei Higgins und Hancock produziertem Rindfleisch.

»Können Sie nicht feststellen, aus welcher der beiden Partien das in Frage kommende Fleisch gewesen sein muß?« fragte Marsha.

»Laut Auskunft des Kochs im Onion Ring nicht«, erwiderte Kim. »Aber ich habe aus beiden Partien Proben zur Untersuchung ins Labor gebracht. Am Montag müßten die Ergebnisse vorliegen.«

»Dann gehen wir solange davon aus, daß die Januar-Partie die verseuchte war«, schlug Marsha vor. »Die Herstellung der anderen können wir sowieso nicht feststellen. Vielleicht haben wir Glück und können die Spur noch weiter als bis zu Higgins und Hancock zurückverfolgen.«

»Meinen Sie wirklich?« fragte Kim. »Glauben Sie, wir können rekonstruieren, woher die Rinder kamen, bevor sie auf dem Schlachthof gelandet sind?«

»So sollte es eigentlich sein«, erwiderte Marsha.

»Zumindest in der Theorie. Das Problem ist nur, daß in jedem dieser Tausend-Kilo-Kombibehälter mit knochenlosem Fleisch jede Menge Kühe landen können. Mit Hilfe der Rechnungen sollte man die Herkunft der Tiere allerdings bis zur jeweiligen Ranch oder Farm zurückverfolgen können. Als nächstes müssen wir auf alle Fälle mal bei Higgins und Hancock vorbeischauen.«

»Geben Sie mir sofort dieses verdammte Buch!« brüllte Jack Cartwright.

Marsha und Kim zuckten vor Schreck zusammen, als

Cartwright um Marsha herumlangte und das dicke Kontrollbuch an sich riß. Die Hochdruckdampf-Reinigung verursachte einen solchen Lärm, daß sie ihn nicht hereinkommen gehört hatten.

»Jetzt haben Sie Ihre Befugnisse endgültig überschritten, Miss Baldwin!« stellte Cartwright mit einem triumphierenden Grinsen fest, während er vorwurfsvoll mit dem Finger auf Marshas Gesicht zeigte.

Marsha richtete sich auf und versuchte möglichst gefaßt zu wirken. »Darf ich fragen, wovon Sie reden? Es ist mein gutes Recht, die Bücher zu prüfen.«

»Das wüßte ich aber!« widersprach Cartwright, den Finger immer noch auf sie gerichtet. »Sie haben das Recht zu prüfen, ob wir Kontrollbücher führen, aber die Bücher selbst sind Privateigentum unserer Firma. Außerdem – und das ist wohl der gravierendste Verstoß – berechtigt Sie Ihre Tätigkeit für das Landwirtschaftsministerium auf keinen Fall, hier einfach die Öffentlichkeit einzuschleusen und die Bücher einsehen zu lassen.«

»Jetzt reicht's!« schaltete Kim sich ein und stellte sich zwischen die beiden. »Wenn Sie jemanden beschuldigen wollen, dann ja wohl mich.«

Jack kümmerte sich nicht um Kim. »Eins versichere ich Ihnen, Miss Baldwin. Ich werde Mr. Henderson umgehend über Ihr Verhalten informieren.«

Kim wischte Cartwrights Finger zur Seite und packte ihn beim Kragen. »Jetzt hören Sie mal zu, Sie schmieriger Bastard ...«

»Nein!« schrie Marsha und zerrte an Kims Arm. »Lassen Sie ihn los! Verschlimmern Sie die Situation nicht noch!«

Zögernd ließ Kim los.

Cartwright strich sich das Revers seines Kittels glatt.

»Verlassen Sie sofort das Gebäude!« fauchte er. »Sonst rufe ich die Polizei und lasse Sie festnehmen.«

Kim starrte den stellvertretenden Geschäftsführer von Mercer Meats finster an. Für einen Augenblick wurde der Mann zur Zielscheibe für all seine aufgestaute Wut. Marsha mußte ihn am Ärmel ziehen, um ihn zum Abmarsch zu bewegen.

Cartwright sah den beiden hinterher. Als sie die Tür hinter sich geschlossen hatten, hievte er die schweren Bücher hoch und stellte sie zurück ins Regal. Dann folgte er Marsha und Kim in den Umkleideraum. Doch sie waren bereits über alle Berge. Er eilte in Richtung Empfang und sah gerade noch, wie Marsha davonbrauste.

»Ich habe ihnen gesagt, daß sie noch unterschreiben müssen, aber sie sind einfach rausgestürmt«, entschuldigte sich der Nachtwächter.

»Ist schon gut«, entgegnete Cartwright.

Er ging zurück und rief von seinem Bürotelefon bei Sorenson an.

»Na, was haben Sie herausgefunden?« fragte Sorenson.

»Ich habe richtig gelegen mit meiner Vermutung«, erwiderte Cartwright. »Sie haben die Kontrollbücher durchgesehen.«

»Und was ist mit den Büchern, in denen die Mischungsverhältnisse festgehalten werden?« fragte Sorenson.

»Dem Nachtwächter zufolge waren sie nur in dem Raum, in dem die Kontrollbücher geführt werden.«

»Das ist ja wenigstens etwas«, seufzte Sorenson erleichtert auf. »Es darf auf keinen Fall jemand dahinterkommen, daß wir gefrorenes Fleisch auch nach dem Verfalldatum noch verarbeiten. Und wenn jemand in den Büchern herumschnüffelt, in denen wir die Mischungsverhältnisse dokumentieren, könnte genau das passieren.«

»Darum müssen wir uns im Augenblick keine Sorge machen«, beruhigte ihn Cartwright. »Ich fürchte eher, daß die beiden demnächst bei Higgins und Hancock aufkreuzen.

Bevor ich sie überrascht habe, haben sie nämlich über Higgins und Hancock gesprochen. Ich glaube, wir sollten Daryl Webster warnen.«

»Eine hervorragende Idee«, dröhnte Sorenson. »Wir sehen ihn ja heute abend. Aber vielleicht rufe ich ihn besser sofort an.«

»Je früher er Bescheid weiß, um so besser«, sagte Cartwright. »Wer weiß, was die beiden vorhaben. Diesem verrückten Arzt ist alles zuzutrauen.«

»Dann bis gleich bei Bobby Bo«, beendete Sorenson das Gespräch.

»Vielleicht komme ich ein bißchen später«, entgegnete Cartwright. »Ich muß noch mal nach Hause und mich umziehen.«

»Aber beeilen Sie sich!« sagte Sorenson. »Ich will Sie dabeihaben, wenn wir das Schadensverhütungs-Komitee zusammenrufen.«

»Ich komme, so schnell ich kann«, versprach Cartwright.

Sorenson legte auf und suchte nach der Telefonnummer von Daryl Webster. Er war im ersten Stock in seinem Arbeitszimmer neben seinem Ankleideraum. Als Cartwright angerufen hatte, hatte er sich gerade seine Smokinghose angezogen und mit den Knöpfen seines Oberhemdes gekämpft. Elegante Kleidung war in seinem Leben nicht jeden Tag gefragt.

»Everett!« rief Gladys Sorenson aus dem Schlafzimmer. Die beiden waren schon länger verheiratet, als Everett sich eingestehen wollte. »Beeil dich. In einer halben Stunde müssen wir bei den Masons sein.«

»Ich muß noch mal kurz anrufen«, brüllte Everett Sorenson zurück. Schließlich fand er die Nummer und wählte. Der Hörer wurde nach dem ersten Klingeln abgenommen.

»Hallo Daryl, hier ist Everett Sorenson«, meldete er sich.

»Das ist aber eine Überraschung«, entgegnete Webster. Die beiden hatten nicht nur beruflich den gleichen Weg eingeschlagen, sie waren sich auch ansonsten sehr ähnlich. Webster war ebenfalls stämmig; er hatte ein rundes, fülliges Gesicht, einen dicken, kurzen Nacken und schaufelartige Hände. Doch im Unterschied zu Sorenson verfügte er noch über seine volle Haarpracht, und er hatte normal große Ohren. »Hazel und ich wollten uns gerade auf den Weg zu den Masons machen.«

»Gladys und ich sind auf dem Sprung, aber ich muß Ihnen schnell noch etwas mitteilen. Erinnern Sie sich an Marsha Baldwin, diese junge, nervtötende Kontrolleurin, die mir immer wieder Ärger macht?«

»Ja«, erwiderte Webster. »Henderson hat mir von ihr erzählt. Wie ich gehört habe, ist sie eine Unruhestifterin, die sich nicht an die Abmachungen hält.«

»Genau. Und jetzt hat sie sich auch noch mit diesem durchgedrehten Arzt zusammengetan, der gestern abend in einem der Onion-Ring-Restaurants festgenommen wurde. Haben Sie den Artikel in der Zeitung gelesen?«

»Klar«, erwiderte Webster. »Der war ja nicht zu übersehen. Bei den Ausführungen über E. coli ist mir der kalte Schweiß ausgebrochen.«

»Ging mir genauso«, entgegnete Sorenson. »Aber die Geschichte wird immer schlimmer. Heute abend ist sie mit dem Arzt in meine Firma eingedrungen. Dieser Kerl muß sie dazu überredet haben, ihm zu helfen, die Herkunft bestimmter Fleischpartien herauszufinden.«

»Vermutlich suchen sie nach Kolibakterien«, meinte Webster. »Ohne jeden Zweifel«, stimmte Sorenson ihm zu.

»Da kann man es ja mit der Angst zu tun bekommen«, stöhnte Webster.

»Ich kann Ihnen nur zustimmen«, entgegnete Sorenson. »Vor allem, weil Jack Cartwright auch noch gehört hat, daß die beiden über Higgins und Hancock gesprochen haben. Wir fürchten, daß sie demnächst auch bei Ihnen aufkreuzen, um ihre Mission fortzusetzen.«

»So etwas kann ich ganz und gar nicht gebrauchen«, sagte Webster.

»Über eine langfristige Lösung des Problems wollen wir ja heute abend beraten«, fuhr Sorenson fort. »Hat man Sie benachrichtigt?«

»Ja«, erwiderte Webster. »Bobby Bo hat mich angerufen.«

»Aber vielleicht sollten Sie lieber schon jetzt ein paar Vorsichtsmaßnahmen treffen«, schlug Sorenson vor.

»Danke für den Tip«, entgegnete Webster. »Ich rufe sofort meine Sicherheitsleute an und sage Bescheid.«

»Genau das wollte ich Ihnen vorschlagen. Bis später dann«, verabschiedete sich Sorenson.

Webster legte auf und gab seiner Frau mit dem hochgereckten Zeigefinger zu verstehen, daß er noch einen schnellen Anruf erledigen mußte. Hazel stand ausgehfertig in der Haustür und wartete ungeduldig. Während sie mit der Fußspitze auf den Boden klopfte, wählte ihr Mann die Rufnummer des Schlachthofes.

Marsha bog in die Einfahrt vor Kims Haus und brachte den Wagen direkt hinter seinem zum Stehen. Sie ließ den Motor laufen und die Scheinwerfer an.

»Vielen Dank für Ihre Hilfe«, sagte Kim. Er hatte die Hand an der Tür, öffnete sie aber noch nicht. »Tut mir leid, daß unser Versuch in die Hose gegangen ist.«

»Es hätte noch schlimmer kommen können«, entgegnete Marsha optimistisch. »Wer weiß, was noch passiert? Wir müssen jetzt einfach abwarten.«

»Wollen Sie noch mit reinkommen?« schlug Kim vor. »Mein Haus ist eine Ruine, aber ein Drink täte mir ganz gut. Wie sieht's bei Ihnen aus?«

»Danke«, erwiderte Marsha. »Aber ich glaube, wir sollten das auf ein andermal verschieben. Da ich jetzt schon mal angefangen habe, will ich auch am Ball bleiben. Wenn Sie am Montag die Laborwerte bekommen, will ich die Herkunft des Fleisches so weit wie möglich zurückverfolgt haben. Dann wären wir einen großen Schritt weiter und hätten bessere Argumente, um einen Rückruf durchzusetzen.«

»Wollen Sie heute abend noch etwas unternehmen?«

»Ja«, erwiderte Marsha mit einem Nicken und warf einen Blick auf die Uhr. »Ich fahre raus zu Higgins und Hancock. Vielleicht ist es meine letzte Chance. Wenn Jack Cartwright am Montag meinem Chef von unserem kleinen Ausflug erzählt, habe ich vielleicht keinen Job mehr. Und das hieße natürlich auch, daß ich meine Kennkarte abgeben müßte.«

»Oje«, stöhnte Kim. »Wenn Sie Ihre Stelle verlieren, fühle ich mich schuldig. Das habe ich nun wirklich nicht gewollt.«

»Darum machen Sie sich mal keine Sorgen«, versuchte Marsha ihn zu beruhigen. »Ich war mir der Gefahr sehr wohl bewußt. Aber ich glaube, daß es das Risiko wert ist. Sie hatten vollkommen recht mit Ihrem Hinweis, daß ich dazu da bin, die Öffentlichkeit zu schützen.«

»Wenn Sie jetzt zum Schlachthof fahren, komme ich mit«, sagte Kim. »Ich lasse Sie da auf keinen Fall allein hinfahren.«

»Tut mir leid, aber das ist ausgeschlossen«, widersprach Marsha. »Daß wir bei Mercer Meats Schwierigkeiten kriegen würden, hätte ich nicht unbedingt erwartet. Aber bei Higgins und Hancock ist das etwas anderes. Die machen auf jeden Fall Ärger. Vielleicht machen sie mir sogar trotz meiner Kennkarte Probleme.«

»Wieso?« fragte Kim. »Als Kontrolleurin muß man Ihnen doch in jedem Fleischbetrieb Zutritt gewähren, oder nicht?«

»Nicht, wenn der Betrieb nicht zu meinem Bereich gehört«, erwiderte Marsha. »Und für Schlachthöfe bin ich nicht zuständig. Die haben eigene Kontrolleure. Wenn es um Besucher geht, können Sie Schlachthöfe mit Atomkraftwerken vergleichen. Sie brauchen keine Besucher, und sie wollen auch keine. Schließlich machen die ihnen sowieso nur Ärger.«

»Aber was haben die Schlachthöfe denn zu verbergen?« fragte Kim.

»Vor allem ihre Schlacht- und Arbeitsmethoden«, erwiderte Marsha. »Selbst unter den besten Umständen ist es kein schöner Anblick. Aber nachdem in den Achtzigern die einschränkenden Bestimmungen abgeschafft wurden, haben alle Schlachthöfe ihre Produktion beschleunigt. Mit anderen Worten – sie verarbeiten mehr Tiere pro Stunde. Manche Schlachthäuser schleusen in der Stunde zweihundertfünfzig bis dreihundert Tiere durch. Bei so einem Tempo kann eine Verseuchung nicht ausgeschlossen werden. Sie ist definitiv unvermeidbar. Es ist sogar schon vorgekommen, daß Firmen das Landwirtschaftsministerium verklagt haben, weil Kontrolleure mit Kolibakterien infiziertes Fleisch offiziell als verseucht bezeichnet haben.«

»Das kann doch nicht Ihr Ernst sein!«

»Glauben Sie mir«, entgegnete Marsha. »Es ist so.«

»Wollen Sie mir erzählen, die Industrie weiß, daß das Fleisch mit Kolibakterien verseucht ist?« fragte Kim entsetzt. »Und daß einfach behauptet wird, man könne nichts dagegen tun?«

»Sie haben den Nagel auf den Kopf getroffen«, erwiderte Marsha. »Natürlich ist nicht alles Fleisch verseucht, sondern nur ein Teil.«

»Aber das ist unglaublich!« empörte sich Kim. »Über diese Zustände muß die Öffentlichkeit unbedingt informiert werden! Das darf doch nicht so weitergehen! Ich muß mir unbedingt ansehen, wie in einem Schlachthof gearbeitet wird.«

»Genau deshalb sind Besucher in Schlachthöfen keine gerngesehenen Gäste«, entgegnete Marsha. »Man würde Sie nie und nimmer reinlassen. Das heißt – das stimmt nicht ganz. Schlachten ist sehr arbeitsintensiv, deshalb haben Schlachthöfe ständig Personalmangel. Wenn Sie also mal keine Lust mehr haben sollten, als Herzchirurg zu arbeiten, hätten Sie dort wahrscheinlich gute Karten, einen neuen Job zu bekommen. Wobei sich Ihre Chancen natürlich verbessern würden, wenn Sie ein illegaler Einwanderer wären. Dann könnte man Ihren Lohn nämlich unter den Mindestlohn drücken.«

»Klingt ja nicht gerade toll, wie Sie über die Schlachthäuser reden«, bemerkte Kim.

»Aber es ist wahr. Wer will schon im Schlachthof arbeiten? Die Arbeit ist extrem hart. Deshalb hat das Management schon immer auf Immigranten gesetzt. Heute kommen die Arbeiter vor allem aus Lateinamerika, insbesondere aus Mexiko. Früher kamen sie meistens aus Osteuropa.«

»Das hört sich ja alles furchtbar an«, stellte Kim fest. »Ich verstehe gar nicht, warum ich mir darüber nie Gedanken gemacht habe. Ich esse schließlich auch Fleisch, also bin ich in gewisser Weise mitverantwortlich.«

»So sieht die Kehrseite des Kapitalismus nun mal aus«, entgegnete Marsha. »Nicht daß Sie mich falsch verstehen – ich bin bestimmt keine radikale Sozialistin. Aber ein krasseres Beispiel dafür, daß Profit größer geschrieben wird als Moral, gibt es nicht: Reine Geldgier verleitet die

Unternehmen dazu, alle Folgen außer acht zu lassen. Diese Mißstände waren es übrigens, die mich im Gegensatz zu meiner Freundin veranlaßt haben, die Stelle beim Landwirtschaftsministerium anzutreten, denn das Ministerium könnte einiges ändern.«

»Vorausgesetzt, die Verantwortlichen wollen auch etwas ändern«, schränkte Kim ein.

»Da haben Sie natürlich recht«, stimmte Marsha ihm zu.

»Wenn ich Sie richtig verstehe, haben wir es also mit einer Industrie zu tun, die ihre Arbeitskräfte ausbeutet und ohne Gewissensbisse jedes Jahr Hunderte von Kindern tötet.« Kim schüttelte fassungslos den Kopf. »Wenn ich mir vor Augen halte, daß diese Leute keine Moral kennen, mache ich mir wirklich Sorgen um Sie.«

»Wie meinen Sie das?« fragte Marsha.

»Sie haben doch vor, Higgins und Hancock unter Vorspiegelung falscher Tatsachen einen Besuch abzustatten«, erwiderte Kim. »Sie wollen Ihre Kennkarte vom Ministerium vorzeigen und so tun, als kämen Sie in offiziellem Auftrag.«

»Natürlich, sonst würden sie mich niemals reinlassen.«

»Meinen Sie nicht auch, daß Sie da ein großes Risiko eingehen?« fragte Kim. »Diese Leute sind doch bestimmt extrem sicherheitsbewußt. Und diesmal spiele ich nicht darauf an, daß Sie Ihren sicheren Job aufs Spiel setzen.«

»Ich weiß, worauf Sie hinauswollen«, entgegnete Marsha. »Es ist nett, daß Sie sich solche Sorgen um mich machen, aber mir wird schon nichts passieren. Was können sie schon machen? Sie können sich höchstens bei meinem Chef beschweren. Und damit hat Mr. Cartwright ja auch schon gedroht.«

»Sind Sie sicher?« fragte Kim. »Ich will auf keinen Fall, daß Sie sich in Gefahr begeben. Ehrlich gesagt, würde ich seit dem Zwischenfall bei Mercer Meats lieber davon absehen, Ihre Hilfe weiter in Anspruch zu nehmen. Vielleicht belassen wir es lieber dabei, und ich sehe selbst zu, was ich tun kann. Wenn Sie heute abend wirklich zu diesem Schlachthof fahren, habe ich keine ruhige Minute mehr.«

»Ist ja rührend, wie Sie sich um mich sorgen«, entgegnete Marsha. »Aber ich glaube wirklich, ich sollte es auf einen Versuch ankommen lassen. Man wird mir schon nichts tun, und noch mehr Ärger, als ich sowieso schon habe, können sie mir auch nicht machen. Vielleicht lassen sie mich gar nicht erst rein. Allein können Sie jedenfalls überhaupt nichts unternehmen, denn eins steht fest: Sie würde man garantiert nicht reinlassen.«

»Vielleicht sollte ich Ihren Vorschlag beherzigen und mich um einen Job bemühen.«

»Das war ein Witz«, entgegnete Marsha. »Oder meinen Sie etwa, das hätte ich ernst gemeint?«

»Ich bin zu allem bereit.«

»Ich habe eine Idee. Ich könnte mein Handy mitnehmen und Sie alle fünfzehn oder zwanzig Minuten anrufen. Dann müssen Sie sich keine Sorgen um mich machen, und ich kann Sie über meine Nachforschungen auf dem laufenden halten. Wie finden Sie das?«

»Wäre eine Möglichkeit«, erwiderte Kim wenig begeistert. Doch je mehr er über den Vorschlag nachdachte, desto besser gefiel er ihm. Schließlich verspürte er nicht die geringste Lust, sich um einen Job im Schlachthof zu bemühen. Aber am meisten überzeugte ihn jedoch, daß Marsha in ihrem Vorhaben offensichtlich keine ernsthafte Gefahr zu sehen schien.

»Also!« bekräftigte sie schließlich. »Machen wir es so. Wahrscheinlich werde ich sowieso nicht lange im Schlachthof sein. Wenn ich fertig bin, komme ich zurück und trinke ein Gläschen mit Ihnen – sofern die Einladung noch steht.«

»Natürlich steht sie noch«, versicherte Kim. Er nickte

und ging den Plan in Gedanken noch einmal durch. Dann drückte er kurz Marshas Arm und stieg aus. Doch anstatt die Tür zuzuschlagen, beugte er sich noch einmal in den Wagen. »Sie sollten sich aber unbedingt meine Telefonnummer aufschreiben.«

»Oje, das hätte ich fast vergessen.« Marsha kramte einen Kugelschreiber und einen Zettel hervor.

Kim nannte ihr die Nummer. »Ich warte direkt neben dem Telefon. Vergessen Sie nicht anzurufen!«

»Keine Sorge.«

»Viel Glück!«

»Ich melde mich bald«, versprach Marsha.

Kim schlug die Tür zu und beobachtete, wie Marsha zurücksetzte, wendete und davonfuhr. Er sah ihr hinterher, bis die roten Rückleuchten in der Nacht verschwunden waren.

Dann drehte er sich um und betrachtete sein dunkles, verlassenes Haus. Kein Licht erhellte die düstere Silhouette. Plötzlich lief ihm ein kalter Schauer über den Rücken. Mit einem Mal war er wieder allein und konnte Beckys Tod nicht mehr verdrängen. Der überwältigende Kummer brach wieder über ihn herein. Er schüttelte verzweifelt den Kopf. Wie zerbrechlich seine Welt doch gewesen war! Noch vor einer Woche waren ihm seine Familie und seine Karriere wie ein Fels in der Brandung erschienen, und jetzt war alles um ihn herum zusammengebrochen.

Bobby Bo Masons Haus war so hell erleuchtet wie ein Spielkasino in Las Vegas. Für die festliche Illuminierung hatte er extra einen Beleuchter vom Theater engagiert. Eine Mariachi-Band sorgte für die musikalische Unterhaltung seiner Gäste; sie spielte auf dem Rasen vorm Haus unter einer Zeltplane. Ein bißchen Regen sollte ihm das Galadiner anläßlich seiner Amtsübernahme nicht verderben.

Bobby Bo war einer der größten Rinderbarone Amerikas. Um dem Bild, das er von sich selbst hatte, und seiner Stellung in der Industrie gerecht zu werden, hatte er sich ein Haus bauen lassen, das in seiner Extravaganz ein Denkmal römischen Kitsches war. In alle Richtungen erstreckten sich Säulenhallen. Über das Grundstück verstreut standen lebensgroße Gipsimitationen römischer und griechischer Statuen. Einige waren sogar in täuschend echt wirkenden Hautfarben angemalt.

Livrierte Diener standen in einer Reihe am kreisförmigen Ende der Auffahrt und warteten auf die Ankunft der Gäste. Zwei Meter hohe Fackeln säumten den Weg; sie flackerten und zischten im Nieselregen.

Als hätten sie sich abgesprochen, rollte der Mercedes von Everett Sorenson eine knappe Minute vor Daryl Websters Lexus die Auffahrt hinauf. Die beiden Männer stiegen aus und umarmten sich; die Frauen taten es ihnen gleich.

Die Autos wurden von den Dienern weggefahren, während andere Bedienstete die Gäste mit großen Golfschirmen vor dem Regen schützten. Die vier stiegen die breite Treppe hinauf, die zum doppeltürigen Haupteingang führte.

»Ich hoffe, Sie haben Ihre Sicherheitsleute informiert«, sagte Sorenson mit gedämpfter Stimme.

»Sofort nach unserem Telefonat«, erwiderte Webster.

»Gut. Wir können gar nicht vorsichtig genug sein – schon gar nicht jetzt, wo das Rindfleischgeschäft endlich wieder läuft.«

In dem lichtdurchfluteten Foyer war es so hell, daß sie blinzeln mußten. Vor ihnen stand Bobby Bo, eingerahmt von dem massiven Granitsturz und den Türpfosten.

Bobby Bo war ähnlich stämmig wie Sorenson und Webster, und genau wie seine Kollegen war er von seinen eigenen Produkten so überzeugt, daß er regelmäßig erstaunlich große Steaks verdrückte. Er war ein Mann mit einem länglichen Gesicht und einer breiten Brust. Mit seinem maßgeschneiderten Smoking, der handgearbeiteten Fliege mit goldener Nadel und den mit Diamanten besetzten Kragen- und Manschettenknöpfen machte er einen imposanten Eindruck. Sein Vorbild in Sachen Mode war der Mafioso »Dapper Don« – natürlich bevor er verurteilt und inhaftiert worden war.

»Willkommen!« begrüßte Bobby Bo seine Gäste mit einem strahlenden Lächeln, das ein paar goldene Backenzähne zum Vorschein brachte. »Ihre Mäntel können Sie bei der kleinen Dame da drüben loswerden. Den Champagner nehmen Sie sich bitte selbst.«

Vom Wohnzimmer drangen Musik und fröhliches Gelächter ins Foyer; die Sorensons und die Websters waren nicht die ersten Gäste. Im Gegensatz zu der Band, die vor dem Haus musizierte, spielte drinnen ein Streichquartett ein wenig gedämpftere Melodien.

Als die vier ihre Mäntel losgeworden waren, begaben sich die beiden Frauen Arm in Arm zu den anderen Gästen. Die Männer hielt Bobby Bo zurück.

»Sterling Henderson ist der einzige, der noch fehlt«, sagte er. »Sobald er da ist, treffen wir uns kurz in der Bibliothek. Die anderen sind alle informiert.«

»Jack Cartwright kommt auch ein bißchen später«, entgegnete Sorenson. »Ich hätte ihn gerne dabei.«

»Kein Problem. Raten Sie mal, wer heute abend auch da ist?«

Sorenson sah Webster an. Sie hatten keine Ahnung, wer der Überraschungsgast sein mochte.

»Carl Stahl«, sagte Bobby Bo triumphierend.

Sorenson und Webster zuckten leicht zusammen. Ein Schatten huschte über ihre Gesichter.

»Ich fühle mich in seiner Gegenwart immer etwas unbehaglich«, sagte Sorenson schließlich.

»Ich auch«, stimmte Webster ihm zu.

»Stellen Sie sich nicht so an!« zog Bobby Bo die beiden auf und fügte lachend hinzu: »Schlimmstenfalls kann er Sie doch nur feuern.«

»Finde ich nicht besonders witzig«, entgegnete Webster.

»Ich auch nicht«, sagte Sorenson. »Aber wenn man bedenkt, daß er das tatsächlich tun könnte, sollten wir unser akutes Problem erst recht schon im Keim ersticken.«

14

Samstag abend, 24. Januar

Die Scheibenwischer fuhren gleichmäßig und monoton hin und her. Marsha bog ab und fuhr auf den Schlachthof zu. An den hinteren Teil des langgestreckten, niedrigen Gebäudes schloß sich ein großflächiger, umzäunter Viehhof an. Im kalten Regen sah die Anlage beinahe unheimlich aus.

Auf dem großen Parkplatz standen Autos.

In ihrer Einarbeitungsphase hatte Marsha den Schlachthof einmal besichtigt. Daher wußte sie, daß sie seitlich um das Gebäude herumfahren mußte. Dort befand sich der Angestellteneingang. Über der Tür hing eine Lampe, die den Eingangsbereich schwach beleuchtete.

Marsha parkte, zog die Handbremse und stellte den Motor ab. Doch anstatt sofort auszusteigen, blieb sie noch ein paar Sekunden sitzen und versuchte sich Mut zu machen. Nach ihrem Gespräch mit Kim war ihr nun doch ein wenig mulmig geworden. Bevor Kim sie darauf aufmerksam gemacht hatte, daß sie sich mit ihrer Schnüffelei womöglich einer körperlichen Gefahr aussetzte, hatte sie daran keinen Gedanken verschwendet. Doch jetzt war sie etwas beunruhigt. Schließlich hatte sie schon etliche Geschichten gehört, denen zufolge die Fleischindustrie gegen ausländische Arbeiter und Gewerkschaftssympathisanten brutale Maßnahmen ergriffen hatte. Sie fragte sich, wie die Leute von Higgins und Hancock wohl auf ihre Aktivitäten reagieren würden, die sie mit Sicherheit als Bedrohung empfanden.

»Jetzt übertreib mal nicht!« sagte Marsha laut zu sich selbst.

Mit plötzlicher Entschlossenheit nahm sie ihr Handy aus der Autohalterung und prüfte, ob der Akku geladen war.

»Auf geht's«, machte sie sich Mut.

Es regnete heftiger, als sie gedacht hatte. Sie rannte zum Angestellteneingang und versuchte, die Tür zu öffnen, doch sie war abgeschlossen. Neben der Tür sah sie einen Knopf und ein kleines Hinweisschild mit der Aufschrift: NACH GESCHÄFTSSCHLUSS. Sie klingelte.

Sie wartete eine halbe Minute, und als nichts geschah, klingelte sie noch einmal und klopfte zusätzlich mit der Faust gegen die massive Tür. Sie wollte schon zu ihrem Auto zurückgehen und sich ihr weiteres Vorgehen überlegen, als die Tür aufgerissen wurde. Ein mit einer braunschwarzen Uniform bekleideter Mann vom Sicherheitsdienst sah sie verwirrt an. Offenbar kreuzten bei Higgins und Hancock nicht oft unangekündigte Besucher auf.

Marsha zeigte ihm die Kennkarte des Landwirtschaftsministeriums und versuchte an dem Mann vorbei in das Gebäude zu gelangen. Doch er tat keinen Schritt zur Seite, so daß sie gezwungen war, im Regen stehenzubleiben.

»Bitte zeigen Sie mir die Karte noch einmal!« forderte der Mann sie auf.

Marsha reichte ihm die Kennkarte. Er prüfte sie sorgfältig und sah sich sogar die Rückseite an.

»Ich bin Fleischkontrolleurin und arbeite für das Landwirtschaftsministerium«, erklärte Marsha und fügte verärgert hinzu: »Finden Sie es eigentlich in Ordnung, mich hier im Regen stehenzulassen?«

»Was wollen Sie?« fragte der Mann.

»Wozu sind Kontrolleure wohl da?« fragte Marsha zurück. »Ich möchte überprüfen, ob bei Higgins und Hancock die Vorschriften eingehalten werden.«

Der Mann trat einen Schritt zurück und ließ sie eintreten. Sie wischte die Tropfen von der Stirn und schüttelte sie dann von der Hand ab.

»Außer den Reinigungskräften ist im Moment niemand da«, sagte der Mann.

»Aha«, entgegnete Marsha. »Würden Sie mir bitte meine Kennkarte zurückgeben?«

Der Wächter reichte ihr die Karte. »Wohin gehen Sie?«

»Ins Büro der Ministerialmitarbeiter«, erwiderte Marsha. Sie marschierte festen Schrittes und ohne sich umzudrehen los. Die Reaktion des Wächters verwunderte sie. Ihr wurde immer mulmiger zumute.

Bobby Bo Mason zog die mit Mahagoni getäfelte Tür der Bibliothek zu. Schlagartig war von dem Gelächter und dem Stimmengewirr nichts mehr zu hören. Dann drehte er sich zu seinen Kollegen um, die wie er alle ihre besten Smokings trugen. Sie repräsentierten nahezu alle Unternehmen der Stadt, die in irgendeiner Weise mit Rindfleisch oder Rindfleischprodukten zu tun hatten: Rinderzüchter, Schlachthof-Geschäftsführer, Direktoren von fleischverarbeitenden Betrieben und Leiter der Fleischdistribution. Einige der Männer hatten auf den mit dunkelgrünem Samt bezogenen Stühlen Platz genommen, andere standen und hielten ihre Champagnergläser vor der Brust.

Die Bibliothek war einer von Bobby Bos Lieblingsräumen. Er führte gerne seine Gäste hierher, um sich ihre Komplimente darüber anzuhören. Die Wände und Decken waren komplett mit altem brasilianischem Mahagoni verkleidet. Auf dem Boden lag ein zweieinhalb Zentimeter dicker, alter Täbris. Seltsamerweise gab es in der »Bibliothek« kein einziges Buch.

»Machen wir's kurz«, begann Bobby Bo. »Dann können wir uns um so schneller wieder den wichtigeren Dingen des Lebens widmen.« Einige Männer lachten. Bobby Bo liebte es, im Mittelpunkt zu stehen und freute sich schon auf seine ein Jahr währende Amtszeit als Präsident des Amerikanischen Rindfleischverbandes.

»Es geht um Miss Marsha Baldwin«, fuhr Bobby Bo fort, als er sicher war, daß ihm alle Anwesenden aufmerksam zuhörten.

»Entschuldigen Sie bitte«, meldete sich eine Stimme. »Ich möchte dazu etwas sagen.«

Bobby Bo richtete seine Aufmerksamkeit auf Sterling Henderson, der sich von seinem Platz erhob. Er war ein ziemlich großer Mann mit derben Gesichtszügen und silbern schimmerndem Haar.

»Ich möchte mich gleich vorweg entschuldigen«, erklärte Henderson. »Ich habe vom ersten Tag an versucht, diese Frau zu zügeln, aber sie läßt sich einfach nichts sagen.«

»Wir sind uns alle darüber im klaren, daß Ihnen die Hände gebunden sind«, versicherte Bobby Bo. »Wir haben diese kleine Versammlung auch keineswegs einberufen, um Sie zur Rechenschaft zu ziehen, falls Sie das befürchten sollten. Wir sind hier, um ein Problem zu lösen. Bis heute sind wir alle rundum zufrieden gewesen, wie Sie mit der Dame verfahren sind. Daß Miss Baldwin plötzlich ein handfestes Problem darstellt, liegt daran, daß sie sich mit diesem verrückten Arzt zusammengetan hat, der wegen einer angeblichen Kolibakterienverseuchung die Medien auf sich aufmerksam gemacht hat.«

»Daß die beiden sich zusammengetan haben, bedeutet Ärger, soviel steht fest«, ergriff Sorenson das Wort. »Vor einer Stunde haben Miss Baldwin und der Arzt in unseren Kontrollbüchern rumgeschnüffelt.«

»Sie hat den Arzt zu Mercer Meats mitgenommen?« fragte Henderson entsetzt.

»So ist es«, erwiderte Sorenson. »Vielleicht verstehen Sie

jetzt, in welchem Schlamassel wir uns befinden. Die Situation ist äußerst kritisch. Wenn wir nicht umgehend etwas unternehmen, müssen wir uns bald auf ein neues Kolibakterienfiasko gefaßt machen.«

»Es ist einfach nicht zu fassen, was für ein Theater um diese Kolibakterien gemacht wird«, ereiferte sich Bobby Bo. »Wissen Sie, was mich wirklich auf die Palme bringt? Die verdammte Geflügelindustrie kann Produkte auf den Markt bringen, die mit beinahe hundertprozentiger Sicherheit in Salmonellen oder Campylobacter schwimmen – und niemand verliert darüber auch nur ein Wort. Wir hingegen müssen nur ein winzig kleines Problem mit Kolibakterien haben – und es sind ja höchstens zwei bis drei Prozent unserer Produkte infiziert – und schon steht die ganze Welt Kopf. Wie kann das angehen? Kann mir das bitte mal jemand erklären? Hat die Geflügelindustrie eine bessere Lobby?«

Das leise Klingeln eines Handys durchbrach die Stille, die nach Bobby Bos leidenschaftlicher Rede eingetreten war. Die Hälfte der im Raum versammelten Männer griff sich in die Jackentaschen. Doch nur das Handy von Daryl Webster klingelte. Er zog sich in den hintersten Winkel der Bibliothek zurück und nahm den Anruf entgegen.

»Keine Ahnung, wie die Geflügelindustrie das macht«, sagte Sorenson schließlich. »Aber wir sollten uns jetzt erst einmal auf unser aktuelles Problem konzentrieren. Soweit ich weiß, hat das Management von Hudson Meat den Kolibakterien-Skandal nicht überlebt. Wir müssen etwas unternehmen, und zwar schnell. Das ist meine Meinung. Wozu, zum Teufel, haben wir das Schadensverhütungs-Komitee denn gegründet?«

Webster klappte sein Handy zusammen und ließ es in die Innentasche seines Jacketts gleiten. Sein Gesicht war noch röter als gewöhnlich.

»Schlechte Nachrichten?« fragte Bobby Bo.

»Kann man wohl sagen«, erwiderte Webster. »Das war gerade unser Nachtwächter. Marsha Baldwin ist bei Higgins und Hancock aufgekreuzt und geht in diesem Augenblick die für das Ministerium bestimmten Unterlagen durch. Sie hat unserem Sicherheitsmann ihre Kennkarte unter die Nase gehalten und ihm erzählt, sie wolle prüfen, ob bei uns die Bundesvorschriften eingehalten werden.«

»Sie hat überhaupt kein Recht, sich bei Ihnen Einlaß zu verschaffen«, empörte sich Henderson. »Und Unterlagen darf sie schon gar nicht prüfen.«

»Da haben wir's«, meldete Sorenson sich wieder zu Wort. »Ich glaube, damit dürfte sich eine lange Debatte erübrigt haben. Meiner Meinung nach gibt es nur eine Lösung.«

»Ich tendiere dazu, Everett zuzustimmen«, sagte Bobby Bo und ließ seinen Blick in die Runde schweifen. »Was meinen Sie, meine Herren?«

Zustimmendes Gegrummel machte sich breit.

»Wunderbar«, stellte Bobby Bo fest. »Betrachten Sie die Sache als erledigt.«

Bis auf Bobby Bo verließen alle Männer die Bibliothek und machten sich auf die Suche nach ihren Ehefrauen. Bobby Bo ging zum Telefon und wählte eine hausinterne Nummer. Er hatte den Hörer kaum aufgelegt, als Shanahan O'Brian bereits in der Tür erschien.

Shanahan trug einen dunklen Anzug und eine dezente Krawatte. Der Spezial-Kopfhörer, mit dem er herumlief, ließ ihn wie einen Geheimdienstagenten aussehen. Er war ein großer, kräftiger Ire, der nicht länger auf der Verliererseite hatte stehen wollen und seiner von ständigen Unruhen geplagten Heimat Nordirland den Rücken gekehrt hatte. Bobby Bo hatte ihn engagiert, als er einmal in Verlegenheit gewesen war. Seit fünf Jahren war Shanahan der

Chef seiner Sicherheitsleute. Shanahan und Bobby Bo kamen prima miteinander aus.

»Sie wollten mich sprechen?« fragte Shanahan.

»Kommen Sie rein, und schließen Sie die Tür!« forderte Bobby Bo ihn auf.

Shanahan folgte der Aufforderung.

»Das Schadensverhütungs-Komitee hat den ersten Auftrag zu vergeben«, verkündete Bobby Bo.

»Hervorragend«, entgegnete Shanahan mit seinem leichten gälischen Akzent.

»Setzen Sie sich«, forderte Bobby Bo ihn auf. »Ich erzähle Ihnen, worum es geht.«

Fünf Minuten später verließen die beiden Männer die Bibliothek. Im Foyer trennten sich ihre Wege. Bobby Bo trat an die Schwelle des ein wenig tiefer liegenden Wohnzimmers und ließ seinen Blick über die Feiernden schweifen. »Wieso ist es hier denn so ruhig?« brüllte er in den Raum. »Sind wir etwa auf einer Beerdigung? Auf geht's! Feiern wir eine Party!«

Shanahan ging vom Foyer direkt in die Tiefgarage, stieg in seinen schwarzen Cherokee und fuhr hinaus in die Nacht. Er nahm den Ring um die Stadt und fuhr so schnell, wie er gerade noch meinte riskieren zu können. Dann verließ er die Schnellstraße und fuhr in Richtung Westen. Zwanzig Minuten später stellte er sein Auto auf den Parkplatz vor dem El Toro ab. Auf dem Nachtlokal thronte in roten Neonumrissen ein lebensgroßer Stier. Shanahan parkte am Rand, so daß zwischen seinem Wagen und den anderen, vorwiegend klapprigen Pick-ups noch reichlich Platz blieb. Er legte keinen Wert darauf, daß irgendwer seine Tür öffnete und damit sein nagelneues Auto rammte.

Schon weit vor dem Kneipeneingang hörte er die dröhnenden Bässe der Latinorhythmen; drinnen war die Musik ohrenbetäubend. Das Lokal war gut besucht; dicker Zigarettenqualm vernebelte die Luft. Die Besucher waren vorwiegend Männer, doch es hatten sich auch ein paar buntgekleidete Frauen mit rabenschwarzem Haar in die Kneipe verirrt. Auf der einen Seite befand sich eine lange Theke, gegenüber gab es kleine Sitzecken. In der Mitte waren ein paar Tische und Stühle um eine kleine Tanzfläche plaziert. An der Wand stand eine altmodische, hellbeleuchtete Musikbox. Im hinteren Teil des Raums schloß sich ein Bogengang an, durch den ein paar Poolbillardtische zu sehen waren.

Shanahan musterte die an der Theke stehenden Männer, doch den Mann, den er suchte, konnte er nicht entdecken. Er schlenderte an den Sitzecken entlang, sah ihn aber auch dort nicht. Schließlich gab er auf und steuerte die überfüllte Theke an. Er konnte sich nur mit Mühe durch das Gedränge quetschen, und als er endlich vorm Tresen stand, schenkte der Barkeeper ihm keinerlei Beachtung.

Nachdem der Mann seine Rufe mehrmals ignoriert hatte, wedelte Shanahan mit einem Zehndollarschein. Der Barkeeper kam sofort. Shanahan reichte ihm die Geldnote.

»Ich suche Carlos Mateo«, brüllte Shanahan.

Das Geld verschwand wie bei einem Zaubertrick. Der Barkeeper sagte kein Wort. Statt dessen zeigte er auf den Hinterraum und tat so, als würde er mit einem Billardstock stoßen.

Shanahan bahnte sich seinen Weg über die kleine Tanzfläche. Der hintere Raum war nicht ganz so überfüllt wie der vordere Teil der Kneipe. Der Mann, nach dem er suchte, stand am zweiten Tisch.

Shanahan hatte viel Zeit und Mühe investiert, um den richtigen Mann für das geplante Schadensverhütungs-Komitee zu rekrutieren. Nachdem er etliche Kandidaten in die engere Wahl genommen und interviewt hatte, hatte er sich am Ende für Carlos entschieden. Carlos war in Mexiko aus dem Gefängnis ausgebrochen und eine Weile auf der Flucht gewesen. Vor sechs Monaten war es ihm beim ersten Versuch gelungen, in die Vereinigten Staaten zu gelangen. Da er dringend einen Job brauchte, war er bei Higgins und Hancock vorstellig geworden. Am meisten hatte Shanahan an Carlos dessen unbekümmerte Einstellung zum Tod beeindruckt. Carlos hatte zwar keine Einzelheiten ausgeplaudert, aber wie er Shanahan erzählt hatte, war er verhaftet worden, weil er einen Bekannten erstochen hatte. Als Arbeiter bei Higgins und Hancock wurde er täglich mit dem Tod von mehr als zweitausend Tieren konfrontiert. Doch was seine Gefühle anbelangte, schien der Vorgang des Tötens sich für Carlos nicht groß vom Waschen seines Pickups zu unterscheiden.

Shanahan ging weiter und blieb unter der Lampe stehen, die den zweiten Tisch beleuchtete. Carlos bereitete sich gerade auf seinen nächsten Stoß vor und reagierte nicht auf Shanahans Begrüßung. Shanahan mußte warten.

»*Mierda!*« brüllte Carlos und schlug auf die Bande. Die Kugel hatte das Loch verfehlt. Erst jetzt richtete er sich auf und sah Shanahan an.

Carlos war ein drahtiger Mann mit dunklem Haar, dunkler Haut und auffälligen Tätowierungen auf beiden Armen. Sein Gesicht war von buschigen Augenbrauen, einem bleistiftgeraden Schnurrbart und eingefallenen Wangen geprägt. Seine Augen sahen aus wie schwarze Murmeln. Er trug eine schwarze Lederweste, die seine prallen Muskeln und seine Tatoos gut zur Geltung brachte. Ein Hemd oder T-Shirt hatte er nicht an.

»Ich habe einen Auftrag für dich«, sagte Shanahan. »Einen Auftrag, wie ich ihn dir beschrieben habe. Bist du interessiert? Wenn ja, mußt du ihn jetzt erledigen.«

»Wenn Sie zahlen, bin ich interessiert«, erwiderte Carlos mit starkem spanischem Akzent.

»Komm mit!« forderte Shanahan ihn auf und zeigte in Richtung Ausgang.

Carlos legte seinen Billardstock auf den Spieltisch, blätterte seinem stänkernden Mitspieler ein paar zerknitterte Scheine hin und folgte Shanahan.

Solange sie nicht draußen waren, versuchten sie gar nicht erst, sich zu unterhalten.

»Wie kannst du es bloß länger als fünf Minuten in diesem Lärm aushalten?« fragte Shanahan.

»Wieso?« fragte Carlos zurück. »Ist doch gute Musik.«

Da es immer noch in Strömen regnete, führte Shanahan Carlos zu seinem Cherokee. Die beiden stiegen ein.

»Machen wir's schnell«, begann Shanahan. »Sie heißt Marsha Baldwin. Sie ist groß, blond, attraktiv. Etwa fünfundzwanzig.«

Carlos verzog sein Gesicht zu einem Grinsen, so daß sein Schnäuzer unter der schmalen Nase zwei gerade Striche bildete.

»Du mußt die Sache allerdings sofort erledigen«, fuhr Shanahan fort. »Die Frau ist im Augenblick da, wo du arbeitest.«

»Bei Higgins und Hancock?« fragte Carlos.

»Genau«, erwiderte Shanahan. »Sie ist im Verwaltungstrakt und schnüffelt in Unterlagen herum, die sie nichts angehen. Du kannst sie nicht verfehlen. Wenn du trotzdem Schwierigkeiten hast, sie zu finden, kannst du den Nachtwächter fragen. Er hat den Auftrag, die Frau im Auge zu behalten.«

»Wieviel zahlen Sie?« fragte Carlos.

»Mehr als wir besprochen haben«, erwiderte Shanahan. »Vorausgesetzt allerdings, du erledigst die Sache jetzt. Ich will, daß du dich umgehend auf den Weg machst.«

»Wieviel?« fragte Carlos.

»Hundert jetzt und zweihundert später – sofern sie spurlos verschwindet«, erwiderte Shanahan und griff in seine Jackettasche. Er zog einen neuen Hundertdollarschein hervor und hielt ihn Carlos vor die Nase. Der Neonstier tauchte den Schein in rotes Licht.

»Was ist mit meinem Job?« fragte Carlos.

»Mein Versprechen gilt«, stellte Shanahan klar. »Du arbeitest nur noch bis zum Ende des Monats im Schlachtbereich. Wohin willst du versetzt werden? In den Knochenauslöseraum oder lieber in den Rumpfraum?«

»In den Knochenauslöseraum«, erwiderte Carlos.

»Dann gilt unser Deal also?« fragte Shanahan.

»Klar«, erwiderte Carlos. Er nahm den Schein, faltete ihn und schob ihn in die Hosentasche. Dann öffnete er ohne ein weiteres Wort die Tür. Es war, als hätte man ihn gebeten, Laub zu harken oder Schnee zu schippen.

»Vermassel die Sache nicht!« rief Shanahan ihm hinterher.

»Auf dem Gelände von Higgins und Hancock ist es ein Kinderspiel für mich«, sagte Carlos.

»Das haben wir uns auch gedacht«, entgegnete Shanahan.

Marsha hob die Arme über den Kopf und streckte sich. Sie hatte sich so lange über die geöffnete Aktenschublade gebeugt, bis ihr der Nacken steif geworden war. Mit einem Hüftstoß schmetterte sie die Schublade zu, die mit einem lauten Klick einrastete. Dan schnappte sie sich ihr Handy und eilte zur Tür. Im Gehen wählte sie Kims Nummer.

Während die Verbindung sich aufbaute, öffnete sie die Tür und inspizierte den Flur in beide Richtungen. Erfreut stellte sie fest, daß niemand zu sehen war. Während sie die Unterlagen durchgesehen hatte, war der Wächter ein paarmal auf dem Flur vorbeigegangen. Er hatte sie zwar nicht gestört, aber seine demonstrative Wachsamkeit hatte sie noch nervöser gemacht, als sie sowieso schon war. Wenn er ihr näher gekommen wäre, hätte sie sich in die Enge getrieben gefühlt. Das Gebäude schien vollkommen verlassen; von den Reinigungskräften, die angeblich da sein sollten, hatte sie niemanden zu Gesicht gekriegt.

»Ich hoffe, Sie sind es, Marsha«, meldete sich Kim, ohne auch nur »hallo« zu sagen.

»Eine seltsame Art, sich am Telefon zu melden«, entgegnete Marsha und kicherte nervös. Sie schloß die Bürotür hinter sich und ging den verlassenen Flur entlang.

»Wurde langsam Zeit, daß Sie sich melden«, war Kims Antwort.

»Ich habe leider noch nichts entdeckt«, entgegnete Marsha, ohne auf Kims Vorwurf einzugehen.

»Warum rufen Sie erst jetzt an?«

»Nun beruhigen Sie sich doch«, erwiderte Marsha. »Ich habe die ganze Zeit in den Unterlagen gestöbert. Sie können sich gar nicht vorstellen, wieviel Papierkram das Landwirtschaftsministerium von den Betrieben verlangt. Jeden Tag müssen Sanitärberichte, Dispositionsberichte, Viehbestands-Schlachtberichte, Mängelberichte, Auftrags-Schlacht-Berichte, Rechnungen und und und geschrieben werden. Und diesen ganzen Papierwust vom 9. Januar bin ich gerade durchgegangen.«

»Und was haben Sie entdeckt?« fragte Kim.

»Nichts Ungewöhnliches«, erwiderte Marsha. Sie war inzwischen an einer Tür mit einer Mattglasscheibe angelangt. Auf dem Glas stand: ARCHIV. Sie drückte die Klinke herunter. Die Tür war nicht verschlossen. Sie trat ein, schloß die Tür hinter sich und verriegelte sie vorsichtshalber.

»Wenigstens haben Sie es versucht«, stellte Kim fest.

»Und jetzt sehen Sie zu, daß Sie so schnell wie möglich von dort verschwinden!«

»Erst wenn ich die Firmenunterlagen durchgesehen habe«, widersprach Marsha.

»Es ist schon Viertel nach acht. Hatten Sie nicht von einem Kurzbesuch gesprochen?«

»Ich brauche wahrscheinlich nicht mehr lange«, versicherte Marsha. »Ich bin im Archiv. In einer halben Stunde rufe ich wieder an.«

Bevor Kim ihr widersprechen konnte, hatte Marsha die Verbindung beendet. Sie legte das Telefon auf den langen Bibliothekstisch und nahm eine Wand mit Aktenschränken ins Visier. An der gegenüberliegenden Wand befand sich das einzige Fenster im Raum, gegen das der Regen peitschte. Es klang, als würden Reiskörner gegen die Scheibe prasseln. Am Ende des Raums gab es eine weitere Tür. Marsha ging hin und versicherte sich, daß sie abgeschlossen war.

Mit einem relativ sicheren Gefühl ging sie zurück zu den Aktenschränken und zog die erste Schublade auf.

Nach ein paar Minuten nahm Kim schließlich die Hand vom Hörer. Er hatte gehofft, daß Marsha umgehend noch einmal zurückrufen würde. Das Gespräch hatte so abrupt geendet, daß er zunächst an einen Zusammenbruch der Verbindung geglaubt hatte. Doch er mußte sich wohl damit abfinden, daß Marsha aufgelegt hatte.

Er saß wieder in dem Klubsessel, in dem Marsha ihn vorgefunden hatte. Außer der Stehlampe neben dem Sessel brannte im ganzen Haus kein einziges Licht. Auf dem Beistelltisch stand ein Glas Whisky, das er sich eingeschenkt, bisher aber noch nicht angerührt hatte.

Er hatte sich in seinem ganzen Leben noch nicht so elend gefühlt. Immer wieder kamen ihm Bilder von Becky vor Augen und ließen ihm neue Tränen über die Wangen laufen. Im nächsten Augenblick sträubte sich sein Kopf dagegen, die ganze schreckliche Geschichte zu akzeptieren, und er bildete sich ein, daß alles nur die Fortsetzung seines Alptraums war, in dem Becky im tosenden Meer gekämpft hatte.

Das Summen des Kühlschranks in der Küche erinnerte ihn daran, daß er etwas essen sollte. Er hatte keine Ahnung, wann er zum letzten Mal etwas Nennenswertes zu sich genommen hatte, doch er hatte absolut keinen Appetit. Er überlegte, ob er vielleicht nach oben gehen und duschen und sich umziehen sollte, aber das erschien ihm zu aufwendig. So blieb er einfach sitzen und wartete auf das Klingeln des Telefons.

Der alte Toyota-Pick-up hatte keine Heizung. Carlos zitterte vor Kälte, als er die Straße verließ und in den Schotterweg einbog, der um den Viehhof von Higgins und Hancock herumführte. Er schaltete den einzigen funktionierenden Scheinwerfer aus und fuhr im Dunkeln weiter. Schließlich kannte er den Weg in- und auswendig, und zudem konnte er sich an den schwachreflektierenden Zaunpfählen zu seiner Rechten orientieren.

Er fuhr bis zum Förderband und parkte den Wagen im Schatten des Gebäudes, streifte sich die dicken Fäustlinge von den Händen, die er im Auto zu tragen pflegte, und tauschte sie gegen ein Paar engsitzende schwarze Lederhandschuhe aus. Dann griff er unter den Sitz und holte ein langes, gebogenes Schlachtermesser hervor, das fast genauso aussah wie das, welches er tagsüber benutzte. Reflexartig testete er die Schneide. Durch die Lederhandschuhe hindurch spürte er, daß sie scharf wie ein Rasiermesser war.

Er stieg aus und blinzelte kurz, als ihm ein Regentropfen ins Auge kam. Mit einem Sprung überwand er den Zaun und landete in dem plattgetrampelten Matsch des Viehhofs. Ohne sich um den Kuhdung zu kümmern, spurtete er los und verschwand über das Förderband in den düsteren Tiefen des Schlachthofes.

Eine Austerngabel in der einen Hand und ein geschliffenes Kristallglas mit Bourbon in der anderen kletterte Bobby Bo auf den Beistelltisch und richtete sich auf. Dabei stieß er zur Freude seiner beiden Pudel eine Vorspeisenplatte mit marinierten Shrimps zu Boden.

Er schlug ein paarmal mit der Gabel gegen das Glas. Doch seine Gästen hörten ihn erst, als das Streichquartett zu spielen aufhörte.

»Alle mal herhören!« rief Bobby Bo über die Köpfe seiner Gäste in den Raum. »Im Eßzimmer wird gleich das Dinner serviert. Vergessen Sie nicht, die Nummer mitzunehmen, die Sie gezogen haben! Die Nummer entspricht dem Tisch, an dem Sie Platz nehmen sollen. Falls Sie noch keine Nummer gezogen haben sollten – Sie finden den Kübel im Foyer.«

Während die Gäste das Wohnzimmer verließen, schaffte es Bobby Bo, ohne ein weiteres Mißgeschick von dem Beistelltisch hinabzusteigen.

Auf dem Weg ins Eßzimmer erblickte Bobby Bo seinen Sicherheitschef. Er entschuldigte sich bei seinem Gesprächspartner und ging zu Shanahan O'Brian.

»Und?« flüsterte Bobby Bo. »Wie ist es gelaufen?«

»Problemlos«, erwiderte Shanahan.

»Wird die Sache noch heute abend erledigt?« wollte Bobby Bo wissen.

»In diesem Augenblick«, versicherte Shanahan. »Ich glaube, wir sollten Daryl Webster Bescheid geben. Dann kann er seinen Nachtwächter instruieren, sich nicht einzumischen.«

»Gute Idee.« Bobby Bo klopfte Shanahan grinsend auf die Schulter und eilte hinter seinen Gästen her.

Das laute Klingeln an der Haustür riß Kim aus seiner Melancholie. Für ein paar wirre Sekunden wußte er nicht, woher das Geräusch gekommen war. Da er auf einen Anruf wartete, hatte er als erstes zum Telefonhörer gegriffen. Daß es auch an der Tür klingeln konnte, hatte er zunächst gar nicht in Erwägung gezogen. Als er merkte, daß er sich getäuscht hatte, warf er einen Blick auf die Uhr. Es war Viertel vor neun. Wer konnte am Samstag abend um diese Uhrzeit bei ihm klingeln?

Außer Ginger kam eigentlich niemand in Frage, aber Ginger rief immer an, bevor sie sich auf den Weg machte. Plötzlich fiel ihm ein, daß er seinen Anrufbeantworter nicht abgehört hatte. Sie konnte also angerufen und ihm eine Nachricht hinterlassen haben. Während er darüber nachdachte, klingelte es erneut.

Er hatte eigentlich keine Lust, Ginger zu sehen, doch als es zum dritten Mal klingelte und es auch noch an der Tür pochte, erhob er sich. Er überlegte, wie er sie begrüßen sollte, als zu seiner Überraschung nicht Ginger, sondern Tracy vor ihm stand.

»Wie geht es dir?« fragte Tracy leise.

»Geht so«, erwiderte Kim. Er war verblüfft.

»Darf ich reinkommen?« fragte Tracy.

»Natürlich«, erwiderte Kim und trat einen Schritt zurück, um ihr Platz zu machen. »Tut mir leid. Ich bin so baff, daß ich gar nicht daran gedacht habe, dich hereinzubitten.«

Tracy ging in die düstere Diele und stellte fest, daß nur ein Licht im ganzen Haus brannte. Sie reichte Kim ihren Mantel und ihren Regenschutz.

»Ich hoffe, du hast nichts dagegen, daß ich unangekündigt bei dir hereinplatze«, sagte sie.

»Ist schon okay«, entgegnete Kim und hängte ihre Sachen auf. »Eigentlich wollte ich niemanden sehen«, erklärte Tracy und seufzte. »Aber dann mußte ich an dich denken und habe mir Sorgen gemacht. Du warst so aufgebracht, als du aus dem Krankenhaus gestürmt bist. Ich glaube, außer uns beiden kann niemand nachvollziehen, wie wir uns fühlen. Schließlich war es unsere gemeinsame Tochter, die wir verloren haben. Ich glaube, ich brauche Hilfe, und du wahrscheinlich auch.«

Tracys Worte machten alle Hoffnungen zunichte. Er konnte nicht länger leugnen, daß Becky tot war. Plötzlich überflutete ihn eine Woge von Traurigkeit, die er bisher zu verdrängen versucht hatte. Er seufzte und wischte sich über die Augen. Für einen Augenblick konnte er nichts sagen.

»Hast du im Wohnzimmer gesessen?« fragte Tracy.

Kim nickte.

»Ich hole mir einen Stuhl aus dem Eßzimmer«, sagte Tracy.

»Laß nur«, kam Kim ihr zuvor. »Das mache ich.« Ein wenig körperliche Betätigung konnte ihm nur guttun. Er stellte den Stuhl in den Halbschatten der Stehlampe.

»Möchtest du etwas trinken? Ich habe mir eben einen Scotch eingeschenkt.«

»Danke, lieber nicht.« Tracy setzte sich, beugte sich nach vorn und legte ihr Kinn in die aufgestützten Hände.

Kim ließ sich wieder in den Klubsessel fallen und betrachtete seine Ex-Frau. Ihr dunkles Haar, das sonst immer wellig und voll war, klebte ihr platt am Kopf. Das wenige Make-up, das sie aufgetragen hatte, war verschmiert. Es war nicht zu übersehen, daß sie furchtbar litt, doch ihre Augen waren so strahlend und funkelnd, wie Kim sie seit jeher kannte.

»Ich wollte dir noch etwas sagen«, begann Tracy.

»Nachdem ich eine Weile darüber nachgedacht habe, ist mir klargeworden, daß es sehr mutig von dir war, wie du Becky zu helfen versucht hast.« Sie hielt einen Augenblick inne und biß sich auf die Lippe. »Ich hätte das niemals machen können – auch nicht, wenn ich Chirurgin wäre.«

»Nett, daß du zu mir stehst«, entgegnete Kim. »Danke.«

»Zuerst war ich total schockiert«, gestand Tracy.

»Eine Massage am offenen Herzen ist immer eine verzweifelte Maßnahme«, erklärte Kim. »Und wenn man es dann auch noch bei der eigenen Tochter tun muß ... nun ja, das Krankenhaus wird die Sache bestimmt anders sehen als du.«

»Du hast es aus Liebe zu Becky getan«, sagte Tracy. »Es war überhaupt nicht anmaßend, obwohl ich das zuerst gedacht habe.«

»Ich habe ihr den Brustkorb aufgeschnitten, weil die externe Herzmassage nichts brachte«, erklärte Kim. »Ich konnte Becky nicht einfach sterben lassen. Es wußte doch keiner, wieso sie immer wieder diese Herzstillstände hatte. Jetzt weiß ich warum – und auch warum die externe Herzmassage fruchtlos war.«

»Ich hatte keine Ahnung, daß Kolibakterien so eine furchtbare Krankheit auslösen können«, flüsterte Tracy.

»Ich auch nicht«, gestand Kim.

Das Klingeln des Telefons ließ sie beide hochfahren. Kim griff nach dem Hörer. »Hallo!« meldete er sich barsch.

Tracy sah, wie seine Gesichtszüge sich veränderten. Zuerst schien er etwas verwirrt, doch dann wurde er ärgerlich.

»Hören Sie auf!« raunzte er in den Hörer. »Ihr Sermon interessiert mich nicht die Bohne. Und ich brauche auch keine Kreditkarte von Ihrer Firma. Machen Sie auf der Stelle die Leitung frei!« Er knallte den Hörer auf.

»Klingt so, als würdest du einen Anruf erwarten«, stellte Tracy fest und stand auf. »Ich störe wohl. Vielleicht sollte ich besser gehen.«

»Nein«, entgegnete Kim und korrigierte sich sofort. »Ich meine natürlich, du hast recht: Ich erwarte einen Anruf. Aber du sollst nicht gehen.«

Tracy legte den Kopf auf die Seite. »Irgendwie reagierst du seltsam. Was ist denn los?«

»Ich bin total durch den Wind«, gestand Kim. »Aber ...«

Bevor er erklären konnte, warum er so nervös war, klingelte das Telefon erneut. Wieder riß er den Hörer von der Gabel und meldete sich mit einem hektischen »Hallo«.

»Ich bin's. Ich habe etwas entdeckt.«

»Was?« fragte Kim, während er Tracy bedeutete, sich wieder hinzusetzen.

»Etwas sehr Interessantes wahrscheinlich«, erwiderte Marsha. »Ich habe eine Differenz entdeckt. Die internen Unterlagen vom neunten Januar stimmen nicht mit denen überein, die für das Ministerium bestimmt sind.«

»Inwiefern?« fragte Kim.

»Kurz vor Feierabend wurde noch eine Kuh geschlachtet«, erwiderte Marsha. »In den Firmenunterlagen hat man dem Tier die Liefernummer sechsunddreißig und die Kopfnummer siebenundfünfzig gegeben.«

»Und?« fragte Kim. »Ist es in irgendeiner Weise von Bedeutung, daß sie ein zusätzliches Tier geschlachtet haben?«

»Ich würde sagen, ja«, erwiderte Marsha. »Das heißt nämlich, daß die Kuh nicht vom Veterinär des Landwirtschaftsministeriums untersucht wurde.«

»Wollen Sie damit sagen, das Tier könnte krank gewesen sein?« fragte Kim.

»Die Möglichkeit müssen wir in Erwägung ziehen«, erwiderte Marsha. »Die Rechnung deutet ebenfalls darauf hin, daß mit dem Tier etwas faul war. Es war nämlich kein Stier aus der Rindfleischzucht, sondern eine Milchkuh, die der Schlachthof einem gewissen Bart Winslow abgekauft hat.«

»Das müssen Sie mir genauer erklären.«

»Milchkühe werden oft zu Hamburgerfleisch verarbeitet«, erläuterte Marsha. »Das ist das eine. Das andere ist – ich kenne den Namen Bart Winslow. Er kommt hier aus der Gegend und ist ein sogenannter 4-T-Mann. Das bedeutet, er fährt herum und holt verendete Tiere von den Farmen ab – genauer gesagt, Tiere, die tot, todkrank oder todgeweiht sind. Der Job von 4-T-Männern ist es, die Tiere zur Abdeckerei zu bringen, wo sie zu Dünger oder Viehfutter verarbeitet werden.«

»Das reicht«, sagte Kim. »Mehr möchte ich gar nicht darüber hören. Erzählen Sie mir jetzt bloß nicht, daß diese Tiere manchmal auch an Schlachthöfe verkauft werden.«

»Doch. Und das Tier, das am neunten Januar als letztes geschlachtet wurde, ist offenbar ein solches Tier gewesen«, entgegnete Marsha. »Hinter Kopf Nummer siebenundfünfzig in Lieferung Nummer sechsunddreißig verbirgt sich höchstwahrscheinlich eine kranke Kuh, die für die Abdeckerei bestimmt war.«

»Das ist ja ekelerregend.«

»Es kommt noch schlimmer«, fuhr Marsha fort. »Ich habe einen internen Mängelbericht von Higgins und Hancock über genau diese Kuh gefunden. In dem Bericht ging es nicht etwa darum, daß sie krank war oder nicht vom Veterinär untersucht wurde.« Marsha zögerte. »Machen Sie sich auf etwas ziemlich Widerliches gefaßt.«

»Schießen Sie los!« drängte Kim. »Was war mit der Kuh?«

»Oje!« rief Marsha entsetzt. »Es ist jemand an der Tür. Ich muß schleunigst die Akte zurücklegen!«

Kim hörte ein lautes Poltern. Im Hintergrund vernahm er das Rascheln von Papier und das unverwechselbare Geräusch einer zukrachenden Registraturschublade.

»Marsha!« schrie Kim.

Doch Marsha kam nicht an den Apparat. Statt dessen hörte Kim, wie Glas zu Bruch ging. Das Klirren war so laut, daß er aus dem Sessel hochfuhr. Reflexartig zog er den Hörer vom Ohr weg.

»Marsha!« brüllte er dann wieder in die Muschel. Doch sie antwortete nicht. Statt dessen hörte er ein anderes, unmißverständliches Geräusch: Möbel wurden verrückt und fielen krachend um. Dann war es plötzlich absolut still.

Kim nahm den Hörer vom Ohr und sah Tracy an. Sein Entsetzen spiegelte sich in seinen Augen wider.

»Was ist los?« fragte Tracy bestürzt. »War das Marsha Baldwin?«

»Ich glaube, sie ist in Gefahr!« platzte Kim heraus. »Oh, mein Gott!«

»Wieso ist sie in Gefahr?« wollte Tracy wissen. Kims Panik war unübersehbar.

»Ich muß ihr helfen!« schrie Kim. »Es ist alles meine Schuld!«

»Was ist deine Schuld?« rief Tracy verzweifelt. »Nun sag mir doch endlich, was los ist!«

Anstatt zu antworten, rannte Kim aus dem Haus. In seiner Eile ließ er die Haustür offenstehen. Tracy jagte hinter ihm her und wollte wissen, wohin er fuhr.

»Warte hier!« brüllte Kim, bevor er ins Auto sprang. »Ich bin bald zurück.« Die Tür knallte zu. Eine Sekunde später heulte der Motor auf, und Kim schoß im Rückwärtsgang auf die Straße und raste los.

Tracy fuhr sich nervös mit der Hand durchs Haar. Sie hatte weder eine Ahnung, was passiert war, noch wußte sie, was sie jetzt tun sollte. Im ersten Augenblick wollte sie ins Auto steigen und nach Hause fahren. Doch sie machte sich Sorgen um Kim. Er hatte so panisch reagiert, und sie wollte wissen, was los war. Außerdem wußte sie nicht, was sie zu Hause tun sollte; schließlich war sie gerade von dort geflohen.

Der kalte Regen nahm ihr die Entscheidung ab. Sie drehte sich um und ging zurück ins Haus. Sie würde auf ihn warten.

Die Verfolgungsjagd war losgegangen, als jemand die Glasscheibe in der Tür zerschlagen hatte. Eine behandschuhte Hand hatte durch das gezackte Glas gegriffen und die Tür aufgeschlossen. Dann war die Tür aufgeflogen und gegen die Wand gekracht.

Beim Anblick des dürren, dunklen Mannes, der ein langes Messer schwang, hatte Marsha aufgeschrien. Als er einen Schritt auf sie zugekommen war, hatte sie sich umgedreht und war losgerannt. In der Hoffnung, ihren Verfolger zu Fall zu bringen, hatte sie in ihrer Panik noch ein paar Stühle umgeworfen. Sie wußte sofort, daß er sie töten wollte.

Hysterisch vor Angst schloß sie die hintere Tür auf. Hinter sich hörte sie den Mann auf spanisch fluchen. Stühle krachten. Sie wagte nicht, sich umzudrehen. Auf dem Flur rannte sie blind drauflos. Sie hoffte inständig, irgendeinem Menschen zu begegnen, und wenn es nur der furchteinflößende Nachtwächter war. Im Laufen versuchte sie um Hilfe zu schreien, doch sie brachte nur ein heiseres Krächzen hervor.

Sie stürmte an leeren Büros vorbei. Am Ende des Flurs lief sie in einen Aufenthaltsraum. Auf einem der zahlreichen Tische entdeckte sie Lunchpakete und Thermosflaschen, aber die Besitzer waren nirgends in Sicht. Sie hörte Schritte. Ihr Verfolger näherte sich in bedrohlichem Tempo.

Am anderen Ende des Aufenthaltsraums stand eine Tür offen. Dahinter befand sich eine kurze Treppe, die vor einer Feuertür endete. Obwohl Marsha sich wenig Chancen ausrechnete, durchquerte sie den Raum und warf ihrem Verfolger im Rennen so viele Stühle wie möglich in den Weg. Zwei Stufen auf einmal nehmend, hastete sie die Treppe hinauf. Vor der Feuertür japste sie nach Luft. Hinter sich hörte sie ihren Verfolger mit den Stühlen kämpfen.

Sie riß die Feuertür auf und stürmte in einen riesigen, kalten Raum. Sie befand sich im eigentlichen Schlachtbereich des Schlachthofs. Im Halbdunkel der in weitem Abstand angebrachten Nachtlampen wirkte der Raum gespenstisch, was vor allem daran lag, daß er gerade mit Hochdruckdampf gereinigt worden war. Kalter grauer Dunst waberte um die metallenen Laufbänder, die von den Deckenschienen herabhängenden Haken und die diversen Maschinen.

Letztere hinderten sie daran, zügig voranzukommen. Verzweifelt schrie sie um Hilfe. Doch die einzige Antwort, die sie bekam, war das Echo ihrer eigenen, von den nackten Betonwänden zurückgeworfenen Stimme.

Hinter ihr wurde die Feuertür aufgerissen. Sie war noch so nah an der Tür, daß sie die japsenden Atemzüge ihres Verfolgers hören konnte.

Panisch suchte sie Zuflucht hinter einer riesigen Maschine und preßte sich in den Schatten einer Metallgitter-Treppe. Dabei versuchte sie vergeblich, ihr eigenes Keuchen zu unterdrücken.

Irgendwo in der Nähe tropfte langsam und gleichmäßig Wasser, ansonsten war es mucksmäuschenstill. Ihre letzte Hoffnung waren die Reinigungsmänner. Sie mußten irgendwo sein; sie mußte sie nur finden.

Marsha wagte einen Blick zur Feuertür. Sie war geschlossen. Der Mann war nirgends zu sehen.

Ein plötzliches, lautes Klicken ließ sie zusammenfahren. Im nächsten Augenblick war der Raum von grellem Neonlicht erhellt. Ihr Herz jagte. In dem hellen Licht würde der Mann sie früher oder später entdecken.

Ein weiterer Blick zur Tür ermutigte sie zu ihrem nächsten Schritt. Sie hatte nur eine Chance: Sie mußte hier raus. Sofort. Kurz entschlossen verließ sie ihr Versteck und rannte zur Feuertür. Sie umklammerte den Griff und zog.

Die schwere Tür öffnete sich einen Spalt, doch plötzlich ging es nicht mehr weiter. Marsha sah auf und stellte entsetzt fest, daß ein tätowierter Arm über ihre Schulter langte und die Tür zuhielt.

Sie wirbelte herum und preßte ihren Rücken gegen die Tür. Voller Todesangst starrte sie in die kalten, schwarzen Augen ihres Verfolgers. Das monströse Messer hielt er jetzt in der linken Hand.

»Was wollen Sie von mir?« schrie sie verzweifelt.

Carlos antwortete nicht. Statt dessen grinste er und warf das Messer von einer Hand in die andere.

Marsha versuchte, ihm zu entkommen, doch in ihrer Panik rutschte sie auf dem nassen Zement aus und schlug mit dem Kopf auf den Boden. Carlos stürzte sich sofort auf sie.

Marsha rollte auf den Rücken. Sie versuchte, dem Mann das Messer zu entreißen. Doch als sie danach griff, schlitzte sie sich beide Hände bis auf die Knochen auf. Carlos erstickte ihren Schrei, indem er ihr mit der linken Hand den Mund zuhielt.

Als sie versuchte, die Hand wegzudrücken, hob er blitzschnell die Waffe und verpaßte ihr mit dem schweren Griff einen Schlag auf den Kopf. Marsha wurde ohnmächtig.

Carlos richtete sich auf und atmete ein paarmal tief durch. Dann legte er Marshas Arme über kreuz, so daß ihre aufgeschlitzten Hände auf dem Bauch lagen. An den Füßen schleifte er sein Opfer über den Boden. Als er die

Roste am Ende des Förderbandes erreichte, legte er Marsha dort ab und ging zu einem Elektro-Anschlußkasten. Er legte den Schalter um und aktivierte das Band.

Obwohl die Straßen vom Regen naß und rutschig waren, raste Kim wie ein Irrer durch die Dunkelheit und grübelte während der Fahrt darüber nach, was Marsha im Aktenarchiv von Higgins und Hancock zugestoßen sein konnte. Im stillen hoffte er, daß sie nur von einem Sicherheitsmann überrascht worden war, selbst wenn das bedeutete, daß sie vielleicht festgenommen worden war. Etwas Schlimmeres wollte er sich lieber nicht vorstellen.

Als er auf den Parkplatz vor der riesigen Anlage einbog, fiel ihm auf, daß nur noch wenige Autos dort standen. Er entdeckte Marshas Wagen ganz am Ende des Parkplatzes, weit entfernt vom Eingang.

Er hielt direkt vor dem Haupteingang, sprang aus dem Auto und versuchte, in das Gebäude zu gelangen. Doch es war abgeschlossen. Er schlug mit der Faust gegen die Tür. Er legte sich seitlich die Hände an den Kopf und spähte durch die Scheibe. Alles, was er sah, war ein schwachbeleuchteter, menschenleerer Flur. Ein Nachtwächter war nicht in Sicht.

Kim lauschte. Es war totenstill. Ihm wurde immer mulmiger zumute. Er trat ein paar Schritte zurück und inspizierte die Vorderfront des Gebäudes. Zum Parkplatz hin gab es mehrere Fenster.

Er verließ den betonierten Eingangsbereich und huschte eilig an der Nordseite des Gebäudes entlang. In jedes Fenster, an dem er vorbeikam, warf er einen Blick und probierte, ob es sich öffnen ließ. Doch alle Fenster waren fest verschlossen.

Als er durch das dritte Fenster spähte, sah er Aktenschränke, umgekippte Stühle und ein auf dem Tisch liegendes Telefon, das Marshas sein konnte. Genau wie die anderen war auch dieses Fenster fest verriegelt. Ohne eine Sekunde zu zögern bückte er sich und hob einen der Steine auf, mit denen der Parkplatz von den Beeten abgegrenzt war. Die Glasscheibe zersplitterte in tausend Scherben. Im nächsten Augenblick krachte der Stein mit lautem Getöse auf den Holzboden und rollte gegen ein paar umgeworfene Stühle.

Carlos hielt inne und spitzte die Ohren. Er befand sich im Kopfknochenauslöseraum, dem Ort, an dem die Wangen und Zungen aus den Rinderköpfen gelöst wurden. Das Krachen des Steins, den Kim durch das Fenster geschleudert hatte, war hier nur als leiser, dumpfer Aufprall zu hören gewesen. Doch als erfahrener Einbrecher wußte Carlos, daß er unerwartete Geräusche nicht ignorieren durfte; sie bedeuteten unweigerlich Ärger.

Er schloß den Deckel des Kombi-Behälters und schaltete das Licht aus. Dann streifte er sich den blutbefleckten weißen Kittel und die gelben Gummihandschuhe ab und verstaute die Sachen unter einem Waschbecken. Mit dem Messer in der Hand huschte er leise und flink aus dem Knochenauslöseraum hinaus in den Schlachtbereich. Nachdem er sämtliche Lichter gelöscht hatte, hielt er inne und lauschte. Normalerweise hätte er den Schlachthof über das Förderband verlassen, aber er war noch nicht ganz fertig.

Kim war sehr vorsichtig durch das Fenster geklettert. Er hatte sich bemüht, möglichst nicht in die Glasscherben zu fassen, doch ganz war ihm das nicht gelungen. Er richtete sich auf und mußte zunächst ein paar Splitter aus seinen Handflächen entfernen. Danach nahm er den Raum ins Visier. Auf einem unter der Decke angebrachten Bewegungsmelder blinkte ein rotes Licht, das er jedoch ignorierte.

Als er das auf dem Tisch liegende Handy, die umgekippten Stühle und die zerbrochene Glasscheibe in der Tür zum Hauptgang sah, wußte er sofort, daß er sich in dem Raum befand, von dem aus Marsha ihn angerufen hatte. Am anderen Ende des Raum stand eine Tür offen; vermutlich war sie in diese Richtung geflohen.

Er rannte durch diese Tür und fand sich auf einem langen, düsteren und verlassenen Flur wieder. Er blieb stehen und lauschte. Es war absolut still. Ihm wurde immer mulmiger zumute; irgend etwas stimmte nicht.

Er hastete den Flur entlang und öffnete jede Tür, an der er vorbeikam. Er inspizierte Vorratsräume, Putzmittelschränke, einen Umkleideraum und mehrere Toiletten. Am Ende des Gangs erreichte er den Aufenthaltsraum. Er blieb auf der Schwelle stehen. Er folgte der Spur der umgekippten Stühle, die zu einer Hintertür führte, und stieg die kurze Treppe hinauf. Mit einem Ruck riß er die Feuertür auf, ging hinein und blieb abrupt stehen, denn er wußte nicht, was er als nächstes tun sollte. Er befand sich in einem Labyrinth von Maschinen, die gruselige Schatten warfen.

Er nahm einen widerwärtig süßlichen Geruch wahr, der ihm vage bekannt vorkam. Er überlegte, womit er ihn in Verbindung brache. Nach ein paar Sekunden wußte er es. Ihm fiel eine unangenehme Szene in seinem zweiten Studienjahr ein, als er zum ersten Mal bei einer Autopsie dabeigewesen war. Die Erinnerung daran hatte er geflissentlich verdrängt.

»Marsha!« rief er verzweifelt. »Marsha!«

Niemand antwortete. Außer dem Echo seiner eigenen panischen Stimme war absolut nichts zu hören.

Rechts neben sich entdeckte er neben einem Feuerlöscher, einem Schlauch und einer Feuerwehraxt mit langem Stiel eine Hochleistungs-Taschenlampe. Er riß die Taschenlampe aus der Halterung und knipste sie an. Der gebündelte Lichtstrahl erhellte in dem Raum jedoch nur schmale, kegelförmige Ausschnitte.

Dem flackernden Lichtschein folgend, erkundete er den Raum. Er bewegte sich im Uhrzeigersinn voran und wagte sich auch in den Bereich hinter den Maschinen vor.

Nach ein paar Minuten blieb er stehen und rief erneut nach Marsha. Doch auch diesmal erhielt er nur das Echo seiner eigenen Stimme zur Antwort. Außerdem hörte er einen tropfenden Wasserhahn.

Im Licht der Taschenlampe stieß er auf eine Art Rost. Er richtete den Strahl auf die Stelle. In der Mitte sah er einen dunklen, schmierigen Fleck. Er ging näher heran, bückte sich und richtete den Lichtstrahl direkt auf den Fleck. Zögernd berührte er die Stelle mit dem Zeigefinger. Ein kalter Schauer jagte ihm den Rücken herunter. Es war Blut!

Carlos hatte sich gegen die Wand des Kopfknochenauslöseraums gepreßt. Er stand direkt neben dem türlosen Durchbruch zum Schlachtbereich. Während Kim sich zielstrebig vorgearbeitet hatte, hatte er selbst sich peu à peu zurückgezogen. Er hatte Kim bereits bemerkt, als er durch den Flur gerannt war und alle Türen aufgerissen hatte.

Carlos hatte keine Ahnung, wer der Fremde war und hatte gehofft, er würde sich damit zufriedengeben, den Bürotrakt des Schlachthofs zu durchsuchen. Doch als Kim dann im Schlachtbereich aufgetaucht war und nach Marsha gerufen hatte, war Carlos klargeworden, daß er ihn töten mußte.

Carlos ließ sich durch den unerwarteten Besucher nicht aus der Fassung bringen. Bei einem solchen Job mußte man immer mit Überraschungen rechnen. Außerdem hoffte er, seine Entlohnung erhöhen, vielleicht sogar verdoppeln zu können. Auch wie groß oder stark der Eindringling war, spielte für ihn keine Rolle. Schließlich hatte er den

Vorteil des Überraschungsmomentes auf seiner Seite, und was vielleicht am wichtigsten war – er hatte sein Lieblingsmesser in der rechten Hand.

Vorsichtig beugte er sich ein wenig vor, lugte durch die Öffnung und überblickte den Schlachtbereich. Dank der Taschenlampe, mit der der Fremde sich seinen Weg suchte, konnte Carlos sein Opfer problemlos im Auge behalten. Er beobachtete, wie der Mann sich an seinem Arbeitsplatz zu schaffen machte und sich aufrichtete.

Plötzlich schien der Strahl der Lampe ihm direkt in die Augen. Er zog sich blitzschnell in sein Versteck zurück und achtete darauf, die Messerklinge so zu halten, daß sie nicht in der Dunkelheit aufblitzte. Carlos hielt die Luft an. Den Lichtstrahl der Taschenlampe vor sich her bewegend, kam der Fremde direkt auf ihn zu.

Carlos drückte sich gegen die Wand und spannte die Muskeln. Der Fremde steuerte den Knochenauslöseraum an, genau wie er es angenommen hatte. Das Licht der Taschenlampe kam immer näher. Carlos spürte, wie sein Herz zu rasen begann und ihm ein Adrenalinstoß durch die Adern schoß. Solche Situationen genoß er in vollen Zügen. Es war wie ein Rausch.

Kim wußte natürlich, daß er sich in einem Schlachthaus befand, in dem den ganzen Tag Tiere getötet worden waren; deshalb hätte ihn ein Blutfleck eigentlich nicht überraschen sollen. Doch das Blut, das er entdeckt hatte, sah frisch aus und war noch nicht geronnen. Er mochte sich gar nicht vorstellen, daß es von Marsha stammen konnte. Allein der Gedanke machte ihn rasend. Jetzt wollte er sie erst recht finden und, falls sie tatsächlich verletzt sein sollte, den Täter um jeden Preis stellen.

Nachdem er den Schlachtbereich gründlich inspiziert hatte, beschloß er, seine Suche auf andere Bereiche der riesigen Anlage auszudehnen. Auf der Hut vor dem Menschen, der vermutlich bereits Marsha etwas angetan hatte, steuerte er den einzigen offenen Durchgang an, den er gesehen hatte.

Daß er die nächste Sekunde überlebte, hatte er einzig und allein seiner Vorsicht zu verdanken. Aus dem Augenwinkel heraus hatte er seitlich eine abrupte Bewegung registriert. Er machte instinktiv einen Satz nach vorn und riß die Taschenlampe hoch, um etwas abzuwehren, das er wie einen Schlag empfand.

Carlos war aus dem Schatten hervorgeschossen und hatte gehofft, Kim mit einem schnellen Stoß in die Seite kampfunfähig zu machen. Er hatte das Messer schnell wieder aus dem Körper seines Opfers herausziehen und sich dann zurückziehen wollen. Endgültig wollte er Kim erst zur Strecke bringen, sobald dieser völlig entkräftet war. Doch er hatte die richtige Stelle verfehlt und Kim nur leicht am Handrücken verletzt.

Als Carlos versuchte, sein Gleichgewicht wiederzufinden, verpaßte Kim ihm einen Schlag mit der Taschenlampe. Obwohl die Lampe ihn nur an der Schulter streifte und ihn nicht verletzte, riß ihn der Schlag zu Boden. Bevor er sich wieder aufrichten konnte, suchte Kim das Weite. Er durchquerte den Kopfknochenauslöseraum und rannte in den großen Knochenauslöseraum. Dieser Raum war fast so riesig wie der Schlachtbereich, jedoch noch ein wenig düsterer. Überall standen lange Tische aus rostfreiem Stahl, zwischen den Tiefen verliefen Förderbänder. Auf einer höheren Ebene befand sich ein Netz aus Metallgitter-Stegen, über die die Aufseher bei ihren Kontrollgängen gehen und unter sich das Zerteilen der Rinder beobachten konnten.

Kim suchte panisch nach irgendeiner Art Waffe, mit der er das lange Messer abwehren konnte. Da er die Lampe ausgeknipst hatte und nicht wagte, sie wieder einzuschalten, konnte er nur blind die Tische abgreifen. Doch zu seinem Unglück fand er nichts Geeignetes.

Im nächsten Augenblick stieß er gegen eine große, leere Plastikmülltonne, die polternd umkippte. Verzweifelt griff er nach der Tonne, damit sie nicht in der Gegend herumrollte und seine Position verriet. Er warf einen Blick zurück in Richtung Kopfknochenauslöseraum und sah in dem offenen Durchbruch die Silhouette des Mannes mit dem Messer. Für den Bruchteil einer Sekunde fiel ein schwacher Lichstrahl auf seinen Rücken, dann verschwand der Mann im Schatten.

Kim zitterte vor Angst. Was sollte er gegen einen mit einem Messer bewaffneten Mann ausrichten, der offensichtlich ein Killer war? Wie sollte er sich in dem stockdunklen, ihm völlig fremden Raum verteidigen? Er mußte sich verstecken, etwas anderes blieb ihm gar nicht übrig. Der Mann durfte ihm auf keinen Fall näher kommen. Die erste Messerattacke hatte er wie durch ein Wunder überlebt, aber er wußte sehr wohl, daß er bei der nächsten Konfrontation wahrscheinlich den kürzeren ziehen würde.

Ein plötzlicher losschrillender Signalton ließ Kim vor Schreck zusammenfahren. Überall um ihn herum setzten sich die Förderbänder geräuschvoll in Bewegung. Gleichzeitig gingen unter der Decke grelle Neonröhren an. Kim spürte, wie seine Halsschlagader heftig zu pochen begann. Seine Chance, sich in dem Labyrinth aus Maschinen zu verstecken, war gerade zerplatzt.

Er quetschte sich hinter die Plastikmülltonne. Zwischen den Tischbeinen hindurchlinsend, sah er, wie der tätowierte Mann näher kam. Er bahnte sich langsam seinen Weg durch den hinteren Gang; in der rechten Hand hatte er das Messer, das aus Kims Blickwinkel etwa so groß war wie eine Machete.

Kim geriet in Panik. Nur ein einziger Gang trennte ihn noch von dem Killer. Wenn der Mann den nächsten Gang inspizierte, war er geliefert. Es war nur noch eine Frage von Sekunden. Plötzlich wußte Kim, was er zu tun hatte. Die Plastiktonne mit beiden Händen umklammernd, sprang er blitzartig auf. Er brüllte wie ein sich in den Kampf stürzender keltischer Krieger und stürmte auf seinen Verfolger los. Die zum Schutzschild umfunktionierte Plastiktonne vor sich haltend, rannte er mit vollem Karacho in den messerschwingenden Mexikaner hinein.

Der Angriff war zwar völlig überraschend für Carlos gekommen, aber er war geistesgegenwärtig genug, das Messer nicht loszulassen.

Kim hatte Carlos glatt über den Haufen gerannt und befand sich nun etliche Meter hinter ihm. Er schleuderte die Tonne zur Seite und rannte durch den großen Knochenauslöseraum davon. Ihm war klar, daß er seinen Verfolger nur kurz außer Gefecht gesetzt hatte; in Null Komma nichts würde der Mann ihm wieder auf den Fersen sein. Wissend, daß ihm als Ausweg nur die Flucht blieb, passierte er eine zweite türlose Öffnung und landete in einem kalten, dunstigen und schlechtbeleuchteten Raum, in dem unzählige Rinderrümpfe von der Decke herabhingen. Die halbierten Tiere waren an Haken befestigt, die in einem Deckenrollsystem verankert waren. Die einzige Lichtquelle waren ein paar in großem Abstand angebrachte Deckenlampen über dem Hauptgang, der die langen Reihen der gekühlten Tierhälften trennte.

Kim rannte den Hauptgang entlang und sah sich verzweifelt nach einem Versteck um. In dem Kühlraum herrschten so niedrige Temperaturen, daß er seinen Atem sehen konnte. Er war noch nicht weit gelaufen, als er auf einen Quergang stieß, an dessen Ende er das willkommene grüne Glimmern eines Ausgangshinweises entdeckte. Doch an der Tür angelangt, mußte er zu seinem Entsetzen feststellen, daß sie mit einer Kette und einem schweren Vorhängeschloß verriegelt war.

Im nächsten Augenblick hörte er das entfernte, aber unverkennbare Geräusch, das die Absätze seines Verfolgers auf dem Betonfußboden verursachten. Der Mann kam näher. Kim geriet erneut in Panik. Auf der Suche nach einem anderen Ausgang lief er, so schnell er konnte, zwischen den Tierhälften durch die engen Gänge des Kühlraumes. Doch als er endlich einen zweiten Ausgang fand, hatte er wieder Pech: Er war ebenfalls mit einer Kette verriegelt.

Entmutigt setzte Kim seine Flucht fort. Der Raum war riesig. Er quetschte sich jetzt zwischen der Außenwand und den baumelnden Rinderhälften hindurch. Mehrere Minuten vergingen, bis er die nächste Ecke erreichte und eine Neunzig-Grad-Wende machen konnte. Auf diesem Gang kam er schneller voran. Kurz bevor er erneut den Hauptgang erreichte, der längs durch den Raum verlief, entdeckte er eine weitere Tür. Er drückte die Klinke herunter, und zu seiner Erleichterung ließ diese Tür sich öffnen. Sie führte in einen dunklen Raum. Neben der Tür befand sich ein Schalter. Kim knipste das Licht an. Er war in einem großen Lagerraum mit Stahlregalen gelandet. In der verzweifelten Hoffnung, irgend etwas zu finden, das sich als Waffe verwenden ließ, schaute er sich um. Er drehte eine schnelle Runde, hatte aber wieder kein Glück. Er fand lediglich ein paar kleinere Ersatzteile und einen Karton mit Gummistempeln, mit denen die Kontrolleure des Landwirtschaftsministeriums dem Fleisch die Gütesiegel »ausgewählt«, »erste Wahl« oder »erstklassig« aufdrückten. Das einzige größere Objekt, das er erspähte, war ein Besen.

Ein Besen war besser als gar nichts. Kim schnappte sich ihn und lief zurück. Als er gerade den Raum verlassen wollte, hörte er erneut die Schritte seines Verfolgers. Der Mann war nah, höchstens drei Meter entfernt. Er kam den Hauptgang entlang, der sich direkt um die Ecke befand!

Panisch zog Kim die Tür des Vorratsraum so leise und

schnell wie möglich zu. Den Besenstiel mit beiden Händen umklammernd drückte er sich rechts neben der Tür flach an die Wand. Die Schritte hielten inne. Kim hörte den Mann fluchen. Dann waren die Schritte wieder da. Sie wurden immer lauter und stoppten direkt vor der Tür.

Kim hielt die Luft an und klammerte sich am Besen fest. Für einen qualvollen Augenblick passierte nichts. Dann sah er, wie der Türgriff langsam nach unten gedrückt wurde. Der Mann kam rein!

Kims Herz jagte. Die Tür wurde aufgerissen. Als der Mann über die Schwelle trat, biß er die Zähne zusammen, nahm den Besen quer und holte aus. Er traf seinen Verfolger mit voller Wucht mitten ins Gesicht. Der Mann taumelte rückwärts aus der Tür. Er hatte nicht mit dem Angriff gerechnet und ließ das Messer fallen. Es kam scheppernd auf dem Boden auf.

Den Besen noch immer in der linken Hand haltend, hechtete Kim hinter dem Messer her. Als er es zu fassen bekam, mußte er entsetzt feststellen, daß es nicht das Messer, sondern eine Taschenlampe war.

»Keine Bewegung!« brüllte jemand.

Kim richtete sich auf und starrte in den blendenden Lichtstrahl einer anderen Taschenlampe. Instinktiv hob er die Hand und schirmte seine Augen ab. Jetzt sah er auch den am Boden liegenden Mann. Es war nicht der Mexikaner, sondern ein ganz anderer Mann. Er trug ein braunes Higgins-und-Hancock-Hemd. Offenbar hatte er den Nachtwächter umgenietet. Der Mann hielt sich beide Hände vors Gesicht. Aus seiner Nase strömte Blut.

»Lassen Sie den Besen fallen!« brüllte ihn jemand an.

Kim ließ die Taschenlampe und den Besen los. Beides fiel krachend auf den Boden.

Der grelle Strahl wurde daraufhin ein wenig nach unten gesenkt. Vollkommen baff und erleichtert registrierte Kim, daß vor ihm zwei Polizisten standen. Der Polizist, der keine Taschenlampe hielt, hatte seine Pistole im Anschlag und zielte direkt auf ihn.

»Gott sei Dank!« brachte Kim hervor, obwohl er direkt in den Lauf eines Revolvers starrte, der keine drei Meter entfernt auf ihn gerichtet wurde.

»Halten Sie den Mund!« fuhr der Polizist mit der Waffe ihn an. »Kommen Sie raus, und stellen Sie sich mit dem Gesicht zur Wand!«

Kim folgte dem Befehl nur zu gern. Er verließ den Lagerraum und legte die Hände so an die Wand, wie er es in Gangsterfilmen gesehen hatte.

»Durchsuch ihn!« befahl der eine Polizist seinem Kollegen.

Kim spürte, wie er an Armen, Beinen und Oberkörper abgetastet wurde.

»Er ist sauber.«

»Drehen Sie sich um!«

Kim folgte der Aufforderung mit erhobenen Händen; schließlich wollte er nicht, daß die Polizisten seine friedliche Absicht anzweifelten. Die beiden Männer standen jetzt so nah vor ihm, daß er ihre Namensschilder entziffern konnte. Der Mann mit der Pistole hieß Douglas Foster. Der andere war Leroy McHalverson. Der Nachtwächter hatte sich inzwischen aufgerappelt und betupfte seine verbogene Nase mit einem Taschentuch. Das Metallstück des Besens hatte sein Nasenbein mit einer solchen Wucht getroffen, daß es gebrochen war.

»Leg ihm Handschellen an!« forderte Foster seinen Kollegen auf.

»Moment mal!« wandte Kim ein. »Ich bin nicht derjenige, dem Sie Handschellen anlegen sollten.«

»Ach?« entgegnete Foster von oben herab. »Wen würden Sie denn vorschlagen?«

»Hier irgendwo ist noch jemand«, erwiderte Kim. »Ein dunkler, drahtig aussehender Typ mit tätowierten Armen und einem riesigen Messer.«

»Außerdem trägt er eine Hockeymaske«, fügte Foster spöttisch hinzu, »und sein Name ist Jason.«

»Das ist mein Ernst«, sagte Kim. »Ich bin hier, weil ich nach einer Frau namens Marsha Baldwin suche.«

Die beiden Polizisten sahen sich an.

»Wirklich!« bekräftigte Kim. »Sie ist Kontrolleurin und arbeitet für das Landwirtschaftsministerium. Sie war heute abend hier, um etwas zu überprüfen. Während ich mit ihr telefoniert habe, ist sie von jemandem überrascht worden. Ich habe gehört, wie Glas zu Bruch ging und ein Kampf begann. Als ich wenig später hier ankam, um ihr zu helfen, bin ich von einem Mann mit einem Messer angegriffen worden – wahrscheinlich von demselben Kerl, der Ms. Baldwin attackiert hat.«

Die Polizisten blieben spektisch.

»Ich bin Chirurg und arbeite im University Medical Center«, fuhr Kim fort und fummelte in der Tasche seines schmutzigen, ehemals weißen Kittels nach seinem Ausweis. Foster umklammerte nervös seine Pistole. Kim zog die Krankenhaus-Kennkarte hervor und reichte sie Foster. Foster bedeutete McHalverson, die Karte zu nehmen.

»Sieht echt aus«, stellte McHalverson nach kurzer Prüfung fest.

»Natürlich ist sie echt.«

»Halten Ärzte neuerdings nicht mehr viel von persönlicher Hygiene?« fragte Foster.

Kim fuhr sich mit der Hand durch seinen Stoppelbart und musterte den schmutzigen Kittel und die OP-Sachen, die er immer noch trug. Er hatte sich seit Freitag morgen weder geduscht noch rasiert oder umgezogen. »Ich weiß, daß ich schlimm aussehe«, gestand er. »Aber dafür gibt es eine Erklärung. Im Augenblick mache ich mir allerdings mehr Sorgen um Ms. Baldwin. Sie müssen den Mann mit dem Messer finden!«

»Was sagen Sie dazu, Curt?« wandte Foster sich an den Nachtwächter. »Haben Sie eine Kontrolleurin vom Landwirtschaftsministerium oder einen seltsamen, dunklen Kerl mit Tätowierungen gesehen?«

»Nein«, erwiderte Curt. »Zumindest sind sie nicht reingekommen, seitdem ich meinen Dienst angetreten habe. Ich bin seit drei Uhr heute nachmittag hier.«

»Tut mir leid«, wandte Foster sich wieder an Kim. »Die Vorstellung war nicht schlecht.« An seinen Kollegen gewandt, fügte er hinzu. »Leg ihm Handschellen an!«

»Warten Sie!« bat Kim. »Ich habe Blut entdeckt. Drüben in dem anderen Raum. Ich fürchte, es ist von Ms. Baldwin.«

»Wo?« fragte Foster.

»Auf einem Rost«, erwiderte Kim. »Ich kann Ihnen die Stelle zeigen.«

»Wir sind in einem Schlachthaus«, erinnerte Curt. »Hier ist überall Blut.«

»Das Blut, das ich gesehen habe, sah aber frisch aus.«

»Leg ihm Handschellen an, dann sehen wir nach«, ordnete Foster an.

Kim ließ sich die Handgelenke hinter dem Rücken zusammenketten. Dann befahl man ihm vorauszugehen. Im großen Knochenauslöseraum bat Curt die Polizisten kurz zu warten, damit er die Lichter und die Fließbänder ausstellen konnte.

»Der Mann mit dem Messer hat die Anlage eingeschaltet«, erklärte Kim.

»Ja, alles klar«, entgegnete Foster.

Kim versuchte gar nicht erst, ihm zu widersprechen. Er wies ihn auch nicht auf die Plastikmülltonne hin, die gegen einen Tisch gerollt war. Das Blut würde die Polizisten schon überzeugen, daß er die Wahrheit sagte.

Er führte die Männer zum Rost. Als Curt den Strahl seiner Taschenlampe auf die Stelle richtete, mußte Kim enttäuscht feststellen, daß das Blut verschwunden war.

»Aber hier war ein Blutfleck!« Er schüttelte den Kopf. »Jemand hat ihn weggespritzt.

»Zweifellos der Mann mit dem Messer«, bemerkte McHalverson mit einem Grinsen.

»Wer sonst?« fügte Foster witzelnd hinzu.

»Warten Sie!« Kim war der Verzweiflung nahe. Er mußte sie irgendwie davon überzeugen, daß er die Wahrheit sagte. »Das Telefon! Ms. Baldwin hat mich von ihrem Handy angerufen. Es liegt im Archiv.«

»Sie sind wirklich kreativ«, stellte Foster fest. »Das muß man Ihnen lassen.« Dann sah er den Nachtwächter an. »Meinen Sie, wir könnten noch einen Blick ins Archiv werfen? Wir kommen ja sowieso daran vorbei.«

»Klar, warum nicht?« erwiderte Curt.

Während der Nachtwächter Kim und Foster zum Archiv geleitete, ging McHalverson zum Polizeiwagen, um Kontakt zur Wache aufzunehmen. Völlig entgeistert mußte Kim feststellen, daß im Archiv alle Stühle wieder hingestellt worden waren. Aber was noch schlimmer war – das Telefon war weg. »Es hat hier gelegen, ich schwöre es«, beteuerte er. »Und die meisten Stühle lagen umgekippt auf dem Boden.«

»Ich habe kein Telefon gesehen, als ich hier nach dem Rechten gesehen habe«, versicherte Curt. »Und die Stühle standen genauso wie jetzt.«

»Was ist mit der zerbrochenen Scheibe in der Tür?« fragte Kim aufgeregt und zeigte auf die Tür, die zum vorderen Flur führte. »Ich bin sicher, daß dies das klirrende Geräusch war, das ich durchs Telefon gehört habe.«

»Ich bin davon ausgegangen, daß die Scheibe in der Tür und die Fensterscheibe von ein und derselben Person eingeschlagen wurden«, sagte der Nachtwächter.

»Aber das ist doch gar nicht möglich«, widersprach ihm Kim. »Ich habe die Fensterscheibe eingeschlagen, aber die Scheibe in der Tür war schon kaputt, als ich kam. Sehen Sie doch! Die Glassplitter liegen alle im Archiv. Die Scheibe muß vom Flur aus eingeschlagen worden sein.«

»Hmm«, grummelte Foster und starrte auf die Scherben. »Da hat er wohl recht.«

»Ihr Auto!« rief Kim. Er hatte eine neue Idee. »Es muß noch draußen stehen. Sie fährt einen gelben Ford. Er steht am Ende des Gebäudes.«

Bevor Foster Kims Hinweis überprüfen konnte, kam McHalverson breit grinsend zurück. »Ich habe gerade mit dem Kollegen auf der Wache gesprochen. Sie haben kurz gecheckt, ob der gute Doktor schon mal aufgefallen ist. Du wirst staunen! Er ist kein unbeschriebenes Blatt. Er ist erst gestern abend wegen Hausfriedensbruchs und Körperverletzung in einem Fastfood-Restaurant festgenommen worden. Heute morgen hat man ihn ohne Kaution auf freien Fuß gesetzt.«

»Na klasse«, entgegnete Foster. »Ein Wiederholungstäter! Okay, Doc, das war's dann wohl. Wir nehmen Sie mit in die Stadt.«

15

Sonntag, 25. Januar, später Vormittag

Für Kim war alles ein Déjà-vu-Erlebnis. Er befand sich im selben Gerichtssaal und mußte sich vor demselben Richter verantworten. Nur das Wetter war diesmal anders. Die Sonne war weit und breit nicht zu sehen; statt dessen war der Himmel stark bewölkt, und gelegentlich fielen ein paar Schneeflocken. Richter Harlowes Laune paßte zu dem grauen Tag.

Kim saß an einem zerkratzten Bibliothekstisch. Neben ihm hatte Tracy Platz genommen. Vor ihnen, unterhalb des Richterstuhls, stand Justin Devereau, ein Anwalt und alter Freund von Kim. Er war eine aristokratische Erscheinung, der nach seinem Studium in Harvard das alte Sprichwort »Go West, young man« wörtlich genommen hatte. Er hatte eine Anwaltskanzlei eröffnet, die inzwischen als eine der größten und erfolgreichsten der Stadt galt. Keiner seiner Kollegen hatte so viele Fälle gewonnen wie er. Doch an diesem Vormittag wirkte er besorgt. Sein Streitgespräch mit dem wütenden Richter hatte sich äußerst mühsam gestaltet.

Kim sah schlimmer aus denn je, nachdem er eine weitere Nacht in einer Gefängniszelle verbracht hatte. Er hatte sich immer noch nicht rasiert oder geduscht. Außerdem war er beunruhigt, weil völlig offen war, wie der Richter diesmal entscheiden würde. Er wollte auf keinen Fall zurück in die Zelle.

Devereau räusperte sich. »Ich möchte Sie noch einmal daran erinnern, hohes Gericht, daß Dr. Kim Reggis bis zu der tragischen Erkrankung seiner einzigen Tochter buchstäblich eine Säule der Gesellschaft gewesen ist.«

»Werter Herr Anwalt«, entgegnete der Richter ungeduldig, »die Krankheit der Tochter von Dr. Reggis mußte bereits als Entschuldigung herhalten, als Ihr Mandat gestern vor diesem Gericht erschienen ist. Ich mag es grundsätzlich nicht, wenn mir an meinen Dienstwochenenden zweimal dasselbe Gesicht vorgeführt wird. Ich empfinde das als Affront gegen meine richterliche Entscheidung, denn dann war es offenbar ein Fehler, diese Person nach ihrer ersten Straftat auf freien Fuß zu setzen.«

»Dr. Reggis' Tochter ist gestern gestorben, Euer Ehren«, insistierte Devereau. »Mein Mandat befindet sich in einer Streßsituation.«

»Das ist offensichtlich«, stimmte Richter Harlowe zu. »Die Frage ist, ob er in seinem derzeitigem Zustand eine Gefahr für die Allgemeinheit darstellt.«

»Die beiden Vorfälle sind völlig untypisch für meinen Mandanten und werden sich bestimmt nicht wiederholen«, versicherte Devereau. »Wie Sie eben gehört haben, bereut Dr. Reggis seine überstürzten Aktionen zutiefst.«

Der Richter rückte seine Brille zurecht und musterte Kim. Er mußte zugeben, daß der Mann einen zerknirschten und bemitleidenswerten Eindruck machte. Dann betrachtete er Tracy. Sie hatte ihn durch ihre Anwesenheit und ihre Aussage zugunsten ihres Ex-Mannes ziemlich beeindruckt.

»Okay«, wandte er sich an Devereau. »Ich lasse Ihren Mandanten gegen Kaution frei. Aber glauben Sie nicht, Herr Anwalt, daß Ihre schwulstigen Argumente mich umgestimmt haben. Vielmehr hat mich beeindruckt, daß Dr. Reggis' frühere Ehefrau so freundlich war, vor diesem Gericht über den Charakter ihres Ex-Mannes auszusagen. Als Familienrichter habe ich schon einiges erlebt – aber ihre

Aussage hat mich überzeugt. Ich setze die Kaution auf fünftausend Dollar fest. Die Verhandlung findet in vier Wochen statt. Nächster Fall!«

Der Richter schlug mit dem Hammer auf den Tisch und nahm sich die nächste Akte vor.

»Entschuldigen Sie, Euer Ehren«, wandte Devereau ein. »Bei meinem Mandanten besteht keine Fluchtgefahr. Fünftausend Dollar Kaution erscheint mir ziemlich hoch.«

Der Richter lugte über den Rand seiner Lesebrille und zog die Augenbrauen hoch. »Ich werde Ihnen zuliebe so tun, als hätte ich Ihre Bemerkung nicht gehört. Wenn ich Ihnen einen Rat geben darf, Herr Anwalt – treiben Sie's nicht zu weit! Der nächste Fall bitte!«

Devereau zuckte mit den Achseln und schwieg. Er packte seine Sachen zusammen und bedeutete Kim und Tracy, ihm nach draußen zu folgen.

Mit Devereaus Hilfe war die Kaution schnell gestellt. Eine knappe halbe Stunde später verließen sie das Gerichtsgebäude und traten hinaus in den verhangenen Wintermorgen. Auf dem Treppenabsatz blieben sie stehen. Ein paar vereinzelte Schneeflocken wirbelten durch die Luft.

»Ich war mir anfangs gar nicht so sicher, ob der Richter dich auf Kaution freilassen würde«, sagte Devereau. »Du hast noch mal Schwein gehabt. Freu dich!«

»Unter den gegebenen Umständen fällt es mir ziemlich schwer, mich über irgend etwas zu freuen«, entgegnete Kim. »Aber trotzdem vielen Dank für deine Hilfe. Tut mir leid, daß ich dich an einem Sonntagmorgen stören mußte.«

»Hab' ich doch gerne gemacht«, sagte Devereau. »Das mit Becky tut mir furchtbar leid. Mein aufrichtiges Beileid.«

Kim und Tracy bedankten sich.

»Okay, ich mache mich dann auf den Weg.« Devereau

berührte die Krempe seines Hutes. »Wir sehen uns. Ich hoffe, ihr übersteht diese schwere Zeit irgendwie.«

Bevor er ging, drückte er Tracy ein Küßchen auf die Wange und schüttelte Kim die Hand. Nach ein paar Schritten blieb er stehen. »Noch ein Rat von einem alten Freund, Kim. Du solltest dich nicht noch einmal verhaften lassen. Beim nächsten Mal kriege ich dich garantiert nicht mehr frei. Wer in der Haftzelle Dauergast wird, fällt verständlicherweise unter eine besondere Kategorie.«

»Ist schon klar«, entgegnete Kim. »Ich passe auf.«

Kim und Tracy sahen Justin Devereau hinterher, bis er außer Hörweite war. Dann wandten sie sich einander zu.

»Ich würde jetzt gerne von dir erfahren, was wirklich passiert ist«, sagte Tracy.

»Was ich weiß, kann ich dir gerne erzählen«, entgegnete Kim lahm. »Aber als erstes muß ich mein Auto holen. Kannst du mich vielleicht zu Higgins und Hancock fahren?«

»Sicher«, erwiderte Tracy. »Damit hatte ich sowieso gerechnet.«

»Ich erzähle dir die Geschichte im Auto.«

Sie überquerten die Straße und steuerten den Parkplatz an.

»Ich fühle mich wie in einem Alptraum«, seufzte Kim.

»Wir brauchen beide Hilfe«, entgegnete Tracy. »Das habe ich dir ja gestern abend schon gesagt. Vielleicht können wir uns gegenseitig stützen.«

Kim seufzte erneut. »Du hältst mich wahrscheinlich für verrückt, weil ich mich Hals über Kopf in den Kampf gegen die Kolibakterien stürze. Gerade ist unsere Tochter gestorben, und ich habe nichts Besseres zu tun, als durch die Gegend zu hetzen.« Er schüttelte den Kopf. »All die Jahre habe ich von mir behauptet, daß ich ein starker Kerl bin, doch jetzt muß ich einsehen, daß in Wahrheit du die Stärkere von uns beiden bist. Ich weiß, daß ich Beckys Tod nicht auf Dauer verdrängen kann, aber im Augenblick kann ich mich nicht darauf einlassen. Ich hoffe, du kannst halbwegs nachvollziehen, daß ich einfach noch nicht soweit bin.«

Tracy schwieg eine Weile. Dann legte sie Kim die Hand auf den Arm. »Ich verstehe dich. Und ich werde dich nicht drängen. Ich will dir sogar helfen, die skandalösen Zustände aufzudecken. Aber Beckys Tod wirst du dadurch nicht verdrängen können.«

Kim nickte. »Ich weiß«, flüsterte er. »Danke.«

Die Fahrt dauerte nicht lange. Kim berichtete Tracy in allen Einzelheiten, was passiert war, seitdem Marsha bei ihm zu Hause aufgetaucht war. Er endete mit seiner Verhaftung. Als er Tracy beschrieb, wie der Mann mit dem Messer ihn attackiert hatte, war sie schockiert.

»Wie sah der Mann aus?« fragte sie. In einem dunklen Schlachthaus überfallen zu werden, war für sie der blanke Horror.

»Es ging wahnsinnig schnell«, erwiderte Kim. »Ich weiß gar nicht, wie ich ihn beschreiben soll.«

»War er alt oder jung?« fragte Tracy. »Groß oder klein?« Aus irgendeinem unerklärlichen Grund wollte sie wissen, wie der Mann aussah.

»Ein dunkler Typ«, erinnerte sich Kim. »Dunkle Haut, dunkles Haar. Ich schätze, er ist Mexikaner oder zumindest Latino. Ziemlich dürr, aber gut durchtrainiert. Außerdem hat er etliche Tätowierungen.«

»Warum hast du Justin nichts davon erzählt?« fragte sie.

»Was hätte es denn gebracht, wenn er die Geschichte gekannt hätte?« fragte Kim zurück.

»Er hätte den Richter darüber in Kenntnis setzen können.«

»Aber dadurch hätte sich doch nichts geändert«, wandte

Kim ein. »Vielleicht wäre es sogar ungünstig für mich gewesen. Immerhin klingt die Geschichte ja doch ein bißchen unglaubwürdig. Ich wollte nur auf freien Fuß gesetzt werden und in Ruhe überlegen können, was ich jetzt tun soll.«

»Meinst du, Marsha könnte immer noch bei Higgins und Hancock sein?« fragte Tracy. »Vielleicht wird sie gegen ihren Willen dort festgehalten.«

»Entweder das, oder man hat ihr noch Schlimmeres angetan«, erwiderte Kim. »Falls das Blut, das ich entdeckt habe, Menschenblut war, hat man sie vielleicht sogar umgebracht.«

»Ich weiß wirklich nicht mehr, was ich sagen soll«, gestand Tracy.

»Ich auch nicht«, gab Kim zu. »Aber ich hoffe immer noch, daß sie fliehen konnte. Vielleicht sollte ich mal meinen Anrufbeantworter abhören. Sie könnte ja bei mir angerufen haben.«

Tracy nahm das Handy aus der Autohalterung und reichte es ihm. Er wählte und konzentrierte sich. Nach ein paar Minuten legte er das Telefon zurück.

»Und?« fragte Tracy.

Er schüttelte deprimiert den Kopf. »Fehlanzeige. Außer Ginger hat sich niemand gemeldet.«

»Erzähl mir doch mal genau, was du gehört hast, als du das letzte Mal mit Marsha gesprochen hast«, bat Tracy.

»Ich habe gehört, wie Glas zu Bruch ging«, wiederholte Kim. »Und zwar direkt nachdem sie mir gesagt hatte, daß jemand an der Tür sei. Danach habe ich es ein paarmal krachen hören. Das müssen die Stühle gewesen sein.«

»Und das hast du alles den Polizisten erzählt?« fragte Tracy.

»Natürlich«, erwiderte Kim. »Aber sie fanden die Geschichte nur lachhaft. Obwohl man sie ja irgendwie verstehen kann. Sie halten mich eben für einen Irren. Als ich ihnen das Blut zeigen wollte, war es plötzlich nicht mehr da. Als ich ihnen das Handy zeigen wollte, war es ebenfalls verschwunden. Und Marshas Auto stand auch nicht mehr an der Stelle, an der ich es zuvor gesehen hatte.«

»Vielleicht hat sie das Handy selbst mitgenommen«, überlegte Tracy. »Womöglich ist sie dem Mann entkommen und mit ihrem Auto weggefahren.«

»Ich wünsche mir von tiefstem Herzen, daß es so ist«, seufzte Kim. »Ich mag mir gar nicht vorstellen, was ihr ansonsten widerfahren sein könnte. Ich mache mir furchtbare Vorwürfe. Sie ist doch nur wegen mir in Schwierigkeiten geraten.«

»Du hast sie zu nichts gezwungen«, sagte Tracy. »Sie ist aus freien Stücken zu Higgins und Hancock gefahren. Ich habe sie zwar nur kurz kennengelernt, aber ich weiß, daß sie sich niemals von irgend jemandem herumkommandieren ließe. Sie hat ihren eigenen Kopf.«

»Ich glaube, ich sollte mir mal den Nachtwächter vorknöpfen«, überlegte Kim laut. »Er mußte wissen, daß Marsha in der Firma war, auch wenn er es abgestritten hat.«

»Wenn er die Polizei schon belogen hat, wird er dir bestimmt nichts erzählen«, wandte Tracy ein.

»Aber irgend etwas muß ich doch tun«, sagte Kim.

»Weißt du irgend etwas über Marsha?« fragte Tracy. »Zum Beispiel wo sie wohnt, wo sie herkommt oder ob sie hier in der Gegend Familienangehörige hat?«

»Ich weiß fast gar nichts über sie«, gestand Kim. »Außer, daß sie neunundzwanzig Jahre alt ist und Veterinärmedizin studiert hat.«

»Schade«, bemerkte Tracy. »Es wäre hilfreich zu wissen, ob sie vermißt wird oder nicht. Falls ja, wäre die Polizei gezwungen, dir zuzuhören.«

»Du hast mich gerade auf eine Idee gebracht!« rief Kim und richtete sich kerzengerade auf. »Was hältst du davon, Kelly Anderson einzuschalten? Ich könnte sie um Hilfe bitten.«

»Keine schlechte Idee«, erwiderte Tracy. »Die Frage ist nur, ob sie Interesse hat.«

»Ich frage sie einfach. Dann wissen wir es.«

»Eigentlich könnte sie dir ja ruhig mal einen Gefallen tun«, sagte Tracy. »Schließlich hat sie dir bisher immer nur Ärger bereitet.«

»Die Medien einzuschalten, könnte die Lösung sein«, überlegte Kim. »Ich meine nicht nur, um herauszufinden, was mit Marsha ist, sondern auch, um die Fleischverseuchung publik zu machen.«

»Ja. Je mehr ich darüber nachdenke, desto besser gefällt mir die Idee«, stimmte Tracy ihm zu. »Vielleicht kann ich dir helfen, sie zu überzeugen.«

Kim warf seiner Ex-Frau einen dankbaren Blick zu. Nach den Scheidungsquerelen und dem Streit um das Sorgerecht für Becky hatte er vollkommen vergessen, wie warmherzig und attraktiv sie war. »Ich muß dir etwas sagen, Trace«, brachte er gerührt hervor. »Ich bin so dankbar, daß du heute morgen ins Gericht gekommen bist – und nicht nur, weil du dich um die Kaution gekümmert hast. Ich freue mich, daß du nach all dem, was passiert ist, überhaupt noch bereit bist, zu mir zu stehen.« Tracy sah ihn an. Ein solches Eingeständnis paßte ganz und gar nicht zu ihm, doch an seinen Augen erkannte sie, daß er es ernst meinte. »Das hast du aber nett gesagt.«

»Weil ich es auch so meine«, bekräftigte Kim.

»Ich weiß gar nicht, was ich sagen soll«, entgegnete Tracy. »Ich kann mich absolut nicht daran erinnern, wann du dich zum letzten Mal bei mir für irgend etwas bedankt hast. Es muß vor unserer Heirat gewesen sein.«

»Ich weiß«, gestand Kim. »Du hast vollkommen recht. Gestern nacht im Gefängnis hatte ich ziemlich viel Zeit zum Nachdenken. Und ich muß zugeben, daß mir die Ereignisse der vergangenen vierundzwanzig Stunden die Augen geöffnet haben – vor allem wenn ich an Becky denke.«

»Inwiefern haben dir die Ereignisse die Augen geöffnet?« hakte Tracy nach.

»Ich weiß jetzt, was im Leben wirklich wichtig ist«, erwiderte Kim. »Vielleicht klingt es ein bißchen melodramatisch, aber mir ist klargeworden, daß ich einen furchtbaren Fehler begangen habe. Ich habe mich immer ausschließlich auf meine berufliche Karriere konzentriert, wollte immer nur der Beste sein – und alles zu Lasten meiner Familie. Und zu Lasten unserer Ehe.«

»Solche Worte aus deinem Munde?« staunte Tracy. »Ich glaube, ich höre nicht recht.« Was Kim da von sich gab, klang ganz und gar nicht nach dem Mann, von dem sie sich getrennt hatte. »Ich fürchte, ich war ein gnadenloser Egoist«, fuhr Kim fort. »Vielleicht klingt das ein bißchen eigenartig. Schließlich habe ich mich die ganze Zeit hinter der Fassade des gütigen, selbstlosen Arztes versteckt. Aber tatsächlich habe ich mich benommen wie ein Kind: Ich wollte ständig gelobt und bestätigt werden – und als Chirurg habe ich meine Streicheleinheiten ja auch immer bekommen.«

Nach einer kurzen Pause setzte er noch einmal an. »Ich schäme mich für mein Verhalten und fühle mich total mies. Bitte entschuldige, Tracy. Ich wünschte, es stünde in meiner Macht, die vergeudeten Jahre ungeschehen zu machen.«

»Ich bin überwältigt«, sagte Tracy. »Aber ich nehme deine Entschuldigung gerne an. Deine plötzliche Einsicht haut mich wirklich um.«

»Danke«, seufzte Kim und starrte durch die Windschutzscheibe. Sie waren inzwischen in die Seitenstraße eingebogen, die zu Higgins und Hancock führte. Im Schneetreiben wirkte die Anlage friedlich und sauber.

»Ist es hier?« fragte Tracy.

Kim nickte. »Da vorne ist die Einfahrt zum Parkplatz. Mein Auto müßte vor dem Haupteingang stehen. Da habe ich es zumindest abgestellt.«

Tracy sah in die Richtung, in die Kim gezeigt hatte, und entdeckte sofort seinen Wagen. Nur am äußersten Ende des langgestreckten Gebäudes parkten noch zwei weitere Autos.

»Marsha hatte da hinten in der Nähe der beiden Wagen geparkt«, erklärte Kim. »Vielleicht ist da der Angestellteneingang.«

Tracy hielt neben Kims Auto und zog die Handbremse.

Kim zeigte auf die Fensterscheibe des Archivs, die er eingeschlagen hatte, um in das Gebäude zu gelangen. Das Fenster war inzwischen mit Brettern zugenagelt worden.

»Wie soll es jetzt weitergehen?« fragte Tracy, als Kim keine Anstalten machte auszusteigen.

Kim seufzte. »Ich muß unbedingt ins Krankenhaus. Tom hat mir versprochen, vorerst nach meinen stationären Patienten zu sehen, aber ich muß mich auch mal blicken lassen. Danach könnte ich bei Kelly Anderson vorbeifahren. Ich weiß zufällig, wo sie wohnt.«

»Wir müssen ein paar Entscheidungen für Beckys Beerdigung treffen«, sagte Tracy.

Kim nickte und starrte vor sich hin.

»Ich weiß, wie schwierig es ist«, fuhr Tracy fort. »Aber wir müssen uns darum kümmern. Vielleicht hilft uns das sogar, ihren Tod zu akzeptieren.«

Kim biß sich auf die Lippe.

»Daß man wütend ist und den Tod nicht wahrhaben

will, gehört zum Trauern dazu«, erklärte Tracy, als Kim nicht antwortete. »Mir geht es genauso wie dir. Aber wir müssen auch unsere letzte Pflicht erfüllen.«

Kim schaute sie mit Tränen in den Augen an. »Du hast recht«, gestand er. »Aber ich habe es dir ja schon gesagt – ich brauche noch ein wenig Zeit. Wäre es zuviel verlangt, wenn ich dich bitten würde, die Beerdigungsangelegenheiten ohne mich zu regeln? Ich weiß, was ich dir damit zumute. Ich bin selbstverständlich mit allem einverstanden, und zur Beerdigung komme ich natürlich auch. Aber im Augenblick würde ich mich lieber darum kümmern, Kelly Anderson für uns zu gewinnen.«

Tracy starrte ihn an und trommelte mit den Fingern auf dem Lenkrad herum. Im ersten Moment wollte sie ihm vorwerfen, daß er schon wieder egoistisch war. Doch dann änderte sie ihre Meinung. Sie sah zwar eigentlich nicht ein, warum sie sich alleine um die Dinge kümmern sollte, die zu regeln waren, aber im Grunde genommen mußte Kim natürlich tatsächlich nur bei der Beerdigung und nicht bei den Vorbereitungen dabeisein. Außerdem mußte sie zugeben, daß sie im Augenblick vermutlich besser imstande war, diese Dinge zu regeln als er.

»Ist dir egal, an welchem Tag die Beerdigung stattfindet?« fragte sie schließlich. »Oder welches Bestattungsinstitut wir beauftragen?«

»Ja«, erwiderte Kim. »Entscheide du. Wir machen, was du für richtig hältst.«

»Okay«, erklärte sie. »Aber du mußt mir versprechen, mich sofort anzurufen, wenn du zu Hause bist.«

»Versprochen«, entgegnete Kim. Bevor er ausstieg, griff er nach Tracys Unterarm und drückte ihn kurz.

»Ich warte lieber noch einen Moment«, sagte Tracy. »Mal sehen, ob dein Auto anspringt.«

»Gute Idee«, entgegnete Kim. »Und vielen Dank.« Er

schlug die Tür zu und winkte. Dann lief er zu seinem Wagen.

Tracy winkte zurück und fragte sich, ob sie das Richtige tat.

Kim schloß die Autotür auf, stieg aber nicht sofort ein. Statt dessen warf er einen Blick auf das Schlachthofgebäude. Bei der Erinnerung an den vergangenen Abend jagte ihm ein kalter Schauer über den Rücken. Er durchlebte noch einmal die Horrorsituation, als er vor dem Mann mit dem Messer geflohen war. In seinem ganzen Leben würde er diese Schreckensmomente nicht vergessen können.

Für einen Augenblick überlegte er, ob er vielleicht den gerade diensttuenden Wachmann fragen sollte, wie er den Nachtwächter vom vergangenen Abend erreichen könnte. Doch dann kam er zu dem Schluß, daß Tracys Einwand nicht von der Hand zu weisen war. Wenn Curt schon die Polizei über Marshas Anwesenheit bei Higgins und Hancock belogen hatte, würde er ihm mit Sicherheit nicht die Wahrheit erzählen. Außerdem deutete diese wahrscheinliche Lüge darauf hin, daß noch viel mehr hinter der Sache steckte, als oberflächlich zu erkennen war.

Sein Wagen sprang sofort an. Er winkte Tracy noch einmal zu. Sie winkte zurück und fuhr los. Kim folgte ihr und dachte über das Gespräch nach, das sie gerade miteinander geführt hatten. So aberwitzig es sein mochte – er war nur knapp dem Tod entronnen, Becky war gestorben, und doch hatten die furchtbaren Ereignisse der vergangenen Tage bewirkt, daß er sich wieder mehr zu Tracy hingezogen fühlte; vielleicht fand er sie sogar anziehender denn je.

Auf der Autobahn trennten sich ihre Wege. Kim hupte und zog an ihr vorbei. Tracy hupte zurück und nahm die nächste Ausfahrt. Kim fuhr weiter in die Klinik.

Sonntags war der Ärzteparkplatz beinahe leer, so daß er

seinen Wagen in der Nähe des Haupteingangs abstellen konnte. Er beschloß, als erstes in den OP-Umkleideraum zu gehen. Er mußte sich dringend waschen, rasieren und umziehen.

Martha Trumbull und George Constantine waren beide Anfang Siebzig. Für ihre langjährige Arbeit als freiwillige Helfer im University Medical Center hatte man ihnen den prestigeträchtigen Orden »Freunde des Krankenhauses« verliehen. Martha trug die Auszeichnung stolz auf der Brusttasche ihres pinkfarbenen Freiwilligen-Blazers, George trug sie am Revers seines dunkelblauen Freiwilligen-Jacketts.

Der Lieblingseinsatzort von Martha und George war der Informationsschalter in der Eingangshalle. Besonders gerne arbeiteten sie am Sonntag, wenn sie den Schalter ganz für sich allein hatten. Unter der Woche war ein Krankenhausangestellter für den Schalter verantwortlich.

Da sie ihre Aufgabe sehr ernst nahmen, wußten sie im Krankenhaus nicht nur so gut Bescheid wie in ihren eigenen Häusern, sondern sie kannten auch die gesamte Belegschaft beim Namen. Als sie Kim auf den Fahrstuhl zusteuern sahen, glaubten sie beide, ihn erkannt zu haben; hundertprozentig sicher waren sie jedoch nicht.

Martha sah George an. »Ist das Dr. Reggis?« flüsterte sie.

»Ich glaube ja«, erwiderte George. »Was er allerdings mit seinem weißen Kittel veranstaltet hat, ist mir ein Rätsel. Vielleicht mußte er einen Reifen wechseln.«

»Ich finde, sein Bart sieht noch viel schlimmer aus als sein Kittel. Darauf sollte man ihn eigentlich aufmerksam machen. Er ist doch so ein gutaussehender Mann.«

»Warte mal«, rief George plötzlich. »Sollten wir nicht Dr. Biddle Bescheid geben, sobald wir Dr. Reggis sehen?«

»Das war doch gestern. Meinst du, die Anweisung gilt auch noch für heute?«

»Wir sollten es lieber nicht drauf ankommen lassen«, entgegnete George und griff zum Telefon.

Zu Kims Erleichterung war der Fahrstuhl leer, als er einstieg, und bis zur OP-Etage stieg auch niemand zu. Auf seinem Weg durch den OP-Aufenthaltsraum hatte er nicht ganz soviel Glück. Die gerade Kaffeepause machenden OP-Schwestern und Anästhesisten starrten ihn neugierig an, sagten aber kein Wort.

Er war froh, als er die Tür des Umkleideraums hinter sich geschlossen hatte und den neugierigen Blicken entkommen war. Er nahm seine Krankenhaus-Kennkarte, ein paar Zettel, Stifte und OP-Klebeband aus den Taschen, zog sich aus und warf die Kleider in den Wäschekorb.

Als er sich nackt im Spiegel erblickte, fuhr er vor Schreck zurück. Sein Gesicht sah schlimmer aus, als er gedacht hatte; es war mit dichten, schwarzen Stoppeln übersät, die längst nicht mehr als nachmittäglicher Bartansatz durchgingen, aber auch noch keinen Bart darstellten. Seine Haare waren fettig; vorne klebten sie ihm platt auf der Stirn, hinten standen sie zu Berge. Er sah aus, als käme er gerade aus dem Bett.

Er öffnete sein Schließfach, nahm die Toilettenartikel heraus und rasierte sich schnell. Dann ging er mit einer Flasche Shampoo unter die Dusche.

Als er sich gerade die Haare wusch und den Kopf unter dem Wasserstrahl hatte, meinte er, seinen Namen zu hören. Die Augen wegen des Schaums geschlossen haltend, beugte er sich ein Stück nach vorn und spitzte die Ohren. Es rief tatsächlich jemand nach ihm. Die Stimme klang respekteinflößend und nicht gerade freundlich.

Er spülte das restliche Shampoo vom Kopf und linste in

Richtung Duscheingang. Auf der gefliesten Seite standen Dr. Forrester Biddle der Leiter der Herzchirurgie, und Dr. Robert Rathborn, der Personalchef. Nebeneinander stehend bildeten die beiden ein kurioses Paar: Im Gegensatz zu dem asketischen, ausgemergelten Biddle, war Rathborn die personifizierte Völlerei.

»Dr. Reggis«, wiederholte Rathborn, als er sicher war, daß Kim ihn hörte, »als Personalchef ist es meine Aufgabe, Sie darüber in Kenntnis zu setzen, daß wir Ihnen die Erlaubnis zur Behandlung von Patienten in unserem Krankenhaus bis auf weiteres entzogen haben.«

»Finden Sie es nicht etwas unangebracht, eine solche Unterhaltung mit mir zu führen, während ich unter der Dusche stehe?« fragte Kim. »Oder wollten Sie mich absichtlich nackt erwischen?«

»Ihr loses Mundwerk ist hier mehr denn je fehl am Platz«, fuhr Biddle ihn an. »Ich habe Sie gewarnt, Dr. Reggis!«

»Und Sie konnten nicht noch fünf Minuten warten?« fragte Kim.

»Wir waren der Meinung, daß wir Sie so schnell wie möglich informieren sollten«, erklärte Rathborn.

»Und was sind die Gründe für meinen Rausschmiß?« fragte Kim.

»Obstruktives Verhalten während der kardiopulmonalen Wiederbelebungsversuche an Ihrer Tochter«, erwiderte Rathborn. »Drei Ärzte und zwei Krankenschwestern haben sich schriftlich beschwert, weil Sie sie körperlich bedroht und an der Ausübung ihrer Pflichten gehindert haben.«

»Und ich bin empört über Ihre Entscheidung, eine thorakale Herzmassage an Ihrer eigenen Tochter durchzuführen«, ergänzte Biddle. »Meiner Meinung nach haben Sie damit eindeutig die Grenze überschritten. Ein solches Verhalten ist von einem Arzt nicht zu akzeptieren.«

»Sie lag im Sterben!« ereiferte sich Kim. »Die externe Herzmassage hat nicht gewirkt. Ihre Pupillen haben sich erweitert.«

»An qualifizierten Ärzten hat es am Krankenbett Ihrer Tochter nicht gemangelt«, widersprach Rathborn.

»Aber sie haben alle nur dumm dagestanden und nichts getan!« fuhr Kim den Mann an. »Sie wußten doch überhaupt nicht, was mit meiner Tochter los war. Ich wußte es allerdings auch nicht, bevor ich ihr Herz gesehen hatte.« Seine Stimme brach, und er mußte für einen Augenblick wegsehen.

»Es wird eine Anhörung geben«, sagte Rathborn. »Wir werden feststellen, ob Sie für Ihre Patienten eine Gefahr darstellen oder sich sogar selbst gefährden. Während der Anhörungen haben Sie Gelegenheit, Ihre Sicht der Dinge vorzutragen. In der Zwischenzeit dürfen Sie keinen Patienten in dieser Klinik behandeln, und ich untersage Ihnen hiermit insbesondere, irgendeine Operation durchzuführen.«

»Mit welch netten Nachrichten Sie hier in mein Büro hereinschneien«, bemerkte Kim trocken.

»An Ihrer Stelle würde ich mir die unverschämten Sprüche lieber sparen«, warnte Biddle.

»Ich auch«, sagte Rathborn. »Wir werden die medizinische Aufsichtsbehörde über den Zwischenfall und unsere Maßnahme in Kenntnis setzen. Sie sollten sich darauf einstellen, daß man Ihnen die Approbation entzieht.«

Kim drehte sich um und präsentierte den beiden den seiner Meinung nach angemessensten Teil seiner Anatomie. Er beugte sich vor und beendete seine Haarwäsche.

Das »El Toro« machte bei Tageslicht einen völlig anderen Eindruck. Ohne den rotleuchtenden Neonstier und den Sound der Latinomusik wirkte das heruntergekommene

Gebäude total verlassen. Lediglich ein paar frisch entsorgte, auf dem Parkplatz umherrollende Bierdosen deuteten darauf hin, daß sich offenbar dort Menschen in der Umgebung aufhielten.

Shanahan schüttelte beim Anblick der traurigen Szene den Kopf und fuhr seinen schwarzen Cherokee über den holprigen Parkplatz. Über ihm waberte eine Dunstglocke aus Nebel und Nieselregen. Neben Carlos' alter Karosse, die hervorragend in die Abbruchgegend paßte, hielt er an.

Carlos stieg aus und schlenderte auf die Fahrerseite von Shanahans Wagen. Das Fensterglas war stark getönt, so daß Carlos lediglich sein eigenes Spiegelbild sah, bis Shanahan schließlich auf den Knopf drückte und die Scheibe herunterließ.

Carlos sah erst das Geld und dann Shanahan an. »Was soll das?« fragte er. »Wir hatten mehr vereinbart. Ich habe die Frau beseitigt, so wie wir es besprochen haben.«

»Du hast nicht sauber gearbeitet«, entgegnete Shanahan. »Wir haben von dem Arzt gehört. Du hättest ihn auch erledigen müssen. Du wußtest doch, daß er nach der Frau sucht.«

»Ich habe es ja versucht«, sagte Carlos.

»Was soll das heißen – du hast es versucht?« fragte Shanahan von oben herab. »Ich denke, du hast einen hervorragenden Ruf als Messerschlitzer. Dein Gegner war unbewaffnet.«

»Ich hatte nicht genug Zeit«, erklärte Carlos. »Der Kerl hat den stillen Alarm ausgelöst, als er eingebrochen ist. Bevor ich ihn erledigen konnte, war die Polizei da. Ich habe es gerade noch geschafft, sauberzumachen und die Sachen von der Frau verschwinden zu lassen.«

»Und was hast du mit ihrem Auto gemacht?« fragte Shanahan.

»Steht in der Garage von meinem Cousin.«

»Wir holen es ab. Ich will nicht, daß irgend jemand damit herumfährt. Es muß in die Presse.«

»Mit dem Auto fährt niemand herum«, versicherte Carlos.

»Was ist mit dem Handy?« fragte Shanahan.

»Liegt in meinem Auto«, erwiderte Carlos.

»Hol es!« befahl Shanahan.

Carlos ging zu seinem Wagen. Eine Minute später reichte er dem Sicherheitschef von Bobby Bo das Telefon.

Shanahan warf es auf den Beifahrersitz. »Du hast ja wohl nicht mit dem Handy telefoniert?«

Carlos zog unschuldig seine dunklen Augenbrauen hoch, äußerte sich aber nicht weiter zu der Frage.

Shanahan schloß die Augen, hielt sich mit einer Hand die Stirn und schüttelte entsetzt den Kopf. »Sag mir bloß nicht, daß du das Handy benutzt hast!« zischte er durch die zusammengebissenen Zähne, obwohl er die Antwort bereits kannte.

Als Carlos wieder nichts sagte, öffnete er die Augen und starrte seinen Komplizen ungläubig an. Er mußte sich schwer zusammenreißen, um nicht auszurasten. »Okay, wen hast du angerufen? Weißt du nicht, daß man den Anruf zurückverfolgen kann? Wie kann man nur so blöd sein!«

»Ich habe meine Mutter in Mexiko angerufen«, gestand Carlos mit schlechtem Gewissen.

Shanahan verdrehte die Augen und kam zu dem Schluß, daß er nun wohl auch Carlos verschwinden lassen mußte. Bei solchen Aufträgen durfte nichts schiefgehen; ansonsten glitten einem die Fäden schnell aus der Hand.

»Aber meine Mutter hat kein eigenes Telefon«, fügte Carlos schnell hinzu. »Ich habe sie in dem Geschäft angerufen, in dem meine Schwester arbeitet.«

»In was für einem Geschäft?« fragte Shanahan.

»In einem großen Geschäft«, erwiderte Carlos. »Wo alles mögliche verkauft wird.«

»Eine Art Kaufhaus?«

»Ja, so ähnlich wie ein Kaufhaus.«

»Wann hast du sie angerufen?«

»Gestern abend«, gestand Carlos. »Samstag abends ist das Geschäft länger geöffnet. Meine Mutter holt meine Schwester dann immer ab.«

»Wo in Mexiko hast du angerufen?« fragte Shanahan.

»Mexico City«, erwiderte Carlos.

Shanahan war erleichtert. Ein anonymer Anruf in einem großen Kaufhaus in der größten Stadt der Welt würde sich wohl kaum zurückverfolgen lassen.

»Und sonst hast du nirgends angerufen?« fragte Shanahan.

»Nein, nur dieses eine Mal nach Mexiko.«

»Noch mal zu dem Doktor«, wechselte Shanahan das Thema. »Weiß er, was mit der Frau passiert ist?«

»Wahrscheinlich ja«, erwiderte Carlos. »Er hat das Blut gesehen.«

»Ob er Bescheid weiß oder nicht – er ist eine Gefahr. Er muß beseitigt werden. Wir zahlen dir die restlichen hundert plus dreihundert extra, wenn du ihn erledigt hast. Was sagst du dazu?«

»Wann?« fragte Carlos.

»Heute abend«, erwiderte Shanahan. »Wir wissen, wo er wohnt. Er lebt allein. Irgendwo in Balmoral.«

Carlos zögerte. »Ich weiß nicht. Er ist ein ziemlich kräftiger, großer Kerl.«

»Hätte nicht gedacht, daß das für dich ein Problem sein könnte«, spottete Shanahan.

»Ihn umzulegen, ist ein Kinderspiel«, sagte Carlos. »Die Leiche und das Blut zu beseitigen, ist viel schwieriger.«

»Darum brauchst du dich nicht zu kümmern«, versuchte Shanahan ihn zu überzeugen. »Leg ihn einfach um, und hau ab! Vielleicht kannst du das Ganze ja wie einen Raubüberfall aussehen lassen und Geld und Schmuck mitnehmen. Aber laß bloß nichts mitgehen, dessen Herkunft man zurückverfolgen kann!«

»Ich weiß nicht«, wiederholte Carlos. »Die Polizei mag es nicht, wenn Mexikaner sich in Balmoral rumtreiben. Ich bin da schon mal angehalten worden.«

»Jetzt paß mal auf, Carlos.« Shanahan verlor immer ziemlich schnell die Geduld. »Es ist nicht etwa so, als hättest du die Wahl, ja oder nein zu sagen. Du hast gestern abend Scheiße gebaut. Du hattest genügend Zeit, den Doc um die Ecke zu bringen. Außerdem solltest du nicht vergessen, daß du nicht einmal eine Aufenthaltsgenehmigung besitzt.«

Carlos verlagerte sein Gewicht von einem Bein auf das andere und rieb sich die Arme. Trotz der Kälte trug er keinen Mantel und hatte unter seiner Lederweste kein Hemd an.

»Okay«, willigte er schließlich ein. »Wo wohnt er?«

»Das klingt schon besser«, entgegnete Shanahan und reichte ihm die auf ein Kärtchen getippte Anschrift.

Kim kümmerte sich nicht um das Verbot. Er machte wie gewohnt seine Runde und besuchte seine stationären Patienten. Die meiste Zeit verbrachte er bei denen, die er am Freitag operiert hatte. Tom Bridges hatte sein Versprechen gehalten und sich um die Nachsorge der frisch Operierten gekümmert. Kim war erleichtert, daß es ihnen gutging und keine Komplikationen aufgetreten waren. Als er das Krankenhaus verließ, war der Nachmittag bereits fortgeschritten.

Er hatte hin- und herüberlegt, ob er Kelly Anderson anrufen und mit ihr einen Termin vereinbaren sollte, war dann aber zu dem Schluß gekommen, daß er besser einfach bei ihr vorbeifuhr. Ihre Telefonnummer hatte er sowieso nicht, und vermutlich würde die Auskunft sie ihm auch nicht geben.

Kelly Anderson lebte in Christie Heights in einem Haus im Präriestil. Die Gegend war nicht ganz so nobel wie Balmoral, aber auch nicht viel schlechter. Kim fuhr an den Straßenrand, hielt an und stellte den Motor aus. Dann warf er einen Blick auf das Haus. Er brauchte ein paar Sekunden, um sich Mut zu machen. Kelly Anderson zu besuchen, kam für ihn einer Verschwörung mit dem Teufel gleich. Er wußte, daß er sie brauchte, aber er spürte auch, daß er sie nicht mochte.

Auf dem Weg zur Haustür machte er sich darauf gefaßt, daß sie ihn vermutlich nicht einmal hineinbitten würde.

Kellys hübsche Tochter Caroline öffnet die Tür. Für einen Augenblick verschlug es Kim die Sprache. Der Anblick des Mädchens weckte bei ihm schlagartig Erinnerungen an Becky.

Von drinnen hörte er eine Männerstimme fragen, wer denn gekommen sei.

»Ich weiß nicht«, rief Caroline über die Schulter zurück. »Er sagt nichts.«

»Ich bin Doktor Reggis«, brachte Kim hervor.

Hinter Caroline erschien Edgar Anderson. Er trug eine Brille mit dicken, dunkel gerahmten Gläsern, die ihn wie einen Akademiker aussehen ließ. Er hatte eine übergroße Strickjacke mit Flicken auf den Ellbogen an. In seinem Mundwinkel hing eine Pfeife.

»Kann ich etwas für Sie tun?« fragte Edgar Anderson.

Kim wiederholte seinen Namen und bat darum, mit Kelly sprechen zu dürfen.

Edgar stellte sich vor und bat ihn ins Haus. Er führte ihn ins Wohnzimmer, das so aussah, als wäre es noch nie benutzt worden.

»Ich sage ihr Bescheid, daß Sie da sind«, erklärte Edgar. »Bitte nehmen Sie Platz. Darf ich Ihnen etwas anbieten? Eine Tasse Kaffee vielleicht?«

»Nein, danke«, erwiderte Kim und setzte sich auf die makellose Couch. Er kam sich vor wie ein Bettler.

Edgar verschwand. Caroline blieb hinter einem Klubsessel stehen und starrte ihn an. Kim konnte sie nicht ansehen, ohne an Becky denken zu müssen.

Er war heilfroh, als Kelly endlich auftauchte.

»Das gibt's doch gar nicht!« staunte sie. »Verfolgt jetzt etwa der Fuchs den Jagdhund? Setzen Sie sich doch!« Kim war aufgesprungen, als Kelly den Raum betreten hatte. Sie ließ sich in den Klubsessel fallen. »Wie komme ich zu der Ehre dieses Überraschungsbesuches?«

»Könnten wir uns vielleicht unter vier Augen unterhalten?« fragte Kim.

Kelly tat so, als hätte sie Carolines Anwesenheit gerade erst wahrgenommen, und bat ihre Tochter, sie allein zu lassen.

Als Caroline das Zimmer verlassen hatte, platzte Kim als erstes damit heraus, daß Becky gestorben war. Er erzählte ihr die ganze Geschichte und ließ auch die Einzelheiten seiner Unterhaltung mit Kathleen Morgan und Marsha Baldwin nicht aus. Er berichtete ihr von seinem Besuch im Onion Ring, der mit seiner ersten Verhaftung geendet hatte, und er schilderte ihr die grauenhafte Verfolgungsjagd bei Higgins und Hancock, die ihm seine zweite Verhaftung eingebracht hatte.

Als er fertig war, seufzte Kelly und lehnte sich zurück. »Was für eine Geschichte!« staunte sie und schüttelte den Kopf. »Und was für eine Tragödie für Sie! Aber was führt Sie zu mir? Ich nehme an, ich soll irgend etwas für Sie tun.«

»Richtig«, erwiderte Kim. »Ich möchte, daß Sie überall das berichten, was ich Ihnen erzählt habe. Die Öffentlichkeit muß darüber informiert werden. Außerdem möchte ich, daß Sie über das Verschwinden von Marsha Baldwin berichten. Je mehr ich darüber nachdenke, desto sicherer bin ich, daß eine Verschwörung im Gange ist. Falls sie noch lebt, muß sie so schnell wie möglich gefunden werden!«

Kelly kaute auf der Innenseite ihrer Wange herum und dachte über Kims Anliegen nach. Ein paar Aspekte an der Geschichte interessierten sie, aber sie sah auch die Probleme. Nach einer Weile schüttelte sie den Kopf. »Danke, daß Sie hergekommen sind und mir das erzählt haben. Aber als Beitrag interessiert mich die Geschichte nicht – zumindest nicht zum jetzigen Zeitpunkt.«

Kim fiel die Kinnlade herunter. Während er Kelly von den schrecklichen Ereignissen erzählt hatte, war er sich immer sicherer geworden, daß sie die Geschichte interessieren würde. Um so mehr enttäuschte ihn ihre Ablehnung. »Verraten Sie mir auch, warum?« fragte er.

»Natürlich«, erwiderte Kelly. »Persönlich tut es mir furchtbar leid, daß Sie Ihre Tochter verloren haben – aber als Fernsehjournalistin interessieren mich eher andere Geschichten. Härtere, reißerischere Storys. Sie wissen schon, was ich meine.«

»Was ich Ihnen erzählt habe, finden Sie nicht reißerisch genug?« fragte Kim empört. »Becky ist an einer Verseuchung durch E. coli O157:H7 gestorben! Diese Bakterien sind weltweit auf dem Vormarsch!«

»Sie haben ja recht«, gestand Kelly. »Aber wir haben nur einen einzigen Fall.«

»Das ist doch genau der Punkt«, ereiferte sich Kim. »Bis jetzt gibt es nur einen Fall. Ich bin mir absolut sicher, daß Becky sich in dem Onion Ring auf dem Prairie Highway infiziert hatte. Es ist keineswegs unwahrscheinlich, daß sie das erste Opfer war und uns eine Epidemie bevorsteht.«

»Aber es ist keine Epidemie ausgebrochen«, widersprach Kelly. »Sie haben doch selbst gesagt, daß Ihre Tochter sich vor gut einer Woche infiziert hat. Wenn Sie mit Ihrer Vermutung richtiglägen, müßten inzwischen weitere Menschen erkrankt sein. Aber es ist nichts passiert.«

»Es wird mit Sicherheit weitere Opfer geben«, prophezeite Kim. »Davon bin ich hundertprozentig überzeugt.«

»Gut«, entgegnete Kelly. »Sobald es weitere Fälle gibt, berichte ich darüber. Ein einzelner Fall gibt für einen Bericht einfach nicht genug her. Deutlicher kann ich es nicht sagen.«

»Aber es sterben jedes Jahr Hunderte von Kindern an diesem Erreger. Und die Öffentlichkeit weiß nichts darüber.«

»Da mögen Sie durchaus recht haben«, gestand Kelly. »Das Problem ist nur, daß zwischen diesen Hunderten von Fällen kein Zusammenhang zu erkennen ist.«

»Aber der Zusammenhang liegt doch auf der Hand.« Kim ließ nicht locker. »Fast alle Opfer haben sich durch den Verzehr von Hackfleisch infiziert. Jeder, der das von der fleischverarbeitenden Industrie produzierte Hackfleisch ißt, geht ein Risiko ein. Diese skandalösen Zustände müssen doch an die Öffentlichkeit gebracht werden!«

»Sind sie doch längst«, widersprach Kelly ebenso energisch. »Wo leben Sie denn? Denken Sie mal an den Jack-in-the-Box-Skandal oder an den Fleischrückruf von Hudson Meat! Fast jeden Monat wird in den Nachrichten über Verseuchungen mit Kolibakterien berichtet.«

»Man hört gelegentlich in den Nachrichten darüber, aber die Medien haben das Problem immer falsch dargestellt«, ereiferte sich Kim.

»Ach, tatsächlich?« fragte Kelly sarkastisch. »Sie sind also nicht nur Herzchirurg, sondern auch Medienexperte?«

»Ich habe nicht behauptet, ein Medienexperte zu sein.

Aber eins läßt sich ohne jeden Zweifel feststellen. Die Medien haben durch ihre Berichterstattung einen falschen Eindruck erweckt: Zum einen, daß der Erreger E. coli O157:H7 nur selten in Hackfleisch zu finden ist; und zum anderen, daß das Landwirtschaftsministerium durch seine Kontrollen für die Sauberkeit des Fleisches garantiert. Beides ist falsch – was der Tod von bis zu fünfhundert Kindern pro Jahr wohl hinreichend beweist.«

»Jetzt begeben Sie sich aber auf sehr dünnes Eis«, stellte Kelly fest. »Sie erheben massive Vorwürfe. Aber wie wollen Sie die untermauern? Was für Beweise haben Sie?«

»Meine Tochter ist an dem Erreger gestorben«, erwiderte Kim wütend. »Und alle anderen Todesfälle sind durch die Berichte des Bundesgesundheitsamtes belegt.«

»Ich rede von Ihren Vorwürfen, daß dieser Erreger nicht selten, sondern häufig in Fleisch zu finden ist und daß das Landwirtschaftsministerium nicht ordentlich kontrolliert.«

»Dazu kann ich Ihnen im Augenblick noch keine gesicherten Beweise liefern«, gestand Kim. »Ich hatte gehofft, daß Sie sich bei Ihren Recherchen darum kümmern würden. Aber wenn meine Behauptungen nicht der Wahrheit entsprächen, würden wohl kaum so viele Kinder an dem Erreger sterben. Außerdem hat Marsha Baldwin all das bestätigt, was ich gerade gesagt habe.«

»Ach ja, wie konnte ich das vergessen?« entgegnete Kelly. »Die mysteriöse Kontrolleurin aus dem Ministerium, die, wie Sie behaupten, seit knapp vierundzwanzig Stunden verschwunden ist. Und die angeblich Opfer einer Verschwörung geworden ist.«

»Ganz genau«, bestätigte Kim. »Irgend jemand mußte sie zum Schweigen bringen.«

Kelly legte den Kopf auf die Seite und dachte nach. Sie war sich mit einem Mal gar nicht mehr so sicher, ob sie sich nicht lieber vor Kim in acht nehmen sollte; immerhin war er zweimal im Gefängnis gelandet. Sie hatte das Gefühl, daß der Tod seiner Tochter ihn aus der Bahn geworfen hatte. Er schien regelrecht paranoid: sie wollte ihn so schnell wie möglich aus dem Haus haben.

»Wie war das noch?« fragte Kelly. »Sie fürchten, daß Miss Baldwin verschwunden ist, weil ein Anruf unterbrochen wurde und weil Sie im Schlachthaus Blut entdeckt haben?«

»Genau«, bestätigte Kim.

»Und das alles haben Sie auch den Polizisten erzählt, die Sie verhaftet haben?« fragte Kelly.

»Natürlich«, erwiderte Kim. »Aber sie haben mir nicht geglaubt.«

»Ich verstehe auch, warum«, sagte Kelly leise zu sich selbst und erhob sich aus ihrem Sessel. »Entschuldigen Sie, Dr. Reggis«, sagte sie laut und bestimmt. »Ich fürchte, wir drehen uns im Kreis. Was Sie mir erzählen, wissen Sie alles nur vom Hörensagen, und solche Geschichten sind für mich tabu. Ich würde Ihnen gerne helfen, aber im Augenblick geht das nicht – zumindest nicht, bis Sie mir ein paar handfeste Beweise liefern können, auf die man eine Geschichte bauen kann.«

Kim erhob sich von der niedrigen Couch. Er spürte, wie die Wut wieder in ihm hochkam, aber er bekämpfte sie. Obwohl er Kellys Einstellung nicht in Ordnung fand, konnte er sie verstehen, und diese Erkenntnis bestärkte ihn erst recht. »Ich komme wieder. Und zwar mit etwas Unwiderlegbarem.«

»Tun Sie das«, entgegnete Kelly. »Bringen Sie mir Beweise, dann bringe ich Ihre Geschichte.«

»Darauf werde ich Sie festnageln.«

»Ich halte grundsätzlich mein Wort. Aber es versteht sich ja wohl von selbst, daß ich diejenige bin, die entscheidet, ob die Beweise ausreichen.«

»Ich bringe Ihnen Beweise, die jeden Zweifel ausschließen«, versicherte Kim.

Er verließ das Haus und rannte den Weg hinunter zu seinem Auto. Er beeilte sich nicht wegen des Regens, der während seines Besuchs bei Kelly Anderson heftiger geworden war. Er hatte es eilig, weil er bereits wußte, wie er Kellys Forderung nach Beweisen nachkommen würde. Es war zwar nicht einfach, aber das war ihm egal. Er hatte eine Mission zu erfüllen.

Er wendete und drückte das Gaspedal durch. Daß Kelly noch in der Haustür stand und ein letztes Mal den Kopf schüttelte, als er davonbrauste, sah er nicht.

Er nahm sein Handy und rief Tracy an.

»Trace«, begann er sofort, als sie sich meldete. »Kannst du dich mit mir im Einkaufszentrum treffen?«

Es kam keine Antwort. Zuerst glaubte er, die Verbindung sei unterbrochen. Als er gerade noch einmal neu wählen wollte, hörte er Tracys Stimme: »Ich habe dich beim Wort genommen und die Beerdigungsformalitäten ohne dich geregelt.«

Kim seufzte. Hin und wieder gelang es ihm, Beckys Tod vollkommen zu verdrängen. Gott sei Dank hatte er Tracy. Sie war so stark. Wie hätte er die schreckliche Tragödie ohne sie überstehen sollen? »Danke«, brachte er schließlich hervor. Er wußte nicht, was er sagen sollte. »Ich weiß es sehr zu schätzen, daß du das allein gemacht hast.«

»Die Trauerfeier findet am Dienstag im Bestattungsinstitut Sullivan auf der River Street statt«, erklärte Tracy.

»Gut«, entgegnete Kim. Er brachte es nicht fertig, länger darüber nachzudenken. »Kannst du dich gleich mit mir im Einkaufszentrum treffen?«

»Willst du denn gar nicht wissen, was ich sonst noch arrangiert habe?« fragte Tracy.

»Im Augenblick ist es wichtiger, daß du dich gleich mit

mir im Einkaufszentrum triffst«, sagte Kim und hoffte, daß er nicht zu hartherzig klang. »Außerdem wollte ich dich bitten, danach mit mir nach Hause zu fahren.«

»Wie kann eine Verabredung mit mir im Einkaufszentrum wichtiger sein als die Beerdigung unserer Tochter?« fragte Tracy verzweifelt.

»Glaub mir, es ist so«, erwiderte Kim. »Die Einzelheiten erzähle ich dir dort.«

»Kim, was ist los?« fragte Tracy. Sie spürte, wie aufgeregt er war.

»Das erkläre ich dir später«, versprach er.

»Wo im Einkaufszentrum wollen wir uns denn treffen?« willigte sie schließlich ein. »Es ist riesig.«

»Bei Connolly Drugs«, erwiderte Kim. »In der Drogerieabteilung.«

»Um wieviel Uhr?«

»Ich bin schon auf dem Weg«, erwiderte Kim. »Komm, so schnell du kannst.«

»Ich brauche mindestens eine halbe Stunde. Du weißt hoffentlich, daß die Geschäfte um sechs Uhr schließen?«

»Ja«, erwiderte Kim. »Wir haben genug Zeit.«

Tracy legte auf. Sie fragte sich, ob sie Kim durch ihre Einwilligung, die Beerdigungsangelegenheiten allein zu regeln, womöglich mehr schadete als half. Aber im Augenblick hatte sie keine Zeit, darüber nachzudenken.

Wenn sie an Kim dachte, kamen trotz der Scheidung Mutterinstinkte in ihr hoch. Sie fragte sich, wann er wohl zum letzten Mal etwas gegessen hatte. Vorsichtshalber packte sie ein bißchen was ein.

Da es Sonntag nachmittag war, noch dazu kalt und vergnet, waren kaum Autos unterwegs. Sie erreichte das Einkaufszentrum in Rekordzeit. Sogar der Parkplatz war relativ leer. Nur ein paar Schritte vom Haupteingang entfernt hatte sie bisher noch nie einen Parkplatz gefunden.

Im Einkaufszentrum selbst war allerdings trotz der wenigen geparkten Autos mehr los, als sie erwartet hatte. Kaum hatte sie die Tür passiert, als sie fast mit einer Rentnergruppe zusammenstieß, die gerade ihre Variante von Power-Walking demonstrierte. Tracy flüchtete in einen Geschäftseingang, um nicht überrannt zu werden. Auf dem Weg ins Zentrum der Mall vermied sie jeden Blick auf die Eisbahn; sie hatte Angst, Becky vor sich zu sehen.

Bei Connolly Drugs herrschte wie immer reger Betrieb. Vor dem Schalter für rezeptpflichtige Medikamente standen mehr als zwanzig Kunden Schlange. Tracy machte eine schnelle Runde durch das Geschäft, konnte Kim aber nirgends sehen. Als sie ein zweites Mal durch den Laden streifte, entdeckte sie ihn in der Abteilung für Haarpflegeprodukte. In einer Hand hatte er eine Schachtel mit einer elektrischen Haarschneidemaschine, in der anderen Hand hielt er eine Tragetasche mit der Aufschrift eines bekannten Modegeschäfts.

»Da bist du ja«, rief er. »Du kommst gerade recht. Kannst du mir ein Haarfärbemittel empfehlen? Ich habe beschlossen, mir die Haare blond zu färben.«

Tracy sah ihren Ex-Mann überrascht an. »Ist alles okay mit dir?«

»Ja, warum fragst du?« entgegnete Kim, ohne den Blick von dem riesigen Angebot an Haarfärbemitteln abzuwenden.

»Hab' ich dich richtig verstanden?« hakte Tracy nach. »Du willst dir die Haare färben?«

»So ist es«, bestätigte Kim. »Und zwar nicht nur ein bißchen heller, sondern richtig blond.«

»Kim, das ist verrückt«, sagte Tracy. »Du weißt es. Und wenn nicht, mache ich mir ernsthaft Sorgen um dich.«

»Du brauchst dir keine Sorgen um mich zu machen«, versuchte Kim sie zu beruhigen. »Ich schnappe nicht über – falls du das meinst. Ich will nur mein Äußeres verändern, damit ich unerkannt ein paar Nachforschungen anstellen kann.«

Tracy packte Kim an der Schulter und drehte ihn zu sich. Dann beugte sie sich vor und starrte sein Ohrläppchen an. »Was ist das denn?« fragte sie. »Du trägst ja einen Ohrring!«

»Schön, daß es dir auffällt«, freute sich Kim. »Ich war schon vor dir hier. Da habe ich mir schon mal einen Ohrring besorgt. Sieht doch ziemlich abgedreht aus, oder? Ein Leder-Outfit habe ich mir auch zugelegt.« Er hob seine Einkaufstüte hoch.

»Und wofür brauchst du die Haarschneidemaschine?« fragte Tracy.

»Die ist für dich«, erwiderte Kim. »Damit sollst du mir einen neuen Schnitt verpassen.«

»Ich habe noch nie jemandem die Haare geschnitten. Das weißt du doch.«

»Macht nichts«, entgegnete Kim und lächelte. »Du sollst einen Skinhead aus mir machen.«

»Das ist grotesk!«

»Je grotesker, desto besser«, sagte Kim. »Ich will auf keinen Fall erkannt werden.«

»Und warum?« fragte Tracy.

»Weil ich bei Kelly Anderson war und sie sich weigert, uns zu unterstützen, solange ich ihr keine hieb- und stichfesten Beweise liefere«, erwiderte Kim.

»Was für Beweise denn?« fragte Tracy.

»Beweise für die Vorwürfe, die Kathleen Morgan und Marsha Baldwin gegen die Fleischindustrie und das Landwirtschaftsministerium erheben«, erwiderte Kim.

»Und wie soll dir deine Verkleidung helfen, an derartige Beweise zu kommen?« wollte Tracy wissen.

»Sie wird mir hoffentlich helfen, einen Job zu kriegen«,

erwiderte Kim. »Marsha Baldwin hat mir erzählt, daß Schlachthäuser wie Higgins und Hancock keine Besucher dulden. Aber sie meinte, ich hätte gute Chancen auf einen Job, wenn ich wie ein illegaler Einwanderer aussähe. Mit meinem neuen Outfit versuche ich natürlich nicht unbedingt, wie ein illegaler Einwanderer auszusehen. Ich will lediglich, daß man mich für einen Typen hält, der sich dringend ein paar Dollar verdienen muß.«

»Wie bitte? Du willst dich bei Higgins und Hancock um einen Job bemühen – nachdem man dich dort um ein Haar umgebracht hätte?«

»Ich hoffe natürlich, daß der Personalchef nicht selbst der Messermann ist«, entgegnete Kim.

»Das ist ganz und gar nicht witzig«, ereiferte sich Tracy. »Ich kann deine Idee absolut nicht gutheißen! Erst recht nicht, wenn sich deine Befürchtungen um Marsha bestätigen.«

»Wenn sie mich erkennen würden, wäre mein Vorhaben vielleicht tatsächlich ein bißchen riskant«, gestand Kim. »Deshalb muß ich mich ja gut tarnen. Marsha hat mir erzählt, daß Higgins und Hancock ständig Arbeitskräfte suchen, weil sie so dick im Geschäft sind. Ich gehe einfach mal davon aus, daß sie nicht besonders wählerisch sind.«

»Mir stehen die Haare zu Berge, wenn ich daran denke, was du vorhast«, stöhnte Tracy. »Es ist viel zu gefährlich. Bestimmt gibt es auch einen anderen Weg. Soll ich mal mit Kelly Anderson reden?«

»Das wird nichts ändern«, sagte Kim. »Ich muß in den Schlachthof, Risiko hin oder her! Auch wenn es gefährlich ist – ich glaube, ich bin es Becky schuldig. Vielleicht kommt mir ihr Tod dann nicht mehr ganz so sinnlos vor.«

Er spürte, wie ihm Tränen in die Augen traten. »Außerdem habe ich jetzt ohnehin mehr Zeit«, fügte er mit gebrochener Stimme hinzu. »Man hat mir bis auf weiteres verboten, zu operieren oder Patienten im Krankenhaus zu behandeln.«

»Wegen der Szene auf der Intensivstation?« fragte Tracy.

»Genau«, brachte Kim hervor. »Du warst offenbar die einzige, die meinen verzweifelten Versuch, Becky zu retten, für mutig gehalten hat.«

»Es war mutig«, bekräftigte Tracy. Sie war zutiefst gerührt. Kim hatte sein Verhalten um hundertachtzig Grad verändert. Er wollte unbedingt etwas für Becky tun, und sei es um den Preis seiner beruflichen Karriere und seines Rufs. Gegen seine Motive oder sein Ziel ließ sich beim besten Willen nichts einwenden. Ohne ein weiteres Wort wandte sie sich dem Regal zu und wählte das ihrer Meinung nach beste Haarfärbemittel aus.

Carlos hatte bis zum Einbruch der Dämmerung gewartet und sich erst dann mit seinem klapprigen Pick-up in die Gegend von Balmoral gewagt. Daß die Straßen dunkel waren, kam ihm sehr entgegen. Die einzigen Laternen befanden sich an den Kreuzungen über den Straßenschildern. Da er vor seiner Abfahrt den Stadtplan studiert hatte, fand er die Edinburgh Lane und Kims Haus ohne Probleme.

Er schaltete den Scheinwerfer aus und ließ den Wagen im Schatten der Bäume ausrollen. Dann stellte er den Motor ab und wartete. Von seinem Standort sah er vor dem dunklen Himmel die Silhouette von Kims Haus. Er war sehr zufrieden. Da kein Licht brannte, war Kim offenbar nicht zu Hause. Er würde sein Opfer wieder überraschen können, und diesmal war er sogar in einer noch besseren Situation. Kim würde nicht im geringsten mit ihm rechnen.

Carlos blieb noch zwanzig Minuten im Wagen sitzen. Dann erst fühlte er sich sicher genug, um auszusteigen. Das Bellen eines Hundes ließ ihn zusammenfahren. Der Hund bellte noch einmal, doch er schien nicht in der Nähe zu sein. Carlos entspannte sich. Er griff hinter den Sitz, holte eines der langen Schlachtmesser hervor und ließ es unter seinen Mantel gleiten.

Er huschte unter die Bäume, die Kims Grundstück von dem seines Nachbarn trennten. In seinem schwarzen Ledermantel und seiner schwarzen Hose nahezu unsichtbar, schlich er leise durch das Dickicht.

Als er die Rückseite von Kims Haus voll im Blick hatte, freute er sich noch mehr. Auch hier erhellte kein einziges Licht die Fenster. Jetzt war er absolut sicher, daß niemand im Haus war. Vornübergebeugt verließ er den Schutz der Bäume, rannte über den Hof und drückte sich flach an die hintere Hauswand. Dann wartete er wieder eine Weile, um sicherzugehen, daß ihn niemand bemerkt hatte. Es herrschte absolute Stille. Nicht einmal mehr der Hund gab einen Mucks von sich.

Im Schatten der Hauswand schlich er vorsichtig bis zu Kims hinterer, mit Segeltuch umspannter Loggia. Das Messer blitzte nur einmal kurz in der Dunkelheit auf, als er den Stoff gerade so weit aufschlitzte, daß er mühelos hindurchschlüpfen konnte. In Häuser einzubrechen war seine wirkliche Stärke; sein Killertalent war sozusagen aus der Not geboren.

Kim bog von der Hauptstraße ab und fuhr durch das Tor, das die Grenze von Balmoral markierte. Mit einem Blick in den Rückspiegel versicherte er sich, daß Tracy ihm in ihrem Wagen folgte. Er war froh, daß sie ihm beim Haarefärben assistieren wollte, wobei er weniger ihre Hilfe als ihre Gesellschaft brauchte. Außerdem freute er sich über ihr Angebot, ihnen etwas zu essen zu machen. Er konnte sich nicht mehr daran erinnern, wann er zum letzten Mal eine richtige Mahlzeit zu sich genommen hatte; wahrscheinlich war es Donnerstag abend gewesen.

Er parkte vor seiner Garage und griff nach den Einkaufstüten. Es regnete in Strömen. Auf dem Weg zum Haus hatten sie Mühe, den großen dunklen Pfützen auszuweichen.

Kim drückte die Tür auf. Tracy registrierte überrascht, daß er sie nicht abgeschlossen hatte.

»Das ist aber nicht besonders klug«, bemerkte sie.

»Wieso?« fragte Kim. »In dem Haus ist doch eh nichts zu holen. Außerdem kann der Makler so jederzeit ein- und ausgehen.«

»Wenn du meinst«, entgegnete Tracy wenig überzeugt.

Sie zogen ihre Mäntel aus und wischten sich die Tropfen von der Stirn. Dann brachten sie ihre Tüten und Pakete in die Küche.

»Soll ich dir etwas sagen?« sagte Tracy, als sie die Tasche mit den Lebensmitteln auf die Küchentheke stellte. »Ich habe wirklich Lust, uns etwas zu kochen und dir mit den Haaren zu helfen, aber zuerst würde ich gerne duschen. Vielleicht wird mir dadurch etwas wärmer. Hättest du etwas dagegen, wenn ich mal kurz ins Bad verschwinde?«

»Überhaupt nicht«, erwiderte Kim. »Du kannst duschen, so lange du willst.«

»Eigentlich ist es ja traurig«, fügte sie hinzu. »Aber die Dusche ist das einzige, was ich an diesem Haus vermisse.«

»Kann ich gut verstehen«, entgegnete Kim. »Außer dem Bad haben wir in diesem Haus ja auch nichts selber gemacht. Nimm dir Handtücher und einen Bademantel, wenn du möchtest! Es sind auch noch ein paar Sachen von dir hier. Ich habe sie im Dielenschrank verstaut.«

»Keine Sorge«, versicherte Tracy. »Ich finde schon, was ich brauche.«

»Am besten mache ich mal Feuer im Kamin«, erklärte Kim.

»Vielleicht wirkt dieses leere Haus dann nicht mehr ganz so deprimierend.«

Während Tracy nach oben ging, nahm Kim eine Taschenlampe aus einer Schublade in der Küche und stieg hinunter in den Keller, wo er das Kaminholz aufbewahrte. Er schaltete zwar das Licht ein, doch die einzelne Glühbirne reichte bei weitem nicht aus, den riesigen Keller zu beleuchten.

Aufgrund einer schrecklichen Kindheitserfahrung hatte Kim sich in Kellern nie wohl gefühlt. Als er sechs Jahre alt gewesen war, hatte sein älterer Bruder ihn in dem unbenutzten Weinkeller seines Elternhauses eingesperrt und dann vergessen. Durch die isolierte Tür hatte niemand seine hysterischen Schreie und sein panisches Klopfen gehört. Erst als seine Mutter sich Sorgen gemacht hatte, weil er nicht zum Abendessen erschienen war, hatte sein Bruder sich an ihn erinnert.

Selbst nach achtunddreißig Jahren schaffte er es nicht, einen Keller zu betreten, ohne an dieses Horrorerlebnis zu denken. Während er sich das Holz auf die Arme lud, hörte er im Kellerraum nebenan plötzlich ein dumpfes Geräusch. Ihm sträubten sich die Nackenhaare. Er hielt inne und lauschte. Dann hörte er das Geräusch noch einmal.

Instinktiv drängte es ihn zu fliehen, doch er kämpfte mit aller Macht gegen dieses Verlangen an. Er legte das Holz ab, bewaffnete sich mit der Taschenlampe und steuerte die Tür zu dem benachbarten Kellerraum an. Dann nahm er all seinen Mut zusammen und stieß mit dem Fuß die Tür auf. Als er den Strahl der Taschenlampe in den Raum richtete, starrten ihm ein halbes Dutzend winzige, rubinrote Augen entgegen, die im nächsten Augenblick in der Dunkelheit verschwanden.

Kim seufzte erleichtert auf, ging zurück und lud sich erneut die Holzscheite auf die Arme.

Während Tracy die Treppe hinaufstieg, überkam sie ein wehmütiges Gefühl. Sie war schon lange nicht mehr im ersten Stock des Hauses gewesen. Vor Beckys Zimmer blieb sie stehen und starrte die geschlossene Tür an. Sollte sie einen Blick in das Zimmer wagen? Unschlüssig öffnete sie die Tür und blieb auf der Schwelle stehen.

Beckys Zimmer hatte sich nicht verändert. Da Kim und Tracy das gemeinsame Sorgerecht für ihre Tochter gehabt hatten, hatte Tracy bei ihrem Auszug neue Möbel für Becky gekauft und die alten an Ort und Stelle stehengelassen. Becky hatte nichts dagegen einzuwenden gehabt – sie hatte es sogar vorgezogen, die Kindersachen, wie sie sie nannte, in ihrem alten Zimmer zurückzulassen. Nicht einmal ihre Stofftiersammlung hatte sie mitgenommen.

Daß Becky nicht mehr dasein sollte, war für Tracy unfaßbar. Sie war der Mittelpunkt ihres Lebens gewesen, erst recht seitdem ihre Beziehung zu Kim sich verschlechtert hatte.

Sie holte tief Luft und zog die Tür zu. Auf dem Weg zum Schlafzimmer wischte sie sich mit dem Handrücken ein paar Tränen aus den Augenwinkeln. Aufgrund ihrer beruflichen Erfahrung wußte sie, wie schwer die nächsten Monate für Kim und sie werden würden.

Sie sparte sich den Weg durch das Schlafzimmer und betrat das Bad vom Flur aus. Drinnen knipste sie das Licht an, schloß hinter sich die Tür und sah sich um. Es war längst nicht so sauber wie zu der Zeit, als sie noch in dem Haus gelebt hatte, aber mit dem Waschtisch aus Granit und der marmorgekachelten Dusche machte das Bad immer noch etwas her.

Sie beugte sich vor, drehte den Wasserhahn auf und stellte den Duschkopf auf einen kräftigen Strahl. Dann öffnete sie den geräumigen Schrank und nahm sich ein großes Badetuch und einen Frotteebademantel heraus. Sie deponierte beides auf dem Waschtisch und begann sich ihre nassen Sachen auszuziehen.

Carlos hörte die Dusche rauschen und grinste. Der Job war leichter zu erledigen, als er gedacht hatte. Er stand in dem begehbaren Kleiderschrank in Kims Schlafzimmer und wartete darauf, daß sein Opfer die Tür öffnete. Doch das Rauschen des Duschwassers brachte ihn darauf, daß er sich den Doc ja auch in dem überschaubaren Bad vornehmen könnte. Dort würde er ihm nie und nimmer entkommen.

Er öffnete die Tür einen Spalt. Ein fahler Lichstrahl fiel auf sein Gesicht. Er riskierte einen vorsichtigen Blick und stellte erfreut fest, daß das Schlafzimmer bis auf den Lichtschimmer aus dem Bad immer noch dunkel war. So konnte er unerkannt zum Bad hinüberhuschen. Bei seinem Vorhaben kam es vor allem auf das Überraschungsmoment an.

Mit dem Messer in der rechten Hand öffnete er die Tür einen Spalt und huschte ins Schlafzimmer.

Carlos bewegte sich wie eine Katze, die sich an ihre Beute heranschleicht. Mit jedem Schritt konnte er das Bad durch den offenen Durchgang, der die beiden Räume verband, besser einsehen. In seinem Blickfeld tauchte eine Hand auf und legte auf dem Waschtisch Kleidungsstücke ab.

Er wagte sich noch einen letzten Schritt vor. Jetzt hatte er das Bad voll im Blick – und erstarrte. Vor ihm stand nicht Kim, sondern eine grazile, attraktive Frau, die sich gerade den Büstenhalter öffnete. Für einen Augenblick erhaschte er einen Blick auf ihre weichen, weißen Brüste. Im nächsten Moment schob die Frau ihre Daumen unter das elastische Bündchen ihres Slips und zog ihn hinunter.

Carlos blieb gebannt stehen und ergötzte sich an dem unerwarteten, aber sehr erfreulichen Anblick. Tracy wandte ihm den Rücken zu und stieg in den nebligen Dampf der

Duschkabine. Sie schloß die beschlagene Glastür hinter sich und hängte ihr Handtuch auf einen Halter im hinteren Teil der geräumigen Dusche.

Wie von einer magischen Hand angezogen, wagte Carlos sich noch einen weiteren Schritt vor. Er wollte einen besseren Blick haben.

Tracy hielt die Hand unter den Wasserstrahl und zog sie wieder zurück. Das Wasser war viel zu heiß, doch genau das hatte sie beabsichtigt. Sie wollte die Duschkabine in eine Art Dampfbad verwandeln.

Sie griff hinter den Wasserstrahl und regulierte die Temperatur. Während sie darauf achtete, daß das Wasser kälter wurde, warf sie einen Blick auf das Seifenfach und registrierte, daß es leer war. Das Seifenstück lag auf dem Waschbeckenrand.

Sie schob die Tür der Duschkabine wieder auf, um die Seife zu holen. Plötzlich nahm sie ein aufblitzendes Licht wahr. Es war aus dem Schlafzimmer gekommen. Im nächsten Augenblick glaubte sie ihren Augen nicht zu trauen. Dort, im Halbdunkel der dämmrigen Badezimmerbeleuchtung, stand ein vollkommen schwarzgekleideter Mann. Er hielt ein riesiges Messer in der rechten Hand, dessen Klinge das Licht reflektierte und das Aufblitzen verursacht hatte.

Für den Bruchteil einer Sekunde starrten die beiden sich an, Tracy geschockt, Carlos in triebhafter Lüsternheit.

Tracy reagierte als erste. Sie stieß einen durchdringenden Schrei aus und knallte die Tür mit voller Wucht wieder zu. Dann riß sie den röhrenförmigen Handtuchhalter aus der Verankerung und schob ihn so durch den U-förmigen Griff der Glastür, daß diese sich nicht mehr öffnen ließ.

Carlos sprang mit einem Satz ins Bad. Er wollte sie erledigen, bevor Kim ihr zu Hilfe kommen konnte. Blitzschnell nahm er das Messer in die linke Hand und versuchte mit der rechten die Tür zur Duschkabine aufzureißen. Als sie nicht aufging, nahm er verärgert den Fuß zu Hilfe. Der wenig robuste Handtuchhalter gab unter seiner Kraftanstrengung nach und begann sich zu verbiegen.

Als Tracys Schrei durch das Haus gellte, war Kim auf der Kellertreppe. Von seiner Begegnung mit den Mäusen noch völlig irritiert, begann sein Herz sofort wie wild zu jagen. Er ließ die Holzscheite fallen, die mit einem enormen Lärm die Treppe hinunterpolterten und all die Dinge mitrissen, die er auf den Stufen abgestellt hatte.

Später konnte er sich nicht mehr daran erinnern, wie er es die Treppe hinauf geschafft hatte. Auf dem oberen Flur angelangt, hörte er Tracy erneut schreien. Er legte noch einen Zahn zu und warf sich mit voller Wucht gegen die Badezimmertür, die sofort zersplitterte.

Mit einem Satz landete er im Bad. Dabei rutschte er auf dem Vorleger aus und schlitterte direkt vor Carlos. Den Fuß gegen die gläserne Tür der Duschkabine gestemmt, versuchte dieser offenbar, sie zu öffnen. Er hielt ein großes Messer in der Hand. Schlagartig wurde Kim bewußt, daß er besser etwas mitgebracht hätte, mit dem er sich hätte verteidigen können.

Carlos drehte sich blitzschnell um und schlug mit dem Messer nach Kim, der sich jedoch geistesgegenwärtig zurückzog. Die Spitze der Klinge erwischte ihn allerdings trotzdem noch über der Nase.

Carlos nahm das Messer in die rechte Hand und widmete Kim jetzt seine volle Aufmerksamkeit. Kim fixierte das Messer und zog sich in Richtung der zersplitterten Tür zurück.

Tracy kämpfte währenddessen mit dem verbogenen Handtuchhalter, der sich nicht ohne weiteres aus dem Türgriff ziehen ließ. Als sie es endlich geschafft hatte, waren

Kim und Carlos in den Flur verschwunden. Sie umklammerte den Handtuchhalter und stürmte panisch aus der Dusche. Dann rannte sie splitternackt hinter den beiden Männern her.

Carlos bedrohte Kim immer noch mit dem Messer und zwang ihn Schritt für Schritt zurückzuweichen. Kim hatte sich ein Stück Holz aus der zerschmetterten Tür gegriffen, mit dem er mehr oder weniger vergeblich versuchte, sich vor Carlos' Messerhieben zu schützen. Aus der Schnittwunde über seiner Nase lief ihm das Blut übers Gesicht.

Ohne zu zögern stürmte Tracy von hinten auf Carlos zu und zog ihm mehrmals den Handtuchhalter über den Schädel. Die Röhre reichte nicht aus, Carlos ernstlich zu verletzen, aber er war gezwungen, sich gegen ihre Schläge zur Wehr zu setzen. Er drehte sich um und schlug ein paarmal mit dem Messer nach Tracy, die jedoch rechtzeitig zurückwich.

Kim nutzte die Gelegenheit und griff nach einem kleinen Beistelltisch. Er zerschlug ihn auf dem Treppengeländer und ging mit einem Tischbein auf Carlos los.

Mit Kim auf der einen und Tracy auf der anderen Seite, kam Carlos zu dem Schluß, daß seine tödliche Waffe nicht mehr viel wert war. Er rannte die Treppe hinunter.

Kim folgte ihm, Tracy rannte ebenfalls hinterher.

Carlos riß die Haustür auf und floh über den Rasen. Kim war ihm dicht auf den Fersen, doch als Tracy nach ihm rief, blieb er stehen und sah sich um. Sie stand in der Tür.

»Komm zurück!« schrie sie. »Er ist es nicht wert.«

Als er sich wieder umdrehte, sah er gerade noch, wie Carlos in einen alten Pick-up sprang, der im Schatten der Bäume geparkt war. Einen Augenblick später quoll eine Abgaswolke aus dem Auspuff, und der Wagen schoß davon.

Kim rannte zurück zum Haus. Tracy stand in der Diele.

Sie hatte sich einen Mantel übergezogen, um ihre Nacktheit zu bedecken.

Kim nahm sie in die Arme. »Ist alles okay?« fragte er besorgt. »Du bist doch derjenige, der verletzt ist«, erwiderte Tracy. Die klaffende Schnittwunde zog sich über den Nasenrücken bis in eine Augenbraue und blutete immer noch heftig.

Er ließ Tracy los und ging ins Gästebad, um sich im Spiegel zu betrachten. Über seiner Schulter erschien Tracys Gesicht. Sie war ihm gefolgt.

»Mein Gott, das war wirklich knapp. Das hätte leicht daneben gehen können. Erst rammt er mir sein Messer in die Hand, und jetzt auch noch direkt zwischen die Augen.«

»Willst du damit sagen, daß das der Kerl war, der dich gestern abend angegriffen hat?« fragte Tracy baff.

»Ohne jeden Zweifel«, versicherte Kim. »Ich hätte zwar Schwierigkeiten gehabt, ihn zu beschreiben, aber ich habe ihn sofort wiedererkannt.«

Tracy lief ein kalter Schauer über den Rücken. Sie begann heftig zu zittern. Kim beobachtete es im Spiegel.

»Was ist los mit dir?« fragte er. Er drehte sich um und packte sie an den Schultern. »Bist du wirklich okay? Oder hat er dich geschnitten oder dir sonst irgend etwas angetan?«

»Keine Sorge, er hat mir nichts getan«, brachte Tracy hervor. »Aber ich ahne, was er vorhatte. Er wollte uns umbringen.«

»Er wollte mich umbringen«, widersprach Kim. »Ich glaube, mit dir hatte er nicht gerechnet. Das heißt, du hast mir das Leben gerettet. Gott sei Dank hat er dich nicht verletzt!«

Tracy schob seine Hände weg. »Ich rufe die Polizei«, sagte sie und ging ins Wohnzimmer.

Kim lief hinter ihr her und hielt sie am Arm fest. »Die Mühe kannst du dir sparen.«

Tracy musterte seine Hand, die ihren Unterarm umklammerte. Dann sah sie ihm in die Augen. Sie konnte nicht glauben, was sie gerade gehört hatte. »Was soll das heißen – die Mühe kann ich mir sparen?«

»Komm!« drängte er und zog sie zurück in Richtung Treppe. »Wir holen meine Pistole. Ich kann mir zwar nicht vorstellen, daß der Kerl noch einmal zurückkommt, aber wir sollten kein Risiko eingehen.«

Tracy zögerte. »Warum willst du denn die Polizei nicht anrufen? Das macht doch keinen Sinn.«

»Die Polizei unternimmt sowieso nichts. Wenn wir Anzeige erstatten, verschwenden wir höchstens eine Menge Zeit. Sie werden die Geschichte als mißglückten Einbruch abtun – obwohl wir doch wissen, daß es keiner war.«

»Wissen wir das?« fragte Tracy.

»Natürlich«, erwiderte Kim. »Ich sagte dir doch – es war derselbe Kerl, der bei Higgins und Hancock hinter mir her war. Offenbar ist Marsha genau das zugestoßen, was ich befürchtet habe, und jetzt haben seine Auftraggeber Angst vor mir – ob sie nun von Higgins und Hancock sind oder sonst irgendwie mit der Fleischindustrie verbandelt sind.«

»Aber das ist doch noch mehr Grund, die Polizei anzurufen«, drängte Tracy.

»Nein!« sagte Kim entschieden. »Sie werden nicht nur nichts unternehmen, sie könnten mir sogar Ärger machen. Aber vor allem will ich mir nicht bei der Suche nach Beweisen für Kelly Anderson dazwischenfunken lassen. In den Augen der Polizei bin ich doch längst ein Irrer.«

»Aber mich halten sie nicht für eine Irre«, widersprach Tracy. »Das könnte aber schnell passieren«, entgegnete Kim. »Du mußt ihnen nur sagen, daß du mit mir zusammen warst.«

»Glaubst du das im Ernst?« fragte Tracy. So hatte sie die Sache noch gar nicht gesehen.

»Komm!« drängte Kim. »Wir holen die Pistole.«

Tracy folgte ihm die Treppe hinauf. Sie war total verwirrt, aber für einen Moment war sie bereit, sich von Kim überzeugen zu lassen. Die Messerattacke hatte sie in einen Schockzustand versetzt.

»Je länger ich darüber nachdenke, desto weniger bin ich von deinem Vorhaben überzeugt«, wandte sie schließlich ein.

»Geht mir genau anders«, entgegnete Kim. »Jetzt fühle ich mich erst recht verpflichtet, etwas zu unternehmen. Seitdem ich weiß, wozu sie bereit sind, um ihre eigene Haut zu retten, sind meine letzten Zweifel wie weggeblasen.«

Sie gingen durch die zersplitterte Badezimmertür. Das Wasser lief immer noch. Tracy mußte sich schütteln, als sie sich noch einmal vor Augen hielt, daß nur die Glastür sie von dem Killer getrennt hatte.

Sie folgte Kim ins Schlafzimmer. Er steuerte auf seinen Nachttisch zu und nahm eine kleine achtunddreißiger Smith & Wesson aus der Schublade. Er vergewisserte sich, daß die Pistole geladen war, und ließ sie in seine Jackentasche gleiten. Dann fiel sein Blick auf die offenstehende Tür des begehbaren Kleiderschranks.

»Dieser Wichser muß sich da drinnen versteckt haben«, stellte er fest und schaltete das Licht ein. Der Inhalt der meisten Schubladen lag auf dem Boden verstreut. Er zog die Schublade heraus, in der er seine wenigen Wertsachen aufbewahrte. »Ist ja toll«, bemerkte er sauer. »Er hat die Piaget von meinem Vater mitgehen lassen.«

»Ich glaube, wir sollten die Sache vergessen«, sagte Tracy. »Du solltest lieber nicht versuchen, bei Higgins und Hancock einen Job zu bekommen.«

»Ich habe gar keine andere Wahl«, entgegnete Kim. »Oder glaubst du etwa, ich überlasse dem kampflos die Uhr meines Vaters?«

»Laß die Witze! Ich meine es wirklich ernst. Es ist zu gefährlich.«

»Was sollen wir denn deiner Meinung nach tun?« fragte Kim. »Sollen wir uns ins Ausland absetzen?«

»Warum nicht«, erwiderte Tracy. »Ist vielleicht gar keine schlechte Idee.«

Kim lachte freudlos auf. »Das hatte ich eigentlich nur so dahergesagt. Wohin würdest du denn gehen wollen?«

»Nach Europa«, erwiderte Tracy. »Ich habe mich nach unserem Gespräch mit Dr. Morgan noch einmal alleine mit ihr unterhalten. Sie hat mir erzählt, daß es ein paar Länder gibt, in denen keine verseuchten Lebensmittel verkauft werden. Zum Beispiel in Schweden.«

»Im Ernst?« fragte Kim.

»Zumindest hat Dr. Morgan das behauptet. Weil sie das Fleisch dort genauer kontrollieren, ist es etwas teurer. Aber die Leute sind der Meinung, daß saubere Lebensmittel den höheren Preis wert sind.«

»Und du könntest dir ernsthaft vorstellen, in einem anderen Land zu leben?« fragte Kim.

»Bevor du mich darauf gebracht hast, habe ich noch nie darüber nachgedacht«, erwiderte Tracy. »Aber ich glaube schon, daß ich das könnte. Das, was Becky zugestoßen ist, würde ich gerne an die Öffentlichkeit bringen – den Umzug sozusagen nutzen, um die Leute über die Verhältnisse in unserem Land aufzuklären. Das wäre mit Sicherheit weniger riskant.«

»Da hast du wohl recht«, gestand Kim. Er dachte ein paar Sekunden über die Idee nach und schüttelte dann den Kopf.

»Einfach weglaufen – das ist für mich keine Alternative.

Becky zuliebe werde ich mein Vorhaben bis zum bitteren Ende durchziehen.«

»Glaubst du nicht, du tust das alles vielleicht nur, um Beckys Tod zu verdrängen?« fragte Tracy und schnappte im nächsten Augenblick nervös nach Luft. Sie hatte ein heikles Thema angesprochen. Der alte Kim hätte jetzt einen Wutanfall bekommen.

Kim antwortete nicht sofort, und was er schließlich sagte, klang keineswegs wütend. »Ich habe es dir schon einmal gesagt – ich glaube tatsächlich, daß ich das, was ich vorhabe, auch im Andenken an Becky tue. Wenn man es so sieht, könnten durch Beckys Tod zumindest andere Kinder vor dem gleichen Schicksal bewahrt werden.«

Tracy war gerührt. Sie ging zu Kim und umarmte ihn. Er schien wirklich ein anderer Mann geworden zu sein.

»Komm!« drängte Kim. »Zieh dich an! Wir schnappen unseren Kram und hauen von hier ab.«

»Aber wo sollen wir denn hin?« fragte Tracy.

»Zuerst ins Krankenhaus«, erwiderte Kim. »Ich muß die Schnittwunde nähen lassen, sonst habe ich für den Rest meines Lebens eine häßliche Narbe im Gesicht. Danach können wir ja vielleicht zu dir fahren, falls du nichts dagegen hast. Bei dir dürften wir uns erheblich sicherer fühlen.«

»Wer, zum Teufel, kann das denn sein?« fragte Bobby Bo Mason. Er saß mit seiner Frau und seinen beiden Kindern am Eßtisch und nahm sein sonntagabendliches Dinner ein, das aus Filetsteaks, gebackenen Kartoffeln, Erbsen und Getreidemuffins bestand. Das Klingeln an der Haustür hatte sie beim konzentrierten Kauen gestört.

Bobby Bo tupfte sich mit dem Zipfel seiner Serviette die Mundwinkel ab. Der andere Zipfel der Serviette steckte in seinem Hemdkragen, direkt unter seinem riesigen Adamsapfel. Er warf einen Blick auf die Uhr. Es war ein paar Minuten vor sieben.

»Soll ich aufmachen, Schatz?« fragte Darlene. Darlene war Bobby Bos dritte Frau und die Mutter seiner jüngsten Kinder. Er hatte noch zwei weitere Kinder, die zur Zeit die Landwirtschaftsschule des Bundesstaates besuchten.

»Nein, ich gehe schon«, grummelte Bobby Bo und er hob sich. Er schob sein Kinn vor und ging zur Haustür. Er fragte sich, wer so unverfroren war und ihn während des Abendessens störte. Aber er vermutete, daß es etwas Wichtiges sein mußte, denn wer auch immer der Besucher war – er hatte den Sicherheitsposten am Tor passieren dürfen.

Bobby Bo öffnete die Tür. Vor ihm stand Shanahan O'Brian. Der Mann hatte seinen Hut abgenommen und hielt ihn in der Hand.

»Sie sehen frustriert aus«, stellte Bobby Bo fest.

»Bin ich auch«, gestand Shanahan. »Ich habe schlechte Nahrichten.«

Bobby Bo warf einen Blick über seine Schulter und vergewisserte sich, daß Darlene ihm nicht zur Tür gefolgt war.

»Kommen Sie rein!« forderte er seinen Besucher auf. Er ging voraus in die Bibliothek und schloß hinter ihnen die Tür.

»Okay«, sagte er. »Was ist passiert?«

»Carlos hat mich gerade angerufen«, erwiderte Shanahan. »Er hat den Doktor nicht erwischt.«

»Ich denke, dieser Mistkerl ist ein erstklassiger Messerstecher«, beschwerte sich Bobby Bo.

»So ist es mir gesagt worden«, entgegnete Shanahan. »Carlos behauptet, der Mann hätte einfach nur Glück gehabt. Er ist in das Haus von diesem Dr. Reggis eingebrochen. Ich hatte ihm gesagt, daß der Doc allein lebt, aber als er dann nach Hause kam, hatte er offenbar eine Frau dabei.«

»Ist ja super«, stöhnte Bobby Bo. »Und dieser Carlos soll ein Killer sein? Was macht es denn für einen Unterschied, ob eine Frau im Haus ist oder nicht?«

»Sie hat ihn offenbar verwirrt«, erwiderte Shanahan. »Er hat sie überrascht, als sie nackt war und ...«

»Schluß!« fuhr Bobby Bo dazwischen und hob die Hand. »Die Einzelheiten können Sie sich sparen. Fakt ist doch wohl, daß dieser Amateur aus Mexiko die Sache verpatzt hat.«

»Könnte man so sagen«, gestand Shanahan.

»Verdammt!« entfuhr es Bobby Bo. Er schlug auf den Tisch und begann laut fluchend auf und ab zu gehen.

Shanahan wartete, bis sein Chef ein wenig Dampf abgelassen hatte. Im Lauf der Jahre hatte er gelernt, daß er am besten so wenig wie möglich sagte, wenn Bobby Bo wütend war.

»Okay«, sagte Bobby Bo schließlich. Er marschierte immer noch vor dem Kamin auf und ab. »Das zeigt einem doch wieder einmal, wie bescheuert es ist, einen unerfahrenen Neuling anzuheuern, weil man glaubt, ein paar Dollar sparen zu können. Wir rufen jetzt den Profi aus Chicago an. Er soll die Sache in Ordnung bringen. Wie war noch sein Name?«

»Derek Leutmann«, erwiderte Shanahan. »Aber er ist teuer. Ich denke, wir sollten Carlos noch ein letztes Mal auf den Doktor ansetzen.«

»Wie teuer?« wollte Bobby Bo wissen.

»Mindestens fünftausend«, erwiderte Shanahan.

»Fünftausend ist doch geschenkt, wenn wir dadurch einen Fleischrückruf verhindern können!« ereiferte sich Bobby Bo. »Wenn die Öffentlichkeit erfährt, wieviel Fleisch in Wirklichkeit mit Kolibakterien verseucht ist, stehen mehrere hundert Millionen Dollar auf dem Spiel, wenn nicht sogar die Existenz der gesamten Fleischindustrie, wie wir sie kennen.

Das wäre noch tausendmal schlimmer, als wenn James Garner sich einer Bypassoperation unterziehen müßte, nachdem er Reklame für unser Fleisch gemacht hat.« Bobby Bo kicherte über seinen eigenen Witz.

»Ich befürchte, daß der Doktor uns wegen Marsha Baldwin Ärger machen könnte«, erklärte Shanahan.

»Das kommt noch hinzu«, stimmte Bobby Bo ihm zu.

»Was ist mit Carlos?« fragte Shanahan. »Er ist inzwischen so sauer, daß er sogar bereit ist, den Auftrag umsonst zu erledigen. Offenbar ist sein Stolz verletzt.«

»Wie ist der letzte vermasselte Versuch denn ausgegangen?« fragte Bobby Bo. »Hat der Doktor die Polizei eingeschaltet? Muß ich womöglich mit einem riesigen Medienspekaktel rechnen?«

»Offenbar nicht«, erwiderte Shanahan. »Wir haben den Polizeifunk den ganzen Nachmittag und den ganzen Abend abgehört. Es war nichts.«

»Wenigstens etwas«, stellte Bobby Bo erleichtert fest. »Machen wir es so: Erteilen Sie Leutmann den Auftrag, und regeln Sie alles mit ihm. Aber falls sich eine günstige Gelegenheit ergibt, geben Sie Carlos eine letzte Chance. Was halten Sie davon?«

»Leutmann verlangt mit Sicherheit eine Anzahlung, bevor er sich überhaupt auf den Weg macht«, gab Shanahan zu bedenken. »Das Geld kriegen wir in keinem Fall zurück.«

»Dann sparen wir immer noch zweieinhalbtausend«, stellte Bobby Bo fest. »Außerdem gehen wir mit dieser Lösung auf Nummer sicher. Einer von beiden wird uns diesen nervtötenden Doktor schon vom Hals schaffen.«

»Okay«, stimmte Shanahan zu. »Ich kümmere mich darum.«

»Gut«, entgegnete Bobby Bo. »Sehen Sie zu, daß Sie mir bei unserem nächsten Treffen gute Nachrichten überbringen!«

»Ich werde mein Möglichstes tun«, versprach Shanahan.

»Und noch etwas«, fügte Bobby Bo hinzu. »Besorgen Sie ein paar Infos über den Doktor. Wenn Leutmann ankommt, soll er keine Zeit vergeuden, um den Mann zu finden.«

Die Notaufnahme im University Medical Center war überfüllt wie immer. Kim und Tracy hatten im Wartebereich fast an der gleichen Stelle Platz genommen, an der sie vor nicht allzulanger Zeit mit Becky gesessen hatten. Kim preßte sich einen sterilen, zehn mal zehn Zentimeter großen Mulltupfer auf seine Verletzung.

»Was für ein unangenehmes Déjà-vu-Erlebnis«, bemerkte er.

»Es kommt mir vor, als wäre ein halbes Jahr vergangen, seit wir das letzte Mal hier waren«, stellte Tracy schwermütig fest. »Ich kann einfach nicht begreifen, wie in so wenigen Tagen so viele Dinge passieren können.«

»In gewisser Weise hat man tatsächlich das Gefühl, als wäre eine Ewigkeit vergangen, aber andererseits kommt es einem auch so vor, als wären wir gerade eben erst hier gewesen«, wandte Kim ein und biß die Zähne zusammen. »Ich frage mich wirklich, ob nicht alles ganz anders ausgegangen wäre, wenn Becky bei unserem ersten Besuch hier nicht so lange hätte warten müssen und wenn sofort Kulturen angelegt worden wären.«

»Genau die Frage habe ich Dr. Morgan gestellt«, sagte Tracy. »Sie meinte, es hätte wahrscheinlich keine Rolle gespielt.«

»Fällt mir nicht leicht, ihr das abzunehmen«, entgegnete Kim. »Warum hast du eigentlich nicht einen deiner Kollegen angerufen und ihn gebeten, die Wunde zu nähen?« fragte Tracy.

»Zum Teil aus denselben Gründen, aus denen ich die

Polizei nicht angerufen habe«, erwiderte Kim. »Ich will einfach nur den Schnitt nähen lassen – und damit basta. Ich will nicht groß darüber reden müssen. Wenn ich einen Freund gebeten hätte, hätte er mir Fragen gestellt, und ich hätte mich unwohl gefühlt, wenn ich ihn belogen hätte.«

»Aber hier wird man dir auch ein paar Fragen stellen«, gab Tracy zu bedenken. »Was willst du dann sagen?«

»Keine Ahnung«, erwiderte Kim. »Ich lasse mir etwas einfallen.«

»Hast du eine Ahnung, wie lange wir diesmal warten müssen?« fragte Tracy.

»Laut Dr. Washington geht es schnell«, erwiderte Kim.

Bei ihrer Ankunft waren sie zufällig dem Leiter der Notaufnahme in die Arme gelaufen. Er hatte von Beckys Tod gehört und ihnen sein Beileid bekundet. Außerdem hatte er versprochen, daß Kim so schnell wie möglich behandelt werde, und keine Bedenken geäußert, als Kim sagte, er wolle nicht seinen richtigen Namen angeben.

Für eine Weile saßen sie schweigend da und betrachteten geistesabwesend die Kranken und Verletzten, die an ihnen vorbeigingen. Schließlich brach Tracy das Schweigen. »Je länger ich über die ganze Geschichte nachdenke, desto weniger bin ich bereit zuzulassen, was du dir in den Kopf gesetzt hast. Nach allem, was passiert ist, kann man das nur als Selbstmord bezeichnen, sich um einen Job bei Higgins und Hancock zu bemühen.«

»Du bist nicht bereit, es zuzulassen? Wie soll ich das denn verstehen?« fragte Kim leicht gereizt. Er zermarterte sich immer noch das Hirn über Beckys ersten Aufenthalt in der Notaufnahme. »Wie willst du mich denn zurückhalten? Willst du mir den Weg versperren?«

»Bitte, Kim«, entgegnete Tracy. »Ich versuche, mich mit dir zu unterhalten. Nach dem, was Becky zugestoßen ist, mache ich mir ernsthafte Sorgen, ob du imstande bist, vernünftige Entscheidungen zu treffen. Ein Job bei Higgins und Hancock ist für dich lebensgefährlich.«

»Ungefährlich ist es vielleicht nicht. Aber ich habe keine andere Wahl. Wenn wir die Medien gewinnen wollen, gibt es nur diesen Weg. Die Medien sind unsere einzige Hoffnung, wenn wir etwas gegen die skandalösen Umstände unternehmen wollen.«

»Was hoffst du denn bei Higgins und Hancock zu finden, das dieses hohe Risiko rechtfertigt?« fragte Tracy. »Nach was für Beweisen willst du konkret suchen?«

»Das kann ich erst sagen, wenn ich einen Einblick habe«, gestand Kim. »Aber ich weiß in etwa, wonach ich suche und worum es geht. Marsha Baldwin hat herausgefunden, daß irgend etwas mit dem Kopf des letzten, am neunten Januar geschlachteten Tiers nicht in Ordnung war. Ich will herausfinden, was mit dem Tier los war. Außerdem will ich mich um das Verschwinden von Marsha kümmern. Irgend jemand muß etwas darüber wissen. Und schließlich will ich herausfinden, wie Kolibakterien ins Fleisch gelangen. Marsha hat erwähnt, daß es irgend etwas mit der Art zu tun hat, wie sie die Tiere schlachten. Ich will das alles mit eigenen Augen sehen und dann dokumentieren. Sobald mir das gelungen ist, schalte ich Kelly Anderson ein. Ihre Aufgabe ist es dann zu zeigen, auf wessen Seite das Landwirtschaftsministerium in Wirklichkeit ist.«

Tracy starrte vor sich hin.

»Willst du gar nichts dazu sagen?« fragte Kim nach einer Weile.

»Doch«, erwiderte Tracy. Sie klang, als ob sie gerade aus einer kurzen Trance erwacht wäre. »Klingt ziemlich vernünftig, wie du dein Vorhaben darstellst. Aber eins sage ich dir: Ich lasse dich nicht allein gehen. Ich mache mit. Ich will dir im Notfall helfen können. Wenn es sein muß, bewerbe ich mich auch um einen Job.«

»Meinst du das im Ernst?« fragte Kim. Er war verblüfft.

»Natürlich«, erwiderte Tracy. »Becky war auch meine Tochter. Ich finde, du solltest nicht der einzige sein, der etwas riskiert.«

»Eine interessante Idee«, grübelte Kim laut vor sich hin. Jetzt war er derjenige, der gedankenverloren ins Leere starrte.

»Ich müßte mich nicht einmal verkleiden«, fügte Tracy hinzu. »Mich haben sie ja noch nicht gesehen.«

»Ich bin mir nicht so sicher, ob man dich einstellen würde«, gab Kim zu bedenken. »Du hättest es bestimmt schwerer.«

»Warum?« fragte Tracy. »Wieso sollten sie dich lieber nehmen wollen als mich?«

»Laut Marsha suchen sie zwar ständig nach Arbeitskräften, aber in erster Linie Schlachter«, erwiderte Kim. »Ich glaube nicht, daß das etwas für dich wäre.«

»Nein, mit Sicherheit nicht«, gestand Tracy. »Aber vielleicht können sie mich als Sekretärin oder Bürokraft gebrauchen. Wäre doch einen Versuch wert.«

»Ich habe eine bessere Idee!« rief Kim. »Erinnerst du dich an Lee Cook, der im Samaritan Hospital für mich gearbeitet hat?«

»Ich glaube ja«, erwiderte Tracy. »War das nicht dieser clevere Techniker, der alle elektrischen Geräte reparieren konnte und der im Krankenhaus für die High-Tech-Elektronik zuständig war?«

»Ganz genau«, bestätigte Kim. »Nach der Zusammenlegung der Krankenhäuser ist er in den Ruhestand getreten. Er baut sich jetzt ein eigenes Flugzeug zu Hause im Keller. Außerdem hat er ein paar verrückte Aufträge übernommen. Weißt du, was er tun könnte? Er könnte an mir eine Wanze installieren, so daß du im Auto auf dem Parkplatz alles hören könntest. Falls ich in eine gefährliche Situation geraten sollte, könntest du sofort Hilfe rufen.«

»Könnte ich auch mit dir reden?« wollte Tracy wissen.

»Das weiß ich nicht«, gestand Kim. »Dafür bräuchte ich ja eine Art Kopfhörer. Wahrscheinlich würde ich mich damit verraten. Ich glaube nicht, daß die Arbeiter bei Higgins und Hancock Kopfhörer tragen.«

»Ich könnte ja sogar aufnehmen, was du sagst«, überlegte Tracy laut. Sie erwärmte sich zusehends für die Idee.

»Stimmt«, entgegnete Kim.

»Meinst du, du könntest Videoaufnahmen machen?« fragte Tracy.

»Könnte sein. Inzwischen gibt es ja schon ganz winzige Kameras. Damit hätten wir einen perfekten Beweis für Kelly Anderson.«

»Mr. Billy Rubin!« rief jemand über die Köpfe der Wartenden hinweg.

Kim hob seine Hand und stand auf. Tracy erhob sich ebenfalls. Ein ganz in Weiß gekleideter Assistenzarzt der Notaufnahme sah sie und kam auf sie zu. Er hatte ein Klemmbrett mit Kims Aufnahmeformular in der Hand.

»Mr. Billy Rubin?« wiederholte der Arzt. Auf seinem Namensschild stand: DR. STEVE LUDWIG, ASSISTENZARZT, NOTAUFNAHME. Er war ein muskulöser, freundlicher Mann mit kurzgeschnittenem, dunkelblondem Haar, das sich bereits lichtete. »Wußten Sie, daß Bilirubin ein Begriff aus der Medizin ist?«

»Nein«, erwiderte Kim. »Das ist mir neu.«

»Ist aber so«, entgegnete Dr. Ludwig. »Es entsteht bei der Aufspaltung von Hämoglobin. Aber das nur am Rande. Sehen wir uns mal Ihre Verletzung an.«

Kim nahm den Mulltupfer weg. Die Wunde war angeschwollen und klaffte jetzt noch weiter auseinander als zuvor.

»Oje!« staunte Dr. Ludwig. »Ist ja ein ziemlich übler Schnitt. Den muß ich sofort nähen. Wie ist das denn passiert?«

»Beim Rasieren«, erwiderte Kim.

Tracy mußte ein Grinsen unterdrücken.

16

Montag, 26. Januar

Tracy verlagerte ungeduldig ihr Gewicht von einem Bein auf das andere. Sie hatte sich in der Diele im ersten Stock gegen die Wand gelehnt und die Arme verschränkt. Seit fast fünf Minuten stand sie nun schon vor der Tür der Gästetoilette und wartete.

»Was ist los?« rief sie durch die geschlossene Tür.

»Bist du bereit?« rief Kim zurück.

»Ich bin schon lange bereit. Mach auf!«

Die Tür öffnete sich einen Spalt. Tracy hielt sich die Hand vor den Mund, aber sie konnte ihr Lachen nicht verhindern.

Kim war nicht mehr wiederzuerkennen. Sein Haar war ungleichmäßig gestutzt, platinblond gefärbt und so gestylt, daß es größtenteils zu Berge stand. Seine Augenbrauen waren ebenfalls hell gefärbt und bildeten einen starken Kontrast zu einem mit dunklen Bartstoppeln übersäten Gesicht. Die genähte Schnittwunde, die sich vom Nasenrücken bis zu einer der blonden Augenbrauen erstreckte, gab ihm einen Frankenstein-Touch. Er trug ein schwarzes T-Shirt unter einem schwarzen Kordhemd mit aufgesetzten Taschen, eine schwarze Lederhose mit schwarzem Ledergürtel und dazu ein passendes Armband mit Nieten. Zur Krönung seines Outfits hatte er sich einen unechten Diamantstecker ans rechte Ohrläppchen geklemmt und seinen rechten Unterarm mit einem Wolf-Tattoo und dem Wort »lobo« verziert.

»Wie findest du mich?« fragte Kim.

»Du siehst ziemlich schrill aus«, stellte Tracy fest. »Vor allem mit den schwarzen Seidenfäden in der Wundnaht. Im Dunklen würde ich dir nicht gerne begegnen.«

»Klingt ja so, als hätte ich mein Ziel erreicht«, stellte Kim zufrieden fest.

»Du siehst jedenfalls nicht wie jemand aus, mit dem ich Bekanntschaft schließen möchte«, fügte Tracy hinzu.

»Dann sollte ich vielleicht noch einmal im Krankenhaus vorbeischauen«, schlug Kim vor. »Könnte ja sein, daß sie mich mit meinem neuen Outfit auch ohne Anhörung wieder operieren lassen.«

»Für einen Arzt hält dich jetzt garantiert kein Mensch mehr.« Tracy grinste. »Am besten gefällt mir die Tätowierung.«

Kim hob den Arm, um sein Meisterwerk besser bewundern zu können. »Ziemlich cool, nicht wahr? In der Gebrauchsanweisung steht, daß sie mindestens drei bis vier Tage hält, wenn ich nicht dusche.«

»Wo ist das Mikrophon?« fragte Tracy.

»Unter meinem Kragen«, erwiderte Kim. Er hob die Kante leicht an. Ein winziges Mikrophon war mit einer Sicherheitsnadel an der Unterseite des Hemdkragens befestigt.

»Schade, daß es mit den Videoaufnahmen nicht klappt«, sagte Tracy.

»Das ist noch gar nicht raus«, rief Kim ihr ins Gedächtnis. »Lee hat versprochen, daß er sich etwas überlegen will, und wenn er das sagt, fällt ihm in neun von zehn Fällen auch etwas ein. Es dauert eben nur ein paar Tage.«

»Laß uns das Audiosystem noch einmal testen!« schlug Tracy vor. »Ich möchte mich vergewissern, daß es auch wirklich genauso funktioniert wie gestern abend in Lees Garage.«

»Gute Idee«, entgegnete Kim. »Wie wär's, wenn du kurz

in dein Auto springst und bis zur Ecke fährst? Das müßte von der Entfernung in etwa stimmen. Dann bist du etwa zweihundert Meter vom Haus entfernt.«

»Und wo gehst du hin?« fragte Tracy.

»Ich laufe durch alle Zimmer und gehe auch mal in den Keller.«

Tracy nickte und ging hinunter zur Garderobe. Während sie sich ihren Mantel anzog, rief sie die Treppe hinauf: »Vergiß nicht, dir auch den Kopfhörer ins Ohr zu stöpseln.«

»Ist schon drin«, rief Kim zurück.

Tracy trat hinaus in die kalte Morgenluft. Über Nacht war Wind aufgekommen und hatte die Sturmwolken nach Osten geblasen. Der Himmel war jetzt blaßblau.

Sie stieg ins Auto, ließ den Motor an und fuhr bis zur Ecke. Am Straßenrand hielt sie an und stellte den Motor ab. Sie öffnete das Fenster an der Fahrerseite und stellte eine provisorische Antenne auf das Autodach. Dann setzte sie sich einen Stereo Kopfhörer auf, der an ein altes zweispuliges Tonbandgerät angeschlossen war. Das Tonbandgerät war mit einem Verstärker verbunden, der an einen Transformator auf einer freistehenden Autobatterie angeschlossen war.

Als sie den Verstärker einschaltete, leuchtete auf der Anzeigefläche des Geräts ein rotes Licht auf. Sie hörte im Kopfhörer ein kurzes Rauschen, das aber sofort verschwand. Auf dem Verstärker lag ein Mikrophon. Sie nahm es in die Hand.

Nachdem sie sich vergewissert hatte, daß sie von keinem ihrer Nachbarn beobachtet wurde, sprach sie in das Mikrophon.

»Kim, kannst du mich hören?« fragte sie.

Seine Antwort kam so laut, daß sie zusammenzuckte. »Ich verstehe dich so gut, als würdest du direkt neben mir stehen.«

Tracy drehte die Lautstärke herunter und drückte auf die Aufnahmetaste des Tonbandgeräts.

»Wie ist die Lautstärke bei dir?« fragte sie. »Mir ist eben fast das Trommelfell geplatzt.«

»Gut«, erwiderte Kim.

»Wo bist du jetzt?« wollte Tracy wissen.

»Ich bin im hintersten Bereich des Kellers«, erwiderte er. »Wenn es hier funktioniert, muß es eigentlich überall funktionieren.«

»Ich höre dich total klar.«

»Okay, dann komm zurück«, forderte er sie auf. »Wir ziehen die Sache jetzt durch.«

»Roger«, entgegnete Tracy. Sie hatte zwar keine Ahnung, was dieser Ausdruck bedeutete, aber sie hatte ihn schon etliche Male in Filmen und Fernsehshows gehört.

Sie nahm den Kopfhörer ab, stoppte das Band und spulte zurück. Dann hörte sie sich die Aufnahme an. Zufrieden stellte sie fest, daß sowohl ihre eigene als auch Kims Stimme absolut klar zu hören war.

Kim hatte bereits alle Sachen, die sie mitnehmen wollten, neben die Tür gestellt. Sie gingen davon aus, daß Kim den Job bekommen und sofort anfangen würde, und hatten deshalb Lunch-Pakete und Thermoskannen mit heißen Getränken vorbereitet. Außerdem hatten sie für Tracy eine Decke und Pullover bereitgelegt. Kim war sicher, daß es kalt werden würde, wenn sie den ganzen Tag im Auto saß.

Sie verstauten die Sachen auf der Rückbank. Kim nahm ebenfalls hinten Platz, da auf dem Beifahrersitz das Tonbandgerät und das übrige Equipment deponiert waren.

Tracy setzte sich hinters Steuer und wollte gerade den Motor anlassen, als ihr noch etwas einfiel.

»Wo ist deine Pistole?« fragte sie.

»Oben im Gästezimmer«, erwiderte Kim.

»Ich glaube, du solltest sie besser mitnehmen.«

»Nein«, widersprach Kim. »Ich will keine Waffe dabeihaben, wenn ich im Schlachthaus arbeite.«

»Aber warum denn nicht?« fragte Tracy. »Stell dir vor, dieser Typ mit dem Messer taucht noch einmal auf!«

Kim dachte kurz nach. Einige Gründe sprachen dagegen, die Pistole mitzunehmen. Zum einen hatte er Angst, daß sie entdeckt werden würde. Und zum anderen hatte er noch nie einen Schuß abgefeuert. Er wußte nicht, ob er tatsächlich imstande war, auf jemanden zu schießen. Doch er erinnerte sich auch an die Panik, die er gespürt hatte, als der Mann mit dem Messer ihn gejagt hatte. In diesem Augenblick hatte er sich nichts sehnlicher gewünscht, als irgendeine Art Waffe in der Hand zu haben.

»Okay«, sagte er schließlich und stieg aus. Ein paar Minuten später stieg er wieder ein.

Tracy ließ den Motor an und legte den Rückwärtsgang ein.

»Warte mal!« rief Kim. »Mir ist gerade noch etwas eingefallen.«

Tracy drehte den Zündschlüssel wieder herum. Der Motor hustete einmal auf und verstummte. »Was ist denn jetzt noch?«

Kim starrte auf das Haus. »Ich mußte gerade daran denken, daß dieser Finsterling sich bei mir ins Haus geschlichen hat, bevor wir zurückgekommen sind. So eine Überraschung möchte ich nicht noch einmal erleben. Wir können nicht ausschließen, daß sie auch bei dir nach mir suchen.«

»Was schlägst du vor?« fragte Tracy, während ihr ein kalter Schauer über den Rücken lief.

»Hast du vielleicht einen Nachbarn, der besonders neugierig ist?« fragte Kim. »Die Häuser stehen hier doch recht eng beieinander.«

»Mrs. English«, erwiderte Tracy. »Sie wohnt gegenüber.

Sie ist eine ältere Witwe, und ich schwöre dir – sie hängt den ganzen Tag am Fenster.«

»Das ist doch schon mal etwas«, stellte Kim fest. »Was hältst du davon, sie zu bitten, ein Auge auf das Haus zu werfen, bis wir zurück sind?«

»Klar, kann ich machen«, entgegnete Tracy.

»Aber das reicht nicht«, fuhr Kim fort. »Wir müssen uns noch besser absichern. Bei unserer Rückkehr müssen wir hundertprozentig sicher sein können, daß niemand im Haus ist. Wie viele Eingänge hat das Haus?«

»Eine Vorder- und eine Hintertür.«

»Wie kommt man in den Keller?« hakte Kim nach.

»Nur durch das Haus«, erwiderte Tracy.

»Der Typ mit dem Messer ist gestern abend über die Loggia eingestiegen«, grübelte Kim laut vor sich hin.

»Dieses Haus hat keine Loggia.«

»Gut.« Er stieg aus. Tracy folgte ihm.

»Wir könnten doch einen Faden an den Türen befestigen, so daß wir merken, ob sie geöffnet wurden«, schlug Tracy vor. »Um ins Haus zu gelangen, muß man schließlich entweder ein Fenster einschlagen oder durch eine der Türen gehen. Wenn wir zurückkommen, sehen wir dann in jedem Fall, woran wir sind.«

»Keine schlechte Idee«, entgegnete Kim. »Aber was tun wir, wenn der Faden gerissen ist?«

»Dann gehen wir nicht hinein«, sagte Tracy entschieden.

»Und wohin gehen wir dann?« fragte Kim. »Ohne Gefahr zu laufen, bald wieder unliebsamen Besuch zu bekommen?«

Tracy zuckte mit den Schultern. »Vielleicht in ein Motel.«

»Ich habe eine Idee!« rief Kim. »Auf dem Weg zu Higgins und Hancock halten wir kurz bei der Bank und heben unser Geld ab. Falls wirklich jemand hinter uns her ist, sollten wir nicht unbedingt unsere Kreditkarten benutzen.«

»Mein Gott, du denkst wirklich voraus!« staunte Tracy. »Vielleicht sollten wir für den Ernstfall auch gleich unsere Pässe mitnehmen.«

»Das war kein Witz«, beklagte sich Kim.

»So habe ich es auch nicht verstanden«, erwiderte Tracy. »Wenn wir uns ernsthaft bedroht fühlen, sollten wir auch die Möglichkeit haben, uns ins nächste Flugzeug zu setzen und ins Ausland zu fliegen.«

»Du hast recht«, stimmte Kim ihr zu. »Packen wir's!«

Sie brauchten eine halbe Stunde, bis sie im Haus alles geregelt hatten und eine weitere halbe Stunde bei der Bank. Um schneller wieder draußen zu sein, hatten sie sich jeder an einer anderen Kasse angestellt, doch ihre Rechnung ging nicht auf. Kims verändertes Äußeres veranlaßte den Angestellten, das Auszahlungsformular dem Geschäftsstellenleiter vorzulegen.

»Ich komme mir vor wie eine Bankräuberin«, bemerkte Tracy auf dem Weg zum Auto. »Ich habe noch nie im Leben soviel Bargeld bei mir gehabt.«

»Und ich dachte schon, sie würden mir mein Geld nicht geben«, fügte Kim hinzu. »Vielleicht habe ich es mit der Typänderung ein bißchen übertrieben.«

»Entscheidend ist, daß sie dich nicht erkannt haben«, stellte Tracy fest.

Als sie die Autobahn erreichten, war der Vormittag bereits weit fortgeschritten. An dem anfangs klaren Himmel waren inzwischen dunkle Zirruswolken aufgezogen. Längere Sonnenscheinphasen waren im winterlichen Mittleren Westen eine Seltenheit.

»Was hast du denn Mrs. English erzählt?« fragte Kim vom Rücksitz.

»Ich mußte gar nicht viel sagen«, erwiderte Tracy. »Sie

hat sich richtig gefreut, als ich sie gebeten habe, mein Haus im Auge zu behalten. Auch wenn es hart klingt – ich glaube, wir haben ihrem Leben einen neuen Sinn gegeben.«

»Hast du ihr gesagt, wann du zurück sein wirst?« fragte Kim.

»Nein«, erwiderte Tracy.

»Was hältst du davon, wenn wir unser High-School-Spanisch ein bißchen auffrischen?« schlug Kim ganz unvermittelt vor.

Tracy warf einen Blick in den Rückspiegel und sah ihn verwirrt an. In den vergangenen vierundzwanzig Stunden war sie schon ein paar Male unsicher gewesen, ob er Witze machte oder seine Worte ernst meinte.

»Ich will versuchen, mit einem spanischen Akzent zu sprechen«, erklärte Kim. »Marsha hat gesagt, daß viele Schlachthausarbeiter Latinos sind. Die meisten kommen angeblich aus Mexiko.«

Sie dachten sich einfache Sätze aus und versuchten sie ins Spanische zu übersetzen. An allzu viele Worte konnten sie sich allerdings nicht erinnern. Bald fiel ihnen nichts mehr ein. »Ich möchte dich etwas fragen«, sagte Tracy, nachdem sie eine Weile schweigend weitergefahren waren.

»Schieß los!«

»Wenn alles gutgeht und wir Kelly Anderson dazu bringen können, die Geschichte fürs Fernsehen zu machen – was erhoffst du dir davon?«

»Ich hoffe, daß der Markt für die fünfundzwanzig Milliarden Pfund Hackfleisch zusammenbricht, die jedes Jahr produziert werden«, erwiderte Kim.

»Und was dann?« hakte Tracy weiter nach.

»Dann«, begann Kim und ordnete kurz seine Gedanken, »wünsche ich mir, daß die Aufsicht für die Tierzucht allgemein aus dem Zuständigkeitsbereich des Landwirtschaftsministeriums gelöst wird. Diese Aufgaben sollten besser vom Gewerbeaufsichtsamt übernommen werden, denn damit käme es auch zu keinem Interessenkonflikt. Noch besser wäre es, wenn das gesamte Kontroll- und Aufsichtswesen privatisiert werden würde, damit ein richtiger Wettbewerb entsteht und Anreize geschaffen werden, jegliche Verseuchung aufzuspüren und zu beseitigen.«

»Sehe ich es richtig, daß du von dieser neuen Fleischbestrahlungsmethode nicht viel hältst?« fragte Tracy.

»Das siehst du sehr richtig«, erwiderte Kim. »Damit will die Industrie sich doch nur aus der Verantwortung stehlen. Fleischbestrahlung zuzulassen kommt einer Einladung an die Industrie gleich, sich noch weniger um die Verunreinigung ihrer Produkte während des Produktionsprozesses zu scheren. Denn sie können dann ja davon ausgehen, daß die Erreger am Ende mit den Gammastrahlen abgetötet werden. Die Industrie hält aber selbst bei bestrahltem Fleisch daran fest, daß es die Pflicht eines jeden Konsumenten ist, Fleisch so zu behandeln und zu garen, wie sie es für richtig hält«

»Dr. Morgan hat die gleiche Position vertreten«, sagte Tracy.

»Diese Position sollte jeder klardenkende Mensch vertreten«, entgegnete Kim. »Wir müssen den Leuten mit Hilfe der Medien klarmachen, wie wichtig die saubere Fleischproduktion ist – selbst wenn das Fleisch dann ein wenig teurer wird.«

»Da hast du dir aber ganz schön viel vorgenommen«, bemerkte Tracy.

»Wieso sollten wir uns keine hohen Ziele stecken?« entgegnete Kim. »Was ich vorschlage, ist durchaus realisierbar. Schließlich war Fleisch nicht immer verseucht. Gefährliche Erreger in Lebensmitteln sind ein relativ neues Phänomen.«

In der Ferne sahen sie jetzt das große Viehhofgelände. Wie immer an Werktagen drängten sich innerhalb der matschigen Umzäunung riesige Rinderherden.

»Ist es nicht traurig?« fragte Tracy, während sie ihren Blick über die Viehherden schweifen ließ. »Sie sind alle dem Tode geweiht.«

Sie fuhr auf den Parkplatz von Higgins und Hancock. Im Gegensatz zu ihrem Besuch am Morgen zuvor war jetzt kaum noch eine freie Lücke zu finden. Die meisten der parkenden Fahrzeuge waren klapprige Pick-ups.

»Läßt du mich in der Nähe des Haupteingangs aussteigen?« bat Kim. »Du fährst wohl am besten bis zum Ende des Gebäudes. Da fällst du nicht weiter auf. Außerdem liegt von dort aus die gesamte Anlage im Zweihundert-Meter-Bereich.«

Tracy hielt an, und sie betrachteten das Gebäude. Das Fenster des Aktenarchivs, das Kim eingeschlagen hatte, war jetzt nicht mehr mit Brettern zugenagelt. Ein Mann im Overall und rotkariertem Hemd stand im Blumenbeet vor dem scheibenlosen Fenster und nahm Maß.

»Ich habe das Gefühl, ich müßte ihm meine Hilfe anbieten«, sagte Kim.

»Du bist wohl verrückt!« entgegnete Tracy.

Die Eingangstür ging auf. Die beiden rutschten instinktiv ein Stück tiefer in ihre Sitze. Zwei miteinander ins Gespräch vertiefte Männer verließen das Gebäude und gingen an ihnen vorbei.

Tracy und Kim richteten sich auf. Sie sahen sich an und grinsten nervös.

»Wir verhalten uns wie zwei Teenager, die jemandem einen Streich spielen wollen«, stellte Kim fest.

»Vielleicht sollten wir das Ganze noch einmal durchsprechen«, sagte Tracy.

»Wir haben alles durchgesprochen«, entgegnete Kim.

»Jetzt schreiten wir zur Tat.« Er beugte sich zu Tracy hinüber und küßte sie. Es war der erste Kuß seit einer Ewigkeit. »Drück mir die Daumen!«

»Ich weiß wirklich nicht, wieso ich mich auf diese verrückte Idee eingelassen habe«, seufzte sie. Sie hatte ein ungutes Gefühl im Bauch.

»Du hast dich darauf eingelassen, weil du dir deiner Verantwortung als Bürgerin bewußt bist«, entgegnete Kim mit einem verschmitzten Grinsen. »Stell dir mal vor – wenn wir unser Ziel erreichen, retten wir zigtausendmal mehr Menschenleben, als ich retten könnte, wenn ich mein ganzes Leben lang Herzoperationen durchführen würde.«

»Weißt du, was mich am meisten erstaunt?« fragte Tracy. »Innerhalb von ein paar Tagen hast du eine Wandlung vom egoistischen Narzißten zum ums Allgemeinwohl besorgten Altruisten vollzogen. Du bist von einem Extrem ins andere gefallen. Ich hatte bisher immer geglaubt, daß Charaktere sich nicht verändern können.«

»Darüber könnt ihr Psychologen euch gerne den Kopf zerbrechen«, bemerkte Kim und öffnete die Autotür.

»Sei vorsichtig!« mahnte Tracy.

»Ich passe schon auf«, versprach Kim. Er stieg aus, beugte sich aber noch einmal ins Wageninnere. »Denk daran – ich stecke mir den Kopfhörer nur ab und zu ins Ohr. Die meiste Zeit wird unsere Unterhaltung also nur in einer Richtung möglich sein.«

»Ich weiß«, versicherte Tracy. »Viel Glück!«

»Danke«, entgegnete Kim. »Bis bald!« Er winkte und verschwand.

Tracy beobachtete, wie er entsprechend seiner neuen Persönlichkeit lässig auf den Eingang zuschlenderte. Trotz ihres mulmigen Gefühls mußte sie grinsen. Es war ihm perfekt gelungen, das unbekümmerte, unverfrorene Äußere eines abgerissenen Punkers nachzuahmen.

Sie legte den ersten Gang ein und fuhr, wie Kim vorgeschlagen hatte, bis zum Ende des Gebäudes, wo sie hinter einem Lieferwagen eine freie Lücke entdeckte. Sie kurbelte das Fenster herunter und stellte die Antenne aufs Dach. Dann setzte sie sich den Kopfhörer auf und schaltete den Verstärker ein. Nach der Erfahrung bei ihrem Test am frühen Morgen stellte sie den Lautstärkeregler zunächst ganz nach unten und drehte dann vorsichtig lauter. Plötzlich hörte sie Kims Stimme. Er sprach mit einem übertriebenen spanischen Akzent.

»Ich brauche einen Job«, sagte er und zog die Vokale in die Länge. »Ist mir egal, was für einen. Ich bin total pleite. Hab' in der Stadt gehört, daß Sie Leute brauchen.«

Tracy drückte auf die Aufnahmetaste des Tonbandgeräts und machte es sich so gut es ging gemütlich.

Kim hatte nicht schlecht gestaunt, wie schnell und problemlos man ihn in das Büro des Aufsehers geleitet hatte. Für den Anfang war das sehr ermutigend. Jed Street war ein unscheinbarer Mann, dessen langer weißer, blutverschmierter Kittel von einem kleinen Bauch gewölbt wurde. Auf der Ecke seines Schreibtischs lag ein gelber Bauarbeiterhelm. Vor ihm stapelte sich ein großer Packen Rechnungen.

Street hatte Kim skeptisch gemustert, als er das Zimmer betreten hatte. Aber nach ein paar Sekunden hatte er Kims Äußeres offenbar akzeptiert und kein Wort darüber verloren.

»Haben Sie schon mal in einem Schlachthaus gearbeitet?« fragte Street und lehnte sich in seinem Schreibtischsessel zurück. Er spielte mit einem Bleistift herum.

»Nein«, gestand Kim lässig. »Aber einmal ist immer das erste Mal.«

»Haben Sie eine Sozialversicherungsnummer?« fragte Street. »Nein«, erwiderte Kim. »Ich hab' gehört, man braucht hier keine.«

»Wie heißen Sie?« wollte der Aufseher wissen.

»José«, erwiderte Kim. »José Ramerez.«

»Und woher kommen Sie?«

»Aus Brownsville, Texas«, erwiderte Kim im breiten Südstaatendialekt statt mit spanischem Akzent.

»Alles klar«, entgegnete Street. »Und ich komme aus Paris, Frankreich.« Doch Kims verbaler Fehlgriff schien ihn nicht weiter zu interessieren. Er beugte sich nach vorn. »Die Arbeit bei uns ist hart und schmutzig. Sind Sie darauf vorbereitet?«

»Ich bin auf alles vorbereitet.«

»Haben Sie eine Aufenthaltsgenehmigung?« wollte Street wissen.

»Nein.«

»Wann wollen Sie anfangen?«

»Am liebsten sofort«, erwiderte Kim. »Ich habe seit eineinhalb Tagen nichts gegessen.«

»Das ist wahrscheinlich auch gut so. Vor allem wenn Sie noch nie in einem Schlachthaus gearbeitet haben. Zunächst einmal machen Sie den Boden im Schlachtbereich sauber. Dafür bekommen Sie fünf Dollar die Stunde – auf die Hand, versteht sich. Ohne Sozialversicherungskarte kann ich nicht mehr zahlen.«

»Klingt gut«, entgegnete Kim.

»Noch etwas«, fügte Street hinzu. »Wenn Sie den Job haben wollen, müssen Sie die Schicht von fünfzehn bis dreiundzwanzig Uhr noch hinten dranhängen, allerdings nur heute. Einer von unseren Jungs hat sich krank gemeldet. Was halten Sie davon?«

»Kein Problem«, erwiderte Kim.

»Gut.« Street erhob sich. »Dann wollen wir Sie mal ausstaffieren.«

»Muß ich mich umziehen?« fragte Kim mit leichter Panik in der Stimme. Er spürte, wie ihm die Pistole gegen den

Oberschenkel und die Batterie für das Audiosystem gegen die Brust drückten.

»Nein«, erwiderte Street. »Sie bekommen nur einen weißen Kittel, Stiefel, einen Helm, Handschuhe und einen Besen. Das einzige, was Sie ausziehen müssen, sind Ihre Schuhe.«

Kim folgte dem Aufseher. Sie verließen das Büro und gingen in einen der Vorratsräume, in den Kim bereits am Samstag abend einen Blick geworfen hatte. Bis auf den Besen bekam er dort alles, was Street erwähnt hatte. Da keine Stiefel in Größe zehneinhalb vorhanden waren, mußte er sich mit Größe elf begnügen. Die Stiefel, die der Aufseher ihm reichte, waren gelb und reichten bis zu den Knien. Sie waren alles andere als neu und stanken erbärmlich.

Street drückte ihm ein Kombinationsschloß in die Hand und führte ihn in den Raum mit den Schließfächern, der sich neben dem Aufenthaltsraum befand. Er wartete, bis sein neuer Mann die Gummistiefel angezogen und seine Schuhe verstaut hatte. Als Kim den Helm aufgesetzt, die gelben Stulpenhandschuhe und den weißen Kittel anhatte, sah er aus wie ein echter Schlachthausarbeiter.

»Das ist ja ein ordentlicher Schnitt über der Nase«, stellte Street fest. »Wie ist das denn passiert?«

»Hatte Probleme mit 'ner Glastür«, erwiderte Kim.

»Tut mir leid für Sie«, entgegnete Street. »Okay, sind Sie bereit für den Sprung ins kalte Wasser?«

»Ich denke schon«, antwortete Kim.

Street führte ihn durch den Aufenthaltsraum zu der kurzen Treppe, die vor der Feuertür endete. Er griff in seine Kitteltasche und holte etwas hervor, das er Kim reichte.

»Fast hätte ich es vergessen, Ihnen diese Dinger zu geben«, sagte er und legte ihm zwei kleine, leichte Knubbel in die Hand.

»Was soll ich damit?« fragte Kim.

»Das sind Ohrstöpsel«, erwiderte Street. »Im Schlachtbereich ist es ziemlich laut. Die Maschinen und Sägen machen einen Höllenlärm.«

Kim betrachtete die kegelförmigen, wie kleine Gummischwämme aussehenden Stöpsel. Sie waren fast so gelb wie seine Stiefel.

»Also los!« begann Street mit seiner Einweisung. »Ihre Aufgabe ist es, den Fußboden sauberzuhalten. Sie bewegen sich die ganze Zeit hin und her und fegen die ganze Scheiße in die Abflußgitter.«

»Scheiße?« fragte Kim.

»Ja. Haben Sie ein Problem damit?«

»Richtige Scheiße?«

»Eine Mischung aus Kuhscheiße, Kotze und Blut«, erwiderte Street. »Halt alles, was von den Förderbändern fällt. Sie sind hier nicht bei einer Teegesellschaft. Und bevor ich's vergesse: Nehmen Sie sich vor den Rinderrümpfen in acht, die an Ihnen vorbeifahren! Und passen Sie auf, daß Sie auf dem glitschigen Boden nicht ausrutschen! In die Scheiße zu fallen, ist nicht besonders angenehm.« Er lachte über seinen eigenen Witz.

Kim nickte und schluckte. Er würde sich total zusammenreißen müssen, um diesen grauenhaften Job durchzustehen.

Street warf einen Blick auf die Uhr. »In knapp einer Stunde stoppen wir die Bänder für die Mittagspause. Aber das macht nichts. In der Zeit können Sie sich akklimatisieren. Noch irgendwelche Fragen?«

Kim schüttelte den Kopf.

»Falls doch«, sagte Street, »Sie wissen ja, wo mein Büro ist.«

»Okay«, entgegnete Kim. Der Aufseher schien eine Antwort zu erwarten.

»Sie haben Ihre Ohrenstöpsel ja noch gar nicht drin«, stellte Street fest.

»Oh«, entgegnete Kim. »hab' ich vergessen.« Er stopfte sich die kleinen schwammigen Teile in die Ohren und streckte seinem neuen Vorgesetzten den hochgereckten Daumen entgegen.

Street öffnete die Tür. Selbst mit den Stöpseln in den Ohren haute es Kim anfangs fast um, so laut war der ihnen entgegendonnernde Lärm.

Kim folgte dem Aufseher in den Schlachtbereich. Samstag abend hatte der Raum vergleichsweise harmlos ausgesehen. Eigentlich hatte er geglaubt, ausreichend gegen die bevorstehende Situation gewappnet zu sein, doch er hatte sich gewaltig geirrt. Beim Anblick des Deckenförderbandes, von dem riesige, dampfende Rinderrümpfe herabhingen, wurde er grün im Gesicht. In der Luft hing der Gestank von rohem Fleisch, Blut und frischen Fäkalien.

Die leistungsstarke, auf Hochtouren laufende Klimaanlage hielt die Raumtemperatur niedrig und sorgte dafür, daß die fünfzig oder mehr toten Tiere in seinem Blickwinkel dampften. Hunderte von Arbeitern in blutbefleckten, weißen Kitteln standen Ellbogen an Ellbogen auf erhöhten Metallrosten und arbeiteten an den vorbeifahrenden Rinderrümpfen. An der Decke hing ein Gewirr aus Starkstromkabeln, das an ein riesiges Spinnennetz erinnerte. Alles in allem hatte Kim das Gefühl, vor einem surrealen, dantesken Bild des Infernos zu stehen: eine Hölle auf Erden.

Der Aufseher klopfte Kim auf die Schulter und zeigte auf den Boden. Kim senkte den Blick. Der Fußboden im Schlachtbereich war buchstäblich ein See aus Blut, Fleischfetzen, Erbrochenem und wässrigem Kuhdurchfall. Street klopfte noch einmal auf Kims Schulter. Kim sah auf. Street wollte ihm gerade den Besen reichen, als er Kims Gesichtsfarbe registrierte und sah, daß seine Wangen sich wider Willen nach außen blähten. Er ging vorsichtshalber einen Schritt zurück und deutete hektisch zur Seite.

Kim würgte und preßte sich die Hand vor den Mund. Er folgte dem Zeigefinger des Aufsehers und entdeckte eine Tür mit der hingekritzelten Aufschrift: HERREN.

Er stürzte sich auf die Tür, riß sie auf und steuerte schnurstracks das Waschbecken an. Gestützt auf das kalte Steingut beugte er sich nach vorn und erbrach in mehreren Schüben das Frühstück, das er am Morgen zusammen mit Tracy eingenommen hatte.

Als das Würgen endlich aufhörte, spülte er das Waschbecken aus, hob den Kopf und betrachtete sich in dem gesprungenen, schmierigen Spiegel. Er war leichenblaß, und seine Augen waren rot geschwollen. Auf seiner Stirn standen Schweißperlen.

Er stützte sich wieder auf dem Waschbeckenrand ab und holte den Kopfhörer hervor, den er aufgewickelt unter seinem Hemd versteckt hatte. Mit zitternden Fingern zog er einen der Ohrenstöpsel heraus, die der Aufseher ihm gegeben hatte, und stöpselte sich den Kopfhörer ins Ohr.

»Tracy, hörst du mich?« fragte er heiser. »Ich habe meinen Kopfhörer drin. Du kannst mit mir reden.«

»Was ist passiert?« fragte Tracy. »Hast du eben heftig gehustet?«

»Gehustet ist gut«, gestand Kim. »Ich habe gerade mein Frühstück dem Waschbecken geschenkt.«

»Du klingst ja furchtbar«, stellte Tracy fest. »Bist du in Ordnung?«

»Nicht wirklich«, gestand Kim. »Mein Gott, wie peinlich mir das ist! Ich hätte nie im Leben gedacht, daß ich bei meinem medizinischen Hintergrund so heftig reagieren würde. Du machst dir kein Bild, wie es hier aussieht. Es ist einfach … unbeschreiblich.« Er sah sich um und stellte fest, daß er noch nie im Leben in einer schmutzigeren Herrentoilette gewesen war. Die Wände waren verschmiert und mit unflätigen, vor allem in spanischer Sprache verfaßten Graffiti-Sprüchen übersät. Der Fußboden sah aus, als wäre er noch nie gewischt worden; er war mit einem Film aus dem widerwärtigen Dreck überzogen, den die Männer aus dem Schlachtbereich mit hereingebracht hatten.

»Willst du aufhören?« fragte Tracy. »Ich habe nichts dagegen.«

»Noch nicht«, erwiderte Kim. »Aber eins kann ich dir sagen: Ich war zwar bisher nur zwanzig Sekunden im Schlachtbereich, aber das hat mir schon gereicht, um ab sofort Vegetarier zu sein.«

Das plötzliche Rauschen der Spülung in einer der beiden Toiletten ließ ihn zusammenfahren. Er hatte sich nicht die Mühe gemacht nachzuprüfen, ob vielleicht eine der Toiletten besetzt war. Hektisch riß er sich den Kopfhörer aus dem Ohr und stopfte ihn unter sein Hemd. Dann tat er so, als ob er sich die Hände wusch. Hinter sich hörte er, wie jemand schwungvoll die Toilettentür aufriß.

Er fragte sich, was der Unbekannte wohl mitbekommen hatte, und wagte nicht, in seine Richtung zu sehen. Statt dessen hob er den Kopf und verfolgte im Spiegel, wie der Mann langsam hinten an ihm vorbeiging und ihn skeptisch beäugte. Plötzlich begann sein Herz wie wild zu jagen. Hinter ihm stand der Mann, der ihn zuerst bei Higgins und Hancock und dann in seinem eigenen Haus attackiert hatte!

Er drehte sich langsam um. Der Mann war zur Tür weitergegangen, hatte sie aber noch nicht geöffnet, sondern starrte ihn noch immer mit durchdringendem Blick an.

Für den Bruchteil einer Sekunde sahen sie sich in die Augen. Kim versuchte zu grinsen und tat so, als suche er nach den Papierhandtüchern. An der Wand hing zwar ein Spender, aber das Vorderteil war abgerissen, und das Gehäuse war leer. Er riskierte einen weiteren Blick auf den Unbekannten. Sein rätselhafter Gesichtsausdruck hatte sich nicht verändert. Kim ließ seine rechte Hand unauffällig in die Tasche gleiten; es war tröstlich zu wissen, daß er eine Pistole dabeihatte.

Die Sekunden vergingen wie Minuten. Der Mann starrte ihn immer noch mit seinen kalten, schwarzen und undurchdringlichen Augen an. Er wirkte wie eine Statue. Kim mußte sich beherrschen, um nicht irgend etwas zu sagen und das unangenehme Schweigen zu brechen.

Zu seiner großen Erleichterung beendete der Mann plötzlich die wortlose Konfrontation, riß die Tür auf und verschwand.

Kim seufzte erleichtert auf. Erst jetzt bemerkte er, daß er die ganze Zeit die Luft angehalten hatte. Den Kopf ein wenig nach unten gebeugt, flüsterte er in sein verstecktes Mikrophon: »Mein Gott, Tracy! Der Verrückte mit dem Messer war in einer der Toiletten. Ich habe keine Ahnung, was er mitbekommen hat. Er hat mich angestarrt, aber kein Wort gesagt. Hoffentlich hat er mich nicht erkannt!«

Nachdem er sich kaltes Wasser ins Gesicht geklatscht und den Stöpsel wieder ins Ohr gesteckt hatte, atmete er einmal tief durch und verließ den Abort. Im Schlachtbereich versuchte er, flach durch den Mund zu atmen, um den Gestank nicht wahrzunehmen. Seine Beine fühlten sich ein bißchen weich an. Für den Fall, daß der Unbekannte ihm auflauerte, hatte er die Hand in der Tasche und umklammerte die Pistole.

Der Aufseher stand in der Nähe; er hatte offensichtlich auf ihn gewartet. Kim sah sich nach dem Unbekannten um. Er glaubte, gerade noch einen Blick von ihm erhascht zu haben, bevor er ein ganzes Stück entfernt hinter einer Maschine verschwand. »Geht es Ihnen besser?« versuchte Street den Lärm zu übertönen.

Kim nickte und versuchte zu lächeln.

Street grinste und reichte ihm den langstieligen Besen. »Sie müssen mehr im Magen gehabt haben, als Sie gedacht haben«, bemerkte er und klopfte Kim auf den Rücken. Dann verschwand er.

Kim schluckte und schüttelte sich einmal kräftig, um die nächste Welle von Übelkeit abzuwehren, die ihn zu überkommen drohte. Er richtete den Kopf nach unten. So mußte er nicht ständig den Anblick der kopflosen, gehäuteten Rümpfe ertragen, die auf dem Weg zum Kühlraum an ihm vorbeizogen. Den Besen mit beiden Händen umklammernd, begann er zu kehren.

»Ich habe keine Ahnung, ob du mich bei diesem Lärm überhaupt hören kannst«, flüsterte er, den Mund dicht am Mikro. »Offenbar arbeitet der Kerl mit dem Messer hier. Wenn ich darüber nachdenke, wundert mich das eigentlich nicht. Ich sollte am besten schnell rausfinden, wo er jetzt ist.«

Er duckte sich, um einem der mehr als tausend Pfund schweren Rümpfe auszuweichen. Er hatte nur einen Augenblick nicht aufgepaßt, und war sofort mit dem Förderband ins Gehege geraten. Nun lief auch er mit einem dikken Blutfleck auf dem Kittel herum – genau wie alle anderen in dem großen Raum.

Er richtete sich auf, taxierte die Geschwindigkeit, mit der die Rinderrümpfe vorbeirumpelten, und passierte die Linie. Er wollte unbedingt der Route folgen, die sein Angreifer genommen hatte.

»Man hat mir offenbar den miesesten Job gegeben, den es hier gibt«, sprach er in der Hoffnung ins Mikro, daß Tracy ihn trotz des Krachs hören konnte. »Ich stehe auf der untersten Stufe, unter mir ist keiner mehr, aber wenigstens kann ich mich uneingeschränkt bewegen. Die anderen stehen alle an einer Art Fließband und dürfen sich nicht vom Fleck rühren, solange die Rinderrümpfe vorbeiziehen.«

Er ging um die riesige Maschine herum, hinter der er den Messermann hatte verschwinden sehen. In diesem Teil des Raums war der Boden bis auf ein bißchen Blut, das unter der Maschine versickert war, relativ sauber. Links von ihm befand sich eine Wand.

Fegend bewegte er sich weiter. Vor sich, in einem dunkleren Bereich, der nicht von den Neonröhren beleuchtet wurde, sah er einige Männer arbeiten. Außerdem nahm er im Hintergrund ein neues Geräusch wahr. Es war ein periodisch auftretendes Stoßbohrgeräusch, das ihn an eine Art Luftgewehr erinnerte, wie es Tischler verwendeten, um Nägel ins Holz zu schießen.

Er fegte weiter, obwohl kaum Dreck auf dem Boden lag. Nach weiteren drei Metern und nachdem er noch eine Maschine umrundet hatte, sah er, wo er sich befand.

»Ich bin jetzt da, wo die lebenden Tiere in das Gebäude gebracht werden«, berichtete er in sein Mikrophon. »Sobald ein Tier neben einer erhöhten Plattform ankommt, drückt ein Mann ihm etwas gegen den Kopf, das so aussieht wie ein leichter Bohrhammer und so klingt wie ein Nagelschießgerät, Offenbar wird dem Tier ein Bolzen ins Gehirn gejagt. Ich sehe nämlich Hirngewebe herausspritzen.«

Er mußte einen Augenblick wegsehen. Als jemand, der sich bisher dem Retten menschlichen Lebens gewidmet hatte, bekam er beim Anblick dieses Gemetzels weiche Beine. Nach ein paar Sekunden zwang er sich, wieder hinzusehen.

»Die Kühe brechen zusammen und fallen auf eine große, rotierende Scheibe, die sie nach vorn wirft und hochkant stellt«, fuhr Kim fort. »Dann rammt ein Arbeiter den Tieren einen Haken hinter die Achillessehne, und an diesem werden sie zu dem Deckenschienen-System hochgezogen.

Falls wir bei uns auch mal Probleme mit dem Rinderwahnsinn bekommen sollten, wäre es bestimmt keine gute Idee, die Tiere so zu töten. Die Herzen der Rinder schlagen nach dem Schuß noch eine Weile, und dadurch gerät ohne jeden Zweifel Hirngewebe in die Blutbahnen.«

Obwohl er sich ekelte, zwang er sich weiterzugehen. Er hatte jetzt ungehinderte Sicht.

»Weißt du was?« sprach er wieder in sein Mikro. »Diese armseligen, jungen Ochsen scheinen zu ahnen, was ihnen blüht. Ich glaube, sie riechen den Tod. Auf dem Förderband, über das sie ins Gebäude geschleust werden, defäkieren sie alle über- und aufeinander. Das trägt sicherlich nicht dazu bei, die Verseuchung ...«

Er hielt mitten im Satz inne. Zu seiner Rechten, nur drei Meter von ihm entfernt, stand der messerschwingende Unbekannte. Auf einmal war ihm klar, warum der Mann Messer benutzte. Er war einer der beiden Arbeiter, die unter die frischgetöteten Tiere traten, wenn sie gerade an der Schiene aufgehängt waren. Mit einer routinierten Drehung des Handgelenks schlitzten er oder sein Kollege dem Tier die Kehle auf und sprangen dann zur Seite, um der Dusche von mehr als dreißig Litern heißen Rinderbluts zu entgehen. Während das Tierherz seine letzte Lebenskraft auspumpte, spritzte das Blut in einem gigantischen, pulsierenden Strahl hervor und floß in ein im Boden verankertes Abflußgitter.

Im nächsten Augenblick begann Kims Herz zu jagen. Seinem Angreifer so nah gegenüberzustehen, hatte seine Nerven aufs Äußerste gespannt. So kam es, daß er vollkommen überreagierte, als ihm jemand auf die Schulter klopfte. Bevor er sich fassen konnte, riß er instinktiv einen Arm hoch.

Glücklicherweise war es nur der Aufseher, und er machte nicht gerade einen glücklichen Eindruck. Kim hatte ihn genauso erschreckt wie er Kim.

»Was, zum Teufel, haben Sie hier zu suchen?« brüllte der Aufseher ihn an. Die immer wieder den Raum erschütternde Hochleistungs-Tötungswaffe klang wie ein todbringender Taktmesser.

»Ich versuche, mich zu orientieren«, brüllte Kim zurück und sah wieder zu seinem Angreifer hinüber. Doch der Mann hatte ihn entweder nicht gesehen, oder er interessierte sich nicht für ihn. Er war zur Seite getreten und schärfte sein Messer mit einem Schleifstein. Im Moment erledigte sein Kollege das Aufschlitzen der Rinderkehlen allein. Kim konnte das Messer deutlich erkennen. Es sah fast genauso aus wie das, mit dem der Mann ihn attackiert hatte.

»He – ich rede mit Ihnen!« schrie Street ihn wütend an und stieß ihm dabei mit dem Finger in die Rippen. »Bewegen Sie Ihren Arsch gefälligst dorthin, wo die Tiere ausgenommen werden! Da türmt sich die Scheiße auf dem Boden, dort sollen Sie arbeiten!«

Kim nickte.

»Kommen Sie mit!« forderte der Aufseher ihn auf und bedeutete ihm, ihm zu folgen. »Ich zeige Ihnen, wo Sie fegen sollen.« Kim sah noch einmal zu seinem Angreifer hinüber, der gerade das Messer hochhielt und die rasiermesserscharfe Klinge inspizierte. In diesem Moment reflektierte die Klinge das Licht. Der Mann sah nicht in seine Richtung.

Während er hinter Street hereilte, lief Kim ein kalter Schauer über den Rücken.

Sie erreichten die sich vorwärtsbewegende Reihe von Rinderrümpfen. Kim war beeindruckt, wie lässig der Aufseher sich gab. Während er sich duckte und die Reihe passierte, schob er die toten Tiere ungerührt zur Seite, als hätte er es mit Kleidungsstücken zu tun. Genausogut hätte er auch eine Sekunde warten und durch die Lücke schlüpfen können. Kim zögerte, denn er wollte die heißen Körper auf keinen Fall berühren. Er zauderte wie ein Seilspringer, der auf den richtigen Augenblick zum Hineinspringen wartete.

»Hier will ich Sie haben!« brüllte Street, als Kim schließlich neben ihm stand. Dabei machte er eine ausladende Handbewegung. »Die Drecksarbeit fällt hier an, und genau hier haben Sie mit Ihrem Besen zu sein. Kapiert?«

Kim nickte widerstrebend, während er schon wieder gegen den Brechreiz ankämpfte. Er befand sich in dem Bereich, in dem die inneren Organe entfernt wurden. Riesige, schlangenartige Gedärme quollen aus den herunterhängenden Rümpfen heraus und landeten zusammen mit wabbelnden Lebern, pampelmusengroßen Nieren und bröckeligen Bauchspeicheldrüsenstreifen auf den Tischen aus rostfreiem Stahl.

Die meisten Gedärme schienen abgebunden zu sein, doch nicht alle. Entweder hatte man es teilweise versäumt, oder das Band hatte sich gelöst. Jedenfalls gelangten auf die eine oder andere Weise Unmengen von Rinderfäkalien auf die Tische und auf den Boden, wo sie sich mit den Blutbächen vermischten.

Kim senkte den Besen auf den Boden und begann, den schlabberigen Dreck in eines der vielen Abflußgitter zu kehren. Während er vor sich hin schuftete, mußte er an Sisyphus und dessen grausiges Schicksal denken. Kaum hatte er einen Bereich vom Schmutz befreit, wurde er schon wieder mit frischem Blut und Innereien besudelt.

Sein einziger Trost war, daß seine Verkleidung offenbar gelungen war. Er war ziemlich sicher, daß der Mann mit dem Messer ihn nicht erkannt hatte.

Er bemühte sich nach Kräften, den gräßlichen Anblick seines gespenstischen Arbeitsplatzes zu ignorieren. Statt dessen konzentrierte er sich so gut es ging auf seinen Kehrjob. Mit dem nächsten Vorstoß würde er bis nach der Mittagspause warten.

Shanahan beobachtete durch das Fenster einen Jumbo-Jet, der schwerfällig über die Startbahn rumpelte und dann ebenso mühsam seine Nase nach oben reckte. Obwohl er viel zu langsam zu sein schien, hob er sachte ab und steuerte seinem entfernten Ziel entgegen.

Er stand in Halle B und wartete auf das Flugzeug aus Chicago. Es war nicht einfach gewesen, dorthin zu gelangen. Die Leute vom Sicherheitsdienst hatten ihn ohne ein Ticket nicht in die Halle lassen wollen. Da er aber mit Derek Leutmann vereinbart hatte, ihn am Flugsteig zweiunddreißig zu treffen, hatte er irgendwie dorthin gelangen müssen. Leider hatten weder Argumente noch gutes Zureden die Leute vom Sicherheitsdienst umzustimmen vermocht. So hatte Shanahan sich schließlich ein Flugticket kaufen müssen, das er gar nicht in Anspruch nehmen wollte.

Shanahan und Leutmann waren sich noch nie begegnet. Daher hatte Shanahan Leutmann beschrieben, wie er aussah. Zur Sicherheit hatte er dem Mann aus Chicago noch mitgeteilt, daß er eine Bibel bei sich haben werde. Leutmann hatte daraufhin bemerkt, eine Bibel gäbe der Sache einen netten Touch und hatte hinzugefügt, daß er selber eine schwarze Aktentasche in der Hand haben werde.

Die Tür zur Fluggastbrücke für den Chicago-Flug wurde geöffnet und von einem Sicherheitsmann bewacht. Beinahe im selben Augenblick strömten die ersten Passagiere aus dem Flugzeug. Shanahan nahm die Bibel in die Hand, stellte sich in die Nähe des Ausgangs und musterte erwartungsvoll jeden einzelnen Passagier.

Der zehnte Fluggast sah vielversprechend aus, obwohl das Äußere des Mannes ganz und gar nicht Shanahans Erwartungen entsprach. Er war um die Dreißig, schlank, blond und sonnengebräunt. Er trug einen Nadelstreifenanzug und eine edle schwarze Aktentasche. In seinem sorgfältig gestylten Haar steckte eine Sonnenbrille. Der Mann blieb stehen und nahm die Umgebung mit seinen blauen Augen ins Visier. Als er Shanahan entdeckte, steuerte er direkt auf ihn zu.

»Mr. O'Brian?« fragte Derek Leutmann mit leichtem englischem Akzent.

»Mr. Leutmann«, entgegnete Shanahan verblüfft. Er kannte die Stimme des Mannes vom Telefon und hatte sich einen dunklen, kräftigen, körperlich imponierenden Typ vorgestellt. Doch der Mann vor ihm ähnelte weit mehr einem englischen Aristokraten als einem Auftragskiller.

»Ich hoffe, Sie haben das Geld dabei«, sagte Leutmann.

»Selbstverständlich«, erwiderte Shanahan.

»Würden Sie es mir dann bitte geben?« bat Leutmann.

»Hier in der Halle?« fragte Shanahan und sah sich nervös über die Schulter. Er hatte gehofft, die Geldangelegenheiten ungestört in seinem im Parkhaus abgestellten Auto mit dem Mann besprechen zu können, denn er war beauftragt, sowohl die Anzahlung als auch das Honorar herunterzuhandeln; er sollte es zumindest versuchen.

»Sind wir im Geschäft oder nicht?« fragte Leutmann zurück. »Das stellen wir am besten sofort fest. Dann gibt es hinterher keine überflüssigen Auseinandersetzungen.«

Shanahan nahm den Umschlag aus der Innentasche seines Jacketts und reichte ihn Leutmann. Er enthielt fünftausend Dollar, die Hälfte der Summe, die der Killer verlangt hatte. In der Öffentlichkeit zu versuchen, den Preis zu drücken, war aussichtslos.

Zu Shanahans Entsetzen stellte Leutmann seine Aktentasche ab, riß den Umschlag auf und zählte das Geld. Shanahan sah sich nervös um. Obwohl ihnen offenbar niemand Beachtung schenkte, fühlt er sich äußerst unwohl.

»Wunderbar«, stellte Leutmann fest und steckte das Geld ein. »Wir sind also im Geschäft. Sie wollten mir noch ein paar Details erzählen. Schießen Sie los!«

»Können wir nicht wenigstens ein Stück weitergehen?« brachte Shanahan trotz seiner trockenen Kehle hervor. Leutmanns Nonchalance machte ihn fertig.

»Natürlich«, erwiderte Leutmann und deutete auf das andere Ende der Halle. »Sollen wir zur Gepäckausgabe gehen?«

Erleichtert marschierte Shanahan sofort los. Leutmann hatte keine Eile und folgte ihm leichtfüßig in seinen Slippers.

»Sie haben Gepäck dabei?« fragte Shanahan. Damit hatte er ebenfalls nicht gerechnet.

»Selbstverständlich«, erwiderte Leutmann. »Die Airlines mögen es nicht so gerne, wenn man Waffen mit in die Kabine nimmt. Da hat man in meinem Job kaum eine andere Wahl.«

Sie bewegten sich zusammen mit den anderen Passagieren in einem Pulk vorwärts. Zu ihrer Linken eilten ebenso viele Passagiere mit Tickets in den Händen in die andere Richtung. Eine ungestörte Unterhaltung war unmöglich.

»Wir haben Ihnen ein Auto besorgt«, bemerkte Shanahan.

»Hervorragend«, entgegnete Leutmann. »Aber jetzt wüßte ich lieber etwas mehr über die Identität des Opfers. Wie heißt es?«

»Reggis«, sagte Shanahan und nahm nochmals die Gesichter um sich herum ins Visier. »Dr. Kim Reggis.« Gott sei Dank beachtete oder erkannte sie niemand. »Ich habe ein relativ neues Foto für Sie.« Er reichte Leutmann die Aufnahme. Es war die Fotokopie eines Zeitungsbildes.

»Richtig gut ist er darauf ja nicht zu erkennen«, stellte Derek fest. »Ich brauche mehr Informationen über den Mann.«

»Ich habe Ihnen eine Biographie zusammengestellt«, erklärte Shanahan und reichte Leutmann ein Blatt Papier. »Eine Personenbeschreibung ist auch dabei. Außerdem habe ich Ihnen aufgeschrieben, was für ein Auto er fährt. Seine Adresse steht auch auf dem Blatt, aber wir haben Grund zu der Annahme, daß er sich im Augenblick nicht in seinem Haus aufhält.«

»Das klingt doch schon viel besser«, bemerkte Leutmann, während er die Aufzeichnungen studierte. »Ja, in der Tat. Sie scheinen an alles gedacht zu haben.«

»Wir vermuten, daß Dr. Reggis die vergangene Nacht in der Wohnung seiner Ex-Frau verbracht hat«, fuhr Shanahan fort. »Sie hat gestern morgen die Kaution für ihn gestellt und ihn aus dem Gefängnis geholt.«

»Gefängnis?« hakte Leutmann nach. »Klingt ja so, als hätte der Doktor sich schlecht benommen.«

»Das ist aus unserer Sicht noch stark untertrieben«, entgegnete Shanahan.

Sie erreichten das Gepäckband und quetschten sich zwischen die wartenden Passagiere. Sie mußten nicht lange auf Leutmanns Gepäck warten.

»Eins sollten Sie wohl noch wissen«, sagte Shanahan. »Gestern abend ist ein Anschlag gescheitert.«

»Danke, daß Sie so ehrlich sind«, entgegnete Leutmann. »Das ist in der Tat wichtig für mich zu wissen. Ich nehme an, Sie wollen mir damit sagen, daß der Mann in höchstem Maße auf der Hut ist.«

»So könnte man es wohl ausdrücken«, gestand Shanahan.

Im nächsten Augenblick ertönte ein schrilles Piepen. Shanahan, der mit den Nerven am Ende war, zuckte zusammen und brauchte ein paar Sekunden, bis er registrierte, daß das Piepen von seinem Pager verursacht wurde. Eigentlich war es merkwürdig, daß Bobby Bo ihn anpiepte. Schließlich wußte er, wo er war und was er gerade machte. Er riß sich den Pager vom Gürtel und stellte verwirrt fest, daß er die Nummer nicht kannte.

»Dürfte ich mal kurz telefonieren?« fragte Shanahan und zeigte auf eine Wand in der Nähe, an der sich etliche öffentliche Fernsprecher befanden.

»Natürlich«, erwiderte Leutmann. Er studierte einfach die Informationen über Kim.

Auf dem Weg zum Telefon kramte Shanahan ein paar Münzen aus einer Hosentasche. Hastig wählte er die mysteriöse Nummer. Der Hörer wurde beim ersten Klingeln abgenommen. Es meldete sich Carlos.

»Der Doktor ist hier!« flüsterte er aufgeregt in die Muschel.

»Wo ist der Doktor?« hakte Shanahan nach.

»Hier, bei Higgins und Hancock«, erwiderte Carlos mit leiser Stimme. »Ich bin im Aufenthaltsraum. Es muß schnell etwas passieren. Der Doc arbeitet hier als Putzmann. Er sieht völlig abgedreht aus.«

»Wie, zum Teufel, soll ich das denn verstehen?« fragte Shanahan.

»Er sieht absolut ausgeflippt aus«, erklärte Carlos. »Wie ein alter Rocksänger. Er hat sein Haar ganz kurz geschnitten, und das, was noch übrig ist, ist jetzt blond.«

»Du machst wohl Witze«, entgegnete Shanahan.

»Nein!« insistierte Carlos. »Er hat eine Narbe im Gesicht – genau an der Stelle, an der er mit meinem Messer Bekanntschaft gemacht hat. Ich weiß, daß es der Doc ist, obwohl ich ihn ein paar Minuten anstarren mußte, bevor ich mir hundertprozentig sicher war. Später ist er an meinem Arbeitsplatz aufgekreuzt und hat mich blöd angeglotzt – bis der Boß kam und ihn dahin gebracht hat, wo er hingehört.«

»Welcher Boß?« fragte Shanahan.

»Jed Street.«

»Hat der Doktor dich erkannt?«

»Klar, wieso wohl nicht?« entgegnete Carlos. »Er hat mich angestarrt. Ich habe sogar kurz befürchtet, daß er mich angreifen will. Wenn er das gewagt hätte, hätte ich ihn erledigt. Wollen Sie, daß ich ihn absteche? Ich könnte ihn mir hier in der Firma vornehmen.«

»Nein!« brüllte Shanahan in den Hörer und verlor für einen Moment die Beherrschung. Wenn Carlos den Mann mitten am Tag vor hundert oder mehr Zeugen umbringen würde, wäre das ein Desaster. Er holte tief Luft und sagte dann ruhig und langsam: »Du machst gar nichts. Tu so, als würdest du ihn nicht erkennen, und bleib ruhig! Ich melde mich wieder bei dir. Hast du verstanden?«

»Ich will diesen Kerl abstechen«, sagte Carlos. »Ich hab' doch gesagt, daß ich auf die Kohle verzichte.«

»Das ist sehr großzügig von dir«, entgegnete Shanahan. »Wobei wir nicht vergessen wollen, daß du derjenige warst, der die Sache vermasselt hat. Aber das ist im Augenblick nicht der Punkt. Ich melde mich, okay?«

»Okay«, gab Carlos sich zufrieden.

Shanahan legte auf. Er ließ die Hand noch auf dem Hörer liegen und sah zu Derek Leutmann hinüber. Jetzt war das Dilemma perfekt. Er hatte keine Ahnung, was er tun sollte.

Tracy zuckte zusammen, als plötzlich jemand an ihre Fensterscheibe klopfte. Sie hatte zwar hin und wieder Leute kommen und in ihre Wagen steigen sehen, aber niemand hatte sich ihrem Auto genähert. Hastig nahm sie den Kopfhörer ab und sah aus dem Fenster.

Neben ihrem Wagen stand ein gräßlich aussehender Mann in einem schmutzigen Overall und einem schmutzigen Rollkragenpullover. Auf dem Kopf trug er eine Baseballkappe, deren Schirm nach hinten zeigte. Auf seiner Unterlippe klebte eine noch nicht angezündete Zigarette, die sich auf- und abbewegte, während er durch den offenen Mund ein- und ausatmete.

Im ersten Augenblick wollte Tracy starten und wegfahren. Doch dann fiel ihr ein, daß die Antenne unbefestigt auf dem Dach stand, und sie verwarf die Idee schnell wieder. In dem Glauben, keine andere Wahl zu haben, kurbelte sie die Scheibe ein Stück herunter.

»Ich habe Sie von meinem Wagen aus gesehen«, begann der Mann und zeigte über die Schulter auf den nebenan parkenden Lieferwagen.

»Aha«, entgegnete Tracy ängstlich. Der Mann hatte eine auffallende Narbe im Gesicht, die sich von der einen Wange bis zum Nacken erstreckte.

»Was hören Sie denn?« fragte der Mann.

»Nichts Besonderes«, erwiderte Tracy und warf einen Blick auf das Tonband. Die Spulen drehten sich immer noch. »Nur ein bißchen Musik.«

»Ich höre gerne Countrymusik«, sagte der Mann. »Hören Sie gerade Countrymusik?«

»Nein«, sagte Tracy mit einem schwachen Lächeln. »Ich stehe mehr auf New Age. Mein Mann arbeitet hier. Er muß gleich kommen.«

»Ich habe ein paar Klempnerarbeiten erledigt«, erklärte der Mann. »In diesem Schlachthof gibt es mehr Abzugskanäle und Rohre als an irgendeinem anderen Ort in der Gegend. Ich wollte Sie eigentlich nur fragen, ob Sie Feuer haben. Ich kann mein Feuerzeug nirgends finden.«

»Tut mir leid«, erwiderte Tracy. »Ich rauche nicht, und ich habe leider keine Streichhölzer dabei.«

»Da kann man nichts machen«, stellte der Mann fest. »Entschuldigen Sie die Störung.«

»Keine Ursache.«

Der Mann ging weg. Tracy seufzte erleichtert auf und kurbelte das Fenster wieder hoch. Der unerwartete Besuch hatte ihr gezeigt, wie angespannt sie war. Seit Kim in dem Gebäude verschwunden war, war sie unruhig gewesen. Doch nachdem er auch noch dem Killer über den Weg gelaufen war, hatte sie vor Angst nicht mehr aus noch ein gewußt. Zu allem Übel hatte sie seitdem nicht mehr mit ihm sprechen können. Sie wollte nur noch eins: ihm sagen, daß er so schnell wie möglich rauskommen sollte. Es lohnte sich einfach nicht, sein Leben aufs Spiel zu setzen.

Sie riskierte einen verstohlenen Blick über den Parkplatz. Als sie sicher war, daß niemand sie beobachtete, setzte sie den Kopfhörer wieder auf und schloß die Augen. Sie mußte sich stark konzentrieren, um Kim zu verstehen. Das Getöse im Hintergrund der Schlachtfabrik war so laut, daß sie den Lautstärkeregler ziemlich weit hatte herunterdrehen müssen.

Kim hatte den ausgedehnten Bereich umrundet, in dem die Tiere ausgenommen wurden, und sich einen Überblick über die gesamte Schlachtprozedur verschafft. Er hatte gesehen, wie die Rinder getötet, aufgehängt und ihre Kehlen aufgeschlitzt wurden. Danach wurden sie gehäutet und geköpft, wobei die Köpfe über ein gesondertes Deckenfördersystem weitertransportiert wurden. Nachdem die Tiere ausgenommen waren, wurden die Rümpfe der Länge nach in zwei Hälften zersägt; der Anblick war weit grauenhafter als ihn sich selbst abgebrühte Horrorfilm-Regisseure vorstellen können.

Er warf einen Blick auf die Uhr, um festzustellen, in welcher Geschwindigkeit die armseligen Tiere getötet wurden. Er war baff. Das Kinn zur Brust hinuntergeneigt, sprach er in sein Mikrophon:

»Wollen wir hoffen, daß Lee Cook sich ein geeignetes Videosystem für uns einfallen läßt«, flüsterte er. »Ich könnte wahllos draufhalten, um Marshas wichtigsten Vorwurf zu dokumentieren. Sie hat mir erzählt, daß in der Fleischindustrie vor allem die Schlachthäuser für die Verseuchung des Fleisches verantwortlich sind. Sie hat behauptet, Profit gehe eindeutig vor Sicherheit. Du kannst dir nicht vorstellen, in welchem Tempo hier gearbeitet wird. Sie schlachten alle zwölf Sekunden ein Rind! Ist das nicht unglaublich? Bei dieser Geschwindigkeit ist es absolut unmöglich, wirklich sauber zu arbeiten.

Und was die Kumpanei zwischen dem Landwirtschaftsministerium und der Industrie angeht – die ist sogar auf dieser Betriebsebene unübersehbar. Oben auf den Laufstegen stehen zwar ein paar Kontrolleure herum, aber sie fallen auf wie bunte Hunde. Sie tragen keine gelben, sondern rote Helme, und ihre Kittel sind vergleichsweise sauber. Anstatt den Schlacht- und Verarbeitungsprozeß zu kontrollieren, lachen und albern sie mit den Arbeitern herum. Die Inspektion ist eine einzige Farce. Die Bänder bewegen sich viel zu schnell; die sogenannten Kontrolleure werfen kaum einen Blick auf die vorbeisausenden Rinderrümpfe.«

Plötzlich erblickte Kim Jed Street; der Aufseher schnüffelte im Bereich der Tische und Waschbecken herum, in dem die Tiere ausgenommen wurden. Kim begann erneut eifrig zu kehren. Er entfernte sich von dem Aufseher und fand sich bald im Köpfungsbereich wieder. Die Köpfe wurden mit einer Säge abgetrennt, die fast genauso furchterregend aussah wie die, mit der die Rümpfe zerteilt wurden. Kurz bevor der Mann mit der Säge die Wirbelsäule vollständig durchtrennt hatte, fing ein anderer Mann den mehr als hundert Pfund schweren Kopf mit einem Haken auf, der von dem Deckenschienensystem herunterbaumelte. Für den Vorgang waren Koordinationsvermögen und Teamwork erforderlich.

Er folgte dem Kopf-Förderband bis zu einer Stelle, an der das Band durch eine Öffnung in den benachbarten Raum verschwand, den er sofort wiedererkannte. Es war der Raum, in dem der Mann ihn am Samstag abend attakkiert hatte.

Er warf vorsichtig einen Blick über die Schulter und hielt nach Street Ausschau. Als er ihn nirgends entdecken konnte, ließ er es darauf ankommen und ging durch die türlose Öffnung in den Kopfknochenauslöseraum. Der Aufseher würde ihn schon nicht vermissen.

»Ich bin jetzt in dem Raum, in den die Köpfe geschleust werden«, flüsterte er in sein Mikro. »Möglicherweise finde ich hier was Wichtiges, das Rückschlüsse auf Beckys Infektion zuläßt. Marsha hat in den Papieren irgend etwas entdeckt, das mit dem Kopf des Tieres zu tun hatte. Sie hat gesagt, es sei ›ekelhaft‹, was mir jetzt fast ein bißchen seltsam erscheint, denn ich finde den gesamten Schlachtungsprozeß ekelhaft.«

Er sah eine Weile zu, wie von dem Schienensystem alle zwölf Sekunden ein Kopf auf einen Tisch hinabfiel, über den sich sofort mehrere Schlachter hermachten. Mit Messern, die so ähnlich aussahen wie die, mit denen den Tieren die Kehlen aufgeschlitzt wurden, schnitten sie die großen Wangenmuskeln und die Zungen heraus und warfen das Fleisch in einen Zweitausend-Pfund-Kombibehälter. Einen ähnlichen Behälter hatte Kim bei Mercer Meats gesehen.

»Ich lerne jede Minute etwas hinzu«, sagte Kim in sein Mikrophon. »In Hamburgern müssen jede Menge Rinderwangen verarbeitet sein.«

Er registrierte, daß die Rinderköpfe nach der Entnahme

der Wangen und der Zungen auf ein flaches Förderband geschoben wurden, das sie schmachvoll in ein düsteres, vermutlich in den Keller führendes Loch stieß.

»Ich glaube, ich muß auch noch in den Keller«, erklärte er widerwillig. Er hatte so ein Gefühl, als ob er wieder einmal seine Angst vor Kellern überwinden mußte.

Obwohl Montag war, hatte Jed Street den Tag bislang als angenehm empfunden. Er hatte gut gefrühstückt, war früh genug bei der Arbeit gewesen, um noch Zeit für eine zweite Tasse Kaffee mit den anderen Aufsehern zu haben, und es hatten sich weniger Arbeiter als üblich krank gemeldet. Gute Leute zu finden und zu halten bereitete ihm die meisten Kopfschmerzen.

Da sich von den wichtigsten Kräften der Tagesschicht keiner abgemeldet hatte, war er zuversichtlich, daß sein Team bis zur Mittagspause annähernd zweitausend Tiere verarbeitet haben würde. Das stimmte ihn zufrieden, denn er wußte, daß es seinen unmittelbaren Vorgesetzten Lenny Striker zufrieden machte.

Street zog den weißen Kittel aus und hängte ihn auf. Er wollte endlich seinen Schreibkram erledigen und hatte sich mit der dritten Tasse Kaffee in sein Büro zurückgezogen. Er ging um seinen Schreibtisch herum und setzte sich. Mit einem Kugelschreiber bewaffnet, ging er ans Werk. Er mußte jeden Tag eine beträchtliche Anzahl von Formularen ausfüllen.

Als sein Telefon klingelte, hatte er noch nicht viel geschafft. Bevor er den Hörer abnahm, gönnte er sich noch einen Schluck Kaffee. Ein Anruf am späten Vormittag brachte ihn nicht weiter aus der Ruhe; er konnte sich nicht vorstellen, daß es sich um etwas Ernstes handelte. Obwohl ihm natürlich bewußt war, daß immer etwas passieren konnte. Für einen potentiell so gefährlichen Bereich wie den Schlachtbereich verantwortlich zu sein, hieß, daß die nächste Katastrophe an jeder Ecke lauerte.

»Hallo«, meldete er sich, wobei er die erste Silbe übertrieben betonte. Er nippte noch einmal an seinem Kaffee.

»Spreche ich mit Jed Street? Hier ist Daryl Webster. Haben Sie einen Augenblick Zeit für mich?«

Jed spuckte vor Schreck seinen Kaffee aus. Im nächsten Moment versuchte er die Brühe von den Formularen zu wischen. »Selbstverständlich, Mr. Webster«, stotterte er. Er arbeitete seit vierzehn Jahren bei Higgins und Hancock, und nicht ein einziges Mal hatte der Boß ihn angerufen.

»Einer von Bobby Bos Leuten hat mich angerufen«, begann Daryl. »Er hat mir erzählt, daß wir heute einen neuen Putzmann eingestellt haben.«

»Stimmt«, entgegnete Street. Er spürte, wie ihm die Hitze ins Gesicht stieg. Die Einstellung von illegalen Einwanderern wurde zwar stillschweigend geduldet, war aber offiziell nicht zulässig. Er hoffte bei Gott, daß sein Chef ihn nicht zum Sündenbock machte.

»Wie heißt der Mann?« fragte Webster.

Street wühlte panisch die Papierstapel auf seinem Schreibtisch durch. Er hatte sich den Namen irgendwo notiert; die Einstellungsformulare hatte er allerdings nicht ausgefüllt. Als er den Zettel mit dem Namen entdeckte, seufzte er erleichtert auf.

»José Ramerez, Sir.«

»Hat er sich Ihnen gegenüber ausgewiesen?« fragte Webster. »Ich glaube nicht«, erwiderte Street ausweichend.

»Wie sieht er aus?«

»Ein bißchen seltsam«, gestand Street verwirrt. Er konnte sich nicht vorstellen, weshalb das Aussehen des Mannes wichtig sein sollte.

»Können Sie ihn beschreiben?« bat Webster.

»Er sieht wie ein Punker aus«, erwiderte Street und überlegte, wie sein vierzehnjähriger Sohn den Mann wohl beschreiben würde. »Gebleichtes Haar, Ohrring, Tätowierungen, Lederhose.«

»Ist der Mann ziemlich groß?« wollte Webster wissen.

»Ja. Bestimmt einsfünfundachtzig.«

»Hat er eine frischgenähte Wunde im Gesicht?«

»Ja«, erwiderte Street. »Woher wissen Sie das, Sir?«

»Hat er gesagt, wo er wohnt?« fragte Webster zurück.

»Nein«, erwiderte Street. »Aber ich habe ihn auch nicht gefragt. Er war ziemlich dankbar, als ich ihm gesagt habe, daß er hier arbeiten könne. Er war sogar bereit, eineinhalb Schichten zu übernehmen.«

»Soll das heißen, Sie haben ihn für die Reinigungsschicht heute abend eingeteilt?« hakte Webster nach.

»Ja«, erwiderte Street. »Einer unserer Männer hat sich heute morgen krank gemeldet.«

»Gut«, stellte Webster fest. »Sehr gut. Gut gemacht, Mr. Street.«

»Danke, Sir«, brachte Street hervor. »Wünschen Sie, daß ich Mr. Ramerez zu irgendeiner speziellen Arbeit einteile oder ihm etwas ausrichte?«

»Nein«, erwiderte Webster. »Machen Sie gar nichts. Und bitte erzählen Sie niemandem von unserem Gespräch! Kann ich mich auf Sie verlassen?«

»Selbstverständlich, Sir«, versprach Street.

Im nächsten Augenblick stellte er völlig verdattert fest, daß sein Chef ohne ein weiteres Wort die Verbindung beendet hatte. Für eine Sekunde starrte er zweifelnd den Hörer an, dann legte er auf.

Da er sich auf keinen Fall im Kopfknochenauslöseraum erwischen lassen wollte, wo es nichts zu kehren gab, hatte Kim sich wieder in den eigentlichen Schlachtbereich zurückgezogen. Obwohl er jetzt den gesamten Weg verfolgt hatte, den die Rinderköpfe durch die Anlage nahmen, hatte er immer noch keine Ahnung, worauf Marsha hinausgewollt hatte, als sie von dem Kopf des zuletzt geschlachteten Rinds gesprochen hatte. Das einzige, was er noch nicht wußte, war, was mit den Köpfen geschah, nachdem sie in das schwarze Loch geplumpst waren.

Er kehrte jetzt wieder an den Stellen, an denen er schon ein paarmal mit seinem Besen gewesen war. Das Frustrierende an seinem Job war, daß einige Bereiche schon nach fünfzehn Minuten wieder so aussahen, als ob er dort nie gefegt hätte.

Trotz seiner Ohrstöpsel hörte er plötzlich ein anhaltendes schrilles Klingeln. Er unterbrach seine Arbeit, richtete sich auf und sah sofort, daß die Rinderrümpfe sich nicht mehr weiterbewegten. Die Bänder waren angehalten worden, und es wurden keine weiteren Tiere mehr getötet. Die bemitleidenswerten Rinder, die vor ihrem Henker zum Stehen gekommen waren, wurden vorerst noch einmal verschont. Der Mann, der sie niederstreckte, hatte sein Werkzeug beiseite gelegt und war dabei, den Hochdruckschlauch zusammenzurollen.

Die Tiere, die schon getötet worden waren, wurden noch so lange weitertransportiert, bis das letzte ausgenommen war. Dann wurde auch dieser Teil des Bandes gestoppt. Der irrsinnige Lärm hörte schlagartig auf, und es trat eine unheimliche Stille ein.

Kim brauchte ein paar Sekunden, bis ihm bewußt wurde, daß es ihm deshalb so mucksmäuschenstill vorkam, weil er immer noch die Stöpsel in den Ohren hatte. Als er sie herausnahm, hörte er, wie die Arbeiter ihre Elektrowerkzeuge geräuschvoll verstauten und sich angeregt unterhielten. Einige sprangen einfach von den Laufstegen hinunter, andere benutzten Treppen und Leitern.

Er hielt einen seiner Kollegen an und fragte, was los sei.

»Ich nicht sprechen Englisch«, erwiderte der Mann und lief weiter.

Kim versuchte sein Glück bei einem anderen Arbeiter. »Sprechen Sie Englisch?«

»Ein bißchen«, erwiderte der Mann.

»Was ist los?« fragte Kim.

»Mittagspause«, erklärte der Mann und eilte seinem Kollegen hinterher.

Kim beobachtete, wie etwa hundert Arbeiter eine Schlange bildeten, um die Feuertür zu passieren. Sie wollten alle in den Aufenthaltsraum und zu ihren Schließfächern. Ebenso viele Arbeiter kamen aus dem großen Knochenauslösebereich. Trotz des allgegenwärtigen Todes und des üblen Gestanks schien das Betriebsklima gut zu sein. Die Arbeiter schubsten sich gegenseitig und lachten dabei.

»Wie hier irgend jemand an Essen denken kann, ist mir ein Rätsel«, flüsterte Kim in sein Mikrophon.

Plötzlich entdeckte er den Mann, der ihn attackiert hatte. Er ging mit seinem Kollegen an ihm vorbei, ohne ihn eines Blickes zu würdigen, und reihte sich in die immer länger werdende Schlange ein. Kim war sich nun sicher; daß seine Verkleidung gelungen war.

Er hielt einen der Arbeiter an, den er zuvor beim Ausnehmen der Tiere beobachtet hatte. Sein feuchter, ehemals weißer Kittel war rot gesprenkelt. Kim fragte ihn nach dem Weg in den Keller. Der Mann starrte ihn an, als hätte er es mit einem Irren zu tun.

»Sprechen Sie Englisch?« fragte Kim vorsichtshalber nach.

»Natürlich spreche ich Englisch«, sagte der Mann.

»Ich will in den Keller«, erklärte Kim. »Wissen Sie, wie ich da hinkomme?«

»In den Keller geht niemand freiwillig«, entgegnete der Mann. »Aber wenn Sie unbedingt wollen, müssen Sie durch die Tür da drüben gehen.« Er zeigte auf eine nicht markierte Tür, an deren oberer Kante eine automatische Schließvorrichtung angebracht war.

Kim fegte weiter, bis der letzte Arbeiter die Feuertür passiert hatte. Nach all dem Lärm und der hektischen Betriebsamkeit kam es ihm jetzt ziemlich komisch vor, mit vierzig oder fünfzig dampfenden Rinderrümpfen allein zu sein. Zum ersten Mal seit seiner Ankunft war der Bereich, in dem die Tiere ausgenommen wurden, frei von Blut.

Er stellte seinen Besen ab und steuerte auf die nicht gekennzeichnete Tür zu, die der Mann ihm gezeigt hatte. Mit einem kurzen Blick über die Schulter vergewisserte er sich, daß man ihn nicht beobachtete. Dann zog er die Tür auf und huschte hindurch. Eine Sekunde später fiel sie hinter ihm zu.

Das erste, was er wahrnahm, war der Gestank. Er war zehnmal schlimmer als im Schlachtbereich. Hier kam noch ein ekelerregender Verwesungsgestank dazu. Er würgte ein paarmal, mußte sich aber nicht übergeben. Vermutlich war sein Magen leer. Er stand auf einem Treppenabsatz. Eine Zementtreppe führte hinunter in die Dunkelheit. Über seinem Kopf befand sich eine einzelne, nackte Glühbirne. An der Wand hinter sich entdeckte er einen Feuerlöscher und eine überdimensional große Taschenlampe für Notfälle.

Er riß die Taschenlampe aus der Halterung, knipste sie an und richtete den gebündelten Strahl in die Tiefe. Die Treppe war lang und führte in einen tiefliegenden Keller. Die Wände waren mit großen, braunen Flecken übersät. Der Kellerboden sah auf die Entfernung glatt und schwarz aus – wie eine Rohöllache.

Er zog einen Gummihandschuh aus und suchte den Kopfhörer. Dann entfernte er einen Ohrstöpsel und stopfte sich den Kopfhörer ins Ohr.

»Kannst du mich hören, Tracy?« fragte er. »Wenn ja, sag bitte etwas. Ich habe den Kopfhörer drin.«

»Das wurde aber auch langsam Zeit«, entgegnete Tracy gereizt. Obwohl Kim von dicken Betonmauern umgeben war, war ihre Stimme laut und deutlich zu hören. »Komm schleunigst da raus!«

»Warum regst du dich denn so auf?« fragte Kim.

»Du bist zusammen mit einem Killer im Schlachthaus«, ereiferte sich Tracy. »Der Mann hat schon zweimal versucht, dich umzubringen. Du bist wohl verrückt! Ich will, daß du sofort aufhörst mit diesem Wahnsinn!«

»Ich muß noch etwas herausfinden«, entgegnete Kim. »Außerdem hat der Kerl mich nicht wiedererkannt. Es gibt also keinen Grund zur Beunruhigung.«

»Wo bist du jetzt?« wollte Tracy wissen. »Warum hast du erst jetzt deinen Kopfhörer im Ohr? Es macht mich wahnsinnig, daß ich nie mit dir sprechen kann.«

Kim ging langsam die Treppe hinunter. »Wenn ich nicht allein bin, geht es nicht«, stellte er klar. »Es wäre zu gefährlich. Im Augenblick gehe ich eine Treppe hinunter, die in den Keller führt – ein Vergnügen ist das nicht, das kann ich dir sagen. Ich komme mir vor, als würde ich in den untersten Bereich der Hölle hinabsteigen. Hier unten stinkt es unbeschreiblich.«

»Ich glaube, du solltest lieber nicht in den Keller gehen«, entgegnete Tracy. »Auch wenn ich es gut finde, mit dir reden zu können – es ist sicherer, wenn du in einer Gruppe bleibst. Außerdem hast du da unten wahrscheinlich nichts zu suchen. Wenn dich jemand erwischt, kriegst du bestimmt Ärger.«

»Im Moment ist Mittagspause«, erklärte Kim. »Deshalb mache ich mir darum keine Sorgen.«

Um so wenig wie möglich von dem Gestank mitzukriegen, atmete er durch den Mund. Er hatte das untere Ende der Treppe erreicht und leuchtete mit der Taschenlampe in den riesigen, stockfinsteren Raum. Vor ihm befand sich ein Labyrinth aus Bottichen und schuttcontainerähnlichen Behältern; von jedem führte ein Rohr durch die Decke nach oben, durch das Blut, Eingeweide und Knochen nach unten befördert wurden.

»Hier unten wird das ekelige Zeug offenbar gelagert, bis es zur Abdeckerei transportiert wird«, berichtete Kim ins Mikro. »Der Gestank läßt darauf schließen, daß sich der Abfall in unterschiedlichen Verwesungsstadien befindet. Eine Klimaanlage gibt es nicht. Man kann sich zwar kaum einen widerwärtigeren Gestank vorstellen, aber im Sommer muß es noch unerträglicher sein.«

»Klingt ekelhaft«, stimmte Tracy ihm zu. »Es ist schwer zu glauben, daß dieser Abfall noch verwertet wird.«

»In der Abdeckerei wird daraus Dünger gemacht«, entgegnete Kim. »Und Rinderfutter – so ekelerregend das auch klingen mag. Die Industrie hat unsere ahnungslosen Rinder zu Kannibalen gemacht.«

»Oje!« stöhnte Kim. Ein kalter Schauer jagte ihm über den Rücken.

»Was ist passiert?« fragte Tracy ängstlich.

»Ich habe gerade etwas gehört«, erwiderte Kim.

»Dann mach', daß du rauskommst!« rief Tracy.

Kim richtete den Strahl der Taschenlampe in die Richtung, aus der das Geräusch gekommen war. Verblüfft beobachtete er, wie sich beinahe die gleiche Szene wie am Abend zuvor in seinem eigenen Keller wiederholte: Unzählige, rubinrote Augen funkelten ihn an. Eine Sekunde später verschwanden die Augen, und er sah gerade noch, wie ein paar Tiere davonhuschten, die so groß waren wie Hauskatzen. Anders als am Abend zuvor waren es diesmal keine Mäuse.

»Keine Panik, es ist alles okay«, flüsterte er leicht geschockt in sein Mikro. »Das waren nur ein paar Monsterratten.«

»Ach, wenn's sonst nichts ist!« entgegnete Tracy sarkastisch. »Ein paar freundliche Monsterratten sind ja nicht weiter schlimm.«

Kim machte einen Schritt und stellte fest, daß der Fußboden nicht nur wie Rohöl aussah, sondern beinahe auch die gleiche Konsistenz hatte. Jedesmal wenn er einen Fuß hob, verursachten seine Stiefel ein lautes Schmatzen.

»Eine schlimmere Horrorvision der Post-Industrialisierung kann man sich kaum vorstellen«, stellte er fest.

»Hör auf herumzuphilosophieren!« fuhr Tracy ihn an. »Sieh zu, daß du aus dem Keller verschwindest! Bitte, Kim, was willst du eigentlich da unten?«

»Ich will die Rutsche finden, über die die Köpfe nach unten befördert werden«, erwiderte Kim.

Er arbeitete sich zwischen den Bottichen und Containern voran und versuchte abzuschätzen, wo sich im Stockwerk über ihm der Kopfknochenauslöseraum befand. Vor einer Betonmauer hielt er inne; vermutlich war oben ebenfalls eine Wand an dieser Stelle. Das bedeutete, daß die Rutsche, nach der er suchte, auf der anderen Seite der Mauer sein mußte.

Er leuchtete die Mauer ab und entdeckte eine Öffnung, auf die er zusteuerte. Er duckte sich und ging hindurch. Dann versuchte er sich mit Hilfe der Taschenlampe in diesem zweiten Kellerraum zu orientieren. Er war kleiner und sauberer als der erste. Außerdem entdeckte er hier, was er vermutet hatte: Gleich zu seiner Rechten befand sich eine Rutsche, die in einem besonders großen Container endete.

»Sieht vielversprechend aus«, stellte er fest. »Ich glaube, ich habe gefunden, wonach ich gesucht habe. Dieser Container ist so groß wie eine Schuttkippe.« Er folgte der Rutsche mit dem Strahl seiner Taschenlampe bis zu der Stelle, an der sie die Decke durchdrang. Nach seiner Schätzung stimmte der Durchmesser der Rutsche in etwa mit der Öffnung ein Stockwerk höher überein.

»Na wunderbar!« verkündete Tracy. »Jetzt komm endlich da raus!«

»Einen Augenblick noch«, entgegnete Kim. »Mal sehen, ob ich einen Blick in den Container werfen kann.«

Er ging näher an den verrosteten, schmierigen Container heran. An der Seite des Containers, etwa dort, wo die Rutsche endete, befand sich eine kleine Metallplattform, die über vier Stufen zu erreichen war. Er stieg hinauf und sah jetzt auf die Oberfläche des riesigen Behälters. Direkt vor ihm befand sich eine Klappe, die mit einem Metallriegel verschlossen war. Er schob den Riegel zur Seite, bekam die Klappe jedoch nicht auf; zumindest nicht mit einer Hand.

Er klemmte sich die Taschenlampe zwischen die Knie, umfaßte mit beiden Händen den Rand der Klappe und zog. Sie öffnete sich unter lautem Quietschen. Während er die Klappe mit der linken Hand hielt, angelte er mit der rechten nach der Taschenlampe und richtete den Strahl in den Container. Der Anblick war nicht gerade schön.

Der Behälter war beinahe randvoll mit verrottenden, gehäuteten Rinderköpfen. Im Gegensatz zu den blutigen Köpfen der frischgeschlachteten Tiere, waren die Augen bei diesen Köpfen zusammengeschrumpft, und der danebenhängende Knorpel war schwarz. An vielen Köpfen war ein klaffendes Loch erkennbar, das der Schuß mit dem Luftgewehr hinterlassen hatte.

Angeekelt von dem Anblick und dem Geruch wollte er die Klappe gerade wieder fallenlassen, als ihm ein Schrei entfuhr. Im Strahl seiner Taschenlampe wurde ein besonders grausamer Fund sichtbar: Teilweise begraben unter unzähligen Rinderköpfen lag der abgetrennte Kopf von Marsha!

Schockiert ließ er die schwere Klappe fallen. Sie krachte zu und verursachte in dem engen Raum einen ohrenbetäubenden Lärm.

»Was ist passiert?« fragte Tracy panisch.

Bevor Kim antworten konnte, begann es so grauenvoll und durchdringend zu quietschen, daß ihm und Tracy fast das Trommelfell platzte. Die herunterkrachende Klappe hatte irgendeine Maschinerie in Gang gesetzt.

Er riß die Taschenlampe hoch und leuchtete in die Richtung, aus der das schreckliche Geräusch kam. Ein verrostetes Kipptor öffnete sich.

Er hörte Tracy immer wieder fragen, was los sei, aber er wußte nicht, was er antworten sollte. Er hatte keine Ahnung, was um ihn herum passierte. Hinter dem sich öffnenden Kipptor kam ein verdreckter Gabelstapler zum Vorschein, der plötzlich zum Leben erwachte, als wäre er eine futuristische Horrorkreatur. Seine immer wieder aufblinkenden roten Scheinwerfer tauchten den Raum in ein sattes Blutrot.

Als das Kipptor sich genügend weit geöffnet hatte, gab das fahrerlose Gefährt hohe, schrille Huptöne von sich und fuhr ruckartig los. Um sich vor einem Zusammenstoß mit dem ominösen Fahrzeug zu retten, sprang Kim von der Plattform herunter und preßte sich gegen die Wand.

Der Gabelstapler krachte mit voller Wucht gegen den Container und verursachte einen noch ohrenbetäubenderen Lärm als die Klappe, die er hatte zufallen lassen. Der Container bebte kurz, dann hob er sich vom Boden. Der Gabelstapler setzte zurück, und die Rutsche, die den Container mit dem Kopfknochenauslöseraum verband, löste sich. An die freigewordene Stelle schob sich ein leerer Container, der neben dem vollen bereitgestanden hatte.

Die Rutschte schnappte automatisch wieder an die richtige Stelle.

Der Gabelstapler hielt an, drehte um und rumpelte in die Dunkelheit davon.

»Kim«, kreischte Tracy. »Ich weiß nicht, ob du mich hörst oder nicht. Aber ich komme jetzt!«

»Nein!« schrie Kim in sein Mikro. »Mit mir ist alles okay. Ich habe aus Versehen eine automatische Entsorgungsmaschinerie in Gang gesetzt. Ich komme raus, bleib also, wo du bist.«

»Soll das heißen, du kommst zum Auto?« fragte Tracy hoffnungsvoll.

»Ja«, seufzte Kim. »Ich brauche eine Verschnaufpause.«

Derek Leutmann hielt Shanahan O'Brian zwar für einigermaßen glaubwürdig, doch er wußte, daß dieser ihm bestimmt nicht die ganze Geschichte erzählt hatte. Außerdem ging er bei seiner Arbeit immer nach einer streng festgelegten Methode vor. Menschen umzubringen war ein Geschäft, bei dem man gar nicht vorsichtig genug sein konnte. Anstatt direkt zum Haus von Kims Ex-Frau zu fahren, wie Shanahan vorgeschlagen hatte, suchte Leutmann erst einmal das Haus von Kim auf. Er wollte die Zuverlässigkeit von Shanahans Informationen überprüfen und mehr über sein nächstes Opfer in Erfahrung bringen.

Er fuhr nach Balmoral und steuerte ohne zu zögern Kims Haus an. Aus Erfahrung wußte er, daß er auf diese Weise weniger Verdacht erregte, als wenn er erst die Nachbarschaft auskundschaftete.

Er parkte in der Auffahrt vor der Garage und öffnete seinen Zero-Halliburton-Metallkoffer, der neben ihm auf dem Beifahrersitz lag. In einem maßgefertigten Fach aus Styropor befand sich eine Neun-Millimeter-Automatik. Er nahm sie heraus und setzte mit geübten Bewegungen den Schalldämpfer auf. Dann steckte er die Waffe in die rechte Tasche seines Kamelhaarmantels. Er hatte die Tasche extra ändern lassen, damit die Pistole auch mit aufgesetztem Schalldämpfer hineinpaßte. Er nahm seine Aktentasche und stieg aus. Ein schneller Blick in die Garage zeigte ihm, daß sie leer war. Dann steuerte er auf die Haustür zu. Jeder, der ihn sah, mußte ihn für einen erfolgreichen Geschäftsmann halten. Er klingelte. Erst jetzt ließ er seinen Blick über die Nachbarhäuser schweifen. Von Kims Veranda aus waren nur zwei zu sehen, deren Bewohner nicht da zu sein schienen.

Er klingelte noch einmal. Als niemand öffnete, drehte er den Knauf. Überrascht stellte er fest, daß die Tür nicht abgeschlossen war. Wäre sie abgeschlossen gewesen, hätte ihn das aber auch nicht weiter gestört. Mit seinem Werkzeug und seiner Erfahrung knackte er die meisten Schlösser mühelos.

Ohne zu zögern, betrat er das Haus und schloß hinter sich die Tür. Dann hielt er kurz inne und lauschte. Es war mucksmäuschenstill.

Die Aktentasche noch immer in der Hand, machte er eine schnelle Runde durch das Erdgeschoß. Er bewegte sich fast lautlos. Auf der Spüle fielen ihm ein paar schmutzige Teller ins Auge. Sie sahen so aus, als stünden sie schon etwas länger dort. Im ersten Stock entdeckte er die geborstene Tür, die zum Hauptbadezimmer führte. Er registrierte auch den entzweigeschlagenen Beistelltisch. Er ging ins Bad und befühlte die Handtücher. Sie waren seit einer ganzen Weile nicht benutzt worden, soviel stand fest. Also schien zumindest diese Information von Shanahan zu stimmen.

In dem begehbaren Kleiderschrank nahm er die auf dem Boden herumliegenden Kleidungsstücke zur Kenntnis. Er fragte sich, was bei dem verpatzten Anschlag, den Shanahan erwähnt hatte, wohl tatsächlich passiert war.

Wieder unten im Erdgeschoß betrat er das Arbeitszimmer und ließ sich an Kims Schreibtisch nieder. Ohne die Handschuhe auszuziehen, begann er die Korrespondenz durchzugehen. Er wollte soviel wie möglich über den Mann in Erfahrung bringen, für dessen Beseitigung man ihn extra aus Chicago herbestellt hatte.

Tracy hatte den Wagen ein Stück zurückgesetzt, so daß sie jetzt die gesamte Frontseite von Higgins und Hancock überblicken konnte. Sie hatte überlegt, ob sie zum Eingang fahren sollte, hatte es dann aber lieber gelassen, weil sie mit Kim keinen Treffpunkt vereinbart hatte. Sie hatte Angst, daß er das Gebäude durch eine der anderen Türen verlassen und dann nach ihr suchen würde.

Doch sie hatte noch nicht lange gewartet, als sie ihn aus dem Haupteingang kommen und auf das Auto zustürmen sah. Er trug einen weißen Kittel und einen gelben Bauarbeiterhelm. Vor dem Auto warf er einen Blick über die Schulter und nahm auf dem Rücksitz Platz.

»Du bist ja kreideweiß«, stellte Tracy fest. »So habe ich dich noch nie gesehen.« Sie hatte sich so weit zu ihm umgedreht, wie es das Lenkrad zuließ. »Wahrscheinlich betonen deine blonden Haare die Blässe noch.«

»Ich habe gerade das Schlimmste gesehen, was mir je im Leben vor Augen gekommen ist.«

»Was denn?« fragte Tracy besorgt.

»Den Kopf von Marsha Baldwin!« erwiderte Kim. »Wahrscheinlich ist nicht viel mehr von ihr übriggeblieben. Ein paar Knochen vielleicht noch. So ekelerregend es klingen mag – ich fürchte, der Rest von ihr ist zu Hamburgerfleisch verarbeitet worden.«

»Oh, mein Gott!« murmelte Tracy. Sie starrte Kim an. Als sie sah, daß er Tränen in den Augen hatte, mußte sie ebenfalls weinen.

»Erst Becky und jetzt auch noch Marsha«, brachte Kim hervor. »Ich fühle mich so schuldig. Jetzt hat die erste Tragödie noch eine weitere nach sich gezogen.«

»Ich weiß, wie du dich fühlst«, versuchte Tracy ihn zu trösten. »Aber es stimmt, was ich dir bereits klarzumachen versucht habe: Marsha hat aus freien Stücken getan, was sie für richtig hielt. Das rechtfertigt nicht ihren Tod, aber dich trifft daran keine Schuld.«

Sie streckte Kim ihren Arm entgegen. Er nahm ihre Hand. Für ein paar Sekunden fand eine wortlose, aber intensive Kommunikation zwischen ihnen statt.

Tracy seufzte, schüttelte verzweifelt den Kopf und zog ihre Hand zurück. Dann wandte sie sich um und ließ den Motor an. Die Antenne hatte sie bereits hereingeholt.

»Eins steht jedenfalls fest«, sagte sie, während sie den ersten Gang einlegte. »Wir hauen jetzt auf der Stelle ab.«

»Nein!« widersprach Kim und legte ihr eine Hand auf die Schulter, um sie von ihrem Vorhaben abzuhalten. »Ich muß zurück. Ich ziehe die Sache bis zum Ende durch. Jetzt tue ich es nicht nur für Becky, sondern ich bin es auch Marsha schuldig.«

»Bitte, Kim, überleg doch mal!« entgegnete Tracy ruhig. »Es geht um Mord, das ist jetzt bewiesen! Um so etwas hat sich die Polizei zu kümmern.«

»Um einen einzigen Mord!« ereiferte sich Kim. »Aber ein einzelner Mord ist doch fast nichts, wenn man bedenkt, daß die Fleischindustrie jedes Jahr den Tod von bis zu fünfhundert Kindern zu verantworten hat – und alles nur aus reiner Profitgier!«

»Daß die Industrie für den Tod der Kinder verantwortlich ist, dürfte vor Gericht schwer zu beweisen sein«, gab Tracy zu bedenken. »Der Kopf einer ermordeten Frau hingegen läßt kaum einen Zweifel übrig.«

»Ich habe den Kopf zwar eben gesehen«, entgegnete

Kim resigniert, »aber ich habe keine Ahnung, wo er jetzt ist. Er lag in dem Container, in dem die Rinderköpfe gesammelt werden. Aber als ich die Klappe zugeknallt habe, habe ich eine automatische Entsorgungsmaschinerie in Gang gesetzt. Wahrscheinlich ist der Container jetzt auf dem Weg zur Abdeckerei. Selbst wenn wir Marshas Tod also anzeigen würden – es gibt kein Corpus delicti mehr. Und mein Wort ist bei der Polizei im Augenblick keinen Pfifferling wert.«

»Aber die Polizei könnte eigene Nachforschungen anstellen«, wandte Tracy ein. »Vielleicht würden sie noch weitere Knochen finden.«

»Selbst wenn«, entgegnete Kim. »Es geht mir doch nicht darum, diesen primitiven Schlägertypen zu verfolgen, der es auf mich abgesehen hat. Ich will der Industrie an den Kragen. Darum geht es mir.«

Tracy seufzte und stellte den Motor wieder ab. »Aber warum willst du zurück in dieses schreckliche Schlachthaus? Du hast doch erreicht, was du erreichen wolltest.« Sie klopfte auf das Tonband. »Das Band ist fast so gut wie ein Video. Es ist heftiger Tobak, was du über die Zustände in der Anlage sagst. Kelly Anderson wird sich darauf stürzen.«

»Ich will vor allem zurück, weil ich heute in der Reinigungsschicht von fünfzehn bis dreiundzwanzig Uhr eingeteilt bin«, erklärte Kim. »Vielleicht kann ich mich irgendwann ins Aktenarchiv verdrücken. Marsha hat dort einen ›Mängelbericht‹ entdeckt, in dem es um den Kopf eines kranken Tieres geht. Sie hat am Telefon gesagt, daß sie ihn in die Akte zurücklegen würde, und ich habe gehört, wie sie das auch tatsächlich getan hat. Genau diesen Bericht will ich finden.«

Tracy schüttelte frustriert den Kopf. »Du gehst ein viel zu großes Risiko ein. Warum setzen wir nicht Kelly Anderson auf den Fall an? Soll sie doch diesen Mängelbericht suchen!«

»Ich glaube, das Risiko hält sich in Grenzen«, entgegnete Kim. »Der Typ mit dem Messer hat mir in der Männertoilette direkt in die Augen gesehen. Wenn er mich erkannt hätte, dann ja wohl in diesem Augenblick. Die Pistole nehme ich auch nicht mehr mit.«

Er zerrte die Waffe mühsam aus der Hosentasche und reichte sie Tracy.

»Behalte wenigstens die Pistole!« bat Tracy.

Kim schüttelte den Kopf. »Nein, ich will sie nicht haben.«

»Bitte!« flehte Tracy noch einmal.

»Ich schleppe schon die Batterien mit mir herum«, entgegnete Kim. »Außerdem beruhigt sie mich nicht, sie bringt mich eher in Gefahr.«

Widerwillig nahm Tracy die Pistole und legte sie auf den Boden des Wagens. »Du läßt dich also nicht von deinem Vorhaben abbringen?«

»Ich will die Sache durchziehen. Das ist das mindeste, was ich tun kann.«

»Kannst du dir vorstellen, daß es mich wahnsinnig macht, hier herumzusitzen, während du dein Leben aufs Spiel setzt?«

»Daß es nicht angenehm ist, kann ich mir denken«, entgegnete Kim. »Warum fährst du nicht nach Hause und holst mich heute abend um elf wieder ab?«

»Kommt gar nicht in Frage! Zu Hause könnte ich es erst recht nicht aushalten. Hier kann ich wenigstens mithören, was da drinnen vor sich geht.«

»Okay«, entgegnete Kim. »Das mußt du entscheiden. Ich muß jetzt zurück. Die Mittagspause ist gleich vorbei.«

Als er die Beine schon draußen hatte, lehnte er sich noch einmal zurück. »Könntest du mir irgendwann heute nachmittag einen Gefallen tun?«

»Natürlich«, erwiderte Tracy. »Solange ich dafür nicht das Auto verlassen muß.«

»Kannst du vielleicht bei den Sherring Labs anrufen und dich nach den Ergebnissen der Fleischproben erkundigen?« bat er. »Sie müßten eigentlich heute vorliegen.«

»Klar«, erwiderte Tracy. »Kein Problem.«

Kim drückte ihre Schulter. »Danke.« Dann stieg er aus, schlug die Tür hinter sich zu und ging winkend davon.

Derek Leutmann nahm den Fuß vom Gaspedal, als er sich Tracys Haus näherte. An einigen der Nachbarhäuser waren die Nummern nicht zu erkennen, und er wollte auf keinen Fall an seinem Ziel vorbeifahren. Als das Haus in Sicht kam, entdeckte er auch den Mercedes; er stand am Ende der Auffahrt. Leutmann wollte den Wagen nicht blockieren. Deshalb wendete er und parkte auf der anderen Straßenseite.

Er nahm das Blatt mit den Aufzeichnungen aus der Tasche, das Shanahan ihm gegeben hatte, und verglich das Kennzeichen des Mercedes mit dem auf dem Zettel. Seine Vermutung bestätigte sich: Es war der Wagen des Arztes.

Er traf die gleichen Vorbereitungen wie vor Kims Haus und stieg aus. Ein feiner Nieselregen hatte eingesetzt. Er spannte einen kleinen Schirm auf und nahm seine Aktentasche vom Beifahrersitz. Die Tasche in der einen Hand und den Schirm in der anderen überquerte er die Straße und warf einen Blick in Kims Auto. Es überraschte ihn, daß der Wagen vor Tracys Haus stand. Er war davon ausgegangen, daß Kim mit dem Mercedes in seine Praxis gefahren war. Doch er hatte sich offensichtlich geirrt; Kim war also nicht in der Praxis.

Leutmann wußte inzwischen wesentlich mehr über den Mann, den er töten sollte. Er wußte, daß Kim ein hochangesehener Herzchirurg war, daß er geschieden war und jeden Monat eine beträchtliche Unterhaltssumme für seine Frau und seine Tochter überwies. Was er jedoch nicht herausgefunden hatte, war, warum O'Brian und dessen Chef aus der Rindfleischindustrie den Mann umbringen lassen wollten.

Leutmann hatte Shanahan diese Frage zwar explizit gestellt, aber er hatte nur eine ausweichende Antwort erhalten. Er wollte über die Machenschaften seiner Kunden mit seinem potentiellen Opfer zwar nie genaue Einzelheiten wissen, doch über allgemeine Dinge wollte er schon informiert werden. Das half ihm, das Risiko während des Anschlags, vor allem aber auch danach zu reduzieren. Doch sein Versuch, Shanahan auszuquetschen, hatte nichts gebracht. Es gehe um etwas Geschäftliches, war alles gewesen, was er herausbekommen hatte. Seltsam war nur, daß er bei der Durchsicht von Kims Unterlagen keine Verbindung zwischen dem Arzt und der Rindfleischindustrie entdeckt hatte – und Kims Schreibtisch war in jeder Hinsicht eine Fundgrube gewesen.

Wenn er beauftragt wurde, jemanden zu beseitigen, ging es meistens um Geld. Auf der Hitliste der Mordmotive standen ganz oben Konkurrenzkämpfe, Streit um Wettschulden, Scheidungskriege und Querelen wegen unbezahlter Rechnungen. Die meisten Leute, mit denen er zu tun hatte, gehörten zum Abschaum der Menschheit, und das galt sowohl für seine Auftraggeber als auch für die Opfer. Das gefiel Leutmann und erleichterte ihm seinen Job. Doch dieser Fall schien anders gelagert. Er hatte seine Neugier geweckt, ohne jedoch seine sonstigen ausgeprägten Empfindungen auszuschalten. Am wenigsten mochte er es, wenn man ihn unterschätzte oder ausnutzte. Er war nicht auf dem üblichen Weg, also über eine Verbindung zur Mafia, ins Killergeschäft gekommen. Er hatte als Söldner in Afrika gedient, allerdings zu einer Zeit, in der noch klar zwischen gut und böse unterschieden wurde und in der die nationalen Armeen noch disziplinlosen, unausgebildeten Haufen geglichen hatten.

Er ging die Verandatreppe hoch und klingelte an der Haustür. Da Kims Wagen in der Einfahrt stand, rechnete er damit, daß ihm jemand öffnete. Doch nichts geschah. Er klingelte noch einmal. Während er wartete, drehte er sich um und inspizierte die Nachbarschaft. Sie unterschied sich erheblich von der Umgebung, in der Kim wohnte. Von seinem Standort aus hatte er eine gute Sicht auf fünf Häuser, vier weitere waren ebenfalls zu erkennen. Es waren kaum Menschen unterwegs. Außer einer Frau, die einen Kinderwagen schob und sich von ihm entfernte, war niemand zu sehen.

Obwohl er Kims Unterlagen gründlich durchforstet hatte, hatte er keinen Hinweis darauf gefunden, daß der Mann ein Glücksspieler war; deshalb ging er davon aus, daß Shanahan ihm den Auftrag aus einem anderen Grund erteilt hatte. Die Scheidung des Doktors kam als Grund ebenfalls nicht in Betracht; die Ex-Frau konnte sich wohl kaum über die großzügige Regelung beklagen. Außerdem schienen die beiden ziemlich gut miteinander auszukommen. Sonst hätte die Frau mit Sicherheit nicht die Kaution für ihren Ex-Mann gestellt, wie Shanahan ihm berichtet hatte. Schulden konnten eigentlich auch nicht der Grund sein, warum der Mann beseitigt werden sollte. Jedenfalls hatte Leutmann in den Papieren keinen Hinweis auf Geldprobleme entdeckt. Und selbst wenn der Mann Geld benötigt hätte – warum hätte er es sich ausgerechnet von einem Rinderbaron leihen sollen? Blieben noch Konkurrenzstreitigkeiten. Doch die schieden als Motiv für einen Auftragsmord erst recht aus. Bis auf ein paar Aktien einer Hamburger-Kette besaß Kim keine weiteren Anteile an der rindfleischverarbeitenden Industrie. Der Fall war Leutmann ein Rätsel.

Er drehte sich um und nahm die Tür ins Visier. Sie war mit einem Standard-Schieberiegel und einem Schloß gesichert. Die Tür zu öffnen war ein Klacks. Viel mehr beunruhigte ihn die Frage, ob das Haus über eine Alarmanlage verfügte.

Er stellte die Aktentasche auf den Boden, schirmte sein Gesicht mit den Händen ab und spähte durch den Spion. Da er nirgends eine Schalttafel erkennen konnte, nahm er sein Schlosserwerkzeug aus der linken Manteltasche und machte kurzen Prozeß. Die Tür sprang nach innen auf. Vorsichtig inspizierte er die Innenseite des Türpfostens. Erst als er sich vergewissert hatte, daß dort keine Kontakte angebracht waren, betrat er die kleine Diele. Auch hier war keine Schalttafel zu sehen. Er hob den Blick und hielt nach einem Bewegungsmelder Ausschau. Er war beruhigt. Es gab keine Alarmanlage.

Er holte seine Aktentasche herein und schloß die Tür. Nach einer schnellen Runde durchs Erdgeschoß stieg er hinauf in den ersten Stock. Im Gästezimmer entdeckte er eine kleine Reisetasche mit Rasierutensilien und Kleidern, die vermutlich Kim gehörten. In dem einzigen Badezimmer hingen mehrere feuchte Handtücher.

Er ging wieder nach unten und machte es sich im Wohnzimmer gemütlich. Der Wagen in der Einfahrt und die Sachen im Gästezimmer ließen ihn nicht im geringsten daran zweifeln, daß der Doktor wiederkommen würde. Die Frage war nur, wie lange er warten mußte.

Carlos stieß Adolpho aus dem Weg und schaffte es, die Stempelkarte vor seinem Kollegen in die Stechuhr zu schieben. Diese Art Spielchen trieben sie schon seit Monaten.

»Nächstes Mal zeig' ich's dir!« scherzte Adolpho. Er achtete darauf, mit seinem Kumpel nur noch Englisch zu sprechen, denn Carlos hatte ihm erzählt, daß er seine Sprachkenntnisse verbessern wolle.

»Nur über meine Leiche«, entgegnete Carlos. Das war einer seiner neuen Lieblingssprüche.

Adolpho hatte Carlos zu seinem Job bei Higgins und Hancock verholfen und ihn unterstützt, seine Familie nachzuholen. Adolpho und Carlos kannten sich seit ihrer Kindheit in Mexiko. Allerdings war Adolpho schon etliche Jahre vor Carlos in die Vereinigten Staaten gegangen.

Die beiden verließen das Gebäude in kumpelhafter Umarmung und gingen zusammen mit den anderen Arbeitern durch den Nieselregen zu ihren Autos.

»Sehen wir uns heute abend im El Toro?« fragte Adolpho.

»Klar«, erwiderte Carlos.

»Bring ordentlich Pesos mit«, riet Adolpho. »Du verlierst heute nämlich haushoch.« Um seine Worte zu unterstreichen, tat er so, als würde er mit einem Billardstock stoßen.

»Niemals«, sagte Carlos und klopfte seinem Kollegen auf den Rücken. Im selben Augenblick entdeckte er den schwarzen Cherokee mit den dunkel getönten Scheiben. Der Wagen stand neben seinem Pick-up. Der Auspuff stieß kleine Abgaswolken aus.

Er klopfte Adolpho ein letztes Mal auf den Rücken und sah ihm hinterher, bis er in seinen Wagen gestiegen war. Erst dann steuerte er auf seinen eigenen zu. Er ließ sich Zeit und winkte dem davonbrausenden Adolpho hinterher. Als er außer Sichtweite war, ging er auf den Cherokee zu und blieb neben dem Fahrerfenster stehen.

Die Scheibe glitt herunter. Shanahan grinste. »Ich habe gute Nachrichten für dich. Komm auf die andere Seite, und steig ein!«

Carlos folgte der Aufforderung und schloß die Tür.

»Wir geben dir noch eine Chance, den Doc zu erledigen«, erklärte Shanahan.

»Gut«, entgegnete Carlos und grinste ebenfalls. »Wann?«

»Heute abend«, erwiderte Shanahan. »Der Doc arbeitet hier.«

»Hab ich's nicht gesagt?« frohlockte Carlos. »Ich wußte, daß er es ist.«

»Wir haben Glück gehabt«, entgegnete Shanahan mit einem Nicken. »Es kommt uns sehr gelegen, daß er heute abend in der Reinigungsschicht eingesetzt wird. Er wird die Herrentoilette neben dem Aktenarchiv saubermachen. Weißt du, von welcher Toilette ich rede? Ich nicht. Ich habe Higgins und Hancock noch nie von innen gesehen.«

»Ja«, erwiderte Carlos. »Ich weiß, welche. Wir dürfen sie nicht benutzen.«

»Heute abend machst du eine Ausnahme.« Shanahan grinste. »Wahrscheinlich mußt du bis nach zehn auf deinen Einsatz warten. Sieh zu, daß du da bist!«

»Ich werde da sein«, versprach Carlos.

»Es müßte ein Kinderspiel für dich sein«, fügte Shanahan hinzu. »Der Mann ist unbewaffnet, er rechnet nicht mit dir, und ihr seid in einem winzigen Raum. Sorg dafür, daß die Leiche verschwindet! Am besten verfährst du mit ihm wie mit Marsha Baldwin!«

»Ich tue, was Sie sagen«, entgegnete Carlos.

»Und verpatz die Sache nicht noch mal!« mahnte Shanahan. »Ich bin wegen dir in eine prekäre Lage geraten. Blamier mich nicht!«

»Kein Problem«, versicherte Carlos mit Nachdruck. »Heute abend mach' ich ihn kalt!«

17

Montag abend, 26. Januar

Kim richtete sich stöhnend auf und streckte sich. Um sein schmerzendes Kreuz so gut wie möglich zu dehnen, stellte er den schweren Mop zur Seite und stemmte die Hände in die Hüften.

Er war allein in der Eingangshalle und wischte den Boden. Im Empfangsbereich hatte er angefangen. Seit zehn Minuten hatte er den Kopfhörer im Ohr und jammerte, wie erschöpft er sei. Tracy hatte großes Verständnis.

Die Reinigung des Schlachthauses war eine ziemliche Plackerei gewesen. Zunächst hatte sich die gesamte Putzmannschaft mit Hochdruckdampfschläuchen über den Tötungsbereich hergemacht. Die Arbeit war extrem anstrengend gewesen, denn die Schläuche wogen etliche hundert Pfund und mußten auf die Metallroste hochgeschleppt werden.

Danach hatten sie sich die Knochenauslöseräume vorgenommen. Als sie auch diese gereinigt hatten, war es auf achtzehn Uhr zugegangen – Zeit für die Abendpause. Kim war zum Auto gelaufen und hatte sogar ein bißchen was von dem gegessen, was Tracy und er sich am Morgen zubereitet hatten.

Nach der Pause hatte Kim verschiedene Aufgaben allein erledigen müssen. Während seine Kollegen ihr Arbeitstempo ein wenig gedrosselt hatten, hatte er sich freiwillig bereit erklärt, die Eingangshalle zu wischen.

»Ich werde mich nie wieder darüber beschweren, daß ich als Chirurg arbeiten muß«, sagte er in sein Mikrophon.

»Da du jetzt ein erfahrener Putzmann bist, kann ich dich ja mal zu mir nach Hause bestellen«, witzelte Tracy. »Putzt du auch Fenster?«

»Wie spät ist es?« fragte Kim. Ihm war nicht nach Scherzen zumute.«

»Kurz nach zehn«, erwiderte Tracy. »Nur noch eine knappe Stunde. Willst du es trotzdem versuchen?«

»Auf jeden Fall«, erwiderte Kim. »Ich habe die Kollegen von der Reinigungsschicht schon seit einer Stunde nicht mehr gesehen. Es wird Zeit, daß ich mir das Archiv ansehe.«

»Dann mach schnell!« drängte Tracy. »Ich habe furchtbare Angst, wenn du da drinnen bist. Und viel mehr Nervenkitzel kann ich heute nicht mehr ertragen.«

Kim stopfte den schweren Mop in den Eimer und schob sein Putzwerkzeug über den Flur bis zum Archiv vor sich her. Die zersplitterte Glasscheibe war notdürftig durch eine dünne Spanholzplatte ersetzt worden.

Er drückte die Klinke herunter. Die Tür war nicht abgeschlossen. Er tastete nach dem Lichtschalter. Bis auf eine größere Spanholzplatte vor dem Fenster sah der Raum vollkommen normal aus. Die Glasscherben und der Stein, den er hineingeschleudert hatte, waren weggeräumt worden.

Auf der linken Seite befanden sich etliche Aktenschränke. Er zog die nächstbeste Schublade auf. Sie war so vollgestopft, daß nicht ein Blatt mehr hineingepaßt hätte.

»Oje«, stöhnte er. »Die ersticken ja in ihrem Papierkram. Ich fürchte, da habe ich mir ganz schön was vorgenommen.«

Der Stummel der El-Producto-Zigarre erglühte für ein paar Sekunden. Elmer Conrad behielt den Rauch für einen genüßlichen Augenblick im Mund und blies ihn dann zufrieden gegen die Decke.

Conrad war seit acht Jahren Aufseher der zweiten Reinigungsschicht. Was die Arbeit anging, so lautete seine Devise: in der ersten Hälfte schuften und schwitzen und dann entspannen. Zur Zeit befand er sich in der Entspannungsphase; er hatte sich im Aufenthaltsraum einen Sony Watchman aufgestellt und die Füße auf den Tisch gelegt.

»Sie wollen mich sprechen, Boß?« fragte Harry Pearlmuter. Er hatte die Tür, die zum hinteren Flur führte, einen Spalt geöffnet und steckte den Kopf hindurch. Harry war einer von Conrads Untergebenen.

»Ja«, grummelte Conrad. »Wissen Sie, wo dieser schräg aussehende Typ ist, der heute seinen ersten Tag hat?«

»Ich glaube, er wischt die Eingangshalle«, erwiderte Harry. »Das hat er zumindest gesagt.«

»Wissen Sie, ob er die beiden Toiletten schon saubergemacht hat?« wollte Conrad wissen.

»Keine Ahnung«, erwiderte Harry. »Soll ich mal nachsehen?« Conrad ließ seine klobigen Füße auf den Boden krachen und richtete sich schwerfällig auf. Er war fast zwei Meter groß und wog deutlich mehr als zwei Zentner.

»Nicht nötig. Ich sehe selber nach. Ich habe ihm schon zweimal gesagt, daß er bis Feierabend die Klos zu putzen hat. Wenn er es immer noch nicht gemacht hat, werde ich ihm was erzählen! Der geht hier nicht raus, bevor die Arbeit erledigt ist!«

Conrad legte seine Zigarre in den Aschenbecher, trank einen Schluck Kaffee und machte sich auf die Suche nach Kim. Daß er überhaupt seinen Hintern in Bewegung setzte, lag daran, daß die Zentrale ihn ausdrücklich instruiert hatte, Kim die besagten Toiletten saubermachen zu lassen. Er sollte sie außerdem allein saubermachen. Conrad hatte keine Ahnung, was diese komische Anweisung sollte, aber das war ihm auch egal. Ihn interessierte nur, daß sie ausgeführt wurde.

»Ganz so schwierig scheint es doch nicht zu sein«, berichtete Kim in sein Mikrophon. »Ich habe eine ganze Schublade mit Mängelberichten entdeckt, von 1988 bis heute. Jetzt muß ich nur noch den neunten Januar finden.«

»Bitte beeil dich!« drängte Tracy. »Ich werde schon wieder furchtbar nervös.«

»Beruhig dich, Trace«, entgegnete Kim. »Ich habe seit einer Stunde keine Menschenseele mehr gesehen. Wahrscheinlich sind sie alle im Aufenthaltsraum und sehen sich irgendein Spiel an ... Ah, hier ist der neunte Januar. Hmm. Der Ordner platzt fast, so voll ist er.«

Er nahm einen Stapel Blätter aus dem Ordner und legte ihn auf dem Bibliothekstisch ab.

»Volltreffer!« jubelte er. »Ich habe die Papiere gefunden, von denen Marsha gesprochen hat.« Er breitete die Blätter vor sich aus. »Hier ist die Rechnung von Bart Winslow über die vermutlich kranke Kuh.«

Er nahm ein Blatt in die Hand. »Genau danach habe ich gesucht. Ein Mängelbericht über diese Kuh. Bei der Verarbeitung ist irgend etwas passiert, was nicht hätte passieren sollen.«

»Was steht in dem Bericht?« fragte Tracy.

»Moment, ich lese gerade«, erwiderte Kim. Nach ein paar Sekunden fügte er hinzu: »Das Rätsel ist gelöst. Der Kopf von der letzten Kuh ist von der Deckenschiene heruntergefallen und auf dem Boden gelandet. Seit heute weiß ich, was das bedeutet. Er ist wahrscheinlich in die eigene Jauche gefallen, einfach aufgehoben und zu Hamburgerfleisch verarbeitet worden. Genau diese Kuh könnte durchaus mit dem gefährlichen Erreger infiziert gewesen sein. Das würde auch mit dem Ergebnis der Sherring Labs übereinstimmen, das man dir heute nachmittag mitgeteilt hat.«

Im nächsten Augenblick fuhr ihm ein solcher Schreck

durch die Knochen, daß er einen Klagelaut ausstieß. Jemand riß ihm von hinten den Mangelbericht aus der Hand. Er drehte sich um und sah in das Gesicht von Elmer Conrad. Während er mit Tracy gesprochen hatte, hatte er nicht gehört, daß der Aufseher hereingekommen war.

»Was, zum Teufel, machen Sie hier?« wollte Conrad wissen. Sein breites Gesicht hatte sich dunkelrot verfärbt.

Kim spürte, wie sein Herz jagte. Er war nicht nur beim Schnüffeln erwischt worden – der Kopfhörer befand sich noch immer in seinem rechten Ohr. Um zu verhindern, daß Conrad das Kabel entdeckte, drehte er den Kopf nach rechts und sah den Aufseher aus dem Augenwinkel an.

»Sie sollten mir besser antworten«, fuhr Conrad ihn an.

»Die Blätter lagen auf dem Boden«, entgegnete Kim. Er suchte verzweifelt nach einer Ausrede. »Ich wollte sie nur in die Schublade zurücklegen.«

Conrad starrte auf die offene Schublade, dann sah er wieder Kim an. »Mit wem haben Sie gesprochen?«

»Habe ich gesprochen?« fragte Kim unschuldig zurück.

»Ich warne Sie«, ereiferte sich Conrad. »Ich lasse mich nicht gerne verarschen.«

Kim preßte eine Hand an den Kopf und machte ein paar unverständliche Gesten, doch Worte kamen nicht aus seinem Mund. Er überlegte krampfhaft, was er sagen konnte, aber ihm fiel nichts ein.

»Sag ihm, daß du Selbstgespräche geführt hast!« flüsterte Tracy.

»Okay«, brachte Kim hervor. »Ich habe mit mir selbst gesprochen.«

Der Aufseher sah Kim beinahe genauso entgeistert an wie Kim den Aufseher.

»Das klang aber verdammt so, als hätten Sie sich mit jemandem unterhalten«, fuhr Conrad ihn an.

»Ich habe mich auch unterhalten«, sagte Kim. »Eben

nur mit mir selbst. Das mache ich immer, wenn ich allein bin.«

»Sie sind ein seltsamer Vogel«, entgegnete der Aufseher. »Was ist mit Ihrem Nacken?«

Kim rieb sich mit der linken Hand die linke Halsseite. »Ist ein bißchen steif. Kommt wahrscheinlich vom vielen Wischen.«

»Sie können den Mop gleich wieder zum Einsatz bringen. Offenbar haben Sie die beiden Toiletten nebenan vergessen. Ich hatte Ihnen aufgetragen, sie sauberzumachen.«

»Oh, daran habe ich gar nicht mehr gedacht«, entschuldigte sich Kim. »Ich kümmere mich sofort darum.«

»Reinigen Sie die Klos gründlich!« sagte Conrad. »Nehmen Sie sich ausreichend Zeit, auch wenn Sie es bis elf nicht schaffen! Verstanden?«

»Die Toiletten werden blitzen vor Sauberkeit«, versprach Kim. Conrad warf den Mängelbericht auf den Tisch zu den anderen Papieren. Kim nutzte die Gelegenheit und zog sich schnell den Kopfhörerstecker aus dem Ohr. Den Hals wieder strecken zu können, war ein gutes Gefühl.

»Um die Papiere sollen sich die Sekretärinnen kümmern«, sagte der Aufseher. Er ging zur Aktenregistratur und schob die offenstehende Schublade zu. »Jetzt machen Sie, daß Sie rauskommen! In diesem Raum haben Sie nichts zu suchen!«

Kim ging voraus, Conrad folgte ihm. An der Tür hielt der Aufseher kurz inne und sah sich ein letztes Mal um. Erst dann knipste er das Licht aus und machte die Tür zu. Um sicherzustellen, daß so etwas nicht noch einmal passierte, holte er einen großen Schlüsselbund hervor und schloß ab.

Kim war dabei, seinen Mop auszuwringen, als Conrad sich noch einmal an ihn wandte: »Ich behalte Sie im Auge«, warnte er ihn. »Ich komme nachher noch mal vorbei und sehe nach, ob die Toiletten sauber sind. Es ist also nicht ratsam, sich einfach aus dem Staub zu machen!«

»Ich tue mein Bestes«, versprach Kim.

Der Aufseher bedachte ihn mit einem letzten geringschätzigen Blick. Dann ging er zurück in den Aufenthaltsraum.

Als Conrad außer Sichtweite war, stopfte Kim sich den Kopfhörer wieder ins Ohr.

»Hast du alles mitbekommen?« fragte Kim.

»Natürlich«, erwiderte Tracy. »Hast du jetzt endlich genug von diesem Unsinn? Komm sofort raus!«

»Nein«, widersprach Kim. »Ich will diese Papiere haben. Das Problem ist nur, daß dieser Penner die Tür abgeschlossen hat.«

»Was willst du denn mit den Papieren?« fragte Tracy. Sie war der Verzweiflung nahe.

»Dann habe ich etwas in der Hand, was ich Kelly Anderson zeigen kann«, erwiderte Kim.

»Aber wir haben doch schon die Laborergebnisse«, erinnerte Tracy ihn. »Das müßte ihr doch eigentlich reichen, um per Gerichtsbeschluß einen Fleischrückruf zu erwirken. Darum geht es dir doch, oder etwa nicht?«

»Natürlich«, entgegnete Kim. »Das mindeste, was wir erreichen müssen, ist, daß die gesamte Mercer-Meats-Produktion vom neunten Januar zurückgerufen wird. Aber diese Papiere beweisen darüber hinaus, daß die Industrie kranke Kühe kauft, Kontrollen umgeht und es dann auch noch durchgehen läßt, daß ein besudelter Kuhkopf weiterverarbeitet wird, als wäre nichts geschehen.«

»Glaubst du, das war der Grund für Beckys Krankheit?«fragte Tracy bewegt.

»Könnte gut sein«, erwiderte Kim ebenso aufgewühlt. »Wahrscheinlich lag es an dem heruntergefallenen Kopf und daran, daß ihr Hamburger nicht ordentlich durchgebraten war.«

»Da sieht man mal, an welch seidenem Faden unser Leben hängt. Unglaublich, daß es durch so etwas Banales wie einen heruntergefallenen Kuhkopf und einen nicht durchgebratenen Hamburger mir nichts, dir nichts ausgelöscht werden kann.«

»Es führt einem aber auch vor Augen, wie wichtig unser gewagtes Unterfangen ist«, fügte Kim hinzu.

»Und wie willst du an die Papiere kommen, wenn das Archiv abgeschlossen ist?« fragte Tracy.

»Ich weiß es noch nicht so genau«, gestand Kim. »Das Loch in der Scheibe ist mit einer dünnen Spanholzplatte zugenagelt. Die ließe sich wahrscheinlich ziemlich einfach abbrechen. Aber ich muß mich wohl oder übel um diese beiden Toiletten kümmern. Der Aufseher kommt bestimmt in ein paar Minuten zurück, um meine Arbeit zu inspizieren. Ich mache mich am besten sofort ans Werk.«

Er musterte die beiden gegenüberliegenden Türen, zwischen denen sich der Flur befand, und beschloß, sich zuerst die Herrentoilette vorzunehmen. Damit der Eimer nicht umkippte, bugsierte er ihn vorsichtig über die erhöhte Türschwelle auf die Fliesen. Dann schob er ihn weiter in den Raum und ließ die Tür hinter sich zufallen.

Der Raum war relativ groß. Rechts waren zwei Toiletten und zwei Urinale und links zwei Waschbecken mit darüber befestigten Spiegeln. Direkt neben der Tür gab es an der Wand mehrere Garderobenhaken. Die einzigen weiteren Objekte in dem Raum waren zwei Papierhandtuchspender und ein Abfalleimer.

Geradeaus, in der Mitte der Wand, befand sich ein Fenster, das zum Parkplatz hinausging.

»Wenigstens ist diese Herrentoilette nicht besonders

schmutzig«, sagte Kim in sein Mikrophon. »Ich hatte schon befürchtet, sie sähe so aus wie die im Schlachtbereich.«

»Ich wünschte, ich könnte reinkommen und dir helfen«, bemitleidete Tracy ihn.

»Ich hätte nichts dagegen«, entgegnete Kim.

Er schnappte sich den Griff des Mops und trat auf das Fußpedal, um das fransige Bündel auszuwringen. Dann ging er zum Fenster und begann zu wischen.

Plötzlich flog die Tür mit einer solchen Wucht auf, daß die Klinke gegen die Wand krachte und eine Fliese zerbarst. Kim riß den Kopf hoch und war entsetzt. Vor ihm stand der Mann, der ihn schon zweimal attackiert hatte. Und wieder schwang er ein Schlachtmesser.

Der Mund des Mannes verzog sich langsam zu einem grausamen Grinsen. »So trifft man sich wieder, Doc. Nur diesmal kommt Ihnen keine Polizei und keine Frau zu Hilfe.«

»Wer sind Sie?« fragte Kim. Er wollte den Mann unbedingt zum Weiterreden animieren. »Was wollen Sie von mir?«

»Mein Name ist Carlos. Ich bringe Sie um.«

»Kim, Kim!« schrie Tracy ihm ins Ohr. »Was ist passiert?«

Kim riß sich den Stecker aus dem Ohr. Tracys Geschrei hinderte ihn am Denken. Ihre panische Stimme klang jetzt, als würde sie ihm aus großer Entfernung etwas zubrüllen.

Carlos wagte sich einen weiteren Schritt vor. Er hielt das Messer hoch, damit Kim bewundern konnte, wie groß und formvollendet gebogen es war. Die malträtierte Tür fiel zurück ins Schloß.

Kim umklammerte den Mop und hob ihn instinktiv hoch.

Carlos lachte, so absurd erschien es ihm, daß sein Opfer

sich mit einem Mop gegen ein Schlachtmesser verteidigen wollte.

Da er keine andere Möglichkeit sah, rannte Kim in eine der offenstehenden Toilettentüren und schloß hinter sich ab. Carlos stürzte sich sofort auf die Tür und trat mit voller Wucht dagegen. Die ganze Kabine bebte, aber die Tür hielt stand. Kim ging einen Schritt zurück, bis er breitbeinig über der Toilette stand. Unter der Tür sah er Carlos Füße. Er setzte gerade zu einem weiteren Tritt an.

Tracy rastete aus. Sie fummelte panisch mit dem Zündschlüssel herum und schaffte es schließlich, den Motor anzulassen. Krachend legte sie den ersten Gang ein und trat das Gaspedal durch. Der Wagen machte einen Satz und sie wurde in den Sitz gedrückt. Die Antenne, die sie aufs Dach gestellt hatte, rutschte über die Heckscheibe und holperte über das Pflaster.

Sie mußte schwer mit dem Lenkrad kämpfen, um den schneller werdenden Wagen durch eine Rechtskurve zu bringen. Dabei unterschätzte sie die Entfernung zu einem in der Nähe parkenden Auto und prallte mit voller Wucht gegen dessen Seite. Ihr eigener Wagen hob daraufhin für den Bruchteil einer Sekunde ab und fuhr auf zwei Rädern weiter. Mit einem Ruck setzte der Wagen wieder auf und jagte mit quietschenden Reifen an dem Higgins-und-Hancock-Gebäude entlang.

Sie war losgehetzt, ohne zu wissen, wie sie weiter vorgehen sollte. Nur eins war ihr klar: Sie mußte irgendwie in diese Männertoilette, in der Kim in einen Hinterhalt geraten war. Offenbar wurde er von demselben Mann attackiert, der am Abend zuvor in sein Haus eingedrungen war. Sie wußte, daß sie keine Zeit zu verlieren hatte. Vor ihrem geistigen Auge sah sie das grauenhafte Gesicht des Killers, wie er versuchte, mit seinem Messer in die Duschkabine zu gelangen.

Für einen Augenblick überlegte sie, ob sie mit dem Wagen direkt in den Haupteingang hineinbrettern sollte, ließ es dann aber lieber, weil sie ihr Ziel auf diese Weise nicht unbedingt erreichen würde. Plötzlich fiel ihr die Pistole ein. Sie verfluchte Kim dafür, daß er sie nicht behalten hatte.

Sie trat auf die Bremse und brachte den Wagen direkt vor dem Fenster des Archivs zum Stehen. Hektisch tastete sie auf dem Boden nach der Pistole. Sie schnappte sie sich, sprang aus dem Wagen und lief zum Fenster.

Sie bückte sich nach einem Stein und schleuderte ihn gegen die Spanholzplatte. Nach einem zweiten Wurf hing die Platte nur noch so locker an den notdürftig eingeschlagenen Nägeln, daß sie sie mühelos abmontieren konnte.

Sie warf die Pistole durchs Fenster und kletterte dann selber durch die Öffnung. In dem dunklen Raum tastete sie sich auf Knien zu der Pistole vor. Während sie noch suchte, hörte sie es hinter der Wand zu ihrer Rechten immer wieder laut krachen. Es klang, als ob jemand gegen eine Metalltrennwand trat. Das Geräusch trieb sie schier zum Wahnsinn.

Endlich ertasteten ihre Finger die Pistole; sie war vor einem Tischbein liegengeblieben. Sie nahm sie und huschte, so schnell die Dunkelheit es erlaubte, zu der Tür, durch die ein schwacher Lichtschein fiel.

Sie entriegelte die Tür. Da sie die Unterhaltung zwischen Kim und dem Aufseher mitgehört hatte, wußte sie, daß sich die Herrentoilette ganz in der Nähe des Archivs befinden mußte. Sie folgte dem Krachen und hielt sich rechts. Nach ein paar Schritten entdeckte sie den Hinweis »Herrentoilette«.

Ohne zu zögern, warf sie sich mit der Schulter gegen die Tür und stürmte, die Pistole im Anschlag, in den Raum.

Was sie dann sah, ließ ihr das Blut in den Adern gefrieren: Keine drei Meter entfernt stand Carlos. Er hatte ein Bein angehoben und nahm gerade Anlauf, um die Toilettentüren aufzutreten, die nach mehreren Attacken bereits ziemlich verbogen war.

Als Carlos Tracy erblickte, machte er einen Satz auf sie zu. Wie am Vorabend hielt er ein riesiges Messer in der Hand.

Tracy blieb keine Zeit zum Nachdenken. Sie schloß die Augen und drückte ein paarmal schnell hintereinander ab. Zwei Schüsse krachten, dann prallte Carlos gegen sie. Die Wucht des Aufpralls schmetterte sie gegen die Tür. Dabei fiel ihr die Pistole aus der Hand. Plötzlich spürte sie einen stechenden Schmerz in der Brust. Dann sackte sie unter dem Gewicht des Mannes zu Boden

Verzweifelt rang sie nach Luft. Sie mußte sich von dem Mann befreien. Sein Gewicht erdrückte sie beinahe.

Zu ihrer großen Überraschung rutschte der Killer plötzlich von ihr herunter. Sie sah auf und erwartete, den Mann über sich stehen zu sehen, das Messer zum tödlichen Stich erhoben. Statt dessen sah sie in das besorgte Gesicht von Kim.

»Oh, mein Gott!« schrie Kim. »Tracy!« Er hatte den Killer von ihr heruntergezogen und sah jetzt ihre blutüberströmte Brust. Er ging in die Hocke und riß ihre Bluse auf. Als Thoraxchirurg hatte er oft genug Stichwunden verarztet und wußte, was er zu erwarten hatte. Aber alles, was er entdeckte, war ein blutdurchtränkter BH; Tracy war unverletzt, aber sie rang immer noch nach Luft, weil Carlos' Gewicht sie beinahe erdrückt hatte.

»Bist du okay?« fragte Kim.

Tracy nickte, brachte aber kein Wort hervor.

Kim wandte sich wieder dem mexikanischen Killer zu. Stöhnend hatte er es geschafft, sich auf den Bauch zu drehen. Kim rollte ihn wieder auf den Rücken und erschrak.

Auf die kurze Distanz hatten Tracys Schüsse ihr Ziel getroffen. Die eine Kugel war in Carlos' rechtem Auge gelandet und an der Hinterseite seines Schädels wieder ausgetreten. Die andere war in seine rechte Brust gegangen, was den Blutstrom erklärte, der sich über Tracy ergossen hatte.

Carlos hatte Schaum vor dem Mund und zuckte wild. Kim sah sofort, daß ihm nicht mehr zu helfen war.

»Ist er verletzt?« brachte Tracy stöhnend hervor. Ihre Brust schmerzte, aber sie schaffte es, sich aufzurichten.

»Er ist so gut wie tot«, erwiderte Kim und stand auf, um die Pistole zu suchen.

»Oh nein!« jammerte Tracy. »Ich kann es nicht glauben. Ich habe einen Menschen getötet.«

»Wo ist die Pistole?« fragte Kim.

»Oh, mein Gott!« stöhnte Tracy wieder. Sie konnte den Blick nicht von Carlos wenden, der jetzt qualvoll zu erstikken drohte.

»Die Pistole!« schrie Kim und ließ sich auf die Knie nieder. Aber er entdeckte lediglich Carlos' Messer. Er lief zu den beiden Kabinen und entdeckte sie schließlich hinter der ersten Toilette. Er hob sie auf.

Dann ging er zum Waschbecken und wischte sie mit einem Papierhandtuch ab.

»Was machst du denn?« fragte Tracy gequält.

»Ich wische deine Fingerabdrücke weg«, erwiderte Kim. »Ich will, daß nur meine auf der Pistole sind.«

»Warum?« wollte Tracy wissen.

»Weil ich die Verantwortung für dieses Chaos übernehme. Egal, was dabei herauskommt.« Er warf die Pistole beiseite. »Komm! Wir hauen ab!«

»Nein!« widersprach Tracy und wollte nach der Waffe greifen. »Ich stecke genauso mit drin wie du.«

Kim packte sie am Arm und zog sie hoch. »Mach keinen

Mist! In den Augen der Justiz bin ich der mutmaßliche Schwerverbrecher! Jetzt komm!«

»Aber es war Notwehr!« jammerte Tracy und brach in Tränen aus. »Meine Reaktion ist doch einfach zu erklären, wie schrecklich das auch alles sein mag.«

»Auf die Justiz sollten wir uns lieber nicht verlassen. Wer weiß, wie sie den Fall wieder verdrehen? Immerhin hast du Hausfriedensbruch begangen, und ich habe mich unter Vortäuschung falscher Tatsachen hier eingeschlichen. Komm endlich! Darüber will ich jetzt nicht mit dir streiten!«

»Sollten wir nicht lieber hierbleiben, bis die Polizei kommt?« fragte Tracy.

»Auf gar keinen Fall«, erwiderte Kim. »Ich lasse mich nicht ins Gefängnis stecken, bevor das alles geklärt ist. Nun komm doch endlich! Wir müssen weg sein, bevor hier irgend jemand aufkreuzt!«

Tracy hatte ihre Zweifel, ob es klug war, vom Tatort zu fliehen, aber Kim war davon überzeugt, daß sie verschwinden mußten. Also ließ sie sich von ihm aus der Herrentoilette führen. Er inspizierte den Flur in beide Richtungen und konnte es kaum glauben, daß die Schüsse offenbar keinen seiner Kollegen neugierig gemacht hatten.

»Wie bist du reingekommen?« flüsterte Kim.

»Durch das Fenster des Aktenarchivs«, erwiderte Tracy. »Das Fenster, das du auch schon mal eingeschlagen hast.«

»Gut.« Kim nahm Tracy bei der Hand. Dann rannten sie zusammen ins Archiv. Als sie gerade durch die Tür waren, hörten sie näher kommende Stimmen.

Kim bedeutete Tracy, mucksmäuschenstill zu sein, während er leise die Tür schloß und den Schlüssel umdrehte. In der Dunkelheit steuerten sie den Tisch an, auf dem die belastenden Dokumente lagen. Kim schnappte sie sich, und sie schlichen weiter zum Fenster. Durch die Wand bekamen sie mit, daß sich in der Herrentoilette etwas tat. Zuerst waren Stimmen zu hören, dann rannte jemand den Flur entlang.

Kim kletterte als erster nach draußen. Dann half er Tracy. Ein paar Sekunden später rannten sie zu Tracys Auto.

»Laß mich fahren!« rief Kim und sprang hinters Steuer. Tracy setzte sich auf die Rückbank. Er ließ den Motor an und verließ zügig den Parkplatz.

Für eine Weile sagte keiner von ihnen ein Wort.

»Wer hätte gedacht, daß alles so ausgehen würde?« brachte Tracy schließlich hervor. »Was sollen wir denn jetzt tun?«

»Vielleicht war deine Idee vorhin gar nicht so schlecht«, gestand Kim. »Ich meine, vielleicht hätten wir die Polizei rufen sollen. Aber es ist ja noch nicht zu spät. Wir können uns immer noch stellen. Allerdings glaube ich, wir sollten zuerst mit Justin Devereau reden.«

»Ich habe meine Meinung geändert«, sagte Tracy. »Ich glaube, du hast spontan richtig reagiert. Sie würden dich mit Sicherheit ins Gefängnis stecken und mich wahrscheinlich auch. Vermutlich würde bis zur Verhandlung ein ganzes Jahr verstreichen. Und wer weiß, was dann mit uns passieren würde? Nach dem O.J.-Simpson-Prozeß ist mein Vertrauen in das amerikanische Gerichtswesen auf den Nullpunkt gesunken. Wir haben keine Million Dollar, die wir Staranwälten wie Johnny Cochrane oder Barry Scheck in den Rachen werfen können.«

»Was willst du damit sagen?« fragte Kim und warf einen schnellen Blick in den Rückspiegel. Tracy vermochte ihn immer wieder zu überraschen.

»Erinnerst du dich, worüber wir gestern abend gesprochen haben?« fragte Tracy zurück. »Laß uns ins Ausland gehen und das Chaos von dort regeln. Gehen wir irgendwohin, wo die Lebensmittel sauber sind, damit wir unseren Kampf gegen die Fleischverseuchung fortsetzen können!«

»Meinst du das im Ernst?« fragte Kim.

»Ja«, erwiderte Tracy.

Kim schüttelte den Kopf. Sie hatten zwar über diese Möglichkeit gesprochen und hatten auch ihre Pässe dabei, aber ernsthaft hatte er das nie in Erwägung gezogen. Er war davon ausgegangen, daß eine Flucht ins Ausland nur dann in Frage kam, wenn ihnen absolut nichts anderes mehr übrigblieb.

»Wir sollten aber trotzdem Justin anrufen«, sagte Tracy. »Er hat bestimmt ein paar gute Tips für uns. Hat er ja immer. Vielleicht weiß er auch, wohin wir uns am besten absetzen sollten. Wir müssen ja auch ein paar rechtliche Aspekte berücksichtigen – von wegen Auslieferung und so weiter.«

»Weißt du, was mir an der Idee, ins Ausland zu gehen, am besten gefällt?« fragte Kim, nachdem sie ein paar Minuten geschwiegen hatten. Er sah in den Rückspiegel, um mit Tracy Augenkontakt zu haben.

»Was denn?« wollte sie wissen.

»Daß du davon ausgehst, daß wir zusammen gehen«, erwiderte Kim.

»Natürlich gehen wir zusammen«, sagte Tracy.

»Vielleicht hätten wir uns gar nicht scheiden lassen sollen«, gab Kim zu bedenken.

»Das ist mir auch schon mal durch den Kopf gegangen«, gestand Tracy.

»Vielleicht kommt bei dem ganzen Desaster ja doch noch etwas Positives heraus«, grübelte Kim.

»Stell dir vor, wir würden noch einmal heiraten«, sinnierte Tracy. »Natürlich könnten wir niemals unsere Becky ersetzen – aber es wäre doch schön, wenn wir noch ein Kind bekommen würden.«

»Könntest du dir das wirklich vorstellen?« fragte Kim.

»Warum nicht?« entgegnete Tracy.

Wieder gab es eine längere Pause, in der keiner etwas sagte. Die beiden waren mit sich selbst beschäftigt und rangen mit ihren Gefühlen.

»Wieviel Zeit haben wir wohl, bis die Polizei uns auf den Fersen ist?« fragte Tracy.

»Schwer zu sagen«, erwiderte Kim. »Wenn du meinst, wieviel Zeit uns bleibt, bis wir eine endgültige Entscheidung über unser weiteres Vorgehen treffen müssen, würde ich sagen, die Zeit drängt. In spätestens vierundzwanzig bis achtundvierzig Stunden müssen wir wissen, was wir tun wollen.«

»Dann haben wir ja wenigstens noch Zeit, morgen zu Beckys Beerdigung zu gehen«, schluchzte Tracy.

Die Erwähnung von Beckys bevorstehendem Begräbnis ließ Kims Augen feucht werden. Obwohl er ihren Tod so gut es ging verdrängte, konnte er nicht länger leugnen, daß seine geliebte Tochter für immer von ihm gegangen war.

»Oh, mein Gott!« stöhnte Tracy. »Immer wenn ich die Augen schließe, sehe ich das Gesicht dieses Kerls vor mir. Ich werde diese Szene nie vergessen. Sie wird mich für den Rest meines Lebens verfolgen.«

Kim wischte sich die Tränen von der Wange und holte einmal tief Luft, um sich wieder zu fassen. »Denk einfach daran, was du vorhin in der Herrentoilette gesagt hast. Es war Notwehr! Wenn du nicht abgedrückt und den Mann erschossen hättest, hätte er dich getötet, soviel steht fest. Und anschließend hätte er mich erledigt. Du hast mir das Leben gerettet.«

Tracy schloß die Augen.

Als sie in die Einfahrt vor ihrem Haus einbogen und hinter Kims Wagen parkten, war es bereits nach dreiundzwanzig Uhr. Sie waren beide vollkommen ausgelaugt, sowohl in physischer als auch in geistiger und emotionaler Hinsicht.

»Ich hoffe, du bleibst heute nacht hier«, sagte Tracy.

»Gern«, entgegnete Kim. »Wenn die Einladung noch gilt.«

Sie stiegen aus und gingen Arm in Arm auf die Haustür zu.

»Ob wir Justin noch heute abend anrufen sollten?« fragte Tracy.

»Laß uns lieber bis morgen früh warten«, erwiderte Kim. »Ich bin mit den Nerven total am Ende. Ob ich schlafen kann, weiß ich zwar nicht, aber ich will es zumindest versuchen. Im Moment kann ich keinen klaren Gedanken fassen. Ich will nur eins: heiß und ausgiebig duschen.«

»Kann ich gut verstehen«, erklärte Tracy.

Sie stiegen die Treppe zur Veranda hinauf. Tracy nahm ihren Schlüssel aus der Tasche und öffnete die Tür. Dann ging sie hinein und trat ein Stück zur Seite, um Kim Platz zu machen.

Sie schloß die Tür und verriegelte sie. Erst jetzt tastete sie nach dem Lichtschalter.

»Mann, ist das hell!« Kim blinzelte zur Deckenbeleuchtung hinauf. Tracy drehte am Dimmer und in der Diele wurde es etwas dunkler.

»Ich bin ein einziges Nervenbündel«, gestand Kim. Er zog den Higgins-und-Hancock-Kittel aus und hielt ihn weit von sich. »Dieses Teil sollte man verbrennen. Wahrscheinlich ist es mit Kolibakterien übersät.«

»Wirf den Kittel am besten in den Müll!« empfahl Tracy. »Aber in die Tonne draußen hinter dem Haus. Ich kann mir nämlich in etwa vorstellen, wie das Ding morgen früh stinken wird.« Sie zog ihren Mantel aus und stöhnte. Der Schmerz in ihrer Brust machte sich erneut bemerkbar. Als Carlos gegen sie geprallt war, war sie links neben dem Brustbein von etwas Hartem getroffen worden. Im ersten

Augenblick hatte sie geglaubt, der Killer hätte ihr das Messer in die Brust gerammt.

»Ist alles in Ordnung?« fragte Kim. Er sah, daß etwas mit ihr nicht stimmte.

Vorsichtig tastete Tracy ihr Brustbein ab. »Kann hier drinnen auch etwas brechen?«

»Natürlich«, erwiderte Kim. »Du kannst dir eine Rippe gebrochen haben oder auch das Brustbein selbst.«

»Ist ja großartig«, stöhnte Tracy. »Und was soll ich jetzt tun, Herr Doktor?«

»Ein bißchen Eis kann nicht schaden«, erwiderte Kim. »Ich hole dir gleich welches. Aber erst muß ich diesen Kittel loswerden.«

Während Kim durch die Küche den Hinterausgang ansteuerte, öffnete Tracy den Garderobenschrank, hängte ihren Mantel auf und zog ihre Schuhe aus. Sie schloß die Tür wieder und ging in Richtung Treppe. Auf halbem Weg blieb sie wie angewurzelt stehen und stieß einen gellenden Schrei aus.

Kim hatte es gerade bis zur Türschwelle geschafft, als Tracys Schrei ihn zusammenfahren ließ. Er drehte um und stürzte zu ihr. Zu seiner Erleichterung stand sie unverletzt in der Diele. Sie wirkte ruhig, doch etwas im Wohnzimmer zog sie in den Bann. Kim folgte ihrem Blick. Es dauerte einen Moment, bis er entdeckte, was sie so erschreckt hatte. Ihm gefror das Blut in den Adern.

Im Halbdunkel des Wohnzimmers saß ein Mann. Er hatte es sich im Ohrensessel neben dem Kamin gemütlich gemacht und verharrte regungslos. Er trug einen dunklen Anzug und eine Krawatte. Seinen Kamelhaarmantel hatte er sorgfältig über die Rückenlehne des Sessels gelegt. Die Beine hatte er locker übereinandergeschlagen.

Der Mann streckte einen Arm aus und knipste eine Stehlampe an.

Tracy entfuhr erneut ein qualvoller Schrei. Auf dem Beistelltisch, in Reichweite des Mannes, lag deutlich sichtbar eine schwarze Automatik-Pistole mit aufgesetztem Schalldämpfer. Der Mann schien die Gelassenheit in Person zu sein, und das ließ ihn um so furchterregender erscheinen. Nachdem er das Licht angeknipst hatte, legte er seine Hand wieder auf die Armlehne. Seine Augen wirkten eiskalt.

»Sie haben mich lange warten lassen«, brach er plötzlich das Schweigen. »Länger, als ich geplant hatte.« Seine Stimme klang vorwurfsvoll und wütend.

»Wer sind Sie?« fragte Tracy ängstlich.

»Kommen Sie rein und setzen Sie sich!« befahl er.

Kim warf einen Blick nach links und überlegte, ob er Tracy schnell hinter den bogenförmigen Durchgang in der Diele und damit aus der Schußlinie schubsen konnte. Doch er sah keine Chance, zumal sie auch noch durch die Haustür nach draußen mußte, um wirklich in Sicherheit zu sein.

Als Leutmann sah, daß sie zögerten, griff er nach der Pistole und zielte auf sie.

»Ich warne Sie! Bringen Sie mich lieber nicht noch mehr in Rage! Ich hatte einen Scheißtag und bin stinksauer. Sie haben zwei Sekunden – dann sitzen Sie hier auf dem Sofa!«

Kim schluckte und brachte krächzend hervor: »Ich glaube, wir setzen uns lieber.«

Er drängte Tracy ins Wohnzimmer. Gleichzeitig verfluchte er sich dafür, daß er die Haustür bei ihrer Ankunft nicht gründlicher untersucht hatte. Sie hatten doch am Morgen extra Vorkehrungen getroffen, um bei ihrer Rückkehr feststellen zu können, ob jemand in das Haus eingedrungen war. Doch nach dem Zwischenfall mit Carlos hatte er einfach nicht mehr daran gedacht.

Tracy setzte sich zuerst, Kim nahm neben ihr Platz. Das Sofa stand dem Ohrensessel schräg gegenüber.

Leutmann legte die Waffe wieder auf den Tisch und lehnte sich zurück. Die Hände plazierte er erneut auf den Armlehnen, die Finger leicht gekrümmt wie ein zum Abdrücken bereiter Schütze. Es schien, als wollte er Kim und Tracy ermutigen, sich die Pistole zu schnappen oder zu fliehen, um sich so eine Rechtfertigung zu verschaffen, die beiden zu erschießen.

»Wer sind Sie?« fragte Tracy noch einmal. »Was haben Sie in meinem Haus zu suchen?«

»Mein Name tut nichts zur Sache«, erwiderte Leutmann. »Was ich hier zu suchen habe, schon eher. Man hat mich herbestellt, um den Doktor zu beseitigen.«

Kim und Tracy zuckten zusammen. Für einen Augenblick waren sie wie benommen. Leutmanns furchtbare Enthüllung verschlug ihnen die Sprache. Der Mann war ein Auftragskiller.

»Aber es ist etwas schiefgelaufen«, fuhr Leutmann fort. »Erst lotsen meine Auftraggeber mich in diese gottverlassene Stadt, und dann stornieren sie den Auftrag ohne jede vernünftige Erklärung. Als einzige Begründung hat man mir mitgeteilt, daß jemand anders den Job erledigt. Sie haben sogar die Frechheit besessen, die Anzahlung zurückzuverlangen – und das, nachdem ich extra hierhergeflogen bin.«

Er lehnte sich vor und sah Kim und Tracy mit funkelnden Augen an. »Ich werde Sie also nicht erschießen, Dr. Reggis. Im Gegenteil – ich werde Ihnen sogar einen Gefallen tun. Warum diese Fleischbarone Sie loswerden wollen, ist mir allerdings immer noch schleierhaft.«

»Das kann ich Ihnen sagen«, erwiderte Kim ängstlich. Er war nur allzugern bereit, Leutmann seine Geschichte zu erzählen.

Leutmann hob die Hand. »Die Einzelheiten können Sie sich sparen«, sagte er. »Ich weiß zwar nicht, warum diese Leute es auf Sie abgesehen haben, aber das ist mir auch egal. Ist ja auch Ihre Sache. Sie sollten jedoch wissen, daß mein Auftraggeber Sie um jeden Preis tot sehen wollte. Deshalb haben sie einen Killer auf Sie angesetzt. Dafür daß sie mich so jämmerlich ausgebootet haben, will ich mich allerdings an ihnen rächen. Deshalb warne ich Sie: Sie sind in großer Gefahr. Was Sie mit dieser Information anfangen, liegt nun bei Ihnen. Habe ich mich klar genug ausgedrückt?«

»Absolut klar«, erwiderte Kim. »Danke.«

»Keine Ursache«, winkte Leutmann ab. »Ich habe Ihnen das nicht aus Barmherzigkeit erzählt.«

Mit diesen Worten erhob er sich. »Als einzige Gegenleistung erwarte ich, daß dieses Gespräch unter uns bleibt. Ansonsten müßte ich noch einmal wiederkommen und einem von Ihnen einen Besuch abstatten. Ich hoffe, Ihnen ist klar, was das bedeuten würde. Ich verstehe mein Handwerk ziemlich gut.«

»Keine Sorge«, sagte Kim. »Wir reden mit niemandem darüber.«

»Wunderbar«, entgegnete Leutmann. »Dann entschuldigen Sie mich jetzt bitte. Ich will sehen, ob ich noch einen Flug erwische.«

Kim machte Anstalten, sich zu erheben.

»Bemühen Sie sich nicht!« sagte Leutmann und bedeutete ihm sitzenzubleiben. »Ich bin alleine reingekommen, also werde ich auch alleine rausfinden.«

Sprachlos beobachteten Kim und Tracy, wie der Killer erst seinen Kamelhaarmantel anzog und dann die Pistole vom Tisch nahm und sie in seiner Manteltasche verschwinden ließ. Als letztes nahm er seine Aktentasche.

»Wenn Sie zu einer vernünftigen Uhrzeit nach Hause

gekommen wären, hätte ich Sie bestimmt etwas freundlicher empfangen«, verabschiedete er sich. »Dann wünsche ich noch einen angenehmen Abend.«

»Guten Abend«, wünschte auch Kim.

Leutmann verließ das Wohnzimmer.

Kim und Tracy hörten, wie die Haustür geöffnet und wieder zugeschlagen wurde.

Für ein paar Minuten verharrten sie wortlos auf dem Sofa.

»Das ist doch alles unglaublich«, brach Tracy schließlich das Schweigen. »Ich komme mir vor wie in einem Alptraum, aus dem ich nicht mehr aufwache.«

»Es ist wirklich ein Alptraum«, stimmte Kim ihr zu. »Einer, der nicht aufhören will. Aber wir müssen alles tun, um ihn endlich zu beenden.«

»Meinst du, wir sollten uns ins Ausland absetzen?« fragte Tracy.

Kim nickte. »Zumindest ich sollte untertauchen. Offenbar hat man es auf mich abgesehen. Wir sollten auch auf keinen Fall in diesem Haus übernachten.«

»Wo sollen wir denn hin?« fragte Tracy.

»In irgendein Hotel oder Motel«, erwiderte Kim. »Hauptsache weg von hier.«

18

Dienstag, 27. Januar

Als das erste Tageslicht sich an den Rändern des billigen Vorhangs seinen Weg ins Zimmer bahnte, gab Kim seinen Versuch auf, noch einmal einzuschlafen. Um Tracy nicht aufzuwecken, kroch er so behutsam wie möglich aus dem Bett, nahm seine Kleider und schlich leise ins Bad des Sleeprite Motels. Er schloß beinahe geräuschlos hinter sich die Tür und schaltete erst dann das Licht an.

Als er sein Gesicht im Spiegel sah, erschrak er. Mit seinem lächerlich blonden Haar und der von eingesunkenen, roten Augen flankierten, frischgenähten Schnittwunde erkannte er sich kaum noch wieder. Obwohl er völlig erschöpft gewesen war, hatte er unruhig geschlafen und war schon kurz nach fünf wieder wach gewesen. Die ganze Nacht über hatte er die grauenhaften Ereignisse der vergangenen Tage vor seinem geistigen Auge noch einmal Revue passieren lassen und sich verzweifelt gefragt, wie es weitergehen sollte. Daß man tatsächlich Auftragskiller auf ihn angesetzt hatte, wollte ihm nicht so recht in den Kopf gehen.

Er duschte und rasierte sich und war froh, daß ihn diese simplen Aufgaben für eine Weile ablenkten. Dann kämmte er sein Haar und sah schon wesentlich präsentabler aus.

Nachdem er sich angezogen hatte, öffnete er die Tür einen Spalt und stellte zufrieden fest, daß Tracy sich nicht von der Stelle gerührt hatte. Er hatte gemerkt, daß sie ebenfalls ziemlich schlecht geschlafen hatte, und freute sich, daß sie jetzt offenbar doch noch richtig schlief. Einerseits war er froh, daß sie bei ihm war, doch andererseits fragte er sich, ob es nicht ein Fehler war, daß er sie mit in die gefährliche Geschichte hineingezogen hatte.

Er ging zum Schreibtisch. Neben dem Telefon lag ein Block, auf den er eine kurze Nachricht für Tracy kritzelte und ihr mitteilte, daß er kurz weggegangen sei, um Frühstück zu holen. Er legte den Zettel auf die Bettdecke auf seiner Seite.

Zu seinem Mißfallen ließ sich die Zimmertür nicht so leise öffnen wie die Tür des Badezimmers, denn sie war aus Metall und zusätzlich zu dem regulären Schloß mit einer Kette und einem Riegel gesichert.

Er verließ das Zimmer und rief sich in Erinnerung, daß er von Auftragskillern gejagt wurde. Der bloße Gedanke daran machte ihn paranoid, auch wenn er sich eigentlich im Moment recht sicher fühlte. Beim Einchecken hatten sie falsche Namen angegeben und das Zimmer in bar bezahlt.

Er ging zu seinem Auto und stieg ein. Er startete den Motor, fuhr jedoch nicht sofort los. Statt dessen beobachtete er den Mann, bei dem sie sich sechs Stunden zuvor angemeldet hatten. Der Portier hatte ihn kurz angesehen, als er aus seinem Zimmer gekommen war, hatte sich aber sofort wieder seiner Arbeit gewidmet. Er war emsig damit beschäftigt, den Bürgersteig vor der Rezeption zu fegen. Bevor er Tracy alleine ließ, wollte Kim sichergehen, daß der Mann nichts Verdächtiges unternahm, wie zum Beispiel hinter die Rezeption zu stürzen und zum Telefon zu greifen.

Kim gab sich einen Ruck; offenbar litt er unter Verfolgungswahn. Er mußte sich zusammenreißen, sonst würde er nur falsche Entscheidungen treffen. Er legte den Rückwärtsgang ein, setzte zurück und bog aus der Parklücke.

Ein paar Kilometer weiter hielt er an einem Frühstücksimbiß und bestellte zwei Kaffees, zwei Orangensäfte und ein paar Donuts. In dem kleinen Raum drängelten sich vor allem Fernfahrer und Bauarbeiter. Während Kim an der Kasse anstand, beäugten sie ihn skeptisch. In ihren Augen sah er zweifellos ziemlich schrill aus.

Er war erleichtert, als er wieder draußen war. Auf dem Weg zu seinem Auto sah er die Schlagzeile.

DURCHGEKNALLTER ARZT MORDET AUS RACHE!

prangte dort in fetten Großbuchstaben. Weiter unten auf der Seite stand etwas kleiner gedruckt:

VOR KURZEM NOCH RESPEKTIERTER FACHARZT,
JETZT EIN FLÜCHTIGER STRAFTÄTER.

Ein kalter Schauer jagte ihm den Rücken herunter. Er eilte zum Auto und deponierte die Donuts und die Getränke auf dem Beifahrersitz. Dann rannte er zu dem Zeitungskasten und kramte im Laufen die passenden Münzen hervor. Mit zittrigen Händen entnahm er eine Zeitung.

Die leise Hoffnung, daß die Geschichte doch nichts mit ihm zu tun hatte, verflog im Nu, als er unter der Schlagzeile ein Foto von sich entdeckte. Es war ein paar Jahre alt und zeigte ihn mit seinem vollen, dunklen Haar.

Er hastete zum Auto, stieg ein und schlug die Zeitung auf. Die Geschichte stand auf Seite zwei:

> EXKLUSIV! NUR IN DER MORNING SUN TIMES!
> Dr. Kim Reggis, ein angesehener Herzchirurg und ehemaliger Leiter der Herzchirurgie des Samaritan Hospitals und zur Zeit als Facharzt im University Medical Center tätig, hat das Recht in seine eigenen Hände genommen. Nach dem tragischen Tod seiner Tochter am vergangenen Samstag soll er sich unter

Angabe eines falschen Namens und mit blond gefärbten Haaren einen Job bei Higgins und Hancock besorgt und dort einen Kollegen namens Carlos Mateo brutal ermordet haben. Man geht davon aus, daß Dr. Reggis sich, ohne von dem betreffenden Arbeiter provoziert worden zu sein, zu diesem Mord hinreißen ließ, weil er glaubt, seine Tochter sei an Fleisch gestorben, das bei Higgins und Hancock verarbeitet wurde. Mr. Daryl Webster, der Geschäftsführer von Higgins und Hancock, teilte unserer Zeitung mit, daß es sich bei dem von Dr. Reggis erhobenen Vorwurf um eine absurde Unterstellung handele. Wie Mr. Webster ferner erklärte, war Mr. Mateo ein geschätzter Mitarbeiter seiner Firma und ein gläubiger Katholik, der tragischerweise eine kranke Frau und sechs kleine Kinder …

Kim schleuderte die Zeitung wütend auf den Beifahrersitz. Er verzichtete darauf, den Artikel zu Ende zu lesen. Angewidert und zugleich zutiefst besorgt, ließ er den Motor an und fuhr zurück zum Motel. Mit dem Frühstück und der Zeitung beladen, betrat er das Zimmer.

Tracy hörte ihn hereinkommen und lugte durch die geöffnete Badezimmertür. Sie hatte gerade geduscht und war dabei, sich die nassen Haare trockenzurubbeln.

»Du bist schon auf?« fragte Kim und stellte das Frühstück auf den Tisch.

»Ich habe gehört, wie du gegangen bist«, erwiderte Tracy. »Ein Glück, daß du wieder da bist! Ich hatte schon befürchtet, du würdest mich hier sitzenlassen, um mich aus der Sache rauszuhalten. Versprich mir, daß du das nicht tust!«

»Das ist mir tatsächlich durch den Kopf gegangen«, gestand Kim und ließ sich deprimiert auf den einzigen Stuhl fallen.

»Was ist los?« fragte Tracy. Obwohl ihr klar war, daß ihn die Horrorerlebnisse der vergangenen Tage plagten, kam er ihr noch niedergeschlagener vor, als sie erwartet hatte.

Kim hielt ihr die Zeitung hin. »Lies!« forderte er sie auf.

»Geht es um den Mann bei Higgins und Hancock?« fragte Tracy ängstlich. Sie war nicht sicher, ob sie überhaupt nähere Einzelheiten erfahren wollte.

»Ja«, erwiderte Kim. »Und um mich.«

»Oh nein!« rief Tracy entsetzt. »Wieso haben sie dich denn so schnell mit der Sache in Verbindung gebracht?« Sie hüllte sich in das dünne Handtuch, nahm die Zeitung und überflog den Artikel.

Sie brauchte nicht lange. Als sie fertig war, klappte sie die Zeitung zu und legte sie zur Seite. Dann sah sie Kim an. »Das grenzt an Rufmord!« kommentierte sie betrübt. »Sie haben sogar deine beiden Verhaftungen erwähnt. Und daß du nicht mehr im Krankenhaus operieren darfst, haben sie auch breitgetreten.«

»So weit bin ich gar nicht gekommen«, entgegnete Kim. »Ich habe nur die ersten beiden Absätze gelesen, das hat mir schon gereicht.«

»Wie sind sie bloß so schnell auf dich gekommen?« fragte Tracy. »Irgend jemand muß dich bei Higgins und Hancock erkannt haben.«

»Sieht ganz danach aus«, stimmte Kim ihr zu. »Der Kerl, der mich umbringen wollte, hatte es mit Sicherheit nicht auf José Ramerez abgesehen. Und nachdem er alles verpatzt hatte, haben seine Auftraggeber beschlossen, meine Glaubwürdigkeit zu zerstören und mich möglichst für den Rest meines Lebens hinter Gitter zu bringen.« Er lachte freudlos auf. »Sie dachten wahrscheinlich, wenn ich erst einmal in die Fänge der Justiz geraten wäre, würde ich sie in Ruhe lassen. Ich habe mir nie überlegt, welchen Einfluß die Medien haben. Da kannst du mal sehen, über wieviel

Geld und Macht die Fleischindustrie in dieser Stadt verfügt, daß sie die Wahrheit derart verdrehen kann. Dieser Artikel hat doch nichts mit seriösem Journalismus zu tun! Sie haben einfach gedruckt, was ihnen die Fleischindustrie erzählt hat und mich zu einem kaltblütigen Mörder abgestempelt, der im Racherausch einen gottesgläubigen Familienvater umgebracht hat.«

»Also bleiben uns doch nicht vierundzwanzig bis achtundvierzig Stunden, um über unser weiteres Vorgehen zu entscheiden«, sagte Tracy.

»Das würde ich auch so sehen«, stimmte Kim ihr zu und stand auf. »Wir hätten schon letzte Nacht Nägel mit Köpfen machen sollen. Außerdem ist mir jetzt klar, daß ich den Kampf gegen die Fleischindustrie auf jeden Fall bis zum Ende durchziehen werde – allerdings aus sicherer Entfernung.«

Tracy stand auf. »Und mir ist klar, daß ich dich begleite und wir die Sache gemeinsam durchstehen.«

»Das bedeutet natürlich, daß wir nicht zu Beckys Beerdigung gehen können«, gab Kim zu bedenken.

»Ich weiß«, entgegnete Tracy.

»Aber sie würde das sicher verstehen.«

»Hoffentlich«, brachte Tracy hervor. »Ich vermisse sie so sehr.«

»Ich auch«, flüsterte Kim.

Sie sahen sich in die Augen. Dann nahm Kim seine Ex-Frau unvermittelt in die Arme. Tracy erwiderte die Umarmung. Eng umschlungen schmiegten sie sich aneinander, als würden sie sich nach einer jahrelangen erzwungenen Trennung zum ersten Mal wiedersehen. Nach einer ganzen Weile lehnte Kim sich zurück und sah Tracy an. »Es ist lange her, daß ich mich dir so nahe gefühlt habe.«

»Verdammt lange«, stimmte Tracy ihm zu. »Als ob es in einem früheren Leben gewesen wäre.«

Kelly Anderson sah auf die Uhr und schüttelte den Kopf. Es war kurz vor halb eins. »Er kommt nicht«, sagte sie zu Brian Washington.

Brian verlagerte das Gewicht seiner geschulterten Kamera.

»Damit hast du doch auch nicht gerechnet, oder?«

»Er hat seine Tochter sehr geliebt«, gab Kelly zu bedenken.

»Und sie soll immerhin gleich beigesetzt werden.«

»Aber vor der Tür steht ein Polizist«, entgegnete Brian. »Wenn er sich blicken ließe, würde er sofort festgenommen. Der Mann wäre doch verrückt, wenn er käme.«

»Ich glaube, er ist tatsächlich ein bißchen verrückt«, sinnierte Kelly. »Als er bei mir zu Hause war, um mich für seinen Kreuzzug zu begeistern, ist mir sein wilder Blick aufgefallen. Er hat mir sogar ein bißchen Angst eingejagt.«

»Das bezweifle ich«, entgegnete Brian. »Daß dir jemand Angst einjagt, habe ich noch nie erlebt. Du hast doch Eis in den Adern – was ja kein Wunder ist, wenn man bedenkt, wieviel Eistee du in dich hineinschüttest.«

»Aber das ist doch alles nur Show. Das solltest du doch besser wissen als sonst irgend jemand. In Wahrheit rutscht mir immer fast das Herz in die Hose, wenn ich auf Sendung bin.«

»Quatsch!« protestierte Brian.

Kelly und er standen im Foyer des Bestattungsinstituts Sullivan. Außer ihnen hatten sich noch ein paar weitere Trauergäste eingefunden. Manche flüsterten leise miteinander. Bernard Sullivan, der Inhaber, stand in der Nähe der Tür. Er war sichtlich nervös und sah dauernd auf die Uhr. Die Beisetzung war für ein Uhr angesetzt, und er hatte einen engen Terminplan.

»Kannst du dir wirklich vorstellen, daß Dr. Reggis so verrückt ist, jemanden umzubringen?« fragte Brian.

»Sagen wir mal so«, erwiderte Kelly, »ich glaube, sie haben ihn bis zum Äußersten gereizt.«

Brian zuckte mit den Schultern. »Man kann nie wissen«, murmelte er nachdenklich.

»Daß der gute Doktor nicht auftaucht, ist ja vielleicht noch verständlich«, sagte Kelly. »Aber warum, zum Teufel, läßt Tracy sich nicht blicken? Sie war doch Beckys Mutter. Warum sollte sie der Polizei aus dem Weg gehen? Soll ich dir was sagen? Ich mache mir Sorgen um sie.«

»Wie meinst du das?« fragte Brian.

»Wenn Dr. Reggis wirklich durchgeknallt ist, wäre es ihm doch zuzutrauen, daß er auf die absurde Idee kommt, seine Ex-Frau für den Tod seiner Tochter verantwortlich zu machen.«

»Ach du meine Güte!« staunte Brian. »Daran hatte ich noch gar nicht gedacht.«

»Paß auf!« sagte Kelly plötzlich. Sie hatte einen Entschluß gefaßt. »Du rufst in der Redaktion an und besorgst uns die Adresse von Tracy Reggis. Ich rede währenddessen mit Mr. Sullivan und bitte ihn, uns umgehend zu informieren, falls sie doch noch hier auftaucht.«

»Alles klar«, entgegnete Brian.

Während Kelly auf den Leiter des Bestattungsinstituts zusteuerte, ging Brian in das Büro des Instituts, um zu telefonieren. Zwanzig Minuten später fuhren die beiden in Kellys Auto vor Tracys Haus vor.

»Oh, oh!« bemerkte Kelly.

»Was ist los?« fragte Brian.

»Das Auto«, erwiderte Kelly und zeigte auf den Mercedes. »Ich glaube, es gehört Dr. Reggis. Zumindest war er mit diesem Wagen bei mir.«

»Was sollen wir jetzt tun?« fragte Brian. »Ich kann gut auf einen Irren mit einem Baseballschläger oder einer Pistole verzichten.«

Brian hatte nicht unrecht. Dr. Reggis konnte sich durchaus in diesem Haus verschanzt und seine Frau als Geisel genommen haben. Wenn nicht noch Schlimmeres passiert war.

»Vielleicht sollten wir mit den Nachbarn reden«, schlug Kelly vor. »Irgend jemand hat sicher etwas gesehen.«

Bei den ersten beiden Häusern hatten sie Pech; niemand öffnete die Tür. Ihr dritter Versuch galt Mrs. English. Sie machte sofort auf.

»Sie sind doch Kelly Anderson!« rief sie aufgeregt, nachdem sie Kelly kurz in Augenschein genommen hatte. »Wissen Sie, daß ich Sie ganz toll finde? Ich sehe mir jede Ihrer Sendungen an.« Mrs. English war eine winzige alte Lady. Mit ihrem silberfarbenen Haar sah sie aus wie eine Bilderbuch-Oma.

»Danke«, entgegnete Kelly. »Dürften wir Ihnen vielleicht ein paar Fragen stellen?«

»Komme ich dann ins Fernsehen?« fragte Mrs. English.

»Könnte sein«, erwiderte Kelly. »Wir recherchieren für eine Geschichte.«

»Schießen Sie los!«

»Wir interessieren uns für Ihre Nachbarin von gegenüber«, erklärte Kelly. »Tracy Reggis.«

»Da ist irgend etwas Seltsames im Gange«, entgegnete Mrs. English. »Soviel steht fest.«

»Ach tatsächlich?« hakte Kelly nach. »Wie kommen Sie darauf?«

»Gestern morgen fing es an«, erwiderte Mrs. English. »Tracy ist zu mir rübergekommen und hat mich gebeten, ihr Haus im Auge zu behalten. Ich passe ja sowieso immer auf, aber gestern hat sie mich ausdrücklich beauftragt, ihr mitzuteilen, wenn irgendwelche Unbekannten bei ihr aufkreuzen sollten. Einer hat sich tatsächlich blicken lassen.«

»Jemand, den Sie vorher noch nie gesehen haben?« fragte Kelly.

»So ist es«, erwiderte Mrs. English bestimmt.

»Und?« fragte Kelly. »Was hat er gemacht?«

»Er ist ins Haus gegangen.«

»Als Tracy nicht da war?«

»Genau.«

»Und wie ist er reingekommen?«

»Keine Ahnung«, erwiderte Mrs. English. »Ich nehme an, daß er einen Schlüssel hatte, denn er hat die Haustür aufgeschlossen.«

»War der Mann groß und hatte dunkles Haar?«

»Nein«, erwiderte Mrs. English. »Besonders groß war er nicht, und er hatte blondes Haar. Er war sehr gut gekleidet. Wie ein Bankangestellter oder ein Rechtsanwalt.«

»Und was ist dann passiert?« fragte Kelly weiter.

»Nichts. Der Mann hat das Haus nicht wieder verlassen, und als es dunkel wurde, hat er nicht einmal Licht angemacht. Tracy ist erst sehr spät wiedergekommen, und zwar mit einem blonden Mann. Der Mann war ziemlich groß, und er trug einen weißen Kittel.«

»Einen Arztkittel?« fragte Kelly und zwinkerte Brian zu.

»Oder einen Schlachterkittel«, erwiderte Mrs. English. »Auf jeden Fall ist Tracy nicht wie besprochen zu mir rübergekommen. Sie ist schnurstracks mit diesem Mann ins Haus gegangen.«

»Und was ist dann passiert?«

»Eine Weile waren sie alle drei im Haus. Dann ist der erste Mann rausgekommen und weggefahren. Etwas später haben Tracy und der andere Mann das Haus ebenfalls verlassen. Sie hatten Koffer dabei.«

»Koffer? Sahen sie aus, als ob sie verreisen wollten?«

»Ja. Aber warum sollte jemand um eine solche Uhrzeit

auf Reisen gehen? Es war beinahe Mitternacht. Ich erinnere mich genau, weil ich schon ewig nicht mehr so lange aufgeblieben bin.«

»Vielen Dank, Mrs. English. Sie haben uns sehr geholfen.« Kelly bedeutete Brian, daß sie gehen wollten.

»Komme ich denn nun ins Fernsehen?« wollte Mrs. English wissen.

»Vielleicht«, erwiderte Kelly. »Wir geben Ihnen Bescheid.« Sie winkte zum Abschied, ging zum Auto und setzte sich hinters Steuer. Brian nahm auf dem Beifahrersitz Platz.

»Diese Geschichte wird immer besser«, stellte Kelly fest. »Ich wäre nie im Leben darauf gekommen, aber offenbar hat sich Tracy Reggis zusammen mit ihrem flüchtigen Ex-Mann aus dem Staub gemacht. Dabei wirkte sie auf mich wie die Vernunft in Person. Ich kann es gar nicht fassen!«

Gegen drei Uhr ließ der mittägliche Ansturm im Onion Ring am Prairie Highway allmählich nach. Die erschöpften Mitarbeiter der Tagesschicht packten ihre Sachen zusammen und machten Feierabend. Nur der Geschäftsführer Roger Polo machte noch keine Anstalten zu gehen. Gewissenhaft wie er war, wollte er sich persönlich vergewissern, daß die Übergabe an die Abendschicht reibungslos verlief. Dann erst würde er die Leitung des Restaurants an Paul, den Koch, übergeben, der ihn in seiner Abwesenheit vertrat.

Roger war gerade dabei, in eine der Kassen eine neue Rolle einzulegen, als Paul hinter dem Grill erschien und sich seine Sachen so zurechtlegte, wie er sie gerne hatte.

»Viel Verkehr heute?« fragte Roger und ließ den Kassendeckel zufallen.

»Geht so«, erwiderte Paul. »Und hier? War viel los?«

»Ziemlich«, entgegnete Roger. »Als ich aufgemacht

habe, standen schon zwanzig Leute vor der Tür, und so ging es den ganzen Tag weiter.«

»Hast du heute morgen die Zeitung gelesen?« fragte Paul.

»Schön wär's«, erwiderte Roger. »Ich hatte leider nicht einmal Zeit, mich hinzusetzen und etwas zu essen.«

»Du solltest aber dringend einen Blick in die Zeitung werfen«, sagte Paul. »Dieser verrückte Doktor, der uns hier am Freitag die Bude eingerannt hat, hat gestern abend bei Higgins und Hancock jemanden umgebracht.«

»Das gibt's doch nicht!«

»Er hat einen armen mexikanischen Schlucker getötet«, fuhr Paul fort. »Einen Vater von sechs Kindern. Er hat ihm eine Kugel durchs rechte Auge gejagt. Kannst du dir das vorstellen?«

Roger war fassungslos. Er stützte sich auf dem Tresen ab. Seine Beine fühlten sich an wie aus Gummi. Er war stinksauer gewesen, weil der Mann ihm einen Kinnhaken verpaßt hatte. Im nachhinein schätzte er sich jetzt glücklich. Er mochte sich gar nicht ausmalen, was hätte passieren können, wenn der verrückte Arzt eine Waffe dabeigehabt hätte.

»Wenn deine Zeit abgelaufen ist, ist sie eben abgelaufen«, philosophierte Paul, bevor er sich umdrehte und den Kühlschrank öffnete. Er warf einen Blick hinein und sah, daß er fast leer war. »Skip!« brüllte er. Er hatte den Küchengehilfen im Restaurantbereich gesehen, wo er die Mülleimer leerte.

»Hast du die Zeitung dabei?« fragte Roger.

»Ja«, erwiderte Paul. »Sie liegt im Aufenthaltsraum auf dem Tisch. Du kannst sie dir nehmen.«

»Was ist los?« fragte Skip. Er war an den Tresen gekommen.

»Ich brauche Hamburger-Nachschub«, erklärte Paul.

»Und wenn du sowieso schon in den Gefrierraum gehst, kannst du auch gleich einen Sack Brötchen mitbringen.«

»Kann ich erst noch die übrigen Mülleimer ausleeren?« fragte Skip.

»Nein«, stellte Paul klar. »Ich brauche sie sofort. Ich habe nur noch zwei.«

Skip fluchte leise vor sich hin, während er den Tresen umrundete und den hinteren Bereich des Restaurants ansteuerte. Er haßte es, eine Arbeit zu unterbrechen. Außerdem stank es ihm allmählich, daß ihn jeder nach Belieben herumkommandieren konnte.

Er öffnete die schwere Isoliertür zum Gefrierraum und begab sich in die arktische Kälte. Die Tür fiel automatisch hinter ihm zu. Er klappte den ersten, auf der linken Seite stehenden Karton auf. Er war leer. Er stieß einen lauten Fluch aus. Sein Kollege von der Tagesschicht ließ ihm ständig Arbeit liegen. Er würde den leeren Karton später zerkleinern und zum Altpapier packen müssen.

Er klappte den nächsten Karton auf und stellte fest, daß dieser ebenfalls leer war. Wütend nahm er die beiden Verpackungen, öffnete die Isoliertür und warf sie nach draußen. Dann ging er tiefer in den Gefrierraum hinein, wo die Ersatzkartons gestapelt waren. Er kratzte das Eis von dem erstbesten Karton, den er zu fassen bekam und musterte das Etikett:

MERCER MEATS, REGULÄRE HAMBURGER À 50 GRAMM,
EXTRA MAGER, PARTIE NUMMER 6, SENDUNG 9–14,
HERGESTELLT AM 12. JANUAR,
VERWENDBAR BIS ZUM 12. APRIL

»Kommt mir irgendwie bekannt vor«, sagt er laut zu sich selbst und inspizierte den Kartondeckel. Kein Zweifel: Er war schon einmal geöffnet worden.

Um sicherzugehen, daß keine Kartons älteren Datums vorhanden waren, kratzte er das Eis von dem im hintersten Winkel des Gefrierraums stehenden Karton. Er datierte ebenfalls vom 12. Januar.

Skip packte den geöffneten Karton an den aufgeklappten Laschen und zog ihn in den vorderen Bereich des Gefrierraums. Dann erst griff er hinein und entnahm eine der Boxen. Wie er erwartet hatte, war die Box ebenfalls bereits angebrochen.

»Jetzt sind endlich die Hamburger dran, die ich schon vor einer Woche mal geholt hatte«, sagte Skip zu Paul und knallte die Kühlschranktür zu.

»Ist völlig in Ordnung, wenn die anderen alle verbraucht sind«, entgegnete Paul, ohne von seiner Arbeit aufzublicken.

»Ich habe extra nachgesehen«, versicherte Skip. »Es gibt keine Kartons mehr mit älterem Datum.«

Die große Uhr an der Wand des WENE-Nachrichtenstudios zeigte Kelly die genaue Uhrzeit an. Es war 18.07 Uhr. Die lokalen Nachrichten hatten um halb sechs begonnen. Laut Plan sollte sie um 18.08 Uhr auf Sendung sein. Im Augenblick fummelte der Studiotechniker noch an ihrem Mikrophon herum. Wie immer vor einem Auftritt jagte ihr Herz.

Plötzlich wurde eine der großen Fernsehkameras direkt vor ihr in Position gebracht. Der Kameramann sprach leise in das Mikrophon seines Kopfhörers und nickte. Aus dem Augenwinkel sah sie den Sendeleiter das Mikrophonkabel aufheben und in ihre Richtung kommen. Im Hintergrund hörte sie, wie die Moderatorin Marilyn Wodinsky den nationalen Nachrichtenüberblick beendete.

»Mein Gott!« zischte Kelly, schob die Hand des Technikers beiseite und rückte sich das Ansteckmikrophon selbst zurecht. Gerade noch rechtzeitig, denn nur Sekunden später hielt ihr der Sendeleiter fünf gereckte Finger entgegen. Noch fünf Sekunden bis zur Sendung. Er zählte die Sekunden herunter und endete, indem er auf Kelly zeigte. Gleichzeitig leuchtete an der Kamera ein rotes Lämpchen auf: Sie war auf Sendung.

»Guten Abend, meine Damen und Herren«, begrüßte Kelly ihre Zuschauer. »Heute abend berichten wir umfassend über eine tragische Geschichte, die sich in unserer Gegend zugetragen hat – fast könnte man meinen, hier sei eine klassische griechische Tragödie zur Aufführung gekommen. Es geht um eine Familie, die noch vor einem Jahr wie eine Bilderbuchfamilie gelebt hat: Der Vater – einer der angesehensten Herzchirurgen im ganzen Land; die Mutter – eine Psychotherapeutin und ebenfalls hoch angesehen; und die Tochter – ein liebenswertes, talentiertes, zehnjähriges Mädchen, dem viele eine zukünftige Karriere als Eiskunstläuferin vorausgesagt haben. Die Katastrophe nahm ihren Anfang vermutlich mit der Zusammenlegung des Samaritan Hospital mit dem University Medical Center. Für die Karriere des Mannes bedeutete das einen Knick, und das wiederum wuchs sich zu einer Belastung für die Ehe aus. Es folgten eine bittere Scheidung und ein Krieg um das Sorgerecht. Dann ist vor ein paar Tagen, um genau zu sein, am Samstag nachmittag, plötzlich die Tochter gestorben. Und zwar an einer Krankheit, die von Kolibakterien verursacht wurde. Das führte dazu, daß Dr. Kim Reggis, der Vater des Mädchens, der durch den fortschreitenden Zusammenbruch seines bisherigen Lebens ohnehin schon extrem angespannt war, die örtliche Fleischindustrie für den Tod seiner Tochter verantwortlich machte. Er gelangte zu der Überzeugung, daß seine Tochter sich in einem Restaurant der Onion-Ring-Kette mit dem Erreger infiziert haben mußte. Die Onion-Ring-Restaurants beziehen ihre Hamburger von Mercer Meats, und Mercer

Meats wiederum bekommt einen Großteil seines Fleisches von Higgins und Hancock. In seiner Verzweiflung verkleidete sich Dr. Reggis als blonder Punker und besorgte sich unter falschem Namen einen Job bei Higgins und Hancock. Dort erschoß er einen seiner Kollegen. Bei dem Opfer handelt es sich um Carlos Mateo. Er hinterläßt eine kranke Frau und sechs kleine Kinder. Wie unser Sender vom zuständigen Staatsanwalt erfahren hat, wurde am Ort des Verbrechens eine Pistole gefunden, die auf Dr. Reggis zugelassen ist. Außerdem wurden auf der Waffe seine Fingerabdrücke gefunden.

Dr. Reggis befindet sich zur Zeit auf der Flucht, und die Polizei fahndet nach ihm. Aus bisher noch völlig unverständlichen Gründen scheint seine Ex-Frau Tracy Reggis ihn auf der Flucht zu begleiten. Im Augenblick wissen wir nicht, ob er sie als Geisel genommen hat oder ob sie freiwillig bei ihm ist.

Um etwas Licht in diese Geschichte zu bringen, haben wir Carl Stahl interviewt, den Geschäftsführer der Firma Foodsmart, Incorporated. Ich habe ihn gefragt, ob Becky Reggis sich tatsächlich in einem Onion-Ring-Restaurant mit dem gefährlichen Erreger infiziert haben kann.«

Kelly seufzte erleichtert auf. Eine Frau aus der Maske kam hinter einer Trennwand hervor. Sie zupfte ihr ein paar Haarsträhnen zurecht und puderte ihr die Stirn. In der Zwischenzeit erschien auf dem Studiomonitor das Gesicht von Carl Stahl.

»Vielen Dank, Kelly, daß Sie mir die Gelegenheit geben, zu Ihren Zuschauerinnen und Zuschauern zu sprechen«, begann Stahl mit ernster Miene. »Als erstes möchte ich sagen, daß ich Tracy und Becky Reggis persönlich gekannt habe und daß mich diese traurige Geschichte sehr betroffen macht. Aber nun zu Ihrer Frage: Es ist absolut ausgeschlossen, daß Miss Reggis sich in einem Onion-Ring-Restaurant mit dem

Erreger infiziert hat. Wenn wir unsere Hamburger zubereiten, beträgt die Innentemperatur des Fleisches über einundachtzig Grad Celsius, das heißt, sie ist höher als vorgeschrieben, und wir bestehen darauf, daß unsere Köche die Temperatur zweimal täglich kontrollieren.«

Der Sendeleiter zeigte wieder auf Kelly. An der Kamera vor ihr leuchtete erneut das rote Lämpchen auf.

»Ich habe Mr. Jack Cartwright von Mercer Meats die gleiche Frage gestellt«, wandte Kelly sich wieder an ihre Zuschauer und sah direkt in die Kamera.

Jack Cartwright erschien auf dem Studiomonitor, und Kelly lehnte sich erneut entspannt zurück.

»Unsere Firma, Mercer Meats, beliefert die Onion-Ring-Kette mit Hamburgern«, begann Cartwright. »Sie werden aus magerem Hackfleisch bester Qualität hergestellt, und es ist völlig ausgeschlossen, daß irgend jemand von diesen Hamburgern krank wird. Mercer Meats befolgt alle vom Landwirtschaftsministerium für die fleischverarbeitende Industrie erlassenen Hygiene- und Sterilisierungsvorschriften und legt sogar noch strengere Maßstäbe an. Ich kann Ihnen versichern, daß die Onion-Ring-Restaurants nur das allerbeste Fleisch verwenden.«

Ohne eine Sekunde zu zögern, fuhr Kelly im Anschluß an die aufgezeichnete Erklärung von Jack Cartwright mit ihrer Moderation fort. »Schließlich habe ich diese Frage auch noch Mr. Daryl Webster gestellt, dem Direktor von Higgins und Hancock.«

Die Regie spielte das dritte aufgezeichnete Interview ab, auf dem Monitor erschien Daryl Webster. »Die Onion-Ring-Restaurants verwenden für ihre Hamburger das beste Fleisch der Welt«, behauptete er kampflustig und richtete zur Bekräftigung seiner Worte einen Zeigefinger direkt auf die Zuschauer. »Und es möge sich keiner erdreisten, das in Frage zu stellen! Wir von Higgins und

Hancock sind stolz darauf, daß wir den Hamburger-Lieferanten von Onion Ring, die Firma Mercer Meats, ständig mit frischem Fleisch versorgen. Und lassen Sie mich zum Schluß noch eines sagen: Ich halte es für eine Tragödie, daß einer von unseren besten Mitarbeitern derart kaltblütig ermordet wurde. Ich kann nur hoffen, daß dieser durchgeknallte Irre gefaßt wird, bevor er noch weitere Menschen umbringt.«

Als das rote Lämpchen an der Kamera vor ihr wieder aufleuchtete, zog Kelly die Augenbrauen hoch. »Wie Sie sehen, liebe Zuschauer, schlagen die Emotionen nach diesem Mord und nach dem tragischen Tod des jungen Mädchens hohe Wellen. Und damit beenden wir fürs erste unsere Berichterstattung über die dramatische Geschichte der Familie Reggis und ihre tragischen Konsequenzen. Wir werden Sie informieren, sobald es etwas Neues gibt. Und damit gebe ich zurück an Marilyn.«

Kelly seufzte erleichtert auf und befreite sich von dem Ansteckmikrophon. Im Hintergrund hörte sie Marylin. »Danke, Kelly, für diese ergreifende und aufrührende Geschichte. Und damit zu den weiteren Nachrichten aus unserer Region …«

Kelly betätigte die automatische Schließvorrichtung des Garagentors. Während das Tor heruntерglitt, stieg sie aus dem Auto. Sie hängte sich ihre Handtasche über die Schulter und stieg die drei Stufen hinauf, die von der Garage ins Haus führten.

Im Haus war es mucksmäuschenstill. Sie hatte erwartet, Caroline auf dem Sofa vor dem Fernseher vorzufinden; sie hatten ihr täglich eine halbe Stunde erlaubt. Doch der Fernseher war aus, und Caroline war nirgends zu sehen. Aus dem Arbeitszimmer hörte sie jemanden auf der Tastatur des Computers tippen; ansonsten war es ruhig.

Kelly öffnete den Kühlschrank und schenkte sich ein Glas Saft ein. Mit dem Glas in der Hand durchquerte sie das Eßzimmer und lugte ins Arbeitszimmer. Edgar saß am Computer. Sie ging zu ihm und gab ihm einen Kuß auf die Wange. Er nahm ihn entgegen, ohne die Augen vom Bildschirm abzuwenden.

»Dein Beitrag über Dr. Reggis hat mir gefallen«, begrüßte er sie. Er machte einen Doppelklick mit der Maus und sah auf.

»Tatsächlich?« fragte Kelly wenig begeistert. »Danke.«

»Eine traurige Geschichte«, fügte er hinzu. »Und zwar für alle Beteiligten.«

»Das kann man wohl sagen«, entgegnete Kelly. »Vor einem Jahr noch hätte er als Vorbild für eine amerikanische Musterkarriere durchgehen können. Als Herzchirurg fehlte es ihm an nichts: Er war allseits respektiert, hatte eine wunderbare Familie, ein großes Haus und alles, was dazugehört.«

»Aber es war nur ein Kartenhaus«, wandte Edgar ein.

»Offenbar«, stimmte Kelly ihm zu und seufzte. »Was ist mit Caroline? Hat sie ihre Hausaufgaben gemacht?«

»Fast«, erwiderte Edgar. »Sie hat sich nicht wohl gefühlt und ist schon ins Bett gegangen.«

»Was hat sie denn?« fragte Kelly. Die erlaubte halbe Stunde vor dem Fernseher ließ ihre Tochter sich normalerweise nie entgehen.

»Nichts Schlimmes«, versicherte Edgar. »Nur ein bißchen Bauchweh. Wahrscheinlich hat sie zu schnell und zu viel gegessen. Nach ihrem Eiskunstlaufunterricht wollte sie unbedingt zum Onion Ring. Das Restaurant war total überfüllt. Ich fürchte, ihre Augen waren größer als ihr Magen. Sie hat sich zwei Hamburger, einen Milchshake und eine große Portion Pommes bestellt.«

Kelly spürte, wie sich ihr Magen zusammenzog.

»In welchem Onion-Ring-Restaurant wart ihr?« fragte sie zögernd.

»In dem auf dem Prairie Highway«, erwiderte Edgar.

»Schläft Caroline schon?« fragte Kelly.

»Ich weiß nicht«, entgegnete Edgar. »Lange ist sie noch nicht oben.«

Kelly stellte den Saft ab, verließ den Raum und stieg die Treppe hinauf. Die Angst stand ihr ins Gesicht geschrieben. Vor Carolines Zimmer blieb sie stehen. Wieder hörte sie nichts außer dem von unten hinaufdringenden Klicken der Computertastatur.

Vorsichtig öffnete sie die Tür einen Spalt. Es war dunkel. Sie schob sie etwas weiter auf und schlich leise zum Bett ihrer Tochter.

Caroline schlief tief und fest. Wie sie da lag, sah sie aus wie ein kleiner Engel. Sie atmete tief und regelmäßig.

Kelly widerstand der Versuchung, ihre Tochter zu berühren oder zu umarmen. Statt dessen blieb sie noch eine Weile im Halbdunkel stehen und betrachtete Caroline. Auf einmal fühlte sie sich beängstigend verletzlich. Wenn man Pech hatte, konnte das Leben in der Tat wie ein Kartenhaus zusammen stürzen.

Nach ein paar Minuten schlich sie hinaus, schloß die Tür hinter sich und ging hinunter. Im Arbeitszimmer nahm sie ihr Saftglas und ließ sich auf dem Ledersofa nieder. Kurz darauf räusperte sie sich.

Edgar sah von seiner Arbeit auf. Da er Kelly so gut kannte wie sich selbst, wußte er, daß sie mit ihm reden wollte. Er schaltete den Computer aus.

»Was ist los?« fragte er.

»Mir geht diese Geschichte mit Dr. Reggis nicht aus dem Kopf«, erklärte Kelly. »Ich bin nicht zufrieden mit dem, was ich über ihn gebracht habe. Das habe ich auch dem Nachrichtenchef erzählt, aber er wollte nichts weiter darüber hören. Er hält das Ganze sowieso nur für eine Boulevardgeschichte und keine richtige Newsstory. Ich soll keine weitere Zeit auf das Thema verschwenden, hat er gesagt. Aber ich recherchiere trotzdem weiter.«

»Und warum?« fragte Edgar.

»Es gibt ein paar offene Fragen, die mich nicht ruhen lassen«, erwiderte Kelly. »Die drängendste betrifft eine Lebensmittelkontrolleurin des Landwirtschaftsministeriums. Sie heißt Marsha Baldwin. Als Dr. Reggis am Sonntag hier war, war er ziemlich in Sorge um diese Frau. Er glaubte, daß sie möglicherweise das Opfer einer schmutzigen Geschichte geworden ist.«

»Ich nehme an, du hast nach ihrem Verbleib geforscht.«

»Aber nur halbherzig«, gestand Kelly. »Ich habe Dr. Reggis nicht allzu ernst genommen. Wie ich dir ja schon erzählt habe, dachte ich, der Tod seiner Tochter hätte bei ihm die Sicherungen durchbrennen lassen. Immerhin hat er danach ein ziemlich ungewöhnliches Verhalten an den Tag gelegt, und nach seinen eigenen Angaben war die Frau auch erst ein paar Stunden verschwunden.«

»Dann hast du die Frau also nicht gefunden?« fragte Edgar.

»Nein«, erwiderte Kelly. »Am Montag habe ich ein paar Telefonate geführt, aber ich habe mich nicht richtig dahintergeklemmt. Heute allerdings habe ich die Bezirksgeschäftsstelle des Landwirtschaftsministeriums angerufen. Als ich nach Marsha Baldwin gefragt habe, hat man mich sofort mit dem Bezirksleiter verbunden. Ich hatte natürlich nichts dagegen, mit dem Oberboß zu reden, aber ich habe nichts aus ihm herausbekommen. Er hat nur gesagt, daß er sie nicht gesehen habe. Nachdem ich aufgelegt hatte, kam es mir ziemlich seltsam vor, daß ich für so eine Information unbedingt mit dem Geschäftsstellenleiter sprechen mußte.«

»Das ist wirklich komisch«, stimmte Edgar ihr zu.

»Später habe ich noch mal in der Geschäftsstelle angerufen und mich erkundigt, für welchen Bereich oder für welche Firma sie zuständig war«, fuhr Kelly fort. »Jetzt rate mal für wen!«

»Keine Ahnung«, entgegnete Edgar.

»Für Mercer Meats«, erklärte Kelly.

»Ist ja interessant«, staunte Edgar. »Aber was fängst du mit dieser Information an?«

»Ich weiß es noch nicht«, erwiderte Kelly. »Natürlich würde ich gerne mit Dr. Reggis sprechen. Es kommt mir allmählich so vor, als würde ich dauernd hinter ihm herjagen.«

»Mit deiner Intuition hast du ja schon öfter richtiggelegen«, stellte Edgar fest. »Na dann viel Glück.«

»Und noch etwas«, sagte Kelly. »Geh bitte nicht mehr mit Caroline zu Onion Ring, insbesondere nicht zu dem am Prairie Highway!«

»Warum denn nicht?« fragte Edgar. »Sie liebt das Essen dort.«

»Im Augenblick sagt mir das nur meine Intuition.«

»Das solltest du Caroline wohl besser selber mitteilen.«

»Gerne«, entgegnete Kelly.

Plötzlich klingelte es an der Haustür. Sie sahen sich überrascht an. Kelly warf einen Blick auf die Uhr. »Wer schellt denn um diese Zeit bei uns?«

»Keine Ahnung«, erwiderte Edgar und stand auf. »Laß mich gehen.«

»Gerne«, entgegnete Kelly.

Sie rieb sich die Schläfen und dachte über Edgars Frage nach. Wie sollte sie nur mehr Licht in diese vertrackte Geschichte um Dr. Reggis bringen? Wenn sie nicht mit ihm sprechen konnte, würde sie es nicht leichthaben. Sie versuchte sich wieder ins Gedächtnis zu rufen, was Kim ihr bei seinem Besuch am Sonntag erzählt hatte.

Sie hörte, wie Edgar in der Diele mit jemandem sprach und gebeten wurde, an einer bestimmten Stelle zu unterschreiben. Ein paar Minuten später kam er wieder ins Zimmer. Er hielt einen dicken, braunen Umschlag in der Hand und starrte auf die Anschrift.

»Es ist ein Päckchen für dich«, erklärte er. Als er es schüttelte, bewegte sich drinnen etwas hin und her.

»Von wem ist es denn?« fragte Kelly. Sie mochte es nicht, wenn man ihr mysteriöse Päckchen schickte.

»Es steht kein Absender drauf«, erwiderte Edgar. »Nur die Initialen KR.«

»KR«, wiederholte Kelly. »Vielleicht Kim Reggis?«

Edgar zuckte mit den Schultern. »Könnte sein.«

»Zeig mal her!«

Edgar reichte ihr das Päckchen. Sie versuchte, durch das Papier den Inhalt zu ertasten. »Gefährlich fühlt es sich eigentlich nicht an. Es scheint eine Rolle oder so etwas Ähnliches zu sein.«

»Willst du es nicht aufmachen?« fragte Edgar.

Kelly riß den Umschlag auf und zog einen Stapel offiziell aussehender Formulare und eine Tonbandspule heraus. Auf der Spule klebte ein gelber Post-it mit den Worten: *Liebe Kelly Anderson! Sie wollten Beweise haben – hier sind sie. Ich lasse von mir hören. Kim Reggis.*

»Das sind ja Unterlagen von Higgins und Hancock!« staunte Edgar. »Inklusive den dazugehörenden Erläuterungen.«

Kelly überflog das Material und schüttelte den Kopf. »Ich habe das Gefühl, ich bin mit meinen Nachforschungen gerade einen Riesenschritt vorangekommen.«

Epilog

MITTWOCH, 11. FEBRUAR

Der betagte, umfunktionierte UPS-Transporter hustete und stotterte, doch der Motor tuckerte brav weiter. Der Wagen hatte gerade einen Bach durchquert und quälte sich jetzt einen Hügel hinauf.

»Mein Gott, so tief habe ich den Bach an dieser Stelle noch nie erlebt!« staunte Bart Winslow. Er und Willy Brown fuhren auf einer einsamen Landstraße und versuchten zur Hauptstraße zurückzugelangen, nachdem sie ein totes Schwein abgeholt hatten. Seit zwei Tagen hatte es beinahe ohne Unterlaß geregnet. Die Straße war überspült, und die Schlaglöcher waren mit schlammigem Wasser gefüllt.

»Soll ich dir was sagen?« fuhr Bart fort, nachdem er die Reste seines ausgelutschten Kautabaks aus dem Fenster gespien hatte. »Von Benton Oaklys Farm bleibt nicht mehr viel übrig, wenn das so weitergeht. Die Kuh hatte garantiert auch Dünnschiß.«

»Darauf kannst du Gift nehmen«, stimmte Willy ihm zu. »Aber soll ich dir was sagen? Diese Kuh sieht auch nicht schlimmer aus als die, die wir vor einem Monat abgeholt haben. Was hältst du davon, wenn wir sie ins Schlachthaus bringen, und ein paar Extra-Dollar einstreichen?«

»Keine schlechte Idee«, entgegnete Bart. »Das Problem ist nur, daß es bis zum VNB-Schlachthaus in Loudersville ein ganzes Stück zu fahren ist.«

»Leider«, stimmte Willy ihm zu. »Diese Fernsehtante hat ja dafür gesorgt, daß Higgins und Hancock wegen irgendeiner Ermittlung für ein paar Wochen dichtmachen mußte.«

»Man kann es natürlich so und so sehen«, gab Bart zu bedenken. »Das Gute ist, daß sie bei VNB lange nicht so pingelig sind wie bei Higgins und Hancock. Denk mal an diese beiden toten Kühe, die wir denen verscherbelt haben! Die waren doch töter als ein durchgebratener Thanksgiving-Truthahn!«

»Da hast du auch wieder recht«, stimmte Willy ihm zu. »Hast du eine Ahnung, wann Higgins und Hancock wieder aufmacht?«

»Ich habe etwas von nächstem Montag gehört«, erwiderte Bart. »Sie sollen ja nichts entdeckt haben – außer ein paar illegalen Einwanderern.«

»Das hat man sich ja denken können«, sagte Willy. »Was machen wir denn nun mit unserer Kuh?«

»Bringen wir sie zu VNB«, entschied Bart. »Fünfzig Dollar sind besser als in die Hand geschissen und allemal mehr als fünfundzwanzig.«

Nachwort

Eine Grundvoraussetzung für das Streben nach Glück ist Gesundheit, und die Mindestvoraussetzung für Gesundheit sind sauberes Wasser und saubere Lebensmittel. Dank der technischen Möglichkeiten haben sich die hygienischen Bedingungen in unseren Städten immer mehr verbessert. Was sauberes Wasser und saubere Lebensmittel angeht, ist tragischerweise das Gegenteil eingetreten. Nach durchschlagenden Erfolgen bei der Lebensmittelkonservierung, insbesondere bei der Tiefkühlung, haben wir unter Druck einer ständigen Ausweitung der Lebensmittelproduktion und immer niedrigerer Preise deutliche Qualitätsverluste hinnehmen müssen. Die Methoden der intensiven Bodennutzung und der Massentierhaltung haben beängstigende Formen der Lebensmittelverseuchung hervorgebracht und drohen sich sogar noch auszuweiten. Dieses Problem schreit nach Aufmerksamkeit. All denjenigen, die mehr über diese bedrohliche Situation und ihre verheerenden Auswirkungen erfahren wollen, empfehle ich dringend, das folgende Buch zu lesen:

> Fox, Nicols, *Spoiled: What Is Happening to Our Food Supply and Why We Are Increasingly at Risk* (Basis Books, 1997; Penguin, 1998).

Schock

Für Jean und Cameron,
meine auseinander gerissene Kleinfamilie,
in Liebe und Dankbarkeit

Zur Erinnerung an meinen Freund
BRUNO D'AGOSTINO
Wir vermissen dich.

Die menschliche Eizelle, auch Ovum genannt, wurde leicht angesogen und bewegte sich auf das stumpfe Ende der Pipette zu. Das Ovum sah genauso aus wie die anderen etwa sechzig Eizellen, doch es war der Pipettenöffnung am nächsten und kam somit als Erste ins Blickfeld des technischen Assistenten. Die Ova befanden sich unter dem Objektiv eines leistungsstarken Präpariermikroskops und waren in einem Tropfen Kulturflüssigkeit suspendiert, der mit einer dünnen Schutzschicht Mineralöl überzogen war. Die Ölschicht sollte verhindern, dass die Kulturflüssigkeit verdunstete. Es war unbedingt erforderlich, das Milieu, in dem sich die lebenden Zellen befanden, konstant in einem für die Ova geeigneten Zustand zu halten.

Wie die anderen Eizellen sah diejenige, die jetzt an der Pipette haftete, vollkommen in Ordnung aus. Die körnige Beschaffenheit ihres Zytoplasmas war so, wie es sein musste, und ihr Chromatin, oder auch DNA genannt, fluoreszierte unter dem ultravioletten Licht und sah aus wie ein Schwarm winziger Glühwürmchen, die in einer Erbsensuppe herumzappelten. Der einzige Hinweis auf das vorangegangene unsanfte Absaugen von seinem Nährfollikel waren die gezackten Überreste der Corona radiata ihrer Granulosazellen, die mit der verhältnismäßig dichten Hülle verklebt waren, die Zona pellucida genannt wird. Alle Ova waren im unreifen Stadium vom Eierstock abgerupft worden und erst nachträglich in vitro zu Ende gereift. Sie waren genau im richtigen Stadium, um sich mit einem Spermium zu vereinigen.

Doch das sollte nicht geschehen, denn diese weiblichen Gameten waren nicht für eine Befruchtung vorgesehen.

Im Blickfeld des technischen Assistenten erschien eine zweite Pipette. Unter dem leistungsstarken Mikroskop sah sie ein wenig aus wie eine tödliche Waffe. In Wahrheit hatte sie nur einen Durchmesser von einem fünfundzwanzigtausendstel Millimeter, doch in der enormen Vergrößerung glich die Pipette einem Schwert mit einer nadelförmigen scharfen Spitze. Unaufhaltsam näherte sich die Nadelspitze dem ihr ausgelieferten unbeweglichen Gamet und bohrte sich in die Zona pellucida der Zelle. Mit einem geübten Antippen der Pipettensteuerung stieß der erfahrene technische Assistent die Nadelspitze ins Innere der Zelle. Dann schob er sie weiter vor bis zu der fluoreszierenden DNA und saugte sie mit einem leichten Unterdruck in der Pipette ab, sodass sie in dem Glasstäbchen verschwand.

Nachdem auch die anderen Gameten dieser Prozedur unterzogen worden waren und sichergestellt war, dass alle die Tortur der Entkernung unbeschadet überstanden hatten, wurde die Eizelle erneut fixiert. Eine andere Pipette mit abgeschrägter Spitze durchstieß die Zelle erneut, wobei sie diesmal nur bis in die Zona pellucida vordrang und die Membran verschonte. Diesmal wurde nichts abgesaugt, sondern stattdessen ein wenig Flüssigkeit in den so genannten perivitellinen Raum eingespritzt. In der Flüssigkeit befand sich eine einzelne, relativ kleine, spindelförmige adulte Zelle, die durch einen Abstrich der Mundhöhle eines erwachsenen Menschen entnommen worden war.

Als Nächstes wurden die Gameten zusammen mit ihren jeweiligen adulten epithelialen Zellen in vier Milliliter eines Fusionsmediums gegeben und zwischen den Elektroden einer Fusionskammer platziert. Dann vergewisserte sich der technische Assistent, dass sämtliche Gameten richtig ausgerichtet waren, und betätigte einen Schalter, woraufhin für eine fünfzehnmillionstel Sekunde ein elektrischer Strom von neunzig Volt durch das Medium geleitet wurde. Der Stromstoß bewirkte bei allen Gameten das Gleiche: Der kurzfristige Schock führte dazu, dass sich die Membranen zwischen den entkernten Gameten und ihren jeweiligen adulten Zellpartnern vorübergehend lösten, wodurch die beiden Zellen miteinander verschmolzen.

Nachdem die Verschmelzung abgeschlossen war, wurden die Zellen in ein Aktivierungsmedium gegeben. Durch chemische Stimulation wurden alle Gameten, die vor der Entnahme ihrer jeweiligen DNA befruchtungsbereit gewesen waren und nun nach der Verschmelzung über einen kompletten Chromosomensatz verfügten, auf magische Weise dazu gebracht, sich weiterzuentwickeln. Einem geheimnisvollen molekularen Programm folgend, fungierten die adulten Zellkerne nicht weiter in ihrer vorgesehenen Weise als epitheliale Zellen, sondern nahmen wieder die Funktion embryonaler Zellen an. Nach kurzer Zeit begannen sich die einzelnen Gameten zu teilen und sich jeweils zu individuellen Embryonen weiterzuentwickeln, die sehr bald für die Einsetzung in eine Gebärmutter bereit sein würden. Der Spender der adulten Zellen war geklont worden. Genau genommen war er sogar etwa sechzig Mal geklont worden …

Prolog

6. April 1999

Haben Sie es bequem?«, fragte Dr. Paul Saunders seine Patientin Kristin Overmeyer. Sie lag unter ihm auf dem betagten Operationstisch und war nur mit einem Flügelhemd bekleidet.

»Ich glaube schon«, erwiderte Kristin, obwohl sie sich ziemlich unbehaglich fühlte. Inmitten medizinischer Geräte war ihr immer ein wenig mulmig zu Mute; nicht, dass ihr dieses unwohle Gefühl wirklich zu schaffen machte, aber es war nun einmal da, und der Raum, in dem sie sich befand, war besonders unangenehm. Man hatte sie in einen altmodischen Operationssaal geführt, dessen Ausstattung absolut nichts von dem sterilen, zweckmäßigen OP einer modernen medizinischen Einrichtung hatte. Die Wände waren in schäbigem Grün gehalten, von den Bodenfliesen waren viele gesprungen und mit dunklen Flecken übersät, die vermutlich von Blut stammten, das in die Fugen getropft und dann angetrocknet war. Eigentlich erinnerte der Raum eher an eine Szenerie aus einem im neunzehnten Jahrhundert spielenden Gruselfilm als an einen OP, in dem tatsächlich Eingriffe vorgenommen wurden. Besonders eigenartig fand Kristin, dass der Raum über diverse Sitzreihen für Besucher verfügte, die sich jenseits der Reichweite der Beleuchtung befanden, die über dem OP-Tisch angebracht war, und die sich dem Blick des Patienten entzogen. Zum Glück waren die Plätze allesamt unbesetzt.

»›Ich glaube schon‹ klingt ja nicht gerade überzeugend«, stellte Dr. Sheila Donaldson fest. Sie stand Dr. Saunders gegenüber auf der anderen Seite des Operationstischs und lächelte zu Kristin hinab, die jedoch nur ein paar Lachfältchen um die Augen erkennen konnte; ansonsten war Dr. Donaldsons Gesicht hinter einem Mundschutz und unter einer OP-Haube verborgen.

»Ich wünschte, ich hätte es schon hinter mir«, brachte Kristin hervor. In diesem Augenblick wünschte sie sich nur eins: dass sie sich nicht freiwillig für die Spende gemeldet hätte. Natürlich würde ihr das Geld ein Maß an finanzieller Unabhängigkeit gewähren, von dem die meisten ihrer Kommilitonen von der Harvard University nur träumen konnten, doch im Augenblick schien ihr das nicht mehr so wichtig. Sie tröstete sich damit, dass sie bald schlafen und von dem kleinen Eingriff, der ihr bevorstand, nichts mitbekommen würde. Als man sie vor die Wahl gestellt hatte, den Eingriff unter Vollnarkose oder bei örtlicher Betäubung durchzuführen, hatte sie sich, ohne auch nur einen Augenblick zu zögern, für die erste Variante entschieden. Bewusst mitzuerleben, wie man ihr eine dreißig Zentimeter lange Punktionsnadel in den Bauch schob, war wirklich das Letzte, was sie wollte.

»Ob wir wohl irgendwann mal anfangen können?«, wandte sich Dr. Saunders mit sarkastischem Unterton an den Anästhesisten Dr. Carl Smith. Dr. Saunders hatte an diesem Tag ein volles Programm, und er hatte für den bevorstehenden Eingriff lediglich vierzig Minuten eingeplant. Angesichts seiner langjährigen Erfahrung mit dieser Art von Eingriffen und seinem geschickten Umgang mit den Instrumenten hielt er vierzig Minuten für durchaus großzügig bemessen, doch immer wieder war es Dr. Smith, der alles verzögerte. Der Eingriff konnte erst beginnen, wenn die Patientin eingeschlafen war, und die kostbaren Minuten verstrichen erbarmungslos.

Dr. Smith antwortete nicht. Er kannte diese Sprüche. Seiner Meinung nach war Dr. Saunders permanent in Eile. Statt ihn zu beachten, konzentrierte Dr. Smith sich darauf, das Präkordial-Stethoskop ordnungsgemäß auf Kristins Brust zu befestigen. Die Infusion lief bereits, die Blutdruckmanschette und die EKG-Ableitungen waren angelegt und das Pulsoximeter an Ort und Stelle. Als er mit den abgehörten Körpergeräuschen seiner Patientin zufrieden war, griff er nach dem Beatmungsgerät und zog es näher an Kristins Kopf heran. Es konnte losgehen.

»Okay, Kristin«, wandte er sich an die Patientin. »Wie ich Ihnen vorhin bereits erklärt habe, verabreiche ich Ihnen jetzt ein bisschen von meiner ›Amnesiemilch‹. Sind Sie bereit?«

»Ja«, antwortete Kristin matt. Wenn es nach ihr ging, wollte sie lieber früher als später wegdämmern und nichts mehr mitbekommen.

»Dann schlafen Sie gut«, sagte Dr. Smith. »Wenn wir das nächste Mal miteinander reden, sind Sie bereits im Aufwachraum.«

Mit diesen Worten pflegte sich Dr. Smith immer von seinen Patienten zu verabschieden, bevor er ihnen das Narkosemittel verabreichte, und normalerweise war so auch der Lauf der Dinge. Doch dieses Mal sollte es anders kommen. Ohne sich auch nur im Geringsten des drohenden Desasters bewusst zu sein, griff Dr. Smith nach dem Infusionsständer mit dem bereithängenden Narkosegemisch. Mit geübtem Griff stellte er die Zufuhr auf eine für die Patientin vorher exakt bestimmte und ihrem Gewicht genau angepasste Dosis ein, wobei er sich wie immer am unteren Grenzbereich der empfohlenen Verabreichungsmenge orientierte. Die Wingate Infertility Clinic verfuhr nach dem Grundsatz, ambulante Narkose-Patienten stets der geringst möglichen Narkosemitteldosis auszusetzen. Dadurch sollte sichergestellt werden, dass die Patienten noch am gleichen Tag entlassen werden konnten, denn für eine stationäre Aufnahme war die Klinik nur sehr begrenzt ausgestattet.

Während das Propofol in Kristins Körper einsickerte, überwachte Dr. Smith aufmerksam seine Monitoring-Geräte und Instrumente. Es schien alles in Ordnung zu sein.

Dr. Donaldson lachte unter ihrer Maske. »Amnesiemilch« war Dr. Smith' humorvolle Bezeichnung für das Anästhesiemittel Propofol, eine weiße Flüssigkeit, die tatsächlich aussah wie Milch. Seine Wortwahl brachte sie immer wieder zum Schmunzeln.

»Können wir anfangen?«, fragte Dr. Saunders und verlagerte nervös sein Gewicht von einem Fuß auf den anderen. Er wusste sehr wohl, dass es noch nicht losgehen konnte, doch er wollte seinen Kollegen unbedingt wissen lassen, wie ungeduldig und ungehalten er war. Am besten hätte man ihn gar nicht erst herbeigerufen, bevor alles so weit war. Seine Zeit war zu wertvoll, als dass er untätig herumstehen und dem Anästhesisten dabei zusehen konnte, wie dieser an seinen zahllosen Instrumenten und Geräten herumhantierte.

Dr. Smith ignorierte die gereizte Stimmung seines Kollegen und konzentrierte sich auf Kristins Bewusstseinszustand. Als er zufrieden war, injizierte er ihr das Muskelrelaxans Mivacurium, das er aufgrund seiner exakten Dosierbarkeit und seiner sofort nachlassenden Wirkung gegenüber etlichen anderen Mitteln bevorzugte. Er wartete einen Augenblick, bis das Mivacurium wirkte, und schob seiner Patientin dann mit geübtem Griff einen Endotrachealtubus in die Luftröhre. Auf diese Weise stellte er sicher, dass er ihre Atmung unter Kontrolle hatte. Danach setzte er sich hin, schloss das Beatmungsgerät an und bedeutete seinem Kollegen Dr. Saunders, dass die Patientin für den Eingriff bereit war.

»Das wurde auch Zeit«, grummelte Dr. Saunders und begann umgehend, die Patientin für die bevorstehende Laparoskopie abzudecken, wobei er von seiner Kollegin Dr. Donaldson tatkräftig unterstützt wurde. Ihr Ziel war der rechte Eierstock.

Dr. Smith widmete sich dem Anästhesieprotokoll. Er nahm die entsprechenden Eintragungen vor und lehnte sich zurück. Seine Rolle beschränkte sich jetzt darauf, die Monitore zu überwachen, permanent den Bewusstseinszustand der Patientin im Auge zu behalten und die Narkose mittels einer kontinuierlichen und jederzeit auf den Zustand der Patientin abgestimmten Infusion von Propofol aufrechtzuerhalten.

Dr. Saunders kam schnell zur Sache. Dr. Donaldson beobachtete ihn und wusste bereits im Voraus, was seine jeweils nächste Handbewegung sein würde. Gemeinsam mit Constance Bartolo, der OP-Schwester, und Marjorie Hickam, der Springerin, waren sie ein schnell und äußerst effizient arbeitendes Team. Jede Unterhaltung war zu diesem Zeitpunkt tabu.

Als Erstes traf Dr. Saunders Vorbereitungen, um den Trokar des Insufflationsgeräts einzuführen und die Bauchhöhle der Patientin mit Gas zu füllen. Die Schaffung eines gasgefüllten Raums machte einen laparoskopischen Eingriff überhaupt erst möglich. Dr. Donaldson unterstützte ihn, indem sie neben Kristins Bauchnabel zwei Klammern ansetzte und die entspannte Bauchdecke ein wenig hochzog. Währenddessen machte Dr. Saunders unmittelbar neben dem Nabel einen kleinen Schnitt, durch den er sofort die beinahe dreißig Zentimeter lange Veress-Nadel für die Insufflation des Gases einführte. Mit seinen geübten Händen spürte er deutlich, wie die Nadel in die Bauchhöhle eindrang. Er hielt die Spezialkanüle an ihrem gezackten Rand fest und aktivierte das Insufflationsgerät. Im gleichen Moment strömte mit einer Geschwindigkeit von einem Liter pro Minute Kohlendioxyd in Kristins Bauchhöhle.

Während sie darauf warteten, dass sich der Bauchraum mit der erforderlichen Menge Gas füllte, nahm die Katastrophe ihren Lauf. Dr. Smith hatte seinen Blick auf die Monitore zur Überwachung der Atmung und der kardiovaskulären Funktionen seiner Patientin gerichtet, um sofort zu registrieren, wenn der intraabdominale Druck zu hoch wurde. Deshalb übersah er zwei scheinbar harmlose Anzeichen: nämlich dass Kristin ihr linkes Bein leicht beugte und dass ihre Augenlider flatterten. Hätte Dr. Smith oder ein anderer Kollege des Teams diese Bewegungen wahrgenommen, wäre ihm sofort klar gewesen, dass Kristins Narkose nachließ. Sie war zwar immer noch bewusstlos, aber sie war kurz davor aufzuwachen, und der ansteigende Druck in ihrem Bauch und das damit einhergehende unangenehme Gefühl beschleunigten den Aufwachprozess noch.

Plötzlich stöhnte Kristin und richtete sich auf. Sie schaffte es zwar nicht ganz bis in Sitzposition, denn Dr. Smith griff intuitiv nach ihren sich erhebenden Schultern und drückte sie wieder hinunter, doch es war trotzdem zu spät. Durch ihr Aufrichten bohrte sich die Veress-Nadel, deren eines Ende sich in Dr. Saunders' Hand befand, tief in ihren Bauch, wo sie eine große intraabdominale Vene durchstieß. Bevor Dr. Saunders das Insufflationsgerät stoppen konnte, gelangte eine beträchtliche Menge Gas in Kristins Gefäßsystem.

»Oh, mein Gott!«, schrie Dr. Smith entsetzt. Durch sein Stethoskop hörte er deutlich jenes gefürchtete Knirschen, das sich anhörte wie zwei aneinander reibende Mühlsteine und das sich im nächsten Moment, als das Gas das Herz erreichte, zu dem ohrenbetäubenden Gerüttel einer Waschmaschinenschleuder steigerte. »Wir haben eine Luftembolie!«, schrie er. »Legen Sie sie sofort auf die linke Seite!«

Dr. Saunders riss die blutige Nadel aus Kristins Bauch und warf sie zur Seite, im nächsten Augenblick landete die Nadel klirrend auf dem gefliesten Boden. Dann half er seinem Kollegen, Kristin auf die Seite zu rollen. Mit diesem verzweifelten Versuch wollten sie erreichen, dass das Gas in der rechten Herzhälfte blieb. Dr. Saunders stemmte sich mit aller Kraft gegen Kristins Körper, um ihn in dieser Lage zu halten. Obwohl sie immer noch nicht bei Bewusstsein war, wehrte sie sich.

Dr. Smith versuchte in höchster Eile, seiner Patientin so aseptisch wie möglich einen Katheter in die Vena jugularis zu schieben. Kristin sträubte sich und kämpfte heftig gegen das auf ihr lastende Gewicht, wodurch es so gut wie unmöglich war, den Katheter einzuführen. Es war, als zielte man mit einem Gewehr auf ein bewegliches Ziel. Dr. Smith überlegte, ob er die Propofoldosis erhöhen oder ihr mehr Mivacurium geben sollte, entschied sich dann aber dagegen, weil ihm die Zeit davonlief. Schließlich gelang ihm die Gefäßpunktion, doch als er den Kolben der Spritze zurückzog, befand sich in dem Röhrchen nichts als blutiger Schaum. Ein erneuter Versuch brachte das gleiche Ergebnis. Er schüttelte bestürzt den Kopf, doch bevor er etwas sagen konnte, wurde Kristin plötzlich steif. Im nächsten Augenblick wurde sie von heftigen Krämpfen und Zuckungen geschüttelt. Es bestand kein Zweifel – sie litt unter einem heftigen generalisierten Krampfanfall.

Hektisch nahm Dr. Smith das neu aufgetretene Problem in Angriff, wobei er mit aller Kraft gegen sein flaues Gefühl im Magen ankämpfte. Er wusste nur zu gut, dass der Beruf des Anästhesisten in erster Linie durch lähmende, sich wiederholende Routinetätigkeiten gekennzeichnet war, die jedoch gelegentlich von absoluten Horrorepisoden unterbrochen wurden, und dies war ein solcher dramatischer Zwischenfall: Es gab eine schwere Komplikation bei einer jungen, gesunden Patientin, die sich freiwillig einem Eingriff unterzogen hatte.

Dr. Saunders und Dr. Donaldson traten einen Schritt zurück, die behandschuhten Hände vor ihren OP-Kitteln gefaltet. Gemeinsam mit den beiden Krankenschwestern verfolgten sie, wie Dr. Smith sich bemühte, Kristins Anfall unter Kontrolle zu bringen. Als er schließlich vorüber war, lag Kristin erneut regungslos auf dem Rücken. Niemand sagte ein Wort. Außer dem gedämpften Gedudel eines Radios, das durch die geschlossene Tür aus dem Sterilisationsraum in den OP drang, war lediglich das Schnaufen des Beatmungsgeräts zu hören, das für die Patientin das Atmen übernahm.

»Wie lautet Ihr Urteil?«, fragte Dr. Saunders schließlich. Seine vollkommen gefühllose Stimme hallte von den gekachelten Wänden zurück.

Dr. Smith atmete geräuschvoll aus; er klang wie ein Ballon, aus dem die Luft entweicht. Dann beugte er sich widerstrebend über Kristins Kopf und zog mit beiden Zeigefingern die Augenlider hoch. Ihre Pupillen waren deutlich erweitert und reagierten nicht auf das helle Licht der OP-Strahler. Er zog seine Pupillenlampe aus der Tasche und richtete den Strahl direkt in Kristins Augen. Wieder war die Reaktion gleich null.

»Es sieht nicht gut aus«, brachte er schließlich hervor. Seine Kehle war so trocken, dass er kaum sprechen konnte. Eine derartige Komplikation hatte er noch nie erlebt.

»Was heißt das?«, hakte Dr. Saunders nach.

Dr. Smith schluckte. »Ich würde sagen, der Anfall hat ihr den Rest gegeben. Vor einer Minute schien noch alles ein Kinderspiel, und jetzt geht nichts mehr. Sie atmet nicht einmal mehr selbstständig.«

Dr. Saunders nickte mehrmals und dachte angestrengt nach. Dann riss er sich die Handschuhe von den Händen, warf sie auf den Boden und löste seinen Mundschutz, der ihm auf die Brust hinabrutschte. »Worauf warten Sie noch?«, fuhr er seine Kollegin Dr. Donaldson an. »Führen Sie den Eingriff zu Ende! Dann bekommen Sie wenigstens ein bisschen Praxis. Und nehmen Sie sich beide Seiten vor!«

»Meinen Sie das im Ernst?«, hakte Dr. Donaldson nach.

»Wieso sollten wir die Gelegenheit ungenutzt verstreichen lassen?«, fragte Dr. Saunders zurück.

»Und was haben Sie vor?«, wollte Dr. Donaldson wissen.

»Ich rede mit Kurt Hermann«, erwiderte Dr. Saunders und öffnete seinen OP-Kittel. »Dieser Fall ist sehr unglücklich gelaufen, aber zum Glück haben wir so eine Katastrophe vorhergesehen und entsprechende Maßnahmen vorbereitet.«

»Informieren Sie auch Spencer Wingate?«, fragte Dr. Donaldson. Dr. Wingate war der Gründer und offizielle Leiter der Klinik.

»Das weiß ich noch nicht«, erwiderte Dr. Saunders. »Ich würde sagen, das hängt davon ab, wie sich die Dinge entwickeln. Fürs Erste sage ich ihm nichts. Wissen Sie, wie Kristin Overmeyer hergekommen ist?«

»Sie ist mit ihrem eigenen Wagen gekommen«, erwiderte Dr. Donaldson. »Er steht auf dem Parkplatz.«

»Ist sie allein gekommen?«

»Nein. Sie wurde von einer Freundin begleitet. Das empfehlen wir allen Patientinnen. Ihr Name ist Rebecca Corey. Sie hält sich im Wartebereich auf.«

Auf dem Weg zur Tür warf Dr. Saunders seinem Kollegen einen vorwurfsvollen Blick zu.

»Tut mir Leid«, brachte Dr. Smith hervor.

Dr. Saunders zögerte einen Augenblick. Er hatte nicht schlecht Lust, dem Anästhesisten zu sagen, was er von ihm hielt, doch dann verkniff er sich die Bemerkung. Er wollte einen kühlen Kopf bewahren, und eine Auseinandersetzung mit Dr. Smith zum jetzigen Zeitpunkt hätte ihn mit Sicherheit auf die Palme gebracht. Schließlich hatte es ihm schon gereicht, dass der Mann ihn so lange hatte warten lassen.

Ohne sich seiner OP-Kleidung zu entledigen, schnappte er sich in dem Raum, der für das OP-Personal als Aufenthaltsraum diente, einen langen weißen Arztkittel und streifte ihn im Gehen über. Er eilte die Metalltreppe hinunter ins

Erdgeschoss, verließ das Gebäude und stürmte hinaus auf den Rasen, der gerade die ersten Anzeichen des nahenden Frühlings erkennen ließ. Um sich vor dem stürmischen Wind des für den frühen April typischen Neuenglandwetters zu schützen, zog er den Kittel enger um sich herum und steuerte das massiv gebaute Pförtnerhaus der Klinik an.

Er fand den Sicherheitschef über seinen zerkratzten und abgenutzten Schreibtisch gebeugt, er studierte gerade den Dienstplan seiner Abteilung für den Monat Mai.

Falls Kurt Hermann über das plötzliche Auftauchen des Mannes, der die Wingate Clinic zurzeit de facto leitete, überrascht war, ließ er sich dies jedenfalls nicht im Geringsten anmerken. Außer dass er von seiner Arbeit aufsah, würdigte er Dr. Saunders' Anwesenheit lediglich durch ein angedeutetes fragendes Heben seiner rechten Augenbraue.

Dr. Saunders nahm sich einen der in dem spärlich möblierten Büro stehenden Stühle und ließ sich vor dem Schreibtisch des Sicherheitschefs nieder.

»Wir haben ein Problem«, begann Dr. Saunders.

»Ich höre«, entgegnete Kurt. Sein Stuhl quietschte vernehmlich, als er sich zurücklehnte.

»Wir hatten gerade eine schwere Narkosekomplikation. Eine Katastrophe, genauer gesagt.«

»Wo ist die Patientin?«

»Noch im OP, aber wir sind bald mit ihr fertig.«

»Name?«

»Kristin Overmeyer.«

»Ist sie allein gekommen?«, fragte Kurt und notierte sich den Namen.

»Nein. Sie wurde von einer Freundin namens Rebecca Corey begleitet. Dr. Donaldson zufolge hält sie sich im Wartebereich auf.«

»Was machen wir mit dem Wagen?«

»Keine Ahnung«, erwiderte Dr. Saunders.

»Das wird sich finden«, stellte Kurt fest und nahm den Arzt mit seinen stahlblauen Augen ins Visier.

»Für solche Fälle haben wir Sie und Ihre Leute eingestellt«, stellte Dr. Saunders lapidar fest. »Kümmern Sie sich um die Angelegenheit, und verschonen Sie mich mit irgendwelchen Details!«

»Kein Problem«, entgegnete Kurt und legte seinen Kugelschreiber so behutsam auf dem Schreibtisch ab, als könnte er zerbrechen.

Für einen Augenblick starrten die beiden Männer sich an. Dann stand Dr. Saunders auf, drehte sich um und ging wortlos hinaus, wo ihn erneut eine morgendliche Aprilbrise empfing.

1

8. Oktober 1999, 23.15 Uhr

Habe ich dich richtig verstanden?«, fragte Joanna Meissner ihren Freund Carlton Williams. Die beiden saßen in der dunklen Fahrerkabine von Carltons Jeep Cherokee, den sie auf der Craigie Street in unmittelbarer Nähe des Craigie-Arms-Apartmenthauses in Cambridge, Massachusetts, im Halteverbot geparkt hatten. »Du bist also zu dem Schluss gekommen, dass es das Beste für uns wäre, unsere Hochzeit zu verschieben, bis du in drei oder vier Jahren mit deiner Fachausbildung zum Chirurgen fertig bist.«

»Beschlossen habe ich gar nichts«, entgegnete Carlton. Er fühlte sich in die Ecke gedrängt. »Wir unterhalten uns doch nur.«

Joanna und Carlton hatten am Harvard Square in einem Restaurant gegessen und den Freitagabend in vollen Zügen genossen. Doch dann hatte Joanna ein heikles Thema angesprochen, nämlich wie es langfristig mit ihrer Beziehung weitergehen sollte. Wie immer, wenn sie darauf zu sprechen kam, war der Ton ihrer bis dahin angenehmen Unterhaltung abrupt umgeschlagen. Da sie seit einiger Zeit verlobt waren, kam das delikate Thema nicht zum ersten Mal zur Sprache. Sie waren schon seit einer Ewigkeit ein Paar; kennen gelernt hatten sie sich schon im Kindergarten, und seit der neunten Klasse gingen sie miteinander.

»Bitte, Joanna«, redete Carlton beruhigend auf sie ein. »Ich will doch nur das Beste für uns beide.«

»Komm mir bloß nicht mit diesem dummen Spruch!«, platzte Joanna heraus. Eigentlich hatte sie sich fest vorgenommen, diesmal ruhig zu bleiben, doch jetzt spürte sie eine unbändige Wut in sich aufsteigen.

»Ich meine es ernst«, fuhr Carlton unbeirrt fort. »Ich maloche wie ein Irrer. Du kennst doch meine Arbeitszeiten und weißt, wie oft ich Bereitschaftsdienst habe. Als Assistenzarzt im Massachusetts General Hospital zu arbeiten, ist wahrlich kein Zuckerschlecken. Ich hätte nie gedacht, dass der Job so aufreibend sein würde.«

»Und was tut das zur Sache?«, fuhr Joanna ihn an. Sie war inzwischen so aufgebracht, dass sie ihre Wut nicht mehr unter Kontrolle halten konnte. Sie fühlte sich betrogen und zurückgewiesen.

»Es tut jede Menge zur Sache«, stellte Carlton klar. »Ich bin überarbeitet, mit mir hast du nichts zu lachen. Ich fühle mich nicht einmal im Stande, eine normale Unterhaltung zu führen. In meinem Kopf dreht sich alles nur um das Krankenhaus. Es ist schon fast krankhaft. Ich kriege nicht einmal mehr mit, was um mich herum in Boston passiert, geschweige denn in der übrigen Welt.«

»Wenn wir uns gerade erst kennen gelernt und eine oberflächliche Beziehung hätten, würde das vielleicht eine klitzekleine Rolle spielen. Aber wir sind seit elf Jahren zusammen! Außerdem konntest du den heutigen Abend in vollen Zügen genießen, und es hat uns beiden Spaß gemacht – bis ich anzusprechen gewagt habe, dass wir endlich einen Termin für unsere Hochzeit festlegen sollten.«

»Ich bin ja auch gern mit dir zusammen …«, wandte Carlton ein.

»Das ist ja sehr tröstlich«, unterbrach Joanna ihn sarkastisch. »Dabei ist das Verrückteste an unserer Situation, dass du mich gefragt hast, ob ich dich heiraten will – und nicht etwa umgekehrt. Und das war vor sieben Jahren! Ich würde sagen, seitdem ist deine Leidenschaft deutlich abgekühlt.«

»Das stimmt doch gar nicht«, widersprach Carlton. »Ich möchte dich immer noch heiraten.«

»Tut mir Leid, aber das kaufe ich dir nicht ab. Nicht nach dieser langen Zeit. Zuerst wolltest du deinen College-Abschluss machen. Das war ja in Ordnung. Damit hatte ich wirklich kein Problem. Danach wolltest du die ersten zwei Jahre deines Medizinstudiums hinter dich bringen. Auch das war vollkommen okay, immerhin konnte ich in der Zeit einen großen Teil meiner Promotion vorbereiten. Aber auch als die zwei Jahre um waren, wolltest du den Termin wieder verschieben, diesmal bis zum Abschluss deines Medizinstudiums. Spätestens hier ist ein gewisses Verhaltensmuster wohl nicht mehr zu übersehen. Oder willst du das abstreiten? Als Nächstes hieß es, du wolltest zunächst noch das erste Jahr deiner Assistenzarztzeit hinter dich bringen. Ich blöde Kuh habe auch das akzeptiert. Und jetzt willst du mich bis zur Beendigung deiner Facharztausbildung vertrösten. Was kommt als Nächstes? Das Forschungsstipendium, von dem du mir vor einem Monat erzählt hast? Danach willst du mir vermutlich weismachen, dass wir am besten warten, bis du deine eigene Praxis eröffnet hast.«

»Ich versuche nur, das Ganze rational anzugehen«, rechtfertigte sich Carlton. »Es ist nun mal eine schwierige Entscheidung, und deshalb sollten wir unbedingt die Vor- und Nachteile abwägen …«

Joanna hörte nicht mehr zu. Stattdessen wandte sie ihre smaragdgrünen Augen vom Gesicht ihres Verlobten ab, der sie, während er redete, nicht einmal ansah. Er hatte es während des gesamten Gesprächs vermieden, ihr in die Augen zu schauen –; lediglich während ihres Monologs hatte er sie kurz angesehen, und da stand ihm sein schlechtes Gewissen ins Gesicht geschrieben. Jetzt starrte sie einfach nur ins Leere. Auf einmal hatte sie das Gefühl, von einer unsichtbaren Hand geohrfeigt zu werden. Carltons Vorschlag, ihren Hochzeitstermin erneut zu verschieben, ließ sie die Dinge plötzlich in einem viel klareren Licht erkennen. Und dann wurde sie plötzlich von einem Lachanfall geschüttelt, aber nicht aus Freude, sondern aus Fassungslosigkeit.

Carlton, der gerade die Vor- und Nachteile einer baldigen oder nicht so baldigen Hochzeit aufzählte, stockte mitten im Satz.

»Worüber lachst du?«, fragte er entgeistert. Er wandte seinen Blick vom Zündschlüssel ab, mit dem er die ganze Zeit herumgespielt hatte, und sah Joanna an. Im Halbdunkel der Fahrerkabine zeichnete sich ihr Kopf als Silhouette vor dem dunklen Seitenfenster ab. Von einer fernen Straßenlampe fiel ein wenig Licht durch die Windschutzscheibe auf ihr Gesicht. Ihr hübsches Profil wurde von glänzendem, strohblondem Haar eingerahmt, das in dem Dämmerlicht zu leuchten schien. Ihre strahlend weißen Zähne glitzerten zwischen ihren leicht geöffneten, vollen Lippen wie Diamanten. Für Carlton war sie die schönste Frau der Welt, selbst dann, wenn sie diese nervtötende Diskussion mit ihm führte.

Joanna ignorierte seine Frage und lachte weiter leise und freudlos vor sich hin. Dabei nahm die Eingebung, die ihr gerade gekommen war, immer klarere Formen an. Plötzlich fiel es ihr wie Schuppen von den Augen, dass ihre Mitbewohnerin Deborah Cochrane und ihre anderen Freundinnen vollkommen Recht gehabt hatten, als sie ihr immer wieder eingeimpft hatten, dass es nicht ihr Lebensziel sein könne, zu heiraten. Sie hatten ja so richtig gelegen, als sie ihr vor Augen geführt hatten, dass ihre traditionelle Erziehung und ihr Aufwachsen in einem Vorort von Houston sie durch und durch geprägt hatten. Wieso war sie bloß so lange so dumm gewesen und hatte sich so hartnäckig dagegen gesträubt, ihr Wertesystem, das sie blind akzeptiert hatte, in Frage zu stellen. Zum Glück war sie nicht so blöd gewesen, einfach nur untätig auf Carlton zu warten, sondern hatte stattdessen auch an sich gedacht und den Grundstein für eine viel versprechende Karriere gelegt. Sie musste nur noch ihre Dissertation zu Ende bringen, dann hatte sie ihren Doktor der Harvard University in Wirtschaftswissenschaften in der Tasche; außerdem verfügte sie über umfangreiche Computerkenntnisse.

»Worüber lachst du?«, wollte Carlton wissen. »Komm, nun sag schon!«

»Ich lache über mich selbst«, erwiderte Joanna schließlich, drehte sich um und sah ihrem Verlobten in die Augen. Wie seine gerunzelten Augenbrauen erkennen ließen, war er vollkommen verwirrt.

»Ich verstehe gar nichts mehr«, stellte er fest.

»Komisch«, entgegnete Joanna. »Ich hingegen sehe alles so klar wie nie zuvor.«

Sie musterte ihren linken Ringfinger, an dem sie ihren Verlobungsring trug. Das hereinfallende Licht war zwar sehr schwach, doch der Diamantsolitär bündelte den Schein und leitete ihn mit überraschender Intensität an Joanna weiter. Der Stein war ein Erbstück von Carltons Großmutter, und Joanna hing vor allem wegen seines Erinnerungswertes an ihm. Doch jetzt erschien er ihr wie ein vulgäres, glitzerndes Mahnmal, das ihr ihre eigene Leichtgläubigkeit vor Augen führte.

Auf einmal hatte sie das Gefühl, es in dem engen Raum nicht länger auszuhalten. Sie riss unvermittelt die Tür auf, sprang aus dem Wagen und blieb auf dem Bürgersteig stehen.

»Joanna!«, rief Carlton. Er beugte sich über den Schaltknüppel und sah sie an. Sie schien einen unumstößlichen Entschluss gefasst zu haben. Ihre normalerweise weichen Lippen bildeten eine schmale, grimmige Linie.

Er setzte an, sie zu fragen, was denn bloß mit ihr los sei, obwohl er das im Grunde natürlich genau wusste. Doch bevor er ein Wort herausbrachte, knallte sie die Autotür zu. Er richtete sich auf und drückte den Knopf, mit dem sich das Beifahrerfenster öffnen ließ. Als die Scheibe unten war, beugte Joanna sich in den Wagen. Ihr Gesichtsausdruck hatte sich nicht verändert.

»Wage es nicht, mich zu fragen, was mit mir los ist!«, fuhr sie ihn an.

»Du benimmst dich nicht gerade wie eine erwachsene Frau«, stellte Carlton fest.

»Vielen Dank für deine objektive Einschätzung«, entgegnete sie. »Danke auch, dass du mir heute Abend die Augen geöffnet hast. Das hat es mir mit Sicherheit leichter gemacht, eine Entscheidung zu treffen.«

»Eine Entscheidung zu treffen?«, hakte Carlton nach. »Wie meinst du das?« Seine Stimme klang auf einmal nicht mehr so fest wie noch ein paar Minuten zuvor. Wenn man genau hinhörte, zitterte sie sogar. Er ahnte, was jetzt kommen würde, und ihm wurde mit einem Mal ganz anders.

»Eine Entscheidung im Hinblick auf meine Zukunft«, erwiderte Joanna. »Hier!« Sie streckte ihm ihre zusammengepresste Faust entgegen, um ihm etwas zu geben.

Carlton streckte zögernd seine Hand aus. Er spürte, wie

etwas Kaltes in seine Handfläche fiel. Als er hinsah, erblickte er den Diamantring seiner Großmutter.

»Was soll das?«, stammelte er.

»Das dürfte doch wohl klar sein, oder?«, entgegnete Joanna. »Betrachte dich als frei, und freu dich, dass du nun in Ruhe deine Assistenzarztzeit beenden kannst und was immer dein kleines Herz sonst noch begehren mag. Ich will dir auf keinen Fall länger im Weg stehen.«

»Das meinst du doch nicht im Ernst?«, fragte Carlton. Der plötzliche und jähe Stimmungsumschwung hatte ihn vollkommen durcheinander gebracht.

»Und wie ernst ich das meine!«, stellte Joanna klar. »Betrachte unsere Verlobung als offiziell aufgelöst. Gute Nacht, Carlton.«

Mit diesen Worten drehte sie sich um und schritt entschlossen die Craigie Street zurück in Richtung Concord Avenue, wo sich der Eingang zum Craigie-Arms-Apartmenthaus befand. Ihre Wohnung lag im zweiten Stock.

Nach einem kurzen Kampf mit dem Türöffner sprang Carlton aus dem Cherokee und rannte hinter Joanna her, die bereits die Straßenecke erreicht hatte. Hinter ihm wirbelten ein paar dunkelrote Ahornblätter durch die Luft, die frisch vom Baum gefallen waren. Kurz vor dem Eingang des Apartmenthauses hatte er seine Ex-Verlobte eingeholt. Er war außer Atem und hielt den Verlobungsring in seiner zusammengeballten Faust.

»Okay«, brachte er hervor, »du hast mir die Meinung gesagt. Jetzt nimm den Ring zurück.« Er streckte ihr die Hand entgegen.

Joanna schüttelte den Kopf. Die grimmige Entschlossenheit war aus ihrem Gesicht verschwunden. Stattdessen lächelte sie ihn an. »Ich habe dir den Ring weder zurückgegeben, um ein kleines Drama zu initiieren, noch bin ich richtig wütend auf dich. Aber offenbar ist Heiraten im Augenblick kein Thema für dich, und plötzlich will ich auch nicht mehr. Geben wir uns also eine Auszeit. Wir können ja Freunde bleiben.«

»Aber ich liebe dich doch!«, platzte Carlton heraus.

»Das schmeichelt mir«, entgegnete Joanna. »Ich denke, ich liebe dich auch noch. Aber irgendwie hat sich alles zu lange hingeschleppt. Lass uns lieber getrennte Wege gehen, zumindest erst einmal.«

»Aber …«

»Gute Nacht, Carlton«, verabschiedete sich Joanna. Sie stellte sich auf die Zehenspitzen und hauchte ihrem Ex ein Küsschen auf die Wange. Ein paar Sekunden später betrat sie den Fahrstuhl. Sie hatte sich nicht mehr umgedreht.

Als sie den Schlüssel ins Schloss ihrer Wohnungstür steckte, merkte sie, dass sie zitterte. Obwohl sie sich so lässig von Carlton verabschiedet hatte, spürte sie jetzt, wie es in ihr brodelte. Sie war vollkommen durcheinander.

»Was ist denn mit dir los?«, rief ihre Mitbewohnerin Deborah Cochrane und warf einen Blick auf die Uhrzeit, die am Rand ihres Computerbildschirms angegeben war. »Für einen Freitagabend bist du ziemlich früh. Bist du krank?« Deborah trug ein lässiges, übergroßes Sweatshirt mit Harvard-Aufdruck. Verglichen mit der zarten, zerbrechlich wirkenden femininen Art Joannas war sie mit ihrem kurzen, dunklen Haar, ihrer dunklen, mediterranen Hautfarbe und ihrem athletischen Körperbau eher ein unbändiger Wildfang. Ihre Gesichtszüge waren zwar untrüglich weiblich, doch sie waren kräftiger und runder als die von Joanna. Alles in allem ergänzten sich die beiden Freundinnen prima und unterstrichen jede auf ihre Art ihre natürliche Schönheit.

Joanna antwortete nicht und hängte ihren Mantel an der Garderobe im Flur auf. Deborah nahm ihre Freundin genau ins Visier, als diese den spärlich möblierten Wohnraum betrat, sich auf das Sofa plumpsen ließ und die Füße unter sich zog. Erst jetzt war sie bereit, sich Deborahs prüfendem Blick zu stellen. »Erzähl mir nicht, ihr habt euch gestritten«, begann Deborah.

»Gestritten haben wir uns eigentlich nicht«, entgegnete Joanna. »Wir haben uns nur getrennt.«

Deborah fiel die Kinnlade herunter. Sie kannte Joanna seit dem Orientierungsseminar in ihrem ersten Studienjahr, was inzwischen sechs Jahre her war, und seitdem hatte Carlton in Joannas Leben quasi zum Inventar gehört. Aus ihrer Sicht hatte absolut gar nichts darauf hingedeutet, dass in der Beziehung der beiden etwas nicht stimmte. »Was ist passiert?«, fragte sie verdattert.

»Ich hatte eine plötzliche Eingebung«, erwiderte Joanna. Ihre Stimme zitterte leicht, was Deborah keineswegs verborgen blieb. »Unsere Verlobung ist aufgelöst. Aber noch wichtiger ist vielleicht, dass ich nicht mehr darauf aus bin, zu heiraten. Fertig, aus. Falls es passiert, wunderbar, und falls nicht, ist es auch okay.«

»Habe ich das nicht schon immer gepredigt?«, platzte Deborah heraus. Sie konnte ihre Freude nur schwer unterdrücken. »Das klingt ja gar nicht nach dem Buttercremetorte glasierenden Mädel im Brautjungfernkleidchen, an das ich mich so gewöhnt habe. Wie kommt es zu dem plötzlichen Sinneswandel?« In Deborahs Augen glich Joannas zielstrebiges und unerschütterliches Ansteuern der Ehe beinahe religiösem Fanatismus.

»Carlton wollte unseren Hochzeitstermin wieder einmal verschieben«, erklärte Joanna. »Dieses Mal bis zum Ende seiner Facharztausbildung.« Sie fasste die letzte Viertelstunde ihres Gesprächs mit Carlton für ihre Freundin zusammen. Deborah hörte aufmerksam zu.

»Bist du einigermaßen okay?«, fragte sie, als Joanna fertig war. Sie beugte sich vor und sah ihr aus der Nähe in die Augen.

»Ja«, erwiderte Joanna. »Es geht mir besser, als ich es für möglich gehalten hätte. Ich fühle mich ein bisschen zittrig, aber im Großen und Ganzen bin ich okay.«

»Dann sollten wir feiern!«, rief Deborah. Sie stand auf und stürmte in die Küche. »Ich habe noch eine Flasche Champagner, die ich lange aufgespart habe. Jetzt ist genau der richtige Zeitpunkt, sie zu köpfen.«

»Vielleicht«, brachte Joanna hervor. Eigentlich war ihr nicht gerade nach feiern zumute, doch die Energie, die es kostete, sich Deborahs Begeisterung zu widersetzen, brachte sie auch nicht mehr auf.

»Es kann losgehen!«, rief Deborah, als sie mit der Flasche in der einen und zwei Champagnergläsern in der anderen Hand zurückkehrte. Sie kniete sich vor den Couchtisch und löste den Verschluss. Der Korken flog mit einem lauten Knall gegen die Decke. Deborah lachte, aber sie registrierte auch, dass Joanna keine Miene verzog.

»Bist du wirklich okay?«, fragte sie ihre Freundin.

»Ich muss mich wohl erst mal an die Veränderung in meinem Leben gewöhnen.«

»Mit Sicherheit«, stimmte Deborah ihr zu. »Wie ich dich kenne, kommt deine Entscheidung dem Sündenfall des Apostels Paulus auf dem Weg nach Damaskus gleich. Schließlich hat die altehrwürdige Houstoner Gesellschaft dich schon darauf gedrillt, nichts anderes als den heiligen Hafen der Ehe anzusteuern, als du noch nichts weiter warst als ein Funkeln in den Augen deiner Mutter.«

Jetzt musste sogar Joanna lachen.

Deborah schenkte den Champagner ein wenig zu schwungvoll ein. Die vor allem mit Schaum gefüllten Gläser quollen über, und ein Teil des guten Tropfens landete auf dem Tisch. Deborah kümmerte sich nicht darum; sie nahm die Gläser und reichte eins an Joanna weiter. Dann stieß sie mit ihrer Freundin an.

»Willkommen in der Gesellschaft des einundzwanzigsten Jahrhunderts!«, erklärte Deborah.

Sie erhoben ihre langstieligen Gläser und versuchten zu trinken, doch der Schaum brachte sie nur zum Husten, und sie bekamen einen Lachanfall. Um den ausgelassenen Augenblick nicht zu verderben, lief Deborah schnell mit den beiden Gläsern in die Küche, leerte sie und kehrte zurück. Beim zweiten Versuch schenkte sie vorsichtiger ein, indem sie die Gläser schräg hielt und den Champagner an den Seiten hinunterlaufen ließ. Diesmal konnten sie Flüssigkeit trinken statt Schaum.

»Nicht gerade ein besonders edler Tropfen«, stellte Deborah fest. »Aber das wundert mich nicht. Schließlich ist er von David, meinem Verflossenen, und der war ja ein Geizkragen ersten Ranges.« Deborah hatte ihre letzte Beziehung erst vor einer Woche beendet. Vier Monate hatte sie es mit David Curtis ausgehalten. Im Gegensatz zu Joanna war sie noch nie länger als zwei Jahre mit einem Freund zusammen gewesen, und auch das war nur einmal zu Highschool-Zeiten vorgekommen. Die beiden Freundinnen konnten kaum unterschiedlicher sein. Während Joanna in einem wohlhabenden Südstaatenvorort aufgewachsen war, wo es noch richtige, von Ölmultis gesponserte Debütantenbälle gab, zu denen sie immer gern gegangen war, hatte Deborah ihre Kindheit und Jugend mit ihrer allein erziehenden, unkonventionellen, in ihrer Akademikerkarriere aufgehenden Mutter in Manhattan verbracht. Ihren Vater hatte Deborah nie kennen gelernt, denn ihre bevorstehende Geburt war der Grund gewesen, weshalb ihre Eltern sich getrennt hatten. Ihre Mutter hatte erst geheiratet, als Deborah bereits aufs College gegangen war.

»Ich habe noch nie auf Champagner gestanden«, stellte Joanna fest. »Ich würde gar nicht merken, ob es ein guter oder ein schlechter Tropfen ist.« Sie drehte das Glas in der

Hand und sah fasziniert zu, wie immer wieder einzelne Perlen an die Oberfläche stiegen.

»Was ist denn mit deinem Ring passiert?«, fragte Deborah, der erst jetzt auffiel, dass das Lieblingsschmuckstück ihrer Freundin verschwunden war.

»Ich habe ihn zurückgegeben«, erwiderte Joanna beiläufig.

Deborah schüttelte den Kopf. Sie war baff. Joanna hatte den Diamantring und alles, wofür er stand, innig geliebt und ihn fast nie abgenommen.

»Ich meine es eben wirklich ernst«, stellte Joanna klar.

»Den Eindruck gewinne ich allmählich auch«, entgegnete Deborah. Sie war sprachlos.

Das Klingeln des Telefons schreckte sie beide hoch. Deborah erhob sich.

»Wahrscheinlich ist es Carlton«, vermutete Joanna. »Aber ich will nicht mit ihm sprechen.«

Deborah ging zu dem Tischchen, auf dem das Telefon stand, und warf einen Blick auf das Display. »Du hast Recht. Es ist Carlton.«

»Lass den Anrufbeantworter laufen«, bat Joanna.

Deborah kehrte zum Couchtisch zurück und setzte sich. Das Telefon klingelte weiter. Die beiden Freundinnen sahen sich an und warteten. Nach dem vierten Klingeln sprang der Anrufbeantworter an. Während die Ansage abgespult wurde, herrschte Ruhe. Dann hallte Carltons besorgte, von ein paar Störgeräuschen leicht verzerrte Stimme durch den asketisch ausgestatteten Raum.

»Du hast ja Recht, Joanna! Es war eine dumme Idee von mir, unsere Hochzeit erneut verschieben und warten zu wollen, bis ich mit meiner Facharztausbildung fertig bin.«

»Ich habe nie behauptet, es sei eine dumme Idee«, flüsterte Joanna, als ob Carlton sie hören könnte.

»Ich habe mir etwas überlegt«, fuhr Carlton fort. »Was

hältst du davon, wenn wir im Juni heiraten? Du hast dir doch immer gewünscht, im Juni zu heiraten. Also, mir würde der Juni gut passen. Ruf mich doch bitte an, sobald du meine Nachricht hörst, dann können mir noch mal über alles reden. Okay?«

Der Anrufbeantworter gab ein paar weitere mechanische Geräusche von sich, dann begann das kleine rote Lämpchen vorne auf dem Gerät zu blinken.

»Da sieht man mal wieder, dass er keine Ahnung hat«, stellte Joanna fest. »Meine Mutter könnte nie und nimmer in acht Monaten eine traditionelle Houstoner Hochzeit organisieren.«

»Ich finde, er klang ein bisschen verzweifelt«, sagte Deborah. »Wenn du ihn zurückrufen und ungestört sein möchtest, verschwinde ich.«

»Ich will nicht mit ihm reden«, entgegnete Joanna entschieden. »Jedenfalls nicht jetzt.«

Deborah legte ihren Kopf auf die Seite und musterte ihre Freundin. Sie wollte ihr wirklich gerne helfen, aber im Augenblick war sie mit ihrem Latein am Ende.

»Es ist nicht so, dass Carlton und ich über dieses Thema streiten würden«, erklärte Joanna. »Und genauso wenig handelt es sich um eine kleine Neckerei unter Liebenden. Ich will ihn zu nichts drängen, und ehrlich gesagt, wäre es auch mir auf einmal nicht mehr ganz geheuer, so bald zu heiraten.«

»Das sind ja ganz neue Töne.«

»Stimmt«, gestand Joanna. »Plötzlich will Carlton den Termin vorziehen und ich bin diejenige, die zögert. Ich glaube, ich brauche einfach ein bisschen Zeit und Freiraum für mich.«

»Das kann ich gut verstehen«, entgegnete Deborah. »Außerdem finde ich es sehr vernünftig von dir, dass du dich jetzt nicht auf eine alberne Debatte über den Hochzeitstermin einlässt. Das würde nur neue Probleme heraufbeschwören.«

»Das Problem ist nur, dass ich ihn immer noch liebe«, stellte Joanna mit einem trockenen Lächeln fest. »Wenn ich mich auf eine Diskussion einließe, würde ich vermutlich sofort klein beigeben.«

Deborah lachte. »Da hast du wohl Recht. Eine so frisch Bekehrte wie du, die gerade erst zu einer modernen, vernünftigen Einstellung in Sachen Ehe gefunden hat, ist bestimmt in höchstem Maße rückfallgefährdet. Du brauchst in der Tat unbedingt erst einmal Zeit für dich. Und weißt du, was das Beste ist? Ich glaube, ich habe die Antwort.«

»Die Antwort worauf?« fragte Joanna.

»Ich zeige dir etwas«, erwiderte Deborah. Sie richtete sich auf und nahm die neueste Ausgabe der *Harvard Crimson* von ihrem Schreibtisch. Die Zeitung war aufgeschlagen, und die Anzeigenseite lag oben. Sie reichte ihr die Zeitung.

Joanna überflog die Seite und las den mit Kugelschreiber umkringelten Text. Dann sah sie Deborah fragend an. »Meinst du die Anzeige von der Wingate Clinic?«

»Ja«, erwiderte Deborah aufgekratzt.

»Es ist eine Anzeige, in der nach Eizellenspenderinnen gesucht wird«, stellte Joanna fest.

»Genau«, bestätigte Deborah.

»Und wieso soll das die Antwort für mich sein?«, fragte Joanna.

Deborah umrundete den Couchtisch und ließ sich neben Joanna auf dem Sofa nieder. Dann zeigte sie mit dem Zeigefinger auf die angebotene Entschädigung. »Das Geld ist die Antwort. Fünfundvierzigtausend Dollar! Eine schöne Geldspritze, wenn du mich fragst.«

»Die gleiche Anzeige war im vergangenen Frühjahr schon mal im *Crimson* und hat für reichlich Aufregung gesorgt«, stellte Joanna fest. »Danach ist sie nie wieder erschienen. Glaubst du, das Angebot ist ernst gemeint? Vielleicht hatte auch nur jemand Lust, ein paar College-Studentinnen einen kleinen Streich zu spielen.«

»Ich glaube, es ist ernst gemeint«, erwiderte Deborah. »Die Wingate Clinic ist eine Klinik, die auf Kinderwunschbehandlungen spezialisiert ist. Sie hat ihren Sitz in Bookford, Massachusetts, das ist noch hinter Concord. Das habe ich auf der Website der Klinik gelesen.«

»Aber warum sind sie bereit, so viel Geld zu zahlen?«, fragte Joanna.

»Aus der Website geht hervor, dass die Klinik vor allem von reichen Patienten konsultiert wird, die bereit sind, für vermeintliche Qualität eine Menge zu bezahlen. Offenbar wollen diese Patienten Harvard- Absolventinnen als Spenderinnen. Klingt ein bisschen wie diese Samenbank in Kalifornien, wo die Spender alle Nobelpreisträger sind. Vom genetischen Standpunkt betrachtet ist das natürlich der reine Wahnsinn, aber vielleicht steht es uns auch nicht an, die Motive der Leute in Frage zu stellen.«

»Nobelpreisträgerinnen sind wir mit Sicherheit nicht«, stellte Joanna klar. »Wenn man es genau nimmt, sind wir noch nicht einmal Harvard-Absolventinnen. Wieso glaubst du, dass sie sich für uns interessieren sollten?«

»Wieso denn nicht?«, fragte Deborah zurück. »Als Studentinnen eines Graduierten-Studiengangs sollten wir doch wohl als Harvard-Absolventinnen durchgehen. Ich kann mir nicht vorstellen, dass sie ausschließlich nach Absolventinnen aus Kursen für Nichtgraduierte suchen. Wie aus der Website der Klinik hervorgeht, legen sie Wert darauf, dass die Frauen unter fünfundzwanzig sind. Die Voraussetzung erfüllen wir so gerade noch.«

«Aber in der Anzeige heißt es außerdem, dass Bewerberinnen emotional stabil, attraktiv, nicht übergewichtig und zudem sportlich sein sollten. Meinst du nicht, wir überspannen den Bogen ein wenig, wenn wir uns darauf melden?«

»Nein. Ich finde, das trifft perfekt auf uns zu.«

»Sportlich?«, fragte Joanna und grinste. »Du vielleicht, aber ich bestimmt nicht. Und emotional stabil? Das kann ich nicht gerade von mir behaupten, und schon gar nicht in meinem jetzigen Zustand.«

»Einen Versuch ist es allemal wert«, beharrte Deborah. »Vielleicht bist du nicht gerade die sportlichste Frau auf dem Campus, aber wir können ja sagen, dass wir uns nur gemeinsam als Spenderinnen zur Verfügung stellen. Entweder sie nehmen uns beide oder sie bekommen keine von uns.«

»Meinst du das wirklich im Ernst?«, wollte Joanna wissen und nahm ihre Mitbewohnerin ins Visier. Deborah nahm gern mal jemanden auf den Arm.

»Zuerst hatte ich auch Bedenken«, gestand Deborah. »Aber dann habe ich mir die Sache vorhin noch mal durch den Kopf gehen lassen und fand das Angebot ziemlich interessant. Das Geld reizt mich einfach. Stell dir bloß vor – fünfundvierzigtausend Riesen! Mit so einem Haufen Kohle wären wir schlagartig aller Sorgen ledig. Wir könnten in aller Ruhe unsere Dissertationen schreiben und uns alles leisten. Und seitdem du nicht mehr darauf aus bist, so schnell wie möglich unter die Haube zu kommen, sollte dich das Angebot erst recht interessieren. Ein wenig zusätzliche Sicherheit kann dir bestimmt nicht schaden – ich meine zusätzlich zu deiner Ausbildung –, sonst gerät dein Entschluss noch ins Wanken. Außerdem könntest du das Geld ja als ein hübsches Startkapital betrachten, um dein Leben als Single zu planen.«

Joanna warf die Campus-Zeitung auf den Couchtisch. »Manchmal weiß ich wirklich nicht, ob du mich auf den Arm nimmst oder ob du es ernst meinst.«

»Ich nehme dich nicht auf den Arm! Du hast doch selber gesagt, dass du Zeit für dich und ein bisschen Freiraum brauchst. Mit dem Geld von der Klinik kannst du dir genau das leisten und noch vieles mehr. Ich habe auch schon einen Plan. Wir stellen uns dieser Wingate Clinic zur Verfügung, spenden ein paar Eizellen und kassieren neunzigtausend Dollar. Davon investieren wir ungefähr fünfzigtausend in den Kauf einer Zweizimmerwohnung in Boston oder Cambridge. Die Wohnung vermieten wir und bezahlen damit unsere Hypothekenraten ab.«

»Wieso sollten wir denn eine Wohnung kaufen und sie dann vermieten?«, fragte Joanna.

»Lass mich doch erst mal ausreden«, entgegnete Deborah.

»Wäre es nicht sinnvoller, die fünfzigtausend Dollar anzulegen? Vergiss nicht, dass ich die Wirtschaftsexpertin bin und du die Biologin.«

»Du magst zwar bald eine promovierte Wirtschaftswissenschaftlerin sein, aber was das Leben eines weiblichen Singles im einundzwanzigsten Jahrhundert angeht, gleichst du eher einem Baby, das allein im Wald ausgesetzt wurde. Also hör lieber zu, was ich dir vorschlage. Wir kaufen eine kleine Wohnung und schaffen damit einen Grundstock für unsere Zukunft. In früheren Generationen haben Frauen deswegen geheiratet, heute müssen wir das selber in die Hand nehmen. Ein nettes kleines Apartment ist ein guter Start und eine kluge Investition.«

»Das aus deinem Munde!«, staunte Joanna. »In Sachen Zukunftsplanung hast du mir offenbar einiges voraus.«

»Darauf gebe ich dir Brief und Siegel«, stellte Deborah klar. »Aber ich bin noch nicht fertig. Das Beste kommt nämlich noch: Mit den verbleibenden vierzigtausend fliegen wir nach Venedig und schreiben dort unsere Doktorarbeiten.«

»Nach Venedig!«, rief Joanna. »Ich glaube, du spinnst!«

»Warum?«, fragte Deborah. »Denk doch mal darüber nach. Du hast doch selber gesagt, dass du Zeit für dich brauchst. Was könnte also besser sein? Wir mieten uns ein gemütliches Apartment in Venedig, und Carlton bleibt hier und bringt seine Facharztausbildung hinter sich. Wir schreiben unsere Dissertationen und machen uns ein schönes Leben, und all das, ohne dass du deinen lieben Doktor am Hals hast.«

Joanna starrte ins Leere. Vor ihren Augen ließ sie Bilder von Venedig Revue passieren. Sie war schon einmal dort gewesen, allerdings war das schon eine Weile her. Sie war noch zur Highschool gegangen und auch nur für ein paar Tage in Venedig gewesen, zudem auch noch in Begleitung ihrer Eltern und Geschwister. Obwohl die Reise so lange zurücklag, hatte sie noch sehr klare Erinnerungen an das Wasser des Canale Grande, das in der Sonne glitzerte und sich an den gotischen Fassaden spiegelte. Genauso deutlich sah sie vor sich den belebten Markusplatz und die gegeneinander anspielenden Quartette der beiden berühmten, einander gegenüberliegenden Cafés. Damals hatte sie sich geschworen, die romantische Stadt irgendwann noch einmal zu besuchen. Natürlich hatte sie sich vorgestellt, mit Carlton zurückzukehren. Damals war er nicht mit gewesen, auch wenn sie schon mit ihm zusammen gewesen war.

»Und da ist noch etwas«, fuhr Deborah fort und riss Joanna aus ihrer Tagträumerei. »Wenn wir ein paar Eizellen spenden – von denen wir übrigens ein paar hunderttausend haben, sodass wir sie bestimmt nicht vermissen werden –, tun wir zudem auch noch ein bisschen etwas zur Befriedigung unseres Zeugungstriebs.«

»Jetzt willst du mich wieder auf die Schippe nehmen«, stellte Joanna fest.

»Aber nein!«, stellte Deborah klar. »Dadurch, dass wir unsere Eizellen zur Verfügung stellen, verhelfen wir Paaren, die keine Kinder bekommen können, zu einer Schwangerschaft, und die Kinder, die daraus hervorgehen, tragen zur Hälfte unsere Gene. Also laufen demnächst ein paar halbe Joannas und Deborahs herum.«

»Da hast du wohl Recht«, stimmte Joanna ihr zu und sah vor sich ein kleines Mädchen, das ihr ziemlich ähnelte. Die Vorstellung erfüllte sie mit Wohlgefühl, das sich jedoch schlagartig änderte, als sie das kleine Mädchen an der Hand von zwei absolut fremden Menschen sah.

»Natürlich habe ich Recht«, stellte Deborah klar. »Und das Beste daran ist, dass wir weder Windeln wechseln noch uns die Nächte um die Ohren schlagen müssen. Was meinst du? Wollen wir es probieren?«

»Lass uns nichts überstürzen«, bat Joanna und hob die Hände, als müsste sie sich vor irgendetwas schützen. »Mir geht das alles viel zu schnell. Falls sie uns akzeptieren sollten – was ich mir bei all den Voraussetzungen, die wir laut der Anzeige erfüllen müssen, sowieso nicht vorstellen kann –, sind für mich noch jede Menge Fragen offen.«

»Welche denn?«

»Wie spendet man zum Beispiel Eizellen? Ich meine, was machen sie mit uns? Wie du weißt, mache ich um Ärzte und Krankenhäuser seit jeher einen großen Bogen.«

»Aus dem Mund einer Frau, die ein halbes Jahrhundert mit einem angehenden Arzt verbracht hat, klingt das wirklich super.«

»Du weißt schon, was ich meine«, entgegnete Joanna. »In medizinischer Hinsicht habe ich nur als Patientin Umgang mit Ärzten.«

»Der Anzeige zufolge ist für die Spende nur eine minimale Stimulation erforderlich«, erklärte Deborah.

»Ist das in Ordnung?«

»Auf jeden Fall«, erwiderte Deborah. »Normalerweise müssen die Eierstöcke extrem stimuliert werden, um mehrere Eizellen zu gewinnen, und die Überstimulation kann bei manchen Frauen zu starken Problemen führen. Die betroffenen Frauen empfinden dann so etwas wie extrem heftige PMS-Symptome. Die Stimulierung der Eierstöcke erfolgt mit starken Hormonen. Einige der Hormone stammen kurioserweise angeblich von italienischen Nonnen und wurden diesen nach der Menopause entnommen.«

»Jetzt mach aber mal einen Punkt!«, entgegnete Joanna. »Jeden Quatsch kaufe ich dir nun auch nicht ab.«

»Ich schwöre dir, dass das stimmt«, ereiferte sich Deborah. »Die Hirnanhangdrüsen dieser Nonnen produzieren im Klimakterium vermehrt humanes hypophysäres Gonadotropin, und genau das bewirkt die gewünschten Ergebnisse. Man gewinnt es aus Urin. Glaub mir!«

»Okay, du musst es ja wissen«, gab Joanna sich geschlagen und zog ein angewidertes Gesicht. »Aber noch mal zurück zur Wingate Clinic – wieso können sie dort auf eine solche Stimulation verzichten?«

»Ich vermute, sie setzen auf Qualität statt Quantität«, erwiderte Deborah. »Aber genau weiß ich es natürlich auch nicht. Diese Frage sollte man den Ärzten dort auf jeden Fall stellen.«

»Und wie gewinnen sie die Eizellen?«

»Auch da kann ich nur raten, aber ich nehme an, mit Hilfe einer Hohlnadel und unter Ultraschallkontrolle.«

»Wie furchtbar!«, rief Joanna. Ihr lief ein kalter Schauer über den Rücken. »Nadeln kann ich absolut nicht ausstehen, und die Nadel, mit der so etwas durchgeführt wird, ist wahrscheinlich extrem lang. Hast du eine Ahnung, von wo sie zustechen?«

»Ich schätze, man wählt den Zugang durch die Vagina«, vermutete Deborah.

Joanna musste sich erneut schütteln.

»Stell dich nicht so an!«, versuchte Deborah ihre Freundin zu beruhigen. »Wahrscheinlich ist es nicht gerade angenehm, aber so schlimm kann es auch nicht sein. Immerhin müssen das alle Frauen über sich ergehen lassen, die durch In-vitro-Befruchtung schwanger werden wollen. Und vergiss nicht – es geht um fünfundvierzigtausend Dollar. Dafür kann man sich wohl mal ein bisschen pieksen lassen.«

»Ob der Eingriff wohl unter Narkose durchgeführt wird?«

»Keine Ahnung«, erwiderte Deborah. »Die Frage müssen wir auch den Experten stellen.«

»Du scheinst es wirklich ernst zu meinen.«

»Im Grunde können wir ja auch nur gewinnen. Wir streichen einen fetten Batzen Geld ein und einigen Paaren wird ihr Kinderwunsch erfüllt. Es kommt mir so vor, als würde man für seine Großherzigkeit bezahlt.«

»Ich wünschte, wir könnten mit einer Frau reden, die diesen Eingriff schon mal über sich hat ergehen lassen«, sagte Joanna.

»Vielleicht ist das sogar möglich«, entgegnete Deborah. »Das Thema Eizellspende kam irgendwann in einer Laborgruppendiskussion im Biologieseminar 101 auf, das ich im vergangenen Semester geleitet habe. Damals hatte die Wingate Clinic gerade ihre erste Anzeige im Crimson geschaltet. Eine der Studentinnen aus dem ersten Studienjahr hat erzählt, man habe sie interviewt und akzeptiert. Sie war fest entschlossen, den Eingriff durchführen zu lassen.«

»Weißt du noch, wie sie hieß?«

»Nein, aber ich weiß, wie ich es herausfinden kann. Sie und ihre Mitbewohnerin haben sich einen Laborplatz geteilt, und sie waren beide hervorragende Studentinnen. Ich muss die Namen in meinen Seminaraufzeichnungen vermerkt haben. Warte mal kurz, dann hole ich sie.« Während Deborah in ihr Zimmer eilte, versuchte Joanna die vergangene halbe Stunde ihres Lebens zu verdauen. Sie war immer noch vollkommen durcheinander und fühlte sich ein wenig schwindelig. Die Ereignisse schienen sich förmlich zu überschlagen.

»Voilà!«, rief Deborah kurz darauf aus ihrem Zimmer. Im nächsten Moment stand sie mit dem aufgeklappten, in eine Schutzhülle eingeschlagenen Seminarbuch in der Tür und lief zum Schreibtisch. »Weißt du, wo das Campus-Telefonbuch ist?«

»In der zweiten Schublade rechts«, erwiderte Joanna. »Wie heißt sie denn?«

»Kristin Overmeyer«, antwortete Deborah. »Und ihre Mitbewohnerin heißt Jessica Detrick. Sie waren Laborpartnerinnen und haben von allen Seminarteilnehmern mit den besten Noten abgeschnitten.« Sie nahm das Telefonbuch aus der Schublade und schlug die entsprechende Seite auf. »Komisch. Sie steht nicht drin. Wie kann das sein?«

»Vielleicht hat sie Harvard verlassen«, mutmaßte Joanna.

»Das kann ich mir nicht vorstellen«, murmelte Deborah. »Sie war eine hervorragende Studentin.«

»Vielleicht war die Eizellspende zu viel für sie.«

»Das meinst du doch wohl nicht im Ernst, oder?«

»Nein«, erwiderte Joanna. »Aber komisch ist es schon.«

»Dann muss ich der Sache wohl auf den Grund gehen«, stellte Deborah fest, »sonst nimmst du das Abtauchen von Kristin Overmeyer noch als Vorwand, nicht in der Klinik vorzusprechen.« Während sie sprach, schlug sie eine andere Seite auf, entdeckte die Nummer, die sie suchte, und wählte.

»Wen rufst du denn jetzt an?«

»Jessica Detrick«, erwiderte Deborah. »Vielleicht kann sie uns sagen, wo wir Kristin erreichen können. Fragt sich nur, ob Jessica an einem Freitagabend in ihrem Zimmer hockt und lernt.«

Sie war in ihrem Zimmer, das erkannte Joanna an Deborahs hochgerecktem Daumen. Als sich Deborahs Miene plötzlich verdüsterte und sie Dinge sagte wie »Oje, das ist ja furchtbar« oder »Das tut mir Leid« und »Was für eine Tragödie«, hörte Joanna aufmerksam zu.

Nach einer ganzen Weile beendete Deborah das Gespräch und legte langsam den Hörer auf. Dann drehte sie sich zu Joanna um. Sie war tief in Gedanken versunken und kaute an der Innenseite ihrer Wange.

»Und?«, fragte Joanna. »Willst du mir nicht sagen, was los ist? Von was für einer Tragödie habt ihr gesprochen?«

»Kristin Overmeyer ist verschwunden«, erwiderte Deborah. »Sie und eine Kommilitonin namens Rebecca Corey wurden zuletzt von einem Angestellten der Wingate Clinic gesehen, als sie unmittelbar nach Verlassen der Klinik einen Anhalter in ihr Auto haben steigen lassen.«

»Dass im vergangenen Frühjahr zwei Studentinnen verschwunden sind, habe ich sogar gehört«, entgegnete Joanna. »Ihre Namen habe ich allerdings nie erfahren.«

»Wie konnten sie bloß einen Anhalter mitnehmen?«

»Vielleicht kannten sie ihn ja.«

»Mag sein«, entgegnete Deborah. Diesmal lief ihr ein kalter Schauer über den Rücken. »Solche Geschichten lassen mir das Blut in den Adern gefrieren.«

»Wurden die beiden denn nie gefunden? Was ist mit den Leichen?«

»Man hat nur das Auto entdeckt. Es gehörte Rebecca Corey. Es stand verlassen auf einer Lastwagen-Raststätte an der Schnellstraße nach New Jersey. Von den beiden Frauen hat man nie wieder etwas gehört oder gesehen, genauso wenig von ihren persönlichen Sachen wie Portemonnaies oder Kleidung.«

»Hat Kristin Eizellen gespendet?«

»Ja, ein halbes Dutzend. Ihre Familie hat auf Herausgabe der Eizellen geklagt, aber die Klinik hat sie dann freiwillig herausgerückt. Offenbar wollte die Familie ein Wörtchen mitreden, wer sie bekommen soll. Was für eine traurige Geschichte!«

»Dann können wir es wohl vergessen, eine Frau nach ihren persönlichen Erfahrungen mit dem Eingriff zu fragen«, stellte Joanna fest.

»Wir können ja in der Klinik anrufen und darum bitten, uns den Namen einer früheren Spenderin zu nennen«, schlug Deborah vor.

»Wenn wir in der Klinik anrufen, können wir auch direkt fragen, was wir wissen wollen«, wandte Joanna ein. »Sofern unsere Fragen zu unserer Zufriedenheit beantwortet werden, können wir ja um einen Termin bitten.«

»Dann bist du also einverstanden?«

»Sich zu informieren, kann ja nicht schaden«, erwiderte Joanna. »Aber ich verspreche gar nichts, außer dass ich mir vielleicht die Klinik mit dir ansehe.«

»Okay!«, rief Deborah und ging zu ihrer Freundin, um ihr Vorhaben mit einem Handschlag zu besiegeln. »Venedig, wir kommen!«

2

15. Oktober 1999, 7.05 Uhr

Es war ein herrlicher Herbstmorgen. Deborah und Joanna hatten Cambridge in nordwestlicher Richtung verlassen und waren auf der Route 2 unterwegs nach Bookford in Massachusetts. Zu beiden Seiten bot sich ihnen ein prachtvoller Blick auf die herbstlichen Bäume, die in allen möglichen Farben leuchteten. Die Sonne stand ihnen angenehmerweise im Rücken, doch hin und wieder wurden sie von den grellen Strahlen geblendet, die sich auf den Windschutzscheiben der entgegenkommenden Pendlerfahrzeuge spiegelten. Zum Schutz trugen Deborah und Joanna Sonnenbrillen; außerdem hatten sie ihre Baseballkappen aufgesetzt. Seitdem sie Fresh Pond umrundet hatten, war ihre Unterhaltung versiegt; sie waren beide in ihre eigenen Gedanken versunken.

Deborah staunte immer noch darüber, wie schnell sich alles ergeben hatte. Beinahe kam es ihr vor, als wäre es ihnen vorherbestimmt, sich der Wingate Clinic als Spenderinnen zur Verfügung zu stellen. Joanna war mehr mit sich selbst beschäftigt. Sie konnte es noch gar nicht fassen, wie sehr sich ihr Leben innerhalb einer einzigen Woche verändert hatte. Dennoch fühlte sie sich dabei unheimlich gut. Als sie sich am Sonntag endlich dazu durchgerungen hatte, mit Carlton zu reden und sich seinem plötzlichen Drängen auf eine Heirat im Juni zu stellen, war Carlton so sauer auf sie gewesen, dass er sich geweigert hatte, mit ihr zu sprechen. Sie hatte immer wieder bei ihm angerufen und ihm an mehreren aufeinander folgenden Tagen auf den Anrufbeantworter gesprochen, doch vergebens. Letztendlich hatten sie die ganze Woche kein Wort miteinander gewechselt, was Joanna noch mehr in ihrer Überzeugung bestärkt hatte, dass ihr plötzlicher Sinneswandel, was das Heiraten im Allgemeinen und Carlton im Besonderen anging, der richtige Schritt gewesen war. Nach den zahllosen Zurückweisungen, die sie im Laufe der Jahre hatte einstecken müssen, empfand sie Carltons Reaktion als vollkommen unangemessen. Ihrer Meinung nach war es keine Art, sich in den Schmollwinkel zurückzuziehen und ihr Gesprächsangebot einfach zu ignorieren. Vernünftig miteinander reden zu können, stand auf Joannas Werteskala ziemlich weit oben.

»Hast du daran gedacht, deine Fragenliste einzustecken?«, brach Deborah schließlich das Schweigen.

»Ja«, erwiderte Joanna. Die meisten Fragen, die sie stellen wollten, betrafen ihr voraussichtliches Befinden nach der Eizellentnahme. Vor allem wollten sie wissen, ob sie sich in irgendeiner Weise würden einschränken müssen, etwa beim Sport.

Deborah war überrascht gewesen, mit welchem Interesse man ihnen in der Wingate Clinic am Telefon begegnet war. Sie hatten gleich am Montagmorgen die im *Harvard Crimson* angegebene Nummer gewählt und waren, nachdem sie sich kurz vorgestellt und ihr Interesse als Eizellenspenderinnen bekundet hatten, mit einer gewissen Dr. Sheila Donaldson verbunden worden, die sofort angeboten hatte, persönlich bei ihnen vorbeizukommen, um alles in Ruhe zu besprechen. Keine Stunde später stand die Ärztin bereits vor der Tür ihres Apartments und hatte sie mit ihrer Professionalität beeindruckt. Sie hatte Deborah und Joanna in Kürze das gesamte Programm vorgestellt und ihnen sämtliche Fragen, die ihnen bis dahin eingefallen waren, ausführlich beantwortet.

»Wir sind der Meinung, dass wir unsere Patientinnen so gut wie gar nicht stimulieren sollten«, hatte Dr. Donaldson gleich zu Beginn ihres Gesprächs klargestellt. »Wir können sogar ganz darauf verzichten, dann verfahren wir sozusagen nach der ›natürlichen‹ Methode. Das Letzte, was wir wollen, ist, dass unsere Spenderinnen Probleme bekommen, und wenn wir sie mit synthetischen oder Mischhormonen behandeln, kann es immer unangenehme Begleiterscheinungen geben.«

»Aber woher wollen Sie wissen, dass Sie auch nur eine einzige Eizelle gewinnen können?«, fragte Deborah.

»Es kommt gelegentlich vor, dass wir leer ausgehen«, erwiderte Dr. Donaldson. »Das nehmen wir in Kauf.«

»Aber Sie zahlen den Spenderinnen trotzdem den vollen Preis, nicht wahr?«

»Auf jeden Fall«, versicherte Dr. Donaldson.

»Wie betäuben Sie Ihre Patientinnen während des Eingriffs?«, hatte Joanna wissen wollen. Diese Frage beschäftigte sie am meisten.

»Sie haben die Wahl zwischen örtlicher Betäubung und Vollnarkose«, hatte Dr. Donaldson erwidert. »Aber Dr. Paul Saunders, der Gynäkologe, der die Punktionen vornimmt, bevorzugt eine leichte Vollnarkose.«

Vor allem diese Antwort hatte Joanna überzeugt und sie veranlasst, Deborah den hochgereckten Daumen entgegenzustrecken.

Nur einen Tag nach dem Gespräch hatte Dr. Donaldson am frühen Morgen zurückgerufen und mitgeteilt, dass sowohl Deborah als auch Joanna als Spenderinnen akzeptiert seien und die Klinik die Eingriffe so schnell wie möglich vornehmen wolle, am besten noch in der gleichen Woche. Sie sollten sich noch am gleichen Tag entscheiden und die Klinik über ihren Entschluss informieren. In den folgenden Stunden hatten die beiden Freundinnen noch einmal intensiv die Vor- und Nachteile einer Spende diskutiert. Deborah war von Anfang an Feuer und Flamme und wollte die Sache unbedingt durchziehen, und am Ende konnte sie Joanna mit ihrer Begeisterung anstecken. Also riefen sie in der Klinik an und bekamen einen Termin für den kommenden Freitagvormittag.

»Ob wir es uns vielleicht doch lieber hätten anders überlegen sollen?«, fragte Joanna plötzlich, nachdem sie erneut eine Viertelstunde schweigend dahingefahren waren.

»Auf keinen Fall«, stellte Deborah klar, »und erst recht nicht, nachdem ich diese tolle Wohnung am Louisburg Square gesehen habe. Hoffentlich schnappt sie uns niemand weg, bevor wir das Geld in den Händen haben.«

»Wir können sie uns sowieso nur leisten, wenn der Verkäufer uns eine zweite Hypothek gewährt«, stellte Joanna fest. »Ansonsten ist sie viel zu teuer für uns.«

Sie hatten mehrere Wohnungsmakler in Cambridge und Boston kontaktiert und sich sogar schon ein paar zum Verkauf stehende Objekte angesehen. Die Wohnung am Louisburg Square in Beacon Hill hatte sie auf Anhieb begeistert. In ganz Boston gab es kaum eine bessere Adresse. Die Wohnung lag absolut zentral, und zur nächsten U-Bahn-Haltestelle der Red Line, mit der sie in null Komma nichts den Harvard Square erreichten, war es nur ein Katzensprung.

»Ehrlich gesagt, wundere ich mich, wie günstig die Wohnung ist.«

»Vermutlich liegt es daran, dass sie im dritten Stock liegt und keinen Aufzug hat«, stellte Joanna fest. »Außerdem ist sie ziemlich klein. Das zweite Zimmer ist ja wirklich winzig.«

»Stimmt. Aber dafür hat es den besseren Blick und im Gegensatz zu dem anderen Zimmer einen begehbaren Kleiderschrank.«

»Siehst du kein Problem darin, dass man nur durch die Küche ins Bad kommt?«

»Wenn ich dafür am Louisburg Square wohnen könnte, würde ich sogar durch die Wohnung eines Fremden gehen, um ins Bad zu kommen.«

»Und wie entscheiden wir, wer von uns welches Zimmer bekommt?«, fragte Joanna.

»Ich nehme gern das kleinere«, erwiderte Deborah. »Darüber brauchst du dir keine Sorgen zu machen.«

»Im Ernst?«

»Ja«, versicherte Deborah.

»Wir können ja auch mal tauschen«, schlug Joanna vor.

»Nicht nötig«, entgegnete Deborah. »Ich bin mit dem kleinen Zimmer vollauf glücklich und zufrieden. Glaub mir!« Joanna sah aus dem Seitenfenster. Je weiter sie nach Norden kamen, desto intensiver leuchteten die herbstlichen Farben der Blätter. Die Ahornbäume waren so rot, dass sie schon fast unwirklich aussahen, was durch den Kontrast zu den sich im Hintergrund erhebenden dunkelgrünen Pinien und Hemlocktannen noch verstärkt wurde.

»Hast du plötzlich Bedenken?«, fragte Deborah.

»Nein«, erwiderte Joanna. »Eigentlich nicht. Es geht nur alles so schnell, dass mir schwindelig wird. Stell dir nur vor – wenn alles nach Plan verläuft, sind wir nächste Woche um diese Zeit nicht nur stolze Eigentümer einer Wohnung, sondern zudem auch bereits in unserer Traumstadt Venedig. Das ist doch unglaublich!«

Deborah hatte im Internet günstige Flüge über Brüssel nach Mailand entdeckt. Von Mailand wollten sie mit dem Zug nach Venedig weiterfahren, wo sie am Nachmittag eintreffen würden. Außerdem hatte Deborah eine kleine Frühstückspension im *sestière* San Polo in der Nähe der Rialtobrücke ausfindig gemacht, in der sie sich einquartieren wollten, bis sie eine eigene Wohnung gefunden hatten.

»Ich kann es gar nicht erwarten!«, rief Deborah. »In einer Woche sind wir schon da! *Benvenuto a Italia, signorina!*« Bei diesen Worten löste sie kurz die rechte Hand vom Lenkrad und wuselte ihrer Freundin überschwänglich durchs Haar.

Joanna wich lachend aus und wehrte Deborahs Hand ab.

»Mille grazie, cara«, entgegnete sie mit schelmischem Unterton und fuhr sich mit den Fingern durch ihr schulterlanges Haar, um es wieder einigermaßen in Ordnung zu bringen. »Ich kann es noch gar nicht fassen, wie schnell uns all dies dank der Wingate Clinic ermöglicht werden soll«, stellte sie fest und prüfte im Rückspiegel ihr Aussehen. Was ihr Haar anging, hatte Joanna einen kleinen Fimmel. Überhaupt achtete sie viel mehr auf ihr Äußeres als Deborah, womit diese sie immer wieder gerne aufzog.

»Wahrscheinlich geht es so schnell, weil die Patientinnen der Klinik Druck machen«, vermutete Deborah und stellte den Spiegel wieder richtig.

»Hat Dr. Donaldson etwas in der Richtung erwähnt?«, fragte Joanna.

»Nein«, erwiderte Deborah. »Aber ich könnte es mir gut vorstellen. Eins hat sie allerdings erwähnt, nämlich dass die Klinik im Moment nur zwei Spenderinnen sucht. Wir können uns also glücklich schätzen, dass wir rechtzeitig angerufen haben.«

»Dem Schild zufolge ist Bookford die nächste Ausfahrt«, stellte Joanna fest und zeigte nach vorn. Das Hinweisschild war ziemlich klein und wurde zum Teil von einer Gruppe Eichen verdeckt, deren Blätter in den schillerndsten Orangetönen leuchteten.

»Ich hab's gesehen«, entgegnete Deborah und setzte den Blinker.

Nach weiteren zwanzig Minuten Fahrt auf einer engen, von Apfelbäumen und Steinmauern gesäumten Straße, die sich idyllisch durch sanfte Hügel und rostfarbene Kornfelder schlängelte, erreichten sie ein typisches Neuengland-Städtchen. Am Stadtrand stand eine große Tafel mit der Aufschrift: WILLKOMMEN IN BOOKFORD, MASSACHUSETTS, HEIMAT DER BOOKFORD HIGHSCHOOL WILDCATS, DIVISION II STATE FOOTBALL CHAMPIONS 1993. Die vom Highway nach Bookford führende Landstraße ging in die Main Street über, die den Ort in einen nördlichen und südlichen Abschnitt teilte. Die Straße wurde von typischen, um die Jahrhundertwende erbauten Backsteingebäuden gesäumt, in denen sich überwiegend Geschäfte befanden. Als sie den Ort etwa zur Hälfte durchquert hatten, kamen sie an einer großen weißen Kirche mit Turm vorbei. Sie stand am Ende eines kleinen Parks direkt gegenüber dem Rathaus, einem hübschen Gebäude aus Granit. Eine lärmende Schar Kinder mit geschulterten Schulranzen zog einem Schwarm flügelloser Zugvögel gleich die Bürgersteige entlang in Richtung Norden.

»Ein hübsches Städtchen«, stellte Deborah fest. Sie drosselte das Tempo und beugte sich ein wenig nach vorn, um besser sehen zu können. »Es sieht alles so niedlich aus, fast so, als wäre es gar keine echte Stadt, sondern nur eine Attrappe aus einem Themenpark.«

»Ich habe noch gar kein Hinweisschild zur Wingate Clinic gesehen«, stellte Joanna fest.

»Weißt du, warum hundert Millionen Spermien erforderlich sind, um eine einzige Eizelle zu befruchten?«

»Nein«, erwiderte Joanna.

»Weil keine von ihnen bereit ist anzuhalten und nach dem Weg zu fragen.«

Joanna lachte. »Soll das heißen, dass wir vielleicht am besten irgendwo anhalten und fragen?«

»Genau«, stellte Deborah klar und bog vor dem Rite-Smart-Drugstore in eine Parklücke. Auf beiden Seiten der Main Street erstreckten sich rechtwinklig angelegte Parkplätze. »Kommst du mit rein oder willst du im Auto warten?«

»Ich komme mit«, erwiderte Joanna. »Schließlich will ich auch meinen Spaß haben.«

Auf dem Bürgersteig mussten sie rasch zur Seite springen, um Kindern Platz zu machen, die Fangen spielten. Ihr Gebrüll und Geschrei war so laut, dass es beinahe in den Ohren schmerzte. Umso erleichterter waren sie, als die Tür des Drugstores sich hinter ihnen schloss. Anders als draußen herrschte drinnen totale Stille, allerdings waren sie auch die einzigen Kunden. Nicht einmal eine Verkäuferin ließ sich blicken.

Als sie eine Weile vergeblich gewartet hatten, zuckten sie ratlos mit den Schultern und schlenderten den mittleren Gang entlang in den hinteren Bereich des Geschäfts, in dem die rezeptpflichtigen Arzneimittel ausgegeben wurden. Auf dem Tresen befand sich eine Klingel, die Deborah ohne zu zögern drückte und die in der Stille ohrenbetäubend schrillte. Ein paar Sekunden später öffnete sich eine Schwingtür, wie man sie von Saloons in Hollywood-Western kennt, und ein glatzköpfiger, übergewichtiger Mann betrat den Raum. Er trug einen oben offen stehenden Apothekerkittel, und obwohl es in dem Geschäft verhältnismäßig kühl war, standen ihm Schweißperlen auf der Stirn.

»Kann ich Ihnen helfen?«, wandte er sich freundlich an Deborah und Joanna.

»Wir suchen die Wingate Clinic«, erwiderte Deborah.

»Kein Problem«, entgegnete der Drugstorebesitzer. »Sie liegt ein wenig außerhalb von Bookford, im Gebäude des Cabot State Mental Hospital.«

»Wie bitte?«, hakte Deborah überrascht nach. »Sie befindet sich im Gebäude einer Nervenheilanstalt?«

»Ja«, bestätigte der Mann. »Der alte Doc Wingate hat das ganze Gelände gekauft oder vielleicht auch nur gepachtet, so genau weiß das hier niemand. Aber es spielt ja auch keine Rolle.«

»Verstehe ich Sie richtig, dass es sich um eine ehemalige Nervenheilanstalt handelt?«, fragte Deborah.

»Ja, genau«, erwiderte der Mann. »Die Anstalt existierte über hundert Jahre. Sie diente zudem als Sanatorium für Tuberkulosekranke. Offenbar gab es damals in Boston genug Leute, die sich ihrer geistig verwirrten oder an Tuberkulose leidenden Verwandten entledigten, indem sie sie in die Verbannung nach Bookford schickten. Nach dem Motto ›Aus den Augen, aus dem Sinn‹ haben sie sie einfach in dieser Festung eingesperrt. Vor hundert Jahren war Bookford noch finsterste Provinz. Seitdem hat sich hier eine Menge geändert. Inzwischen sind wir eine Art Schlafstadt für Berufstätige, die täglich nach Boston pendeln.«

»Die Kranken wurden dort einfach nur eingesperrt?«, fragte Joanna fassungslos. »Hat man sie denn nicht behandelt?«

»Vielleicht hat man einigen von ihnen auch versucht zu helfen«, gestand der Drugstorebesitzer. »Aber eine effektive Behandlungsmethode gab es ja damals noch nicht. Na ja, so ganz stimmt das vielleicht nicht. Sie haben schon eine Menge Operationen in der Klinik durchgeführt. Das heißt, sie haben herumexperimentiert, zum Beispiel die Lungen von Tb-Kranken zum Einfallen gebracht und bei Geisteskranken Leukotomien vorgenommen.«

»Das klingt ja furchtbar«, stellte Joanna fest. Ihr lief ein kalter Schauer über den Rücken.

»Das war es wohl auch«, stimmte der Mann ihr zu.

»Aber heute gibt es dort sicher keine Tuberkulose- und Geisteskranken mehr, nicht wahr?«, fragte Deborah.

»Nein«, stellte der Mann klar. »Natürlich nicht. Das Cabot – wie die Klinik hier in der Gegend heißt – wurde vor zwanzig oder dreißig Jahren geschlossen. Soweit ich weiß, wurden die letzten Patienten in den siebziger Jahren verlegt. Erinnern Sie sich nicht? Das war die Zeit, in der die Politiker angefangen haben, unser gesamtes Gesundheitssystem auf den Kopf zu stellen. Es war eine echte Tragödie. Sie haben die verbliebenen Patienten einfach nach Boston zurückgekarrt und sie im Boston Common vor sich hin vegetieren lassen.«

»Das war ein bisschen vor unserer Zeit«, stellte Deborah fest.

»Da haben Sie wohl Recht«, stimmte der Mann zu.

»Können Sie uns den Weg zum Cabot erklären?«, bat Deborah.

»Selbstverständlich«, erwiderte der Mann. »Ich nehme an, Sie kommen aus Richtung Süden.«

»Genau«, bestätigte Deborah.

»Gut«, sagte der Mann. »Dann fahren Sie bis zur nächsten Ampel weiter in nördlicher Richtung und biegen dort rechts in die Pierce Street ab. An der Ecke sehen Sie die öffentliche Bibliothek. Von der Kreuzung aus können Sie den Ziegelsteinturm des Cabot schon sehen. Sie müssen die Pierce Street dann nur noch etwa zwei Meilen in Richtung Osten hinunterfahren. Dann können Sie die Klinik gar nicht verfehlen.«

Die beiden Freundinnen bedankten sich bei dem Apotheker und gingen zurück zu ihrem Auto.

»Besonders einladend scheint der Bau ja nicht gerade zu sein, in dem die Kinderwunschklinik ihren Sitz hat«, stellte Joanna fest, während sie sich anschnallte.

»Wenigstens sind dort keine Geistes- oder Tuberkulosekranken mehr untergebracht«, entgegnete Deborah und bog rückwärts aus der Parklücke. »Einen Moment lang wäre ich am liebsten auf der Stelle umgekehrt und nach Cambridge zurückgefahren.«

»Wir können immer noch umdrehen«, schlug Joanna vor.

»Das meinst du doch nicht im Ernst, oder?«

»Nein«, gestand Joanna. »Eigentlich nicht. Aber ein Klinikgebäude mit so einer Vergangenheit ist mir irgendwie unheimlich. Was meinst du, was sich dort für Horrorszenarien abgespielt haben?«

»Ich will es mir lieber nicht vorstellen«, erwiderte Deborah.

Paul Saunders legte die Mitteilung von Sheila Donaldson zurück auf den Schreibtisch, stützte die Ellbogen auf und rieb sich die Augen. Er hatte an diesem Vormittag bereits einige Stunden im Labor zugebracht und sich seinen Embryokulturen gewidmet. Anschließend hatte er sich in sein Turmbüro im dritten Stock zurückgezogen. Die meisten Kulturen entwickelten sich einigermaßen gut, jedoch nicht optimal. Vermutlich waren das Alter und die nicht erstklassige Qualität der Eizellen schuld, ein Problem, das er in Kürze in den Griff zu bekommen hoffte.

Paul war ein Frühaufsteher. Normalerweise stand er um kurz vor fünf auf und war bereits vor sechs Uhr im Labor. So konnte er eine Menge Arbeit erledigen, bevor die ersten Patienten eintrafen, was in der Regel nicht vor neun Uhr passierte. An diesem Morgen würde er seinen Dienst in der Klinik schon ein wenig früher antreten, denn es waren zwei Punktionen geplant. Er legte die Termine für Eizellentnahmen gern in die frühen Morgenstunden, um sicherzustellen, dass die Spenderinnen sich ausreichend lange von der Narkose erholen und noch am gleichen Tag entlassen werden konnten. Stationäre Aufnahmen waren nur für Notfälle vorgesehen, und selbst die ließ Paul lieber in das nächste Krankenhaus mit Intensivstation verlegen.

Er nahm die Mitteilung seiner Kollegin noch einmal vom Tisch, erhob sich von seinem Stuhl und schlenderte zur Fensterfront. Die bis zum Boden reichenden Fenster waren deutlich höher als er selber mit seinen knappen ein Meter siebzig. Von hier oben konnte er die gesamte weite Rasenfläche überblicken, die sich vor der Klinik bis zu dem gusseisernen, mit Stacheldrahtaufsatz versehenen Zaun erstreckte, der das gesamte Areal umspannte. Ein wenig links von seinem Büro befand sich das steinerne Pförtnerhäuschen, von dem aus eine Schotterzufahrt auf das Gelände führte. Sie schlängelte sich etwa bis auf die Höhe seines Büros, machte dann einen Bogen und verschwand links aus seinem Blickfeld in Richtung Parkplatz, der sich an der Südseite des Gebäudes befand. In einiger Entfernung sah er inmitten der herbstlichen Farborgie die Turmspitze der presbyterianischen Kirche von Bookford sowie die Schornsteine einiger höherer Gebäude. Am Horizont konnte er als purpurrote Punkte gerade noch die Gebirgsausläufer der Berkshire Mountains ausmachen.

Er überflog noch einmal die Mitteilung, dachte einen Augenblick nach und ließ seinen Blick erneut in die Ferne schweifen. Er hatte allen Grund, zufrieden zu sein. In Wahrheit konnte es gar nicht besser laufen, und dieser Gedanke ließ ein Lächeln über sein aufgequollenes Gesicht huschen. Dann verfinsterte sich sein Blick wieder. Er musste daran denken, wie ihm vor sechs Jahren nichts anderes übrig geblieben war, als Illinois Hals über Kopf zu verlassen. Damals hatte man ihm seine Krankenhausberechtigung entzogen, und um ein Haar hätte er sogar seine Approbation verloren. Zum Glück hatte ihn sein Anwalt rechtzeitig informiert, dass es in seiner Angelegenheit nicht zum Besten stünde. Also hatte er Illinois verlassen und war nach Osten gezogen, und all das wegen eines idiotischen Aufstands um seine Abrechnungen. Natürlich hatte er es mit seinen Honorarforderungen auf die Spitze getrieben, aber so verfuhren schließlich alle Gynäkologen und Geburtshelfer in seinem Bekanntenkreis. Im Grunde hatte er einzig und allein die Methoden von Kollegen, die zum gleichen Ärztekomplex gehörten, kopiert und ein wenig verfeinert. Warum die staatlichen Prüfer ausgerechnet ihm auf die Schliche gekommen waren, war ihm noch immer ein Rätsel, und jedes Mal, wenn er darüber nachdachte, ärgerte er sich schwarz. Dabei hatte er das eigentlich gar nicht nötig, jedenfalls nicht mehr, seitdem das Blatt sich für ihn zum Guten gewendet hatte.

Bei seiner Ankunft in Massachusetts hatte er zunächst befürchtet, dass die Gesundheitsbehörde dieses Bundesstaates von seinen Problemen in Illinois Wind bekommen und ihm ebenfalls die Krankenhausberechtigung versagen würde. Deshalb hatte er beschlossen, sich erst einmal weiter zu spezialisieren, und zwar auf dem Gebiet der Unfruchtbarkeit. Wie sich bald herausstellte, hatte er damit die beste Entscheidung seines Lebens getroffen. Er umging nicht nur sämtliche Probleme, an eine Lizenz zu kommen; er wechselte zudem in einen Bereich, in dem es keinerlei nennenswerte Kontrollen gab, und zwar weder in geschäftlicher Hinsicht noch was die Professionalität der behandelnden Ärzte anging. Außerdem entpuppte sich das Geschäft mit der Behandlung von Unfruchtbarkeit als erstaunlich lukrativ.

Unterm Strich hatte er mit seiner Entscheidung, als Infertilitätsexperte Fuß zu fassen, einen großen Coup gelandet, denn zusätzlich zu den anderen günstigen Umständen stellte sich auch noch heraus, dass er zum richtigen Zeitpunkt am richtigen Ort gelandet war. Nur diesem Zufall verdankte er es, dass er mit Spencer Wingate in Kontakt kam, einem anerkannten Reproduktionsspezialisten, dem der Sinn danach stand, sich halb in den Ruhestand zurückzuziehen und sich auf seinen Lorbeeren auszuruhen, vielleicht noch mal gelegentlich ein paar Fördermittel aufzutreiben und ansonsten ein schönes Leben zu führen und sich der Lektüre interessanter Bücher zu widmen. Inzwischen war Paul derjenige, der den Laden in Bookford schmiss, und zwar sowohl die Klinik als auch den Forschungsbereich.

Dabei musste man es schon als eine Ironie des Schicksals betrachten, dass ausgerechnet aus Paul ein Forscher geworden war. Jedes Mal, wenn er darüber nachdachte, musste er grinsen, denn damit hätte er selbst nicht im Traum gerechnet. Schließlich hatte er auf der medizinischen Hochschule als Schlechtester abgeschnitten und um alles, was auch nur entfernt mit Forschung zu tun hatte, immer einen großen Bogen gemacht. Er hatte sich durch sein Studium gemogelt, ohne auch nur ein einziges Seminar in Statistik zu belegen. Aber das machte nichts. Seine unfruchtbaren Patienten waren so verzweifelt, dass sie bereit waren, alles zu versuchen. Viele bestanden sogar explizit darauf, neue Möglichkeiten auszuprobieren. Was Paul an Erfahrung auf dem Gebiet medizinischer Forschung fehlte, glaubte er durch Phantasie wettzumachen. Immerhin waren seine Fortschritte an diversen Fronten durchaus beachtlich, und er war absolut sicher, damit eines Tages reich und berühmt zu werden.

Schließlich wandte er den Blick von dem weitläufigen Klinikgelände ab, das er mittlerweile als seine Domäne betrachtete, und warf einen flüchtigen Blick in den verschnörkelten, zwischen den beiden riesigen Fenstern angebrachten Spiegel. Er zögerte, sah dann etwas genauer hin und fuhr sich nachdenklich mit der Hand über die Wangen. Er war überrascht und besorgt, wie käsig und bleich sich seine Haut von seinem beinahe schwarzen Haar abhob, doch dann wurde ihm bewusst, dass für diesen Eindruck vor allem das grelle Neonlicht verantwortlich war, das von den Röhren auf ihn hinabschien, die unter der Decke angebracht waren. Wie dumm von ihm, sich gleich solche Sorgen zu machen; er lachte einmal kurz auf. Mit seiner bleichen Gesichtsfarbe musste er nun mal leben; schließlich erlaubte sein prall gefüllter Terminkalender ihm nur selten einen Spaziergang bei Tageslicht, geschweige denn in der Sonne, aber er war überzeugt, dass er in Wahrheit nicht so schlecht aussah, wie sein Spiegelbild vermuten ließ. In dem grellen Neonlicht wirkte seine Haut so weiß wie seine markante weiße Haarsträhne über der Stirn.

Er kehrte an seinen Schreibtisch zurück und schwor sich, irgendwann im Winter einen Trip nach Florida zu machen. Vielleicht konnte er sogar irgendwo in der Sonne an einem Gynäkologenkongress teilnehmen und die Fortschritte seiner Arbeit präsentieren. Außerdem nahm er sich vor, gelegentlich mal wieder ein wenig Sport zu treiben, denn er hatte zugenommen, was sich vor allem durch eine neue Speckrolle an seinem Nacken bemerkbar machte. Wenn er es recht bedachte, hatte er sich schon seit Jahren nicht mehr sportlich betätigt. Er war freilich noch nie eine Sportskanone gewesen, was ihm auf seiner Highschool in der South Side von Chicago ziemlich zu schaffen gemacht hatte, da sportliche Typen dort ein wesentlich höheres Ansehen genossen als Typen wie er. Er hatte sich zwar immer mal wieder bemüht, in einem der zahllosen Teams mitzuspielen, aber er war und blieb in sportlicher Hinsicht ein Versager und hatte sich letztendlich nur zum Gespött seiner Mitschüler gemacht.

»Schade, dass sie mich jetzt nicht sehen können«, murmelte Paul vor sich hin, während er an seine bösartigen Schulkameraden dachte. »Wahrscheinlich fristen sie ihr

Dasein an irgendeiner Supermarktkasse mit dem Einpacken von Lebensmitteln.« Im Juni stand das zwanzigjährige Jubiläum seines Highschool-Examens an, und er überlegte, ob er sich nicht den Spaß gönnen und hinfahren sollte, um den Widerlingen, die ihm das Leben so schwer gemacht hatten, zu zeigen, was aus ihm geworden war.

Schließlich nahm er den Telefonhörer ab und wählte die Nummer des Labors. Als abgenommen wurde, verlangte er, mit Dr. Donaldson verbunden zu werden. Während er wartete, überflog er noch einmal ihre Mitteilung.

»Was gibt's, Paul?«, meldete sich Sheila ohne ein Wort der Begrüßung.

»Ich lese gerade Ihre Mitteilung«, entgegnete Paul. »Was wissen Sie über diese beiden Frauen, die heute Morgen kommen? Sind sie gute Kandidatinnen?«

»Perfekte sogar«, erwiderte Sheila. »Sie sind beide gesund, führen ein normales Leben und haben keinerlei gynäkologische Probleme. Außerdem sind sie nicht schwanger, befinden sich beide etwa in der Mitte ihres jeweiligen Zyklus und nehmen keinerlei Drogen oder Medikamente.«

»Und sie sind tatsächlich beide Hochschulabsolventinnen?«

»Ja.«

»Dann sind sie also nicht auf den Kopf gefallen.«

»Ganz sicher nicht.«

»Aber was soll ich davon halten, dass die eine nur örtlich betäubt werden will?«, hakte Paul nach.

»Sie ist Biologin«, erklärte Sheila. »Daher weiß sie einiges über die verschiedenen Betäubungsmöglichkeiten. Ich habe ihr vorgeschlagen, lieber einer leichten Vollnarkose zuzustimmen, aber sie wollte partout nichts davon wissen. Vielleicht kann Carl sie ja noch umstimmen.«

»Und Sie haben sie wirklich zu überzeugen versucht?«, hakte Paul noch einmal nach.

»Natürlich«, erwiderte Sheila gereizt.

»Okay, dann soll Carl noch mal mit ihr reden«, brummte Paul in den Hörer und legte auf, ohne sich zu verabschieden. Dass Sheila sich so offenkundig nicht damit abfinden konnte, dass er der Boss war und nicht sie, konnte ihn manchmal auf die Palme bringen.

»Das muss der Turm sein, von dem der Apotheker gesprochen hat«, sagte Deborah und zeigte nach vorne durch die Windschutzscheibe. Sie waren gerade von der Main Street abgebogen und in die Pierce Street eingebogen. Der schmale, aus Ziegeln gemauerte Turm überragte sämtliche Gebäude und Bäume der Umgebung und war nicht zu übersehen.

»Wenn der Turm wirklich nur zwei oder drei Meilen entfernt ist, muss er ganz schön hoch sein.«

»Von hier erinnert mich die Silhouette ein bisschen an den Turm der Uffizien in Florenz«, stellte Deborah fest. »Das passt ja irgendwie wie die Faust aufs Auge.«

Als sie den Ort hinter sich gelassen hatten, wurde ihnen der Blick auf den Turm und den Cabot-Komplex von den Bäumen genommen, die die Straße säumten. Sie passierten eine heruntergekommene rote Scheune, und hinter der nächsten Kurve sahen sie auf der linken Seite erstmals ein Hinweisschild zur Wingate Clinic. Der Pfeil wies sie in eine Schotterstraße, in die sie einbogen und auf ein inmitten von Bäumen gelegenes, zweistöckiges, aus grauem Granit konstruiertes Pförtnerhäuschen zufuhren. Das Gebäude hatte ein dunkelgraues Schieferdach und wirkte ziemlich klotzig, die jeweiligen Enden der Firstbalken waren aufwändig verziert, die Läden der kleinen Fenster verschlossen. Die Zierleisten waren schwarz gestrichen. An den Ecken des Gebäudes ragten steinerne Wasserspeier hervor.

Während sie sich dem Gebäude näherten, fiel ihnen auf, dass die Straße unter dem Haus in einen Tunnel fiihrte, wo ankommende Besucher ein massives Maschendrahttor passieren mussten. Hinter dem Tor war der Rasen frisch gemäht – der einzige Anhaltspunkt, dass das Gelände tatsächlich genutzt wurde. Vor und hinter dem Pförtnerhäuschen war das gesamte Gelände durch einen imposanten, gusseisernen Zaun mit Stacheldrahtaufsatz gesichert, der hinter den Bäumen verschwand.

Deborah fuhr langsamer und hielt an. »Das ist ja wirklich unglaublich! Wie es scheint, hat der Apotheker nicht die Bohne übertrieben, als er uns erzählt hat, die Insassen der Anstalt seien hier eingesperrt worden wie in einer Festungsanlage. Das sieht ja aus wie ein Gefängnis.«

»Besonders einladend wirkt es nicht gerade«, bestätigte Joanna. »Hast du eine Ahnung, wie wir auf das Gelände kommen? Ich meine, siehst du irgendwo einen Summer, oder müssen wir etwa per Handy in der Klinik anrufen?«

»Wahrscheinlich wird das Tor mit Videokameras überwacht«, vermutete Deborah. »Ich fahre mal ein Stück weiter vor.«

Sie startete erneut, steuerte den Wagen langsam in den Tunnel und hielt wieder an. Im gleichen Augenblick öffnete sich eine schwere, fensterlose Holztür, und ein uniformierter Mann mit einem Klemmbrett in der Hand trat hinaus. Er kam auf die Fahrertür zu. Deborah kurbelte die Fensterscheibe herunter.

»Kann ich Ihnen helfen?«, fragte der Wachposten freundlich, aber bestimmt. Er trug eine schwarz glänzende Schirmmütze, die der eines Polizisten zum Verwechseln ähnlich sah.

»Wir haben einen Termin bei Dr. Donaldson«, stellte Deborah klar.

»Ihre Namen, bitte!«, verlangte der Mann.

»Deborah Cochrane und Joanna Meissner«, entgegnete Deborah.

Der Mann warf einen Blick auf sein Klemmbrett, hakte die beiden Namen ab und deutete mit seinem Kugelschreiber nach vorn. »Folgen Sie der Schotterstraße nach rechts, dann kommen Sie auf den Parkplatz. Dort werden Sie abgeholt.«

»Danke«, sagte Deborah.

Statt zu antworten, berührte der Mann kurz die Krempe seiner Mütze. Im nächsten Moment ging das schwere Maschendrahttor langsam auf.

»Hast du gesehen?«, flüsterte Deborah, nachdem sie die Scheibe hochgekurbelt hatte. »Er ist bewaffnet!« Der Wachposten stand immer noch links neben der Fahrspur.

»Wie sollte ich das übersehen?«, entgegnete Joanna.

»In innerstädtischen Krankenhäusern habe ich gelegentlich schon mal einen bewaffneten Polizisten am Eingang Wache stehen sehen«, stellte Deborah fest. »Aber in einer Klinik auf dem Land noch nie. Wozu, um Himmels willen, brauchen sie hier draußen derartige Sicherheitsvorkehrungen – und dann auch noch in einer Kinderwunschklinik?«

»Da drängt sich die Frage auf, was ihnen wohl wichtiger ist – die Leute draußen zu halten oder drinnen?«

»Ich finde das keineswegs witzig«, stellte Deborah klar und passierte das geöffnete Tor. »Vielleicht werden hier auch Abtreibungen vorgenommen. Dass Abtreibungskliniken mit Wachposten gesichert sind, habe ich in Massachusetts schon öfter gesehen.«

»Kann ich mir eigentlich nicht vorstellen. Das wäre doch wohl ziemlich geschmacklos für eine Klinik, in der unfruchtbare Paare behandelt werden.«

»Da hast du auch wieder Recht«, stimmte Deborah ihrer Freundin zu.

Nachdem sie den Tunnel und ein kleines Nadelbaumwäldchen hinter sich gelassen hatten, hatten sie einen ungehinderten Blick auf den riesigen Cabot-Komplex. Das aus roten Ziegelsteinen konstruierte Gebäude hatte vier Stockwerke und verfügte über zahllose kleine Gitterfenster. Hinter dem mit Zinnen versehenen Gesims erhob sich ein spitzes Schieferdach. Der hohe, in der Mitte gelegene Turm hatte große Panoramafenster, die im Gegensatz zu den anderen nicht vergittert waren.

Deborah fuhr langsamer. »Irgendwie wirkt dieser riesige Klotz inmitten dieser gottverlassenen Gegend ziemlich beunruhigend. Außerdem sieht der Kasten seltsam aus. Aus der Nähe würde ich darauf wetten, dass man versucht hat, die Uffizien zu kopieren. Die Architektur ist so ähnlich, das kann einfach kein Zufall sein. Falls ich mich recht entsinne, gibt es am Original in Florenz eine Uhr in der gleichen Ausführung, nur dass sie dort auch funktioniert.«

»In Massachusetts gibt es mehrere dieser viktorianischen Gebäude«, stellte Joanna fest. »Eins steht in Worcester; es ist zwar nicht aus Ziegelsteinen, aber fast genauso groß. Allerdings steht es leer, wohingegen der Komplex hier immerhin noch genutzt wird.«

»Die Wingate Clinic muss ziemlich florieren. Sonst bräuchten sie doch niemals so viel Platz.«

Joanna nickte.

Deborah folgte der an der rechten Seite des Gebäudes entlangführenden Schotterstraße und bog auf den Parkplatz, auf dem überraschend viele Autos standen. Den beiden Freundinnen fiel sofort auf, dass es sich bei der Mehrzahl der geparkten Wagen nicht um die üblichen Honda Civics oder Chevy Caprices handelte, sondern eher um Nobelmarken wie Mercedes, Porsche und Lexus. Ein Wagen stach besonders hervor: ein burgunderfarbenes Bentley-Cabrio.

»Mein Gott!«, rief Joanna. »Hast du den Bentley gesehen?«

»Der ist kaum zu übersehen. Wie die Pistole des Wachmanns.« Die Metallicfarbe glitzerte in der frühen Morgensonne.

»Weißt du, was so ein Bentley kostet?«, fragte Joanna.

»Nein, keine Ahnung.«

»Mehr als dreihunderttausend Dollar!«

»Ich glaube, ich spinne! Das ist ja pervers, erst recht, wenn so eine Limousine vor dem Krankenhaus parkt.«

Deborah fuhr auf einen Parkplatz, der ausdrücklich für Besucher vorgesehen war. Als sie ausstiegen, öffnete sich eine Tür, die dem Parkplatz zugewandt und von Säulen gerahmt war. Eine große, mit einem weißen Kittel bekleidete Frau mit kastanienbraunem Haar trat hinaus und winkte ihnen freundlich zu.

»Ein ziemlich krasser Unterschied zu unserer Begrüßung am Pförtnerhäuschen«, stellte Deborah fest und winkte zurück. Joanna tat es ihr gleich. Dann gingen sie auf die etwa fünfzig Meter entfernte Tür zu.

»Die Frau könnte Dr. Donaldson sein.«

»Ja«, stimmte Deborah zu. »Ich glaube, du hast Recht.«

»Hoffentlich bereuen wir diesen Ausflug hinterher nicht«, platzte Joanna plötzlich heraus. Sie ließ den Kopf hängen und starrte auf ihre Füße. »Irgendwie habe ich das ungute Gefühl, als ob wir einen großen Fehler begehen.«

Deborah packte ihre Freundin am Unterarm und hielt sie fest. »Ich glaube, ich höre nicht richtig! Wenn du Bedenken hast, die Sache durchzuziehen, sollten wir auf der Stelle umkehren und nach Boston zurückfahren. Hab bloß nicht das Gefühl, dass ich Druck auf dich ausübe, denn das will und tue ich nicht!«

Joanna blinzelte in die frühmorgendlichen Sonnenstrahlen und musterte die schlanke Ärztin, die im Eingang auf sie wartete. Es war tatsächlich Dr. Donaldson, das war jetzt eindeutig zu erkennen. Sie schien sich über ihre Ankunft zu freuen. Jedenfalls strahlte sie sie zur Begrüßung an.

»Jetzt sag endlich etwas!«, drängte Deborah ihre Freundin und umklammerte ihren Arm noch ein wenig fester.

Joanna drehte sich zu Deborah um und sah sie an. »Kannst du mir in die Augen sehen und mir versichern, dass du ein gutes Gefühl hast und überzeugt bist, dass alles gut gehen wird?«

»Natürlich«, erwiderte Deborah entschlossen. »Ich habe es dir doch schon zigmal gesagt – wir können bei dieser Sache nur gewinnen.«

»Ich denke an den Eingriff, der uns bevorsteht«, sagte Joanna.

»Oh, mein Gott! Ein paar Eizellen zu punktieren, ist ein Klacks. Frauen, die sich einer Kinderwunschbehandlung unterziehen, müssen das oft viele Male über sich ergehen lassen und zusätzlich auch noch tonnenweise Hormone schlucken. Was uns bevorsteht, ist ein Kinderspiel.«

Joanna zögerte. Sie versuchte, ihre zimperliche Angst niederzukämpfen, die sie bei jedem Arztbesuch überkam, und ließ ihren Blick zwischen Deborah und Dr. Donaldson hin- und herschweifen. Normalerweise geriet sie schon in Panik, wenn nur eine lächerliche Grippeimpfung anstand. Schließlich seufzte sie, räusperte sich und brachte ein Lächeln zustande. »Okay, ziehen wir es durch.«

»Bist du sicher? Ich will nicht, dass du dich von mir bedrängt fühlst.«

Joanna schüttelte den Kopf. »Ist schon okay. Bringen wir es hinter uns.«

Sie setzten sich wieder in Bewegung.

»Du hast mir gerade einen ganz schönen Schrecken eingejagt«, stellte Deborah fest.

»Manchmal erschrecke ich mich vor mir selbst«, entgegnete Joanna.

3

15. Oktober 1999, 7.45 Uhr

Ich hoffe, Sie haben ohne Probleme zu uns gefunden?«, begrüßte Dr. Donaldson die beiden Frauen und schloss die Tür hinter ihren Patientinnen.

»Ja«, erwiderte Deborah und sah sich in dem großen, leeren Wartezimmer um. »Es war relativ einfach.« Die modernen skandinavischen Designermöbel standen in starkem Kontrast zu den architektonischen Details der viktorianischen Zeit. Mitten im Raum stand ein großer U-förmiger Empfangstresen, der jedoch nicht besetzt war. Vor den Wänden waren ledergepolsterte Sessel und Sofas platziert, auf den diversen Couch- und Beistelltischen lagen aktuelle Zeitschriften aus.

»Leider ist mir erst heute Morgen eingefallen, dass ich Ihnen bei meinem Besuch gar keine Wegbeschreibung gegeben habe«, sagte Dr. Donaldson. »Entschuldigen Sie bitte meine Schusseligkeit.«

»Kein Problem«, entgegnete Deborah. »Wir hätten ja fragen können. Aber es war wirklich ganz einfach. Wir haben kurz bei der Drogerie angehalten und uns den Weg erklären lassen.«

»Eine gute Idee«, sagte Dr. Donaldson und klatschte aufmunternd in die Hände. »Dann wollen wir mal! Ich hoffe, Sie haben beide seit Mitternacht nichts mehr gegessen.«

Deborah und Joanna nickten.

»Sehr gut«, stellte Dr. Donaldson fest. »Wollen Sie vielleicht schon mal Ihre Mäntel ablegen und es sich gemütlich machen? Ich sage schnell unserem Anästhesisten Dr. Smith Bescheid, dass Sie da sind. Er möchte noch kurz mit Ihnen sprechen, und dann kann es auch schon losgehen.«

Während Dr. Donaldson vom Empfangsbereich aus telefonierte, hängten Deborah und Joanna ihre Mäntel an der Garderobe auf.

»Alles okay mit dir?«, flüsterte Deborah ihrer Freundin zu. Im Hintergrund hörten sie Dr. Donaldson telefonieren.

»Ja«, erwiderte Joanna. »Warum fragst du?«

»Du bist so still. Du machst doch jetzt keinen Rückzieher mehr, oder?«

»Nein«, antwortete Joanna. »Aber diese Umgebung raubt mir den letzten Nerv. Und dann diese unangenehmen Überraschungen wie der bewaffnete Wachposten an der Pforte. Und die Möbel im Wartezimmer irritieren mich auch.«

»Geht mir genauso«, pflichtete Deborah ihr bei. »Sie sehen aus, als hätten sie ein wahres Vermögen gekostet, aber irgendwie passen sie absolut nicht in das Wartezimmer einer Klinik.«

»Komisch, normalerweise lassen mich solche Dinge vollkommen kalt. Tut mir Leid, dass ich so ein Nervenbündel bin.«

»Versuch dich zu entspannen und daran zu denken, dass wir in einer Woche auf dem Markusplatz sitzen und Cappuccino schlürfen.«

Dr. Donaldson hatte ihr Telefonat beendet und führte sie zu einem Sofa. Als sie alle Platz genommen hatten, informierte die Ärztin sie, dass Dr. Smith auf dem Weg sei. Dann erkundigte sie sich, ob Deborah und Joanna noch irgendwelche Fragen hätten.

»Wie lange dauert der Eingriff ungefähr?«, wollte Joanna wissen.

»Die Punktion dauert etwa vierzig Minuten«, erwiderte Dr. Donaldson. »Danach müssen Sie sich ein paar Stunden ausruhen. So stellen wir sicher, dass die Wirkung der Anästhesie vollkommen abgeklungen ist. Ehe Sie sich versehen, sind Sie schon wieder auf dem Nachhauseweg.«

»Werden die Eingriffe bei meiner Freundin und mir gleichzeitig vorgenommen?«, fragte Joanna.

»Nein«, erwiderte Dr. Donaldson. »Sie, Miss Meissner, sind als Erste dran, weil Sie sich für eine leichte Vollnarkose entschieden haben. Falls Miss Cochrane sich noch umbesinnen sollte und sich ebenfalls für eine Vollnarkose entscheidet, können Sie sich aussuchen, wer zuerst drankommen soll.«

»Ich bleibe bei meiner Entscheidung«, stellte Deborah klar. »Eine örtliche Betäubung ist vollkommen in Ordnung.«

»Wie Sie wollen«, entgegnete Dr. Donaldson und ließ ihren Blick zwischen den beiden Freundinnen hin- und herschweifen. »Haben Sie noch weitere Fragen?«

»Erstreckt sich die Wingate Clinic über den gesamten Gebäudekomplex?«, fragte Deborah.

»Um Himmels willen – nein! Das Gebäude ist riesig. Früher hat es eine der größten psychiatrischen Kliniken der Umgebung und ein Sanatorium für Tuberkulosekranke beherbergt.«

»Das wissen wir bereits«, entgegnete Deborah. »Der Apotheker hat es uns erzählt.«

»Die Fertilitätsklinik nimmt lediglich zwei Stockwerke dieses einen Flügels in Anspruch«, erklärte Dr. Donaldson. »Außerdem haben wir noch ein paar Büros im Turm. Der Rest des Gebäudes ist bis auf die alten Betten und jede Menge alter Geräte leer. Man könnte es fast als Museum bezeichnen.«

»Wie viele Leute arbeiten in der Klinik?«, fragte Joanna.

»Zurzeit sind wir etwa vierzig Angestellte, aber es werden ständig mehr. Wenn Sie es genau wissen wollen, müsste ich unsere Personalleiterin Helen Masterson fragen.«

»Vierzig ist eine ganze Menge«, stellte Joanna fest. »Für eine kleine ländliche Gemeinde wie Bookford muss es ein

Geschenk des Himmels sein, dass sich die Klinik hier niedergelassen hat.«

»Das sollte man meinen«, entgegnete Dr. Donaldson. »In Wahrheit sieht es leider so aus, dass wir unter chronischem Arbeitskräftemangel leiden. Wir inserieren ständig in sämtlichen Bostoner Zeitungen. Am dringendsten suchen wir Labortechniker und erfahrene Bürokräfte. Haben Sie Interesse?« Sie lächelte ihre beiden jungen Patientinnen freundlich an.

»Ich glaube nicht«, erwiderte Deborah und lächelte zurück.

»Die einzige Abteilung, die bei uns ausreichend besetzt ist, ist die Farm«, fuhr Dr. Donaldson fort. »Für den Bereich war es von Anfang an kein Problem, Arbeitskräfte zu finden.«

»Die Farm?«, hakte Joanna nach. »Wie soll man das denn verstehen?«

»Die Wingate Clinic verfügt über eine große Tierfarm«, erklärte Dr. Donaldson. »Sie ist für unsere Forschungsbemühungen außerordentlich wichtig. Wir erforschen nicht nur die Fortpflanzung des Homo sapiens, sondern interessieren uns auch für die Reproduktion anderer Gattungen.«

»Tatsächlich?«, staunte Joanna. »Welche Tiere erforschen Sie denn?«

»Sämtliche Spezies, die wirtschaftlich von Bedeutung sind«, erwiderte Dr. Donaldson. »Also Rinder, Schweine, Geflügel und Pferde. Außerdem befassen wir uns ziemlich intensiv mit der Fortpflanzung von Haustieren wie Hunden und Katzen.«

»Wo ist denn die Farm?«, wollte Joanna wissen.

»Direkt auf dem Klinikgelände«, erwiderte Dr. Donaldson. »Sie befindet sich hinter einem Kiefernwäldchen auf der Rückseite des Hauptgebäudes, das wir übrigens liebevoll ›das Ungetüm‹ nennen. Ein idyllisches Örtchen. Es gibt dort einen Teich, einen Staudamm und sogar eine alte

Mühle – und darüber hinaus natürlich Viehställe, Kornfelder, Felder, auf denen wir Heu machen, und Pferdekoppeln. Das Gelände, auf dem das alte Cabot errichtet wurde, umfasst mehr als achthundert Hektar; es gab Häuser und Wohnungen für Mitarbeiter und eine eigene Farm zur Sicherstellung einer autarken Versorgung mit Lebensmitteln. Als es darum ging, wo sich unsere Klinik ansiedeln sollte, haben wir uns unter anderem wegen der vorhandenen Farm für dieses Anwesen entschieden. Die Nähe der Farm zu unserem Labor erleichtert unsere Forschung ungemein. Von den verfügbaren Wohnungen profitieren wir natürlich auch.«

»Sie haben hier ein eigenes Labor?«, hakte Deborah nach.

»Aber ja«, antwortete Dr. Donaldson. »Ein ziemlich beeindruckendes sogar. Es ist mein großer Stolz. Ich war nämlich dafür verantwortlich, es aufzubauen.«

»Könnten wir uns das Labor vielleicht einmal ansehen?«, bat Deborah.

»Ich denke, das müsste sich einrichten lassen«, erwiderte Dr. Donaldson. »Ah, da kommt ja Dr. Smith.«

Deborah und Joanna drehten sich um und sahen einen großen, stämmigen Mann den Raum betreten. Er trug OP-Kleidung und hatte ein Klemmbrett in der Hand. Im gleichen Moment ging die Haupttür auf, und eine angeregt miteinander plaudernde Gruppe von Klinikangestellten kam hereingeschneit. Eine Frau steuerte den Empfangsbereich an, die übrigen Angestellten verteilten sich in dem Flur, über den Dr. Smith gerade gekommen war.

Joanna spürte, wie sich alles in ihr verkrampfte. Der Anblick des Anästhesisten in OP-Kleidung rief ihr schlagartig in Erinnerung, dass der Eingriff, vor dem sie sich so fürchtete, unmittelbar bevorstand.

Der Anästhesist stellte sich den beiden vor und schüttelte ihnen zur Begrüßung die Hand. Dann setzte er sich, schlug die Beine übereinander und legte sich das Klemmbrett auf dem Schoß zurecht. »Dann wollen wir mal anfangen«, begann er und fischte einen seiner zahlreichen Stifte aus der Brusttasche seines Kittels. »Wie ich meinen Unterlagen entnehme, wünschen Sie, Miss Cochrane, lediglich eine lokale Betäubung.«

»Das ist richtig«, bestätigte Deborah

»Darf ich fragen, warum?«, fragte Dr. Smith.

»Es ist mir einfach lieber«, stellte Deborah klar.

»Ich gehe davon aus, man hat Sie darüber informiert, dass wir bei Punktionen von Eizellen eine leichte Vollnarkose bevorzugen.«

»Ja«, entgegnete Deborah. »Das hat Dr. Donaldson erwähnt. Sie sagte aber auch, ich könne frei entscheiden.«

»Das stimmt«, räumte Dr. Smith ein. »Ich möchte Ihnen aber gern erklären, warum wir es vorziehen, Ihr Bewusstsein für die Dauer des Eingriffs auszuschalten. Bei einer leichten Vollnarkose entnehmen wir die Eizellen unter direkter Inspektion Ihrer Bauchhöhle mit einem Laparoskop. Bei einer lokalen, parazervikalen Betäubung hingegen wird die Entnahme der Eizellen mit einer per Ultraschall gesteuerten Nadel durchgeführt. Bei letzterer Methode arbeiten wir gewissermaßen im Dunkeln.« Er hielt kurz inne und lächelte. »Irgendwelche Fragen zu meinen bisherigen Ausführungen?«

»Nein«, erwiderte Deborah kurz angebunden.

»Aber es gibt noch einen weiteren Grund, der für eine Vollnarkose spricht«, fuhr Dr. Smith fort. »Bei einer lediglich lokal betäubten Patientin haben wir etwaige durch intraabdominale Manipulation hervorgerufene Schmerzen nicht unter Kontrolle. Mit anderen Worten könnte der Fall eintreten, dass Sie unangenehme Beschwerden empfinden, vor allem wenn wir Schwierigkeiten haben, einen der Eierstöcke zu treffen und eine Weile herumlavieren müssen.«

»Das Risiko nehme ich in Kauf«, stellte Deborah klar.

»Auch die Schmerzen?«

»Ich kann einiges ertragen«, erwiderte Deborah. »Es ist mir wirklich lieber, wach und bei vollem Bewusstsein zu sein.«

Dr. Smith warf Dr. Donaldson einen kurzen Blick zu. Sie zuckte flüchtig mit den Schultern. Danach erkundigte sich der Narkosearzt nach der Krankengeschichte seiner beiden Patientinnen. Als er damit fertig war, erhob er sich. »Das ist für den Augenblick alles. Sie können sich jetzt umziehen. Wir sehen uns oben wieder.«

»Bekomme ich ein Beruhigungsmittel?«, fragte Joanna.

»Selbstverständlich«, erwiderte Dr. Smith. »Sobald wir Sie an den Tropf angeschlossen haben. Haben Sie noch irgendwelche Fragen?«

Deborah und Joanna schwiegen, woraufhin Dr. Smith ihnen noch einmal zulächelte und verschwand. Kurz darauf führte Dr. Donaldson Deborah und Joanna über den Hauptflur in einen separaten, deutlich kleineren Warteraum. Auf der einen Seite des Raums befanden sich diverse Umkleidekabinen mit Lamellentüren und auf der anderen mehrere Gepäck- und Garderobenschließfächer. Neben der Schließfachreihe stand ein Regal, in dem Flügelhemdchen, Papierschuhe und Bademäntel bereitlagen. Eine zierliche, freundlich lächelnde Krankenschwester war gerade dabei, die Vorräte an Patientenkleidung aufzustocken. Neben der Doppelpendeltür standen etliche Rollbahren bereit, und in der Mitte des Raums gab es eine Sitzgruppe aus Sesseln und einem Sofa sowie einen Couchtisch, auf dem diverse Zeitschriften lagen.

Dr. Donaldson machte ihre beiden Patientinnen mit Cynthia Carson, der Krankenschwester, bekannt, die den beiden sogleich Krankenhauskleidung aushändigte, ihnen jeweils einen Schließfachschlüssel überreichte und ihnen zwei nebeneinander liegende Unkleidekabinen zuwies. Sie empfahl ihnen, die Schlüssel an ihren jeweiligen Krankenhaushemdchen festzuklemmen. Dr. Donaldson verabschiedete sich, und kurz darauf verschwand auch Cynthia, um neue Infusionsflaschen zu holen. Sie versprach aber, sofort wieder zurück zu sein.

»Der Anästhesist war ganz schön penetrant!«, rief Joanna Deborah aus ihrer Kabine zu. »Er wollte dich ja auf Teufel komm raus dazu bringen, einer Vollnarkose zuzustimmen!«

»Das kannst du wohl sagen«, stimmte Deborah ihr zu. Einen Augenblick später traten sie, ihre Straßenkleidung in der einen Hand und den dünnen Bademantel mit der anderen zuhaltend, aus ihren jeweiligen Kabinen. Als sie sich sahen, brachen sie in schallendes Gelächter aus.

»Oje«, prustete Joanna, »hoffentlich sehe ich nicht so krank aus wie du.«

»Tut mir Leid, dass ich dich enttäuschen muss«, entgegnete Deborah, »aber du siehst noch schlimmer aus.«

Als Nächstes verstauten sie ihre Utensilien in den Schließfächern.

»Warum hast du dich denn partout nicht überzeugen lassen?«, wollte Joanna wissen.

»Fängst du jetzt etwa auch noch an?«, fragte Deborah zurück.

»Was der Anästhesist gesagt hat, macht in meinen Ohren durchaus Sinn«, stellte Joanna fest. »Vor allem seine Ausführungen über die eventuell auftretenden intraabdominalen Schmerzen, die sie ohne Vollnarkose nicht unter Kontrolle haben. Also, mir sind da sofort die Knie weich geworden. Willst du es dir nicht lieber doch noch einmal überlegen?«

»Hör jetzt endlich auf damit!«, wies Deborah ihre Freundin zurecht. Sie knallte die Schließfachtür zu, zog den Schlüssel ab und sah Joanna an. Ihre Wangen waren vor Aufregung gerötet. »Wir haben doch lang und breit darüber geredet! Ich habe nun mal Angst davor, in künstlichen Tiefschlaf gelegt zu werden. Nenn es von mir aus eine Phobie. Du magst keine Nadeln, und ich habe etwas gegen Vollnarkosen. So ist das nun mal.«

»Ist ja schon gut«, versuchte Joanna sie zu beruhigen. »Wenn von uns beiden hier jemand die Fassung verliert, dann doch wohl eher ich.«

Deborah seufzte. Dann schloss sie die Augen und schüttelte den Kopf. »Tut mir Leid. Ich wollte dich nicht so anfahren. Wie es scheint, bin ich auch ein bisschen nervös.«

»Du musst dich nicht entschuldigen«, stellte Joanna klar.

In diesem Moment kam Cynthia mit einem Arm voll Utensilien zurück, die sie auf einer der Rollbahren ablegte. In der anderen Hand hatte sie eine Flasche mit Infusionslösung, die sie an dem an der Rollbahre vorgesehenen Gestänge aufhängte. »Wer von Ihnen ist Miss Meissner?«, rief sie an die beiden Frauen gewandt.

Joanna hob die Hand.

Cynthia klopfte mit der Hand auf die gepolsterte und mit einem frischen Laken bezogene Bahre. »Was halten Sie davon, es sich auf dieser Pritsche ein bisschen bequem zu machen? Dann kann ich die Injektionskanüle setzen und Ihnen einen Cocktail verabreichen, der Sie auf der Stelle in Silvesterstimmung versetzen wird.«

Deborah legte ihrer Freundin die Hand auf den Arm und sah sie aufmunternd an, woraufhin Joanna der Aufforderung folgte. Deborah stellte sich auf die andere Seite der Bahre und leistete ihr Beistand.

Mit ein paar schnellen, geübten Handgriffen traf Cynthia die für eine intravenöse Infusion notwendigen Vorbereitungen. Dabei plauderte sie fröhlich über das Wetter, und bevor Joanna überhaupt dazu kam, in Panik zu geraten, hatte

Cynthia ihr bereits den Stauschlauch um den linken Unterarm gelegt.

Als die Nadel ihre Haut durchdrang, sah Joanna schnell weg und zog eine Grimasse. Bevor sie sich versah, hatte Cynthia ihr den Stauschlauch schon wieder abgenommen und die Kanüle mit Klebeband festgeklebt.

»So, das hätten wir also schon mal«, stellte Cynthia fest.

Joanna drehte sich um und sah die Schwester erstaunt an. »Ist die Kanüle schon drin?«

»Aber ja«, erwiderte Cynthia gut gelaunt, während sie mit zwei Spritzen ein Medikament aufzog. »Jetzt kommt das Vergnügen. Und damit wir auf keinen Fall etwas falsch machen, frage ich lieber noch einmal nach: Sie haben keine Allergien und reagieren nicht überempfindlich auf irgendwelche Medikamente? Ist das richtig?«

»Ja«, erwiderte Joanna.

Cynthia beugte sich über die Öffnung der Infusionskanüle und entfernte die Schutzkappe von der ersten Spritze.

»Was verabreichen Sie mir da eigentlich?«, fragte Joanna.

»Wollen Sie das wirklich wissen?«, fragte Cynthia zurück, während sie die erste Spritze hineindrückte und gleich danach mit der zweiten begann.

»Ja, unbedingt!«

»Diazepam und Fentanyl.«

»Und was heißt das im Klartext?«

»Valium und ein synthetisches opioides Analgetikum.«

»Valium ist mir bekannt. Und was ist das andere?«

»Opioide sind Pharmaka beziehungsweise Substanzen mit morphinartiger Wirkung«, erklärte Cynthia und entsorgte mit ein paar schnellen Handgriffen die Verpackungen und anderen Abfall in einer Sondermülltonne. Während sie unter dem Polster der Bahre ein Klemmbrett hervorzog und einen Vermerk machte, öffnete sich die Tür, und eine weitere Patientin betrat den Raum. Sie lächelte den Frauen zu, steuerte das Regal mit der Krankenhauskleidung an und verschwand in einer der Umkleidekabinen.

»Ob die Frau auch hier ist, um Eizellen zu spenden?«, fragte Joanna.

»Keine Ahnung«, erwiderte Deborah.

»Das ist Dorothy Stevensy«, flüsterte Cynthia, während sie an das Kopfende der Rollbahre ging und die Radblockierung löste. »Sie ist seit Jahren Patientin der Wingate Clinic und hat heute einen weiteren Transfer. Die Arme hat schon viele Enttäuschungen hinter sich.«

»Bringen Sie mich etwa schon in den OP?«, fragte Joanna, als sich die Bahre in Bewegung setzte.

»Allerdings«, erwiderte Cynthia. »Als ich eben die Infusionsflasche geholt habe, hat man mir gesagt, dass Sie dringend erwartet werden.«

»Kann ich meine Freundin begleiten?«, bat Deborah, die die ganze Zeit Joannas Hand gehalten hatte.

»Das geht leider nicht«, erwiderte Cynthia. »Machen Sie es sich bequem, und entspannen Sie sich! In null Komma nichts sind Sie selber an der Reihe.«

»Mach dir keine Sorgen um mich«, sagte Joanna und lächelte Deborah an. »Das morphinartige Zeug beginnt schon zu wirken, und es ist gar nicht so schlecht.«

Deborah drückte ein letztes Mal Joannas Hand. Bevor die Schwingtür hinter der Bahre zufiel, sah Deborah, wie ihre Freundin ihr noch einmal fröhlich über die Schulter zuwinkte.

Deborah kehrte in den eigentlichen Warteraum zurück, steuerte das Sofa an und ließ sich niederplumpsen. Da sie das letzte Mal vor dem Zubettgehen etwas zu sich genommen hatte, hatte sie einen Riesenhunger. Sie nahm sich eine Zeitschrift, stellte aber schnell fest, dass sie sich mit knurrendem Magen nicht konzentrieren konnte. Statt zu lesen, versuchte sie sich deshalb vorzustellen, in welchen Winkel des monströsen Komplexes Joanna wohl gebracht worden war. Sie warf die Zeitschrift zurück auf den Tisch und sah sich um. Genau wie im Hauptwartebereich störte sie auch in diesem Raum das unharmonische Zusammenspiel von Architektur und Inneneinrichtung: Die aufwändig verzierte Decke passte in keiner Weise zu den funktionalen Möbeln. Joanna hatte Recht gehabt. In der Wingate Clinic stolperte man an jeder Ecke über beunruhigende Kontraste. Inzwischen wünschte sich auch Deborah nichts sehnlicher, als den Eingriff so schnell wie möglich hinter sich zu bringen und das Klinikgelände zu verlassen.

In diesem Moment kam Dorothy Stevensy, ihr Kleid unter den Arm geklemmt, aus einer der Umkleidekabinen. Sie lächelte Deborah an, ging zu einem Schließfach und legte sorgfältig ihre Sachen hinein. Deborah beobachtete sie und fragte sich, wie man es wohl ertrug, immer wieder neue Kinderwunschbehandlungen über sich ergehen zu lassen und ständig mit Enttäuschungen fertig werden zu müssen.

Dorothy verriegelte das Schließfach und steuerte auf die Sitzecke zu. Im Gehen klemmte sie den Schlüssel an ihrem Flügelhemd fest. Dann nahm sie sich eine Zeitschrift, setzte sich hin und begann zu blättern. Doch irgendwie schien sie Deborahs neugierigen Blick zu spüren; jedenfalls sah sie plötzlich auf und musterte sie mit ihren strahlend blauen Augen. Deborah lächelte und stellte sich vor, woraufhin auch Dorothy sich vorstellte. Sie plauderten eine Weile, und nach einer kurzen Pause fragte Deborah Dorothy, ob sie schon lange Patientin der Wingate Clinic sei.

»Leider ja«, erwiderte Dorothy.

»Und?«, fragte Deborah. »Haben Sie angenehme Erfahrungen mit der Klinik gemacht?«

»Als angenehm kann man meine Aufenthalte hier vielleicht nicht gerade bezeichnen«, antwortete Dorothy. »Es ist ganz schön anstrengend, was man alles über sich ergehen lassen muss. Allerdings muss ich den Ärzten hier zugute halten, dass sie mich gewarnt haben. Aber mein Mann und ich sind trotz der Qualen fest entschlossen, noch nicht aufzugeben. Wir machen mindestens noch so lange weiter, bis unser Kreditrahmen ausgeschöpft ist.«

»Sind Sie heute zum Embryotransfer hier?«, erkundigte sich Deborah. Es war ihr peinlich zuzugeben, dass sie bereits Bescheid wusste.

»Ja«, erwiderte Dorothy und seufzte, die gedrückten Daumen hochhaltend. »Es ist mein neunter.«

»Na dann viel Glück«, entgegnete Deborah mitfühlend.

»Das kann ich gebrauchen.«

Deborah hob ebenfalls die Hände und drückte die Daumen.

»Sind Sie heute zum ersten Mal in der Wingate Clinic?«, fragte Dorothy.

»Ja«, erwiderte Deborah. »Meine Freundin auch.«

»Sie werden bestimmt mit der Behandlung zufrieden sein«, stellte Dorothy fest. »Lassen Sie eine In-vitro- Fertilisation vornehmen?«

»Nein«, erwiderte Deborah. »Wir sind Eizellenspenderinnen. Wir haben uns auf eine Anzeige im *Harvard Crimson* gemeldet.«

»Das ist ja toll!«, rief Dorothy begeistert. »Vielleicht ist Ihnen das gar nicht so bewusst – aber durch Ihre großmütige Geste geben Sie verzweifelten Paaren jede Menge neue Hoffnung. Ich kann Ihre Großzügigkeit nur bewundern.«

Deborah fühlte sich plötzlich peinlich berührt; schließlich hatte sie nicht aus hehren Motiven gehandelt, sondern sich von der erklecklichen Entschädigung locken lassen. Sie hoffte, das Thema so schnell wie möglich wechseln zu können, um der Frau nicht preisgeben zu müssen, was sie in Wahrheit zu der Eizellenspende bewogen hatte. Zum Glück kehrte in diesem Augenblick Cynthia zurück. Sie stürmte ohne Vorwarnung durch die Schwingtür.

»Okay, Dorothy!«, rief sie enthusiastisch. »Sie sind dran! Gehen Sie bitte sofort in den Transferraum. Man erwartet Sie schon!«

Dorothy erhob sich, holte einmal tief Luft und verschwand durch die Tür.

»Sie ist wirklich tapfer«, stellte Cynthia fest, als die Tür zufiel. »Hoffentlich hat sie diesmal Glück. Wenn es jemand verdient hat, dann sie.«

»Was kostet eigentlich so eine Behandlung?«, fragte Deborah. Nachdem sie gerade daran erinnert worden war, dass sie sich nicht aus reiner Barmherzigkeit, sondern nur wegen des Geldes als Eizellenspenderin zur Verfügung stellte, interessierte sie sich auf einmal für den finanziellen Aspekt einer Infertilitätstherapie.

»Das ist individuell unterschiedlich«, erwiderte Cynthia. »Je nachdem, was für ein Verfahren angewandt wird. Aber im Durchschnitt zahlt ein Paar pro Behandlungszyklus zwischen achttausend und zehntausend Dollar.«

»Ach du meine Güte!«, staunte Deborah. »Das heißt ja, dass Dorothy und ihr Mann schon fast neunzigtausend Dollar in ihre Behandlung investiert haben.«

»Wahrscheinlich sogar noch mehr«, entgegnete Cynthia. »Darin sind nämlich noch nicht die Kosten für die anfänglichen Untersuchungen und Diagnosen oder Zusatzbehandlungen enthalten, die eventuell erforderlich sind. Kinderwunschbehandlungen kosten die betroffenen Paare jede Menge Geld, denn die Krankenkassen übernehmen die Kosten in der Regel nicht. Die meisten müssen das Geld irgendwie selber aufbringen.«

Kurz darauf betraten zwei weitere Patientinnen den Raum. Cynthia kümmerte sich sofort um sie. Sie nahm ihre Papiere entgegen, studierte sie kurz, holte Flügelhemdchen und Bademäntel und führte die Frauen zu den Umkleidekabinen. Deborah war überrascht, wie alt eine der beiden Frauen wirkte. Sie war sich zwar nicht sicher, aber wenn sie sich nicht täuschte, musste sie Mitte bis Ende fünfzig sein.

Deborah hielt es nicht mehr aus, noch länger still herumzusitzen. Sie stand auf und ging zu Cynthia, die sich gerade in die Patientenunterlagen vertieft hatte. »Entschuldigen Sie, Dr. Donaldson meinte, ich könnte mir vielleicht einmal das Labor ansehen. Wen müsste ich da ansprechen?«

»Den Wunsch hat bisher noch niemand geäußert«, erwiderte Cynthia und dachte kurz nach. »Vielleicht sollten Sie Claire Harlow bitten. Sie ist bei uns für Öffentlichkeitsarbeit zuständig und führt unter anderem zukünftige Patienten durch die Klinik; ob bei diesen Rundgängen auch das Labor besichtigt wird, weiß ich allerdings nicht. Wenn es Ihnen nichts ausmacht, im Bademantel durch die Gänge zu laufen, können Sie ja kurz zur Rezeption im Hauptwartebereich gehen und Miss Harlow ausrufen lassen. Gehen Sie aber nicht zu weit weg, Sie sind als Nächste dran. Es wird höchstens noch eine Viertelstunde dauern.«

Auch wenn sie nicht viel Zeit hatte, Deborah musste irgendetwas tun. Also folgte sie dem Vorschlag der Schwester und ging zur Rezeption. Dort ließ sie die für Öffentlichkeitsarbeit zuständige Mitarbeiterin ausrufen. Während sie wartete, fiel ihr auf, dass der Wartebereich sich deutlich gefüllt hatte, seitdem sie mit Joanna in den hinteren Teil der Klinik geführt worden war. Die meisten der wartenden Frauen waren in Zeitschriften vertieft, manche starrten geistesabwesend vor sich hin; es wurde kaum ein Wort gesprochen.

Claire Harlow war eine leise sprechende, freundliche und entgegenkommende Frau, die Deborah gern ihren Wunsch erfüllte. Sie führte sie in die erste Etage und zeigte ihr das Labor. Dr. Donaldson hatte nicht übertrieben – das Labor war wirklich riesig. Es erstreckte sich entlang der Rückseite des Gebäudes und nahm fast den gesamten von der Wingate Clinic genutzten Flügel in Anspruch.

Deborah war beeindruckt. Da sie schon so manche Stunde in Biologie-Labors verbracht hatte, wusste sie bei den meisten Geräten und Apparaten, wozu sie dienten. Die Ausrüstung war qualitativ erstklassig und auf dem neuesten Stand der Technik. Unter den Geräten befanden sich auch so außergewöhnliche Apparate wie etwa ein automatischer DNA-Sequenzierer. Zu Deborahs Überraschung arbeiteten in dem riesigen Labor kaum Menschen.

»Wo sind denn die ganzen Labormitarbeiter?«, fragte sie deshalb.

»Die Ärzte sind um diese Zeit in der Klinik«, erklärte Claire.

Deborah schlenderte an den Arbeitsflächen entlang, auf denen mehr Präpariermikroskope standen, als sie je in irgendeinem Labor gesehen hatte. Zudem schienen sie deutlich leistungsfähiger zu sein als die Mikroskope, mit denen sie selber zu arbeiten gewohnt war.

»Hier können ja irrsinnig viele Leute arbeiten«, stellte sie schließlich staunend fest.

»Das kann man wohl sagen«, entgegnete Claire. »Wir sind ständig auf der Suche nach qualifizierten Mitarbeitern.«

Deborah erreichte das Ende der Arbeitsbank und sah aus dem Fenster. Der Blick war beeindruckend. Da die Klinik auf einem Hügel stand, hatte man einen herrlichen, weiten Blick über die sich in alle Richtungen erstreckenden Grünflächen. In nördlicher Richtung waren zwischen den orange leuchtenden Eichen und den rot glühenden Ahornbäumen ein paar gemauerte Gebäude zu erkennen, die, von einem weißen Putz abgesehen, ähnlich konstruiert waren wie das Pförtnerhäuschen.

»Sind das da hinten die Gebäude der Wingate Farm?«, erkundigte sich Deborah.

»Nein«, erwiderte Claire. »Das sind Wohnhäuser.« Sie wies in Richtung Südosten, wo das Gelände im Vergleich zur sonstigen Umgebung noch dramatischer abfiel, und lenkte Deborahs Aufmerksamkeit auf ein glitzerndes Licht, das durch die alten, hoch gewachsenen Kiefern gerade noch auszumachen war. »Sehen Sie das Funkeln? Es sind Sonnenstrahlen, die sich auf der Oberfläche des Mühlenteiches spiegeln. Die Gebäude der Farm gruppieren sich um den Teich herum.«

»Und was ist mit dem Ziegelsteinschornstein dahinten?«, fragte Deborah und zeigte auf eine Rauchwolke, die noch weiter rechts über den Baumkronen gen Himmel stieg. »Gehört der auch noch zum Wingate-Komplex?« Der Rauch verließ den Schornstein als weiße Fahne und ging auf seinem Weg nach Osten in einen dunklen, rotgrauen Streifen über.

»Ja«, erwiderte Claire. »Er gehört zu dem alten Heizkraftwerk, mit dem unter anderem die Heißwasserversorgung sichergestellt wurde. Ein interessantes Gebäude. Als das alte Cabot hier noch untergebracht war, diente es zudem als Krematorium.«

»Als Krematorium?«, platzte Deborah heraus. »Wozu hatten sie denn hier draußen ein Krematorium?«

»Wahrscheinlich ging es nicht anders«, vermutete Claire. »Damals wurden die meisten Patienten der psychiatrischen Klinik und der Heilanstalt für Tuberkulosekranke einfach von ihren Familien abgeschoben und allein gelassen.« Deborah lief ein kalter Schauer den Rücken herunter. Was für eine furchtbare Vorstellung, dass eine derart isolierte Heilanstalt auch noch über ein eigenes Krematorium verfügte! Sie wollte gerade zu einer weiteren Frage ansetzen, als Claires Pager piepte. Sie warf einen Blick auf die LCD-Anzeige.

»Die Nachricht ist für Sie, Miss Cochrane. Man erwartet Sie im Operationssaal.«

Deborah seufzte erleichtert. Sie wollte den Eingriff endlich hinter sich bringen und mit Joanna nach Hause fahren.

4

15. Oktober 1999, 9.05 Uhr

Joanna machte kein Übergangsstadium durch. Gerade war sie noch im Tiefschlaf gewesen, jetzt war sie plötzlich hellwach und starrte an die hohe, verzierte Decke, die ihr völlig fremd vorkam.

»Sieh an, Dornröschen ist aufgewacht!«, hörte sie jemanden rufen.

Sie drehte den Kopf in die Richtung, aus der die Stimme gekommen war, und blickte in das Gesicht eines ihr unbekannten Mannes. In ihrer momentanen Verwirrung wollte sie gerade fragen, wo sie eigentlich sei, als es ihr wie Schuppen von den Augen fiel.

»Dann wollen wir mal Ihren Blutdruck messen«, sagte der Krankenpfleger und griff zu seinem Stethoskop. Er trug OP-Kleidung und war etwa im gleichen Alter wie Joanna. Seinem Namensschild zufolge hieß er Myron Hanna. Er pumpte die Manschette auf, die er ihr bereits um den linken Oberarm gelegt hatte.

Joanna musterte das Gesicht des jungen Pflegers. Während er mit der Hand den Schalltrichter des Stethoskops gegen ihre Armbeuge presste, konzentrierte er sich voll auf die Druckanzeige. Als die Luft aus der Manschette wich, spürte Joanna ihr Blut durch den Arm strömen. Der Mann lächelte sie an und befreite sie von dem Messgerät.

»Ihr Blutdruck ist absolut in Ordnung«, stellte er fest und griff nach ihrem Handgelenk, um den Puls zu messen. Joanna wartete, bis er fertig war. »Wann bin ich denn dran?«, fragte sie schließlich.

»Sie haben alles längst hinter sich«, erwiderte Myron und notierte die Messergebnisse auf einem Klemmbrett.

»Sie machen wohl Witze«, entgegnete Joanna. Sie hatte jegliches Zeitgefühl verloren.

»Aber nein«, beharrte Myron. »Sie haben den Eingriff wirklich schon hinter sich, und zwar erfolgreich. Zumindest nehme ich das an. Dr. Saunders dürfte zufrieden sein.«

»Das kann ich gar nicht glauben«, stellte Joanna fest. »Meine Freundin sagt doch, dass einem nach einer Narkose immer schlecht ist.«

»Das kommt heute nur noch ziemlich selten vor«, entgegnete Myron. »Und mit Propofol fast nie. Das Zeug ist wirklich super, nicht wahr?«

»Haben sie mir das verabreicht?«

»Ja.«

»Wie spät ist es?«

»Kurz nach neun.«

»Wissen Sie, ob meine Freundin, Deborah Cochrane, ihren Eingriff auch schon hinter sich hat?«

»Sie liegt gerade in diesem Augenblick auf dem OP-Tisch«, erwiderte Myron. »Wollen Sie mal versuchen, sich auf die Bettkante zu setzen?«

Joanna richtete sich vorsichtig auf. Die Infusionskanüle, die immer noch in ihrem rechten Arm steckte, schränkte ihre Beweglichkeit ein wenig ein.

»Wie fühlen Sie sich?«, fragte Myron. »Ist Ihnen schwindelig? Oder haben Sie sonst irgendwelche Beschwerden?«

»Nein, es geht mir gut«, versicherte Joanna. »Ich fühle mich absolut normal.« Sie konnte es kaum glauben, dass sie nicht einmal Schmerzen hatte.

»Am besten bleiben Sie erst mal ein paar Minuten so sitzen«, riet Myron. »Wenn dann immer noch alles okay ist, entferne ich die Kanüle, und Sie können nach unten gehen und sich umziehen.«

»Okay«, entgegnete Joanna. Während der Pfleger seine Eintragungen beendete, sah sie sich um. Außer ihrem standen in dem Raum noch drei weitere Betten, die jedoch alle unbelegt waren. Das Zimmer machte einen ziemlich antiquierten Eindruck; all die Verschönerungen und Modernisierungen, die in anderen Bereichen der Klinik vorgenommen worden waren, hatte man sich hier eindeutig gespart. Die Kacheln an den Wänden und die Bodenfliesen waren abgenutzt, die Fenster alt und verfallen, und die Waschbecken waren aus Speckstein.

Die Ausstattung des Aufwachraums erinnerte Joanna an den archaischen Operationssaal, in den sie für den Eingriff gerollt worden war. Allein der Gedanke an diesen Raum jagte ihr einen kalten Schauer über den Rücken. Der OP machte einen derart grausigen Eindruck, dass sie sich ohne weiteres vorstellen konnte, wie dort vor einigen Jahrzehnten gegen den Willen der schutzbedürftigen Patienten Leukotomien vorgenommen worden waren. Beim ersten Anblick des OPs hatte sie an ein schauerliches Gemälde aus einem früheren Jahrhundert denken müssen, das eine Vorlesungsstunde in Anatomie darstellte. Auf dem Gemälde waren die in der Dunkelheit verschwindenden, nach oben ansteigenden Sitzreihen von lüstern auf einen entblößten, geisterhaft bleichen Körper hinabschielenden Männern besetzt.

Plötzlich ging die Tür des Aufwachraums auf. Joanna drehte sich um und sah einen kleinen, dunkelhaarigen Mann auf sie zukommen. Seine fahle Gesichtsfarbe erinnerte sie ein weiteres Mal an das antike Gemälde. Der Mann blieb abrupt stehen. Im ersten Moment schien er überrascht, doch dann schlug die Überraschung offenbar in Wut um. Er trug grüne OP-Kleidung und darüber einen langen weißen Arztkittel.

»Hallo, Dr. Saunders!«, rief Myron ihm zu und sah von seiner Arbeit auf.

»Habe ich Sie eben falsch verstanden, Mr Hanna?«, fuhr der Arzt den Pfleger an, ohne den Blick von Joanna abzuwenden. »Haben Sie nicht behauptet, die Patientin schlafe noch?«

»Als wir telefoniert haben, schlief sie auch noch«, stellte Myron klar. »Sie ist gerade aufgewacht, und es ist alles in Ordnung.«

Joanna empfand den starren Blick des Mannes als äußerst unangenehm. Menschen, die ihre Macht offen zur Schau trugen, bereiteten ihr immer ein ungutes Gefühl in der Magengegend. Daran war vermutlich ihr Vater schuld, der Geschäftsführer einer Ölfirma war und stets auf Distanz und eiserne Disziplin Wert legte.

»Blutdruck und Puls sind vollkommen normal«, informierte Myron Dr. Saunders. Er erhob sich, um ihm seine Aufzeichnungen zu zeigen, doch der Arzt bedeutete ihm, sich keine Mühe zu machen.

Ohne eine Miene zu verziehen, machte Dr. Saunders einen weiteren Schritt auf Joanna zu. Seine breite Nase vermittelte fälschlicherweise den Eindruck, dass seine Augen zu eng beieinander lagen. Am auffälligsten war jedoch, dass seine Augen leicht unterschiedliche Farben hatten; ferner stach eine einzige weiße Haarsträhne ins Auge, die einen starken Kontrast zu seinem ansonsten dunklen Haar und seiner leicht wirren Frisur bildete.

»Wie geht es Ihnen, Miss Meissner?«, fragte er.

Sein Ton erschien Joanna genauso distanziert und gefühlskalt wie der ihres Vaters, wenn er sich danach erkundigt hatte, wie ihr Tag in der Grundschule gewesen war. »Ganz okay«, erwiderte sie, wobei sie nicht sicher war, ob der Mann sich tatsächlich auch nur die Bohne für ihr Befinden interessierte oder ob er womöglich gar keine Antwort erwartete. Trotz ihrer Vorbehalte gegenüber dem Arzt nahm sie sich zusammen und fragte: »Haben Sie die Punktion bei mir durchgeführt?« Der Anästhesist hatte ihr das Narkosemittel verabreicht, bevor der operierende Arzt den OP betreten hatte.

»Ja«, erwiderte Dr. Saunders in einem Ton, der jegliche weitere Nachfragen verbot. »Dürfte ich mir bitte kurz Ihren Bauch ansehen?«

»Selbstverständlich«, murmelte Joanna und warf dem jungen Pfleger einen verzweifelten Blick zu. Myron kam sofort an die andere Bettseite geeilt, bat sie, sich flach auf den Rücken zu legen, und deckte ihr behutsam die Beine und den Schambereich zu.

Dr. Saunders zog vorsichtig das Flügelhemd hoch, wobei er darauf achtete, Joannas Unterleib und ihre Beine mit dem Laken bedeckt zu lassen. Dann inspizierte er die entblößte Taille. Joanna hob den Kopf, um ebenfalls einen Blick auf ihre Wunde zu werfen. Sie sah drei kleine Pflaster, eins direkt unter ihrem Nabel und die anderen beiden schräg darunter; sie bildeten ein gleichseitiges Dreieck.

»Keine Anzeichen von Blutungen«, stellte Myron an Dr. Saunders gewandt fest. »Und das Gas ist vollkommen absorbiert.«

Dr. Saunders nickte, zog das Hemdchen wieder über Joannas Bauch und machte Anstalten zu gehen.

»Dr. Saunders!«, rief Joanna hinter ihm her.

Er blieb stehen und drehte sich um.

»Wie viele Eizellen haben Sie mir denn entnommen?«

»Weiß ich nicht mehr genau«, erwiderte er. »Fünf oder sechs.«

»Ist das gut?«

»Absolut im Rahmen«, antwortete Dr. Saunders. Für ein

paar Sekunden erhellte ein schwaches Lächeln seine grimmige Miene. Dann verließ er den Raum.

»Dr. Saunders scheint ja nicht gerade ein Freund vieler Worte zu sein«, stellte Joanna fest.

»Er hat sehr viel zu tun«, entgegnete Myron. Er schlug die Decke beiseite und legte Joannas Beine frei. »Versuchen Sie doch mal aufzustehen. Ich glaube, ich kann Sie jetzt von der Kanüle befreien.«

»Ist Dr. Saunders der einzige Arzt der Wingate Clinic, der Punktionen vornimmt?«, fragte Joanna, während sie sich aufrichtete und ihre Beine über die Bettkante schwang. Dann rutschte sie vorsichtig ein Stück vor und stellte sich hin, wobei sie ihr Krankenhaushemdchen mit der linken Hand hinter dem Rücken zusammenhielt.

»Er nimmt die Eingriffe zusammen mit Dr. Donaldson vor.«

»Dann müsste meine Freundin ja inzwischen auch schon alles hinter sich haben, oder? Sonst könnte Dr. Saunders doch nicht gerade hier gewesen sein.«

»Das ist anzunehmen«, stimmte Myron ihr zu. »Wie geht es Ihnen? Ist Ihnen schwindelig?«

Joanna schüttelte den Kopf.

»Dann entferne ich jetzt die Kanüle, und Sie können sich anziehen.«

Eine Viertelstunde später war Joanna in dem kleinen Warteraum und nahm ihre Kleidung, Schuhe und Tasche aus dem Schließfach. Auf dem Sofa und in den Sesseln hatten es sich vier weitere Patientinnen in Krankenhauskleidung bequem gemacht und blätterten gelangweilt Zeitschriften durch. Keine von ihnen beachtete Joanna. Deborahs Schließfach war noch verschlossen.

Joanna wollte gerade in die gleiche Umkleidekabine huschen, die sie schon vor dem Eingriff benutzt hatte, als Cynthia mit Deborah im Schlepptau den Raum betrat. Deborah strahlte, als sie ihre Freundin sah. Sie eilte sofort zu ihr, quetschte sich mit in die Kabine und schloss die Tür hinter sich.

»Wie ist es bei dir gelaufen?«, flüsterte sie.

»Nicht schlecht«, erwiderte Joanna. Sie hatte keine Ahnung, warum Deborah flüsterte. »Der Anästhesist hat mich gewarnt, dass ich von seiner ›Amnesiemilch‹ ein leichtes Brennen im Arm spüren könnte, aber ich habe nichts gemerkt. Ich kann mich nicht einmal daran erinnern, dass ich müde wurde und eingeschlafen bin.«

»›Amnesiemilch‹?«, hakte Deborah nach. »Was soll das denn sein?«

»So hat der Narkosearzt im Scherz meinen Medikamentencocktail genannt«, erklärte Joanna. »Es ging alles ganz schnell, als ob jemand für einen kurzen Augenblick das Licht ausgeschaltet hätte. Ich habe während des gesamten Eingriffs absolut nichts gespürt. Und zum Glück ist mir beim Aufwachen kein bisschen schlecht gewesen. Deine Prognose hat sich also nicht bewahrheitet.«

»Du hattest gar kein flaues Gefühl im Magen?«

»Nein, nichts dergleichen. Außerdem bin ich genauso abrupt aufgewacht, wie ich weggedämmert bin.« Zur Unterstreichung ihrer Worte schnipste sie mit den Fingern. »Ich bin wirklich positiv überrascht. Jetzt erzähl mal – wie war es bei dir?«

»Es war ein Klacks«, berichtete Deborah. »Nicht schlimmer als ein Pap-Abstrich bei der Vorsorgeuntersuchung.«

»Du hattest keine Schmerzen?«

»Die Spritze mit der örtlichen Betäubung hat ein bisschen wehgetan. Das einzig Schlimme war das erniedrigende Gefühl, entblößt dazuliegen und in sich hineinschauen lassen zu müssen.«

»Wie viele Eizellen haben sie dir entnommen?«

»Keine Ahnung«, erwiderte Deborah. »Eine, nehme ich

an. Wenn man nicht mit Hormonen stimuliert wird, produziert eine Frau pro Monat in der Regel nicht mehr als eine Eizelle.«

»Mir haben sie fünf oder sechs entnommen.«

»Na großartig«, entgegnete Deborah im Scherz. »Woher weißt du das?«

»Ich habe gefragt«, erwiderte Joanna. »Der Arzt hat im Aufwachraum kurz nach mir gesehen. Er heißt Dr. Saunders. Du musst ihn eigentlich kennen, denn wie ich gehört habe, nimmt er sämtliche Punktionen zusammen mit Dr. Donaldson vor.«

»Ist dieser Dr. Saunders ein eher kleiner Typ mit seltsamen Augen?«

»Ja. Ein komischer Kauz, wenn du mich fragst. Man muss ihm jedes Wort aus der Nase ziehen. Und als er gesehen hat, dass ich schon aufgewacht war, wäre er beinahe ausgerastet.«

»Du machst wohl Witze!«, stellte Deborah fest.

»Nein, im Ernst.«

»Das ist ja verrückt! An mir hat er nämlich auch seinen Ärger ausgelassen.«

»Das gibt's doch gar nicht!«, wunderte sich Joanna. »Dann hat er wohl wirklich ein Problem. Und ich habe mich schon gefragt, ob ich mal wieder zu empfindlich bin. Du weißt ja, wie ich auf Leute reagiere, die ständig ihre Macht und Autorität zur Schau stellen.«

»Allerdings«, entgegnete Deborah. »Und du glaubst, er war wütend, weil du schon wach warst?«

»Ja«, bestätigte Joanna. »Er hat den Krankenpfleger vor meinen Augen angefahren, weil der ihm ein paar Minuten zuvor am Telefon mitgeteilt hatte, dass ich noch schlafen würde. Wahrscheinlich wollte er nur schnell einen Blick auf mich werfen und sofort wieder verschwinden. So musste er mir wohl oder übel Rede und Antwort stehen.«

»Das ist ja wirklich absurd«, stellte Deborah fest.

»Der Pfleger hat Dr. Saunders' Verhalten damit entschuldigt, dass er sehr beschäftigt sei.«

»Mir gegenüber war er auch ziemlich taktlos. Wie alle anderen fing er natürlich auch sofort damit an, wie viel besser es sei, den Eingriff unter Vollnarkose durchzuführen. Aber ich bin bei meinem Nein geblieben, und da ist er wütend geworden. Inzwischen ist mir klar, warum ich unbedingt nüchtern erscheinen sollte. Sie sind davon ausgegangen, dass sie mich umstimmen würden.«

»Aber du hast die Narkose standhaft abgelehnt?«

»Natürlich!«, erwiderte Deborah. »Ich habe damit gedroht, auf der Stelle aufzustehen und die Klinik zu verlassen, und es hat wirklich nicht viel gefehlt. Wenn Dr. Donaldson nicht gewesen wäre und die Gemüter ein wenig beruhigt hätte, wäre ich wahrscheinlich weg gewesen, aber am Ende ging dann alles seinen Gang.«

»Lass uns am besten so schnell wie möglich von hier verschwinden«, schlug Joanna vor.

»Nichts lieber als das«, stimmte Deborah zu. Sie öffnete die Lamellentür der Umkleidekabine, winkte Joanna noch einmal zu und verschwand.

Während Joanna sich ihrer Krankenhauskleidung entledigte und sie in einen bereitstehenden Wäschekorb warf, hörte sie, wie Deborah im Warteraum geräuschvoll ihr Schließfach öffnete. Für einen Augenblick betrachtete sie sich in dem lebensgroßen Spiegel. Wenn sie an die kleinen Einschnitte unter den Pflastern auf ihrem Bauch dachte, musste sie sich schütteln; sie erinnerten sie daran, dass vor einer guten Stunde jemand ihre Eingeweide von innen betrachtet hatte.

Die nebenan zuknallende Lamellentür riss sie jäh aus ihren Gedanken. Sie wollte Deborah, die fürs Anziehen immer nur ein paar Sekunden brauchte, auf keinen Fall warten lassen. Also beeilte sie sich. Zum Schluss bürstete sie ihr Haar, das sie für den Eingriff zu einem Pferdeschwanz zusammengebunden hatte und das vollkommen in Unordnung war. Noch während sie mit ihrer Frisur beschäftigt war, hörte sie Deborah ihre Kabine verlassen.

»Was machst du denn so lange da drinnen?«, rief Deborah ungeduldig aus dem Wartezimmer.

»Ich bin sofort fertig«, erwiderte Joanna. Ihr Haar, das sie seit der Highschool hatte wachsen lassen, war heute noch schlechter zu bändigen als sonst; manchmal hasste sie es regelrecht. Sie warf einen letzten Blick in den Spiegel und öffnete die Tür. Deborah empfing sie mit einem missmutigen Blick.

»Ich habe mich extra beeilt«, stellte Joanna klar.

»Davon habe ich nichts gemerkt«, entgegnete Deborah. »Vielleicht solltest du es mal mit einer Kurzhaarfrisur versuchen. Dann sparst du dir eine Menge Ärger.«

»Niemals«, versicherte Joanna und meinte es absolut ernst. Auch wenn ihre wallende Mähne ihr manchmal den letzten Nerv raubte, liebte sie ihr langes Haar.

Die beiden Freundinnen riefen Cynthia ein Dankeschön zu. Die Schwester winkte ihnen zum Abschied und widmete sich sofort wieder ihrer Arbeit. Die Frauen im Warteraum sahen kurz auf, und einige lächelten sogar, doch bevor Joanna und Deborah durch die Schwingtür verschwunden waren, hatten sie sich alle wieder in ihre jeweiligen Zeitschriften vertieft.

»Mir fällt gerade ein, dass wir etwas Wichtiges vergessen haben«, sagte Deborah, als sie den Hauptflur entlanggingen.

»Muss ich fragen was?«, entgegnete Joanna und seufzte, weil Deborah ihre Gedanken mal wieder nicht laut zu Ende dachte, »oder willst du mich freiwillig in Kenntnis setzen?« Manchmal machte es sie irre, dass ihre Freundin dazu neigte, Überlegungen in den Raum zu werfen, ohne sie weiter auszuführen.

»Wir haben vergessen zu fragen, wie und wann wir unser Geld bekommen.«

»In bar bekommen wir es bestimmt nicht«, sagte Joanna.

»Das ist mir auch klar«, grummelte Deborah.

»Entweder geben sie uns einen Scheck oder sie überweisen das Geld«, vermutete Joanna.

»Okay, aber die Frage ist – wann?«

»Laut den Verträgen, die wir unterzeichnet haben, steht uns das Geld zu, sobald wir unsere Dienste geleistet haben, und das ist jetzt. Also müssen sie uns jetzt auszahlen.«

»Du scheinst den Leuten hier mehr zu trauen als ich«, stellte Deborah fest. »Ich glaube, wir sollten das unbedingt klären, bevor wir nach Hause fahren.«

»Auf jeden Fall«, pflichtete Joanna ihr bei. »Am besten lassen wir Dr. Donaldson ausrufen, wenn wir sie im Hauptwartebereich nicht antreffen.«

Auf der Schwelle zum Hauptwarteraum blieben die Freundinnen stehen und sahen sich um. Inzwischen war fast jeder Sitzplatz besetzt. Hier und da war eine leise Unterhaltung im Gange, doch im Großen und Ganzen war es ziemlich still, wenn man bedachte, wie viele Menschen in dem riesigen Bereich warteten.

»Dr. Donaldson scheint nicht hier zu sein«, stellte Deborah fest, während sie ihren Blick noch einmal durch den Raum schweifen ließ.

»Dann lassen wir sie ausrufen«, schlug Joanna vor.

Sie steuerten den Empfangstresen an, hinter dem eine attraktive, rothaarige junge Frau saß. Mit ihrem prallen Schmollmund und ihrem voluminösen Busen sah sie aus wie das typische Model auf den Titelseiten der an Supermarktkassen ausliegenden Blättchen. Laut ihrem Namensschild hieß sie Rochelle Millard.

»Entschuldigen Sie bitte«, richtete Joanna das Wort an sie. Anstatt zu arbeiten, war die Empfangssekretärin in ein Taschenbuch vertieft, das auf ihrem Schoß lag.

Wie durch Magie verschwand das Buch. »Wie kann ich Ihnen helfen?«, fragte Rochelle.

Joanna bat darum, Dr. Donaldson auszurufen.

»Sind Sie Joanna Meissner?«, erkundigte sich Rochelle.

Joanna nickte.

»Dann sind Sie Miss Cochrane?«, fragte sie und sah Deborah an.

»Ja«, erwiderte Deborah.

»Ich habe hier etwas für Sie von unserer Controllerin Margaret Lambert«, sagte Rochelle. Sie öffnete eine Schublade zu ihrer Rechten, holte zwei nicht verschlossene Fensterumschläge hervor und händigte sie den überraschten Freundinnen aus.

Deborah und Joanna grinsten sich konspirativ an und lugten in ihre jeweiligen Umschläge. Im nächsten Augenblick strahlten sie wie Honigkuchenpferde.

»Bingo!«, rief Deborah und lachte. Dann fügte sie, an die junge Rezeptionistin gewandt, hinzu: *»Mille grazie, signorina. Partiamo a Italia.«*

»Das war Italienisch«, erklärte Joanna der verdutzten Rochelle, »und das Erste heißt tausend Dank. Beim zweiten Teil bin ich mir nicht so sicher. Ach – und Dr. Donaldson brauchen Sie nicht mehr auszurufen. Das hat sich erledigt.«

Die Freundinnen steuerten auf den Ausgang zu und ließen die perplexe Rezeptionistin zurück.

»Mit so einem dicken Scheck in der Hand fühle ich mich ein bisschen wie eine Diebin«, flüsterte Deborah, während sie sich ihren Weg durch den überfüllten Wartebereich bahnten. Wie Joanna hielt sie ihren Umschlag fest in der Hand und vermied es, einer der Patientinnen in die Augen zu sehen, die womöglich gezwungen war, eine Hypothek auf ihr Haus aufzunehmen, um ihre Kinderwunschbehandlungen bezahlen zu können.

»Die Wingate Clinic hat so viele Patienten, dass unsere Aufwandsentschädigung hier mit Sicherheit kein Loch in die Kasse reißt«, entgegnete Joanna. »Ich glaube eher, dass die Klinik mit der Behandlung ungewollt Kinderloser genau auf das richtige Pferd setzt und quasi eine Lizenz zum Gelddrucken hat. Außerdem kommen für unsere Vergütung wohl eher die Kinderwunsch-Patienten auf und nicht die Klinik.«

»Das ist es ja gerade«, entgegnete Deborah. »Andererseits kann man Patienten, die so elitär sind, dass sie ausschließlich Eizellen von Harvard-Absolventinnen akzeptieren, vielleicht ruhig ein bisschen bluten lassen.«

»Das sehe ich genauso«, stellte Joanna klar. »Halt dir lieber vor Augen, dass wir andere Menschen glücklich machen und sie uns zur Belohnung eine angemessene Entschädigung zukommen lassen.«

»Irgendwie fällt es mir schwer, mich mit einem Scheck über fünfundvierzigtausend Dollar in der Hand edelmütig und nicht egoistisch zu fühlen«, erklärte Deborah. »Vielleicht fühle ich mich auch eher wie eine Hure als wie eine Diebin. Aber nicht dass du mich falsch verstehst – ich will mich natürlich nicht beklagen.«

»Wenn die unfruchtbaren Paare in neun Monaten ihre Kinder bekommen, werden sie auf jeden Fall das Gefühl haben, dass es das Geld wert war.«

»Wahrscheinlich hast du Recht«, entgegnete Deborah. »Ich höre sofort auf, mir ein schlechtes Gewissen zu machen.«

Sie verließen das Gebäude und traten hinaus in die frische Morgenluft Neuenglands. Deborah wollte gerade die Treppe hinuntergehen, als sie merkte, dass Joanna zögerte. Ein Blick auf das verzerrte Gesicht ihrer Freundin ließ sie innehalten.

»Was ist los mit dir?«, fragte sie besorgt.

»Ich habe gerade einen stechenden Schmerz im Unterleib gespürt«, stöhnte Joanna und zeigte mit der linken Hand auf die Stelle, an der es ihr wehtat. »Und komischerweise habe ich auch in den Schultern ein heftiges Ziehen.«

»Spürst du es immer noch?«

»Ja, aber es wird schon besser.«

»Sollen wir zurückgehen und mit Dr. Donaldson sprechen?«

Joanna presste vorsichtig die Hand gegen ihren linken Beckenknochen. Wenn sie drückte, war der Schmerz zu ertragen, doch als sie wieder losließ, konnte sie es kaum aushalten. Sie wimmerte leise vor sich hin.

»Geht es jetzt wieder?«

Joanna nickte. Wie beim ersten Mal war der stechende Schmerz schnell wieder verschwunden. Zurück blieb ein leichtes, aber erträgliches Ziehen.

»Komm, wir gehen wieder rein und lassen Dr. Donaldson ausrufen!«, drängte Deborah. Sie nahm ihre Freundin beim Arm und wollte sie zurück ins Klinikgebäude führen, doch Joanna sträubte sich.

»Es wird schon besser«, brachte sie hervor. »Lass uns zum Auto gehen.«

»Bist du sicher?«

Joanna nickte, befreite sich aus Deborahs Umklammerung und nahm vorsichtig die ersten Stufen. Wenn sie sich leicht vornüberbeugte, fiel ihr das Gehen leichter, und nach einem halben Dutzend Stufen konnte sie sich schon wieder aufrichten und einigermaßen normal gehen.

»Wie geht es dir jetzt?«, fragte Deborah.

»Ganz gut«, erwiderte Joanna.

»Sollten wir nicht doch lieber noch einmal mit Dr. Donaldson reden? Dann sind wir auf der sicheren Seite.«

»Ich will nach Hause«, stellte Joanna klar. »Außerdem

hat Dr. Smith mich ausdrücklich darauf aufmerksam gemacht, dass ich mit genau dieser Art von Schmerzen rechnen muss. Sie sind also nicht weiter beunruhigend.«

»Er hat dich vor Schmerzen gewarnt?«, hakte Deborah überrascht nach.

Joanna nickte. »Er konnte nicht sagen, auf welcher Seite ich sie spüren würde, aber er hat mir Stiche oder einen stechenden Schmerz prophezeit. Aber bei der Summe, die wir gerade kassiert haben, ist das schon in Ordnung. Mich wundert eher, dass ich erst jetzt etwas merke.«

»Hat er dir auch gesagt, was du dagegen tun kannst?«

»Er hat Ibuprofen empfohlen, und falls das nicht reicht, soll ich einen Apotheker bitten, ihn in der Klinik anzurufen. Er sagte, er sei rund um die Uhr erreichbar.«

»Komisch, dass man dich vor Schmerzen gewarnt hat«, stellte Deborah fest. »Mir hat keiner etwas gesagt, und mir tut auch nichts weh. Vielleicht hättest du dich doch lieber für eine örtliche Betäubung entscheiden sollen.«

»Niemals!«, widersprach Joanna. »Ich bin froh, dass ich von dem Eingriff nichts mitbekommen habe. Dafür nehme ich gern ein paar Schmerzen in Kauf und lasse mir in einer Woche die Fäden ziehen.«

»Wo hast du die Stiche eigentlich?«

»Unter dem Bauchnabel.«

»Musst du zum Fädenziehen hierher zurückkommen?«, fragte Deborah.

»Nein«, erwiderte Joanna. »Das kann angeblich jeder Arzt machen. Falls Carlton in einer Woche wieder mit mir spricht, kann er es erledigen. Sonst gehe ich einfach in irgendeine Praxis.«

Als sie ihr Auto erreichten, öffnete Deborah ihrer Freundin die Beifahrertür und half ihr hinein. »Ich bin sicher, dass es dir besser ginge, wenn du es auch mit einer örtlichen Betäubung hättest machen lassen.«

»Davon wirst du mich nie überzeugen«, stellte Joanna klar und war sich absolut sicher.

5

7. Mai 2001, 13.50 Uhr

Eine Wirbelströmung erfasste das Flugzeug und schüttelte es leicht – ein deutliches Signal für den Beginn leichter Turbulenzen. Joanna sah von ihrem Taschenbuch auf, das sie gerade las, und vergewisserte sich, ob die anderen Passagiere ruhig blieben. Sie hasste Turbulenzen. Sie erinnerten sie daran, dass sie hoch über den Wolken schwebte, und da sie mit Technik nicht viel im Sinn hatte, war es ihr sowieso unbegreiflich, wie ein so schweres Objekt wie ein Flugzeug überhaupt abheben und fliegen konnte.

Beruhigt stellte sie fest, dass niemand den Rucken und Stößen Beachtung zu schenken schien, am wenigsten ihre Freundin Deborah, die neben ihr saß und beneidenswerterweise tief und fest schlief. Im Augenblick sah sie nicht gerade besonders vorteilhaft aus. Ihre fast schwarze Mähne, die sie in Italien bis auf Schulterlänge hatte wachsen lassen, war in wilder Unordnung, den Mund hatte sie leicht geöffnet. Joanna wusste, dass Deborah im Erdboden versinken würde, wenn sie sich so sehen könnte. Sie überlegte kurz, ob sie ihre Freundin wecken sollte, ließ sie dann aber schlafen. Während sie sie betrachtete, wurde ihr bewusst, wie sehr sich ihre jeweiligen Frisuren verändert hatten. Deborah trug ihr Haar jetzt lang, während sie selber sich im Verlauf der vergangenen sechs Monate an einen Kurzhaarschnitt gewöhnt hatte; ihr Haar war sogar noch kürzer als die Frisur, die Deborah früher getragen hatte.

Joanna wandte sich um und presste ihre Nase gegen das Fenster. Etliche Kilometer unter sich konnte sie schwach den Boden erkennen. Wie bei ihrem letzten Blick aus dem Fenster vor fünfzehn oder zwanzig Minuten überflogen sie immer noch eine Steppenlandschaft ohne besondere Merkmale, die gelegentlich von einzelnen Seen unterbrochen wurde. Da sie die Landkarte des Bordmagazins konsultiert hatte, wusste sie, dass sie gerade Labrador überflogen und bald zum Landeanflug auf den Bostoner Logan Airport ansetzen würden. Der Flug war ihr endlos lang vorgekommen; deshalb konnte sie es kaum erwarten, endlich wieder Boden unter den Füßen zu haben. Sie waren fast eineinhalb Jahre weg gewesen, und Joanna freute sich, die guten alten USA endlich wiederzusehen. Obwohl ihre Mutter ihr ständig in den Ohren gelegen hatte, doch wenigstens mal auf einen Besuch nach Houston zu kommen, hatte Joanna sich standhaft geweigert und sich nicht einmal zu einem Weihnachtstrip in die Heimat breitschlagen lassen. Die Weihnachtsfeiertage wurden im Hause der Meissners ziemlich festlich begangen, und wenn sie ehrlich war, hatte Joanna ihre Familie durchaus vermisst, zumal auch Deborah sie über die Feiertage verlassen hatte und zu ihrer Mutter und ihrem Stiefvater nach New York geflogen war. Doch bevor sie sich dem ständigen Genörgel ihrer Mutter aussetzte, die es immer noch als einen unverzeihlichen gesellschaftlichen Skandal empfand, dass ihre Tochter die Verlobung mit Carlton Williams gelöst hatte, hatte Joanna Weihnachten lieber allein verbracht.

Die beiden Freundinnen hatten ihre Pläne in die Tat umgesetzt und waren für eineinhalb Jahre nach Venedig gegangen. Durch ihren Auslandsaufenthalt wollten sie der Eintönigkeit ihres Doktorandinnen-Daseins für eine Weile entkommen und zudem der Gefahr vorbeugen, dass Joanna doch noch einen Rückfall erlitt und das Heiraten erneut zu ihrem eigentlichen Lebensziel machte. Nach ihrer Ankunft waren sie zunächst für ein paar Tage in der Nähe der Rialtobrücke im Stadtteil San Polo in jener Pension abgestiegen, die Deborah über das Internet ausfindig gemacht hatte. Danach waren sie auf Empfehlung zweier Studenten, die sie an ihrem zweiten Tag beim Kaffeetrinken auf der Piazza San Marco kennen gelernt hatten, in den Dorsoduro Sestière umgezogen. Mit viel Glück und viel Lauferei hatten sie schließlich ein kleines, erschwingliches Zweizimmerapartment gefunden; es lag in der obersten Etage eines bescheidenen Hauses aus dem vierzehnten Jahrhundert an einem Platz namens Campo Santa Margherita.

Da sie zielstrebige Studentinnen waren, hatten sie sich schnell einen strengen Tagesablauf angewöhnt. Egal wie spät es am Abend zuvor auch geworden war – sie standen eisern jeden Morgen um sieben Uhr auf. Nach einer kurzen Dusche machten sie sich dann auf den Weg zum Campus, suchten dort eine der traditionellen italienischen Bars auf und genehmigten sich einen frisch zubereiteten Cappuccino. Während der Sommermonate war dieses morgendliche Ritual besonders angenehm, denn dann konnte man auf dem kleinen Platz vor der Bar im Schatten alter Platanen sitzen. Zum zweiten Teil ihres Frühstücks ging es dann weiter zum Rio di San Barnaba, wo die Gemüsehändler, die so genannten *verduriere*, vom Wasser aus frische Früchte und Gemüse verkauften. Eine halbe Stunde später waren sie wieder in ihrem Apartment und begaben sich an ihre jeweiligen Arbeitsplätze.

Dort schrieben sie eisern bis ein Uhr mittags an ihren Arbeiten. Sie schalteten ihre Laptops nie früher aus. Wenn der Abwasch erledigt war, zogen sie sich um und gingen in ein Restaurant, das sie vorher ausgewählt hatten. Meistens gönnten sie sich schon zum Mittagessen ein oder zwei Gläser Weißwein aus Friaul, und danach vergaßen sie die Doktorandenpflichten für den Rest des Tages und verwandelten sich in Touristinnen. Also erkundeten sie, mit einem Stapel Stadtführern bewaffnet, sämtliche Sehenswürdigkeiten der Stadt. An drei Nachmittagen pro Woche besuchten sie einen Italienischkurs oder hörten Vorlesungen über venezianische Kunst.

Allerdings war es keinesfalls so, dass ihr Italienaufenthalt etwa nur aus Arbeit und Touristenprogramm bestanden hätte. Sie gingen sehr gern mit jungen italienischen Männern aus, am liebsten mit Männern, die auf irgendeine Weise mit der Universität zu tun hatten. Deborahs erster Liebhaber war ein junger Mann, der in Geschichte promovierte und während der Saison als Gondoliere arbeitete. Joanna freundete sich mit einem Lehrbeauftragten der gleichen Fakultät an. Doch die beiden Freundinnen achteten darauf, sich bloß nicht zu verlieben. Deborahs Devise lautete: bei jeder Liaison eine männliche Einstellung bewahren, sich also seinen Spaß gönnen, aber niemals sein Herz verlieren.

Joanna seufzte, als sie an all die wunderschönen Dinge dachte, die sie gesehen, und die Erfahrungen, die sie gemacht hatten. Die eineinhalb Jahre in Venedig waren in jeder Beziehung ein voller Erfolg gewesen, auch beruflich. In ihren im Gepäckfach über ihnen verstauten Bordcases lagen zwei fertige Doktorarbeiten. Dank der Möglichkeit, einzelne Kapitel zur Überprüfung per E-Mail vorab hin- und herzuschicken, waren beide Arbeiten bereits akzeptiert. Das Einzige, was sie jetzt noch vor sich hatten, waren ihre Rigorosa, und die würden sie mit links bestehen, da waren sie sich beide sicher. In einer Woche waren sie bereits zu ersten Vorstellungsgesprächen eingeladen: Joanna in der Harvard Business School und Deborah bei Genzyme.

Sogar Carlton hatte sie ein paar Mal in Venedig besucht. Das erste Mal war er völlig unerwartet aufgetaucht und hatte Joanna total aus der Fassung gebracht. Vor ihrer Abreise nach Europa hatte sie etliche Male versucht, ihn zu erreichen, doch er war ihr zielstrebig aus dem Weg gegangen und hatte sich standhaft geweigert, auf ihre Nachrichten auf dem Anrufbeantworter zu reagieren. Als sie ihre Wohnung in Venedig gefunden hatten, hatte Joanna ihm einen Brief geschrieben und ihm ihre Adresse mitgeteilt, damit er Kontakt zu ihr aufnehmen konnte, falls er dazu Lust verspüren sollte. Doch anstatt ihr zu schreiben, war er an einem verregneten, nebeligen Wintertag plötzlich aufgetaucht.

Hätte er nicht einen so weiten Weg auf sich genommen, hätte Joanna sich geweigert, ihn während dieses Besuchs zu empfangen, doch ihr schlechtes Gewissen stimmte sie schließlich gnädig. Bevor sie ihn anrief, ließ sie ihn allerdings erst einmal ein paar Tage in seinem Zimmer im Gritti Palace schmoren. Auf Carltons Wunsch trafen sie sich zum Mittagessen in Harry's Bar. Zuerst kamen sie nur äußerst schleppend ins Gespräch, doch dann rauften sie sich zusammen, und schließlich schafften sie es sogar, sich in den folgenden Wochen und Monaten regelmäßig zu schreiben und ihre gescheiterte Beziehung aufzuarbeiten. Der Briefwechsel führte dazu, dass Carlton noch zwei weitere Male nach La Serenissima kam, wie die alten Venezianer ihre bezaubernde Stadt nannten. Bei jedem seiner Besuche hatten sie sich besser verstanden, auch wenn zumindest bei Joanna stets ein etwas ungutes Gefühl zurückgeblieben war. Ihr Auslandsaufenthalt ließ sie die Welt mit anderen Augen sehen; ihrer Meinung nach setzte Carlton sich durch seine unbedingte Hingabe an seinen Beruf immer engere Grenzen und machte sich das Leben unnötig schwer. Immerhin hatten sie bei ihrem letzten Treffen eine Art Waffenstillstand geschlossen; sie hatten sich gegenseitig eingestanden, dass sie sich immer noch mochten, ihren derzeitigen »unverlobten« Status jedoch für angemessen hielten, damit jeder ungezwungen seinen eigenen Interessen nachgehen konnte.

Eine weitere Welle von Rucken und Stößen riss Joanna aus ihren Gedanken. Sie sah sich nervös in der Kabine um und wunderte sich, dass außer ihr niemand Angst zu haben schien. Plötzlich endeten die Turbulenzen genauso abrupt, wie sie begonnen hatten. Joanna sah aus dem Fenster, doch es hatte sich nichts verändert. Sie fragte sich, wie es überhaupt möglich sein konnte, dass ein Flugzeug am wolkenfreien Himmel durchgeschüttelt wurde wie ein Auto, das durch Schlaglöcher fuhr.

Als es wieder ruhiger war, grübelte Joanna über ihr Leben nach. Irgendwie wurde sie von dem Gefühl gequält, dass ihr etwas fehlte, und darüber konnten ihr weder ihre Reisen noch die intellektuellen Herausforderungen oder die fröhlichen Zusammenkünfte mit Freunden hinweghelfen.

Deborah war überzeugt, dass Joannas Rastlosigkeit daher rührte, dass sie so abrupt mit bestimmten traditionell weiblichen Zielvorstellungen abgeschlossen hatte; Kinder, Küche und Ehe standen nun mal nicht mehr an erster Stelle. Joanna hingegen glaubte noch einen anderen Grund für ihre latente Unzufriedenheit zu kennen: Seitdem sie gesehen hatte, wie verrückt die Italiener nach Kindern waren, musste sie immer wieder daran denken, was wohl aus ihren gespendeten Eizellen geworden war.

Während ihr Drang immer größer wurde, dem Ergebnis ihrer Eizellspende nachzugehen, hatte Deborah ihre Neugier lange Zeit unterdrückt, doch kurz vor ihrer Abreise hatte sie Joanna überrascht.

»Wäre es nicht interessant herauszufinden, was für Kinder aus unseren Eizellen entstanden sind?«, hatte sie plötzlich während ihres letzten Abendessens in Venedig gefragt.

Joanna hatte ihr Glas Wein abgestellt und ihre Freundin entgeistert angesehen. Als sie selber einen Monat zuvor die gleiche Frage gestellt hatte, war Deborah wütend geworden und hatte sie beschuldigt, von Zwangsvorstellungen befallen zu sein.

»Ob wir wohl eine Chance haben, irgendetwas herauszubekommen?«, fragte Deborah, die Joannas überraschte Reaktion gar nicht wahrzunehmen schien.

»Das dürfte schwierig werden«, erwiderte Joanna. »Immerhin haben wir Verträge unterschrieben.«

»Stimmt«, entgegnete Deborah. »Aber die sollten doch wohl in erster Linie unsere Anonymität sicherstellen, oder? Sonst käme womöglich irgendjemand daher und würde Unterhaltsgeld oder Ähnliches von uns verlangen.«

»Ich denke eher, die Anonymitätsgarantie gilt für beide Seiten«, erklärte Joanna. »Oder glaubst du vielleicht, die Wingate Clinic fände es gut, wenn wir plötzlich anfingen, in der Klinik gezeugte Kinder aufzuspüren und unsere Mütterrechte durchzusetzen?«

»Wahrscheinlich hast du Recht«, gestand Deborah. »Schade eigentlich. Wäre doch wirklich interessant zu erfahren, was aus den Eizellen geworden ist – und wenn es uns nur Gewissheit gäbe, dass wir überhaupt Kinder bekommen können. Schließlich kann man nie wissen, ob man nicht unfruchtbar ist. Davon können die zahllosen Frauen, die wir in der Wingate Clinic gesehen haben, sicher ein Lied singen.«

»Allerdings«, stimmte Joanna zu. Sie kam immer noch nicht über Deborahs plötzliche Kehrtwendung hinweg. »Ich würde auch gern Klarheit haben. Was hältst du davon, wenn wir nach unserer Rückkehr einfach in der Wingate Clinic anrufen und unser Glück versuchen? Fragen kostet schließlich nichts.«

»Eine gute Idee«, stimmte Deborah zu.

Seit dem Gespräch waren vierundzwanzig Stunden vergangen, und sie hatten den Atlantik überquert. Das Knistern der Sprechanlage riss Joanna erneut aus ihren Gedanken.

Die Stimme des Kapitäns verkündete, dass sie in Kürze zu ihrem Landeanflug auf den Flughafen von Boston ansetzen würden und dass er jetzt die Anschnallzeichen einschalten werde und alle Fluggäste bitte, die Gurte anzulegen.

Joanna warf einen Blick auf ihren Schoß und vergewisserte sich, dass sie bereits angeschnallt war. Sie flog immer angeschnallt, egal ob das Zeichen aufleuchtete oder nicht. Mit einem kurzen Blick zur Seite stellte sie fest, dass Deborah ebenfalls angegurtet war. Sie schaute erneut aus dem Fenster und sah, dass die Landschaft sich verändert hatte: Anstelle der ausgedehnten Steppe überflogen sie jetzt dichte Wälder, die gelegentlich von einer großen Farm unterbrochen wurden. Vermutlich befanden sie sich über Maine, und wenn sie Recht hatte, war das ein gutes Zeichen, denn dann war es bis Massachusetts nicht mehr weit.

»Da kommt meine letzte Tasche!«, rief Deborah und eilte zurück zum Gepäckband, auf dem sie unter Hunderten von Koffern ihr letztes Gepäckstück erspäht hatte. Sie zog die aus allen Nähten platzende Tasche vom Band und warf sie auf den Haufen mit den übrigen Taschen und Koffern, die Joanna und ihr gehörten. Dann packten sie zwei Karren voll und stellten sich in der Schlange vor der Zollabfertigung an.

»Da sind wir also wieder in Beantown«, stellte Deborah fest und fuhr sich mit der Hand durch ihr volles, langes Haar. »Was für ein angenehmer Flug! Er kam mir unheimlich kurz vor.«

»Mir nicht«, entgegnete Joanna. »Ich wünschte, ich hätte wenigstens halb so viel geschlafen wie du.«

»Fliegen macht mich immer total müde«, erklärte Deborah.

»Das habe ich gemerkt!«, entgegnete Joanna neidisch.

Eine Stunde später betraten die beiden Freundinnen ihr

Zweizimmerapartment in Beacon Hill, das sie für die Dauer ihres Italienaufenthalts vermietet hatten.

»Sollen wir eine Münze werfen, wer welches Zimmer bekommt?«, schlug Joanna vor.

»Auf keinen Fall«, erwiderte Deborah. »Ich habe gesagt, dass ich das kleinere Zimmer nehme, und dazu stehe ich.«

»Bist du sicher?«

»Absolut. Mir sind der große begehbare Kleiderschrank und der Blick wichtiger als ein großer Raum.«

»Mir geht es eher um den Zugang zum Bad«, überlegte Joanna laut. Das Bad hatte zwei Zugänge: einen vom Flur und einen von dem größeren Zimmer. In Joannas Augen war das größere Zimmer vor allem deshalb das bessere.

»Das kleine ist vollkommen okay für mich, glaub mir.«

»Okay«, entgegnete Joanna. »Umso besser für mich.« Eine Stunde später hatten sie die Möbel nach ihrem Geschmack umgestellt, einen Teil ihres Gepäcks ausgepackt und sogar schon ihre Betten bezogen. Plötzlich stellte Deborah fest, dass sie allmählich mit ihren Kräften am Ende war. Immerhin war es in Italien bereits später Abend. Erschöpft ließen sie sich auf das Sofa im Wohnzimmer plumpsen. Die hellen Strahlen der Nachmittagssonne, die durch die vorderen Fenster in die Wohnung fielen, vermittelten ihnen das trügerische Gefühl, dass sie eigentlich gar nicht müde sein und unter Jetlag leiden konnten.

»Hast du eine Idee, was wir heute Abend essen sollen?«, fragte Deborah mit monotoner Stimme.

»Bevor ich ans Essen denken kann, will ich erst noch etwas anderes erledigen«, stellte Joanna klar. Sie stand auf und streckte sich.

»Willst du ein Nickerchen halten?«, fragte Deborah.

»Nein«, erwiderte Joanna. »Ich möchte einen Anruf machen.« Sie ging durch den Raum und steuerte auf das Telefon zu, das auf dem Boden stand. Ein Telefontischchen besaßen sie nicht, und den Schreibtisch hatten sie auf die andere Zimmerseite gerückt, um den Computerbildschirm vor dem einfallenden Sonnenlicht zu schützen.

»Sag nicht, dass du als Erstes Carlton anrufen willst! Dann wird mir übel.«

Joanna sah ihre Mitbewohnerin an, als wäre sie nicht ganz bei Trost. »Wie kommst du darauf, dass ich Carlton anrufen will?« Sie hob das Telefon auf und brachte es mit zum Sofa, was mit der acht Meter langen Schnur kein Problem war.

»Ich mache mir Sorgen, dass du rückfällig wirst«, erklärte Deborah. »Mir ist nämlich nicht entgangen, wie viele Briefe dein langweiliger Arzt in der Ausbildung dir in letzter Zeit geschrieben hat, und da wir nun zurück in Boston sind und somit nur einen Katzensprung von seinem Krankenhaus entfernt, sehe ich dich in großer Gefahr.«

Joanna lachte. »Glaubst du eigentlich, ich habe kein bisschen Rückgrat?«

»Ich glaube, dass du nach fünfundzwanzig Jahren Indoktrination durch deine Mutter für bestimmte Aspekte des Lebens nicht ausreichend gewappnet bist.«

Joanna grinste. »Du kannst dich beruhigen. Ich habe seit unserer Rückkehr noch keine Sekunde an Carlton gedacht. Ich will in der Wingate Clinic anrufen. Hast du die Nummer?«

»Wir sind doch gerade erst gelandet! Hat das nicht noch ein bisschen Zeit?«

»Warum?«, entgegnete Joanna. »Ich mache mir seit Monaten Gedanken, was aus meinen Eizellen geworden ist, und offenbar geht es dir doch genauso.«

»Wirf mir mal meinen Taschenkalender rüber«, bat Deborah, ohne sich von der Stelle zu bewegen. »Er liegt auf dem Schreibtisch.«

Joanna holte ihn und ließ sich erneut auf dem Sofa nieder. Deborah schlug die Nummer nach, deutete mit dem

Finger auf die Ziffern und hielt Joanna den Kalender hin. Joanna drückte den Lautsprecherknopf, hörte das Freizeichen und wählte.

Am anderen Ende der Leitung nahm sofort jemand ab. Joanna nannte ihren Namen und erklärte, dass sie eine ehemalige Eizellspenderin sei und gern mit jemandem verbunden werden würde, der sich mit dem Programm auskenne. Es folgten ein paar Sekunden Funkstille.

»Sind Sie noch dran?«, hakte Joanna nach.

»Ja«, erwiderte die Telefonistin. »Ich dachte, Sie wollten noch etwas hinzufügen. Ansonsten verstehe ich nicht ganz, warum Sie anrufen. Möchten Sie noch einmal Eizellen spenden?«

»Eventuell«, erwiderte Joanna. Sie zuckte mit den Schultern und sah Deborah an. »Aber als Erstes möchte ich mit jemandem sprechen, der über meine bereits erfolgte Spende Bescheid weiß. Ist vielleicht gerade jemand frei?«

»Ich hoffe doch, es ist alles okay mit Ihnen?«, erkundigte sich die Telefonistin. »Oder haben Sie irgendwelche Probleme?«

»Nein«, versicherte Joanna. »Eigentlich nicht. Ich habe nur ein paar Fragen, die ich gerne beantwortet hätte.«

»Dann sollte ich vielleicht Dr. Donaldson ausrufen lassen.«

Joanna bat die Telefonistin, einen Augenblick zu warten, drückte den Knopf für die Stummschaltung und sah Deborah an. »Was meinst du? Ich dachte, sie würde mich mit irgendeiner Sekretärin verbinden – und nicht gleich mit der zuständigen Ärztin.«

»Die Sekretärin müsste vermutlich sowieso mit Dr. Donaldson Rücksprache halten, also können wir auch gleich direkt mit ihr sprechen. Damit sparen wir uns einen Schritt.«

»Wahrscheinlich hast du Recht«, entgegnete Joanna und konzentrierte sich wieder auf das Telefonat.

»Warte mal!«, rief Deborah. »Überlegst du im Ernst, noch einmal Eizellen zu spenden?«

»Auf keinen Fall«, stellte Joanna klar. »Ich dachte nur, es sei besser, erst mal so zu tun, als ob. Vielleicht hilft uns das weiter.«

Deborah nickte. Joanna drückte erneut den Stummschaltungsknopf und bat die Telefonistin, Dr. Donaldson auszurufen.

»Wollen Sie am Apparat bleiben, oder soll die Ärztin Sie zurückrufen?«

»Ich warte«, erwiderte Joanna und wurde im nächsten Moment mit seichter Fahrstuhlmusik eingelullt.

»Vielleicht sollten wir uns tatsächlich noch einmal als Spenderinnen zur Verfügung stellen«, überlegte Deborah laut und fuhr grinsend fort: »Ich hätte jedenfalls nichts dagegen, den Lebensstandard beizubehalten, an den ich mich in Italien gewöhnt habe.«

»Du machst wohl Witze«, empörte sich Joanna.

»Überhaupt nicht!«, entgegnete Deborah. »Warum?«

»Ich würde es auf keinen Fall noch einmal machen«, stellte Joanna klar. »Ich weiß zwar sehr wohl zu schätzen, was wir uns mit dem Geld alles leisten konnten, aber der Eingriff ist auch nicht gerade spurlos an mir vorübergegangen. Für mich käme eine Eizellenspende allenfalls noch einmal in Frage, wenn ich selber Kinder geboren habe – falls das überhaupt jemals passiert. Aber dann wäre ich wahrscheinlich sowieso zu alt.«

Bevor Deborah etwas erwidern konnte, verstummte die Warteschleifenmusik und Dr. Donaldson meldete sich. Sie klang ernst und fragte Joanna, wie sie ihr helfen könne.

»Ich bin eine ehemalige Eizellenspenderin«, begann Joanna. »Der Eingriff liegt schon eine Weile zurück, aber ich möchte Sie etwas fragen …«

»Was für ein Problem haben Sie?«, fiel Dr. Donaldson ihr

ungeduldig ins Wort. »Die Telefonistin sagte mir, Sie hätten irgendein Problem.«

»Aber ich habe ihr ausdrücklich versichert, dass ich kein Problem habe.«

»Wann haben Sie sich zur Eizellenspende zur Verfügung gestellt?«

»Vor ungefähr eineinhalb Jahren.«

»Und wie lautet Ihr Name?«, fragte Dr. Donaldson mit deutlich ruhigerer Stimme.

»Joanna Meissner. Ich bin zusammen mit meiner Mitbewohnerin bei Ihnen in der Klinik gewesen.«

»Ich erinnere mich an Sie«, entgegnete Dr. Donaldson. »Ich habe Sie damals in Ihrer Wohnung in Cambridge besucht. Wenn ich mich nicht irre, haben Sie langes blondes Haar und ihre Freundin kurzes dunkles, fast schwarzes. Sie sind beide Doktorandinnen der Harvard University.«

»Sie haben wirklich ein gutes Gedächtnis«, staunte Joanna. »Dabei sehen Sie bestimmt tagein, tagaus jede Menge neue Gesichter.«

»Was haben Sie auf dem Herzen?«

Joanna räusperte sich und nahm all ihren Mut zusammen. »Wir wüssten gern, was aus unseren Eizellen geworden ist. Zum Beispiel, wie viele Kinder daraus entstanden sind und, wenn es möglich ist, welches Geschlecht sie haben.«

»Tut mir Leid, aber diese Informationen sind streng vertraulich.«

»Wir wollen ja keine Namen wissen, falls Sie das meinen«, entgegnete Joanna.

»Tut mir Leid. Aber sämtliche Informationen und Daten unterliegen der Geheimhaltungspflicht, und zwar ohne jede Ausnahme.«

»Können Sie uns denn wenigstens sagen, ob überhaupt irgendwelche Kinder aus unseren Eizellen entstanden sind?«, bohrte Joanna weiter. »Wir wüssten wirklich gern, ob unsere Eizellen gesund und befruchtungsfähig waren.«

»Auch das kann ich Ihnen nicht sagen. Wir haben strenge Regeln, die es uns strikt verbieten, jedwede Information im Zusammenhang mit Eizellenspenden herauszugeben. Deutlicher kann ich mich wohl nicht ausdrücken.«

Joanna verzog resigniert das Gesicht.

»Hallo, Dr. Donaldson«, schaltete sich Deborah in das Gespräch ein. Sie beugte sich vor und sprach direkt in das Mikrophon des Telefons. »Hier ist Deborah Cochrane, und ich sitze gerade neben meiner Freundin. Was ist denn zum Beispiel, wenn ein durch eine Eizellenspende gezeugtes Kind aus irgendeinem Grund Informationen von der genetischen Mutter benötigt – oder wenn es auf eine Transplantation, etwa von Knochenmark oder einer Niere, angewiesen ist?«

Joanna lief bei dem Gedanken ein kalter Schauer über den Rücken.

»Wir haben die Daten in unserem Computer gespeichert«, erklärte Dr. Donaldson. »In dem unwahrscheinlichen Fall, dass etwas Derartiges passieren sollte, würden wir uns mit Ihnen in Verbindung setzen. Aber das ist die einzige Ausnahme, die wir machen, und dieser Fall tritt so gut wie nie ein. Und falls doch, haben die beteiligten Parteien immer noch die Möglichkeit, ihre Anonymität zu wahren. Ohne deren Zustimmung würden wir keine Informationen weitergeben.«

Deborah hob verzweifelt die Hände.

»Anders ist die Situation natürlich, wenn unsere Patientinnen sich selber Spenderinnen suchen«, fuhr Dr. Donaldson fort. »Aber das ist ein vollkommen anderer Fall. Wir nennen das *bekannte Spende*.«

»Vielen Dank, Dr. Donaldson«, beendete Joanna das Gespräch.

»Tut mir Leid, dass ich Ihnen nicht weiterhelfen konnte.«

Joanna legte den Telefonhörer auf.

»Das können wir wohl vergessen«, stellte Deborah fest und seufzte.

»So schnell gebe ich nicht auf«, stellte Joanna klar. »Dafür habe ich mir in den vergangenen Monaten zu viele Gedanken darüber gemacht, dass da draußen irgendwo Nachkommen von mir herumlaufen.« Sie zog den Telefonstecker heraus, stellte das Telefon auf den Boden und setzte sich an den Computer.

»Was hast du vor?«

Joanna kramte das Modemkabel hinter dem Computer hervor und steckte es in die vorgesehene Buchse. »Du hast mir doch damals erzählt, dass die Wingate Clinic eine eigene Website mit nützlichen Informationen hat. Was hältst du davon, wenn wir mal nachsehen, wie gut ihre Firewall ist? Hast du die Adresse noch?«

»Ja«, erwiderte Deborah. »Ich habe sie unter den Favoriten gespeichert.« Sie stand auf und sah Joanna neugierig über die Schulter. Mit Computern und allem, was damit zusammenhing, kannte Joanna sich wesentlich besser aus als sie. »Was ist denn eine Firewall?«

»Eine Software, mit der man nicht berechtigten Personen den Zugang zu seinen Daten verweigert«, erklärte Joanna, die bereits online war und die Adresse der Wingate Clinic eingab. Einen Augenblick später war sie auf der Website. Sie zog sich einen Stuhl heran und versuchte, in die internen Ordner der Klinik zu gelangen.

»Klappt nicht, oder?«, fragte Deborah, nachdem sie ihrer Freundin eine halbe Stunde über die Schulter gesehen hatte.

»Wie es aussieht, nicht«, erwiderte Joanna. »Aber ich weiß ja auch nicht einmal mit Sicherheit, ob sie ihre Website auf ihrem eigenen Server haben.«

»Ich frage lieber gar nicht erst, was das nun wieder heißen soll«, sagte Deborah und steuerte gähnend das Sofa an. Sie ließ sich niederplumpsen und streckte sich lang aus.

Nach einer Weile beendete Joanna abrupt die Verbindung zum Internet, zog das Modemkabel heraus und stöpselte die Telefonschnur wieder ein. Sie hockte sich mit dem Telefon auf den Boden, rief die Auskunft an und erfragte die Nummer eines gewissen David Washburn.

»Wer ist das denn?«, wollte Deborah wissen.

»Ein ehemaliger Kommilitone«, erwiderte Joanna. »Ich habe ein paar Computerkurse zusammen mit ihm belegt. Ein sehr netter Typ übrigens. Er hat schon ein paar Mal versucht, mit mir auszugehen.«

»Und warum willst du ihn ausgerechnet jetzt anrufen?«

»Er ist ein Computer-Genie«, erklärte Joanna. »Zu Studienzeiten war er ein begnadeter Hacker.«

»Du willst also einen echten Profi hinzuziehen«, stellte Deborah mit einem breiten Grinsen fest.

»So könnte man es nennen«, bestätigte Joanna und ging zum Schreibtisch, um sich Stift und Zettel zu holen. Dann wählte sie erneut die Nummer der Auskunft.

Deborah verschränkte die Hände hinter dem Kopf und musterte Joanna. »Woher nimmst du nur all die Energie? Ich bin total schachmatt.«

»Wenn ich mir so lange den Kopf über etwas zerbreche, brauche ich irgendwann eine Lösung«, stellte Joanna klar.

6

7. Mai 2001, 20.55 Uhr

Wie spät ist es?«, fragte Deborah und gähnte.

»Kurz vor neun«, erwiderte Joanna mit einem Blick auf die Uhr. »Wo bleibt er denn bloß?«

Das Telefonat mit David Washburn war gut gelaufen.

Nachdem Joanna ihm erklärt hatte, was sie herausfinden wollten, hatte er sich sofort bereit erklärt zu helfen. Allerdings hatte er darauf bestanden, zu ihnen zu kommen und ihren Computer zu benutzen. »Ich kann es mir nicht erlauben, eine elektronische Spur zu meiner Workstation zu hinterlassen«, hatte er erklärt. »Dummerweise ist nämlich herausgekommen, dass ich derjenige war, der dem Verteidigungsministerium ein paar Nacktbilder mit dem Untertitel *Make love not war* auf die Website gespielt hat. Die Leute vom FBI haben leider keinen Spaß verstanden, aber zum Glück ist meine Strafe zur Bewährung ausgesetzt.«

Deborah gähnte ausgiebig. »Hast du dich vielleicht verhört und er kommt erst morgen?«

»Nein, er kommt gleich«, entgegnete Joanna. »Ich habe ihm gesagt, dass wir noch kurz etwas essen gehen und dann zu Hause sind. Er meinte, das komme ihm gelegen, weil er dann noch eine Arbeit zu Ende bringen könne.

»Bevor er hier aufkreuzt, bin ich bestimmt eingeschlafen«, stellte Deborah fest. »Weißt du eigentlich, dass es in Italien schon drei Uhr morgens ist und unsere Körper noch an die europäische Zeit gewöhnt sind?«

»Leg dich doch ins Bett«, schlug Joanna vor. »Wir müssen ja nicht beide aufbleiben.«

»Bist du denn nicht müde?«

»Ich bin erschöpft«, gestand Joanna. »Aber ich kann mich noch ganz gut wach halten.«

Deborah schwang ihre Beine über die Sofakante, setzte sich aufrecht hin und wollte gerade aufstehen, als die Klingel ertönte und sie beide zusammenfahren ließ. Sie hörten ihre Haustürklingel zum ersten Mal, und sie war deutlich lauter, als sie erwartet hatten.

»Dass wir diese Klingel jemals überhören, ist jedenfalls ausgeschlossen«, stellte Deborah fest und ließ sich zurück aufs Sofa plumpsen.

Joanna stand auf und ging zur Tür. »Was mache ich denn jetzt?«, fragte sie aufgeregt. Neben dem Türrahmen befanden sich mehrere Knöpfe und eine runde, perforierte Fläche aus Metall.

»Keine Ahnung.«

Joanna drückte den ersten Knopf und hörte ein Knacken. »Hallo, hallo!« rief sie, den Mund dicht an die perforierte Fläche gepresst.

»Ich bin's, David«, meldete sich aus der Ferne eine Stimme.

»Okay«, entgegnete Joanna und drückte den zweiten Knopf, ohne den ersten loszulassen. Sie hörte ein fernes Summen und das schwache Geräusch der sich öffnenden und schließenden Haustür.

»Na, das war ja einfach«, stellte sie fest und öffnete die Wohnungstür. Dann trat sie hinaus, beugte sich über das Geländer und sah hinunter. Die Wendeltreppe, die zum Erdgeschoss hinunterführte, erinnerte an das Gehäuse eines Nautilus.

David kam mit einem breiten Grinsen die Stufen hinaufgespurtet. Er war ein großer, sportlicher Afroamerikaner. Er zögerte kurz, dann gab er sich einen Ruck und schloss Joanna zur Begrüßung herzlich in die Arme. »Wie geht es dir, altes Haus?«

»Gut«, antwortete Joanna und erwiderte Davids Umarmung. Sie hatte ihn zwar schon seit mehr als zwei Jahren nicht gesehen, aber er schien sich nicht im Geringsten verändert zu haben. Wie damals gab er sich betont cool und trug einen kurzen, etwas ungepflegten Bart und die gleichen übergroßen Klamotten.

»Was für eine Überraschung, von dir zu hören. Du siehst gut aus, richtig klasse sogar.«

»Du auch«, entgegnete Joanna. »Du hast dich überhaupt nicht verändert.«

»Bin nur ein bisschen älter und ein bisschen weiser geworden«, stellte David lachend fest. »Und auf dem Basketballplatz den Ball im Korb zu versenken, gelingt mir auch noch ganz gut. Aber du hast dich verändert. Du siehst irgendwie jünger aus. Wie kann das sein?«

»Du willst mir nur schmeicheln«, stellte Joanna grinsend fest.

»Nein, im Ernst«, protestierte David und nahm sie von rechts und links und aus unterschiedlichen Winkeln ins Visier.

»Jetzt ist aber Schluss!«, stellte Joanna klar. »Du bringst mich in Verlegenheit.«

»Warum?«, entgegnete David. »Du siehst absolut spitze aus, und jetzt weiß ich auch, woran es liegt. Du trägst dein Haar kürzer. Auf der Straße hätte ich dich glatt nicht erkannt. Du könntest für sechzehn durchgehen.«

»Du Spinner!«, rief Joanna. »Komm rein, ich stelle dir meine Mitbewohnerin vor.«

Joanna nahm David beim Arm, führte ihn in die Wohnung und machte ihn mit Deborah bekannt, die es mit äußerster Anstrengung schaffte, sich vom Sofa aufzuraffen. Joanna entschuldigte sich bei ihrem Besucher, dass sie ihm nichts zu trinken anbieten könne.

»Kein Problem«, entgegnete David. »Das holen wir ein anderes Mal nach. Ich schätze, nach eurem langen Rückflug von Italien seid ihr ziemlich müde. Am besten kommen wir gleich zur Sache.« Er zog sich seine Jacke aus schwarzem Fallschirmstoff aus, kramte aus seiner Tasche eine Hand voll Disketten hervor und hielt sie hoch. »Ich habe ein paar Hilfsprogramme mitgebracht, unter anderem mein spezielles Programm zum Knacken von Passwörtern. Wo steht euer Computer?«

Ein paar Minuten später hatte er den Computer gestartet und die Website der Wingate Clinic auf dem Bildschirm.

Er klickte sich so schnell durch die Seiten, dass Deborah fast schwindelig vor Augen wurde. Seine Finger wirbelten über die Tastatur wie die eines Konzertpianisten. »So weit, so gut«, murmelte er vor sich hin.

»Kannst du uns erklären, was du da machst?«, bat Deborah.

Bisher noch gar nichts«, erwiderte David, während er weiter über die Tasten wirbelte. »Ich checke nur ein paar Sachen ab, unter anderem, ob die Firewall dieser Website erkennbare Löcher aufweist.«

»Und? Hast du schon welche entdeckt?«

»Noch nicht, aber es gibt bestimmt welche.«

»Woher willst du das wissen?«

»Eine Website ist dazu da, der Welt Zugang zum Datennetz einer Firma oder Organisation zu verschaffen. Die Wingate Clinic hat ihre Seite so aufgebaut, dass potenzielle Patienten ihre persönlichen medizinischen Daten eingeben können und individuelle Informationen zurückerhalten. Immer wenn Daten ausgetauscht werden, besteht die Möglichkeit, dass unberechtigte Personen sich Zugang verschaffen. Man kann sogar sagen, je interaktiver eine Website ist, desto einfacher ist es für Hacker, sich unberechtigten Zugang zu verschaffen. Mit anderen Worten – je mehr Austausch, desto mehr Löcher.«

Deborah nickte, obwohl sie nicht ganz sicher war, ob sie alles richtig verstanden hatte. Ihre Verwendung von Computern beschränkte sich auf gelegentliche Recherchen für ihre biologische Forschung; sie nutzte das Internet, schrieb E-Mails, und das war auch schon alles.

»Und was ist mit den Kennwörtern?«, fragte Deborah. Wenn sie im Labor einen Computer benutzte, musste sie ein Kennwort eingeben, das nur sie kannte. »Damit müsste man Unberechtigten doch den Zugriff verwehren können.«

»Ja und nein«, entgegnete David. »So sollte es eigentlich

sein, aber leider funktioniert es nicht immer. Die meisten Netzwerk-Administratoren sind faul und ändern nie die von den Herstellern vorgegebenen Passwörter. Das grenzt die Anzahl der Möglichkeiten, die man ausprobieren muss, schon mal ein. Außerdem hat man bei einem Webserver unbegrenzt viele Versuche. Wir können also erst einmal ein Spezialprogramm zum Knacken von Passwörtern einsetzen, wie das, das ich mitgebracht habe.«

Deborah verdrehte die Augen und sah Joanna an.

»Es macht sogar Spaß«, versuchte David sie zu überzeugen, als er merkte, dass Deborah ihre Zweifel hatte. »Es ist wie ein Schachspiel gegen den Computer, nur eine noch größere Herausforderung.«

»Die Leute, deren Daten geknackt werden, finden das Spiel wahrscheinlich nicht so witzig«, stellte Joanna fest.

»Normalerweise ist das alles harmlos«, entgegnete David. »Die meisten Hacker, die ich kenne, haben nichts Böses im Sinn. Es ist eher ein fortwährender Wettkampf zwischen ihnen und den Leuten, die in Unternehmen für die Sicherung der Daten und Programme zuständig sind. Oder sie tun irgendjemandem einen Gefallen, wie ich euch. Ihr habt doch auch keine bösen Absichten, sondern wollt lediglich an Informationen herankommen, auf die ihr meiner Meinung nach einen Anspruch habt.«

»Wenn die Klinik das auch so sehen würde, hätten wir es erheblich leichter«, stellte Joanna fest.

Plötzlich hielt David inne und strich sich nachdenklich über den Bart. »Die Leute haben ganze Arbeit geleistet, das muss man ihnen lassen. Die Website scheint ziemlich dicht zu sein. Jedenfalls gibt es keine erkennbaren Löcher. Ich habe sogar das Gefühl, dass sie ziemlich anspruchsvoll gemacht ist. Sie haben einen speziellen Server, bei dem man sich erst einmal identifizieren muss, um Zugang zu dem Netzwerk zu bekommen. Könnte es sein, dass die Klinik über eine Menge

Kohle verfügt, mit der sie hemmungslos um sich schmeißen kann?«

»Da liegst du vermutlich nicht falsch«, entgegnete Joanna.

»Ich glaube, wir haben es mit einer verdammt gut gesicherten Seite zu tun«, erklärte David. »Das heißt, wir müssen unser Köpfchen ganz besonders anstrengen.«

»Was hast du denn vor?«, fragte Deborah. »Ich meine – was willst du erreichen?«

»Ich möchte, dass der Webserver uns als berechtigte Person erkennt«, erwiderte David. »Dann hätten wir ungehinderten Zugang zu den internen Ordnern der Klinik. Ich werde jetzt das Formular für Neupatienten ausfüllen und versuchen, in den Raum hinter dem Puffer zu gelangen und dort ein paar Assembly-level-Befehle einzuschieben, um so die Kennwortprüfung zu umgehen. Ihr müsst euch das in etwa so vorstellen, als würden wir auf dem unteren Rand des Patientenformulars durch das Common Gateway Interface – das ist die allgemeine Vermittlungsrechner-Schnittstelle – hineinrutschen.«

»Kannst du das vielleicht mal so ausdrücken, dass es auch ein Normalsterblicher versteht?«, bat Deborah.

David wandte sich zu Deborah um, die ihm über die linke Schulter sah. »Noch einfacher lässt es sich kaum ausdrücken. Die komplizierten Details habe ich gar nicht erwähnt.«

»Na wunderbar!«, entgegnete Deborah verzweifelt. »Wenn das so ist, mache ich es mir lieber auf dem Sofa gemütlich. Ihr beiden Computerfreaks kommt ja bestimmt prima ohne mich zurecht.«

David drehte den Kopf zur anderen Seite, wo ihm Joanna über die Schulter sah. »Über eins müsst ihr euch allerdings im Klaren sein: Wenn ich es so versuche, wie ich es euch gerade erklärt habe, und es tatsächlich funktioniert, lässt sich über euren Internetprovider die Spur zu eurem Computer zurückverfolgen. Falls in der Klinik also jemandem auffallen sollte, dass sich ein Hacker über die geschützten Daten hergemacht hat, könnte man euch auf die Schliche kommen. Könnt ihr damit leben?«

Joanna überlegte eine Weile. Streng genommen brachen sie durch ihr Vorgehen natürlich das Gesetz. Andererseits wollte sie die Information unbedingt haben. Angesichts ihrer veränderten Lebenssituation erschien sie ihr sogar vonnöten, damit sie ihren Seelenfrieden zurückgewann. Außerdem war es höchst unwahrscheinlich, dass sie erwischt werden würden. Schließlich wollten sie nur die Spur ihrer eigenen Eizellen verfolgen. Sie kam zu dem Schluss, dass das Risiko so gering war, dass sie es eingehen konnten.

»Was meinst du, Deborah?«, fragte sie ihre Freundin.

»Das überlasse ich dir«, erwiderte sie. »Ich bin zwar neugierig, aber längst nicht so wie du.«

»Dann machen wir es«, entschied Joanna.

»Okay, Baby!«, rief David und rieb sich erwartungsvoll die Hände. Er liebte Herausforderungen dieser Art. Bevor er sich über die Tastatur beugte und loslegte, ließ er einmal kräftig seine Fingerknöchel knacken. Dann wirbelten seine Finger erneut über die Tasten. Anstelle von einzelnen Anschlägen wurde das Zimmer von einem kontinuierlichen Geklapper erfüllt. In rasanter Geschwindigkeit huschten irgendwelche Datenreihen und Bilder über den Monitor.

Nach mehr als dreißig Minuten konzentrierter Arbeit hielt David inne. Er seufzte frustriert auf, streckte seine Arme und dehnte die Finger.

»Funktioniert es nicht?«, fragte Joanna.

»Bisher nicht«, erwiderte David. »Da habt ihr mir eine ganz schön harte Nuss aufgetischt.«

»Was schlägst du vor?«

David sah auf seine Uhr. »Es könnte noch eine ganze Weile dauern. Die Homepage dieser Klinik ist besser gesichert, als ich je gedacht hätte. Bisher ist es mir nicht gelungen, auch nur einen einzigen Befehl einzuschleusen. Ich dachte, wir hätten es mit einer Windows – NT-Plattform zu tun, aber offenbar habe ich mich getäuscht. Es sieht mir eher nach Windows 2000 mit Kerberos-Identifizierung aus.«

»Ist Kerberos die Identifikations-Methode, die am Massachusetts Institute of Technology entwickelt wurde?«, fragte Joanna.

»So ist es«, erwiderte David.

»Was ist also deiner Meinung nach zu tun?«

David lachte. »Entweder muss ich euren Schreibtisch noch eine Woche in Beschlag nehmen und es mit Hilfsprogrammen wie Lopht-Crack versuchen, oder ihr versucht jemanden ausfindig zu machen, der in der Wingate Clinic arbeitet, Zugang zu den Daten hat und bereit ist, euch zu helfen.«

»Das sind die einzigen beiden Möglichkeiten?«

»Nein, es gibt noch eine weitere Möglichkeit. Ihr könntet versuchen, in den Server-Raum zu gelangen oder – noch besser – mir Zutritt zu verschaffen.« Er lachte erneut auf. »Das wäre auf jeden Fall die effizienteste und sicherste Methode. Wahrscheinlich bräuchte man höchstens zehn Minuten, um sich einen eigenen Zugang einzurichten. Danach wäre es ein Kinderspiel, von einer Workstation innerhalb des Netzes oder sogar von außerhalb an die Daten zu gelangen – jedenfalls wenn man es richtig macht.«

Joanna nickte und ließ sich die verschiedenen Möglichkeiten durch den Kopf gehen. Sie hatte immer mehr das Gefühl, dass sie sich unbedingt Klarheit verschaffen musste. Je mehr Hindernisse sich vor ihr auftaten, desto unbändiger war ihr Wille herauszufinden, was aus ihren Eizellen geworden war. Manchmal stellte sie sich ein kleines Mädchen vor, das irgendwo in ihrer Nähe aufwuchs und genauso aussah wie sie selber auf den Fotos aus ihrer Kindheit.

David warf noch einmal einen Blick auf seine Uhr und sah

Joanna fragend an. »Es ist jetzt kurz nach zehn. Soll ich es weiter versuchen? Für mich kein Problem. Wenn du willst, dass ich weitermache, mache ich weiter. Allerdings kann ich dir nicht sagen, wie lange ich brauche, um diese verdammte Homepage zu knacken. Aber irgendwann schaffe ich es – da bin ich sicher.«

»Du hast dich schon genug für uns ins Zeug gelegt«, entgegnete Joanna und starrte tief in Gedanken versunken ins Leere. »Vielen herzlichen Dank.«

David sah in Joannas schöne grüne Augen und registrierte ihren geistesabwesenden Blick. Er wartete ein paar Sekunden. Als sie immer noch starr ins Leere blickte, fuchtelte er ihr ein paarmal mit der Hand vor dem Gesicht herum. »He, was ist los mit dir?«

Joanna schüttelte den Kopf, als ob sie gerade aus einer Trance erwachte, und lachte. »Tut mir Leid. Ich musste gerade daran denken, was du gesagt hast: dass man in den Server-Raum gelangen müsste. Meinst du, das ist schwierig, wenn man einmal in dem Klinikgebäude ist?«

»Schwer zu sagen«, erwiderte David. »Da die Klinik offenbar Wert auf ein gut funktionierendes Sicherheitssystem legt, kann man vermutlich nicht einfach in den Raum hineinspazieren.«

»Aber du meinst tatsächlich einen richtigen Raum, nicht wahr?«, fragte Joanna. »Es ist nicht etwa nur Computerjargon, wenn du von dem Server-Raum sprichst, und etwas, das in Wahrheit nur im Cyberspace existiert?«

»Nein, ich rede von einem richtigen Raum«, versicherte David. »Einem Raum, in dem es richtige Hardware gibt, also unter anderem eine Tastatur und einen Monitor, mit deren Hilfe man sich Zugang zum Zentralrechner verschaffen kann.«

»Hast du eine Ahnung, wie dieser Raum gesichert sein könnte?«

»Durch eine verschlossene Tür«, erwiderte David. »Die Server-Räume, die ich bisher gesehen habe, hatten alle einen Schlitz neben dem Eingang, durch den man eine Zugangsberechtigungskarte schieben musste. Ähnlich wie Kreditkarten an Bankautomaten.«

»Interessant«, murmelte Joanna. »Mal angenommen, ich würde tatsächlich in diesen Raum kommen – was müsste ich dann genau tun?«

»Ganz einfach«, erwiderte David. »Hast du mal einen Zettel?«

Joanna zog eine Schreibtischschublade auf, holte einen gelben Block heraus und reichte ihn David, der sofort begann, sämtliche erforderlichen Schritte aufzuschreiben. Joanna passte genau auf. Wenn sie etwas nicht verstand, hakte sie sofort nach, und David gab ihr bereitwillig Auskunft.

»Das war's«, stellte er schließlich fest. Er riss die Seite ab und reichte sie Joanna, die die Notizen noch einmal überflog. Als sie sicher war, dass sie keine weiteren Fragen hatte, faltete sie den Zettel zusammen und steckte ihn in die Hosentasche.

»Vielen Dank nochmals, dass du sofort zu uns rübergekommen bist«, sagte Joanna.

»Nichts zu danken«, entgegnete David und stand auf. »Habe ich doch gern gemacht. So einen kleinen Gefallen ist man einer netten Ex-Kommilitonin ja wohl schuldig.«

»Apropos – was macht eigentlich deine Doktorarbeit?«, fragte Joanna.

»Jetzt klingst du wie meine Mutter«, erwiderte David und grinste, während er seine Disketten zusammensuchte und aufstapelte. »Leider hat mich beim zweiten Kapitel eine kleine Schreibblockade heimgesucht, und wie sieht es bei dir aus?«

»Gut«, antwortete Joanna. »Ich bin fertig.«

»Fertig!«, staunte David und stieß einen leisen Pfiff aus.

Dann sackte er sichtbar in sich zusammen. »Ich kann es gar nicht fassen. Das haut mich wirklich aus den Latschen.«

»Tut mir Leid.«

»Den Fehler muss ich wohl eher bei mir suchen.«

»Vielleicht solltest du auch mal die Umgebung wechseln«, schlug Joanna vor. »Deborah und mir ist das jedenfalls gut bekommen. Sie hat ihre Arbeit auch fertig.«

»Vielleicht komme ich nicht so recht in die Gänge, weil sich meine Begeisterung für die stochastischen Prozesse auf den Warenmärkten der Dritten Welt ziemlich in Grenzen hält. Aber wen wundert das schon? Apropos – darf ich fragen, wie es um dich und deinen Verlobten steht? Oder bin ich wieder mal zu indiskret?«

»Ich bin nicht mehr verlobt«, erwiderte Joanna.

David richtete sich wieder auf. »Wirklich? Seit wann?«

»Seit eineinhalb Jahren.«

»Und? Wie kommst du damit klar?«

»Gut. Schließlich war ich ja diejenige, die Schluss gemacht hat.«

»Cool. Hast du Lust, mal mit mir essen zu gehen?«

»Gern«, erwiderte Joanna.

»Okay, ich rufe dich an«, versprach David. Er zog sich seine Jacke an und stopfte die Disketten in die Taschen. Auf dem Weg zur Tür sah er sich noch kurz nach Deborah um, die immer noch lang ausgestreckt auf dem Sofa lag. »Sag deiner Mitbewohnerin tschüss von mir.«

»Ich schlafe nicht«, meldete sich Deborah zu Wort. Sie richtete sich auf und blinzelte gegen das Licht.

Sie wechselten noch ein paar belanglose Worte, bis David sich schließlich endgültig verabschiedete. Deborah blieb auf dem Sofa hocken und sah Joanna nach, die zum Schreibtisch ging und den Computer ausschaltete.

»War wohl nichts – habe ich Recht?«, fragte Deborah und gähnte.

»Leider«, entgegnete Joanna. Der Bildschirm wurde schwarz, und der Computerventilator verstummte.

»Will David sein Glück noch einmal versuchen?«

»Nein«, erwiderte Joanna, während sie an Deborah vorbeihuschte und im Bad verschwand. »Ich werde die Sache selber in die Hand nehmen.«

»Das verstehe ich nicht!«, rief Deborah. »Ich dachte, du hast David angerufen, weil du selber nicht mehr weitergekommen bist! Hat er dir den ultimativen Hackertipp gegeben?«

»Nein!«, rief Joanna zurück. Sie musste beinahe schreien, um sich über den laufenden Wasserhahn hinweg verständlich zu machen. »Wir disponieren um und konzentrieren uns auf Plan B!«

Deborah stand auf und verharrte einen Augenblick auf der Stelle, bis der kurze Schwindelanfall vorüber war. Sie konnte sich vor Müdigkeit kaum noch auf den Beinen halten, schleppte sich aber dennoch zur offenen Badezimmertür und lehnte sich gegen den Türrahmen. Joanna putzte sich gerade die Zähne.

»Darf ich fragen, was um Himmels willen Plan B ist?«

»Ich werde mir vorübergehend einen Job in der Wingate Clinic besorgen«, nuschelte Joanna durch den Zahnpastaschaum.

»Du willst mich wohl auf den Arm nehmen!«, entgegnete Deborah.

Joanna spuckte aus und hob den Kopf. Im Spiegel sah sie das Gesicht ihrer Freundin. »Nein. Ich meine es ernst. Es gibt nur einen sicheren und sinnvollen Weg, sich zu den internen Daten der Wingate Clinic Zugang zu verschaffen, und der besteht darin, in den Server-Raum der Klinik einzudringen. Das behauptet zumindest David.«

»Ich glaube, du spinnst«, stellte Deborah fest. Ihre Müdigkeit war plötzlich wie weggeblasen. »Glaubst du vielleicht,

David ist unfehlbar? Es gibt bestimmt auch noch andere Quellen, die man zu Rate ziehen kann! Als er heute Abend kam, hat er noch behauptet, es sei kein Problem für ihn, den Wingate-Rechner zu knacken. Aber da hat er sich wohl getäuscht.«

»Ich glaube schon, dass er es schaffen würde, aber es könnte verdammt lange dauern. David weiß, wovon er redet. Er hat mir in allen Einzelheiten erklärt, was ich tun muss, sobald ich mich in den Server-Raum der Wingate Clinic eingeschlichen habe.« Sie beugte sich wieder hinunter und putzte ihre Zähne weiter.

Deborah gestikulierte wild mit den Händen und stemmte sie schließlich in die Hüften. Dann beobachtete sie ihre Mitbewohnerin für ein paar Minuten bei der Abendtoilette. »Ist dieser Server-Raum denn nicht abgeschlossen?«

»Doch«, erwiderte Joanna. »Damit muss ich rechnen.« Sie spülte sich den Mund aus und stellte ihre Zahnbürste mit den Borsten nach oben in ein Wasserglas. »Ich muss mir irgendetwas einfallen lassen. David meint, dass man eine Berechtigungskarte benötigt, die man durch einen Schlitz neben der Tür schieben muss. Also muss ich zusehen, dass ich an eine solche Karte komme.« Sie begann, ihr Gesicht zu reinigen.

»Weißt du eigentlich, wie verrückt das klingt?«, fragte Deborah.

»Ich finde die Idee ganz und gar nicht verrückt«, sagte Joanna entschieden. »Ich will wissen, ob aus meinen Eizellen Kinder entstanden sind oder nicht, und solange ich das nicht weiß, gebe ich keine Ruhe. Ich dachte, du wolltest auch Klarheit haben.«

»Natürlich. Aber darum geht es nicht.«

»Natürlich geht es darum.«

»Jetzt sei doch mal realistisch!«, wies Deborah ihre Freundin zurecht und fragte dann mit ruhigerer Stimme: »Wie willst du denn überhaupt an einen Job in der Wingate Clinic kommen?«

»Das dürfte nicht schwer sein«, erwiderte Joanna. »Erinnerst du dich nicht, was man uns damals gesagt hat? Angeblich sind sie ständig auf der Suche nach qualifiziertem Personal, weil es in der ländlichen Gegend so schwierig ist, gute Leute zu finden. Ich bin sicher, dass sie eine passende Aufgabe für mich haben. In Textverarbeitung macht mir so schnell keiner was vor.«

»Aber sie werden dich doch wiedererkennen!«, platzte Deborah heraus. Joannas Naivität machte sie allmählich rasend.

»Jetzt reg dich doch nicht so auf!«, wies Joanna sie zurecht. Sie starrte Deborah entgeistert an, die vor Aufregung knallrot geworden war.

»Verstehst du denn nicht?«, wiederholte Deborah. »Sie erkennen dich auf jeden Fall wieder. Wahrscheinlich arbeiten fast alle, mit denen wir damals zu tun hatten, immer noch in der Klinik. Und zwar von der Empfangssekretärin bis hin zu den Ärzten.«

»Ich bin mir gar nicht so sicher, ob mich wirklich jemand wiedererkennen würde«, widersprach Joanna. »Immerhin waren wir nur einen einzigen Vormittag dort, und das liegt eineinhalb Jahre zurück. David hat mir eben erst gesagt, dass er mich mit meinen kurzen Haaren nicht erkannt hätte, wenn wir uns auf der Straße begegnet wären, und David hat mich über mehrere Jahre hinweg mindestens dreimal die Woche gesehen. Außerdem würde ich natürlich einen falschen Namen angeben.«

»Ohne deine Sozialversicherungskarte bekommst du niemals einen Job«, stellte Deborah fest. »Und die Nummer auf der Karte muss mit deinem Namen übereinstimmen. Das funktioniert doch nie.«

Joanna trocknete sich das Gesicht ab und starrte in den

Spiegel. Deborah hatte Recht; an dieses Problem hatte sie noch gar nicht gedacht. Sie musste sich nicht nur einen falschen Namen zulegen, sondern auch die dazugehörige Sozialversicherungsnummer haben. Sie überlegte kurz, ob sie nicht einfach eine ihrer Freundinnen bitten sollte, sich vorübergehend ihren Namen samt Versicherungsnummer ausleihen zu dürfen, doch diese Idee verwarf sie sofort wieder. Sie konnte unmöglich wissentlich eine Freundin in eine Geschichte hineinziehen, die streng genommen einen Gesetzesbruch bedeutete.

»Und?«, fragte Deborah.

»Ich besorge mir den Namen und die Sozialversicherungsnummer von einer jungen Frau, die kürzlich verstorben ist«, erwiderte Joanna. Sie erinnerte sich vage, etwas Ähnliches mal in einem Roman gelesen zu haben. Je mehr sie darüber nachdachte, desto sicherer war sie, dass es funktionieren könnte.

Deborah fiel vor Staunen die Kinnlade herunter. Sie hatte Mühe, sich zusammenzureißen. »Ich kann es einfach nicht fassen. Du bist ja regelrecht besessen.«

»Ich würde eher sagen engagiert«, entgegnete Joanna und ging an Deborah vorbei in ihr Schlafzimmer. Deborah folgte ihr.

»Ich glaube, du kannst dich demnächst im Walpole-Gefängnis engagieren«, stellte sie trocken fest. »Oder in einer psychiatrischen Anstalt. Leute, die sich derart exzessiv ›engagieren‹, pflegen nämlich ganz schnell dort zu landen.«

»Ich will doch keine Bank überfallen«, protestierte Joanna, während sie ihren Gürtel öffnete und aus ihrer Jeans schlüpfte. »Ich will lediglich Auskunft, was aus meinen Eizellen geworden ist, und sonst gar nichts.«

»Ich habe keine Ahnung, welche Konsequenzen es hat, sich als Tote auszugeben«, stellte Deborah fest. »Was ich aber sehr wohl weiß, ist, dass es ein schweres Vergehen ist, sich unberechtigt Zugang zu Computerdaten fremder Personen zu verschaffen.«

»Das ist mir klar«, gestand Joanna. »Aber ich wage es trotzdem.«

Joanna zog sich unbeirrt weiter aus. Als sie nichts mehr am Leib hatte, schlüpfte sie in ihr Nachthemd und zog es glatt. Dann hängte sie ihre Sachen auf und sah ihre Freundin an, die immer noch in der Tür stand. Deborah schien es die Sprache verschlagen zu haben; sie starrte sie aufgebracht und fassungslos an.

»Was ist los?«, brach Joanna schließlich das Schweigen. »Willst du in meinem Türrahmen Wurzeln schlagen, oder hast du noch etwas zu sagen? Wenn ja, schieß los! Ansonsten gehe ich jetzt ins Bett. Morgen ist ein anstrengender Tag.«

»Okay«, grummelte Deborah wütend und entschlossen vor sich hin. Dann hob sie die rechte Hand und zeigte mit dem Finger auf ihre Freundin. »Wenn du deinen verrückten, absolut idiotischen Plan unbedingt durchziehen willst, bin ich auch dabei.«

»Wie bitte?«, fragte Joanna entgeistert.

»Ich lasse dich nicht allein in diese Klinik, wo du dich mit Sicherheit in tausend Schwierigkeiten bringen wirst. Schließlich war es damals meine Idee, Eizellen zu spenden. Du bist weiß Gott nicht die Einzige, die so etwas wie Schuldgefühle kennt. Wenn du mit deiner Schnüffelei auffliegst und dir irgendetwas zustößt, das ich hätte verhindern können, würde ich mir mein Leben lang Vorwürfe machen.«

»Ich brauche keine Beschützerin!«, ereiferte sich Joanna. Allmählich stieg auch ihr die Zornesröte ins Gesicht.

Deborah schloss die Augen und streckte mit nach unten gerichteten Handflächen ihre Arme aus. »Es steht gar nicht zur Debatte, ob ich mitmache oder nicht. Ich bin fest entschlossen. Du willst die Sache offenbar um jeden Preis durchziehen, und mir geht es genauso, basta.« Nach diesen Worten öffnete sie die Augen und klimperte mit den Wimpern.

Joanna ging einen Schritt auf ihre Mitbewohnerin zu und nahm sie aus nächster Nähe ins Visier. »Meinst du das wirklich ernst?«

»Natürlich«, bestätigte Deborah und nickte. »Ich besorge mir auch einen Job. Die Wingate Clinic verfügt über ein riesiges Labor. Da werden sie mindestens genauso dringend nach Laborkräften suchen wie nach Bürofachleuten.«

»Okay, dann ziehen wir die Sache also gemeinsam durch«, stellte Joanna fest. Sie hob ihre ausgestreckte Hand, und Deborah schlug ein. Ihr Beschluss war besiegelt.

7

8. Mai 2001, 6.10 Uhr

Da ihre innere Uhr immer noch auf europäische Zeit eingestellt war, wachten Joanna und Deborah trotz Übermüdung und Jetlag früh auf. Deborah stand als Erste auf. Um ihre Freundin nicht zu wecken, schlich sie so leise wie möglich durch die Küche ins Bad, doch kaum hatte sie die Toilettenspülung betätigt, ging auch schon die Tür zu Joannas Schlafzimmer auf.

»Du siehst aus wie eine wandelnde Leiche«, begrüßte Deborah ihre Mitbewohnerin.

»Du hast auch schon mal besser ausgesehen«, entgegnete Joanna. »Wie spät ist es?«

»Viertel nach sechs, aber irgendwie scheint meine Hirnanhangdrüse zu meinen, es sei bereits Mittag.«

»Erspar mir die Details«, stöhnte Joanna. »Ich weiß nur,

dass ich endlich mal richtig ausschlafen wollte und stattdessen seit mindestens einer Stunde wach liege.«

»Ging mir genauso«, entgegnete Deborah. »Wollen wir irgendwo auf der Charles Street frühstücken? Ich brauche dringend einen Kaffee.«

»Es bleibt uns wohl kaum etwas anderes übrig. In unseren Schränken herrscht schließlich gähnende Leere.«

Eine Dreiviertelstunde später hatten sie sich frisch gemacht, gingen hinunter auf den Platz und schlenderten durch die Mt. Vernon Street zur Charles Street. Es war ein herrlicher Frühlingsmorgen; in den zahlreichen Blumenkästen blühten bunte Blumen aller Art. Bis zur Charles Street waren nur ein paar vereinzelte Fußgänger unterwegs, dafür zwitscherten Unmengen von Vögeln in den unterschiedlichsten Tönen. Am Ende der Charles Street, gegenüber dem Boston Common, entdeckten sie ein Starbucks-Café, das schon geöffnet hatte. Sie gingen hinein, bestellten sich einen Cappuccino und ein Croissant und ließen sich mit ihrem Frühstück an einem kleinen Mamortischchen neben dem Fenster nieder. Zunächst aßen und tranken sie schweigend.

»Der Kaffee tut gut«, brach Joanna schließlich das Schweigen. »Aber auf dem Campo Santa Margherita schmeckte er irgendwie besser.«

»Allerdings«, stimmte Deborah ihr zu. »Wenigstens scheint er mich ein bisschen frisch zu machen.«

»Bleibt es dabei, dass wir uns beide Jobs in der Wingate Clinic besorgen?«, fragte Joanna.

»Klar«, erwiderte Deborah. »Ich kann es kaum erwarten. Aber vielleicht sollten wir als Erstes ein kleines Brainstorming machen. Wie kommen wir zum Beispiel an Namen und Sozialversicherungsnummern verstorbener Frauen?«

»Gute Frage«, gestand Joanna. »Darüber habe ich mir heute Morgen, als ich wach im Bett lag, auch schon den Kopf zerbrochen. Ich habe so etwas mal in einem Roman gelesen.«

»Und wie hat er oder sie es in deinem Roman angestellt?«

»Die Romanfigur hat jemanden mit Insiderwissen hinzugezogen. Eine Frau, die in einem Krankenhaus arbeitete und den Krankenakten entnehmen konnte, wer wann gestorben war.«

»Und was hat die Protagonistin in dem Roman dann mit den Namen der Verstorbenen gemacht?«

»Medicare hereingelegt, und zwar nach Strich und Faden.«

»Ist ja Wahnsinn!«, platzte Deborah heraus. »Aber uns hilft es leider nicht weiter. Es sei denn, du ziehst in Erwägung, Carlton mit einzuspannen.«

»Ich glaube, wir sollten Carlton lieber aus dieser Sache heraushalten«, entgegnete Joanna. »Womöglich würde er uns sogar an das FBI verpfeifen, wenn er Wind von unserem Vorhaben bekäme.«

Deborah nippte nachdenklich an ihrem Kaffee. »Ich glaube, wir sollten das Problem in mehreren Schritten angehen. Als Erstes besorgen wir uns die Namen. Und wenn wir die Namen haben, kümmern wir uns um die dazugehörigen Sozialversicherungsnummern und alles, was wir sonst noch brauchen, zum Beispiel die Geburtsdaten und vielleicht sogar die Mädchennamen der Verstorbenen.«

»Die Namen dürften kein Problem sein«, stellte Joanna fest. »Zu dem Schluss bin ich zumindest gekommen, als ich grübelnd im Bett lag. Wir gehen einfach in die Bibliothek und studieren die Todesanzeigen und Nachrufe im *Boston Globe*.«

»Eine super Idee!«, rief Deborah aufgeregt und beugte sich vor. »Warum ist mir das nicht eingefallen? Das ist sogar perfekt. In Todesanzeigen werden normalerweise auch Alter und Geburtsdaten der Verstorbenen genannt, und das erleichtert uns die Arbeit erheblich. Schließlich brauchen wir die Namen von Frauen, die zum Todeszeitpunkt in etwa in unserem Alter waren, so bizarr das auch klingen mag.«

»Ja«, stimmte Joanna zu, »es ist wirklich bizarr. Und irgendwie unheimlich. Außerdem sollten sie erst vor relativ kurzer Zeit gestorben sein.«

»An die Sozialversicherungsnummern heranzukommen, dürfte schon etwas schwieriger sein«, grübelte Deborah. »Vielleicht müssen wir Carlton doch um Hilfe bitten«, überlegte Joanna laut. »Eine Frau, die in unserem Alter gestorben ist, dürfte ja wohl vorher als Patientin in einem Krankenhaus der Umgebung gelegen haben. Und wenn sie im Massachusetts General Hospital gestorben ist, müssten wir uns nur einen plausiblen Grund einfallen lassen, warum wir die Sozialversicherungsnummer der Frau brauchen. Wenn Carlton das Ganze nicht komisch vorkommt und er nicht misstrauisch wird, kann er uns bestimmt helfen.«

»Klingt mir nach ein bisschen viel wenn und aber«, stellte Deborah fest.

»Da hast du wohl Recht«, räumte Joanna ein.

»Ich hab's!«, rief Deborah und schlug mit der Handfläche auf den Tisch. »Vor ein paar Jahren, als mein Großvater gestorben ist, brauchte meine Großmutter eine Sterbeurkunde, um das Haus auf sie umschreiben zu lassen.«

»Und inwiefern soll uns das weiterhelfen?«

»Eine Sterbeurkunde ist ein öffentliches Dokument«, erklärte Deborah und musste lachen. »Wieso bin ich nicht früher darauf gekommen? Auf der Sterbeurkunde ist natürlich auch die Sozialversicherungsnummer vermerkt.«

»Super. Dann wissen wir ja, was wir zu tun haben.«

»Genau«, entgegnete Deborah. »Als Erstes gehen wir in die Bibliothek und dann zur Registerbehörde.«

»Aber die Sache hat noch einen Haken«, stellte Joanna fest und beugte sich verschwörerisch nach vorn. »Wie können wir sicher sein, dass die Sozialversicherungsnummern noch nicht annulliert wurden? So langsam, wie die Mühlen unserer Bürokratie mahlen, vermute ich zwar, dass es eine

Weile dauert, bis eine Nummer aus dem Verkehr gezogen wird – aber wie können wir auf Nummer sicher gehen?«

»Du hast Recht«, räumte Deborah ein. »Wenn irgendwelche Bürokraten der Wingate Clinic unsere Daten checken sollten und dabei herauskäme, dass wir eigentlich unter der Erde liegen müssten, wäre unsere Tarnung voll aufgeflogen.« Bei der Vorstellung musste sie halbherzig lachen.

»Ich habe eine Idee«, entgegnete Joanna. »Wenn wir die Urkunden in den Händen haben, machen wir noch einen Abstecher zur Fleet Bank und eröffnen zwei Sparkonten auf unsere neuen Namen. Da wir amerikanische Bürger sind, werden sie für die Kontoeröffnung unsere Sozialversicherungsnummern verlangen, und die werden sie natürlich umgehend überprüfen, sodass wir im Handumdrehen Bescheid wissen, ob die Nummern okay sind.«

»Klingt gut«, stellte Deborah fest. »Weißt du, wann die Bibliothek öffnet?«

»Ich schätze um neun oder zehn Uhr«, erwiderte Joanna. »Aber es gibt noch etwas, das wir in Erwägung ziehen sollten. Was hältst du davon, wenn wir unser Aussehen noch ein bisschen stärker verändern? Wahrscheinlich reichen unsere neuen Frisuren schon völlig aus, aber was spricht dagegen, noch eins draufzusetzen? Dann wären wir auf jeden Fall auf der sicheren Seite.«

»Meinst du, wir sollten uns die Haare färben?«

»Zum Beispiel. Aber wir könnten darüber hinaus auch unseren Stil und unser Aussehen im Allgemeinen verändern. Wir kleiden uns beide wie Studentinnen. Vielleicht sollten wir versuchen, unseren ganzen Typ zu verändern.«

»Kein Problem«, entgegnete Deborah. »Ich will mir schon seit einer Ewigkeit die Haare blond färben. Angeblich hat man ja als Blondine sowieso erheblich mehr Spaß.«

»Ich meine es ernst«, ermahnte Joanna ihre Freundin.

»Okay, okay«, entgegnete Deborah. »Was hast du also vor? Willst du dir das Gesicht piercen und dir ein paar wilde Tattoos machen lassen?«

Jetzt musste auch Joanna lachen. »Lass uns versuchen, einen Augenblick ernst zu bleiben. Also, ich denke eher an unser Outfit und an Make-up. Damit kann man schon eine Menge machen.«

»Stimmt«, pflichtete Deborah ihr bei. »Ich habe schon des Öfteren den Drang verspürt, mich als Hure herauszuputzen. Wahrscheinlich habe ich eine exhibitionistische Ader, die endlich mal befriedigt werden will. Jetzt könnte meine Chance gekommen sein.«

»Willst du mich schon wieder auf den Arm nehmen, oder meinst du das ernst?«

»Ich meine es ernst«, sagte Deborah. »Warum sollen wir uns bei der Sache nicht ein bisschen Spaß gönnen?«

»Ich hatte eher an eine Verwandlung in die entgegengesetzte Richtung gedacht«, erklärte Joanna. »Was hältst du davon, wenn ich mich in den Typ prüde Bibliothekarin verwandle?«

»Das ist zumindest einfach«, entgegnete Deborah und fügte scherzend hinzu: »Da musst du dich nämlich kaum verändern.«

»Sehr witzig«, grummelte Joanna.

Deborah wischte sich mit der Serviette den Mund ab und legte sie auf ihren Teller. »Bist du fertig?«

»Ja«, erwiderte Joanna.

»Dann sollten wir in die Gänge kommen«, drängte Deborah. »Auf dem Weg hierher sind wir an einem Lebensmittelladen vorbeigekommen. Am besten kaufen wir ein paar Sachen ein, dann müssen wir nicht dauernd nach unten laufen. Und wenn wir das erledigt haben, müsste die Bibliothek eigentlich geöffnet haben.«

»Klingt gut«, stimmte Joanna zu.

Als die Bibliothekarin der Boston Library die Tür aufschloss, warteten Joanna und Deborah bereits seit einigen Minuten auf der Eingangstreppe und betrachteten die Trinity Church, die dem Bibliotheksgebäude auf der anderen Seite des belebten Copley Square gegenüberlag. Es war genau neun Uhr. Da sie beide noch nie in der Boston Library gewesen waren, waren sie von dem Anblick der großartigen Architektur und der realistisch wirkenden Wandgemälde von John Singer Sargent schier überwältigt.

»Ich kann es gar nicht glauben, dass ich seit sechs Jahren in der Nähe von Boston lebe und noch nie in dieser Bibliothek gewesen bin«, stellte Deborah fest, während sie durch die hallenden Marmorsäle schritten. Sie blickte sich ständig zu beiden Seiten um, um bloß kein Detail zu übersehen.

»Da kann ich dir nur zustimmen«, pflichtete Joanna ihr bei.

Sie erkundigten sich, wo sie alte Zeitungen, insbesondere den *Boston Globe*, einsehen konnten, und wurden in den Mikrofilm-Raum verwiesen. Dort erfuhren sie jedoch, dass die Zeitungen in der Regel erst nach etwa einem Jahr auf Mikrofilmen zur Verfügung standen. Also suchten sie den Zeitungsraum auf, wo sie eigenhändig in den alten Ausgaben blättern konnten.

»Wie weit sollen wir zurückgehen?«, fragte Deborah.

»Einen Monat, würde ich sagen«, erwiderte Joanna. »Und wenn das nicht reicht, arbeiten wir uns eben weiter nach hinten vor.«

Sie nahmen sich jeweils einen Stapel Zeitungen, schleppten sie zu einem leeren Lesetisch und fingen an, ihre jeweiligen Haufen durchzuarbeiten.

»Es ist doch nicht so einfach, wie ich dachte«, stellte Deborah nach einer Weile fest. »Offenbar habe ich mich geirrt – Alter und Geburtsdaten der Verstorbenen sind längst nicht immer genannt.«

»Dann sollten wir uns vor allem auf die Nachrufe konzentrieren«, schlug Joanna vor. »Dort scheint das Alter der Verstorbenen meistens erwähnt zu sein.«

Sie arbeiteten den ersten Stapel ergebnislos durch und machten sich sofort an den nächsten.

»Wie es scheint, sind in letzter Zeit nicht gerade viele junge Frauen gestorben«, stellte Joanna fest.

»Junge Männer auch nicht«, fügte Deborah hinzu. »Aber in unserem Alter stirbt man ja normalerweise auch nicht. Und wenn doch mal jemand jung stirbt, ist er in den seltensten Fällen bekannt genug, als dass jemand einen Nachruf über ihn verfassen würde. Außerdem wollen wir ja auch keine Namen von bekannten Personen. Das wäre für unsere Zwecke völlig ungeeignet. Aber noch ist es zu früh aufzugeben.«

Nachdem sie drei weitere Zeitungsstapel durchgeackert hatten, wurden sie fündig.

»Ich habe eine gefunden!«, flüsterte Deborah. »Eine gewisse Georgina Marks.«

Joanna sah ihrer Freundin über die Schulter. »Wie alt ist sie geworden?«

»Siebenundzwanzig«, erwiderte Deborah. »Sie wurde am 28. Januar 1973 geboren.«

»Passt ja ziemlich gut«, stellte Joanna fest. »Steht in dem Artikel, woran sie gestorben ist?«

»Ja«, erwiderte Deborah und schwieg ein paar Sekunden, bis sie den Artikel zu Ende gelesen hatte. »Sie wurde auf dem Parkplatz eines Einkaufszentrums versehentlich erschossen. Offenbar war sie zum falschen Zeitpunkt am falschen Ort. Ein paar Mitglieder rivalisierender Gangs haben sich einen Kampf geliefert, in dessen Verlauf Georgina Marks von einer verirrten Kugel getroffen wurde. Kannst du dir vorstellen, angerufen und informiert zu werden, dass deine Frau soeben während ihres Einkaufs im benachbarten

Einkaufszentrum erschossen wurde?«, fragte Deborah und schüttelte den Kopf. »Aber es kommt noch schlimmer. Hier steht, dass sie Mutter von vier kleinen Kindern war. Das jüngste war erst sechs Monate alt.«

»Ich glaube, wir sollten uns die traurigen Details lieber nicht zu sehr zu Herzen nehmen«, riet Joanna. »Am besten eignen wir uns einfach vorübergehend die Namen an und lassen die dahinter stehenden Persönlichkeiten außer Acht.«

»Da dürftest du wohl Recht haben«, stimmte Deborah zu. »Jedenfalls scheint diese Georgina Marks nicht bekannt gewesen zu sein – wenn man davon absieht, dass ihr tragischer Tod kurzfristig Wellen geschlagen haben dürfte. Für unsere Zwecke müsste der Name also ideal sein. Ich glaube, ich nenne mich Georgina Marks.« Sie notierte den Namen und das Geburtsdatum auf einem Notizblock, den sie mitgebracht hatten. »Jetzt müssen wir nur noch für dich einen Namen finden.«

Sie machten sich erneut über die alten Ausgaben des *Boston Globe* her und mussten sechs weitere Wochen durchforsten, bis Deborah endlich auf eine weitere Namenskandidatin stieß.

»Prudence Heatherly«, las sie laut vor. »Gestorben im Alter von vierundzwanzig Jahren. Ich finde, der Name klingt super für dich. Er ist dir geradezu perfekt auf den Leib geschnitten. So kann nur eine brave Bibliothekarin heißen. Der Name würde hervorragend zu deiner Verkleidung passen.«

»Ich finde das überhaupt nicht witzig«, protestierte Joanna. »Zeig mir mal den Nachruf?« Sie griff nach der Zeitung, doch Deborah riss sie ihr weg.

»War es nicht dein Vorschlag, die traurigen Einzelheiten zu ignorieren?«, stichelte sie.

»Ich will mich ja auch nicht in ihr Schicksal hineinsteigern«, entgegnete Joanna. »Ich will mich nur vergewissern, dass die Frau in Bookford keine lokale Berühmtheit war. Außerdem sollte ich wenigstens ein bisschen über die Frau wissen, deren Namen ich mir immerhin für eine Weile ausleihe.«

»Hast du nicht eben gesagt, dass wir uns die Namen eiskalt aneignen und die Persönlichkeiten komplett außer Acht lassen sollen?«

»Bitte, Deborah!«, mahnte Joanna ihre Freundin in einem Ton, als ob sie jeden Moment die Geduld zu verlieren drohte.

Deborah rückte die Zeitung heraus und beobachtete Joanna beim Lesen des Nachrufs. Je länger sie sich in den Artikel vertiefte, desto bekümmerter wirkte sie.

»Klingt es schlimm?«, fragte Deborah, als Joanna den Artikel durchgelesen hatte.

»Ich würde sagen, sie hat ein ähnlich furchtbares Schicksal erlitten wie Georgina«, entgegnete Joanna. »Sie hat am Northeastern studiert.«

»Mein Gott, dann kommt sie ja aus unserem unmittelbaren Umfeld«, stellte Deborah fest. »Woran ist sie gestorben? Oder sollte ich das lieber nicht fragen?«

»Sie wurde an der U-Bahn-Station Washington Street vor einen Wagen der Red Line gestoßen.« Joanna lief ein kalter Schauer über den Rücken. »Der Täter war ein Obdachloser, der kein erkennbares Motiv hatte. Stell dir bloß vor, was die Eltern empfunden haben müssen, als das Telefon klingelte und man ihnen mitgeteilt hat, dass ihre Tochter von einem Stadtstreicher vor den Zug gestoßen wurde!«

»Am besten vergisst du die Geschichte sofort wieder!«, riet Deborah. »Zumindest haben wir unsere zwei Namen gefunden.« Sie riss Joanna die Zeitung aus der Hand, legte sie zusammen und notierte neben Georgina Marks den Namen Prudence Heatherly. Dann ging sie daran, die Zeitungen wieder ordentlich aufeinander zu legen. Joanna saß ein paar Sekunden regungslos da, bis sie sich so weit erholt hatte, dass sie ihrer Freundin helfen konnte. Als sie fertig waren, brachten sie alle Zeitungen zurück an Ort und Stelle.

Eine Viertelstunde später verließen sie die Bibliothek durch die gleiche Tür, durch die sie gekommen waren. Obwohl sie beide in Gedanken versunken waren, freuten sie sich über ihren Erfolg. Sie hatten keine zwei Stunden gebraucht, zwei geeignete Namen zu finden.

»Sollen wir zu Fuß gehen oder mit der U-Bahn fahren?«, fragte Deborah.

»Nehmen wir die U-Bahn«, erwiderte Joanna.

Vom Haupteingang der Bibliothek war es nur ein Katzensprung bis zur Haltestelle Boylston Street, von wo sie mit der Green Line direkten Anschluss zum Government Center hatten. Die Rolltreppe, die sie wieder ans Tageslicht beförderte, brachte sie praktischerweise direkt vor den Eingang der modernen, drohend aufragenden Boston City Hall, die in der Kopfsteinpflasterallee absolut deplatziert wirkte.

»Können Sie mir sagen, wo man Sterbeurkunden bekommt?«, fragte Joanna die Empfangssekretärin am Informationstresen der mehrstöckigen Eingangshalle. Joanna musste mehrere Minuten warten, um ihre Frage loszuwerden. Die Frau am Empfang hatte sie einfach ignoriert und sich angeregt mit ihrer Kollegin unterhalten, anstatt sich um sie zu kümmern. »Unten in der Registerbehörde«, erwiderte sie, ohne auch nur aufzublicken. Eigentlich unterbrach sie ihr Geplapper mit ihrer Kollegin gar nicht.

Joanna sah Deborah an und verdrehte die Augen. Dann steuerten sie die breite Treppe an, die nach unten führte. Im Untergeschoss angekommen, fanden sie die Registerbehörde sofort. Allerdings war der Platz hinter der Trennscheibe offenbar nicht besetzt.

»Hallo!«, rief Deborah. »Ist da jemand?«

Nach einer Weile erschien hinter einer Reihe von Aktenschränken ein Frauenkopf. »Kann ich Ihnen behilflich sein?«, rief die Angestellte.

»Wir brauchen zwei Sterbeurkunden«, erwiderte Deborah.

Die Frau umrundete schwerfällig die Aktenschränke. Sie trug ein schwarzes Kleid, das ihre üppigen Körpermassen bis auf ein paar horizontale Ausbuchtungen einigermaßen bändigte. Um den Hals trug sie eine Kette, an der eine Lesebrille baumelte, die auf ihrem prallen, fast waagerecht stehenden Busen ruhte. Sie kam an den Tresen und stützte sich auf. »Ich brauche die Namen und das jeweilige Todesjahr«, erklärte sie gelangweilt.

»Georgina Marks und Prudence Heatherly«, sagte Joanna. »Sie sind beide in diesem Jahr verstorben, also 2001.«

»Es dauert sieben bis zehn Tage, bis die Urkunden hier vorliegen«, verkündete die Frau.

»So lange müssen wir warten, bis wir die Urkunden ausgehändigt bekommen?«, fragte Joanna entsetzt.

»Nein. So lange dauert es, bis die Urkunden nach Eintritt des Todes hier in der Registerbehörde eintreffen. Ich erwähne das nur, falls die Personen, um die es geht, erst kürzlich verstorben sein sollten. Dann könnte es sein, dass die Urkunden noch nicht vorliegen.«

»Sie sind beide seit über einem Monat tot«, sagte Joanna.

»Dann dürfte es kein Problem sein«, entgegnete die Frau. »Das macht dann sechs Dollar pro Urkunde.«

»Aber wir wollen nur einen Blick auf die Urkunden werfen«, wandte Joanna ein. »Eigentlich müssen wir sie gar nicht mitnehmen.«

»Sechs Dollar pro Urkunde ist in Ordnung«, schaltete Deborah sich ein und verpasste Joanna einen Stoß in die Rippen, um sie zum Schweigen zu bringen.

Die Angestellte notierte die Namen, warf Joanna einen

skeptischen Blick zu und verschwand gemächlichen Schrittes hinter ihren Aktenschränken.

»Was soll das?«, beschwerte sich Joanna.

»Ich wollte nicht, dass du alles verpatzt, um zwölf Dollar zu sparen«, flüsterte Deborah. »Was ist, wenn die Frau dahinter kommt, dass wir nur auf die Sozialversicherungsnummern scharf sind? Ich wäre an ihrer Stelle längst misstrauisch geworden. Da zahlen wir doch lieber die Gebühr, stecken die Urkunden ein und verschwinden von hier.«

»Wahrscheinlich hast du Recht«, gestand Joanna.

»Natürlich habe ich Recht«, gab Deborah zurück.

Eine Viertelstunde später kehrte die Frau mit den Dokumenten zurück. Deborah und Joanna gaben ihr das Geld und erhielten die Papiere. Weitere fünf Minuten später verließen sie das Gebäude und schrieben sich sorgfältig die jeweiligen Sozialversicherungsnummern auf ein Blatt Papier. Die Sterbeurkunden verstauten sie in ihren Taschen.

»Am besten versuchen wir uns die Nummern auf dem Weg zur Bank schon mal einzuprägen«, schlug Joanna vor. »Wenn wir sie nicht auswendig kennen, fallen wir womöglich auf.«

»Stimmt«, entgegnete Deborah. »Erst recht, wenn wir am Bankschalter mal kurz einen Blick auf unsere Sterbeurkunden werfen müssen.«

Joanna lachte. »Vielleicht sollten wir auch anfangen, uns gegenseitig mit unseren neuen Namen anzureden. Sonst verbrennen wir uns demnächst noch vor anderen Leuten den Mund.«

»Eine gute Idee, Prudence«, entgegnete Deborah und grinste. Vom Rathaus bis zum Charles River Plaza, wo sich eine Niederlassung der Fleet Bank befand, konnten sie zu Fuß gehen. Die meiste Zeit schwiegen sie und prägten sich ihre jeweiligen Sozialversicherungsnummern ein. Als sie den

Charles River Plaza nach zehn Minuten erreichten, fasste Joanna ihre Freundin am Arm.

»Bevor wir reingehen, sollten wir kurz besprechen, wie wir vorgehen«, schlug sie vor. »Meiner Meinung nach sollten wir nur einen minimalen Betrag auf unsere neuen Konten einzahlen. Schließlich werden wir das Geld nie wiedersehen.«

»Wie viel schwebt dir vor?«

»Etwa zwanzig Dollar«, erwiderte Joanna.

»Okay«, stimmte Deborah zu. »Auf dem Weg zum Schalter können wir ja noch kurz am Geldautomat anhalten.«

»Gute Idee.«

Bevor sie die Schalterhalle betraten, zogen sie sich jeweils ein paar hundert Dollar und steuerten dann den Beratungsbereich an. Da gerade die Mittagszeit begonnen hatte, kamen aus dem Massachusetts General Hospital jede Menge Krankenhausangestellte in die Bank geströmt, sodass die beiden Freundinnen beinahe zwanzig Minuten warten mussten, bis sie endlich bedient wurden. Dafür war Mary, die Angestellte, die sich um sie kümmerte, äußerst effizient und hatte die Formalitäten in null Komma nichts erledigt. Das einzige kleinere Problem war, dass sie sich nicht ausweisen konnten, doch laut Mary konnten sie ihre Ausweise auch nachträglich vorlegen. Um ein Uhr waren alle erforderlichen Formulare ausgefüllt, und Mary ließ sie für einen Augenblick allein, um die Konten zu aktivieren und die entsprechenden Quittungen auszustellen. Joanna und Deborah hatten vor Marys Schreibtisch Platz genommen und warteten.

»Was machen wir bloß, wenn sie zurückkommt und uns damit konfrontiert, dass wir eigentlich tot sein müssten?«, flüsterte Deborah nervös.

»Dann wissen wir, dass wir mit unserer neuen Identität nichts anfangen können«, erwiderte Joanna. »Um das festzustellen, sind wir doch hier.«

»Aber was sagen wir? Wir müssen uns irgendeine plausible Antwort zurechtlegen.«

»Wir sagen einfach, dass wir uns bei den Nummern geirrt haben müssen und schlagen vor, noch einmal nachzusehen und dann wiederzukommen.«

»Vor einer halben Stunde fand ich unsere Aktion ja noch ziemlich witzig«, jammerte Deborah. »Aber jetzt gehen mir allmählich die Nerven durch. So eine hanebüchene Geschichte nimmt uns doch keiner ab.«

»Sie kommt zurück!«, zischte Joanna ihr zu.

Mary hielt die Einzahlungsquittungen in der Hand und ließ sich wieder hinter ihrem Schreibtisch nieder. »So, das war's schon. Ihre Konten sind eröffnet.« Sie überreichte Joanna und Deborah je eine Quittung sowie ein bisschen Informationsmaterial über diverse Anlagemöglichkeiten, das sie zusammengesucht hatte. »Von unserer Seite ist damit alles erledigt. Haben Sie einen Parkschein gezogen?«

»Nein«, erwiderte Joanna. »Wir sind zu Fuß gekommen.«

Als Adresse hatten sie Hawthorne Place Nummer sieben angegeben. Das Gebäude gehörte zum Apartmentkomplex Charles River Park, der direkt hinter dem Krankenhaus lag.

Ein paar Minuten später standen sie wieder draußen in der Frühlingssonne. »Wir haben es geschafft!«, rief Deborah euphorisch, während sie sich schnellen Schrittes von dem Bankgebäude entfernten. Für ein paar Minuten habe ich es wirklich mit der Angst zu tun gekriegt, aber offenbar haben wir mit unseren neuen Namen und Sozialversicherungsnummern einen Treffer gelandet.«

»Zumindest sind die Nummern im Augenblick noch nicht gelöscht«, stellte Joanna fest. »Das dürfte sich allerdings in absehbarer Zeit ändern. Am besten gehen wir schnell nach Hause und rufen in der Wingate Clinic an. Sobald wir beide einen Job haben, sind wir einen entscheidenden Schritt weiter.«

»Wollen wir nicht erst mal einen Happen zu Mittag essen?«, fragte Deborah. »Ich habe einen Riesenhunger. Schließlich haben wir schon um kurz nach sieben gefrühstückt, und nicht gerade üppig.«

»Ich könnte auch eine Kleinigkeit vertragen«, stimmte Joanna zu. »Aber wir sollten uns ein bisschen beeilen.«

»Wingate Clinic«, meldete sich eine freundliche Stimme. Joanna und Deborah waren in ihrem Apartment und hatten den Telefonlautsprecher eingeschaltet. Das Telefon stand zwischen ihnen auf dem Sofa. Es war halb drei, und durch die vorderen Fenster fielen die ersten Strahlen der Nachmittagssonne auf den Holzfußboden.

»Ich interessiere mich für eine Stelle in Ihrer Klinik«, begann Joanna. »Können Sie mir bitte sagen, an wen ich mich wenden muss?« Sie hatten eine Münze geworfen, und dabei war herausgekommen, dass Joanna es als Erste versuchen sollte.

»Für Neueinstellungen ist bei uns Mrs. Helen Masterson zuständig«, erklärte die Telefonistin. »Sie ist unsere Personalleiterin. Soll ich Sie verbinden?«

»Das wäre nett«, entgegnete Joanna.

Im nächsten Moment ertönte aus dem Lautsprecher die ihnen bereits bekannte Fahrstuhlmusik, doch schon nach ein paar Sekunden meldete sich eine tiefe, resolute Frauenstimme. Deborah und Joanna schraken zusammen.

»Hier spricht Helen Masterson. Wie ich gehört habe, sind Sie auf der Suche nach einer neuen Stelle.«

»Das stimmt«, entgegnete Joanna, als sie sich von dem Schreck erholt hatte. »Nicht nur ich, sondern meine Freundin auch.«

»Was haben Sie und Ihre Freundin denn gelernt beziehungsweise auf welchen Gebieten haben Sie Berufserfahrungen gesammelt?«, fragte die Personalleiterin.

»Ich kenne mich gut mit Textverarbeitung aus«, erklärte Joanna.

»Und woher haben Sie Ihre Kenntnisse? Lediglich aus der Universität – oder verfügen Sie auch über praktische Berufserfahrung?«

»Beides«, erwiderte Joanna. Sie hatte während ihres Studiums in den Sommerferien häufig in einer großen Houstoner Anwaltskanzlei gearbeitet, mit der ihr Vater seine Geschäfte abwickelte.

»Heißt das, Sie sind beide Universitätsabsolventinnen?«

»Ja«, bestätigte Joanna. »Ich habe Wirtschaftswissenschaften studiert und meine Mitbewohnerin Georgina Marks Biologie.« Sie warf Deborah einen Blick zu, die ihr den hochgereckten Daumen entgegenstreckte.

»Verfügt Ihre Freundin über Laborerfahrung?«

Deborah nickte energisch.

»Ja«, erwiderte Joanna.

»Das klingt ja viel versprechend«, stellte Helen Masterson fest. »Wie mir scheint, können wir Sie beide gut gebrauchen. Darf ich fragen, wie Sie auf unsere Klinik aufmerksam geworden sind?«

»Entschuldigen Sie, ich habe Sie akustisch nicht verstanden«, erwiderte Joanna und sah Deborah entsetzt an. Mit dieser Frage hatte sie nicht gerechnet. Deborah griff hastig nach dem auf dem Boden liegenden Block und nach dem Stift. Während die Personalleiterin ihre Frage wiederholte, kritzelte sie schnell aufs Papier: Eine Freundin hat eine Anzeige gesehen.

»Durch Mundpropaganda«, erklärte Joanna. »Eine Freundin von uns hat in den Medien von Ihrer Klinik gehört.«

»In der Zeitung oder im Radio?«

Joanna zögerte. Deborah zuckte mit den Schultern.

»Das weiß ich leider nicht«, gestand Joanna.

»Ist auch nicht so wichtig«, entgegnete Helen Masterson.

»Es hätte mich lediglich interessiert, wo unsere Werbung am meisten wirkt. Leben Sie hier in Bookford?«

»Nein«, erwiderte Joanna. »Wir wohnen in Boston.«

»Und Sie wären bereit, täglich zu pendeln?«

»Ja. Zumindest vorerst. Wir würden gemeinsam fahren.«

»Da haben Sie aber einen weiten Anfahrtsweg«, stellte Helen Masterson fest. »Wieso wollen Sie hier draußen in Bookford arbeiten?«

»Wir brauchen beide schnell einen Job«, erwiderte Joanna. »Und wie wir gehört haben, suchen Sie händeringend nach qualifiziertem Personal. Meine Freundin und ich sind gerade von einem längeren Europaaufenthalt zurückgekehrt. Ehrlich gesagt, brauchen wir Geld.«

»Das klingt so, als könnten wir unter Umständen zu beiderseitigem Vorteil übereinkommen«, stellte Helen Masterson fest. »Ich würde Ihnen gern Fragebögen zuschicken und Sie bitten, diese ausgefüllt an mich zurückzusenden. Soll ich Ihnen die Bögen per Fax oder lieber per E-Mail zukommen lassen?«

»Per E-Mail wäre am einfachsten«, erwiderte Joanna und nannte der Personalleiterin ihre E-Mail-Adresse. Zum Glück kam darin weder ihr Vor- noch ihr Nachname vor.

»Ich schicke Ihnen die Formulare umgehend«, versprach Helen Masterson. »Aber vielleicht sollten wir schon mal Termine für Ihre Vorstellungsgespräche vereinbaren. Wann hätten Sie und Ihre Freundin denn Zeit? Sie können sich einen Tag aussuchen – am besten kommen Sie noch in dieser Woche, oder wenn das nicht geht, gleich in der nächsten.«

»Wir würden gern so bald wie möglich kommen«, entgegnete Joanna. Deborah nickte. »Morgen wäre okay für uns, sofern Sie dann Zeit haben.«

»Selbstverständlich. Ich freue mich über Ihren Elan. Können Sie um zehn Uhr bei uns sein?«

»Ja«, erwiderte Joanna. »Zehn Uhr passt uns gut.«

»Brauchen Sie eine Wegbeschreibung?«, fragte Helen Masterson.

»Danke, aber das ist nicht nötig«, entgegnete Joanna. »Wir finden schon zu Ihnen.«

»Dann freue ich mich, Sie morgen kennen zu lernen«, sagte die Personalleiterin, bevor sie das Gespräch beendete.

Joanna legte den Hörer auf.

»Das lief doch wunderbar«, stellte Deborah fest. »Ich glaube, wir haben die Jobs.«

»Das denke ich auch«, stimmte Joanna ihr zu. Sie zog den Telefonstecker aus der Buchse, stöpselte das Modemkabel ein und ging zum Computer. »Mal sehen, ob sie die Mail wirklich sofort abschickt.«

Die Personalleiterin hielt Wort. Joanna hatte sich gerade eingeloggt, als die erwartete Mail bereits auf dem Bildschirm erschien. Eine Viertelstunde später hatten sie die Fragebögen direkt am Computer ausgefüllt und an die Wingate Clinic zurückgesandt.

»Kaum zu glauben, wie glatt das alles läuft«, stellte Deborah fest und schaltete den Computer aus.

»Warten wir's erst mal ab«, riet Joanna. »Solange ich es nicht geschafft habe, mich in den Server-Raum zu schleichen, kann immer noch jede Menge schief gehen.«

»Du meinst, dass eine von unseren Sozialversicherungsnummern plötzlich aus dem Verkehr gezogen wird? Oder noch schlimmer – gleich beide?«

»Zum Beispiel das – oder dass Dr. Donaldson oder jemand anders uns morgen früh wiedererkennt.«

»Vielleicht sollten wir tatsächlich auf deine Idee zurückkommen und unseren Typ verändern«, schlug Deborah vor.

»Ja«, erwiderte Joanna. »Je mehr ich darüber nachdenke, desto besser finde ich die Idee. Wir haben den ganzen Nachmittag Zeit. Was hältst du von einem kleinen Einkaufsbummel durch die Galleria Mall in Cambridge? Vielleicht finden wir ein paar nette neue Outfits, die nicht allzu viel kosten.«

»Von mir aus gern«, entgegnete Deborah. »Ich style mich als sexy Vamp zurecht. Vielleicht kaufe ich mir einen kleinen bauchfreien Fummel, den ich mit einem Wonder-bra kombinieren kann. Auf dem Rückweg können wir dann noch bei CVS reinschauen und uns mit Haarfärbemittel und Make-up eindecken. Erinnerst du dich noch an die Empfangssekretärin, mit der wir nach unserer Eizellenspende in der Wingate Clinic gesprochen haben?«

»Natürlich«, erwiderte Joanna.

»Mal sehen, ob ich mit ihr mithalten kann«, sagte Deborah.

»Ich glaube, wir sollten es nicht übertreiben«, versuchte Joanna ihre Freundin zu bremsen. »Schließlich wollen wir auch nicht unnötig Aufmerksamkeit erregen.«

»Du vielleicht nicht!«, entgegnete Deborah. »Ich jedenfalls werde dafür sorgen, dass mich garantiert niemand wiedererkennt und dafür trage ich gern ein bisschen dick auf.«

»Treib es aber nicht so weit, dass sie dich wegen deines Äußeren gar nicht erst einstellen«, mahnte Joanna.

»Keine Sorge«, versprach Deborah. »So weit gehe ich nicht.«

8

9. Mai 2001, 8.45 Uhr

Spencer Wingate legte die Zeitschrift beiseite, in der er während des Flugs geblättert hatte, und betrachtete die unter ihm vorbeiziehende Landschaft. Langsam, aber sicher war der Frühling auch in Neuengland eingezogen. Der bunt gescheckte Teppich aus Feldern und Wiesen hatte sich in eine saftige Fläche mit vielen verschiedenen Grüntönen verwandelt. Nur in einigen tiefer gelegenen Gebieten und Schluchten waren noch vereinzelte Schnee- und Eisreste zu sehen. Die meisten Bäume waren noch kahl, doch wenn man genau hinsah, konnte man viele zarte, gelbgrüne Blattknospen erkennen, die kurz davor waren aufzugehen. Sie ließen die sanften Hügel so weich erscheinen, als ob sie in durchscheinendes, grünes Vlies gehüllt wären.

»Wie lange dauert es noch bis zur Landung in Hanscom Field?«, rief Spencer dem Piloten zu. Er musste ziemlich laut schreien, um die dröhnenden Motoren zu übertönen. Spencer saß in einem Lear 45; ein Viertel eines solchen Flugzeugs gehörte ihm, allerdings war er nicht direkt an dem beteiligt, in dem er gerade saß. Vor zwei Jahren war er als Miteigentümer in eine Firma eingestiegen, die mehrere Flugzeuge besaß, und das Recht, gelegentlich eines dieser Flugzeuge nutzen zu können, reichte für seine Bedürfnisse völlig aus.

»Keine zwanzig Minuten mehr, Sir!«, rief der Pilot über die Schulter nach hinten. »Der Luftraum ist frei, das heißt, wir müssen keine zusätzlichen Runden drehen!«

Spencer nickte und streckte sich. Er freute sich, nach Massachusetts zurückzukehren, und der Anblick der idyllischen, für den Süden Neuenglands so typischen Farmlandschaft steigerte seine Vorfreude noch. Die vergangenen zwei Winter hatte er in Naples in Florida verbracht, doch in den letzten Monaten hatte er sich nur noch gelangweilt. Er konnte es gar nicht erwarten, endlich wieder in Bookford zu sein, und das nicht nur, weil sich die Gewinnsituation der Wingate Infertility Clinic drastisch verschlechtert hatte.

Drei Jahre zuvor, als die Geschäfte noch brummten und die Klinik mehr Geld einbrachte, als er je für möglich gehalten hätte, hatte er davon geträumt, sich nur noch dem Golfspielen zu widmen, einen Roman zu schreiben, der natürlich verfilmt werden würde, und mit schönen Frauen anzubändeln – kurzum: nur noch das Leben zu genießen. Dieses Ziel vor Augen, hatte er begonnen, sich nach einem jüngeren Kollegen umzusehen, der sich um die Alltagsgeschäfte seiner boomenden Klinik kümmern sollte. Bei seiner Suche hatte er mehr Glück als Verstand gehabt, als er in einer Klinik, in der er selber Fortbildungskurse für angehende Reproduktionsspezialisten anbot, einen eifrigen Arzt entdeckte, der die Aufgabe gern übernehmen wollte. Der Mann war ihm wie ein Geschenk des Himmels erschienen.

Als er die Führung der Geschäfte ordnungsgemäß übergeben hatte, hatte Spencer überlegt, wo er sich nun niederlassen sollte. Auf Empfehlung eines Patientenpaares, das über reichhaltige Erfahrungen mit Grundstücksmaklern in Florida verfügte, hatte er sich für ein Apartment an der Westküste Floridas entschieden. Als der Kaufvertrag abgeschlossen war, war er endgültig in den Süden übergesiedelt.

Leider musste er nach einer Weile feststellen, dass die Wirklichkeit nicht seinen Erwartungen entsprach. Er verbrachte zwar unendlich viele Stunden auf dem Golfplatz, doch als viel beschäftigter und an Herausforderungen gewöhnter Mann fühlte er sich auf Dauer nicht ausgefüllt, und dieses Gefühl verstärkte sich noch dadurch, dass er ärgerlicherweise auch nach endlosem Training kein wirklich guter Spieler wurde. Spencer hatte sich immer für einen Siegertypen gehalten und fand es unerträglich, plötzlich auf der Verliererseite zu stehen. Am Ende war er zu dem Schluss gekommen, dass der Sport einfach nichts taugte.

Die Idee, ein Buch zu schreiben, entpuppte sich als noch größere Pleite. Entgegen seinen Erwartungen fiel es ihm nämlich alles andere als leicht, seine Gedanken zu Papier zu bringen; außerdem erforderte das Schreiben jede Menge

Disziplin, die er nicht aufzubringen vermochte. Noch mehr machte ihm jedoch das Fehlen eines sofortigen positiven Feed-backs zu schaffen, das er von seinen dankbaren Patienten kannte. Also gab er den Plan, einen Roman und ein Drehbuch zu schreiben, ebenfalls auf; aktiv und ungeduldig wie er war, war das einfach nichts für ihn.

Die dickste Kröte, die er schlucken musste, war jedoch sein eher schlechtes gesellschaftliches Standing. Die meiste Zeit seines Lebens hatte Spencer das Gefühl gehabt, Opfer bringen zu müssen und nicht den Lebensstil führen zu können, den er sich bei seinem Aussehen und bei seiner Begabung hätte leisten können. Um nicht so einsam zu sein, hatte er schon während seines Medizinstudiums geheiratet, doch leider hatte er im Laufe der Zeit feststellen müssen, dass seine Frau ihm in gesellschaftlicher und intellektueller Hinsicht nicht das Wasser reichen konnte. Als seine Kinder, die er früh bekommen hatte, aus dem Haus waren und das College besuchten, hatte er sich sofort scheiden lassen. Zum Glück war das zu einem Zeitpunkt gewesen, als die Wingate Infertility Clinic noch keine horrenden Gewinne abgeworfen hatte. Seine Frau hatte das Haus bekommen, das nicht gerade ein Palast war, und eine einmalige Zahlung.

»Dr. Wingate!«, rief der Pilot nach hinten. »Soll ich Ihnen per Funk Ihren Wagen bestellen?«

»Ja!«, rief Spencer zurück. »Sie sollen ihn aufs Rollfeld bringen!«

»Aye, aye, Sir!«, entgegnete der Pilot.

Spencer versank erneut in Gedanken. An schönen Frauen hatte es in Naples natürlich keinen Mangel gegeben, er hatte nur Probleme gehabt, sie kennen zu lernen, und die, die sich mit ihm eingelassen hatten, hatte er nicht besonders beeindrucken können. Spencer hielt sich zwar für einen reichen Mann, aber in Naples gab es genug Konkurrenten, die ihn in jeder Hinsicht ausbooten konnten, weil sie nicht nur noch reicher waren, sondern auch sonst mehr zu bieten hatten.

So war das Einzige, was ihm von seinem ursprünglichen Traum eines Lebens als reicher Frührentner geblieben war, die Möglichkeit, ausgiebig zu relaxen. Doch auch das hatte bereits nach einem Winter seinen Reiz verloren und füllte ihn nicht mehr aus. Im Januar erreichten ihn dann die ersten Nachrichten, dass die Gewinne der Klinik in den Keller gingen. Zuerst hatte er geglaubt, dass es sich bestimmt um einen Irrtum oder um einen Buchungstrick handeln musste – dass vielleicht ein größerer Posten in einem einzigen Monat abgeschrieben worden war –, doch leider wurden die Zahlen nicht besser. Natürlich versuchte er, dem Gewinneinbruch aus der Ferne auf den Grund zu gehen, und wie er feststellte, war es nicht etwa so, dass die Einnahmen zurückgegangen wären. Ganz im Gegenteil sogar! Der Grund für die zurückgehenden Gewinne waren drastisch in die Höhe geschossene Forschungskosten. Spencer hatte das Gefühl, dass seine Anwesenheit vor Ort dringend erforderlich war. Als er Paul Saunders die Leitung der Klinik anvertraut hatte, hatte er ihm klar gesagt, dass er Forschungsvorhaben unterstütze, doch offenbar war ihm die Situation entglitten.

»Wie ich gerade erfahren habe, steht Ihr Wagen schon vor dem Jet-Smart-Aviation-Gebäude bereit!«, rief der Pilot Spencer zu. »Würden Sie sich jetzt bitte anschnallen? Wir setzen zur Landung an!«

Spencer streckte dem Piloten seinen hochgereckten Daumen entgegen. Er hatte den Gurt bereits angelegt. Kurz vor dem Aufsetzen sah er noch einmal aus dem Fenster und entdeckte sein weinrotes, in der Morgensonne glitzerndes Bentley Cabrio. Er liebte sein Auto. Manchmal fragte er sich, ob er den Bentley nicht mit nach Naples hätte nehmen sollen. Vielleicht hätte er dann mehr Glück bei den Frauen gehabt.

Joanna hatte den Frühling mit all seiner Blumenpracht und der Aussicht auf warme, milde Sommerabende immer geliebt. In Houston hatte der Frühling stets besonders früh Einzug gehalten und die langweilige, flache Landschaft manchmal über Nacht in eine bunte Märchenwelt aus Azaleen, Tulpen und Hornsträuchern verwandelt. Während sie Boston auf dem Weg nach Bookford in nordwestlicher Richtung verließ, versuchte sie, an diesen herrlichen Frühlingszauber zu denken und an die euphorischen Gefühle, die er immer in ihr geweckt hatte, allerdings fiel ihr das nicht gerade leicht.

Zum einen konnte sie weit und breit keine blühende Blume entdecken und somit auch keine bunten Farben, wenn man mal von den grünen Wiesen und den knospenden Bäumen absah. Zum anderen hatte sie sich ziemlich über Deborah geärgert, die neben ihr auf dem Beifahrersitz saß und fröhlich die aus dem Radio dudelnden Soft-Rock-Melodien miträllerte. Obwohl sie ihr versprochen hatte, es mit der Verkleidung beziehungsweise Typänderung nicht zu übertreiben, hatte sie die Grenze für Joannas Geschmack weit überschritten. Sie hatte sich das Haar rotblond gefärbt und knallroten Lippenstift und knallroten Nagellack auf die zudem auch noch künstlich verlängerten Nägel aufgetragen. Dazu trug sie ein tief ausgeschnittenes Minikleid, einen ihren Busen vergrößernden Wonder-bra und hochhackige Stöckelschuhe. Und als ob das noch nicht ausreichte, baumelten an ihren Ohren lange Ohrringe. Ihren Hals zierte eine mit Rheinkieseln besetzte Kette. Im starken Kontrast zu Deborah trug Joanna einen dunkelblauen, wadenlangen Rock, eine bis oben zugeknöpfte weiße Bluse mit Kragen und eine hellrosafarbene Strickjacke, die sie ebenfalls hoch zugeknöpft hatte. Dazu hatte sie sich für eine Brille mit unsichtbarem Plastikrand und unscheinbares braunes Haar entschieden.

»Ich kann mir beim besten Willen nicht vorstellen, dass sie dir eine Stelle anbieten«, brach Joanna plötzlich das lange Schweigen. »Vielleicht bekomme nicht mal ich einen Job, weil sie mich automatisch mit dir in Verbindung bringen.«

Deborah, die bisher gelangweilt aus dem Fenster gesehen hatte, drehte sich zu ihr um. Anstatt etwas zu erwidern, beugte sie sich nach vorn und schaltete das Radio aus.

Joanna bedachte ihre Freundin mit einem flüchtigen Blick und konzentrierte sich wieder auf die Straße.

»Bist du deshalb so schweigsam?«, fragte Deborah. »Du hast keinen Ton gesagt, seitdem wir heute Morgen losgefahren sind.«

»Du hattest mir versprochen, die Sache ernst zu nehmen«, klagte Joanna.

Deborah starrte ein paar Sekunden auf ihre in einer Seidenstrumpfhose steckenden Knie. »Aber ich nehme die Sache doch ernst. Was spricht denn dagegen, nebenbei auch ein bisschen Spaß zu haben?«

»Ich weiß wirklich nicht, was ich an deiner Aufmachung spaßig finden soll. In meinen Augen ist sie nichts weiter als eine Demonstration schlechten Geschmacks.«

»Das siehst du vielleicht so«, entgegnete Deborah. »Und ich selber ja paradoxerweise auch. Aber es gibt mit Sicherheit Leute, die da völlig anderer Meinung sind, vor allem natürlich Männer.«

»Du kannst doch wohl nicht im Ernst glauben, dass Männer dein Outfit sexy finden, oder?«

»Doch«, erwiderte Deborah. »Davon gehe ich aus. Natürlich nicht alle, aber viele. Was meinst du, wie oft ich schon Männer beobachtet habe, die beim Anblick aufreizend gekleideter Frauen völlig aus dem Häuschen geraten sind? Irgendeine Reaktion zeigen sie immer. Wieso und warum, ist mir ziemlich egal, aber ich möchte endlich mal erleben, was es für ein Gefühl ist, offen begehrt zu werden.«

»Das ist doch ein Ammenmärchen«, entgegnete Joanna. »Ich halte es eher für eine typisch weibliche Wahrnehmungsstörung, ähnlich wie Männer immer meinen, dass sie uns ausgerechnet mit dicken Muskelpaketen antörnen können.«

»Aber nein!«, protestierte Deborah und machte eine abwehrende Handbewegung. »Das ist doch etwas völlig anderes. Da merkt man wieder, welch tiefe Spuren deine traditionelle weibliche Erziehung hinterlassen hat. Darf ich dich vielleicht daran erinnern, dass Mann und Frau heutzutage miteinander ausgehen, ohne gleich ans Heiraten zu denken? Männer gaffen Frauen an und flirten mit ihnen, weil sie Spaß daran haben. Anmache ist eine Art Freizeitvergnügen, und das darf auch die moderne Frau des einundzwanzigsten Jahrhunderts so sehen.«

»Darum geht es gar nicht«, stellte Joanna klar. »Und darüber will ich auch nicht mit dir streiten. Der Punkt ist, dass wir einen Vorstellungstermin bei einer Frau haben und ich kaum glaube, dass sie dein Outfit besonders ansprechend findet. Ich mache mir Sorgen, dass du den Job nicht bekommst, das ist alles.«

»Ich glaube, du täuschst dich«, entgegnete Deborah. »Auch wenn die Personalleiterin eine Frau ist, muss sie bei Einstellungsangelegenheiten auf dem Teppich bleiben. Ich bewerbe mich auf eine Stelle als Laborkraft, das heißt, ich habe keinen Patientenkontakt. Außerdem wurde die rothaarige Empfangssekretärin ja auch eingestellt, und die war ja wohl kaum züchtiger angezogen als ich.«

»Aber warum ein Risiko eingehen?«, bohrte Joanna weiter.

»Ich dachte, wir wollten sichergehen, dass sie uns nicht wiedererkennen«, erwiderte Deborah. »Das war doch vorallem dein Wunsch. So werden sie sich jedenfalls bestimmt nicht an uns erinnern, und gleichzeitig haben wir bei der

Sache auch noch unseren Spaß. Vergiss nicht – ich bin angetreten, dich endlich von deinen verklemmten Ansichten zu befreien, und einen Rückfall in deine alten Denkmuster lasse ich schon gar nicht zu.«

»Ich glaube, ich höre nicht richtig!«, empörte sich Joanna. »Jetzt willst du mir also auch noch einreden, dass du dich meinetwegen wie eine Hure herausgeputzt hast!«

»Okay, ich tue es vorwiegend für mich und weil es mir Spaß macht, aber ein bisschen tue ich es auch für dich.«

Als sie Bookford erreichten und das Zentrum passierten, hatte Joanna sich bereits mit Deborahs provokativem Äußeren abgefunden. Im schlimmsten Fall würde Deborah eben eine Absage erhalten, und das musste noch lange nicht bedeuten, ihr ebenfalls die Stelle zu verweigern. Außerdem wäre es ja keine Katastrophe, wenn nur sie ein Jobangebot bekäme. Schließlich war es ihre Idee gewesen, sich als Mitarbeiterin in die Wingate Clinic einzuschleusen. Deborah wollte ihr lediglich Beistand leisten.

»Weißt du noch, wo wir abbiegen müssen?«, fragte Joanna. Als sie das letzte Mal in Bookford gewesen waren, war Deborah gefahren, und immer wenn sie auf dem Beifahrersitz saß, hatte sie Schwierigkeiten, sich den Weg zu merken.

»Hinter der nächsten Kurve musst du links abbiegen«, erwiderte Deborah. »Ich erinnere mich noch an diese Scheune da vorne rechts.«

»Stimmt«, bestätigte Joanna, als sie die Kurve genommen hatten. »Da ist ja auch das Schild.« Sie fuhr langsamer und bog in die Schotterstraße ein. Vor ihnen lag das steinerne Pförtnerhaus. Vor dem Tunnel, der unter dem Haus hindurchführte, stauten sich mehrere Lastwagen und versperrten ihnen den Weg. Der uniformierte Wachposten hielt ein Klemmbrett in der Hand und sprach offensichtlich mit dem Fahrer des ersten Lastwagens.

»Sieht so aus, als ob gerade Lieferungen für die Farm ankämen«, stellte Deborah fest. Auf der Rückseite des letzten Lastwagens prangte die Aufschrift WEBSTER TIERFUTTER.

»Wie spät ist es?«, fragte Joanna. Sie hatte Angst, den Termin zu versäumen. Zu ihrem Ärger waren sie schon mit zwanzig Minuten Verspätung von zu Hause aufgebrochen, weil sie ewig warten mussten, bis Deborahs Nagellack getrocknet war.

»Fünf vor zehn«, erwiderte Deborah.

»Oh, nein!«, stöhnte Joanna. »Ich hasse es, zu spät zu Verabredungen zu kommen, und zu Vorstellungsgesprächen erst recht.«

»Wir können nur warten«, stellte Deborah fest. »Die Geduld zu verlieren, bringt gar nichts.«

Joanna nickte. Auf wohlmeinende Ratschläge wie diesen konnte sie gut verzichten, und das wusste Deborah auch genau. Natürlich erwartete sie jetzt, dass Joanna an die Decke ging, doch sie biss sich auf die Zunge und trommelte stattdessen ungeduldig mit den Fingern auf dem Lenkrad.

Die Minuten vergingen. Joanna trommelte immer schneller. Schließlich seufzte sie und warf einen Blick in den Rückspiegel, um zu prüfen, ob ihre Frisur die Fahrt unbeschadet überstanden hatte. Bevor sie den Spiegel verstellte, sah sie ein Auto von der Pierce Street in die Schotterstraße einbiegen. Der Wagen fuhr auf sie zu, drosselte das Tempo und hielt hinter ihnen an.

»Erinnerst du dich noch an das Bentley Cabrio, das wir damals auf dem Parkplatz der Klinik bestaunt haben?«, fragte Joanna.

»Vage«, erwiderte Deborah. Sie hatte sich noch nie für Autos interessiert. Für sie dienten Autos lediglich dazu, von A nach B zu gelangen, und sie konnte weder einen Chevy von einem Ford noch einen BMW von einem Mercedes unterscheiden.

»Er steht direkt hinter uns.«

»Aha«, entgegnete Deborah und drehte sich um. »Stimmt. Ich erinnere mich.«

»Ob diese Luxuskutsche wohl einem der Ärzte gehört?«, fragte Joanna, während sie den weinrot glänzenden Wagen weiter im Rückspiegel betrachtete. Da sich die Morgensonne in der Windschutzscheibe spiegelte, konnte sie nicht erkennen, wer hinter dem Lenkrad saß.

Deborah warf einen Blick auf die Uhr. »So ein Mist, es ist schon nach zehn. Allmählich frage ich mich, was das soll. Dieser bekloppte Wachposten redet immer noch mit dem LKW-Fahrer. Worüber quatschen die denn so lange?«

»Wahrscheinlich wird hier nicht jeder aufs Gelände gelassen.«

»Das mag ja sein«, entgegnete Deborah. »Aber wir haben einen Termin!« Sie öffnete die Tür und stieg aus.

»Wo gehst du hin?«, rief Joanna ihr hinterher.

»Ich sehe nach, was da los ist!«, rief Deborah zurück und knallte die Tür zu. »Das ist doch wohl unglaublich!« Sie umrundete den Wagen und tippelte, um in dem Schotter nicht ihre Pfennigabsätze zu ruinieren, auf Zehenspitzen in Richtung Pförtnerhaus.

Obwohl sie sich gerade noch über ihre Freundin und Mitbewohnerin geärgert hatte, musste Joanna jetzt lachen – bis sie zu ihrem Entsetzen sah, dass Deborahs Minirock hochgerutscht war, offenbar hatte sich das Material durch die Berührung mit der Nylonstrumpfhose elektrisch aufgeladen.

»He! Marilyn Monroe! Dein Hintern hängt raus!«

Spencer rieb sich die Augen, um sicherzugehen, dass er nicht unter Halluzinationen litt. Er hatte hinter einem unauffälligen Chevy Malibu angehalten und ärgerte sich, dass er jetzt, wo er endlich sein Ziel erreicht hatte, von einem kleinen Verkehrsstau aufgehalten wurde. In dem Wagen vor sich hatte er zwei Köpfe registriert und sich nichts dabei gedacht, bis eben gerade eine junge Frau aus dem Auto gestiegen war.

Spencer glaubte, eine Fata Morgana zu sehen. Die Frau schien ganz nach seinem Geschmack; sie war sozusagen genau das weibliche Wesen, nach dem er in Naples die ganze Zeit vergeblich Ausschau gehalten hatte. Mit ihrem schlanken sportlichen Körper war sie nicht nur attraktiv, sondern obendrein auch noch äußerst verführerisch gekleidet. So einen Typ Frau hatte er in Florida lediglich während seiner seltenen Ausflüge an den South Beach von Miami gesehen. Zur Krönung dieses unerwarteten Lichtblicks war auch noch der Rock der jungen Frau nach oben gerutscht und offenbarte einen beinahe nackten, lediglich von einer Seidenstrumpfhose bedeckten Po.

In Naples hätte er erst einmal gezögert, doch hier auf dem Klinikgelände in Bookford war er sozusagen in seinem Revier und fühlte sich mutig und stark. Er öffnete seine Tür und stieg aus. Leider hatte die Fahrerin des Wagens ihre Freundin auf ihren hochgerutschten Rock aufmerksam gemacht, der jetzt wieder dort saß, wo er hingehörte, doch er war ohnehin extrem kurz und aus synthetischem Material, das am Körper haftete und ihren Po und ihre Oberschenkel auf sehr erotische Weise umschmeichelte. Sie stakste ein wenig unbeholfen über die Schotterzufahrt.

Spencer spurtete hinter dem Opfer seiner Begierde her, das zielstrebig das Pförtnerhäuschen ansteuerte. Als er den Malibu passierte, warf er einen flüchtigen Blick auf die Fahrerin und registrierte, dass sie ein gänzlich anderer Typ Frau war. An dem ersten Lastwagen angelangt, verlangsamte er seinen Schritt und näherte sich der sexy aussehenden Biene. Sie kehrte ihm den Rücken zu und redete, die Arme in die Seiten gestemmt, auf den Wachposten ein.

»Sorgen Sie jetzt endlich dafür, dass diese Lastwagen uns den Weg frei machen!«, fuhr Deborah den Wachposten an.

»Wir haben einen Termin mit Mrs Masterson, der Leiterin der Personalabteilung, und wir sind schon ein paar Minuten zu spät dran.«

Der Wachposten mit dem Klemmbrett ließ sich nicht aus der Ruhe bringen. Er glotzte Deborah mit hochgezogenen Augenbrauen selbstgefällig grinsend durch seine Fliegersonnenbrille an und wollte gerade zu einer Antwort ansetzen, als Spencer ihm zuvorkam.

»Was gibt es hier für ein Problem?«, fragte er und bemühte sich, so autoritär wie möglich zu klingen. Dabei stemmte er die Hände in die Hüften und nahm unbewusst die gleiche Haltung ein wie Deborah.

Der Wachposten bedachte Spencer mit einem kurzen Blick und teilte ihm unmissverständlich mit, dass ihn das einen feuchten Kehricht angehe und dass er sich gefälligst wieder in sein Auto setzen solle. Das Wörtchen *bitte* schien in seinem Wortschatz nicht vorzukommen.

»Diese Lastwagen mit Tierfutter stehen nicht auf seiner Liste«, erklärte Deborah mit verächtlicher Miene. »Es ist wirklich nicht zu fassen, wie man hier behandelt wird. In Fort Knox kann es nicht schlimmer sein.«

»Vielleicht könnten Sie ja mal die Farm anrufen und die Sache klären«, schlug Spencer vor.

»Jetzt hören Sie mir mal gut zu, Sir!«, schnaubte der Wachposten, wobei er das Wort Sir wie ein Schimpfwort aussprach. Dabei zeigte er mit dem Klemmbrett auf Spencers Bentley und legte die andere Hand auf seine im Halfter steckende Pistole. »Sie gehen jetzt sofort zurück zu Ihrem Wagen!«

»Wagen Sie es nicht, mir zu drohen!«, fuhr Spencer den Mann an. »Sie wissen wohl nicht, wen Sie vor sich haben. Ich bin Dr. Spencer Wingate.«

Der Wachposten schien völlig perplex. Während er Spencer anstarrte, entspannte sich seine bedrohliche Miene allmählich. Er schien mit sich zu ringen, wie er fortfahren sollte. Deborah sah zwischen dem Wachposten und Spencer, dem Mann mit der überraschenden Enthüllung, hin und her und musste feststellen, dass Letzterer aussah wie das Paradebeispiel eines Arztes aus einer Seifenoper: ein großer, schlanker Mann mit einem etwas kantigen Gesicht, sonnengebräunter Haut und silbergrauem Haar.

Bevor irgendjemand noch etwas sagen konnte, öffnete sich die schwere, fensterlose, schwarze Tür des Pförtnerhäuschens, und ein muskulöser Mann mit kurzem, dunkelblondem Haar trat hinaus. Er trug ein schwarzes Strickhemd, eine schwarze Hose und schwarze Schnürstiefel. Während er die Tür wieder zumachte, bewegte er sich wie in Zeitlupe. »Guten Morgen, Dr. Wingate«, sagte er mit ruhiger Stimme. »Sie hätten uns informieren sollen, dass Sie zurück sind.«

»Wieso verstopfen diese Lastwagen die Zufahrt, Kurt?«, fragte Spencer an den Mann gewandt.

»Wir warten auf das Okay von Dr. Saunders«, erklärte Kurt. »Die Wagen stehen nicht auf unserer Liste, und Dr. Saunders besteht darauf, über jede Unregelmäßigkeit informiert zu werden.«

»Aber es sind doch nur Futterlieferungen, zum Teufel!«, ereiferte sich Spencer. »Ich erlaube Ihnen hiermit, die Wagen durchzulassen. Schicken Sie sie zur Farm, damit es hier endlich vorangeht!«

»Wie Sie wünschen«, entgegnete Kurt. Er zog eine Plastikkarte aus seiner Hosentasche und schob sie durch einen Kartenschlitz, der sich neben der Fahrerkabine des ersten Lastwagens in einem Pfosten befand. Das schwere Tor begann sich quietschend zu öffnen.

Der Fahrer, der die Blechschlange anführte, ließ den Dieselmotor seines Lastwagens an und fuhr los. Von einer Sekunde auf die andere wurden sowohl der Lärmpegel als auch der Geruch nach Abgasen in dem engen Tunnel unterhalb des Pförtnerhäuschens fast unerträglich. Deborah und Spencer beeilten sich, an die frische Luft zu kommen.

»Danke für Ihre Hilfe«, wandte sich Deborah an Spencer. Dabei entging ihr nicht, dass der Arzt, dessen Augen fast genauso tiefblau waren wie die des schwarz gekleideten Sicherheitsmanns, sie interessiert von Kopf bis Fuß musterte.

»Keine Ursache«, entgegnete Spencer. Bei dem Versuch, sich seine Aufregung nicht anmerken zu lassen, schnappte bedauerlicherweise seine Stimme über. Direkt mit der attraktiven jungen Frau zu reden, brachte sein Blut ziemlich in Wallung. Aus der Nähe erkannte er, dass ihr dunkler Teint weder von Besuchen im Sonnenstudio noch von reichlich aufgetragenem Make-up herrührte, wie er zunächst angenommen hatte, sondern dass es sich um ihre natürliche Hautfarbe handelte. Außerdem fielen ihm ihre dunklen Augenbrauen und dunklen Augen auf. In Verbindung mit dem blonden Haar wirkte Deborah auf ihn wie eine wilde sinnliche Verführerin.

»Na dann vielleicht bis demnächst, Doktor«, verabschiedete sich Deborah mit einem Lächeln und setzte sich in Bewegung.

»Einen Augenblick noch!«, rief Spencer hinter ihr her.

Deborah blieb stehen und drehte sich um.

»Darf ich fragen, wie Sie heißen?«

»Georgina Marks«, erwiderte Deborah. Sie spürte, wie ihr Herz zu jagen begann. Es war das erste Mal, dass sie ihren falschen Namen benutzte.

»Haben Sie wirklich einen Termin mit Helen Masterson?«

»Ja«, erwiderte Deborah. »Um zehn Uhr. Leider kommen wir dank dieses Sicherheitstypen eine halbe Stunde zu spät.«

»Ich rufe sie gleich an und sage ihr, dass es nicht Ihre Schuld ist.«

»Vielen Dank. Das ist sehr nett von Ihnen.«

»Darf ich daraus schließen, dass Sie gern bei uns in der Klinik anfangen würden?«

»Ja«, bestätigte Deborah. »Meine Mitbewohnerin und ich sind beide auf Stellensuche. Wir wollen gemeinsam von Boston aus pendeln.«

»Interessant«, stellte Spencer fest. »Was möchten Sie denn bei uns machen?«

»Ich habe Molekularbiologie studiert«, erklärte Deborah. Über ihren konkreten Abschluss ließ sie den Leiter der Klinik bewusst im Unklaren. »Ich würde gern im Labor arbeiten.«

»Molekularbiologie!«, staunte Spencer. »Ich muss sagen, ich bin beeindruckt. Darf ich fragen, von welcher Uni Sie kommen?«

»Harvard«, erwiderte Deborah. Sie hatte beim Ausfüllen der Bewerbungsformulare, die sie per E-Mail bekommen und abgeschickt hatten, lang und breit mit Joanna darüber diskutiert, ob sie andere Universitäten angeben sollten, um ihre Anonymität zu wahren. Doch dann waren sie zu dem Schluss gekommen, besser bei der Wahrheit zu bleiben, so konnten sie spezifische Fragen zu ihrer Ausbildung beantworten, ohne sich den Mund zu verbrennen.

»Von der Harvard University!«, rief Spencer. Jetzt war er wirklich baff. Dass die attraktive junge Frau vor ihm Molekularbiologin war, hatte ihn schon ziemlich überrascht, aber dass sie auch noch von der Harvard University kam, ließ darauf schließen, dass sie vermutlich doch nicht so leicht zu beeindrucken und zu verführen war, wie er zunächst geglaubt hatte. »Und Ihre Freundin?«, fragte er, um das Thema zu wechseln. »Will sie auch im Labor anfangen?«

»Nein«, erwiderte Deborah. »Prudence – Prudence Heatherly ist ihr voller Name – würde gern im Büro arbeiten. Sie kennt sich bestens mit Textverarbeitungsprogrammen und Computern im Allgemeinen aus.«

»Ich bin mir ziemlich sicher, dass wir Sie beide gebrauchen können«, stellte Spencer fest. »Darf ich Ihnen einen Vorschlag machen? Schauen Sie doch nach Ihrem Gespräch mit Helen Masterson noch kurz in meinem Büro vorbei!«

Deborah neigte den Kopf ein wenig zur Seite und versuchte die Beweggründe des freundlichen Klinikleiters zu entschlüsseln.

»Vielleicht können wir einen Kaffee zusammen trinken«, fügte Spencer hinzu.

»Und wo finde ich Sie?«, fragte Deborah.

»Fragen Sie einfach Helen«, schlug Spencer vor. »Ich rufe sie ja sowieso gleich an. Dann bitte ich sie, Sie nach Ihrem Vorstellungsgespräch in mein Büro zu führen.«

»In Ordnung«, entgegnete Deborah lächelnd. Dann drehte sie sich um und ging zurück zum Auto.

Spencer sah ihr hinterher. Ihre Pobacken, die sich aufreizend unter dem geschmeidigen Stoff des Minirocks abzeichneten, brachten ihn schier um den Verstand. Obwohl es sich bei dem Rock eindeutig um einen billigen Fummel handelte, fand er ihn äußerst erregend. »Harvard«, murmelte er verdutzt vor sich hin. Er hätte eher auf seine eigene altehrwürdige Ausbildungsstätte, die Sommerville High, getippt, und in diesem Fall hätte er sich eindeutig bessere Chancen ausgerechnet.

»Ich frage mich, wie andere Frauen den ganzen Tag in solchen Schuhen herumlaufen können«, stöhnte Deborah, während sie einstieg.

»Schade, dass du dich nicht sehen kannst«, entgegnete Joanna. »deine Gehversuche sind zum Totlachen.«

»Achte auf deine Worte«, riet Deborah. »Oder willst du mein Selbstwertgefühl untergraben?«

Als der Lastwagen vor ihnen sich in Bewegung setzte, ließ Joanna den Motor an. »Wie ich gesehen habe, hast du dich angeregt mit dem Gentleman aus dem schicken Bentley unterhalten.«

»Du wirst nie darauf kommen, wer er ist«, entgegnete Deborah, die wie immer um den heißen Brei herumredete. Joanna legte den ersten Gang ein und fuhr langsam an. Zu ihrem Ärger ließ Deborah sie wieder einmal zappeln. Ein paar Sekunden hielt sie schweigend durch, doch dann konnte sie ihre Neugier nicht mehr im Zaum halten. »Okay, wer ist der Mann?«

»Dr. Wingate persönlich! Und entgegen deinen Befürchtungen hat ihn mein Outfit sichtlich angetörnt.«

»Hoffentlich liegst du da nicht falsch. Vielleicht fand er dein Äußeres auch abstoßend und hat es nur nicht gezeigt.«

»Das ist völlig ausgeschlossen«, antwortete Deborah. »Er hat uns nämlich zum Kaffee eingeladen. Sobald wir unser Gespräch hinter uns haben, sollen wir ihn in seinem Büro besuchen.«

»Soll das ein Witz sein?«

»Nein!«, erwiderte Deborah stolz.

Joanna lenkte den Wagen in den Tunnel. Spencer stand immer noch zwischen dem Mann in Schwarz und dem uniformierten Wachposten. Da Joanna einen relativ großen Abstand zu dem vor ihr fahrenden Lastwagen gehalten hatte, ging das gerade noch geöffnete Tor vor ihrer Nase wieder zu. Spencer bedeutete ihr anzuhalten. Sie folgte der Aufforderung und ließ die Scheibe herunter.

»Ich würde mich freuen, wenn Sie später noch kurz bei mir vorbeischauen würden«, sagte er. »Viel Glück bei Ihren Gesprächen!« Er nahm eine blaue Plastikkarte aus seiner Brieftasche, die so aussah wie die, die der Mann in Schwarz zuvor benutzt hatte, und führte sie durch den Kartenschlitz. Das Tor stoppte, machte einen Ruck und begann sich erneut zu öffnen. Spencer bedeutete ihnen mit einer freundlichen Geste, das Tor zu passieren.

»Er sieht gut aus«, stellte Joanna fest, während sie den Tunnel am anderen Ende verließen.

»Das kann man wohl sagen«, stimmte Deborah ihr zu.

»Komischerweise erinnert er mich an meinen Vater.«

»Wie kommst du denn darauf«, fragte Deborah und sah ihre Freundin an. »Ich finde, er sieht vollkommen anders aus als dein Vater. Für mich ist er genau der Typ eines Seifenopernarztes.«

»Mich erinnert er trotzdem an meinen Vater«, beharrte Joanna. »Er hat die gleiche Figur, die gleiche sonnengebräunte Haut und die gleiche kühle Reserviertheit.«

»Der Mann soll reserviert sein?«, hakte Deborah nach. »Davon habe ich beim besten Willen nichts gespürt. Du hättest mal sehen sollen, was er für Augen gemacht hat, als er einen kurzen Blick in meinen tiefen Ausschnitt erhaschen konnte, der dank meines Push-up-BHs ziemlich viel versprechend ist!«

»Du findest wirklich nicht, dass er meinem Vater ähnelt?«

»Kein bisschen.«

Joanna zuckte mit den Schultern. »Komisch. Dann ist es wohl irgendetwas Unterschwelliges, das mich an ihn erinnert.«

Als sie das Nadelbaumwäldchen hinter dem Pförtnerhäuschen passiert hatten, hatten sie zum ersten Mal freie Sicht auf das alte Cabot-Gebäude.

»Es sieht noch gruseliger aus, als ich es in Erinnerung hatte«, stellte Deborah fest und beugte sich ein Stück vor, um besser durch die Windschutzscheibe sehen zu können. »Diese seltsamen steinernen Wasserspeier an den Regenrinnen sind mir beim letzten Mal gar nicht aufgefallen.«

»An diesem alten Gemäuer gibt es so viele viktorianische Verzierungen, dass man sie gar nicht alle erfassen kann«, entgegnete Joanna. »Kein Wunder, dass die Angestellten das Gebäude als Ungetüm bezeichnen.«

Die kurvige Schotterstraße führte zu dem Parkplatz auf der Südseite des Gebäudes. Als sie den Höhepunkt eines kleinen Hügels erreichten, sahen sie im Osten einen Schornstein in den Himmel ragen. Wie bei ihrem Besuch der Klinik vor eineinhalb Jahren spuckte er eine dicke Rauchfahne aus.

»Dieser Schornstein erinnert mich daran, dass ich ganz vergessen habe, dir ein weiteres gruseliges Detail über dieses ehemalige Sanatorium zu erzählen«, sagte Deborah.

Joanna entdeckte eine freie Lücke, parkte den Wagen und stellte den Motor ab. Dann zählte sie leise bis zehn und hoffte, dass sie diesmal nicht nachbohren musste und Deborah sie freiwillig einweihte. »Ich gebe auf«, seufzte sie schließlich. »Was hast du vergessen, mir zu erzählen?«

»Das Cabot verfügte nicht nur über ein eigenes Kraftwerk, sondern auch über ein eigenes Krematorium. Als ich das gehört habe, ist mir irgendwie ganz mulmig geworden. Ich musste sofort daran denken, ob sie die sterblichen Überreste der Patienten damals wohl zum Beheizen der Heilanstalt verwendet haben.«

»Was für eine entsetzliche Vorstellung!«, rief Joanna schockiert. »Wie kommst du bloß auf so abstruse Ideen?«

»Keine Ahnung«, erwiderte Deborah. »Einfach so. Das Krematorium, das mit Stacheldraht gesicherte Gelände, die Farmarbeiter – irgendwie musste ich bei all dem an ein Konzentrationslager der Nazis denken.«

»Lass uns reingehen«, schlug Joanna vor. Auf dieses Hirngespinst wollte sie nicht näher eingehen. Sie öffnete die Autotür und stieg aus. Deborah tat es ihr gleich.

»In einem Krematorium konnte man sicher prima jeden Kunstfehler und jedes Missgeschick vertuschen«, fuhr Deborah unbeirrt fort.

»Komm endlich!«, drängte Joanna. »Wir sind schon spät genug dran. Wir besorgen uns jetzt unsere Jobs, und dann sehen wir weiter.«

9

9. Mai 2001, 10.25 Uhr

Es roch warm, feucht und nach Tier. Paul Saunders trug eine OP-Maske vor dem Gesicht, allerdings nicht, um sich vor einer Infektion mit Keimen zu schützen, sondern weil er den Gestank im Schweine-Geburtsstall einfach unerträglich fand. Neben ihm standen Sheila Donaldson und der Veterinär Greg Lynch, ein kräftig gebauter Mann, den Paul mit einem stattlichen Gehalt und der Aussicht auf lukrative Aktien von der Tufts University abgeworben hatte. Paul und Sheila hatten sich OP-Kittel über ihre normale Kleidung gestreift und Gummistiefel angezogen. Greg trug eine dicke Gummischürze und Gummihandschuhe.

»Hatten Sie nicht gesagt, die Geburt stünde unmittelbar bevor?«, beschwerte sich Paul. Seine Hände steckten in OP-Handschuhen, die Arme hatte er demonstrativ vor der Brust verschränkt.

»Es sieht nach wie vor alles danach aus, als ob es gleich losginge«, entgegnete Greg. »Außerdem ist die Sau seit zweihundertneunundachtzig Tagen trächtig. Damit ist sie lange über dem Termin.« Er tätschelte dem Schwein liebevoll den Kopf, woraufhin es einen gellenden, langen Schrei ausstieß.

»Können Sie die Geburt denn nicht einleiten?«, fragte Paul. Das durchdringende, hohe Gequieke der Sau raubte ihm den letzten Nerv. Er warf einen Blick über das Gatter des Stalls und sah Carl Smith an, als wollte er ihn fragen, ob er denn kein Oxytocin oder irgendein anderes Gebärmutterstimulans mitgebracht hatte. Carl stand neben dem Beatmungsgerät, das speziell für die Farm angeschafft worden war. Für den Fall, dass eine Notsituation eintreten sollte, konnte der Anästhesist umgehend eingreifen.

»Es ist besser, der Natur ihren Lauf zu lassen«, befand Greg. »Lange kann es nicht mehr dauern. Vertrauen Sie mir.«

Kaum hatte er zu Ende gesprochen, da ergoss sich ein gewaltiger Schwall Fruchtwasser aus der trächtigen Sau und tränkte den mit Stroh bedeckten Boden. Die Sau stieß einen weiteren ohrenbetäubenden Schrei aus. Paul und Sheila mussten schnell zur Seite springen, um nicht von der warmen Flüssigkeit voll gespritzt zu werden.

Paul verdrehte die Augen. »Unglaublich, was man im Namen der Wissenschaft alles auf sich nimmt!«

»Jetzt geht es ganz schnell«, versprach Greg. Er stellte sich hinter das gebärende Tier und versuchte vergeblich, den Fäkalien auszuweichen. Die Sau lag auf der Seite.

»Für meinen Geschmack kann es gar nicht schnell genug gehen«, sagte Paul und sah Sheila an. »Wann war der letzte Ultraschall?«

»Gestern«, erwiderte Sheila. »Wie Sie sich vielleicht erinnern, war ich mit der Größe der Nabelschnurgefäße nicht zufrieden.«

»Ja«, murmelte Paul niedergeschlagen. »Ich erinnere mich. Die Niederlagen, die wir ständig hinnehmen müssen, können einen manchmal ganz schön fertig machen, und dieser Teil unserer Forschung scheint mir besonders vertrackt. Wenn dieser Wurf wieder nur aus Totgeburten besteht, bin ich mit meinem Latein am Ende. Keine Ahnung, was wir dann noch versuchen sollen.«

»Erst mal sollten wir einfach das Beste hoffen«, versuchte Sheila ihren Vorgesetzten aufzumuntern.

Irgendwo im Hintergrund klingelte ein Telefon. Einer der Tierpfleger, der das Geschehen ebenfalls beobachtet hatte, ging hin und nahm ab.

Die Sau begann erneut zu schreien. »Es geht los!«, rief Greg und schob seine behandschuhte Hand in die Sau. »Der Muttermund ist geöffnet! Machen Sie mir Platz!«

Paul und Sheila verzogen sich bereitwillig in die hinterste Ecke des Geburtsstalls.

»Dr. Saunders!«, rief der Tierpfleger, der vom Telefon zurückkam und rechts neben Paul stehen blieb. »Ich habe eine Mitteilung für Sie.«

Paul bedeutete dem Mann zu verschwinden und ihn nicht zu stören. Die Geburt stand unmittelbar bevor. Die Sau schrie noch einmal aus Leibeskräften, und im nächsten Augenblick war das erste Exemplar des Wurfs draußen. Es sah nicht gerade gut aus; es war dunkelblau angelaufen und machte kaum Anstalten zu atmen. Die Gefäße der Nabelschnur waren mehr als doppelt so groß wie normal. Greg trennte die Schnur durch und bereitete sich auf die Ankunft des nächsten Jungen vor.

Nachdem die Geburt endlich eingesetzt hatte, ging es Schlag auf Schlag. Innerhalb weniger Minuten lag der gesamte Wurf auf dem mit Stroh bedeckten Boden. Keines der blutigen Neugeborenen bewegte sich. Carl machte Anstalten, das Erstgeborene aufzuheben und wiederzubeleben, doch Paul winkte ab; es hatte zu viele Missbildungen. Sheila, Paul, der Tierarzt und der Helfer standen ein paar Minuten schweigend da und betrachteten den jämmerlichen Wurf. Die Sau ignorierte ihre Nachkommen instinktiv.

»Offenbar funktioniert es nicht mit menschlichen Mitochondrien«, brach Paul schließlich das Schweigen. »Wirklich schade. Dabei fand ich meine Idee brillant, und eigentlich ergibt sie auch Sinn. Doch allein der Anblick dieser Kreaturen lässt keinen Zweifel, dass sie alle unter den gleichen Herz-Lungen-Problemen leiden wie der letzte Wurf.«

»Zumindest schaffen wir es inzwischen, die Trächtigkeit bis zum Ende aufrechtzuerhalten«, stellte Greg fest. »Als wir anfingen, hatten wir jedes Mal schon im ersten Trimester Fehlgeburten.«

Paul seufzte. »Aber ich will normale, gesunde Neugeborene sehen, keine Totgeburten. Dass die Sau ihren Wurf bis zum errechneten Termin hält, ist für mich schon lange kein Grund mehr für Optimismus.«

»Sollen wir eine Autopsie vornehmen?« fragte Sheila.

»Der Vollständigkeit halber, ja«, erwiderte Paul wenig begeistert. »Selbst wenn wir wissen, dass das Problem das gleiche ist wie beim letzten Mal, sollten wir es wenigstens für unsere Nachwelt dokumentieren. Allerdings sollten wir mit Nachdruck darangehen herauszufinden, wie wir das Problem lösen können. Das heißt mit anderen Worten, wir müssen noch einmal ganz von vorn anfangen.«

»Was machen wir mit den Ovarien?«, fragte Sheila.

»Die entnehmen wir natürlich«, sagte Paul. »Und zwar sofort. Sie müssen noch durchblutet sein. Die Autopsien können warten. Falls nötig, können Sie die kümmerlichen Kreaturen nach der Eierstockentfernung auch erst einmal einfrieren und die Autopsien vornehmen, sobald Sie Zeit dazu haben. Aber vergessen Sie nicht, die Kadaver anschließend zu verbrennen!«

»Und was soll mit der Plazenta geschehen?«, fragte Sheila.

»Fotografieren Sie sie zusammen mit der Sau!«, ordnete Paul an und trat mit seinem Gummistiefel gegen die blutige wabbelnde Masse. »Außerdem sollte die Plazenta ebenfalls untersucht werden. Sie sieht alles andere als normal aus.«

»Dr. Saunders«, meldete sich der Tierpfleger erneut zu Wort. »Der Anruf eben war ...«

»Der Anruf interessiert mich nicht!«, brüllte Paul ihn an. »Wenn es schon wieder um diese verdammten Tierfutterlieferungen geht, sollen die Fahrer von mir aus noch vierundzwanzig Stunden an der Pforte schmoren. Die Lieferungen sollten gestern hier eintreffen, nicht heute!«

»Es geht gar nicht um die Lastwagen«, entgegnete der Tierpfleger. »Sie sind längst hier und werden bereits entladen.«

»Wie bitte?«, schrie Paul. »Habe ich nicht ausdrücklich angeordnet, dass sie erst aufs Gelände dürfen, wenn ich mein Okay gegeben habe?«

»Das Okay kam von Dr. Wingate«, entgegnete der Tierpfleger. »Ich soll Ihnen ausrichten, dass Dr. Wingate in der Klinik eingetroffen ist und Sie sofort drüben im Ungetüm zu sehen wünscht.«

Für einen Augenblick sagte niemand ein Wort. Die einzigen Geräusche in dem riesigen Stall kamen von gelegentlich muhenden Kühen, quiekenden Schweinen und bellenden Hunden. Paul und Sheila sahen sich verdattert an.

»Wussten Sie, dass er vorhatte zurückzukommen?«, fragte Paul schließlich.

»Nein«, erwiderte Sheila. »Absolut nicht.«

Paul sah Carl an.

»Mich müssen Sie gar nicht erst fragen«, erwiderte dieser schnell. »Ich werde am allerwenigsten eingeweiht.«

Paul zuckte mit den Schultern. »Eine Herausforderung mehr, würde ich sagen.«

»So, das war's dann fürs Erste, Miss Heatherly und Miss Marks«, sagte Helen Masterson, als sie ihren Monolog beendet hatte, den sie immer vor potenziellen neuen Mitarbeitern abzuspulen pflegte. Sie lehnte sich in ihrem Schreibtischstuhl zurück und faltete die Hände vor ihrem Bauch, als wollte sie beten. Sie war eine stämmige Frau mit einem rundlichen, fülligen Gesicht, Grübchen am Kinn und einem nüchternen Kurzhaarschnitt. Wenn sie lächelte, verengten sich ihre Augen zu schmalen Schlitzen. Joanna und Deborah saßen ihr gegenüber auf der anderen Seite des überquellenden Schreibtischs. »Wenn Sie mit den Bedingungen und Vorschriften, die ich Ihnen soeben dargelegt habe, leben können und unser Gehaltsangebot Ihren Vorstellungen entspricht, ist die Wingate Clinic gern bereit, Sie einzustellen.«

Joanna und Deborah sahen sich kurz an und nickten.

»In meinen Ohren klingt das alles ziemlich gut«, stellte Deborah fest.

»Ich schließe mich der Meinung meiner Freundin an«, fügte Joanna hinzu.

»Wunderbar«, entgegnete Helen mit einem breiten Grinsen, das ihre Augen für einen Moment vollständig verschwinden ließ. »Haben Sie noch irgendwelche Fragen?«

»Ja«, erwiderte Joanna. »Wir würden gern so bald wie möglich bei Ihnen anfangen. Eigentlich hatten wir gehofft, dass schon morgen unser erster Tag sein würde. Ist das möglich?«

»Das dürfte schwierig werden«, stellte Helen fest. »So schnell können wir Ihre Bewerbungen unmöglich bearbeiten.« Sie zögerte einen Augenblick. »Andererseits sollten wir uns von der Bürokratie auch nicht zu sehr die Hände binden lassen. Immerhin sind wir seit einiger Zeit auf Expansionskurs und können Ihre Hilfe gut gebrauchen. Falls Dr. Saunders heute noch einen Termin freihat – er besteht nämlich darauf, alle Bewerber vor ihrer Einstellung persönlich kennen zu lernen – und auch der Sicherheitscheck noch heute vonstatten gehen kann, spricht im Grunde nichts dagegen, dass sie schon morgen bei uns anfangen.«

»Darf ich fragen, was sich hinter diesem Sicherheitscheck verbirgt?«, fragte Joanna und warf Deborah einen verstohlenen Blick zu.

»Im Grunde geht es nur darum, Ihnen Ihre jeweiligen Zugangskarten auszustellen«, erklärte Helen. »Mit den Karten können Sie das Tor am Eingang öffnen und sich an Ihren jeweiligen Arbeitsplätzen in unser Computersystem einloggen. Einige Karten sind natürlich mit weiteren Befugnissen ausgestattet; das hängt von den Aufgaben des jeweiligen Mitarbeiters ab, dementsprechend werden die Karten programmiert.«

Als die Personalleiterin das Wort Computer erwähnte, runzelte Joanna die Stirn, was jedoch nur Deborah bemerkte.

»Auf Ihr Computersystem bin ich ziemlich gespannt«, stellte Joanna fest. »Da ich viel am Rechner arbeiten werde, lerne ich sicher eine Menge dazu. Darf ich fragen, ob Ihr System über abgestufte Zugangsberechtigungen verfügt?«

»Ich bin leider keine Computer-Expertin«, entgegnete Helen und lachte nervös auf. »Da müssen Sie Randy Porter fragen, unseren Netzwerk-Administrator. Wenn ich Ihre Frage richtig verstanden habe, lautet die Antwort auf jeden Fall: ja. Unser Kliniknetzwerk ist so aufgebaut, dass der Computer verschiedene Gruppen von Nutzern erkennt, die jeweils über unterschiedliche Zugangsberechtigungen verfügen. Aber machen Sie sich keine Sorgen – Sie erhalten natürlich beide die Kompetenzen, die Sie für Ihre Arbeit benötigen.«

Joanna nickte. »Offenbar arbeiten Sie mit einem ausgeklügelten, hochmodernen System. Meinen Sie, ich kann mir die Hardware einmal ansehen? Dann hätte ich wahrscheinlich eine konkretere Vorstellung davon, was mich erwartet.«

»Ich wüsste nicht, was dagegen spräche«, erwiderte Helen Masterson. »Haben Sie sonst noch Fragen?«

»Ja«, meldete sich Deborah zu Wort. »Am Eingangstor haben wir Dr. Wingate kennen gelernt. Er wollte sich mit Ihnen in Verbindung setzen. Hat er Sie schon angerufen?«

»Ja«, erwiderte Helen. »Ich war ziemlich überrascht. Sobald wir hier fertig sind, soll ich Sie in sein Büro bringen. Noch weitere Fragen?«

Joanna und Deborah sahen sich an und schüttelten beide den Kopf.

»Dann möchte ich jetzt noch ein paar weitere Dinge ansprechen«, sagte die Personalleiterin. »Wie ich gehört habe, wollen Sie täglich zwischen Boston und Bookford hin- und herpendeln. Vielleicht interessiert es Sie, dass wir unseren Mitarbeitern auf dem Gelände der Klinik sehr schöne Wohnungen zur Verfügung stellen. Wir sehen es gern, wenn unser Personal hier lebt. Wären Sie bereit, sich die Wohnungen einmal anzusehen? Es dauert nur ein paar Minuten. Wir können schnell mit dem Golfcart rüberfahren.«

Joanna wollte sofort ablehnen, doch Deborah kam ihr zuvor und sagte, sie würde sich gern eine solche Wohnung ansehen, wenn sie genug Zeit hätten.

»Und nun zu dem letzten Punkt, den ich ansprechen möchte«, fuhr Helen fort und nahm Deborah ins Visier. »Ich weiß nicht recht, wie ich mich ausdrücken soll, Miss Marks, aber kleiden Sie sich immer so ... extravagant?«

Joanna musste ein Kichern unterdrücken, als ihre sonst so kesse Freundin sichtlich verlegen wurde.

»Vielleicht können Sie sich ja ein kleines bisschen dezenter anziehen«, schlug die Personalleiterin diplomatisch vor. »Immerhin arbeiten wir hier in einer seriösen Einrichtung des Gesundheitswesens.« Ohne eine Antwort von Deborah abzuwarten, nahm sie den Hörer ab und wählte. Das darauf folgende Gespräch war kurz und bündig. Sie vergewisserte sich lediglich, ob »Napoleon« da sei; dann hörte sie ein paar Sekunden zu, nickte und teilte ihrem Gesprächspartner mit, dass sie jetzt gleich mit zwei Bewerberinnen vorbeikomme.

Die Personalleiterin erhob sich, und Deborah und Joanna taten es ihr gleich. Im Stehen konnten sie über die Trennwände hinwegsehen, die die riesige ehemalige Krankenstation mit ihrer hohen Decke in einzelne Arbeitsbereiche unterteilten. Sie befanden sich im Verwaltungsbereich im ersten Stock, wo Joanna arbeiten würde. Die Fenster der kleinen Büronischen lagen an der Vorderseite des Gebäudes und boten einen schönen Weitblick nach Westen. In dem Labyrinth aus unzähligen Arbeitsnischen arbeiteten erstaunlich wenige Menschen. Es schien, als ob gerade alle eine Kaffeepause machten.

»Würden Sie mir bitte folgen?«, bat Helen Masterson und verließ ihr winziges Büro. Im Gehen setzte sie über ihre breite Schulter hinweg ihre Konversation mit Joanna und Deborah fort. »Ich stelle Sie jetzt Dr. Saunders vor. Es ist eine reine Formalität, aber eine unserer Vorschriften lautet, dass die Zustimmung unseres Klinikleiters einzuholen ist, bevor wir mit den weiteren Einstellungsformalitäten fortfahren.«

»Erinnerst du dich noch an ihn?«, flüsterte Joanna Deborah zu, während sie der Personalleiterin mit ein paar Schritten Abstand folgten. Helen führte sie auf den Flur, der den Verwaltungstrakt von dem weitläufigen, im Ostflügel untergebrachten Labor trennte.

»Natürlich erinnere ich mich an ihn«, erwiderte Deborah. »Das wird die erste Probe, die wir zu bestehen haben.«

»Was ihn angeht, mache ich mir weniger Sorgen«, entgegnete Joanna. »Wenn überhaupt, könnte uns noch am ehesten Dr. Donaldson wiedererkennen. Dr. Saunders hat mir kaum eine Sekunde in die Augen gesehen, jedenfalls nicht, während ich wach war.«

»Mich hat er mit Sicherheit lange genug gesehen«, entgegnete Deborah. »Und eins kann ich dir sagen – ein angenehmer Zeitgenosse ist er nicht.«

An einer Tür mit der Aufschrift ZUTRITT VERBOTEN blieb Helen abrupt stehen. »Ach, warum nicht!«, murmelte sie nach kurzem Überlegen ohne weitere Erklärung. Sie öffnete die unverschlossene Tür und betrat einen etwa sieben Meter langen Flur, der vor einer weiteren unbeschrifteten Tür endete. Joanna und Deborah folgten ihr. Helen versuchte die Tür zu öffnen, doch sie war verschlossen. Sie kramte eine blaue Karte aus ihrem Portemonnaie hervor, die genauso aussah wie die, mit der Spencer Wingate das Tor unten an der Pforte geöffnet hatte, achtete sorgfältig darauf, den Magnetstreifen richtig einzuführen, und zog die Karte mit einer flinken Handbewegung durch den in der

Wand neben der Tür angebrachten Schlitz. Es klickte einmal, und als sie erneut an der Tür zog, ging sie auf.

Sie schob die Tür weit auf, trat ein und sah Joanna an. »Dies ist unser Server-Raum. Da vorne steht der Hauptrechner. Viel mehr kann ich Ihnen dazu leider nicht sagen.«

Joanna ließ ihren Blick durch den fensterlosen Raum schweifen, dessen Boden um etwa zwanzig Zentimeter erhöht worden war, um die zahlreichen Kabel und Drähte in der Versenkung verschwinden zu lassen. Es gab vier vertikal aufgestellte Rechner und einen kleinen Bücherschrank mit Bedienungshandbüchern. Besonders interessiert nahm Joanna zur Kenntnis, dass es, wie von David Washburn angekündigt, tatsächlich ein Bedienungspult samt Tastatur und eine Maus gab; auf dem dazugehörenden Monitor war zurzeit nur das Display eines Bildschirmschoners zu sehen – golden schimmernde Stachelrochen und blaugraue Haie, die endlos hin und her schwammen. Vor dem Pult stand ein einzelner, unbesetzter, ergonomisch geformter Schreibtischstuhl.

»Sehr beeindruckend«, stellte Joanna fest.

»Ich verstehe nicht genug von Computern, um mir ein Urteil zu erlauben«, gestand Helen. »Haben Sie genug gesehen?«

Joanna nickte. »Werde ich mit meiner Karte Zugang zu diesem Raum haben?«

Helen sah sie an, als hätte sie eine extrem dumme Frage gestellt. »Selbstverständlich nicht! Das Betreten dieses Raumes ist ausschließlich Abteilungsleitern vorbehalten. Aber was sollten Sie hier auch wollen?«

Joanna zuckte mit den Schultern. »Was ist, wenn ein Problem auftritt, das ich von meiner Workstation aus nicht beheben kann?«

»In solchen Fällen müssen Sie sich an Randy Porter wenden, wobei es manchmal recht schwierig ist, ihn aufzuspüren. Aber manchmal hat man auch Glück, und er sitzt in seiner Arbeitsnische.« Helen zog die Tür zu, bis es klickte und die Verriegelung einschnappte.

»So, nun bringe ich Sie zu unserem furchtlosen Führer«, sagte sie und ging den gleichen Weg, den sie gekommen waren, zurück zum Hauptflur. Offenbar hatte sie das Gefühl, dass der kleine Umweg zwecks Besichtigung des Server-Raums sie zeitlich in die Bredouille gebracht hatte. Jedenfalls legte sie ein solches Tempo vor, dass Joanna und Deborah Mühe hatten, Schritt zu halten. Deborahs spitze Absätze klackerten über den Fußboden wie Maschinengewehrsalven.

Die gewölbte Decke verstärkte das laute Getrappel noch und erzeugte ein mehrfaches Echo.

»Was meinst du?«, keuchte Deborah ihrer Freundin im Gehen zu.

»Wenn wir Pech haben und uns der Zugang zu unseren Akten verwehrt ist, muss ich irgendwie für zehn oder fünfzehn Minuten in diesen Raum gelangen.«

»Mit anderen Worten brauchen wir so eine blaue Karte, mit der sich die Tür öffnen lässt. Unsere können wir ja offenbar vergessen. Aber wie willst du an so eine Karte kommen?«

»Wir müssen uns etwas einfallen lassen«, erwiderte Joanna.

»Tut mir Leid, dass ich Sie so zur Eile antreibe!«, rief die Personalleiterin ihnen zu. Sie hielt eine schwere Feuertür auf, die vom Südflügel des Gebäudes in den zentral gelegenen Turm führte. »Dr. Saunders ist nicht gerade leicht zu erwischen. Wenn er sein Büro verlässt, bevor wir eintreffen, hat er heute unter Umständen gar keine Zeit mehr für uns, und bevor Sie nicht mit ihm geredet haben, können Sie nicht bei uns anfangen.«

Joanna und Deborah passierten die Feuertür. Helen ließ sie hinter ihnen zufallen. Auf einmal befanden sie sich in einer völlig anderen Umgebung. Der Boden war nicht mehr mit nüchternen Fliesen, sondern mit Eichenparkett ausgelegt, und statt Kacheln, blankem Putz oder Backstein dominierten mit edlem Mahagoniholz getäfelte Wände. Der lange Flur war sogar mit einem etwas zerschlissenen, aber durchaus ansehnlichen Orientläufer ausgelegt.

»Kommen Sie!«, drängte Helen und führte die beiden Bewerberinnen ein paar Meter über den Korridor und dann durch eine Tür in ein Vorzimmer. Hinter dem Schreibtisch der Sekretärin befanden sich zwei weitere Türen: Die eine war geschlossen, die andere angelehnt. Außerdem gab es in dem Raum mehrere kleine Sofas und Beistelltische.

»Sagen Sie bitte nicht, dass wir Dr. Saunders verpasst haben!«, wandte sich Helen an die Sekretärin.

»Nein«, erwiderte die Sekretärin und deutete über ihre Schulter auf die geschlossene Tür. »Er ist noch da. Im Augenblick ist er allerdings beschäftigt.«

Helen machte ein verständnisvolles Gesicht. Schließlich wusste sie, wessen Büro sich hinter der geschlossenen Tür befand. »Ich war vollkommen geschockt, als ich erfahren habe, dass Dr. Wingate zurück ist«, flüsterte sie mit konspirativer Stimme.

»Nicht nur Sie«, flüsterte die Sekretärin und nickte. »Damit hat keiner gerechnet. Er ist heute Morgen wie aus heiterem Himmel hier aufgekreuzt. Seitdem fliegen hier die Fetzen, wie Sie sich sicher vorstellen können.«

Dieses Mal war es Helen, die nickte. Dann zuckte sie mit den Achseln. »Ich bin ja mal gespannt, was demnächst so alles passieren wird.«

»Ja«, entgegnete die Sekretärin. »Es dürfte spannend werden. Apropos – Dr. Saunders dürfte jeden Augenblick rauskommen. Machen Sie und Ihre Bewerberinnen es sich doch solange bequem!« Dabei lächelte sie Joanna und Deborah liebenswürdig an.

Sie wollten gerade Platz nehmen, als die geschlossene Tür aufging und gegen den Stopper knallte. Im Türrahmen erschien Paul Saunders' gedrungene Figur, der seine Aufmerksamkeit jedoch immer noch voll auf seinen Gesprächspartner in dem Büro richtete. Sein Gesicht war gerötet, die Hände hatte er zu Fäusten geballt.

»Ich kann nicht den ganzen Tag hier herumsitzen und mit Ihnen streiten!«, ereiferte er sich. »Im Gegensatz zu Ihnen warten auf mich nämlich jede Menge Patienten und Berge von Arbeit.«

In diesem Moment erschien Spencer hinter ihm in der Tür und drängte ihn einen Schritt zurück in den Vorraum. Spencer war beinahe dreißig Zentimeter größer, und seine sonnengebräunte Haut ließ Paul noch bleicher erscheinen, als er sowieso schon war. Seine Augen glühten genauso wie die seines Untergebenen. »Diese Unverschämtheit lasse ich Ihnen heute ausnahmsweise einmal durchgehen, aber nur, weil ich davon ausgehe, dass sie Ihnen im Eifer des Gefechts herausgerutscht ist.«

»Wie großzügig von Ihnen!«

»Ich habe gegenüber dieser Klinik und ihren Aktionären eine treuhänderische Verantwortung«, fuhr Spencer den Mann an, dem er die Klinikleitung anvertraut hatte. »Und dieser Verpflichtung komme ich in jedem Falle nach! Ich hoffe, das haben nach diesem Gespräch auch Sie endlich begriffen! Die Wingate Clinic ist in erster Linie eine Spezialklinik – das war vom ersten Tag an so und wird auch so bleiben! Unsere Forschungsbemühungen dienen dem Zweck, unsere klinische Arbeit zu unterstützen, und keineswegs umgekehrt!«

»Das ist das unsinnigste und destruktivste Argument, das ich je gehört habe«, entgegnete Paul aufgebracht. »Forschung ist eine Investition in die Zukunft. Man nimmt kurzfristig ein paar Opfer in Kauf, um langfristig auf der sicheren Seite zu sein. Wir stehen kurz vor einem entscheidenden Durchbruch in der Stammzellenforschung, und die hat bekanntlich das Potenzial, die Grundlage unserer Medizin des einundzwanzigsten Jahrhunderts zu werden. Wer in diesem enorm wichtigen Bereich an vorderster Front mitspielen will, muss bereit sein, kurzfristig ein paar Risiken einzugehen und auch mal Gewinne aufs Spiel zu setzen.«

»Ich schlage vor, wir setzen unsere Diskussion fort, wenn Sie mehr Zeit haben«, beendete Spencer kategorisch das Gespräch. »Kommen Sie wieder, wenn Sie Ihre letzte Patientin verarztet haben!« Er trat einen Schritt zurück in sein Büro, griff nach der Tür und knallte sie mit voller Wucht zu.

Aus Angst, die Tür ins Gesicht zu bekommen, machte Paul Saunders einen weiteren Schritt in Richtung Vorzimmerschreibtisch. Er kochte vor Wut; schließlich hatte er das Gespräch selber beenden und den Raum freiwillig verlassen wollen, und nun war er abgekanzelt worden wie ein Schuljunge. Er drehte sich um und wollte gerade in sein Büro stürmen, als er aus dem Augenwinkel die unerwarteten Besucherinnen entdeckte. Einem Geschützturm auf einem Kriegsschiff gleich, machte sein Kopf eine ruckartige Drehung. Gleichzeitig fixierte er die jungen Frauen. Als er Deborah sah, entspannte er sichtlich.

»Miss Masterson möchte Ihnen zwei Bewerberinnen vorstellen«, erklärte die Sekretärin.

»Das sehe ich«, murmelte Paul, und seine geballten Fäuste entkrampften sich allmählich. Er deutete auf die offen stehende Tür seines Büros und nahm begierig Deborahs Minikleid mit dem tiefen Ausschnitt und ihre hochhackigen Schuhe in Augenschein. »Kommen Sie rein!«, forderte er sie auf. »Gladys – haben Sie meinen Gästen schon etwas zu trinken angeboten?«

»Dazu war ich noch nicht gekommen«, erwiderte die Sekretärin mit einem Stirnrunzeln.

»Dann werde ich mich darum kümmern«, sagte Paul. »Möchten Sie vielleicht einen Kaffee oder etwas anderes zu trinken?«

»Nein, danke, ich nicht«, erwiderte Deborah und machte Anstalten, sich einigermaßen ladylike zu erheben, was bei dem niedrigen Sofa und ihren hohen Pfennigabsätzen durchaus kein leichtes Unterfangen war. Paul stürzte sofort auf sie zu, um ihr hochzuhelfen, doch Deborah schaffte es allein. Endlich auf den Beinen, zog sie schnell ihr hochgerutschtes Kleid nach unten, was jedoch zur Folge hatte, dass ihr tiefes Dekolleté noch tiefere Einblicke bot.

Paul sah Joanna fragend an.

»Ich möchte auch nichts, danke«, sagte Joanna. Sie kam sich vor wie das fünfte Rad am Wagen, denn der amtierende Klinikleiter widmete seine Aufmerksamkeit sofort wieder Deborah und komplimentierte sie in sein Büro. Helen Masterson und Joanna folgten den beiden.

Paul stellte einen dritten Stuhl zu den beiden, die bereits vor seinem Schreibtisch standen, und bedeutete den drei Frauen, sich zu setzen. Dann ging er hinter seinen Schreibtisch und nahm selber Platz. Helen Masterson stellte ihm Joanna und Deborah unter ihren falschen Namen vor, erwähnte ihre jeweiligen Harvard- Abschlüsse und berichtete, in welchen Abteilungen der Wingate Clinic sie gern anfangen würden.

»Das ist ja hervorragend!«, entgegnete Paul mit einem breiten Grinsen, wobei er seine kleinen quadratischen, weit auseinander stehenden Schneidezähne zur Schau stellte, die gut zu seiner breiten, gedrungenen Nase passten. »›Bloody excellent‹, wie man im guten alten England sagt.« Er lachte und fügte, ohne den Blick von Deborah abzuwenden, hinzu: »Wie mir scheint, Miss Masterson, haben Sie da wieder einmal zwei ausgezeichnete Mitarbeiterinnen für unsere Klinik aufgespürt. Herzlichen Glückwunsch!«

»Heißt das, wir sollen mit den Einstellungsformalitäten fortfahren?«, fragte Helen.

»Aber selbstverständlich.«

»Miss Marks und Miss Heatherly haben den Wunsch geäußert, schon morgen bei uns anzufangen«, teilte Helen dem Klinikleiter mit.

»Umso besser«, entgegnete Paul. »Wir wären ja dumm, wenn wir ihren Eifer nicht honorieren würden, erst recht, da wir insbesondere im Labor jede helfende Hand gebrauchen können. Sie sind sehr willkommen, Miss Marks!«

»Vielen Dank«, brachte Deborah hervor. Die Aufmerksamkeit, die sie auf Kosten ihrer Freundin genoss, war ihr allmählich unangenehm. »Ich freue mich schon darauf, mit Ihren ausgezeichneten Geräten arbeiten zu dürfen.« Kaum war ihr die Bemerkung herausgerutscht, begann ihr Puls zu rasen und ihr Gesicht rot anzulaufen. Leider war ihr zu spät eingefallen, dass sie das Labor ja offiziell noch gar nicht besichtigt hatte. Zum Glück registrierte nur Joanna den Schnitzer. Paul stellte, ohne mit der Wimper zu zucken, die nächste Frage.

»Es würde mich noch interessieren, über welche Art von Laborerfahrung Sie verfügen, Miss Marks. Haben Sie schon mal einen Zellkern-Transfer vorgenommen?«

»Nein«, gestand Deborah. »Aber ich bin sehr lernfähig.«

»Wir arbeiten viel mit Zellkern-Transfers«, erklärte Paul. »Sie sind ein unerlässlicher Bestandteil unserer Forschungsbemühungen. Da ich selber viel Zeit im Labor verbringe, zeige ich Ihnen die Technik gern persönlich.«

»Ich werde eine gelehrige Schülerin sein und Sie bestimmt nicht enttäuschen«, versprach Deborah, die sich inzwischen wieder gefasst hatte. Aus dem Augenwinkel sah sie, wie Joanna die Augen verdrehte.

»Dann können wir uns wohl auf den Weg machen«, stellte Helen fest, als sich ein kurzes, zähes Schweigen breit macht und erhob sich. »Es gibt noch einiges zu tun, damit Miss Heatherly und Miss Marks morgen bei uns anfangen können.«

Die anderen erhoben sich ebenfalls.

»Tut mir Leid, dass Sie eben unbeabsichtigt Zeuginnen einer kleinen Auseinandersetzung geworden sind«, entschuldigte sich Paul zum Abschied. »Der Gründer der Klinik und ich sind uns nicht immer einig. Allerdings geht es meistens um nichts Wesentliches, sondern eher um irgendwelche Kinkerlitzchen. Ich hoffe, der kleine Zwischenfall hat Ihnen keinen schlechten Eindruck von unserer Klinik vermittelt.«

Fünf Minuten später führte die Personalleiterin Joanna und Deborah durch die Feuertür zurück in den Südflügel des Gebäudes.

»Offenbar kommt Dr. Wingate nicht besonders oft in die Klinik«, wandte sich Joanna an Helen.

»In den vergangenen eineinhalb Jahren hat er sich gar nicht blicken lassen«, entgegnete Helen. »Wir waren alle davon ausgegangen, dass er sich endgültig zur Ruhe gesetzt hat und in Florida bleiben würde.«

»Kommen Dr. Saunders und er nicht gut miteinander zurecht?«, hakte Deborah nach.

»Darüber weiß ich nichts«, erwiderte Helen vage. Wie auf dem Hinweg legte sie auf dem Flur, der durch den etwa fußballfeldlangen Südflügel führte, einen solchen Schritt vor, dass Deborah und Joanna kaum hinterherkamen, was natürlich vor allem an Deborahs hochhackigen Schuhen lag.

»So ein seltsames Vorstellungsgespräch habe ich noch nie erlebt«, flüsterte Joanna. »Dieser Dr. Saunders ist wirklich ein komischer Kauz, aber das wussten wir ja bereits.«

»Wenigstens hat er uns nicht wiedererkannt«, stellte Deborah fest.

»Stimmt. Aber glaub nicht, dass du eine Glanzleistung vollbracht hast.«

»Was soll das denn heißen?«, hakte Deborah nach, während sie keuchend nach Luft schnappte.

»Du solltest die Männer nicht so offensiv anmachen!«

»Ich glaube, ich höre nicht richtig! Ich mache überhaupt niemanden an! Wenn, dann machen die Männer mich an – und nicht umgekehrt!«

»Jedenfalls bringt uns deine Kokettiererei nicht weiter. Ich dachte, wir wollen eine schnelle, heimliche Operation durchziehen. Im Augenblick habe ich eher das Gefühl, als wolltest du eine Clownnummer hinlegen.«

»Du bist nur eifersüchtig.«

»Das ist doch wohl zum Totlachen! Wenn ich auf eins mit Sicherheit verzichten kann, dann darauf, derart lüstern von Männern angestarrt zu werden.«

»Soll ich dir sagen, was meine Typveränderung auf jeden Fall beweist?«, fragte Deborah, ohne ihren Gedanken fortzuspinnen.

»Was denn?«, fragte Joanna nach kurzem Schweigen genervt.

»Dass man als Blondine einfach mehr Spaß hat!«

Joanna holte aus und wollte ihre Freundin zum Spaß in die Seite knuffen, doch Deborah wich ihr aus und sprang einen Schritt zur Seite. Sie mussten beide lachen. Die Personalleiterin wartete ein paar Meter vor ihnen in der Tür und sah sich ungeduldig um.

»Was hältst du von dem kleinen verbalen Schlagabtausch zwischen den beiden Bossen der Klinik?«, fragte Deborah, solange sie sich noch außerhalb Helens Hörweite befanden.

»Wie es aussieht, hat das Management der Klinik gerade schwierige Konflikte zu bewältigen«, stellte Joanna fest. »Außerdem sprechen die Worte der Personalleiterin Bände. Als sie mit der Sekretärin telefonierte, hat sie Dr. Saunders als ›Napoleon‹ bezeichnet, und uns gegenüber hat sie von unserem furchtlosen Führer‹ gesprochen. Meiner Meinung nach zeugt das nicht gerade von Respekt.«

»Stimmt«, entgegnete Deborah. »Und dass sie von den Problemen zwischen den beiden Chefs angeblich nichts weiß, nehme ich ihr auch nicht ab.«

»Aber darüber sollten wir uns keine grauen Haare wachsen lassen.«

»Da hast du Recht«, stimmte Deborah zu.

Als Nächstes stand ein Besuch beim Sicherheitsdienst der Klinik an. Joannas Bedenken erwiesen sich als grundlos. Das Büro des Sicherheitsdienstes befand sich in einer der Nischen im Verwaltungstrakt und war von einem Wachposten besetzt, der die gleiche Uniform trug wie der Mann mit dem Klemmbrett am Tor. Er machte Polaroidfotos von Joanna und Deborah, stellte zwei Plastik-Identifizierungskarten mit dem Logo der Wingate Clinic her und wies die beiden darauf hin, dass sie verpflichtet seien, die Karten während ihres Aufenthalts auf dem Klinikgelände immer sichtbar am Körper zu tragen.

Der zweite Teil der Sicherheitsprozedur umfasste die Ausstellung der blauen Zutrittskarten. Der Wachposten holte sich ein Formular auf den Bildschirm seines Computers und gab die zuvor festgelegten Zutrittsberechtigungen für Joanna und Deborah ein, die er den Unterlagen der Personalleiterin entnahm. Da er lediglich mit zwei Fingern tippte, dauerte der Vorgang eine Weile. Als das Formular fertig ausgefüllt war, wurden die Karten automatisch ausgedruckt. Er übergab Joanna und Deborah je eine Karte und ermahnte sie, sorgfältig damit umzugehen.

Als Nächstes sollten sie ihre Zugangsberechtigung zum Computersystem der Klinik erhalten. Dafür mussten sie in eine andere Nische wechseln, wo man sie mit Randy Porter bekannt machte. Laut Helen hatten sie großes Glück, ihn ausnahmsweise an seinem Arbeitsplatz anzutreffen. Randy war ein rotblonder, schmächtiger junger Mann, der noch als Teenager hätte durchgehen können. Er erklärte Joanna und Deborah, dass sie beim Anschalten ihrer Computer ihre jeweiligen blauen Karten durch den Schlitz an der oberen Seite ihrer Tastaturen führen müssten und dass sie beim ersten Mal automatisch aufgefordert würden, ein Passwort einzugeben. Dann müssten sie, erklärte er weiter, NEU anklicken und ein Geheimwort eingeben, das nur sie kannten und das sie nicht vergessen sollten.

»Muss das Passwort eine bestimmte Anzahl von Buchstaben oder Zahlen enthalten?«, fragte Joanna.

»Nein«, erwiderte Randy. »Das bleibt vollkommen Ihnen überlassen. Allerdings verwenden Sie am besten sechs oder mehr alphanumerische Zeichen. Und achten Sie darauf, sich Ihre Zahlen- oder Buchstabenkombination gründlich einzuprägen. Wenn Sie sie vergessen, muss ich mich um das Problem kümmern, und das kann eine Weile dauern.«

Helen lachte kurz auf, als wollte sie Randys letzten Satz unterstreichen.

»Noch irgendwelche Fragen?«, fragte Randy.

»Mit was für einem System arbeiten Sie?«, erkundigte sich Joanna.

»Als Betriebssystem verwenden wir den Windows 2000 Data Center Server.«

»Und welche Hardware?«

»Wir haben einen IBM Server x-Series 430 mit einer Shiva-Firewall«, erklärte Randy. »Habe ich Ihre Frage zufrieden stellend beantwortet?«

»Ja, danke«, entgegnete Joanna.

»Ich habe kein Wort verstanden«, gestand Helen. »Sind wir dann so weit?«

»Von meiner Seite war das alles«, erwiderte Randy. »Es sei denn, unsere beiden neuen Mitarbeiterinnen haben noch Fragen.«

Sie verließen die Arbeitsnische des Netzwerkadministrators. Helen warf einen Blick auf die Uhr. Es war bereits kurz vor eins. Auf dem Flur blieb sie stehen.

»Eigentlich würde ich Sie jetzt gern mit den Abteilungsleitern bekannt machen«, sagte sie. »Aber es ist Mittagszeit. Darf ich Sie vielleicht in unsere Kantine einladen? Wie ich Dr. Saunders' Äußerungen entnommen habe, wäre es sicher böse, wenn ich Sie hungrig nach Hause schicken würde.«

Joanna wollte die Einladung gerade ausschlagen, doch Deborah kam ihr zuvor und stellte fest: »Das klingt verlockend. Mein Magen könnte durchaus eine Kleinigkeit vertragen.«

»Prima«, entgegnete Helen. »Ich für meinen Teil habe einen Bärenhunger.«

Die Kantine befand sich in der ersten Etage eines zweistöckigen geschwungenen Pavillons, der an den hinteren Teil des mittleren Gebäudetrakts angebaut worden war. Sie nahmen zunächst den gleichen Weg, der sie zu den Büros der Klinikleiter geführt hatte, bogen jedoch hinter der Feuertür nach rechts ab anstatt nach links.

»Spinnst du?«, zischte Joanna Deborah leise zu, als sie sicher war, dass Helen sie nicht hören konnte. »Warum willst du denn hier essen?«

»Weil ich Hunger habe«, erwiderte Deborah kurz angebunden.

»Ist dir denn nicht klar, was für ein Risiko wir eingehen? Je mehr wir hier herumlaufen und je länger wir uns in dem Gebäude aufhalten, umso höher ist die Wahrscheinlichkeit, dass unsere Tarnung auffliegt!«

»Ich glaube, die Gefahr ist relativ gering«, versuchte Deborah ihre Freundin zu beruhigen. »Außerdem haben wir morgen, wenn es ernst wird, bessere Chancen, unser Vorhaben erfolgreich in die Tat umzusetzen, wenn wir die Umgebung schon mal ein wenig ausgekundschaftet haben.«

»Ich wünschte, du würdest das Ganze ein bisschen ernster nehmen.«

»Ich nehme es doch ernst!«, protestierte Deborah.

Helen wartete bereits, und Joanna bedeutete Deborah zu schweigen.

Die Kantine war halbkreisförmig angelegt und verfügte an der Rückseite des Gebäudes über eine durchgehende Fensterfront. Da das Gelände an dieser Stelle abschüssig war, bot sich den Speisenden ein herrlicher Weitblick in Richtung Osten. Deborah freute sich, dass sie vom Labor einen ähnlichen Blick haben würde, auch wenn er wegen der kleineren Fenster nicht ganz so beeindruckend war. In der Ferne erhoben sich zwischen den gerade ergrünenden Bäumen die Dächer und Schornsteine einiger Mitarbeiterwohnungen sowie der alles überragende Schornstein des Kraftwerks. Zwischen dem Kraftwerk und den Mitarbeiterunterkünften war das rote Dach eines Silos zu erkennen.

Helen blieb in der Tür stehen und ließ ihren Blick durch den Raum schweifen. Offenbar suchte sie nach irgendjemandem. Die Kantine war riesig und war wie das sonstige alte Gebäude mit zahlreichen viktorianischen Verzierungen und Accessoires ausgestattet, unter anderem mit einem prunkvollen Kronleuchter, der in der Mitte des Raums hing. Die etwa dreißig bis vierzig Mitarbeiter, die an den weit auseinander stehenden Tischen ihr Mittagessen zu sich nahmen, verloren sich beinahe in dem riesigen Saal. Ihre Stimmen waren gedämpft und lediglich als leises Gemurmel wahrzunehmen.

Plötzlich entdeckte Joanna Dr. Donaldson, die zusammen mit fünf anderen Kollegen, die wie Ärzte aussahen, an einem Tisch saß. Joanna zuckte zusammen und drehte der Ärztin umgehend den Rücken zu. Dann packte sie Deborah am Oberarm und deutete mit dem Kopf in die Richtung, in der die Gefahr lauerte. Deborah verstand sofort.

»Entspann dich!«, riet Deborah. »Wieso regst du dich denn so auf?« Joannas Panik ging ihr allmählich auf die Nerven.

»Ist irgendetwas?«, fragte Helen.

»Nein«, erwiderte Joanna und setzte eine Unschuldsmiene auf. »Es ist alles in Ordnung.« Unauffällig bedachte sie Deborah mit einem finsteren Blick.

»Da sind sie ja«, stellte Helen fest und zeigte nach rechts. »Die beiden Frauen da vorne sind Megan Finnigan, die Laborleiterin, und Christine Parham, die Leiterin unserer Verwaltung. Zufällig sitzen sie am gleichen Tisch. Kommen Sie, ich mache Sie miteinander bekannt.«

Joanna folgte Deborah und Helen in leicht geduckter Haltung und achtete darauf, Dr. Donaldson weiter den Rücken zuzukehren. Helen führte sie zu einem Tisch in Fensternähe. Zu Joannas Entsetzen verursachten Deborahs Absätze auf dem alten Parkettboden ziemlichen Lärm. Außerdem rief ihr geschmackloses, provokantes Äußeres so viel Aufsehen hervor, dass sich schlagartig alle, einschließlich Dr. Donaldson, nach ihnen umsahen.

Deborah schien das nicht im Geringsten zu interessieren. Sie war gerade völlig von einem mit spanischsprachigen Frauen besetzten Tisch in der Nähe des Eingangs in den Bann gezogen. Ihrem Aussehen nach zu urteilen stammten die Frauen, die alle jung, klein und dunkelhäutig waren, aus Süd- oder Mittelamerika. Was Deborah aber am meisten stutzig machte, war die Tatsache, dass sie alle schwanger waren. Und nicht nur das – ihre Schwangerschaften waren alle etwa gleich weit fortgeschritten.

Nachdem Helen sie mit den beiden Abteilungsleiterinnen bekannt gemacht hatte, die gerade mit dem Essen fertig waren und gehen wollten, ließen sich die drei an einem anderen Tisch nieder, wo sie von einer Frau bedient wurden, die den jungen Lateinamerikanerinnen am Eingang der Kantine verblüffend ähnlich sah; auf jeden Fall schien auch sie aus Süd- oder Mittelamerika zu stammen. Sie war erstaunlicherweise ebenfalls schwanger und genauso weit wie die anderen lateinamerikanischen Frauen.

Als das Essen vor ihnen stand, konnte Deborah ihre Neugier nicht mehr unterdrücken und fragte Helen nach den Frauen.

»Sie kommen aus Mittelamerika«, bestätigte Helen Deborahs Vermutung. »Genauer gesagt aus Nicaragua. Dr. Saunders hat ein Arrangement mit einem dortigen Kollegen getroffen. Sie kommen für ein paar Monate mit einem befristeten Arbeitsvisum zu uns und kehren dann nach Nicaragua zurück. Die Frauen sind uns eine Riesenhilfe. Ohne sie wüssten wir gar nicht, wie wir all die Arbeit in der Küche und in der Kantine oder die Reinigung der Klinik bewältigen sollten. In dieser Gegend gibt es einfach nicht genügend Arbeitskräfte.«

»Kommen sie mit ihren Familien her?«

»Nein. Es kommen nur die Frauen. Sie nutzen die Chance, ein ordentliches Sümmchen Geld zu verdienen, das sie regelmäßig nach Hause schicken.«

»Aber sie sehen alle schwanger aus«, stellte Deborah fest. »Ist das Zufall?«

»Nein«, erwiderte Helen. »Keineswegs. Mit ihrer Schwangerschaft verdienen sie sich noch ein ordentliches Zubrot. Aber wollen Sie nicht erst mal in Ruhe zu Ende essen? Ich würde Ihnen gern noch die Mitarbeiterunterkünfte zeigen. Vielleicht können wir Sie ja doch noch überzeugen, nach Bookford überzusiedeln. Die Mieten sind im Vergleich zu Boston extrem niedrig. Sie werden mit Sicherheit positiv überrascht sein!«

Deborah warf Joanna einen verstohlenen Blick zu, um zu sehen, ob sie zugehört hatte. Während des Essens war Joanna die meiste Zeit auf Dr. Donaldson fixiert gewesen und hatte peinlich darauf geachtet, der Ärztin bloß den Rücken zuzukehren. Doch inzwischen hatte Dr. Donaldson die Kantine verlassen, und Joannas entsetzter und ungläubiger Gesichtsausdruck verriet, dass sie mitbekommen hatte, was Helen über die Arbeiterinnen aus Nicaragua gesagt hatte.

10

9. Mai 2001, 14.10 Uhr

Nach dem Essen überredete Helen Masterson ihre beiden Bewerberinnen noch zu einem kleinen Ausflug, für den sie ein Golfcart bestiegen. Joanna hätte sich die Tour am liebsten geschenkt, doch wider Erwarten war ihre Begeisterung schnell entfacht. Das Gebäude des ehemaligen Sanatoriums war riesig und größtenteils von einem dichten alten Baumbestand überwuchert. Den leitenden Angestellten wie Dr. Wingate, Dr. Saunders oder Dr. Donaldson und noch ein paar anderen wurden von der Klinik frei stehende Häuser zur Verfügung gestellt, die in etwa so aussahen wie das Pförtnerhäuschen, nur dass sie anders als dieses nicht mit schwarzen, sondern mit weißen Verzierungen versehen waren und daher viel freundlicher wirkten.

Auch die Gebäude, in denen die ganz normalen Mitarbeiter lebten, hatten durchaus ihren Reiz. Es waren zweistöckige Reihenhäuser, die im Stil eines alten englischen Dorfes angeordnet waren. Helen zeigte Joanna und Deborah eine gemütliche Wohnung mit zwei Schlafzimmern. Aus den vorderen Fenstern sah man auf einen kleinen, mit Kopfsteinpflaster ausgelegten Platz, die großen, hinteren Fenster waren nach Süden ausgerichtet und boten einen herrlichen Blick über den alten Mühlteich. Über die Miete ließ sich ebenfalls nicht meckern: Sie betrug lediglich achthundert Dollar im Monat.

Bevor sie sich nach der Wohnungsbesichtigung auf den Rückweg zum Hauptgebäude machten, ließ Helen sich von Deborah breitschlagen, ihnen auch noch die Farm und das Kraftwerk zu zeigen. Das Einzige, was Joanna und Deborah an dem aufschlussreichen Ausflug störte, war, dass Helen die ganze Zeit in Hörweite blieb und eine ungestörte Unterhaltung unter vier Augen somit nicht möglich war. Erst als die Personalleiterin sie erneut im Vorzimmer von Dr. Wingate und Dr. Saunders ablieferte, wo sie warten sollten, bis der Gründer der Klinik Zeit für sie hatte, konnten die Freundinnen ungestört ein paar Worte miteinander wechseln.

»Was sagst du zu den schwangeren Latinofrauen, die wir in der Kantine gesehen haben?«, fragte Deborah. Sie achtete darauf, so leise zu sprechen, dass Gladys, die Sekretärin, auf keinen Fall etwas mitbekam.

»Ich bin fassungslos«, erwiderte Joanna. »Ich kann es wirklich nicht glauben, dass sie offenbar eine ganze Gruppe von Gastarbeiterinnen dafür bezahlen, schwanger zu werden.«

»Ob sie wohl irgendwelche Experimente mit ihnen machen?«

»Keine Ahnung«, erwiderte Joanna. Ihr lief ein kalter Schauer über den Rücken.

»Was sie wohl mit den Babys machen?«

»Ich kann nur hoffen, dass sie mit ihren Müttern nach Nicaragua zurückgehen«, erwiderte Joanna. »Etwas anderes stelle ich mir lieber gar nicht erst vor.«

»Mir ist als Erstes durch den Kopf gegangen, dass sie die Kinder vielleicht verkaufen«, vertraute Deborah Joanna an, »Leihmütter sind sie ja wohl eher nicht, sonst könnten sie sich nicht alle in etwa im gleichen Schwangerschaftsstadium befinden. Stell dir nur vor, was für ein lukratives Geschäft es wäre, die Babys zu verkaufen! An der entsprechenden Kundschaft dürfte in einer Klinik für Kinderwunschbehandlungen ja kein Mangel herrschen. Weißt du noch, wie überrascht wir damals waren, dass diese Klinik offenbar einer Gelddruckmaschine gleicht?«

»Ich habe lediglich gestaunt, dass man mit Kinderwunschbehandlung so viel Geld verdienen kann«, antwortete Joanna. »Aber da die Wingate Clinic offensichtlich nicht unter Patientenmangel leidet, dürfte sie es kaum nötig haben, auch noch Geschäfte mit Babys zu machen. Das ergibt keinen Sinn! Wer Babys verkauft, verstößt gegen das Gesetz, da gibt es nichts zu beschönigen. Wenn die Klinik in irgendwelche derartigen illegalen Geschäfte verwickelt wäre, hätte Helen Masterson bestimmt nicht so offen und ehrlich auf deine Frage geantwortet.«

»Wahrscheinlich hast du Recht«, räumte Deborah ein. »Aber irgendeine plausible Erklärung muss es geben! Vielleicht leiden die Frauen auch selber unter Sterilität, und die Klinik hat einen Deal mit ihnen vereinbart – nach dem Motto, wir sorgen dafür, dass ihr schwanger werdet, und ihr arbeitet dafür ein paar Monate für uns.«

Joanna sah Deborah ungläubig an. »Das halte ich für mindestens genauso unwahrscheinlich wie eine Leihmutterschaft.«

»Mir fällt keine andere Erklärung ein.«

»Mir auch nicht«, gab Joanna zu. »Sobald ich herausgefunden habe, was aus meinen Eizellen geworden ist, will ich mit dieser Klinik nichts mehr zu tun haben. Ich hatte schon bei unserem damaligen Besuch ein ungutes Gefühl, als wir zur Spende hierher gekommen sind, und heute hat sich dieser Eindruck noch einmal deutlich bestätigt.«

Plötzlich öffnete sich die Tür zum Büro des Klinikgründers, und Dr. Wingate trat heraus. Er trug eine schmale Lesebrille, die ihm vorn auf der Nasenspitze saß. In der

Hand hielt er Bilanzaufstellungen, die er aufmerksam studierte und dann seiner Sekretärin auf den Tisch legte. Er schien alles andere als einverstanden zu sein.

»Rufen Sie bitte in der Buchhaltung an«, wies er Gladys an, »und teilen Sie den Damen und Herren mit, dass ich sämtliche Aufstellungen der vergangenen vier Quartale sehen will!«

»Jawohl, Sir«, entgegnete Gladys.

Als ob er immer noch über den beunruhigenden Inhalt der Bilanzen nachdachte, versetzte er den Papieren einen letzten Stoß und richtete erst dann seinen Blick auf die beiden jungen Frauen, die auf ihn warteten. Er holte einmal tief Luft und steuerte das Sofa an. Während er das Zimmer durchquerte, entspannte sich seine Miene, und auf seinem Gesicht erschien sogar der Hauch eines Lächelns.

»Schön, Sie zu sehen, Miss Marks«, begrüßte er Deborah. Er umklammerte ihre Hand ein paar Sekunden länger als notwendig und sah ihr tief in die Augen. Dann wandte er sich an Joanna. »Tut mir Leid, Ihren Namen habe ich vergessen. Georgina erwähnte ihn zwar, aber dummerweise ist er mir entfallen.«

»Prudence Heatherly«, stellte Joanna sich vor. Sie schüttelte dem Klinikgründer die Hand und nahm ihn ins Visier. Deborah hatte Recht: Der Mann sah ihrem Vater in der Tat nicht ähnlich. Doch er hatte irgendetwas an sich, das ihn auf den ersten, oberflächlichen Blick anziehend erscheinen ließ.

»Tut mir Leid, dass ich Sie habe warten lassen«, entschuldigte sich Spencer, jetzt wieder an Deborah gewandt. »Kein Problem«, entgegnete Deborah. »So hatten wir Gelegenheit, uns ein bisschen zu erholen. Miss Masterson hat uns ganz schön durch die Gegend gescheucht.« Während sie redete, entging ihr nicht, dass Spencer wie gebannt ihre übergeschlagenen Beine angaffte.

»Ich hoffe, die Formalitäten sind damit erledigt.«

»Ja«, erwiderte Deborah. »Wir fangen morgen bei Ihnen an.«

»Hervorragend!«, freute sich Spencer. »Das ist wirklich eine sehr erfreuliche Nachricht.« Er rieb sich aufgeregt die Hände und ließ seinen Blick immer wieder zwischen Joanna und Deborah hin- und herschweifen. Offenbar grübelte er über etwas nach und konnte sich nicht recht entscheiden. Schließlich zog er sich einen Stuhl heran und nahm ihnen gegenüber Platz. »Was darf ich Ihnen anbieten – Kaffee, Tee oder ein Erfrischungsgetränk?«

»Für mich bitte ein Glas Mineralwasser«, entgegnete Deborah.

»Ich nehme das Gleiche«, fügte Joanna widerwillig hinzu. Sie fühlte sich schon wieder wie das fünfte Rad am Wagen. Sie hatte sich nicht darum gerissen, Wingate in seinem Büro aufzusuchen, und nun sah sie all ihre Befürchtungen bestätigt. Der Mann fuhr eindeutig auf Deborah ab. Für Joannas Geschmack stierte er ihre Freundin derart lüstern an, dass es geradezu ekelhaft war.

Spencer bat die Sekretärin, die gewünschten Getränke zu servieren. Während sie aufstand und zum Kühlschrank ging, erzählte er ein bisschen von der Klinik. Schließlich kehrte Gladys mit zwei kleinen Flaschen San Pellegrino zurück.

»Trinken Sie nichts?«, fragte Deborah.

»Nein, danke«, erwiderte Spencer. Er wirkte alles andere als entspannt. Während Joanna und Deborah sich einschenkten, schlug er mehrmals erst sein linkes über sein rechtes Bein und dann umgekehrt. Irgendetwas schien ihm auf der Seele zu liegen.

»Kommt Ihnen unser Besuch im Augenblick womöglich nicht gelegen?«, hakte Joanna nach. »Vielleicht gehen wir besser und überlassen Sie Ihrer Arbeit.«

»Nein«, antwortete Spencer. »Auf keinen Fall! Ich habe

genug Zeit. Aber ich habe eine Bitte: Dürfte ich mich vielleicht kurz mit Miss Marks unter vier Augen unterhalten?«

Deborah nahm das Glas vom Mund und starrte Spencer an. Die Frage war so unerwartet gekommen, dass sie nicht wusste, ob sie richtig gehört hatte.

Spencer deutete auf sein Büro. »Wenn es für Sie okay ist, könnten wir uns einen Moment zurückziehen.«

Deborah sah Joanna fragend an, die mit den Schultern zuckte und so tat, als ob sie das alles nichts anginge, doch Deborah kannte ihre Freundin gut genug, um zu wissen, dass sie die Situation als vollkommen absurd empfand.

»Okay«, willigte Deborah ein und wandte sich wieder Spencer zu. Sie stellte ihr Glas auf dem Couchtisch ab, erhob sich mit einem leisen Seufzer und ließ sich in das Büro des Klinikgründers führen. Spencer schloss die Tür.

»Ich will mich nicht mit großen Vorreden aufhalten, Miss Marks«, begann Spencer, der es zum ersten Mal vermied, Deborah anzustarren. Stattdessen sah er aus dem großen Panoramafenster. »In unserer Klinik gilt ein unausgesprochenes, von mir selbst unterstütztes Gesetz, nach dem Beziehungen zwischen dem Management und untergebenen Angestellten zu vermeiden sind. Da Sie jedoch erst ab morgen Angestellte der Wingate Clinic sind, möchte ich Sie fragen, ob Sie eventuell Lust haben, heute Abend mit mir essen zu gehen.« Kaum waren seine Worte raus, drehte er sich um und sah Deborah erwartungsvoll an.

Deborah verschlug die überraschende Einladung für einen Augenblick die Sprache. Bisher hatte sie es genossen, die sexy Verführerin zu spielen, allerdings war sie davon ausgegangen, höchstens mit gierigen Blicken bedacht zu werden. Von dem Gründer und Direktor der Klinik zum Dinner gebeten zu werden, der vermutlich verheiratet und mindestens doppelt so alt war wie sie, hatte eine ganz andere Tragweite.

»Etwas außerhalb von Bookford gibt es ein sehr idyllisch

gelegenes Restaurant«, fuhr Spencer fort, als er sah, dass Deborah zögerte. »Vielleicht waren Sie schon mal dort. Es heißt *The Barn.*«

»Bestimmt ist es schön«, stammelte Deborah, als sie ihre Stimme wiederfand. »Und ich finde es auch wahnsinnig nett von Ihnen, mich einzuladen, aber leider gibt es ein paar logistische Probleme. Meine Mitbewohnerin und ich leben nämlich nicht hier, sondern in Boston.«

»Das wusste ich nicht«, entgegnete Spencer. »Aber vielleicht kann ich Sie zu einem frühen Dinner überreden. Ich glaube, das Restaurant öffnet bereits um halb sechs. Das ist schon bald, und Sie könnten problemlos um sieben oder acht auf dem Rückweg nach Boston sein.«

Deborah warf einen Blick auf die Uhr. Es war kurz vor vier.

»Unsere kleine Unterhaltung heute Morgen hat mir wirklich Spaß gemacht«, fuhr Spencer schmeichelnd fort. »Ich würde gern mehr über Sie erfahren, zum Beispiel, welcher Bereich der Molekularbiologie Ihnen am meisten gefällt. Offenbar haben wir ja ähnliche Interessen.«

»Ähnliche Interessen«, parodierte Deborah leise seine Worte, während sie in seine blauen Augen sah. Sie glaubte einen Hauch von Verzweiflung darin zu erkennen, auch wenn der Arzt auf den ersten Blick so erfolgreich wirkte und durchaus nicht unattraktiv war. Sie beschloss, ihm ein bisschen auf den Zahn zu fühlen. »Aber was würde Ihre Frau dazu sagen, wenn wir zusammen essen gingen?«

»Es gibt keine Mrs Wingate«, erwiderte Spencer. »Meine Frau hat sich vor ein paar Jahren von mir scheiden lassen. Ihr Entschluss traf mich damals ziemlich unerwartet. Im Nachhinein nehme ich an, dass ich mich zu viel um meine Arbeit gekümmert und meine Ehe vernachlässigt habe.«

»Das tut mir Leid«, brachte Deborah hervor.

»Ist schon in Ordnung«, entgegnete Spencer und sah auf

den Boden. »Es hat eben jeder sein Kreuz zu tragen. Das Gute ist, dass ich mich mit meiner neuen Situation abgefunden habe und bereit bin, auszugehen und neue Menschen kennen zu lernen.«

»Wie nett, dass Sie dabei an mich gedacht haben. Aber ich bin nun mal mit meiner Freundin und Mitbewohnerin hier, und wir sind nur mit einem Auto gekommen.«

»Meinen Sie nicht, Ihre Freundin könnte sich ein paar Stunden allein vergnügen?«

Deborah glaubte ihren Ohren nicht zu trauen. Glaubte dieser Mann allen Ernstes, dass sie ihre beste Freundin bitten würde, zwei Stunden Däumchen zu drehen, damit sie selber bei Kerzenschein mit ihm dinieren konnte? Der Vorschlag war so absurd und egoistisch, dass ihr keine spontane Antwort einfiel.

»Bookford hat durchaus einiges zu bieten«, fuhr Spencer unbeirrt fort. »Wir haben eine kleine Kneipe und eine überraschend gute Pizzeria. Und die Buchhandlung ist ebenfalls ein beliebter Treff, sie verfügt im hinteren Bereich über eine gemütliche Espresso-Bar.«

Deborah wollte dem dreisten Doktor gerade raten, zur Abkühlung in den Mühlteich zu springen, doch plötzlich hatte sie eine Idee, wie sie die unerwartete Situation ausnutzen und zu ihren und Joannas Gunsten wenden konnte. Sie sah Spencer an, klimperte mit den Augen und sagte, anstatt ihn kalt abblitzen zu lassen: »Ein Dinner in Ihrem Lieblingsrestaurant klingt wirklich verlockend.«

Spencer strahlte über das ganze Gesicht. »Wie schön! Ich bin sicher, dass Penelope – so hieß Ihre Freundin doch, nicht wahr? – sich gerne ein bisschen in unserem Städtchen umsieht. Und *The Barn* ist wirklich ein hervorragendes Restaurant. Ich bin sicher, dass Ihnen die ländliche, aber geschmackvolle Küche gefallen wird. Der Wein ist auch nicht schlecht.«

»Meine Freundin heißt Prudence«, antwortete Deborah.

»Und Sie müssen entweder mit uns beiden vorlieb nehmen oder ich kann Sie auch nicht begleiten.«

Spencers Gesicht verfinsterte sich. Er wollte gerade protestieren, doch Deborah kam ihm zuvor.

»Sie ist wirklich sehr nett«, erklärte Deborah. »Sie dürfen nicht vorschnell über sie urteilen, weil sie so bieder aussieht. Auch wenn sie die Unschuld vom Lande zu sein scheint – glauben Sie mir, sobald sie ein paar Drinks intus hat, entpuppt sie sich als echte Stimmungskanone.«

»Ich bezweifle nicht im Geringsten, dass sie eine liebenswürdige junge Frau ist«, entgegnete Spencer. »Aber ich würde den Abend trotzdem lieber mit Ihnen allein verbringen.«

»Vielleicht können Sie kaum glauben, was ich Ihnen jetzt sage«, flüsterte Deborah mit verschwörerischer Stimme. »Aber wir gehen des Öfteren gemeinsam mit dem gleichen Typen aus, vorausgesetzt natürlich, er ist locker und ungezwungen.« Um ihre schlüpfrigen Worte zu unterstreichen, berührte sie mit der Zungenspitze lasziv ihre Oberlippe.

»Ist das wahr?«, staunte Spencer und ließ seiner Phantasie freien Lauf. Er hatte noch nie mit zwei Frauen gleichzeitig ein Abenteuer gehabt; allerdings hatte er solche Szenen in Pornofilmen immer als sehr erotisch empfunden.

»Ja, ich schwöre es Ihnen!«, entgegnete Deborah und versuchte ein bisschen heiser und erotisch zu klingen.

Spencer sinnierte noch ein paar Sekunden vor sich hin, die Hände aufgerichtet und die Finger gegeneinander gespreizt. »Soll ich Ihnen etwas verraten? Ich bin total locker und ungezwungen! Daran sollte es also nicht scheitern. Wir gehen zu dritt essen!«

»Wunderbar«, freute sich Deborah. »Dann treffen wir uns also um halb sechs vor dem Restaurant. Tun Sie mir noch einen Gefallen?«

»Selbstverständlich«, erwiderte Spencer. »Welchen denn?«

»Arbeiten Sie heute Nachmittag nicht mehr zu hart. Es ist besser, wenn Sie nicht zu müde und ausgelaugt sind.«

»Ich verspreche es«, entgegnete Spencer und hob kapitulierend die Hände.

Joanna knallte die Autotür zu und steckte den Schlüssel ins Zündschloss, doch statt den Wagen anzulassen, stützte sie ihre Stirn aufs Lenkrad und wartete, bis Deborah ebenfalls eingestiegen war.

»Ich kann es einfach nicht fassen!«, fuhr sie ihre Freundin an. »Wie konntest du von diesem Ekel erregenden Lüstling eine Einladung zum Abendessen annehmen? Wohl wissend, dass der Kerl nichts als sexuelle Phantasien im Kopf hat? Bitte sag mir, dass ich das nur träume!«

»Nein, du träumst nicht«, entgegnete Deborah. »Aber ich staune, wie du über den guten Doktor sprichst. Heute Morgen hast du ihn noch für einen ansehnlichen Gentleman gehalten.«

»Ich habe mich einzig und allein auf sein Äußeres bezogen, nicht auf sein Benehmen. Außerdem war das heute Morgen, und jetzt ist heute Nachmittag.«

»Dass Dr. Wingate so tief in deiner Gunst gesunken ist, hättest du mir besser gesagt, bevor ich mit ihm in seinem Büro verschwunden bin!«, provozierte Deborah ihre Freundin.

Im Grunde war es gemein, Joanna nach dem anstrengenden Vormittag in der Klinik auch noch aufzuziehen, doch sie hatte Deborah bisher keine Chance gelassen, die Situation zu erklären. Als sie Wingates Büro verlassen und ihr von der Essenseinladung erzählt hatte, war Joanna sofort an die Decke gegangen und ohne Deborah auch nur zu Wort kommen zu lassen aus der Klinik gestürmt.

»Eins schwöre ich dir«, stellte Joanna fest. »Dieses Auto fährt auf dem schnellsten Wege zurück nach Boston. Wenn du hier bleiben und mit diesem Wüstling anbändeln willst, ist das deine Sache. Ich allerdings halte diese Idee für völlig verrückt.«

»Jetzt reg dich doch nicht so auf!«, versuchte Deborah sie zu beruhigen.

»Ich rege mich überhaupt nicht auf!«, ereiferte sich Joanna. »Entscheide dich! Willst du aussteigen oder mit mir zurückfahren?«

»Jetzt halt mal einen Augenblick den Mund und hör mir zu!«, wies Deborah sie zurecht. »Als Dr. Wingate damit anfing, mich zum Dinner überreden zu wollen, habe ich zuerst genauso reagiert wie du. Aber dann ist mir plötzlich ein Licht aufgegangen. Er hat nämlich etwas, das wir brauchen, und zwar dringend!«

Joanna holte tief Luft und gab sich alle Mühe, Deborah nicht erneut anzufahren. Wie immer zwang ihre Freundin sie nachzuhaken, was sie mit ihrer Andeutung meinte. »Okay«, brachte sie schließlich hervor, »was hat er, das wir dringend brauchen?«

»Eine blaue Zugangskarte!«, rief Deborah triumphierend. »Er ist nicht nur Abteilungsleiter, er ist der Gründer der Klinik! Mit seiner blauen Karte kann man sich mit Sicherheit Zutritt zum Server-Raum verschaffen. Wahrscheinlich hat er sogar Zugang zu sämtlichen verschlossenen Räumen der Klinik.«

Joanna hob den Kopf, den sie immer noch aufs Lenkrad gestützt hatte. Deborah hatte zweifellos Recht, aber was nützte es ihnen, dass Wingate über eine Karte mit weit reichenden Kompetenzen verfügte? Sie sah Deborah verständnislos an. »Du glaubst doch wohl nicht, dass er uns aus lauter Dankbarkeit, dass wir mit ihm essen gehen, seine Karte überlässt?«

»Natürlich nicht«, entgegnete Deborah. »Wir nehmen sie ihm weg! Wir müssen ihn nur betrunken machen. Dann lenkt ihn eine von uns ab, und die andere stibitzt ihm die Karte.«

Im ersten Moment dachte Joanna, dass Deborah sich wieder einmal einen ihrer makabren Späße erlaubte und gleich losprusten und sagen würde, dass sie es natürlich nur im Scherz gemeint habe. Doch sie blieb ernst und erwiderte selbstzufrieden Joannas Blick.

»Ich weiß nicht«, sagte Joanna schließlich zögernd. »Es klingt so einfach, aber in Wirklichkeit ist dein Plan wahrscheinlich ziemlich schwierig in die Tat umzusetzen.«

»Du hast doch selber gesagt, dass wir uns vermutlich einiges einfallen lassen müssen, um in den Server-Raum zu gelangen. Das wäre doch ein guter Anfang.«

»Es gibt so viele Unbekannte«, grübelte Joanna. »Woher willst du zum Beispiel wissen, dass er überhaupt Alkohol trinkt? Vielleicht ist er Abstinenzler.«

»Darüber müssen wir uns, glaube ich, keine Sorgen machen«, entgegnete Deborah. »Er hat erwähnt, dass es in dem Restaurant, in dem wir uns treffen wollen, eine gute Weinkarte gibt. Der Typ hat nur Wein und Weiber im Kopf, daran besteht kein Zweifel.«

»Ich weiß ja nicht«, zögerte Joanna.

»Jetzt gib dir einen Ruck!«, drängte Deborah. »Die Idee ist super! Oder hast du einen besseren Vorschlag, wie wir in den Raum kommen sollen?«

»Nein, aber …«

»Kein Aber«, fiel Deborah ihr ins Wort. »Was haben wir denn schon zu verlieren?«

»Unsere Würde.«

»Oje! Das darf nicht wahr sein!«

Genau in diesem Augenblick verließen Dr. Donaldson und Cynthia Carson die Klinik. Joanna rutschte in Sekundenschnelle dreißig Zentimeter tiefer und befahl Deborah panisch, sich ebenfalls zu ducken.

»Und jetzt?«, fragte Deborah, als sie dem Wunsch Joannas nachgekommen und unter das Fenster verschwunden war.

»Dr. Donaldson und Cynthia Carson haben gerade das Gebäude verlassen«, flüsterte Joanna. Ein paar Minuten später hörten sie zuknallende Autotüren, dann knirschten die Reifen eines davonfahrenden Autos über den Schotterbelag. Jetzt erst wagten sie es, sich wieder aufzurichten.

»Ich muss sofort weg von hier«, sagte Joanna. Sie ließ den Motor an, legte den Rückwärtsgang ein und bog aus der Parklücke.

»Bist du nun dabei oder nicht?« fragte Deborah.

Joanna seufzte. »Okay. Lassen wir es auf einen Versuch ankommen. Ich halte es allerdings für ziemlich ausgeschlossen, dass wir ihm schon während des Dinners seine blaue Karte abnehmen können. Wir müssen danach noch mit ihm nach Hause fahren.«

»Wahrscheinlich hast du Recht«, räumte Deborah ein. »Aber da haben wir dann gute Chancen.«

»Was unsere Arbeitsteilung angeht, habe ich noch eine Bedingung: Du bist für das Ablenken und Becircen zuständig, und ich kümmere mich um seine Karte.«

»Ich glaube eher, wir müssen je nach Situation improvisieren. Wie ich dir bereits sagte, erwartet er eine Art flotten Dreier.«

»Um Himmels willen!«, rief Joanna entsetzt, während sie den Wagen vor das Tor lenkte, um darauf zu warten, dass es aufging. »Meine alten Freundinnen in Houston würden nie und nimmer glauben, in was für aberwitzige Situationen ich hier gerate!«

Sie fuhren ins Stadtzentrum und hielten wie bei ihrem ersten Besuch vor eineinhalb Jahren beim Rite-Smart-Drugstore, um nach dem Weg zu fragen. Der Apotheker hatte ein paar Pfund zugenommen, war aber ansonsten genauso freundlich und fröhlich wie damals.

»Das Restaurant liegt etwa zwei Meilen nördlich der Stadt«, erklärte er und zeigte die Main Street in die Richtung hinauf, aus der sie gekommen waren. »Ein gutes Restaurant. Ich empfehle Ihnen den Schmorbraten mit überbackenen Kartoffeln und als Dessert Käsekuchen mit Schokoladensauce.«

»Klingt nach einem lecker-leichten, kalorienarmen Menü«, stellte Joanna beim Rausgehen scherzend fest.

Da es noch zu früh war, machten sie einen halbstündigen Schaufensterbummel durch Bookford. Schließlich stiegen sie erneut ins Auto und fuhren zu dem Restaurant, das tatsächlich sehr idyllisch lag und früher einmal ein Stall gewesen war. Auf dem Gelände waren zahlreiche antike Ackergeräte ausgestellt, einige waren zur Zierde sogar an den Außenwänden befestigt. Innen waren die ehemaligen Ställe zu mehreren Essbereichen umgebaut worden. Da sich die einzigen Fenster an der Vorderseite befanden, war das Restaurant ziemlich dunkel und strahlte eine gemütliche Atmosphäre aus.

»Miss Marks und Miss Heatherly?«, fragte die Begrüßungskellnerin, bevor Joanna und Deborah irgendetwas sagen konnten. Als sie die Frage bejahten, bedeutete die Kellnerin ihnen, ihr zu folgen. Im Gehen nahm sie zwei Menükarten von einem Stapel und führte sie zu der hintersten Nische, wo Dr. Spencer Wingate sie bereits im heimeligen Kerzenschein erwartete. Er trug ein Jackett, ein elegantes Halstuch und ein dazu passendes Tüchlein in der Brusttasche. Als er Joanna und Deborah erblickte, kam er eilig hinter dem Tisch hervor, küsste ihnen nacheinander die Hand und bedeutete ihnen mit einer einladenden Geste, Platz zu nehmen. Die Kellnerin verteilte lächelnd die Karten und verschwand.

»Ich hoffe, es stört Sie nicht, dass ich mir die Freiheit genommen habe, schon mal den Wein zu bestellen«, sagte

Spencer und zeigte auf die beiden Flaschen, die auf dem Tisch standen. »Ein trockener Weißwein und ein vollmundiger Rotwein. Ich mag nur vollmundige Rotweine, müssen Sie wissen.« Er lachte kurz auf.

Deborah zwinkerte Joanna zu. Das ging ja gut los.

»Möchten Sie vielleicht einen Cocktail als Aperitif?«, fragte Spencer.

»Danke«, lehnte Deborah ab. »Wir stehen nicht auf harte Drinks. Aber lassen Sie sich bitte nicht abhalten.«

»Dann gönne ich mir einen Martini«, entgegnete er. »Sind Sie sicher, dass Sie mir keine Gesellschaft leisten wollen?«

Joanna und Deborah schüttelten die Köpfe.

Der Abend ließ sich gut an. Die Unterhaltung geriet kein einziges Mal ins Stocken, da Spencer bereitwillig über sich selbst erzählte. Als sie beim Nachtisch angelangt waren, kannten Joanna und Deborah bis ins kleinste Detail die Entstehungs- und Erfolgsgeschichte der Wingate Clinic. Je mehr Spencer redete, desto schneller trank er. Das einzige kleinere Problem war, dass der Alkohol ihm bisher nichts anzuhaben schien.

»Ich habe noch eine Frage zu Ihrer Klinik«, sagte Deborah, als Spencer seinen Monolog für einen Augenblick unterbrach, um sich über seinen in Schokoladensauce getunkten Käsekuchen herzumachen. »Können Sie uns erklären, was es mit den schwangeren Nicaraguanerinnen auf sich hat?«

»Ach – sind einige der Damen aus Nicaragua schwanger?«, fragte Spencer zurück.

»Sie sind alle schwanger«, sagte Deborah. »Und außerdem sind sie alle in etwa in der gleichen Schwangerschaftswoche – fast so, als ob sie durch eine durch die Luft übertragene Infektion schwanger geworden wären.«

Spencer musste lachen. »Schwanger durch eine Infektion! Kein schlechter Witz! Dabei kommt er der Wahrheit recht nahe. Schließlich entsteht eine Schwangerschaft durch die Invasion vieler Millionen Mikroorganismen.« Dann lachte er wieder, doch irgendwie wirkte seine Fröhlichkeit aufgesetzt.

»Wollen Sie damit sagen, dass Sie von diesen Schwangerschaften nichts wissen?«, bohrte Deborah weiter.

»Nein«, versicherte Spencer. »Außerdem geht es mich nichts an, was die Damen in ihrer Freizeit treiben.«

»Ich frage deshalb«, wagte Deborah sich noch weiter vor, »weil man uns gesagt hat, die Frauen würden sich mit ihren Schwangerschaften ein kleines Extrageld verdienen.«

»Tatsächlich?«, entgegnete Spencer. »Wer hat Ihnen das erzählt?«

»Miss Masterson«, erwiderte Deborah- »Wir haben sie heute Mittag in der Kantine darauf angesprochen.«

»Ich werde sie morgen fragen, was es mit den Damen auf sich hat«, versprach Spencer und bemühte sich erneut zu lächeln. »Ich habe mich in den vergangenen Jahren nicht in dem Maße um die Klinik gekümmert, wie ich es hätte tun sollen. Deshalb sind mir nicht alle Einzelheiten bekannt. Dass ein paar Damen aus Nicaragua bei uns arbeiten, wusste ich natürlich. Dr. Saunders hat mit einem Kollegen in Nicaragua ein Arrangement getroffen, um auf diese Weise unserem chronischen Arbeitskräftemangel Herr zu werden.«

»Mit welchen Forschungsprojekten beschäftigt sich Dr. Saunders eigentlich?«, fragte Deborah.

»Er forscht ein bisschen hier und ein bisschen da«, erwiderte Spencer vage. »Er ist ein sehr kreativer Mann. Die Behandlung der Unfruchtbarkeit ist ein Spezialgebiet, auf dem rasante Fortschritte erzielt werden, die einen großen Einfluss auf die Medizin im Allgemeinen haben dürften. Aber sollen wir uns heute Abend wirklich über so ernste Dinge unterhalten?« Er lachte wieder, und plötzlich schien er zum ersten Mal ein wenig betrunken, doch er fing sich sofort wieder. »Lassen Sie uns fröhlich sein und den Abend genießen! Ich schlage vor, wir fahren jetzt zu mir nach Hause und plündern meinen Weinkeller. Was halten Sie davon?«

»Super!«, rief Deborah und stupste Joanna in die Seite, die ihrer Meinung nach viel zu still und ernst war. »Von mir aus können wir sofort aufbrechen.«

»Noch ein Gläschen bei Ihnen zu Hause hört sich gut an«, fügte Joanna hinzu.

Als die Rechnung kam, achteten Joanna und Deborah genau darauf, wo Spencer seine Brieftasche aufbewahrte. Sie hofften inständig, dass er sie aus seiner Jacketttasche holen möge, doch sie hatten Pech. Er zog sie aus seiner Gesäßtasche hervor und ließ sie dort auch wieder verschwinden, nachdem er seine Kreditkarte zurückbekommen hatte.

Auf dem Weg nach draußen entschuldigte er sich und verschwand noch einmal kurz zur Toilette.

»Ich bin gespannt, was du dir einfallen lässt, damit er seine Hose runterlässt«, flüsterte Joanna Deborah zu. Sie standen in der Nähe eines kleinen Podestes, auf dem die Begrüßungskellner ihre Gäste erwarteten. Das bei ihrer Ankunft noch fast leere Restaurant hatte sich mittlerweile gut gefüllt.

»Ihn von seiner Hose zu befreien, dürfte keine Schwierigkeit sein«, flüsterte Deborah zurück. »Erst mal müssen wir allerdings unsere Phantasie anstrengen, damit wir seinen Erwartungen gerecht werden. Kaum zu fassen, wie viel er verträgt, ohne angeschlagen zu wirken. Er hat zwei Martinis und zwei Flaschen Wein intus – abzüglich der paar Tropfen, die wir beide getrunken haben.«

»Beim Nachtisch hat er ein bisschen gelallt«, stellte Joanna fest.

»Und geschwankt«, fügte Deborah hinzu. »Aber für die Menge Alkohol hält er sich noch verdammt gut. Also muss er es gewohnt sein, regelmäßig tiefer ins Glas zu schauen. Wenn ich so viel getrunken hätte, läge ich die nächsten drei Tage im Koma.«

In diesem Moment öffnete sich die Toilettentür. Spencer grinste, als er seine beiden Begleiterinnen sah, und torkelte auf sie zu. Dabei kollidierte er mit dem Podium und umklammerte es, um nicht hinzufallen. Die pikierte Kellnerin eilte ihm zu Hilfe.

»Bingo!«, flüsterte Deborah Joanna triumphierend zu. »Das ist ja beruhigend. Offenbar reagiert er mit einiger Verzögerung.«

»Meinen Sie, er ist soweit okay?«, fragte die Kellnerin, als Joanna und Deborah ihr zu Hilfe kamen. »Selbstverständlich«, versicherte Deborah. »Er muss sich nur ein bisschen entspannen.«

»Wisst ihr hübschen jungen Damen, wo ich wohne?«, lallte Spencer.

»Ja«, erwiderte Deborah. »Miss Masterson war so nett, uns bei unserer Besichtigungstour im Vorbeifahren Ihr Haus zu zeigen.«

»Dann wollen wir mal sehen, wer zuerst da ist«, verkündete Spencer.

Bevor Deborah ihm die Idee ausreden konnte, hatte Spencer sich losgerissen und verließ mit für seinen Zustand erstaunlich schnellen Schritten das Restaurant.

Deborah und Joanna sahen sich erschrocken an und eilten hinter ihm her. Doch als sie ihn in der Abenddämmerung auf dem Parkplatz entdeckten, stieg er bereits fröhlich lachend in seinen Bentley.

»Warten Sie!«, rief Deborah und rannte mit Joanna zu seinem Wagen. Spencer ließ mehrmals den Motor aufheulen. Deborah versuchte die Beifahrertür zu öffnen, doch sie war verriegelt. Schließlich klopfte sie gegen die Scheibe und gab ihm durch Gesten zu verstehen, dass sie fahren würde, doch Spencer lachte sich halb tot und zeigte auf seine Ohren, um anzudeuten, dass er nichts verstand. Dann gab er Vollgas und schoss aus der Parklücke.

»Ach du meine Güte!«, stöhnte Deborah. Sie stand wie angewurzelt neben Joanna und sah den roten Rücklichtern nach, die allmählich in der Dunkelheit verschwanden.

»Er darf auf keinen Fall mehr fahren«, stellte Joanna fest.

»Natürlich nicht«, stimmte Deborah ihr zu. »Aber er wollte uns ja nicht hinter sein Steuer lassen. Er wird es schon schaffen. Und falls nicht, sollten wir wenigstens die Ersten am Unfallort sein. Aber nicht dass du etwa denkst, ich hätte es von Anfang an darauf angelegt, auf diese Weise an diese verdammte Karte heranzukommen.«

Sie liefen zu ihrem Chevy Malibu. Joanna ließ den Motor an und bog mit quietschenden Reifen in die Landstraße ein. Hinter jeder Kurve rechneten sie damit, den Bentley irgendwo in einem Kornfeld zu entdecken. Als sie an der Kreuzung Pierce Street und Main Street vor einer roten Ampel halten mussten, entspannten sie sich ein wenig. Wenn er es bis hierhin geschafft hatte, würde er es wohl auch bis nach Hause schaffen.

»Was hältst du von seiner Reaktion auf meine Frage bezüglich der Nicaraguanerinnen?«, fragte Deborah, während sie in die Pierce Street einbogen und in Richtung Osten weiterfuhren.

»Ich glaube, er war wirklich überrascht, dass sie alle schwanger sind«, erwiderte Joanna.

»Den Eindruck hatte ich auch«, stimmte Deborah zu. »Offenbar passieren in der Wingate Clinic Dinge, von denen der Gründer keine Ahnung zu haben scheint.«

»Da könntest du wohl Recht haben«, pflichtete Joanna ihr bei. »Er hat ja selber eingeräumt, dass er sich in den vergangenen Jahren zu wenig um die Klinik gekümmert hat.«

Sie verließen die Hauptstraße und bogen in den Schotterweg ein. Das Pförtnerhäuschen war bis auf ein kaum wahrnehmbares Licht hinter einem der kleinen Fensterläden völlig dunkel. Sie fuhren in den Tunnel und hielten vor dem massiven Tor, das genauso wie der Pfeiler mit dem Kartenschlitz von den Autoscheinwerfern angestrahlt wurde.

»Ob der Wachposten wohl rauskommt?«, fragte Joanna.

Deborah zuckte mit den Schultern. »Ich glaube nicht. Schließlich herrscht um diese Zeit kein Publikumsverkehr mehr. Lass uns einfach eine unserer neuen Karten ausprobieren!«

Sie kramte die Karte aus ihrer Handtasche hervor und reichte sie Joanna, die das Fenster herunterkurbelte und sie durch den Schlitz zog. Im nächsten Augenblick glitt das Tor auf.

»Voilà«, rief Deborah erfreut. Sie nahm ihre Karte entgegen und steckte sie wieder weg.

Sie verließen den Tunnel und passierten das kleine Nadelbaumwäldchen; dann kam das Hauptgebäude in Sicht. Lediglich in den ersten beiden Stockwerken des Südflügels brannten ein paar vereinzelte Lichter. Der Rest des Gebäudes glich einem schwarzen Koloss, der sich machtvoll vor dem Abendrot abzeichnete.

»Nachts sieht der Komplex noch unheimlicher aus als tagsüber«, stellte Joanna fest.

»Finde ich auch«, pflichtete Deborah ihr bei. »Graf Dracula würde sich hier bestimmt zu Hause fühlen.«

Sie passierten den Parkplatz und fuhren in das dahinter liegende Wäldchen. Ein paar Sekunden später schimmerten die ersten Lichter durch die Bäume. Sie kamen aus den Häusern der leitenden Wingate-Mitarbeiter. Joanna steuerte den Wagen in eine Zufahrt, von der sie annahm, dass sie zu Spencers Haus führte. Sie hatte sich nicht getäuscht: Das Heck des Bentley lugte schief aus der Garage. Sie stellte den Motor ab.

»Hast du eine Ahnung, wie es jetzt weitergehen soll?«, fragte sie.

»Nicht so konkret«, gestand Deborah. »Auf jeden Fall sollten wir ihn zum Weitertrinken animieren. Außerdem sollten wir ihm vorsichtshalber die Autoschlüssel abnehmen.«

»Eine sehr gute Idee!«, stimmte Joanna ihr zu und stieg aus.

Auf dem dunklen Weg zur Haustür hörten sie laute Rockmusik. Je näher sie kamen, desto lauter dröhnten die Bässe. Immerhin hörte Spencer trotz der Lautstärke die Klingel. Er riss die Tür weit auf und bedeutete ihnen mit einer übertriebenen Geste einzutreten. Wenn er sich nicht im letzten Moment am Türgriff hätte festklammern können, wäre er vermutlich auf dem Boden gelandet. Seine Wangen und seine Augen waren gerötet. Offenbar hatte ihm sein Jackett nicht länger gefallen; jedenfalls trug er jetzt eine aufwändig verzierte, dunkelgrüne Samtjacke.

»Können wir die Musik vielleicht ein kleines bisschen leiser machen?«, schrie Deborah.

Spencer schwankte zum Hi-Fi-Turm. Joanna und Deborah nutzen die Gelegenheit für eine schnelle Inspektion der Wohnung. Sie war eingerichtet wie ein englisches Herrenhaus: Klotzige, dunkelbraune Ledermöbel dominierten das Bild, auf dem Boden lagen rote Orientteppiche. An den Wänden, die in Dunkelgrün gehalten waren, hingen jeweils einzeln beleuchtete und in Szene gesetzte Ölgemälde von Pferden und Fuchsjagden. Die sonstigen Accessoires waren überwiegend irgendwelche Reitartikel.

»Meine Damen!«, rief Spencer, als er die Musik ein bisschen heruntergedreht hatte, »was darf ich Ihnen zu trinken anbieten, bevor wir zur Sache kommen?«

Joanna sah Deborah an und verdrehte die Augen.

»Am besten sehen wir mal nach, was für kostbare Fläschchen Sie in Ihrem Weinkeller haben«, schlug Deborah vor.

»Eine gute Idee«, freute sich Spencer, dem der Buchstabe t auf einmal nicht mehr über die Lippen gehen wollte.

Der Keller sah aus, als ob er seit der Mitte des neunzehnten Jahrhunderts nicht mehr verändert worden wäre. An den kahlen Wänden hingen ein paar nackte schwache Glühbirnen, die Granitblöcke, die das Fundament des Hauses bildeten, hatten dunklen Schimmel angesetzt. Die Räume wurden durch Wände aus grob bearbeiteten Eichenbohlen unterteilt, die mit großen, einfachen Eisennägeln zusammengehalten wurden. Der Boden war unbefestigt und die Luft aufgrund der zahlreichen feuchten Stellen klamm und muffig.

»Ich warte lieber auf der Treppe«, sagte Joanna, als sie das düstere Verlies sah. Deborah hingegen stakste trotz ihrer hohen Absätze unerschrocken weiter.

Sie fürchtete, dass Spencer es in seinem mittlerweile ziemlich volltrunkenen Zustand womöglich gar nicht mehr bis zum Weinkeller schaffte. Sie musste ihn mehrmals stützen, um ihn vor einem Sturz zu bewahren.

Der so genannte Weinkeller entpuppte sich als eine der unscheinbaren abgetrennten Nischen, deren unbearbeitete Türen mit riesigen alten Vorhängeschlössern verschlossen waren. Spencer holte einen daumengroßen Schlüssel aus seiner Jackentasche und öffnete das Schloss. In dem Raum befanden sich ein halbes Dutzend, behelfsmäßig in Regalen aufgestapelte Kisten Wein. Spencer öffnete zielstrebig die erste Kiste und zog drei Flaschen heraus. »Dies ist ein guder Dropfen«, stellte er lallend fest und taumelte, die Flaschen unter den Arm geklemmt, zurück zur Treppe. Die Tür ließ er offen stehen.

»Ich habe mir gerade meine guten Fayva-Schuhe ruiniert«, klagte Deborah im Scherz, während sie die Treppe hinaufstiegen.

In der Küche kramte Spencer aus einer Schublade einen Korkenzieher hervor und öffnete die drei Flaschen, allesamt kalifornische Cabernet Sauvignons. Dann holte er drei bauchige Weingläser aus dem Schrank. Deborah bot an, sie ins Wohnzimmer zu bringen. Spencer ging voraus, ließ sich in der Mitte des Sofas nieder und bedeutete Deborah und Joanna, rechts und links von ihm Platz zu nehmen. Dann schenkte er ein und verteilte die Gläser.

»Nicht schlecht«, stellte er lachend fest, nachdem er einen Schluck verkostet hatte. »Ganz und gar nicht schlecht. So – und wie geht es jetzt weiter mit uns? Ihr müsst mir ein bisschen auf die Sprünge helfen! Mit einem flotten Dreier habe ich nämlich keine Erfahrung.«

»Am besten trinken wir erst mal noch gemütlich ein bisschen Wein«, schlug Deborah vor. »Der Abend ist schließlich noch jung.«

»Darauf trinke ich«, sagte Joanna und hob ihr Glas. Deborah und Spencer taten es ihr gleich.

Auch diesmal gelang es den Freundinnen problemlos, Spencer zum Reden zu bringen. Auf die simple Frage nach seiner Kindheit begann er einen endlosen Monolog, und während er ohne Unterbrechung schwafelte, schenkte er sich mehrmals nach. Wie im Restaurant schien er gar nicht zu merken, dass seine Gäste so gut wie gar nichts tranken.

Als eineinhalb Flaschen Wein geleert waren und Spencer bei seiner College-Zeit angelangt war, unterbrach Deborah seinen Monolog und wandte sich mit dem Wunsch an Joanna, kurz unter vier Augen mit ihr zu sprechen. Sie traten ein wenig zur Seite, aufmerksam begleitet von Spencers Blick, der ihnen mit seinen tiefblauen Augen lüstern und voller Vorfreude hinterhersah.

»Hast du eine Idee, wie wir weitermachen sollen?«, flüsterte Deborah. Die Rockmusik im Hintergrund war laut genug, dass Spencer sie nicht verstehen konnte. »Dieser Kerl saugt den Alkohol auf wie ein Schwamm. Aber abgesehen von seinen roten Augen und seinen roten Wangen zeigt der Wein wenig Wirkung bei ihm.«

»Ich weiß auch nicht, außer vielleicht …«

»Vielleicht was?«, hakte Deborah ungeduldig nach. Es war

bereits kurz vor neun, und sie wollte unbedingt bald nach Hause aufbrechen und sich schlafen legen. Sie war schon jetzt ziemlich erschöpft, und der nächste Tag versprach anstrengend zu werden.

»Vielleicht können wir ihn bitten, sich einen bequemen Seidenpyjama – oder was auch immer – anzuziehen. Das klingt zwar ziemlich platt, aber falls er anbeißt, läge seine Hose samt Brieftasche dann im Schlafzimmer, wo ich sie problemlos durchsuchen könnte.«

»Und ich soll mich also mit ihm beschäftigen, wenn er keine Hose mehr anhat?«, stöhnte Deborah.

»Darf ich dich vielleicht daran erinnern, dass das alles deine Idee war?«, platzte Joanna heraus.

»Ist ja schon gut«, versuchte Deborah sie zu beruhigen. »Kein Grund zur Aufregung. Aber wenn ich schreie, musst du sofort runterkommen!«

Sie kehrten zum Sofa zurück. Spencer sah sie erwartungsvoll an, woraufhin Deborah ihm Joannas Vorschlag unterbreitete. Er grinste schief, nickte und bemühte sich, auf die Beine zu kommen. Joanna und Deborah eilten ihm zu Hilfe.

»Es geht schon«, wehrte er dankend ab und stand allein auf. Er schwankte kurz, holte einmal tief Luft und setzte sich, mit starrem Blick die Treppe anpeilend, in Bewegung. Joanna und Deborah sahen ihm nach, wie er durchs Wohnzimmer torkelte; offenbar hatte er kein Gefühl mehr dafür, wo sich welche Körperteile bei ihm befanden und wozu sie gut waren.

»Ich nehme zurück, was ich gerade gesagt habe«, stellte Deborah fest. »Der Alkohol zeigt doch Wirkung.«

Joanna und Deborah zuckten zusammen; ihr Gastgeber war mit einem Beistelltischchen kollidiert und hatte eine Gruppe Zinnsoldaten auf den Boden gefegt. Immerhin haute ihn der Zusammenstoß nicht von den Beinen. Als er den unteren Treppenabsatz erreichte, umklammerte er mit beiden

Händen das Geländer. Erstaunlicherweise machten ihm die Stufen weniger zu schaffen, als auf ebener Fläche geradeaus zu gehen. Schließlich verschwand er in der oberen Etage.

»Was machen wir, wenn er wieder runterkommt?«, fragte Deborah aufgeregt. »Je nachdem, was er gleich am Leib hat – oder auch nicht –, hat er vielleicht keine Lust mehr, über seine Lieblingsthemen zu reden.«

»Sobald er unten ist, erzähle ich ihm, dass ich mal kurz ins Bad verschwinden muss«, schlug Joanna vor. »In der Zeit beschäftigst du ihn irgendwie.«

»Von der Küche führt noch eine andere Treppe nach oben«, berichtete Deborah. »Sie führt bestimmt ins Schlafzimmer.«

»Habe ich gesehen«, entgegnete Joanna. »Ich mache, so schnell ich kann.«

»Das will ich auch hoffen«, erklärte Deborah und zog instinktiv ihr Minikleid nach unten, um ihre Beine etwas mehr zu bedecken. Allerdings bewirkte sie damit lediglich, dass sie noch tiefere Einblicke in ihren ohnehin schon tiefen Ausschnitt bot. »Wie du dir vielleicht vorstellen kannst, fühle ich mich in diesem Outfit im Moment ein bisschen schutzlos.

»Glaub bloß nicht, dass ich dich jetzt bedauere.«

»Vielen Dank«, entgegnete Deborah. »Setzen wir uns wieder? Mir tun die Füße wahnsinnig weh.«

Sie ließen sich auf dem Sofa nieder und gingen Spencers Lebensgeschichte noch einmal durch. Als sie damit fertig waren, besprachen sie, wie sie den folgenden Tag angehen wollten, falls es ihnen gelingen sollte, sich die blaue Zugangskarte des Klinikgründers zu verschaffen.

»Ich muss so schnell wie möglich in den Server-Raum eindringen und uns Zugang zu den geheimen Dateien verschaffen«, stellte Joanna fest. »Laut David brauche ich dafür höchstens eine Viertelstunde, und sobald ich die entsprechenden Einstellungen vorgenommen habe, können wir die

Informationen, was aus unseren Eizellen geworden ist, von unseren jeweiligen Arbeitsplätzen in der Klinik oder sogar von unserem Computer zu Hause abrufen.«

»Am besten nehmen wir unsere Handys mit«, schlug Deborah vor. »Dann kann ich Schmiere stehen, während du im Server-Raum bist, und dich informieren, wenn Gefahr im Verzug ist.«

»Eine gute Idee«, stimmte Joanna zu.

Deborah sah auf die Uhr. »Findest du nicht, dass unser Casanova schon ziemlich lange da oben ist? Er wollte sich doch nur kurz umziehen.«

Joanna zuckte mit den Schultern. »Fünf oder zehn Minuten ist er bestimmt schon weg.«

»Ich wünschte, er würde sich ein bisschen beeilen«, stöhnte Deborah. »Ich bin so müde, dass ich innerhalb von zwei Sekunden auf diesem Sofa einschlafen könnte.«

»Mir geht es genauso«, entgegnete Joanna. »Wir leiden immer noch unter Jetlag. Unsere Körper sind noch auf italienische Uhrzeit eingestellt.«

»Außerdem sind wir heute Morgen um sechs Uhr aufgestanden.«

»Stimmt«, pflichte Joanna ihr bei. »Hast du eigentlich morgen im Labor irgendetwas Bestimmtes vor, während ich versuche, mich in den Server-Raum zu schleichen?«

»Auf jeden Fall«, erwiderte Deborah. »Ich will unbedingt herausfinden, was sie mit all den Hightechgeräten machen. Außerdem will ich dahinter kommen, welche Art von Forschung die Klinikgurus hier eigentlich konkret betreiben und was es mit den schwangeren Nicaraguanerinnen auf sich hat.«

»Versprich mir, dass du vorsichtig bist!«, mahnte Joanna. »Was auch immer du unternimmst – unsere verdeckte Aktion darf auf keinen Fall auffliegen, bevor wir die Informationen haben, wegen denen wir hier sind.«

»Ich bin vorsichtig«, versprach Deborah und warf erneut einen Blick auf die Uhr. »Was macht er bloß so lange da oben? Ob er sich ein Superman-Kostüm anzieht?«

»Mir kommt es allmählich auch seltsam vor«, bemerkte Joanna.

»Was schlägst du vor?«

Joanna zuckte erneut mit den Schultern. »Ob wir vielleicht mal nachsehen sollten? Stell dir vor, er liegt splitternackt auf dem Bett und wartet auf uns?«

»Du hast ja wirklich eine wilde Phantasie!«, entgegnete Deborah. »Aber vor so einem Trunkenbold müssen wir uns wohl nicht in die Hose machen. Was soll er schon machen? Aufspringen und *buh* rufen? Vergiss nicht, wie der gute Doc hier gerade herausgetorkelt ist. Er hatte Beine wie eingeweichte Spaghetti.«

»Vielleicht ist er auch umgekippt und schläft seinen Rausch aus«, mutmaßte Joanna.

»Dann wären wir fein raus. Und die Chancen stehen vielleicht gar nicht mal so schlecht. Immerhin hat er innerhalb von drei Stunden zwei Martinis und fast dreieinhalb Flaschen Wein gebechert.«

»Okay, dann gehen wir jetzt hoch und sehen nach. Aber du gehst vor!«

»Vielen Dank, immer ich.«

Sie gingen zunächst bis zum Treppenabsatz. Doch die Musik war immer noch so laut, dass sie von oben nichts hören konnten. Also stiegen sie, einander dicht auf den Fersen, die Treppe hinauf. Oben angelangt, zögerten sie. Es gab mehrere Türen, doch nur die am Ende des Flurs war angelehnt. Aus dem Zimmer dahinter fiel schwaches Licht auf den Teppich. Außer der von unten heraufdringenden Musik war es absolut still.

Deborah bedeutete Joanna, ihr zu folgen. Während sie sich langsam der offenen Tür näherten, fühlten sie sich wie

Eindringlinge. An der Türschwelle kam ein unberührtes Ehebett in Sicht. Hinter dem Schlafzimmer befand sich ein Bad, durch dessen offen stehende Tür Licht in den Raum fiel. Spencer war nirgends zu sehen.

»Wo ist er denn bloß?«, flüsterte Deborah genervt. »Ob er uns an der Nase herumfiihrt?« Auf einmal kamen ihr Joannas Bedenken wieder in den Sinn.

»Sollen wir mal in den anderen Zimmern nachsehen?«, fragte Joanna.

»Nehmen wir uns lieber erst mal das Bad vor«, schlug Deborah vor.

Sie hatten sich kaum drei Schritte ins Schlafzimmer vorgewagt, als Joanna plötzlich nach Deborahs Arm griff und ihn fest umklammerte.

»Erschrick mich doch nicht so!«, fuhr Deborah sie an.

Joanna zeigte in Richtung Bett. Auf der anderen Seite des Bettes waren soeben Spencers Füße zu erkennen, die beim Ausziehen in seiner Hose stecken geblieben waren. Sie umrundeten ängstlich das Bett und sahen nach, was mit ihrem Gastgeber geschehen war. Spencer lag mit dem Bauch nach unten auf dem Boden. Sein Hemd hing ihm halb ausgezogen am Leib, die Hose als Bündel um die Fußknöchel. Er atmete schwer und schien im Tiefschlaf zu liegen.

»Sieht so aus, als ob er gefallen wäre«, stellte Joanna fest.

Deborah nickte. »Wahrscheinlich ist er in der Eile über seine Hose gestolpert, und als er erst mal in der Horizontale war, war er augenblicklich k.o.«

»Ob er sich verletzt hat?«

»Glaube ich nicht«, erwiderte Deborah. »Ich sehe nichts, woran er sich hätte den Kopf stoßen können. Außerdem ist der Bettvorleger fünf Zentimeter dick.«

»Wollen wir es wagen?«

»Natürlich wagen wir es«, erwiderte Deborah. »Was für eine Frage! Der wacht doch nie und nimmer auf.« Sie bückte sich, tastete und zerrte kurz an der Hose herum und zog die Brieftasche hervor. Spencer rührte sich nicht vom Fleck.

Die Brieftasche war extrem dick. Deborah öffnete und durchsuchte sie. Zuerst konnte sie die blaue Zugangskarte nicht entdecken, doch schließlich fand sie sie in einem der Fächer hinter den Kreditkarten. »Nicht schlecht, dass er sie so weit hinten stecken hat«, murmelte sie und reichte Joanna die Karte. Dann beugte sie sich noch einmal über Spencers Füße und steckte die Brieftasche zurück in die Hose.

»Ist es nicht völlig egal, wo er die Karte aufbewahrt?«, fragte Joanna.

»Nein«, erwiderte Deborah. »Dass sie so weit hinten steckte, heißt, dass er sie nur selten benutzt. Und wir wollen doch nicht, dass er sie vermisst, bevor wir Gelegenheit hatten, sie einzusetzen. Komm! Wir suchen noch schnell seine Autoschlüssel, verstecken sie, und dann verschwinden wir von hier!«

»Von hier zu verschwinden, ist das Beste, was ich heute von dir gehört habe«, stellte Joanna fest. »Um seine Autoschlüssel müssen wir uns, glaube ich, nicht mehr scheren. Er wacht sowieso frühestens in zwölf Stunden auf, und wenn er die Augen aufmacht, wird ihm bestimmt nicht nach Autofahren zumute sein.«

Kurt Hermann starrte auf das Polaroidfoto von Georgina Marks, einer der neuen Mitarbeiterinnen. Er umklammerte es mit seiner kräftigen Hand und hielt es unter das grün getönte Glas seiner Schreibtischlampe. Während er ihr Gesicht betrachtete, ließ er ihre gesamte Erscheinung noch einmal vor seinem inneren Auge Revue passieren. Für ihn bot die Frau mit ihren beinahe aus dem Ausschnitt hervorquellenden Brüsten und dem kaum bedeckten Po einen abscheulichen Anblick; er empfand sie als einen Affront gegen seine strikten Moralvorstellungen.

Schließlich legte er das Foto langsam und bedächtig, wie er alle Arbeiten zu verrichten pflegte, neben das Foto von Prudence Heatherly, der anderen neuen Mitarbeiterin. Sie schien das genaue Gegenteil von Georgina Marks zu sein: eine gottesfürchtige, anständige junge Frau.

Kurt saß wie an vielen Abenden in seinem Büro in dem verlassenen Pförtnerhäuschen. Neben dem Büro befand sich ein provisorischer Trainingsraum, in dem er seine Muskeln stählte und seine Figur geschmeidig hielt. Als überzeugter Einzelgänger vermied er jede Art von gesellschaftlichen Kontakten, und da er ohnehin auf dem Klinikgelände lebte, wurde ihm sein Außenseiterdasein leicht gemacht; zudem hatte der kleine Ort, zu dem die Klinik gehörte, nichts zu bieten, was Kurt auch nur im Geringsten interessierte.

Er arbeitete jetzt seit mehr als drei Jahren in der Wingate Clinic. Sein Job war perfekt auf ihn zugeschnitten. Die Aufgaben waren interessant genug, dass sie ihn reizten und herausforderten, ohne dass er sich überanstrengen musste. Schwer schuften musste er wahrlich nicht. Aufgrund seiner Erfahrungen beim Militär war er hervorragend für den Sicherheitsdienst geeignet. Er war direkt nach der Highschool zur U.S. Army gegangen und hatte es im Laufe der Jahre sogar geschafft, in die Special Forces aufgenommen zu werden, wo man ihn für verdeckte Operationen trainiert hatte. Er hatte gelernt, wie man Feinde mit bloßen Händen tötete oder wie man sie mit den unterschiedlichsten Waffen zur Strecke brachte, und das Töten von Menschen hatte ihm nie auch nur das geringste Problem bereitet.

Sein Vater war ebenfalls Berufssoldat gewesen, und so hatte Kurt schon früh mit dem Militär zu tun gehabt; im Grunde hatte er nie einen anderen Lebensstil kennen gelernt. Als Elitesoldat der Special Forces hatte sein Vater von seiner Frau und seinem Sohn stets äußerste Disziplin und Perfektion erwartet. Bis auf ein paar hässliche Szenen hatte es in Kurts früher Jugend keine großen Probleme gegeben. Er hatte sich schnell an Zucht und Ordnung gewöhnt. Dann war sein Vater in den letzten Tagen des Vietnam-Krieges während einer bis heute unter Verschluss gehaltenen geheimen Operation in Kambodscha gefallen. Zu Kurts Entsetzen hatte sich seine Mutter nach dem Tod des Vaters in eine Reihe von Liebesabenteuern gestürzt und schließlich einen tuntigen Versicherungsvertreter geheiratet.

In der Army hatte man Kurt immer gut behandelt. Seine Fähigkeiten und seine Einstellung hatten sich allgemeiner Wertschätzung erfreut, und wenn sein aggressives Verhalten ihn gelegentlich mit dem Gesetz in Konflikt gebracht hatte, hatte man seine Ausrutscher stets glatt gebügelt. Es gab ein paar Dinge, die Kurt absolut nicht dulden konnte. Dazu gehörten auf jeden Fall Prostitution und Homosexualität, und er war ein Mann, der, wenn es darauf ankam, nicht davor zurückschreckte, nach seinen Prinzipien zu handeln.

Alles in allem war sein Leben in glatten Bahnen verlaufen. Doch dann war er auf Okinawa stationiert worden, und auf dieser zerklüfteten, zu Japan gehörenden Insel waren ihm die Dinge entglitten, wie er selber gestehen musste.

Er beugte sich noch einmal über das Foto in seiner Hand und musterte Georginas Augen. Auf Okinawa hatte er viele Frauen wie sie kennen gelernt. So viele sogar, dass er sich moralisch verpflichtet gefühlt hatte, ihre Anzahl zu reduzieren. Es war ihm vorgekommen, als hätte Gott selbst zu ihm gesprochen. Sich dieser verkommenen Frauen zu entledigen, war nie ein Problem gewesen. Er hatte sich mit ihnen an einen abgelegenen Ort zurückgezogen, Sex mit ihnen gehabt, und wenn sie es dann gewagt hatten, Geld zu verlangen, hatte er sie zur Strafe für ihre moralische Verderbtheit kurzerhand umgebracht.

Man hatte ihn nie auf frischer Tat ertappt oder gar bestraft, doch auf Grund zwingender Indizienbeweise wurden die Morde schließlich doch mit ihm in Verbindung gebracht. Auch diesmal löste die Army das Problem still und leise und entließ ihn im Zuge von Präsident Clintons Programm zur Verringerung der Anzahl der Staatsangestellten, dem ohnehin vorwiegend Militärangehörige und so gut wie gar keine Angestellten der Verwaltung zum Opfer fielen. Ein paar Monate später hatte Kurt sich auf eine Anzeige der Wingate Clinic beworben und war sofort eingestellt worden.

Er hörte, wie sich das Tor quietschend öffnete und ein Auto anfuhr und durch den Tunnel brauste. Er stand auf und öffnete den Fensterladen. In der Ferne konnte er soeben noch die Rücklichter eines alten Chevrolets erkennen. Er sah auf die Uhr.

Dann schloss er den Fensterladen wieder, ging zurück an seinen Schreibtisch und musterte noch einmal das ihm inzwischen vertraute Gesicht der jungen Frau. Der alte Chevrolet hatte das Tor nur wenige Minuten nach Wingates Bentley passiert und war bis zum Haus des Klinikgründers gefahren. Was da jetzt abging, war nicht schwer zu erraten. Kurt kamen sofort die entsprechenden Passagen aus der Bibel in den Sinn, und während er sie in Gedanken aufsagte, ballten sich seine Hände zu Fäusten. Gott sprach erneut zu ihm.

11

10. Mai 2001, 7.10 Uhr

Als die beiden Freundinnen Boston an diesem Frühlingsmorgen erneut in nordwestlicher Richtung verließen und nach Bookford zurückfuhren, von wo sie nur neun Stunden zuvor aufgebrochen waren, schien wieder herrlich die Sonne. Sie waren beide müde und erschöpft. Anders als am

Morgen zuvor waren sie diesmal nicht von allein aufgewacht, sondern hatten sich von ihrem Wecker aus dem Schlaf reißen lassen.

Als sie am Abend nach Hause gekommen waren, waren sie trotz ihrer Übermüdung nicht gleich ins Bett gegangen. Deborah hatte den zwingenden Drang verspürt, noch ihre Schuhe zu putzen, die in Spencer Wingates Keller schmutzig geworden waren. Außerdem hatte sie noch einige Zeit damit zugebracht, ihr Outfit für den nächsten Tag zusammenzustellen. Leider war ihr erst ein wenig spät klar geworden, dass sie ihr sexy Minikleid wohl oder übel noch einmal würde tragen müssen. All ihre sonstigen Kleidungsstücke waren vom Stil vollkommen anders geartet und hätten womöglich offenbart, dass sie in Wirklichkeit nicht die war, die sie vorzutäuschen versuchte.

Joanna hatte derweil mit David Washburn telefoniert und war mit ihm noch einmal genau durchgegangen, was sie konkret tun musste, sobald sie in den Server-Raum der Wingate Clinic eingedrungen war. Auf sein dringendes Anraten war sie schließlich sogar noch bei ihm vorbeigefahren und hatte sich mit spezieller Hacker-Software eingedeckt. Er hatte ihr eröffnet, dass er, je mehr er über die Sache nachdenke, davon überzeugt sei, dass sogar das Steuerpult im Server-Raum mit einem Passwort gesichert sei, ohne dessen Kenntnis sich nicht einmal die Tastatur bedienen lasse. Geduldig hatte er ihr gezeigt, wie man die Software anwandte, und sie mehrere eigenständige Versuche machen lassen, damit im entscheidenden Moment alles glatt ging. Sie war erst weit nach Mitternacht wieder zu Hause gewesen. Deborah hatte da schon längst geschlafen.

Müde wie sie waren, saßen sie schweigend nebeneinander und ließen sich gedankenlos von dem morgendlichen Gedudel aus dem Autoradio einlullen. Diesmal fuhr Deborah. Am Eingang der Wingate Clinic holte sie ihre Karte hervor und führte sie durch den Schlitz. Das Tor öffnete sich reibungslos, und sie passierten die Zufahrt. Da sie ziemlich früh dran waren, gab es noch jede Menge Parkplätze. Deborah entschied sich für einen in der Nähe des Haupteingangs.

»Ob wir wohl gleich Spencer in die Arme laufen?«, fragte Joanna besorgt.

»Das glaube ich eigentlich nicht. Er wird erst mal seinen Kater auskurieren müssen. Ich kann mir kaum vorstellen, dass er sich heute für längere Zeit blicken lässt.«

»Wahrscheinlich hast du Recht. Außerdem dürfte er sich sowieso nicht an alles erinnern.«

»Viel Glück, Partnerin«, wünschte Deborah.

»Ebenso«, entgegnete Joanna.

»Hast du an dein Handy gedacht?«

»Natürlich. Und du?«

»Ja. Ich habe es sogar noch aufgeladen. Na, dann wollen wir mal!«

Entschlossen, aber auch mit einem leicht mulmigen Gefühl stiegen sie aus und betraten das Klinikgebäude. Wie besprochen gingen sie zuerst in der Büronische der Personalleiterin, Helen Masterson, vorbei, um den verbliebenen Papierkram zu erledigen. Zu ihrer großen Erleichterung hatten sich auch über Nacht keinerlei Probleme mit ihren Sozialversicherungsnummern aufgetan.

Als sie den Papierkram erledigt hatten, trennten sich ihre Wege. Während Deborah den Hauptflur überquerte, um ihre Vorgesetzte Megan Finnigan aufzusuchen, steuerte Joanna die Nische von Christine Parham an, die sich nur drei Nischen hinter der von Helen Masterson befand.

Joanna war unsicher, wie sie ihre neue Chefin auf sich aufmerksam machen sollte. Sie saß an ihrem Schreibtisch und wandte ihr den Rücken zu. Da die Nische türlos war, klopfte Joanna an die Trennwand, doch sie war aus einem geräuschabweisenden Material, sodass die Büroleiterin nicht reagierte. Schließlich rief Joanna sie bei ihrem Namen.

Christine erinnerte sich, dass Joanna ihr am Tag zuvor in der Kantine vorgestellt worden war. Außerdem lag auf ihrem Schreibtisch eine Kopie von Joannas Bewerbungsbogen.

»Kommen Sie rein, Prudence, und nehmen Sie Platz!«, forderte Christine sie auf und nahm einen Stapel Aktenordner von dem Stuhl, der neben ihrem Schreibtisch stand. »Willkommen in der Wingate Clinic!«

Joanna setzte sich und nahm ihre Vorgesetzte ins Visier. Sie war aus demselben Holz geschnitzt wie Helen Masterson: Sie war genauso stabil gebaut und hatte die gleichen breiten, schaufelförmigen Hände, die die Vermutung nahe legten, dass ihre direkten Vorfahren Farmer gewesen waren. Ihr freundliches Gesicht war mit ausgeprägten Flecken gesprenkelt, die auf ihren breiten Wangen aussahen wie aufgetragene Rougetupfer.

Christine setzte Joanna nüchtern und sachlich auseinander, was von ihr erwartet wurde und was fürs Erste ihre Aufgaben sein würden. Wie Joanna erwartet hatte, würde sie Daten für die Rechnungsstellung eingeben, die vor allem den klinischen Bereich des Wingate- Unternehmens betrafen, Christine stellte ihr aber in Aussicht, dass ihre Pflichten und Verantwortlichkeiten sehr bald erweitert werden würden, wenn sie ihre Arbeit eine Zeit lang zur beiderseitigen Zufriedenheit erledigt habe.

»Haben Sie noch irgendwelche Fragen?«, wollte die Büroleiterin wissen.

»Wie halten Sie es mit kleinen Kaffeepausen?«, erkundigte sich Joanna und lächelte. »Bitte verstehen Sie mich nicht falsch! Aber ich finde, man sollte lieber fragen, bevor man sich in die Nesseln setzt.«

»Ihre Frage ist absolut berechtigt«, versicherte Christine. »Wir nehmen es nicht so genau, ob und wann Sie Pausen machen. Wir haben nichts dagegen, wenn unsere Mitarbeiter ihre Arbeit nach Bedarf unterbrechen. Hauptsache, sie schaffen ihre Arbeit. Die meisten machen morgens und nachmittags eine halbe Stunde Pause – ob in einem Stück oder auf kleine Pausen verteilt, bleibt jedem selbst überlassen. Die Mittagspause beträgt ebenfalls eine halbe Stunde, aber auch da stehen wir nicht mit der Stoppuhr daneben.«

Joanna nickte. Die Möglichkeit, flexible Pausen einlegen zu können, kam ihr sehr gelegen, erst recht, wenn sie diese auch noch mit Deborah koordinieren konnte. Sie wollte gleich am Vormittag einen ersten Versuch starten, in den Server-Raum einzudringen, und falls sie Probleme haben sollte, würde sie es in der Mittagspause noch einmal probieren.

»Eins habe ich noch vergessen«, fuhr Christine fort. »Das Rauchen ist in der gesamten Klinik verboten. Falls Sie Raucherin sind, müssen Sie zum Qualmen in Ihr Auto gehen.«

»Ich rauche nicht«, entgegnete Joanna. »Das betrifft mich also zum Glück nicht.«

»Wie ich Ihren Bewerbungsunterlagen entnommen habe, haben Sie bereits viel mit Computern gearbeitet«, stellte Christine fest. »Deshalb kann ich es mir vermutlich schenken, Ihnen lang und breit unser System zu erklären. Es ist absolut einfach zu handhaben, und außerdem haben Sie ja auch bereits mit Randy Porter gesprochen.«

»Ich denke, ich werde mich ohne Probleme zurechtfinden«, versicherte Joanna.

»Na, dann können Sie ja gleich loslegen«, schlug Christine vor. »Am besten zeige ich Ihnen jetzt Ihren Arbeitsplatz. Es wartet bereits ein voller Eingangskorb auf Sie.«

Sie führte Joanna zu der am weitesten vom nächsten Fenster entfernten Nische. Der kleine Arbeitsbereich grenzte direkt an den Hauptflur und war rein funktional eingerichtet: es gab einen Standard-Schreibtisch aus Metall, einen Aktenschrank, einen Schreibtischstuhl, einen weiteren Stuhl und einen Papierkorb. Auf dem Schreibtisch befanden sich ein überquellender Eingangskorb, ein Ausgangskorb, eine Tastatur mit dazugehöriger Maus und angeschlossenem Bildschirm sowie ein Telefon. Die Trennwände waren vollkommen nackt.

»Besonders gemütlich sieht Ihr Arbeitsplatz noch nicht aus«, räumte Christine ein. »Aber Sie dürfen sich Ihr neues Reich gern mit persönlichen Gegenständen verschönern.«

»Keine Sorge«, entgegnete Joanna. »Mir gefällt es.« Sie legte ihre Handtasche auf dem Schreibtisch ab und lächelte ihre Vorgesetzte an.

Als Nächstes machte Christine sie mit ihren neuen Kolleginnen und Kollegen aus den benachbarten Nischen bekannt. Sie machten einen freundlichen Eindruck und schüttelten Joanna zur Begrüßung über die brusthohen Trennwände hinweg die Hand.

»Ich denke, dann können Sie loslegen«, stellte Christine fest. »Falls Sie irgendein Problem haben, können Sie mich jederzeit fragen. Dafür bin ich da.«

Joanna versicherte, das zu tun, und winkte kurz, als ihre Vorgesetzte sie schließlich allein ließ. Dann drehte sie sich zu ihrem Schreibtisch um, holte ihr Handy aus der Handtasche und wählte Deborahs Nummer, doch offenbar wurde sie noch in ihre neuen Aufgaben eingewiesen; jedenfalls sprang die Mailbox an. Joanna bat um Rückruf, sobald sie einen Augenblick Zeit habe.

Schließlich ließ sie sich vor ihrer Tastatur nieder und zog ihre blaue Karte durch den Schlitz. Auf dem Monitor öffnete sich ein Fenster, und sie wurde aufgefordert, ein neues Passwort einzugeben. Sie entschied sich für das Wort Anago; das war der Name ihres Lieblingsrestaurants in Boston. Sie loggte sich in das Kliniknetz ein und checkte in der nächsten Viertelstunde, auf welche Dateien sie mit ihrer Zugangsberechtigung Zugriff hatte. Wie sie erwartet hatte, waren ihre Befugnisse äußerst beschränkt, und zu den Spenderdateien, denen ihr eigentliches Interesse galt, hatte sie natürlich keinen Zugang.

Als Nächstes widmete sie sich dem bereitstehenden, überquellenden Eingangskorb. Sie wollte möglichst schnell möglichst viel abarbeiten, damit niemand auf die Idee kam, wegen irgendwelcher liegen gebliebenen Arbeit nach ihr zu suchen, wenn sich eine günstige Gelegenheit ergab und sie zu ihrer Exkursion in den Server-Raum aufbrach.

Binnen kürzester Zeit hatte sie sich einen ersten Überblick verschafft und staunte, wie viel Geld die Klinik einnahm. Dabei hatte sie erst einen kleinen Teil der Geldeingänge eines einzigen Vormittags bearbeitet. Sie wusste zwar noch nicht, welche Kosten den Eingängen gegenüberstanden, doch sie vermutete, dass mit dem Leid unfruchtbarer Paare äußerst lukrative Geschäfte gemacht wurden.

Deborah nickte alle paar Sekunden, um wenigstens den Anschein zu erwecken, als würde sie aufmerksam zuhören. Sie saß in dem sardinenbüchsenengen Büro der Laborleiterin, das sich direkt neben dem großen Labor befand. An allen vier Wänden des winzigen Raums standen Regale, die mit Handbüchern, wissenschaftlichen Nachschlagewerken und losen Papierstapeln voll gestopft waren. Die Laborleiterin war eine kleine Frau mit mausgrauem, von tiefgrauen Strähnen durchsetztem Haar, das ihr permanent in die Augen fiel. Beinahe exakt alle eineinhalb Minuten warf sie den Kopf in den Nacken, um die widerspenstigen Strähnen aus ihrem Gesicht zu schleudern. Die nervösen Zuckungen der Frau machten Deborah wahnsinnig, und sie konnte nur mühsam dem Drang widerstehen, sie weiter anzusehen, ohne sie bei den Schultern zu packen und sie aufzufordern, endlich mit diesem Gezucke aufzuhören.

Während Megan Finnigan ihr einen Kurzvortrag über die verschiedenen, in der Wingate Clinic angewandten Labortechniken hielt, drifteten Deborahs Gedanken immer wieder ab. Sie fragte sich, wie es wohl Joanna erging.

»Haben Sie noch irgendwelche Fragen?«, beendete Megan plötzlich unvermittelt ihren Vortrag.

»Ich glaube, nein«, erwiderte Deborah schnell und richtete sich kerzengerade auf, als ob sie gerade bei einem Nickerchen erwischt worden wäre.

»Gut«, stellte Megan fest. »Falls irgendwelche Unklarheiten auftreten sollten, wissen Sie ja, wo Sie mich finden. Ich gebe Sie zunächst in die Obhut einer erfahrenen Labortechnikerin. Ihr Name ist Maureen Jefferson. Sie wird Sie in die Technik des Zellkerntransfers einweisen.«

»Klingt gut«, entgegnete Deborah.

»Zum Schluss möchte ich Ihnen noch einen Rat geben«, fuhr Megan fort. »Sie sollten bequemere Schuhe tragen.«

»Ach ja?«, fragte Deborah mit Unschuldsmiene und warf einen Blick auf ihre hochhackigen Pumps, die die Widrigkeiten des Vortags gut überstanden hatten. »Mögen Sie meine Schuhe nicht?«

»Sagen wir lieber so«, erwiderte Megan. »Sie sind für Ihre Arbeit ungeeignet, und ich möchte nicht, dass Sie ausrutschen und sich ein Bein brechen.«

»Darauf lege ich auch keinen Wert«, versicherte Deborah.

»Dann haben wir uns ja verstanden«, stellte Megan fest und bedachte Deborahs Minikleid, das ihre Oberschenkel eher entblößte als bedeckte, mit einem missbilligenden Blick. Doch anstatt etwas zu sagen, erhob sie sich. Deborah tat es ihr gleich.

Maureen Jefferson war eine zweiundzwanzigjährige Afroamerikanerin, deren Hautfarbe an Cappuccino mit einer Menge aufgeschäumter Milch erinnerte. Ihre Nase war von ein paar frechen Sommersprossen übersät. Sie trug einen kurzen Bob-Schnitt, der ihre imposante Ohr-Piercing-Kollektion optimal zur Geltung brachte. Ihre Augenbrauen waren auffällig gebogen und verliehen ihrem Gesicht einen permanent verblüfften Ausdruck.

Nachdem Megan die beiden jungen Frauen miteinander bekannt gemacht hatte, ließ sie sie allein. Zuerst sagte Maureen kein Wort. Stattdessen sah sie der Laborleiterin nach, die über den Hauptflur davonging, und schüttelte den Kopf. Erst als Megan in ihrem Büro verschwunden war, wandte Maureen sich Deborah zu und sagte: »Die Frau ist eine harte Nuss, findest du nicht auch?«

»Sie wirkt ein bisschen steif«, entgegnete Deborah.

»Wahrscheinlich hat sie dir gerade eine Standpauke darüber gehalten, wie wichtig im Labor die penible Einhaltung der Reinlichkeitsvorschriften ist, habe ich Recht?«

»Ich bin mir nicht sicher«, gestand Deborah. »Ich habe nämlich gar nicht richtig zugehört.«

Maureen musste lachen. »Ich glaube, wir müssten miteinander klarkommen. Wie heißt du noch? Georgina?«

»Ja, Georgina«, erwiderte Deborah. Wenn sie ihren falschen Namen nannte, bekam sie jedes Mal Herzrasen.

Meine Freunde nennen mich Mare«, sagte Maureen. »Wie ein weibliches Pferd.«

»Dann nenne ich dich auch Mare«, sagte Deborah.

»Dann kommen wir wohl am besten mal zur Sache. Ich habe hier ein binokulares Präpariermikroskop, durch das wir beide das gleiche Blickfeld haben. Einen Augenblick – ich hole uns ein paar Eizellen aus dem Inkubator.«

Als sie außer Sichtweite war, holte Deborah ihr Handy aus der Tasche und schaltete es ein. Anstatt die eingegangene Nachricht abzuhören, wählte sie direkt Joannas Nummer. Joanna war sofort am Apparat.

»Hast du mich angerufen?«, fragte Deborah.

»Ja. Ich hatte dich nur gebeten, mich zurückzurufen.«

»Wie läuft es?«

»Mein Job ist stinklangweilig, aber erträglich«, erwiderte Joanna. »Ich habe natürlich als Erstes versucht, in die Spenderdateien hineinzukommen. Aber sie sind gesperrt.«

»Wundert mich nicht.«

»Ich habe vor, um elf Uhr eine halbe Stunde Pause zu machen. Kannst du dich dann mit mir treffen?«

»Wo?«

»An dem Wasserspender im Hauptflur, in der Nähe der Tür zum Server-Raum.«

»Okay, ich bin da«, versprach Deborah. Sie unterbrach die Verbindung und verstaute das Handy erneut in ihrer Umhängetasche. Während des Telefonats hatte sie sich im Labor umgesehen. Außer ihr arbeiteten zurzeit nur fünf weitere Mitarbeiter in dem riesigen Bereich, dabei gab es gut und gerne Laborplätze für mindestens fünfzig Biologen und technische Assistenten. Die Leitung der Wingate Clinic schien davon auszugehen, in nächster Zeit enorm zu expandieren.

Mare kehrte mit einer abgedeckten Petrischale zurück, die ein wenig Flüssigkeit enthielt. Für das bloße Auge war die Flüssigkeit klar und einheitlich, doch in Wirklichkeit bestand sie aus zwei Schichten. Oben lag ein Film aus Mineralöl und darunter eine etwa sechzig Eizellen enthaltende Kulturflüssigkeit.

Mare setzte sich auf die eine Seite des Binokular-Mikroskops und bedeutete Deborah, ihr gegenüber Platz zu nehmen. Dann stellte sie das Einbaulicht und das Ultraviolettlicht an, und die beiden Frauen beugten sich über die Okulare.

Während der folgenden Stunde erhielt Deborah eine praktische Einführung über den Eizellkerntransfer mit Mikropipetten. Zuerst musste der Zellkern aus den Eizellen entfernt werden. Dann wurden kleinere, adulte Zellen unter die äußere Eihülle gebracht. Der Vorgang erforderte ein gewisses Maß an Geschicklichkeit, doch Deborah verstand schnell, worauf es ankam. Nach einer Stunde war sie schon fast so gut wie Mare.

»Damit haben wir diese Partie fertig«, stellte Mare schließlich fest. Sie sah vom Mikroskop auf, lehnte sich zurück und machte ein paar Streckübungen für ihre Schultermuskeln. »Hut ab. Du hast es schneller kapiert, als ich gedacht hätte.«

»Dank deiner erstklassigen Anleitung«, entgegnete Deborah und streckte sich ebenfalls. Die Handhabung der Mikropipetten erforderte eine derartige Konzentration, dass nach einer gewissen Zeit in gebückter Haltung über dem Mikroskop sämtliche Muskeln verspannt waren.

»Dann bringe ich die Eizellen jetzt zu den Kollegen, die sich um die Verschmelzung kümmern«, fuhr Mare fort. »Wenn ich wiederkomme, bringe ich dir eine präparierte Petrischale mit. Ich wüsste nicht, warum du nicht eigenständig arbeiten solltest. Normalerweise brauchen Neulinge mindestens ein oder zwei Tage, aber du arbeitest ja jetzt schon wie ein Profi.«

»Nun übertreibst du aber wirklich«, entgegnete Deborah. »Aber eins möchte ich doch noch wissen: An was für Eizellen arbeiten wir hier eigentlich? Stammen sie von Rindern oder von Schweinen?« Sie hatte schon weibliche Gameten verschiedener Spezies gesehen, und zwar nicht nur auf vergrößerten Fotos, sondern auch schon in echt im Universitätslabor. Daher wusste sie, dass sich die Eizellen verschiedener Spezies frappierend ähnlich sahen. Sie variierten nur, was ihre Größe betraf, die Unterschiede konnten allerdings beträchtlich sein. Von der Größe her vermutete Deborah, dass sie es mit Eizellen von Schweinen zu tun hatten; Rindereizellen hatte sie deutlich größer in Erinnerung – aber es war nicht mehr als eine bloße Vermutung.

»Weder noch«, erwiderte Mare. »Es sind alles menschliche Eizellen.«

Auch wenn Mare auf eine sachliche Frage sachlich geantwortet hatte, traf die Antwort Deborah wie ein Schlag mit dem Holzhammer. Während der Stunde, die sie konzentriert an den Eizellen gearbeitet hatte, wäre es ihr im Traum nicht in den Sinn gekommen, dass sie da menschliche Eizellen unter dem Mikroskop hatte. Bei dem Gedanken erzitterte sie innerlich, erst recht, wenn sie daran dachte, dass man ihr für eine einzige Eizelle fünfundvierzigtausend Dollar bezahlt hatte.

»Bist du sicher, dass es menschliche Eizellen sind?«, brachte sie schließlich hervor.

»Ziemlich sicher«, erwiderte Mare. »Jedenfalls wüsste ich nicht, was es sonst für Eizellen sein sollten.«

»Aber was ... was machen wir dann hier?«, stammelte Deborah. »Und von wem stammen diese Eizellen?«

»Das geht uns nichts an«, stellte Mare fest. »Wir arbeiten hier in einer extrem erfolgreichen und ausgelasteten Klinik zur Behandlung von Unfruchtbarkeit. Wir helfen unseren Patientinnen, schwanger zu werden.« Bei diesen Worten zuckte sie mit den Schultern. »Es sind halt Eizellen von irgendwelchen Patientinnen.«

»Aber ein Transfer von Zellkernen ist doch nichts anderes als klonen!«, wandte Deborah aufgebracht ein. »Und wenn das hier tatsächlich menschliche Eizellen sind, klonen wir irgendwelche Menschen!«

»Was das technische Verfahren angeht, magst du vielleicht Recht haben«, räumte Mare ein. »Aber das gehört nun mal zu unserer Arbeit mit embryonalen Stammzellen. Privaten Kliniken wie der Wingate Clinic ist es erlaubt, überschüssige Eizellen, die nicht für eine Befruchtung verwendet werden und die sonst im Mülleimer landen würden, für die Stammzellenforschung zu nutzen. Wir bekommen keinerlei öffentliche Gelder, also muss auch kein Gegner dieser Art von Forschung befürchten, unsere Arbeit etwa durch seine Steuern zu unterstützen. Außerdem arbeiten wir hier, wie gesagt, nur mit überschüssigen Gameten. Die Patientinnen, denen sie entnommen wurden, haben ausdrücklich zugestimmt, dass die überschüssigen Eizellen zu Forschungszwecken verwendet werden dürfen. Natürlich ist es verboten, dass die verschmolzenen Zellen sich zu Embryonen weiterentwickeln. Wir gewinnen die Stammzellen im Blastozystenstadium – also bevor die embryonale Differenzierung der Zellen einsetzt.«

»Ich verstehe«, sagte Deborah und nickte, doch in Wahrheit wusste sie nicht, ob sie tatsächlich irgendetwas verstand. Auf so etwas war sie absolut nicht vorbereitet, und sie war völlig durcheinander.

»He Georgina, nun beruhige dich doch!«, redete Mare auf sie ein. »Das ist wirklich keine große Sache. Wir machen das schon seit Jahren. Es ist in Ordnung! Wirklich – du kannst mir glauben.«

Deborah nickte erneut, doch sie hatte keine Ahnung, was sie von all dem halten sollte.

»Du bist doch nicht etwa eine von diesen religiösen Spinnerinnen, oder?«, fragte Mare. Sie beugte sich ein wenig vor und sah Deborah direkt in die Augen.

Deborah schüttelte den Kopf. Natürlich war sie keine religiöse Spinnerin – das wenigstens wusste sie.

»Gott sei Dank«, stellte Mare fest. »Die Stammzellenforschung ist schließlich die Zukunft der Medizin. Aber das muss ich dir sicher nicht erzählen.« Sie rutschte von ihrem Laborhocker und fuhr fort: »Ich hole uns mal gerade eine neue Partie Eizellen. Wenn du willst, können wir uns gerne später weiter über das Thema unterhalten.«

»Okay«, entgegnete Deborah. Sie war froh, für einen Moment allein zu sein und in Ruhe nachdenken zu können. Ihr

Haupt auf die Ellbogen gestützt, schloss sie die Augen und wiegte den Kopf hin und her. Wie, zum Teufel, konnte die Wingate Clinic bloß so viele überschüssige Eizellen produzieren? Sie schätzte, dass sie und Mare bestimmt sechzig oder siebzig Eizellen bearbeitet hatten, und der Arbeitstag hatte gerade erst begonnen. Nach allem, was sie über die Hyperstimulation der weiblichen Eierstöcke wusste, war es völlig ausgeschlossen, einen derartigen Überschuss an Eizellen für die Forschung zu gewinnen. Normalerweise reiften während eines stimulierten Zyklus um die zehn Eizellen, und von denen wurden die meisten für eine In-vitro-Fertilisation verwendet.

»Hallo, Miss Marks«, wurde sie plötzlich von einer Männerstimme aus ihren Gedanken gerissen. Im gleichen Moment tippte ihr jemand auf die Schulter. Sie sah auf, und obwohl sie auf dem Laborhocker saß, sah sie direkt in die Augen von Dr. Saunders. »Wie schön, Sie zu sehen. Sie sehen ja genau so bezaubernd aus wie gestern.«

Deborah rang sich ein Lächeln ab.

»Wie gefällt Ihnen die Arbeit im Labor?«

»Gut«, erwiderte Deborah.

»Wie ich gehört habe, hat Miss Jefferson Sie in unsere Arbeit eingewiesen«, fuhr Dr. Saunders fort. »Da haben Sie es gut getroffen, denn Miss Jefferson ist eine unserer besten technischen Assistentinnen. Bei ihr sind Sie mindestens in so guten Händen, wie Sie es bei mir gewesen wären, wenn ich es geschafft hätte, gleich heute früh ins Labor rüberzukommen, wie ich es eigentlich vorgehabt hatte.«

Deborah nickte.

Diese anmaßende Selbsteinschätzung erinnerte sie stark an Spencer, und sie fragte sich, ob sich wohl alle Spezialisten auf dem Gebiet der Unfruchtbarkeit durch diesen unangenehmen Charakterzug auszeichneten.

»Ich nehme an«, fuhr Dr. Saunders unbeirrt fort, »dass

ich Ihnen nicht groß erklären muss, wie wichtig diese Arbeit für unsere Patientinnen und für die Zukunft der gesamten Medizin ist.«

»Miss Jefferson hat mir erzählt, dass die Eizellen, an denen wir den Kerntransfer vorgenommen haben, von Menschen stammen«, erwiderte Deborah. »Sie können sich vielleicht vorstellen, dass ich ziemlich geschockt war – schließlich weiß ich, wie schwer es ist, an menschliche Eizellen heranzukommen.«

»Das hat sie gesagt?«, fragte Dr. Saunders entsetzt. Ihm schoss das Blut in sein blasses Gesicht. »Und war sie sich da ganz sicher?«

»Ich glaube, ihre Worte waren, ›ziemlich sicher‹«, erwiderte Deborah.

»Es waren Eizellen von Schweinen!«, erklärte Paul entschieden. Dabei fuhr er sich geistesabwesend mit den Fingern durchs Haar. »Wir arbeiten in letzter Zeit viel mit Schweinen. Wissen Sie, was zurzeit die Hauptstoßrichtung unserer Forschung ist?«

»Miss Jefferson sagte etwas von Stammzellen«, erwiderte Deborah.

»Das gehört auch dazu«, erklärte Dr. Saunders. »Die Arbeit mit Stammzellen ist sogar ein sehr wichtiger Teil unserer Forschung, aber nicht unbedingt der wichtigste. Im Moment interessiert mich vor allem die Frage, wie das Zytoplasma eines Ovum imstande ist, einen adulten Zellkern zu reproduzieren. Im Kern geht es dabei um die zurzeit geläufige Technik des Klonens von Tieren. Sie kennen doch sicher das Klonschaf Dolly.«

»Dolly ist mir sehr wohl ein Begriff«, sagte Deborah und lehnte sich zurück. Je länger Dr. Saunders über seine Forschung sprach, desto mehr Leidenschaft schwang in seiner Stimme mit. Gleichzeitig hatten sich seine sonst so blassen Wangen zusehends gerötet, und er war mit seinem Gesicht immer näher an sie herangekommen, bis sie schließlich bei jedem harten Konsonanten seinen Atem spürte.

»Wir stehen an einem einzigartigen Scheideweg, der die gesamte biologische Wissenschaft verändern wird«, fuhr Dr. Saunders mit gesenkter Stimme fort, als ob er ihr ein wichtiges Betriebsgeheimnis anvertraute. »Sie können sich wirklich glücklich schätzen, Miss Marks! Sie sind in einer einzigartigen, ja revolutionären Zeit zu uns gestoßen. Wir stehen kurz vor einem gewaltigen Durchbruch – und zwar gleich auf mehreren Gebieten! Sagen Sie mir: Hat Helen Masterson Ihnen unser Aktienoptions-Programm erklärt?«

»Nicht dass ich wüsste«, erwiderte Deborah. Sie hatte sich inzwischen so weit zurückgelehnt, wie es irgend ging, ohne die Balance zu verlieren und vom Laborhocker zu fallen.

»Das Management der Klinik will, dass alle Angestellten von der Goldmine profitieren, als die sich unsere Forschung demnächst erweisen wird«, erklärte Dr. Saunders. »Deshalb bieten wir allen unseren hoch geschätzten Mitarbeitern Aktienoptionen an, wobei die Labormitarbeiter besonders bevorzugt werden. Sobald wir den ersten Durchbruch feiern können und unsere Forschungsergebnisse der Öffentlichkeit vorstellen – wahrscheinlich durch einen Artikel in *Nature* –, gehen wir an die Börse. Ab dann wird die Wingate Clinic nicht mehr ein kleines Privatunternehmen in der Hand weniger Eigentümer sein, sondern eine richtige Aktiengesellschaft, die an der Börse gehandelt wird. Sie können sich ja sicher vorstellen, was das für den Wert der Aktienoptionen bedeutet.«

»Die Aktien werden vermutlich steigen«, erwiderte Deborah. Dr. Saunders war ihr inzwischen so nahe gekommen, dass sie direkt in das Schwarze seiner Pupillen blickte. Jetzt erkannte sie auch, warum seine Augen irgendwie eigenartig wirkten. Die Iris waren leicht unterschiedlich gefärbt, und die inneren Lidwinkel waren etwas zugewachsen und bedeckten die weiße Sklera in einer Art, dass es aussah, als würde er leicht schielen.

»Durch die Decke werden sie gehen!«, fuhr Dr. Saunders fort, wobei er jedes einzelne Wort betonte. »Was im Klartext heißt, dass alle Millionäre werden – jedenfalls alle Besitzer der Aktienoptionen. Und deshalb ist es ungeheuer wichtig, dass nichts von dem, was wir hier tun, nach draußen dringt.« Um seine Worte zu unterstreichen, legte er sich den Zeigefinger auf die Lippen. »Geheimhaltung ist von allergrößter Bedeutung. Vor allem deshalb legen wir so viel Wert darauf, dass unsere Angestellten – und im Besonderen die Mitarbeiter des Labors – auf dem Klinikgelände wohnen; und aus genau diesem Grund mögen wir es überhaupt nicht, wenn irgendeiner unserer Mitarbeiter mit klinikfremden Leuten über unser Tun hier spricht. Wir vergleichen unsere Anstrengungen gerne mit dem Manhattan-Projekt – der Geheimoperation, bei der die Atombombe entwickelt wurde. Habe ich mich klar genug ausgedrückt?«

Deborah nickte. Dr. Saunders war wieder ein wenig zurückgewichen, doch er nahm sie nach wie vor unerbittlich und mit starren Augen ins Visier. Wenigstens konnte sie sich wieder vorbeugen und auf ihrem Laborhocker eine etwas bequemere Sitzposition einnehmen.

»Wir verlassen uns darauf, dass Sie mit niemandem über unsere Arbeit hier sprechen«, fuhr Dr. Saunders fort. »Es ist zu Ihrem eigenen Vorteil.« Nach diesen Worten hielt er inne. »Ich bin ein sehr vertrauenswürdiger Mensch«, erwiderte Deborah schließlich, offenbar war sein Schweigen so zu verstehen, dass er auf eine Antwort wartete.

»Wir wollen auf keinen Fall, dass uns irgendjemand zuvorkommt«, nahm Dr. Saunders den Faden wieder auf. »Nicht nach den vielen Mühen und Anstrengungen. Allein in der Gegend rund um Boston arbeiten genug Institute an dem gleichen Projekt wie wir.«

Deborah nickte erneut. Was die örtliche Biotech-Industrie anging, kannte sie sich ein bisschen aus; sie bereitete sich schließlich gerade auf ein Vorstellungsgespräch bei Genzyme vor.

»Darf ich Sie mal etwas fragen?«

»Selbstverständlich«, ermunterte Dr. Saunders sie. »Nur zu.« Er stemmte die Hände in die Hüften, richtete sich gerade auf und wippte ein wenig auf den Absätzen. Mit seinem dunklen Haarschopf erinnerte diese Pose Deborah an den Spitznamen, den Helen Masterson verwendet hatte: Napoleon.

»Meine Frage betrifft Ihre Hilfskräfte aus Nicaragua. Die Frauen scheinen alle schwanger zu sein, und es sieht so aus, als wären sie alle exakt im gleichen Schwangerschaftsstadium. Was hat es mit diesen Frauen auf sich?«

»Lassen Sie uns fürs Erste einfach feststellen, dass sie uns helfen«, erwiderte Dr. Saunders. »Es ist wirklich keine große Sache, und ich werde es Ihnen bei anderer Gelegenheit gerne etwas detaillierter erklären.«

Mit diesen Worten löste er endlich seinen unerbittlichen starren Blick von ihr, mit dem er während des ganzen Gesprächs ihre Augen fixiert hatte, und sah sich kurz im Labor um. Als er sich vergewissert hatte, dass ihnen keiner der anwesenden Mitarbeiter irgendwelche Beachtung schenkte, wandte er sich wieder Deborah zu, wobei er sie diesmal von unten nach oben musterte und seinen Blick erst über ihre langen, in Nylonstrümpfen steckenden Beine und ihren tiefen Ausschnitt gleiten ließ und ihr dann wieder in die Augen sah. Es war eine flüchtige visuelle Inquisition, die Deborah keineswegs verborgen blieb.

»Ich bin sehr erfreut, dass wir die Gelegenheit zu diesem kleinen Schwätzchen hatten«, sagte er und senkte seine Stimme. »Es ist mir immer wieder ein Vergnügen, mit jemandem zu reden, der den gleichen Geisteshorizont hat wie ich und mit dem mich bedeutsame gemeinsame Interessen verbinden.«

Deborah musste sich zusammenreißen, um nicht in einen höhnischen Lachanfall auszubrechen. Zu klar erinnerte sie sich an das gleiche schwachsinnige Gefasel von den »gemeinsamen Interessen« aus dem Mund von Spencer, und intuitiv ahnte sie, dass dieses Gespräch den gleichen Verlauf nehmen würde. Sie wurde nicht enttäuscht, denn im nächsten Atemzug fuhr Dr. Saunders fort: »Ich würde Ihnen zu gerne Näheres über meine aufregenden Forschungsprojekte erzählen, an denen ich gerade arbeite, und Ihnen dabei auch gerne erläutern, welchen Beitrag die nicaraguanischen Frauen zu unserer Arbeit leisten, allerdings nicht hier im Labor, sondern in etwas privaterer Atmosphäre. Was halten Sie davon, wenn wir heute Abend zusammen essen gehen. Die Wingate Clinic liegt zwar leider Gottes im hintersten Winkel der Provinz, aber ganz in der Nähe gibt es ein wirklich gutes Restaurant, das Ihnen bestimmt gefallen wird.«

»Sie meinen nicht zufällig *The Barn*?«, fragte Deborah scheinheilig.

Wenn Paul überrascht war, dass sie den Namen des Restaurants kannte, ließ er sich das nicht anmerken. Stattdessen erging er sich darin, die dort gereichten Speisen in den höchsten Tönen zu loben, ihr in leuchtenden Farben die romantische Ausstattung zu beschreiben und ihr ein ums andere Mal zu versichern, wie gerne er all dies mit ihr zusammen genießen würde. Nach dem Essen, fuhr er fort, könnten sie dann noch zu ihm nach Hause fahren, wo er ihr die Aufzeichnungen einiger seiner bahnbrechenden Experimente zeigen würde, an denen er in letzter Zeit in der Wingate Clinic gearbeitet hatte.

Deborah musste sich erneut zwingen, nicht laut loszulachen. Von jemandem nach Hause gebeten zu werden, um sich dort Forschungsprotokolle anzusehen, war ja noch besser als die sonst übliche Masche mit der Briefmarkensammlung. Sie hatte nicht die geringste Lust, mit diesem Aufdringling den Abend zu verbringen; einzig und allein ihre lebhafte Neugier auf die Forschungsprojekte der Wingate Clinic machte ihn für sie interessant. Sie lehnte die Einladung dankend ab und schob genau wie am Vortag bei Spencer ihre Freundin als Entschuldigung vor. Zu ihrer Überraschung reagierte Dr. Saunders genauso wie Spencer, indem er vorschlug, ihre Freundin könne sich doch ein bisschen alleine in Bookford amüsieren, während sie im Restaurant zu Abend aßen. Deborah fragte sich, ob Größenwahn wohl eine Voraussetzung war, um Reproduktionsspezialist werden zu können, oder ob es andersherum war und erst der Beruf diese Form der Selbstüberschätzung hervorbrachte. Mit Nachdruck lehnte sie ein weiteres Mal ab.

»Und wie wär's an einem anderen Tag?«, versuchte Dr. Saunders es hartnäckig weiter. »Die Woche hat ja noch ein paar Tage – von mir aus können wir uns auch gerne am Wochenende treffen. Ich würde auch nach Boston kommen, wenn Ihnen das besser passt.«

Zum Glück kam in diesem Moment Mare zurück und bewahrte Deborah vor weiteren, immer verzweifelteren Überredungsversuchen. Sie hatte eine Petrischale in der Hand, ging damit zur Laborbank und justierte sie auf dem Objekttisch des Mikroskops. Dann erst begrüßte sie ehrerbietig Dr. Saunders.

»Und wie macht sich unsere neue Kollegin?«, wandte sich dieser an Mare. Seine eben noch zur Schau gestellte, fast unterwürfige Liebenswürdigkeit war schlagartig seiner gewohnten herablassenden Arroganz gewichen.

»Unglaublich gut«, erwiderte Mare. »Sie ist sozusagen ein absolutes Naturtalent. Wenn es nach mir geht, kann sie sofort eigenständig arbeiten.«

»Das höre ich gerne«, stellte Dr. Saunders fest. Dann bat

er Mare zu einem kurzen Gespräch unter vier Augen. Mare hatte nichts dagegen, und sie gingen ein paar Laborbänke weiter, bis sie aus Deborahs Hörweite waren.

Deborah tat so, als widmete sie sich aufmerksam der neuen Petrischale, doch aus dem Augenwinkel beobachtete sie die beiden. Der Einzige, der redete, war Dr. Saunders, und seiner nachdrücklichen Gestikulierung war zu entnehmen, dass er offenbar ziemlich aufgebracht war.

Nach einer Minute war sein Monolog beendet, und sie kamen zurück.

»Ich unterhalte mich dann später mit Ihnen, Miss Marks«, verabschiedete Dr. Saunders sich steif von Deborah. »Bis dahin machen Sie einfach weiter wie bisher.«

»Am Anfang helfe ich dir noch mal bei der neuen Partie«, bot Mare an und setzte sich Deborah gegenüber an das Mikroskop.

Deborah beugte sich über das Okular, und in den nächsten Minuten präparierten die beiden Frauen die Ova so, dass Deborah anschließend nur noch die DNA extrahieren musste. Wie bei der ersten Partie brachten sie dazu erst einmal sämtliche Eizellen auf eine Seite. Deborah hatte bereits gelernt, dass es dabei darauf ankam, kein einziges Ovum zu übersehen. Als sie mit diesem ersten Arbeitsschritt fertig waren, lehnte Mare sich zurück.

»So, jetzt kannst du allein weitermachen«, sagte sie kurz angebunden. Es waren ihre ersten Worte, seitdem Dr. Saunders gegangen war. »Gutes Gelingen! Wenn du irgendwelche Fragen hast – ich bin an der Laborbank nebenan und kümmere mich um eine weitere Partie.«

Deborah registrierte, dass Mare sie deutlich reservierter behandelte als vor ihrem kurzen Intermezzo mit Dr. Saunders. Als sie aufstand und weggehen wollte, räusperte sich Deborah und sagte: »Ich weiß nicht, wie ich am besten anfangen soll …«

»Dann solltest du es vielleicht lieber lassen«, schnitt Mare ihr das Wort ab. »Ich habe ohnehin zu tun.« Mit diesen Worten drehte sie sich um und ging zur benachbarten Laborbank.

»Habe ich dich irgendwie in die Bredouille gebracht?«, rief Deborah ihr hinterher. »Wenn ja, tut es mir wirklich Leid!« Mare drehte sich zu ihr um. Ihre Gesichtszüge entspannten sich etwas. »Es ist nicht deine Schuld. Ich habe mich nur geirrt.«

»Wobei?«

»Was die Eizellen angeht«, erwiderte Mare. »Es sind doch keine menschlichen. Es sind Ova von Schweinen.«

»Ach so, ja«, entgegnete Deborah. »Das hat Dr. Saunders mir bereits gesagt.«

»Dann ist ja alles klar«, stellte Mare fest. »Jetzt muss ich aber wirklich an die Arbeit.« Bei diesen Worten zeigte sie auf das Mikroskop, das sie zuvor bereits eingerichtet hatte. Sie rang sich ein Lächeln ab und ging ans Werk.

Deborah traf die entsprechenden Vorbereitungen, um ebenfalls an die Arbeit zu gehen; dabei beobachtete sie Mare eine Weile. Schließlich beugte sie sich ebenfalls über das Okular ihres Mikroskops und starrte angestrengt hindurch. Vor sich sah sie auf der linken Seite jede Menge winzige, leicht körnige Ringe, von denen jeder einen Strang fluoreszierender DNA enthielt. Im ersten Moment war sie unfähig, sich auf ihre Aufgabe zu konzentrieren. Stattdessen musste sie immer wieder über die Herkunft der Eizellen nachdenken. Auch wenn Dr. Saunders und Mare ihr weismachen wollten, dass sie von Schweinen stammten, war sie überzeugt, eine Riesenansammlung menschlicher Eizellen vor sich zu haben.

Eine halbe Stunde später hatte sie bereits mehr als die Hälfte der unter ihrem Objektiv befindlichen Eizellen ausgeschält. Da die filigrane Arbeit äußerste Konzentration erforderte, brauchte sie eine Pause. Sie lehnte sich zurück und rieb sich kräftig die Augen. Als sie sie wieder öffnete, zuckte sie zusammen. Während ihrer konzentrierten Arbeit hatte sie überhaupt nicht bemerkt, dass jemand an ihre Laborbank gekommen war; umso überraschter war sie, in das zerknirschte Gesicht von Spencer Wingate zu blicken. Aus dem Augenwinkel sah sie, dass Mare ebenfalls von ihrem Mikroskop aufsah. Das plötzliche Erscheinen des Klinikgründers schien sie ebenfalls zu überraschen.

»Guten Morgen, Miss Marks«, begrüßte Spencer sie. Seine Stimme klang deutlich rauer als am Vortag. Er trug einen langen weißen Arztkittel und darunter ein frisch gebügeltes weißes Hemd und eine schlichte Seidenkrawatte. Der einzige Hinweis auf sein Besäufnis vom Vorabend waren seine roten, von Äderchen durchzogenen Augen.

»Könnte ich Sie einen Moment sprechen?«, bat er.

»Natürlich«, erwiderte Deborah. Ihr war ein wenig unbehaglich zu Mute, denn im ersten Moment dachte sie, dass er gekommen war, um nach seiner blauen Karte zu fragen. Doch dann verwarf sie diese Befürchtung schnell wieder. Dass er den Verlust so schnell bemerkte, war doch sehr unwahrscheinlich. Sie rutschte von ihrem Laborhocker, da sie seine Bitte so verstanden hatte, dass er unter vier Augen mit ihr reden wollte. Ein Blick in Mares Richtung verriet ihr, dass ihre Kollegin sie neugierig beobachtete.

Spencer deutete auf eines der Fenster. Deborah ging hin, er folgte ihr.

»Ich möchte mich für gestern Abend entschuldigen«, begann er. »Ich hoffe, ich habe Sie nicht zu Tode gelangweilt. Leider kann ich mich ab der Ankunft bei mir zu Hause nicht mehr an allzu viel erinnern.«

»Aber nein«, entgegnete Deborah und zwang sich zu lachen. »Im Gegenteil: Sie haben uns köstlich unterhalten.« Sie wollte seine Ausfälle möglichst herunterspielen.

»Ich bin mir nicht ganz sicher, ob ich das als Kompliment auffassen soll«, erwiderte Spencer. »Was mich betrifft, ärgert mich natürlich am meisten die verpasste Gelegenheit.«

»Ich kann Ihnen, glaube ich, nicht ganz folgen.«

»Na, Sie wissen schon«, erklärte Spencer und senkte seine Stimme ein wenig. »Sie und Ihre Mitbewohnerin Penelope.« Bei diesen Worten zwinkerte er ihr vieldeutig zu.

»Ach so, jetzt verstehe ich«, entgegnete Deborah. Er bezog sich natürlich auf seine lächerliche Vorstellung von einem flotten Dreier. Auf einmal fühlte sie sich von ihm genauso angewidert wie kurz zuvor von dem aufdringlichen Dr. Saunders, doch sie hielt ihre Zunge im Zaum und sagte nur: »Sie heißt Prudence.«

»Natürlich«, sagte Spencer und schlug sich mit der Hand vor die Stirn. »Ich weiß auch nicht, warum ich mir ihren Namen so schlecht einprägen kann.«

»Ich auch nicht«, erwiderte Deborah. »Dann noch mal besten Dank für die Entschuldigung, obwohl sie, wie gesagt, gar nicht nötig gewesen wäre. Ich mache mich dann wieder an die Arbeit.« Sie ging in Richtung ihrer Laborbank, doch Spencer versperrte ihr den Weg.

»Ich dachte, wir könnten es heute Abend noch einmal versuchen. Ich verspreche auch, mich mit dem Wein etwas zurückzuhalten. Was halten Sie davon?«

Deborah sah zu ihm auf, blickte in seine blauen Augen und suchte nach einer angemessenen Antwort. Da sie inzwischen jeglichen Respekt vor ihm verloren hatte, war sie nicht ungeneigt, ihm einen richtigen Korb zu geben. In Anbetracht des Streits zwischen ihm und Dr. Saunders, dessen Zeugin sie am Vortag geworden war, erwog sie, ihm einfach zu sagen, dass sie leider bereits von seinem Rivalen für den Abend zum Essen eingeladen sei. Unter den gegebenen Umständen war das so ziemlich die härteste Abfuhr, die sie ihm erteilen konnte, und zugleich würde sie die Zwietracht zwischen den beiden noch ein bisschen anfachen. Doch sie biss sich auf die Zunge und verkniff sich das Vergnügen. Angesichts ihres eigentlichen Vorhabens würde es nicht besonders klug sein, sich ausgerechnet den Klinikgründer zum Feind zu machen.

»Wir müssen auch nicht wieder in getrennten Autos fahren«, fuhr Spencer fort, als Deborah nicht antwortete. »Wir können uns zum Beispiel alle drei um viertel nach fünf auf dem Parkplatz treffen.«

»Nicht heute Abend«, erwiderte Deborah schließlich mit der süßesten Stimme, die sie herausbringen konnte.

»Dann vielleicht morgen Abend?«, schlug Spencer vor.

»Lassen Sie es uns so machen, dass ich in dieser Angelegenheit auf Sie zukomme«, entgegnete Deborah. »Joanna … ich meine Prudence und ich müssen unbedingt ein bisschen Schlaf nachholen.« Ihr wurde von Kopf bis Fuß heiß, und sie wusste, dass ihr die Röte ins Gesicht schoss. Sie hatte sich zum ersten Mal mit dem Namen verplappert, und das ausgerechnet vor dem Gründer der Klinik.

»Dann vielleicht am Wochenende«, versuchte Spencer es hartnäckig weiter. Offenbar hatte er ihren Versprecher überhört.

»Was halten Sie davon?«

»Das könnte ich mir durchaus vorstellen«, erwiderte Deborah schnell. Er sollte sich ruhig Hoffnung machen. »Für uns ist es viel besser zu feiern, wenn wir am nächsten Morgen nicht so früh aus den Federn müssen.«

»Ganz meine Meinung«, stellte Spencer klar. »Dann können wir alle in Ruhe ausschlafen.«

»Lange schlafen – das ist Musik in meinen Ohren«, verkündete Deborah.

»Meine Durchwahlnummer ist dreimal die Acht«, sagte Spencer und zwinkerte ihr ein weiteres Mal vielsagend zu. »Ich warte auf Ihren Anruf.«

»Ich melde mich«, versprach Deborah, obwohl sie nicht

im Geringsten die Absicht hatte, ihn tatsächlich anzurufen.

Nach dieser Zusage verließ Spencer endlich das Labor. Deborah sah ihm nach, bis er weg war, und blickte dann in Mares Richtung, die sie immer noch neugierig beobachtete. Deborah zuckte mit den Schultern, als wollte sie sagen, dass sie auch keine Erklärung für das merkwürdige Benehmen des Klinikgründers habe. Dann ging sie zurück zu ihrem Mikroskop, setzte sich auf den Hocker und warf einen Blick auf ihre Uhr. Zum Glück war es nicht mehr lange bis zu ihrem vereinbarten Treffen mit Joanna, und sie konnten sich endlich ihrem eigentlichen Vorhaben widmen.

12

10. Mai 2001, 10.55 Uhr

Allmählich ging es auf elf Uhr zu, und in den paar Stunden hatte Joanna ihr Bild von Büroangestellten bereits gründlich revidiert. Auch wenn sie sich zugegebenermaßen besonders ins Zeug gelegt hatte, um möglichst schnell möglichst viel abzuarbeiten, war das Eingeben von Daten doch ermüdender, als sie gedacht hatte. Keinen Fehler zu machen, erforderte äußerste Konzentration, und sie konnte sich kaum vorstellen, wie man eine solche Arbeit dreihundertundfünfundsechzig Tage im Jahr durchhalten konnte. Ihr Respekt für Büroangestellte war an diesem Morgen jedenfalls deutlich gestiegen.

Um genau fünf vor elf stand sie auf und streckte sich. Sie lächelte ihrer benachbarten Kollegin zu, die in der Nische direkt neben ihr arbeitete und ebenfalls aufgestanden war, als sie das Zurückrücken von Joannas Stuhl gehört hatte. Die Frau hatte sich als ziemlich neugierig erwiesen und während des ganzen Morgens in regelmäßigen Abständen aus ihrer Nische zu Joanna herübergeschaut. Sie hieß Gale Overlook und schien ihrem Namen alle Ehre zu machen.

Joanna hatte gründlich über ihren Plan nachgedacht, und sie wusste genau, was sie als Erstes zu tun hatte. Wenn sie rechtzeitig zu ihrem vereinbarten Treffpunkt kommen wollte, war es höchste Zeit aufzubrechen. Sie nahm ihre Handtasche, die unter anderem Davids Diskette mit der speziellen Hacker-Software sowie ihr Handy und die blaue Karte von Spencer Wingate enthielt, verließ ihre Nische und steuerte den Arbeitsplatz des Netzwerk-Administrators an. Sie hoffte ihn dort anzutreffen, und zwar aus einem einzigen Grund: Wenn er in seiner Nische hockte, wusste sie, dass die Luft im Server-Raum rein war.

Irgendwann im Laufe des Morgens war sie von einer kleinen Panikattacke heimgesucht worden. Sie hatte sich vorgestellt, im Server-Raum auf frischer Tat ertappt zu werden, doch dann hatte sie sich damit beruhigt, dass außer Randy Porter wahrscheinlich niemand jemals den Server-Raum betrat. Also hatte sie nichts zu befürchten, solange er in seiner Nische hockte.

Mit großer Erleichterung nahm sie zur Kenntnis, dass er tatsächlich an seinem Platz saß und wie immer auf seiner Tastatur herumhackte. Beruhigt bog sie nach links ab und ging in Richtung Hauptflur. Deborah erwartete sie bereits am vereinbarten Treffpunkt. Bis zur Tür mit der Aufschrift ZUTRITT VERBOTEN, hinter der sich der Flur zum Server-Raum befand, waren es keine sieben Meter.

»Ich hoffe, dein Morgen war so interessant wie meiner«, begrüßte Deborah sie und bediente sich am Wasserspender.

»Mein Morgen war in etwa so interessant, wie einer frisch gestrichenen Wand beim Trocknen zuzusehen«, erwiderte Joanna. Sie inspizierte den Flur in beide Richtungen und vergewisserte sich, dass ihnen niemand Beachtung schenkte. »Es ist nicht das Geringste passiert. Na gut, andererseits wollte ich ja auch gar nicht, dass irgendetwas passiert.«

»Wir haben zwei weitere Esseneinladungen ins *Barn*«, verkündete Deborah stolz.

»Wer hat dich denn jetzt schon wieder angebaggert?«

»Zum einen Spencer Wingate. Und er hat dich ausdrücklich mit eingeladen.«

»Hast du ihn etwa heute schon gesehen?«

»Aber ja. Er ist extra ins Labor gekommen, um sich für seinen Ausfall gestern Abend zu entschuldigen. Und weißt du, was er vorgeschlagen hat: das entgangene Lustspiel gleich heute Abend nachzuholen. Ich habe ihm gesagt, dass ich leider keine Zeit habe, aber du seine Einladung sicher gerne annimmst.«

»Sehr witzig«, entgegnete Joanna. »Und wie sah er aus?«

»Gar nicht so schlecht, wenn man bedenkt, was er alles in sich hineingeschüttet hat«, erwiderte Deborah. »Ich glaube übrigens nicht, dass er sich an besonders viel erinnert.«

»Da hast du wohl Recht«, meinte Joanna. »Die blaue Karte ist doch nicht etwa zur Sprache gekommen, oder?«

»Mit keinem Wort.«

»Und wer hatte es noch auf dich abgesehen?«

»Die zweite Einladung kam von Dr. Paul Saunders! Kannst du dir vorstellen, mit dem Typen einen Abend zu verbringen?«

»Höchstens in einem Anfall von Selbstkasteiung«, erwiderte Joanna. »Aber nachdem ich gestern gesehen habe, wie er dich in seinem Büro angegafft hat, kannst du mir nicht erzählen, dass auch er mich in seine Einladung mit einbezogen hat.«

Deborah widersprach nicht. Stattdessen checkte sie ebenfalls den Flur in beide Richtungen, vergewisserte sich, dass die Luft rein war, und sagte mit gesenkter Stimme: »Kommen wir also zur Sache. Hast du schon einen speziellen Schlachtplan für unseren Angriff auf den Server-Raum?«

»Allerdings«, sagte Joanna, senkte ebenfalls die Stimme und setzte ihrer Freundin ihre Überlegungen bezüglich Randy Porter auseinander.

»Wirklich clever«, lobte Deborah Joannas Gedankengang. »Um ehrlich zu sein, habe ich mir auch schon den Kopf darüber zerbrochen, wie ich überhaupt Schmiere stehen soll. Schließlich verfügt der Server-Raum nur über einen einzigen Zugang, sodass du, selbst wenn ich dich warnen würde, dass jemand kommt, nicht unbemerkt herauskommen könntest.«

»Eben«, erwiderte Joanna. »Wenn ich jedoch mit meiner Vermutung richtig liege, brauchst du mich nur zu alarmieren, wenn Randy Porter seinen Arbeitsplatz verlässt. Am besten gibst du meine Nummer in dein Handy ein, und sobald er aus seiner Nische kommt, drückst du auf WÄHLEN. Dann mache ich mich beim ersten Klingeln aus dem Staub – das müsste reichen.«

»Klingt nach einem guten Plan«, stellte Deborah fest. »Sollen wir loslegen?«

»Ich denke, es spricht nichts dagegen«, erwiderte Joanna. »Wenn es aus irgendwelchen Gründen nicht klappt, können wir es ja während der Mittagspause noch einmal versuchen. Und wenn es dann wieder nicht hinhaut, bleibt uns immer noch der Nachmittag. Schlimmstenfalls müssen wir halt morgen wiederkommen.«

»Lass uns am besten positiv denken«, sagte Deborah und tippte Joannas Nummer in ihr Handy ein. »Eins kann ich dir jedenfalls versprechen: Ich steige morgen bestimmt nicht zum dritten Mal hintereinander in diese Klamotten.«

»Auf dem Weg hierher bin ich an Porters Nische vorbeigegangen. Eben saß er noch vor seinem Monitor, und wie es aussah, war er im Internet. Das dürfte ihn hoffentlich eine Weile beschäftigen.«

»Hast du alles, was du brauchst?«

Joanna tippte auf ihre Handtasche. »Hier drin habe ich die Hacker-Software, Davids Anweisungen und die blaue Karte von Spencer Wingate. Hoffen wir, dass sie funktioniert – sonst müssen wir wieder ganz von vorne anfangen.«

»Sie wird es schon tun«, versuchte Deborah ihr Mut zu machen. »Ich gehe jetzt auf meinen Posten. Du drückst dich am besten noch ein bisschen hier herum. Wenn Randy Porter immer noch in seiner Nische auf seinem Hintern hockt, rufe ich dich an und lasse es genau zweimal klingeln. Das heißt für dich grünes Licht, und dann kommt dein Part.«

Die beiden Frauen fassten sich kurz bei den Händen, dann setzte Deborah sich in Bewegung und ging entschiedenen Schrittes los. An der Tür zum Verwaltungstrakt hielt sie inne und drehte sich noch einmal um. Joanna stand nach wie vor bei dem Wasserspender. Sie hatte die Arme vor der Brust verschränkt und lehnte an der Wand. Als sie sah, dass ihre Freundin sich umdrehte, winkte sie ihr zu. Deborah erwiderte die Geste.

Leider konnte Deborah sich beim besten Willen nicht erinnern, wo genau sich die Nische von Randy Porter befand. In dem schachbrettartigen Labyrinth, das die gesamte Station des einstigen Krankenhauses durchzog, konnte man leicht den Überblick verlieren. Zuerst steuerte sie den Bereich an, in dem sie Randys Nische vermutete, doch da war sie nicht. Also ging sie die Gänge systematisch der Reihe nach ab, und schließlich hatte sie Glück. Zu ihrer Freude hockte der Netzwerk-Administrator immer noch vor seinem Monitor. Sie riskierte zwar nur einen flüchtigen Blick, doch wenn sie sich nicht irrte, war er in ein Videospiel vertieft.

Beruhigt griff sie in ihre Handtasche, holte ihr Handy hervor und drückte die Wähltaste; Joannas Nummer hatte sie ja bereits eingegeben. Sie hielt sich das Telefon ans Ohr, wartete genau zwei Wählzeichen ab und drückte die Wahlunterbrechung. Dann verstaute sie das Handy wieder in ihrer Handtasche.

Sie behielt Randys Arbeitsnische aus dem Augenwinkel im Blick und schlenderte zurück in Richtung Hauptflur. Da es keinen geeigneten Platz gab, von dem aus sie unbemerkt sein Büro beobachten konnte, blieb ihr nichts anderes übrig, als ständig in Bewegung zu bleiben.

In dem Augenblick, in dem Joanna das Klingelzeichen hörte, schaltete sie schnell auf Vibrieren um. Auch wenn sie mit dem Klingeln gerechnet hatte, zuckte sie am ganzen Leib zusammen. Ihre Nerven waren zum Zerreißen gespannt.

Sie vergewisserte sich ein letztes Mal mit einem verstohlenen Blick, dass die Luft auf dem Flur rein war, passierte in Windeseile die Tür mit der Aufschrift ZUTRITT VERBOTEN und huschte auf den kurzen Gang, der zum Server-Raum führte. Als die Tür hinter ihr zufiel, atmete sie so schwer, als hätte sie gerade einen Hundert-Meter-Spurt hinter sich. Ihr Puls raste, und ihr war ein wenig schwindelig. Erst jetzt wurde ihr mit aller Klarheit bewusst, dass sie eine Einbrecherin war, und sie fühlte sich plötzlich wie gelähmt. Wie sie leider erst jetzt merkte, war sie nicht dafür geschaffen, in Computer-Server-Räume einzudringen. Die Planung einer solchen Aktion erforderte nicht annähernd so viele Nerven, wie den Plan in die Tat umzusetzen.

Den Rücken gegen die Tür gepresst, holte sie ein paarmal tief Luft. Sie machte mehrere bewusste Atemzüge und sprach sich selbst mit ein paar aufmunternden Worten Mut zu, bis sie sich schließlich so weit beruhigt hatte, dass sie sich wieder bewegen konnte. Sie wagte sich zunächst nur zögernd und Schritt für Schritt vor, doch als ihr Schwindelgefühl endlich nachließ, fasste sie neuen Mut. An der Tür zum Server-Raum warf sie einen letzten Blick zurück zu der Tür, durch die sie gerade gekommen war. Dann griff sie in ihre Handtasche, holte die blaue Zugangskarte von Spencer Wingate heraus und zog sie mit einer schnellen Handbewegung durch den Schlitz. Erleichtert registrierte sie ein mechanisches Klicken. Damit hatte sie schon mal eine Sorge weniger: Die Karte funktionierte. Sie öffnete die Tür, und im nächsten Moment stand sie im Server-Raum und eilte zum Schaltpult.

Randy Porter war ein wahrer Computerfreak, doch von allem, was mit Computern zu tun hatte, hatten es ihm am meisten die Spiele angetan. Er konnte von morgens bis abends vor einem Spiel hocken, und wenn er nach Hause kam, hatte er immer noch nicht genug. Es war eine regelrechte Sucht. Manchmal spielte er bis drei oder vier Uhr morgens, denn das Internet hatte die Tageszeiten abgeschafft, und irgendwo im World Wide Web fand sich immer jemand, der gerade wach war und Lust auf ein Spiel hatte. Wenn es nach ihm gegangen wäre, hätte er auch die ganze Nacht durchspielen können; er schaltete den Computer nur irgendwann aus, weil er am nächsten Tag nicht als absoluter Zombie bei der Arbeit erscheinen wollte.

Das Gute an seinem Job in der Wingate Clinic war, dass er während der Arbeitszeit nach Herzenslust seinem Spieltrieb frönen konnte. Das war freilich nicht immer so gewesen. Die Klinik hatte ihn gleich nach seinem Abschluss direkt von der Massachusetts-Universität geholt, damit er das firmeninterne Netz auf Vordermann brachte. Allein das hatte ihn ziemlich ausgelastet, doch gleichzeitig sollte er auch noch sämtliche Daten mit den höchsten verfügbaren Sicherheitsvorkehrungen vor unbefugtem Zugriff schützen. In dieser Zeit hatte er unzählige Überstunden gemacht und immer wieder Außentermine wahrnehmen müssen. Als Nächstes musste er sich dann auch noch um den Online-Auftritt der Klinik kümmern, und bis die Website endlich so aussah, dass alle, die etwas zu sagen hatten, zufrieden und glücklich waren, hatte es noch einmal mehrere Monate harter und ausdauernder Arbeit gebraucht. Doch inzwischen funktionierte alles wie am Schnürchen, und das hieß, dass er im Grunde nicht mehr viel zu tun hatte. Eigentlich musste er nur in Reichweite sein, falls es irgendwo kleinere Probleme mit der Hardware oder Software gab, und auch die traten meistens nur auf, weil irgendein Schwachkopf wieder einmal einen dummen Bedienungsfehler gemacht hatte. Randy hütete sich natürlich, die Verursacher auf ihre Dummheit hinzuweisen. Stattdessen war er immer höflich und hilfsbereit und schob alle Probleme auf die Computer.

Sein Arbeitstag sah in etwa immer gleich aus: Wenn er morgens kam, hockte er sich in seiner Arbeitsnische vor den Monitor und checkte mit Hilfe von *Windows 2000 Active Directory*, ob alle Programme und Systeme ordnungsgemäß liefen und alle Terminals angeschlossen waren. Das kostete ihn etwa fünfzehn Minuten.

Anschließend stärkte er sich mit einer kurzen Kaffeepause für sein morgendliches Computerspiel. Damit er nicht von Christine Parham, der Abteilungsleiterin, erwischt wurde, zog er regelmäßig durch die Büronischen und suchte sich eine Workstation, an der gerade niemand arbeitete, um sein Spiel dort fortzusetzen. Es war deshalb gar nicht leicht, ihn zu finden, wenn man ihn brauchte, aber bisher hatte sich nie jemand darüber beschwert, weil natürlich jeder davon ausging, dass er gerade irgendeinen Computer reparierte, wenn er nicht in seiner Nische anzutreffen war.

Am 10. Mai um 11.11 Uhr war er gerade in einen tödlichen Kampf verwickelt. Sein Gegner war ein äußerst talentierter, aber zwielichtiger Kämpfer namens SCREAMER. Zurzeit war das Computerspiel *Unreal Tournament* sein Lieblingsspiel, und im Moment stand er mitten in der nervenzehrenden Entscheidungsschlacht, in deren Verlauf er oder SCREAMER getötet würden. Seine Hände waren vor Aufregung ganz feucht, doch er kämpfte wild entschlossen. Am Ende, da war er sicher, würde er dank seiner langen Kampferfahrung den Sieg davontragen.

Plötzlich ertönte ein leiser Piepton. Randy zuckte zusammen und sprang fast aus seinem ergonomischen Stuhl auf. Ganz unten rechts auf seinem Bildschirm hatte sich ein kleines Fenster geöffnet, in dem fortwährend die Botschaft aufblinkte: EINDRINGLING IM SERVER-RAUM. Bevor er das Fenster wieder schließen konnte, ertönte ein schrilles, verhängnisvolles Getöse. Sein Blick schoss zurück auf das Hauptfenster, und zu seinem großen Verdruss erschien dort das Gesicht seines Gegners und grinste ihn hämisch an. Randys Hirn erfasste schneller als der Pentium-4-Prozessor, dass er soeben getötet worden war.

»Verdammter Mist!«, fluchte er. Es war seine erste Niederlage seit über einer Woche und nach so langer Zeit ununterbrochener Siege eine herbe Enttäuschung. Wütend starrte er erneut die aufblinkende Warnung an, die ihn in der entscheidenden Phase des Kampfes abgelenkt hatte. Irgendjemand hatte die Tür zum Server-Raum geöffnet. Randy mochte es überhaupt nicht, wenn jemand den Server-Raum betrat und dort alles durcheinander brachte. Der Server-Raum war einzig und allein seine Domäne. Außer ihm hatte dort niemand etwas zu suchen – höchstens das Wartungsteam von IBM, und selbst das betrat den Raum nur in seiner Begleitung.

Er beendete *Unreal Tournament* und ließ seinen Joystick hinter dem Monitor verschwinden. Dann stand er auf und machte sich auf den Weg zum Server-Raum. Er war gespannt, wer zum Teufel da in seine Domäne eingedrungen war. Wer immer es war, er war dafür verantwortlich, dass er gerade getötet worden war.

Joanna rutschte das Herz in die Hose. Soeben hatte ihr Handy vibriert. Seitdem sie die äußere Tür zum Server-Raum passiert hatte, hatte sie entsetzliche Angst. Noch nie im Leben hatte sie sich vor einer Computertastatur so unbeholfen angestellt. Für die Eingabe der simpelsten Befehle brauchte sie eine Ewigkeit, und das verschlimmerte ihren Angstzustand noch, wodurch ihr wiederum das Eintippen noch schwerer fiel – es war ein Teufelskreis.

Der Anruf musste das verabredete Warnsignal von Deborah gewesen sein, also musste sie so schnell wie möglich verschwinden. Es konnte sich nur um Sekunden handeln, bis Randy Porter im Server-Raum auftauchte. Panisch beeilte sie sich, sämtliche Fenster zu schließen, die sie auf dem Monitor geöffnet hatte, doch mit ihren zwei linken Händen bewegte sie die Maus so ruckartig, dass sie für jeden Befehl eine Ewigkeit brauchte. Irgendwie schaffte sie es schließlich doch, das letzte Fenster zu schließen. Der Bildschirm wurde schwarz, und sie stopfte hastig die Hacker-Software in ihre Handtasche. Nun musste sie nur noch die ursprüngliche CD zurück in das Laufwerk schieben. Als ihr Handy vibriert hatte, hatte sie sich gerade erst an dem Computertisch niedergelassen. Leider hatten die paar Minuten nur für die allerersten Schritte gereicht, die für die Einrichtung eines eigenen Zugangs erforderlich waren.

Außer sich vor Angst schnappte sie sich ihre Handtasche vom Computertisch und stürmte zur Tür, doch als sie sie gerade öffnete, hörte sie im gleichen Moment, wie die Tür am Ende des kurzen Ganges aufgeschoben wurde. Panisch ließ sie die Klinke los und trat wieder zurück in den Server-Raum. Sie war der Verzweiflung nahe, denn jetzt saß sie in der Falle. Da sie nicht wusste, was sie sonst tun sollte, hastete sie hinter die Reihe mit den diversen elektronischen Modulen, von denen jedes in etwa die Maße eines schmalen Aktenschrankes mit vier Schubladen hatte. Hinter dem letzten ging sie in die Hocke, krümmte sich zusammen und versuchte sich so klein wie nur irgend möglich zu machen. Es war ein ziemlich schlechtes Versteck, aber sie hatte keine andere Wahl.

Ihr Herz schlug so laut, dass, wer immer auch gleich den Raum betrat, es unweigerlich hören musste. Es pochte ihr buchstäblich in den Ohren. Sie merkte, wie sich in ihren zusammengepressten Fäusten, die sie mit aller Kraft gegen ihre Wangen drückte, der Schweiß sammelte. Innerlich bereitete sie sich darauf vor, gleich entdeckt zu werden, und überlegte, was sie dann sagen sollte. Das Problem war nur: Ihr fiel beim besten Willen keine vernünftige Ausrede ein.

Von dem Augenblick an, in dem Randy seine Arbeitsnische verlassen hatte, hatte er sich langsam in seine Wut hineingesteigert. Irgendjemand hatte es gewagt, ihn bei seinem Computerspiel zu unterbrechen, woraufhin er von seinem Gegner getötet worden war, und das ärgerte ihn viel mehr als die Tatsache, dass offenbar jemand in seinen Server- Raum eingedrungen war. Als er schließlich zur Stelle war, dachte er mehr daran, so schnell wie möglich eine neue Runde *Unreal Tournament* zu spielen und seinen Kontrahenten SCREAMER zur Revanche aufzufordern, als dem Unbekannten, der da in seine Domäne eingedrungen war, eine Lektion zu erteilen.

»Was zum Teufel soll das?«, rief er, als er die offene Tür des Server-Raums sah. Er sah sich um, nahm die zum Gang führende Außentür ins Visier, die er angelehnt gelassen hatte, und fragte sich, wie der unbefugte Eindringling ungesehen herausgekommen sein mochte. Dann betrat er den Raum und inspizierte ihn. Es war alles in Ordnung. Das Schaltpult sah genauso aus, wie er es hinterlassen hatte. Auf dem Monitor lief der Bildschirmschoner. Er griff nach der Tür und schwang sie ein paarmal auf und zu. Vielleicht, ging ihm plötzlich durch den Kopf, hatte er sie bei seinem letzten Besuch nicht richtig einschnappen lassen, sodass sie von allein wieder aufgegangen war.

Er zuckte mit den Schultern und zog die Tür hinter sich zu. Ein leises Klicken verhieß, dass sie fest geschlossen war. Er versuchte sie erneut aufzuschieben, doch sie war definitiv geschlossen. Mit einem letzten Achselzucken drehte er sich um, eilte zurück über den Gang und hatte nur noch eins im Sinn: zurück an seinen Schreibtisch zu kommen und es SCREAMER zu zeigen.

»Es ist alles okay!«, redete Deborah mit sanfter Stimme auf ihre Freundin ein. Sie hielt Joanna bei den Schultern und versuchte, sie zu beruhigen. Joanna zitterte am ganzen Leib und schluchzte alle paar Sekunden laut auf. Sie waren im Labor und standen in der Nähe des Fensters, an dem Deborah früher am Vormittag mit Spencer Wingate gesprochen hatte. Mare hatte sie hereinkommen sehen und sie in Ruhe gelassen; offenbar hatte sie erkannt, dass es Joanna nicht gut ging.

Als Deborah plötzlich Randys Kopf über der Trennwand hatte auftauchen sehen und der Computer-Experte der Wingate Clinic eilig aus seiner Nische gestürmt war, hatte sie Joanna sofort auf ihrem Handy angerufen. Da Randy quasi im Laufschritt davoneilte, musste Deborah im Laufen telefonieren. Zu ihrem blanken Entsetzen stürmte der Netzwerk-Administrator schnurstracks über den Hauptflur in Richtung Server- Raum. Da sie Joanna nirgends entdecken konnte, sagte ihr ihre Intuition, dass sie es nicht geschafft hatte, den Raum rechtzeitig zu verlassen.

Als Randy dann auch noch zielstrebig die zum Server-Raum führende Außentür angesteuert hatte, hatte Deborah jede Hoffnung aufgegeben, dass er vielleicht doch woandershin wollte; sein Ziel war definitiv der Server-Raum. Sie selber war ratlos vor der Tür stehen geblieben. Sie hatte keine Ahnung, was sie tun sollte.

Die folgenden Minuten hatten sie reichlich Nerven gekostet. Sie hatte hin und her überlegt, ob sie hineingehen und versuchen sollte, die Situation – wie auch immer sie eskaliert sein mochte – zu entschärfen. Sie hatte sogar ins Auge gefasst hineinzuplatzen, sich Joanna zu schnappen und mit ihr zum Auto zu rennen und einfach abzuhauen. Doch dann war Randy zu ihrer großen Überraschung wieder herausgekommen, und zwar allein, und er wirkte viel ruhiger als ein paar Minuten zuvor beim Betreten seiner Domäne.

Deborah hatte sich schnell über den Wasserspender gebeugt und so getan, als wollte sie einen Schluck nehmen; schließlich wollte sie nicht durch verdächtiges Herumlungern auf dem Flur auffallen. Randy war an ihr vorbeigegangen, doch sie hatte registriert, dass er seinen Schritt deutlich verlangsamt hatte. Wenigstens war er nicht stehen geblieben. Als sie sich schließlich wieder aufgerichtet hatte, war er bereits einige Meter entfernt gewesen. Er hatte den gleichen Weg eingeschlagen, den er gekommen war, doch anstatt nach vorn zu sehen, hatte er Kopf und Oberkörper nach hinten gedreht, um Deborah nicht aus den Augen zu verlieren. Als ihre Blicke sich trafen, hatte er ihr den aufgerichteten Daumen entgegengestreckt. Deborah war knallrot geworden, denn plötzlich war ihr klar geworden, dass sie ihm beim Bücken über den Wasserspender einen beträchtlichen Teil ihres Hinterns präsentiert hatte.

»Ich bin für so etwas nicht geschaffen!«, raunzte Joanna.

Deborahs Beruhigungsversuche brachten sie auf die Palme, obwohl sie selber nicht recht wusste, auf wen oder was sie eigentlich wütend war. Sie presste ihre Lippen zusammen, doch sie zitterten unaufhörlich weiter, als ob sie jeden Moment erneut in Tränen ausbrechen würde. »Ich meine es ernst!«

Deborah redete weiter beruhigend auf sie ein.

»Ich bin für so etwas wirklich nicht geschaffen!«, wiederholte Joanna leise. »Ich wäre beinahe gestorben. Es war einfach furchtbar.«

»Du hast dich doch wacker geschlagen«, widersprach Deborah. »Dein Rückzug hat bestens funktioniert, und er hat dich nicht gesehen! Geh doch nicht so hart mit dir ins Gericht!«

»Meinst du das im Ernst?«, fragte Joanna und japste ein paar Mal nach Luft.

»Ja«, versicherte Deborah. »Jeder – und mit Sicherheit auch ich – hätte es vermasselt. Aber du hast es irgendwie geschafft, dich unsichtbar zu machen. Und dadurch haben wir einen zweiten Versuch frei.«

»Ich gehe auf keinen Fall noch einmal in den Raum«, behauptete Joanna. »Das kannst du vergessen.«

»Willst du wirklich aufgeben, nachdem wir schon so weit gekommen sind?«

»Jetzt bist du dran«, verlangte Joanna. »Du gehst in den Server-Raum, und ich stehe Schmiere.«

»Wenn ich könnte, würde ich es sogar tun«, entgegnete Deborah. »Das Problem ist nur, dass ich viel zu wenig von Computern verstehe. Und du kannst es mir erklären, bis ich schwarz werde – ich werde mit Sicherheit alles verpatzen.«

Joanna starrte Deborah an, als ob sie jeden Moment vor Wut zu platzen drohte.

»Tut mir Leid«, sagte Deborah. »Ich bin nun mal kein Computer-Freak. Aber ich glaube wirklich, dass wir nicht so schnell aufgeben sollten. Schließlich wollen wir beide herausfinden, was aus unseren Eizellen geworden ist, und inzwischen ist mein Interesse noch größer geworden.«

»Muss ich dich wieder erst ausdrücklich bitten, mich einzuweihen?«, fragte Joanna entnervt.

Deborah sah verstohlen zu Mare und vergewisserte sich,

dass sie sie nicht belauschte. Dann senkte sie die Stimme und berichtete Joanna von ihrem morgendlichen Gespräch mit ihrer Kollegin, bei dem sie erfahren hatte, dass im Labor offenbar nicht an Ova von Schweinen gearbeitet wurde, sondern an menschlichen Eizellen. Joanna war so perplex, dass sie ihr Horrorerlebnis sofort vergaß.

»Wie seltsam!«, staunte sie.

Deborah verzog das Gesicht. *Seltsam* war ihrer Meinung nach nicht annähernd das passende Wort für diese Ungeheuerlichkeit. »Ich finde es unglaublich!«, korrigierte sie ihre Freundin.

»Überleg doch mal! Die Klinik hat uns neunzigtausend Dollar für ein halbes Dutzend Eizellen gezahlt, und heute haben sie mir ein paar hundert hingestellt, damit ich mich daran versuche! Was den Transfer von Zellkernen angeht, bin ich doch eine absolute Amateurin. Also, wenn das nicht mehr als seltsam ist!«

»Du hast Recht«, stimmte Joanna ihr zu. »Es ist unglaublich.«

»Also müssen wir uns noch dringender irgendwie Zugang zu den Daten verschaffen«, sagte Deborah. »Ich will unbedingt herausfinden, welche Art von Forschung hier eigentlich betrieben wird und wie sie an all diese Eizellen kommen.«

Joanna schüttelte den Kopf. »Das mag ja ein dringender Beweggrund sein, aber ich meine es wirklich ernst: Ich glaube nicht, dass ich mich noch einmal überwinden kann, diesen Server-Raum zu betreten.«

»Aber beim nächsten Versuch sind wir doch viel besser dran«, versuchte Deborah sie umzustimmen.

»Ich wüsste nicht warum«, entgegnete Joanna.

»Wenn ich mich nicht irre, ist dieser Randy Porter genau in dem Augenblick von seinem Stuhl aufgesprungen, als du die Tür zum Server-Raum geöffnet hast. Also muss die Tür über irgendeine Vorrichtung verfügen, die ihm sofort ein

Alarmsignal auf den Monitor sendet, wenn jemand sie öffnet. Das macht doch Sinn, findest du nicht? Ihm kann einfach nicht zufällig genau in dem Moment, in dem du den Raum betreten hast, in den Sinn gekommen sein, einen Kontrollgang zu machen.«

»Da könntest du wohl Recht haben«, räumte Joanna ein. »Aber inwiefern soll uns das weiterhelfen?«

»Das heißt, es reicht nicht aus, ihn in seiner Nische zu beobachten«, erklärte Deborah. »Wir müssen ihn von seinem Arbeitsplatz weglocken und ihn ablenken.«

Joanna dachte über Deborahs Worte nach und nickte. »Und hast du auch schon eine Idee, wie wir das anstellen könnten?«

»Selbstverständlich«, erwiderte Deborah und lächelte verschmitzt. »Als er vorhin nach seinem Kontrollgang an mir vorbeigegangen ist, habe ich mich über den Wasserspender gebeugt, und ich kann dir sagen, er hat mich angestarrt wie ein brünftiger Bock. Bei der Reaktion würde es mich doch sehr wundern, wenn ich es nicht schaffen sollte, ihn in der Kantine anzumachen und in ein Gespräch zu verwickeln. Ich wette, dass ich ihn problemlos ein Weilchen bei der Stange halten kann. Währenddessen versuchst du noch einmal dein Glück im Server-Raum, und wenn du fertig bist, rufst du mich auf dem Handy an und erlöst mich.«

Joanna nickte, obwohl sie immer noch nicht ganz überzeugt war.

»Pass auf!«, redete Deborah weiter auf sie ein. »Ich erkläre dir haarklein, wie wir es machen. Du gehst jetzt zurück in den Verwaltungsbereich und siehst nach, ob Randy Porter wieder in seiner Nische sitzt. Dann gehst du an deinen eigenen Arbeitsplatz. Was du da machst, ist vollkommen egal. Entscheidend ist nur, dass du aufpasst, wann unser Computerexperte Mittag essen geht. Sobald er seinen Platz verlässt, rufst du mich an. Am besten fange ich ihn schon auf dem Weg in die Kantine ab, das ist sicher einfacher, als ihn am Esstisch anzuquatschen. Sobald ich ihn in ein Gespräch verwickelt und das Gefühl habe, dass es gut läuft, rufe ich dich an, und erst dann gehst du noch einmal in den Server-Raum und verschaffst uns Zugang zu den Klinikdaten. Je mehr ich darüber nachdenke, desto sicherer bin ich, dass wir die Aktion auf die Mittagspause verschieben sollten. Dann gehen wir das geringste Risiko ein. Sobald du fertig bist, kommst du einfach in die Kantine und erlöst mich von dem Lüstling. Dann kannst du auch gleich selber Mittag essen.«

»Du tust so, als wäre das alles ein Kinderspiel«, stellte Joanna fest.

»Das ist es auch«, entgegnete Deborah. »Davon bin ich fest überzeugt. Also – was sagst du zu meinem Plan?«

»Er klingt nicht schlecht. Aber was ist, wenn er von der Unterhaltung mit dir genug hat? Gibst du mir dann Bescheid?«

»Natürlich«, versicherte Deborah. »Dann rufe ich dich sofort an. Und das Gute ist, dass du selbst dann nicht in Panik ausbrechen müsstest. Die Kantine ist so weit weg, dass du alle Zeit der Welt hättest, unbemerkt aus dem Server-Raum zu verschwinden. Wenn er hingegen in seiner Nische hockt, sieht die Sache etwas anders aus.«

Joanna nickte ein paarmal nachdenklich.

»Und? Willst du es noch einmal versuchen?«

»Ja«, erwiderte Joanna. »Ich glaube, es ist einen Versuch wert.«

»Super!«, rief Deborah. »Dann sollten wir den Stein ins Rollen bringen. Falls er nicht an seinem Arbeitsplatz sein sollte, musst du mich anrufen. Dann müssen wir unseren Plan gegebenenfalls kurzfristig ändern.«

»Okay«, entgegnete Joanna euphorischer, als ihr zumute war. »Wir werden das Ding schon schaukeln.« Um sich gegenseitig Mut zu machen, besiegelten sie ihren Beschluss per Handschlag. Dann drehte Joanna sich um und verließ das Labor.

Deborah sah ihr hinterher. Sie kannte ihre Mitbewohnerin gut genug, um zu wissen, dass sie gerade vollkommen aufgelöst gewesen war, aber sie wusste auch, dass Joanna nicht unterzukriegen war. Wenn es darauf ankam, konnte man sich darauf verlassen, dass sie ihr Ziel erreichte.

Deborah ging zurück zu ihrem Mikroskop und versuchte zu arbeiten. Doch sie war viel zu aufgedreht, als dass sie sich auf eine so gewissenhaft auszuführende Tätigkeit wie das Entkernen von Ova hätte konzentrieren können. Außerdem befürchtete sie jeden Moment, dass Joanna anrief und mitteilte, dass Randy Porter nicht in seiner Nische saß. Nachdem fünf Minuten verstrichen waren, ohne dass das Telefon geklingelt hatte, stand sie auf und steuerte den Arbeitsplatz ihrer Kollegin an. Als Mare Deborah neben sich registrierte, sah sie von ihrem Mikroskop auf.

»Ich habe noch eine Frage«, sagte Deborah. »Wo hast du die Eizellen, mit denen wir arbeiten, eigentlich vorhin hergeholt?«

Mare deutete mit dem Daumen über ihre Schulter. »Aus dem Inkubator dahinten am Ende des Labors.«

»Und wie kommen die Eizellen in den Inkubator?«

Mare bedachte Deborah mit einem Blick, der zwar nicht finstere Missbilligung ausdrückte, aber alles andere als freundlich war. »Du stellst eine Menge Fragen.«

»Das haben angehende Forscherinnen so an sich«, entgegnete Deborah. »Wissenschaftler, die keine Fragen stellen, sollten sich zur Ruhe setzen oder sich einen anderen Job suchen.«

»Die Eizellen kommen im Inkubator mit einem Speisenaufzug zu uns nach oben«, erklärte Mare. »Das ist alles, was ich weiß. Man hat mich weder ermutigt, weitere Fragen zu stellen, noch habe ich mich dazu bemüßigt gefühlt.«

»Und wer kann meine Frage beantworten?«

»Ich denke, Miss Finnigan.«

Randy stemmte beide Hände auf die Lehnen seines Schreibtischstuhls und hievte sich vorsichtig hoch. Er wollte unbemerkt prüfen, ob Christine, seine Abteilungsleiterin, an ihrem Platz war. Wäre er aufgestanden, hätte sie ihn womöglich ertappt, doch indem er sich zentimeterweise von seinem Stuhl hochhievte, konnte er innehalten, sobald er ihren riesigen Lockenkopf erblickte. Bingo! Sie saß an ihrem Schreibtisch. Langsam ließ er sich wieder auf seinen Stuhl hinab.

Da er nun wusste, dass seine Vorgesetzte in der Nähe war, stellte er den Ton seiner Computerlautsprecher leise. Zu Hause drehte er gern voll auf, um sich von den Sound-Effekten animieren zu lassen, doch im Büro sah er sicherheitshalber davon ab, erst recht, wenn Christine in Hörweite war.

Als Nächstes holte er den Joystick hinter dem Monitor hervor und positionierte ihn exakt auf dem Schreibtisch. Dann brachte er sein Hinterteil in die für ihn angenehmste Stellung. Wenn er beim Spielen sein Bestes geben wollte, musste er bequem sitzen. Als alles zu seiner Zufriedenheit war, griff er nach der Maus, um sich ins Internet einzuklicken. Doch dann hielt er plötzlich inne. Obwohl er schon voll und ganz auf sein nächstes Spiel eingestellt war, ging ihm seltsamerweise plötzlich etwas anderes durch den Kopf.

Er hatte die Tür des Server-Raums nicht nur so programmiert, dass er bei jedem Öffnen umgehend alarmiert wurde, sondern er hatte zusätzlich dafür gesorgt, dass die Identität jedes Kartenbesitzers gespeichert wurde, der seine Zugangskarte durch den Schlitz der Server- Raum-Tür zog und sich Zutritt verschaffte.

Mit ein paar schnellen Mausklicks öffnete er das entsprechende Fenster. Er ging fest davon aus, seinen eigenen

Namen als letzten auf der Liste vorzufinden; schließlich hatte er kurz nach dem Rechten gesehen, nachdem Helen Masterson im Server-Raum gewesen war. Damit wäre seine Vermutung bestätigt, dass er die Tür nicht fest genug zugezogen hatte und sie von allein aufgegangen war. Doch zu seiner Überraschung stand nicht sein Name als letzter in der Reihe, sondern der von Dr. Spencer Wingate, dem geschätzten Gründer der Klinik. Er hatte den Raum um 11.10 Uhr an diesem Vormittag betreten.

Randy starrte verwirrt und ungläubig auf den Eintrag. Wie konnte das möglich sein? Als echter Computerspiel- Freak führte er über seine Siege und seine seltenen Niederlagen exakt Buch. Er verkleinerte das Fenster, das über den Server-Raum Auskunft gab, und rief seine Spielstände für *Unreal Tournament* auf. Da stand es schwarz auf weiß: Er war um 11.11 Uhr abgeschossen worden.

Er holte einmal tief Luft, ließ sich in seinen Stuhl zurückfallen und starrte auf den Bildschirm. Gleichzeitig ließ er vor seinem inneren Auge noch einmal seinen Spurt zum Server-Raum Revue passieren. Von seiner Nische bis zum Server-Raum brauchte man eine, höchstens zwei Minuten. Also musste er ihn um 11.12 Uhr oder spätestens um 11.13 Uhr erreicht haben. Aber wo, zum Teufel, war dann Dr. Wingate gewesen, der den Raum laut Zugangskartenspeicherung um 11.10 Uhr betreten hatte? Und als ob das allein nicht schon rätselhaft genug war, hatte der Arzt und Gründer der Klinik auch noch die Tür offen gelassen.

Hier passiert irgendetwas höchst Seltsames, dachte Randy. Eigentlich hatte es immer geheißen, dass Dr. Wingate sich quasi im Ruhestand befinde. Doch seit kurzem wurde gemunkelt, er sei wieder aufgetaucht. Randy kratzte sich am Kopf und fragte sich, ob er die Sache einfach auf sich beruhen lassen oder ob er sie melden sollte. Normalerweise hatte er jegliche Verletzung der Sicherheitsvorschriften umgehend

Dr. Saunders anzuzeigen, doch er war gar nicht sicher, ob es sich in diesem Fall überhaupt um eine Vorschriftsverletzung handelte. Immerhin war Dr. Wingate das höchste Tier der ganzen Klinik. Wie konnte er also gegen irgendeine Vorschrift verstoßen?

Plötzlich hatte er eine Idee. Vielleicht sollte er mit Kurt Hermann sprechen, dem Sicherheitschef der Klinik. Allerdings war er ein ziemlich seltsamer Vogel. Er hatte Randy gebeten, seinen Computer so zu programmieren, dass er jegliches Öffnen sämtlicher Kartenschlitztüren aufzeichnete. Also musste Kurt bereits wissen, dass Dr. Wingate im Server-Raum gewesen war. Was der Sicherheitschef jedoch nicht wusste, war, dass der Klinikgründer sich nur zwei Minuten in dem Raum aufgehalten und nach seinem Verlassen die Tür offen gelassen hatte.

»So ein Mist!«, fluchte Randy laut. Sich über derartigen Unsinn den Kopf zu zerbrechen, war mindestens so anstrengend, wie richtig zu arbeiten. Dabei hatte er eigentlich nur eins im Sinn: SCREAMER zu besiegen. Er setzte sich gerade hin und griff nach der Maus.

»Entschuldigen Sie bitte, Miss Finnigan!«, rief Deborah. Sie stand auf der Schwelle zum Büro der Laborleiterin. Ihr zaghaftes Klopfen an den Türrahmen hatte nichts genutzt. Megan Finnigan war so in ihre Arbeit vertieft, dass sie nichts mitbekam, doch Deborahs Stimme riss sie aus ihren Gedanken. Sie sah erschrocken auf und klickte eilig ihren Bildschirm frei.

»Es wäre schön, wenn Sie beim nächsten Mal anklopfen könnten«, sagte sie.

»Ich habe angeklopft«, sagte Deborah.

Die Laborleiterin warf ihren Kopf zurück, um ein paar lästige Haarsträhnen aus ihrem Gesicht zu entfernen. »Tut mir Leid. Ich habe sehr viel zu tun. Kann ich Ihnen helfen?«

»Sie haben mich bei unserem ersten Gespräch ermutigt,

zu Ihnen zu kommen, wenn ich Fragen habe«, entgegnete Deborah. »Ich habe eine Frage.«

»Was möchten Sie wissen?«

»Ich wüsste gern, woher all die Eizellen stammen, mit denen ich arbeite. Maureen habe ich bereits gefragt, aber sie behauptet, es nicht zu wissen. Ich finde, es sind unheimlich viele. Mir war gar nicht klar, dass Eizellen in so großer Anzahl zur Verfügung stehen.«

»Der ständige Mangel an Eizellen hat unseren Forschungsbemühungen in der Tat vom ersten Tag an Grenzen gesetzt«, erklärte Megan. »Deshalb haben wir äußerste Anstrengungen darauf verwendet, genau dieses Problem zu lösen. Dr. Saunders und Dr. Donaldson haben auf diesem Gebiet maßgebliche Erfolge zu verzeichnen. Allerdings wurden die Ergebnisse ihrer Arbeit bisher noch nicht veröffentlicht, und solange sie nicht publiziert sind, gelten sie als Betriebsgeheimnis.« Bei diesen Worten grinste sie gönnerhaft und warf erneut den Kopf zurück – eine Marotte, die Deborah ganz kribbelig machte. »Wenn Sie eine Weile für uns gearbeitet haben und immer noch interessiert sind, können wir Sie sicher in das Geheimnis unseres Erfolges einweihen.«

»Das würde mich freuen«, entgegnete Deborah. »Dann habe ich noch eine Frage: Von welcher Spezies stammen die Eizellen, mit denen ich arbeite?«

Statt zu antworten, fixierte Megan Deborah unverwandt, als beabsichtigte sie, Deborahs Beweggründe für diese Frage aus ihren Augen abzulesen. Jedenfalls währte die Funkstille so lange, dass Deborah sich unwohl zu fühlen begann.

»Warum wollen Sie das wissen?«, fragte Megan schließlich.

»Ich bin einfach nur neugierig«, erwiderte Deborah. Die Antworten ihrer Vorgesetzten auf die simpelsten Fragen sprachen allein schon Bände. Inzwischen war ihr klar, dass sie sowieso keine ehrliche Antwort zu erwarten hatte. Am liebsten hätte sie den Raum sofort verlassen, denn wenn sie weitere Fragen stellte, machte sie sich vermutlich nur verdächtig, und das wollte sie auf keinen Fall.

»Ich bin nicht sicher, an welchem Projekt Maureen gerade arbeitet«, sagte Megan. »Ich könnte nachsehen, aber dafür habe ich im Moment leider keine Zeit.«

»Kein Problem«, entgegnete Deborah. »Danke, dass Sie sich ein paar Minuten für mich genommen haben.«

»Keine Ursache«, beendete Megan das Gespräch und lächelte gekünstelt.

Deborah war erleichtert, zu ihrem Mikroskop zurückkehren zu können. Es war keine besonders gute Idee gewesen, das Büro ihrer Vorgesetzten aufzusuchen, und weitergebracht hatte es sie auch nicht. Sie machte sich erneut an die Arbeit, doch als sie die erste Eizelle entkernt hatte, konnte sie ihre Neugier nicht mehr bändigen, die durch ihr kurzes Gespräch mit Megan nur noch größer geworden war. Die Unmenge von Eizellen, auf die sie hinabblickte, schrie geradezu nach einer Antwort auf die Frage, woher sie stammten. Und wenn sich ihr Verdacht bestätigte und es sich tatsächlich um menschliche Eizellen handelte, verlangte die Frage nach ihrer Herkunft erst recht nach Klärung.

Deborah lehnte sich zurück und checkte, was ihre Kollegin gerade machte. Zum Glück war sie in ihre Arbeit vertieft. Seit der verbalen Auseinandersetzung mit Dr. Saunders bezüglich der Herkunft der Eizellen hatte Mare sie weitgehend ignoriert. Mit einem Rundblick vergewisserte sich Deborah, dass auch die übrigen Labormitarbeiter ihr keinerlei Beachtung schenkten.

Als ob sie beabsichtigte, dic Toilette aufzusuchen, stand sie auf, nahm ihre Handtasche und steuerte den Hauptflur an. Sie ging davon aus, nur diesen einen Tag in der Wingate Clinic zu arbeiten, und spürte einen unwiderstehlichen Drang, dem Geheimnis um die Herkunft der Eizellen auf die Spur zu kommen. Natürlich würde sie das Rätsel in der kurzen Zeit vermutlich nicht lösen können, doch solange sie Gelegenheit hatte, wollte sie so viel wie möglich in Erfahrung bringen.

Sie ging den Flur entlang in Richtung des zentralen Turms, bis sie die letzte der drei Türen erreichte, die vom Flur ins Labor führten. Sie öffnete sie und sah Mare in einiger Entfernung nach wie vor konzentriert über ihr Mikroskop gebeugt. Der begehbare Inkubator, aus dem ihre Kollegin die Petrischalen mit den Eizellen geholt hatte, befand sich direkt zu ihrer Rechten. Deborah huschte zu der Glastür des Inkubators, öffnete sie und betrat den engen Raum.

Die Luft in dem Inkubator war warm und feucht. Ein großes Wandthermometer zeigte an, dass die Temperatur exakt siebenunddreißig Grad betrug, und ein Befeuchter hielt die Luftfeuchtigkeit konstant bei einhundert Prozent. An beiden Seiten des engen Raums standen Regale mit Petrischalen. Der Speisenaufzug befand sich an der hinteren Seite des Raums. Ursprünglich hatte er einmal dazu gedient, das Essen aus der Krankenhausküche im Keller auf die jeweiligen Stationen hochzubefördern, doch der Ursprungszustand des Aufzugs war nur noch entfernt zu erahnen. Statt aus gewöhnlichem Holz war er aus rostfreiem Stahl und verfügte über eine gläserne Tür. Die Abstellflächen waren ebenfalls aus Glas. Für einen Speisenaufzug war er ziemlich groß, er hatte in etwa die Maße einer hohen Kommode. Darüber hinaus verfügte er über einen zusätzlichen Temperatur- und Befeuchtungsregler, mit dessen Hilfe auch im Inneren des Aufzugs stets die erforderlichen Bedingungen gewährleistet werden konnten.

Deborah versuchte den Aufzug ein wenig nach hinten zu drücken, um einen Blick in den Fahrstuhlschacht zu werfen, doch er ließ sich nicht einen Millimeter bewegen. Er war haargenau in die massiven Wände eingearbeitet; bei der Konstruktion des Aufzugs war ganze Arbeit geleistet worden. Sie trat einen Schritt zurück und musterte den Lift. Wahrscheinlich war die Rückwand des Schachts zugleich die Wand des Hauptflurs.

Sie verließ den Inkubator und ging zurück auf den Hauptflur. Dort schätzte sie ab, wo sich der Schacht befand, und zählte die Schritte bis zum nächsten Treppenaufgang, der ganz in der Nähe der Feuertür lag, die zum zentralen Turm führte. Sie ging ins Treppenhaus und stieg die alte Metalltreppe hinauf in den zweiten Stock. Als sie das Treppenhaus dort wieder verließ, war sie überrascht.

Sie erinnerte sich zwar noch vage daran, dass Dr. Donaldson ihnen erzählt hatte, der riesige alte Komplex gleiche, von dem kleinen, von der Wingate Clinic genutzten Teil abgesehen, weitgehend einem Museum, doch was sich da vor ihren Augen auftat, hatte sie nicht erwartet. Es war, als ob sämtliche Ärzte, Pfleger und Patienten irgendwann in den zwanziger Jahren des vergangenen Jahrhunderts das Stockwerk verlassen und alles so zurückgelassen hatten, wie es war. Die Tische in dem weitläufigen dunklen Flur waren uralt, die Rollbahren aus Holz, und quer verstreut standen jede Menge altertümliche Rollstühle herum. Von den viktorianischen Leuchtern baumelten girlandenartig dichte Spinnengewebe herab, an den Wänden hingen gerahmte Drucke von Currier & Ives, die allesamt verrutscht waren. Der Boden war mit einer dicken Staubschicht bedeckt, von der leicht gewölbten Decke war an mehreren Stellen der Putz heruntergefallen.

Während Deborah die Entfernung vom Treppenhausausgang bis zum Schacht schätzte, hielt sie sich instinktiv die Hand vor den Mund und atmete so flach wie möglich. Sie wusste zwar, dass die Tuberkulosebakterien und all die anderen Krankheitserreger, die den Flur dereinst bevölkert hatten, längst verschwunden waren, doch sie fühlte sich trotzdem unbehaglich und verletzlich.

Sie schritt in etwa die Entfernung bis zum Speisenaufzug ab und öffnete die nächste Tür. Wie erwartet führte sie in eine ehemalige Speisekammer. Es war ein fensterloser Raum mit Schränken voller Besteck und Geschirr. Es gab sogar ein paar alte Backöfen, die mit ihren offen stehenden Türen im Halbdunkel aussahen wie riesige tote Tiere mit weit geöffneten Mäulern.

Die Tür zum Speisenaufzug war wie erwartet an der hinteren Seite. Wie bei einem Frachtaufzug war sie so konstruiert, dass sie sich in vertikaler Richtung öffnete, doch als Deborah an dem ausgefransten Seil für den Öffnungsmechanismus zog, tat sich nichts. Offenbar war die Tür mit einer Sperre gesichert, die verhinderte, dass man die Tür öffnen konnte, wenn der Aufzug noch nicht da war.

Deborah klopfte sich den Staub von den Händen, ging zurück zum Treppenhaus und stieg nacheinander hinauf in den dritten und vierten, obersten Stock. Sie vergewisserte sich, dass es in beiden Stockwerken ähnlich aussah wie im zweiten Stock, und stieg dann hinab ins Erdgeschoss.

Als sie aus dem Treppenhaus auf den Flur trat, wusste sie sofort, dass die Eizellen auf keinen Fall von dort nach oben befördert wurden. Das Erdgeschoss war noch aufwändiger renoviert worden als der erste Stock und beherbergte den gesamten klinischen Bereich des Wingate-Unternehmens. Um diese Zeit am späten Vormittag herrschte dort reger Betrieb. Ständig huschten Ärzte, Krankenschwestern und Patienten hin und her, und Deborah musste zur Seite treten, um einem Pfleger Platz zu machen, der eine Rollbahre mit einer Patientin vor sich herschob.

Deborah wich dem beständigen Strom des Klinikpersonals aus und schritt die Entfernung bis zu der Stelle ab, an der sie hinter der Flurwand den Aufzugschacht vermutete. Sie verließ den Flur und gelangte in den Bereich mit den Warte- und Behandlungszimmern für die Patienten. Genau da, wo eigentlich die Tür des Aufzugs hätte sein sollen, stand ein niedriger Wäscheschrank. Ohne jeden Zweifel gab es im Erdgeschoss keine Aufzugtür.

Damit stand nach dem Ausschlussprinzip fest, dass der Aufzug nur im Keller mit den Eizellen beladen werden konnte. Deborah ging zurück zum Treppenhaus und stieg hinab, doch anders als bei den oberen Stockwerken lagen diesmal nicht zwei, sondern drei Absätze zwischen den einzelnen Etagen, weshalb sie vermutete, dass das Kellergeschoss über besonders hohe Decken verfügte. Aber sie hatte sich geirrt. Zwischen Erdgeschoss und Keller gab es nämlich noch eine Art Zwischengeschoss, das einem Labyrinth aus Rohren und Leitungen glich.

Der Keller sah aus wie ein riesiges Verlies. Von der bogenförmig gewölbten Decke hingen ein paar vereinzelte nackte Glühbirnen herab, die Wände waren aus unverputztem Backstein, und der Boden war mit großen Granitplatten ausgelegt. Das mulmige Gefühl, das Deborah bereits in den oberen Stockwerken beschlichen hatte, schwoll in dem düsteren Kellerverlies zu regelrechter Furcht an. Hier unten wimmelte es ebenso von Überresten aus der Zeit der Nervenheilanstalt und der Tuberkuloseklinik, doch in diesem feuchten, muffigen und düsteren Gewölbe wirkten sie noch unheimlicher. Und wenn irgendwo in dem riesigen Komplex irgendwelche Krankheitserreger aus der finsteren Vergangenheit des Gebäudes überlebt haben sollten, dann – da war Deborah sicher – hier unten im Keller.

Sie versuchte, die in ihr aufkeimenden Horrorvorstellungen an die finstere Vergangenheit dieses Ortes niederzukämpfen, und zwang sich, die Entfernung von der Treppenhaustür bis zum vermuteten Aufzugschacht abzuschreiten. Anders als in den sonstigen Etagen gab es im Keller keinen zentralen Flur, weshalb die Abschätzung der Entfernung hier deutlich schwieriger war. Der Keller war eher labyrinthartig angelegt, und sie musste sich im Zickzackkurs voranbewegen, da ihr ständig massive Stützpfeiler im Weg standen.

Sie ging unter einem Bogen hindurch, umrundete eine große Küche mit riesigen Arbeitsflächen aus Metall, enormen Backöfen und Waschbecken aus Speckstein und landete plötzlich vor einer Tür, die sich ganz und gar von dem übrigen düsteren Ambiente abhob: Sie war aus blankem, glänzendem Metall, wirkte hochmodern und verfügte weder über einen Griff noch über eine Aufhängung. Sie hatte nicht einmal ein Schloss.

Vorsichtig streckte Deborah im Halbdunkel den Arm aus und berührte die glänzende Oberfläche der Tür. Sie vermutete, dass sie aus rostfreiem Stahl war. Merkwürdigerweise fühlte sie sich gar nicht kalt an, sondern war angenehm warm. Deborah sah sich um und nahm im Dämmerlicht noch einmal die altertümliche Küchenausstattung ins Visier. Dann starrte sie erneut die glänzende Tür an. Es war verblüffend, wie wenig sie hierher passte. Sie drückte ihr Ohr an die Tür und hörte das Summen von Maschinen. Für ein paar Minuten verharrte sie so, um festzustellen, ob sie Stimmen hörte, doch der Raum hinter der Stahltür schien menschenleer. Als sie ihr Ohr von der Tür löste, fiel ihr ein Kartenschlitz ins Auge, der genauso aussah wie der neben der Tür zum Server-Raum. Hätte sie doch bloß die Karte von Spencer Wingate dabei!

Nach kurzem Zögern und innerem Ringen mit sich selbst streckte sie erneut den Arm aus und klopfte mit dem Knöchel ihres Zeigefingers gegen die Tür. Sie klang ziemlich massiv. Deborah war keineswegs sicher, ob sie wirklich wünschte, dass auf ihr Klopfen jemand antwortete, aber es reagierte ohnehin niemand. Das ermutigte sie, sich mit aller Kraft gegen die Tür zu stemmen, doch sie ließ sich keinen Millimeter bewegen. Als Nächstes klopfte sie mit der Faust die gesamte Umgebung der Tür ab, um herauszufinden, wo genau sich die Verriegelung befand – doch Fehlanzeige.

Angesichts dieser unüberwindlichen Barriere zuckte sie mit den Schultern, drehte sich um und ging zurück zum Treppenausgang. Es war fast Mittag und höchste Zeit, zurück ins Labor zu gehen und auf Joannas Anruf zu warten. Besonders viel hatte sie bei ihrer kleinen Erkundungstour nicht in Erfahrung gebracht, aber wenigstens hatte sie es versucht. Wenn alles gut ging, konnte sie ja am Nachmittag noch einmal mit Wingates Karte zurückkehren. Die mysteriöse Tür aus rostfreiem Stahl hatte ihre Neugier geweckt. Sie wollte unbedingt herausfinden, was sich hinter dieser Tür verbarg.

13

10. Mai 2001, 12.24 Uhr

Nachdem Joannas Respekt für Büroangestellte, die tagein, tagaus Daten eingaben, bereits am Vormittag deutlich gestiegen war, hatte sie inzwischen auch vor Dieben und Einbrechern große Achtung. Sie konnte sich beim besten Willen nicht vorstellen, wie man sich mit dem, was sie gerade tat, durchs Leben schlagen konnte. Wären Deborahs Argumente nicht so hieb- und stichfest gewesen und ihr Plan äußerst vielversprechend, hätte Joanna sich nie und nimmer überreden lassen, noch einmal in den Server-Raum einzudringen. Jetzt war sie seit fast zweiundzwanzig Minuten dort, und bisher hatte sie niemand gestört. Ihr größter Feind war sie selbst.

Wie bei ihrem ersten Besuch war sie beim Passieren der Außentür, die zum Server-Raum führte, von einer derart lähmenden Panik befallen worden, dass sie beinahe handlungsunfähig gewesen war. Am nervenaufreibendsten war das Warten, während die spezielle Hacker-Software nach dem korrekten Passwort zur Entriegelung der Tastatur suchte. Während das Programm lief, war Joanna ein einziges klägliches, zitterndes Nervenbündel gewesen und von einer Angstattacke nach der anderen heimgesucht worden. Sie hatte ständig irgendwelche Geräusche gehört, die sich jedoch entweder als völlig harmlos entpuppt hatten oder ihrer Einbildung entsprungen waren. Wie konnte sie sich selbst nur so falsch eingeschätzt haben? Sie war fest davon ausgegangen, auch unter dieser Art von Stress einen kühlen Kopf zu bewahren.

Zu ihrer großen Erleichterung hatte sie bereits nach einigen Minuten Zugang zum System gehabt, und ab da hatte ihre Panik wenigstens etwas nachgelassen. Endlich konnte sie etwas tun und war nicht mehr dazu verdammt, tatenlos auf den Monitor zu starren. Doch nun machte ihr ein anderes Problem zu schaffen: Sie zitterte wie Espenlaub und hatte Schwierigkeiten, die Maus und die Tastatur zu bedienen.

Je weiter sie vorankam, desto inständiger bedankte sie sich bei Randy Porter. Zum Glück hatte er die Ordner, nach denen sie suchte, nicht allzu tief in irgendwelchen Unterordnern versteckt, was ihr die Arbeit erheblich erleichterte. Gleich das erste Fenster, das sie geöffnet hatte, war ein Treffer gewesen. Sie hatte ein Netzwerk-Laufwerk mit dem vielversprechenden Namen *Data D* entdeckt. Beim Öffnen dieses Laufwerks waren ihr gleich eine ganze Reihe von Ordnern mit aussagekräftigen Titeln ins Auge gefallen. Einer trug die Bezeichnung *Spenderinnen.* Sie klickte mit der rechten Maustaste auf *Eigenschaften* und sah, dass der Zugriff auf diesen Ordner auf einen äußerst reduzierten Kreis begrenzt war. Neben Randy Porter als Netzwerk-Administrator waren nur Paul Saunders und Sheila Donaldson zugriffsberechtigt.

Joanna war ziemlich sicher, den richtigen Ordner gefunden zu haben. Also brauchte sie sich nur noch selbst als zugriffsberechtigte Person hinzuzufügen. Dafür musste sie lediglich ihren Zugangsnamen sowie ihren Arbeitsbereich eingeben. Sie wollte gerade auf *Hinzufügen* klicken, als sie hörte, wie irgendwo in der Ferne eine Tür geöffnet wurde. Ihr Herz begann wie wild zu rasen, und auf ihrer Stirn bildeten sich erneut kleine Schweißperlen.

Für ein paar Sekunden konnte sie sich weder bewegen noch atmen. Sie rechnete jeden Augenblick damit, auf dem Flur zum Server-Raum die verräterischen Schritte zu hören. Doch es blieb still. Trotzdem hatte sie das Gefühl, jeden Moment ertappt zu werden. Sie nahm all ihren Mut zusammen, drehte sich langsam um und machte drei Kreuze, als sie sah, dass wirklich niemand in der Tür stand. Den Schrecken noch in den Gliedern, erhob sie sich, ging zur Tür und sah nach, ob die Luft auch auf dem Flur rein war. Die Außentür war geschlossen, und es schien alles in Ordnung.

»Ich muss so schnell wie möglich hier raus«, murmelte sie zu sich selbst. Sie eilte zurück zur Tastatur, griff mit zitternder Hand nach der Maus und setzte mit einem Klick ihren Namen auf die Liste der für den Spenderordner zugangsberechtigten Personen.

Als Nächstes schloss sie nacheinander sämtliche Fenster, die sie geöffnet hatte, und stellte die Ursprungseinstellung auf dem Server-Monitor wieder her, mit der der nächste User aufgefordert wurde, das Passwort einzugeben. Dann schnappte sie sich ihre Handtasche und stürmte los. Doch plötzlich fiel ihr ein, dass sie ihre Hacker-Software im CD-ROM-Laufwerk vergessen hatte. Jetzt, wo sie es fast geschafft hatte, zitterte sie schlimmer denn je, doch sie riss sich zusammen, eilte zurück, nahm die CD aus dem Laufwerk und stopfte sie hastig in ihre Tasche. Endlich war ihr Auftrag erledigt.

Sie schloss die Tür des Server-Raums und eilte zur Außentür. Leider war es unmöglich vorauszusehen, ob die Luft rein war und sie ungesehen auf den Hauptflur huschen konnte. Wenn sie Pech hatte, lief sie direkt jemandem in die Arme, doch das Risiko musste sie eingehen. Sie öffnete mit einer raschen Handbewegung die Tür, trat zügig hinaus und zog die Tür hinter sich zu. Da sie auf keinen Fall in Panik ausbrechen wollte, vermied sie es, den Flur zu inspizieren, und steuerte stattdessen schnellen Schrittes den Wasserspender an. Ihr Mund war wirklich trocken, doch Durst hatte sie nicht. Sie wollte nur nicht wie eine Einbrecherin auf der Flucht aussehen.

Sie trank ein paar Schlucke und hörte zu ihrer Freude keine Stimmen. Schließlich wagte sie es, sich aufzurichten. Wie es aussah, hatte sie einen günstigen Moment erwischt. Auf dem ansonsten eher belebten Flur war anders als sonst weit und breit keine Menschenseele zu sehen.

Jetzt interessierte sie nur noch eins: Sie wollte wissen, ob sie im Server-Raum alles richtig gemacht hatte, und so schnell wie möglich einen Blick in den Ordner werfen. Deborah war zwar nicht dabei, aber das war ihr im Moment egal. Sie eilte zurück zu ihrer Nische im Verwaltungsbereich. Zum Glück war gerade Mittagszeit und der gesamte Bürotrakt wie ausgestorben. Sie warf ihre Handtasche auf den Schreibtisch, setzte sich an den Computer und gab ihr Passwort ein. Verglichen mit der harten Nuss, die sie gerade im Server-Raum zu knacken gehabt hatte, war das Aufrufen des Netzwerklaufwerks ein Kinderspiel. Sie holte sich den brisanten Spenderordner auf den Bildschirm, klickte auf *Öffnen* und hielt die Luft an.

»Bingo!«, zischte sie durch die zusammengebissenen Zähne. Sie befand sich im Inhaltsverzeichnis. Am liebsten hätte sie laut gejubelt, doch sie hielt sich zurück, und das war auch gut so.

»Was ist los?«, ertönte plötzlich eine Stimme, halb fragend, halb im Befehlston.

Joanna fuhr zusammen und sah nach rechts. Die panische Angst vor Entdeckung, die sie im Server-Raum beinahe um den Verstand gebracht hatte, kehrte schlagartig zurück, wenn auch in etwas abgeschwächter Form. Und wie sie sah, durchaus zu Recht: Die Stimme gehörte Gale Overlook, deren verkniffenes Gesicht schräg auf sie hinabsah.

»Hast du etwa im Lotto gewonnen?«, fragte Gale. Alles, was sie von sich gab, klang irgendwie abfällig.

Joanna musste schlucken. Was ihre Selbsteinschätzung anging, wurde sie ein weiteres Mal auf den Boden der Tatsachen geholt. Sie hatte sich immer für einigermaßen clever und genauso schlagfertig gehalten wie ihre Freunde, doch im Moment waren ihre Angst und ihre Schuldgefühle so groß, dass sie überhaupt nicht mehr klar denken konnte. An Stelle von Worten brachte sie nur ein konfuses Gestammel heraus.

»Was hast du denn da auf dem Bildschirm?«, fragte Gale, deren Neugier durch Joannas sichtliche Nervosität erst recht entfacht wurde. Sie bewegte den Kopf hin und her und versuchte einen Blick zu erhaschen, was jedoch bei dem reflektierenden Licht nicht ganz einfach war.

Auch wenn das überraschende Auftauchen ihrer neugierigen Kollegin ihr vorübergehend die Sprache verschlagen hatte, war Joanna geistesgegenwärtig genug, das geöffnete Fenster mit einem schnellen Mausklick zu schließen. Im Bruchteil einer Sekunde zeigte der Bildschirm sein Ursprungsbild.

»Warst du im Internet?«, fragte Gale mit anklagendem Unterton.

»Ja«, sagte Joanna schnell. Zum Glück hatte sie endlich ihre Stimme wiedergefinden. »Ich habe nachgesehen, wie meine Aktien stehen.«

»Freu dich, dass ich dich ertappt habe und nicht Christine«, sagte Gale. »Sie mag es nämlich gar nicht, wenn ihre Mitarbeiter während der Arbeitszeit privat im Internet surfen.«

»Danke für den Hinweis«, entgegnete Joanna mit einem gekünstelten Lächeln. Dann erhob sie sich, nahm ihre Handtasche und verließ ihren Arbeitsplatz.

Wütend auf sich selbst, stürmte sie davon. Wie konnte sie sich bloß von so einer neugierigen Zicke, die nichts Besseres zu tun hatte, als sich in die Angelegenheiten anderer Leute einzumischen, derart einschüchtern lassen? Wenigstens bewirkte der Zwischenfall, dass sie ihre fünf Sinne wieder klar beisammen hatte. Der stramme Marsch durch die langen Gänge tat ihr gut. Als sie die Feuertür erreichte, die zum zentralen Turm führte, hatte sie sich schon wieder so weit beruhigt, dass sie ein leichtes Hungergefühl verspürte.

Am Eingang zur Kantine blieb sie stehen und hielt nach Deborah Ausschau. Anders als am Vortag während ihres gemeinsamen Mittagessens mit Helen Masterson herrschte deutlich mehr Betrieb. Plötzlich entdeckte sie Spencer Wingate. Der hatte ihr gerade noch gefehlt! Damit ihre Blicke sich nicht trafen, sah sie schnell weg und entdeckte im nächsten Augenblick Paul Saunders und Sheila Donaldson. Sie saßen an einem anderen Tisch. Auch mit den beiden wollte sie lieber keinen Augenkontakt haben. Schließlich fand sie Deborah. Sie hatte es sich mit Randy Porter an einem Zweiertisch gemütlich gemacht. Wie es aussah, unterhielten sie sich angeregt.

Joanna steuerte auf Deborah zu und achtete im Gehen tunlichst darauf, ihr Gesicht bloß nicht Sheila Donaldson zuzuwenden. Deborah registrierte ihre Anwesenheit erst, als sie unmittelbar neben ihr stand.

»Hallo, Prudence!«, rief Deborah erfreut. »Du erinnerst dich doch sicher noch an Randy Porter?«

Randy lächelte schüchtern und reichte Joanna zur Begrüßung die Hand. Allerdings machte er sich nicht die Mühe aufzustehen, was Joanna ganz und gar nicht verwunderte. Sie hatte sich längst daran gewöhnt, dass die meisten Männer, die jenseits der Mason and Dixon Line aufgewachsen waren, kein Benehmen gelernt und dementsprechend schlechte Umgangsformen hatten.

»Randy hat mir gerade interessante Dinge erzählt«, fuhr Deborah fort. »Ich hatte bisher nicht die geringste Ahnung, wie faszinierend es sein muss, in die Welt bestimmter Computerspiele abzutauchen. Offenbar ist da einiges an uns vorbeigegangen. Stimmt's, Randy?«

»Auf jeden Fall«, bestätigte Randy und lehnte sich mit einem selbstzufriedenen Grinsen zurück.

»Wissen Sie was, Randy?«, fuhr Deborah fort. »Ich komme später an Ihrer Workstation vorbei, und dann zeigen Sie mir *Unreal Tournament*. Was halten Sie davon?«

»Klingt gut«, erwiderte Randy, der unaufhörlich auf seinem Stuhl vor- und zurückschaukelte, als ob er sich ständig selber beipflichten würde.

»Es war nett, sich mit Ihnen zu unterhalten, Randy«, fügte Deborah hinzu. »Hat mir wirklich Spaß gemacht.« Sie nickte ihm lächelnd zu und hoffte, dass er den Wink verstand. Doch sie lag falsch.

»Ich habe noch zwei Joysticks in meinem Auto«, verkündete Randy stolz. »Sie werden sich wundern, wie schnell auch Sie vom Spielfieber gepackt werden.«

»Die probieren wir gern aus«, entgegnete Deborah. Allmählich verlor sie die Geduld. »Jetzt würde ich mich allerdings gern noch kurz mit meiner Freundin unterhalten.«

»He, das ist doch kein Problem für mich«, befand Randy, ohne sich jedoch vom Fleck zu rühren.

»Wir würden uns gern unter vier Augen unterhalten«, fügte Deborah hinzu.

»Ach so!« staunte Randy und ließ seinen Blick verwirrt

zwischen Deborah und Joanna hin- und herschweifen. Immerhin hatte er offenbar endlich kapiert, dass er besser gehen sollte. Er fummelte noch kurz mit seiner Serviette herum und erhob sich schließlich. »Na dann bis später.«

»Ja«, entgegnete Deborah. »Bis später.«

Randy verschwand, und Joanna nahm seinen Platz ein.

»Ein Kavalier ist dieser Randy Porter ja nicht gerade«, stellte Joanna fest.

Deborah lachte kurz auf. »Glaub nicht, dass du den schlechteren Part übernommen hast. Ich wünschte, ich hätte mit dir tauschen können.«

»War es so schlimm mit ihm?«

»Er ist ein totaler Computer-Freak«, klagte Deborah. »Man kann sich über nichts anderes mit ihm unterhalten, absolut gar nichts! Aber was soll's! Das ist ja jetzt Schnee von gestern.« Sie räusperte sich, beugte sich ein Stück vor und flüsterte aufgeregt. »Erzähl schon! Wie ist es dir ergangen? Hast du es etwa geschafft?«

Joanna beugte sich ebenfalls nach vorn, sodass ihre Gesichter nur noch ein paar Zentimeter voneinander entfernt waren. »Ja. Ich hab's gemacht.«

»Super! Ich gratuliere! Und was hast du herausgefunden?«

»Bisher noch nichts«, erwiderte Joanna. »Ich habe lediglich an meinem Computer getestet, ob die Manipulation, die ich im Server-Raum vorgenommen habe, funktioniert. Und wie es aussieht, hat alles bestens geklappt. Ich habe den Ordner mit dem Spenderinnenverzeichnis sogar schon geöffnet, und deinen Namen habe ich auch schon entdeckt.«

»Und warum hast du noch nichts in Erfahrung gebracht?«

»Weil meine neugierige Nachbarin mich unterbrochen hat«, erwiderte Joanna. »Immer wenn ich irgendetwas Außergewöhnliches sage oder tue, steht sie plötzlich hinter mir. Als ich zurückkam, dachte ich, sie wäre in der Kantine, aber ich hatte mich leider geirrt.«

Eine der nicaraguanischen Kellnerinnen kam an den Tisch, und Joanna bestellte sich auf Deborahs Empfehlung einen Salat und eine Suppe, weil das am schnellsten gehe.

»Ich kann es gar nicht abwarten«, sagte Deborah, als die Kellnerin außer Hörweite war. »Am liebsten würde ich sofort deinen Computer anwerfen. Ich bin total aufgeregt. Und außer der Antwort auf die Frage, was aus unseren Eizellen geworden ist, interessiert mich inzwischen genauso brennend, was für Forschungsprojekte hier eigentlich laufen.«

»Das herauszufinden, dürfte nicht einfach sein«, stellte Joanna fest. »Wir sollten uns unbedingt vor meiner neugierigen Kollegin in Acht nehmen. Am besten öffnen wir den Ordner mit dem Spenderinnenverzeichnis erst, wenn sie irgendwann mal ihre Nische verlässt.«

»Dann lass uns lieber ins Labor gehen«, schlug Deborah vor. »Da gibt es jede Menge freie Computer, die so stehen, dass wir nicht ständig Angst haben müssen, von hinten beobachtet zu werden.«

»Das geht nicht«, erwiderte Joanna. »Unsere Zugangsberechtigung funktioniert ausschließlich im Verwaltungsbereich der Klinik. Das habe ich selber so eingegeben.«

»Ach herrje!«, stöhnte Deborah. »Warum ist immer alles so kompliziert? Aber sei's drum! Dann nehmen wir eben deinen Computer. Allerdings sollten wir uns um deine Nachbarin keinen Kopf machen. Ich versperre ihr einfach die Sicht auf deinen Bildschirm. Lass uns aufbrechen und das Geheimnis lüften, sobald du zu Ende gegessen hast!«

»Da ist noch etwas, was ich dir sagen muss«, fuhr Joanna fort. »Ich habe uns lediglich Zugang zu dem Ordner mit dem Spenderinnenverzeichnis verschafft. Dabei habe ich auf dem gleichen Laufwerk auch zwei Ordner mit den Bezeichnungen *Forschungsprotokolle* und *Forschungsergebnisse* entdeckt. Nur habe ich mir leider zu diesen Ordnern keine Zugangsberechtigung eingerichtet.«

»Warum denn nicht?«, fragte Deborah mit hochgezogenen Augenbrauen.

»Weil ich keine Sekunde länger in dem Raum verbringen wollte«, sagte Joanna.

»So ein Mist!«, fluchte Deborah. »Ich kann es nicht fassen! Da sind dir diese brisanten Ordner quasi ins Gesicht gesprungen, und du hast dir die Chance entgehen lassen?« Sie schüttelte genervt den Kopf.

»Du kannst dir offenbar nicht vorstellen, wie nervös ich war«, entgegnete Joanna. »Ich bin froh, dass ich in dem Raum überhaupt irgendetwas bewerkstelligt habe.«

»Wie viel länger hättest du gebraucht, uns auch zu den beiden anderen Ordnern Zugang zu verschaffen?«, wollte Deborah wissen.

»Nicht der Rede wert«, gestand Joanna. »Aber ich war total durch den Wind. Was ich heute erlebt habe, war mir eine Lehre. Als Verbrecherin bin ich eine absolute Niete. Dir ist doch hoffentlich klar, dass wir uns durch unser Tun hier strafbar machen, nicht wahr?«

»Ja, mag sein«, entgegnete Deborah beiläufig. Sie war sichtlich enttäuscht.

»Wenn es hart auf hart kommt und wir gefasst werden, können wir zumindest beweisen, dass wir uns lediglich Informationen über unsere eigenen Eizellen beschaffen wollten«, gab Joanna zu bedenken. »Das dürfte uns, wenn wir Glück haben, mildernde Umstände einbringen. Damit könnten wir aber mit Sicherheit nicht rechnen, wenn wir beim unberechtigten Eindringen in das Computersystem der Wingate Clinic zwecks Einsicht in die Forschungsprotokolle erwischt würden – was für Gründe auch immer wir anführen würden.«

»Okay«, räumte Deborah ein. »Vielleicht hast du ja Recht. Ich habe sowieso etwas anderes vor. Gib mir mal bitte die blaue Karte von Spencer Wingate!«

»Warum?«, fragte Joanna und sah ihre Freundin erstaunt an. Sie wusste aus Erfahrung, wie impulsiv Deborah sein konnte.

Bevor Deborah antworten konnte, kam Joannas Essen. Die Kellnerin servierte das Gedeck und verschwand wieder. Deborah beugte sich erneut vor und berichtete Joanna von ihren Nachforschungen nach der Herkunft der Eizellen und ihrer Erkundung des Speisenaufzugsschachts. Außerdem berichtete sie von der polierten Hochglanztür aus rostfreiem Stahl, die in der antiquierten, verfallenen Kellergeschoss-Küche so vollkommen fehl am Platze wirkte. Als sie fertig war, sagte sie unverblümt: »Ich will nachsehen, was sich hinter dieser Tür verbirgt.«

Joanna kaute den Salat zu Ende, den sie gerade im Mund hatte, und schluckte. Dann funkelte sie Deborah wütend an. »Dafür gebe ich dir die Karte von Dr. Wingate auf keinen Fall!«

»Wie bitte?«, platzte Deborah heraus.

Joanna presste den Zeigefinger vor den Mund und sah sich erschrocken um. Zum Glück hatte Deborahs kleiner Ausbruch noch kein Aufsehen erregt.

»Ich gebe dir die Karte nicht«, wiederholte sie im Flüsterton. »Wir sind hier, um herauszufinden, was mit unseren Eizellen geschehen ist. Das war von Anfang an unser Ziel, und wir können es uns nicht leisten, unser eigentliches Vorhaben aufs Spiel zu setzen, wie sehr es dich auch reizen mag herauszufinden, was in dieser Klinik vor sich geht. Wenn die Tür unten im Keller mit einem ähnlichen Kartenschlitz gekoppelt ist wie die Tür zum Server-Raum und du dir mit der Karte von Spencer Wingate Zutritt verschaffst, ist die Wahrscheinlichkeit ziemlich groß, dass, genau wie beim Server-Raum, irgendwo ein Alarmsignal losgeht. Und dann säßen wir ziemlich tief im Schlamassel – das sagt mir zumindest meine Intuition.«

Deborah erwiderte wütend Joannas Blick, doch schon nach ein paar Sekunden verrauchte ihre Empörung und sie zog wieder ein freundlicheres Gesicht. Sie wollte zwar nicht hören, was Joanna gesagt hatte, doch dass sie nicht ganz Unrecht hatte, konnte sie nicht leugnen. Dennoch war sie enttäuscht. Vor ein paar Minuten noch hatte sie geglaubt, dass ihr zwei gleichermaßen viel versprechende Wege zur Verfügung standen, das große Rätsel um die Klinik zu lösen. Ihre Intuition sagte ihr, dass in der Wingate Clinic bestenfalls ethisch fragwürdige Forschung betrieben, womöglich aber sogar krass gegen die bestehenden Gesetze verstoßen wurde.

Als Biologin war sie über die zahlreichen aktuellen Aspekte der modernen Biomedizin bestens im Bilde und wusste, dass Kliniken wie die Wingate Clinic, in denen Kinderwunschbehandlungen durchgeführt wurden, in einem medizinischen Umfeld ohne großartige Aufsicht arbeiteten. Oftmals baten unfruchtbare Paare die Klinikärzte sogar ausdrücklich, an ihnen noch nicht getestete Verfahren auszuprobieren. In diesem Umfeld hatten die Patienten generell nichts dagegen, sich als Versuchskaninchen zur Verfügung zu stellen; über negative Folgen für sich selbst oder gar für die ganze Gesellschaft setzten sie sich bedenkenlos hinweg, solange auch nur die geringste Hoffnung bestand, ein Kind hervorzubringen. Diese Patienten neigten auch dazu, ihre Ärzte auf ein Podest zu heben, wodurch diese, eingebildet, wie sie zu sein pflegten, wiederum glaubten, dass für sie weder ethische Grundsätze noch irgendwelche Gesetze galten.

»Tut mir Leid, dass ich uns zu den anderen Ordnern keinen Zugang verschafft habe«, sagte Joanna schließlich. »Ich wollte dich wirklich nicht enttäuschen. Ich wünschte, ich wäre im Server-Raum nicht so ein Nervenbündel gewesen. Aber unter den gegebenen Umständen habe ich mein Bestes gegeben.«

»Natürlich hast du das«, lobte Deborah sie. Sie hatte

plötzlich ein schlechtes Gewissen, weil sie Joanna solche Vorwürfe gemacht hatte; dabei hatte sie wirklich gute Arbeit geleistet. Im Grunde war sie nicht einmal sicher, ob sie selber überhaupt imstande gewesen wäre, den Part ihrer Freundin zu übernehmen, Computerkenntnisse hin oder her. Randy zu unterhalten, war zwar nervtötend gewesen, aber bestimmt keine stressige Herausforderung.

»Wir sollten uns überlegen, wo es für uns am günstigsten ist, den Ordner mit den Spenderinnen einzusehen«, sagte Joanna und widmete sich erneut ihrem Salat.

»Wie meinst du das?«, fragte Deborah.

»Ich glaube, ich habe ein besseres Gefühl, die Sache heute Abend von zu Hause aus per Modem anzugehen«, erklärte Joanna. »Das ist einerseits sicherer, andererseits aber auch nicht ganz unproblematisch.«

»Inwiefern?«

»Falls irgendjemand dahinter kommt, dass wir eine gesicherte Datei heruntergeladen haben, könnte man über unseren Internet-Provider die Spur zu unserem Computer zurückverfolgen.«

»Das klingt nicht gut«, stellte Deborah fest.

»Außerdem besteht die Gefahr, dass irgendjemandem die Änderung der zugangsberechtigten Personen auffällt und mir meine Berechtigung entzogen wird, bevor wir den Ordner eingesehen haben.«

»Ach herrje!«, stöhnte Deborah. »Das war mir noch gar nicht bewusst. Wie groß ist das Risiko deiner Meinung nach?«

»Wahrscheinlich nicht besonders groß«, erwiderte Joanna. »Schließlich müsste Randy einen konkreten Grund haben, die Zugangsberechtigungen zu überprüfen.«

»Dann sollten wir wohl lieber doch von einem der hiesigen Computer einen Blick in den Ordner werfen«, schlug Deborah vor.

»Okay«, stimmte Joanna zu. »Irgendwann später am Nachmittag. Danach sollten wir aber sofort von hier abhauen. Falls Randy den Download entdeckt und darauf kommt, dass jemand innerhalb des Netzwerks dahinter steckt, findet er auch den Pfad. Und dann ist es nur noch eine Frage von Minuten, bis er die Spur zum Computer von Prudence Heatherly zurückverfolgt hat.«

»Bevor das passiert, müssen wir also längst über alle Berge sein«, schloss Deborah. »Allmählich verstehe ich. Bist du fertig?«

Joanna sah auf ihre halb gegessene Suppe und ihren Salatrest hinab. »Hast du es eilig?«

»Eigentlich nicht«, erwiderte Deborah. »Aber ich fühle mich irgendwie unwohl. Seitdem ich mich eine halbe Stunde vor deinem Eintreffen mit meinem neuen Freund Randy hier niedergelassen habe, starrt mich unentwegt der Sicherheitschef an.«

Joanna machte Anstalten, sich umzudrehen, doch Deborah griff schnell nach ihrem Handgelenk. »Sieh auf keinen Fall hin!«

»Warum denn nicht?«

»Ich weiß nicht«, gestand Deborah. »Aber wenn ich den Typen sehe, läuft es mir kalt den Rücken herunter. Ich will ihm nicht zu erkennen geben, dass ich sein Glotzen bemerkt habe. Wahrscheinlich ist wieder einmal mein aufreizendes Outfit schuld. Es ist wirklich ärgerlich: Da erlaube ich mir einmal einen kleinen Spaß, und schon wird er mir zum Verhängnis.«

»Woher weißt du, dass er der Sicherheitschef ist?«

»Ich bin mir nicht sicher«, entgegnete Deborah. »Aber ich denke, er muss es sein. Erinnerst du dich, als wir gestern am Eingangstor standen und die Lastwagen den Weg blockiert haben? Das Problem war erst gelöst, als der Kerl, der mich ständig anstarrt, dem Uniformierten die Erlaubnis erteilte, die Lastwagen durchzulassen. Als wir das Tor passiert haben, stand er neben Spencer Wingate. Weißt du jetzt, wen ich meine?«

»Nicht so richtig«, gestand Joanna. »Zu dem Zeitpunkt war ich vollkommen auf Dr. Wingate fixiert. Kurioserweise hat er mich ja anfangs so an meinen Vater erinnert.«

Deborah musste lachen. »Das ist in der Tat kurios. Aber wir kommen vom Thema ab. Isst du noch, oder bist du fertig? Du hast seit fünf Minuten keinen Happen mehr angerührt.«

Joanna legte ihre Serviette auf den Tisch und stand auf. »Ich bin fertig. Gehen wir!«

Kurt Hermann ließ sich nur selten in der eigentlichen Wingate Clinic blicken. Abgesehen von seinem täglichen Gang in die Kantine trieb er sich lieber irgendwo auf dem weitläufigen Klinikgelände herum, oder er blieb in seinem Pförtnerhäuschen oder in seinem Apartment, das sich in der dorfähnlich angelegten Mitarbeitersiedlung auf dem Klinikgelände befand. In der Klinik gingen Dinge vor sich, die er nicht gutheißen konnte, doch dank seiner militärischen Ausbildung konnte er die Gedanken daran gut verdrängen. Nach dem Motto »Aus den Augen, aus dem Sinn« vermied er es einfach, die Klinik zu betreten.

Ab und zu gab es allerdings Anlässe, die ihn zwangen, den Haupttrakt des Klinikgebäudes zu betreten, und seine derzeitige Sorge, die Georgina Marks betraf, war ein solcher Anlass. Zum Glück verfügte er über gute Beziehungen, die er, falls notwendig, in Anspruch nehmen konnte. So hatte er die wenigen Fakten, die er den Bewerbungsunterlagen von Georgina Marks hatte entnehmen können, sowie ihr Autokennzeichen genutzt, um weitere Informationen über die neue Mitarbeiterin einzuholen. Was bisher zurückgekommen war, war ziemlich verwirrend und hatte sein Interesse geweckt. Eigentlich hatte er die junge Frau in der Kantine beim Essen ansprechen wollen, doch dann hatte er es sich anders überlegt. Sie hatte es offenbar auf den halbwüchsigen Computer-Freak abgesehen, in dessen Begleitung sie die Kantine betreten hatte, und Kurt wollte es auf keinen Fall riskieren, sich vor den Augen anderer von einer Person, für die er Georgina hielt, eine Abfuhr erteilen zu lassen.

Doch dann hatte sich die Situation geändert. Plötzlich war Georginas Freundin aufgetaucht, und aus der Ferne hatte Kurt den Eindruck gehabt, als ob die beiden Frauen dem Computer-Freak gemeinschaftlich einen Korb gegeben hätten.

»Er ist nicht an seinem Arbeitsplatz?«, fragte Christine Parham, die Büroleiterin.

Kurt musste für ein paar Sekunden den Blick von der Frau abwenden, sonst wäre er ihr angesichts ihrer geistlosen Frage unflätig über den Mund gefahren. Schließlich hatte er ihr gerade erst mitgeteilt, dass Randy Porter nicht an seinem Schreibtisch saß. Wütend sah er sie wieder an. Eine Antwort auf ihre Frage erübrigte sich.

»Soll ich ihn ausrufen?«, fragte Christine.

Kurt nickte nur. Je weniger er sagte, desto besser, das wusste er aus Erfahrung. Wenn er wütend war, neigte er zu kontraproduktiven Ausbrüchen und warf den Leuten an den Kopf, was er von ihnen hielt, und Georgina Marks hatte ihn in der Tat wütend gemacht.

Christine betätigte die Sprechanlage. Während sie auf eine Antwort wartete, fragte sie Kurt, ob der Sicherheitsdienst Computerprobleme habe. Kurt schüttelte den Kopf und sah auf die Uhr. Fünf Minuten würde er noch warten. Wenn Randy Porter bis dahin nicht aufgetaucht war, würde er dem seltsamen Kauz die Nachricht hinterlassen, umgehend bei ihm im Pförtnerhäuschen vorzusprechen. Kurt wollte so schnell wie möglich zurück in sein Büro. Er erwartete jeden Moment Antworten auf seine Anfragen bezüglich Georgina Marks, und da er so intensiv seine Fühler ausgestreckt hatte, wollte er die Anrufe gern persönlich entgegennehmen.

»Schönes Wetter heute, nicht wahr?«, sagte Christine. Kurt reagierte nicht. Zu ihrer Rettung klingelte im nächsten Augenblick das Telefon und ersparte ihr weitere Smalltalkversuche. Es war Randy; er teilte mit, dass er gerade mit einem Computer in der Buchhaltung beschäftigt sei, dass er jedoch, falls nötig, sofort vorbeikommen könne. Christine informierte ihn, dass der Sicherheitschef ihn zu sprechen wünsche und dass er am besten sofort alles stehen und liegen lassen solle.

»Ich rede an seinem Arbeitsplatz mit ihm«, sagte Kurt, bevor Christine auflegte. Sie richtete es Randy aus.

Kurt bahnte sich seinen Weg zum Arbeitsplatz des Netzwerk-Administrators, ließ sich auf dem zweiten Stuhl nieder und musterte mit verächtlichem Blick die Sciencefiction-Poster, die die Wände des kleinen Kabuffs zierten. Er registrierte auch den Joystick, den Randy törichterweise hinter seinem Bildschirm abgelegt hatte, als ob er ihn dort verstecken wollte. Nach Kurts Meinung gehörte der junge Schnösel für ein paar Monate in ein Trainingslager der Navy oder der Marines. Das hielt er im Übrigen für alle jungen Leute für das Beste, die keine militärische Ausbildung genossen hatten.

»Hallo, Mr Hermann!«, rief Randy außer Atem, während er in den Raum platzte. Durch sein unbekümmertes Verhalten gegenüber Leuten wie Kurt versuchte er zu kaschieren, dass er in Wahrheit auf der Hut war wie ein Hund in der Nähe seines unberechenbaren grausamen Herrn. »Ist in Ihrer Abteilung irgendetwas mit den Computern nicht in Ordnung?« Er warf sich so schwungvoll auf seinen Stuhl, als ob es sich um ein Skateboard handelte, und musste sich an der Schreibtischkante festhalten, um nicht gegen die Wand zu rollen.

»Die Computer funktionieren alle«, antwortete Kurt. »Ich bin hier, um mit Ihnen über Ihr Lunch-Date zu reden.«

»Über Georgina Marks?«

Kurt wandte für einen Augenblick seinen Blick ab, genau wie ein paar Minuten zuvor bei Christine. Warum, fragte er sich wütend, käute jeder seine Frage wieder, anstatt ihm klipp und klar zu antworten? Es war zum Verrücktwerden.

»Was wollen Sie über sie wissen?«, fragte Randy und strahlte.

»Hat sie Sie offensiv angemacht?«

Randy wippte mit dem Kopf. »Teils, teils. Am Anfang ja. Immerhin hat sie mich angesprochen.«

»Hat sie Ihnen ein eindeutiges Angebot gemacht?«

»Wie meinen Sie das?«

Kurt wandte erneut seinen Blick ab. Mit den Mitarbeitern der Klinik zu reden, war fast immer anstrengend, doch dieser Randy Porter, der aussah und sich benahm wie ein Highschool-Schüler, war ein besonders schwieriger Fall. »Wenn ich Sie frage, ob sie Ihnen ein eindeutiges Angebot gemacht hat, meine ich, ob sie Ihnen Sex gegen Geld oder andere Leistungen angeboten hat?«

Randy hatte schon immer gewusst, dass der Sicherheitschef ein komischer Kauz war, doch mit dieser Frage schoss er den Vogel ab. Was sollte er darauf erwidern? Der Mann war sichtlich erregt und kurz davor, die Nerven zu verlieren.

»Würden Sie bitte auf meine Frage antworten?«, fuhr Kurt ihn an.

»Warum sollte mir Georgina Marks Sex anbieten?«, brachte Randy hervor.

Kurt sah erneut weg. Jetzt erwiderte dieser Bengel seine Frage doch glatt schon wieder mit einer Gegenfrage! Diesmal fühlte Kurt sich zu allem Übel auch noch an die Zwangssitzungen mit einem Psychiater erinnert, die man ihm verordnet hatte, bevor er aus der Armee ausgeschieden war. Er holte einmal tief Luft und wiederholte seine Frage, diesmal jedoch besonders langsam und mit drohendem Unterton.

»Nein!«, erwiderte Randy entschieden und fügte leiser hinzu: »Wir haben mit keinem Wort über Sex gesprochen. Wir haben uns über Computerspiele unterhalten. Wieso sollte sie mit mir über Sex reden?«

»Weil eine Frau wie sie nichts anderes als Sex im Sinn hat.«

»Sie ist Biologin«, warf Randy ein.

»Zieht sich so vielleicht eine Biologin an?«, spottete Kurt. »Von den anderen Biologinnen, die bei uns arbeiten, habe ich jedenfalls noch keine so herumlaufen sehen!« Da er noch auf die Ergebnisse seiner Nachforschungen wartete, wusste er weder, ob Georgina wirklich Biologin war, noch, ob sie wirklich so hieß, doch er behielt seine Bedenken wohlweislich für sich. Bis er endgültig Klarheit hatte, wollte er unbedingt vermeiden, dass die junge Frau von seinen Ermittlungen Wind bekam. Auf jeden Fall ging er fest davon aus, dass sie nicht wirklich für die Wingate Clinic arbeiten wollte, sondern irgendwelche verborgenen Absichten hatte, und so provokativ, wie sie sich kleidete, war er zu neunundneunzig Prozent sicher, dass sie eine Hure war. So hatte er sie schon auf den ersten Blick eingeschätzt, und Spencer Wingate hatte sie ja offenbar bereits am Tag ihres ersten Zusammentreffens an der Pforte ins Bett gekriegt.

»Mir gefällt ihr Outfit gut«, sagte Randy.

»Das glaube ich Ihnen gern«, entgegnete Kurt verächtlich.

»Und warum sind Sie heute Mittag in der Kantine so abrupt aufgebrochen? Waren Sie vielleicht plötzlich aus irgendeinem Grund angewidert? Zum Beispiel, als sie Sie gefragt hat, ob Sie eine Nummer mit ihr schieben wollen?«

»Nein!«, protestierte Randy. »Ich sagte es Ihnen doch bereits, wir haben nicht über Sex gesprochen. Wir haben uns eine Weile nett unterhalten, aber dann wollte sie, dass ich gehe. Das war, als ihre Freundin hinzukam. Die beiden wollten sich unter vier Augen unterhalten.«

Kurt nahm den schlaksigen Computer-Freak ins Visier. Seine Menschenkenntnis und seine Verhör-Erfahrung verrieten ihm, dass er die Wahrheit sagte. Das Problem war nur, dass Randys Behauptungen nicht mit seiner Meinung über die neue Angestellte übereinstimmten. Anstatt klarer zu sehen, erschien ihm die Frau immer rätselhafter.

»Es gibt da noch etwas anderes, was ich Ihnen mitteilen wollte«, sagte Randy, um endlich von Georgina Marks wegzukommen. Er berichtete dem Sicherheitschef von dem seltsamen Vorfall im Server-Raum, in den Spencer Wingate verwickelt war.

Kurt nickte und versuchte die Information zu verarbeiten. Er hatte nicht den geringsten Schimmer, was er davon zu halten hatte oder was er in der Angelegenheit veranlassen sollte. Während der vergangenen Jahre war er Paul Saunders unterstellt gewesen und nicht Spencer Wingate. Als Mann mit militärischem Hintergrund hasste er unklare Hierarchieverhältnisse.

»Informieren Sie mich, sobald das noch einmal passiert!«, wies er Randy schließlich an. »Und geben Sie mir ebenfalls Bescheid, wenn Sie weiteren Kontakt mit Georgina Marks oder ihrer Freundin haben. Es versteht sich ja wohl von selbst, dass dieses Gespräch unter uns bleibt. Habe ich mich klar genug ausgedrückt?«

Randy nickte schnell.

Kurt erhob sich ohne ein weiteres Wort und verließ Randys Arbeitsnische.

Deborah gab auf. Sie war innerlich so aufgewühlt, dass sie sich unmöglich auf ihre Arbeit konzentrieren konnte. Also konnte sie es auch gleich bleiben lassen, und da Joanna und sie der Klinik bald auf Nimmerwiedersehen den Rücken kehren würden, war das Ganze sowieso eine Farce. Sie wartete jetzt seit mehr als einer Stunde auf Joannas erlösenden Anruf und die Mitteilung, dass ihre neugierige Kollegin nach Hause gegangen war und ihnen nichts mehr im Weg stand, endlich den Ordner mit den Daten über die Spenderinnen einzusehen. Doch das Telefon wollte einfach nicht klingeln. Offenbar hatte Joannas Nischennachbarin eine Menge Sitzfleisch.

Deborah trommelte mit den Fingern auf der Arbeitsfläche. Sie war noch nie ein besonders geduldiger Mensch gewesen, und die nervenaufreibende Warterei brachte sie zusehends auf die Palme.

»Was soll das Theater!«, murmelte sie schließlich vor sich hin. Sie erhob sich von ihrem Platz vor dem Mikroskop, nahm ihre Handtasche und steuerte die Tür an. Irgendwann war einmal Schluss. Sie hatte lange genug auf Joannas Befürchtungen und ihre Paranoia Rücksicht genommen. Was sollte diese neugierige Kollegin ihnen schon anhaben? Sobald sie die gewünschten Informationen hatten, waren sie sowieso auf und davon. Außerdem konnte sie sich doch – wie sie bereits vorgeschlagen hatte – einfach in den Weg stellen und der lästigen Frau die Sicht auf den Bildschirm versperren.

Sie vermied jeden Blickkontakt mit den wenigen Labormitarbeitern, die sie bisher kennen gelernt hatte, und tat auch diesmal so, als ob sie zur Toilette gehen wollte. Ein paar Minuten später huschte sie in Joannas Arbeitsnische. Ihre Freundin war pflichtbewusst in ihre Arbeit vertieft.

Deborah tippte sie an und formte lautlos die Frage: »Wo sitzt Gale Overlook?«

Joanna zeigte nach rechts.

Deborah ging zu der Trennwand und warf einen Blick in die benachbarte Nische. Sie sah exakt so aus wie die von Joanna, und interessanterweise war sie nicht besetzt.

»Sie ist gar nicht da!«, stellte Deborah fest.

Joanna sah sie überrascht an und gesellte sich zu ihr. »Tatsächlich!«, staunte sie. »Das gibt's doch gar nicht. Vor zwei Minuten war sie noch da.«

»Das trifft sich ja bestens«, freute sich Deborah und rieb sich erwartungsvoll die Hände. »Am besten zauberst du uns sofort die geheime Datei auf den Bildschirm. Wir sehen schnell nach, was aus unseren Eizellen geworden ist, und machen uns dann aus dem Staub.«

Joanna ging zum Eingang ihrer Nische und inspizierte in beiden Richtungen den Gang. Die Luft war rein. Sie ging zurück an ihren Schreibtisch, setzte sich vor ihre Tastatur und sah Deborah fragend an.

»Ich passe auf«, versprach Deborah. »Hoffentlich haben sich unsere Mühen gelohnt.«

Mit ein paar schnellen Eingaben und Mausklicks holte Joanna den Ordner mit den Daten über die Spenderinnen auf den Bildschirm und öffnete das Inhaltsverzeichnis. Die Namen der Spenderinnen waren alphabetisch geordnet; Deborah Cochrane stand ziemlich weit vorne.

»Sehen wir zuerst bei dir nach«, schlug Joanna vor.

»Von mir aus gern«, stimmte Deborah zu.

Joanna klickte Deborahs Namen an, woraufhin ihre Daten auf dem Monitor erschienen. Sie überflogen die Eintragungen, die im Wesentlichen die grundlegenden medizinischen Informationen über Deborah und ihre Krankheitsgeschichte enthielten. Unten auf der Seite befand sich dick unterstrichen und in Großbuchstaben der Hinweis, dass die Patientin für den Eingriff hartnäckig auf einer lokalen Betäubung bestanden habe.

»Die Art der Narkose scheint ihnen ja wirklich ungeheuer wichtig zu sein«, stellte Deborah fest.

»Bist du fertig mit der Seite?«, fragte Joanna.

»Ja. Lass uns zu den spannenden Daten kommen.« Joanna rief die nächste Seite auf, die sich zugleich als die letzte erwies. Als erste Angabe stand oben auf der Seite ANZAHL DER ENTNOMMENEN EIZELLEN. Dahinter war eine Null eingetragen.

»Was zum Teufel soll das denn heißen?«, fragte Deborah irritiert. »Soll das etwa bedeuten, dass sie mir keine einzige Eizelle entnommen haben?«

»Aber sie haben dir doch gesagt, dass sie welche punktiert haben.«

»Aber ja«, bestätigte Deborah.

»Ist ja merkwürdig«, murmelte Joanna. »Am besten sehen wir mal bei mir nach.« Sie ging zurück ins Inhaltsverzeichnis und blätterte es durch, bis sie bei M anlangte. Dann klickte sie auf ihren Namen. In den nächsten dreißig Sekunden überflogen sie die Eintragungen, die sich kaum von denen auf Deborahs erster Seite unterschieden. Doch als sie die nächste Seite aufriefen, war die Überraschung noch größer als bei der Null in Deborahs Formular. In der Spalte für die Anzahl der entnommenen Eizellen stand 378.

»Was soll ich denn davon halten?«, fragte Joanna erstaunt. »Sie haben von fünf oder sechs Eizellen gesprochen – aber doch nicht von Hunderten.«

»Was ist denn da hinter jeder Eizelle eingetragen?«, fragte Deborah. Die Schrift war winzig und kaum zu entziffern. Mit einem Mausklick vergrößerte Joanna die Schrift. Hinter jeder Eizelle stand der Name einer Patientin sowie das Datum des Embryotransfers. Dahinter folgte der Name Paul Saunders sowie eine kurze Erfolgsbeschreibung der jeweiligen Behandlung.

»Diesen Aufzeichnungen zufolge ist jede einzelne Eizelle einer anderen Patientin eingesetzt worden«, stellte Deborah fest. »Das ist ebenfalls äußerst merkwürdig. Ich dachte, sofern genügend Eizellen vorhanden sind, werden jeder Patientin gleich mehrere eingesetzt, um die Chancen einer Einnistung zu erhöhen.«

»Das dachte ich eigentlich auch«, pflichtete Joanna ihr bei. »Und wenn ich mir die Liste hier genauer ansehe, verstehe ich erst recht nicht, was das alles soll. Es sind nicht nur unglaublich viele Eizellen – keine einzige hat zu einer erfolgreichen Schwangerschaft geführt.« Sie fuhr mit dem Finger die Liste entlang. Hinter jeder Eizelle stand entweder die Anmerkung *Einnistung fehlgeschlagen* oder *Fehlgeburt*.

»Halt!«, rief Deborah. »Hier ist eine, mit der es geklappt hat.« Sie zeigte auf Eizelle Nummer siebenunddreißig. Dahinter stand das Geburtsdatum 14. September 2000, gefolgt von dem Namen der Mutter, einer Adresse und einer Telefonnummer. Dem Eintrag zufolge handelte es sich bei dem Kind um einen gesunden Jungen.

»Dann hat es also wenigstens mit einer funktioniert«, seufzte Joanna erleichtert.

»Hier ist noch eine«, stellte Deborah fest. »Eizelle Nummer achtundvierzig. Das Geburtsdatum war der erste Oktober 2000, und es war ebenfalls ein gesunder Junge.«

»Also gut, dann eben zwei«, entgegnete Joanna. Sie gingen gespannt die gesamte Liste durch. Von den insgesamt 378 Eizellen gab es nur noch zwei weitere positive Ergebnisse, nämlich Eizelle Nummer 220 und Eizelle Nummer 241. Sie waren beide erst vor vier Monaten eingesetzt worden, und den Anmerkungen am Rande zufolge verliefen beide Schwangerschaften normal.

»Wie kann es angehen, dass sie sie erst vor so kurzer Zeit eingesetzt haben?«, fragte Joanna.

»Vermutlich haben sie gefrorene Embryonen verwendet«, erklärte Deborah.

Joanna lehnte sich zurück und sah zu Deborah auf. »Wenn ich ehrlich bin, bin ich ziemlich überrascht.«

»Das kannst du wohl laut sagen«, entgegnete Deborah. »Wenn diese Eintragungen stimmen, liegt die Erfolgsquote etwa bei einem Prozent«, stellte Joanna fest. »Das spricht nicht gerade für meine Eizellen.«

»Es ist absolut ausgeschlossen, dass sie dir wirklich fast vierhundert Eizellen entnommen haben«, erklärte Deborah kategorisch. »Diese Zahl kann nie und nimmer stimmen. Wahrscheinlich ist sie erfunden, um aus irgendwelchen Gründen die Forschungsergebnisse aufzubauschen. Fast vierhundert Eizellen – das sind so viele, wie du während deines gesamten Lebens produzierst!«

»Du meinst, die Zahlen haben nichts mit echten Eizellen zu tun?«, hakte Joanna nach.

»Das würde ich zumindest vermuten«, antwortete Deborah. »Wie wir beide wissen, geschehen hier höchst merkwürdige Dinge. Vor diesem Hintergrund würde ich mich über ein paar gefälschte Daten nicht im Geringsten wundern. Das Aufbauschen von Forschungsdaten ist in den angesehensten Instituten gang und gäbe und kommt keinesfalls nur in so entlegenen Einrichtungen wie der Wingate Clinic vor. Aber eins kann ich dir sagen: Angesichts dieser undurchsichtigen Aufzeichnungen ärgert es mich umso mehr, dass wir nicht doch mal einen Blick in ihre Forschungsprotokolle werfen können.«

Joanna drehte sich um und tippte etwas in die Tastatur ein.

»Was machst du da?«, fragte Deborah.

»Ich drucke die Datei aus«, erwiderte Joanna. »Und danach verschwinden wir sofort von hier. Diese Ergebnisse hauen mich wirklich um.«

»Was soll ich denn sagen?«, entgegnete Deborah. »Bei mir haben sie nicht mal eine einzige verdammte Eizelle gefunden. Bei dir hat es immerhin für ein paar lebendige Kinder gereicht.«

Joanna sah Deborah an. Wie Joanna es nicht anders erwartet hatte, grinste sie breit. Eins musste Joanna ihr lassen:

Deborah hatte wirklich Humor und konnte selbst der vertracktesten Situation noch etwas Heiteres abgewinnen. Sie selbst hingegen war alles andere als erheitert.

»Mir ist noch etwas aufgefallen«, stellte Deborah fest. »In dem Bericht über deine Eizellen ist in keinem einzigen Fall vermerkt, mit wessen Sperma sie befruchtet wurden.«

»Das wird ja wohl vom jeweiligen Ehemann der Empfängerin gewesen sein«, vermutete Joanna und erteilte den Befehl zum Drucken. »Bei der umfangreichen Datei wird das bestimmt ein paar Minuten dauern. Wenn du noch irgendetwas zu tun hast, mach es jetzt. Denn sobald ich den Ausdruck in den Händen halte, will ich von hier verschwinden.«

»Meinetwegen können wir jederzeit los«, gab Deborah zurück.

»Was für ein Tag!«, stöhnte Randy Porter. Er war froh, dass er den Sicherheitschef endlich losgeworden war, aber dass er überhaupt so eine schräge Unterredung mit Kurt Hermann hatte führen müssen, hatte ihm ziemlich die Laune verdorben. Mit seinen zeitlupenartigen Bewegungen und seiner ganzen lauernden Art ähnelte der Mann einem Tiger in einem Käfig. Und dann redete er auch noch so langsam! Bei dem bloßen Gedanken an das Gespräch musste Randy sich schütteln, als würde ihm plötzlich übel.

Er war auf dem Rückweg von der Buchhaltung, wo er seine angefangene Arbeit an dem Computer zu Ende gebracht hatte, die er für die beknackte Unterredung mit dem Sicherheitschef hatte unterbrechen müssen. Es ging auf zwei Uhr nachmittags zu, und es drängte ihn zurück an seinen Arbeitsplatz. Die Unterredung mit Kurt Hermann war nicht das schlimmste Erlebnis des Tages gewesen. Die Niederlage gegen SCREAMER war ihm weit mehr auf den Magen geschlagen, und er brannte auf eine Revanche.

Zurück in seiner Nische, vergewisserte er sich in der gewohnten Weise, ob seine Vorgesetzte an ihrem Arbeitsplatz war. Zu seiner Freude war ihr Schreibtisch leer. Zu dieser Zeit hockte sie meistens in irgendwelchen Abteilungsleitersitzungen. Also konnte er den Sound ein bisschen mehr aufdrehen. Er machte es sich auf seinem Stuhl gemütlich, holte den Joystick hinter dem Monitor hervor und entriegelte mit seinem Passwort die Tastatur. Im gleichen Moment blinkte in der rechten unteren Ecke seines Bildschirms der gleiche lästige Hinweis auf, der schon am Morgen SCREAMER den Sieg beschert hatte. Es war schon wieder jemand in den Server-Raum eingedrungen!

Er hämmerte wütend in die Tasten und öffnete das entsprechende Fenster. Es gab keinen Zweifel: Die Tür war tatsächlich um 12.02 Uhr und dann noch einmal um 12.28 Uhr geöffnet worden. Also hatte sich der ungebetene Besucher – wer auch immer es gewesen sein mochte – ganze sechsundzwanzig Minuten im Server-Raum aufgehalten! Das war schon etwas ganz anderes, als nur mal kurz einen Blick in den Raum zu werfen, und bereitete ihm einiges Kopfzerbrechen. In sechsundzwanzig Minuten konnte man im Server-Raum ziemlich viel Unheil anrichten.

Er holte sich den entsprechenden Ordner auf den Bildschirm, um zu sehen, wer den Raum diesmal betreten hatte. Als die Namensliste vor ihm erschien, glaubte er seinen Augen nicht zu trauen: Es war schon wieder Spencer Wingate gewesen! Randy lehnte sich zurück, starrte angestrengt den Namen des Klinikgründers an und überlegte, was er jetzt tun sollte. Er hatte dem Sicherheitschef von dem ersten Zwischenfall berichtet, doch Kurt Hermann hatte nicht gerade den Eindruck gemacht, als ob ihn das besonders interessiert hätte. Allerdings hatte er darum gebeten, umgehend informiert zu werden, falls erneut jemand den Server-Raum betreten sollte.

Nach einigem Nachdenken beugte Randy sich wieder

vor. Er hatte eine Entscheidung getroffen: Er würde Kurt Hermann anrufen, aber nur, wenn er herausfand, dass sich jemand an dem System zu schaffen gemacht hatte. Als Erstes ging er daran, die Zugangsberechtigungen zu überprüfen: eine eventuelle Manipulation daran schien ihm am nahe liegendsten. Mit ein paar schnellen Eingaben und Mausklicks holte er sich das entsprechende Verzeichnis mit den Zugangsberechtigungen auf den Bildschirm und hatte bereits nach einigen Minuten die Antwort: Dr. Wingate hatte in der Liste der Zugangsberechtigten für den Ordner mit den Daten über die Eizellenspenderinnen den Namen Prudence Heatherly hinzugefügt.

Ratlos lehnte Randy sich erneut zurück. Warum um alles in der Welt verschaffte der Klinikgründer einer neuen Mitarbeiterin Einblick in einen Ordner, der strengsten Zugangsbeschränkungen unterlag und auf den Dr. Wingate nicht einmal selber zugreifen konnte? Das ergab einfach keinen Sinn – es sei denn, er hatte Prudence Heatherly beauftragt, aus irgendeinem Grund für ihn in den Dateien herumzuschnüffeln.

»Das passt irgendwie nicht zusammen«, sagte er schließlich laut zu sich selbst. In gewisser Hinsicht bereitete ihm das Rätsel sogar Vergnügen. Es hatte etwas von einem Computerspiel, denn es ging darum, die Strategie seines Gegners zu durchschauen. Natürlich war es nicht so spannend wie *Unreal Tournament*, aber andererseits war es auch kein Kinderspiel. Er verharrte für ein paar Minuten regungslos auf seinem Stuhl und dachte angestrengt nach.

Ohne dass ihm eine plausible Erklärung eingefallen wäre, griff er schließlich zum Telefon. Er hatte nicht die geringste Lust, schon wieder mit Kurt Hermann zu sprechen, zum Glück konnte er die Sache telefonisch erledigen und musste ihm nicht erneut persönlich gegenübertreten. Außerdem würde er ihm lediglich die nackten Fakten berichten und seine Vermutungen für sich behalten. Während er wählte, warf er einen Blick auf die Uhr. Es war Punkt zwei Uhr.

14

10. Mai 2001, 14.00 Uhr

Obwohl sie das untrügerische Gefühl hatte, beobachtet zu werden, versuchte Joanna sich so normal wie möglich zu verhalten. Sie verließ die Wingate Clinic, stieg die Treppen hinab und steuerte zielstrebig den Chevy Malibu an. Deborah saß bereits im Wagen, und wie Joanna der Silhouette ihres Kopfes entnahm, hatte sie auf dem Fahrersitz Platz genommen. Da der Arbeitstag noch lange nicht vorüber war, hatten sie beschlossen, lieber getrennt zum Auto zu gehen. Sie hofften auf diese Weise weniger Aufmerksamkeit zu erregen, und es schien zu funktionieren. Denn wie es aussah, war Deborah nichts dazwischengekommen, und auch sie hatte bisher niemand aufzuhalten versucht.

Ihre Handtasche hatte sie sich über die rechte Schulter gehängt, in der linken Hand hatte sie einen dicken Umschlag, der den mehrfach zusammengefalteten Ausdruck der Spenderdatei enthielt. Sie musste sich zwingen, nicht loszurennen, und fühlte sich ein weiteres Mal wie eine Einbrecherin auf der Flucht. Allerdings hatte sie diesmal tatsächlich gestohlenes Diebesgut bei sich.

Schließlich erreichte sie ohne Zwischenfall das Auto, ging schleunigst zur Beifahrertür und stieg so schnell sie konnte ein.

»Lass uns so schnell wie möglich von hier verschwinden!«, drängte sie.

»Wäre doch genau der passende Moment, dass die Karre

nicht anspringt«, entgegnete Deborah im Scherz und griff nach dem Zündschlüssel.

Joanna tat so, als wollte sie ihr eine runterhauen, und raunzte: »Ich bin jetzt nicht zum Scherzen aufgelegt! Setz die Karre gefälligst in Bewegung! Und zwar sofort!« Wenigstens konnte sie ihrer inneren Anspannung durch den Ausbruch ein wenig Luft verschaffen.

Deborah wich dem vorgetäuschten Schlag aus, startete und bog rückwärts aus der Parklücke.

»Wir haben es geschafft«, stellte Deborah fest, »wozu auch immer es gut sein mag.« Sie steuerte den Wagen die lange kurvige Abfahrt hinab. »Auch wenn das Ergebnis unserer Bemühungen eine ziemliche Enttäuschung war, können wir ganz schön stolz auf uns sein.«

»Wir haben es erst geschafft, wenn wir das Tor passiert haben«, bemerkte Joanna.

»Streng genommen hast du da natürlich Recht«, räumte Deborah ein. Sie fuhr unbeirrt weiter bis zum Tor und hielt an der weißen Haltelinie.

Joanna hielt den Atem an. Die Prozedur kam ihr vor wie eine Ewigkeit, doch schließlich ging das Tor langsam und gemächlich auf.

Deborah gab Gas, und sie schossen durch den Tunnel unter dem Pförtnerhäuschen hindurch.

Als sie wieder ans Tageslicht kamen, fiel Joanna sichtlich ein Stein vom Herzen.

»Du hattest wirklich Angst, nicht wahr?«, fragte Deborah.

»Und ob ich Angst hatte«, entgegnete Joanna. »Und zwar den ganzen Tag.« Sie öffnete den Umschlag und nahm den umfangreichen Ausdruck heraus.

Deborah bog rechts ab in die nach Bookford führende Pierce Street und sah Joanna fragend an. »Willst du dir auf dem Nachhauseweg eine nette Feierabendlektüre gönnen, oder was hast du vor?«

»Eigentlich hatte ich eine andere Idee«, entgegnete Joanna, »und zwar eine ziemlich gute, wie du gleich sehen wirst.« Sie fing an, den Papierstapel durchzublättern, und achtete darauf, die Reihenfolge nicht durcheinander zu bringen. Sie suchte zwei bestimmte Seiten und brauchte einige Minuten, bis sie sie gefunden hatte.

»Willst du mich vielleicht mal einweihen?«, fragte Deborah nach einer Weile. »Oder willst du deine großartige Idee für dich behalten?« Joannas hartnäckiges Schweigen ging ihr allmählich auf die Nerven.

Joanna lachte sich insgeheim ins Fäustchen. Indem sie ihre Gedanken vorerst für sich behalten hatte, hatte sie ihre Freundin unbewusst genauso auf die Folter gespannt, wie diese es immer genussvoll mit ihr zu tun pflegte. Endlich konnte sie es ihr einmal heimzahlen. Statt zu antworten, kostete sie ihre kleine Revanche noch ein bisschen aus, nahm in aller Seelenruhe die beiden gesuchten Seiten aus dem Stapel und legte den Rest auf den Rücksitz. »Voilà!«, sagte sie schließlich und hielt Deborah die beiden Seiten hin.

Deborah wandte sich kurz zu ihr um und nahm zur Kenntnis, dass es sich um die beiden Seiten handelte, auf denen die Details zu den beiden Kindern vermerkt waren, die offenbar aus Joannas Eizellen hervorgegangen waren. »Okay, ich sehe, welche Blätter du da herausgefischt hast. Und was ist nun deine großartige Idee?«

»Die beiden Kinder müssten jetzt etwa sieben bis acht Monate alt sein«, erwiderte Joanna. »Vorausgesetzt natürlich, dass sie überhaupt existieren.«

»Ja und?«

»Wir haben die Namen, die Adressen und die Telefonnummern der Eltern«, erklärte Joanna. »Ich schlage vor, wir rufen sie an, und wenn sie nichts dagegen haben, statten wir ihnen einen kleinen Besuch ab.«

Deborah warf ihr einen flüchtigen Blick zu. Die Fassungslosigkeit stand ihr ins Gesicht geschrieben. »Das meinst du doch nicht im Ernst, oder? Sag mir, dass du es nicht ernst meinst.«

»Doch«, erwiderte Joanna. »Ich meine es todernst. Es war doch deine Vermutung, dass die Liste wahrscheinlich von vorne bis hinten frisiert ist. Also prüfen wir die Daten doch einfach am besten. Eine der angegebenen Adressen ist sogar gleich hier in Bookford.«

Deborah fuhr an den Straßenrand. Sie befanden sich in Sichtweite der öffentlichen Bibliothek in der Nähe der Kreuzung Pierce Street und Main Street. Sie parkte und wandte sich Joanna zu. »Ich will dich ja nur ungern enttäuschen, aber ich halte es für keine besonders gute Idee, diesen Leuten einen Besuch abzustatten. Anrufen finde ich in Ordnung, aber einen Besuch – auf keinen Fall.«

»Zuerst rufen wir an«, entgegnete Joanna. »Aber wenn die Kinder wirklich existieren, will ich sie sehen.«

»Das gehörte zu keinem Zeitpunkt zu unserem Plan«, erwiderte Deborah. »Wir wollten lediglich herausfinden, ob aus unseren Eizellen Kinder entstanden sind. Es war nie die Rede davon, ihnen einen Besuch abzustatten. Ich halte eine Begegnung sogar für ziemlich unangemessen, und die Eltern sehen das mit Sicherheit ähnlich.«

»Ich binde ihnen doch nicht auf die Nase, dass ich die Spenderin war«, entgegnete Joanna. »Das ist es doch, worüber du dir Sorgen machst, nicht wahr?«

»Ich mache mir Sorgen um dich«, erklärte Deborah. »Zu wissen, dass ein Kind von dir existiert, ist eine Sache, aber es leibhaftig zu sehen, ist etwas ganz anderes. Ich glaube nicht, dass du dir das antun solltest. Damit machst du dir nur das Leben schwer.«

»Das glaube ich nicht«, widersprach Joanna. »Im Gegenteil: Es wird mich beruhigen, die Kinder zu sehen, und ich werde mich gut fühlen.«

»Genauso argumentieren Süchtige, bevor sie sich die erste Heroinspritze setzen«, wandte Deborah ein. »Falls es diese beiden Kinder tatsächlich gibt und du sie siehst, willst du sie mit Sicherheit immer wieder sehen, und das kann für keinen der Beteiligten gut sein.«

»Du kannst dir deine Worte sparen«, sagte Joanna. »Ich lasse mich nicht von meinem Vorhaben abbringen.« Sie holte ihr Handy aus der Tasche, wählte die Nummer von Familie Sard und sah Deborah an. Am anderen Ende der Leitung klingelte es, und das war schon mal ein gutes Zeichen. Die Telefonnummer gab es also wirklich.

»Hallo«, meldete sich Joanna, als jemand abnahm. »Spreche ich mit Mrs Sard?«

»Ja. Und wer sind Sie?«

»Mein Name ist Prudence Heatherly«, erwiderte Joanna. »Ich rufe aus der Wingate Clinic an und möchte mich erkundigen, wie Ihr Baby sich entwickelt.«

»Oh – unserem kleinen Jason geht es prima«, berichtete Mrs Sard. »Wir sind ganz aufgeregt. Seit neuestem krabbelt er nämlich.«

Joanna zog die Augenbrauen hoch und sah Deborah an. »Ach tatsächlich? Er fängt schon an zu krabbeln! Das ist ja wunderbar! Ich rufe übrigens noch aus einem anderen Grund an, Mrs Sard. Im Rahmen unserer Nachbetreuung würden wir uns Ihren kleinen Jason gern noch einmal ansehen. Wäre es Ihnen recht, wenn eine Kollegin aus der Wingate Clinic und ich kurz bei Ihnen vorbeikommen?«

»Selbstverständlich«, erwiderte Mrs Sard. »Wenn es Sie und all die hart arbeitenden Experten in Ihrer Klinik nicht gäbe, hätten wir dieses kleine, süße Freudenbündel schließlich gar nicht. Was für ein Segen, dass wir ihn bekommen haben! Wir haben uns so lange ein Kind gewünscht. Wann möchten Sie denn kommen?«

»Würde es Ihnen in der nächsten halben Stunde passen?«

»Das wäre sogar perfekt. Jason ist nämlich gerade aus seinem Mittagsschlaf erwacht. Er müsste also ausgeruht und gut gelaunt sein. Haben Sie unsere Adresse?«

»Ja«, erwiderte Joanna. »Aber Sie können mir gern den Weg erklären.«

Die Adresse war einfach zu finden. Sie mussten lediglich nach links in die Main Street einbiegen, ein Stück stadteinwärts fahren und hinter der Rite-Smart-Apotheke erneut links in die erste Straße einbiegen. Familie Sard lebte in einem im Sechzigerjahre-Stil erbauten Reihenhaus, das dringend einen neuen Anstrich benötigte und an dem die minderwertigen Ziegel sich bereits von der Fassade lösten. Auf dem Rasen stand eine nagelneue Kinderschaukel, die in der Nachmittagssonne glänzte und einen starken Kontrast zu dem ansonsten eher bescheidenen Haus bildete.

Deborah bog in die Einfahrt und hielt hinter einem alten Ford Pick-up. Jetzt sah auch sie die neue Schaukel. »Eine brandneue Schaukel für ein sechs Monate altes Kind! Na, wenn das nicht auf einen bemühten Dad schließen lässt!«

»Mrs Sard erwähnte vorhin, dass sie ziemlich lange auf ihr Kind gewartet haben.«

»Nach dem Haus zu urteilen, können sich die Sards die stolzen Preise der Wingate Clinic eigentlich nicht leisten.« Joanna nickte. »Wie sie das Geld wohl zusammengekratzt haben? Unfruchtbare Paare sind in ihrer Verzweiflung zu vielem bereit. Ich habe gehört, dass einige Hypotheken auf ihre Häuser aufnehmen oder sich das Geld anderweitig leihen, aber wenn man dieses Haus hier sieht, scheiden die beiden Möglichkeiten wohl eher aus.«

Deborah wandte sich zu Joanna um. »Wahrscheinlich haben sie sich finanziell so verausgabt, dass sie jetzt kaum noch für die Extrakosten aufkommen können, die ein Kind mit sich bringt. Willst du wirklich bei der Familie klingeln? Da drinnen sieht es womöglich ziemlich trostlos aus. Meiner Meinung nach sollten wir umkehren und die Sache auf sich beruhen lassen.«

»Ich will das Kind sehen!« Joanna blieb stur. »Ich komme schon damit zurecht. Mach dir um mich keine Sorgen.« Sie öffnete die Tür und stieg aus. Deborah stieg ebenfalls aus dem Wagen. Dann steuerten sie die Haustür an. Mit ihren hohen Absätzen musste Deborah extrem aufpassen, nicht ständig in den Ritzen des brüchigen Betonbelags stecken zu bleiben. Einmal verlor sie dennoch ihren Schuh und musste sich bücken, um ihn wieder herauszuziehen.

»Tu mir einen Gefallen, und geh in die Knie, wenn du dich noch einmal bückst«, bat Joanna. »Jetzt ist mir klar, warum Randy am Wasserspender solche Stielaugen gemacht hat.«

»Du bist ja nur eifersüchtig«, witzelte Deborah.

Sie stiegen die Treppe zur Haustür hinauf.

»Bist du bereit?«, fragte Deborah und legte ihre hohle Hand über die Türklingel.

»Jetzt mach es nicht so spannend und klingele endlich!«, drängte Joanna.

Deborah drückte auf den Knopf, und es ertönte ein auch draußen gut hörbarer, mehrere Sekunden anhaltender Klingelton, dem offenbar irgendeine Melodie zugrunde lag.

»Was für ein reizendes Gebimmel«, bemerkte Deborah sarkastisch.

»Sei nicht so voreingenommen!«, mahnte Joanna.

Die Innentür ging auf, und durch die noch geschlossene, schmutzige Außentür erkannten sie eine ziemlich fettleibige Frau in einem Hausanzug. Auf dem Arm hatte sie ein Baby mit einem schwarzen Haarschopf. Als sich auch die Außentür öffnete und Joanna und Deborah einen ungehinderten Blick hatten, blieb ihnen vor Staunen und Entsetzen der Mund offen stehen. Deborah stolperte mit ihren hochhackigen Pumps ein Stück nach hinten und musste sich am Geländer festhalten, um nicht die Treppe hinunterzufallen.

Eigentlich hatte Paul Saunders Wichtigeres zu tun, als sich mit Kurt Hermann zu treffen. Er hatte sogar die Autopsie an dem Wurf der Sau verschieben müssen, die er gemeinsam mit Greg Lynch im Autopsieraum der Farm hatte durchführen wollen. Doch Kurt hatte sich nicht abwimmeln lassen. Schließlich hatte Paul widerstrebend eingewilligt, erst recht, als Kurt darauf bestanden hatte, im Pförtnerhäuschen mit ihm zu reden, also weit weg von anderen Ohren. Paul wusste, dass das nur Ärger bedeuten konnte, aber er machte sich keine Sorgen. Er vertraute voll und ganz auf Kurts Fähigkeiten und seine Diskretion. Dafür wurde der Mann schließlich gut bezahlt ... und zwar sehr gut.

Während er auf das kompakte Pförtnerhäuschen zuging, musste Paul unweigerlich an seinen Besuch bei Kurt Hermann denken, der inzwischen schon gut zwei Jahre zurücklag. Damals war es um den katastrophalen Anästhesie-Zwischenfall gegangen, und Kurt hatte die Krise zuverlässig und sicher gemanagt. Die Erinnerung daran trug nicht unerheblich zu Pauls Gemütsruhe bei.

An der Tür trat er sich den Schmutz von den Schuhen, der auf seinem Weg über den feuchten Rasen haften geblieben war. Die Natur hatte sich immer noch nicht von dem kalten, schneereichen Winter erholt. Dann ging er hinein. Kurt saß in seinem spartanisch eingerichteten Büro am Schreibtisch. Paul zog sich einen Stuhl heran und setzte sich ebenfalls.

»Wir haben ein ernst zu nehmendes Sicherheitsproblem«, begann Kurt in seinem typisch gleichmütigen Tonfall. Er hatte die Ellbogen auf die Schreibtischplatte gestützt und die Hände in der Luft gefaltet. Zur Betonung seiner Worte stieß er die ausgestreckten Zeigefinger in Pauls Richtung. Darüber hinaus ließ er keinerlei Anzeichen von Gefühlsregung oder gar Panik erkennen.

»Ich höre«, entgegnete Paul.

»Heute haben zwei neue Damen bei uns angefangen«,

stellte Kurt fest. »Eine gewisse Georgina Marks und eine Prudence Heatherly. Ich nehme an, Sie haben persönlich mit beiden gesprochen, wie Sie es bei Neueinstellungen immer zu tun pflegen.«

»Selbstverständlich«, bestätigte Paul. Vor seinem inneren Auge sah er sofort Georginas kurvenreichen Körper.

»Ich habe ein paar Erkundigungen eingeholt. Die beiden sind nicht die, die sie zu sein vorgeben.«

»Wie bitte? Das müssen Sie mir erklären!«

»Sie haben falsche Namen angegeben«, fuhr Kurt fort. »Georgina Marks und Prudence Heatherly sind zwei junge Frauen aus der Gegend von Boston, aber sie sind beide kürzlich verstorben.«

Paul musste schlucken. Seine Kehle war plötzlich ganz trocken. »Wer sind die beiden dann?«, fragte er heiser und räusperte sich. »Haben Sie eine Ahnung?«

»Eine der beiden heißt mit richtigem Namen Deborah Cochrane«, erwiderte Kurt. »Das Auto, mit dem sie gekommen sind, ist auf sie angemeldet. Wie die andere wirklich heißt, weiß ich noch nicht, aber das werde ich auch noch herausfinden. Die Anschrift, die die beiden in ihren Bewerbungsunterlagen angegeben haben, ist ebenfalls falsch, aber die korrekte Anschrift von Deborah Cochrane haben wir bereits, und mein Gefühl sagt mir, dass sie dort beide wohnen.«

»Ich gratuliere!«, lobte Paul seinen Sicherheitschef. »Das haben Sie schnell herausgefunden.«

»Ihre Glückwünsche sind leider nicht angebracht«, stellte Kurt fest. »Da ist noch etwas.«

»Ich höre«, entgegnete Paul nervös. Konnte es sein, dass Kurt – durchtrieben wie er war – herausgefunden hatte, dass er die Frau, die sich Georgina nannte, zum Essen eingeladen und sich einen Korb geholt hatte?

»Randy Porter hat entdeckt, dass die Frau, die sich Prudence Heatherly nennt, es irgendwie geschafft hat, sich eine

Ihrer geheimen Dateien auf den Bildschirm zu holen und auszudrucken. Es geht um eine Datei mit der Bezeichnung *Spenderinnen.*«

»Um Himmels willen!«, rief Paul entsetzt. »Wie konnte das passieren? Dieser Computer-Typ hat mir doch hoch und heilig versichert, dass meine Dateien absolut sicher sind!«

»Computer sind nicht meine Domäne«, entgegnete Kurt. »Aber Randy meinte, dass sie Hilfe von Dr. Wingate bekommen haben muss, den die beiden vermutlich becirct und verführt haben. »

Paul war so geschockt, dass er krampfhaft die Lehnen seines Stuhls umklammerte. Dass Spencer verstimmt war, war ihm wohl klar, doch das ging eindeutig zu weit. »Inwiefern hat er ihr geholfen?«

»Er hat ihren Namen auf die Liste der Zugangsberechtigten gesetzt«, erwiderte Kurt. »Diese Information musste ich quasi aus Randy herausquetschen, aber genauso hat er sich ausgedrückt.«

»Okay«, raunzte Paul. Er spürte, wie ihm das Blut in die Wangen schoss. »Ich rede mit Spencer und gehe der Sache auf den Grund. Vielleicht brauche ich dabei allerdings auch Ihre Hilfe. In der Zwischenzeit kümmern Sie sich um die beiden Frauen, und achten Sie darauf, dass Sie genauso gründlich vorgehen wie bei dem bedauerlichen tödlichen Anästhesieunfall – ich hoffe, Sie verstehen, was ich meine. Ich möchte nicht, dass die beiden ohne weiteres das Klinikgelände verlassen. Am besten verlassen sie es gar nicht. Und nehmen Sie ihnen um Gottes willen die ausgedruckten Seiten ab und bringen Sie sie mir so schnell wie möglich zurück!« Er war immer lauter geworden, bei seinem letzten Satz schrie er geradezu.

»Leider sind die beiden schon weg«, entgegnete Kurt, ohne die Ruhe zu verlieren. Pauls Wutausbruch ließ ihn vollkommen unbeeindruckt. »Als ich erfahren habe, was ich

Ihnen gerade erzählt habe, wollte ich sie sofort zur Rede stellen und in Gewahrsam nehmen. Aber da war es bereits zu spät. Als sie die Beute in den Händen hatten, müssen sie sich umgehend aus dem Staub gemacht haben.«

»Dann sehen Sie zu, dass Sie sie finden!«, brüllte Paul und stieß dabei immer wieder mit dem Finger nach Kurt. »Und schaffen Sie sie mir vom Hals! Aber verschonen Sie mich mit den Details! Tun Sie es einfach! Allerdings so, dass keine Spur zur Wingate Clinic führt. Wir müssen diesen ärgerlichen Vorfall unbedingt auslöschen.«

»Das versteht sich von selbst«, entgegnete Kurt. »Ich habe auch schon einen Plan. Vielleicht freut es Sie zu hören, dass das Problem dieses Mal wahrscheinlich ziemlich einfach zu lösen ist. Zum einen haben wir eine Adresse. Das heißt, wir machen die beiden schnell ausfindig. Zum anderen müssen sie gewusst haben, dass sie sich durch ihr Verhalten strafbar machen, was wiederum heißt, dass sie vermutlich mit niemandem über ihr Vorhaben geredet haben. Außerdem hat sich zumindest eine der beiden mal als Spenderin bei uns zur Verfügung gestellt. Ihre Beweggründe, die Datei mitgehen zu lassen, sind also sehr wahrscheinlich eher persönlicher Natur, als dass sie gegen irgendetwas zu Felde zu ziehen beabsichtigt. Das heißt also, dass wir es zwar mit einem gravierenden Zwischenfall zu tun haben, aber wir können das Problem durch schnelles Handeln in den Griff bekommen.«

»Dann handeln Sie augenblicklich!«, schrie Paul. »Ich will, dass das Problem spätestens heute Nacht aus der Welt geschafft ist. Dieses beiden Frauen können uns verdammt viel Ärger bereiten.«

»Ich habe bereits erste Vorkehrungen getroffen und mache mich gleich auf den Weg nach Boston«, entgegnete Kurt und erhob sich. Beim Aufstehen achtete er darauf, dass Paul mitbekam, wie er seine schallgedämpfte Glock Automatik aus der mittleren Schreibtischschublade nahm. Eigentlich wollte er ein wenig Anerkennung dafür einheimsen, dass er der Situation den gebührenden Ernst beimaß. Doch sein Vorgesetzter reagierte anders, als er erwartet hatte. Anstatt so zu tun, als hätte er die Pistole nicht gesehen, fragte er, ob es noch eine weitere gebe und ob er sie sich für die Nacht ausleihen könne. Kurt kam dem Wunsch gern nach. Er hatte sowieso im Stillen gehofft, dass Paul sich eigenhändig um das Spencer-Wingate-Problem kümmern würde. Schließlich war es eine verfahrene Situation, zwei Chefs gleichzeitig zu haben, die miteinander im Clinch lagen.

Joanna zitterte immer noch von dem anfänglichen Schock. Sie konnte einfach nicht fassen, was sie da vor sich sah, und hatte das Gefühl, dass es Deborah ähnlich erging. Mrs Sard hatte sie in ihr Wohnzimmer gebeten und darauf bestanden, sie zum Kaffee einzuladen. Doch Joanna hatte ihre Tasse nicht angerührt. Das Haus war so verdreckt, dass sie sich ekelte. Auf dem Sofa klebte neben ihrem Platz irgendwelches Essen, das aussah wie mehrere Wochen alter Joghurt. Überall verstreut lag Spielzeug und schmutzige Kleidung. Der Geruch dreckiger Windeln verbreitete einen üblen Gestank, und in der Küche, in die sie beim Hineinkommen einen Blick hatten werfen können, türmte sich das schmutzige Geschirr.

Mrs Sard hatte ohne Unterlass geplappert, meistens über ihr Baby, das die ganze Zeit wie ein kleines Beuteltier an ihr hing. Es war nicht zu übersehen, wie sehr sie sich über den unerwarteten Besuch freute. Joanna hatte den Eindruck, dass sie lange nicht unter Menschen gewesen war.

»Dann ist Ihr Baby also gesund und munter?«, fragte Deborah, als Mrs Sard einmal Luft holte.

»Aber ja«, versicherte Mrs Sard. »Allerdings haben wir vor kurzem erfahren, dass unser kleiner Jason an einer mild ausgeprägten senorineuronalen Hörstörung leidet.«

Joanna hatte keine Ahnung, was eine senorineuronale

Hörstörung war, und fragte deshalb nach. Bis dahin hatte sie vor Schreck noch kein Wort gesagt.

»Das ist eine Schwerhörigkeit, die durch ein Problem mit dem Hörnerv verursacht wird«, erklärte Deborah.

Joanna nickte, obwohl sie immer noch nicht verstand, was der Junge konkret hatte. Aber sie hakte nicht weiter nach. Stattdessen starrte sie auf ihre Hände und stellte fest, dass sie zitterten. Sie legte sie schnell übereinander, was ein bisschen half, das Zittern zu unterdrücken. Doch in Wirklichkeit wollte sie nur eins: fluchtartig das Haus der Familie Sard verlassen.

»Was könnte ich Ihnen denn noch über unseren kleinen süßen Fratz erzählen?«, fragte sich Mrs Sard und nahm stolz ihr Baby von der Schulter auf die Knie.

Joanna fand den Kleinen nicht weniger niedlich als andere Babys, doch sie hätte ihn noch niedlicher gefunden, wenn er etwas sauberer gewesen wäre. Sein Haar war schmutzig, der Schlafanzug, in dem er steckte, war vorne bekleckert, und an seinen Wangen klebte getrockneter Brei.

»Ich glaube, wir haben jetzt alle Informationen, die wir brauchen«, stellte Deborah fest und erhob sich. Joanna war ihr zutiefst dankbar und stand ebenfalls sofort auf.

»Möchten Sie nicht noch ein wenig Kaffee?«, bot Mrs Sard an. In ihrer Stimme schwang Verzweiflung mit.

»Danke«, entgegnete Deborah. »Wir haben Ihre Gastfreundschaft schon überstrapaziert.«

Mrs Sard protestierte, doch Deborah blieb hartnäckig. Schließlich geleitete Mrs Sard ihre beiden Besucherinnen zur Haustür und sah ihnen nach, wie sie die Treppe hinabstiegen. Am Auto drehte Deborah sich noch einmal um. Mrs Sard winkte ihr zum Abschied mit der Hand des Babys.

»Lass uns so schnell wie möglich von hier verschwinden«, drängte Joanna, als die Türen beide geschlossen waren. Sie drehte sich bewusst nicht noch einmal zu dem Kind um.

»Ich fahre ja schon«, entgegnete Deborah. Sie startete den Motor und bog aus der Ausfahrt.

Für ein paar Minuten sagte keine von ihnen ein Wort. Sie waren beide froh, wieder weg zu sein.

»Ich bin total entsetzt«, brach Joanna schließlich das Schweigen.

»Ich auch«, gestand Deborah. »Wer wäre das nicht?«

»Wie, um Himmels willen, kann die Frau so tun, als hätte sie nicht den blassesten Schimmer?«

»Vielleicht hat sie wirklich keinen Schimmer. Und selbst wenn – sie hat sich wahrscheinlich so lange ein Kind gewünscht, dass es ihr egal ist. Unfruchtbare Paare sind in ihrer Verzweiflung bekanntlich zu vielem bereit.«

»Hast du es sofort gemerkt?«, fragte Joanna.

»Allerdings«, erwiderte Deborah. »Ich wäre beinahe rückwärts die Treppe hinuntergefallen.«

»Aufgrund welches Merkmals hat es bei dir gefunkt?«

»Eigentlich war es das gesamte Erscheinungsbild«, erwiderte Deborah. »Aber wenn ich genauer nachdenke, war es wahrscheinlich die weiße Stirnlocke des Babys. Die ist ja nun wirklich extrem auffallend, besonders bei einem sechs Monate alten Kind.«

»Hast du auf die Augen geachtet?«, fragte Joanna und schüttelte sich, als ob ihr kalt wäre.

»Ja«, entgegnete Deborah. »Sie haben mich an den Husky eines Onkels von mir erinnert. Bei den Augen des Hundes war der Farbunterschied allerdings noch krasser.«

»Ich kann es einfach nicht glauben, dass der vermutlich erste menschliche Klon ausgerechnet aus einer meiner Eizellen hergestellt werden musste!«

»Ich kann gut nachvollziehen, wie dir zumute sein muss«, entgegnete Deborah. »Man kriegt wirklich eine Gänsehaut, erst recht, wenn man sich vor Augen hält, wer es getan und wen er geklont hat. Paul Saunders gehört wohl kaum zu den

Menschen, von denen die Welt unbedingt ein zweites Exemplar braucht. Dass er sich selbst geklont hat, heißt, dass er noch viel egozentrischer, eingebildeter und eitler ist, als ich mir je hätte vorstellen können. Allerdings gehe ich jede Wette ein, dass er behauptet, das alles nur für die Wissenschaft oder die Menschheit getan zu haben – oder er denkt sich irgendeine andere lächerliche Rechtfertigung für sein ungeheuerliches Tun aus.«

»Wenigstens steckt nichts von mir in diesem Kind«, stellte Joanna fest. Fürs Erste konnte sie die Katastrophe nur auf sich persönlich beziehen.

»Das stimmt nicht ganz«, widersprach Deborah. »So ungern ich es dir sage: Aber es ist so, dass die Eizelle die mitochondriale DNA einbringt. Das Kind hat deine Mitochondrien.«

»Ich frage gar nicht erst, was Mitochondrien sind«, entgegnete Joanna. »Ich will es wirklich nicht wissen. Ich will nämlich nicht glauben, dass in diesem Kind irgendetwas von mir ist.«

»Jedenfalls wissen wir jetzt, warum die Erfolgsrate mit deinen Eizellen so niedrig war. Das ist beim Klonen durch Zellkerntransfer normal. Allerdings muss man Dr. Saunders zugestehen, dass er erfolgreicher war als die Leute, die das berühmte Schaf Dolly geklont haben. Ich glaube, sie brauchten etwa zweihundert Versuche, bis sie ein positives Ergebnis hatten. Bei deinen nicht ganz vierhundert Eizellen hat es immerhin vier Mal hingehauen.«

»Soll das ein schlechter Witz sein?«, fragte Joanna. »Ich finde das überhaupt nicht lustig.«

»Ich meine es vollkommen ernst«, erwiderte Deborah. »In der Wingate Clinic müssen sie irgendetwas besser machen. Wie könnte ihre Erfolgsquote sonst doppelt so gut ausfallen?«

»Wie kann man nur Leuten, die so etwas tun, auch noch

Komplimente machen!«, entrüstete sich Joanna. »Diese ganze Geschichte macht mich krank. Ich wünschte, wir wären nicht zu den Sards gefahren. Ich fühle mich total elend.«

»Ich würde dir nie unter die Nase reiben, dass ich dir das ja prophezeit habe«, flachste Deborah. »Niemals. Das wäre wirklich gemein.«

Obwohl sie eigentlich mit den Nerven am Ende war, musste Joanna grinsen. Es war wirklich erstaunlich. Deborah schaffte es einfach immer, sie aufzuheitern.

»Ich möchte dir etwas vorschlagen. Hoffentlich fühlst du dich stark genug.«

»Oje«, stöhnte Joanna. »Was hast du denn nun schon wieder vor?«

»Ich finde, wir sollten auch dem zweiten Kind einen Besuch abstatten. Dann wissen wir definitiv, ob wir mit unseren Befürchtungen richtig liegen.«

Sie fuhren weiter und schwiegen. Joanna ließ sich den Vorschlag durch den Kopf gehen.

»Schlimmer kann es sowieso nicht mehr kommen«, stellte Deborah schließlich fest. »Das Schockerlebnis haben wir ja schon hinter uns. Vielleicht hilft uns der Besuch bei der Entscheidung, was wir gegebenenfalls in der Sache unternehmen. Das Thema haben wir ja bisher bewusst gemieden.«

Joanna nickte. Deborah hatte Recht. Sie hatten bisher mit keinem Wort darüber gesprochen, was sie mit dem Ergebnis ihrer brisanten Nachforschungen anstellen sollten, und sie selbst hatte sogar jegliche Gedanken daran verdrängt. Wem außer den Medien, die sie zweifelsohne in die Sache hineinziehen würden, sollten sie schon von ihren ungeheuerlichen Entdeckungen erzählen? Das Problem war, dass sie sich beim Beschaffen ihrer Informationen strafbar gemacht hatten. Sie war zwar keine Juristin, aber sie wusste, dass auf kriminelle Weise beschaffte Beweise ihre Verwendbarkeit einschränkten. Außerdem war sie sich nicht einmal sicher, ob es im Bundesstaat Massachusetts überhaupt gegen das Gesetz verstieß, wenn eine Privatklinik Menschen klonte.

»Okay«, sagte Joanna plötzlich. »Sehen wir uns also auch noch das zweite Kind an. Aber wenn wir die gleiche Situation antreffen, sollten wir auf keinen Fall reingehen.« Sie nahm das zweite Blatt zur Hand und griff nach ihrem Handy.

Der Nachname des zweiten Kindes lautete Webster. Die Familie lebte einige Kilometer von Bookford entfernt auf dem Weg nach Boston. Joanna wählte die Nummer. Sie ließ das Telefon fünfmal klingeln. Als sie die Verbindung gerade beenden wollte, nahm eine Frau den Hörer ab. Sie war außer Atem.

Bis auf Mrs Websters Kurzatmigkeit verlief das Gespräch beinahe genauso wie das mit Mrs Sard. Sie erzählte, dass sie ihren kleinen Stuart gerade gebadet habe und deshalb nicht sofort ans Telefon habe gehen können. Wichtiger jedoch – sie lud Joanna und Deborah ein vorbeizukommen und erklärte Joanna ausführlich den Weg.

»Dieses Baby ist also zumindest sauber«, stellte Joanna fest, während sie ihr Handy wegsteckte.

Eine halbe Stunde später hielten sie vor einem Haus, das im krassen Gegensatz zu dem der Sards stand. Das Haus der Websters war vergleichsweise ein regelrechtes Herrenhaus – es war im Kolonialstil erbaut und verfügte über etliche massive Schornsteine, die planlos emporragten wie Unkraut in einem Garten. Blühende Magnolien und Hornsträucher zierten den Rasen.

»Was die Auswahl der Eltern für seine geklonten Babys angeht, scheint Dr. Saunders ja ziemlich willkürlich vorgegangen zu sein«, stellte Deborah fest. »Das heißt, falls wir es auch hier mit einem Klon zu tun haben.«

»Komm!«, drängte Joanna. »Bringen wir es hinter uns!«

Sie gingen mit gemischten Gefühlen über den gepflasterten Gehweg. Eigentlich waren sie beide nicht erpicht darauf, auch diesem Kind einen Besuch abzustatten, doch es musste sein. Joanna drückte auf die Klingel.

In dem Augenblick, in dem sie das Baby sahen, wussten sie, dass es sich ebenfalls um einen Klon von Paul Saunders handelte. Es sah genauso aus wie das Baby der Sards: Es hatte die gleiche weiße Stirnlocke, die gleichen verschieden gefärbten Augen und die gleiche breite Nase.

Mrs Webster war genauso freundlich wie Mrs Sard, allerdings schien sie sich nicht so extrem nach Gesellschaft zu sehnen. Sie lud Joanna und Deborah ein hereinzukommen, doch die beiden lehnten ab und baten darum, sich kurz an der Haustür zu unterhalten.

Joanna hatte sich inzwischen einigermaßen von ihrem anfänglichen Schock erholt, sodass sie sich diesmal, anders als bei Mrs Sard, an der kurzen Unterhaltung beteiligen konnte. Außerdem empfand sie es erträglicher, einem sauberen Kind gegenüberzustehen, das in einer für sein Wohlbefinden günstigen Umgebung aufwuchs. Aus reiner Neugier erkundigte sie sich, ob das Baby vielleicht schwerhörig sei. Mrs Webster bejahte dies und beschrieb die gleichen Hörprobleme, die auch bei dem Sard-Baby festgestellt worden waren.

Schließlich verabschiedeten sie sich und brachen schweigend auf, jede in ihre eigenen trüben Gedanken versunken. Erst als sie die Route 2 erreichten und schneller fahren konnten, fand Deborah ihre Stimme wieder. »Nicht dass ich ewig darauf herumhacken möchte – aber jetzt verstehst du vielleicht, warum ich so enttäuscht war, dass du uns keinen Zugang zu den Forschungsprotokollen der Klinik verschafft hast. Meine Intuition sagt mir, dass sie dort irgendetwas wirklich Schlimmes treiben und dass das Klonen, auf das wir gestoßen sind, nur die Spitze des Eisbergs ist. So arrogant, wie dieser Dr. Saunders ist, ist seine Grenze der Himmel.«

»Menschen zu klonen, ist ja wohl schlimm genug.«

»Wahrscheinlich nicht schlimm genug, um Dr. Saunders und seinem Gefolge ein für alle Male das Handwerk zu legen«, entgegnete Deborah. »Wenn die Medien erst einmal verbreiten, dass man in der Wingate Clinic geklonte Babys bestellen kann, rennen wahrscheinlich ganze Scharen unfruchtbarer Paare der Klinik die Bude ein.«

»Ich kann es leider nicht ändern«, murmelte Joanna. »Ich habe im Server-Raum mein Bestes getan.«

»Ich will dir keine Vorwürfe machen.«

»Das tust du aber!«

»Okay, vielleicht ein bisschen. Es ist eben so frustrierend.«

Sie verfielen erneut in Schweigen und lauschten dem dröhnenden Motor. In der Ferne erschien am Horizont die Skyline von Boston.

»Mir ist etwas eingefallen!«, platzte Deborah plötzlich heraus. Joanna zuckte vor Schreck zusammen. »Durch unsere Entdeckung, dass Dr. Saunders Menschen klont, haben wir uns so schockieren lassen, dass wir die Eizellen ganz aus den Augen verloren haben.«

»Wie meinst du das?«

»Überleg doch mal, wie viele Eizellen sie dir angeblich entnommen haben«, erwiderte Deborah. »Wie, zum Teufel, sollen sie Hunderte aus dir herausgeholt haben?« Sie hielt einen Augenblick inne und starrte mit entsetztem Gesichtsausdruck aus dem Fenster. »Sie werden doch wohl nicht ...«

»Was?«, fragte Joanna. Unter den gegebenen Umständen fand sie Deborahs übliche Masche noch nervtötender.

»Nimm dir noch einmal den Ausdruck vor!«, erwiderte Deborah schnell. »Und sieh nach, ob es noch andere Spenderinnen gibt, denen man angeblich Hunderte von Eizellen entnommen hat.«

Leise vor sich hin murmelnd, griff Joanna nach hinten und holte sich den schweren Stapel ächzend nach vorn auf den

Schoß. Sie blätterte die Papiere der Reihenfolge nach durch, doch sie musste nicht lange suchen. »Es gibt jede Menge. Hier ist eine, die mit einer noch viel imposanteren Zahl aufwarten kann. Eine gewisse Ana Alvarez hat sogar viertausendzweihundertundfünf Eizellen gespendet!«

»Soll das ein Witz sein?«

»Nein«, versicherte Joanna. »Hier ist noch eine Frau, der mehrere tausend Eizellen entnommen wurden. Marta Arriga ist ihr Name. Und da ist schon wieder eine: Maria Artiavia.«

»Das sind alles spanisch klingende Namen.«

»Stimmt«, bestätigte Joanna. »Ich habe noch eine gefunden. Sie hat eine noch ansehnlichere Anzahl gespendet. Mercedes Avila hat es auf achttausendsiebenhunderteinundzwanzig gebracht!«

»Dann sieh jetzt nach, ob auch bei diesen Spenderinnen aus jeder einzelnen Eizelle ein Embryo wurde, der jeweils einer anderen Frau eingesetzt wurde.«

Joanna nahm sich die nächste Seite vor und fuhr mit dem Finger die Spalte herunter. »Was die Eizellen von Mercedes Avila angeht, scheint das der Fall zu sein.«

»Dann sind sie vermutlich allesamt per Zellkerntransfer zu Klonen gemacht worden«, stellte Deborah fest. »Steht hinter allen der Name von Dr. Paul Saunders?«

»Hinter den meisten«, erwiderte Joanna. »Hinter einigen steht auch der Name von Sheila Donaldson.«

»Das hätte ich mir ja denken können. Also stecken sie unter einer Decke und ziehen das gleiche Programm durch. Dann habe ich noch eine Frage: Blätter doch mal ein bisschen weiter, und sag mir, ob die Namen alle überwiegend spanisch klingen, oder ob es nur zufällig unter dem Buchstaben A so eine auffällige Anhäufung gibt.«

Joanna befolgte den Wunsch und ging ein paar Minuten schweigend die Seiten durch. »Es sind auch unter den anderen Buchstaben auffällig viele spanische Namen«, sagte sie schließlich. »Und den Unterlagen zufolge haben sie alle Tausende von Eizellen gespendet.«

»Das könnte natürlich das Rätsel um die nicaraguanischen Frauen klären«, murmelte Deborah und schauderte.

»Wie meinst du das?«

»Über die meisten Eizellen überhaupt verfügen weibliche Embryonen«, erklärte Deborah. »Irgendwo habe ich gelesen, dass sich im Eierstock weiblicher Embryonen in einem bestimmten Entwicklungsstadium bis zu sieben oder gar acht Millionen Eizellen befinden. Bei der Geburt sind es dann noch etwa eine Million und in der Pubertät nur noch drei- bis vierhunderttausend. Möglicherweise sehen so irregeleitete Seelen wie Paul Saunders und Sheila Donaldson in weiblichen Embryonen so eine Art Goldmine für Eizellen.«

»Was du da andeutest, gefällt mir überhaupt nicht«, stellte Joanna klar.

»Mir auch nicht«, entgegnete Deborah. »Aber leider sieht es ganz danach aus. Allem Anschein nach lassen sich die nicaraguanischen Frauen weibliche Embryonen einsetzen und unterziehen sich dann in der zwanzigsten Schwangerschaftswoche einer Abtreibung – und das alles bloß, um an die gewaltigen Mengen an Eizellen heranzukommen.«

Joanna starrte aus dem Seitenfenster. Sie schauderte und wurde von einer Welle des Abscheus ergriffen. Was Deborah da vermutete, war mindestens so schlimm wie ihre Erkenntnis, dass in der Wingate Clinic Menschen geklont wurden. Was für ein Verständnis von der Rolle der Frau musste hinter so einer Vorgehensweise stehen und was für eine Missachtung der Unantastbarkeit des menschlichen Lebens! Nur mit äußerster Mühe konnte sie ihre Tränen unterdrücken. Hätte sie doch bloß nie etwas mit der Wingate Clinic zu tun gehabt! Da sie sich als Spenderin zur Verfügung gestellt hatte, fühlte sie sich irgendwie mitschuldig.

»Mal angenommen, es verhält sich tatsächlich so«, fuhr

Deborah nach einer Weile fort, »dann ist es zu allem Unglück wahrscheinlich auch noch ganz legal. Dass ausgerechnet in einem Zentrum für Kinderwunschbehandlungen zum Zweck der Eizellengewinnung massenweise Abtreibungen vorgenommen werden, wäre für die Klinik zwar vermutlich ein PR-Desaster, aber solange die Frauen nicht dazu gezwungen werden, dürfte man kaum etwas dagegen unternehmen können.«

»Ist es etwa kein Zwang, wenn sie dafür bezahlt werden?«, ereiferte sich Joanna. »Diese Frauen sind bettelarm und kommen aus einem Dritte-Welt-Land, in dem jeder ums Überleben kämpfen muss.«

»He, reg dich doch nicht so auf«, versuchte Deborah sie zu beruhigen. »Lass uns doch in aller Ruhe über die Sache reden.«

»Ich rege mich aber auf!«, fauchte Joanna. »Und überhaupt – was war das da vorhin für eine Andeutung über meine Eizellen? Ich hasse es, wenn du mich so zappeln lässt.«

»Ach so, ja – tut mir Leid«, entschuldigte sich Deborah. »Die Sache mit den nicaraguanischen Frauen hat mich ganz davon abgebracht. Eigentlich gibt es nur eine Möglichkeit, wie sie dir derart viele Eizellen entnommen haben können: Sie müssen dir den ganzen Eierstock herausoperiert haben.«

Joanna riss den Kopf herum, als ob Deborah ihr mit aller Kraft eine Ohrfeige verpasst hätte. Sie musste den Kopf ein paar Mal hin und her wiegen, um ihre Gedanken zu ordnen. Dann bat sie ihre Freundin mit zitternder Stimme, ihren letzten Satz noch einmal zu wiederholen, weil sie nicht ganz sicher sei, ob sie richtig verstanden habe.

Deborah ließ für einen Augenblick die Straße aus den Augen und warf Joanna einen flüchtigen Blick zu. Ihrer Stimme nach zu urteilen war sie den Tränen nahe. »Ich habe nur laut nachgedacht«, sagte sie. »Jetzt mach dich doch nicht verrückt.«

»Wenn du mir erzählst, dass sie mir den ganzen Eierstock weggenommen haben, habe ich ja wohl das Recht, mich aufzuregen«, entgegnete Joanna bestimmt und mit ruhiger Stimme. Sie schien sich voll und ganz unter Kontrolle zu haben.

»Vielleicht hast du ja eine bessere Erklärung für die vielen Eizellen«, konterte Deborah. »Lass uns das Ganze als ein Brainstorming betrachten. Da wir so gut wie nichts wissen, kommen wir vielleicht auf diese Weise weiter.«

Joanna riss sich zusammen und dachte angestrengt über eine andere Erklärung für die vielen Eizellen nach. Doch ihr fiel beim besten Willen nichts ein. Ihre Kenntnisse über die weibliche Reproduktion beschränkten sich auf das übliche Mädchengetuschel aus dem Umkleideraum und die paar Fakten, die aus dem Biologieunterricht an der Highschool hängen geblieben waren.

»Ich habe noch nie gehört, dass nach einer Stimulation der Eierstöcke mehr als maximal zwanzig Eizellen entnommen wurden«, stellte Deborah fest. »Mehrere hundert kann man eigentlich nur bekommen, wenn man auf irgendeine Weise Eierstockgewebe kultiviert.«

»Ist das denn überhaupt möglich?«, wollte Joanna wissen.

Deborah zuckte mit den Schultern. »Ich habe nicht die geringste Ahnung. Schließlich bin ich Molekularbiologin; mit Zellkulturen kenne ich mich nicht besonders gut aus, aber ich könnte mir schon vorstellen, dass es möglich ist.«

»Mal angenommen, sie haben mir tatsächlich einen meiner Eierstöcke entfernt«, überlegte Joanna, »wie würde sich das auswirken?«

»Mal überlegen«, erwiderte Deborah und zog die Stirn in Falten, als würde sie angestrengt nachdenken. »Mit nur einem Eierstock produzierst du nur die Hälfte der normalen Östrogenmenge. Das heißt also, dass der Wert für dein in der Nebenniere gebildetes Testosteron sich im Verhältnis zum Östrogenwert verdoppelt. Also wird dir wahrscheinlich ein Bart wachsen, der Busen entwickelt sich zurück, und du bekommst demnächst eine Glatze.«

Joanna sah ihre Freundin entsetzt an.

»Das sollte ein Scherz sein!«, erklärte Deborah. »Also – bitte lachen.«

»Mir ist gerade nicht nach Lachen zumute«, gab Joanna zurück.

»Wahrscheinlich merkst du überhaupt nichts«, versuchte Deborah sie zu beruhigen. »Vielleicht sinkt die statistische Wahrscheinlichkeit, schwanger zu werden, ein wenig, weil deine Eizellen nur noch in einem Eierstock reifen können, aber auch das muss nicht unbedingt sein.«

»Trotzdem ist es ein furchtbarer Gedanke, seines Eierstocks beraubt zu werden«, entgegnete Joanna betrübt. »Es ist wie eine Vergewaltigung. Vielleicht sogar noch schlimmer.«

»Da stimme ich dir voll und ganz zu.«

»Aber warum gerade ich? Und du nicht?«

»Gute Frage«, entgegnete Deborah. »Wahrscheinlich, weil ich mich gegen eine Vollnarkose gesträubt habe. Um einen Eierstock zu entfernen, reicht eine per Ultraschall kontrollierte Punktionsnadel mit Sicherheit nicht aus. Dazu bedarf es mindestens eines Laparoskops.«

Joanna schloss für einen Moment die Augen. Wäre sie doch bloß nicht so feige gewesen und hätte bei der Eizellspende wie Deborah auf einer lokalen Betäubung bestanden.

»Mir ist gerade etwas eingefallen«, riss Deborah sie aus ihren Gedanken.

Joanna schwieg. Sie schwor sich, diesmal hart zu bleiben und auf keinen Fall nachzuhaken.

Es verstrichen beinahe zwei Minuten, in denen sie schweigend weiterfuhren. »Willst du denn gar nicht wissen, woran ich gerade gedacht habe?«, fragte Deborah schließlich.

»Nur wenn du es mir von dir aus erzählst.«

»Wenn wir beweisen können, dass sie dir einen Eierstock entfernt haben, haben wir vielleicht etwas in der Hand. Ich behaupte nicht, dass sie ihn wirklich weggenommen haben, aber wenn doch, können wir die Klinik juristisch belangen. Immerhin hätten sie ihn ohne deine Zustimmung herausoperiert, und das ist ja wohl eindeutig Körperverletzung und somit eine Straftat.«

»Aber wie sollten wir das beweisen?«, fragte Joanna wenig begeistert. »Soll ich mich vielleicht aufschneiden lassen, damit mal jemand nachsieht? Nein danke.«

»Ich glaube nicht, dass du dafür gleich unters Messer musst«, entgegnete Deborah. »Wahrscheinlich kann man es auch per Ultraschall feststellen. Ich schlage vor, du rufst Carlton an, erzählst ihm so viel oder so wenig, wie du willst, und erklärst ihm, dass du herausfinden musst, ob dir ein Eierstock fehlt.«

»Ausgerechnet du schlägst mir vor, Carlton anzurufen«, staunte Joanna.

»Du sollst ihm ja um Gottes willen keinen Heiratsantrag machen«, entgegnete Deborah. »Aber warum solltest du es dir nicht zunutze machen, dass er Arzt ist? Ärzte kennen sich untereinander, es ist wie eine Art Bruderschaft. Deshalb kann er dir bestimmt zu einer Ultraschalluntersuchung verhelfen.«

»Jetzt bin ich schon seit drei Tagen zurück aus Italien und habe ihn noch kein einziges Mal angerufen«, wandte Joanna ein. »Ich käme mir ziemlich schäbig vor, ihn nach so langer Zeit plötzlich anzurufen und ihn als Erstes um einen Gefallen zu bitten.«

»Ich bitte dich!«, stöhnte Deborah. »Da kommt mal wieder deine spießige Südstaatenerziehung durch. Wie oft muss ich dich noch daran erinnern, dass du die Männer genauso benutzen kannst, wie sie uns benutzen. Und du bist schließlich nicht auf ein kleines Abenteuer aus, sondern bloß auf eine schnöde Ultraschalluntersuchung. Stell dich bloß nicht so an!«

Joanna ging in Gedanken durch, wie das Telefonat mit Carlton wohl ausfallen würde. So einfach, wie Deborah sich das vorstellte, war es bestimmt nicht. Doch andererseits wollte sie unbedingt wissen, ob man ihr wirklich den Eierstock geraubt hatte. Je mehr sie darüber nachdachte, desto dringender wollte sie die Wahrheit wissen.

»Also gut«, willigte sie schließlich ein und griff nach ihrem Handy. »Ich rufe ihn an.«

»Braves Mädchen«, lobte Deborah sie.

15

10. Mai 2001, 18.30 Uhr

Der Louisburg Square lag etwas weiter oben in Beacon Hill. Man erreichte ihn, indem man die Mount Vernon Street hinauffuhr und dann links in eine der beiden Straßen abbog, die den Platz begrenzten. Streng genommen war es gar kein richtiger Platz, sondern eher ein lang gezogenes Rechteck, das an den Seiten von Stadthäusern aus Backstein gesäumt wurde. Die meisten der Häuser verfügten über runde Erker und hatten Sprossenfenster mit Fensterläden. Das Zentrum des Platzes bildete ein etwas vernachlässigtes Fleckchen zertrampelter Rasen, das von einem hohen, geradezu bedrohlichen gusseisernen Zaun geschützt wurde und über dem sich ein paar uralte riesige Ulmen erhoben, die die verheerenden Auswirkungen der Ulmenseuche irgendwie überstanden hatten. An den Seiten wurde das Rasenfleckchen von niedrigem, nicht besonders gepflegtem

Buschwerk begrenzt. Zudem stand an jeder Seite eine einzelne verwitterte Gartenstatue.

Obwohl er sich in Boston nicht besonders gut auskannte und das undurchschaubare Labyrinth von Einbahnstraßen einem Ortsfremden die Orientierung in Beacon Hill ziemlich schwer machte, hatte Kurt den Louisburg Square ohne größere Probleme gefunden. Viel schwieriger war es, einen Parkplatz zu finden. Sämtliche Parkplätze waren dezent als *privat* gekennzeichnet, und nirgends fehlte der Hinweis, dass widerrechtlich geparkte Wagen umgehend abgeschleppt würden. Dass sein Auto abgeschleppt wurde, war das Letzte, was Kurt wollte. Er war mit einem der schwarzen Vans der Sicherheitsabteilung gekommen, die nicht mit dem Firmenlogo der Wingate Clinic gekennzeichnet waren und über einen abschließbaren Kofferraum verfügten, den man nur von außen öffnen konnte. Dort lagen seine diversen Utensilien bereit, die er vielleicht brauchen würde. Außerdem war in dem Kofferraum ausreichend Platz für unliebsame Passagiere, die sich nicht kooperativ zeigten.

Wie er genau vorgehen wollte, wusste er noch nicht. Klar war nur, dass er die beiden Frauen auf jeden Fall zur Wingate Clinic zurückschaffen musste. Er hatte sich vorgenommen, sie erst einmal ausfindig zu machen; alles Weitere würde sich dann schon finden. Im Moment war er dabei, die Gegend auszukundschaften. Er fuhr zum dritten Mal die Straße am Louisburg Square ab. Das Haus, in dem die Gesuchten wohnten, hatte er bereits während seiner ersten Vorbeifahrt entdeckt. Es lag an der oberen Straße und war das erste Haus auf der rechten Seite. Es hatte vier Stockwerke und verfügte offenbar auch noch über eine Dachetage. Ferner gab es noch eine weitere Etage im Souterrain. Ob es darunter einen Keller gab, konnte er von außen nicht erkennen. Zu der einzigen vorderen Eingangstür führten fünf Stufen hinauf. Vermutlich gab es auch noch einen

Hintereingang, doch nach hinten versperrte eine Backsteinmauer die Sicht.

Bei seiner zweiten Vorbeifahrt hatte er darauf geachtet, wie viele Menschen sich auf dem Platz aufhielten. Da gerade Teile der Straße erneuert wurden, waren jede Menge Bauarbeiter zu sehen. Am Straßenrand standen mehrere Baufahrzeuge. Auf dem Platz selbst spielten einige Kinder im Alter von vier bis zwölf Jahren. Sie wurden von ihren Müttern und Kindermädchen beaufsichtigt, die munter miteinander schwatzten oder von den Kindern abgelenkt wurden.

Kurt hatte genug gesehen und überlegte, wo er den Van am besten abstellte. Die meisten der Bauarbeiter machten gerade Feierabend, sodass immer mehr Parkplätze frei wurden. Er entschied sich trotz des Parkverbots für die zur Mount Vernon Street hin gelegene Seite. Schließlich waren die Baufahrzeuge auch nicht abgeschleppt worden. Also drehte er noch eine Runde und parkte vor dem Zaun. Nach rechts hatte er einen ungehinderten Blick auf das fragliche Haus.

Seltsamerweise hatte er den Chevy Malibu noch nirgendwo entdeckt. Während seiner Nachforschungen, auf wen der Wagen zugelassen war, hatte er sich das Kennzeichen eingeprägt. Eine Verwechslung mit einem anderen Chevy Malibu war also ausgeschlossen. Eigentlich hatte er erwartet, den Wagen der beiden Frauen irgendwo in der Nähe des Platzes oder in einer der benachbarten Straßen zu entdecken, doch obwohl er nach allen Seiten Ausschau gehalten hatte, hatte er ihn nirgends gesehen.

Er merkte, wie sein Adrenalinspiegel stieg, doch er zwang sich, ruhig zu bleiben. Aus Erfahrung wusste er, dass es bei einer derartigen Aktion darauf ankam, bloß nicht vor Aufregung die Nerven zu verlieren. Man musste bedächtig und geplant vorgehen, sonst machte man Fehler. Gleichzeitig musste man in Angriffsstellung sein wie eine eingerollte

Schlange – stets bereit, im richtigen Moment zuzuschlagen und das Opfer zu überraschen.

Er fasste hinter sich, zog seine Glock aus dem Halfter, vergewisserte sich zum wiederholten Mal, dass das Magazin geladen war, und steckte sie zurück. Dann checkte er das Messer, das er an seiner Wade festgeschnallt hatte. In seiner rechten Hosentasche steckten diverse Paare Latexhandschuhe und in der linken eine Sturmhaube. Seine umfangreiche Kollektion an Werkzeugen zum Knacken von Schlössern, mit deren Hilfe er nach jahrelanger Praxis jedes noch so gut gesicherte Schloss aufbekam, hatte er in seiner rechten Jackentasche verstaut; in der linken befanden sich mehrere Fertigspritzen, die ein starkes Beruhigungsmittel enthielten.

Nachdem er beinahe eine halbe Stunde im Wagen ausgeharrt hatte, schien ihm der richtige Zeitpunkt gekommen, in Aktion zu treten. Mittlerweile war es auf dem Platz deutlich ruhiger geworden, aber auch nicht so ruhig, dass er als Fremder auffallen würde. Er stieg aus und schloss den Van ab. Dann peilte er ein letztes Mal die Lage und steuerte Louisburg Square Hausnummer eins an.

Mit dem Autoschlüssel in der Hand stieg er die Stufen zur Haustür hinauf. Er tat so, als ob er beim Aufschließen irgendein Problem hätte, und machte sich unauffällig mit seinem Einbruchswerkzeug an dem Schloss zu schaffen. Er brauchte länger als erwartet, doch schließlich sprang die Tür auf. Ohne sich noch einmal umzudrehen, trat er ein.

Als die Tür hinter ihm zufiel, verstummte das Geschrei der spielenden Kinder. In aller Ruhe steckte Kurt seine Werkzeuge zurück in die Jackentasche und steuerte die Treppe an. Dem Klingelschild hatte er entnommen, dass Deborah Cochrane und Joanna Meissner im dritten Stock wohnten. Vermutlich handelte es sich bei Joanna Meissner um die angebliche Prudence Heatherly, aber in Kürze würde er das genau wissen.

Mit jedem Treppenabsatz stieg sein Adrenalinspiegel. Er liebte Aktionen wie die, die ihm bevorstand. Vor seinem inneren Auge sah er Georgina Marks in ihrem widerwärtigen provokanten Aufzug. Er wollte sie lebend, und er freute sich schon darauf, sie in seinem Haus auf dem Gelände der Wingate Clinic seiner Spezialbehandlung zu unterziehen.

Im dritten Stock angelangt, streifte er sich ein Paar Handschuhe über. Dann fasste er mit der rechten Hand nach hinten und umklammerte seine Glock, ließ sie aber im Halfter stecken. Er hatte gerade die linke Hand gehoben und wollte anklopfen, als er hörte, wie unten die Haustür geöffnet wurde. Ein Anfänger wäre jetzt in Panik geraten, doch Kurt blieb seelenruhig, ging zum Treppengeländer und sah hinunter. Vielleicht waren es ja die beiden Frauen. Doch stattdessen kam ein einzelner Mann die Treppe hinaufgestapft, der offenbar gerade von der Arbeit kam. Das Einzige, was Kurt von ihm sah, war seine Hand, die das Geländer umfasste.

Während der Mann nach oben stieg, überlegte Kurt, wie er die Situation am besten meisterte. Wenn er bis in den dritten Stock hochkam, wollte er ihm entgegengehen und so tun, als ob er auf dem Weg nach draußen war, doch er musste gar nichts tun. Der Mann blieb in der zweiten Etage stehen, schloss seine Wohnungstür auf und verschwand. Im nächsten Moment war es im Treppenhaus wieder mucksmäuschenstill.

Kurt ging zurück zur Wohnungstür und klopfte. Er klopfte laut genug, damit die Bewohnerinnen, falls sie zu Hause waren, es auf jeden Fall hörten, jedoch nicht so laut, dass die anderen Hausbewohner auf ihn aufmerksam wurden. Dann wartete er. Als niemand auf sein Klopfen reagierte, horchte er, ob er drinnen irgendwelche Geräusche hörte, doch es schien definitiv niemand da zu sein. Also holte er erneut sein Einbruchswerkzeug aus der Jackentasche und ging an die Arbeit. Wie fast immer war die Wohnungstür schwieriger zu knacken als die Haustür, was vor allem daran lag, dass sie doppelt gesichert war: mit einem normalen Schloss und einem zusätzlichen Sicherheitsriegel.

Das normale Schloss war ein Kinderspiel, doch der Sicherheitsriegel erforderte einiges an Geduld und Geschicklichkeit. Schließlich sprang er auf, und im nächsten Moment war Kurt in der Wohnung. Er schloss die Tür wieder, und mit einer Geschwindigkeit, die im krassen Gegensatz zu seiner vorherigen Ruhe und seinen durchdachten Bewegungen stand, inspizierte er in Windeseile die Wohnung und vergewisserte sich, dass wirklich niemand da war. Er wollte auf keinen Fall, dass irgendjemand Zeit hatte, die Polizei zu alarmieren. Um auf Nummer sicher zu gehen, inspizierte er jedes einzelne Zimmer und jeden Schrank und sah sogar unter den Betten nach.

Als er absolut sicher war, dass er allein war, checkte er, ob es einen zweiten Ausgang gab. Zum Glück verfügte die Wohnung über eine Feuerleiter, die im Zickzack an der Rückseite des Hauses nach unten führte. Man erreichte sie durch das Fenster des hinteren Schlafzimmers. In dem Zimmer fiel ihm ein Foto von einem jungen Paar ins Auge. Obwohl die Frau auf dem Foto langes Haar hatte, erkannte Kurt sie sofort: Es war die angebliche Prudence Heatherly. Also handelte es sich bei ihr um Joanna Meissner, und wie er bereits vermutet hatte, wohnten die beiden Frauen, hinter denen er her war, tatsächlich zusammen.

Er verließ das Schlafzimmer, trat auf den Flur und nahm sich als Nächstes das Wohnzimmer vor. Auf dem Tisch lagen ein paar Papiere, die er daraufhin checkte, ob sie irgendeinen Hinweis darauf lieferten, mit welcher Absicht die beiden sich in die Wingate Clinic eingeschmuggelt hatten, doch er fand nichts. Stattdessen gab es einige Unterlagen bezüglich ihrer falschen Namen, die er sorgfältig zusammensuchte und in seiner Jackentasche verschwinden ließ.

Bei seinem weiteren Durchstöbern der Wohnung fand er auch ein Foto von Georgina. Für sich nannte er sie lieber Georgina als Deborah. Auf dem Foto hatte sie den Arm um eine ältere Dame gelegt, von der Kurt annahm, dass es ihre Mutter sein musste. Er war erstaunt, wie anders Georgina auf dem Foto aussah. Sie hatte dunkles Haar und war seriös und züchtig gekleidet. Ihre Verwandlung in einen verführerischen Vamp konnte nur das Werk des Teufels sein.

Er stellte das Foto zurück und zog die obere Kommodenschublade auf. Er langte hinein und holte einen seidenen Slip mit Spitze heraus. Obwohl er Latexhandschuhe anhatte, durch die er den Schlüpfer kaum fühlte, spürte er, wie ihn die Frauenunterwäsche erregte.

Er legte den Slip zurück in die Schublade, verließ das zweite Schlafzimmer und ging zurück durch das Wohnzimmer und in die Küche. Dort steuerte er gezielt den Kühlschrank an und öffnete ihn, doch er wurde enttäuscht. Er hatte Appetit auf ein schönes kaltes Bier, und dass es keines gab, ärgerte ihn maßlos.

Missmutig ging er zurück ins Wohnzimmer, fasste hinter sich und zog seine Glock aus dem Halfter. Er legte sie auf den Boden und ließ sich auf dem Sofa nieder. Dann sah er auf seine Uhr. Es war schon nach sieben, und er fragte sich, wie lange er wohl auf Georgina und Prudence warten musste.

»Man nennt es Waardenburg-Syndrom«, erklärte Carlton und nickte, als wollte er sich selber zustimmen. Dann lehnte er sich zufrieden zurück. Sein jugendliches Gesicht wirkte stolz. Da sie alle hungrig waren, hatte er Joanna und Deborah in die im Untergeschoss des Massachusetts General Hospitals gelegene Cafeteria geführt. Sie hatten sich an einem der mittleren Tische niedergelassen und aßen zu Abend. Carlton hatte bis zum nächsten Morgen Bereitschaftsdienst und hatte Joanna und Deborah gewarnt, dass er jeden Augenblick zu einem Notfall gerufen werden könne.

»Was, in Gottes Namen, ist denn das Waardenburg-Syndrom?«, fragte Joanna ungeduldig. Carltons Antwort ließ darauf schließen, dass er ihr gar nicht richtig zugehört hatte. Sie hatte ihm gerade beschrieben, wie schockiert Deborah und sie gewesen waren, als sie den beiden geklonten Babys gegenübergestanden hatten.

»Das Waardenburg-Syndrom ist eine Entwicklungsstörung«, erwiderte Carlton. »Sie zeichnet sich durch eine weiße Haarsträhne über der Stirnmitte, eine angeborene Innenohrschwerhörigkeit, Dystopia canthi sowie durch eine Heterochromie der Iris aus.«

Joanna sah Deborah an, die gerade die Augen verdrehte. Offenbar empfand sie genauso wie sie. Carlton schien in vollkommen anderen Sphären zu schweben.

»Bitte, Carlton!«, wies Joanna ihn zurecht. Sie bemühte sich, ganz ruhig zu bleiben. »Wir sind hier nicht auf Visite, wo ihr euch – wie du mir früher erzählt hast – ausschließlich auf Fachchinesisch unterhaltet. Und benoten wollen wir dich auch nicht. Es gibt also keinen Grund, uns mit all diesen medizinischen Details durcheinander zu bringen. Sonst sehen wir ja vor lauter Wald die Bäume nicht.«

»Ich dachte, ihr wollt wissen, worunter dieser Arzt leidet«, verteidigte sich Carlton. »Das Syndrom ist angeboren und bewirkt unter anderem, dass Gehörzellen aus der Neuralleiste abwandern und sich an anderen Stellen lokalisieren. Kein Wunder, dass die Kinder unter dem gleichen Syndrom leiden. Seine leiblichen Kinder würden ebenfalls darunter leiden.«

»Willst du damit andeuten, dass die Babys, die wir dir gerade beschrieben haben, doch keine Klone von Dr. Saunders sind?«, hakte Joanna nach.

»Nein«, erwiderte Carlton. »Sie sind wahrscheinlich

wirklich geklont. Bei der durch eine normale Befruchtung einer Eizelle entstehenden genetischen Vermischung gäbe es eine variable Penetranz der Gene, und zwar selbst der dominanten. Die Kinder würden nicht exakt identisch aussehen. Das heißt, die gleichen Merkmale wären sehr unterschiedlich ausgeprägt.«

»Redest du absichtlich so verworren, damit wir nichts verstehen?«, fragte Joanna.

»Nein. Ich will euch doch nur helfen.«

»Du meinst also nach wie vor, dass diese beiden Babys geklont sind?«, schaltete Deborah sich ein.

»Nach eurer Beschreibung auf jeden Fall«, erwiderte Carlton.

»Bist du denn gar nicht geschockt?«, wollte Joanna wissen. »Immerhin reden wir nicht über Fruchtfliegen oder Schafe, sondern über das Klonen von Menschen!«

»Um die Wahrheit zu sagen – nein«, gestand Carlton und setzte sich wieder gerade hin. »Meiner Meinung nach war es sowieso nur eine Frage der Zeit. Seit der Existenz von Dolly war doch eigentlich klar, dass irgendwann auch ein Mensch geklont werden würde. Und dass es in einem Umfeld geschehen würde, wie ihr es beschrieben habt, wundert mich auch nicht: nämlich in einem privaten Fertility Center, das nicht an eine Universität angegliedert ist. Seit der Existenz von Dolly gab es etliche Reproduktionsexperten, die öffentlich darüber geredet und angekündigt haben, Menschen zu klonen. Es gibt immer Wissenschaftler, die bereit sind, Grenzen zu überschreiten.«

»Wie kannst du darüber reden, als wäre das alles nicht weiter schlimm?«, ereiferte sich Joanna.

Bevor Carlton antworten konnte, meldete sich sein Pieper. Er warf einen Blick auf die LCD-Anzeige und stand auf. »Entschuldigt mich einen Augenblick. Ich muss kurz telefonieren.«

Joanna und Deborah sahen ihm nach, wie er sich an den leeren Tischen vorbeischlängelte und auf eines der Wandtelefone zusteuerte.

»Deine Parallele über den Wald und die Bäume war wirklich treffend«, bemerkte Deborah.

Joanna nickte. »Er gibt ja selber zu, dass er total isoliert lebt. Wenn er nichts anderes zu tun hat, als sich tagein, tagaus mit Trivialitäten wie dem Waardenburg- Syndrom zu beschäftigen, ist es doch kein Wunder, dass er keine Lust hat, über das Weltgeschehen oder ethische Probleme nachzudenken. Dass in der Wingate Clinic offenbar Menschen geklont werden, nimmt er einfach so zur Kenntnis.«

»Was wir ihm über die Nicaraguanerinnen erzählt haben, hat ihn auch nicht gerade umgehauen«, fügte Deborah hinzu. »Nicht einmal deine Geschichte hat ihn erschüttert.«

Joanna nickte. Carlton hatte sich wirklich nicht übermäßig beeindruckt gezeigt. Als sie ihn im Krankenhaus aufgesucht hatten, hatte sie sich noch bemüht, ihn nicht zu verletzten, und sich entschuldigt, dass sie sich nicht gleich nach ihrer Rückkehr aus Italien bei ihm gemeldet hatte. Carlton hatte die Entschuldigung zwar angenommen, doch Joanna hatte trotzdem ein schlechtes Gewissen gehabt, ihn gleich als Erstes um einen Gefallen zu bitten. Nachdem er jedoch derart ungerührt auf ihre schlimmen Befürchtungen reagiert hatte, machte sie sich keine Vorwürfe mehr.

Joanna und Deborah waren zu dem Schluss gekommen, dass es das Beste war, Carlton die ganze Geschichte anzuvertrauen, angefangen mit ihrer Eizellenspende. Er hatte mit gespannter Aufmerksamkeit zugehört und sie zunächst kein einziges Mal unterbrochen. Erst als sie ihm erzählt hatten, wie sie sich verkleidet und sich unter Angabe falscher Namen in der Klinik Jobs besorgt hatten, hatte er sich eingeschaltet.

»Jetzt verstehe ich allmählich!«, hatte er gestaunt und Deborah angesehen. »Hast du dir deshalb die Haare gefärbt und dich in dieses knappe, aufreizende Kleidchen gezwängt?«

»Ich hätte gar nicht gedacht, dass du mein Outfit überhaupt wahrnimmst«, hatte Deborah entgegnet und Carlton ein unterdrücktes Glucksen entlockt. Offenbar schien es ihm vollkommen undenkbar, so etwas nicht zu bemerken. Joanna hatte ihn daraufhin gefragt, was er denn von ihrer Verkleidung halte, und zu ihrem Leidwesen hatte er zurückgefragt: »Was für eine Verkleidung?«

Der einzige Teil ihrer ganzen Geschichte, der ihn wirklich in den Bann gezogen hatte, war das Rätsel um die Anzahl der Eizellen. Als sie ihm von der gigantischen Menge berichtet hatten, die angeblich sowohl Joanna als auch anderen Spenderinnen entnommen worden waren, hatte er, genauso wie Deborah, vermutet, dass man in der Wingate Clinic mit Erfolg ein Verfahren zur Kultivierung von Eierstockgewebe entwickelt hatte, mit dem es außerdem möglich war, extrem unreife Eizellen reifen zu lassen. Falls der Klinik das gelungen sei, so hatte Carlton den beiden erklärt, sei dies ein enormer Fortschritt und eine großartige wissenschaftliche Leistung.

Schließlich hatten Joanna und Deborah ihm den eigentlichen Grund ihres Kommens genannt: ihre Befürchtung, dass man Joanna einen ihrer Eierstöcke entfernt hatte, und dass sie eine Ultraschalluntersuchung machen lassen wollte. Carlton hatte versprochen, zu tun, was er konnte, und ein paar Anrufe getätigt. Seine gefühllose Reaktion hatte sie beide überrascht.

»Ich will ja nicht oberlehrerhaft klingen«, sagte Deborah, während sie Carlton beim Telefonieren beobachteten, »aber ich freue mich jetzt noch mehr als ohnehin schon, dass du nicht mehr mit ihm verlobt bist.«

»Du klingst nicht oberlehrerhaft«, versicherte Joanna.

Carlton beendete sein Gespräch, hängte ein und kam zurück. Im Gehen reckte er ihnen den aufgerichteten Daumen entgegen. »Es klappt!«, rief er, am Tisch angekommen, und fuhr, ohne sich hinzusetzen, fort: »Ich habe gerade mit einer der angehenden Radiologinnen gesprochen. Sie hat heute Nacht Bereitschaftsdienst und kann die Ultraschalluntersuchung machen.«

»Wann?«, fragte Deborah.

»Jetzt sofort!«, erwiderte Carlton. »Das Gerät läuft schon heiß.«

Joanna und Deborah erhoben sich und suchten ihre Sachen zusammen.

»Bei mir ist noch nie eine Ultraschalluntersuchung gemacht worden«, teilte Joanna mit. »Ich hoffe, ich werde nicht gequält. Ihr wisst ja, wie ich Nadeln hasse.«

»Du spürst überhaupt nichts«, versicherte ihr Carlton. »Und gepiekst wirst du schon gar nicht. Das Schlimmste ist das Gel. Es ist ein bisschen glitschig. Aber es lässt sich problemlos mit Wasser abwaschen.«

Sie zwängten sich in den Fahrstuhl und fuhren hinauf in die Radiologie. Carlton hielt ihnen die Tür auf und zeigte in die Richtung, in die sie gehen mussten. Sie bogen ein paarmal nach rechts und ein paarmal nach links von dem durch die labyrinthartige Abteilung führenden Gang ab und gelangten in den Bereich für Ultraschalluntersuchungen. Der Warteraum war leer. Eine Putzfrau wischte gerade den Boden.

»Soll ich draußen warten?«, fragte Deborah.

»Nein«, erwiderte Carlton. »Je mehr mit reinkommen, umso besser.«

Er führte sie hinter dem Rezeptionstresen auf einen Flur, von dem rechts und links zahlreiche Türen abgingen. Jede der Türen führte in eine separate, im Augenblick nicht besetzte, abgedunkelte Ultraschallzelle. Joanna und Deborah folgten Carlton fast bis zum Ende des Flurs, wo aus einer der winzigen Kammern ein Lichtstrahl nach draußen fiel.

Drinnen saß eine Frau in einem weißen Kittel. Bevor Carlton dazu kam, die drei miteinander bekannt zu machen, stand sie auf und stellte sich als Dr. Shirley Oaks vor. Sie trug eine Kurzhaarfrisur, die der von Joanna ziemlich ähnelte; sogar die Haarfarbe war nahezu identisch. Anders als Carlton zeigte sie angesichts Joannas möglicherweise fehlenden Eierstocks sofort ihr Mitgefühl und äußerte dies auch.

Joanna dankte ihr und warf Carlton einen fragenden Blick zu. Sie hatte ihn gebeten, möglichst diskret zu sein.

»Keine Angst«, rechtfertigte sich Carlton. »Ich habe ihr nicht die ganze Geschichte erzählt. Aber ich musste meiner Kollegin ja wohl zumindest sagen, wonach sie suchen soll.«

»Ich will die ganze Geschichte gar nicht wissen«, versuchte Dr. Oaks Joanna zu beruhigen und klopfte auf die Liege neben dem Ultraschallgerät, um ihr zu signalisieren, dass sie sich hinlegen solle. Sie hatte die Liege mit frischem Papier ausgelegt, das von einer Rolle am Kopfende kam. »Wir müssen uns ein bisschen beeilen«, drängte sie. »Es wartet bereits ein anderer Patient auf mich. Außerdem kann jeden Augenblick ein Notfall dazwischenkommen.«

Joanna machte Anstalten, sich hinzulegen, doch die Ärztin hielt sie zurück. »Am besten ziehen Sie erst Ihren Rock aus und knöpfen Ihre Bluse auf.«

»Selbstverständlich«, murmelte Joanna.

»Ich kann auch draußen warten«, bot Carlton an. »Dann seid ihr ungestört.«

»Meinetwegen ist das nicht nötig«, bemerkte Joanna, während sie aus ihrem Rock schlüpfte und ihn Deborah reichte. »Ich habe nichts zu verbergen, das du nicht bereits kennst.«

Sie legte sich auf die Liege, und Dr. Oaks machte ihren Unterleib frei, indem sie die Enden ihrer Bluse zur Seite schob und den Slip ein wenig herunterzog. Die drei winzigen Punktionsstellen, die von der mittels Laparoskop durchgeführten Eizellentnahme zurückgeblieben waren, waren kaum noch sichtbar.

»Sehen die Narben für eine Laparotomie normal aus?«, fragte Dr. Oaks an Carlton gewandt, während sie nach dem Ultraschallgel griff.

Carlton beugte sich über Joannas Bauch. »Ja. Sie haben die übliche Größe, und sie sind normal verheilt.«

»Könnte ein Eierstock theoretisch durch eine so kleine Öffnung entnommen werden?«, fragte Dr. Oaks.

»Aber ja«, versicherte Carlton. »Junge, gesunde Haut wie die von Joanna ist unglaublich elastisch. Das wäre überhaupt kein Problem.«

»Bringen wir es hinter uns«, drängte Joanna.

»Sie haben Recht«, entgegnete Dr. Oaks und spritzte einen dicken Klecks Gel auf Joannas nackten Bauch.

»Uh!«, schrie Joanna. »Ist das kalt!«

»Tut mir Leid«, entschuldigte sich Dr. Oaks. »Normalerweise wärmen wir das Gel vorher an – genauer gesagt kümmern sich darum die Schwestern und Assistenten.«

Sie schaltete mit einem Fußpedal das Licht aus und drückte die Ultraschallsonde auf Joannas Bauch. Der an einem Schwenkarm angebrachte Bildschirm war so positioniert, dass jeder, einschließlich Joanna, gut sehen konnte.

»Okay, los geht's!«, sagte Dr. Oaks zu sich selbst. »Das ist die Gebärmutter. Sie sieht gut und vollkommen normal aus.«

Joanna und Deborah fragten sich, wie man den verschnörkelten weißen Linien auf dem schwarzen Hintergrund irgendetwas entnehmen konnte.

»Jetzt bewegen wir uns zur Seite«, informierte Dr. Oaks. »Da sehen wir das linke Mutterband, den linken Eileiter – und da! Das ist der linke Eierstock!«

»Stimmt«, meldete sich Carlton. »Ich sehe ihn auch. Er sieht vollkommen normal aus.«

»Ja«, bestätigte Dr. Oaks. »Jetzt gehen wir zurück zur Gebärmutter. Gut – da haben wir sie. Und nun sehen wir uns die rechte Seite an.«

Joanna starrte gebannt auf den Bildschirm und hoffte, irgendetwas zu sehen, das sie erkannte. Doch sie wusste nur relativ wenig über ihre inneren Organe, und das war ihr eigentlich auch ganz recht so, jedenfalls solange alles normal funktionierte.

Dr. Oaks bewegte die Ultraschallsonde in engen Kreisen über Joannas rechten Unterbauch und drückte schließlich ziemlich heftig.

»Aua!«, klagte Joanna. »Das tut ein bisschen weh.«

»Halten Sie noch einen Augenblick durch!«, bat die Ärztin. Nach ein paar Sekunden hielt sie inne, richtete sich auf und sah Carlton an. »Wie es aussieht, fehlt der rechte Eierstock.«

»Wäre es vielleicht möglich, dass er nach hinten abgeknickt ist oder so etwas in der Richtung?«, fragte Carlton.

»Nein«, stellte Dr. Oaks fest. »Er ist definitiv nicht da. Da gibt es keinen Zweifel.«

»Kann ich jetzt aufstehen?«, fragte Joanna.

»Ja, natürlich«, erwiderte Dr. Oaks und reichte ihr ein paar Papiertücher, damit sie sich das Gel vom Bauch wischen konnte. Mit der anderen Hand half sie ihr hoch.

Joanna stand auf und knöpfte ihre Bluse zu.

»Wie hoch ist die Wahrscheinlichkeit, dass Joanna mit nur einem Eierstock geboren wurde?«, erkundigte sich Deborah.

»Gute Frage«, erwiderte Carlton und zuckte mit den Achseln. »Keine Ahnung.«

»Rufen Sie doch einen der Gynäkologen an«, schlug Dr. Oaks vor. »Die Frage müsste sich doch klären lassen.«

»Gute Idee«, entgegnete Carlton.

»Falls ich Ihnen noch irgendwie helfen kann, piepen Sie mich einfach an«, bot die Radiologin an. »Ich muss jetzt los.«

Joanna, Deborah und Carlton bedankten sich bei ihr, und

Dr. Oaks verschwand. Joanna nahm ihren Rock entgegen und schüttelte die Knitterfalten aus.

»Ich warte an der Rezeption auf euch und rufe schon mal einen der Dienst habenden Gynäkologen aus«, schlug Carlton vor und verschwand in Richtung Flur.

»Da haben sich unsere schlimmsten Befürchtungen also bestätigt«, stellte Deborah fest. Sie hielt Joannas Arm, während diese in ihren Rock schlüpfte.

Mit Deborah allein in der Kammer spürte Joanna plötzlich, wie sie von ihren Gefühlen überwältigt wurde. Sie vergoss sogar ein paar Tränen, die sie aber schnell mit der Hand wegwischte. »Keine Ahnung, warum ich flenne«, brachte sie hervor und lachte kurz auf. »Wahrscheinlich hatte ich, ohne es selber zu bemerken, eine lange, intime Beziehung zu meinem rechten Eierstock.«

Deborah grinste. »Erstaunlich, dass du selbst in dieser Situation noch Sinn für Humor hast.«

»So müde, wie ich bin, ist lachen einfacher als weinen.«

»Du kannst dir nicht vorstellen, was für eine Wut ich im Bauch habe!«, ereiferte sich Deborah. »Was für eine Frechheit von diesem Dr. Saunders und dieser Dr. Donaldson und all den anderen skrupellosen Mitarbeitern der Wingate Clinic!« Sie hob ihre Hand und nahm ihre Finger zum Aufzählen zu Hilfe. »Führ dir bitte mal vor Augen, was sie dort alles Unglaubliches machen! Erstens berauben sie ahnungslose Frauen ihrer Eierstöcke; zweitens klonen sie sich selbst, was der absolute Gipfel ist; und drittens schwängern sie mittellose nicaraguanische Frauen und brechen die Schwangerschaften ab, um aus den Föten Eizellen zu gewinnen. Und das sind nur die Ungeheuerlichkeiten, auf die wir bereits gestoßen sind. Wir müssen unbedingt etwas unternehmen!«

Joanna rückte ihren Rock und ihre Bluse zurecht und zog sich die Schuhe an. »Ich weiß, was ich jetzt tue. Ich gehe nach Hause und lege mich ins Bett. Wenn ich erst mal zehn oder elf Stunden geschlafen habe, kann ich vielleicht wieder über die Wingate Clinic nachdenken.«

»Weißt du, was wir meiner Meinung nach tun sollten?«, fragte Deborah.

Joanna nahm ihre Handtasche und verließ den Raum. Sie hatte nicht die geringste Lust auf Deborahs übliches Spielchen.

Deborah folgte ihr. »Ich sage dir, was wir tun sollten, auch wenn du es nicht hören willst. Ich finde, wir sollten noch heute Abend zur Wingate Clinic zurückfahren und nachsehen, was sich in diesem ominösen Eizellenraum befindet. Bestimmt stoßen wir da drinnen auf interessantes Belastungsmaterial. Vielleicht finden wir sogar deinen Eierstock! Und falls wir Schiffbruch erleiden, bleibt uns immer noch die Möglichkeit, noch einmal in den Server-Raum einzudringen und uns Zugang zu den Forschungsprotokollen zu verschaffen. Mitten in der Nacht musst du auch keine Angst vor Randy Porter haben.«

Joanna blieb stehen und drehte sich um. »Das ist das Verrückteste, was ich seit langem gehört habe! Gibt es irgendeinen nachvollziehbaren Grund, weshalb wir heute Nacht noch einmal in diese abgelegene Klinik fahren sollten?«

»Weil wir jetzt noch eine Chance haben!«

»Du musst doch genauso müde sein wie ich. Wie kannst du so etwas vorschlagen?«

»Wir haben immer noch unsere Zugangskarten«, erklärte Deborah. »Da wir heute aber vor Feierabend abgehauen und mit Sicherheit aufgefallen sind, sind wir unsere Jobs los. Aber wie wir wissen, mahlen die Mühlen der Bürokratie ziemlich langsam, also dürften unsere Karten vermutlich noch funktionieren. Morgen wird sich das ändern. Aber es würde mich wirklich überraschen, wenn sie schon heute Nacht gesperrt wären. Dann haben wir natürlich noch die

Karte von Spencer Wingate, aber mit der wird es sicher auch nicht mehr lange gut gehen. Mein Vorschlag ist ja nur der: Wenn wir es nicht sofort machen, können wir es wahrscheinlich ganz vergessen, denn später wird es nicht mehr gehen. Uns bleibt also nicht viel Zeit, und ich finde, wir sollten die Chance nutzen.«

»Wahrscheinlich hast du ja Recht«, räumte Joanna erschöpft ein. »Aber wir sind beide einfach viel zu müde.« Mit diesen Worten drehte sie sich um und ging weiter den Flur entlang. Deborah blieb ihr dicht auf den Fersen und redete weiter auf sie ein. Als neues Argument führte sie die moralische Verpflichtung ins Feld, die sie einfach zwinge, etwas zu unternehmen. Als sie den Wartebereich erreichten, diskutierten sie immer noch hitzig miteinander. Carlton bedeutete ihnen zu schweigen, damit er sein Telefonat beenden konnte.

»Worüber redet ihr euch denn die Köpfe heiß?«, fragte er, als er aufgelegt hatte. Joanna und Deborah sahen sich an. »Sie versucht mich gerade zu überreden, heute Abend noch einmal zur Wingate Clinic zurückzufahren«, erklärte Joanna. »Sie will dort in den so genannten Eizellenraum einbrechen. Und ich soll noch mal in den Server-Raum eindringen und uns Zugang zu den Forschungsprotokollen verschaffen.«

»Wollt ihr meine Meinung hören?«, fragte Carlton.

»Hängt ganz davon ab«, erwiderte Deborah. »Bist du dafür oder dagegen?«

»Dagegen.«

»Dann behalt deine Meinung lieber für dich.«

»Ich möchte sie aber hören«, meldete sich Joanna zu Wort.

»Ich denke, ihr solltet es lieber sein lassen«, sagte Carlton. »Ihr habt jetzt schon das Gesetz gebrochen und könnt froh sein, dass ihr einigermaßen heil davongekommen seid. Jetzt sind richtige Profis gefragt. Ihr solltet Anzeige erstatten!«

»Und bei wem, bitte schön?«, wollte Deborah wissen. »Bei der Polizei von Bookford? Und was sollte die wohl unternehmen? Ein Eigentor schießen und zugeben, dass sie vor der eigenen Tür versagt hat? Oder beim FBI? Wir haben keinerlei Beweise, dass bundesstaatliche Interessen berührt sind. Also würde das FBI sowieso keinen Durchsuchungsbefehl bekommen. Außerdem haben Dr. Saunders und Dr. Donaldson für den Fall, dass irgendjemand verdächtige Erkundigungen einholt, bestimmt einen Notplan in der Tasche. Oder sollen wir uns vielleicht an die Gesundheitsaufsicht wenden? Das können wir gleich vergessen, denn die ist noch nie irgendwo eingeschritten. Außerdem betrachten sie die Fertility Center sowieso als irgendetwas Unanständiges außerhalb ihres Zuständigkeitsbereiches.«

»Hast du von dem Gynäkologen irgendetwas erfahren?«, wandte sich Joanna an Carlton.

»Ja«, erwiderte er. »Mit nur einem Eierstock auf die Welt zu kommen, scheint extrem außergewöhnlich zu sein. Sie hat es noch nie gesehen, hat noch nie davon gehört und es noch nie irgendwo gelesen. Aber sie hält es auch nicht für völlig ausgeschlossen.«

»Sie haben dir deinen verdammten Eierstock geraubt«, bemerkte Deborah an Joanna gewandt. »Die Fakten sprechen für sich, das liegt doch auf der Hand. Eigentlich müsstest du mich händeringend zu überzeugen versuchen, umgehend noch mal zurückzufahren, und nicht umgekehrt.«

»Ich habe ganz offenbar ein bisschen mehr Verstand im Kopf als du«, entgegnete Joanna.

In diesem Moment piepte Carltons Pager. In dem menschenleeren Wartebereich war er viel lauter als unten in der überfüllten Cafeteria. Carlton griff erneut zum Telefon.

»Wir sollten uns die Chance wirklich nicht entgehen lassen«, bearbeitete Deborah ihre Freundin hartnäckig weiter.

»Okay, ich bin sofort da«, versprach Carlton und legte auf.

»Tut mir Leid, dass ich unsere kleine Runde jetzt verlassen muss, aber das war die Notaufnahme. Auf dem Storrow Drive gab es eine Massenkarambolage, und die ersten Rettungswagen sind jeden Moment da.«

Er fuhr mit den beiden Frauen nach unten. Mit Rücksicht auf die anderen Fahrstuhlbenutzer diskutierten Deborah und Joanna vorübergehend im Flüsterton weiter und setzten ihr Wortgefecht dann wieder in voller Lautstärke bis zum Krankenhausausgang fort.

»Hier muss ich euch leider verlassen«, unterbrach Carlton die Diskussion und zeigte auf die Notaufnahme. Dann sah er Joanna an und sagte: »War schön, dich mal wieder zu sehen. Das mit deinem Eierstock tut mir Leid.«

»Besten Dank, dass du die Ultraschalluntersuchung für mich arrangieren konntest«, entgegnete Joanna.

»Keine Ursache. Freut mich, wenn ich dir helfen konnte. Ich rufe dich demnächst mal an.«

»Mach das«, sagte Joanna und lächelte. Er lächelte zurück.

Dann nickte er ihr etwas unsicher zu und verschwand durch die Schwingtür.

Deborah sah ihm nach und tat so, als ob sie sich den Finger in den Mund steckte, um zu erbrechen.

»Also bitte!«, wies Joanna sie zurecht. »So schlimm ist er auch nicht.«

»Wie bitte?«, konterte Deborah und wiederholte pikiert Carltons Worte: »›Das mit deinem Eierstock tut mir Leid.‹ Was für ein Spatzenhirn muss er haben und wie gefühllos muss er sein, um so etwas zu sagen! Als ob dir deine Schildkröte entlaufen wäre und du nicht etwa einen wesentlichen Teil deiner weiblichen Identität verloren hättest!«

Sie traten hinaus ins Freie und steuerten das Parkdeck an. Inzwischen war es dunkel geworden, und die Straßenlaternen waren bereits erleuchtet. Aus der Ferne ertönten die Martinshörner heranbrausender Rettungswagen.

»Ärzte sind Tag für Tag mit viel schlimmeren Schicksalen konfrontiert als mit einem entfernten Eierstock«, nahm Joanna Carlton in Schutz. »Er sieht das bestimmt mit anderen Augen als wir. Außerdem hast du selber gesagt, ich würde kaum etwas davon merken, dass mir ein Eierstock fehlt.«

»Aber du warst immerhin seine Verlobte«, widersprach Deborah. »Das ist ja wohl etwas anderes als irgendeine seiner Patientinnen. Aber weißt du was? Vergiss es einfach. Was du von Carlton hältst, ist mir völlig egal. Das ist einzig und allein dein Problem. Lass uns lieber zur eigentlichen Sache zurückkommen. Ich werde der Wingate Clinic heute Abend noch einmal einen Besuch abstatten, und wenn du nicht mitkommst, fahre ich eben alleine. Ich kann mir zwar keinen Zugang zu den Forschungsprotokollen verschaffen, aber ich kann in den Eizellenraum eindringen, und wenn es da irgendwelche belastenden Beweise gibt, werde ich sie finden.«

»Du fährst auf keinen Fall alleine hin!«, wies Joanna sie unmissverständlich zurecht.

»Ach tatsächlich?«, entgegnete Deborah hochnäsig. »Und wie gedenkst du das zu verhindern? Indem du die Luft aus den Reifen lässt oder mich in meinem Zimmer einschließt? Eine andere Möglichkeit hast du nämlich nicht.«

»Ich kann es einfach nicht fassen, dass du dich so hartnäckig auf so eine idiotische Schwachsinnsidee versteifst!«

»Aha ...«, gurrte Deborah sarkastisch. »Allmählich scheinst du zu kapieren, wie wichtig mir die Sache ist! Ich bin schwer beeindruckt! Du bist wirklich ein kluges Köpfchen!«

Die zunehmende Schärfe des Streits brachte sie beide innerlich zum Kochen. Wütend stapften sie eisig schweigend die Treppe zum Parkdeck hinauf, gingen zu ihrem Wagen, stiegen ein und fuhren los.

Sie schwiegen eisern weiter. Erst als sie bereits die Mount Vernon Street entlangfuhren und der Louisburg Square in

Sicht kam, brach Joanna das Schweigen. »Ich mache dir jetzt einen Kompromissvorschlag. Falls du überhaupt zugänglich bist für einen Kompromiss.«

»Ich höre«, entgegnete Deborah.

»Ich komme mit zur Wingate Clinic«, erklärte Joanna. »Aber unter einer Bedingung: Wir beschränken unsere Schnüffelaktion auf den Eizellenraum, oder als was auch immer er sich herausstellt.«

»Und wenn wir dort keine Beweise für die üblen Machenschaften finden?«

»Das Risiko müssen wir halt eingehen.«

»Und warum sollen wir nicht noch einmal in den Server-Raum eindringen, wenn wir schon mal da sind?«

»Weil ich ziemlich sicher bin, dass Randy Porter das gesamte System längst umgestellt und die Sicherheitsvorkehrungen verschärft hat, weshalb ein erneuter Besuch im Server-Raum mit einem enormen Risiko und einer nur äußerst geringen Aussicht auf Erfolg verbunden wäre. Nachdem ich die Dateien heruntergeladen habe, hat er mit Sicherheit herausgefunden, dass ich das Sicherheitssystem geknackt und mir Zugang zu den geschützten Dateien verschafft habe, und er wird auch nachvollzogen haben, wie ich vorgegangen bin und dass ich mich an der Konsole im Server-Raum zu schaffen gemacht habe. Also wird er dort als Erstes die Tastatur mit verschärften Sicherheitsvorkehrungen vor unbefugtem Zugriff geschützt haben. Ich bin so gut wie sicher, dass ich das System diesmal nicht so einfach knacken könnte.«

»Warum hast du mir das nicht gleich gesagt?«

»Weil ich es sowieso für eine idiotische, beknackte und schwachsinnige Idee halte, noch einmal zurückzufahren«, erwiderte Joanna. »Aber auch wenn es idiotisch ist – ich werde dich auf keinen Fall alleine hinfahren lassen. Du würdest mich schließlich auch nicht im Stich lassen, wenn ich vorhätte, auf eigene Faust in die Höhle des Löwen zurückzugehen. Also was ist nun? Bist du mit meinem Kompromissvorschlag einverstanden?«

»Alles klar«, erwiderte Deborah, während sie versuchte, den Wagen am Ende des Platzes in eine Parklücke zu bugsieren. »Ich finde deinen Vorschlag super.« Die Parklücke war so eng, dass sie laut fluchte. Auf ihrem angestammten Parkplatz stand ein schwarzer Van, und die verbleibende Lücke war so eng, dass sie Schwierigkeiten haben würden, aus dem Auto zu kommen.

»Da komme ich nie raus«, stellte Joanna mit einem Blick aus dem Seitenfenster fest. Der Wagen neben ihr stand keine zehn Zentimeter entfernt.

»Das habe ich befürchtet«, entgegnete Deborah, sah über ihre Schulter und fuhr rückwärts wieder aus der Parklücke heraus, damit Joanna aussteigen konnte. Dann fuhr sie erneut vor und parkte diesmal noch enger neben dem Auto an der Beifahrertür. So hatte sie gerade genug Platz, ihre eigene Tür zu öffnen und sich herauszuzwängen. Neben ihr stand der lästige schwarze Van.

16

10. Mai 2001, 21.48 Uhr

Kurt spürte, wie ihm erneut ein Adrenalinstoß in die Adern schoss. Unten kam ein vielversprechendes Auto die Mount Vernon Street hinaufgefahren.

Die Zeit hatte sich endlos hingezogen, und allmählich befürchtete er, dass er sich geirrt hatte und die Frauen doch nicht, wie von ihm vermutet, nach ihrem fluchtartigen Verlassen der Wingate Clinic auf direktem Wege nach Hause fuhren. Um halb zehn war er so ungeduldig geworden, dass er entgegen seiner Gewohnheit und seiner sonst ihm eigenen Gelassenheit im Zimmer auf und ab gegangen war. Wenn er wenigstens etwas hätte lesen können, wäre die zähe Warterei nicht ganz so ermüdend gewesen, aber er wagte nicht, das Licht anzumachen. Also hatte er sich schließlich ans Fenster gestellt, auf den beleuchteten Platz hinuntergesehen und sich gefragt, was es wohl zu bedeuten hatte, dass die beiden Frauen nicht nach Hause kamen, und wie lange er noch warten sollte, bevor er die Aktion abbrach und sich einen Alternativplan ausdachte.

Nur fünf Minuten, nachdem er seinen Posten am Fenster bezogen hatte, war der Chevy Malibu aufgetaucht und direkt neben seinem Van in eine Parklücke eingebogen.

Er war ziemlich sicher, dass es die Frauen waren, und als der Wagen nach dem Einparken noch einmal zurücksetzte, um den Beifahrer aussteigen zu lassen, war der letzte Zweifel beseitigt. Es war Prudence Heatherly, die züchtige der beiden Frauen. Er hatte nur einen flüchtigen Blick auf ihr Gesicht werfen können, doch im Schein der direkt unter ihm stehenden Laterne hatte er sie genau erkannt. Dann sah er auch Georgina. Sie zwängte sich aus der engen Lücke zwischen dem Chevy Malibu und seinem Van. Dabei quoll für einen kurzen Moment ihr rechter Busen aus dem Ausschnitt, und er sah, wie sie ihn lachend wieder verschwinden ließ.

»Verdammte Hure!«, zischte er angewidert. Die Frau war absolut schamlos, aber er würde ihr schon zeigen, was er von ihrer obszönen Verkommenheit hielt. Was er sich allerdings nicht eingestand, war, dass die kurze Zurschaustellung ihres blanken Busens ihn sexuell gehörig erregt hatte.

Er wollte sich gerade vom Fenster abwenden und die letzten Vorbereitungen für einen angemessenen Empfang der beiden Frauen treffen, als seine Aufmerksamkeit erneut auf die Szenerie unten auf dem Platz gelenkt wurde. Anstatt den Eingang des Hauses anzusteuern, blieben die Frauen stehen und redeten angeregt aufeinander ein. Wie es schien, gerieten sie sich regelrecht in die Haare. Selbst von seinem Standort aus und durch die Fensterscheibe hindurch konnte er einzelne Gesprächsfetzen aufschnappen. Sie stritten sich tatsächlich.

Überrascht von dieser unerwarteten Wendung der Ereignisse, drückte er die Nase gegen die Scheibe, um besser sehen zu können, was sich da unten abspielte. Georgina war schon auf dem Weg zur Haustür, doch Prudence war stehen geblieben und zeigte immer wieder auf das Auto.

Plötzlich warf Georgina verzweifelt die Hände hoch, drehte sich um und ging zurück zum Auto. Genauso mühevoll, wie sie ausgestiegen war, zwängte sie sich zurück auf den Fahrersitz. Bestürzt sah Kurt, wie sie den Wagen zurücksetzte und auch Prudence wieder einstieg. Er stöhnte innerlich auf, und als die Rückleuchten des Chevy Malibu auf der Mount Vernon Street verschwanden, fluchte er laut.

Missmutig ging er erneut im Zimmer auf und ab. Er hatte gedacht, die Aktion wäre ein Kinderspiel, doch da hatte er sich offenbar geirrt, und jetzt drohte ihm die Sache vollends zu entgleiten. Wohin, zum Teufel, fuhren die Frauen um diese Uhrzeit? Es war immerhin schon fast zehn Uhr. Ob sie vielleicht noch etwas essen gingen? Nein, das war eher unwahrscheinlich. Vermutlich hatten sie schon gegessen und waren deshalb erst so spät gekommen. Wie lange würden sie ihn diesmal warten lassen? Und würden sie allein zurückkommen? Vor allem die letzte Frage bereitete ihm Kopfzerbrechen.

Die Minuten verstrichen, doch er wusste keine Antwort auf all die Fragen. Er ging zurück ans Fenster und sah nach unten. Die einzigen Menschen weit und breit waren ein paar vereinzelte Spaziergänger, die ihre Hunde ausführten. Der Chevy Malibu war nirgends zu sehen.

Schließlich holte er sein Handy hervor. Obwohl es ihm ziemlich stank, keinen Erfolg vermelden zu können, hielt er es für das Beste, den Boss über die neue Lage in Kenntnis zu setzen. Paul Saunders meldete sich bereits beim zweiten Klingeln.

»Können Sie offen reden?«, fragte Kurt.

»Sofern man das mit einem Handy kann – ja.«

»Roger!«, entgegnete Kurt. »Ich bin in der Wohnung meiner Klienten. Sie sind vor ein paar Minuten unten vorgefahren, aber nicht hochgekommen. Stattdessen sind sie wieder weggefahren. Ziel unbekannt.«

Paul Saunders schwieg eine Weile und fragte dann: »Wie schwierig war es, in die Wohnung der Klienten einzudringen?«

»Einfach«, berichtete Kurt.

»Dann kommen Sie zurück!«, ordnete Paul an. »Um die beiden Frauen können Sie sich später kümmern. Im Augenblick ist Spencer das Hauptproblem. Ich brauche Ihre Hilfe.«

»Ich mache mich sofort auf den Weg«, entgegnete Kurt. Die Enttäuschung war ihm anzuhören. Er hätte sich viel lieber als Erstes um Georgina gekümmert.

Bevor er aufbrach, nahm er sich noch die Zeit, nach einem Ersatzschlüsselbund zu suchen. So blieb es ihm bei seiner Rückkehr erspart, sich noch einmal mit dem Schloss abzumühen.

»Ich verstehe immer noch nicht, warum du mich nicht nach oben gehen lassen wolltest«, beklagte sich Deborah. »Ich wollte mich doch nur schnell umziehen. In fünf Minuten wäre ich wieder unten gewesen.« Sie stand neben Joanna in einem der Gänge des rund um die Uhr geöffneten CVS, in dem es eher aussah wie in einem kleinen Supermarkt als wie in einer Apotheke. Medikamente machten nur einen geringen Teil des Sortiments aus. Daneben gab es von Autoprodukten bis hin zu gewerblichen Putzmitteln so ziemlich alles.

»Fünf Minuten – dass ich nicht lache!«, entgegnete Joanna spöttisch. »Unter einer halben Stunde wärst du niemals zurück gewesen. Darf ich dich daran erinnern, dass es schon nach zehn ist? Wenn wir schon unbedingt noch einmal zurückmüssen zur Wingate Clinic, dann will ich es so schnell wie möglich hinter mich bringen.«

»Ich finde es aber nicht besonders bequem, in diesen hochhackigen Pumps herumzustaksen. Und für unsere Detektivarbeit sind sie gänzlich ungeeignet.«

»Dann zieh dir deine Sneakers an«, schlug Joanna vor. »Du hast deine Joggingklamotten doch immer im Kofferraum.«

»Soll ich vielleicht mit Minikleid und Sneakers herumlaufen?«

»Wir gehen doch nicht auf eine Modenschau! Jetzt mach schon! Hast du alles, was du brauchst? Wenn ja, sollten wir jetzt endlich aufbrechen.«

»Ich denke, das müsste genügen«, entgegnete Deborah. Sie hielt zwei kleine Taschenlampen, Batterien und eine Wegwerfkamera in der Hand. »Hier, nimm mal! Fällt dir noch etwas ein, das wir gebrauchen könnten?«

»Gesunden Menschenverstand! Aber der ist leider nicht käuflich zu erwerben.«

»Sehr witzig«, konterte Deborah. »Du bist ganz schön frech heute. Komm, gehen wir!«

An der Kasse legte sie noch eine Packung Kaugummi und ein paar Schokoriegel aufs Band und bezahlte. In null Komma nichts saßen sie wieder im Auto und fuhren stadtauswärts.

Nachdem sie sich die letzte halbe Stunde mit Streiten verausgabt hatten, legten sie den Rest der Strecke überwiegend schweigend zurück. Die Straßen waren alle frei, sodass sie nicht einmal halb so lange brauchten wie sonst. Bookford war wie ausgestorben. Außer einem Pärchen vor der Pizzeria war auf der ganzen Main Street niemand zu sehen. Im Stadion der Little League hinter dem Rathaus wurde offenbar ein Spiel ausgetragen; jedenfalls war das Flutlicht eingeschaltet.

»Wenn ich ehrlich bin, wünsche ich mir, dass unsere Karten nicht mehr funktionieren«, gestand Joanna, als sie sich der Wingate Clinic näherten.

»Sei doch nicht so pessimistisch!«, wies Deborah sie zurecht.

Sie fuhren auf das Pförtnerhäuschen zu. Es sah genauso dunkel und abschreckend aus wie in der Nacht zuvor.

»Welche Karte sollen wir nehmen?«, fragte Joanna. »Eine von unseren oder die von Spencer?«

»Ich nehme meine«, erwiderte Deborah. Sie fuhr bis zum Kartenschlitz und führte ihre Karte hindurch. Das Tor öffnete sich sofort. »Siehst du – ich hatte Recht. Sie haben unsere Karten noch nicht gesperrt. Ich hätte nie gedacht, dass ich jemals etwas für Bürokratie und Ineffizienz übrig haben würde.«

Joanna freute sich nicht im Geringsten. Während sie auf das Gelände bogen und die Zufahrt zum Klinikgebäude hinauffuhren, drehte sie sich um und betrachtete verzweifelt das sich schließende Tor. Jetzt waren sie eingesperrt, und sie hatte das mulmige Gefühl, dass sie einen großen Fehler begangen hatten.

Kurt war tief in Gedanken versunken, als sein Handy klingelte. Vor Schreck riss er das Steuer zur Seite und musste blitzschnell reagieren, um nicht von der Fahrbahn abzukommen. Er raste mit beinahe einhundertdreißig Stundenkilometern auf der Route 2 in Richtung Nordwesten. Bis zur Abfahrt Bookford war es nicht mehr weit.

Als er den Wagen wieder unter Kontrolle hatte, wühlte er vergeblich in seiner Jackentasche herum. Das Telefon klingelte unaufhörlich weiter. Schließlich öffnete er ungeduldig seinen Sicherheitsgurt. Jetzt endlich kriegte er das Handy zu fassen und konnte den Anruf entgegennehmen.

»Wir haben Kontakt«, meldete eine Stimme.

Kurt erkannte sie sofort. Es war Bruno Debianco, sein Stellvertreter, der die Abendschicht der Sicherheitsmannschaft leitete. Er hatte zur gleichen Zeit wie Kurt bei den Special Forces gedient und war ebenfalls unehrenhaft entlassen worden.

»Ich höre«, entgegnete Kurt.

»Der Chevy Malibu mit den beiden Frauen hat gerade das Tor passiert.«

Diese Worte waren Musik in Kurts Ohren. Vor freudiger Erregung machte sein Herz einen Sprung, und seine anfängliche Enttäuschung, die er empfunden hatte, als Paul Saunders ihn zur Klinik zurückbeordert hatte, um sich um Spencer Wingate zu kümmern, war schlagartig verflogen. Auf dem Klinikgelände waren die beiden Frauen leichte Beute, und sein Jagdinstinkt war voll entfacht.

»Hast du verstanden?«, fragte Bruno, als Kurt nicht gleich antwortete.

»Alles klar, verstanden«, erwiderte Kurt gleichgültig. Er wollte sich seine innere Erregung auf keinen Fall anmerken lassen. »Folge ihnen, aber lass sie in Ruhe. Das Vergnügen will ich mir nicht entgehen lassen. Habe ich mich klar genug ausgedrückt?«

»Roger«, bestätigte Bruno.

»In einem Fall musst du doch einschreiten«, korrigierte Kurt seine Anweisung, nachdem er noch einmal kurz nachgedacht hatte. »Wenn sie versuchen, sich mit Spencer Wingate zu treffen, musst du sie unbedingt daran hindern. Ist das bei dir angekommen?«

»Klar und deutlich«, bestätigte Bruno.

»Wenn nichts dazwischen kommt, bin ich in zwanzig Minuten bei dir«, stellte Kurt klar.

»Roger«, wiederholte Bruno.

Kurt beendete die Verbindung. Ein Lächeln huschte über sein Gesicht. Der Abend, der so vielversprechend begonnen hatte und dann mit einem Misserfolg zu enden drohte, war doch noch gerettet. In weniger als einer Stunde waren die beiden Frauen sicher in seiner speziellen Arrestzelle hinter Schloss und Riegel, die er extra im Keller unter seiner Wohnung eingerichtet hatte. Dort waren sie ihm restlos ausgeliefert.

Er drückte die Kurzwahltaste mit der eingespeicherten Nummer von Paul Saunders und fuhr einhändig weiter. »Gute Nachrichten«, verkündete er, als Paul sich meldete. »Die beiden Frauen sind wieder auf dem Klinikgelände – und zwar aus freien Stücken.«

»Hervorragend«, lobte Paul. »Das war gute Arbeit!«

»Danke, Sir«, entgegnete Kurt. Auch wenn er nichts dazu getan hatte, nahm er das Lob gern entgegen.

»Dann kümmern Sie sich als Erstes um die Frauen!«, ordnete Paul an. »Wingate können wir uns hinterher vornehmen. Rufen Sie mich an, wenn Sie mit den beiden fertig sind.«

»Jawohl, Sir«, erwiderte Kurt. Wie ein pawlowscher Hund reagierte er reflexartig und konnte nicht anders, als zu salutieren.

»Das hatte ich mir irgendwie anders vorgestellt«, sagte Deborah.

»Ich habe mir erst gar keine Vorstellungen gemacht, was uns erwarten würde«, entgegnete Joanna.

Sie waren auf dem Parkplatz der Wingate Clinic und saßen im Auto. Der Motor lief noch, und direkt vor ihnen erstreckte sich der hintere Teil des Südflügels. Sie hatten am äußeren östlichen Rand geparkt und konnten die gesamte Rückfront des Klinikgebäudes überblicken. Im Südflügel waren alle Fenster des ersten Stockwerks hell erleuchtet.

»Im Labor brennen sämtliche Lichter«, stellte Deborah fest. »Dabei hätte ich gedacht, dass dort um diese Zeit absolute Friedhofsruhe herrscht. Ob sie etwa rund um die Uhr arbeiten?«

»Das würde doch durchaus Sinn machen«, entgegnete Joanna. »Wenn sie hier wirklich irgendwelche Dinge treiben, die nicht ganz koscher sind, sind sie bestimmt darauf bedacht, dass es möglichst niemand mitbekommt. Ich kann mir gut vorstellen, dass sie damit warten, bis die Patientenmassen verschwunden sind.«

»Da könntest du natürlich Recht haben.«

»Und was sollen wir jetzt machen?«, fragte Joanna.

Deborah wollte gerade antworten, als sie zwei Autoscheinwerfer sahen, die über die Zufahrt auf den Parkplatz zukamen.

»Oje«, stöhnte Deborah. »Wie es aussieht, kriegen wir Besuch.«

»Was sollen wir bloß tun?«, fragte Joanna panisch.

»Vor allem die Ruhe bewahren«, entgegnete Deborah. »Am besten bleiben wir erst mal im Auto und machen uns so klein wie möglich.«

Bruno sah den Wagen der beiden Frauen, bevor er erkannte, dass es der Chevy Malibu war. Er stand in einer dem Klinikeingang zugewandten Parkbucht. Eins fiel ihm sofort auf. Obwohl die Lichter ausgeschaltet waren, brannten die Bremslichter. Also musste jemand im Auto sitzen und auf die Bremse treten. Als er mit seinem schwarzen Van der Sicherheitsabteilung auf den Parkplatz einbog, streiften seine Scheinwerfer für einen kurzen Moment den Chevy Malibu, und er konnte vorne im Wagen die Silhouetten zweier geduckter Köpfe erkennen. Er fuhr weder langsamer, noch hielt er etwa an. Stattdessen überquerte er den Parkplatz und bog auf der anderen Seite in die hinabführende Straße ein, die zu den Mitarbeiterhäusern führte.

Als er für die beiden Frauen außer Sichtweite war, fuhr er an den Straßenrand, stellte den Motor ab und stieg aus. Da er wie Kurt ganz in Schwarz gekleidet war, war er im Dunkeln so gut wie unsichtbar. Er lief schnell die Straße zurück zum Parkplatz und ging am äußeren Rand Richtung Chevy Malibu. Ein paar Minuten später sah er ihn wieder vor sich, und zu seiner Erleichterung saßen die beiden Frauen immer noch auf ihren Plätzen.

»Ich bin mit den Nerven am Ende«, bemerkte Joanna. »Warum hauen wir nicht auf schnellstem Wege wieder ab? Du hast selber gesagt, dass du nicht damit gerechnet hast, dass hier Hochbetrieb herrscht. Wenn wir da jetzt reingehen, laufen wir garantiert irgendjemandem in die Arme, und was sollen wir dann wohl sagen?«

»Jetzt sei gefälligst ruhig!«, wies Deborah sie zurecht. »Du bist doch diejenige, die unbedingt noch einmal in diese Klinik wollte. Das war nur ein Van, der ohne anzuhalten an uns vorbeigefahren ist. Er hat nicht einmal abgebremst. Glaub mir – es ist alles okay.«

»Nichts ist okay«, widersprach Joanna. »Wenn wir hineingehen, können sie uns, zusätzlich zu all den anderen Vergehen, auch noch wegen Hausfriedensbruch belangen. Ich finde, wir sollten abhauen, und zwar sofort.«

»Ich verlasse das Gelände nicht, bevor ich irgendetwas Konkretes in den Händen habe«, erwiderte Deborah. »Wenn du willst, kannst du ja im Auto bleiben. Ich gehe auf jeden Fall rein. Vorher ziehe ich mir allerdings meine Sneakers an.«

Sie öffnete die Tür und trat hinaus in die klare Nacht.

Dann ging sie zum Kofferraum, nahm ihre Laufschuhe heraus und setzte sich noch einmal hinters Steuer.

»Ich habe im ersten Stock gerade jemanden an einem der Fenster gesehen«, berichtete Joanna nervös.

»Ja, und?«, entgegnete Deborah, während sie sich ihre Sneakers anzog und die Schnürbänder zuband. »Mit Minikleid und diesen Schuhen sehe ich zum Totlachen aus, aber was soll's?«

»Ich kann es wirklich nicht fassen, wieso du gar keine Angst hast«, stellte Joanna fest.

»Jetzt reicht's!«, fuhr Deborah sie an. »Kommst du nun mit oder nicht?«

»Was bleibt mir anderes übrig?«, erwiderte Joanna genervt.

»Was sollen wir deiner Meinung nach mitnehmen?«

»So wenig wie möglich«, erwiderte Joanna. »Damit wir notfalls ungehindert die Flucht ergreifen können. Vielleicht sollten wir auch noch das Auto wenden. Dann können wir im Ernstfall schneller durchstarten.«

»Keine schlechte Idee«, stimmte Deborah ihr zu.

Sie ließ den Motor noch einmal an, wendete und bog andersherum in die Parklücke. »Bist du jetzt glücklich?«

»Das wäre stark übertrieben.«

»Am besten nehmen wir nur die Taschenlampen, unsere Zugangskarten und die Wegwerfkamera mit«, schlug Deborah vor.

»Okay.«

Deborah griff hinter sich, nahm die Drogerietasche vom Rücksitz und reichte Joanna eine der Taschenlampen. Die zweite sowie die Wegwerfkamera behielt sie selbst. »Bist du bereit?«

»Ich denke, ja«, erwiderte Joanna wenig begeistert.

»Warte mal!«, rief Deborah. »Mir ist gerade etwas eingefallen.«

Joanna verdrehte die Augen. Falls Deborah selbst in dieser misslichen Lage von ihr erwartete, dass sie ihr Ratespielchen mitspielte, war sie falsch gewickelt.

»Willst du gar nicht wissen, was mir eingefallen ist?«

»Nur, wenn du mir sagen willst, dass wir besser doch auf der Stelle abhauen.«

Diesmal verdrehte Deborah die Augen. »Ich denke gar nicht daran! Erinnerst du dich noch, als wir zur Eizellenspende hier waren? Damals haben wir unsere Mäntel in einer Garderobe abgelegt. In dem Raum hingen auch Arztkittel. Ich glaube, wir sollten uns jede einen ausleihen. Dann sehen wir eher so aus, als gehörten wir hierher, erst recht ich mit meinem Minikleid.«

Schließlich stiegen sie aus und eilten auf den Eingang zu. Zu ihrer Überraschung brauchte man um diese Zeit eine Zugangskarte, um überhaupt ins Gebäude zu kommen, doch wie schon am Tor funktionierte die Karte einwandfrei. Drinnen war der riesige Rezeptionsbereich dunkel und verlassen. Sie huschten mit geduckten Köpfen in die Garderobe, zogen die Tür hinter sich zu und schalteten das Licht an.

Deborah hatte sich nicht geirrt. In dem Raum hingen jede Menge weiße Arztkittel, allerdings nur wenige in kleinen Größen. Nach ein paar Minuten hatten sie jede einen gefunden, der einigermaßen passte. Ihre Taschenlampen, die Zugangskarten und die Wegwerfkamera stopften sie in die geräumigen Taschen. So gerüstet knipsten sie das Licht wieder aus und huschten zurück in den Rezeptionsbereich.

»Geh du vor«, flüsterte Joanna.

Deborah nickte. Sie umrundeten den unbesetzten Rezeptionstresen und eilten, links vorbei an dem Patientenumkleideraum, in dem sie sich vor ihrem Eingriff vor eineinhalb Jahren ihre Flügelhemdchen angezogen hatten, über den Hauptflur. Deborahs Ziel war das Treppenhaus, und sie erreichten es, ohne irgendjemandem zu begegnen. Die einzigen Geräusche, die sie hörten, waren ihre eigenen Schritte.

Im Treppenhaus angelangt, seufzten sie beide erleichtert auf. Hier fühlten sie sich sicherer als auf dem offenen Flur, doch das sollte sich ändern, als sie die drei Absätze hinabgestiegen waren und die Feuertür geöffnet hatten, die in den dunklen, feuchten Keller führte.

»Es gibt kein Licht!«, zischte Deborah. »Zum Glück sind wir gut ausgestattet.« Sie nahm ihre Taschenlampe aus der Kitteltasche und schaltete sie an.

Joanna schaltete ihre Taschenlampe ebenfalls an. In dem Augenblick, in dem der Lichtschein den Kellergang erleuchtete, der stark an ein Mausoleum erinnerte, hielt sie vor Schreck die Luft an.

»Was ist los?«, fragte Deborah.

»Mein Gott! Sieh dir mal diese schauerlichen alten Krankenhaussachen an!«, flüsterte Joanna und schwenkte den Lichtstrahl ihrer Taschenlampe über ein Durcheinander aus ramponierten hölzernen Rollstühlen, verbogenen Bettpfannen und zerbrochenen Krankenhausmöbeln. Ein antiquiertes tragbares Röntgengerät mit einem bauchigen Kopf stach im Schein der Taschenlampe hervor wie ein Requisit aus einem alten Frankenstein-Film.

»Habe ich dir nicht erzählt, was hier unten für altes Zeug herumsteht?«, fragte Deborah.

»Nein!«, erwiderte Joanna gereizt.

»Stör dich nicht daran!« riet Deborah. »Offenbar ist, vom neuen Teil abgesehen, das gesamte Gebäude mit irgendwelchem Kram aus den alten Zeiten voll gestopft, in denen hier noch die psychiatrische Klinik und das Tb-Sanatorium untergebracht waren.«

»Ich finde es hier absolut gruselig«, jammerte Joanna. »Du hättest mich ja zumindest vorwarnen können.«

»Tut mir Leid«, entgegnete Deborah. »Aber Dr. Donaldson hat uns doch schon bei unserem Besuch vor eineinhalb Jahren erzählt, dass das Cabot ein wahres Museum ist!«

»Hab ich längst vergessen!«, erwiderte Joanna.

»Ist ja auch egal«, entgegnete Deborah. »Komm weiter! Das ist doch nur ein Haufen alter Schrott.« Sie ließen die Tür hinter sich zufallen und betraten den nach Norden führenden Kellergang, der beinahe sofort nach rechts und dann wieder nach links um die Ecke bog. An beiden Seiten gingen kleinere gewölbte Durchbrüche ab.

»Hast du eigentlich eine Ahnung, wohin wir gehen?«, fragte Joanna. Sie achtete tunlichst darauf, ihrer Freundin dicht auf den Fersen zu bleiben.

»Nur sehr vage«, gestand Deborah. »Wir haben eine andere Treppe benutzt als ich heute Morgen. Aber wir gehen zumindest in die richtige Richtung.«

»Auf was habe ich mich bloß eingelassen?«, murmelte Joanna vor sich hin. Plötzlich stieß sie einen gedämpften Schrei aus.

Deborah drehte sich um und richtete den Strahl ihrer Taschenlampe auf Joannas Gesicht. Joanna wandte ihren Blick ab und hielt sich die Hand vor die Augen, um nicht geblendet zu werden. »Leuchte mir gefälligst nicht mit dem grellen Licht in die Augen!«

»Was ist denn los?«, zischte Deborah mit zusammengebissenen Zähnen, nachdem sie sich überzeugt hatte, dass ihre Freundin unversehrt war.

»Eine Ratte!«, brachte Joanna hervor. »Ich habe eine riesige Ratte mit knallroten Augen gesehen. Dahinten hinter dem alten Tisch.«

»Mein Gott, Joanna!«, stöhnte Deborah. »Jetzt reiß dich bitte zusammen! Oder willst du, dass wir ertappt werden? Wir ziehen hier immerhin eine geheime Aktion durch!«

»Tut mir Leid. Aber dieses Verlies mit all dem gruseligen Schrott ist nun mal nichts für meine Nerven.«

»Du musst dich jetzt am Riemen reißen, komme, was wolle. Du hast mich gerade zu Tode erschreckt.« Deborah marschierte erneut los, doch nach ein paar Schritten packte Joanna sie am Arm und hielt sie fest.

»Was ist denn nun schon wieder?«, fragte Deborah.

»Ich habe hinter uns ein Geräusch gehört«, flüsterte Joanna und richtete den Strahl ihrer Taschenlampe in die Richtung, aus der sie kamen. Eigentlich hatte sie wieder mit der Ratte gerechnet, doch alles, was sie sah, war der antiquierte Krankenhausschrott, an dem sie gerade vorbeigegangen waren. Während sie konzentriert den Gang inspizierte, fiel ihr zum ersten Mal das Wirrwarr aus Rohren und Leitungen auf.

»Wenn du dich weiter so anstellst, verbringen wir die ganze Nacht hier unten!«, drohte Deborah.

»Ist ja schon gut!«, fauchte Joanna zurück.

Nachdem sie sich weitere fünf Minuten auf dem verwinkelten Gang vorgearbeitet hatten, stießen sie auf ein großes, altmodisches Küchenmixgerät, das auf einem Ständer mit Rädern stand. Es war mit einer dicken Staubschicht bedeckt. Aus der Rührschale ragte ein Sortiment an Küchenzubehör heraus. Das Kopfteil des Geräts war nach hinten gebogen, die Rührarme standen im Fünfundvierzig-Grad-Winkel vor.

»Wir sind nah dran«, flüsterte Deborah. »Die Tür, nach der ich suche, war auf der anderen Seite der Küche, und wie es aussieht, ist die Küche nicht mehr weit entfernt.«

Deborah hatte Recht. Hinter der nächsten Biegung landeten sie in der alten Küche. Joanna ließ den Strahl ihrer Taschenlampe durch den Raum schweifen. Die Wände waren von offen stehenden, schmierigen Öfen und riesigen Spülbecken aus Speckstein gesäumt. Über dem Arbeitsbereich hingen von der Decke schwarze verbogene Töpfe und Bratpfannen herab.

»Da ist sie«, stellte Deborah fest und zeigte nach vorn.

In der düsteren, schmutzigen Umgebung stach die Tür aus rostfreiem Stahl hervor wie eine glänzende Tafel. Die glatte Oberfläche reflektierte den Strahl ihrer Taschenlampe.

»Die Tür passt wirklich nicht hierher«, bemerkte Joanna.

Sie steuerten ihr Ziel an, und Deborah presste auch diesmal ihr Ohr gegen die Tür. »Die gleichen Geräusche wie heute Morgen«, stellte sie fest. Dann forderte sie Joanna auf, die Tür zu berühren.

»Sie ist warm«, stellte Joanna fest und reichte Deborah die Zugangskarte von Spencer Wingate.

»Ich wette, dass da drinnen eine Temperatur von etwa siebenunddreißig Grad herrscht«, erklärte Deborah. Sie nahm die Karte entgegen, zog sie jedoch noch nicht durch den Schlitz.

»Gehen wir nun rein oder nicht?«, fragte Joanna. Deborah starrte immer noch auf die Tür.

»Natürlich gehen wir rein«, erwiderte Deborah. »Ich bereite mich nur seelisch darauf vor, was uns gleich erwartet.« Sie holte noch einmal tief Luft und zog die Karte durch den Schlitz. Für einen Augenblick passierte gar nichts, dann hörten sie ein Geräusch, das so klang, als ob Luft entwich. Offenbar herrschte in dem Bereich hinter der Tür ein etwas höherer Luftdruck. Dann öffnete sich die dicke, schwere Tür und verschwand langsam in der Wand.

17

10. Mai 2001, 23.05 Uhr

Bruno fluchte leise vor sich. Er hatte sich gerade an einem undefinierbaren Metallgegenstand das Schienbein gestoßen. Um in dem dunklen Kellerverlies nicht vollends die Orientierung zu verlieren, tastete er sich mit beiden Händen an der Wand entlang. Er bemühte sich vergebens, nicht ständig über den Schrott zu stolpern, der auf dem Boden herumlag. Immer wenn ihm etwas in die Quere kam, zuckte er zusammen, wobei ihm die Geräusche mehr zu schaffen machten als die Schmerzen. Sobald er mit den Fingern eine Biegung ertastete, wand er sich darum herum und wagte einen Blick zurück in die Richtung, aus der er gekommen war. Plötzlich sah er in der Ferne, wie sich die zum Kulturenraum führende Stahltür langsam öffnete und hundert Mal schneller wieder schloss. Zum Glück erkannte er in dem kurzen Augenblick, in dem die Tür offen stand und einen Blick in den hell erleuchteten Raum erlaubte, die beiden jungen Frauen.

Er holte schnell seine Taschenlampe hervor, knipste sie an und steckte sie sich zwischen die Zähne. Falls die Frauen sich noch einmal umsehen oder die Tür wieder öffnen sollten, wollte er auf keinen Fall entdeckt werden. Deshalb richtete er den Strahl der Lampe nicht in den Gang, sondern in die Nische, in die er schnell geschlüpft war. Dann kramte er sein Handy aus der Jackentasche hervor, rief das Nummernverzeichnis auf und suchte die Telefonnummer des Kulturenraums. In dem Moment, in dem sie auf dem Display erschien, drückte er die Wahltaste.

Obwohl der Empfang im Keller des Wingate-Gebäudes nicht besonders gut war, hörte er es durch das Rauschen der Verbindung am anderen Ende klingeln. »Nun kommt schon!«, drängte er laut. »Nehmt endlich den Hörer ab!«

Schließlich wurde seine Bitte erhört. »Kulturenraum, Cindy Drexler am Apparat.«

»Hier ist Bruno Debianco. Können Sie mich verstehen?«

»Ziemlich schlecht«, erwiderte Cindy.

»Wissen Sie, wer ich bin?«

»Selbstverständlich«, erwiderte Cindy. »Sie sind einer unserer Sicherheitsleute.«

»Jetzt passen Sie mal gut auf!«, begann Bruno so laut, wie er zu sprechen wagte. »Es haben gerade zwei Frauen den Kulturenraum betreten. Ich habe keine Ahnung, wie sie sich die Zugangskarte beschafft haben. Können Sie die beiden sehen?«

»Noch nicht«, erwiderte Cindy nach einer kurzen Pause. »Aber ich bin auch ein ganzes Stück vom Eingang entfernt.«

»Was ich Ihnen jetzt sage, ist extrem wichtig«, fuhr Bruno fort. »Sie müssen die beiden für fünfzehn bis zwanzig Minuten beschäftigen. Lassen Sie sich irgendetwas einfallen! Erzählen Sie ihnen, was auch immer sie wissen wollen – aber lassen Sie sie nicht wieder laufen. Haben Sie mich verstanden?«

»Ich glaube, ja«, brachte Cindy hervor. »Ich darf Ihnen wirklich alles erzählen?«

»Alles, was Sie wollen«, bestätigte Bruno. »Es spielt keine Rolle. Wichtig ist nur, dass Sie sie nicht in Unruhe versetzen. Kurt Hermann ist bereits auf dem Weg. Er wird sie persönlich in Gewahrsam nehmen. Die beiden Frauen sind unberechtigt bei uns eingedrungen.«

»Ich tue, was ich kann«, versprach Cindy.

»Das ist alles«, entgegnete Bruno. »Wir erlösen Sie, sobald Kurt Hermann hier ist.«

Er beendete die Verbindung und wählte über die Schnellwahltaste die Nummer seines Vorgesetzten. Die Verbindung zu ihm war noch schlechter als die zum Kulturenraum.

»Verstehst du mich?«, fragte Bruno in das Knacken hinein.

»Einigermaßen«, erwiderte Kurt. »Was ist los?«

»Ich stehe im Keller vor dem Kulturenraum«, berichtete Bruno. »Die beiden Frauen haben sich mit irgendeiner Karte Zugang verschafft. Ich habe die technische Assistentin angerufen und sie angewiesen, die beiden eine Weile hinzuhalten. Sie sind leichte Beute für dich.«

»Haben sie dich gesehen?«

»Nein. Sie sind völlig ahnungslos.«

»Super! Ich bin am Ortseingang von Bookford. In zehn, maximal fünfzehn Minuten bin ich da. Hast du Handschellen dabei?«

»Nein«, erwiderte Bruno.

»Dann hol sie schnell!«, ordnete Kurt an. »Sie sind im Pförtnerhäuschen! Wir treffen uns am Tor, und dann schnappen wir uns die beiden!«

»Roger«, bestätigte Bruno.

Joanna und Deborah ließen die Umgebung auf sich einwirken und rührten sich mehrere Minuten lang nicht vom Fleck. In Anbetracht der ultramodernen Tür, durch die sie gerade gekommen waren, hatten sie erwartet, eine futuristische Unterwelt zu betreten. Stattdessen standen sie in einem Labyrinth von Räumen, die sich im Großen und Ganzen nicht vom Rest des Kellers unterschieden. Sie waren durch die gleichen, aus Ziegelsteinen konstruierten Bögen voneinander getrennt. Allerdings herrschte in diesen Räumen eine deutlich höhere Temperatur, und sie wurden von neuen, unter der Decke installierten Neonröhren hell erleuchtet. Außerdem war der Raum, in dem sie standen, genau wie die anderen Räume, in die sie hineinsehen konnten, nicht mit ausrangierten und schrottreifen Kranken- haus- und Küchenutensilien gefüllt, sondern mit modernem Labor-Equipment. Vor allem gab es mehrere große, randvoll mit Gewebekulturen und Petrischalen gefüllte Inkubatoren. Die meisten standen auf Rädern.

»Ich hatte etwas Spektakuläreres erwartet«, stellte Joanna fest.

»Ich auch«, gestand Deborah. »Das Labor oben macht deutlich mehr her.«

»Die Temperatur kommt mir vor wie in den Tropen. Wie warm ist es deiner Meinung nach?«

»In etwa Körpertemperatur«, erwiderte Deborah und drehte sich noch einmal zu der Stahltür um. Rechts neben der Tür war eine Laminatbox mit einem roten, vorstehenden Bedienungsfeld angebracht. Auf dem Feld stand in Großbuchstaben ÖFFNEN/SCHLIESSEN.

»Bevor wir uns umsehen, prüfe ich noch, ob wir später auch wieder rauskommen«, sagte Deborah. »Ich habe noch nie eine Tür gesehen, die so schnell zugeschnappt ist. Hoffentlich geht sie auch wieder auf.« Sie drückte auf das rote Feld.

Die schwere Isoliertür öffnete sich in dem gleichen Tempo wie zuvor. Als Deborah erneut auf das Feld drückte, schnappte sie blitzschnell und ohne das leiseste Geräusch zu. Sie glaubten ihren Augen nicht zu trauen.

Deborah wollte gerade etwas zu dem beeindruckenden Schließmechanismus sagen, als Joanna sie panisch beim Arm packte und flüsterte: »Wir sind nicht allein.«

Deborah drehte den Kopf in Joannas Blickrichtung. Unter einem der Kellerbögen stand eine lächelnde Frau mittleren Alters mit einem schmalen, braunen Gesicht und deutlich ausgeprägten Krähenfüßen und Lachfalten. Sie trug einen leichten weißen Baumwollkittel. Ihr Haar war unter einer Haube aus dem gleichen Material versteckt. Außerdem trug sie eine OP-Maske, die ihr im Moment vor der Brust baumelte.

»Willkommen im Kulturenraum!«, rief die Frau zur Begrüßung. »Ich bin Cindy Drexler. Und wer sind Sie?«

Joanna und Deborah warfen sich verwirrte, panische Blicke zu.

»Wir sind neue Kolleginnen«, brachte Deborah nach mehreren Ansätzen hervor.

»Wie schön!«, entgegnete Cindy. Sie kam mit ausgestreckter Hand auf sie zu und begrüßte sie überschwänglich. »Und wie heißen Sie?«, fragte sie Joanna, deren Hand sie zuerst schüttelte.

Joanna stammelte ein paar unverständliche Laute vor sich hin. Sie wusste plötzlich nicht, ob sie ihren richtigen Namen nennen sollte oder doch lieber den falschen. »Prudence«, platzte sie schließlich heraus, als ihr einfiel, dass sie Hausfriedensbruch begingen.

»Ich bin Georgina«, sagte Deborah ungerührt.

»Nett, Sie kennen zu lernen«, stellte Cindy fest. »Ich nehme an, Sie möchten den Kulturenraum besichtigen.« Joanna und Deborah warfen sich erneut einen schnellen Blick zu, doch diesmal wirkten ihre Gesichter eher freudig überrascht als panisch.

»Sehr gern«, entgegnete Deborah. »Diese glänzende Stahltür hat uns so fasziniert, dass wir unsere Neugier nicht bändigen konnten und hereinschauen mussten.« Sie deutete mit verlegener Miene auf den Eingang.

»Ich habe keine Erfahrung mit Besichtigungstouren«, entschuldigte sich Cindy und lachte. »Aber ich versuche mein Bestes. Fangen wir doch gleich mit diesem Raum an – früher, das heißt zu Cabot-Zeiten, war hier übrigens die Speisekammer: Hier bewahren wir die Eizellen auf, die morgen für den Zellkerntransfer vorgesehen sind. Sie werden mit dem alten Speisenaufzug, der sich direkt um die Ecke befindet, hinauf ins Labor befördert. Die Zellen befinden sich in den Inkubatoren mit den roten Schildchen. Zur Kennzeichnung der jeweiligen Kulturen verwenden wir hier unten einfach verschiedenfarbige Etiketten. Blau gekennzeichnete Inkubatoren enthalten zum Beispiel verschmolzene Zellen und werden in den Embryoraum weitergeleitet.«

»Um was für Eizellen handelt es sich eigentlich?«, fragte Deborah. »Ich meine, von welcher Spezies stammen sie?«

»Wir arbeiten natürlich mit menschlichen Eizellen«, erwiderte Cindy.

»Ausschließlich alle Eizellen sind menschliche Eizellen?«

»Ja. Die Eizellen verschiedener Tiere werden drüben auf der Farm in einem eigenen Kulturenraum gezüchtet.«

»Und woher kommen diese enormen Mengen menschlicher Eizellen?«, fragte Deborah.

»Aus dem so genannten Organraum«, erklärte Cindy.

»Würden Sie uns diesen Raum einmal zeigen?« bat Deborah.

»Selbstverständlich«, erwiderte Cindy. »Bitte folgen Sie mir!«

Cindy zeigte auf die gewölbte Öffnung, durch die sie gekommen war, und ging vor. Joanna und Deborah folgten ihr. »Was für ein Glück, dass wir auf diese Frau gestoßen sind«, flüsterte Deborah Joanna ins Ohr. »Aber irgendwie kommt mir das Ganze schon beinahe ein bisschen zu einfach vor.«

»Du hast Recht!«, flüsterte Joanna zurück. »Irgendetwas ist hier faul. Sie ist viel zu freundlich und entgegenkommend. Wenn es nach mir geht, machen wir auf der Stelle kehrt.«

»Du schon wieder!«, stöhnte Deborah. »Warum siehst du eigentlich immer nur schwarz? Lass uns diesen glücklichen Zufall doch einfach nutzen und herausfinden, was wir können. Danach hauen wir ab.«

Sie durchquerten mehrere Räume, die ähnlich groß waren wie der erste und die ebenfalls mit Inkubatoren voll gestopft waren. Dann gelangten sie in einen größeren Raum. Hinter einer Reihe weiterer Inkubatoren befanden sich mehr als fünfzig alte Holztüren, von denen jede etwa einen Drittelquadratmeter groß war und über schwere Schließklappen verfügte, wie sie bei großen Fleischkühlschränken üblich waren. Deborah zögerte. »Entschuldigen Sie bitte, Cindy«, wandte sie sich an ihre Führerin und zeigte auf die abgenutzten Türen. »Verbirgt sich dahinter das, was ich befürchte?«

Cindy blieb auf halbem Weg in den nächsten, noch größeren Raum stehen und folgte Deborahs Zeigefinger. »Meinen Sie die alten Eiskühlfächer?«

»Wir sind in der ehemaligen Leichenhalle, habe ich Recht?«, fragte Deborah.

»Ja«, bestätigte Cindy. Sie kam zurück und schob mit einiger Anstrengung einen der großen Inkubatoren zur Seite, um an die Türen heranzukommen. Dann öffnete sie eine und zog eine befleckte, hölzerne Rollbahre heraus. »Interessant, nicht wahr? Von der anderen Seite mussten sie das Eis hineinladen. Können Sie sich vorstellen, wie es hier unten gerochen haben muss, wenn ihnen mal das Eis ausgegangen ist?« Sie verzog das Gesicht und lachte unsicher.

Joanna sah Deborah an und schüttelte sich. »Wollen wir weitergehen?«

»Soll ich Ihnen auch noch den Rest der Leichenhalle zeigen?«, bot Cindy an. »Der alte Autopsiesaal verfügt sogar über eine Zuschauertribüne und ist immer noch in einwandfreiem Zustand. Im neunzehnten Jahrhundert muss er den Leuten hier draußen in der Provinz als Ersatz für das nicht vorhandene Unterhaltungsangebot gedient haben.« Sie lachte wieder, diesmal mehr unecht als unsicher. »Damals war man nach Boston einen ganzen Tag mit der Pferdekutsche unterwegs. Wenn die Angestellten des Sanatoriums dienstfrei hatten, gab es nicht viel für sie zu tun. Kommen Sie – ich zeige Ihnen den Saal.«

Sie marschierte los, doch sie schlug nicht die Richtung ein, in die sie ursprünglich gegangen waren, sondern die entgegengesetzte. Deborah war an einer Besichtigung des Autopsieraums nicht interessiert und versuchte sie auf sich aufmerksam zu machen, um ihr zu bedeuten, dass sie lieber weitergehen wollten, doch vergebens. Also folgte sie ihr schließlich. Joanna ging wohl oder übel ebenfalls hinterher, da sie nicht allein zurückbleiben wollte.

»Cindy!«, rief Deborah und beschleunigte ihren Schritt. »Wir möchten uns lieber den Organraum ansehen!«

Entweder hatte sie schlechte Ohren, oder sie ignorierte Deborah einfach – jedenfalls steuerte Cindy unbeirrt eine mit Leder verkleidete Schwingtür mit kleinen ovalen Fenstern an. Sie stieß die rechte Hälfte auf, beugte sich in den dunklen Raum und schaltete das Licht an. Im gleichen Augenblick ertönte ein dumpfes Geräusch, und es gingen große, altmodische halbkugelförmige Lichter an. Sie waren oben an der Decke angebracht und dienten als Scheinwerfer, die den antiken Autopsietisch aus Metall beleuchteten.

Joanna, die inzwischen zu den anderen aufgeschlossen hatte, warf einen Blick in den Raum und hielt die Luft an. Der Saal erinnerte sie mit der Zuschauertribüne, die in die Dunkelheit hinaufführte, noch mehr an das grausige Gemälde, das eine Anatomiestunde darstellte, als der Operationssaal oben, in dem man bei ihr den Eingriff vorgenommen hatte.

»Sehr interessant«, stellte Deborah mit sarkastischem Unterton fest, nachdem sie die Szenerie mit einem schnellen Blick erfasst hatte. »Wenn es Ihnen nichts ausmacht, würden wir jetzt aber wirklich gern den Organraum besichtigen.«

»Wollen wir nicht noch einen Blick auf die alten Autopsieinstrumente werfen?«, schlug Cindy vor. »Meine Kollegen und ich haben kürzlich noch darüber gewitzelt, ob man die Geräte nicht nach Hollywood schicken sollte, wo sie bestimmt noch einmal für einen Horrorfilm eingesetzt werden könnten.«

»Bitte zeigen Sie uns jetzt den Organraum!«, forderte Joanna die technische Assistentin auf.

»Gern«, entgegnete Cindy und schaltete das Licht aus. Dann ging sie weiter und sah nervös auf die Uhr. Während Joanna die Geste bemerkte, sah Deborah irritiert in die Richtung, aus der sie gekommen waren.

»Ist der Organraum nicht in der anderen Richtung?«, rief sie Cindy zu, die bereits ein gutes Stück vorausgeeilt war. »Beide Wege führen dorthin!«, rief Cindy über die Schulter zurück. »Aber dieser ist kürzer!«

Während Deborah sich beeilte, zu Joanna und Cindy aufzuschließen, entdeckte sie weiter vorn zwei horizontal ausgerichtete Türen, die denen des Speisenaufzugs ähnelten, jedoch die Größe einer kleinen Garage hatten. Im Vorbeigehen fragte sie, was sich dahinter verberge.

»Das ist der alte Lastenaufzug«, erklärte Cindy und blieb stehen. »Darin wurden die Toten aus den oberen Stockwerken in den Keller befördert.«

»Was für eine schöne Vorstellung«, bemerkte Joanna. »Gehen wir lieber weiter.«

»Das alte Stück hat uns schon gute Dienste geleistet«, stellte Cindy fest und klopfte gegen die Tür. Wir haben damit den größten Teil unserer Geräte hier runtertransportiert. Soll ich Ihnen zeigen, wie er funktioniert?«

»Wir würden uns jetzt wirklich lieber den Organraum ansehen«, beharrte Joanna. »Wie ein Lastenaufzug funktioniert, ist, glaube ich, kein Geheimnis.«

»Gern«, wiederholte Cindy.

Sie durchquerten einen acht Meter langen, engen, gewölbten Durchgang, der, wie Cindy erklärte, unter den Fundamentstützen des nach italienischer Art konstruierten Turms des Gebäudes hindurchführte. Am Ende des Gangs tat sich vor ihnen der größte Raum auf, den sie bisher in dem Kellergewölbe gesehen hatten. Er war mindestens fünfunddreißig Meter lang und sechzehn Meter breit. Drinnen standen Reihe an Reihe riesige, wie Plexiglas-Aquarien aussehende Behälter von etwa zwei Metern Länge, einem Meter Tiefe und siebzig Zentimetern Breite. In jedem der Behälter befanden sich mehrere Glaskugeln von ungefähr zehn Zentimetern Durchmesser, die in einer Flüssigkeit schwammen. Aus jeder der Kugeln ragte oben ein Wirrwarr aus Schläuchen und Leitungen heraus. Auf der Oberfläche der Flüssigkeit schwamm eine durchgängige Schicht aus winzigen Glaskugeln.

Für einen Augenblick waren Joanna und Deborah sprachlos und versuchten zu erfassen, was sich da vor ihnen auftat. Auch hier waren die Wände aus unverputzten Ziegelsteinen, doch der Raum entsprach schon eher dem, was sie beim Betreten des Kulturenraums hinter der schweren Stahltür erwartet hatten. Da die sonst überall unter der Decke verlaufenden Rohre und Leitungen fehlten, war der Raum deutlich höher. Das Licht war weniger grell, dafür waren in dem Raum etliche Ultraviolettlampen angebracht.

Während Deborah von dem futuristischen Anblick völlig in den Bann gezogen war, fiel Joanna auf, dass Cindy schon wieder auf ihre Uhr sah. Irgendwie passte das nicht zu der Geduld, mit der sie sie durch die Räumlichkeiten führte und ihnen alles bereitwillig erklärte. Wenn sie es wirklich so eilig hatte, wie ihr ständiger Blick auf die Uhr implizierte – wieso nahm sie sich dann so viel Zeit für sie? Joanna fiel keine Antwort auf diese Frage ein, doch die offenkundige Nervosität ihrer Führerin begann sie allmählich zu beunruhigen.

»Was genau haben wir hier eigentlich vor uns?«, fragte Deborah schließlich.

»Dies ist der Organraum«, erklärte Cindy. »Die Behälter sind mit Wasser gefüllt, dessen Temperatur konstant bei 37 Grad gehalten wird. Die kleinen Glaskügelchen, die auf der Oberfläche schwimmen, sollen verhindern, dass das Wasser verdampft. In den großen Kugeln befinden sich die Eierstöcke.«

»Das heißt also, Sie sind imstande, mittels Perfusion komplette Eierstöcke funktionsfähig zu erhalten«, staunte Deborah.

»So in etwa«, bestätigte Cindy. »Die Flüssigkeit, in der

sie sich befinden, entspricht weitgehend der natürlichen Umgebung im Unterleib einer Frau, und zwar sowohl was die Sauerstoffzufuhr und den Gehalt an Nährstoffen angeht als auch was die endokrine Stimulation betrifft. Natürlich muss auch die Entsorgung von Abfallstoffen gewährleistet werden. Wenn wir alles richtig machen, gelingt es uns, die Ovulation der Eierstöcke aufrechtzuerhalten, sodass sie fortwährend reife Eizellen produzieren.«

»Können wir mal näher rangehen?«, fragte Deborah.

»Selbstverständlich«, erwiderte Cindy und zeigte nach vorn.

Deborah ging in einen der Gänge zwischen den aufgereihten Wasserbehältern und blieb vor einem stehen, um sich eine der Kugeln aus der Nähe anzusehen. Der in ihr schwimmende Eierstock hatte in etwa die Größe einer platten Walnuss und eine gezackte, pockennarbige Oberfläche, die an eine Mondlandschaft erinnerte. Die wichtigsten Eierstockgefäße waren mit winzigen Perfusionskanülen verbunden. An diversen anderen Stellen des kleinen Organs waren Fühler angebracht.

»Wir haben auch traditionelle Zellkulturen«, berichtete Cindy. »Wenn Sie daran interessiert sind, kann ich sie Ihnen zeigen.«

»Einige dieser Kugeln enthalten ja sogar zwei Eierstöcke«, stellte Deborah fest, ohne auf Cindys Bemerkung einzugehen.

»Das stimmt. Aber in den meisten Kugeln ist nur einer. Wollen wir jetzt in den Raum mit den anderen Kulturen gehen?«

»Was hat es zu bedeuten, wenn sich zwei Eierstöcke in einer Kugel befinden?«, fragte Joanna.

»Da müssen Sie Dr. Donaldson fragen«, erwiderte Cindy. »Ich bin nur eine kleine technische Assistentin unter vielen. Wir haben die Eierstöcke zu überwachen und zu pflegen.«

Joanna und Deborah warfen sich einen wissenden Blick zu. Sie kannten sich so gut, dass in der Regel jede von ihnen erraten konnte, was die andere gerade dachte.

»Wie ich sehe, sind die Kugeln alphanumerisch gekennzeichnet«, stellte Joanna fest. »Heißt das, dass Ihnen die Herkunft jedes einzelnen Eierstocks bekannt ist?«

Bisher hatte Cindy alle Fragen ungerührt beantwortet, doch diese schien ihr sichtlich Unbehagen zu bereiten. Sie druckste herum und versuchte erneut, vom Thema abzulenken, doch Joanna war hartnäckig.

»Wir haben eine vage Vorstellung, woher die einzelnen Eierstöcke stammen«, räumte Cindy schließlich ein.

»Was heißt vage?«, hakte Joanna nach. »Wenn ich Ihnen den Namen einer Eierstockspenderin nenne – können Sie mir dann den zugehörigen Eierstock zeigen?«

»Ich vermute, ja«, antwortete Cindy ausweichend. Sie warf erneut einen Blick auf die Uhr und verlagerte ihr Gewicht nervös von einem Bein auf das andere.

»Würden Sie mir dann bitte den Eierstock einer gewissen Joanna Meissner zeigen?«, bat Joanna.

»Joanna Meissner«, wiederholte Cindy und sah sich nach allen Seiten um, als wüsste sie plötzlich nicht mehr, wo sich was befand. »Das müsste ich im Computer nachsehen.«

»Direkt hinter ihnen steht einer«, machte Joanna sie aufmerksam.

»Oh, ja!«, entgegnete Cindy, als ob sie das überraschte. Sie drehte sich um, gab mit ihrem Passwort die Tastatur frei und gab Joannas Namen ein. Kurz darauf erschien auf dem Bildschirm die Bezeichnung »JM699«. Cindy notierte den Code auf einem Zettel und marschierte los. Joanna und Deborah folgten ihr. Zwei Reihen weiter blieb sie vor dem zweiten Behälter stehen und zeigte auf die Glaskugel. Auf ihrer Oberfläche war mit einem Permanent-Marker die alphanumerische Kombination JM699 vermerkt.

Joanna und Deborah starrten ungläubig auf das kleine Organ. Der Eierstock war deutlich pockennarbiger als der, den sie gerade etwas genauer betrachtet hatten. Joanna wollte wissen, warum.

»Es ist eines unserer älteren Exemplare«, erklärte Cindy. »Er hat bald ausgedient.«

»Würden Sie bitte den Namen einer weiteren Spenderin eingeben«, bat Deborah. »Sie heißt Kristin Overmeyer.«

»Kein Problem«, entgegnete Cindy. Offenbar hatte sie sich mit der Situation abgefunden, jedenfalls war ihre vorübergehende Unsicherheit verschwunden. Sie ging zurück an den Computer und tippte in aller Ruhe den gewünschten Namen ein. Im nächsten Augenblick erschien auf dem Bildschirm der Code K0432.

»Hier entlang«, wies sie den Weg und bedeutete ihnen, ihr zu folgen. Sie ging außen um die Reihen herum und bog in den ersten Gang ein. Joanna hielt Deborah zurück und flüsterte ihr zu: »Ich weiß, was du denkst. Da könnte was dran sein.«

Deborah nickte nur.

»Da sind wir«, stellte Cindy fest und blieb vor einem der Behälter stehen. Sie klang fast ein bisschen stolz. »Hier ist K0432«, sagte sie und zeigte auf die mittlere Glaskugel. »Ein Exemplar in doppelter Ausführung.«

»Ist ja wirklich interessant«, sagte Deborah nach einem kurzen Blick. »Die Eierstöcke sind mit einer niedrigeren Nummerierung gekennzeichnet, aber sie sehen deutlich unverbrauchter und jünger aus als der, den wir eben gesehen haben. Wie ist das zu erklären?«

Cindy betrachtete die beiden Eierstöcke etwas genauer. Deborahs Bemerkung hatte sie offenbar erneut aus der Fassung gebracht, und sie rang für einen Moment sichtlich nach den passenden Worten. »Ich habe keine Ahnung«, sagte sie schließlich. »Vielleicht hat es etwas damit zu tun, auf welche Weise die Exemplare entnommen wurden, aber ich weiß es wirklich nicht, Dr. Donaldson wird es Ihnen bestimmt erklären können.«

»Ich habe noch einen Namen«, entgegnete Deborah. »Sehen Sie doch mal nach Rebecca Corey.«

»Wollen Sie nicht lieber doch noch die Zellkulturen sehen?«, fragte Cindy. »Auf dem Gebiet haben wir eigentlich die größten Fortschritte gemacht. Dank der Zellkulturen können wir demnächst wahrscheinlich auf die Kultivierung der Eierstöcke verzichten.«

»Nur noch ein Name«, versprach Deborah. »Dann gehen wir weiter und besichtigen die Zellkulturen.«

Nach einem erneuten Blick auf die Uhr ging Cindy ein weiteres Mal an den Computer, gab den Namen ein und ließ sich den Code anzeigen. Dann führte sie Joanna und Deborah zu dem entsprechenden Behälter und zeigte auf die mit dem Code gekennzeichnete Kugel. Der Behälter war direkt neben dem mit den Eierstöcken von Kristin Overmeyer, und die Kugel enthielt ebenfalls zwei Exemplare.

Deborah und Joanna starrten auf die Kugel. Rebeccas Eierstöcke sahen wie die von Kristin viel jünger und unverbrauchter aus als der von Joanna. Bei dem Gedanken, dass sie von einer Frau stammten, die zusammen mit Kristin Overmeyer verschwunden war, nachdem sie einen Anhalter mitgenommen hatten, lief es den beiden Freundinnen kalt den Rücken herunter.

»Der Raum mit den Zellkulturen ist gleich nebenan«, erklärte Cindy. »Sollen wir jetzt rübergehen?«

Deborah und Joanna blickten gleichzeitig von der Kugel mit den Eierstöcken auf und sahen sich an. In ihren Augen spiegelte sich das blanke Entsetzen wider, und sie sahen einander an, dass ihnen die gleichen Gedanken durch den Kopf gingen. Sie hatten in der kurzen Zeit bereits mehr herausgefunden, als sie zu hoffen gewagt hatten, und was sie entdeckt hatten, war so entsetzlich und furchtbar, dass es ihre schlimmsten Erwartungen übertraf.

»Wir haben Ihre Zeit nun wirklich lange genug in Anspruch genommen«, wandte Joanna sich an Cindy und setzte ein falsches Lächeln auf.

»Genau«, pflichtete Deborah ihr bei. »Wir hätten uns längst wieder auf den Weg machen sollen. Am besten erklären Sie uns einfach, wie wir zurück zum Ausgang kommen, und schon sind Sie uns los.«

»Ich habe jede Menge Zeit«, entgegnete Cindy schnell. »Wirklich, das können Sie mir glauben. Im Gegenteil – Ihr Besuch ist für mich eine willkommene Abwechslung, und Sie sollten sich unbedingt auch noch die anderen Einrichtungen ansehen, bevor Sie wieder nach oben gehen. Kommen Sie, ich zeige Ihnen die Zellkulturen!« Bei diesen Worten griff sie nach Deborahs Arm, doch diese schüttelte sie sofort wieder ab.

»Wir wollen jetzt gehen«, stellte Deborah unmissverständlich klar.

»Dann verpassen Sie aber das Wichtigste«, wandte Cindy ein. »Ich muss darauf bestehen, Ihnen die Kulturen zu zeigen!«

»Sie haben auf gar nichts zu bestehen«, schoss Deborah zurück. »Wir verschwinden jetzt, und zwar auf der Stelle.«

»Wir finden den Weg auch allein«, fügte Joanna hinzu, drehte sich um und marschierte los in die Richtung, aus der sie gekommen waren. Laut Cindy war es zwar nicht der kürzeste Weg zum Ausgang, aber das war ihr jetzt auch egal. Zumindest würden sie an ein paar Orientierungspunkten vorbeikommen.

»Ich darf Sie auf keinen Fall allein hier herumlaufen lassen«, sagte Cindy. »Das verstößt gegen die Vorschriften.« Sie fasste nach Joannas Arm und hielt sie fest. Diesmal packte sie deutlich kräftiger zu als bei Deborah.

Joanna starrte Cindys Hand an, die ihren Arm umklammerte, und sagte mit aller Schärfe: »Wir gehen jetzt! Lassen Sie mich auf der Stelle los!«

»Ich darf Sie nicht allein hier herumlaufen lassen«, wiederholte Cindy.

»Dann bringen Sie uns doch endlich zum Ausgang!«, fuhr Deborah sie an, riss ihre Hand von Joannas Arm und stieß sie zurück. Cindy stolperte gegen einen der Behälter mit den Eierstöcken. Der leichte Zusammenprall löste umgehend einen Alarm aus. Ein schrilles Piepen erfüllte den Raum, gleichzeitig begann an der Kontrollanzeige des Behälters ein rotes Licht aufzublinken.

Als Cindy sich umdrehte, um den Alarm zu deaktivieren, nutzten Joanna und Deborah die Gelegenheit und stürmten los. Sie rannten so schnell sie konnten den schmalen Gang entlang. Als sie die Behälter hinter sich gelassen hatten, startete Deborah durch und trieb die weniger durchtrainierte Joanna zur Eile an. Cindy rief ihnen hinterher und forderte sie auf, sofort stehen zu bleiben.

»Wir hätten nie hier reingehen sollen!«, keuchte Joanna und versuchte krampfhaft, mit Deborah Schritt zu halten.

»Halt den Mund und lauf!«

Sie passierten den gewölbten Durchbruch unter dem Turm, ließen den alten Lastenaufzug hinter sich und kamen an dem inzwischen wieder dunklen Autopsiesaal vorbei. Anschließend durchquerten sie die Räume mit den Inkubatoren. Plötzlich blieb Deborah unvermittelt stehen. Um ein Haar wäre Joanna in sie hineingerannt.

»Wo geht es lang?«, fragte Deborah.

»Ich glaube, da«, erwiderte Joanna und zeigte auf einen Gang mit mehreren gewölbten Durchbrüchen, der nach Süden führte.

»Hoffentlich hast du Recht«, entgegnete Deborah. Von den Wänden hallte das Echo von Cindys Rufen wider, die ihnen folgte und unentwegt ihre Namen wiederholte. Das Echo machte es unmöglich zu bestimmen, aus welcher Richtung die Rufe kamen, und plötzlich kam Cindy hinter einem der gewölbten Durchbrüche hervorgeschossen und stieß mit voller Wucht mit ihnen zusammen. Blitzartig krallte sie sich an Joanna und Deborah fest und versuchte sie festzuhalten.

»Verdammt, was soll denn das!«, schrie Deborah sie an und riss sich mit aller Kraft von ihr los, woraufhin Cindy sich umso fester in Joanna verkrallte. Deborah sprang mit einem Satz hinter ihre Verfolgerin, umklammerte sie und befreite Joanna aus ihrem Griff. Dann machte sie eine leichte Drehung und schleuderte Cindy zu Boden. Beim Hinfallen krachte sie gegen einen der Inkubatoren, in dem diverse Petrischalen zu Bruch gingen.

Ohne sich darum zu scheren, wie es Cindy ging, packte Deborah Joannas Hand und zerrte sie in die Richtung, in die sie vor der Kollision mit ihrer Verfolgerin gewiesen hatte. Sie passierten noch einige Bögen und liefen zu ihrer großen Erleichterung tatsächlich auf die Stahltür zu. Sie legten noch einmal einen Schlussspurt ein, und Deborah drückte auf den Knopf zum Öffnen. Mit schier unerträglicher Langsamkeit verschwand die schwere Tür wie in Zeitlupe links in der Wand. Während sie ungeduldig warteten, dass sie endlich weit genug aufging, damit sie hindurchschlüpfen konnten, warfen sie noch einmal einen Blick zurück, um sich zu vergewissern, dass Cindy ihnen auch nicht gefolgt war, doch zu ihrem Entsetzen kam sie bereits den Gang entlanggerannt. Deborah drehte sich wieder um und drückte in dem verzweifelten Versuch, den Vorgang zu beschleunigen, mit aller Kraft gegen die sich öffnende Tür. Als sie gerade so weit aufgeglitten war, dass man sich hindurchzwängen konnte, schob Deborah Joanna durch die Öffnung. Sie selber drehte sich noch einmal um, um zu checken, wie nah

Cindy bereits war, und sich gegebenenfalls um sie zu kümmern.

»O nein!«, schrie Joanna und wich zurück durch den sich immer weiter öffnenden Spalt.

Deborah schoss herum und sah, was Joanna so erschreckt und sie zum Rückzug veranlasst hatte. Unbeabsichtigt entwich ihr selber ein gellender Schrei. Zwei große, schwarz gekleidete Männer durchquerten gerade die verfallene und jetzt hell erleuchtete ehemalige Küche und kamen selbstgefällig grinsend auf sie zu. In der einen Hand hielten sie Handschellen, in der anderen eine Pistole. Der Mann, der voranging, war blond, und als er sah, dass die Stahltür sich öffnete, und er die beiden Frauen erblickte, begann er loszurennen. Deborah erkannte ihn wieder. Es war der Mann, der sie in der Kantine so lüstern angegafft hatte und von dem sie annahm, dass er der Chef der Sicherheitsabteilung war.

18

10. Mai 2001, 23.24 Uhr

Beim Anblick der heranstürmenden Männer drückte Deborah instinktiv mit aller Kraft auf den Knopf zum Schließen. Die schwere Stahltür schnappte blitzschnell zu, doch im gleichen Moment wurde Deborah von hinten attackiert. Cindy war inzwischen zu ihnen vorgestoßen und nahm sie in den Schwitzkasten. Sie versuchte sie von der Tür wegzuzerren, doch Deborah hielt stand und hielt den Knopf gedrückt.

»Schaff mir dieses verrückte Weib vom Hals!«, rief Deborah Joanna zu. Cindy verlangte laut schreiend, die Tür sofort wieder zu öffnen.

Jeden Finger einzeln umbiegend, befreite Joanna Deborah aus Cindys Umklammerung und stieß sie mit voller Wucht zurück in den Gang, doch sie stolperte nur einmal, fing sich wieder und stürzte sich erneut auf Deborah.

»Halt den verdammten Knopf gedrückt!«, wies diese ihre Freundin an, während sie mit einer Hand ihre Angreiferin abzuwehren versuchte.

Joanna übernahm schnell das Knopfdrücken, sodass Deborah beide Hände frei hatte und sich um die lästige Labortechnikerin kümmern konnte. Das letzte Mal, dass sie jemandem Gewalt angetan hatte, war in der fünften Klasse gewesen, als sie einem aufdringlichen Mitschüler eine runtergehauen hatte, doch jetzt ballte sie ihre Faust, holte ohne zu zögern weit aus und verpasste Cindy mit voller Wucht einen Schlag auf die linke Wange. Nach vier Jahren regelmäßigem Training in der Lacrosse-Mannschaft der Universität war ihr Schlag seit der fünften Klasse deutlich stärker geworden. Cindys Geschrei verstummte augenblicklich, und im nächsten Moment sackte sie wie in Zeitlupe zu Boden, wobei sie erst auf die Knie sank, dann vornüberfiel und schließlich lang hingestreckt liegen blieb.

Deborah schrie vor Schmerz auf und schüttelte ihre Schlaghand, doch sie zwang sich, den Schmerz herunterzuschlucken, stürzte auf den nächstbesten Inkubator zu und rollte ihn schnell zur Tür. Joanna begriff sofort, was sie vorhatte, und half ihr, den Inkubator so vor dem Schließknopf zu positionieren, dass er von alleine gedrückt blieb. Auf diese Weise ließ sich die Tür von der anderen Seite nicht öffnen. Um den Inkubator in der richtigen Position zu halten, hielten sie ihn beide fest und steuerten ihn gegen den Knopf.

»Was hast du vor?«, fragte Joanna panisch. Sie flüsterte, und ihre Stimme klang gepresst.

»Wir haben nur zwei Möglichkeiten, hier rauszukommen«, erwiderte Deborah. »Der Speisenaufzug oder der Lastenaufzug. Was meinst du, welchen nehmen wir?«

»Den Lastenaufzug!«, antwortete Joanna. »Wir wissen genau, wo er sich befindet. Außerdem passen wir auf jeden Fall beide rein.«

Neben ihnen versuchte Cindy sich aufzurichten. Sie hievte sich in eine halb sitzende Position und sah sich um. Ihre Augen starrten ausdruckslos ins Leere, wie die eines Boxers nach einem K.-o.-Schlag.

»Also gut!«, sagte Deborah und warf Cindy noch einen letzten Blick zu. Sie versuchte gerade, auf die Füße zu kommen. »Dann nehmen wir den Lastenaufzug.«

Sie ließen gleichzeitig den Inkubator los und stürmten durch das Labyrinth der zahlreichen Räume. Leider bogen sie einmal falsch ab, verliefen sich und landeten in einer Sackgasse. Sie gingen den gleichen Weg zurück, bis sie wieder wussten, wo sie waren. Weiter hinten hörten sie einen Inkubator gegen einen anderen stoßen und danach die lauten Rufe der ins Kellerlabor stürmenden Männer.

»Wenn der Lastenaufzug nicht funktioniert, sind wir verloren«, keuchte Deborah.

Sie nahmen die letzte Biegung, rannten an der Schwingtür zum ehemaligen Autopsiesaal vorbei und liefen direkt auf den Lastenaufzug zu. Aus dem Schlitz zwischen den verschlossenen Türen hing in Brusthöhe der Stoffriemen zum Betätigen des Öffnungsmechanismus hervor. Deborah packte den Riemen, Joanna fasste ebenfalls zu. Mit vereinten Kräften zogen sie daran, und schließlich ging die Tür auf, wobei die untere nach unten und die obere nach oben glitt. Als der Spalt zwischen den Türen breit genug war, zwängten sie sich schnell hinein.

Der Aufzug war ein schwerer Korb aus Maschendraht und etwa zwei Meter breit. Das Bedienungsfeld befand sich an der rechten Seite in Brusthöhe und verfügte über sechs

Knöpfe. Der Boden war aus unbearbeiteten Holzbohlen. Über ihnen verschwanden die Tragseile in der Dunkelheit. Außer dem schwachen Lichtstrahl, der vom Flur durch die geöffneten Türen hereinfiel, war es stockfinster. Die schweren Fußstapfen der rennenden Männer kamen immer näher.

»Die Türen!«, rief Deborah und griff nach dem Stoffriemen, der an der Innenkante der oberen Tür befestigt war. Joanna kam ihr zu Hilfe, und mit vereinten Kräften schafften sie es schließlich, den Mechanismus in Gang zu setzen. Ganz langsam setzten sich die schweren Türen in Bewegung und glitten dann mit zunehmender Geschwindigkeit zu. Doch bevor sie vollständig geschlossen waren, kamen draußen die Männer herangestürmt. Eine Hand schoss durch den sich schließenden Spalt, packte nach Deborahs Arztkittel und wurde im letzten Moment mitsamt einem Stück von dem Kittel wieder zurückgezogen. Mit den geschlossenen Türen war es im Aufzug stockdunkel. Deborah merkte, dass von draußen mit aller Kraft an ihrem Kittel gezerrt wurde, doch sie hielt den Stoffriemen fest umklammert.

»Drück einen der Knöpfe!«, schrie Deborah Joanna zu, ohne den Riemen loszulassen. Sie merkte, wie von draußen versucht wurde, die Tür zu öffnen, doch da sie mit ihrem ganzen Gewicht an dem Riemen hing, hätte man sie schon hochziehen müssen, um dabei Erfolg zu haben.

Wie eine Blinde tastete Joanna nach dem Bedienungsfeld, auf das sie vor dem Zugleiten der Türen nur einen flüchtigen Blick hatte werfen können.

»Beeil dich doch!«, schrie Deborah panisch. Sie merkte, wie sie langsam hochgezogen wurde und den Boden unter den Füßen verlor.

Hektisch suchte Joanna das Maschendrahtgitter mit beiden Händen nach dem Bedienungsfeld ab. Schließlich fand sie es und drückte in der Dunkelheit auf den erstbesten Knopf.

In der Finsternis ertönte ein schrilles Quietschen, es klang, als ob eine ganze Schar Hühner geschlachtet würde. Im nächsten Moment ruckelte der Aufzug, dann fuhr er langsam nach oben.

Deborah ließ den Riemen los, den sie immer noch umklammert hielt, und schaffte es durch Hinknien und mehrmaliges Hin- und Herdrehen, ihre Arme aus dem Arztkittel zu befreien, der immer noch zwischen den geschlossenen Fahrstuhltüren klemmte. Im nächsten Augenblick verschwand der Kittel in der engen Ritze zwischen dem hinauffahrenden Fahrstuhl und dem steinernen Fahrstuhlschacht, und im gleichen Moment hallte ein ohrenbetäubendes Malmen und Reißen durch den Schacht.

»Was war das denn für ein furchtbares Geräusch?«, fragte Joanna und schnappte nach Luft.

Deborah lief ein kalter Schauer über den Rücken. Wäre sie nicht rechtzeitig aus dem Kittel gekommen, hätte wahrscheinlich ihr Körper das schreckliche Geräusch verursacht. Auch sie schnappte panisch nach Luft. »Das waren meine Taschenlampe und meine Autoschlüssel. Sie steckten in meiner Kitteltasche und sind gerade pulverisiert worden.«

»Du hast deinen Autoschlüssel verloren?«, stöhnte Joanna und richtete sich auf.

»Das ist im Moment wirklich meine letzte Sorge«, sagte Deborah. »Mein Gott, haben wir ein Glück, dass dieser Aufzug funktioniert! Um ein Haar hätten diese Kerle uns gekriegt. Das war wirklich knapp.«

Joanna knipste ihre Taschenlampe an und richtete den Lichtstrahl auf das Bedienungsfeld. Sie hatte den Knopf für die zweite Etage gedrückt.

»Was sollen wir denn jetzt tun?«, fragte Joanna nervös. »Wir fahren in den zweiten Stock. Sollen wir versuchen, den Aufzug vorher zu stoppen?«

»Schnell ist das alte Ding ja nicht gerade«, stellte Deborah fest. »Aber wahrscheinlich landen wir besser im zweiten Stock als im ersten oder gar im Erdgeschoss. Ich habe nicht die geringste Lust, diesen Männern noch einmal in die Arme zu laufen. »

»Ich auch nicht«, pflichtete Joanna ihr bei. Sie atmete inzwischen wieder einigermaßen regelmäßig, doch ihr lief ein kalter Schauer über den Rücken. »Jetzt wissen wir definitiv, dass die Leute hier vor nichts zurückschrecken – nicht einmal vor Mord. Wahrscheinlich wissen sie, dass wir über ihre finsteren Machenschaften im Bilde sind. Und dieses Miststück von Cindy wusste die ganze Zeit, dass sie bald Verstärkung kriegen würde. Sonst hätte sie uns niemals so freundlich empfangen. Ich kann es einfach nicht fassen, warum wir nicht spätestens Lunte gerochen haben, als sie uns den Rundgang angeboten hat! Was ist nur los mit uns?«

»Im Nachhinein lässt sich das leicht sagen«, stellte Deborah keuchend fest. »Schließlich sind wir davon ausgegangen, dass in dieser Klinik zwar gegen ethische Grundsätze verstoßen wird – aber doch nicht gegen eins der zehn Gebote. Dass hier offenbar gemordet wird, um an Eizellen heranzukommen, konnten wir ja nicht ahnen! Das ist doch der blanke Wahnsinn!«

»Wir müssen hier raus!«

»Unbedingt«, stimmte Deborah zu. »Allerdings stehen wir ohne unsere Autoschlüssel ziemlich dumm da. Unseren eigenen Wagen können wir also vergessen. Am besten versuchen wir vom Erdgeschoss oder vom ersten Stock aus zu telefonieren.«

»Aber genau damit werden die Männer doch rechnen«, wandte Joanna ein. »Jedenfalls wäre es für mich am nahe liegendsten. Was hältst du davon, wenn wir uns erst einmal irgendwo verstecken, damit wir uns unsere nächsten Schritte in Ruhe überlegen können?«

»Keine schlechte Idee«, erwiderte Deborah. »Vielleicht

sollten wir uns sogar bis morgen früh verstecken. Vermutlich weiß nur eine kleine Minderheit der Angestellten, was hier wirklich vor sich geht, und wenn man ihnen die Augen öffnet, sind sie sicher genauso entsetzt wie wir. Vielleicht können wir jemanden um Hilfe bitten.«

»Ich glaube eher, dass die Männer heute Nacht so lange suchen, bis sie uns gefunden haben. Wir müssen fliehen – fragt sich nur wie.«

»Allerdings! Diese Typen waren bewaffnet!«

»Deshalb bin ich ja dafür, dass wir uns irgendwo verstecken. Aber wir sollten uns gut überlegen wo.«

»Von Vorteil ist, dass das Gebäude so riesig ist und dass es mit Bergen alter Sachen voll gestopft ist«, überlegte Deborah laut. »Es gibt bestimmt Plätze, an denen wir uns für eine Weile verkriechen können. Wenn sie nicht einen ganzen Suchtrupp auf uns ansetzen, brauchen sie für eine gründliche Durchsuchung fast die ganze Nacht.«

»Genau«, stimmte Joanna zu. »Wahrscheinlich suchen sie das Gebäude erst einmal nur oberflächlich nach uns ab, aber wenn sie uns nicht finden, werden sie zurückkommen und alles auf den Kopf stellen. Spätestens dann müssen wir über alle Berge sein, sonst haben sie uns.«

Deborah schüttelte den Kopf und seufzte. »Tut mir Leid, dass ich uns in diese missliche Lage gebracht habe. Es ist alles meine Schuld.«

»Für Schuldzuweisungen ist jetzt nicht der richtige Zeitpunkt«, stellte Joanna fest. »Aber damit eins klar ist: Du hast mich nicht gezwungen mitzukommen. Ich bin aus freien Stücken hier.«

»Danke«, murmelte Deborah.

Joanna schaltete ihre Taschenlampe aus. »Vielleicht sollten wir unsere Augen lieber an die Dunkelheit gewöhnen. Schließlich können wir uns gleich auch nicht den Weg leuchten.«

»Stimmt«, brachte Deborah hervor. Sie konnte sich nur mit Mühe zusammenreißen.

Ein paar Minuten später kam der Fahrstuhl ruckelnd und quietschend zum Stehen. Plötzlich waren sie von erdrückender Stille umgeben. Sie hasteten zur Tür und zerrten sie so schnell wie möglich auf. Von draußen schlug ihnen absolute Finsternis entgegen.

»Wir haben keine andere Wahl«, stellte Joanna fest. »Wir müssen die Taschenlampe doch einschalten.« In der Stille erschien ihr das Klicken irrsinnig laut. Sie leuchtete schnell alle Seiten ab und stellte fest, dass sie sich in einem kleinen, fensterlosen Raum befanden. Es war der Fahrstuhlvorraum, aus dem eine breite Doppeltür nach draußen führte.

»Sie werden ziemlich schnell wissen, dass wir in den zweiten Stock gefahren sind«, stellte Deborah fest. »Das heißt, sie werden sehr bald hier aufkreuzen. Am besten suchen wir sofort die Treppe und laufen hinauf in die oberste Etage. Da finden wir bestimmt irgendein Versteck und können in Ruhe überlegen, wie wir weiter vorgehen.«

»Einverstanden!«

Deborah zog die Tür zum Flur auf und huschte hinaus. Joanna folgte ihr und leuchtete als Erstes mit ihrer Taschenlampe beide Richtungen des langen Gangs ab. Deborah hatte sie zwar vorgewarnt, dass die ganze Etage mit antiquierten medizinischen Geräten und Utensilien voll gestopft sei, doch der Anblick haute sie förmlich um. Dass im Wäschewagen sorgfältig zusammengefaltete Laken bereitlagen und an den Wänden gerahmte Bilder hingen, hatte sie nicht erwartet. »Hier sieht es ja aus, als ob während einer Feuerübung alle fluchtartig hinausgelaufen und dann nie wieder zurückgekommen wären.«

»Da drüben ist das Zeichen für den Notausgang«, stellte Deborah fest und zeigte in Richtung Süden. »Da muss also eine Treppe sein. Los! Wir müssen uns beeilen!«

Joanna schirmte mit der Hand den Lichtkegel ihrer Taschenlampe ab, um so wenig Aufmerksamkeit wie möglich zu erregen. Sie liefen so schnell sie konnten und achteten darauf, nicht über Rollbahren, Servierwagen und alte Rollstühle zu stolpern. Am Zugang zum Treppenhaus öffnete Deborah vorsichtig die Tür und lauschte. Es war mucksmäuschenstill.

»Komm!«, drängte sie und huschte ins Treppenhaus.

Sie stürmten ein paar Stufen hinauf und blieben dann erschrocken stehen. Ihre Schritte erzeugten auf der Metalltreppe einen unglaublichen Lärm, der in dem engen Treppenhaus als mehrfaches Echo widerhallte.

Auf dem mittleren Treppenabsatz blieben sie wie angewurzelt stehen. Irgendwo weiter unten war eine Tür aufgeflogen und gegen die Wand geknallt. Joanna war immerhin so geistesgegenwärtig, sofort ihre Taschenlampe auszuschalten.

Im nächsten Moment hörten sie ohrenbetäubendes Getrampel auf der Metalltreppe und sahen ein hin- und herflackerndes Licht, das sich seinen Weg nach oben bahnte. Offenbar lief einer der Männer mit einer Taschenlampe in der Hand voran.

Panisch vor Angst drückten sie sich am hinteren Ende des Treppenabsatzes an die nackte Backsteinwand. Das Getrappel wurde immer lauter, und das Licht kam immer näher. Dann erreichte einer der schwarz gekleideten Männer den Absatz, der zur zweiten Etage führte. Er war höchstens sechs bis sieben Meter von ihnen entfernt, und sie konnten deutlich seinen schweren Atem hören. Zum Glück sah er nicht nach oben, sondern hastete auf den Flur und stürmte weiter in Richtung Lastenaufzug.

In dem Augenblick, in dem die Treppenhaustür hinter dem Mann zufiel, wagten Joanna und Deborah sich aus ihrem Winkel hervor und nahmen den verbleibenden Absatz in Angriff. Da sie sich nicht trauten, das Licht anzuschalten, mussten sie sich den Weg im Dunkeln ertasten und mit aller Kraft gegen ihre neu aufkommende Todesangst ankämpfen. Dabei wurde ihnen das Vorankommen zusätzlich von etlichen leeren Pappkartons erschwert, die sich auf den Stufen stapelten.

Als sie es endlich geschafft hatten, huschten sie auf den Flur. Dort erst knipste Joanna die Taschenlampe wieder an, wobei sie wie zuvor den Lichtkegel abschirmte. Sie entschieden, in Richtung Norden zu laufen, und beeilten sich, so gut es ging, wobei sie ständig irgendwelchen Hindernissen ausweichen mussten. Ihre Intuition sagte ihnen, dass sie sich am besten so weit wie möglich von dem Teil des Gebäudes entfernten, der die Wingate Clinic beherbergte. Gleichzeitig achteten sie darauf, möglichst jegliches Knarren der alten Holzbohlen unter ihren Füßen zu vermeiden. Immerhin suchten die Männer direkt im Stockwerk unter ihnen nach ihnen, und sie wollten sich auf keinen Fall verraten.

Schließlich erreichten sie die Feuertür, die zum Turm führte. Wortlos durchquerten sie den Turm, verließen ihn durch die Feuertür auf der anderen Seite wieder und betraten den Nordflügel. Vom gelegentlichen Knarren einer Bodendiele abgesehen, herrschte absolute Stille. Sie waren so mit ihren jeweiligen Ängsten beschäftigt, dass sie nicht zu sprechen im Stande waren.

Im Nordflügel waren die ehemaligen Stationen genauso angeordnet wie im Südflügel, nur spiegelverkehrt, sie erstreckten sich auf den beiden Seiten eines langen zentralen Hauptgangs. Jede Station verfügte über etliche Nebenräume, durch die sie von ihrer jeweiligen Nachbarstation getrennt war. Pro Station gab es etwa zwanzig bis dreißig Betten. Auf den meisten lagen nackte Matratzen, doch einige waren auch mit mottenzerfressenen Laken bezogen.

»Hast du eine Idee, wo wir uns verstecken können?«, flüsterte Joanna nervös.

»Noch nicht«, erwiderte Deborah. »Wir könnten uns natürlich in einem der vielen Lagerräume in einem Schrank verkriechen, aber das ist natürlich nicht gerade besonders originell.«

»Viel Zeit zum Überlegen haben wir nicht.«

»Da hast du wohl leider Recht«, stimmte Deborah ihr zu und bat sie, den Strahl ihrer Lampe in den Raum zwischen den letzten beiden Stationen in der äußersten Nordwestecke des Gebäudes zu richten. Dieser Raum war im Gegensatz zu den meisten anderen kleinen Räumen zwischen den Stationen offenbar kein ehemaliger Lagerraum. Stattdessen war er mit einem eisernen Untersuchungstisch und einem Waschbecken ausgestattet und hatte offenbar als kleines Behandlungszimmer gedient. An der Wand gegenüber der Tür stand ein großer Instrumentenschrank mit einer Glasfront. Eine weitere Tür führte in einen kleinen Wäscheraum, in dem sich unter anderem ein altmodisches Sterilisiergerät befand.

Deborah steuerte zielstrebig das Sterilisiergerät an, bedeutete Joanna, ihr zu leuchten, und zog an der Tür. Zunächst ließ sie sich nicht öffnen, doch schließlich gab sie quietschend nach.

»Wie wäre es hiermit?«, fragte Deborah.

Das Gerät war etwa einen Meter breit und eineinhalb Meter tief. Joanna richtete den Strahl ihrer Lampe ins Innere. Auf einem Metallgitter standen mehrere Behälter aus rostfreiem Stahl. »Selbst wenn wir alles ausräumen, passt nur eine von uns beiden hinein«, stellte sie fest. »Und auch das nur gerade so.«

»Stimmt«, räumte Deborah ein. Sie wandte sich von dem Sterilisiergerät ab und ging zu der Verbindungstür, die zum Ende der Station führte. Joanna folgte ihr mit der Lampe, wobei sie den Strahl weiterhin so gut es ging abschirmte. Als Deborah die Tür öffnete, schaltete sie das Licht ganz aus. Durch die Fenster fiel schwaches Mondlicht herein, das immerhin ausreichte, die größeren Objekte im Raum zu erkennen.

Was Größe und Ausstattung betraf, sah der Raum genauso aus wie die anderen, doch zusätzlich verfügte er über einen großen, auf Beinen stehenden, zwei Meter langen, horizontalen Zylinder. Er war etwa brusthoch und stand an Stelle eines Betts an der Innenwand.

»Das könnte unser Versteck sein«, freute sich Deborah.

»Was denn?«

»Der Zylinder«, erwiderte Deborah und zeigte auf das große, seltsame Objekt. »Ich habe mal etwas über diese Geräte gelesen. Man nennt sie eiserne Lungen. Sie wurden bei Leuten eingesetzt, die nicht atmen konnten, zum Beispiel in den fünfziger Jahren bei Patienten mit zerebraler Kinderlähmung.«

Sie eilten so schnell wie möglich durch die dunkle Station und steuerten den altmodischen Respirator an. Von weitem hatte er grau ausgesehen, doch jetzt erkannten sie, dass er gelb war. An den Seiten befanden sich kleine runde Glasfenster. Das Ende, das in die Station zeigte, war aufklappbar und verfügte in der Mitte über einen schwarzen Kragen aus Gummi, der offenbar luftdicht den Hals des Patienten umschlossen hatte. Über dem Kragen war im Fünfundvierzig-Grad-Winkel ein kleiner Spiegel angebracht, und darunter befand sich eine Ausbuchtung für den Kopf des Patienten.

Während Deborah den Riegel an der Vordertür des Zylinders öffnete, sah Joanna sich nervös im Raum um. Die Zeit verging, und sie brauchten dringend ein geeignetes Versteck.

Deborah drückte die Tür der eisernen Lunge auf. Zum Glück quietschte sie nicht so laut wie die des Sterilisiergeräts. »Leuchte bitte hinein!«, forderte Deborah Joanna auf.

»Wir haben keine Zeit herumzutrödeln!«, klagte Joanna.

»Leuchte hinein!«, wiederholte Deborah.

In dem Augenblick, in dem Joanna dem Wunsch ihrer Freundin nachkam, hörten sie in der Ferne die Feuertür gegen die Wand knallen. Kurz darauf sahen sie auf dem Hauptflur den flackernden Lichtstrahl einer Taschenlampe.

»Oje!«, jammerte Joanna und schaltete schnell das Licht aus.

»Dieser Behälter muss es tun«, sagte Deborah. »Wir verstecken uns in der eisernen Lunge.« Sie schnappte sich einen der Stühle, die zwischen den Betten standen, und schob ihn vor den Zylinder. Dann packte sie Joanna beim Arm. »Los! Du gehst als Erste rein. Mit den Füßen voran!«

Das flackernde Licht, das vom Flur durch die offene Tür in den Raum fiel, wurde immer heller.

»Los, beeil dich!«, drängte Deborah.

Etwas widerwillig stieg Joanna auf den Stuhl. Die eiserne Lunge wirkte wenig einladend, aber sie hatte keine Wahl. Sie hielt sich am oberen Rand des Zylinders fest und stellte einen Fuß hinein. Mit Deborahs Hilfe, die sie von hinten stützte, bugsierte sie auch den zweiten Fuß in den Behälter und ließ sich dann vollständig hineingleiten.

Deborah nahm den Stuhl und stellte ihn zurück.

»Wo gehst du hin?«, zischte Joanna ihr zu, als sie aus ihrem Blickfeld verschwand.

Deborah antwortete nicht, tauchte aber sofort wieder vor dem Zylinder auf. »Ich muss ohne Stuhl da reinkommen«, antwortete sie. »Sonst können wir gleich ein Hinweisschild aufstellen.«

Sie umfasste die Verstrebung zwischen den vorderen Beinen, auf dem der Zylinder stand, und zog sich bis zum oberen Rand der eisernen Lunge hoch. Da, wo die Beine mit dem Zylinder verschweißt waren, fand sie einen kleinen Halt für ihren Fuß und schaffte es, ihren Oberkörper hochzustemmen. Dann schwang sie wie am Reck ein paar Mal vor und zurück und landete schließlich mit den Füßen im Einstieg der eisernen Lunge. Doch dann ging es nicht weiter. Sie hatte keine Ahnung, wie sie den Rest ihres Körpers in den Zylinder bugsieren sollte, ohne rücklings auf den Boden zu krachen. Selbst wenn Joanna sie von innen festhielt, hatte sie keine Chance.

»So geht es nicht«, stellte sie schließlich fest, zog ihre Beine wieder aus dem Zylinder und ließ sich zurück auf den Boden gleiten.

»Du musst dich beeilen!«, zischte Joanna ihr zu. Das Licht vom Flur wurde immer heller, und inzwischen hörte man sogar Stimmen. Es waren die beiden Männer, und sie mussten jeden Augenblick da sein.

Deborah versuchte es andersherum, hechtete mit dem Kopf zuerst durch die Zylinderöffnung und zwängte sich, so weit sie konnte, hinein. »Los, zieh mich rein!«, flehte sie verzweifelt.

Mit Joannas Hilfe schaffte sie es schließlich, allerdings schabte sie sich an der scharfen Kante des eisernen Zylinders die Oberschenkel und die Schienbeine auf. Sie klammerte sich mit aller Kraft an Joanna fest und schob sich zentimeterweise ins Innere der Röhre, in der es so eng war, dass sie dicht aneinander gepresst waren und jeweils die Füße der anderen vor dem Gesicht hatten.

»Zieh die Klappe zu, so weit es geht!«, zischte Deborah Joanna aus dem tiefen Inneren des Zylinders zu.

Joanna langte nach draußen, fasste nach dem Kragen aus Gummi und zog mit aller Kraft die Klappe zu. Zu ihrem Entsetzen quietschte sie plötzlich, weshalb sie panisch losließ und den Arm schnell wieder in den Zylinder zog. Es war gerade noch rechtzeitig, denn im gleichen Moment huschte auch schon der Strahl einer Taschenlampe durch den Raum und tanzte über die Wände. Durch die drei Glasfenster an der zur Tür weisenden Seite des Zylinders leuchtete der Strahl sogar für einen kurzen Augenblick direkt ins Innere der eisernen Lunge. Dann wurde er wieder nach unten gerichtet, wanderte durch den Raum und wurde unter jedes einzelne Bett und in jeden verborgenen Winkel gehalten.

Joanna und Deborah hielten instinktiv den Atem an. Einer der Männer ging schnellen Schrittes kreuz und quer den gesamten Raum ab und kam dabei gleich zweimal keine drei Meter an der halb offenen Klappe der eisernen Lunge vorbei. Er ging vornübergebeugt und leuchtete die Unterseiten der Betten eine nach der anderen der Länge nach ab, wobei er jeweils besonderes Augenmerk auf die Kopfpartien und auf die Seiten legte, neben denen vereinzelt willkürlich hingerückte Tische standen.

»Hast du sie gefunden?«, rief der Mann plötzlich aus vollem Halse. Deborah und Joanna zuckten erschrocken zusammen.

Aus der Ferne kam gedämpft ein gerufenes Nein zurück. Der andere Mann suchte offenbar die Station auf der anderen Seite des Flurs ab.

Im nächsten Augenblick hörten Deborah und Joanna den Mann, der eben noch direkt vor ihrem Versteck hin- und hergegangen war, im Nebenraum schnell mehrere Schranktüren öffnen und laut fluchend wieder zuschlagen. Durch das Fenster vor ihrer Nase sah Deborah den auf und ab wandernden Schein der Taschenlampe durch das benachbarte Behandlungszimmer huschen und schließlich in Richtung der nächsten Station verschwinden.

Deborah und Joanna ließen gleichzeitig die angehaltene Luft aus ihren Lungen entweichen und atmeten tief ein, wobei die Luft, die Deborah einsog, alles andere als frisch war.

»Das war ja fast so knapp wie vorhin im Lastenaufzug«, zischte Joanna.

»Offenbar hattest du Recht, und sie durchkämmen in

einem ersten Schnelldurchgang das gesamte Gebäude«, flüsterte Deborah zurück.

»Am besten rühren wir uns fürs Erste nicht vom Fleck«, schlug Joanna vor. »Für den Fall, dass er noch einmal zurückkommt. Allerdings sollten wir uns allmählich Gedanken darüber machen, wie wir von hier verschwinden.«

Die Minuten zogen sich endlos in die Länge. Vor allem Deborah konnte es kaum mehr aushalten. Eingezwängt im Fuß des Zylinders, der eigentlich nur für einen Menschen gedacht war, bekam sie zusehends Anfälle von Platzangst, und nachdenken oder Fluchtpläne schmieden konnte sie schon gar nicht. Die uralte Matratze in dem Zylinder roch entsetzlich muffig, und der Staub machte ihr genauso zu schaffen. Mehrmals musste sie ihre ganze Willenskraft aufbieten, um nicht laut loszuniesen. Schließlich begann sie auch noch zu schwitzen und wurde zusehends kurzatmiger.

Nach einer halben Stunde konnte sie nicht mehr. »Hast du noch irgendetwas gehört?« zischte sie. »Oder den Strahl einer Taschenlampe gesehen?«

»Ich habe nur von draußen etwas Licht durch die Fenster flackern sehen«, erwiderte Joanna. »Da draußen ist irgendein Licht, das vorhin noch nicht da war.«

»Und im Inneren des Gebäudes?«

»Scheint die Luft rein zu sein.«

»Ich muss hier raus«, sagte Deborah. »Mach die Klappe auf, und versuch dabei möglichst keinen Lärm zu machen.«

Joanna stieß die Klappe an, und sie schwang nahezu lautlos auf.

»Ich komme jetzt«, kündigte Deborah an. »Wenn ich dich dabei an irgendwelchen empfindlichen Stellen begrapschen sollte, entschuldige ich mich schon mal im Voraus.«

Mit einiger Mühe und mehrfachem Grunzen schaffte Deborah es schließlich, sich aus dem engen Zylinder herauszuwinden. Sie suchte schnell nach allen Seiten den

Raum ab und registrierte, dass Joanna Recht gehabt hatte: Draußen war es tatsächlich irgendwie heller geworden. Sie wischte sich einmal mit dem Handrücken durchs Gesicht und rückte sich mit den Fingern ihr nass geschwitztes, schulterlanges Haar zurecht. Sie war völlig ermattet und erschöpft, dabei war die Nacht noch jung, und das Schlimmste stand ihnen noch bevor. Vor ihrem inneren Auge sah sie den mit rasiermesserscharfen Klingen gesicherten Stacheldrahtzaun. Selbst wenn sie es irgendwie aus dem Gebäude schaffen sollten, waren sie noch lange nicht in Sicherheit. Von dem streng gesicherten Gelände der Klinik zu kommen, war alles andere als einfach.

»Wie wär's, wenn du mir den Stuhl wieder hinstellst«, riss Joanna sie aus ihren Gedanken.

»Oh ja, natürlich«, erwiderte Deborah und schob den Stuhl vor die offene Klappe der eisernen Lunge. Sie war so in ihre Sorgen vertieft, dass sie Joanna glatt für einen Moment vergessen hatte.

»Und?«, fragte Joanna, während sie sich aus dem Zylinder schob und hinabstieg. »Ist dir etwas Kluges eingefallen, wie wir hier rauskommen?«

»Nein«, gestand Deborah. »Ich war dermaßen in dieser verdammten Röhre eingezwängt, dass ich beim besten Willen keinen klaren Gedanken fassen konnte. Und was ist mit dir? Hast du eine Idee?«

»Mir ist tatsächlich etwas durch den Kopf gegangen. Das Kraftwerk könnte der geeignete Weg aus diesem Gebäude sein.«

»Wieso ausgerechnet das Kraftwerk?«, hakte Deborah nach.

»Wenn sie im Kraftwerk Wärme erzeugen, um die Klinik zu beheizen, muss die Wärme ja irgendwie hierher kommen«, erwiderte Joanna. »Also muss es einen Verbindungstunnel geben.«

»Natürlich!«, rief Deborah begeistert. »Du hast Recht!«

»Mir ist im Fahrstuhl aufgefallen, dass es sechs Knöpfe gab«, fuhr Joanna fort. »Ich habe dem zunächst keine Bedeutung beigemessen – bis mir die Idee mit dem Tunnel in den Sinn kam. Unter dem Keller muss es noch ein weiteres unterirdisches Geschoss geben, und genau das dürfte unser nächstes Ziel sein. Je mehr ich über unseren ursprünglichen Plan nachdenke, telefonisch Hilfe herbeizuholen, desto riskanter erscheint mir diese Idee.«

»Aber ich habe nirgendwo einen Zugang zu einem zweiten Kellergeschoss gesehen«, wandte Deborah ein. »Weder in dem Treppenhaus, durch das wir vorhin in den Keller hinabgestiegen sind, noch in dem Treppenhaus, das ich heute Nachmittag benutzt habe.«

»Dann lass uns checken, ob der Lastenaufzug noch weiter nach unten führt«, schlug Joanna vor.

»Den können wir auf keinen Fall noch einmal nehmen«, widersprach Deborah. »Der Aufzug macht viel zu viel Lärm.«

»Ich meine auch gar nicht, dass wir den Aufzug selbst nehmen sollen«, erklärte Joanna. »Normalerweise gibt es in jedem Fahrstuhlschacht eine Leiter. Wofür sie genau da ist, weiß ich auch nicht, wahrscheinlich zur Instandhaltung.«

»Seit wann kennst du dich denn mit so etwas aus?«, fragte Deborah. Sie war beeindruckt.

»Das habe ich Carlton zu verdanken«, erklärte Joanna. »Er ist ein großer Fan geistloser Action-Filme, und als ich noch mit ihm zusammen war, blieb mir nichts anderes übrig, als mir einen nach dem anderen mit ihm anzusehen. In den meisten dieser Filme gibt es irgendwann eine Szene in einem Fahrstuhlschacht.«

»Ich denke, es ist einen Versuch wert«, sagte Deborah. »Ob wir wohl lange genug gewartet haben?«

»Keine Ahnung«, erwiderte Joanna. »Aber da wir sowieso nicht die ganze Nacht hier bleiben können, müssen wir es ja irgendwann versuchen. Ich sehe mal auf dem Flur nach, ob die Luft rein ist.«

»Okay«, entgegnete Deborah. »Dann sehe ich mal nach, was das helle Licht da draußen zu bedeuten hat.«

Während Joanna vorsichtig in Richtung Flur ging, durchquerte Deborah den Raum und steuerte eines der großen Fenster an. Damit man sie von außen nicht sah, ging sie geduckt. Am Fenster hob sie vorsichtig den Kopf und linste über die Fensterbank. Unten auf dem Rasen standen jede Menge Autos mit eingeschalteten Scheinwerfern und strahlten das Gebäude an. Obwohl die Autos ziemlich weit weg standen, duckte Deborah sich schnell wieder, damit man sie auf keinen Fall entdeckte. Im grellen Scheinwerferlicht hatte sie einen flüchtigen Blick auf mehrere uniformierte Männer erhascht, von denen die meisten große Hunde an der Leine führten. Offenbar hatten die beiden schwarz gekleideten Männer Verstärkung angefordert.

Deborah huschte schnell zurück zu Joanna, die an der Tür zum Flur auf sie wartete, und berichtete ihr, was sie draußen gesehen hatte.

»Dass sie jetzt auch noch Hunde einsetzen, klingt gar nicht gut«, stellte Joanna fest. »Eins muss man ihnen lassen: Diese Männer verstehen ihr Handwerk.«

»Davon konnten wir uns ja bereits zur Genüge überzeugen«, entgegnete Deborah.

»Das heißt aber auch, dass uns gar nichts anderes übrig bleibt, als das Gebäude über einen unterirdischen Weg zu verlassen«, fügte Joanna hinzu. Dann informierte sie Deborah, dass die Luft auf dem Hauptflur rein war, doch plötzlich ertönte von draußen ein Testruf durch ein eingeschaltetes Megaphon und ließ sie zusammenfahren.

19

11. Mai 2001, 00.37 Uhr

Joanna Meissner und Deborah Cochrane!«, tönte es laut aus dem Megaphon und hallte von der Gebäudefront zurück. »Wir fordern Sie auf, das Versteckspiel umgehend zu beenden! Wenn Sie das Gebäude nicht freiwillig verlassen, kommen wir rein und setzen unsere Spürhunde auf Sie an! Die Polizei aus Bookford ist bereits unterwegs! Kommen Sie sofort heraus, und stellen Sie sich!«

»So viel zu unseren sorgfältig ausgewählten Decknamen«, bemerkte Deborah sarkastisch.

»Wenn sie uns wirklich an die Polizei übergeben würden, wäre ich da unten, bevor sie bis drei zählen könnten«, entgegnete Joanna.

»Sie werden uns an niemanden übergeben, so viel steht fest«, entgegnete Deborah.

»Das glaube ich auch«, pflichtete Joanna ihr bei. »Also los! Checken wir den Schacht des Lastenaufzugs – bevor ich die Nerven verliere.«

Da sie mit der Aufteilung des Gebäudes inzwischen etwas vertrauter waren, fanden sie problemlos den Weg zurück zum Treppenhaus, durch das sie gekommen waren. Sie versuchten zunächst, ohne Taschenlampe auszukommen, doch da sie beim Hinabsteigen ständig gegen irgendwelches im Weg stehende Gerümpel stießen, knipsten sie sie schließlich doch an, schirmten den Lichtstrahl aber, so gut es ging, ab. Bevor sie im zweiten Stock auf den Flur hinaustraten, knipsten sie das Licht aus. Während sie den Flur entlanghuschten, hörten sie von draußen erneut durchs Megaphon die dringliche Aufforderung zum Verlassen des Gebäudes.

Im Vorraum des Aufzugs mussten sie das Licht wieder

anmachen. Die Türen des Lastenaufzugs waren immer noch halb geöffnet, alles sah genauso aus, wie sie es verlassen hatten. Joanna leuchtete hinein, und durch den Maschendraht an der hinteren Seite sahen sie tatsächlich eine Leiter, die an der Backsteinwand befestigt war und den Fahrstuhlschacht hinabführte.

»Wie es aussieht, hattest du Recht«, stellte Deborah fest. »Aber wie sollen wir zu der Leiter kommen?«

Joanna richtete den Strahl der Taschenlampe auf das seitliche Drahtgeflecht des Fahrstuhlkorbs. An dem Gitter waren einzelne Sprossen angebracht, die zu einer Art Klapptür an der Decke des Korbs hinaufführten.

»Wir müssen nur da hochklettern«, erklärte sie.

»Ach ja?«, entgegnete Deborah sarkastisch. »Mehr nicht? Woher nimmst du plötzlich diese Chuzpe?«

»Ich versuche einfach du zu sein«, erwiderte Joanna. »Also lass es uns anpacken, bevor ich wieder ich selber werde.«

Deborah lachte einmal höhnisch auf.

Sie zwängten sich durch die halb geöffneten Türen, und Deborah hangelte sich an den Sprossen hoch. Joanna leuchtete ihr den Weg. Oben klammerte Deborah sich mit der einen Hand an der letzten Sprosse fest und stemmte mit der anderen die Klapptür auf. Sie ließ sich ohne weiteres öffnen und fiel, als sie senkrecht stand, nach hinten über.

Joanna reichte Deborah die Taschenlampe, die sie entgegennahm und oben auf dem Korb platzierte. Dann zwängte sie sich durch die Öffnung und zog sich hoch. Als sie sich vorsichtig erhob, schaukelte der Korb hin und her und zwang sie, sich an den Tragseilen festzuhalten, die mit dicker schwarzer, erdölähnlicher Schmiere eingefettet waren. Einen Augenblick später zwängte sich auch Joanna durch die Öffnung. Statt aufzustehen, krabbelte sie auf Händen und Knien über den Korb.

Die Leiter befand sich an der Rückwand des Fahrstuhlschachts. Der Abstand zum Korb betrug lediglich dreißig Zentimeter.

»Und?«, fragte Deborah. »Was meinst du?«

»Ich denke, wir sollten es versuchen«, erwiderte Joanna und leuchtete in den Schacht. Das Ende war nicht zu erkennen. Die Leiter verschwand im schwarzen Nichts.

»Du zuerst«, forderte Deborah sie auf. »Und nimm auch die Taschenlampe.«

»Ich kann doch nicht gleichzeitig die Leiter runterklettern und die Taschenlampe halten«, wandte Joanna ein.

»Ich weiß«, entgegnete Deborah. »Aber im Gegensatz zu mir hast du eine Jackentasche.«

»Also gut«, gab Joanna sich geschlagen. Sie war es gewohnt, dass Deborah in Situationen wie dieser das Kommando übernahm. Joanna knipste das Licht aus, woraufhin sie schlagartig von absoluter Finsternis umhüllt wurden. Dann verstaute sie die Taschenlampe in ihrer Jackentasche und tastete nach der Leiter. Als sie eine Sprosse zu fassen bekam, rang sie mit sich, ob sie ihren relativ sicheren Standort auf dem Fahrstuhlkorb wirklich verlassen sollte. Zudem begann der Korb schon wieder leicht zu schaukeln. Schließlich gab sie sich einen Ruck, umklammerte mit beiden Händen die Sprosse und suchte auch mit den Füßen nach Halt. Sie zwang sich, nicht daran zu denken, dass sie senkrecht über einem drei Stockwerke tiefen schwarzen Loch hing.

»Bist du okay?«, flüsterte Deborah ihr zu, als sie keinerlei Bewegung vernahm.

»Es ist die reinste Hölle«, erwiderte Joanna.

»Bist du auf der Leiter?«

»Ja. Aber ich wage nicht, mich zu rühren.«

»Das musst du aber!«, zischte Deborah. »Nun mach schon!«

Vorsichtig setzte Joanna einen Fuß auf die nächste Sprosse

und ließ dann auch den anderen folgen. Die Hand loszulassen fiel ihr viel schwerer, doch schließlich schaffte sie auch das. Als sie die nächste Sprosse umfasst hatte, ließ sie die andere Hand folgen und hangelte sich dann ganz langsam zwischen dem Korb und der Wand die Leiter hinab. Der Spalt war äußerst eng, aber je weiter sie hinabstieg, desto sicherer fühlte sie sich.

»Kannst du mir mal kurz leuchten, damit ich sehe, wo die Leiter ist«, bat Deborah von oben.

»Das ist unmöglich«, entgegnete Joanna. »So lange kann ich nicht loslassen.«

Deborah fluchte leise vor sich hin und tastete blind mit einer Hand nach der Leiter. Mit der anderen hielt sie sich an dem schmierigen Tragseil fest. Doch die Leiter war zu weit weg, und sie fasste immer wieder ins Leere. Schließlich ließ sie sich nieder und krabbelte wie Joanna auf allen vieren über den schaukelnden Korb. Als sie endlich eine Sprosse zu fassen bekam, suchte sie vorsichtig mit den Füßen Halt und folgte Joanna die Leiter hinab.

Langsam arbeiteten sich die beiden Frauen nach unten. Vor allem Joanna kam nur sehr schleppend voran. Nachdem sie sich endlich ein wenig sicherer gefühlt hatte, machte ihr eine neue Sorge zu schaffen: Die eisernen Sprossen waren total verrostet, und sie fürchtete bei jedem Tritt, dass eine von ihnen abbrach und sie in die Tiefe stürzte. Deshalb testete sie die Stabilität jeder einzelnen Sprosse, bevor sie sie mit ihrem ganzen Gewicht belastete.

Als sie den Fahrstuhlkorb über sich gelassen hatten, kam ihnen die absolute Finsternis sogar zu Hilfe, denn zum Glück sahen sie nicht, wie tief der Abgrund unter ihnen war. Dadurch reduzierte sich die Angst vor der Tiefe auf ein mentales Problem.

Deborah holte Joanna ziemlich schnell ein und musste sich bremsen, um ihr nicht auf die Hände zu treten.

Nachdem sie etwa eine Viertelstunde schweigend hinabgeklettert waren, rief Deborah Joanna im Flüsterton von oben zu: »Kannst du das Ende erkennen?« Ihre Arme begannen vom vielen Klettern zu schmerzen, und sie vermutete, dass es Joanna ähnlich ging.

»Du machst wohl Witze«, entgegnete Joanna. »Ich kann nicht mal meine Nasenspitze sehen.«

»Dann leuchte doch mal für eine Sekunde nach unten. Du kannst dich ja mit dem Arm in einer Sprosse einhängen.«

»Ich klettere lieber so lange weiter, bis ich den Boden unter den Füßen spüre«, entgegnete Joanna.

»Wollen wir eine kurze Pause machen?«, fragte Deborah.

»Nein. Lass uns lieber vorankommen.«

Als sie weitere zehn Minuten hinabgeklettert waren, spürte Joanna festen Boden unter ihrem Fuß. Er war mit Müll übersät. Sie zog den Fuß wieder hoch und rief nach oben: »Wir sind da! Bleib, wo du bist!« Dann hängte sie sich, wie Deborah vorgeschlagen hatte, mit einem Arm in einer Sprosse ein, kramte mit der freien Hand die Taschenlampe hervor und knipste sie an. Auf dem Boden lag so viel Müll herum, als ob der Schacht seit Jahren als Müllschlucker gedient hätte.

»Kannst du erkennen, ob wir im zweiten Kellergeschoss sind?«, wollte Deborah wissen.

»Nein«, erwiderte Joanna. »Komm am besten runter. Dann versuchen wir, ob wir die Türen aufkriegen.«

Bevor sie den Boden betrat, schob sie den Müll mit dem Fuß ein wenig zur Seite. Dann schirmte sie mit beiden Händen den Lichtstrahl ab und wartete auf Deborah.

»Mann, ist das kalt hier unten«, stellte diese fest, als sie von der Leiter stieg, und rieb sich die Arme. »Bei den Temperaturen muss es das zweite Kellergeschoss sein.«

Vorsichtig bahnten sie sich einen Weg durch den verstreuten Müll, der vor allem aus vergilbtem Papier, schmutzigen

Stoff-Fetzen, diversen Holzresten und jeder Menge verrosteten Blechdosen bestand. Schließlich hatten sie sich bis zur Fahrstuhltür vorgearbeitet. Joanna leuchtete ihr, und Deborah schob ihre Finger zwischen die obere und die untere Tür. Sie versuchte sie aufzudrücken, doch sie ließen sich nicht bewegen.

Joanna legte die Taschenlampe auf den Boden und half ihr, doch die Türen rührten sich nicht von der Stelle.

»Das sieht nicht gut aus«, stellte Joanna fest.

Deborah hob die Taschenlampe auf, trat einen Schritt zurück und leuchtete die Türen nach allen Seiten ab. Genau über der Stelle, an der die Türen sich in geschlossenem Zustand berührten, ragte ein Hebel aus der Wand hervor, der mit einer Feder gespannt war.

»Das ist unser Problem«, stellte Deborah fest. »Ich habe zwar nicht so viele Action-Filme gesehen wie du, aber wenn ich mich nicht irre, sorgt dieser Hebel dafür, dass die Türen sich nur öffnen, wenn der Aufzug da ist.«

»Und was heißt das?«, fragte Joanna.

»Dass eine von uns den Hebel runterdrücken muss, während die andere versucht, die Türen aufzuschieben.«

»Du bist größer als ich«, stellte Joanna fest. »Also kommst du besser an den Hebel heran. Ich kümmere mich um die Tür.« Tatsächlich ließ sie sich einen Spaltbreit öffnen, als Deborah den Hebel herunterdrückte. Dadurch ermutigt, stemmte Joanna sich mit ihrem ganzen Gewicht auf die untere Tür. Sie glitt vollständig auf, und Deborah leuchtete mit der Taschenlampe durch die Öffnung.

»Bingo!«, rief Joanna. »Es scheint tatsächlich ein zweites Kellergeschoss zu sein.« Sie blickten auf ein Gewirr unzähliger Stützgewölbe, zwischen denen sich etliche Abwasserrohre aus Ton sowie zahllose isolierte gusseiserne Heizungsrohre hindurchschlängelten. Es gab weder Türen noch abgetrennte Räume. Die Wände waren wie im Keller darüber aus unverputztem Backstein, doch die Bögen waren deutlich niedriger und die Stützpfeiler erheblich dicker.

Vom Lastenaufzug führte ein schmaler Gang mit einer gewölbten und im Vergleich zum sonstigen Keller etwas höheren Decke durch das Labyrinth aus Rohren und Leitungen. Er endete auf einem weiteren Gang, der wie die Hauptflure in den oberen Etagen der Länge nach durch das Gebäude führte. An der Decke des gewölbten Gangs verlief ein Stromkabel, und alle paar Meter hing eine nackte Glühbirne herab, doch keine von ihnen brannte.

An der Stelle, wo der Gang vom Lastenaufzug in den zentralen Gang mündete, blieben Joanna und Deborah stehen und leuchteten ihn nach beiden Seiten ab. So weit der spärliche Schein der Taschenlampe reichte, zogen sich die Stützgewölbe scheinbar bis ins Endlose hin und verschwammen dann in der Finsternis. Das Bild, das sich ihnen bot, hätte ein hervorragendes Motiv für einen Zeichenschüler abgegeben, der das Darstellen von Perspektiven übte.

»Wo gehen wir lang?«, fragte Joanna.

»Ich plädiere für links«, erwiderte Deborah. »Das ist die Richtung, die zum Turm führt – und damit in die Mitte des Gebäudes.«

»Aber das Heizkraftwerk liegt eher rechts«, gab Joanna zu bedenken. »Es befindet sich südöstlich des Klinikgebäudes.« Sie zeigte schräg nach rechts, sodass ihr Finger zur Achse des Hauptgangs einen Winkel von etwa fünfundvierzig Grad bildete.

»Ich bin ratlos«, gab Deborah zu und blickte mehrmals unentschlossen in beide Richtungen. »Wie sollen wir uns bloß entscheiden?«

»Leuchte mal auf den Boden!«, forderte Joanna sie auf und kniete sich hin. Anders als der sonstige Kellerboden, der aus den gleichen Backsteinen bestand wie die Wände und die Stützgewölbe, waren die beiden Gänge mit Tonfliesen ausgelegt.

»Der Gang wird eindeutig häufiger in die rechte Richtung genutzt«, stellte Joanna fest. »Die Fliesen sehen in dieser Richtung viel abgetretener aus, also dürfte sich der Verbindungstunnel zum Kraftwerk wohl eher dort befinden. Ich vermute übrigens, dass er nicht nur als Tunnel für die Wärmeleitung dient, sondern auch noch für andere Zwecke genutzt wurde.«

»Du hast Recht«, stellte Deborah mit einem Blick auf den Boden fest. »Aus dir kann ja noch eine richtige Detektivin werden. Hast du das auch aus den Action- Filmen, die du mit Carlton gesehen hast?«

»Nein. Dafür reicht der normale Menschenverstand.«

»Danke für das Kompliment«, entgegnete Deborah sarkastisch.

Sie gingen entschlossenen Schrittes nach rechts in Richtung Süden. Deborah hielt die Taschenlampe und leuchtete ihnen den Weg. Ihre Schritte hallten von der gewölbten Decke zurück.

»Hier sieht es aus wie in einer Katakombe«, stellte Joanna fest.

»Vielleicht sollte ich lieber nicht fragen«, entgegnete Deborah, »aber was meintest du damit, dass der Tunnel auch noch für andere Zwecke genutzt wurde?«

»Vermutlich haben sie damals auf diesem Weg auch die Leichen aus dem Autopsieraum ins Krematorium geschafft«, erwiderte Joanna.

»Ist ja nicht gerade die angenehmste Vorstellung«, stellte Deborah fest.

»Oje«, stöhnte Joanna. »Wie es aussieht, haben wir uns geirrt. Der ausgetretene Weg scheint in einer Sackgasse zu enden.«

Etwa zehn Meter vor ihnen strahlte der Schein der Taschenlampe eine nackte Ziegelsteinwand an.

»Wir sind doch richtig«, stellte Deborah erleichtert fest, als sie ein paar Schritte weiter gegangen waren. »Der Gang biegt nur nach links ab.« An der Wand sahen sie, dass der gewölbte Gang nicht nur um eines der Stützgewölbe herumführte und eine scharfe Linksbiegung machte, sondern zudem auch stark abfiel. Neben dem abfallenden Gang verlief ein dickes isoliertes Rohr.

»Wie es aussieht, hat uns dein Spürsinn den richtigen Weg gewiesen«, stellte Deborah fest. »Das dicke Rohr scheint tatsächlich zum Kraftwerk zu führen. Jetzt können wir nur hoffen, dass die Batterien nicht den Geist aufgeben.«

»Um Gottes willen!«, rief Joanna entsetzt. »So etwas darfst du nicht einmal denken!«

Aus Angst, bei einem Batterieausfall in dem finsteren Verlies verloren zu sein, legten sie einen Schritt zu, bis sie nahezu joggten. Nach ein paar hundert Metern steilen Abstiegs ließ das Gefälle spürbar nach und es wurde zusehends feuchter. Hin und wieder mussten sie durch eine Pfütze waten, von der gewölbten Decke hingen stalaktitenähnliche Gebilde herab.

»Wir marschieren schon eine Ewigkeit«, stellte Deborah nach einer Weile fest. »Als ob wir schon den halben Weg nach Boston zurückgelegt hätten. Müssten wir nicht langsam mal da sein?«

»Offenbar ist es bis zum Kraftwerk weiter, als es aussah«, erwiderte Joanna.

Sie wurden zusehends kurzatmiger, als sie schweigend weitereilten, jede für sich in sorgenvolle Gedanken vertieft, was sie wohl am Ende des Tunnels erwarten würde. Wenn sie auf eine massive verschlossene Tür stießen, käme das einer Katastrophe gleich; dann blieb ihnen nichts anderes übrig, als den gesamten beschwerlichen Weg zurückzugehen.

»Da vorne kommt irgendetwas«, stellte Deborah fest und hielt die Taschenlampe weit ausgestreckt vor sich. Im nächsten Moment stießen sie auf eine Gabelung; der Gang und das Heizrohr liefen getrennt weiter.

Sie blieben stehen und sahen sich ratlos an. Deborah leuchtete nacheinander in die beiden Tunnel. Zusammen mit dem Gang, aus dem sie kamen, bildeten sie eine Art Ypsilon, wobei die drei Gänge jeweils in einem Einhundertzwanzig-Grad-Winkel zueinander standen.

»Damit habe ich nun wirklich nicht gerechnet«, bemerkte Joanna.

Deborah leuchtete die Wand zwischen dem linken Tunnel und ihrem Standort ab und entdeckte auf Brusthöhe einen in die Backsteinwand eingearbeiteten Eckstein aus Granit. Sie wischte mit der Hand eine dicke Schmutzschicht ab und legte eine Tafel mit eingeritzten Buchstaben frei.

»Alles klar«, sagte sie mit neu erwachtem Enthusiasmus. »Eines der Geheimnisse ist gelüftet. Der linke Tunnel führt zur Farm und zu den Mitarbeiterunterkünften. Also muss der andere zum Kraftwerk führen.«

»Stimmt«, bestätigte Joanna. »Es ist ja auch nahe liegend, dass das dicke Rohr zum Kraftwerk führt.«

»Warte doch mal!«, rief Deborah und packte Joanna am Arm, die bereits in Richtung Kraftwerk losstürmte. »Wenn wir schon die Wahl haben, sollten wir vielleicht kurz mal darüber nachdenken, was für uns der bessere Weg ist. Mal angenommen, wir kommen tatsächlich sowohl am Kraftwerk als auch bei der Farm nach oben, dann …«

»Rede bloß nicht davon, dass wir hier vielleicht nicht rauskommen«, fiel Joanna ihr ins Wort.

»Ist ja gut«, versuchte Deborah sie zu beruhigen. »Fragen wir uns also, wo wir lieber rauskommen würden: im Kraftwerk – oder auf der Farm. Wenn wir erst mal aus dem Klinikgebäude heraus sind, beginnt ja erst unser eigentliches Problem, nämlich wie wir von dem Gelände herunterkommen sollen. Und das gelingt uns vielleicht besser von der Farm aus. Vermutlich gibt es dort Lastwagen, wie wir sie bei unserer ersten Herfahrt gesehen haben.«

»Ich denke, wir haben beschlossen, auf jeden Fall noch heute Nacht von hier zu verschwinden«, wandte Joanna ein.

»Das wäre auch am besten«, entgegnete Deborah. »Aber falls uns das nicht gelingt, sollten wir noch einen Alternativplan in der Hinterhand haben.«

»Wenn wir heute Nacht nicht hier herauskommen, werden sie uns auf jeden Fall kriegen.«

»Was schlägst du also vor?«

»Angesichts des unüberwindbaren Sicherheitszauns glaube ich, dass wir nur durch das Haupttor rauskommen können. Mit einem geeigneten Fahrzeug könnten wir einfach durch die Sperre hindurchbrettern – am besten mit einem Lastwagen.«

»Hm«, überlegte Deborah. »Das ist vielleicht gar keine schlechte Idee. Und wo treiben wir am besten so ein Fahrzeug mitsamt den Schlüsseln auf?«

»Vermutlich auf der Farm«, erwiderte Joanna. »Aber vielleicht liege ich auch falsch.«

»Ich tippe auch auf die Farm«, pflichtete Deborah ihr bei. »Also lass es uns da zuerst versuchen.«

Frischen Mutes schlugen sie den Tunnel in Richtung Farm ein. Sie gingen, so schnell sie konnten, und versuchten nach Möglichkeit, den Pfützen auszuweichen, die immer zahlreicher wurden, je weiter sie vorankamen. Nach knapp hundert Metern gabelte sich der Weg erneut. Ein weiterer Eckstein mit eingemeißelter Beschriftung wies nach rechts zur Farm und nach links zu den Mitarbeiterunterkünften. Joanna und Deborah hielten sich rechts.

»Der Hinweis zu den Mitarbeiterunterkünften hat mich gerade auf eine Idee gebracht«, sagte Joanna plötzlich. »Vielleicht sollten wir uns an Spencer Wingate wenden und ihn um Hilfe bitten.«

Deborah blieb unvermittelt stehen. Joanna hielt ebenfalls an. Die Taschenlampe nach unten gerichtet, sah Deborah ihre Freundin entgeistert an, doch in der Dunkelheit konnte sie nicht erkennen, ob sie es ernst meinte. »Habe ich dich richtig verstanden? Wir sollen zu Spencer Wingate gehen?«

»Ja«, erwiderte Joanna. »Wir gehen zu seinem Haus, das wir nach unserem Besuch bei ihm ja ohne Schwierigkeiten finden müssten, und weihen ihn in die skandalösen Machenschaften ein, die wir aufgedeckt haben. Außerdem erzählen wir ihm, dass die Männer vom Sicherheitsdienst hinter uns her sind und uns am liebsten verschwinden ließen, damit sie anschließend unsere Eierstöcke ihrer ansehnlichen Kollektion hinzufügen können.«

Deborah lachte kurz auf, obwohl ihr absolut nicht zum Lachen zumute war. »Interessant, dass du ausgerechnet jetzt deinen Sinn für schwarzen Humor entdeckst.«

»Das ist im Moment der einzige Weg für mich, mit der bitteren Realität fertig zu werden.«

»Hat dich der Streit zwischen Dr. Wingate und Dr. Saunders zu der Erwägung bewogen, unser Schicksal in die Hände des Klinikgründers zu legen?«

»Das vielleicht auch«, erwiderte Joanna. »Aber vor allem seine Antwort auf deine Frage nach den Nicaraguanerinnen. Wir glauben doch beide nicht, dass er wirklich weiß, was hier vorgeht. Wenn er ein normaler Mensch ist, wird er genauso geschockt sein wie wir.«

»Das ist die Frage«, wandte Deborah ein. »Auf jeden Fall würden wir ein gewaltiges Risiko eingehen.«

»Das größte Risiko sind wir eingegangen, indem wir überhaupt hierher gekommen sind«, wandte Joanna ein.

Deborah nickte und starrte in die Finsternis. Joanna hatte Recht. Ihre Aktion war weit gefährlicher, als sie erwartet hatten. Doch rechtfertigte dies, sich tatsächlich an Spencer Wingate zu wenden und sich ihm auf Gedeih und Verderb auszuliefern?

»Lass es uns als Erstes mit der Farm versuchen«, schlug sie schließlich vor. »Die Option, Spencer Wingate einzuschalten, läuft uns ja nicht weg. Fürs Erste erscheint es mir am vielversprechendsten, es mit einem großen Truck zu versuchen. Okay?«

»Einverstanden«, willigte Joanna ein. »Aber wir sollten sämtliche Optionen in Betracht ziehen.«

Zu ihrer Erleichterung mündete der Gang unter der Farm genau wie unter dem Klinikgebäude in einem weitläufigen Keller. Das Heizungsrohr verzweigte sich in alle möglichen Richtungen und verschwand schließlich durch die Decke. Ebenfalls wie unter dem Klinikgebäude mündete der Gang in einem weiteren Gang, der zu einem Lastenaufzug führte. Diesmal versuchten sie nicht, die Türen des Aufzugs zu öffnen, und suchten stattdessen nach einer Treppe. Hinter dem Fahrstuhlschacht entdeckten sie eine.

Sie stiegen die Treppe hinauf und landeten vor einer Tür.

Dort hielten sie inne. Deborah presste ihr Ohr gegen die Tür und lauschte. Außer dem gedämpften fernen Summen von Maschinen war es mucksmäuschenstill. Sie informierte Joanna, dass die Luft offenbar rein war, knipste die Taschenlampe aus und schob vorsichtig die Tür auf. Der Gestank, der ihnen entgegenschlug, kam eindeutig aus einem Stall. Es war immer noch nichts zu hören.

Durch die Stille ermutigt, schob sie die Tür so weit auf, dass sie ihren Kopf hindurchstecken konnte, und sah sich um. Von der Decke des Gebälks hingen in unregelmäßigen Abständen nackte Glühbirnen herab und spendeten gedämpftes Licht. An der Wand gegenüber befanden sich etliche Boxen. Links gab es mehrere Türen, die allesamt geschlossen waren. Mitten im Raum lagerten aufeinander gestapelte Kartons, Heuballen und Säcke mit Tierfutter.

»Und?«, flüsterte Joanna von unten. »Kannst du irgendwas sehen?«

»Der Stall ist voller Tiere«, erwiderte Deborah. »Aber Menschen sehe ich nicht. Zumindest noch nicht.«

Sie schob die Tür ganz auf und betrat den Stall. Der Boden bestand aus unbearbeiteten Holzbohlen und war mit Heu ausgelegt. Einige der Tiere spürten ihre Anwesenheit und grunzten, wodurch wiederum andere Tiere wach wurden. Joanna folgte Deborah, und sie sahen sich aufmerksam nach allen Seiten um.

»So weit, so gut«, sagte Deborah schließlich. »Falls es eine Nachtschicht gibt, scheinen im Moment alle zu schlafen.«

»Was für ein furchtbarer Gestank«, stellte Joanna fest. »Ich kann mir beim besten Willen nicht vorstellen, wie hier irgendjemand arbeiten kann.«

»Ich wette, es sind vor allem die Schweine, die so stinken«, entgegnete Deborah und blickte im nächsten Moment tatsächlich in die Augen einer fetten hellrosafarbenen Sau, die ihren Blick mit großem Interesse erwiderte.

»Dabei hat mir irgendjemand erzählt, dass Schweine sauber sind«, flüsterte Joanna.

»Sie sind sauber, wenn sie sauber gehalten werden«, erklärte Deborah. »Den Schweinen selbst macht der Dreck nichts aus, und ihre Exkremente stinken wie die Pest.«

»Guck mal da!«, wechselte Joanna abrupt das Thema und zeigte auf die Wand hinter ihnen.

Deborah sah über ihre Schulter, und ihr Gesicht hellte sich schlagartig auf. »Ein Telefon!«

Sie stürzten auf den Apparat zu. Deborah war als Erste zur Stelle und drückte sich den Hörer ans Ohr. Joanna sah ihr erwartungsvoll zu, bis Deborah die Kinnlade herunterfiel. Sie drückte mehrmals auf die Gabel und legte wieder auf. »Pech gehabt! Sie haben die Telefonleitung gekappt.«

»Das hätte man sich ja denken können«, stellte Joanna fest.

»Ja«, stimmte Deborah ihr zu.

»Komm! Lass uns einen Lastwagen suchen!«

Sie ließen die Tür zum Treppenhaus einen Spaltbreit offen, gingen um die Heuballen und die Säcke mit dem Tierfutter herum und steuerten die nächstgelegene Tür an. Deborah öffnete sie und leuchtete in den dahinter liegenden Raum.

»Wow!«, rief sie überrascht.

»Was ist denn?«, fragte Joanna neugierig und versuchte über Deborahs Schulter einen Blick in den Raum zu werfen.

»Noch ein Labor«, erwiderte Deborah. Sie war ziemlich perplex. Dass sich nur durch eine Türschwelle vom stinkenden Stall getrennt ein modernes High-Tech-Labor befand, haute sie beinahe um. Es war zwar bei weitem nicht so groß wie das Kliniklabor, in dem sie gearbeitet hatte, aber es schien mindestens genauso gut ausgestattet.

Sie ließ die Türklinke los und betrat den Raum. Joanna folgte ihr. Neugierig ließ Deborah den Schein der Taschenlampe über die einzelnen Laborgeräte wandern und staunte, was sie alles zu sehen bekam. Von einem DNA-Sequenzierer über ein Elektronenmikroskop mit Scanner bis hin zu einem Polypeptid-Synthetisierer war das Labor mit allen modernen High Tech-Geräten ausgestattet, die das Herz eines jeden Molekularbiologen höher schlagen ließen.

»Sind wir nicht hier, um nach einem Lastwagen Ausschau zu halten?«, fragte Joanna.

»Sofort«, entgegnete Deborah, ging zu einem der Inkubatoren und musterte die darin aufgestellten Petrischalen. Sie sahen genauso aus wie die, mit denen sie im Hauptlabor der Klinik gearbeitet hatte, woraus sie schloss, dass hier ebenfalls Zellkerntransfers vorgenommen wurden. Als Nächstes erfasste der Schein ihrer Taschenlampe eine große Trennwand aus Glas, die einen weiteren separaten Raum von dem Labor abtrennte.

Sie steuerte den Raum an, gefolgt von Joanna, die auf keinen Fall allein im Dunkeln zurückbleiben wollte.

»Deborah!«, wies Joanna sie zurecht. »Da findest du bestimmt keinen Lastwagen.«

»Ich weiß«, entgegnete Deborah. »Aber jedes Mal, wenn ich denke, dass ich mir ein einigermaßen stimmiges Bild davon gemacht habe, was in der Wingate Clinic vor sich geht, stoßen wir auf eine neue Entdeckung und müssen feststellen, dass alles noch viel schlimmer ist. Ich hätte nicht im Traum damit gerechnet, dass es auf der Farm noch ein weiteres Labor gibt, und erst recht nicht eines, das so supermodern ausgestattet ist.«

»Es ist an der Zeit, alles Weitere der Polizei und den zuständigen Behörden zu überlassen«, warf Joanna ein. »Was wir zusammengetragen haben, reicht auf jeden Fall für einen Durchsuchungsbefehl. Das Einzige, was wir jetzt noch zu tun haben, ist, irgendwie hier rauszukommen, und zwar so schnell wie möglich.«

Damit das Licht sich nicht spiegelte, drückte Deborah die Taschenlampe direkt gegen die gläserne Trennwand und leuchtete in den dahinter liegenden Raum. »Und hier erwartet uns die nächste Überraschung«, stellte sie fest. »Der Raum sieht aus wie ein ganz normaler Autopsieraum zum Sezieren von Menschen, nur dass der Seziertisch extrem klein ist. Was zum Teufel hat ein Autopsieraum in einem Stall zu suchen?«

»Jetzt komm endlich!«, drängte Joanna. Sie wurde zusehends ungeduldiger.

»Das muss ich mir schnell noch mal ansehen«, entgegnete Deborah. »Es dauert nur eine Sekunde. Da vorne ist sogar ein Gefrierschrank mit einem Fach zum Herausziehen – wie in einer Leichenhalle.«

Mit diesen Worten ging sie zur Tür und betrat den Autopsieraum. Joanna rollte verzweifelt mit den Augen und sah durch die Trennwand zu, wie Deborah zu dem Gefrierschrank ging und dessen Tür entriegelte. Vom schwachen Licht der Taschenlampe abgesehen, das durch die Trennwand aus dem Autopsieraum ins Labor fiel, stand Joanna im Dunkeln. Sie warf einen Blick zurück zur Labortür und überlegte kurz, ob sie vielleicht einfach auf eigene Faust einen Lastwagen suchen sollte, verwarf die Idee aber sofort wieder. Wie sollte sie schon ohne Taschenlampe etwas finden?

Leise vor sich hin fluchend, ging sie ebenfalls in den Autopsieraum, um Deborah endlich zur Besinnung zu bringen und ihr klar zu machen, dass jetzt nicht der rechte Zeitpunkt für weitere Nachforschungen war, doch als sie Deborah sah, gab sie dieses Vorhaben umgehend wieder auf. Deborah hatte das Kühlfach herausgezogen und stand wie angewurzelt davor. Joanna konnte nicht erkennen, was sich in dem Fach befand, aber dem zuckenden Schein der Taschenlampe war zu entnehmen, dass Deborah am ganzen Leib zitterte.

»Was ist denn in dem Fach?«, fragte Joanna.

»Komm her und sieh es dir an!«, erwiderte Deborah mit bebender Stimme.

»Sag es mir doch einfach«, entgegnete Joanna. »Schließlich bist du die Biologin, nicht ich.«

»Du musst es mit eigenen Augen sehen«, stellte Deborah klar. »Man kann es nicht beschreiben.«

Joanna schluckte nervös. Dann holte sie einmal tief Luft, ging zu Deborah und sah nach unten.

»Oh, mein Gott«, murmelte sie leise. Vor Abscheu drückte sie instinktiv die Oberlippe gegen die Zähne. Sie blickte auf fünf menschliche Föten hinab. Sie hatten allesamt extrem aufgeblähte Nabelschnüre, und ihre Körper waren mit einem dichten dunklen Lanugoflaum bedeckt. Ihre Gesichter waren platt und aufgedunsen, die Augen waren winzig. Die Nasen waren lediglich kleine Stummel und die Nasenlöcher vertikal angeordnet. Arme und Beine glichen kleinen Paddeln mit winzigen Fingern und Zehen. Die Köpfe waren von dichtem schwarzem Haar bedeckt, aus dem vorne jeweils eine winzige, aber unverkennbare weiße Haarsträhne hervorstach.

»Schon wieder Klone von Paul Saunders«, brachte Joanna schließlich hervor.

»Sieht ganz danach aus«, bestätigte Deborah. »Aber noch ein paar Nummern schlimmer als bei den anderen. Wie es aussieht, besteht seine so genannte Stammzellenforschung darin, seine eigenen Zellkerne in die Eizellen von Schweinen zu transferieren und seine Klone anschließend von Säuen austragen zu lassen.«

Joanna fasste nach Deborahs Arm und hielt sich daran fest. Ihre Knie waren weich, und für einen kurzen Moment drohte sie wegzusacken. Deborah hatte Recht: Die Vorgänge in der Wingate Clinic übertrafen ihre schlimmsten Befürchtungen. Spätestens diese neue Ungeheuerlichkeit bewies, dass Dr. Saunders und sein Team sich mit ihrem Treiben um Lichtjahre von jeder ethischen oder sonst wie nachvollziehbaren Begründung für ihre Forschung entfernt hatten. Der durch und durch egozentrische Geltungsdrang und die intellektuelle Besessenheit und Verantwortungslosigkeit, die einem derartigen Tun zu Grunde lagen, überstiegen Joannas Vorstellungskraft.

Deborah schob das Fach zurück in den Gefrierschrank und ließ die Tür wieder einschnappen. »Lass uns einen verdammten Lastwagen suchen!«

Die wachsende Wut über diese neuerliche Entdeckung ließ ihre vorübergehende Lähmung in neue Entschlossenheit umschlagen. Sie verließen das Labor und gingen zurück in den Stall, wo ihr erneutes Erscheinen die Tiere ein weiteres Mal in Aufruhr versetzte. Während ihr erstes Auftauchen nur die Schweine erregt hatte, deren Ställe sich in unmittelbarer Nähe des Treppenhausausgangs befanden, ging der Aufruhr diesmal durch den ganzen Stall, und sogar die Kühe machten sich bemerkbar.

Sie machten eine Tür nach der anderen auf und entdeckten schließlich einen Gang, der so aussah, als ob er zu einer Garage führte. Am Ende des Gangs erwartete sie eine Überraschung: Im schwachen Rotlicht zweier Ausgangshinweise sahen sie, dass sie sich in einem Hangar befanden. In der Mitte des Raums stand im schwachen rubinroten Schein ein Turbojet-Helikopter von Aerospatiale.

»Das wäre die perfekte Lösung für unser Problem«, stellte Deborah fest. »Wenn wir das verdammte Ding bloß bedienen könnten.« Sie stand für einen Augenblick regungslos da und starrte den Hubschrauber sehnsüchtig an.

»Los!«, drängte Joanna. »Lass uns weitersuchen! Hinter dem Hangar gibt es bestimmt eine Garage.«

Wie sich herausstellte, hatte sie Recht. Hinter der nächsten Tür landeten sie tatsächlich in einer Garage, in der zu ihrer großen Freude ein Traktor und ein Kipplastwagen standen. Sie stürmten zu dem Lastwagen.

»Lieber Gott, mach, dass die Schlüssel stecken«, betete Deborah laut, stieg auf das Trittbrett und öffnete die Tür zum Führerhaus. Sie schwang sich hinters Steuer und suchte hastig nach den Schlüsseln. Joanna leuchtete ihr. Sie tastete erst die Ablage hinter dem Steuer ab und suchte dann unter dem Lenkrad weiter, wo sie zwar das Zündschloss fand, doch der Schlüssel steckte nicht.

»So ein Mist!«, fluchte sie und schlug frustriert mit der

flachen Hand auf das Lenkrad ein. »Bestimmt kann man die Zündung kurzschließen – wenn man bloß wüsste wie.« Bei diesen Worten sah sie zu Joanna hinab.

»Vergiss es«, entgegnete Joanna. »Ich habe nicht die leiseste Ahnung, wie man so etwas macht.«

»Dann lass uns zu dem Büro neben dem Stall zurückgehen«, schlug Deborah vor. »Vielleicht sind die Schlüssel da.«

Deborah kletterte aus dem Führerhaus, und sie gingen zurück in Richtung Stall. Als sie den Hangar passierten, warfen sie im Vorbeigehen einen weiteren sehnsüchtigen Blick auf den Hubschrauber.

Beim Betreten des Stalls wurden sie noch aufgeregter von den Tieren begrüßt als beim letzten Mal.

»Offenbar denken sie, dass es etwas zu fressen gibt«, vermutete Deborah.

Sie hatten gerade die Tür zum Büro erreicht, als sie draußen das unverkennbare Geräusch eines Automotors hörten. Im nächsten Moment hielt direkt vor dem Stall ein Wagen, dessen helles Scheinwerferlicht kurz durch die Fenster der Stalltüren nach innen fiel.

»Auch das noch«, stöhnte Deborah. »Wie es aussieht, kriegen wir Gesellschaft.«

»Schnell zurück zum Treppenhaus!«, rief Joanna aufgeregt.

Sie stürmten in Richtung Treppe, doch sie schafften es nicht. Im nächsten Moment wurde bereits die Stalltür aufgeschlossen, und ein Mann platzte herein. Als Erstes knipste er sämtliche Lichter an. Joanna und Deborah waren noch sechs Meter von der Treppenhaustür entfernt. Das Einzige, was ihnen übrig blieb, war, sich hinter den Kartons, den Strohballen und den Futtersäcken zu ducken und sich so klein wie möglich zu machen. Von ihrem Versteck aus hörten sie, wie der Mann in aller Seelenruhe von Stall zu Stall ging und einen endlosen Monolog mit den Tieren führte, wobei er sie unter anderem nach dem Grund fragte, warum sie alle so erregt waren.

»Sollen wir versuchen, zum Treppenhaus zu kommen?«, flüsterte Deborah, als der Mann für einen Moment etwas weiter weg zu sein schien.

»Nur wenn du absolut sicher bist, wo er gerade ist und dass er ausreichend abgelenkt ist«, erwiderte Joanna. Deborah richtete sich vorsichtig auf, bis sie die Ställe überblicken konnte. Sie konnte den Mann nirgends sehen, doch sie hörte ihn nach wie vor mit einem der Tiere sprechen. Plötzlich erhob er sich vor einem der Ställe. Deborah duckte sich schnell wieder.

»Er ist doch nicht so weit weg, wie ich dachte«, zischte sie Joanna zu.

»Dann bleiben wir besser, wo wir sind«, entgegnete Joanna.

»Wir können uns ja mit ein bisschen losem Stroh zudecken«, schlug Deborah vor.

»Am besten verhalten wir uns einfach ruhig und bewegen uns nicht. Solange er nicht direkt herkommt, um etwas von den Vorräten zu holen, müssten wir hier sicher sein.«

»Wenn er in das Büro will, entdeckt er uns sofort«, gab Deborah zu bedenken.

»Dann müssen wir uns eben langsam um die Kartons herumbewegen«, entgegnete Joanna. »Das dürfte nicht so schwer sein, und wenn er erst mal im Büro ist, können wir schnell zum Treppenhaus rüberhuschen.«

Deborah nickte, doch sie bezweifelte, dass es wirklich so einfach war. Wie so vieles im Leben klang es in der Theorie kinderleicht und war in der Praxis dann vermutlich undurchführbar.

Plötzlich hörten sie draußen ein zweites Auto vorfahren.

Sie sahen sich entsetzt an. Ein Mann war schon schlimm genug, ein zweiter konnte eine Katastrophe bedeuten.

Der Neuankömmling betrat den Stall, knallte die Tür hinter sich zu und rief laut nach Greg Lynch, wie der andere Mann offenbar hieß.

»He, mach nicht solchen Lärm!«, rief Greg von einem der Ställe zurück. »Die Tiere sind auch so schon unruhig genug.«

»Tut mir Leid«, entschuldigte sich der Neuankömmling. »Aber wir haben höchste Alarmstufe.«

»Was ist denn passiert?«

»Wir suchen zwei junge Frauen. Sie haben sich mit falschen Namen in die Klinik eingeschlichen, sich widerrechtlich Zugang zu geheimen Computerdateien verschafft und sind in den Eizellenraum eingebrochen. Sie müssen sich irgendwo auf dem Gelände verstecken.«

»Ich habe niemanden gesehen«, antwortete Greg. »Und als ich ankam, war der Stall verschlossen.«

»Was machen Sie denn um diese Uhrzeit hier?«

»Eine von den Säuen hat bald ihren Stichtag. Über meinen Überwachungsmonitor habe ich mitbekommen, dass die Tiere plötzlich so unruhig wurden. Da wollte ich mal nachsehen, ob die Sau so weit ist, aber es dauert wohl noch ein bisschen.«

»Wenn Sie die Frauen auf Ihrem Nachhauseweg sehen sollten, lassen Sie es bitte umgehend den Sicherheitsdienst wissen. Vorhin waren sie noch im Hauptgebäude, aber das haben wir von oben bis unten durchkämmt. Sie sind zu Fuß unterwegs, und sie sind noch nicht wieder durch das Haupttor gekommen, also müssen sie sich irgendwo verstecken.«

»Na dann viel Glück!«

»Wir kriegen sie. Wir haben das komplette Sicherheitsteam auf sie angesetzt, einschließlich der Hunde. Ach so – und noch etwas: Wir haben das gesamte Telefonnetz der

Klinik stillgelegt und aktivieren es erst wieder, wenn wir sie haben. Wir wollen auf keinen Fall, dass sie nach draußen telefonieren und uns Schwierigkeiten bereiten.«

»Kein Problem«, entgegnete Greg. »Ich habe mein Handy dabei.«

Die Männer verabschiedeten sich. Dann wurde die Stalltür geöffnet und wieder zugeschlagen.

»Das wird ja immer schlimmer«, zischte Deborah. »Offenbar durchkämmen sie jetzt das gesamte Anwesen.«

»Wenn ich daran denke, dass sie mit Hunden hinter uns her sind, wird mir ganz anders«, entgegnete Joanna.

»Mir auch«, pflichtete Deborah ihr bei. »Ein Wunder, dass sie den Tunnel vergessen haben.«

»Das wissen wir doch gar nicht.«

»Stimmt«, gab Deborah zu. »Aber irgendwie habe ich das Gefühl, dass der Typ, der eben da war, den Tunnel erwähnt hätte. Vielleicht gelangt man im Klinikgebäude nur mit dem Lastenaufzug in das zweite Kellergeschoss, und sie haben es für ausgeschlossen gehalten, dass wir tatsächlich die Fahrstuhlleiter runtergeklettert sind.«

»Sollen wir es wagen, noch einmal da runter zu gehen?«

»Wenn sie mit Hunden nach uns suchen, bleibt uns wohl nicht viel anderes übrig.«

Fünfzehn Minuten später hörten sie Greg laut gähnen und einen tiefen Seufzer ausstoßen. Dann erhob er seine Stimme und sagte, als ob er eine Schar ungezogener Kinder zurechtwies: »Also gut, meine Lieben. Jetzt hört auf mit dem Unsinn, und beruhigt euch! Ich habe nämlich keine Lust, heute Nacht noch einmal hier aufzukreuzen.«

Nach seiner kurzen Standpauke begann er leise vor sich hin zu pfeifen. Zum Entsetzen der beiden Frauen wurde das Pfeifen immer lauter. Deborah riskierte einen schnellen Blick über die Kartons.

»Er geht ins Büro«, zischte sie aufgeregt.

Wie Joanna vorgeschlagen hatte, krochen sie in geduckter Haltung um den Stapel mit den Vorräten herum, immer darauf bedacht, dass der Stapel zwischen ihnen und Greg einen Sichtschutz bildete. Da sie dabei natürlich nicht sehen konnten, wo er sich gerade befand, war es, wie Deborah vermutet hatte, ein ziemlich waghalsiges Manöver. Immerhin kam der Mann mehr oder weniger direkt auf sie zu.

Als sie die Tür des Büros zufallen hörten, hob Deborah schnell den Kopf. »Alles klar«, zischte sie. »Die Luft ist rein.« Ohne auch nur eine Sekunde zu warten, eilten sie schnurstracks zur Treppenhaustür.

Deborah wartete, bis Joanna die Tür hinter ihnen zugezogen hatte, und knipste die Taschenlampe an. Schweigend stiegen sie die Stufen hinab. Unten angekommen, bedeutete Joanna Deborah, kurz stehen zu bleiben. Von der Aufregung und der Anstrengung waren sie beide ziemlich außer Atem.

»Wir müssen uns jetzt entscheiden, wo wir als Nächstes hingehen wollen«, stellte Joanna leise klar.

»Ich dachte, wir wollen zum Kraftwerk.«

»Ich plädiere dafür, zu Spencer Wingate zu gehen«, entgegnete Joanna. »Auf der Farm haben wir zwar einen Lastwagen gefunden, aber keine Schlüssel. Nichts spricht dafür, dass es sich beim Kraftwerk anders verhält. Der normale Menschenverstand spricht vielmehr dagegen, dass wir dort einen Lastwagen mitsamt den zugehörigen Schlüsseln auftreiben. Außerdem laufen wir jedes Mal, wenn wir uns über dem Erdboden blicken lassen, Gefahr, entdeckt zu werden. Ich denke, es ist an der Zeit, alles auf eine Karte zu setzen und die Option Spencer Wingate ins Spiel zu bringen.«

Deborah verlagerte nervös ihr Gewicht von einem Bein auf das andere, kaute auf der Innenseite ihrer Wange herum und dachte angestrengt über Joannas Vorschlag nach. Sie hasste es, Entscheidungen zu treffen, wenn es in Wahrheit keine richtige Alternative gab. Falls Spencer Wingate mit Dr. Saunders und dessen Team unter einer Decke steckte, waren sie verloren, das lag auf der Hand. Im Grunde steckten sie seit der Verfolgungsjagd im Eizellenraum in der Zwickmühle, und allmählich wurde ihre Situation immer auswegloser.

»Also gut!«, sagte sie schließlich. »Legen wir unser Schicksal in die Hände von Spencer Wingate – auf Gedeih und Verderb.«

»Bist du sicher?«, hakte Joanna nach. »Ich will nicht das Gefühl haben, dich überredet zu haben.«

»Ich bin mir über gar nichts sicher«, entgegnete Deborah. »Außer über eins: dass alles, was ich tue, meinem freien Willen entspringt.« Zur Bekräftigung ihrer Worte hielt sie Joanna eine Hand hin, und sie besiegelten ihren Entschluss mit einem kräftigen Handschlag. »Also – packen wir's!«, drängte Deborah und lächelte etwas gezwungen.

Sie gingen den gleichen Weg zurück durch den Tunnel mit den Heizungsrohren. Dabei wurden sie, ohne es auszusprechen, ständig von der Angst begleitet, jeden Moment ihren Verfolgern in die Arme zu laufen. Schließlich erreichten sie ohne Zwischenfall die Gabelung, von der aus der Gang zu den Mitarbeiterunterkünften führte. Das einzige Problem war, dass zu ihrem Entsetzen das Licht der Taschenlampe immer schwächer wurde.

Etwa hundert Meter nach dem Abzweig gabelte sich der Weg erneut. Leider gab es diesmal keinen Eckstein, der ihnen den Weg wies.

»So ein Mist!«, fluchte Deborah und leuchtete mit der zusehends versagenden Taschenlampe in beide Gänge. »Hast du eine Ahnung, wo es langgehen könnte?«

»Ich würde sagen, wir halten uns links. Wie wir wissen, befindet sich die Anlage mit den Unterkünften zwischen der Farm und den freistehenden Häusern, also müsste der rechte Gang zu den Mitarbeiterunterkünften führen.«

Deborah sah Joanna entgeistert an. »Du erstaunst mich stets aufs Neue. Woher kommt bloß deine plötzliche Findigkeit?«

»Von meiner traditionellen Houstoner Erziehung, über die du immer so abfällig herziehst.«

»Ach so, na dann will ich nichts gesagt haben!« entgegnete Deborah mit einem leicht verächtlichen Unterton.

Nach weiteren fünf Minuten kamen sie erneut an eine Gabelung, von der jedoch anders als bei den vorherigen nicht nur zwei, sondern in einer langen Reihe jede Menge einzelne Gänge abzweigten.

»Wahrscheinlich führt jeder Gang zu einem der freistehenden Häuser«, vermutete Deborah.

»Das wäre auch mein Tipp«, pflichtete Joanna ihr bei.

»Und hast du vielleicht eine Eingebung, die dir verrät, welchen Gang wir als Ersten probieren sollen?«

»Nein, leider nicht. Also macht es wohl Sinn, sie der Reihe nach auszuprobieren.«

Am Ende des ersten Gangs fanden sie eine schlichte getäfelte Tür. Sie öffneten sie und warfen einen Blick in den dahinter liegenden Keller. Er war einigermaßen renoviert worden und daher auf keinen Fall der von Spencer Wingate. Da sie ihn in seinen Weinkeller begleitet hatten, wussten sie genau, wie es in Wingates Keller aussah. Sie gingen zurück und probierten den nächsten Gang. Er endete vor einem einfachen, unbearbeiteten Türverschlag aus Eichenholz.

»Diese Tür sieht schon etwas vielversprechender aus«, stellte Deborah fest und schüttelte die Taschenlampe mehrmals, um das letzte verbleibende Licht aus ihr herauszuholen. Diese Prozedur hatte sie während der vergangenen Minuten ständig wiederholen müssen; die Batterien näherten sich unweigerlich ihrem Ende.

Sie reichte Joanna die Taschenlampe und versuchte die Tür aufzudrücken. Sie schabte laut über den Granitboden, weshalb sie sie etwas anhob. Auf diese Weise ließ sie sich geräuschlos öffnen. Sie nahm die Taschenlampe zurück, schüttelte sie erneut und richtete den zusehends schwächer werdenden Strahl in den Keller. Im schwachen Licht sahen sie die Tür von Wingates Weinkeller. Das Vorhängeschloss war noch nicht wieder zugedrückt worden.

»Bingo!«, rief Deborah. »Das ist er.«

Sie tasteten sich vorsichtig über den feuchten Boden bis zur Kellertreppe vor. Deborah stieg hinauf, Joanna folgte ihr. Am oberen Ende der Treppe hielten sie inne und sahen sich unschlüssig an. Ein schwacher Lichtstrahl fiel durch den Schlitz unter der Tür zur Wohnung.

»Ich glaube, wir müssen uns fürs Erste auf unsere Ohren verlassen«, flüsterte Deborah.

»Etwas anderes bleibt uns wohl kaum übrig«, entgegnete Joanna. »Wir wissen nicht einmal, ob er überhaupt wach ist. Hast du eine Ahnung, wie spät es wohl sein mag?«

»Nicht wirklich. Ich schätze, es dürfte so etwa ein Uhr sein.«

»Das Licht ist jedenfalls an«, stellte Joanna fest. »Also ist er vermutlich wach. Wir sollten versuchen, ihn nicht zu sehr zu erschrecken. Möglicherweise hat er einen Alarmknopf, den er drückt, wenn er sich erschreckt.«

»Ein guter Hinweis«, entgegnete Deborah.

Sie presste ein Ohr gegen die Tür und lauschte. Dann drückte sie vorsichtig die Klinke herunter und schob die Tür einen Spaltbreit auf. Als von der anderen Seite keine Reaktion erfolgte, drückte sie die Tür ganz auf. Vor ihnen lag Wingates Küche.

»Ich höre klassische Musik«, stellte Joanna fest.

»Ich auch«, bestätigte Deborah.

Vorsichtig schlichen sie durch die dunkle Küche. Das Licht,

das sie durch den Schlitz der Kellertür gesehen hatten, kam von dem Kronleuchter im Esszimmer. Sie traten auf den Flur und steuerten so leise sie konnten das Wohnzimmer an, aus dem die Musik kam. Vor sich sahen sie im Foyer, dass die Gruppe von Zinnsoldaten, die Wingate am Abend zuvor im Suff von dem Beistelltischchen gefegt hatte, sorgfältig wieder aufgestellt worden war.

Deborah schlich voran, Joanna war ihr direkt auf den Fersen. Sie wollten ins Wohnzimmer, das links vom Flur abging und in dem sie Wingate vermuteten. Als sie einen weiteren dunklen Flur kreuzten, der ins Arbeitszimmer führte, blickte Joanna zufällig nach rechts. An der gegenüberliegenden Wand sah sie Wingate an seinem Schreibtisch sitzen. Vor ihm brannte eine Leselampe, und er studierte irgendwelche Pläne. Zum Glück hatte er ihnen den Rücken zugewandt.

Joanna tippte Deborah auf die Schulter und zeigte, als sie sich umsah, panisch in Richtung Arbeitszimmer auf die vornübergebeugte Silhouette von Spencer Wingate.

Deborah sah Joanna an und formte mit den Lippen stumm die Frage: »Was sollen wir tun?«

Joanna zuckte mit den Schultern. Sie hatte keine Ahnung, doch nach kurzem Überlegen kam sie zu dem Schluss, dass es wohl am besten war, wenn sie ihn einfach bei seinem Namen riefen. Sie berührte erst ihren Mund und zeigte dann auf Spencer.

Deborah verstand und nickte. Dann räusperte sie sich und rief. »Dr. Wingate!« Doch ihre Stimme klang etwas zaghaft und wurde von Beethovens Neunter Symphonie übertönt, die aus dem Wohnzimmer herüberschallte.

»Dr. Wingate!«, wiederholte Joanna deutlich entschiedener und laut genug, um die Musik zu übertönen.

Spencer richtete sich auf und drehte sich blitzartig um. Für einen kurzen Moment wich die Farbe aus seinem sonnengebräunten Gesicht, und er stand so überstürzt auf, dass sein Stuhl laut krachend umfiel.

»Wir wollten Sie nicht erschrecken!«, rief Deborah schnell. »Wir wollen nur kurz mit Ihnen sprechen!«

Spencer fing sich sofort wieder und lächelte erleichtert, als er den überraschenden Besuch erkannte. Er winkte Deborah und Joanna zu und bedeutete ihnen, zu ihm zu kommen. Dann bückte er sich und richtete den umgefallenen Stuhl wieder auf.

Während Deborah und Joanna auf das Zimmer zugingen, versuchten sie genau zu ergründen, wie er auf ihre Anwesenheit reagierte. Bisher schien seine Reaktion durchaus vielversprechend. Sein anfänglicher Schreck war inzwischen in Überraschung umgeschlagen, und zu ihrer Beruhigung schien er sogar erfreut, sie zu sehen. Er strich sein silbergraues Haar zurück und zog sich sein samtenes Smokingjackett zurecht, doch als er sie im Licht sah, wechselte sein Gesichtsausdruck abrupt, und er sah sie völlig verdutzt an.

»Was ist denn mit Ihnen passiert?«, fragte er entgeistert und fuhr, ohne auf eine Antwort zu warten, fort: »Und wie sind Sie überhaupt hier reingekommen?«

Sie fingen beide gleichzeitig an zu sprechen. Während Joanna ihm erklärte, dass sie durch den Keller gekommen waren, setzte Deborah zu einer geballten Zusammenfassung des gesamten Abends an.

Spencer hob die Hände und brachte sie zum Schweigen. »So verstehe ich gar nichts. Eine nach der anderen. Aber zuerst will ich wissen: Braucht eine von Ihnen irgendetwas? Sie sehen furchtbar aus.«

Zum ersten Mal seit Beginn ihres Martyriums sahen Deborah und Joanna an sich herab. Dann musterten sie einander. Jetzt erst wurde ihnen bewusst, wie zerlumpt sie aussahen. Sie schämten sich für ihren Aufzug und sahen

Spencer verlegen an. In ihrem völlig zerfetzten Minikleid und mit den Schürfwunden an Oberschenkeln und Schienbeinen, die sie sich bei ihrem Hechtsprung in die eiserne Lunge zugezogen hatte, sah Deborah noch schlimmer aus als Joanna. Einer ihrer Ohrringe war verloren gegangen, und ihre Kette mit dem Herzanhänger hatte keinen einzigen Stein mehr. Ihre Hände trieften von dem schwarzen Schmierfett des Tragseils im Fahrstuhlschacht, und ihre Frisur war ein einziges wüstes Durcheinander.

Joanna hatte noch den Arztkittel an, der ihre übrige Kleidung vor dem Schlimmsten bewahrt hatte, doch der Kittel selbst war über und über mit Schmutzflecken übersät, die vor allem von ihrer Kriecherei auf dem Stallboden herrührten. Aus den Jackentaschen lugten vereinzelte Halme aus Stroh hervor.

Sie sahen einander erneut an und erkannten, dass sie beide das Gleiche dachten. Im nächsten Moment brachen sie in einen Lachanfall aus. Angesichts ihres äußeren Erscheinungsbildes konnten sie nicht mehr an sich halten; die plötzliche Lösung der Anspannung tat ein Übriges. Sie brauchten eine Weile, bis sie sich wieder gefangen hatten, und selbst Spencer konnte nicht anders, als zu lächeln.

»Ich wüsste ja wirklich zu gerne, worüber sie so herzhaft lachen«, sagte er schließlich.

»Das hat verschiedene Gründe«, erklärte Deborah. »Vor allem ist es wohl die Anspannung.«

»Ich denke, es ist in erster Linie die Erleichterung«, ergänzte Joanna. »Wir wussten ja nicht, ob Sie überhaupt da sind, geschweige denn, wie Sie reagieren würden, wenn wir einfach so bei Ihnen hereingeschneit kommen.«

»Ich freue mich über Ihren Besuch«, erwiderte Spencer. »Also – was kann ich Ihnen bringen?«

»Da Sie so direkt fragen«, erwiderte Deborah, »ich könnte eine Decke gebrauchen. Mir ist ziemlich kalt.«

»Und wie wäre es mit einer Tasse heißem Kaffee?«, fragte Spencer. »Ich könnte schnell welchen aufsetzen. Oder wenn Sie wollen, kann ich Ihnen auch etwas Stärkeres bringen. Außerdem kann ich auch Pullover oder Sweatshirts holen.«

»Eigentlich wollen wir so schnell wie möglich mit Ihnen reden«, entgegnete Joanna. »Es ist sozusagen ziemlich dringend.« Bei diesen Worten lachte sie erneut nervös auf.

»Diese Decke reicht vollkommen aus«, sagte Deborah, schnappte sich einen schottengemusterten Überwurf, der auf der Couch lag, die im Arbeitszimmer stand, und legte ihn sich um die Schultern.

»Also gut, nehmen Sie Platz«, forderte Spencer sie auf und zeigte auf die Couch.

Joanna und Deborah setzten sich. Spencer griff sich seinen Stuhl und nahm ihnen gegenüber Platz.

»Was gibt es denn so Dringendes?«, fragte er, beugte sich vor und ließ seinen Blick zwischen den beiden Frauen hin- und herwandern.

Joanna und Deborah sahen einander an.

»Willst du es ihm erzählen, oder soll ich?«, fragte Deborah.

»Das ist mir völlig egal«, erwiderte Joanna. »Im Grunde spielt es keine Rolle, wer von uns beiden berichtet.«

»Mir ist es auch egal«, sagte Deborah.

»Du kennst dich natürlich viel besser mit den biologischen Details aus«, gab Joanna zu bedenken.

»Das stimmt zwar, aber dafür bist du die Expertin, was die Computerdateien angeht.«

»Einen Moment mal«, mischte Spencer sich ein und hob die Hände, um sie zum Schweigen zu bringen. »Es ist doch völlig egal, wer von Ihnen mir erzählt, was Sie auf dem Herzen haben. Am besten fängt einfach eine von Ihnen an.«

Deborah zeigte auf sich und sah Joanna an, die ihr aufmunternd zunickte.

»Also gut«, begann Deborah und sah Wingate direkt in die

Augen. »Erinnern Sie sich daran, dass ich Sie gestern nach den schwangeren Nicaraguanerinnen gefragt habe?«

»Durchaus«, erwiderte er und lachte einmal befangen auf. »Was unser kleines Gelage angeht, erinnere ich mich zwar nicht mehr an allzu viel, aber daran schon.«

»Gut«, entgegnete Deborah. »Wir glauben zu wissen, warum sie alle schwanger sind. Wir denken, dass sie als lebende Eizellenproduktionsmaschinen missbraucht werden.«

Spencers Gesichtszüge verfinsterten sich. »Sie dienen als lebende Eizellenproduktionsmaschinen? Das müssen Sie mir ein bisschen genauer erklären.«

Deborah holte einmal tief Luft und setzte zu einer ausführlichen Erklärung an, wobei sie einräumte, dass es sich, was die nicaraguanischen Frauen und ihre Funktion anging, um eine bloße Vermutung handelte. Als Nächstes setzte sie ihm auseinander, dass die Wingate Clinic noch durch viel verwerflichere und ethisch bedenklichere Methoden ihren unersättlichen Bedarf an Eizellen deckte, und zwar indem sie ahnungslosen Frauen, die sich für die Spende von ein paar Eizellen zur Verfügung stellten, ohne deren Einverständnis komplette Eierstöcke entnahm. Zum Schluss berichtete sie ihm von den beiden Frauen, denen man gleich beide Eierstöcke herausoperiert hatte und die offenbar ermordet und für immer beseitigt worden waren.

Während ihres ausführlichen Monologs war Spencer der Mund offen stehen geblieben. Als sie fertig war, lehnte er sich zurück und sah sie ungläubig an. Offenbar hatte ihm das Gehörte schwer zugesetzt.

»Wie haben Sie das alles herausgefunden?«, fragte er mit krächzender Stimme. Seine Kehle war ganz trocken geworden. Bevor eine der Frauen antworten konnte, fuhr er fort: »Ich brauche unbedingt erst mal einen Drink. Soll ich Ihnen auch etwas bringen?«

Deborah und Joanna schüttelten den Kopf.

Spencer erhob sich und wankte auf etwas wackligen Beinen zu seinem Barfach, das in den Schrank eingebaut war. Er öffnete es und schenkte sich eine ordentliche Portion Scotch ein. Dann trank er einen guten Teil davon und ging zurück zu seinem Stuhl. Deborah und Joanna registrierten, dass das Glas in seiner Hand zitterte.

»Es tut uns Leid, dass wir Sie mit all dem belasten müssen«, meldete Joanna sich zum ersten Mal zu Wort. »Als Gründer einer Klinik, die unfruchtbaren Paaren zu einem Kind verhelfen will, muss es für Sie ziemlich niederschmetternd sein, zu erfahren, was hier vor sich geht.«

»Niederschmetternd ist stark untertrieben«, entgegnete Spencer. »Mit dieser Klinik habe ich mir meinen Lebenstraum verwirklicht.«

»Leider gibt es noch mehr, das Sie wissen sollten«, fuhr Deborah fort und berichtete ihm von den Paul-Saunder-Klonen, die ahnungslosen Frauen zum Austragen eingesetzt worden waren. Dann beschrieb sie plastisch und in allen Einzelheiten ihre ungeheuerliche Entdeckung, die sie auf der Farm gemacht hatten, und schilderte ihm, wie mit Hilfe von Schweineeizellen Klone von Paul Saunders gezeugt und von Säuen ausgetragen wurden. Nach diesem letzten schockierenden Detail des ungeheuerlichen Treibens in der Wingate Clinic schwieg sie.

Deborah und Joanna sahen Spencer an und warteten auf eine Reaktion. Er war offenbar fassungslos und strich sich unaufhörlich mit den Fingern durch die Haare. Eine Weile war er unfähig, ihnen in die Augen zu sehen. Schließlich kippte er in einem Zug den Rest aus seinem Whiskyglas hinunter und zuckte einmal unmerklich zusammen.

»Ich weiß es sehr zu schätzen, dass Sie zu mir gekommen sind«, sagte er.« Vielen Dank.«

»Wir sind nicht nur aus uneigennützigen Motiven hier«, stellte Joanna klar. »Wir brauchen Ihre Hilfe.«

Spencer zog die Augenbrauen hoch und sah Joanna mit großen Augen an. »Was kann ich für Sie tun?«

»Sie können uns hier herausschaffen«, erwiderte Joanna. »Die Männer Ihres Sicherheitsdienstes sind hinter uns her. Sie jagen uns, seitdem wir in den Eizellenraum eingedrungen sind, und sie sind ziemlich genau im Bilde, was wir alles herausgefunden haben.«

»Verstehe ich Sie richtig? Ich soll Sie vom Klinikgelände schaffen?«

»Genau«, bestätigte Joanna. »Wir müssen irgendwie durchs Haupttor kommen.«

»Das dürfte kein Problem sein«, entgegnete Spencer. »Wir fahren einfach mit meinem Bentley raus.«

»Vielleicht ist Ihnen nicht ganz bewusst, wie versessen sie darauf sind, uns zu kriegen«, wandte Deborah ein. »Die Lage ist äußerst ernst. Uns darf auf keinen Fall jemand sehen. Wenn sie uns in Ihrem Bentley vermuten, würde man sogar Sie anhalten und den Wagen durchsuchen.«

»Wahrscheinlich haben Sie Recht«, räumte Spencer ein. »Damit sie keinen Verdacht schöpfen, sollten Sie sich vielleicht in den Kofferraum quetschen. Natürlich ist das extrem unbequem, aber es wäre ja nur für ein paar Minuten.«

Joanna sah Deborah an. Deborah nickte. »Ich wollte schon immer mal mit einem Bentley fahren. Besser im Kofferraum als gar nicht.«

Joanna rollte mit den Augen. Wie konnte Deborah ausgerechnet jetzt zum Scherzen aufgelegt sein? »Ich habe nichts gegen den Kofferraum«, sagte sie schließlich. »Angesichts der Umstände fühle ich mich im Kofferraum vielleicht sogar sicherer.«

»Wann wollen wir es wagen?«, fragte Spencer. »Ich denke, je früher, desto besser. Ich bin zwar für späte nächtliche Ausfahrten bekannt, aber später als zwei Uhr würde ich, glaube ich, doch Verdacht erregen.«

»Wenn es nach mir geht, sollten wir so schnell wie möglich aufbrechen«, erwiderte Joanna.

»Ich bin für jetzt gleich«, fügte Deborah hinzu.

»Dann würde ich sagen – auf geht's«, verkündete Spencer und schlug sich beim Aufstehen entschlossen auf die Oberschenkel. Er führte die beiden Frauen zurück in die Küche, nahm dort die Autoschlüssel vom Tisch und geleitete sie in die Garage. Dort ging er direkt zum Kofferraum seines Bentley und schloss ihn auf.

Joanna und Deborah sahen hinein und waren überrascht, wie klein er war.

»Irgendwo muss das Verdeck ja Platz haben, wenn es geöffnet wird«, erklärte Spencer die Enge.

Deborah kratzte sich am Kopf und stellte fest: »Ich glaube, wir passen nur in Löffelposition da rein.«

Joanna nickte. »Du bist größer, also gehst du als Erste rein.«

»Danke, dass du mir den Vortritt lässt«, entgegnete Deborah, stieg mit dem Kopf zuerst in den Kofferraum und rollte sich dann auf die Seite. Joanna folgte ihr, passte ihre Lage genau der von Deborah an und drückte sich fest gegen sie. Spencer drückte vorsichtig die Klappe herunter und vergewisserte sich, dass keine Arme oder Beine im Weg waren und sie sich problemlos schließen ließ. Dann klappte er sie wieder hoch.

»Hier drin ist es auf jeden Fall bequemer als in der eisernen Lunge«, stellte Deborah fest.

»Was für eine eiserne Lunge?«, fragte Spencer.

»Das ist eine andere Geschichte«, erwiderte Deborah. »Lassen Sie uns erst mal dieses Kapitel zu Ende bringen.«

»Okay, dann fahre ich jetzt los. Sie brauchen keine Angst zu haben. Sobald wir draußen sind, halte ich an und lasse sie raus. Alles klar?«

»Schließen Sie unser vornehmes Abteil!«, forderte Deborah ihn scherzhaft auf. Sie wollte aus der schlimmen Situation das Beste machen.

Die Kofferraumklappe senkte sich, wurde mit einem dumpfen Schlag zugedrückt und rastete in einem dem Bentley gemäßen, ziemlich teuer klingenden Verschluss ein. Wieder einmal waren Deborah und Joanna von absoluter Finsternis umgeben. Als Nächstes hörten sie das Garagentor hochfahren und den Motor anspringen.

»Vielleicht hätten wir uns lieber schon früher an Dr. Wingate wenden sollen«, stellte Deborah fest. »Damit hätten wir uns möglicherweise eine Menge Ärger erspart.«

Sie spürten, wie der Wagen rückwärts aus der Garage gesetzt und gewendet wurde und dann die Zufahrt zur Straße hinunterfuhr.

»Eine ziemlich schändliche Art, diesen Ort zu verlassen«, meinte Joanna.

»Egal«, entgegnete Deborah. »Was zählt, ist, dass wir ihn verlassen.«

»Der gute Doktor Wingate tut mir ja fast ein bisschen Leid«, sagte Joanna, als sie eine Weile gefahren waren.

»Er schien ziemlich geschockt von unserem Bericht.«

In den folgenden Minuten fuhren sie schweigend weiter und versuchten fortwährend zu ergründen, wo sie wohl gerade waren. Schließlich hielt der Wagen mit laufendem Motor an.

»Wir müssen am Haupttor sein«, vermutete Deborah.

»Psst!«, zischte Joanna.

Die Kofferraumklappe war so gut isoliert, dass sie von draußen nichts hören konnten. Dann wurde der Motor wieder beschleunigt, und selbst das merkten sie im Kofferraum nicht an der zunehmenden Lautstärke, sondern nur an der stärker werdenden Vibration. Nachdem sie erneut eine Weile gefahren waren, spürten sie, dass sie über einen

Kiesweg fuhren. Einige Minuten später hielt der Wagen wieder. Diesmal wurde der Motor abgeschaltet.

»Komisch«, sagte Joanna. »Wäre er nicht besser ein bisschen weiter von dem Tor weggefahren?«

»Das dachte ich auch gerade«, gab Deborah zu. »Aber was soll's. Hauptsache, wir sind draußen und das verdammte Tor liegt hinter uns.«

Sie hörten das willkommene Geräusch des Schlüssels, der ins Kofferraumschloss gesteckt wurde, und im nächsten Moment öffnete sich die Klappe. Deborah und Joanna sahen auf, und vor Schreck blieb ihnen fast das Herz stehen. Spencer Wingate war weit und breit nicht zu sehen. Stattdessen blickten sie in die hämisch grinsenden Gesichter des Sicherheitschefs Kurt Hermann und seines Handlangers.

EPILOG

11. Mai 2001, 9.35 Uhr

Spencer Wingate sah aus seinem Bürofenster und blickte über den ausgedehnten Rasen seines Anwesens. In der Ferne sah er die Turmspitze von Bookfords Kirche, zwischen den ergrünenden Bäumen ragten ein paar vereinzelte Schornsteine heraus. Der Ausblick war herrlich und half ihm ein wenig, sein aufgewühltes Gemüt zu beruhigen. Er konnte sich nicht erinnern, wann er das letzte Mal so aufgebracht gewesen war. Zu allem Überfluss hatte er in den vergangenen vierundzwanzig Stunden kein Auge zugemacht. Außerdem hatte er sich immer noch nicht ganz von seinem zurückliegenden Alkoholexzess erholt. »Was mich am meisten beunruhigt, ist nicht, was die Frauen herausgefunden haben«, sagte er schließlich und drehte sich zu Paul Saunders und Sheila Donaldson um, die seelenruhig vor seinem Schreibtisch in zwei Armsesseln saßen. »Vielmehr treibt mich die Frage um, wie sie es herausfinden konnten. Wie Sie vielleicht nachvollziehen können, hätte es mich beinahe umgehauen, als sie plötzlich wie aus heiterem Himmel in meinem Haus aufgekreuzt sind, erst recht, wenn man bedenkt, dass Sie offenbar eine komplette kleine Armee auf sie angesetzt hatten, um sie zu finden. Wenn das kein Beweis von extremer Inkompetenz ist – was dann? Noch schlimmer aber ist: Wenn diese beiden Frauen innerhalb eines einzigen Tages alles ans Licht zerren können, was Sie hier ganz geheim und im Verborgenen treiben, dann kann es jeder andere ebenfalls ohne größere Schwierigkeiten herausfinden.«

»Beruhigen Sie sich«, redete Paul Saunders auf den Klinikgründer ein. »Wir haben alles unter Kontrolle.«

»Dass ich nicht lache«, entgegnete Spencer. »Wenn das hier unter Kontrolle sein soll, will ich nicht wissen, was passieren muss, damit Sie die Lage als außer Kontrolle bezeichnen.« Er ging zurück zu seinem Schreibtischstuhl und ließ sich niederplumpsen.

»Wir sind voll und ganz Ihrer Meinung«, stellte Paul mit ruhiger Stimme fest. »Wir müssen genau herausfinden, wie die Frauen vorgegangen sind.«

»Sie haben mir etwas von menschlichen Klonen erzählt, die von Säuen ausgetragen werden«, berichtete Spencer. »Davon haben Sie mir gestern Nacht gar nichts erzählt. Was, zum Teufel, hat es damit auf sich?«

»Das ist ein Programm, das wir gestartet haben, damit wir nicht mehr auf die nicaraguanischen Frauen angewiesen sind. Sobald wir diese Technik perfektioniert haben, wird sie neben den Zellkulturen unsere wichtigste Quelle für den Eizellennachschub sein.«

»Und wie, zum Teufel, haben diese beiden Frauen davon erfahren?«, brüllte Spencer.

»Das werden wir herausfinden«, entgegnete Paul ruhig. »Verlassen Sie sich darauf.«

»Wieso sind Sie sich da so sicher?«, fragte Spencer. »Kurt Hermann und seine Männer haben die beiden Frauen unten im Pförtnerhäuschen seit drei Uhr in die Zange genommen und mir erst vor fünf Minuten gestanden, dass sie noch nicht ausgepackt haben.«

»So ist es ja nun auch nicht«, meldete sich Sheila zu Wort. »Bis jetzt habe ich die beiden verhört und nicht Kurt. Außerdem stimmt es nicht, dass wir gar nichts erfahren haben.«

»Sie haben die beiden Frauen vernommen?«, hakte Spencer erstaunt nach.

»Aber ja«, erwiderte Sheila. »Ich habe ausdrücklich angeordnet, dass man mich sofort anpiept, wenn sie gefunden werden. Wie Dr. Saunders Ihnen bereits versichert hat, liegt es uns genauso am Herzen wie Ihnen herauszufinden, wie sie vorgegangen sind, und wir sind dabei schon ein gutes Stück vorangekommen. Zum Beispiel wissen wir inzwischen, dass sie sich mit Hilfe Ihrer Einlasskarte Zugang zum Server-Raum und zum Eizellenraum verschafft haben.«

»Ich verstehe«, entgegnete Spencer und sah seine beiden Untergebenen finster an. »Jetzt soll ich also an diesem Debakel schuld sein.«

»Es liegt uns nichts ferner, als Ihnen irgendwelche Schuld in die Schuhe zu schieben«, erwiderte Paul.

»Besonders viel haben Sie seit ihrer Gefangennahme jedenfalls nicht aus ihnen herausgeholt«, klagte Spencer.

»Sie sind extrem gewieft«, räumte Sheila ein. »Sie wissen, dass sie über äußerst wertvolle und brisante Informationen verfügen, und sie sind bestimmt nicht ohne weiteres weich zu kochen. Aber ich bin geduldig.«

»Wir arbeiten mit dem Good-guy-bad-guy-Prinzip«, erklärte Paul.

»Genau«, bestätigte Sheila. »Ich bin der *goodguy*. Und in diesem Moment ist Kurt Hermann zum ersten Mal bei ihnen. Er ist der *bad guy*. Sobald wir hier fertig sind, knöpfe ich mir die beiden wieder vor. Ich bin ziemlich sicher, dass wir bis spätestens heute Mittag aus ihnen herausgeholt haben, was wir wissen müssen.«

»Sobald wir wissen, welche Schwachpunkte in unserem Sicherheitssystem sie ausgenutzt haben, werden wir umgehend die entsprechenden Maßnahmen einleiten«, fuhr Paul fort. »Was die Sicherheit unseres Datennetzes angeht, haben wir bereits gehandelt. Ab sofort hat nur noch Randy Porter Zutritt zum Server-Raum.«

»Im Grunde hat dieser ganze unerfreuliche Zwischenfall

ja auch eine positive Seite«, gab Sheila zu bedenken. »Jetzt wissen wir wenigstens, wo in unserem Sicherheitssystem Lücken sind.«

»Genau«, pflichtete Paul ihr bei. »Und wir sollten den Zwischenfall zum Anlass nehmen, die ganze Klinik mitsamt den Forschungslabors und allem, was dazugehört, möglichst schnell irgendwohin zu verlagern, wo die amerikanischen Gesetze nicht gelten, wie wir es gestern Abend besprochen haben. Was halten Sie übrigens von meiner Idee, auf die Bahamas zu gehen? Ich habe Ihnen die Pläne ja gestern Abend mitgegeben.«

»Die Pläne sehen nicht schlecht aus«, gab Spencer widerwillig zu.

»Und was halten Sie grundsätzlich von der Idee, die Klinik und die Labors in eine weniger kontrollierte Gegend zu verlagern?«

»Grundsätzlich scheint mir der Vorschlag gut«, erwiderte Spencer. »Ich bin durchaus dafür, irgendwohin zu gehen, wo es noch weniger Kontrollen durch die Behörden gibt, auch wenn wir uns ja hier nicht gerade über übermäßige Reglementierungen beschweren können.« Er nickte einmal und fuhr fort: »Aber zurück zu den beiden Frauen. Was passiert mit ihnen, wenn sie ausgepackt haben?«

»Ich habe keine Ahnung«, erwiderte Paul.

»Was soll das heißen, Sie haben keine Ahnung?«, fuhr Spencer ihn an. Er merkte, dass er kurz davor war, wieder hochzugehen.

»Das heißt, dass ich es nicht wissen will«, antwortete Paul. »Diese Art von Problemen überlasse ich Kurt Hermann. Dafür bezahlen wir ihn schließlich.«

»Sie überlassen das Problem also Kurt Hermann«, schnaubte Spencer verächtlich. »Aber um die Entnahme der Eierstöcke kümmern Sie sich doch sicher höchstpersönlich. Ist es das, was Sie mir sagen wollen?«

»Die Entnahme der Eierstöcke war ein Fehler«, mischte sich Sheila ein. »Ein Fehler, den wir in der Vergangenheit gemacht haben und der sich nicht wiederholen wird. Keine Frage – wir hätten es nicht tun dürfen. Als Erklärung für diesen Fehltritt mag vielleicht dienen, dass wir unter einem ernsten Mangel an Eizellen gelitten haben, der unser ganzes Projekt zu gefährden drohte.«

»Ein Mangel, den wir nie wieder haben werden«, ergänzte Paul schnell. »Mit Hilfe der Nicaraguanerinnen und auf Grund unserer großen Fortschritte bei den Zellkulturen verfügen wir inzwischen über ein unerschöpfliches Reservoir an frischen Eizellen. Wahrscheinlich haben wir genug Eizellen, um den Bedarf für die Klonvorhaben des ganzen Landes zu decken.«

»Wollen Sie mir etwa erzählen, dass dieser ungeheuerliche Zwischenfall Sie nicht weiter berührt?«, fragte Spencer entgeistert.

Paul und Sheila sahen sich an.

»Natürlich nehmen wir den Zwischenfall sehr ernst«, sagte Sheila. »Aber wie wir bereits sagten: Wir können aus ihm auch etwas lernen. Außerdem ist das Problem ja nun erfolgreich gelöst – genau wie der Anästhesiezwischenfall damals. Und selbst wenn wir diese beiden lästigen Frauen nicht so schnell geschnappt hätten, hätten wir die Situation in den Griff gekriegt.«

»Hören Sie, Dr. Wingate«, ergriff Paul wieder das Wort. Er beugte sich vor, rieb sich die Hände und hielt sie ihm in einer versöhnlichen Geste mit nach oben geöffneten Handflächen hin. »Wie ich Ihnen während unserer kleinen nächtlichen Auseinandersetzung bereits sagte, besitzen wir, was unsere Forschungsergebnisse angeht, eine regelrechte virtuelle Goldmine. Was wir während unserer Klonversuche über die Züchtung von Stammzellen herausgefunden haben, macht uns zu dem unangefochtenen führenden Biotechnologieunternehmen des einundzwanzigsten Jahrhunderts. Das Klonen und die Züchtung und Verwendung von Stammzellen werden die gesamte Medizin revolutionieren, und wir werden dabei an vorderster Front mitmarschieren.«

»Aus Ihrem Mund klingt das ja wirklich nach einer rosigen Zukunft«, stellte Spencer fest.

»Genau mit diesem Adjektiv male ich mir auch selber die Zukunft aus«, sagte Paul begeistert. »Sie wird rosig. Sehr rosig sogar.«

In diesem Moment wurde die Klinke von Spencers Bürotür heruntergedrückt. Die drei sahen gleichzeitig zur Tür. Die Unterbrechung kam ihnen gerade jetzt äußerst ungelegen. In der Türöffnung erschien das Gesicht von Spencers Sekretärin.

»Was soll denn das, Gladys?«, fuhr Spencer sie an. »Ich habe Sie doch ausdrücklich gebeten, uns nicht zu stören.«

»Es ist Kurt Hermann«, erwiderte die Sekretärin kleinlaut. »Er will unbedingt mit Dr. Saunders sprechen. Und er sagt, es sei äußerst dringend und dulde keinen Aufschub.«

Paul erhob sich. Seine Gesichtszüge verfinsterten sich, und er folgte der verunsicherten Sekretärin aus Spencers Büro. Als er Kurt sah, war es schlagartig um seine äußere Gelassenheit und Unbekümmertheit geschehen, die er so bemüht zur Schau getragen hatte.

»Wir haben ein Problem«, eröffnete ihm Kurt. »Und zwar ein ziemlich großes.«

»Warum sind Sie so außer Atem?«

»Ich bin vom Pförtnerhaus den ganzen Weg gerannt.«

Paul öffnete die Tür zu seinem eigenen Büro und bedeutete dem Sicherheitschef hineinzugehen. Dann folgte er ihm, schloss die Tür hinter ihnen und fragte: »Also, was ist los?«

»Unten am Pförtnerhaus wartet ein Staatsanwalt«, platzte Kurt heraus. Seine Stimme überschlug sich beinahe.

»Jetzt beruhigen Sie sich doch!«, wies Paul ihn zurecht. »Was will er?«

»Er hat einen Durchsuchungsbefehl und stellt gerade zusammen mit ein paar Beamten vom FBI das Pförtnerhaus auf den Kopf. Außerdem verlangt er Zutritt zu sämtlichen Gebäuden und zum gesamten Gelände.«

»Wie, zum Teufel, ist er an einen Durchsuchungsbefehl gekommen?«, fragte Paul fassungslos.

»Das hab ich ihn auch gefragt«, erwiderte Kurt. »Offenbar geht er auf eine Anzeige eines gewissen Arztes mit dem Namen Carlton Williams zurück.«

»Den Namen habe ich noch nie gehört.«

»Sein Vater ist offenbar ein hohes Tier mit guten Verbindungen zum Justizministerium. Wie es scheint, wusste dieser Carlton Williams, dass die Frauen unserer Klinik gestern Nacht einen Besuch abstatten wollten. Und er hat natürlich gemerkt, dass sie nicht nach Hause gekommen sind.«

»Verdammt!«, fluchte Paul. »Wo sind die beiden jetzt?«

»Immer noch im Keller des Pförtnerhauses.«

»Hat der Staatsanwalt sie schon gefunden?«

»Keine Ahnung. Ich bin bei der ersten Gelegenheit hierher gerannt, um Sie zu informieren. Sie haben damit gedroht, ein Spezialkommando anzufordern, wenn wir uns nicht kooperativ zeigen.«

»Wenn sie nur damit gedroht haben, ist es ja gut«, stellte Paul fest, der allmählich seine Fassung zurückgewann. »Wenigstens sind sie nicht gleich mit so einem Kommando hier angerückt und haben gleich den ganzen Laden auf den Kopf gestellt. Das verschafft uns ein bisschen Zeit – mindestens eine halbe Stunde. Lassen Sie uns sofort Alarmplan ROT aktivieren. Sie laufen so schnell Sie können zu Randy Porter. Er soll sämtliche Daten auf Disketten speichern und anschließend alle Festplatten löschen. Dann gehen Sie beide in den Hangar und starten schon mal den Hubschrauber. Ich kümmere mich währenddessen darum, dass in den Büros hier oben alle verdächtigen Unterlagen vernichtet werden. Außerdem sorgen wir dafür, dass der Eizellenraum zerstört wird. Sobald das alles erledigt ist, komme ich mit Dr. Wingate und Dr. Donaldson zum Hubschrauber. Haben Sie alles verstanden?«

»Roger!«, erwiderte Kurt. Er salutierte, stürmte aus dem Büro und rannte wie ein Hundertmetersprinter in Richtung Feuertür. Paul sah ihm nach, bis er aus seinem Blickfeld verschwunden war. Dann holte er ein paarmal tief Luft, um sich zu beruhigen. Als er sich wieder einigermaßen gefasst hatte, ging er zurück in Spencers Büro. Spencer und Sheila sahen ihn erwartungsvoll an.

»Also«, begann Paul. »Wie es aussieht, werden wir mit der Verlagerung der Klinik und der Forschungslabore schneller beginnen, als wir es ursprünglich geplant hatten…«